大魚讀品
BIG FISH BOOKS

让日常阅读成为砍向我们内心冰封大海的斧头。

项塔兰

Gregory David Roberts

SHANTARAM

[澳] 格里高利·大卫·罗伯兹 著

黄中宪 译

北京联合出版公司
Beijing United Publishing Co.,Ltd.

图书在版编目（CIP）数据

项塔兰 / (澳) 格里高利·大卫·罗伯兹著；黄中
宪译. -- 北京：北京联合出版公司, 2025. 3. -- ISBN
978-7-5596-8196-6

Ⅰ . I611.45

中国国家版本馆CIP数据核字第2025H9X913号

北京市版权局著作权合同登记 图字：01-2025-0230号

项塔兰

作　　者：（澳）格里高利·大卫·罗伯兹
译　　者：黄中宪
出 品 人：赵红仕
责任编辑：刘　恒

北京联合出版公司出版
（北京市西城区德外大街 83 号楼 9 层　　100088）
河北鹏润印刷有限公司印刷　　新华书店经销
字数 787 千字　　　880 毫米 × 1230 毫米　1/32　　　印张 30.375
2025 年 3 月第 1 版　　2025 年 3 月第 1 次印刷
ISBN 978-7-5596-8196-6

定价：136.00 元

献给我的母亲

第一章

　　我花了很长的岁月，走过大半个世界，才真正理解什么是爱、什么是命运，以及我们所做的抉择。我被拴在墙上遭受拷打时，才顿悟这个真谛。不知为何，就在我内心发出呐喊之际，我意识到，即使镣铐加身，一身血污，孤立无助，我仍然是自由之身，我可以决定是要痛恨拷打我的人，还是要原谅他们。我知道，这听起来似乎算不了什么，但在镣铐加身、痛苦万分的当下，当镣铐是你唯一仅有的，那份自由将带给你无限的希望。是要痛恨，还是要原谅，这抉择足以决定人一生的际遇。

　　就我而言，我这一生的际遇错综复杂，一言难尽。我曾是在海洛因中失去理想的革命分子，在犯罪中失去操守的哲学家，在重刑监狱中失去灵魂的诗人。在翻过枪塔间的围墙逃出监狱后，我就变成我的祖国澳大利亚的头号通缉要犯。

　　幸运之神一路庇佑着我，我逃到地球的另一端——印度，在那里加入孟买的黑帮。我干起走私军火、走私货物、制造假钞的勾当；在世界三个大洲被关过、被揍过、被饿过，还挨过刀子。我还打过仗，冲进枪林弹雨，结果大难不死，但我身边的人没一个活下来——他们多半比我优秀。比我优秀的人，就这样糊里糊涂葬送了性命，就这样枉死在别人的仇恨、爱与冷漠中。我埋了这些人，这许许多多的人，为他们的遭遇和一生致哀，感同身受。

但我的故事不是从这些人开始的，也不是从孟买黑帮开始的。我的故事得从我到孟买的第一天开始说起。命运将我放进那场牌局，幸运之神发的牌让我结识了卡拉·萨兰恩。从凝视她绿色眼眸的那一刻起，我抓起那手牌。故事就是这样开始的，和其他故事一样，从一个女人、一座城市、一点运气开始。

到孟买的第一天，我最先注意到的就是那特殊的气味。在我目睹或耳闻任何印度的事物之前，甚至在我下飞机后，走在通往机场大厦的通道上时，就闻到了那股气味。在我踏上孟买的第一步，在逃出监狱、觉得世界无比新奇的那一刻，有股气味让我既兴奋又喜悦，但我没认出那是什么气味，也认不出来。

如今我知道，那是与仇恨相反的希望所发出的、令人感动的甜美气味；那是与爱相反的贪婪所发出的、让人透不过气的酸腐气味；那是众神、恶魔、帝国、复活与腐败的文明所散发的气味；那是人们在这座城市里到处都会闻到的蓝色海水味，是机器的冷酷金属味。其中混合着六千万只动物活动、睡觉与排泄所散发的气味，其中过半是人和老鼠。那气味透着心碎，透着生存的辛苦奋斗，透着令人鼓起勇气的重大失败与爱。那是一万间餐馆，五千座神庙、圣祠、教堂、清真寺所发出的气味，是一百座专卖香水、香料、焚香、新鲜花朵的市集所发出的气味。

卡拉曾说，那是世上最糟糕的好味道。对于总能做出正确判断的她来说，这看法当然没错。但如今，每次回到孟买，那城市给我的第一个感觉就是那气味，它扑鼻而来，告诉我已经到家了。

我注意到的第二个特色是热。离开飞机的空调机舱后，不到五分钟，衣服一下子就湿透了。我从来没碰到过这种气候，压得我心脏怦怦跳，每吸一口气都很吃力。后来我才知道，这种丛林汗会流个不停，因为孟买的热是不分昼夜的湿热。让人透不过气的湿度，使每个孟买人都成了两栖动物，每次吸气都吸进水汽。人们得学着忍受，得学着喜欢，不然就离开这城市。

人也是这里的一大特色：阿萨姆人、贾特人、旁遮普人；来自拉贾斯坦、西孟加拉、泰米尔纳德的人；来自普什卡、科钦、科纳克的人；刹帝利、婆罗门、贱民；印度教徒、穆斯林、基督教徒、佛教徒、帕西人、耆那教徒、泛灵论者；白皮肤与深绿色眼睛、黄褐色皮肤与黑眼睛；各式各样、让人眼花缭乱的面孔和轮廓。这是印度无与伦比的美丽之所在。

在孟买数百万人当中，又多了我一人。走私贩子最好的朋友是骡子和骆驼。骡子替走私贩子将违禁品运过边界管制站，骆驼则是不会令人起疑的游客，帮走私贩子将货物运过边界。走私贩子使用假护照和假身份证时，为了隐藏身份，往往会混进骆驼之中。骆驼会驮着他们安全而低调地穿过机场或边界管制站，让他们不致暴露身份。

那时候我还不知道这些事。几年后，我才了解走私的窍门。第一次到印度时，我纯粹凭着本能行事，我走私的货品只有一件，就是我自己，我那脆弱而遭追缉的自由。那时候，我用的是伪造的新西兰护照，在原件上改贴我的照片。我完全自己来，也知道做得不是很理想，不过肯定可以通过例行检查。但是，如果有人起疑，向新西兰高级专员公署查核的话，很快就会将其识破。

从奥克兰搭机到印度的旅途中，我在机上四处晃荡，想找合适的新西兰团，混入其中，结果找到一些再度前往南亚次大陆的学生。我借故向他们请教旅行经验和须知，和他们混得有点熟，顺理成章和他们一道通关。印度官员都认为我是和那群闲散、天真的学生同行，草草检查就放我过关。

我独自挤出人潮，离开机场。机场外阳光迎面而来，晒得我浑身刺痛，但脱逃的兴奋感让我乐不可支。我翻过一道又一道墙，越过一个又一个边界，度过一个又一个东躲西藏的昼夜。逃狱生涯到这时已将近两年，但逃亡的生活就是得不断逃跑，每个白天和夜晚都在逃亡。虽然还没完全自由（事实上，永远也无法完全自由），但眼前的新事物——新护照、新国家、我年轻脸庞上灰色眼睛下方的那几道兴奋中带着忧惧的新皱纹——让我觉得有希望，害怕中带点儿期盼。我站在熙熙攘攘的街道上，头上是孟买热烘烘的蓝色穹苍。我内心清明，渴求如雨季时马拉巴尔花园里的早晨的光明未来。

"先生！先生！"背后传来声音。

有只手抓住我的手臂。我停下脚步，绷紧肌肉，准备出手，同时竭力压下内心的恐惧。"别跑！别怕！"我转过身去。

一个矮小的男人站在我前面，一身肮脏的褐色制服，拿着我的吉他。他不只是矮小，应该说是迷你，是个侏儒，大头，五官有唐氏综合征那种惊吓的愚笨神情。他把吉他一把塞给我。

"你的音乐，先生。你的音乐掉了，对不对？"

那的确是我的吉他。我马上想到一定是在机场的行李传送带附近掉了。我不知道这个矮子怎么知道那是我的。我笑笑，露出宽慰而吃惊的表情。他咧嘴而笑，脸上是令人害怕、无可挑剔的诚恳，我们通常称之为天真。他递上吉他，我注意到他的双手指间有膜相连，像水鸟的蹼足。我从口袋里抽出几张纸钞递给他，他立刻移动粗腿，笨拙地后退。

"不要钱。我们是来帮忙的，先生，欢迎光临印度！"他说，然后小步跑开，遁入人行道的人群。

我买了退伍军人公路客运公司的车票，准备搭车前往孟买市，巴士司机是印度的退伍军人。我看着自己的背包和旅行袋被提上巴士车顶，被非常粗暴而冷漠地丢进一堆行李，便决定把吉他带在身边。我在后排的长椅上坐下，上面还坐着两名蓄着长发的旅客。巴士很快就挤满了人，有印度人，也有外国人，都是尽可能省钱的旅行者，大部分是年轻人。

巴士快塞满时，司机坐在椅上转过身来，绷着脸，一副要揍人的样子，朝敞开的车门外狠狠吐出一口鲜红的槟榔汁，随即宣布车子要出发了。"Thik hain, challo!（好，我们走！）"[1]

引擎轰隆作响，排挡杆哐当上挡，巴士疾驰，穿过满是行李搬运工与行人的人群。人们不是踮着脚让开、跳开，就是往旁边横跨一步。巴士就此擦身而过，只差几厘米就会撞到人。车掌跨立在车门最下层的台阶上，以流利的脏话对人群破口大骂。

从机场前往市区这趟路，一开始是宽阔的现代公路，路旁遍植灌木和乔木，景观有条不紊，讲究实效，和我家乡墨尔本国际机场周边的景观很像。熟悉的景象让我不由得心满意足，但随着道路开始变窄，那股自得之情随即破灭，而且因为对比太过强烈，失望似乎更深。多车道逐渐变成单车道，路旁的树木不见了，贫民窟随之映入眼帘，羞愧感紧揪住我的心。

这一大片贫民窟像一座座黑褐色的沙丘，从路边往远处绵延起伏，最后与地平线在脏热的烟雾所幻化的景象中交会。简陋至极的栖身之所由破布、碎塑料片、碎纸片、芦苇草席与竹子简单搭成，一个紧挨一个，挤在一块，狭窄曲折的小巷穿行其间。在杂乱广大的贫民窟里，没有一样东西比人高。

之前在现代化的机场中，满是光鲜亮丽、有目的地的游客。才开出几公里，就是这些绝望、脏污的境况，实在让人难以想象。我当下觉得这里曾发生大灾难，而贫民窟是那些步履蹒跚的灾后幸存者的临时避难所。几个月以后我才了解，贫民窟的居民的确是灾后幸存者，迫使他们离开乡村沦落到贫民窟的灾难，乃是贫穷、饥荒和杀戮。每星期有五千个难民拥进这城市，如此周复一周，年复一年。

巴士蜿蜒前行，贫民窟里的居民由数百变数千，再变成数万，我的

---

[1] 作者在此使用孟买当地的主要方言马拉地语，它是印度的二十二种规定语言之一，在印度南部的马哈拉施特拉邦（Maharashtra）使用。马拉地语以梵语为主做变化。

心此时陷入极度痛苦。我为自己的健康、为口袋里的钱，感到可耻。和世间可怜人初次打照面时，如果有什么感觉，那就是撕心裂肺的愧疚。我打劫过银行，卖过毒品，曾被狱卒毒打到骨头断掉。我挨过刀子，也拿刀捅过人。我在人皆冷酷无情的监狱待过，翻过围墙逃狱，逃出那不是人过的生活。尽管如此，但乍见这贫民窟的残破与贫瘠，我还是难过到极点，每一幕都教我心如刀割。一时间，我气得抽出刀子来。

郁积在心的羞愧迸发为愤怒，为眼前这不公平的世间感到怒不可遏。我想，这是什么政府、什么体制，竟容许这样不幸的苦难发生？

但贫民窟一里接着一里，绵延不断，夹杂着热闹的交易景况，以及一些比较有钱的人住的公寓大楼——也是覆满青苔、摇摇欲坠——却与贫民窟形成强烈对比，稍稍打破那单调的景象。贫民窟仍是连绵不断，无所不在，渐渐让我那外地人的怜悯之心麻木了。一探究竟的念头占据我的脑海。我开始细看那绵延不断的贫民窟，仔细端详里面的居民。有个女人蹲着，往前梳她那头乌黑的秀发。还有个女人用铜盘舀水，替小孩洗澡。有个男子牵着三只山羊，每只羊脖子下方的项圈上都系着红丝带。有个男子对着龟裂的镜子刮胡子。到处都有小孩在嬉戏。有个男人提着装了水的水桶，另一个男人在修理一间陋屋。放眼望去，每个人都开怀地笑着。

巴士在走走停停的车阵里停下，在我身旁的车窗外不远处，有个男子从陋屋里走出来。那人是外国人，肤色和巴士上每个初来乍到者一样白，身上只裹着一条有木槿图案的棉布。他伸展四肢，打哈欠，抓抓裸露的肚子，丝毫不觉得难为情。他的表情和姿势透着笃定，怡然自得。我不由得羡慕起他的那股满足，以及走过他身边的那群人对他投以的微笑。

巴士再度猛然启动，那男子从我眼前消失。但他留给我的印象，让我对贫民窟完全改观。在这里，他就和我一样，是格格不入的外国人，却可以那么怡然自得，叫我不由得也融入这个世界。原本觉得光怪陆离、超乎我人生经验所能体会的事，突然间变得可以理解，最终让我着迷。

我看着窗外的人，看到他们那么忙碌、那么勤奋，活得那么有劲。我偶尔能匆匆瞥见破屋里面，看到他们虽然贫穷，居家却出奇地干净：地板一尘不染，发亮的金属罐整整齐齐地堆放成金字塔状。最后，我还发觉他们真是漂亮，责怪自己这么晚才看到。有裹着深红、蓝、金色衣服的女人；有赤脚走在杂乱破落的贫民巷中，姿态从容、飘逸、优雅的女人；有白牙、杏眼、长相俊秀的男人；有手脚纤细、彼此感情好得像兄弟一样的小孩；有年幼与年长小孩一起玩，其中许多孩子瘦削的背上还背着襁褓中的弟妹。巴士开了半小时后，我首次绽开笑容。

"难看。"坐我旁边的年轻男子说，眼睛望着窗外。夹克上缝着枫叶图案，说明他来自加拿大。他身材高大粗壮，有着淡蓝色眼睛和及肩的褐色头发。他的同伴看上去跟他像是同一个模子印出来的，只是身材较矮，更结实。他们俩甚至穿着一模一样的水洗牛仔裤、凉鞋和柔软的印花棉布夹克。

"第二次来？"

"这是你第一次来？"他反问。

我点点头。

"我想也是。别担心，从现在开始，风景会好看一些。贫民窟会变少一点，但孟买不是到处都叫人舒服的。这是印度最糟糕的城市，相信我准没错！"

"没错。"较矮小的男子附和道。

"但从现在开始，你会看到一两座漂亮的神庙，一些还可以看的英国大房子，还有石狮子、黄铜街灯等。但这不是印度。真正的印度位于北边接近喜马拉雅山的地方，在马纳里或圣城瓦拉纳西，或是南方喀拉拉邦的沿海地区。你应该走出这城市，去看看真正的印度。"

"两位老哥要去哪里？"

"我们要去灵修聚会所住住，"他的朋友说，"那地方由拉杰尼希教派①经营，位于普纳。那里是印度最好的灵修场所。"

两双淡蓝色的清澈眼睛盯着我，隐隐约约流露出那种近乎指控的责难眼神，那种自认已寻得正道者所流露的眼神。

"住下来？"

"什么？"

"你今天要住旅馆，还是要过境孟买？"

"我不晓得。"我回答，转过头再看着窗外。的确如此，我不晓得自己要在孟买待一阵子，或者只是经过孟买……去别的地方。我不晓得，那也不重要。在那一刻，我是卡拉口中那个世上最危险、最迷人的动物：天不怕地不怕、冷酷无情、没有计划的男人。"我其实还没什么打算，不过大概会在孟买待一阵子。"

"噢，我们会待一晚，明天搭火车离开。不介意的话，我们可以合住一间房，三个人住一间便宜多了。"

我和他那双透着天真的蓝眼睛相对。或许先合住一间房比较好，我想，他们如假包换的证件与随和的笑容，有助于掩饰我的假护照，比较安全。

"而且那样比较安全。"他补充说。

"对，说得对。"他朋友附和道。

"比较安全？"我问，刻意装出没想过这问题的样子。

巴士行走在狭窄街道上，速度放得更慢，两旁是三四层楼的房子。突然间，车水马龙的街道变得出奇地顺畅，上头奔窜着巴士、卡车、脚踏车、小轿车、牛车、摩托车和人们。我们的破旧巴士车窗开着，香料、香水、柴油烟、牛粪的味道混合后飘进车里，味道虽重，但还不至于难闻。到处人声鼎沸，还有一阵阵若有似无、不熟悉的音乐声。每个

---

① 拉杰尼希教派（Rajneeshis），印度人奥修（原名拉杰尼希）创立的邪教组织。

角落都贴着超大的印度电影海报，海报上古怪的色彩，在高个儿加拿大人晒黑的脸庞后一闪而过。

"噢！的确是比较安全。这里是另一个哥谭市 ^①，老哥。在这里，街头小孩偷钱的本事比地狱里的赌场还厉害。"

"城市就是这样，老哥。"矮个子男子解释道，"不只这里，所有城市都一样。纽约、里约或巴黎也是这样。全都肮脏，全都不可理喻。城市就是这样，你知道我的意思吗？等你去过印度其他地方，你就会爱上这里。印度是个大国，但它那些城市，我不得不说，实在糟得可以。"

"而且那些王八蛋饭店很贼，"高个子男子补充说，"光是坐在饭店房间里抽根烟，就可能被洗劫一空。他们和警察串通，逮捕你，拿走你所有的钱。最安全的办法就是待在一块，集体旅行，相信我。"

"而且愈快离开这些城市愈好，"矮个子男人说，"太扯了！你们看到没？"

这时巴士转进宽阔林荫大道的转弯处，大道边缘矗立着一些巨石，巨石另一头陡降入青绿色大海。这些巨石上散落着一小群黑色脏乱的简陋小屋，看过去像是一艘失事的黑色古船，而且小屋还着了火。

"天哪！那是怎么回事！那个家伙烧起来了，老哥！"高个儿加拿大人喊道，指着往海边奔跑，衣服、头发都着火的一名男子。那男人滑了一跤，重重撞进巨石间。有个女人和小孩跑上前去，用手和衣服扑灭他身上的火；其他人则努力想扑灭自家屋里的火，或只是站着，看着火焰吞噬自己不堪一击的房子。"你们看到了没？我说，那家伙肯定没命了。"

"肯定是！"矮个子倒抽一口气。

巴士司机跟着路上其他车辆放慢车速，观看火灾后，踩油门加速驶离。车水马龙的道路上，没有一辆车停下来。我转过身，隔着巴士的后

---

① 哥谭市（Gotham City），《蝙蝠侠》漫画中虚构的城市，犯罪之都。

车窗往后看，看着那些烧焦的屋骸变成小黑点，褐色的浓烟依稀飘荡在空中。

这条临海大道很长，车子开到路尽头时突然左转，进入一条现代建筑林立的大路。这里有好几栋豪华大饭店，穿着制服的门童站在彩色雨棚下面，附近有一般人不能进入的餐厅，附设有庭院。阳光洒在航空公司办公室和其他企业那擦得光亮的玻璃与黄铜门面上，路边摊则撑着大伞遮蔽早晨的阳光。在这里的印度男人穿着硬皮鞋和西装，女人穿着昂贵的丝质衣服。他们看起来意志昂扬而不苟言笑，在办公大楼忙碌地奔进奔出，表情严肃。

我身边到处都是熟悉事物跟稀奇古怪玩意儿并存的对比。有辆牛车在红绿灯前停下，旁边是一辆拉风的现代跑车；一个男人蹲在不起眼的碟形卫星天线后小便；有人开着起重机，从古老的木质牛车上卸货。我觉得这就像是从步履沉重缓慢、永不倦怠的遥远过去，穿越时间的障碍，毫发无伤地撞进未来。我喜欢这样。

"就快到了，"我的同伴说，"市中心就在几个街区外。其实那不是一般人所谓的闹市区，只是游客固定一游的地方，大部分平价旅馆位于最后一站，科拉巴。"

那两名年轻男子从口袋里抽出护照和旅行支票，从前面塞进裤裆。矮个子甚至拿下手表，连同钱、护照与其他值钱东西一起塞进内裤的暗袋。他注意到我在看他，对我笑了笑。

"嘿！"他咧嘴而笑，"小心为妙。"

我起身，跌跌撞撞地走到前头。巴士停下时，我第一个往车下走，但人行道上一群人堵住车门，让我无法下车。他们是捐客，也就是在街上替各家旅馆老板、毒品贩子与城里其他生意人拉客的人。他们操着一口蹩脚英语对我们大叫，说着住房多便宜、商品多低廉。挤在车门处的第一个人，身材矮小，有着近乎浑圆的大头，穿着粗斜纹棉布衬衫和蓝色棉长裤。他大叫一声，要同伴安静，然后转身，朝我露出我所见过的最灿烂的笑容。

"早啊，各位先生！"他跟我们打招呼，"欢迎来到孟买！你们一定想住既便宜又上等的饭店，对不对？"

他盯着我的眼睛，那灿烂的笑容依旧。他那圆乎乎的笑脸上，有某种东西深深打动了我的心，那是种带着淘气意味的兴高采烈，那里面不只有着愉快，还有老实和兴奋。就在一眨眼间，我们俩眼神交会，心领神会。我考虑了很久，决定信任这个人，这个有着灿烂笑容的矮个子男人。后来我才知道，这是我这辈子所做的最明智的决定。

一些乘客鱼贯下车，开始驱赶那群掮客。那两名加拿大年轻人未受骚扰，穿过这群人，对着忙碌的掮客和火大的游客开心地笑。看着他们左闪右避，穿过人群，我这时才注意到他们的身材真是健美，长得又帅。我当下决定和他们合住一间房。有他们同行，我逃狱的事绝对不会败露，我的行踪绝不会有人知道。

那个矮个子导游抓着我的袖子，带我离开那群难缠的人，走向巴士后方。车掌身手非常矫健，一下子就爬上巴士车顶，把我的背包和旅行袋丢进我的怀里，接着把其他旅行袋丢下人行道，伴随着不妙的破裂声。乘客赶紧跑上前来，要车掌别这样胡乱扔下他们的值钱东西。此时，那个导游再度把我带开，来到距巴士几米远的安静地方。

"我叫普拉巴克，"他说，英语腔调听来很悦耳，"贵姓大名？"

"敝姓林赛。"我用了假护照上的名字，未据实以告。

"我是孟买的导游，是最优秀的第一流导游。孟买每个角落，我都了如指掌。该看的东西，一个都不会漏掉，那些东西，我大部分知道在哪里。我甚至可以带你去看一些额外的东西。"

那两名年轻游客和我们会合后，一帮衣衫破烂的掮客和导游紧缠着他们不放。普拉巴克大声呵斥他那些不受约束的同行，他们应声后退，紧盯着我们的旅行袋和背包，一副垂涎三尺的模样。

"我现在就想看到的，"我说，"是干净、便宜的饭店房间。"

"行，先生！"普拉巴克一脸笑容，"我可以带你去一家便宜的饭店，非常便宜，便宜到不行的饭店，甚至是便宜到没有一个心智正常的人会住进的饭店。"

"好，带路，普拉巴克。我们去瞧瞧。"

"嘿，等一下，"高个子的年轻人插话，"你打算付钱雇这家伙？我是说，我知道去饭店的路。无意冒犯你，老哥，我知道你是个优秀的导游，但我们不需要你。"

我望着普拉巴克的表情。他那双深褐色大眼睛正打量着我，毫不掩饰脸上的惊讶。我所认识的人里，就属普拉巴克·哈瑞个性最和善。他生气时不会提高声调或把手高举，甚至在一开始见到他时，我就约略察觉到这点。

"我需要你吗，普拉巴克？"我问他，装得一脸正经。

"百分之百需要！"他大声回复，"你非常非常需要我，我几乎要为你们的处境哭泣了！没有优秀的我当你们在孟买的导游，谁晓得你们会碰上什么可怕的事！"

"我决定雇他。"我告诉我的同伴。他们耸耸肩，提起背包。"就这样，走吧，普拉巴克。"

我伸手想拿起背包，就在这时，普拉巴克朝背包飞快地伸出手。

"我来背你的行李。"他很客气地坚持道。

"不用了，我自己来。"

那灿烂的笑容渐渐转为恳求的不悦。

"拜托，先生。这是我的工作，我分内该做的事。我很能背，没问题，你瞧。"

我本能地抗拒这个想法。

"不，真的……"

"拜托，林赛先生，这是我的荣幸。瞧那些人。"

普拉巴克掌心朝上，指着那些在游客里拉到生意的捐客和导游。他们每个人都或背或提着一只旅行袋、行李箱或背包，带着他们的客人，快步而坚定地走进迎面而来的人潮，都是一副理所当然的模样。

"好，好吧！就这样……"我小声说道，接受他的意见。后来，这样的屈从又发生了无数次，我们之间的关系，最终就在这些拉锯、屈从中确立。他圆圆的脸上再度堆满笑容，使劲想提起背包，在我的帮忙下，他才将背包扛上了肩头。背包很重，他不得不伸长脖子，身体前倾，吃力地前进。我靠着较大的步幅，赶上他的脚步。望着他使劲的表情，我觉得自己活像个白人主子，他好像是我的驮兽，而我很不愿这样。

但他，这个矮个子印度男子，满脸笑容。

他滔滔不绝地聊着孟买和当地该看的景点，沿途指着这个地标那个景点。他跟那两名加拿大人讲话时态度恭敬亲切。碰到熟识的人，他笑笑向他们打招呼。他比外表看上去有力气多了，走到饭店的十五分钟里，他从未停下或放慢脚步。

我们来到一栋面海的大房子后方，走上四段陡峭的楼梯，来到印度旅社的门厅。楼梯天井阴暗，长有青苔。上楼途中，每一层都挂了不同的盾形徽章，分属艾普萨拉饭店、亚洲之星宾馆和海滨饭店，表示这栋房子里其实有四家饭店，一层一家，每家都有自己的工作人员、服务方式和作风。

两名加拿大青年、普拉巴克和我，带着大小行李，快步走进小小的门厅。一名结实高大的印度男子，身穿白得刺眼的衬衫，系着黑领带，坐在钢质桌子后面，桌旁是通往客房的走廊。

"欢迎光临，"他说，双颊露出有所提防的浅笑，"欢迎光临，各位年轻人。"

"什么烂旅馆嘛。"我那位高大的同伴咕哝道，眼睛四处瞄着油漆剥落的墙面和薄层木板隔间。

"这位是阿南德先生，"普拉巴克赶紧插话，"科拉巴顶级饭店里的最佳经理。"

"闭嘴，普拉巴克！"阿南德以不悦的低沉语气说道。

普拉巴克笑得更开心了。

"瞧，这位阿南德先生是不是很棒的经理？"他低声说，对我咧嘴而笑。然后，他转头对那位经理笑："阿南德先生，我为你带来三位很棒的顾客。很棒的顾客就要住很棒的饭店，对不对？"

"我告诉你闭嘴！"阿南德厉声说。

"多少钱？"矮个子加拿大人问。

"请再说一次？"阿南德嘀咕着，仍怒目瞪着普拉巴克。

"三个人一间房，住一晚，多少钱？"

"一百二十卢比。"

"什么！"矮个子突然大吼道，"太离谱了吧？"

"太贵了，"他的朋友也说，"走，我们走。"

"没关系，"阿南德怒声说，"你们可以去别家。"

他们开始拿行李，但普拉巴克痛苦地大叫，喊住他们。

"不要！不要！这是最漂亮的饭店。拜托，看看房间再说！拜托，林赛先生，看看漂亮房间再说！看看漂亮房间再说！"

一时之间，大家都愣住了。那两名年轻男子在门口迟疑着。阿南德埋头查看他的住房登记簿，立刻沉浸在手写的登记内容中。普拉巴克抓住我的袖子。我同情起这位街头揽客的导游，且欣赏阿南德的作风——他不恳求我们，也不想说服我们住宿。要的话，就只能接受他的条件。他从登记簿上抬起头，与我四目相对，那眼神坦率而老实，是知己之间才有的眼神。我开始喜欢这个人了。

"我想去看看那漂亮的房间。"我说。

"行！"普拉巴克笑道。

"好，我们也去！"那两位加拿大人叹口气，露出笑容。

"走道尽头。"阿南德回以微笑，从身后一排挂钩上拿下房间钥匙，把钥匙和沉重的铜质名牌丢到我面前的桌上，"右边最后一间，老弟。"

房间很大，有三张铺了床单的单人床，面海的那一侧有扇窗，临热闹街道有一排窗户。每面墙都漆上了深浅不一、看了令人头痛的绿色。天花板上有几道裂纹，角落挂着卷轴画。水泥地板往临街窗户一侧倾斜，地板上有奇怪的隆起和不规则的波状起伏。房内仅有的家具是三张小型胶合板边桌和一个破旧的木质梳妆台，上面的镜子已经破了。之前的房客留下一些痕迹：一根熔入百利甜酒瓶口的蜡烛，一张贴在墙上、印有那不勒斯街景的月历图片，两只挂在吊扇上孤零零、皱巴巴的气球。这是那种会让人想在墙上留下名字的房间，就像蹲牢房的人会做的那样。

"就住这间。"我决定。

"行！"普拉巴克大叫，立刻冲出门，冲向门厅。

我在巴士上结识的两位同伴，相视而笑。

"我可不想跟这家伙争辩，他脑袋有问题。"

"我听你的。"个子较矮的那个轻声笑道。他弯下腰，闻了闻每个床单，最后在其中一张床上小心翼翼地坐下。

普拉巴克带了阿南德过来，他手里拿着厚重的住房登记簿。我们陆续登记了个人的详细资料，他在旁查看我们的护照。我预付了一星期住房费。阿南德把护照还给那两个加拿大人，却没还我的，他拿着我的护照若有所思地轻拍脸颊。

"新西兰？"他低声说。

"怎么啦？"我皱起眉头，心想他是不是看出或察觉到什么不对劲。我是澳大利亚的头号通缉犯，因为持械抢劫被判了二十年徒刑，但刑期未满就逃狱，目前是国际刑警急于捉拿归案的新要犯。他想干吗？他知道什么吗？

"嗯……很好，新西兰，从新西兰来，你一定想抽几口大麻、喝些啤酒、灌几瓶威士忌、换点钱、叫几个妓女、开些疯狂派对。想买什么就告诉我，na（好吗）？"

他把护照啪嗒一声放回我手上，恶狠狠地瞅了普拉巴克一眼之后，离开房间。普拉巴克侧身往门旁边一缩，让他通过，一副既畏缩又开心的模样。

"了不起的人，了不起的经理。"阿南德走后，普拉巴克以夸张而仰慕的语气说道。

"普拉巴克，你在这里招待过不少新西兰人？"

"不算多，林赛先生。噢，不过他们人很好。爱笑、抽大麻、喝酒、和女人上床，全在晚上，然后笑得更多、抽更多大麻、喝更多酒。"

"嘿，普拉巴克，你该不会正好知道哪里可以弄到一些大麻吧？"

"没没没……问题！我可以弄来一拖拉①、一公斤、十公斤，甚至知道哪里有一整仓库的……"

"我不需要一仓库的大麻，我只要够抽就好。"

"我口袋里正好有一拖拉的大麻，也就是十几克，上等的阿富汗大麻。想不想买？"

"多少钱？"

"两百卢比。"他开价，一脸乐观。

我想市价应该不到一半，但两百卢比（当时约合 12 美元），在澳大利亚只能买到十分之一的量。我丢给他一包烟草和卷烟纸。"好，卷一根来，我们尝尝看。合意的话，我就买。"

我那两名室友摊开四肢，躺在两张平行摆放的床上，两人看着对方，交换类似的表情。普拉巴克从口袋里拿出大麻时，他们额头上泛起几道皱纹，还噘起嘴唇。两人瞪着矮小的导游跪下来，在布满灰尘的梳

---

① 拖拉（tola），印度使用的一种重量单位，主要用于衡量金银的重量。目前市场上，1 拖拉黄金等于 10 克黄金。

妆台上卷大麻烟，既入迷又忧心。

"你确定这样妥当，老哥？"

"对啊，他们可能会设下陷阱，以吸毒罪名逮捕我们，或有其他不良企图！"

"我觉得普拉巴克很可靠，我们不会因此被捕。"我回应，同时摊开我的旅行毯，铺在长窗下方的床上。窗下有个小平台，我开始把随身携带的纪念物、小饰物、吉祥物摆在上面。吉祥物包括在新西兰时一个小孩送我的一颗黑石头、某个友人发现的一个石化蜗牛壳和另一个朋友做的鹰爪手链。我现在是在逃亡，没国也没有家。我的行李里满是朋友送我的东西：素描、诗、贝壳、羽毛、一只朋友集资买来送给我的大急救药箱。就连身上穿的衣服、脚上穿的靴子，都是他们送的。每样东西都意义重大：四处逃亡期间，窗台成了我临时的家，吉祥物则是我的国家。

"总之，两位，如果你们觉得不保险，可以出去走走，或在外面等一会儿。抽完后我会去找你们。因为我答应过一些朋友，如果到了印度，第一件要做的事是抽大麻，以此遥念他们。我要遵守诺言。此外，我觉得那位经理对这件事似乎很不在意。普拉巴克，在这里抽根大麻会有麻烦吗？"

"抽大麻、喝酒、跳舞、唱歌、玩女人，在这里全没问题。"普拉巴克要我们放心，边卷烟，边开心地咧嘴而笑，还抬起头看了我们一会儿，"这里做什么都行，只有打架不行。在印度旅社，打架不好。"

"你们瞧，没问题。"

"还有死人！"普拉巴克补充说，若有所思地摇了摇他的圆头，"阿南德先生不喜欢有人死在这里。"

"什么？他说死人是什么意思？"

"他妈的他是说真的还是假的？谁要死在这里？天哪！"

"不会死人，baba（巴巴）。"普拉巴克安抚着，把他卷得非常匀称的大麻烟递给那两个惴惴不安的加拿大人。那个高个子接下，用力吸了一口。"死在印度旅社的人不多，大部分是瘾君子，你们也知道，就是那些瘦成皮包骨的人。你们不会有这问题，你们长得那么壮、那么胖、那么健康。"

他把大麻烟递给我时，脸上的笑容让人戒心全消。还给他后，他也抽了一口，露出非常舒服的表情，然后又把大麻烟递给那两个加拿大人。

"品质不错吧？"

"的确。"高个子说，还露出亲切自然，甚至可以说是开怀尽兴的笑。从此以后，多年以来，我每想起加拿大和加拿大人，就会想到那笑容。

"买了。"我说。普拉巴克把那十几克重的大麻块递给我，我分成两半，一半给我的一个室友。"喏，明天搭火车到普纳就不会无聊了。"

"谢了，老哥。"他回应，把那一半拿给他朋友看，"嘿，你是对的。疯狂，但没事。"

我从背包里拿出一瓶威士忌，打开瓶盖。这又是一个仪式，一个我向新西兰女人许下的承诺。那是个女孩，她要求我如果持假护照成功入境印度，要喝杯酒遥祝她。这两个仪式——抽大麻、喝威士忌，对我意义重大。我认为逃狱时，我就失去我认识的所有朋友，一如失去我的家人。不知为何，我觉得再也看不到他们了。我一个人孤零零地活在世上，不抱返乡的希望，我的一生被困在回忆、护身符与爱的承诺里。

我正想拿起酒瓶就着瓶口喝，突然想到该先请普拉巴克品尝。

"太感谢了，林赛先生。"他非常感动，高兴得两眼睁得大大的。他头往后仰，倒了一些酒进嘴里，瓶口完全没碰到嘴唇。"非常棒，最上等的尊尼获加，太好了！"

"喜欢的话再喝点。"

"就再喝一点，谢谢。"他仰头再喝，酒咕噜咕噜灌进喉咙。他停下来，舔舔嘴唇，仰头再喝。"抱歉，哎呀！真是抱歉，这威士忌实在太好喝，让我失态了。"

"嘿，如果很喜欢，这瓶就给你，我还有一瓶。我在飞机上买了两瓶免税酒。"

"噢，谢了……"他回答，但脸上的笑容顿时垮掉，变成一副难过的表情。

"怎么了？你不想要？"

"想要，想要，林赛先生，我非常想要。但如果早知道这是我的威士忌，而不是你的威士忌，我就不会那么大口猛灌了。"

那两名加拿大人听了大笑。

"我告诉你，普拉巴克，我会送你一瓶新的，这瓶开过的，我们就一起喝掉，如何？这里是买大麻的两百卢比。"

他脸上再度绽出笑容，拿开过的那瓶换了没开的，当宝贝似的揣在怀里。

"但林赛先生，你搞错了。我说那个上等的大麻是一百卢比，不是两百。"

"啊？"

"千真万确，只要一百卢比。"他大声说，很不屑地把一张纸钞还给我。

"好吧。哦，对了，我饿了，普拉巴克。在飞机上没吃。你能不能带我们去一家干净好吃的餐厅？"

"当然行，林赛先生！我知道一些很棒的餐厅，菜好吃到保证让你撑死。"

"被你说得我都要流口水了，"我站起来，收拾护照和钱，"你们两位去不去？"

"什么，出去外头？你真爱说笑。"

"会出去的，可能晚点，大概会很晚。但我们会看好你的东西，等你回来。"

"好吧，随便你们。我一两个小时后回来。"

普拉巴克点头哈腰，一副巴结人的模样，很有礼貌地告辞。我走到他身边，但就在我要掩上门时，高个子年轻人说话了："嘿……上街保重，知道吧？我是说，你在这里人生地不熟，什么人都不能信。这儿不是乡下。城里的印度人……嗯，总之，小心为上，好吗？"

在接待柜台，阿南德把我的护照、旅行支票、大笔现金锁进他的保险箱，还给了我一份详细的收据。我走下楼梯到街上，那两名加拿大青年告诫的话语，像海鸥盘旋在鱼群产卵的海潮上方，在我的脑海里不断盘旋。

普拉巴克带我们到这旅店时，走的是一条两旁有绿树、路面宽阔而较冷清的大街，那大街从印度门那高大的石拱门开始，沿着弧形海湾延伸下去。但宾馆大楼前面那条街则是人来人往，车水马龙，人声、汽车喇叭声、买卖声，犹如暴雨打在木头或铁皮屋顶上。

数百人在那里走动，三五成群站着聊天。整条路上，店铺、餐厅和饭店栉比鳞次。每家商店或餐厅的前面，都附设一间较小的店铺。这些位于人行道上的违章小店铺，每一间都有两三个坐在折叠椅上的店员看管。街上有非洲人、阿拉伯人、欧洲人、印度人。每走一步，听到的语言、音乐都不一样，每家餐厅在沸腾的空气中，飘出不同的香气。

男人驾着四轮牛车，推着手推车，在车来人往的马路上穿梭，急着想把西瓜和袋装米、汽水和衣架、香烟和冰块送到货主手上。钱到处流动。普拉巴克告诉我，这里是货币黑市买卖的重镇，当街就有人拿着厚厚一沓纸钞，正在算钱、兑换。街上有乞丐、玩手技杂耍的人、特技表演者，有弄蛇人、乐师、占星师、看手相的人、皮条客、毒贩。这条街很脏，冷不防就有垃圾从上方的窗户掉下来，人行道或路边也弃置着一堆堆的垃圾，肥滋滋不怕人的老鼠在垃圾堆里窸窸窣窣，大快朵颐。

在我看来，这条街上最惹人注目的，是许许多多不良于行、有病在身的乞丐。各种身陷病痛、残障、苦难的人，四处游走，有人站在餐厅、商店门口，有人操着熟练的哀求话语走近街上的行人。初见这条苦难的街道，一如隔着巴士车窗初见贫民窟，让我为自己拥有红润的脸庞感到极度羞愧。但这次当普拉巴克带我走在这喧闹的人群中时，我注意到那些乞丐的另一面，他们惹人同情的表演多了份真实人生的味道。有群乞丐坐在门口玩牌，一些盲人男子和他们的朋友正在享用有鱼有饭的一餐，哈哈大笑的孩童轮流和一名缺腿男子骑他那辆小手推车。

一路上普拉巴克不断偷瞄我的表情。

"喜欢我们孟买吗？"

"喜欢。"我答，真心的回答。在我眼中，这城市很美，狂野而令人振奋。英国统治时期浪漫主义风格的建筑，和现代玻璃帷幕的商业大楼比邻而立。年久失修、死气沉沉、分布杂乱的平价公寓崩塌后，变成卖蔬菜、丝织品等琳琅满目商品的市场。路旁的每家商店，每辆经过的出租车，都流泻出音乐。颜色缤纷多彩，香味着实令人陶醉。在这些拥挤的街道上，我在无数人眼里看到笑意，我以前去过的地方，没有一处洋溢着这么多笑意。

特别的是，孟买很自由，一种令人雀跃的自由。我所看到的地方，处处散发着那种解放的、无拘无束的精神，而我不知不觉间敞开心胸回应那精神。我理解到，那些男男女女个个自由自在，因而就连初见贫民窟居民、街头乞丐时所生出的羞愧之心，也随之烟消云散。没有人把乞丐赶离街头，也没有人驱逐贫民窟居民。他们生活虽然困苦，却和有钱有势者一样自在优游于相同的花园和大街上。他们很自由，这城市很自由，我喜欢这点。

但这街上密集的意图、充斥着的需求与贪婪、极度强烈的恳求与算计，让我有点胆怯。听到的语言，我一个字都不会讲。这里的人穿袍服、纱丽、缠头巾，我对这里的文化一窍不通。好像糊里糊涂接演一场华丽而复杂的戏剧，手中却没有剧本。但我微笑，不由自主地笑着，不管街头看上去多么陌生，多么让人不知所措。我是个逃犯，被通缉，被追捕，是被悬赏捉拿的要犯。但我更胜他们一筹，我很自由。逃亡时，每一天都是人生的全部。每一分钟的自由，都是以喜剧收场的一篇短篇小说。

我很高兴有普拉巴克作陪。我注意到他在这街上人脉很广，一路上频频有各式各样的人向他热情打招呼。

"想必你一定饿了，林赛先生，"普拉巴克说，"你这人很快乐，不介意我说什么，快乐的人，胃口总是很好。"

"嗯，的确是很饿。眼下我们到底要去哪里？早知道要走这么久才能到餐厅，我会买盒饭回去吃。"

"再走一点，不远了。"他回答，满脸笑容。

"好……"

"是真的！我会带你去最棒的餐厅，有最上等的马哈拉施特拉菜肴，保证你说好吃。在孟买，像我这样的导游，全都在那里用餐。这个地方很不错，贿赂警察的钱，只需要付平常行情的一半。真的很不错。"

"好……"

"是真的！但首先，让我先替你，还有我，弄点印度香烟。在这里，停一下。"

他带我走到一个路边摊，那摊子只是个可折叠的牌桌，一只卡纸板箱里整齐摆了数十种品牌的香烟。牌桌上有一只大铜盘，铜盘里放了几只小银碟。银碟里摆了切碎的椰子肉、香料和多种不明的酱料。牌桌旁的桶子里，有许多矛状叶漂浮在水中。卖烟贩子正在弄干这些叶子，抹上几种酱料，包上椰枣粉、椰子粉、槟榔粉、香料，卷成一小包一小包。许多顾客围着他的摊子，他那双手很利落，叶子一包好，立即有人买走。

普拉巴克挤到那贩子身旁，伺机购买。我伸长脖子，透过顾客间拥挤的缝隙看着他，脚同时往人行道的边缘移动。就在我一脚往下踩到马路时，有人紧急大叫："小心！"

两只手抓住我手肘，把我猛往后一拉。说时迟那时快，一辆双层大巴士疾驶而过。若没有那两只手拉住我，我大概已命丧巴士的车轮下。我转过身，与救命恩人正面相对。她是我所见过的最漂亮的女人，身材修长，黑发及肩，肤色白皙。她不高，但方正的肩膀和挺直的身形，加上两腿叉开牢牢地站着，让人觉得她默然无声中自有种坚毅的气势。她穿丝质长裤，裤脚束在脚踝上，足穿黑色低跟鞋，上身是宽松的棉衬衫，披着一条大丝质长披肩。她把披肩朝后披，质地轻柔的双层流苏在她背后飘飞翻转。她全身上下都是绿色的，只是深浅不一。

从一开始，我就感受到她那令男人既爱又怕的特质，她那冷冷的笑容让她的丰唇更富魅力。那笑容里有种自傲，透过匀称的鼻子散发着自信。不用说，一定会有不少人不明就里，把她的自傲错看成傲慢，把她的自信错看成冷漠。但我没犯这错误。我的眼睛失魂落魄，悠然漂荡在她那静止凝视的水汪汪的潟湖里。她眼睛很大，又特别绿。那是历历在目的梦境里，树木所呈现的绿，大海所呈现的绿——如果大海完美无瑕的话。

她的一只手仍扶在我的手肘附近。那种肌肤之触，正是情人的手轻触你身体时所会有的感觉：熟悉，但令人兴奋，是轻诉的许诺。我差点忍不住拾起她的手，放在我胸膛。或许我当时真该这么做。如今我知道，当时我如果真那么做，她大概会笑出来，并因此喜欢上我。但当时我们素昧平生，只是站着，直直凝视着对方，就这么持续了漫长的五秒钟。此时，所有平行的世界，所有可能已存在和永远不再存在的平行活动，在我们周边翻转。然后她开口了。

"好险，你命大。"

"是啊，"我笑笑，"我是命大。"

她慢慢放开我的手臂。那动作很轻松、很从容，但我却觉得与她疏远了，就像是从深甜的美梦中给硬生生叫醒一样突然。我靠近她，看看她身后的左边，再看看右边。

"你在找什么？"她问。

"我在找你的翅膀。你是我的守护天使，不是吗？"

"恐怕不是，"她答，双颊露出俏皮的笑靥，"我心里有太多邪恶的东西，恐怕称不上天使。"

"那我们就来谈谈你有多邪恶？"

有些人聚集在摊子另一头。其中一个年约二十五岁、英俊、健壮的男子，走到马路上叫她："卡拉！快，yaar（朋友）！"

她转身向他挥手，然后伸手与我握手。她握得很有力，但透露的心情让人无法捉摸。她的笑同样暧昧。她或许已喜欢上我，或许她只是很乐于跟我道别。

"你还没回答我的问题。"她抽出手时，我说。

"我有多邪恶？"她回答我，嘴唇要笑不笑地噘着，"这问题很私密，我想这可能是我这辈子被问过的最私密的问题。但，喂，哪天你如果到利奥波德（Leopold），就会找到答案。"

她那群朋友已经从小摊子的另一端移到我们这边，她随即离开我和他们会合。他们全是印度年轻人，一身干净时髦的西式中产阶级打扮。他们不时大笑，把身体靠向对方，状甚亲昵，但没人和卡拉有身体接触。她似乎散发出既迷人又不可侵犯的气质。我贴近他们，假装着迷于香烟贩子卷烟叶、抹酱料的动作。我侧耳倾听她跟他们讲话，但一句话都没听懂。

以那种语言，在那场对话里，她的嗓音出奇地低沉、洪亮，听得我手臂上的寒毛微微发颤。我想那应该也是个警告。阿富汗媒人说，爱意滋生大半缘于声音。但那时候我不懂，而且我的心一股脑儿栽进去，栽进就连媒人可能都不敢踩进的地方。

"瞧，林赛先生，我只替我们买了两根烟。"普拉巴克回到我身边，得意地递上一根烟，"印度是穷人的国度。在这里，没必要买一整包。只要一根，只买一根，而且不必买火柴。"

他倾身向前，拾起一段闷烧的麻绳。麻绳吊在香烟摊旁边电话线杆的钩子上。普拉巴克吹掉麻绳末端的灰，露出一丁点橘色的余烬，点燃他手中的烟。

"他们在做什么？在嚼叶子里的什么东西？"

"那叫帕安（paan，印度槟榔）。味道很棒，嚼起来也很棒。在孟买，人人都嚼，然后吐，嚼，再吐，没问题，白天、晚上都嚼。那对身体有好处，大量嚼，全部吐掉。要不要试试？我可以替你弄来一些。"

我点头，请他去买，但我心里盘算的，主要不是体验帕安这新东西，而是借此可以站在那里更久，欣赏卡拉。她很轻松、很自在，简直就是这条街的一部分，这条街谜一样氛围的一部分。我觉得周遭所有迷惑不解的东西，在她而言，似乎是稀松平常的。这让我想起那个从巴士车窗看到的贫民窟里的外国人。她在孟买似乎平静而满足，就和那个外国人一样。她从周遭的人那里得到的温馨、肯定与认同，叫我羡慕。

更重要的是，我的眼睛被她那无可挑剔的美丽迷住了。我望着她——素昧平生的一个人，胸中有一股气，极力想尽情发泄。我的心像是被人捏着，像被人用手掌紧紧握住。血液里有个声音在说是，是，是……古老的梵语传说中提到前世注定的爱，两个灵魂因为业力的作用，注定会在相遇后为彼此神魂颠倒。传说前世注定的爱人，往往一眼就会认出，因为对方的举手投足、思绪、动作、声音，眼中所传达的每个心情，都叫你怦然心动。传说我们会由她的翅膀认出她——那翅膀只有我们能看到——因为想拥有她，我们灭绝了其他爱欲。

梵语传说也告诫世人，这类前世注定的爱，有时可能会对命运交缠中的其中一个人，单单一个人，产生占有和痴迷。但从某个角度来说，理智与爱不能并存。爱之所以存在人世，正因为爱非理智。

"哦，你在看那个女的。"普拉巴克带着帕安回来，往我凝视的方向看去，"你觉得她很美，na？她叫卡拉。"

"你认识她？"

"当然认识！这里谁不认识卡拉？"他答，用那种大声到旁人听得见的低语，让我很担心她会听到。

"你想认识她？"

"认识她？"

"想的话，我去替你跟她说。你想跟她交朋友？"

"什么？"

"别担心！卡拉是我的朋友，也会是你的朋友，我想。说不定你会和卡拉做生意，赚上一大笔钱。说不定你们会成为很好、很亲近的朋友，跟她上好多次床，爽到顶点。你一定会爽翻天的。"

他已开始摩拳擦掌。他微笑着，牙齿和嘴唇已被帕安的汁液染红。我紧抓住他的手臂，不让他去找她，她正和她那群朋友在一块。

"不！不要去！天哪，小声点，普拉巴克。我如果想跟她讲话，我会自己来。"

"噢，我懂，"他说，显得窘迫，"就是外国人所说的前戏，对不对？"

"不是！前戏是……别管什么前戏了！"

"那好！我不管什么前戏不前戏，林赛先生。我是印度人，我们印度人不时兴前戏。我们提枪就上，真的！"

他双手摆出正抱着女人，对着女人的小屁股猛顶的样子，脸上一直带着那鲜红的微笑。

"行行好，别这样！"我怒声说，抬头看卡拉和她朋友是否在看他。

"好，林赛先生！"他叹口气，放慢他那有节奏的前顶动作，最后完全停下，"但我还是可以将你介绍给卡拉小姐认识，如果你要的话。"

"不！我是说，不，谢了。我不想向她搭讪。我……天哪，这哪有用啊，只要告诉我……那个正在说话的男人说的是什么语言。"

"他说的是印地语，林赛先生。你等一下，我马上就告诉你他在说什么。"

他走到摊子的另一头，旁若无人地加入那群人，倾身细听。没有人理会他。他点头，跟着其他人笑，几分钟后回来。

"他在说一件很好笑的、关于一名孟买巡官的事，那人在这一带很有势力。那巡官把一个鬼灵精的家伙关了起来，但那个鬼灵精说服那巡官放了他，因为他告诉那巡官他有黄金和珠宝。不只如此，他被放出来后还真给了那巡官一些黄金和珠宝。但那些东西不是真黄金，不是真珠宝，是假的，很便宜的东西，根本不是真的。最好笑的是，那个鬼灵精卖假珠宝之前，还在巡官家住了一星期。传说那个鬼灵精还跟那巡官的老婆上了床。现在那巡官气得抓狂，每个人看到他都赶快闪人。"

"你知道她哪些事？她住这里？"

"知道谁？林赛先生，你是说那个巡官的老婆？"

"不是，当然不是！我是说那女的，卡拉。"

"你也知道，"他若有所思地说，首次紧蹙眉头，"孟买有许多女孩。我们从饭店出来才五分钟。在这五分钟里，我们就见了几百个女孩；再五分钟，还会见到几百个。每五分钟就能见到几百个女孩。走上一阵子，我们会见到几百个、几百个、几百个、几百个……"

"啊，几百个，还真是不得了！"我语带挖苦打断他的话，声调不知不觉高了许多。我瞧瞧四周，几个人正盯着我，神情明显不屑。我压低声音继续说："我不想认识几百个女孩，普拉巴克。我只想……了解……那个女的，好吗？"

"行，林赛先生，我会把知道的全告诉你。卡拉是孟买很有名的生意人，她来这里已经很久了，我想大概有五年了吧！她有栋小房子，距这里不远。每个人都知道这个卡拉。"

"她是哪里人？"

"我想是德国人，大概是吧。"

"但她口音听起来是美国人。"

"没错，听起来是，但她来自德国，或者说可能来自德国。反正，她现在几乎是地道的印度人。现在要不要去吃饭了？"

"好，等一下。"

那群年轻朋友向帕安摊子附近的其他人大声道别，走进熙来攘往的人群。卡拉跟着他们走开，头仰得高高的，以那种挺直背脊、近乎蔑视的古怪姿态。我看着她没入人群。她一直没回头。

"你知道一个叫利奥波德的地方吗？"他回到我身旁时，我问他。我们再度上路。

"当然知道！一个很棒、很舒服的地方，利奥波德酒吧。那里都是些最棒、最可爱的人，非常好、非常可爱的人。在那里可以碰见各种外国人，全都是事业很成功的人。卖淫、贩毒、借高利贷、黑市交易、出售色情图片、走私、伪造护照，还有……"

"行了，普拉巴克，我明白了。"

"你想去那里？"

"不想。或许晚点会去。"我停下脚步，普拉巴克在我身边停下，"嘿，你朋友怎么叫你？我是说，不用普拉巴克，你名字的简称。"

"有啊，我也有简称，叫普拉布。"

"普拉布……我喜欢。"

"那意思是光明之子之类的。好名字，对不对？"

"是的，好名字。"

"那你的好名字，林赛先生，实在不是很好，如果你不介意我当面这么说的话。我不喜欢这么长、这么拗口的名字，就印度人的讲话方式来说。"

"哦，你不喜欢？"

"请别见怪。我不喜欢，一点都不喜欢，完全不喜欢。百分之百、千分之千地不……"

"嘿，"我笑笑，"这件事我恐怕无能为力。"

"我想，简称林好多了。"他提议，"如果你不反对，我以后就叫你林。"

这名字再好不过了，而且就和逃狱后所取的十几个名字一样假。事实上，最近几个月，我发觉自己对于在不同地方不得不取的新名字，还有别人替我取的新名字，抱着某种说不上来的听天由命之感。林这名字是我绝对想不出来的昵称。但那听起来不错。也就是说，我听到某种命中注定、像巫毒法术似的回音：这名字当下就打动我心，就和我出生时所取的名字一样贴切。我那不为人知的出生名，早已不见天日，我就是在那名字底下被判入狱服刑二十年。

我低头仔细打量普拉巴克的圆脸和又大又黑调皮的眼睛。我点头，微笑，接受这名字。后来从科拉巴到坎大哈，从金沙萨到柏林，有数千人用这位孟买街头的小导游替我取的名字叫我。当然，当时我不知道会变成这样。命运需要共犯，而命运之墙的石头就是以这种无心的小同谋为砂浆砌上的。取名字的那一刻看来微不足道，好像只要我随意肤浅地答是或否就可以打发过去，但如今事后回顾，我知道，那一刻是我人生的转折点。在这个名字之下我所扮演的角色，我即将成为的人物——林巴巴（Linbaba）——比起以前我所扮演的任何角色都要真实，更贴近我的本性。

"好，很好，就用林。"

"太好了！我很高兴你喜欢这名字。我的名字在印地语里的意思是光明之子，同样，你的名字——林，也有一个非常好、非常吉祥的意思。"

"哦？'林'在印地语里表示什么？"

"表示阴茎！"他解释道，脸上露出他觉得我应会有同感的喜悦。

"噢，真好，真是太……好了。"

"没错，很好，很吉祥。准确来讲，没这意思，但念起来类似

'ling'或'lingam'，而'ling'或'lingam'就是阴茎。"

"别胡扯了，老兄，"我抗议，再度上路，"我怎么能拿'阴茎先生'这名字四处走，你是在糊弄我？我现在就看出来了——嗨，你好，很高兴认识你，我叫阴茎。门都没有，免谈。我想还是照旧叫林赛。"

"不，不！林，我跟你说真的，这是个好名字，非常有力的名字，非常吉祥，再吉祥不过了！别人听到这名字，都会喜欢。来，我证明给你看。你送给我的这瓶威士忌，我要留给我朋友桑杰先生。喏，就在这家店，你仔细瞧瞧他有多喜欢你的名字。"

沿着这条闹街再走几步，我们来到一家小店，敞开的店门上有如下的手写招牌：

收音机诊所
主营电器修理，电子器材买卖、修理
店主桑杰·德什潘德

桑杰·德什潘德体格粗壮，五十来岁，头顶中秃，头发灰白，眉白而浓。他坐在坚实的木头柜台后面，周边摆着正在大力放送的收音机、已大卸八块的卡匣式放音机、装有零件的箱子等。普拉巴克跟他打招呼，放连珠炮似的讲了一堆印地语，把那瓶威士忌递过柜台。德什潘德伸出一只肉鼓鼓的手一把抓住，看都没看，迅速收进柜台下面，接着从衬衫口袋里拿出一沓卢比，抽出一部分，掌心翻转向下，递给柜台另一头的普拉巴克。普拉巴克收下后，迅速收进口袋，动作之快之利落，好似乌贼触手抓到猎物放进口中一样。最后他终于聊完，示意我上前。

"这位是我很要好的朋友，"他轻拍我的手臂，告诉德什潘德先生，"新西兰人。"

德什潘德先生嘟哝着说了些话。

"他今天刚来孟买，住在印度旅社。"

德什潘德先生又嘟哝着说了些话，以隐隐带着敌意的好奇上下打量我。

"他姓林，林巴巴先生。"普拉巴克说。

"他姓什么来着？"德什潘德先生问。

"林，"普拉巴克咧嘴而笑，"他叫林巴巴。"

德什潘德先生扬起他粗浓的眉毛，一脸惊讶的笑容。

"林巴巴？"

"正是！"普拉巴克意气昂扬，"就姓林。他也是非常好的人。"

德什潘德先生伸出手，我伸手握了握。我们彼此问候，然后普拉巴克开始扯我的袖子，拉我往门口走。

"林巴巴！"我们要跨出店门时，德什潘德先生大喊，"欢迎来到孟买。有随身听或相机或任何手提收录音机要卖，来收音机诊所，找我桑杰·德什潘德，我会给你最好的价钱。"

我点头，跟着普拉巴克出了这家店。他拉着我沿街走了好几步，然后停住。

"看到了吧，林先生，看到他多喜欢你的名字了吧？"

"我想是吧！"我低声说，既不了解他和德什潘德先生那段短短的交易内容，也不了解他为何那么意气风发。后来对他够了解、开始珍惜与他的友谊后，我才发现普拉巴克彻头彻尾深信，他的笑能影响别人的心情，能影响世界。事实的确如他所想，但我花了很长时间才了解这道理，接受这道理。

"那名字后面的'巴巴'代表什么意思？林，我懂。但'林巴巴'代表什么意思？"

"'巴巴'只是个尊称，"普拉巴克咧嘴而笑，"把'巴巴'放在你名字后面，或任何特殊人物的名字后面，表示我们对老师、圣徒或非常非常老的人的尊敬……"

"我明白了，我明白，但普拉布，我得告诉你，那并没有让我更能接受这名字。阴茎，这整个玩意儿……我搞不懂。"

"但你也看到了，桑杰·德什潘德先生，你看到他是多么喜欢你的名字！嘿，看看大家会如何喜欢你的名字。你看好了，我会把这名字告诉每个人！林巴巴！林巴巴！林巴巴！"

他大喊着说，向这街上每个经过我们的陌生人说。

"行了，普拉布，行了。我相信你就是了，安静。"这下换我扯他的袖子，催他走，"你不是想喝那瓶威士忌？"

"噢，是啊！"他叹气道，"是想喝，而且在心里喝过了。但现在，林巴巴，把你送给我的好东西卖给桑杰先生，卖得的钱可以买两瓶非常低劣但很便宜的印度威士忌，喝个痛快，然后还会剩下许多钱，可以买件上好的新衬衫，红色的，还有一拖拉的上等大麻、几张有冷气吹的印地语电影票、两天的食物。对了，林巴巴，你还没吃你的帕安。你现在该把它放进嘴里嚼，以免走味变得难吃。"

"好，怎么吃，像这样？"

我把包裹在叶子里、差不多有火柴盒那么大的帕安，按照我所看到的吃法，放进嘴里侧面，脸颊与牙齿之间。才几秒钟，我嘴里就满是香甜的味道。帕安味道强烈而甘美多汁，既像蜜般甜，又微微带着辣味。包叶开始融化，我小口小口咬着去皮扎实的槟榔、椰枣、椰子肉，咬得嘎吱嘎吱作响，嘴里满是甜汁。

"现在你得吐掉一些帕安，"普拉巴克说，神情专注地盯着我嚼动的嘴，"看，你嚼出像这样的东西，像这样把它吐掉。"

他吐出一口红汁，落在一米外的马路上，一团红红如手掌般大的东西。他吐得精准又利落，嘴唇没残留一滴红汁。他使劲在旁鼓动，我试着照做，但满口鲜红的汁液汩汩流出嘴巴，一路淌过下巴，有几滴落到衬衫前胸上，有几滴啪嗒落在右靴上。

"没关系，这衬衫。"普拉巴克皱起眉头，从口袋里抽出手帕，使劲擦拭渗入我衬衫前胸的血红汁液，但擦不掉了，"你的靴子也没关系，我会像这样擦掉，你瞧。我得问你，你喜欢游泳吗？"

"游泳？"我问，把嘴里残余的少量帕安混合物吞下肚。

"对啊，游泳。我要带你去昭帕提海滩，非常漂亮的海滩，在那里你可以练习嚼帕安、吐帕安、嚼帕安、吐帕安，而不会弄脏衣服，让你省下不少洗衣服的钱。"

"嘿，说到四处逛这城市，你是个导游，对吧？"

"对啊，非常优秀的孟买导游，也带人游览全印度。"

"你一天收费多少？"

他看了我一眼，顽童似的咧嘴而笑，双颊鼓得像苹果。看他那表情，我渐渐明了他毫无心机的微笑背后不为人知的精明的一面。

"我一整天收费一百卢比。"他说。

"行……"

"游客三餐自理。"

"当然。"

"还有出租车费，也是游客付。"

"当然。"

"还有孟买搭巴士费用，全是游客付。"

"嗯。"

"还有茶，如果在炎热的午后喝个茶提振精神。"

"嗯……"

"还有性感女孩，如果在凉爽的夜晚很想发泄一下……"

"嗯，行，行。听着，我会付你一整个星期的钱。我要你带我参观孟买，告诉我这城市的事。如果我满意的话，一星期结束时我会另给奖赏，你看这样如何？"

他眼里绽放笑意，但回应时语调出奇地严肃。

"林巴巴，你这决定不错，非常不错。"

"哦，"我笑道，"那我们就等着瞧了。我还要你教我一些印地语，可以吗？"

"当然可以！我可以全部教你！ha 表示是，nahin 表示不是，pani 表示水，khanna 表示食物……"

"行了，行了，不需要立刻教。这家是餐厅？很好，我饿死了。"

我正要进这家阴暗而不起眼的餐厅，他突然拉住我，表情变得很严肃。他皱起眉头，用力吞口水，仿佛不确定该如何开口。

"享用这美食之前，"他终于开口，"在我们……还有我们做任何交易之前，有件事我得告诉你。"

"行……"

他这么垂头丧气，我不由得担心会发生什么不好的事。

"嗯，我要说……那一拖拉的大麻，我在饭店卖给你的那块大麻……"

"怎么啦？"

"唉……那是商场价。真正的价钱，也就是友情价，是一拖拉阿富汗大麻只要五十卢比。"他举起双手，然后猛地放下，拍打大腿，"我多要了你五十卢比。"

"这样啊！"我低声回答。从我的观点来看，这根本是不足挂齿的小事，小到我很想放声大笑。但对他而言，显然是件大事，而我猜他很少感动到如此坦白。事实上，诚如他许久以后告诉我的，他那时刚决定要喜欢我，对他而言，那表示他得遵照良心，毫不隐瞒地交代他所说过或做过的任何事。他始终将事实全盘托出，这是他最讨人喜欢，也是最让人恼火的特质。

"那么……你打算怎么办？"

"我建议，"他一脸严肃，"我们尽快把那块商场价的大麻抽完，然后我会买块新的。在那之后，一切都按友情价算，对你、对我都是。这办法没问题吧？"

我笑，他跟着我笑。我伸手钩住他的肩，带他进去那人声鼎沸的餐厅，餐厅里蒸汽弥漫，香味四溢。

"林，我是你非常要好的朋友，"普拉巴克咧嘴而笑，坚定地说道，"我们是幸运儿，对不对？"

"大概是吧，"我回，"大概是吧！"

几小时后，我回到那舒适而阴暗的房间躺着，天花板上的吊扇不停转动，哼哼直响。我累了，但睡不着。在我床边的窗户下，白天饱受折磨、辛苦干活的街道，这时臣服于夜间的闷热，一片静寂，空气潮湿，繁星点点。城里令人惊讶、费解的影像，如风中的树叶般，在我脑海里翻滚，而我的血液里涌动着希望和可能，叫躺在暗室中的我不由得笑了起来。我抛下的人，没有一个知道我的行踪。在孟买这个新天地，没人知道我是谁。在那一刻，在那阴影里，我几乎是安全无虞的。

我想起普拉巴克，想起他说一早要来带我去参观这城市。他会来？我怀疑。或者更晚些我会看到他和另一个刚来的游客在一块？我打定主意，如果他信守承诺，早上出现，我要开始喜欢他。从做这决定的那一刻起，我隐隐怀着孤单之人的冷酷。

我想起那个女人卡拉，一再想起，惊讶于她泰然自若、不苟言笑的面容一再浮现脑海。"哪天你如果到利奥波德，就会找到答案。"那是她对我说的最后一句话。我不知道那是邀约，还是挑战，抑或是警告。不管是什么，我决定奉陪。我要去那里找她。但不是眼下。等我更了解这个她显然已经非常了解的城市之后再说。就花一星期，我心想，在这城市待一星期……

我在这个孤寂冷清的个人天地里，想起很多事，一如既往，我还想起了家人和朋友。不断想起，却见不到、摸不着。每天晚上，我在无可压抑的渴望中挣扎度过，渴望取回我为获得自由而失去的东西，所有失去的东西。我每天晚上被羞愧的钉子刺穿，那些我确信永远无缘再见面的心爱的人，因为我得到了自由，而他们却持续在受苦。

"我们可以杀他价，是吧！"那个高个儿加拿大人，从房里另一头黑暗的角落说话，突然冒出的声音在静寂里回荡，像是石头砸在金属屋顶发出的声音，"我们可以跟那经理杀低房价。一天要我们六美元，我们可以杀到四美元。那虽然不贵，但这里人的作风就是这样。你得跟这些人杀价，每样东西都要。我们明天就要去德里，但你要住在这里。先前你不在时我们谈过，我们有点担心你。你得跟他们杀价，老哥。不懂这个，不这样想，他们会把你吃得死死的，这些人。印度的城里人都是不折不扣唯利是图的人，老哥。别误解我的意思，印度是个了不起的国家，因此我们才会再来。但他们与我们不一样。他们……唉，他们认为就该这样。总而言之，你该杀他们价。"

房价的事，他说的的确没错。我们本可以一天省个一两美元。为了节省开支，本来就该讨价还价。在印度，大部分时候，就该这样做事，这样才精明，才讨人喜欢。

但他也不全部是对的。在接下来几年里，那位经理阿南德和我成为好友。第一天见到他，我就信任他，没有杀价，我没有想从他身上榨钱，我凭着直觉行事，尊敬他且打算喜欢他。因为这些，我赢得了他的喜爱。他不止一次告诉我这事。他和我们一样知道，要三个外国人付六美元，无关痛痒。这饭店的老板规定，每间房一天要价四美元。那价钱是他们的底线，多出来的一两美元，就是阿南德和他三名服务客房的下属一天的工资来源。外籍游客杀价，省个微不足道的一两美元，却让他少赚一天的钱，也让游客失去和他结为朋友的机会。

在与印度人打交道时，有个简单而令人吃惊的道理，那就是按照感觉行事，比按照理智更为明智。在这世上，没有哪个地方这么切合这个道理。

那时候，在孟买的第一个晚上，闭眼躺在黑暗而寂静的房间里时，我还不懂这道理。我凭直觉行事，心想幸运之神一定会再度眷顾我。我不知道自己已经爱上那女人、那城市。在笑意从我嘴唇上消失前，我迷迷糊糊地进入无梦的酣睡。

第二章

　　她一如平常时间走进利奥波德，在我附近的桌旁停下，跟朋友讲起话。这个时候，我再度思索着该用什么言语，形容她绿色眼睛所散发出的叶状光辉。我想起叶子和蛋白石，想起岛屿周边海域温暖的浅水区。但卡拉眼中那灵动的翠绿色更为柔和、更加温柔，且被瞳孔周围如向日葵的金色光芒照得熠熠生辉。最后我终于找到那颜色，在自然界中找到与她美丽眼眸完美匹配的绿，但那已是在利奥波德那晚之后好几个月的事了。奇怪而令人费解的是，我竟然没告诉她。如今，我真悔恨，悔恨当初没告诉她。

　　过去的事永远映照在两面镜子上：一面是明镜，映照已说过的话、已做过的事；一面是暗镜，映照许许多多未做的事或未说的话。如今我后悔没在一开始时，没在认识她的头几个星期时，甚至没在那个晚上就告诉她……我喜欢她。

　　与她有关的事物，我无一不喜欢。我喜欢她以瑞士腔美语唱出的赫尔维西亚歌曲，喜欢她恼怒时，以拇指和食指将头发慢慢推到后面的样子。我喜欢她聊天时的犀利聪慧，经过所喜欢的人或坐在他们旁边时，她自在、轻柔地触碰他们的样子。我喜欢她允许我目不转睛地凝视她，直到她觉得不自在，却仍面露微笑以淡化尴尬，而不将目光移开的样子。

她以那眼神直视世界，以那目光压倒世界，我喜欢她这一点，因为那时候我不喜欢这世界。这世界欲置我于死地或捉我入牢笼。这世界想把我捉回我逃脱的那座监狱，在那里，那些穿着狱警制服、领薪水做正事的家伙，曾把我拎在墙上踢，直到我断了骨头。或许这世界这样做有正当的理由。或许那是我应得的。但有人说，压制反而让某些男人心生反抗，而我一生时时刻刻都在反抗这世界。

这世界和我格格不入，在初认识的头几个月里，卡拉这么告诉我。她说，这世界一直想让我重新归顺，但徒劳无功。我想我完全不是那种宽容的人。而从一开始，我就在她身上看到了这种特质。从第一分钟开始我就知道她跟我多么相似。我知道她有着近乎残暴的决心，有着近乎残酷的勇气，有着极度渴望人爱的孤单。我全知道，但我一句话也没说。我没告诉她我有多喜欢她。逃狱后的最初几年，我变得麻木，人生的种种苦难轰得我身心俱疲。我的心走过无声的深渊。没有人、没有东西能伤我，没有人、没有东西能让我快乐。我变得坚强，但对男人来说，这大概是最悲哀的事。

"你快变成这里的常客了。"她揶揄道，在我桌边坐下时，用手弄乱我的头发。

我喜欢她这样，那意味着她对我已有精确的观察，她知道我不会生气。那时候我三十岁，长得丑，比一般人高，厚胸宽肩粗臂膀。很少有人弄乱我的头发。

"是啊，我想是。"

"你又跟着普拉巴克四处游玩了？今天去了哪里？"

"他带我去看了象岛石窟。"

"很漂亮的地方。"她低声说，眼睛望着我，但另有心事，"有机会的话，应该去这个邦北部的阿旃陀石窟、爱罗拉石窟去看看。我在阿旃陀的一个石窟里待过一夜，是我老板带我去的。"

"你老板？"

"对啊，我老板。"

"你老板是欧洲人，还是印度人？"

"其实都不是。"

"谈谈他是什么样的人。"

"为什么？"她问，直直瞪着我，面带不悦。

我只是想聊聊，想尽可能把她留在身边，跟我讲话，没想到她却回了这么突兀的一句，有着提防的味道。

"没什么，"我笑着回答，"只是好奇在这里如何找到工作、如何赚钱，就这样而已。"

"哦，我在五年前遇见他，在长途飞行航班上。"她说，看着双手，神态似乎恢复轻松，"我们在苏黎世搭上同一班飞机。我要飞往新加坡，但抵达孟买时，他已说服我跟着他下飞机，替他工作。到石窟那趟旅行……有点特别。他不知是通过什么办法，跟有关当局安排好那趟行程，我跟着他去那里，那一晚在一个大石窟里住，石窟里满是石雕佛像，还有上千只吱吱叫的蝙蝠。我很安全。他派了一名贴身守卫守在石窟外。但那是一次很不可思议、很奇特的经验。那真的帮我……看清事情。有时人得用适切的方式将自己的心打碎，如果你懂我的意思的话。"

我不清楚她话中的意思，但她停下来，希望我有所回应时，我装懂，点了头。

"打碎自己的心之后，人就会有所体悟，或者说你能感受到全新的东西，"她说，"那是唯有如此才能领会或感受到的东西。而我在那晚之后知道，在印度以外的地方，我绝不会再有那种感觉了。我知道那种感觉，但无法解释，不知怎的，我就是觉得自己像回到了家，温暖而安全。而且，嗯，我现在仍在这里……"

"他做哪一行？"

"什么？"

"你老板，他做什么的？"

"进口，"她说，"和出口。"

她陷入沉默，转头扫视其他桌子。

"想家吗？"

"我家？"

"噢，我是说你的另一个家。你没想过瑞士的家乡吗？"

"从某方面来说，我是想过。我来自巴塞尔，你去过那里吗？"

"没有，我没去过欧洲。"

"噢，那你该去，去时一定要去巴塞尔看看。你知道吗，那是座非常欧洲的城市。莱茵河贯穿巴塞尔，把它分成大巴塞尔和小巴塞尔，两边的风格和人情大不相同，就好像同时住在两座城市里。我曾经很中意这点，而且它就位于三个国家交会处，徒步就可以跨过边界进入德国和法国。只要离开这城市几公里，你就可以在法国吃早餐，吃法国长棍面包配咖啡，在瑞士吃午餐，在德国吃晚餐。我怀念瑞士，更怀念巴塞尔。"

她停下来歇口气，抬起头，隔着没上睫毛膏的柔软睫毛看着我。

"抱歉，帮你上了一堂地理课。"

"哪里，没有啦，请继续说，很有意思。"

"你知道的，"她说得很慢，"我喜欢你，林。"

她热情的绿色眼睛直盯着我。我觉得脸微微发烫，不是因为难为情，而是因为惭愧，惭愧她竟然把"我喜欢你"说得这么轻松，惭愧我不敢跟她说这句话。

"你喜欢我？"我问，努力想表现出随意问问的样子。我看她紧闭双唇，浅浅微笑。

"没错，你是个好听众。那很危险，因为那是令人难以抗拒的。有人倾听，真心诚意地倾听，是这世上第二难得的事。"

"那第一难得的事呢？"

"大家都知道。世上第一难得的是权力。"

"噢，是吗？"我问，放声大笑，"那性呢？"

"算不上。除了出于生理需求，性终究是为了权力。那才是人这么汲汲于追求性的原因。"

我再度大笑："那爱呢？许多人说爱是世上最难得的东西，而不是权力。"

"他们错了，"她说得简洁有力，"爱与权力相斥，因此我们才会这么害怕爱。"

"卡拉，我的大姐，你在说什么！"狄迪耶·利瓦伊加入我们，在卡拉身旁坐下，"我不得不下个结论，你对我们林兄居心不良。"

"你又没听到我们在说什么！"她叱责道。

"不需要听到，看他的表情就知道你说了什么。你在跟他说你那些谜一般的理论，搞得他晕头转向。卡拉，你忘了我太了解你了。来，林，我们会立刻治好你！"

他对着一名红衣侍者大喊"四号"，那男子制服的胸前口袋上印了数字"4"。"嘿！Char number（四号）！给我来瓶啤酒！卡拉，你要什么？咖啡？噢，四号！Ek coffee aur. Jaldi karo!（一杯咖啡。快！）"

狄迪耶·利瓦伊只有三十五岁，但脸上已满是横肉和深深的皱纹。他的脸部臃肿，透着忧愁，看上去比实际年龄老了许多。因为气候潮湿，他总是穿着宽松的帆布长裤、粗斜纹棉衬衫、起皱的灰色毛料运动外套。他浓密卷曲的黑发似乎永远和他的衣领上缘齐平，一如他疲倦脸庞上的胡子楂，看上去总像是至少三天没刮一样。他的英语口音很重，用英语挑衅、批评人时带着冷冷的恶毒，不管对方是熟人还是陌生人，都一样。有人讨厌他的粗鲁和爱教训人，但还是忍着，因为他常常很有用处，且偶尔还不可或缺。他熟门熟路，从手枪、宝石到最上等的泰国白色海洛因，不管是哪种东西，他都知道在这城市的哪个地方可以买到或脱手。而且，诚如他有时所吹嘘的，只要价钱合理，只要不致严重危害个人舒适和安全，他几乎无所不为。

"我们在谈人们对世上最难得的东西有不同的看法,"卡拉说,"但我没必要问你怎么想。"

"你会说我心目中最难得的东西是钱,"他懒洋洋地说道,"而我们俩的看法其实都没错。凡是精神正常、理性的人,终有一天会领悟到,钱几乎代表一切。从长远的历史来看,那些伟大原则和高贵道德都很有道理,但每天都要实际地过日子,是钱让人得以把日子过下去,人因为缺钱才不断努力。林,你呢?你怎么说?"

"他还没发表高论,而你一来搅和,他更没有机会说。"

"现在大家扯平啦,卡拉。说说看,林,我很想知道。"

"哦,如果你坚持的话,我要说是自由。"

"做什么的自由?"他问,说到最后一个字时微微发笑。

"我不知道,或许就是说'不'的自由。有了那种程度的自由,其实就够了。"

啤酒、咖啡送来。侍者把饮料往桌上重重一放,非常粗鲁无礼。那时候,孟买的商店、饭店、餐厅的服务,不再是迷人或讨好人的殷勤有礼,反倒变成唐突与敌视的粗鲁。利奥波德侍者的差劲态度远近驰名。卡拉曾说,那是全世界我最喜欢去的地方,因为会被当作粪土般看待。

"喝一杯!"狄迪耶举起酒杯与我的酒杯相碰,"敬自由……喝酒的自由! Salut(干)!"

他把高杯子里的酒喝了一大半,张开嘴大声舒口气,很是满足,接着把剩下的喝光。他替自己再倒了一杯,就在这时,又有两个人加入,坐在卡拉和我之间。一男一女,男的是个肤色黝黑、面带忧思、营养不良的年轻人,他表情抑郁、不苟言笑,是个西班牙人,名叫莫德纳,从事与法国、意大利、非洲游客的黑市买卖。他的同伴是个身材修长而貌美的德裔妓女,名叫乌拉,她接受他当她的男朋友已有一段时间。

"哈,莫德纳,你来得正好,下一轮酒就让你请。"狄迪耶叫道,伸手越过卡拉,拍打他的肩膀,"可以的话,我要一杯威士忌苏打水。"

这个较矮的男子被这一拍，立刻往后缩，面露不悦，但还是把侍者叫到他身边，点了饮料。乌拉跟卡拉讲话时夹杂着德语、英语，不知是无心还是有意，但因此盖住她谈话里最精彩的部分。"我怎么想得到，na？我怎么可能知道他是个 Spinner（胡说八道的人）？十足地 verrückt（疯狂）。我告诉你，一开始，他就只是直直盯着我。说不定你会认为那是个迹象？

"或许，他盯着人看有点太久了。Na ja（那好吧），在房间十分钟，er wollte auf der Klamotten kommen（他想射在我衣服上），在我最好的衣服上！我跟他扭打，才保住我的衣服，der Sprintficker（妈的）！Spritzen wollte er（他想射），在我整件衣服上！Gibt's ja nicht（结果没射）。后来，我去浴室吸了点可卡因，回来后发现 daß er seinen Schwanz ganz tief in einer meiner Schuhe hat（他的屌竟然深深插入我的一只鞋里）！你说怎么会有这种事？在我鞋子里！Nicht zu fassen（真是无法理解）！"

"看开点，"卡拉和颜悦色地说，"疯子总知道怎么找到你，乌拉。"

"Ja，leider（是啊，真遗憾）。我能说什么？老是被疯子爱上。"

"别听她的，我亲爱的乌拉，"狄迪耶安慰她，"男女间相处得好，有许多是建立在疯狂上。甚至，每段相处得好的男女关系，都是建立在疯狂上！"

"狄迪耶，"乌拉叹口气，说出他的名字时带着特别甜美的笑，"我有请你他妈的开口吗？"

"没有！"他笑笑，"但我原谅你这个错。大姐，这类事情，在我们之间，一向不用明示，彼此心知肚明。"

威士忌送来，四小瓶，侍者拿起用链条吊在皮带上的铜质开瓶器，撬开两瓶苏打水的盖子。他任由盖子弹落桌子，掉落地面，然后拿起脏抹布唰唰擦抹湿答答的桌面，水花四溅，逼得我们左闪右躲。

两名男子从餐厅里的不同地方走近我们的桌子，一个跟狄迪耶谈起话，另一个跟莫德纳说起话。乌拉趁这空当靠向我。她从桌子底下塞了东西到我手里，感觉像是一小捆纸钞，眼睛向我示意，要我装作没事。她跟我讲话时，我赶紧把纸钞塞进口袋，看都没看。

"你决定要在这里待多久了吗？"她问。

"还没，不急。"

"有没有人在某地等你，或等着你去见她？"乌拉问，堆起风骚的笑容，那笑容很老练，但没有感情。卖弄风骚已是她的习惯。她对客人、朋友、侍者，甚至她摆明不喜欢的狄迪耶，都摆出这副笑容。事实上，她对所有人都是如此，包括她的爱人莫德纳。接下来的年月里，我听到不少人批评乌拉是个骚货，有些人说得很难听。我不赞同他们。跟她混熟之后，我觉得她到处卖弄风骚，是因为那是她所知道的表达亲切的唯一方式。她借此表达和善，借此确保别人对她和善，尤其是男人。她深信这世间不够和善，而且不止一次如此表示过。那不是深刻的感觉，不是深奥的想法，但就此事来说，那不是什么错事，而且不伤人。不管怎样，她很漂亮，笑容讨人喜欢。

"没有，"我撒谎，"没有人等我，我没要去见什么人。"

"你完全没有，wie soll ich das sagen（我该怎么说），计划？没有任何打算？"

"也不能这么说。我要写本书，正在做研究。"

自逃狱以来，我已学到，跟人透露局部事实——我是个作家——给了我管用又可变通的借口。那够含糊，当我一旦多盘桓数日或仓促离去，也不致让人起疑；而"做研究"这字眼则够笼统，让我可以顺理成章地打听我有时得查明的某些事情，例如交通、旅行和取得假证件等问题。此外，这借口让我得以保有某种程度的隐私：光是放话说要讲讲我正在进行的工作，通常就能让想要打探我生活的人打退堂鼓，只有那些好奇到无可救药的人才不死心。

我曾经是作家。在澳大利亚时，我二十出头就在写作了。当我婚姻破裂，失去女儿的监护权，把人生葬送在毒品、犯罪、入狱、逃狱中时，我才刚出版第一部作品，正要在文坛扬名立万。即使在逃亡中，写作仍是我每日的习惯，仍是我例行作息的一部分。即使在利奥波德酒吧，我口袋里仍然塞满了草草写在纸巾、收据和纸片上的札记。

我从未停止写作，不管人在何处，不管处境如何，我都没改变这习惯。初来孟买那几个月的生活，我之所以能记得这么清楚，就是因为我一有时间独处，就写下我对那些新朋友的看法，还有跟他们交谈的内容。写作是保住我性命的功臣之一，每日将生活点滴形诸文字，天天如此训练，如此化繁为简，有助于我克服羞愧和随之而来的绝望。

"哎，Scheisse（妈的），我看不出孟买有什么好写的，这地方一无是处，ja（对吧）？我朋友莉萨说，他们造出'pits（鬼地方）'这个词时，心里想的就是这里。我觉得很贴切。可以的话，你应该去写别的地方，像是拉贾斯坦，听说那里不赖。"

"她说的没错，林，"卡拉补充，"这里不是印度。这里有来自印度各地的人，但这里不像印度。孟买是个自成一体的世界，真正的印度不在这里。"

"不在这里？"

"在别的地方，在光线照不到的地方。"

"我想你说的没错。"我答，微笑表示欣赏这措辞，"但到目前为止，我喜欢这里。我喜欢大城市，而这里是世界第三大城。"

"你说话的调调越来越像你的导游，"卡拉开玩笑说，"我觉得，普拉巴克可能把你教育得太成功了。"

"我想是吧，两个星期下来，他每天塞给我许多精确的数据。就一个七岁辍学、在孟买街上自己学会读写的人来说，他实在很不简单。"

"什么精确的数据？"乌拉问。

"嗯，例如，孟买人口官方数据是一千一百万，但普拉布说，从事非法买卖的人更了解实际的人口数，他们估计有一千三百万至一千五百万。而且，这里的人每天用两百种方言和语言在交谈。两百种，真够吓人！孟买就像是世界的中心。"

仿佛为了呼应这段有关语言的谈话，乌拉跟卡拉说话时速度很快，且刻意用德语。莫德纳示意离开，乌拉站起身，收拾钱包和香烟。这位不苟言笑的西班牙人不发一语地离开餐桌，走向通往街上的开放式拱道。

"我找到工作了。"乌拉当着众人说，嘟起嘴，显得很迷人，"明天见，卡拉。十一点左右，ja？林，如果你明晚也在，也许我们能一起吃晚饭？我很期待。拜！Tschus（再见）！"

她跟在莫德纳身后出去，酒吧里许多男人色眯眯地盯着她。狄迪耶趁机跑到别桌找几个熟人，剩下卡拉和我。

"她不会的，你要知道。"

"不会什么？"

"她明晚不会和你一起吃饭，那是她的一贯作风。"

"我知道。"我咧嘴而笑。

"你喜欢她，是不是？"

"是啊，我喜欢。怎样，你觉得很有趣？"

"从某方面来看是。她也喜欢你。"

她停住不语，我想她是打算解释她的观点，没想到她再度开口时，却改变了话题。

"她给了你一些钱，美元。她用德语跟我说了，以免莫德纳知道。你应该把钱给我，她会在明天十一点时找我拿。"

"好，现在就给你？"

"不，不要在这里给我。我得走了，等下有约。大概一小时后我会回来，可以等我到那时候吗？或者你再回来，到时候跟我碰面？你可以送我回家——如果你愿意的话。"

"行，我到时会在。"

她起身离开，我也起身，替她把椅子往后拉。她对我浅浅一笑，一边眉毛扬起，带着嘲讽或讥笑，或两者都有。

"我之前不是在跟你开玩笑，你真的该离开孟买。"

我看着她走出店门，跨进私人出租车后座。那车显然早已在门外等候。乳白色的车子慢慢驶进夜间缓缓移动的车流，前座乘客的车窗伸出一只男人的手，粗手指上握着一串绿色念珠。他向行人一挥，要他们让开。

又是孤家寡人。我坐下，把椅背往后靠着墙壁，让自己被利奥波德酒吧的活动和店里喧嚣的客人包围。

利奥波德是科拉巴最大的酒吧和餐厅，也是孟买较大的酒吧和餐厅之一。一楼临街的长方形店面和其他四家餐厅一样宽，靠两扇金属门进出，金属门往上卷，收进木拱，让店里的客人能饱览科兹威路——科拉巴最繁华、最缤纷的街道。二楼是较不显眼且有空调的小酒吧，由数根粗壮的圆柱支撑；一楼则由这些圆柱区隔成几个差不多大的区域，许多餐桌围着圆柱集中摆置。柱上和许多空白墙面上有镜子，为这酒吧增添了吸引顾客的一大特色：让他们能够小心翼翼，甚至完全不为人知地打量及欣赏其他人，或向其他人抛媚眼。对许多客人而言，看着自己的影像同时映现在两面或多面镜子上，乃是人生一大乐事。利奥波德是让人们来看人、被人看，还有看着自己被别人注视的地方。

那里大概有三十张桌子，每张桌面都是印度的熏珍珠大理石材质，搭配至少四把雪松木椅子。卡拉常戏称那些椅子是六十分钟椅，因为坐起来很不舒服，让客人坐不到一小时就想走人。挑高的天花板上有许多大吊扇在嗡嗡运转，让白色的钟摆形玻璃吊灯也跟着缓缓晃动。上了漆的墙壁、门窗与镜子的四周，都镶了桃花心木饰条。甜点和果汁用了多种水果，包括巴婆果（paw paw）、木瓜、番荔枝、橙、葡萄、西瓜、香蕉、柳橙与四种当令杧果。某面墙上整面陈列了这些水果，琳琅满目，美不胜收。硬柚木的大柜台像帆船的桥楼，坐落在忙碌的餐厅里。柜台后面可见到忙进忙出的侍者和蒸腾的炊煮热气，再里面是一条狭长的走道，偶尔可见到忙得不可开交的厨房一角。

　　凡是走过宽大的拱门，进入利奥波德这个由灯光、色彩、大量木质镶条构成的小小天地者，无不惊艳于它虽已褪色却仍华丽的优雅。但它最美丽绝伦之处，只有最卑微的工人才有幸欣赏，因为只有在酒吧打烊、清洁工在每天早上搬走桌椅时，地板的美丽才会展露出来。地板上精细复杂的瓷砖图案仿自北印度某宫殿的地板图案，黑色、奶油色、褐色的六角形，从中央光芒四射的旭日往外辐射。因此，为王公而设计的铺砌图案，只向清洁工——这城里最穷、最逆来顺受的工人——偷偷展露其无与伦比的奢华，而专注于炫目镜中映影的游客则无缘一窥其美丽。

　　每天早上开张，地板清理干净后，利奥波德难得有冷清的一小时，成为这熙熙攘攘城市里的宁静绿洲。从那之后直到午夜打烊，它总是高朋满座。客人来自全球上百个国家，许多当地人，包括外籍侨民和印度人，从城里各角落来这里做买卖。买卖的东西从毒品、货币、护照、黄金、性，到无形但同样有利可图的影响力，应有尽有。所谓的影响力，指的是台面下的贿赂、包庇。在印度，许多会面、升迁和合约都是靠贿赂、包庇促成的。

　　利奥波德是非官方的免税区，与科拉巴警局隔着一条热闹的大街，正面相对。向来很有效率的警察，对店里的勾当却全然视而不见。

　　但是一个奇特的二元对立法则却施行于楼下与楼上、餐厅内与餐厅外，且支配着在该处所进行的所有交易。印度妓女戴着茉莉花环，裹着缀有珠子的纱丽，浑身圆滚滚，不准进入楼下酒吧，只能在楼上酒吧陪客人。欧洲妓女只准坐在楼下酒吧，撩拨桌边的男人，或干脆在街上拉客。酒吧内可公开谈论毒品和其他违禁品的交易，但实际货品交易只能在酒吧外。常可见到买卖双方谈妥价钱，走出店外，一手交钱，一手交货，然后走回酒吧，坐回原桌。即使是官员和居间关说者也受这些不成文规则的约束：在楼上酒吧阴暗隔间谈妥的协议，却要在人行道上握手、交钱后才算真正搞定。这样就不会有非议，说人们是在利奥波德酒吧内收受贿赂或行贿。

区隔、连接合法与非法活动的细微规则，再没有什么地方比这里定得更巧妙，但这些规则并非利奥波德的多元小社会所独有。路边摊上的小贩，大剌剌贩卖名牌仿冒品；停在路边的出租车司机收受小费，对后座发生的不法或违禁情事睁一只眼闭一只眼；在对街警局卖力工作的警察，其中有些人付了高额的贿赂，才能取得这个市中心的肥缺。

在利奥波德连续坐了几晚，倾听周边桌子客人的谈话后，我听到许多外国人和印度人抱怨孟买贪腐横行，公共领域和商业领域无处不贪。在这城市待了短短几星期后，我就知道这些控诉往往有其道理，而且真有其事。但世上哪个国家没有贪腐？哪个体制没有不当使用金钱的事情？有权有势的精英人士借由打点回扣，借由在最盛大的群众大会上捐助竞选资金，图谋自己的事业和野心。有钱人都比穷人长寿、健康，不管哪里都一样。

不正当的贿赂和正当的贿赂，两者不同，狄迪耶曾经这么告诉我。不正当的贿赂，每个国家都一样，但正当的贿赂，是印度的特产。他说这话时，我会心一笑，因为我知道他的意思。印度是公开的，印度是坦率的。从到印度的第一天，我就很欣赏这点。我的本能不是去批评。在这个我渐渐喜欢上的城市里，我的本能是去观察、去融入，并乐在其中。在接下来的年月里，我的自由，甚至我的性命，就靠着印度人愿意睁一只眼闭一只眼的作风才得以保住。但那时我还没体会到这点。

"怎么，独自一人？"狄迪耶倒抽一口气，回到我桌边，"C'est trop（太过分了）！老哥，你难道不晓得，孤单一人在这里是有点讨人厌的事？我还得告诉你，讨人厌是我的特权。来，喝一杯。"

他在我旁边的椅子上一屁股坐下，叫来侍者加点饮料。几个星期以来，我几乎每个晚上都会在利奥波德跟他说上话，但我们俩从未单独相处。他决定在乌拉、卡拉或别的朋友回来之前，先过来跟我同桌的举动，叫我吓了一跳。这微微表示了接纳，我感激在心。

他不停用手指敲桌面，直到威士忌送来。他大口喝掉半杯，松快下来后，转头对我眯眼一笑。

"你在想事情。"

"我在想利奥波德这家店，眼睛四处看，想看个仔细。"

"这里很糟，"他叹口气，摇摇他长着浓密鬈发的头，"我受不了自己居然这么喜欢来这里。"两名男子朝我们走来，引起狄迪耶的注意。他们穿着在脚踝束口的宽松长裤，袖子与下摆都长及大腿的衬衫，外面套着深绿色背心。他们向他点头，他则回以灿烂的笑容并挥手，然后他们加入离我们不远的另一桌。

"危险人物。"狄迪耶低声说，眼睛盯着他们背后，脸上仍带着笑容，"阿富汗人。拉菲克，小个子那个，过去搞书的黑市买卖。"

"书？"

"就是护照。过去，他曾是老大，呼风唤雨的人物。现在，他搞巴基斯坦境内的赤砂海洛因生意。他靠赤砂赚了不少钱，但很怨恨失去书的生意。在争夺地盘时死了一些人，其中大部分是他的人马。"

照理他们不可能听到我们说话。但就在这时，那两个坐着的阿富汗人转身，盯着我们，一脸凶恶、严肃，好像在回应狄迪耶讲的话。跟他们同桌的另一个人弯身靠近他们，跟他们讲话。那人指着狄迪耶，然后指着我，接着他们转移目光，直直盯着我。

"该死的……"狄迪耶轻声重复，笑得更为灿烂，直到那两人再度转身背对我们，"要不是他们生意做得那么好，我才不想和他们做买卖。"

他说话时只有嘴角动，就像是狱卒监视下的犯人，叫我觉得好笑。在澳大利亚监狱，那种低声说话的技巧，叫作侧阀发声。那种说话表情，在我脑海里历历在目，加上狄迪耶的说话姿势，叫我不由得回想起狱中生涯。我闻到廉价消毒水的味道，听到金属钥匙的咔嚓声，摸到渗水的石头。往事突然重现脑海，乃是出狱者、警察、士兵、救护车司机、消防队员、其他见过和经历过创伤的人共有的经验。有时，回忆重现得太突然，与当下的环境太格格不入，这时唯一正常的反应就是失控的愚蠢大笑。

"你觉得我在开玩笑？"狄迪耶愤愤地吸着烟。

"没有，没有，一点都没有。"

"那是真的，我真的没骗你。为了抢那生意，曾爆发小战争。瞧，正说着，那场战争的胜利者也来了。那是拜拉姆和他的手下。他是伊朗人，是个打手，替埃杜尔·迦尼办事，埃杜尔则替这城市的黑帮老大之一，阿布德尔·哈德汗（汗，Khan，对领导者的尊称）卖命。他们赢了那场小战争，现在由他们掌控护照买卖。"

他微微点头，要我注意刚走进拱门的一票年轻男子。他们身穿帅气的西式牛仔裤和夹克，走到经理柜台，跟利奥波德众老板热情地打招呼，然后在店内另一头的桌边坐下。这票人的头头是个高大粗壮的男子，三十出头。他抬起圆圆的笑脸，从手下的头顶扫视店里，由右往左向其他桌的熟人一一点头、微笑致意。他瞄到我们这桌时，狄迪耶挥手示意。

"血迹，"他低声说，满脸堆笑，"短期内，这些护照仍会沾有血迹。对我而言，那没区别。就吃的来说，我是法国人；就爱情来讲，我是意大利人；就生意来说，我是瑞士人——非常瑞士，严守中立。但为了这些书，还会有人流血，我非常肯定。"

他转向我，眨了一次眼，再一次，仿佛要用他的浓眉斩断不切实际的念头。

"我肯定是醉了。"他说，带着令人高兴的惊讶，"我们再来一杯。"

"你喝吧，我喝完这杯就好。那些护照要多少钱？"

"从一百到一千，当然是美元。你想买一本？"

"不用……"

"啊哈！你的'不用'是孟买黄金贩子的'不'。那种'不'表示说不定，'不'说得愈斩钉截铁，就愈是说不定。需要时来找我，我会替你搞定，当然我要拿点抽头。"

"你在这里赚了不少……抽头？"

"嗯……嗯，马马虎虎啦，能赚多少是多少。"他咧嘴而笑，蓝眼珠因为酒精而发红闪烁，"我安排双方碰头。碰头时，我从双方那里拿取报酬。就在今晚，我安排了一笔买卖，两公斤的马尼拉大麻。你看那边，水果旁边的那些意大利游客，留着金色长发的男人和穿红衣的女孩，看到了吗？他们想买。那个人，你看到没？就是外面街上那个衬衫脏污、赤脚、等着拿佣金的家伙，他会把货交给我，我再把货交给阿杰。他做大麻买卖，厉害的坏蛋。看，他跟他们同桌，每个人都在笑。交易搞定了，我今晚的工作结束了，自由了！"

他敲敲桌面，示意侍者再来一杯，但小瓶酒送来后，他双手握着酒瓶一会儿，盯着瓶子瞧，陷入沉思，显得忧心忡忡。

"你打算在孟买待多久？"他问，眼睛没看我。

"不知道。怪了，最近几天，似乎每个人都在问我这件事。"

"你已经待了出奇地久。大部分人恨不得赶快离开这城市。"

"有个导游，名叫普拉巴克，你可认识？"

"普拉巴克·哈瑞？那个满脸笑容的人？"

"就是他。他带我四处参观了几个星期。我去过所有神庙、博物馆、画廊，还有一些市场。他说从明天早上开始，要带我看看这城市的另一面，他口中真正的孟买。听他说得很有趣，我会为此再留一段日子，然后再决定接下来要去哪里。不急。"

"不急，那真可悲。我如果是你，可不会这么大刺刺承认这事。"他说，仍盯着酒瓶。他不笑时，脸松垮垮的，毫无血色。他看上去有病，那种一定得治疗的病。"我们马赛人有句俗话：'不急的人，久久一事无成。'我已经不急八年了。"

他的心情突然改变，拿起酒瓶将酒哗啦啦倒进酒杯，笑着看看我之后，举起酒杯。

"来，喝一杯！敬孟买，一个让人不急的好地方！敬那些温文有礼、愿意收受贿赂的警察，他们受贿，尽管不是为了法纪，但也是为了秩序。敬 baksheesh（贿赂）！"

"就敬那个！"我说，举起酒杯和他的酒杯相碰，"那么，狄迪耶，你是为了什么留在孟买？"

"我是法国人，"他答，专注地看着他举到半空中的威士忌，"我是同性恋，是犹太人，是罪犯，差不多就是这顺序。孟买是唯一能让我同时保有这四种角色的城市。"

我们大笑、饮酒。他转头凝视宽敞的酒吧，渴望的眼神最后落在一群印度男子身上。那群人坐在店门口附近。他打量了他们一会儿，边打量边缓缓啜饮。

"好吧，如果你决定留下，那你还真挑对了时间。眼前是改变的时代。大改变。你看那些人，胃口很好、大吃特吃的那些人，他们是塞尼克（Sainik，士兵），替席瓦军[①]卖命的人。用当红的英语政治术语来说，就是打手。你的导游跟你谈起席瓦军了吗？"

"没有，我想没有。"

"我要说，那是刻意的遗漏。席瓦军是孟买的未来面貌。或许他们的模式和政治手法是每个地方未来的走向。"

"哪种政治手法？"

"噢，地域性的，以语言为基础的、种族的、搞分裂对抗的。"他嗤笑着回答，一副愤世嫉俗的样子，同时扳着左手手指，列举这四个特点。他的手很白、很柔软，指甲长，指缘底下藏污纳垢，黑得明显。

"恐怖的政治。我讨厌政治，更讨厌政治人物，他们把贪婪打造成

---

① 席瓦军（Shiv Sena），印度教极端主义政党，以马拉地人所建帝国的开国君主 Shivaji 为名。

宗教，不可原谅。人和贪婪的关系是非常私人的，不是吗？席瓦军控制了警察，因为他们是马哈拉施特拉的政党，而下层警务人员大部分是马哈拉施特拉人。他们也控制了一些贫民窟，还有许多工会、一些报纸。他们事实上无所不有，唯独缺钱。噢，他们有糖业大王和一些商人的支持，但真正的大钱，工业钱和黑钱，都掌控在帕西人和来自印度其他城市的印度教徒，以及他们最痛恨的穆斯林手里。就此上演了争夺战，guerre économique（经济战），他们嘴里讲着种族、语言、地区，背地里真正在搞的却是这个。

"他们正在改变这城市，每天拿掉一些，增加一些。甚至连名字都改了，从 Bombay 改成 Mumbai。他们目前还没办法改变各派的势力范围，但终有一天会成功。而且为达目的，他们几乎什么都敢做，几乎和任何人都可以合作。有的是机会、好运。就在最近几个月，一些塞尼克——噢，不是台面上位居高位的那些——和拉菲克及他手下的阿富汗人、警方谈成交易。警方把这城里的鸦片烟馆关到只剩几家，好换取金钱和特种利益。几十家上等鸦片馆，已经为吸鸦片者服务了数代的地方，就在一个星期内统统被关掉，永远被关掉！平常我对肮脏的政治没兴趣，也对杀得你死我活的大企业斗争没兴趣。这世上只有一种东西比政治的交易更残酷、更心狠手辣，那就是大企业的政治手段。但这一次，政治和大企业联手摧毁鸦片，我就火大了！我问你，孟买没有 chandu——鸦片——和鸦片馆，还叫孟买吗？这世界是怎么了？真是浑蛋！"

我看着他说的那些人，他们正埋头扒饭，吃得很起劲。几个大盘子摆满餐桌，每一盘里都有几个小盘子，分别盛着米饭、鸡肉和蔬菜。围桌而坐的五个人全没讲话，大部分时间低头对着餐盘，一口接一口把食物快速舀进嘴里，很少看一眼同桌的伙伴。

"很妙的一句话，"我说，张嘴大笑，"政治交易和大企业的政治手段那句话，令人激赏。"

"哈，老哥，那我可不能掠人之美。那最早是卡拉跟我说的，后来我就常拿来用。我对自己犯下的许多罪感到愧疚，老实说是犯下的大部分罪，但我从没有把别人的厉害说成是自己的。"

"好样的。"我大笑。

"这个嘛，"他吐了口烟，"人得有所为有所不为。毕竟，文不文明，主要得看我们禁止什么，而不在于我们允许什么。"

他停下，以右手手指敲打着冰冷的大理石桌面。好一会儿之后，他上下打量我。

"那是我的原创。"他说，对我没特别注意到这句话似乎很恼火。看我没反应，他又开口："关于文明那一句……那是我的原创。"

"真他妈的妙。"我立即回应。

"算不上什么。"他谦虚地说，然后盯着我的眼睛。我们两人放声大笑。

"冒昧问一句，那对拉菲克有什么好处，关掉所有鸦片烟馆那件事？他为什么赞成？"

"赞成？"狄迪耶皱起眉头，"哎呀，那就是他出的主意啦。嘎拉德（garad）——赤砂海洛因——比鸦片更有赚头。如今，每个吸食鸦片的穷人都改吸嘎拉德。拉菲克控制嘎拉德。当然，不是全部。从阿富汗经巴基斯坦进入印度的赤砂有几千公斤，没有人能完全掌控。但他掌控了其中一些，孟买赤砂海洛因的一部分。这可是大有赚头，老兄，大有赚头。"

"政客为什么赞成？"

"哎，从阿富汗进入印度的东西，不只赤砂和大麻，"他压低音量，再度从嘴角出声，向我透露秘密，"还有枪、重武器、炸药。在旁遮普邦，锡克人正在用这些武器；在克什米尔，则是穆斯林分离主义分子。你知道，有了武器，就有力量，替许多贫穷穆斯林发言的力量，而穆斯林是席瓦军的敌人。控制了毒品买卖，就能左右枪支买卖。席瓦军党急着想控制枪支流入他们的地盘，马哈拉施特拉邦急着想控制金钱和权力。看看那边，拉菲克与他手下的隔壁桌，那三个非洲人，两男一女，看到了吗？"

"嗯，我先前就注意到那女的，她很美。"

她年轻的脸庞上颧骨突出，鼻孔微张，嘴唇非常丰满，整张脸好像是奔流的河水在火山岩上雕凿而成。头发编成无数的细长辫子，上头缀有珠子。她跟朋友说了笑话，开怀大笑，雪白的牙齿闪闪发亮。

"美？我不觉得。就非洲人来说，我认为男人帅，女人只能算是迷人。欧洲人刚好相反。卡拉很美，而我从没碰见过像非洲男人那么帅的欧洲男人。不过这是题外话，我只想说那些尼日利亚人是拉菲克的客户，他们在孟买和拉各斯两地之间的生意，乃是与塞尼克人那桩交易的特许利益之一，也就是所谓的附加产品。席瓦军有人手在孟买海关，许多钱被私下贪污了。拉菲克的小阴谋是跨国阴谋，包含阿富汗、印度、巴基斯坦与尼日利亚在内，包含了警方、海关、政治人物等势力的阴谋。这一切全是某个更大斗争的一部分，那斗争的目的就是掌控这个我们又爱又恨的孟买。那一切的阴谋，全从我心爱的老鸦片馆被关闭的那一刻开始。真是可悲。"

"这个拉菲克，"我嘀咕着，语调不知不觉间流于轻浮，"很有男子气概。"

"他是阿富汗人，他的国家在打仗，老哥。套句美国人的话，那使他占尽了优势。他替瓦利德拉帮派联合会做事，那是势力最大的帮派联合会之一。他最亲密的战友是楚哈，孟买的狠角色之一。但在这里，在孟买这区，真正呼风唤雨的人是帮派老大阿布德尔·哈德汗。他是诗人、哲学家、黑帮老大，人称哈德拜（Khaderbhai），意思是哈德大哥。还有人比哈德拜更有钱，军火更强，但你要知道，他是很有原则的人，许多有利可图的事，他不愿干。但这些原则给了他——我不知道用英语怎么说——不朽的崇高地位，或许吧！而在孟买这一区，没有人比他拥有更实质的权力。许多人认为他是圣徒，拥有超自然能力。我认识他，我敢说哈德拜是我见过的最有魅力的男人。容我夸大地形容一下，这使他成为真正了不起的人，因为我这辈子已碰见过许多有趣的男人。"

他停顿片刻，我们互看着对方，这番话在彼此心中激荡。

"来，你没喝！我不喜欢一杯酒喝了这么老半天的人，那就像戴上保险套自慰。"

"不会吧，"我大笑，"我，呃，我在等卡拉回来。这时候她应该随时会到。"

"噢，卡拉……"他讲她名字时把颤音拉得老长，"你对我们神秘的卡拉到底有什么企图？"

"又来了。"

"或许应该问她对你有什么企图，对不对？"

他把那一升酒瓶里剩下的酒倒进他的酒杯，加上剩下的苏打水。他已持续喝了一个多小时，双眼像拳击手的手背一样布满血丝，但凝视的眼神并不飘忽，双手动作并不含糊。

"在刚抵达孟买几小时后，我就在街上看见她，"我自顾自地说了起来，"她身上有某种东西……我想我会在这里待这么久，她是原因之一。她和普拉巴克，我喜欢他们，见到的第一眼就喜欢。我是个平凡人，如果你了解我意思的话。就马口铁搭的棚户和泰姬陵两地而言，如果棚户里的人有趣的话，我会待在那里，而不会去泰姬陵。虽然我还没去过泰姬陵。"

"那里会漏水。"狄迪耶轻蔑地说道，三言两语把那栋建筑奇迹说得不值一顾，"但你说有趣？卡拉有趣吗？"

他再度放声大笑，笑声出奇地尖锐，近乎歇斯底里。他往我的背上重重拍了一下，使他手中的酒洒了一些出来。

"哈！说得好，林，我欣赏你，尽管我的称赞没什么公信力。"

他喝干杯中的酒，把酒杯往桌上重重一放，用手背擦拭他修剪到齐根的唇髭。看我面带疑惑，他把脸凑近我的脸，近到只隔几厘米。

"我解释给你听。看看这四周，你算算看有多少人？"

"嗯，六十到八十。"

"八十个人。希腊人、德国人、意大利人、法国人、美国人。来自各地的游客。吃东西、喝酒、聊天、大笑。还有来自孟买的人，包括印度人、伊朗人、阿富汗人、阿拉伯人、非洲人。但这些人当中，有多少人有真正的权力、真正的天命、真正的 dynamique（力量），可以掌控自己的处境、自己的时间、数千人的性命？我要告诉你，四个！这店里只有四个人很有力，其他人都像世界上大部分的人一样：无力、醉生梦死、anonyme（默默无闻）。卡拉回来后，这店里有力的人士就会变成五个。卡拉，你所谓有趣的人，就是这样的人。小老弟，从你的表情看来，我知道你没听懂。这么说吧，卡拉可以是很好的朋友，但也可以是很可怕的敌人。判断别人拥有什么权力时，得从他们与你为友、为敌两方面的能耐来看。而在这城市，一旦卡拉成为你的敌人，那可怕或危险的程度无人能及。"

他盯着我的眼睛，在寻找一些东西，从一眼移到另一眼，又移回原位。

"你知道我说的是哪种权力，对不对？真正的权力。让人大红大紫或死无葬身之地的权力。神秘莫测的权力，可怕至极又神秘莫测，可以活得毫无悔恨或遗憾的权力。林，你这辈子有没有做过什么让你后悔的事？"

"有，我想我……"

"你当然有，我也有，后悔……我所做过的事……或没有做的事。但卡拉没有。这就是为什么她能像其他人，这店里少数的其他人，拥有真正的权力。她的心肠和那些人一样，而你和我都没有那样的心肠。啊！对不起，我差不多醉了，我看到我的意大利朋友要走了。阿杰不会等太久，我得走了，得趁我完全醉倒前，去收我那微薄的佣金。"

他坐回椅子，两只柔软白皙的手抓住桌子，身体重重靠着桌边，猛地站起来。他没再说话，没看我一眼就走人。我看着他走向厨房，迈着老练酒鬼的步子左摇右晃、跌跌撞撞地从桌子间穿过。他的运动外套背部因靠着椅背而皱得厉害，长裤的屁股部位垂着几道松垮的皱褶。在还不是很了解他之前，在还不知道他靠着犯罪和激情，在孟买住了八年而没和任何人结怨、没向人借过一毛钱所代表的意义之前，我只把他当作一个逗趣但无可救药的酒鬼。这是很容易就会犯的错误，他的言行让人容易产生这种误解。

不管是哪个地方，黑市买卖的第一条规则，都是切勿让人看透你的心思。狄迪耶从这条规则演绎出：随时掌握别人对你的看法。破烂的衣服，纠结卷曲的乱发，某些地方还留着前一晚睡觉的压痕，甚至他爱喝酒，把自己塑造成一个软弱无能的酒鬼，而这其实是他刻意要营造的形象。他自己那角色演得惟妙惟肖，像个职业演员，让人相信他无害且无助，因为真正的他其实正好相反。

但我没多少时间思量狄迪耶和他那些令人费解的高论，因为不久后卡拉就回来了，我和她几乎立刻就离开餐厅。我们沿着海堤走了好长的路才到她的小房子，海堤从印度门延伸到无线俱乐部饭店。那条路又长又宽，又冷清。在我们右手边，一排悬铃木后方，坐落着饭店和公寓。零星的灯光映现了窗内的家居生活：一面墙上有尊雕塑；另一面墙上有个书架、一张套着木框的印度神祇海报，海报周边有花朵、袅袅上升的焚香；与街道齐平的窗户的一角，露出祈祷时紧握着的细长双手。

在我们左边是全球最大港湾的一部分，辽阔的漆黑海面上，百艘停泊船只的灯火星罗棋布。点点灯火后面的海平面上，近海的炼油厂高塔闪动着喷出的火光。天上不见月亮，已将近午夜，但气温仍然像午后一样炎热。阿拉伯海涨潮时，偶尔会带来水花，越过高及腰部的石堤：那是从非洲海岸，乘着西蒙风①，一路盘旋过来的水汽。

我们缓缓而行。我不时抬头望天，繁星点点，缀在黑色的夜幕中。牢狱生涯意味着年复一年不见日升、日落或夜空，每天十六小时，从下午到早上，关在囚房里。监狱不是地狱，但里面也没有天堂。它自成一个世界，但和地狱一样糟。

"你善于倾听的本事可能发挥得有点过头了，你知道吗？"

"什么？噢，抱歉，我在想事情。"我道歉，把思绪拉回眼前，"嘿，趁我还没忘记，这是乌拉交给我的钱。"

她收下那卷钞票，看都没看，塞进手提包。

"你知道吗，真是奇怪。乌拉搭上莫德纳，好摆脱把她当奴隶一样控制的另一个人。从某方面来说，如今她又成为莫德纳的奴隶。但她爱他，因此，她很羞愧自己竟然骗他，偷藏起私房钱。"

"有些人就是需要这种主奴关系。"

"不止是有些人，"她回道，口气突然带着令人不解的悲痛，"你跟狄迪耶谈自由，而他问你做什么的自由时，你回答，可以说不的自由。虽然很怪，但我觉得，更重要的是，说是的自由。"

"说到狄迪耶，"我轻松愉快地说，想改变话题，让她心情好一点，"我今晚等你时，和他聊了很久。"

"我想大部分是狄迪耶在说。"她以猜测的口吻说。

"嗯，没错，是这样，但很有意思，我喜欢这样。我们第一次那样聊。"

"他跟你说了什么？"

"跟我说？"这话问得我觉得事有蹊跷，隐隐表示有些事是他不该说的，"他跟我大略介绍了利奥波德某些人的背景。阿富汗人、伊朗人、席瓦军人——或任何其他的称呼，还有本地帮派老大。"

---

① 非洲、阿拉伯半岛等沙漠地带的干热风。

她浅浅一笑，带着无奈。

"狄迪耶讲的话，我是不会太当真的。他有时很肤浅，特别是他很正经的时候。他是那种一直对事情表面穷追不舍的人，如果你懂我的意思。我曾经告诉他，他太肤浅，所以他最能理解的东西就是露骨的污言秽语。有趣的是，他喜欢这样。我会为了狄迪耶说这种话：你不可以侮辱他。"

"我以为你们是朋友。"我说，决定不转述狄迪耶对她的看法。

"朋友……嗯，有时是，我不是很清楚何谓朋友。我们认识有几年了，过去曾住在一块，他有告诉你吗？"

"没有，他没有。"

"噢，我们在一块住了一年，是我第一次到孟买时。我们合住在要塞区一间摇摇晃晃有裂缝的公寓，四周的墙壁、天花板已开始碎裂掉屑。每天早上醒来时，脸上常有从下陷的天花板掉下的灰泥，走道上总有刚剥落的石块、木块和其他东西。一两年前雨季时，整栋建筑垮塌，死了一些人。我有时会回去那里，望着破洞里的天空，那破洞上面原本是我的卧室。我想你可能会说狄迪耶和我现在走得很近，但朋友，对我而言，每过一年，就觉得友谊这东西愈难理解。友谊像是没人及格的代数小考。在我心情糟透时，我想，所谓的朋友，顶多只能说是你不鄙视的人。"

她说得很正经，但我还是轻轻笑出声。

"太不近人情了，我想。"

她看着我，眉头紧蹙，然后也笑了起来。

"或许是吧！我很累，最近几个晚上我都没睡够。我不是有意挑狄迪耶毛病，但他有时候就是很烦人，你知道的。他有跟你说到我什么吗？"

"他……他认为你很美。"

"他这么说？"

"是啊。他说到白人、黑人的美，然后说卡拉很美。"

她扬起眉毛，微微吃惊又带着欣喜。

"好吧，我会把那当作天大的赞美，尽管他是个令人讨厌的大骗子。"

"我喜欢狄迪耶。"

"为什么？"她立即问道。

"这个嘛，我不知道，我想是他的专业本色使然。我喜欢学有专长的人，而且他带有某种悲哀……那悲哀有点触动我。他让我想起一些我认识的人和朋友。"

"至少他毫不隐瞒他的堕落。"她坚定地说，而我突然想起狄迪耶谈及有关卡拉的一件事——神秘莫测的权力，"或许那正是狄迪耶和我共通的地方，我们两人都讨厌伪君子。虚伪只是另一种残酷。狄迪耶不残酷。他狂放不羁，但不残酷。他以前是很安静的，但曾有几次，他的风流事迹成为轰动全市的丑闻，或至少是住在此地的外国人尽人皆知的丑闻。有一天晚上，他那爱吃醋的爱人，一个年轻的摩洛哥男孩，拿着刀在科兹威路上追杀他。他们两个浑身赤条条，在孟买，那可是非常惊世骇俗的事。而就狄迪耶来说，我敢说，那可叫他大大出丑。他跑进科拉巴警局，警察救了他。印度人对这类事观念非常保守，但狄迪耶有条守则——绝不跟印度人乱搞，我想他们敬佩他这作风。有些外国人来这里，只为了和印度年轻男孩上床。狄迪耶看不起这种人，他只跟外国人搞。如果这就是他今晚跟你说那么多的原因，我也不觉得奇怪。搞不好他是想钓你，所以跟你讲那些台面下的勾当、台面下的家伙，让你佩服他见多识广。噢，你好！Katzeli（猫咪）！嘿，你是从哪里来的？"

我们在路上碰到一只猫，它蹲坐在海堤上吃人类丢弃的一包东西，身子瘦弱，毛呈灰色。它蹲低身子，面带怒容，既低沉咆哮又呜呜哀叫，但它再度低头就食时，却乖乖让卡拉轻抚它的背。它干瘪又肮脏，有只耳朵被咬成玫瑰花芽状，身体两侧和背上有许多地方没有毛，露出尚未愈合的伤口。

我很惊讶这只瘦弱的野生动物竟肯让陌生人轻抚，惊讶卡拉竟然会做这种事。叫我更惊奇的是，这猫竟然那么爱吃以非常辣的辣椒为作料的蔬菜饭。

"唉，看它，"她温柔地说，"漂不漂亮？"

"噢……"

"你不欣赏它的勇气、活下来的决心？"

"抱歉，我不是很喜欢猫。我不讨厌狗，但猫……"

"但你非爱猫不可！在完美的世界里，人在下午两点时都会像猫。"

我笑："有没有人跟你说过你表达的方式很奇特？"

"什么意思？"她问，立刻转头看我。

即使在街灯下，都能看到她涨红着脸，几乎快要生气。那时候我不知道她着迷于英语着迷到有点走火入魔的地步。她努力读、写英语，绞尽脑汁想出她谈话中那些珠玑之言。

"我只是说你表达想法的方式很独特。别误会，我喜欢，非常喜欢。例如，呃……拿昨天来说，我们谈到真理。开头大写的真理，绝对的真理，最终的真理。世上有真理，有些东西是永远颠扑不破的吗？每个人，狄迪耶、乌拉、毛里齐欧，甚至莫德纳，都有他们自己的看法。然后你说，真理是每个人都假装喜欢的坏蛋。那句话给了我当头棒喝。你是在书上读到的，还是在戏剧或电影里听到的？"

"不是，是我自己想出来的。"

"哦，这就是了。我自认不可能转述别人的话转述得一字不漏。但你那句话，我永远不会忘记。"

"你赞同那句话吗？"

"哪句？'真理是每个人都假装喜欢的坏蛋'那句？"

"对。"

"不，我不完全赞同，但我欣赏那个观念，还有你表达那个观念的方式。"

她似笑非笑的神情叫我定睛凝视。我们沉默了好一会儿，在她开始瞥向旁边时，我再度开口，吸引她的注意。

"你为什么喜欢去比亚里茨①？"

"什么？"

"前几天，你说比亚里茨是你最喜欢的地方之一。我没去过，没办法体会，但很想知道你为什么那么喜欢那里。"

她微笑，皱皱鼻子，露出不解的表情，可能在嘲笑我，也可能心里觉得高兴。

"你还记得？那看来我应该告诉你，比亚里茨……该怎么解释……我想是大西洋的缘故。我喜欢冬天的比亚里茨，那时没有游客，海边的天气恶劣得能让人变成石像。只见人们站在荒凉的海滩凝望大海，像一尊尊雕像零散矗立在峭壁之间的海滩上，望着大海时心生恐惧，吓得一动也不动。那里和其他的海不一样，和温暖的太平洋或印度洋不一样。那里的大西洋，冬天时叫人不好受，残酷无情。你能感受到它在呼唤你，你知道它想把你拉走，拉下海。但那是一种美，我第一次真正望着它时感动得落泪。我想走向它，想放任自己没入那汹涌的波涛。没有什么比这更令人害怕的。但比亚里茨的人是欧洲最包容、最随和的，我想没有什么东西能让他们兴奋，也没有什么事情能让他们表现得太出格。那有点古怪：在大部分的度假胜地，人们的脾气普遍都不好，但海却是平静的；在比亚里茨，情形正好相反。"

"你有一天会回那里，我是说到那里定居？"

"不会，"她不假思索地回答，"如果我离开这里，永远离开，那就表示我会回美国。我在那里长大，在我父母死后。我希望在将来某一天能回去。我想我喜欢那里，最喜欢那里。美国散发出某种信心、直

---

① 比亚里茨（Biarritz），位于法国西南部大西洋岸。

率……一种很勇敢的气息。美国人也是。我不像美国人，至少我自觉不像，但跟美国人在一块很自在，如果你懂我意思的话，比在任何地方跟任何民族在一块更自在。"

"说说其他人。"我提议，想让她继续讲话。

"其他人？"她问，突然皱起眉头。

"利奥波德的人。狄迪耶和其他人。先从莉蒂希亚说起。你怎么认识她的？"

她神情不再那么紧绷，眼神飘过路边的阴影，然后抬头凝望夜空，仍然在想着，在思索着。街灯的蓝白光映照在她的嘴唇上、大眼睛里，化作水漾光彩。

"莉蒂希亚在果阿住过一阵子，"她开始说，声音里泛着柔情，"她跟一般人一样，为了双重目的而来到印度：交友和提升精神境界。她交到一些朋友，很喜欢他们，我想。莉蒂希亚还爱上一个人。但在精神方面，她一直不是很顺。她在同一年里回了伦敦两次，但又回到印度，想在心灵方面做最后一试。她是为追求心灵而来。她说起话强势而有主见，但她是个很有灵性的女孩。我想她是我们当中最有灵性的人，真的。"

"她怎么过活？我不是要打探隐私，就像我先前说过的，我只是想知道别人在这里怎么赚钱过活。我是说，这里的外国人都靠什么过活。"

"她是珠宝专家，专攻宝石和首饰。她替某些外国买家物色珠宝，抽取佣金，是狄迪耶替她找的工作。他在孟买人脉很广。"

"狄迪耶？"我笑，十足惊讶，"我以为他们彼此看不顺眼，唉！不到不顺眼的程度。我以为他们无法忍受对方。"

"唉，他们水火不容，真的，但也真的是好朋友。如果其中一个人发生不幸，另一个人大概会崩溃。"

"毛里齐欧呢？"我问，语调竭力保持平稳。这个高大的意大利人帅得让人受不了，又自信得让人受不了，我觉得他比我更了解卡拉，跟卡拉有交情，为此心里很不是滋味。"说说他的事？"

"他的事？我不知道他有什么事可说。"她答，又皱起眉头，"他父母双亡，留给他一大笔钱。他把钱都花光了，我想他因此练就了花钱的本事。"

"别人的钱？"我问。我大概问得太急切让她起了疑心，因为她拿问题反问我。

"听说过蝎子与青蛙的故事吗？青蛙同意背蝎子过河，因为蝎子答应不蜇它的那个故事？"

"听说过。然后过河过到一半，蝎子蜇了青蛙。它们慢慢沉入水里时，快溺死的青蛙问蝎子为什么要这么做，蝎子说因为它是蝎子，而蝎子天生是要蜇人的。"

"没错。"她叹口气，缓缓点头，眉头终于不再紧蹙，"毛里齐欧就是这样。知道这点，他就不是个麻烦，因为你不会同意背他过河。你懂我的意思吗？"

我在监狱待过，完全知道她的意思。我点头，问她乌拉和莫德纳的事。

"我喜欢乌拉，"她不假思索地回答，又对我摆出那种似笑非笑的表情，"她愚蠢、不可靠，但我同情她。她在德国时很有钱，染上海洛因成瘾后，她家人把她赶出家门，然后她来到印度。到印度后，她跟一个坏蛋厮混，一个德国男人，像她一样有毒瘾的人。他叫她在一个充满暴力与犯罪的地方工作，一个非常可怕的地方。但因为她爱那个家伙，为了他，她乖乖做。为了他，她大概什么都肯做。有些女人就是这样。在我看来，大部分恋爱中的女人都是这样。你开始觉得心像是挤了太多人的救生艇，为了不让它下沉，你抛掉骄傲，抛掉自尊和独立。不久后，你开始抛掉其他人，你的朋友，你认识的每个人。而这仍然不够，救生艇仍然在下沉。这时，你才知道，你就要跟着那救生艇一起沉下去了。我在这里看到很多女孩子有这样的遭遇，我想那就是我讨厌爱情的原因。"

我不确定她是在讲自己，还是在影射我。无论如何，这番话很尖锐，我不想听。

"那卡维塔呢？她有什么特长？"

"卡维塔很了不起！她是自由工作者，你也知道的，自由作家。她想当记者，我想她会如愿，我希望她如愿。她聪明、诚实、有胆识，也很漂亮。你不觉得她很性感迷人吗？"

"的确。"我附和，想起她那蜂蜜色的眼睛、丰盈匀称的双唇、修长会说话的手指，"她很美，但我认为，他们每个人都长得好看。就连狄迪耶，虽然神情委顿，却带有一丝拜伦勋爵的气质。莉蒂希亚很可爱，双眼总是带着笑意。她的眼睛是不折不扣的冰蓝色，对不对？乌拉长得像娃娃，圆圆的脸上有一双大眼、一对厚唇，但那是很漂亮的娃娃脸。毛里齐欧的帅，像杂志上的模特儿，莫德纳的帅不一样，像斗牛士之类的。而你……你是我这辈子见过的最漂亮的女人。"

就这样，我说了出来。就在我说出内心话而犹自震惊不已的当头，我仍不知道她是否已听懂，是否已识破我赞美他们和她漂亮的话语背后的含意，进而看出激发我说出这些话的那种痛苦：满怀爱意的丑男人时时刻刻感受到的那种痛苦。

她大笑，张大嘴巴尽情地开怀大笑，然后突然抓住我的一只手臂，拉着我往前走，走在人行道上。就在这时，一阵哐啷哐啷的撞击声从阴影处传出，仿佛是被她的大笑声引出来的。原来路边有个乞丐，骑坐在木质的小板车上，小车有金属滚珠轴承轮子，一路从人行道滑下马路。他靠双手划地前进，到了冷清的马路中央时，猛然转身，止住板车。他那细得像螳螂腿般的可怜双腿，交盘在板车上，塞在他身子底下，板车的平板只有一张对折报纸那么大。他穿着小学男孩的制服、卡其色短裤和粉蓝色衬衫。虽然他已经有二十好几，但这身衣裤对他而言仍然太大。

卡拉叫他的名字，我们停在他对面。他们用印地语交谈了一会儿。我盯着十米外的他，对他的双手很感兴趣。那双手很大，手背像他的脸一样宽。在街灯下，我看到他的手像熊掌一样，长了厚厚的肉垫。

"晚安！"一会儿之后，他用英语大声说道。他举起一只手，先是举到额头放下，然后再举到胸前，动作细腻，极其谦恭有礼。再一个急转身，带着炫耀意味的转身，他双手划地上路，在划下通往印度门的下坡时加快速度。

我们看着他消失在远方，然后卡拉伸手拉着我的手臂，再次领着我走在人行道上。我乖乖让她带着我走。我任由自己被婉约的海浪低诉声、被她如快板的声音所牵引，被那黑色夜空和她那比夜色更黑的秀发所牵引，被沉睡街道上的海水、树木与石头的气味所牵引，被她温暖肌肤上令人销魂的香水味所牵引。我任由自己被拉进她的生活、这城市的生活。我送她回家，道了晚安，然后轻声哼着歌，走过一条条寂静的街道，回到饭店。

第三章

"你是说我们终于要去看真正的买卖？"

"百分之百地真正，巴巴，"普拉巴克向我保证，"而且买卖也会非常多。接下来你会看到这城市真正的一面。通常我不会带游客去那些地方。他们不喜欢，而我不喜欢他们的不喜欢。有时，他们太喜欢那些地方，而我更不喜欢那样，是吧？你一定有个好头脑，才会喜欢那些东西；也一定有副好心肠，才不会太喜欢那些东西。我欣赏你，林巴巴。你是我的好朋友。第一天，我们在你房间喝威士忌时，我就清楚地知道这点。接下来，用你的好头脑、好心肠，你会把我的孟买看个透彻。"

这天我们搭出租车走在甘地路上，行经弗洛拉喷泉，前往维多利亚车站。距正午一个小时左右，那岩石峡谷上的车潮川流不息，许多人推着午餐车在路上奔跑，使车流大增。那些人从住宅和公寓挨家挨户收取午餐，放进名叫贾尔帕安（jalpaan）的锡质筒状容器，摆在长形木质手推车上的大托盘上，一辆手推车至少放六人份。他们推着餐车，在巴士、卡车、摩托车、小轿车来来往往的车道上穿梭，将午餐准时送到全市各地的办公室和店家。只有从事这项递送服务的人，才了解这行的窍门：了解这些几乎不识字的男子，如何利用符号、颜色和关键号码，拟出一套复杂得让人看不懂的规则，以标示、辨认不同的筒子；了解数十万个长得一模一样的筒子，如何日复一日，由以汗水润滑木轴承的轮车载着，快速送到全市各地数百万的客人手上，每次都不出差错；了解跑这样一趟是以几美分而非几美元计费。这条不可见的物流是何等神奇，把普通平凡的东西与不可思议的东西连在一起。在那些年月里，它流过孟买的每条大街小巷和每颗跳动的人心，若没有它，从邮政服务到乞丐的恳求，都将停摆。

"那巴士是几号，林巴巴？快说。"

"等一下。"我犹疑不定，从半开的出租车车窗费力往外看，努力想看出暂时停在我们对面那辆红色双层巴士正面那些卷曲的数字，"那是，啊，是104，对不对？"

"非常非常好！你已经把印地语数字学得很好了。这下你搭巴士、火车、看菜单、买大麻和其他好东西时，看数字就都没问题了。接下来我问你，alu palak 是什么？"

"alu palak 是马铃薯菠菜料理。"

"很好，但你没说'而且很好吃'。我喜欢吃这道菜。那么，phul gobhi 和 bhindi 是什么？"

"是……对了，花椰菜和……秋葵。"

"正确，'而且很好吃'，你又忘了说。Baingan masala 是什么？"

"是，啊……香料茄子。"

"又对了！怎么，你不喜欢吃茄子？"

"对，对，没错！茄子也好吃！"

"我不是很喜欢茄子，"他嗤笑着说，皱起他的短鼻子，"再告诉我，chehra、munh、dil 是什么？"

"好……你别说……脸、嘴、心，对不对？"

"非常正确，没错。我一直看在眼里，你用手抓食物吃，像标准的印度人吃法，做得很好。你向人要东西时，比如这个多少、那个多少、给我两杯茶、再给我一些大麻，都只讲印地语。这些我全看在眼里。林巴巴，你是我最棒的学生，而我也是你最棒的老师，对不对？"

"的确，普拉布，"我大笑，"嘿！小心！"

我大叫是想让出租车司机有所提防，只见他急转弯，及时避开正打算在我们前面转弯的一辆牛车。司机是个身材魁梧的男子，黑皮肤，嘴唇上有粗硬的短髭。我冒失大叫，保住一车人的性命，但他却似乎很火大。我们刚坐上这出租车时，他调整后视镜，直到镜子里看不到别的东西，只看到我的脸为止。在这桩惊险事件之后，他气鼓鼓地瞪着我，用印地语大吼大叫，痛骂了我一顿。他开车活像逃避追捕的歹徒，一路猛然左弯右拐，以超速甩开较慢的车子。对路上的其他人，他都是一副愤怒、凶恶、咄咄逼人的模样。碰上较慢的车挡路，他立刻冲到距前车只有几厘米的近距离，猛按喇叭，硬逼前车让路。如果慢车稍往左偏让他过，他就开到旁边，保持同样速度，破口大骂一会儿后才加速离开。如果前面又有慢车挡路，他就马上加速前逼，重复这手法。有时在疾驶当中，他会突然打开车门，弯身向外，把帕安汁吐到马路上，眼睛不看前方车况长达数秒。

"这家伙是个疯子！"我低声跟普拉巴克说。

"车开得是不怎么好，"普拉巴克回答，两只手牢牢抵住驾驶座椅背以稳住身子，"但我得说，他吐汁、骂人的本事一流。"

"天哪，叫他停下！"车子突然加速冲进混乱车阵，猛然左弯右拐，车身左摇右晃，我大叫，"他会害我们没命的！"

"Band karo（停）！"普拉巴克大叫。

他还骂了一句简洁的脏话，司机这下更火大了。在车子疾驰时，他转过头恶狠狠地瞪我们，嘴巴张得老大，露出牙齿，双眼圆睁，黑色的瞳孔充满愤怒。

"Arrey（嘿）！"普拉巴克尖叫，手指着司机前方。

太迟了。司机急转方向盘，双臂僵住，猛踩刹车。车子继续往前滑行，一秒、两秒、三秒。我听到他深深倒抽一口气，发出粗嘎的响声。那是吸气的声音，像是从河床烂泥里抬起一块扁石头。然后是轰隆声和破裂声，车子撞上一辆停在我们前面准备转弯的车。我们应声被甩到前面，撞上他的椅背，又传来两声轰隆爆裂声。又有两辆车子撞上我们。

玻璃碎片和镀铬金属饰板碎块，噼里啪啦落在马路上，在撞击后突然的寂静里，像是稀稀落落的冰冷喝彩。摔滚之中，我撞上车门。我感觉到血从眼睛上方的伤口流下，但除此之外，没有大碍。我一扭一扭从车底直起身，坐回后座，察觉普拉巴克的双手正放在我身上。

"林，你没受伤吧？没事吧？"

"我没事，没事。"

"你确定？没有什么地方受伤？"

"天哪，普拉布，我不在乎这家伙多会吐汁，"我紧张地大笑，既宽慰自己没事，又精疲力竭地安慰自己，"至少他拿不到小费。你没事吧？"

"我们得出去，林！"他回答，声音升高为歇斯底里的哀叫，"出去！出去！立刻！"

他那边的车门被卡死，他开始用肩膀顶，但顶不开。他伸手过来，试我这边的车门，立刻发现车门被另一辆车顶得死死的。我们对视，他显得很害怕，鼓起的眼睛里满是恐惧。我整颗心都凉了。他立刻转身，再度用身体猛撞他那边的车门。

我脑海里一片混乱，突然迸出一个清楚的念头：火。他在担心什么？心里一浮现这问题，我就不由得起疑心。我望着恐惧从普拉巴克喘着大气的嘴巴中呼出，心里认定出租车就要起火。我知道我们现在正被困在车子里。我在孟买见过的出租车，后车窗都只能开几厘米。车门卡死，车窗无法打开，车子就要爆炸起火，我们被困在里面。活活烧死……他是因为这样才那么害怕？

我望向司机。他瘫在方向盘与车门之间，一动不动，但发出呻吟。在薄衬衫底下，他那像算盘上一档算珠的背脊随着缓慢而微弱的呼吸起伏。车窗外出现几张脸，我听到一些激动的声音。普拉巴克看着人群，一下子转向这头，一下子转向另一头，脸部扭曲，显得非常痛苦。突然间，他爬到前座，使劲打开前乘客座车门，接着立即转身，格外用力地抓住我的两只手臂，想把我拉过隔开我们的座位。

"这边，林！立刻出来！快！快！"

我爬过座位。普拉克逃出车子，奋力钻进围观的人群，而我往司机的方向伸出手，想把他拉离卡住他的方向盘，但普拉巴克再度伸手抓住我，动作非常粗暴。他一只手的指甲抓破我的背，另一只手揪住我的衣领。

"别碰他！林！"他几乎是尖叫着说，"别碰他！别管他了，出来，立刻出来！"

他把我拖出车子，越过直往前挤的围观人墙。最后，我们坐在附近人行道的山楂树下，查看彼此的伤势。山楂树长在锻铁尖刺围篱里，部分枝叶伸出围篱。我右眼上方额头上的伤口没有想象中的严重，血已经止住，开始渗出清澈、浆状的液体。身上有几处疼痛，但没有大碍。普拉巴克托着硬把我拉出车子的那只手臂，看来很痛。手肘附近已经肿得很大。我知道那是很严重的挫伤，但似乎没伤到骨头。

"看来你错了，普拉布。"我说，同时面露笑容地替他点烟。

"错了？"

"这么惊慌地逃离车子，你真把我吓得半死。我以为会起火，结果现在看来没事。"

"噢，"他轻声回答，眼睛盯着前方，"你以为我担心起火？林，我不是担心车子起火，而是担心人群发火。你看看，那些人现在怎样了。"

我们站起身，忍着肩痛和颈椎过度屈伸所造成的疼痛，望向十米外的事故现场。已有约三十人围着那撞成一团的四辆车。其中一些人正努力将司机和乘客拉出受损的车子；其他人聚成数群，比手画脚，大声喊叫；更多的人从四面八方拥来。因为事故受阻而动弹不得的其他司机和乘客也都下车加入人群。在我们的注视下，三十人变成五十人、八十人，然后一百人。

有个人成为群众注目的焦点，就是那个试图右转，害我们的刹车完全死锁而被撞上的司机。他站在出租车旁破口大骂，非常生气。他是个拱背圆肩的男子，年纪四十五岁上下，身穿定做的灰色棉质猎装，把他大得离谱的肚子装进去。日益稀疏的头发凌乱，猎装的胸前口袋已被扯破，长裤有道裂口，脚下的凉鞋掉了一只。那狼狈的模样，加上他夸张的手势和不停的叫嚣，似乎让围观群众觉得比撞坏的车子更有意思，更吸引人。他的一只手被割伤，伤口从手掌延伸到手腕。围观群众因为看这出好戏而变得安静。这时他抹掉脸上伤口的血，灰色猎装因此染上红色，但他嘴里仍不住叫骂。

此时，另一边，几个男人把一名妇女抬到旁边的小空地，将她放在地上为她铺的一块布上。他们向群众叫喊着下达指示，一段时间后，一辆木造手推车出现，由几名露出胸膛的男人推着，这些人只穿着背心和缠腰布①。妇人被抬上手推车，她的红纱丽被折叠收拢起来，包住她的双腿。她可能是这男人的妻子——我无法确定，但他的怒火瞬间升高，变得歇斯底里。他粗暴地抓住她的双肩摇晃，扯她的头发。他以演戏般的夸大动作求群众评评理，猛然张开双臂，打自己淌血的脸庞。那是在夸大地模仿默片的动作，叫我不由得觉得荒谬又好笑。人受了伤是千真万确的，而愈聚愈多的群众里沸腾的民怨也是千真万确的。

半昏迷的妇人被简陋的手推车护送远去，那男子此时却冲向出租车门，猛然打开车门。群众反应一致，立刻把受伤而神志不清的出租车司机从车里拖出来，丢在引擎盖上。司机举起双手，气若游丝地讨饶，但十几、二十、五十几双手往他身上落下，又打又扯，他的脸、胸、腹、胯下都挨了拳头。指甲在他身上又抓又划，把他一侧的嘴角撕裂，裂口

---

① 缠腰布（lungis），用一块布缠腰而成、状如长裙的衣着。

几乎直达耳际，衬衫也被撕成碎片。那是瞬间发生的事。看着众人围殴那人，我告诉自己，这实在太突然了，我不知所措，没时间反应。我们所谓的懦弱，往往只是吃惊的另一种说法；所谓的勇敢，绝大部分谈不上有充分的心理准备。如果这事发生在澳大利亚，我或许可以更有作为，补救一下。但这儿不是你的国家，这不是你的文化……看着那人被围殴时，我这么告诉自己。

还有一个念头，那时隐晦不明而今清清楚楚的念头：那人是个白痴，喜欢侮辱别人而好斗的白痴，他鲁莽愚蠢的行为差点要了普拉巴克和我的命。群众对付他时，我心里闪过丝丝怨恨，而他们一拳、一吼或一推的报复，至少有一小部分让我感到泄愤的快感。我无助、怯懦、羞愧，袖手旁观。

"我们得做点什么……"我无力地说。

"已有够多人在做了，巴巴。"普拉巴克回答。

"不，我是说我们得……难道我们无法帮他？"

"这家伙？我们无能为力。"他叹口气，"林，你也看到了。在孟买，车祸是很糟糕的事。要尽快逃离车子或出租车或把你困在里面的东西。群众对这类事情很没耐性。看吧，要帮那家伙已经太迟了。"

群众的围殴快而猛，那男子的脸上和赤裸的躯干上，有许多伤口在冒血。在一个信号下（不知怎的，群众透过嘶吼和尖叫就收到了某种信号），那男子被高高举到头上，被抬走了。他的双腿紧紧并拢伸直，由十几只手牢牢托着。他双臂张开，与身体垂直，也被牢牢托着。头软趴趴地往后垂，布满汗水的松弛皮肤从脸颊垂到下巴。他双眼张开，还有意识，倒着往后瞧：那黑色的眼睛里布满着害怕与愚蠢的希望。马路另一边的车流自动分开，好让这些人通过。那男子由群众用手和肩扛着，犹如被钉在十字架上，缓缓消失于远方。

"嘿，林，走吧。没事吧？"

"没事。"我小声而含糊地说，勉强拖着脚走到他身旁。我的自信已消失于肌肉、骨头的酸痛中，举步维艰，每一步都如千斤重，靠意志死撑。吓到我的不是暴力，我在监狱里看过更惨不忍睹的景象，而且那时我的心情比现在平静得多。我矫揉造作的自满一下子烟消云散。我在孟买待了几个星期，看过神庙，去过市场，上过餐厅，交了新朋友，自认已渐渐了解这座城市，但眼前的公愤众怒让这城市一下子变得陌生。

"他们……会怎么处置他？"

"我猜，他们会带他去警局。克劳福市场后面有个警局，管那地区的。到了那里，或许他运气好能活着，或许会没命。这家伙很快就会遭到报应。"

"你见过这种事？"

"啊，见多了，林巴巴。有时我开我堂兄襄图的出租车。我见过太多愤怒的群众，这就是我那么担心你和我自己的原因。"

"为什么会变成那样？为什么他们那么疯狂？"

"谁晓得，林。"普拉巴克耸耸肩，加快脚步。

"等一下，"我停住，按住他肩膀要他放慢，"我们要去哪里？"

"继续去游览，不是吗？"

"我想……或许……今天就算了。"

"算了？为什么？我们有个十足精彩的交易要看，林巴巴。所以，走吧，na？"

"那你的手臂怎么办？不需要去给人看看？"

"林，不碍事的。这趟游览结束时，我们会在一个我常去的鬼地方喝点威士忌。那就是很好的药。所以，别说了，走吧，巴巴。"

"噢，既然你这么说，好吧。但我们该走别的方向，不是吗？"

"是会走别的方向，巴巴，"普拉巴克答，语气有点急迫，"但得先走这边！在火车站那边有电话。我得打电话给我堂兄，他现在在阳光餐厅工作，当洗碗小弟。他想替他兄弟苏雷什找个开出租车的工作，我得把被人抬走的那个司机的编号和老板名字告诉他。那家伙的老板需要新司机，这么好的机会，我们得快，不是吗？"

普拉巴克打了电话。几秒钟后，我们坐上另一辆出租车，他继续带我参观这城市的黑暗面，没有一丝犹疑，仿佛什么都没发生似的。他也没再跟我提起这事。我偶尔提起时，他只是耸耸肩，或者语气平淡地说我们运气好，没受重伤。在他看来，这场车祸就像夜总会里的斗殴，或足球比赛时各拥一方的球迷打群架，稀松平常，不值一提，除非你正巧置身那事件的核心。

但在我眼中，那场突如其来、野蛮、叫人困惑的暴动，那个出租车司机，整个人漂浮在头、肩、手翻涌的人潮中逐渐远去的景象，是个转折点。那件事让我有了新看法。我突然理解到，如果想留在孟买，留在这座我已爱上的城市，我就得改变，我必须投入。这城市不容我当个冷漠、疏离的旁观者。我如果想留下，就得认识到孟买会把我拖进她痴迷、愤怒的河流。我知道，我迟早得跨出人行道，走进那该死的群众，亲身接受磨炼。

怀着从那件骚动与奇事中滋生的这种决心，我跟着普拉巴克展开环游孟买黑暗面的旅程。首先，他带我到距董里区不远的一处奴隶市场。董里是孟买的人口密集区，以拥有清真寺、市场、专精蒙古料理的餐馆而著称。大道变成街道，街道变成巷道，最后巷子窄到出租车无法通行。我们弃车步行，蜿蜒曲折的小巷人来人往，非常热闹。顺着喀提林的巷子愈往里走，我们所处的时代离我们愈远。汽车和摩托车陆续不见踪影，空气变得较干净、清新，没有其他地方普遍弥漫的柴油和石油废气污染，我们闻到香料味和香水味。车声渐稀，终至不复闻，取而代之的是街头声音：一班小孩在小院子里背诵《古兰经》；妇女在门口捣香料、石头相碰的刮擦声；磨刀匠、拍松褥垫的、修理炉子的和其他沿街叫卖的小贩乐观的喊叫声。到处传来人们用嘴巴和手发出的声音。

我们走在迷宫般的巷弄，一个转弯，经过一长排停放脚踏车的铁架。接着，就连这些简单的机器也消失了。货物捆成一大捆，由挑夫顶在头上运送。热得人难以忍受、压得人喘不过气的孟买太阳，从此处卸下：巷弄里阴暗、凉爽、不见日光。建筑只有三层楼高，顶多四层，矗立在蜿蜒的小巷旁，像要俯身压来。天空只剩一抹淡蓝。

这些建筑古老而破旧。原本堂皇而气派的石造立面，如今剥落、脏污，散布着随意修补的痕迹。头顶上，到处可见小阳台往外突出，与对面的小阳台相会，距离近到伸长手就可以碰到对面阳台，把东西递过去。偶尔瞥见屋内，墙壁未粉刷，楼梯摇摇欲坠。许多人家敞着一楼窗户，以露出临时店铺，陈售的东西有糖果、香烟、食品杂货、蔬菜、器皿。显然，这里虽然铺设了水管，但很简陋。我们经过几个地方，看到那里的妇女拿着铁罐或陶罐到户外唯一的水龙头处取水。所有建筑表面爬着像蜘蛛网般纵横交错的电线和导线管，仿佛就连现代和现代动力的象征和来源都只是大手一挥就会被拂掉的、脆弱的临时管线。

左弯右拐的窄巷似乎属于另一个时代，随着我们愈深入迷宫巷弄，居民的外貌也似乎变得和现代愈遥远。在这城市其他地方寻常可见的西式棉质衬衫和长裤，随着我们脚步的深入，愈来愈罕见，最后除了在最年幼的小孩身上，这类打扮完全不见踪影。男人是色彩多样的传统打扮：长及膝盖、从脖子到腰部有成排珠母纽扣的丝质长衬衫；素色或带有条纹的束腰带长袖长袍；类似西方僧侣服的连帽斗篷；白色或念珠色、款式各异的无檐便帽，以及黄、红、铁青色的头巾。这一区虽然生活贫困，女人身上的饰物却很抢眼——虽不值钱，设计却极其繁复、用心。她们额头、脸颊、手和手腕上代表种姓地位的文身也同样抢眼。每个女人裸露的脚上，都戴了银铃脚镯和螺旋状黄铜趾戒。

这数百位居民的穿着，似乎是居家寻常打扮，是为自己而打扮，而非为出外溜达而打扮。他们以一身传统穿着示人，似乎安然自得。街道也很干净。虽然建筑龟裂、脏污，窄小的过道挤满山羊、鸡、狗和人，每个瘦削的脸庞流露着贫穷生活的愁容和空洞，但街道和人都极为干净，不见污痕。

接着我们转进更古老的小巷，巷道狭窄到两人错身而过都非常勉强。对面走来的人会先跨进门口，让我们先过，再前行。这些小路上方有顶棚和遮棚遮着，非常阴暗，前后能见度只有几米。我紧盯着普拉巴克，深怕落单迷路，走不出去。矮小的普拉巴克频频回头，要我注意前面路上松动的石头，或台阶与头顶上的障碍物。我全副心思在预防这些危险，因此失去方向感。我脑海中的孟买市地图旋转、模糊、渐渐消失，我无法判定海的方位，以及到这地区途中所经过的那些重要地标——弗洛拉喷泉、维多利亚车站、克劳福市场——的方位。我不知自己置身何处。我觉得自己太过深入这些窄巷，觉得敞开的家户大门和香水浓郁的人体，散发出让我透不过气的浓浓人情味，因而觉得自己似乎走在屋里，走在人家家里，而不是走在屋与屋之间。

我们遇见一位小摊贩老板，他穿着汗渍斑斑的棉背心，翻动盘子里的面糊状食物，盘里的油噗吱作响。盘子下的煤油炉发出蓝色火焰，这是周遭唯一的光源。那火焰很诡异，让人想起修道院的生活。他的心情写在脸上，日复一日、报酬微薄的工作，使他眼神里徘徊着某种极度痛苦与沉闷、压抑的愤怒。普拉巴克走过他身旁，走进黑暗。我走近那男子时，他转头正对我，眼神与我交会。一时之间，他蓝色火光下的愤怒全倾泻在我身上。

多年后，我结识的阿富汗游击队朋友在坎大哈攻城战附近的山上，聊了几小时印度电影和他们最喜爱的宝莱坞电影明星。印度演员是世界上最会演戏的演员，其中一人说，因为印度人懂得如何用眼睛叫喊。那位在小巷里以卖油煎食物为生的小贩，以叫喊的眼神盯着我，以笃定的姿态定住我，犹如他已把一只手伸进我胸膛。我动弹不得。我的眼神在说：我很难过，很难过你得做这工作，很难过你的世界、你的人生如此炎热、阴暗、无人过问，很难过我闯进……

他仍盯着我，手里紧握着煎盘的把手。我的心脏怦怦跳了一下、两下、三下，我满脑子可笑又可怕的想法，心想他是不是要把滚烫的热油往我脸上泼。恐惧让我不由得猛然移动脚步，我双手平贴着潮湿的石墙墙面，小心缓慢地走过他身旁。走到他身后两步时，我踩到路上的裂缝，重心不稳摔倒，把另一个人也拖倒。那人是个上了年纪的男子，身子瘦弱。隔着他粗糙的短袖束腰外衣，我感觉到他如柳条篮般的嶙峋瘦骨。我们俩重重一跌，跌在某户人家敞开的门口附近，那老人撞到头。我急忙起身，结果又踩在一堆松动的石头上而滑倒。我想扶起那老人，但有个老妇人蹲坐在门口，她拍打我的手，要我不要靠近。我用英语道歉，绞尽脑汁想着对不起的印地语怎么说——怎么说？普拉巴克教过我……Mujhako afsos hain……就是这句，我说了三四遍。那些话回荡在建筑与建筑间漆黑、寂静的走道上，犹如喝醉者在空荡荡的教堂里的祈祷。

那老人轻声呻吟，低头垂肩坐在门口。那老妇人用头巾一角擦拭他的脸，然后伸出头巾，要我看看上面鲜红的血迹。她一句话都没说，但满布皱纹的脸上全是鄙夷的不悦。她那简单的动作，伸出沾血头巾的动作，似乎在说：瞧，你这个蠢蛋，你这个笨手笨脚的野蛮人，看看你干的好事……

我觉得热气快让我窒息，漆黑和陌生的环境让我喘不过气。墙壁似乎在压迫我的双手，仿佛靠着双臂力撑，我才不致被墙壁完全包围。我往后退，离开那对老人，最初踉踉跄跄，然后猛往前冲，冲进那隧道的阴影。一只手腾空伸出抓住我的肩膀。轻轻一抓，但吓得我差点大叫。

"这边，巴巴。"普拉巴克说，轻声暗笑，"你跑到哪里去了？只有这条路。接下来沿着这走道外侧走，因为走道中间很脏，明白吗？"

他站在一处入口，身后是狭窄的走道，穿过两栋建筑的无窗墙之间。他微笑着，牙齿和眼睛闪现微光，但他身后一片漆黑。他转身背对我，张开双脚，直到两脚各顶到墙壁，然后双手抵墙，拖着擦着墙壁的脚，小步小步地走。他认为我会跟上。我正在迟疑，但见他拖着脚步的笨拙身影消失于漆黑中，赶紧伸出脚抵着墙，拖着脚跟上。

我听到普拉巴克在我前面，但光线太暗，看不到他。我一只脚偏离墙脚，靴子踩到路中央一坨黏糊糊的东西，一股恶臭从那又软又黏的东西里冒出来。我把双脚死贴着墙壁，小步往前滑行。有矮胖而厚重的东西滑过，厚墩墩的身体擦我的靴子，发出刮擦声。几秒钟后，又有一只，然后又有一只，摇摇晃晃经过我身旁，身体沉沉滑过我靴子的靴头部位。

　　"普拉布！"我吼叫，不知道他在前头多远，"有东西跟我们在一块！"

　　"什么东西，巴巴？"

　　"地上！有东西爬过我的脚！沉沉的东西！"

　　"这里只有老鼠在爬，林。没有别的东西。"

　　"老鼠？有没有搞错！这些东西大得像牛头。天哪，这叫什么观光，老哥！"

　　"大老鼠没关系，林。"普拉巴克轻声回答，声音从我前方黑暗处传来，"大老鼠很友善，不会伤人，如果你不攻击它们的话。只有一件事会惹得它们抓咬你。"

　　"什么事？快说！"

　　"大叫，巴巴，"他轻声答，"它们不喜欢声音太大。"

　　"噢，这下好！你现在才告诉我，"我压着嗓子说，"还有多远？我已经开始有点发毛了。"

　　我没发现他停了下来，一头撞上，把他顶在饰有镶板的木门门面上。

　　"到了。"他小声说，伸手敲门。敲门时敲一下停一下，再敲一下，再停一下，透着蹊跷。门里传来粗重门闩滑动的刮擦声和哐当声，门打开，亮光突现，刺得我们一时睁不开眼。普拉巴克抓住我的袖子，拉着我一起进去。"快，林！不能让大老鼠跑进去！"

　　我们走进一个小房间，墙上没有窗子，阳光只能从顶上盖着生丝绸的长方形天空中照进来。我听到人声从这死巷里传来。有个身形高大的男子砰一声关上大门，然后转身面对我们，沉着脸，露出牙齿。普拉巴克立刻开口安抚他，轻声细语，动作带着讨好的意味。那男子一再摇头，不时插嘴说"不行，不行，不行"。

他比我高。我离他很近，近到能听到他大鼻孔的呼吸声，就像是多岩海岸上风灌进洞穴的呼呼声。他头发很短，露出的耳朵像拳击手的练习手套那么大、那么多疙瘩。他的方脸表情多而生动，脸上的肌肉组织似乎比一般人背上的肌肉组织更为有力。他挺着大肚子，胸膛和我两肩一样宽，随着呼吸上下起伏。唇髭呈细致的匕首状，更增添他脸上的怒气。他看着我，带着十足的厌恶，叫我不由得暗自祈祷："老天啊，别要我跟这男人打架。"

他举起双手，要普拉巴克不要再用好话哄骗他。那是双大手，手上布满皱纹和硬得足以将停在船坞的油轮侧面的藤壶刮掉的老茧。

"他说不准我们进去。"普拉巴克解释。

"那好，"我答，伸手到那男子身后，急切地想开门，一副顺理成章的模样，"你可别说我们没试过开门走人。"

"不要，林！"普拉巴克制止我，"这件事我们得跟他理论理论。"

高个子男子双臂交叠在胸前，卡其衬衫的缝线绷得微微作响。

"我想这不是好主意。"我小声而含糊地说，带着不自然的微笑。

"绝对是好主意！"普拉巴克坚持，"游客不准来这里，或者应该说不准到其他任何人口市场，但我已经告诉他，你不是那样的游客，而且你会说马拉地语。他不相信，问题就在这里。他不相信有外国人会说马拉地语。因此，你得说几句给他听听。然后你等着瞧，他会让我们进去。"

"我只懂二十句左右的马拉地语，普拉布。"

"那就够了，巴巴。大胆说出来，你会明白。快，报上你的名字。"

"我的名字？"

"没错，像我教你说的那样。不是用印地语，而是用马拉地语。没问题，开口就是了……"

"啊，啊，maza nao Lin ahey（我姓林）。"我轻声说，没有把握。

"Baapree（我的天）！"高个子男子倒抽一口气，眼睛睁得老大，十足吃惊。

我信心大增，又讲了一些最近几星期普拉巴克教我的短语。

"Maza Desh New Zealand ahey. Ata me Colabala rahella ahey.（我的国家是新西兰，现在住在科拉巴。）"

"Kai garam mad'chud!"他大声说，首度露出笑容。这个短语的字面意思是"什么浑蛋东西"，但常在谈话中被恣意赋予新意，因此可以粗略翻译为表示惊讶或恼怒的"哇"。

大个子抓住我的肩头使劲紧捏，表示友善。

我把我知道的马拉地短语一股脑儿全搬出来，先秀出我请普拉巴克教我的第一句话——我非常喜欢你们的国家，最后搬出我在餐厅里常不得不提出，但在这斗室里显然很突兀的请求语——我喝汤时麻烦关掉电扇……

"够了，巴巴。"普拉巴克张开嘴咯咯大笑。我闭嘴不讲，结果换那高个儿兴奋地叽里呱啦猛讲。普拉巴克替他翻译，点头，比画双手。"他说他是孟买警察，名叫威诺。"

"他是警察？"

"千真万确，林。他是警察。"

"警察会管到这里？"

"没有啦，兼职而已。他说他非常、非常高兴认识你……

"他说你是他遇到的第一个会讲马拉地语的白人……

"他说有些外国人会讲印地语，但没有外国人讲马拉地语……

"他说马拉地语是他的母语。他是蒲那人……

"他说他们蒲那人说的马拉地语非常地道，你该去那里听听……

"他说他太高兴了！你就像他的儿子……

"他说你一定要去他家，让他请客，见见他的家人……

"他说那要一百卢比。"

"什么意思？"

"小费，林。要进去，就要一百卢比。现在就给他。"

"哦，没问题。"我从口袋里摸出几张纸钞，抽出一百卢比递给他。只见钱入他手掌，一下子就消失无踪，手法之利落，在警察圈里绝无仅有，就连藏豆骗术老手都要大叹不如。高个子男子以伸出双手握手的方式收下钱，一只手掌在胸前抹过，仿佛吃了三明治后抹掉胸前的碎屑，然后一副若无其事的老练样子，搔搔自己的鼻子。钱就这么消失不见了。他指着狭窄的走道，示意我们可以进去。

从大门和那道明亮的阳光之后，我们经过两个急弯，走了十几步，来到一个类似院子的地方。几个男子坐在粗糙的木质长椅上，另有三两个人凑在一起站着聊天。有些是阿拉伯人，身穿宽松的棉袍，缠着头巾。有个印度男孩在他们之间走动，奉上长玻璃杯红茶。有些男子好奇地打量普拉巴克和我，让人不悦。普拉巴克咧嘴而笑，挥手招呼。他们转过身去，继续他们的交谈。偶尔有一两个男子抬头，查看坐在长条木椅上、破旧帆布棚底下的一群小孩。

从明亮的入口小房间走过来时，感觉这里较暗。由几块帆布残片拼凑而成的大布高低不平，遮住院里大部分天空。四面墙壁都没有门窗，墙面是褐色和洋红色。透过帆布遮棚上的裂缝，我看到寥寥几个窗户，但都用板子封死了。这个约略呈方形的空间，其实不是真正的院子，看起来像是无意中形成的错误，像是几乎无人记得的一场建筑意外，似乎是在这拥挤的街区或其他建筑废墟上兴建和重建房子的过程中所形成的。地面铺的瓷砖是从废弃的厨房、浴室地板随意捡来的。两只无罩的灯泡像是结在枯萎藤蔓上的奇怪果实，提供一丝微弱的照明。

我们移到安静的一角，接下奉上的茶，静静啜饮了片刻。然后，普拉巴克用轻缓的语调向我介绍这里，这个他称为人口市场的地方。坐在破烂帆布棚底下的小孩是奴隶，来自西孟加拉邦的龙卷风灾区、奥里萨邦的旱灾区、哈里亚纳邦的霍乱疫区、旁遮普邦的分离主义战乱区。这些小孩出身于天灾人祸地区，被探子招募或买下，往往只身一人搭乘火车，横越数百上千公里路，来到孟买。

聚在院子里的男子是买家或代理商。他们看起来没什么兴趣，只顾着聊天，大部分时候不理会长条椅上的小孩，但普拉巴克告诉我，他们正在低调地讨价还价，而且就在我们看着时正要达成交易。

那些小孩瘦弱娇小。其中两个小孩坐在那里，四只手合握着一只蜂巢球。有两个小孩各伸出一只手拥住对方，依偎在一块。所有小孩都盯着那些吃得好、穿得好的买家和代理商，跟着他们的表情变化和戴有珠宝戒指的手做出的加强语气的手势，转移视线。那些小孩的眼睛，就像甘甜水井底部黑色的亮光。

怎么会有人这么冷酷无情？我怎么能看到那景象，看着那些小孩，却不出手制止？我为何没报警？我为何没弄把枪自行阻止这事？那原因就和所有大问题的原因一样，错综复杂。我是个通缉犯，被追捕的罪犯，生活在逃亡中。报警或向有关当局通报，不是我能做的。我是这个陌生国度的外地人：这不是我的国家，不是我的文化。我得更了解情况，至少得了解他们的语言，才可以大胆介入。人生的惨痛经验告诉我，竭尽所能想改善情况，有时即使抱持最纯正的动机，也会适得其反。我即使拿枪回来扫射那处奴隶市场，大概还会有同样的买卖在那迷宫般曲折巷弄的其他地方另起炉灶。我虽是外地人，对这可是很清楚。而在别处成立的新奴隶市场，说不定会更糟。我没有能力肃清这买卖，我心知肚明。

那时候我所不知道的，且在那"奴隶日"之后困扰我许久的，是我怎能待在那里，看着那些小孩而没有崩溃。很久以后我才理解，有部分原因出在澳大利亚监狱和我在监狱里碰到的人。其中有许多人已经是第四或第五次入监。而其中还有更多人和眼前这些印度童奴一样，小小年纪就在感化学校（男孩之家和少年训练中心）开始牢狱生涯。其中有许多人遭毒打、挨饿、关进独居房，还有被性侵犯。随便找个在监狱待得够久的人问问，对方都会告诉你，让人变得冷酷无情的东西就是司法制度。如今承认这事，我觉得奇怪又羞愧，但在当时，我很高兴某事、某人、某个经验已让我变得铁石心肠。普拉巴克带我游历孟买的黑暗面时，正是这铁石心肠让我不至于被刚开始听到的声音、见到的景象所伤害。

突然掌声响起，化为短暂回音，一名小女孩从长椅上起身，跳舞唱歌，唱的是某部印地语卖座电影里的情歌。接下来的几年里，我又听了数百次这首歌，每次听我都会想起那个小孩，十岁的小孩，和她出奇响亮、高亢、尖细的声音。她扭腰摆臀，模仿妖媚脱衣舞女郎，推高她根本未发育的胸部。买家和代理商突然间眼睛为之一亮。

普拉巴克扮起类似维吉尔[1]的角色。他不断用他那轻声细语解释我们所见到的和他所知道的。他告诉我，那些小孩若不是有幸来到人口市场，大概活不到今日。以物色孩童为业的探子游走于各灾区，哪里有旱灾、地震、水灾，哪里就有他们的身影。濒临饿死的父母看着自己的小孩陆续生病、死亡，因此见到这些探子就如见到救世主，立即跪下亲吻他们的脚，恳求他们买下一个儿子或女儿，好至少保住一个小孩。

那些待价而沽的男孩最终会在沙特阿拉伯、科威特或其他波斯湾国家担任骆驼骑师，在骑骆驼比赛中给有钱的达官贵人提供午后娱乐。普拉巴克说，其中有些人会在这样的比赛中重伤致残，有些人则丢掉小命。有幸保住性命的人，最后因为长得太高而不适合比赛，下场往往是被遗弃，自谋生活。女孩则会到中东各地的人家工作，有些人会成为性奴隶。

---

[1] 维吉尔（Virgil），古罗马诗人，在但丁的《神曲》里，充当地狱的导游人。

但他们活着，普拉巴克说，那些男孩和女孩。他们是幸运儿。每有一个小孩经过这里的人口市场转卖到他地，就代表另有至少一百名小孩遭受着难以言说的饥饿而死亡。

提及饥民、死者、奴隶时，普拉巴克的语调保持一贯的愉悦、轻快。事实真相比个人体验更奥妙，有些事不是我们眼见为凭，甚至不能以我们的感觉为准，那是让人领悟光凭聪明未必能看透人世奥妙的一种真相，让人明白感受与现实不能混为一谈的一种真相。面对那真相，我们通常无能为力。了解那真相所要付出的代价，就像是了解爱所要付出的代价，有时大到无人愿意承受。那不尽然会使我们更爱这世间，但的确使我们不至于去恨这世间。而了解那真相的唯一办法，就是对别人说出真相，就如同普拉巴克告诉我的那样，就如同我现在告诉你们的那样。

第四章

"有没有听说过博尔萨利诺帽（Borsalino hat）测验？"

"什么测验？"

"博尔萨利诺帽测验，用来证明帽子是真正的博尔萨利诺帽，还是劣质仿冒品。你知道博尔萨利诺吧？"

"抱歉，我得说我不知道。"

"啊哈。"狄迪耶露出笑容。那笑容带着惊讶、调皮，还有不屑。不知怎的，这三种成分合成的笑容竟迷人得叫人弃械投降。他微微向前倾身，头偏向一边，黑色鬈发晃动，仿佛在强调他解释的重点。"博尔萨利诺是顶级的衣物。许多人，包括我本人，都认为它是有史以来最出色的男士帽。"

他举起双手在头上摆出帽子的形状。

"宽檐帽，黑色或白色，用 lapin（兔子）毛制成。"

"所以，只是顶帽子，"我以自认为和颜悦色的语气补充道，"我们谈的是兔毛制的帽子。"

狄迪耶火大了。

"只是顶帽子？拜托，老哥！博尔萨利诺不只是顶帽子，博尔萨利诺帽是艺术品！上市前经手工刷过上万次。米兰和马赛有眼光的黑帮分子，好几代以来都把它视为最有品位的表征。'博尔萨利诺'这名字成为黑帮人士的 synonyme（同义词）。米兰、马赛黑社会那些无法无天的年轻小伙子，就叫作博尔萨利诺。那是黑帮分子还有品位的时代。他们知道，如果要过为非作歹的生活，以偷抢和开枪杀人为生，穿着就不能太随便，不是吗？"

"那是他们最起码该做的事。"我微笑附和。

"但你也知道，如今，很可悲的，只剩下个人化的风格，而没有品位。那是这时代的特征，我们生活的这个时代，品位变成个人风格，而非个人风格变成品位。"

他停下来，给我片刻时间体会这番话的深意。

"话说回来，"他接着说，"测试博尔萨利诺帽的真伪时，要将帽子卷成筒状，卷成非常紧实的筒状，穿过结婚戒指。穿过之后，如果没有消不掉的皱褶，弹回原形，毫无损伤，那就是真的博尔萨利诺帽。"

"你是说……"

"就是这样！"狄迪耶大叫，用拳头重重捶击桌面。

我们正坐在利奥波德酒吧里，靠科兹威路的方形拱门附近，时间是八点。隔壁桌的一些外国人听到这突如其来的刺耳声纷纷转过头来，但店里的伙计和常客不理会这法国人。狄迪耶在利奥波德用餐、喝酒、高谈阔论已有九年。他们都知道跟他相处时，他有条容忍的上限，你如果越过那界线，他可是很危险的。他们还知道那条线不是画在他本人生命、信念或情感的软沙上，而是画在他所爱的人的心上。如果伤了那些人的心，不管是哪种方式的伤害，都会惹得他翻脸无情，火大到要人命。但除了真正的肢体伤害，还没有哪个人的言语或行为真正冒犯或触怒他。

"Comme ça（就这样）！我要说的就是这样！你那个矮个子朋友，普拉巴克，已经对你做过帽子测验。他把你卷成筒状，穿过结婚戒指，好判定你是不是真的博尔萨利诺帽。他带你去看、去听这城市不好的东西，用意就在这里。那就是博尔萨利诺帽测验。"

我静静啜着咖啡，心知他讲得没错，普拉巴克带领的黑暗之旅原本就有测试的意味，但我不愿承认，不愿让他称心如意。

傍晚到来的游客，有德国人、瑞士人、法国人、英国人、挪威人、美国人、日本人和其他十几个国家的人。他们渐渐散去，换成夜客进场，夜客有印度人和以孟买为家的外籍侨民。每天晚上，游客回到安全的饭店时，就是当地人收复利奥波德酒吧、莫坎博、蒙德迦咖啡屋、亚洲之光的时候。

"如果那是在测试我，"我最后还是承认，"那他想必认为我已过关。他邀我去拜访他家，到这个邦北部他老家的村子。"

狄迪耶挑着眉，摆出夸张的惊讶表情。

"要去多久？"

"不知道。我想，一两个月，或许更久。"

"啊，那就是了，"他断言道，"你那矮个子朋友爱上你了。"

"你这话说得有点离谱。"我反驳，面带不悦。

"嘿，你不晓得。在这里，你要提防你遇见的人对你动感情。这里和其他地方不一样，这里是印度。来这里的每个人都会坠入爱河，我们大部分人都坠入爱河许多次。而印度人，他们最爱这事。你那矮个子朋友说不定已经爱上你，这没什么奇怪的。从这国家，特别是这城市的漫长历史经验来看，这没什么奇怪。对印度人来说，这事常发生，很容易发生。他们有十几亿人，竟能够相当平和地生活在一块，原因就在这里。当然，他们并不完美。他们知道如何打仗，如何相互说谎、欺骗，知道我们做的所有事。但印度人知道如何相爱，这点是世上其他民族比不上的。"

他停下来点根烟，然后像挥舞小旗杆一样挥动，直到侍者注意到他为止，并点头表示会再送上一杯伏特加，他才住手。

"印度的面积大概是法国的六倍大，"他继续说，酒和咖喱调味点心送来了，"但人口是法国的将近二十倍。二十倍！相信我，如果有十亿法国人住在那么稠密的地方，肯定会血流成河。血流成河！而大家都知道，我们法国人是欧洲，甚至是世界上最文明有礼的民族。没有爱，印度不可能存在。"

莉蒂希亚过来加入我们，在我左边坐下。

"狄迪耶，你这会儿在讲什么，你这个浑蛋？"她问，一副老朋友的口气，她的南伦敦口音让"浑蛋"的第一个音节听来像东西裂开。

"他只是在告诉我，法国人是世界上最文明有礼的。"

"举世皆知的事实。"他补充说。

"大哥，等你们从村落和葡萄园里制造出一个莎士比亚，我或许就会同意你的话。"莉蒂希亚堆着笑脸，低声说道，那笑半是亲切，半是优越感。

"小姐，请别误会我不尊敬你们的莎士比亚，"狄迪耶回嘴，开心大笑，"我喜欢英语，因为英语里有太多法语。"

"Touché（说得对），"我咧嘴而笑，"我们英语也这么说。"

这时乌拉和莫德纳到来，坐下。乌拉一身妓女打扮，身穿颈部系带、露出背部和肩部的黑色紧身连身短裙，网袜，细高跟鞋，颈子和耳朵上戴着亮眼的假钻。她跟莉蒂希亚两人的打扮形成鲜明的对比。莉蒂希亚穿着上等的象牙色织锦夹克，里面是宽松的棕色缎子裤裙，脚上一双靴子。她们的脸部也形成一种强烈而令人意外的对比。莉蒂希亚的眼神妖媚、直接、自信，散发着讥讽和神秘；乌拉虽然浓妆艳抹，一身职业需要的性感打扮，但蓝色大眼里只透露着单纯，老实而空洞的单纯。

"狄迪耶，你不准跟我说话，"乌拉一坐下立刻开口，伤心地噘着嘴，"我跟费德里科闹得很僵，三个小时，都是你的错。"

"Bah（啊）！"狄迪耶厉声说道，"费德里科！"

"唉！"莉蒂希亚加入战局，把一个音拉成三个长音，"年轻帅哥费德里科变了，是不是？别卖关子了，我亲爱的乌拉，把事情说来大家听听。"

"Na ja，费德里科信了教，为了那件事，他快把我气疯了，都是狄迪耶搞的。"

"没错！"狄迪耶补充说，厌恶之情写在脸上，"费德里科信了教，真是不幸。他不再喝酒，不再抽烟，不再吸毒，当然也不再和人上床乱搞，甚至不和自己搞！真是暴殄天物。那个男人曾是堕落界的奇葩，我最出色的学生，我的杰作。现在变成那样，实在让人受不了。他现在是个好男人——最糟糕的字眼。"

"唉，有得就有失，"莉蒂希亚叹口气，装出同情的样子，"你绝不能因此而泄气，狄迪耶。还有鱼可以让你煎炒，大快朵颐。"

"值得同情的应该是我，"乌拉呵斥，"费德里科昨天从狄迪耶那儿回来后，心情非常差，今天还在我家门外哭。Scheisse！Wirklich（千真万确）！哭了三个小时，激动地跟我说什么得到重生的事。最后我为他难过。我请莫德纳把他和他的《圣经》丢到街上时，心里很痛苦。都是你的错，狄迪耶，我永远不会原谅你。"

"狂热分子，"狄迪耶若有所思地说道，全然不理会乌拉的叱责，"似乎总带有那种生气勃勃、眼神专注的表情。他们带着虽然不自慰，但几乎时时刻刻想着自慰的那种人的表情。"

"我真的很爱你，你也知道，狄迪耶，"莉蒂希亚断断续续地说，穿插着哈哈大笑，"即使你是个可鄙的家伙（a despicable toad of a man）。"

"不，你爱他，因为他是个 despicable toe of a man。"乌拉说。

"小姐，是 toad（蟾蜍），不是 toe（脚趾）。"莉蒂希亚耐心地纠正，仍然大笑，"他是个蟾蜍男，不是脚趾男。可鄙的脚趾不合情理，是不是？我们不会只因为他是个男人的脚趾就爱他或恨他，对不对，小姐，即使我们知道那是什么意思？"

"莉蒂希亚，你也知道我不是很善于说英语笑话，"乌拉坚持道，"但我想他是个又大又丑又多毛的男人脚趾。"

"你要知道，"狄迪耶抗议道，"我的脚趾，还有我的脚，特别漂亮。"

卡拉、毛里齐欧、一名三十岁出头的印度男子，从热闹的夜街走进来。毛里齐欧和莫德纳加入我们的第二张桌子，然后我们八人点了酒和吃的。

"林、莉蒂希亚，这位是我朋友维克兰·帕特尔。"在众人较安静时，卡拉宣布道，"他在丹麦度了一个长假，一两个星期前回来，我想这里只有你们俩没见过他。"

莉蒂希亚和我向这位新来者介绍了自己，但我的目光其实只落在毛里齐欧和卡拉身上。他坐在她身旁，我的正对面，一只手摆在她椅背上。他相当靠近她，两人讲话时头几乎碰在一块。

丑男人看到帅哥时，心里会很不是滋味，那感觉还不到痛恨，但更甚于厌恶。那感觉当然不可理喻且没有来由，但挥之不去，藏在嫉妒所投下的长长阴影里。你爱上美丽女子时，那感觉就会偷偷爬出，爬进你的眼神。我看着毛里齐欧，心里就生出些许这样的感觉。他整齐洁白的牙齿、平滑的肌肤、浓密而黑的头发，比他性格上的缺陷，让我更快、更坚定地讨厌他。

卡拉很美：她的头发梳成法式卷卷头，如河水流过的黑石般闪耀，绿色眼睛绽放出坚定而愉悦的光彩。她身穿印度长袖纱瓦尔^①上装，下摆超过膝盖，下身是橄榄绿丝质布料的宽松长裤。

"玩得很开心，yaar。"新加入者维克兰说，这时我的思绪也回到眼前，"丹麦非常新潮，非常酷。那里的人很有教养。他们真是他妈的自制，叫我无法相信。在哥本哈根，我去蒸桑拿。那地方真他妈的大，yaar，男女混浴，男男女女在一块，全光着身子走来走去。完完全全、

---

① 纱瓦尔（salwar），南亚国家女子穿的宽松套装，一般有三个套件，分别是上衣、围巾与长裤。

彻彻底底脱光，但没有人有反应，甚至没有人偷瞄，yaar。印度男人办不到。他们会沸腾，我告诉你。"

"你沸腾了吗，维克兰老兄？"莉蒂希亚问，声音动人。

"开玩笑！我是那里唯一包浴巾的男人，也是唯一勃起的男人。"

"我不懂。"乌拉说，我们止住大笑。那话说得很平淡，既不是在抱怨，也不是在要求进一步解释。

"嘿，我每天去那里，去了三星期，yaar，"维克兰接着说，"我想只要在那里耗得够久，我就会习惯，就像那些超酷的丹麦人一样。"

"习惯什么？"乌拉问。

维克兰对她皱起眉头，觉得很伤脑筋，然后转向莉蒂希亚。

"无效，没有用。三个星期后，我仍然得包着浴巾。我再怎么常去那里，看到那些有弹性的奶子上下左右晃啊晃的，我就翘起来。我能说什么？我太印度，不适合那个地方。"

"印度女人也一样，"毛里齐欧有感而发说，"她们即使做爱时都不肯脱光。"

"唉，也不尽然，"维克兰继续说，"总之，问题出在男人。印度女人是愿意改变的。中产阶级家庭的印度少女，急着想改变，yaar。她们受过教育，接受短发、短裙、短暂恋情。她们愿意改变，但男人扯她们后腿。一般印度男人十四岁左右就性成熟了。"

"这个我想听。"莉蒂希亚低声说。

卡维塔·辛格在不久前走近我们，维克兰发表他对印度女人的高论时，她已站在维克兰身后。她留着有型的短发，身穿牛仔裤和白色针织套衫，套衫上印有纽约大学的校徽。她是活生生的女人，维克兰刚刚高谈阔论的对象，如今就活生生站在眼前。

"你真是个烂人，维克兰，"她说，在他对面、我右手边坐下，"你说了这么多，结果你却和其他男人一样坏。你妹妹如果敢穿牛仔裤和紧身针织套衫，yaar，看你会怎么说她。"

"嘿，那件紧身针织套衫是我去年在伦敦买给她的！"维克兰反驳。

"但她穿着去听爵士音乐会时，你还是没给她好脸色看，不是吗？"

"唉，我哪知道她会把那穿去外头。"他自知理亏地说，引来大家的大笑和嘲笑。维克兰本人笑得最大声。

维克兰·帕特尔身材与身高普通，但他普通的地方就只有这两方面。浓密卷曲的黑发衬托出他俊俏而聪明的脸庞。炯炯有神的淡褐色眼睛散发着自信，鼻子长而呈鹰钩状。唇上的小胡子两端沿着嘴边向下弯曲，线条分明，修剪得非常整齐。一身黑色打扮，牛仔靴、牛仔裤、衬衫、皮背心，一顶黑色西班牙弗拉门戈扁帽，靠着挂在他脖子上的帽带，垂在背上。他的波洛领带①、饰有美元硬币图案的腰带、帽带，全是银色的。他看上去像是意大利人拍的美国西部片里的英雄，而事实上，他就是以那人物为模板来打造自己的风格。维克兰很迷赛尔乔·莱昂内的电影《西部往事》《黄金三镖客》。后来，当我更了解他，当我看着他赢得所爱女人的芳心，当我们一起对抗想杀死我的敌人时，我知道他是个英雄，知道他如果有机会，会和他仰慕的那些银幕硬汉一样不凡。

第一次见面时，我坐在他对面，他拥抱黑色牛仔梦时的昂然自得，他自认能实现那梦想时的飘然自信，叫我印象深刻。卡拉说，维克兰是那种猪油蒙了心的人。这是好友之间的玩笑话，也是我们每个人都懂的玩笑话，但话中也带着一丝冷冷的轻蔑。她说这话时，我没跟其他人一样大笑。像维克兰那样自得于自己的执着的人，总叫我折服，因为他们的率直深得我心。

"真的，真的有！"他坚持道，"在哥本哈根，真有这种俱乐部，他们称为电话俱乐部。那里都是这样的桌子，yaar，每张桌子上有一个亮着红灯的号码。如果看上十二号桌某个火辣性感的女人，那就直接拨打

---

① 波洛领带（Bolo tie），美国西部人戴的有饰扣线编领带或皮领带。

十二号，跟对方讲话。真他妈无聊的东西，老哥。有一半时间，你不知道是谁打来的，或者对方不知道你是谁。有时你讲了一个小时，还是不知道你在跟谁讲话，因为每个人都同时在讲话，然后互相告诉对方自己在哪一桌。我跟你说，我在那里办了一场非常棒的派对，但如果在这里办，大概撑不到五分钟，因为这里的男人做不来。有太多印度男人是chutia（蠢蛋），yaar。他们会骂脏话，说各种不雅的话，幼稚而令人讨厌，就像我在这里会讲的话。在哥本哈根，人比较上道，印度要赶上他们，变得那么上道，还有很长的路要走。"

"我想情况已有改善，"乌拉主动发言，"我对印度的未来很乐观。我认为未来一定会更好，比现在更好，而且很多人的生活会改善许多。"

我们全转头看她。全桌鸦雀无声。我们很震惊，震惊这个以出卖肉体供印度有钱人玩乐的年轻女子竟会发表这样的看法。她被人当玩物一样使用、糟蹋，我原以为她会比较愤世嫉俗，对未来比较悲观。乐观是伴随爱而衍生的首要事物，而且和爱一样具有三种特性：强势积极、没有幽默感、在你最意想不到的地方出现。

"我的傻大姐乌拉，其实什么都没改变。"狄迪耶说，厌恶地噘起嘴，"如果想让人性的善良像牛奶一样凝固，或者想把同情心转化为鄙夷，去干侍者或清洁工就会如愿。要对人类和人类命运生出明智的厌恶，最快的两个办法，就是去端盘子上菜或在客人用餐后收拾桌面，而只领取微薄的工资。这两样工作我都干过，在我为了填饱肚子而不得不干的那些悲惨岁月里。实在悲惨。如今想起，我还是心有余悸。但我就在那样的地方，认识到世界其实完全没改变。老实说，我现在很庆幸世界是这样的。世界变好或变糟，我大概都赚不到钱。"

"胡扯，"莉蒂希亚说，"情况可能会改善，也可能会变糟。问问贫民窟里的人，情况可能会变得多糟，他们最清楚。是不是，卡拉？"

众人把目光都投向她。她把弄碟中的杯子片刻，再用她修长的食指慢慢转动它。

"我想我们所有人，每个人，都得去争取未来，"她一字一字慢慢地说，"我认为未来和其他任何重要的东西一样，必须争取才能得到。不争取，就没有未来。如果我们不争取，如果我们不配拥有未来，我们就得永远活在现在，或者更糟，得活在过去。我想爱的用意大概就在这里，爱是争取未来的方式。"

"这个嘛，我同意狄迪耶的话。"毛里齐欧开口，喝下冰水结束他的用餐，"我喜欢现状，我很满意现状没有改变。"

"你呢？"卡拉问，转头看我。

"我？"我微笑。

"如果你能感受快乐，真正的快乐，只有片刻，但你从一开始就知道那最终会让你难过、痛苦，那你会选择享受那快乐，还是逃避？"

众人的目光和这提问让我不安，鸦雀无声等着我回答的气氛让我一时之间很不自在。我觉得她先前问过这问题，在测试我。或许她已问过同桌的其他人，他们都已答过，现在正等着听我的答案。我不确定她想从我这里听到什么，但我的人生已回答这问题。逃狱时，我已做了抉择。

"我会选择快乐。"我答。卡拉回我以似笑非笑，那表情似在表示认可或惊喜，也或者两者兼而有之。

"我不会。"乌拉说，皱起眉头，"我讨厌难过，受不了难过。我宁可什么都不要，也不要有一点点难过。我想这就是为什么我那么爱睡觉，na？睡觉时不可能难过。在梦中，可以快乐、害怕、生气，但得非常清醒才可能难过，是不是？"

"我同意，乌拉，"维克兰附和，"这世上有太多他妈的令人难过的事，yaar。这就是每个人总是想让自己那么麻木的原因。我知道那就是我总是想让自己那么麻木的原因。"

"嗯嗯嗯，不，我会跟你一样，林。"卡维塔插话，但我不清楚她赞同我到什么程度，不清楚这在多大程度上只是她对维克兰本能性的反驳，"如果有机会享有真正的快乐，不管要付出什么代价，都应该把握住。"

狄迪耶变得坐立难安，对话题变成这样相当恼火。

"你们太严肃了，你们所有人。"

"我没有！"维克兰反驳，被狄迪耶的看法给激怒。

狄迪耶扬起一边眉毛，盯着他。

"我是说你们把事情弄得超乎事实地困难，或者说没有必要地困难。生活的真实情况很简单。最初我们什么都怕，怕动物、天气、树木、夜空，但就是不怕同类。如今我们怕同类，却几乎不怕其他东西。没有人知道别人为何做了某某事，没有人说真话，没有人快乐，没有人安全。面对这个处处不对劲的世界，人最不幸的事就是活下来。而人得活下来。就是这种陷入两难的情况，让我们深信人有灵魂、有个上帝在掌理灵魂的命运这样的谎言。于是你有了灵魂。"

他往后靠着椅背，双手捻着他达达尼昂①式小胡子的末梢。

"我不清楚他刚刚说了什么，"维克兰在停顿片刻后，低声说道，"但不知为什么，我既同意他的看法，又觉得受到了侮辱。"

毛里齐欧起身准备离开。他把一只手放在卡拉肩膀上，转身面对我们其他人，面带欢快的微笑，既和蔼又迷人。那笑容叫我不得不欣赏，但也叫我恨得牙痒痒。

"别被搞糊涂了，维克兰，"他和蔼地说，"狄迪耶只想谈一样东西，他自己。"

"而且扯的是，"卡拉立即补充道，"他认为那是有趣的话题。"

"Merci（谢了），卡拉小姐。"狄迪耶低声说道，并对她献上小小的鞠躬。

---

① 达达尼昂（D'Artagnan），法国小说家大仲马《三个火枪手》里的主人公。

"Allora（那么），莫德纳，我们走吧！我们稍后会再跟你们碰面，在总统咖啡馆，si（对吧）？Ciao（再见）！"

他吻了吻卡拉的脸颊，戴上雷朋墨镜，与莫德纳一道昂首阔步走进拥挤的夜街。那个西班牙人莫德纳，整个晚上没说一句话，甚至连笑都不笑。但当他们的身影消失在街头穿梭的人群里时，我见到他激动地跟毛里齐欧讲话，挥舞紧握的拳头。我看着，直到他们消失不见，然后听到莉蒂希亚说出我心坎里最幽微、最卑鄙的心思，猛然一惊，有些羞愧。

"他其实没有外表看来那么好。"她吼着说。

"男人都没有外表看来那么好。"卡拉说，笑着伸出一只手盖住莉蒂希亚的手。

"你不再喜欢毛里齐欧了？"乌拉问。

"我恨他。不，我不恨他。但我瞧不起他，看到他就想吐。"

"我的莉蒂希亚大姐……"狄迪耶还没说完，就被卡拉给打断。

"现在不要，狄迪耶，暂时不要讲。"

"我怎么会那么蠢。"莉蒂希亚咬牙切齿，气鼓鼓的。

"Na ja..."乌拉缓缓说，"我不想说我早跟你说过，但……"

"唉，为什么不说？"卡维塔问，"我很爱说'我早跟你说过'。我跟维克兰讲'我早跟你说过'，每个星期至少一次。我爱说'我早跟你说过'，比吃巧克力更爱。"

"我喜欢这家伙，"维克兰插话，"你们可知道他马术超棒？他能像克林特·伊斯特伍德那样骑马，yaar。上星期我在昭帕提看到他，他和这位性感迷人的金发瑞典妞在海滩上骑马。他骑马的样子活脱脱就像《荒野浪子》里的克林特·伊斯特伍德，真的。真他妈像毙了。"

"是啊，他骑马，"莉蒂希亚说，"我怎么会瞎了狗眼跟他在一块！以前我什么都相信他。"

"他公寓里还有套非常高档的音响，"维克兰补充说，似乎未察觉到莉蒂希亚的情绪，"还有一些超棒的原版意大利电影配乐。"

"没错！我要走了！"莉蒂希亚断然宣布，起身，抓起手提包和她带来的书。微卷的红色头发垂下，衬托着她迷人的脸庞，头发因愤怒而颤动。心形的脸蛋曲线柔和，脸部皮肤洁白无瑕，在明亮白光照耀下，一时之间，好似一尊愤怒的大理石圣母像，而我想起卡拉说的：我想莉蒂希亚是我们之中最有灵性的……

维克兰猛然起身想跟上。

"我送你回饭店，顺路。"

"是这样吗？"莉蒂希亚问，突然转身对着他，他身子动了一下，"那请问你接下来往哪里走？"

"我……我……我要去，这个，无处不去，yaar。我要去散个长步。所以……所以……不管你要去哪里，我都跟你顺路。"

"好吧，如果你非要这样不可。"她嘀咕道，紧咬着牙，双眼闪现蓝光，"卡拉，明天泰姬咖啡馆见，喝杯咖啡。我保证这次不会迟到。"

"到时候见。"卡拉同意。

"那，各位再见了！"莉蒂希亚挥手。

"哈，我也是！"维克兰跟着说，快步跟在她后面。

"你们知道，莉蒂希亚最叫我欣赏的地方，"狄迪耶若有所思地说，"就是她身上没有一丝法国味。我们法国文化如此普及，如此具有影响力，因而，世界上几乎每个人都至少带有一点法国味，尤其是女人。几乎世上每个女人都在某方面带有法国味。但莉蒂希亚，她是我见过最没有法国味的女人。"

"你说个没完，狄迪耶，"卡维塔说道，"你今晚话特别多，怎么了？恋爱了，还是失恋了？"

他叹口气，盯着自己上下交叠的双手。

"两者都有一点，我想。我觉得很忧郁。费德里科，你认识他的，他信了教。实在让人不爽，我承认那事叫我难过。事实上，他的虔诚伤了我的心。但甭提了。伊姆媞娅兹·达克尔在贾汗季宫办了场新展览。她的作品一向赏心悦目，而且有点狂放不羁，让我恢复清醒。卡维塔，要不要跟我一起去看？"

"当然行，"卡维塔微笑，"乐意之至。"

"我跟你们走去国王路口，"乌拉叹气道，"我得见莫德纳。"

他们起身，告辞，走过科兹威拱门，但狄迪耶又跑回来，站在我身旁。他把一只手放在我肩上，仿佛想借此稳住身子，然后笑笑低头看着我，带着出奇深情的表情。

"跟他去，林，"他说，"跟普拉巴克去那个村子。全世界每座城市，在其心脏地带都有个村子。不先了解那村子，就不可能了解这城市，去吧。等你回来，我想看看印度把你改造成了什么样子。Bonne chance（祝好运）！"

他转身匆匆离开，剩下我和卡拉两人。狄迪耶和其他人在场时，这餐厅很嘈杂。突然间，它变得非常安静，或者说似乎非常安静，让我觉得我讲的每句话都会在这大空间里回荡，让每桌客人都听到。

"你要离开我们？"卡拉问，好心先开口。

"哦，普拉巴克邀我去他父母住的村子看看。他出生的地方，他这么说。"

"你要去？"

"是啊，我想我会去。接到这样的邀请是种荣幸，我欣然接受。他告诉我，他每年回村子探望父母一次，待六个月左右。在孟买当导游的九年来，他年年如此。但我是他第一个邀请一起去那里的外国人。"

她对我眨眼，嘴角泛起笑意。

"你未必是第一个受他邀请的人。你可能是第一个傻到答应他的游客，但总之没有两样。"

"你觉得我很傻才会答应？"

"绝不是！或者至少可以说是和我们其他人一样傻。村子在哪里？"

"我完全不知道，只知道在这个邦的北部。他告诉我要搭一趟火车、两趟巴士。"

"狄迪耶说的没错。你该去。如果如你所说的想在孟买住下，你就该在乡下住些日子。乡下是关键。"

我们向经过的侍者点了最后一道吃的，一段时间后，侍者送来卡拉的香蕉酸奶和我的茶。

"你花了多长时间才习惯这里，卡拉？我是说，你看上去总是那么轻松自在，好像一直就住在这里。"

"这个，我不晓得。这里让我觉得如鱼得水——如果你懂我意思的话——而且在第一天来到这里的第一个小时，我就这么觉得。所以，从某个角度来说，我从一开始就很自在。"

"很意外你这么说，我自己也有这种感觉。下飞机不到一小时，我就有这种不可思议的强烈感觉，觉得来到这里我会如鱼得水。"

"我猜想真正的突破与语言有关。开始在梦里说印地语后，我知道我在这里已不再格格不入。自那之后，一切豁然开朗。"

"就是现在这样吗？你打算永远待在这里？"

"世上没有永远的事，"她以一贯缓慢而从容的语气回答，"我不知道人们为啥用这字眼。"

"你知道我的意思。"

"没错，没错。我会一直待到得到我想要的，然后或许会去别的地方。"

"你想要什么，卡拉？"

她一脸专注，紧皱眉头，然后转移视线，直直盯着我的眼睛。那是我已渐渐了解的表情，似乎在说，即使你非问这问题不可，你也没有权利要求我给你答案。

"我什么都要。"她答，带着淡淡的自嘲微笑，"你知道，我跟某个朋友聊过这件事，而那个朋友告诉我，真正高明的人生乃是一无所求，并成功达到那境界。"

后来，我们穿过科兹威路和斯特兰大街上的人潮，走过科拉巴市场后枝叶交会成拱形的街道，在她公寓附近一棵高耸榆树下的长椅边停下。入夜后科拉巴市场寂静无声，市场后面那些街道也冷冷清清的。

"这其实是种范式转移，"我说，想解释刚刚路上我提出的一个论点，"一个看待事物、思索事物截然不同的方式。"

"你说的没错，正是如此。"

"普拉巴克带我去一个类似晚期病人收容所的地方，是一栋古老的公寓建筑，位于圣乔治医院附近。里面满是病人和垂死的人，他们在这里求得了一小块地板，躺在上面，等死。那机构的经营者享有类似圣徒的美名，他四处走动，在病人身上加卷标，卷标上有符号表示那人有多少可用的器官。那其实是家庞大的器官银行，里面收容了许多愿意提供身上器官给经营者的活人，而那些活人则借此挣得一块安静、干净的地方等死，以免死在街头。那些人为此对经营者感激涕零，非常尊敬，看着他时的神情仿佛深爱着他。"

"你的朋友，普拉巴克，过去两星期给了你严厉的考验，是不是？"

"啊，还有比那更严厉的。但真正的问题在于你完全无能为力。看到那些小孩……唉，他们生活那么苦。看到贫民窟里的人。他带我去了他住的贫民窟，露天茅厕臭得不得了，环境杂乱不堪，住所脏乱，居民站在家门口盯着你……而你只能袖手旁观，什么都改变不了。情况只可能会更糟，永远不可能大幅改善，你对此完全无能为力，你只能无奈接受。"

"了解世界出了什么毛病，的确是件好事，"隔了一会儿之后，卡拉说，"但了解不管世界出了多大毛病，你都无法改变，也同样重要。这世上有些不幸的事，其实是在有人想改变时，才变得更加不幸。"

"我不清楚自己该不该相信，我想你是对的。我知道，有时候，我们愈是想改善，结果愈会让事情变得更糟。但我倾向于认为，如果我们做得对，每件事、每个人都能变得更好。"

"你知道吗，我今天无意中遇见普拉巴克。他要我问你有关水的事，尽管我不知道那是怎么一回事。"

"是这样的，"我大笑，"就在昨天，我从饭店下来，要去街上和普拉巴克见面。但在楼梯间，有些印度汉子一个接一个顶着大水罐，往楼上走。我侧身紧贴着墙壁，让他们通过。走到一楼时，我看到一个附有铁辋轮的大木桶，类似水车。另有一个汉子拿着水桶，从木桶里舀水，注入那些大水罐。

"我盯了好久，那些汉子上下楼梯好几趟。普拉巴克来时，我问他们在干什么。他告诉我，那就是我冲澡的水。冲澡的水来自屋顶上的水槽，而那些人用罐子给水槽注满水。"

"的确。"

"咦，你知道，我是现在才知道，昨天我第一次听到。这种热天气，我一直有一天冲澡三次的习惯。我一直不知道得有人爬六段楼梯，给水槽添水，我才能冲那些澡。我为此觉得愧疚。你知道吗，我告诉普拉巴克，从此不在那饭店冲澡，绝不。"

"他怎么说？"

"他说'不，你不懂'。他说那是人们的饭碗。他解释说，正因为有像我这样的游客，那些人才有工作做。他还告诉我，他们每个人都靠这些工资养活一家子。'你应该每天冲澡三次、四次，甚至五次。'"

她点头认同。

"然后他要我看他们如何做着准备，以便推着水车再度穿过这城市。我想我知道他的意思，知道他要我看什么。那些男人强壮、自傲又健康，他们不乞讨也不偷抢，努力工作养活一家人，为此而自豪。他们跑步，冲进车阵，展露健壮的肌肉，引来一些印度年轻姑娘的偷瞄，那时，我看到他们昂着头，眼神直视前方。"

"而你住在那饭店仍然冲澡？"

"一天三次。"我大笑，"对了，莉蒂希亚为什么那么气毛里齐欧？"

她望着我，那天晚上她是第二次这么定定盯着我的眼睛。

"莉蒂希亚跟外国人登记处的某个人很熟。那人是个高级警官，很爱收藏蓝宝石，莉蒂希亚以批发价或更低的价钱卖蓝宝石给他。有时，借以换取……特殊照顾……让她可以延长签证期限，几乎是无限期延长。毛里齐欧想把签证再延长一年，于是假意爱上莉蒂希亚。唉！也可以说是勾引莉蒂希亚。达到目的后，他就把她甩了。"

"莉蒂希亚是你的朋友……"

"我警告过她，毛里齐欧这个男人不值得爱。'你跟他做什么都可以，就是不能爱上他。'她不听。"

"你仍然喜欢毛里齐欧，即使他那么对待你朋友？"

"毛里齐欧的所作所为，就和我预想的一模一样。在他看来，他拿爱情当买卖换取签证，两不亏欠很公平。他绝不会找我试这种事。"

"他怕你？"我问，笑了笑。

"没错，我想他是有点怕我，这是我喜欢他的原因之一。一点都不怕我的男人就是笨，我绝不可能尊重这种男人。"

她站起身，我跟着起来。街灯下，她绿色的眼眸是引人遐思的明珠，水汪汪泛着光泽。她的嘴唇张开，似笑非笑，那表情、那时刻只有我一人独享，而我的心如乞讨者，开始期盼、恳求。

"明天，"她说，"你去普拉巴克的村子时，试着完全放松，跟着感觉走。放开自己就是了。在印度，有时得先认输才能赢。"

"你总是能给人智慧的建言，不是吗？"我说，轻声笑。

"那不是智慧，林。我认为明智被过度高估了。智慧只是把所有主观感情都抽离掉的聪明。我宁可要聪明，不要智慧，永远。我认识的智者，大部分都叫我头疼，但我遇过的聪明男女，没有一个我不喜欢。如果我给了智慧的建议——我其实没给——我会说别喝醉，别把钱花光，别爱上村里的漂亮姑娘。那就是智慧，那就是聪明与智慧的差别。我偏爱聪明，因此我才会告诉你，到那村子去时，不管碰上什么，都要认输。好，我要走了。回来时来看我。我很期盼那一天，真的。"

她吻了我的脸颊，转身离去。我忍不住想把她抱在怀里，吻她。我看着她走，黑色的身影没入夜色。然后她走进她公寓大门附近的黄色温暖灯光中，仿佛我注视的眼神已使她的影子复活，仿佛光靠我的心就能让她从黑暗中跳出，给她染上爱的光泽与色彩。她再度转身，看到我在看她，然后轻轻关上门，上锁。

那时候，我很笃定地认为，跟她在一起的最后一小时是个博尔萨利诺帽测验。走回饭店途中，我问自己是否已通过那测验。那之后这么些年，我仍然在想这问题，依旧不得其解。

第五章

维多利亚火车总站（Victoria Terminus）有着长而平坦的邦际线月台，往外延伸，消失于金属天空底下——那是由拱顶状波浪顶棚构成的天空，而鸽子是那建筑天空的小天使。它们从一个栖群飞到另一个栖群，飞在极高处，身影只隐约可见。它们是透着白光、遥远飞翔的天神。这座宏伟的火车站——每日进出者简称其为 V.T.——以讲究细部刻画的正立面、高塔、外部装饰和气派堂皇的造型著称。但在我眼中，它最壮美的地方在于其大教堂似的内部。在这里，局限的功能与艺术雄心交汇，时刻表与永恒性赢得同样的尊重。

我在北上邦际线月台的尾端，坐在我们的行李堆上，度过漫长的一小时。时间是傍晚六点，车站里满是人、行李、一捆捆的货物、各种活的和刚死的牲畜。

两列不动的火车间，有大群人在来回打转，普拉巴克跑进人群。这是我看到他第五次离开。几分钟后，我看到他第五次跑回来。

"拜托，普拉布，坐下来。"

"不能坐，林。"

"哦，那我们上火车。"

"也不能上火车，林。现在还不是上车的时间。"

"那……什么时候才是？"

"我想，就快了，不会很久。听！仔细听！"

有广播，大概是讲英语。那就像是发怒的醉汉所发出的声音，透过许多老旧的锥状扩音器放出来，带着一种独特的变音效果。普拉巴克听着广播，表情由忧虑变成极度痛苦。

"现在！现在！林！快！我们得快！你得快！"

"等一下，等一下，你刚刚叫我像个铜佛坐在这里快一个小时，现在怎么突然那么急，有必要那么急吗？"

"就是有必要，巴巴。没时间造大佛——向这位圣人请求宽恕吧。你得赶快。他来了！你得准备好，他来了！"

"谁来了？"

普拉巴克转身望着月台远处。不管广播说了什么，广播已使群众动了起来，他们冲向那两列停着的火车，把行李和自己猛塞进车门和车窗。有个男子从那闹哄哄的人群中走出来，走向我们。那人人高马大，是我这辈子见过的最高大的男子之一。他有两米高，肌肉结实，长而密的胡子垂落在他魁梧的胸膛上。他穿着孟买火车脚夫的制服，帽子、衬衫、短裤都是红色的亚麻布。

"他！"普拉巴克说，盯着那个巨人，神情既钦敬又畏惧，"你这就跟着那个男人走，林。"

这脚夫与外国人打交道的经验丰富，一出手即掌控情势。他伸出双手，我以为他要握手，于是也伸出手。结果他把我的手拨开，那表情清清楚楚告诉我，他是多么讨厌那手势。然后，他双手伸到我胳肢窝下，举起我放到行李一边，以免挡他的路。

重达九十公斤的人，就这么轻松地被另一个人举起，那种经验叫人既窘迫又兴奋。我当下决定，只要不是太丢脸，都会跟这脚夫乖乖合作。

大个子把我的重背包拿到头上顶着，收拾起其他行李，在这同时，普拉巴克把我推到他背后，一把抓住大个子的红色亚麻衫。

"来，林，抓住这衬衫。"他教我，"抓紧，别放掉这件衬衫。郑重向我保证，你绝不会放掉这衬衫。"

他的表情出奇地严肃，我点头答应，紧抓住脚夫的衬衫。

"不，也要说出来，林！一字一字说出来，我绝不会放掉这衬衫。快！"

"噢，拜托，好吧！我绝不会放掉这衬衫。满意了吧？"

"再见，林。"普拉巴克大叫着说，转身跑进那混乱的人群。

"什么？什么！你要去哪里？普拉布！普拉布！"

"好！我们走！"脚夫以低沉的嗓音吼道，那嗓音仿佛是他发现于熊穴、密封在生锈火炮炮管里的。

他转身走进人群，拖着我。他每走一步都抬高他粗壮的膝盖，把脚往外踢。他前面的人自动散开，不散开的人则被他撞到旁边。

他一路高声恐吓、辱骂、骂脏话，在挤得让人透不过气的人群里撞开一条路。他粗壮有力的双腿每次抬起、前踢，就有人倒下，被推到一旁。人群中央极为嘈杂，那喧嚣声像鼓点打在我皮肤上。人群大叫、尖叫，仿佛在逃难。头顶上的扩音器咆哮地放送着语无伦次、让人听不懂的广播。汽笛声、铃声、哨子声持续在哀号。

我们来到车厢，那车厢和其他车厢一样已负载饱和，车门口堵着厚厚的人墙——腿、背、头堵成的人墙，看来根本穿不过去。突然间，我在惊讶而又十分羞愧之下，紧抓着脚夫，靠着他那双所向无敌、力大无穷的膝盖，跟着他挤进车厢。

他不断往前推进，到了车厢中央才停下。我推断是车厢里爆满，让巨人般的他也不得不停下。我紧抓他的衬衫，打定主意他一旦再移动，我绝不松手。车厢里挤得像沙丁鱼罐头，闹哄哄的，我渐渐听出一个字，像念咒文一样一再重复，语气坚决而痛苦万分：Sarr... Sarr... Sarr... Sarr... Sarr...

最后我才知道那是我的脚夫发出的声音。他极尽痛苦地重复说出这个字，我却听不出来，因为我不习惯别人用"Sir（先生）"这个尊称来称呼我。

"先生！先生！先生！先生！"他喊叫。

我放掉他的衬衫，左顾右盼之时，发现普拉巴克正伸长身子占住整条长椅。他先我们一步奋力穿过人群，挤进车厢抢得座位，这时正用身体护住座位。他用双脚缠住走道一侧的扶手，双手则抓住靠窗一侧的扶手。六个男子已挤进车厢这一区，各自使出吃奶的力气和粗暴的手段想把他赶走。他们扯他的头发，打他的身体，踢他，打他耳光。身陷重围的他毫无还手之力，但眼神与我交会之后，他痛苦扭曲的脸上绽放出胜利的笑容。

我怒不可遏，把那些人推开。我抓住他们的衣领，凭着一股愤怒所激发的神力，将他们逐一丢到一旁。此时普拉巴克随即把脚放到地上，我马上在他身边坐下。长椅上剩下的空间立即引发争夺。

那脚夫把行李丢在我们脚边，他的脸部、头发、衬衫都被汗水弄湿了。他向普拉巴克点了头，表示敬意。在这同时，他愤怒的眼神清楚表示，他对我非常不屑。然后他左推右搡挤过人群，一路高声叫骂到车门。

"你付多少钱雇那个人？"

"四十卢比，林。"

四十卢比。这家伙带着我们所有的行李，冲锋陷阵，杀进车厢，就只赚两美元。

"四十卢比！"

"没错，林，"普拉巴克叹气道，"很贵的，但这么好的膝盖就是贵。那家伙的膝盖很出名。一些导游抢着要他那对膝盖，但我说动他为我们服务，因为我告诉他，你是——我不知道英语该怎么说——我告诉他你脑袋有些不正常。"

"智障！你告诉他我是智障？"

"不是，不是，"他皱眉，想着该用什么字眼，"我想'傻'这字眼比较贴切。"

"让我来搞清楚，你告诉他我是傻子，他因此同意帮我们。"

"没错，"他咧嘴而笑，"但不只是有点傻，我告诉他你非常、非常、非常、非常、非常……"

"好，我懂了。"

"因此，每个膝盖要价二十卢比，然后我们有了这好座位。"

"你没事吧？"我问，很恼他为了我而受伤。

"没事，巴巴。全身上下会有一些瘀伤，但没破皮。"

"唉，你到底在干什么？我给你钱买票。我们大可以坐一等或二等车厢，像文明人一样。我们干吗坐这里？"

他看着我，淡褐色的大眼睛里满是责备与失望。他从口袋里抽出一小沓纸钞，交给我。

"这是买票找回的钱，谁都可以买一等车票，林。如果想买一等车票，你完全可以自己来。想买票坐在舒服、空荡荡的车厢，你不需要孟买导游。但如果想在维多利亚车站挤上这车厢，坐上好位置，就需要非常优秀的孟买导游，比如我，普拉巴克·基尚·哈瑞，不是吗？这是我的工作。"

"是！"我语气软化，但仍然恼他，因为我觉得愧疚，"但拜托，接下来的行程，别只为了让我有个好座位就让自己挨打，行吗？"

他沉思片刻，紧皱眉头，然后再度眉开眼笑，阴暗的车厢里再见到他那熟悉的灿烂笑容。

"如果实在没办法，非挨打不可，"他说，以坚定而和悦的神态跟我谈起受雇条件，"我会叫得更大声，让你能在紧急关头出手相救，让我免于一身瘀青。就这么说定了？"

"成交。"我叹气道。火车猛然往前动了一下，慢慢驶出车站。

火车一上路，戳眼、咬人、争吵完全停下，接下来的整个旅程，车厢里一片装腔作势、斯文过头的和气。

坐我对面的男子移动脚，不小心擦到我的脚。那只是轻轻碰触，几乎察觉不到，但那男子立即伸出右手，以指尖摸一下我的膝盖，再摸一下他自己的胸膛，做出印度人为无意间冒犯他人而道歉的手势。车厢里的其他乘客对别人也差不多一样尊敬、体谅、关心。

那是我第一次离开孟买前往印度乡下，最初，我对他们不惜动粗抢着上车，然后突然变得那么和气有礼，很是恼火。几分钟前，他们还相互推挤，几乎要把对方推出车窗，如今脚轻轻碰到别人，就那么恭敬关心，让人觉得虚伪。

如今，离我第一次搭乘拥挤火车前往乡下过了许多年，此后我又搭了许多趟火车，我了解到那争抢扭打和恭敬有礼乃是人生哲学一体两面的表现，那人生哲学即是"必要"。例如，使蛮力动粗乃是上车所必要，一如客气与体贴乃是确保拥挤车厢在接下来的旅程里尽可能舒服所必要。什么是必要？那是在印度各地都会碰到的问题，不可言传但心照不宣的问题。了解这点，印度公共领域里那许许多多让人费解而蔚为特色的层面也就豁然可解了：从市政当局容忍贫民窟漫无节制地扩张，到牛可以大摇大摆游走于车阵中；从容忍乞丐出现于街头，到官僚体系紊乱无章；从宝莱坞电影唯美华丽、肆无忌惮地逃避现实，到国家人口过多，有自己的苦难和需求待处理，仍收容来自伊朗、阿富汗、孟加拉国以及非洲的数十万难民。

我最终理解到，真正的虚伪存在于那些来自富裕国家的人，他们的眼神、心态、批评，他们完全不需要为抢火车座位而和人大打出手。甚至就在那第一趟的火车之旅时，我默默明白狄迪耶拿印度的十亿人与法国相提并论时，说得的确有理。我的直觉呼应了他的想法，如果有十亿法国人或澳大利亚人或美国人在那么小的地方，抢登火车的场面还会粗暴得多，而事后的谦恭有礼则又会逊色得多。

事实上，小农、巡回推销员、流动散工、返家的父子和丈夫所表现出来的礼貌和体贴，的确让这趟火车坐得还算舒服，但局促拥挤和愈来愈热还是令人难受。座位上的每一寸空间都塞了人，就连头上坚固的金属行李架也是。车厢里某处地板，特别腾出且清理干净，供走道上的人轮流蹲坐。每个人都感受到至少有两个身体压着自己，但没有人有一丝怨言或生气。

但当我把座位让给一位老人家，让他坐了四小时，普拉巴克就火大得不得了。那老人有着一头蓬乱的白发，眼镜厚得和军中侦察兵的望远镜镜片一样。

"林，我这么辛苦替你抢来座位，现在你却丢掉，像吐掉帕安汁那样，宁可在走道上站着！"

"别这样，普拉布。他是个老人家，我不能看他站着，而我坐着。"

"那简单，你就别看那老家伙，林。如果他站着，就别看他站着。那是他的事，他站在那边，跟你坐着无关。"

"这是我的作风。"我坚持，因为他对着整车厢注目的乘客放言高论，我笑得有点僵硬。

"看看我身上这些抓伤和瘀青，林。"他诉苦，表面上在对我说，实际上在说给那些好奇的听众，要他们评评理。他拉起衬衫和汗衫，身上的确有粗糙的抓痕和愈来愈肿的瘀伤。"为了让这个老头子的左边屁股可以坐上这位子，我受了这么多抓伤和瘀伤，为了他的右边屁股，我身体另一边也受了些瘀伤。为了让他的两边屁股坐上这位子，我全身瘀青、被抓伤。这样实在很不像话，林。我要说的就这些，这实在很不像话。"

他交叉使用英语、印地语，最后让全车的人都知道他在抱怨什么。同车乘客个个皱着眉头看我，或边看边摇头表示不以为然。最严厉的责备目光，当然来自那个我让位的老人家。这四个小时里，他一直恶狠狠地瞪着我。最后他起身下车，我坐回自己位子时，他小声说了句很难听的脏话，惹得其他乘客阵阵狂笑，还有两个乘客过来轻拍我肩膀表示慰问。

火车哐当哐当行驶，穿过沉睡的夜晚，直到天边泛着玫瑰色的黎明。我细看，我倾听，与内陆村镇的居民肩抵着肩挤在一块。在这拥挤的二等车厢度过促狭而大体无声的十四小时，我学到的东西比搭一个月的头等车厢旅行还要多。

那趟首度离开孟买的远行中，最让我高兴的，莫过于完全搞清楚印度人著名的摇头晃脑动作是怎么一回事。先前跟着普拉巴克在孟买度过几星期，已让我懂得脑袋左右摆动——印度最特殊的表意动作：头若往前倾一点儿，表示"是"。我还辨认出"我同意"和"没错，我要那个"这两个更细微的含义。在这列火车上，我则认识到这动作用于打招呼时，具有一种通用意义，使它特别好用。

大部分人进入这车厢后，头会轻轻左右摆动，向车厢里坐着或站着的乘客打招呼。这动作总会引来至少一位乘客，有时是几位乘客，摆头回应。一站又一站，我都能看到这情形，所以判定新上车者左右摆头不可能在表示"是"或"我同意"，因为没有人开口，除了那动作，没有任何互动。我渐渐了解到，头左右摆动乃是在向其他人传达和善而让人放心的信息：我很友善，没有伤害人的意思。

这神奇动作叫我既欣赏又艳羡，我决定自己也来试试。火车在一个乡间小站停下，一位陌生人走进我们的车厢。我与他首次四目交会时，我轻轻摇头，微笑。结果叫人吃惊。那男子对我大放笑颜，笑容灿烂的程度有普拉巴克笑容的一半，而且猛力摇头回应，教我一开始时有些受惊。但这趟车程结束时，我已把这动作练得和车厢里其他人一样自然，已能传达这动作的温婉含义。这是我身体所学到的第一个地道的印度肢体语言，是我改头换面的开始。而这一改变最终支配了我的人生，在那一趟与许多可爱之人共挤一车厢的旅程之后，年年月月支配我的生活。

我们在贾尔冈下车，贾尔冈是当地的中心城镇，有宽阔、热闹、商业活络的大街。时间是早上九点，早上的交通高峰时间，车水马龙，到处是轰轰声、隆隆声、哐啷哐啷声。离开车站时，列车正卸下原材料：铁、玻璃、木头、织物、塑料等。还有陶器、衣物、手编榻榻米在内等多种产品，正运抵车站，准备转运到城市。

空气中传来新鲜食物的香气，添加大量香料佐味的食物，勾起我的饥饿感，但普拉巴克一路催着我到巴士总站。事实上，巴士总站只是一大块凹凸不平的空地，充当数十辆长途客车的中途集结站。

我们带着又大又重的行李，走过一辆又一辆巴士，一直走了半个小时。每辆巴士前头和侧面的印地文、马拉地文，我都看不懂。普拉巴克看得懂，但仍觉得问问每个司机要开往哪里比较妥当。

"每辆巴士前头不是都标明了开往哪里吗？"我问，恼火他如此拖拖拉拉。

"是没错，林。瞧，这一辆写着奥兰加巴德，那一辆写着阿旃陀，那一辆写着贾利斯冈，那一辆写着……"

"对，对。那……我们为什么要一个一个问司机开往哪里？"

"啊！"他高声叫道，十足惊讶于我这一问，"因为并非每个标示都写得可靠。"

"什么意思，标示不可靠？"

他停下脚步，放下身上的行李，对我露出耐心而宽容的微笑。

"唉，林，你知道吗，那些司机有一些是要开往没有人想去的地方，只有一些人住的小地方。因此，他们摆上比较热门地方的标示。"

"你是说，他们摆上的标示表示他们会开往有许多人想去的大镇，但其实他们会开去别的地方，没人要去的地方？"

"没错，林。"他满脸笑容。

"为什么？"

"你知道的，因为这样，那些想去热门地方的人才会找上他们，然后，司机说不定可以说服他们改去不热门的地方。生意考虑，林。纯粹为了生意。"

"太离谱了。"我一脸气愤。

"你该同情这些人，林。如果他们摆上正确的标示，会一整天没人上门，然后他们会很孤单。"

"这样啊，现在我明白了，"我小声说，语带挖苦，"我们不该让他们孤单。"

"我就知道，林，"普拉巴克微笑道，"你这人有副好心肠。"

最后我们终于搭上巴士时，我觉得我们的目的地似乎是热门地点。司机和助手询问上车的乘客，确定每个人要下车的地点，才让他们上车。下车地点最远的乘客，安排坐在后面。行李、小孩、牲畜放在走道上，很快就堆到人肩膀的高度。最后，每个设计来供两人乘坐的座椅各挤进了三名乘客。

我坐在靠走道的座位，因此得帮忙将东西从塞满的走道上方接力往后送，从包袱到婴儿都有。我前面的年轻农民将第一样东西递给我时，盯着我的灰色眼睛迟疑了片刻。于是我左右摆摆头微笑，他随之咧嘴而笑，就把那包袱递给我。巴士驶出繁忙的车站时，我看到的每个男子都向我微笑摆头，我则不停向他们摆头回礼。

司机后面的标语，以大红色的马拉地语、英语写着，巴士严格限载四十八人。我们却有七十名乘客，还有两三吨重的货物，但似乎没人在意。这辆老旧的贝德福德巴士，弹簧已疲乏，摇摇晃晃，像暴风雨里的拖船。车顶、车侧和车地板，发出各种吱吱嘎嘎声，每次刹车都传来长而尖的叫声。但巴士离开城区后，司机竟能把车子开到时速八九十公里。由于道路狭窄，道路低的一侧俯临陡坡，高的一侧又常有成排的人和牲畜沿路而行，我们的笨重巴士体积庞大又摇摇晃晃，司机转过每道弯时又猛又急，丝毫不顾我们死活。因此，八九十公里的时速已够让我一路紧绷，一刻也不敢睡觉或放松。

接下来三个小时，巴士一直以如此令人胆战心惊的高速行驶，我们爬上山巅，再度下坡抵达肥沃平原。那座山岭是广阔的德干高原的最边缘，而肥沃平原则位于德干高原的边缘内。我们在尘土飞扬的荒凉小站下车，嘴里念着感恩的祷文，心里怀着对生命脆弱的新认识。那小站只以挂在树枝上的一面破烂旗子当标志，旗子迎风飘展，树枝细瘦。我们在这里转车，不到一小时，我们的车到来。

"Gora kaun hain?（这个白人是什么人？）"我们上车时司机问。

"Maza mitra ahey.（他是我的朋友。）"普拉巴克答，刻意显得若无其事，想掩饰心中的自傲，终究失败。

他们以马拉地语交谈，马拉地语是马哈拉施特拉邦的语言，孟买是该邦的首府。那时候，他们的对话，我听懂的不多，但接下来在乡下待的几个月，我一再听到同样的发问和回答，因而把大部分语句都默记于心，其中有些大同小异之处。

"他来这里做什么？"

"他来看我家人。"

"他打哪儿来的？"

"新西兰。"普拉巴克答。

"新西兰？"

"没错，新西兰，在欧洲。"

"新西兰很有钱？"

"对，对，很有钱。那里都是有钱的白人。"

"他会讲马拉地语？"

"不会。"

"印地语？"

"不会，只会英语。"

"只会英语？"

"没错。"

"为什么？"

"他国家的人不讲印地语。"

"他们那里不讲印地语？"

"没错。"

"不讲马拉地语？不讲印地语？"

"不讲，只讲英语。"

"天哪！可怜的蠢蛋。"

"是。"

"他年纪多大？"

"三十。"

"看起来不止。"

"他们都这样，欧洲人看起来都比实际来得老、来得脾气坏。白人就是这样。"

"他结婚了？"

"没有。"

"没结婚？三十还没结婚？他有毛病？"

"他是欧洲人，他们有许多人老了才结婚。"

"真扯。"

"没错。"

"他干哪一行？"

"教书。"

"教书好。"

"没错。"

"他爸妈还健在？"

"在。"

"在哪里？"

"在他家乡，新西兰。"

"他怎么没跟他们在一块？"

"他出来旅行，看看全世界。"

"为什么？"

"欧洲人就这样，工作一阵子，然后四处旅行一阵子，一个人，没有家人同行，直到老了为止，然后结婚，变得很认真。"

"真怪。"

"是啊！"

"他一定很孤单，没有爸妈，没有妻小。"

"是啊！但欧洲人不在乎。他们很有孤单的经验。"

"他又高又壮。"

"是。"

"非常壮。"

"是。"

"千万别饿着，要给他许多奶喝。"

"是。"

"牛奶。"

"是，是。"

"千万别让他学上不雅的字眼，别教他脏话。会有许多蠢蛋、坏蛋教他不该学的下流话，别让他接触那类浑蛋。"

"我会的。"

"还有别让人占他便宜。他看起来不太聪明，看着他点。"

"他其实很聪明，但没错，我会看好他。"

经过这几分钟的对谈，我们才能登上巴士出发，而巴士上其他乘客对这番等待都不以为意。司机和普拉巴克交谈时，刻意放大音量，务必让车内每个人都能听到。事实上，巴士上路后，司机甚至想让巴士外的人也分享这新奇的经验。一发现路上有人行走，他即按喇叭吸引他们注意，以拇指做手势，示意后车厢坐着外国人，且把车子放慢到龟速，让每个行人把我打量个够。

为了让每个人分享这惊奇的新体验，这趟原本只需一小时的车程花了将近两小时，傍晚时我们抵达桑德村尘土飞扬的马路。巴士呻吟般使劲加速离去，留下我们在无边的寂静里，寂静到拂过耳际的微风像沉睡小孩的低语。在巴士上的最后一个小时，我们经过无数玉米田和香蕉园，下车后，我们拖着沉重步伐走在泥土路上，两旁是一眼望不到头的成排粟米。粟米株已差不多完全长大，高出人个头许多，几分钟后我们走进厚墙林立的迷宫。宽阔的天空缩小为蓝色的弧形，前方和后方消融成绿与金黄的曲线，如拉下的幕布，将热闹的世界舞台隔离在外。

我满脑子一直想着一些事，某种一直困扰着我、我似乎早该知道或理解的东西。那念头蛰伏着，困扰我大半个钟头，然后浮现在我脑海。没有电线杆！那大半个钟头里，我没见到任何电力标记，甚至远方也都不见一根电线。

"你村子里有电吗？"

"哦，没有。"普拉巴克咧嘴而笑。

"没电？"

"没有，完全没有。"

我和他缄默不语有一阵子，我慢慢把视为不可或缺的电器，全在脑海里关掉。没有电灯、没有电壶、没有电视、没有音响、没有收音机、没有音乐。我甚至没带随身听在身上，没有音乐我怎么活？

"没有音乐我怎么办？"我问，意识到自己的口气听起来可怜兮兮，但藏不住口气里失望的抱怨。

"音乐多的是，巴巴。"他答，状甚高兴，"我会唱歌，大家都会唱歌。我们会唱歌，唱歌，唱歌。"

"噢，这样子，那我就放心了。"

"你也会唱的，林。"

"别逗了，普拉布。"

"村子里每个人都唱歌。"他突然一本正经。

"嗯。"

"真的，每个人。"

"到时候再说吧。离村子还有多远？"

"噢，再过一会儿，没多远了。你知道吗，我们村里现在也有水了。"

"现在有水，什么意思？"

"我是说村子里现在有一个水龙头。"

"一个水龙头，全村？"

"是啊，每天下午两点，出水整整一个小时。"

"每天整整一个小时……"

"没错。唉，是大部分日子，有些日子只出水半小时，有些日子完全不出水。这时候我们就回去，把井水表面的绿色东西刮掉，照样有水可用。啊！看那边！我父亲！"

前面，杂草丛生的蜿蜒小径上有辆牛车。牛身躯庞大，两角弯曲，牛奶咖啡的毛色，拉着高大桶状的两轮车。轮子是钢辋木轮，很窄但很高，与我肩膀齐平。普拉巴克的父亲抽着手工线扎小烟卷，坐在牛轭上，双腿悬空垂着。

基尚·芒戈·哈瑞很矮，甚至比普拉巴克还矮，留着非常短的小平头和短髭，头发、胡髭都已灰白，细瘦的骨架挺着大大的肚子，白帽、克塔衫①、多蒂腰布②，一身农民打扮。严格来讲，多蒂腰布就是缠腰布，但它具有一般缠腰布没有的雅致，而且雅致中透着安详和优美。它可以往上收拢，成为田里干活时的短裤，也可以放下，成为马裤式的长裤，但与马裤不同的是脚踝处未收紧。多蒂腰布时时跟着人体线条的变化而动，随着从奔跑到静静坐着的各种动作相应变化。它能抓住正午时的每道微风，将清晨的寒气阻隔在外。它朴素而实用，但也让人们的外表更添魅力而迷人。甘地为争取印度独立，数次前往欧洲，使多蒂腰布在西

---

① 克塔衫（kurtah），印度传统服装，通常由白色棉布制成，具有宽松的剪裁和翻领设计。
② 多蒂腰布（dhoti），印度传统服饰，基本形态是一段不缝合的、包裹臀部的腰布。

方大出风头。在此，我无意贬损圣雄，但我必须指出，你得和印度农民一起生活、干活，才能充分领略这简单包覆身体的一块布所具有的、使人更增高贵的祥和美感。

普拉巴克放下行李，跑上前去。他父亲从牛轭上跳下，两人腼腆互拥。那老人家的笑容，是我见过的唯一能和普拉巴克相匹敌的笑容，动用到整张脸的开怀大笑，仿佛在捧腹大笑时突然定住不动。普拉巴克转身，站在他父亲旁边，投给我比以往更灿烂一倍的大笑，那是遗传自父亲原汁原味的大笑，但更为热情。那气氛感动得我手足无措，只能呆呆地咧嘴而笑。

"林，这是我父亲，基尚·芒戈·哈瑞。父亲，这是林先生。看到你们相见，我……我很高兴，太高兴了。"

我们握手，目不转睛地望着对方。普拉巴克和他父亲有着同样近乎浑圆的脸庞，以及同样往上翘的扁圆小鼻子。但普拉巴克的脸十足开朗、坦率，没有一丝皱纹，他父亲脸上则皱纹深刻。他父亲不笑时，疲倦的暗影盖住他的双眼，仿佛他紧紧关上内心的某道门，只以双眼在外守护那些门。他脸上带着自傲，但神情悲伤、疲倦、忧虑。我花了好一段时间才理解，所有农民，各地的农民，都是这样的疲倦、忧虑、自傲、悲伤。靠田地过活的人，唯一真正拥有的东西，就是翻掘的土和撒下的种子。大多时候，农民只能靠上帝加诸开花生长之物的喜悦——无言、神秘、令人心碎的喜悦——来协助他们面对饥饿和灾祸的威胁。

"我父亲很有成就。"普拉巴克满脸笑容，骄傲地揽住父亲的肩膀。我只会讲一点马拉地语，而基尚不会讲英语，因此我们的对谈，每一句都要普拉巴克翻译。听儿子以马拉地语如此称赞他后，基尚撩起衬衫，拍打自己毛茸茸的大肚子。撩起的动作很大，但优美、自然。他跟我说话时，双眼炯炯有神，头则不断左右摆动，带着那种似乎让人心慌意乱的诱人目光。

"他说什么？"

"他要你拍他的肚子。"普拉巴克解释，咧嘴而笑。

基尚笑得一样开怀。

"不会吧！"

"真的，林，他要你拍他肚子。"

"不行。"

"他真的要你拍一下。"他坚持。

"告诉他我觉得很荣幸，我认为那是很漂亮的肚子，但告诉他我不想那样做，普拉布。"

"就轻轻拍一下就好，林。"

"不行。"我语气更坚决。

基尚笑得嘴张得更开，眉毛扬起几次，鼓励我。他仍把衬衫撩到胸前，露出圆滚多毛的大肚子。

"快，林，拍几下就好。我父亲的肚子又不会咬你。"

有时你得认输才能赢，卡拉如此说过。她说的没错，认输是印度经验的核心，我不再坚持。在这荒凉的小径上，我看了看四周，伸出手拍打那温暖而毛茸茸的肚子。

就在这时，我们旁边高大的绿色粟米田里，禾秆分开，露出四张棕色的脸，年轻男子的脸。他们盯着我们，眼睛睁得老大，露出既害怕、又惊骇、又欣喜的惊喜神情。

我慢慢地，极尽可能不失庄重地将手抽离基尚的肚子。他看着我，再看其他人，一边的眉毛扬起，嘴角下拉，露出检察官不再向法庭提出证据时的那种得意笑容。

"普拉布，我不想占用你老爸的时间，你想我们是不是该上路了？"

"Challo（我们走）！"基尚大声说，猜出我话中的意思。

我们把行李搬上牛车，爬上牛车后面，基尚坐上与牛脖套相连的牛轭，举起一端钉有钉子的长竹竿，重重打了牛屁股一下，载我们上路。

牛受到这重重一击，猛然往前动了一下，然后迈起缓慢沉重的步伐嘎嘎前行。牛车保持固定的行进速度，但非常缓慢，叫我不禁纳闷为何要以这种牲畜从事这种工作。我觉得，当地人称为 baille 的印度牛，无疑是世上走得最慢的代步牲畜。我如果下车，以中等步伐行走，大概都会比它快上一倍。事实上，刚刚拨开粟米株盯着我们看的那些人，这时正穿过小路两旁浓密的粟米田，欲抢先去宣告我们到来的消息。

每隔二十至五十米，就有人拨开玉米田、粟米田的禾秆，露出新面孔。那些脸全都露出惊喜表情，率真地瞪着大眼睛，叫人吓一跳。普拉巴克和他父亲如果抓了只野熊，把它训练成会说人话，他们大概都不会这么吃惊。

"这些人真开心，"普拉巴克呵呵大笑，"你是二十一年来第一个造访我们村子的外国人。上一次来的是比利时人，二十一年前的事。现在二十一岁以下的人，从没亲眼见过外国人。上次那个比利时人，人很好。但林，你也是非常、非常好的人，这里的人会非常喜欢你。你在这里会很开心，开心得不得了，不骗你。"

从路旁树丛、灌木丛冒出头盯着我看的人，其痛苦、不安似乎多于高兴。为消除他们的惊惧，我开始做起印度式的摆头动作，反应出奇地好。他们微笑、大笑，摆头回应，然后往前跑，向邻居大声宣告这位正往他们村子缓缓前进的人怪模怪样，但很有趣。

基尚不时猛抽牛，以免它放慢脚步。每隔几分钟，竹竿举起落下，发出洪亮的啪响。在那声声猛抽中，基尚固定用竹竿一头的钉子戳牛的侧边。每一刺都刺进厚厚的牛皮，带起一小撮黄褐色的毛。

牛忍受这些抽刺却不反抗，继续拖着沉重步伐缓缓前进，但我却为它而难过。每抽一次、每刺一次，我就愈可怜它，最终叫我无法承受。

"普拉布，拜托一下，能不能请你父亲不要再打它？"

"不要再……再打？"

"对，请他不要再打牛，拜托。"

"不行，办不到，林。"他大笑。

竹竿往宽大的牛背猛然一抽，继之以两下快速的钉刺。

"我是说真的，普拉布，请叫他不要再打。"

"但，林……"

竹竿再度落下，我身子猛然抽动了一下，露出求他出手制止的表情。

普拉巴克不情愿地把我的请求转告他父亲。基尚专心聆听后，放声咯咯大笑。但不一会儿，他察觉到儿子的不悦，笑声渐歇，终至消失，随之一连提出数个疑问。普拉巴克竭尽所能回答，最后还是转身看我，露出他那愈来愈愁苦的表情。

"林，我父亲想知道，你为什么希望他不要再用这竹竿？"

"我希望他不要伤害这牛。"

这一次换普拉巴克大笑，等他笑够了，把我的话转译给他父亲听，父子俩又大笑。他们交谈了一会儿，仍然在大笑，然后普拉巴克转向我。

"我父亲问，你们国家的人是不是吃牛肉？"

"这个，是，没错，但……"

"你们那里吃掉多少牛？"

"我们……嗯……我们出口牛肉。我们不光是自己吃。"

"多少？"

"噢，几十万头。可能几百万头，如果把绵羊也算进去的话。但我们屠宰牛很人道，我们认为不该让它们受没必要的痛苦。"

"我父亲是说，他觉得要吃这么大的动物，不弄痛它很难。"

然后，他跟父亲讲起我搭火车来的途中，如何让位给老人家，如何把水果和其他食物分给同车厢的乘客吃，如何施舍孟买街头的穷人，借此说明我的为人。

基尚突然拉住牛车，从木轭上跳下，用命令语气噼里啪啦向普拉巴克说了一堆，然后普拉巴克转身翻译给我听。

"我父亲想知道，我们是否有从孟买带礼物给他和家人。我告诉他有。他要你现在就把那些礼物给他，在这里就给，然后再上路。"

"他要我们翻开行李，现在？在路上？"

"没错。他担心我们到了桑德村后，你会大做好人，把礼物全送给其他人，他一样都拿不到。他现在就要他的礼物。"

我们照办。于是，就在傍晚深蓝色的天空下，在波浪起伏的玉米田、粟米田之间的道路上，我们摊开了印度的各种色彩，黄、红、孔雀蓝的衬衫、缠腰布、纱丽等，然后重新打包，把我们要送给普拉巴克家人的东西——香皂、缝衣针、焚香、安全别针、香水、洗发精、按摩油、衣物等，分装成鼓鼓的一包，安安稳稳塞在基尚身后牛车挽具的横杆上，然后基尚抽打那默默干活、任劳任怨的牛，载我们踏上最后一段旅程。比起我替牛请命之前，基尚反倒抽得更频繁、更用力了。

终于响起欢迎声——女人、小孩兴奋大笑和叫喊的声音。听到那些声音后，我们转过最后一道急弯，走上宽阔的街道，进入桑德村。那是村里唯一的宽阔街道，以金黄色的河沙铺成、夯实，打扫过，街道两侧房子林立，且交错分布，使每户人家都不致和对街人家门户相对。圆形房子以淡褐色泥土建造，有着圆窗、曲门、小圆顶式的茅草屋顶。

外国人要来的消息，早早就传开了。除了两百名桑德村民到场欢迎外，还有数百名来自邻近村落的居民。基尚载着我们进入人群，在他家门外停下。他张着大嘴笑得很开心，看着他的人也跟着大笑。

我们爬下牛车，站着，行李放在我们脚边，六百个人把我们围在中间，盯着我们，窃窃私语。他们肩并肩紧挨在一块，不时传来隐约的低语。他们靠我很近，近到我的脸能感受到他们呼出的气息。六百双眼睛以极尽着迷的神情盯着我。没有人开口。普拉巴克在我身旁，虽然一脸微笑，得意于受到这么风光的欢迎，但也被充满惊奇与期待的逼视目光和重重的人墙吓得大气不敢吭一声。

"我想你们一定在想，我为什么把你们全叫来这里。"我一脸正经地说。我其实想开个玩笑，活络气氛，如果人群里有一人懂得这笑话的话。想当然耳，没有人懂，沉默于是更深，就连隐约的低语也渐渐沉寂。

面对这么一大群等你开口说话，却又不懂你语言的陌生人，该说什么才好？

我的背包就在脚边，背包盖子的口袋里，有朋友送给我的一件纪念品。那是顶小丑帽，黑白相间，三个突出的末端都有铃铛。我这个朋友是新西兰的演员，特别制作这顶小丑帽当戏服的一部分。在机场，临上飞机飞往印度前几分钟，他把这帽子送给我当幸运符，以兹纪念，我一直塞在背包顶端的袋子里。

这世上有种幸运，其实说穿了就是在最合适的时间，恰好置身在最合适的地点；有种灵感，其实说穿了就是以正确的方式做正确的事。而人只有把野心、目的、计划完全抛掉，只有在大叹不妙的黄金时刻，把自己完全放掉，才会有这两种好事降临身上。

我拿出小丑帽戴上，把松紧带套在下巴上，用手指拉直三个布角。人群前排个个往后退，惊恐得微微倒抽一口气。然后我微笑，左右摆头，晃动铃铛。

"大家好，各位乡亲！"我说，"表演上场了！"

效果惊人，人人大笑。所有人，男女老少，一起大笑、打趣、大叫。有个人伸手摸我肩膀，前排几个小孩伸手碰我的手。然后，伸手够得到我的人，个个伸出手轻拍我、轻抚我、轻抓我。我注意到普拉巴克的眼神，那喜悦与骄傲的神情，像在祈祷。

他袖手旁观，让我就这么受到善意的骚扰数分钟，然后开始排开人群，借此昭告，这个新奇有趣的外国人归他管。最后他终于开出一条路，把我送进他父亲的家。我们进入黢黑的圆屋时，七嘴八舌、不时大笑的人群也开始散去。

"你得洗个澡，林。坐了这么久的车子，你身上一定不好受。往这边走，我的姐妹烧好了水。罐子已备好水，可以洗澡了，来。"

他带我穿过一道低矮拱门，来到屋旁的一块地方。这里被三张挂着的草席团团围起，用扁平的河石铺成冲澡地板，附近摆着三个装了温水的大陶罐，还挖了一条整平过的水沟，让水排到屋后。普拉巴克告诉我，有个铜壶用来舀水淋身，然后给了我肥皂盒。

他讲话时我已解开靴子的带子，我把靴子丢到一旁，迅速脱下衬衫、牛仔裤。

"林！"普拉巴克惊慌尖叫，一个箭步跳过两米，来到我面前。他用双手努力想遮住我，然后极度惊慌地四处张望，看见浴巾在两米外的背包上。他跳过去，一把抓住浴巾，随即又跳回来，每跳一次都发出轻声惊叫：哎哟！他拿起浴巾裹住我，惊恐地四处张望。

"你疯了，林？你在干什么？"

"我想……冲个澡……"

"就像那样？像那样？"

"你怎么了，普拉布？你要我冲个澡，然后带我到这里。所以我正要冲澡，而你却像只兔子四处蹦蹦跳。你是怎么了？"

"你光着身子，林！光着身子呢，也没穿衣服！"

"我都是这样冲澡啊！"我生气地说，感到莫名其妙，不知他在害怕什么。他跑过来又跑过去，从不同地方隔着草席往里窥看。"每个人都是这样冲澡的，不是吗？"

"不是！不是！不是！林！"他回到我面前，纠正我，绝望的表情扭曲了他平常开心的脸庞。

"你们难道不脱衣服？"

"对，林！这里是印度。没有人会脱掉衣服，就连洗身体时也是。在印度，没有人会光着身子，特别是没有人会把衣服脱光光。"

"那……你们怎么冲澡？"

"在印度，洗澡得穿内裤。"

"哦，那不就得了。"我说，卸下浴巾，露出我的黑色三角内裤，"我穿着内裤。"

"哎哟！"普拉巴克尖叫，冲过来拿起浴巾再把我包住。

"这么小件，林？那不是内裤，那只能说是内内裤，你得穿着外内裤才行。"

"外……外内裤？"

"没错，就像我身上穿的这个。"

他解开部分纽扣，让我看到里面穿的绿色短裤。

"在印度，男人随时随地都在衣服里穿着一件外内裤。即使穿着内裤，仍在内裤外面穿上外内裤，懂吗？"

"不懂。"

"好，那你在这里等着，我去给你拿外内裤，给你洗澡用。但别取下浴巾。拜托！千万不要！如果这里的人看到你没围浴巾，只穿着那么小的内裤，他们会抓狂。在这里等着！"

他飞也似的跑开，几分钟后，带回两条红色足球短裤。

"喏，林，"他喘着气说，"你块头这么大，希望你能穿下。这些是从胖子萨提什那里弄来的。他很胖，我想你大概穿得下。我跟他讲了个故事，然后他就给了你这两条短裤。我跟他说你在路上拉肚子，把外内裤弄脏，不得不丢掉。"

"你跟他说，"我问，"我大便在裤子上？"

"对啊！林。我当然不能说你没有外内裤！"

"哦，的确不能。"

"我的意思是说，我如果照实讲，他会把你当成什么样的人。"

"谢了，普拉布。"我咬牙切齿地小声说。如果我再一点不动声色的话，大概就跟雕像没什么两样了。

"荣幸之至，林。我是你很要好的朋友。所以拜托，答应我，在印度时别光着身子，特别是别脱光衣服裸着身子。"

"我答应你。"

"真高兴你答应，林。你真是我非常要好的朋友，对不对？现在我也要洗个澡，就像我们是兄弟一样，然后我会教你印度式洗法。"

于是我们在他父亲房子的沐浴区里一起冲澡。我看着，跟着他做，从大水罐里舀起两壶水淋湿身体，穿着短裤，把肥皂抹进小内裤底下。把泡沫冲掉，用浴巾快速擦干身体后，他教我如何在湿短裤外面缠上腰布。腰布是块类似纱笼的长方形棉布，缠在腰上，长及脚踝。他抓起腰布长边的两个角，绕过我的腰，卷进我背后腰部的腰布顶缘。我就裹着腰布，脱下湿短裤，换上干短裤。普拉巴克告诉我，有了这本事，就可以公开冲澡，不致冒犯到邻人。

冲澡后，享用美味晚餐，有木豆、米饭、自家烘烤的大锅饼，接着普拉巴克和我看着他父母和他两个妹妹打开礼物。我们喝茶，回答他们对我、我家人的提问，如此过了两小时。我尽量照实回答，但最关键的部分——我在逃亡，大概再也回不了家、见不到家人——则不得不隐瞒。最后，普拉巴克宣布，他累得不想再翻译，应该让我进房休息了。

给我的床是用椰子树材制成的，设在基尚家的外面，露天，床上铺了用椰子纤维绳编成的网状床垫。那原本是基尚的床。普拉巴克告诉我，大概花两天，就可以再造一张令他父亲满意的新床。在这之前，基尚要跟他儿子在屋里打地铺，床让我睡。我不想这样，但他们委婉而坚定地坚持，叫我不得不从，我于是躺在那穷苦农民的床上。我在第一个印度乡村的第一个夜晚，就在认输下结束，一如之前在认输下开始。

普拉巴克告诉我，他家人和邻居担心我一个人离乡背井来到陌生地方会感到孤单，于是决定在第一个晚上坐在我旁边，在漆黑夜里守在我身旁，直到确定我沉沉睡去为止。这个矮小的导游说，如果他去我的国家、去我的村子而想念起家人，那里的人也会这样对待他，不是吗？

普拉巴克、他的父母、他的邻居，围着我的矮床，席地而坐，陪我，在那炎热、漆黑、飘着肉桂香的夜晚。他们围成一圈保护我。我原以为，在这么一群人的注视下是不可能睡着的，但几分钟后我竟开始神志迷离，漂浮在他们喁喁私语的浪潮之上，那是柔和而富节奏的波浪，在深不可测的夜幕下打漩，夜幕里有点点繁星低语。

突然，坐在我左边的普拉巴克父亲伸出手，放在我的肩上。那只是表示和善、安慰的简单动作，却深深触动了我。就在片刻之前，我已渐渐坠入梦乡，突然间我变得非常清醒，坠入回忆，想起我的女儿、父母、兄弟；想起我犯过的罪行，还有遭我背叛而永远失去的爱人。

这说来或许奇怪，甚至任何人可能都无法体会，但直到那一刻，我才真正领悟自己所做的错事和自己所丢失的人生。干下那些持枪抢劫时，我有海洛因毒瘾。那时候，我的念头、我的所作所为，乃至我的记忆，全被罩在麻醉的浓雾中。后来，经过受审和三年牢狱生活，我清醒过来。照理，那时候我应已知道，那些犯罪和刑罚会给自己、家人和遭我持枪抢劫的人带来什么样的冲击。但那时候，我对此一无所知，一无所感。我整副心思在应付受罚、感受受罚，无心顾及这点。即使后来越狱，遭通缉，成为悬赏的追捕对象，四处逃亡躲藏，我仍未对造成我悲惨下半辈子的那些行径和后果，有明确、清楚而全盘的领会。

直到我人在这里，在来到这个印度村子的第一个晚上，在恍恍惚惚飘荡于喁喁私语之上而眼中满是星斗时；直到另一个男人的父亲伸出手安慰我，把贫穷农民布满茧的粗手放在我肩上时；直到在这里，在这一刻，我才看到、感受到自己所加诸别人的痛苦，自己变成什么样的人——痛苦、恐惧、愚蠢而不可原谅地虚掷人生。羞愧和哀伤使我悲痛难抑。我突然理解到自己内心有多么渴求、多么缺乏爱。最后，我终于了解自己何其孤单。

但我不能回应。我的文化误我太深，教了我所有不该教的东西。我因此一动不动地躺着，毫无反应。但心灵没有文化之分，没有国籍之分，没有肤色、口音、生活方式之分。心灵永恒不变，心灵举世皆同。

内心虽豁然开朗却悲伤满怀之时，心灵不可能平静。

　　我紧咬着牙，面对星空，闭上眼，不再抗拒，让自己沉沉睡去。人之所以渴望爱，急切地追求爱，乃是因为爱是治疗孤单、羞愧和悲伤的唯一解药。但有些情感藏在内心极深处，只有孤单能帮你寻回。有些不为人知的过往太难堪，只有羞愧能助你在过往的阴影下生活。有些事太让人伤心，只有心灵能替你呐喊，发泄那伤痛。

第六章

普拉巴克的父亲带我认识桑德村，但是，是他的母亲让我有回到家的感觉。她轻易地将我的过往裹在她生命的悲欢之中，就像她有时会用红披肩将走过门前的哭泣孩子裹在怀里一样。月复一月，许多人告诉我她的故事，最后，她的故事成为故事的全部，甚至成为我的故事。而她的爱——愿意去理解我内心深藏的真相，愿意去爱我——改变了我的人生方向。

第一次遇见鲁赫玛拜·哈瑞时，她四十岁，正值个人权力与公众威望的顶峰。她比丈夫整整高出一个头，她丈夫只到她肩膀。身高的差距，加上她丰满而富曲线的身材，使得她和丈夫站在一块时，总让人误以为她是像亚马逊女战士那样的女人。她的黑发从未修剪，长发及膝，抹了油亮的椰子油。她的肤色是黄褐色，眼睛是琥珀色，镶嵌在玫瑰金黄色中。她的眼白始终呈粉红色，让人觉得她像是刚哭过或就要哭了。门牙间的大缺口使她笑起来有点顽皮淘气。醒目的鹰钩鼻让她的表情威严得让人不敢逼视。她的额头高而宽，和普拉巴克的一模一样。高而弯的颧骨，使她琥珀色的眼睛打量这世界时，带了点居高临下的气势。她相当机智，心肠慈悲，不忍心看到别人痛苦或不幸。邻人有争执时，她超然以对，对方请她出面评理时，她才介入，而她的话通常一锤定音，解决纷争。她是令人景仰、令人想一亲芳泽的女人，但她的眼神和姿态清楚地告诉人们：冒犯她或不尊重她就会倒大霉。

基尚家的土地和归她管理的小小家财，使他们家在村里拥有一定的地位，并靠着她的人格威望维系住这地位。她通过媒妁之言嫁给基尚。羞涩的十六岁，鲁赫玛拜从帘子后方偷偷打量她的未婚夫，那是她第一次见到他，再见到他时已是成婚之日。我把她的语言学得更熟练之后，她坦白告诉我第一次打量基尚时，心里非常失望。她的坦白顿时拉近了我们的距离。鲁赫玛拜说他除了很矮之外，还因为下田干活，皮肤晒成像土一样的深褐色，比她还黑，她曾为此满心不安。他手指粗糙，言语又很粗俗，衣服虽然干净却破烂。而且，他不识字。鲁赫玛拜的父亲是潘查亚特 ① 的头头，而这位头头的女儿能读写印地语和马拉地语。第一次见到基尚时，鲁赫玛拜心跳得很厉害，深怕他会听到她心中深藏的思绪，那时她认定自己不可能爱上他。他娶她是高攀。

就在她有了这锥心的认识时，基尚转头，直直盯着帘子后方、她蹲着的藏身之处。她很确定他看不见她，但他直盯着，仿佛直视她的眼睛。然后他露出笑容，那是她见过的最灿烂的笑容，洋溢着幸福，明显有着好性情。她盯着那开怀的笑，一股奇怪的感觉攫住她。她不由自主对他投以微笑，心里突然涌起幸福的感觉，一种无法言说但十足乐观的喜悦。事情终会圆满，内心的声音如此告诉她，一切都会没事。她知道，就像我初见普拉巴克时就知道的：笑得如此开心的男人，绝不会存心伤害别人。

当他把视线再度转向别处时，房里仿佛一下子暗了下来，她知道自己已爱上他，只因为他那笑容里让人安心的热情。父亲宣布将她许配给他时，她毫无异议。初次瞥见基尚那迷人笑容后不到两个月，她就嫁了，然后怀了她的第一个儿子普拉巴克。

---

① 潘查亚特（panchayat），是印度村庄的传统治理形式，五人长老会，印度种姓自治中的机构。

基尚身为家中长子，成婚时父亲送给他两块良田，鲁赫玛拜的父亲则加送一块田给小两口。成婚后不久，他们小小的财产就归年轻的新娘子管理。她运用读写本事，在简陋的学童练习簿上详细记录家中盈亏，并将这些账簿扎在一块，存放在锌质的大箱子里。

她明智地投资邻居事业，妥善管理家中资源，家产亏损甚少。第三个孩子出世时，鲁赫玛拜二十五岁，她已让家里从小康变成村里最有钱的人家，拥有五块地，种植经济作物，养了三头乳牛和三头公牛，还有两只产乳的山羊、十二只会下蛋的鸡。银行里的存款足够为两个女儿出嫁时准备丰厚的嫁妆。她打定主意要让女儿有个好归宿，让她的孙子有更高的地位。

普拉巴克九岁时，父母送他到孟买，跟着开出租车的叔叔当学徒，住在一个大贫民窟里。鲁赫玛拜开始延长她的晨祷时间，怀抱着对家人未来的规划和希望。然后她流产了。不到一年，又流产了两次。医生判定她生下第三胎后，子宫受了伤，并建议切除。她接受了这手术，当时二十六岁。

鲁赫玛拜因此失魂落魄，沉湎于自己生命的缺憾，沉湎于因流产而失去的三个宝宝，以及原本还可以孕育的其他生命。她足足有两年走不出那伤痛，就连基尚在泪光中硬挤出的漂亮笑容，也无法让她振作。愁苦、伤心的她，在悲痛中，在日复一日尽义务地照顾女儿的琐事中枯萎。她失去笑容，被冷落的田地一片愁云惨雾。

就在鲁赫玛拜的心渐渐枯槁，眼看就要永远陷入悲伤的深渊时，一桩危及全村性命财产的灾难发生，把她从悲痛中唤醒。一群武装土匪在这地区落户，开始索取保护费。邻村有个男子被他们用大砍刀砍伤，同村一名妇女被他们强奸。然后，基尚村里有人反抗，反遭他们枪杀。

鲁赫玛拜跟遇害的男子很熟，他是基尚的堂兄弟，娶了鲁赫玛拜村子里的姑娘。桑德村男女老少全参加了他的葬礼。葬礼结束时，鲁赫玛拜向群聚的村民讲话。她头发凌乱，琥珀色的眼睛燃着怒火和决心。她高声训斥想姑息那帮土匪的人，鼓吹村民起而反抗，甚至不惜杀死对方，好保住自己的性命和土地。村民因而士气大振，既惊讶于她慷慨激昂的演说，也惊讶于她陷于悲痛而浑浑噩噩两年之后，竟突然变了个人，活力十足。村民立即拟订了行动和反抗计划。

桑德村民决心对着干的消息，传到那帮土匪耳中。放话威胁、零星骚扰、偷袭摸底，最终使冲突升高到只有一战。土匪恶狠狠地警告，村民必须在某一天献上巨额保护费，否则就等着遭大殃。

村民以镰刀、斧头、木棍、小刀当武器，妇孺则疏散到邻村。留下来御敌的男人，普遍怀着恐惧和懊悔。几个男人力主抗争行动太鲁莽，交保护费总比送死来得好。那名遇害男子的兄弟昂首阔步行走于村民之间，打气、安慰，同时斥责那些胆怯而有意退缩的人。

警报声响起，土匪正沿公路朝村子逼近。村民躲到土屋与土屋之间仓促建起的掩体后方，既兴奋又害怕。就在即将动手的那一刻，村民发现来者是自己人。一个星期前，普拉巴克听到要与土匪开战的消息后，当即从他住的贫民窟纠集了六个朋友和堂兄弟，动身回乡助一臂之力。当时他只有十五岁，他朋友里最年长的只有十八岁，但他们都是在龙蛇混杂的孟买街头打打杀杀混出来的。其中有个高大的男孩，名叫拉朱，脸庞俊俏，留着孟买某电影明星的蓬松发型。他带了手枪来，秀给村民看，让所有村民信心倍增。

土匪自大又过度自信，大摇大摆走进村子时，距日落只剩半个小时。土匪头子凶狠的恫吓还没讲完，拉朱已走出掩体，走向土匪，每走三步就开一枪。豁出性命的农民从掩体后面纷纷掷出斧头、镰刀、小刀、棍棒和石头，当场打倒不少土匪。拉朱跨着大步，一往直前，最后一颗子弹近距离射中土匪头子的胸膛，要了他的命。村民说，那家伙是死后才倒地的。

其他负伤的土匪四散溃逃，从此没再出现。村民将土匪头子的尸体搬到贾姆内尔区警察驻所。所有村民口径一致：他们反抗土匪，混战之中，有一人遭土匪射死，却只字未提拉朱的名字。接受了两天的盛宴款待之后，这伙年轻人跟着普拉巴克返回孟买。狂放、勇敢的拉朱，一年后死于酒吧里的斗殴；其他男孩当中，有两人死于类似的凶杀；还有一人因为犯了情杀罪，正在服长期徒刑。那男孩爱上女演员，嫉恨情敌，而将情敌杀掉。

我会讲马拉地语后，村民把那场大战役跟我讲了许多次。他们带我到当初盖有掩体和双方厮杀的地点，重演当时的情景给我看，年轻男子常抢着要扮演拉朱。曾与村民并肩作战的那些年轻人，他们后来的际遇在这故事里也占了同样的比重。村民把他们每个人的不幸遭遇（从回乡的普拉巴克口中得知）当作这伟大故事的一部分来追述，讲给我听。而在这种种津津乐道的追述当中，每次讲到鲁赫玛拜时，村民都表现出特殊的爱戴和骄傲。她在葬礼时发表的演讲激励人心，赢得了村民对她的爱戴与敬佩，那是她第一次、也是唯一一次出来扮演村中的公共角色。他们赞赏她的英勇，敬佩她的坚毅。最重要的是，他们欢喜地迎接她回到他们身边。经过与土匪的争斗，她走出了悲痛与绝望，恢复了以往强势、精明、大笑的模样。在这个贫穷而简单的村子里，每个人都清楚地谨记，村子的宝藏是村民。

她那和蔼可亲的脸庞上，有了饱经沧桑的痕迹。脸颊高处的皱纹，是她用以将泪水留在眼眶里的堤堰。每当她一人独处或专心工作时，那未可明言、无法回答的疑问便让她丰满的红唇喃喃自语。坚定让她那带着反抗姿态的突出双下巴更显顽强。她的额头中央和两眉之间，总是浮现着浅浅的皱纹，仿佛她正在那些柔软的皱褶里，思索着荒谬又可叹的人生道理：凡快乐必有其苦恼，凡财富必有其代价，凡生命必迟早要经受彻底的悲伤和死亡。

我和鲁赫玛拜的友谊在第一天早上就建立起来。那时，我在基尚屋外的绳床上睡得正酣。天刚亮，鲁赫玛拜赶着她的产乳水牛过来时，我还在呼呼大睡。其中一只乳牛被我的打呼声吸引，过来一探究竟。我感觉有湿湿的东西在摸我，让我喘不过气，吓得惊醒。我睁开眼睛，赫然见到一头黑色大水牛伸出粉红色的大舌头要闷住我的脸。我吓得大叫，跌落床下，连爬带滚地往后退。

看我出糗，鲁赫玛拜哈哈大笑，但那是善意的大笑，率直、和善，没有嘲笑的意思。她伸手扶我起来，我抓住她的手，跟着她大笑。

"Gaee（水牛）！"她说，指着那头水牛，也点明了我该遵守的基本原则：如果我们俩要用言语交谈，该学外国话的那个人是我。

她拿起玻璃杯，在黑色弯角巨兽的乳房旁蹲着，挤起牛乳。我看着牛乳直接喷进玻璃杯。她手法纯熟，待牛乳注满杯子，将它端给我，同时用她红色棉披肩的一角擦了擦杯口。

我是城市小孩，在人口有三百万、不算小的城市出生、长大。我逃亡了几年而未被捕，原因之一就在于我喜欢大城市，在大城市里我有十足的自信，过得十分自在。端着那杯刚挤出来的新鲜牛奶时，城市小孩对印度这国家的猜疑和恐惧完全浮上心头。那杯子握在手里，温热，带着母牛体味，杯里似乎浮着什么东西。我犹豫着不敢喝。我觉得发明牛奶消毒法的巴斯德就站在我后面，隔着我的肩膀俯视那杯牛奶。他仿佛在说：呃，先生，如果我是你，我会把那牛奶煮沸再喝……

我把偏见、恐惧，连同那杯牛奶，以最快的速度一起呼噜喝下。味道没我预期的那么差：入口滑润、醇厚，残留在嘴里的牛味中带着一丝干草味。鲁赫玛拜拿走我手上的杯子，蹲下来要再挤一杯，我赶紧用恳求的语气跟她说不用，让她相信我喝了一杯就很满足了。

我和普拉巴克上完厕所、洗脸、刷牙后，吃了一顿拉饼（roti，又称印度甩饼）配茶的丰盛早餐。用餐时，鲁赫玛拜一直站在旁边，居高临下地看着我们。拉饼是未经发酵的大锅饼，吃早餐前才做，用加了少许油的中国式锅子在盆火上煎成。刚起锅正烫手的大锅饼，抹上印度奶油，撒上一大匙的糖，卷成管状，手握着吃。卷饼极粗，手勉强可以握住，吃时配一杯又热又甜的奶茶。

鲁赫玛拜目不转睛地盯着我们吃,每当我们有人露出一丁点想停下来喘口气的意思,她就用手指戳一下我们,或拍拍我们的头或肩,催我们继续吃。我们用力咀嚼这坦白说很美味的食物,无法下桌,偷偷瞥向那正在煎饼的年轻女人,希望在吃了三四块之后,那锅中的大饼将会是我们的最后一块。

待在这村子里的许多星期,每天都是这样开始的,先是来杯牛奶,然后梳洗,最后来顿久久的拉饼配茶早餐。大多数早上我都跟男人一起下田,照料玉米、小麦、豆子和棉花。干活时间分成两段,每段约三小时,中间隔着午餐和午休。小孩和年轻妇人负责送午餐过来,食物用不锈钢盘盛着。午餐通常是家家都吃的拉饼、加了香料的木豆、杧果酸辣酱、生洋葱,搭配酸橙汁。一起用过午餐后,男人四处寻找安静阴凉的地方,小睡一小时左右。再度上工的时候,吃饱、休息过的男人体力充沛地继续埋头干活,直到长辈喊停为止。然后农民在主要小路上集合,路经他们播种照料的田地,打道回府。一路上大家往往大声笑闹,开彼此的玩笑。

在村里,男人几乎没事做。烹煮、清扫、洗衣,乃至例行的家居维修,全由女人包办,大部分是较年轻的女人做,而由较年长的女人督导。平均来讲,村中女人一天劳动四小时,大部分闲暇时间用来陪小孩玩。村中的男人一天工作六小时,一星期平均工作四天。插秧、采收时要特别花力气,但一般而言,马哈拉施特拉邦村民的劳动时数比城里工作男女的要少。

但乡村不是天堂。有些男人下田干活之后,还得到多岩的私有地上照料棉花,以多挣点钱,一天下来筋疲力尽。雨有可能下得早,也可能下得晚,田一没入水中,往往遭昆虫、庄稼病摧残。女人没有机会一展长才,任由才华在绵绵不尽的日子里悄无声息地蹉跎掉。其他人则看着聪明伶俐的小孩慢慢被糟蹋,这些孩子若生在较热闹的地方,或许有更大的成就和作为,但困在村子里,一辈子就只知道村子、田地和河流。

有时（或许应该说极少发生）会有男人或女人因为生活太悲苦而在夜里伤心啜泣，声音回荡在漆黑的村子里，传到每个人耳中。

但就像普拉巴克说过的，村民真的是几乎每天都在唱歌。如果说幸福快乐的指标是美食、大笑、高歌与善良，那么，在生活质量上，西方人真的要大叹不如。待在那里的六个月期间，我从没听过一句伤人的话，也没见过有人愤怒得张牙舞爪。此外，在普拉巴克的村子里，男男女女个个健壮。当祖父母的，身材圆滚，但不胖；当父母的，愉快而健美；小孩四肢健壮，聪明又活泼。

这村子还给我某种笃定的感觉，我在任何城市都没体验过的感觉：那种笃定感滋生于土地和耕种者可互换之时，滋生于人与大自然合而为一之时。城市是不断在改变的地方，而且是不可回复的改变。城市的招牌声音，是风钻发出的响尾蛇般的嗒嗒震颤声——商业爬行动物攻击的警告声。但这村子里的改变是循环往复的改变。自然界的改变，随着四季循环，回复原状。凡来自大地的，最终都回归大地；凡兴盛茁壮的，都渐渐消失以再度滋长。

在这村子待了约三个月时，鲁赫玛拜和桑德村民让我体会到一部分那样的笃定：那些人的生活永远改变了我的生命。雨季来临那一天，我和大约十二个年轻小伙子、二十个小孩在河里游泳。盘踞天空数星期的乌云从四面八方的地平线聚集过来，似乎压着那些最高大的树木。经过八个月的干季，空气中弥漫着雨水的香味，叫我们兴奋得好像喝醉了酒。

"Paous alla! S'alla ghurree!（雨来了！快回家吧！）"小孩抓着我的手一再大叫。他们指着乌云，拖着我朝村子跑。

跑着跑着，雨滴开始落下。几秒钟后，零星的雨滴变成哗啦啦的大雨，几分钟后变成倾盆大雨。不到一小时，霖雨就变成无休止的洪流，雨势又大又密，人在户外若不用双手罩住嘴（好留有一点呼吸空间），根本就很难呼吸。

最初，村民在雨中跳舞，互相搞恶作剧。有人拿来肥皂，在天赐大雨里洗起澡；有人去村中的庙宇，跪在雨中祈求；有人忙着修补屋顶与围着每道泥砖墙挖凿的排水沟。

最后，每个人都停下来，呆呆望着那飘忽、摇摆、扭曲的雨幕。家家户户的门口挤着数张脸，每一道闪电劈下来，就映照出人们定住不动的惊叹画面。

几小时的倾盆大雨后，继之以同样几小时的平静。阳光断断续续露脸，温度愈来愈高的土地上，雨水渐渐化为蒸汽。雨季的头十天都是如此，暴风雨后，继之以宁静的雨后时光，仿佛雨季在测试这村子的底线，想找出罩门，发动最后一击。

然后，真正的大雨降临，水哗啦啦直泻而下，几乎没停，足足下了七天七夜。第七天，我在滂沱大雨之中，到河边洗我仅有的几件衣服。洗了一会儿，我伸手去拿肥皂，赫然发现我刚刚放肥皂的那块石头已没入水里。原先只轻抚我光脚丫的水，几秒钟内从脚踝升高到膝盖。在我望着上游滚滚汹涌的河水时，水已升高到我的大腿，然后继续上升。

我既吃惊又不安，拿起湿衣服走出河水，回到村子。途中我停下来两次看河水。陡峭的河岸很快就没入水中，宽阔的斜坡平原渐渐没入那吞没一切的洪水。河水的脚步很快，吞噬陆地的暴涨河水以犹如人缓慢行走的速度悄悄进逼村子，眼看村子要不保了。我大为惊恐，跑回村子警告村民。

"河水！河水来了！"我以一口蹩脚的马拉地语大叫。

村民察觉到我的不安，但不懂我为何不安，纷纷围过来，然后叫唤普拉巴克，接连问他好几个问题。

"怎么了，林？村民被你搞得很不安。"

"河水！河水涨得很快，就要把村子冲掉了。"

普拉巴克微笑："不会啦！林，不会啦！"

"我跟你说真的！我亲眼看到的，不是开玩笑，普拉布。那条可恶的河泛滥了。"

普拉巴克把我的话翻给其他人听，众人都大笑。

"你们全疯了？"我恼火地大叫，"不好笑！"

他们笑得更大声，把我团团围住，伸手轻拍我、抚摸我，要安抚我的恐惧。他们大笑的声音里满是安慰人的话语和叹气。然后，普拉巴克带路，村民们对我又是赶、又是拖、又是推，要我去河边。

几百米外，河水汪洋一片，滔滔不绝，异常混浊，翻腾汹涌的波浪，一路摧枯拉朽，在河谷里奔腾。我们伫立在那里时，雨势加大了一倍，衣服和柔软的泥土一样湿漉漉。滚滚河水仍在上涨，如心跳般怦然重击，继续吞没陆地。

"你看那些木桩，林，"普拉巴克以安抚的口气跟我说话，但听在我耳中却无比恼火，"那些木桩是淹水游戏桩。你还记得，有人把它们插进地里，萨提什、潘代、纳拉扬和巴拉特……还记得吗？"

我的确记得。几天前，村里办了抽签活动。在一百二十张小纸片上依序写上 1 到 120 的数字，好让村里每个男子都能抽到签，然后将纸片放进名叫马特卡的陶质空水罐里搅混。男人排队一一抽签，然后把另一组同样数目的签放进罐里搅混。一名小女孩被选中，负责从罐子里抽出六个幸运号码。全村的人围观这仪式，为中签者高兴喝彩。

中签的六名男子，有幸能将一米多长的木桩打进土里。另外，村中三名最年长的男子不必抽签就可以打木桩。他们选好插桩的地点，由年轻男子协助他们将木桩打进土里。九根木桩全定位后，系上小旗子，旗上写有桩主的名字，然后村民四散回家。

那时，我在枝叶成拱的树荫下观看这活动，但我正忙着呢，根据每天在村里听到的拼音，翻看我那本小小的马拉地语字典。我没怎么注意那活动，也未特意去问那活动的目的。

我们站在哗哗直下、让人麻木的雨里，看着河水缓缓进逼。普拉巴克跟我解释，那些木桩是淹水游戏的一部分，这游戏他们村里每年玩一

142

次。村里三名最年长的男子和六名中签男子，得到预测水位上涨高度的机会。每根系着黄色丝旗的木桩，各代表桩主的预测水位。

"有没有看到，那根系着小旗的木桩？"普拉巴克问，手指着离我们最远的那根木桩，"那一根差不多完了。明天或今晚，河水就会淹过那里。"

他把跟我说的话翻译给众村民听，村民把体格粗壮的牧牛人萨提什推到人群前面。那根快要没顶的木桩就是他的，他腼腆地大笑，两眼低垂，接受友人善意的嘲弄和年长男子的嘲笑。

"而这一根，"普拉巴克继续说，指着最靠近我们的那根木桩，"河水绝对碰不到这一根，河水绝不会超过这个地方。老迪帕克海选这地方插桩，他认为今年雨季雨水会很多。"

村民已兴味索然，慢悠悠地走回村子，只剩普拉巴克和我站在那里。

"但……你怎么知道河水不会涨到这里？"

"我们在这里定居很久了，林。桑德村有两千年的历史，隔壁的纳亭凯拉村更久，大概已经有三千年历史。离这里有段距离的其他地方，雨季时的确很惨，大闹水灾。但这里不会，桑德村不会。我们这条河从没淹到这么远，我想今年也不会，虽然老迪帕克海说会。每个人都知道河水会在哪里停住，林。"

他抬起头，眯眼看那正卸下重荷的云。

"但通常我们得等雨停才出门看淹水游戏桩的情形。林，对不起，我衣服湿得难受，我得把骨头里的水全拧干才能进家门。"

我直直盯着前面。他抬头再瞥了一眼翻腾的乌云，问道："林，在你们国家，你们不知道河水会在哪里停住吗？"

我没回答。最后，他伸手拍了我的背几下，走开。我独自凝视被雨水打得湿透的世界片刻，而后抬起头望着猛往地上倒水的天空。

我在想另一种河流，流贯全世界每个人的河流，不管我们来自何处。那是条心河，心中的欲望之河。那是条纯净映现我们每个人的真实自我和真正成就的河流。我这辈子一直在战斗，始终处于随时准备为所爱和所恨而战斗的状态，甚至到了过于好斗的地步。最后，我成为战斗的化身，我真正的本性被凶狠、敌意的面具所掩盖。我的表情和肢体动作就跟其他凶神恶煞一样，告诉别人"别跟我作对"。最后，我变得很会表达这种情绪，因此我时时刻刻都表现出"别跟我作对"的模样。

在这村子，这不管用，没有人理解我的肢体语言。他们不认识其他外国人，没有可供参考的对象。我板起严肃甚至严酷的脸，他们大笑，带着鼓励之意轻拍我的背。不管我摆出什么表情，他们都当我是和气的人。我成了爱开玩笑的人，卖力干活，逗小孩笑，跟他们一起唱歌、跳舞、开心大笑的人。

而我想，我那时候真是那样地大笑。他们给了我机会，让我能重新做人，能遵循那条内在的河流，成为我一直想成为的男人。就在我了解淹水游戏的木桩是怎么一回事的那一天，我独自站在雨中。不到三小时前，普拉巴克的母亲告诉我，她召集了村中的妇女开会：她决定给我取个新名字，像她那样的马哈拉施特拉人的名字。我住在普拉巴克家，会上因此决定我该以哈瑞为姓。基尚是普拉巴克的父亲、我的义父，按照传统，我应该以他的名字作为我的中间名。妇女团判定我性情平和开朗，鲁赫玛拜便决定以项塔兰作为我的名字，意为和平之人或天赐平和的男子。妇女团也同意。

那些农民把他们的木桩钉进我生命的土地，他们知道那条河流止于我生命的什么地方，然后以新名字标示那地方：项塔兰·基尚·哈瑞。我不知道他们是否在他们认定是我的那个男人的内心找到那名字，还是把那名字像许愿树一样栽种在那亩心田，期待它成长茁壮……不管是怎样，也不管他们是发现抑或创造了那平和，现在的我是在那时候诞生的——当我站在淹水木桩附近，昂首向天接受圣雨洗礼的时候。我慢慢地变成了项塔兰，一个更好的人，虽然，有点太迟了。

第七章

"她是个很漂亮的妓女，"普拉巴克恳求道，"她很肥，而且肥在最重要、最要紧的部位。不管抓哪里，你都可以满满握在手里。你会很兴奋，会沉溺其中难以自拔！"

"很让人心动，普拉布，"我答，尽量忍住笑意，"但我实在没兴趣。我们昨天才离开村子，我的心仍在那里……我实在……没那个心情。"

"心情没问题，巴巴。只要搞起来，你的坏心情很快就会变好，futt-a-futt（真的快）！"

"你说的或许没错，但我想到时候心情还是会一样。"

"她很有经验！"他哀求道，"那些人告诉我，光是在这个饭店，她就服务过上百个客人！我见过她，我直视她的眼睛，我知道她床上功夫一流。"

"我不想找妓女，普拉布，不管她功夫多一流。"

"只要看到她，你就会迷上她。"

"对不起，普拉布。"

"但我跟他们说……你会去看她。只看就好，看又不会少块肉，林巴巴。"

"不要。"

"但是……你如果不去看她，我就拿不回订金。"

"你付了订金？"

"是啊，林。"

"你付订金，让我跟女人在这饭店上床？"

"没错，林。"他叹口气，举起双手，随即垂落至身体两侧，一副无奈的样子，"你在村子里待了六个月，六个月没有女人，我想你一定很需要。如果你连偷偷看她一眼都不愿意，那我的订金就泡汤了。"

"好吧！"我叹了口气，学他做出无奈的动作，"就去看一眼，让你保住订金。"

我拉上饭店房门，锁上，跟他一起走上宽阔的走廊。位于孟买北部奥兰加巴德的艾普萨拉饭店，已有百余年历史，是为服务另一个更辉煌的时代而建的。饭店房间挑高且宽敞，附设面朝热闹街道的露天阳台，房间的楣梁和天花板圆形花饰的细节处都很精致。但家具的质量却很低劣，胡乱搭配，没有整体规划，走廊的地毯也已磨出许多起毛球的破洞。墙面油漆剥落，有污渍，房价便宜。普拉巴克告诉我，回孟买的路上，就只有这地方可让我们快活一晚。

我们在这楼层另一头的某个房间门外停下。普拉巴克兴奋得发抖，眼睛睁大得让人担心。

我敲门。几乎同时，门打开。一名五十多岁的妇人站在门口，她身穿红黄纱丽，恶狠狠地瞪着我们。她身后的房间里有几个男人，那些人身穿多蒂腰布，头戴白帽，打扮类似普拉巴克村子里的农民，坐在地板上用餐，吃着木豆、米饭和拉饼，分量很多。

那女人走进走廊，把门反扣上，定定地看着普拉巴克。普拉巴克比她矮了整整一个头，不及她肩膀。面对她恶狠狠的瞪视，他回以学校恶霸小跟班那种乖乖听命的表情。

"看到了吧，林？"他小声说，眼睛仍看着她，"我跟你说的没错吧？"

我看到的是个长得普普通通的女人，她有个球状鼻，大脸，嘴唇薄且不屑地噘起，让她的嘴活像个被插进棒子的蛤蜊。脸上和脖子上的粉厚得跟日本艺伎一样，她那绷紧着脸的表情让她看起来活像个恶棍。

普拉巴克用马拉地语跟那女人讲话。

"露给他瞧瞧！"

她随即将纱丽往上拉，露出一大圈肥肥的肚子。她用她又短又粗的手指捏起一两磅肉，再用力捏了捏，一边眉毛扬起，看着我，想得到我的赞美。

普拉巴克发出轻轻一声呻吟，眼睛睁得老大。

然后那女人突然一脸怒容，往走廊左右瞧了瞧，接着把上衣撩起几厘米，露出又长又细下垂的奶子。她抓住奶子，朝我上下甩了好几次，同时向我眨眼，露出让人不解的奇怪表情。我毫无根据地猜测，那很可能是不怀好意、轻蔑的嘲笑。

普拉巴克的眼睛睁得更大，他张大嘴巴，开始喘息。

那女人掩住奶子，急急左右摆头，把她编成辫子的黑色长发甩到胸前。她双手抓住辫子，手指开始往辫子下头捏去，好似把那辫子当成用了一半的牙膏。随着捏挤，她手指上积了厚厚一层椰子油，从发辫末梢滴到磨烂发白的地毯上。

"你知道的，林，"普拉巴克含混地说，目瞪口呆地看着滴下的油，神情饥渴又近乎恐惧，他的右脚甚至开始轻踩地毯，"如果你不想跟这女人上床……如果……如果你真的不想……那……我可以自己用掉那订金。"

"回头房间见，普拉布。"我说，朝那女人客气地微笑。我向她微微鞠了躬，带着她轻蔑的低吼回到房间。

我想正可利用这空当，更新我的马拉地语字典。清单中列出的日常用字已有约六百个。在桑德村时，我把村民跟我讲的单词和短语记在纸片上，再转抄到结实的日志上，以供日后查阅。我把最近抄的几张纸片摊在写字台上，正要开始转抄到日志上。就在这时，门猛然打开，普拉巴克大摇大摆地走进房间。他走过我身旁，不发一语，往后朝床上一躺。从我离开那妓女房间到现在，才过了大概九分钟。

"哇，林！"他开心呻吟，对着天花板咧嘴而笑，"我说的没错，她是个经验老到的女人。"

我盯着他，一脸茫然。

"真的！"他一脸陶醉，从床上坐起，前后荡着他的两条短腿，"她给了我物超所值的服务，而我也让她非常、非常爽。来！咱们出门去！去吃点东西，喝点酒，庆祝一下！"

"如果你确定还有体力的话。"我低声说。

"噢，巴巴，那里用不着什么体力，我要带你去的地方非常棒，棒到甚至可以坐着喝。"

照他所说的，我跟着他走了约一个小时，经过最后一个巴士站牌，来到该镇郊外的一间简陋小屋。我们请客，要老板送酒吧里的客人每人一杯酒，借此打进挤坐在狭长石凳上的酒客，一身脏兮兮而无酒不欢的酒客。这里是澳大利亚人所谓的无营业执照的酒吧，以低于市价的价格供应超过标准酒精浓度的烈酒。

我们打进的那群客人，有工人、农民，还有一群普通混混。他们全带着愠怒、受压抑的表情。话不多，或根本不讲话。喝下口感极差的私酿酒时，剧烈扭曲的脸形使他们更难看。他们每喝完一杯，就发出各种呼噜声、痛苦呻吟声和呕吐声。普拉巴克和我加入他们时，我们捏着鼻子，仰起头，把那难喝的农业化工液体倒进嘴巴，一口气喝完。靠着一股强烈的决心，我们才有勇气把那毒液喝进肚里。神志够清醒后，我们极勉强地再叫了一杯，把那穿肠毒酒再灌进肚里。

那酒实在是太难喝了，每个人都是一脸使劲苦撑的样子。有些人实在受不了，偷偷溜走，败下阵来；有些人意志动摇，但受了身旁酒友一脸痛苦的鼓励，死命硬撑。普拉巴克拿着他的第五杯烈酒，迟疑许久。我想他就要承认不行，不料最后他吸一口气，咕噜咕噜把那杯喝光。接着，有个男子把酒杯丢到一旁，站起来，走到这破烂小房间的中央，大声唱起跑调的歌。我们每个人都激动地大声叫好，每个人都知道自己已经喝醉了。

我们一个接一个上场唱歌。先是让人感动落泪的印度国歌，继之以宗教礼拜歌。有人唱起曲调重复、朗朗上口的印地语情歌，搭配令人伤感的嘎札尔诗（gazals）。两名魁梧的侍者看出现场气氛已由微醺变成陶醉，便把酒盘和酒杯搁下，在门口两侧的凳子上坐下。他们开心地笑着，点头，左右摆头，将又长又粗的木棍深情地抱在他们粗壮的臂弯里。当每个人唱歌时，大家都拍手、喝彩，轮到我时，我不知怎的，唱起奇想乐队的老歌《你真的迷住我了》（*You really got me*）：

> 小姐，你真的迷住我了，
> 我被你迷到睡不着觉……

我醉到教起普拉巴克，而他也醉到学起这曲子：

> 真的，老天做证，你是个好姑娘！
> 而你真的、真的迷住我了，就是这样。

走在回镇上那条漆黑、荒凉的路上时，我们仍然在唱歌。一辆白色"大使"①缓缓驶过我们身边，掉头，我们还在唱。车子再开过我们身边，再掉头，停在路肩，堵住我们，这时我们仍然在唱歌。车上下来四名男子，一人留在驾驶座。最高的男人抓住我的衬衫，用马拉地语的命令语气，向我吼叫。

"干什么？"我用马拉地语醉醺醺地回他。

_____

① 大使（Ambassado），印度兴都斯坦汽车公司制造的一款车子。

另一个男人从旁边跨进来，伸出短短的右手，朝我出拳，打得我的头猛然往后仰。很快，我的嘴巴、鼻子又各挨了一拳。我跟跟跄跄往后退，有只脚没站稳。我倒在地上，同时看见普拉巴克张开双臂，向那四个人猛扑过去，试图挡住他们。我惊醒过来，振作精神冲过去。很幸运，我使出右勾拳和由上往下的右肘（任何街头混战里最厉害的两招）都重重打到对方。在我旁边，普拉巴克一度倒下，而后立刻跃起，却招来一阵猛拳，打得他眼冒金星，整个人趴在地上。我试图站在他附近，用腿保护他，结果重心不稳，跟跄倒下。拳打脚踢如雨点落下，我掩住头和肚子，听到脑子里有股微弱的声音在说：我知道了……我知道了……

那几名男子把我按在地上，其中一人搜我的口袋，手法非常熟练。我喝醉又受伤，只隐隐觉得那些黑压压的身形压制着我，然后我听到另一个声音，是普拉巴克的声音，我听出他恳求的一些话，还有他轻蔑的咒骂。他痛斥这群人殴打、洗劫外国人，一个来到他们国家、完全没伤害他们的外国人，真是丢了国家的脸，丢了印度人的脸。他骂得慷慨激昂，骂他们是孬种，咒骂圣雄甘地、佛陀、印度教神克里希纳、特蕾莎修女、宝莱坞电影明星阿米特巴·巴强都是孬种。结果竟然骂出了效果。这群人的头头走过来，在我旁边蹲下。醉醺醺的我试图站起来再打，但其他人把我压下，按在地上。我知道了……我知道了……

那人俯身凝视我的眼睛，表情冷酷、冷漠，和我很像。他打开我被扯破的衬衫，塞进东西：我的护照和手表。

他们站着，恶狠狠地瞪了普拉巴克最后一眼，那眼神里带着令人摸不透的恨，然后爬进车里。车门砰的一声关上，车子急速驶离，扬起的沙土和小石子落在我们身上。

普拉巴克确认我伤得不重后，开始哀号、哭诉，难过得不得了。他一再痛骂自己，竟把我带到这偏远的酒吧，而且让自己和我喝得烂醉。他十足真心地说，如果可以，他想把我的伤都转移到他身上。他对自己是孟买最优秀的街头导游相当自豪，如今这招牌却给砸了。他毫无保留地热爱他的国家，Bharat Mataji（母亲印度），如今这热爱却受到了比任何肉体所能承受的还更严重的打击。

"眼前只有一件事要做，林，"我在饭店的白瓷砖大浴室就着脸盆洗脸时，他说，"回到孟买，你得发封电报给你的家人和朋友，请他们再寄钱来，你得去你们新西兰大使馆申诉紧急情况。"

我擦干脸，倚着脸盆，看镜中的自己。伤得不严重：一边的眼眶开始变黑，鼻子肿起，但没断掉；嘴唇裂了，肿了起来，脸颊和下巴因为被踢，有几处大块破皮。这算是幸运的了，以我的经验，通常不会这么好过。我在暴力、犯罪的地区长大，在那样的地方，劳工阶级帮派水火不容，相互打打杀杀，对付像我这样不肯加入他们任何一方的孤鸟，毫不留情。然后，还会坐牢。把我打得最惨的，莫过于领着国家薪水维持治安的那些穿制服的家伙——狱警。在街上被打时，我想起的声音……我知道了……就是挨狱警打时的声音，我自己的声音。记忆中，我被三四个惩戒机关的警员按着，另有两三个警员用拳头、警棍、靴子毒打我。当然，挨他们这种人打，向来比较让人受不了，因为我们当他们是好人。挨坏人毒打，我们理解，认了；但当好人用手铐把你铐在墙上，然后轮流踹你、踢你，打到你骨头断掉，叫天天不应，叫地地不灵，你会觉得整个制度、整个世界一片黑暗。然后，传来尖叫声。其他人，其他囚犯，尖叫，每天晚上。

我凝视镜中自己的眼睛，想着普拉巴克的提议。不可能联络新西兰大使馆，任何大使馆都不可能。不可能联络家人或朋友，因为警方在监视他们，等着我跟他们联络，泄露行踪。没有亲友，没有援助，身无分文，那些抢匪抢走了我仅有的钱。但这件事的反讽，我倒是点滴在心：想不到一个武装抢匪逃犯竟被人抢走身上所有钱财。记得当初前往村子前，卡拉跟我说了什么来着？途中一滴酒都不要沾……

"我在新西兰没钱，普拉布，"走回饭店房间途中我告诉他，"没有亲人、朋友能帮我，大使馆也帮不上忙。"

"没钱？"

"完全没有。"

"你筹不到钱？哪里都筹不到？"

"对！"我答，把仅有的少数随身物品装进背包。

"这就非常麻烦，林，抱歉，当着你那伤痕累累的脸说。"

"我知道。你想，我把我的手表卖给饭店经理行吗？"

"行，林，我想没问题。这手表很高级，但我想他不会给我们好价钱。碰到这种事情，印度生意人就把职业信条塞进后面的裤袋，他会把价钱杀得很低。"

"没关系。"我答，扣上背包的扣子，"只要够付房钱，够买你说的夜间火车票回孟买就行。就这样，收拾你的东西，我们走。"

"这事非常、非常、非常麻烦，"我们关上房门，走上走廊，要去办退房手续时，他说，"林，在印度，没钱就不好玩，我说真的。"

那股让他紧闭嘴唇、愁眉不展的忧心，在回孟买的这一路上都未消失。卖掉手表的钱，付了奥兰加巴德的住房费，剩下的只够在孟买的印度旅社再住两三天。把我的东西放进我最喜欢的房间后，我送普拉巴克回到饭店的小门厅，竭力想让他恢复那灿烂的笑容，但都未能如愿。

"看我的，我会让你甩掉那些不愉快的事。"他说，正经而严肃，"等着瞧，林。我会给你快乐的结果。"

我看着他走上楼梯，然后听到经理阿南德以友善的马拉地语向我说话。

我转身微笑，用马拉地语跟他聊起来。经过六个月的村中生活，我已会说简单的日常用语短语、问句和句子。这算不上什么，但阿南德显然很高兴且惊讶。听了几分钟后，他把另一位经理和所有客房服务生叫来，听我用他们的语言讲话。他们听了之后，全都露出既惊又喜的表情。他们见过会讲一些印地语，甚至很会讲印地语的外国人，但从没见过能用他们所爱的马拉地语跟他们交谈的外国人。

他们向我问起桑德村，那个他们从没听过的村子。我们聊起他们待在家乡时就非常清楚的日常生活，而这些往往在回忆中予以美化了。交谈结束，我回到房间，刚关上房门，就传来试探性的敲门声。

"对不起，抱歉打扰了。"说话的人是个高瘦的外国人，可能是德国人或瑞士人，有着长脸与尖下巴，蓄着一绺胡子，金发往后梳成一根粗辫子，"我先前听到你跟经理和客房服务生讲话……呃，我想你一定已在印度待了很久，还有……na ja，我们今天刚到，我女朋友和我，我们想买点大麻。你……知不知道哪里可以弄到大麻，不会被骗钱，也不会有警察找麻烦？"

我当然知道。那天晚上，我还帮他们到黑市换钱，让他们不至于被骗。留胡子的德国人和他女友都很满意这买卖，付给我佣金。那些黑市商人，普拉巴克的朋友即街头眼线，很高兴我带给他们新客户，也付了我佣金。我知道，在科拉巴的每条街道上，还有其他外国人想弄到毒品。与阿南德和客户服务生用马拉地语随兴的一场交谈，被那对德国情侣无意间听到，竟给我指出在这城市生存的一条门路。

但更迫切的问题是我的观光签证。阿南德办理我的住房手续时，已提醒我签证已到期。在孟买，每家饭店都得拿出外籍房客登记单，填写外国人名和护照号码，并注明签证有效日期。那登记单叫作"C表格"，警察不时会来抽查。签证过期仍逗留境内，在印度是重罪。刑期有时长达两年，而C表格违规的饭店老板则会被警方处以巨额罚款。

阿南德一脸严肃地把这件事全解释给我听后，篡改登记单上的数据，让我住进来。他喜欢我。他是马哈拉施特拉人，而我是第一个能用马拉地语和他交谈的外国人。他很乐于为我违法一次，但他提醒我得立刻去一趟警局的外籍人士登记处，办理签证延期。

我坐在饭店房间里，思索可走的路。可走的路并不多，我没什么钱。没错，我在无意中发现了一条生财之道，也就是当中间人，当掮客，帮有所顾忌的外国人跟黑市商人打交道。但我不确定这一行赚的钱够不够我住饭店、上馆子的开销。可以确定的是，这不够我买机票飞离印度。此外，我的签证已过期，实质上已犯法。阿南德告诉我，警察会把签证失效当作纯粹的一时疏忽，不细究即予以延长，但我不能拿自己的自由之身在这上面做赌注。我不能去外籍人士登记处。因此，我无法更改我的签证身份，而在孟买，签证无效就无法住进饭店。到底该照规定上警局，还是四处躲藏逃亡？我陷入两难。

我仰躺在床上，在一片漆黑中倾听从楼下街头传进来的声音：帕安贩子要顾客品尝一小口香甜的吆喝声；西瓜贩子划破湿热夜晚的低沉喊叫声；街头杂技表演者汗流浃背，表演给一群游客看时的叫喊声；还有音乐，时时都有的音乐。我在想，这世上还有哪个民族比印度人更爱音乐？

我不由得想起那个村子。我一直在逃避和抵抗的那段回忆，在音乐响起的时刻，浮现我的脑海。普拉巴克和我离开村子的那一天，村民邀我留下。他们主动表示要给我房子和工作。住在村子的后三个月，我特别指导当地的学校老师如何说英文。我示范一些英文字的发音，帮他纠正学童说英文的怪腔怪调。老师和潘查亚特都很希望我留下。那里倒不失为容身的好地方，有栖身之地，又有明确目标。

但我不可能回桑德村。那时候不行。在城市，人虽然昧着自己的个性和灵魂，却可以活得好好的。如果住在村落里，人就必须彻底看清自己的个性和灵魂。罪与罚是我时时刻刻摆脱不掉的印记。我逃出监狱，但我的未来也因逃狱而被紧紧掐住。

他们如果看得够仔细，看得够久，迟早会从我眼睛里看到掐住我未来的东西。纸终究包不住火。他们当我是自由之人、平和之人。在那村子里，某段时间我体验到真正的幸福，但我的灵魂不干净。我该怎么做才不会再陷牢笼？该怎么办？非得杀人才能免于牢狱之灾吗？

我知道这些问题的答案，知道自己在桑德村时玷污了那村子。我知道他们给我的每个微笑，都是我骗来的。逃亡生活使每一声大笑都带着心虚，使每一桩爱的作为多少都带着点拐骗的意味。

有人敲门，我说门没关。阿南德走进来，一脸反感地说道，普拉巴克来看我，还带了他的两个朋友。我拍拍阿南德的背，微笑感谢他的关心，我们走到饭店门厅。

"哈，林，"我们四目相对时，普拉巴克满脸都是笑，"我为你带来很好的消息！这位是我的朋友强尼·雪茄，他住在佐帕德帕提（zhopadpatti）里，就是我们住的贫民窟，是个非常有力的朋友。这位是刺子，他是贫民窟头头卡西姆·阿里·胡赛因的助手。"

我与这两位各握了手。强尼·雪茄几乎跟我一样高、一样壮，因而比一般印度人更高、更魁梧。我猜他三十岁上下，长长的脸率直而机警。他褐色的双眼直盯着我，充满自信。薄薄的唇髭修剪成整齐的一条线，圈住富于表情的嘴巴和坚毅的下巴。另一个男子，刺子，只比普拉巴克高一点，身材更瘦。和蔼的脸上抹不去引人同情的哀伤，有那种哀伤的人多半也是有原则、不妥协的正直之人。他的浓眉下，有着一双聪颖的黑眼睛。那双精明、专注的眼睛直直盯着我，脸庞却疲倦而下垂。我猜他有三十五岁，但他看起来老许多。这两人，我一眼见到就有好感。

我们聊了一会儿，那两个新朋友问了我普拉巴克村子的事，还有我对在那里生活的印象。他们也问了这城市，想知道我最喜欢孟买的哪些地方、我最喜欢做的事。我看彼此聊得起劲，一时不会结束，就邀他们一起到附近的餐馆喝茶。

"不行，林，"普拉巴克摇头婉拒，"我们现在就得告辞。我只是想让你见见强尼和刺子，让他们也见见你。我想强尼有事要告诉你，对吧？"

他望着强尼，眼睛、嘴巴都张得老大，双手高举，做出期盼的手势。强尼沉着脸看他，但那不悦之色很快就软化，转为灿烂的笑容，并把目光转向我。

"我们替你决定了，"强尼宣布，"你要搬来跟我们一起住。你是普拉巴克的好朋友，我们替你找了安身的地方。"

"没错，林！"普拉巴克迅即补充道，"有一户人家明天要离开，后天，那房子就是你的。"

"但……但是……"我结结巴巴，为如此好心的安排大感惶恐，一想到贫民窟的生活又感到害怕。走访普拉巴克住的贫民窟的回忆仍历历在目：露天的茅厕臭味四溢，生活穷得让人难过，数万人挤居一地，狭促又杂乱。在我记忆中，那简直就是地狱，世上最糟糕之事的新象征，或者说几乎是最糟糕之事的新象征。

"没事的，林，"普拉巴克大笑，"你跟我们在一块会很快乐，真的。没错，你现在看起来是和我们不一样，但跟我们一起生活几个月之后，你就会跟那里的任何人一模一样。大家会认为你在贫民窟住了好多好多年，真的。"

"那是你的安身之地，"刺子说，慢慢伸出手碰我手臂，"一个安全的地方，等你存够钱就可以搬走。我们的饭店，住宿是免费的。"

其他人听了这话大笑，受了他们的乐观和热情感染，我也跟着大笑。贫民窟的肮脏拥挤超乎想象，但住宿不用花钱，而且不用填 C 表格。我知道那让我有时间思考，有时间打算未来。

"我……嗯……谢了，普拉布。强尼，刺子，谢啦。我接受你们的提议，我很感激，真的很谢谢你们。"

"没什么。"强尼·雪茄回答，握住我的手，以坚定而锐利的眼神盯着我的眼睛。

那时候我不知道，强尼和刺子是贫民窟头头卡西姆派来的，目的是查看我的为人。我无知且以自我为中心，因为想起贫民窟生活环境的恶劣而退缩，最后勉强接受他们的盛情邀请。我不知道那些简陋小屋其实一屋难求，有许多人家排队等着住进去。那时候，我不知道，给了我一处安身之地，就表示有一户迫切需要的家庭，得再多等一阵子才能有自己的家。在做出这决定之后，卡西姆派刺子和强尼来我的饭店做最后的确认。刺子的任务是确认我是否能和他们一起生活，强尼的任务则是弄清楚他们是否能与我一起生活。在初次会面的那个晚上，我只知道强尼的握手很笃实，是个值得一交的朋友，刺子的悲情微笑则有种叫我汗颜的接纳与信赖。

"说定了，林，"普拉巴克咧嘴而笑，"后天，我们来拿你的东西，还有，是下午。"

"谢了，普拉布。没问题。但等等！后天，那不是会……冲到我们原先的约会？"

"约会？什么约会，林巴巴？"

"那个……那个……站立巴巴。"我答得有气无力。

站立巴巴是虔心修行而行事疯狂率性的僧人，在郊区拜古拉县经营一家大麻窝。数个月前，普拉巴克带我参观孟买的黑暗面时，带我去过那里。从桑德村回孟买途中，我要他答应再带我去一次，带着卡拉同行。我知道她没去过大麻窝，知道她会很着迷大麻窝内的种种事迹。在他们盛情相助的关头提起这事，实在是不知好歹，但我不想错失借这趟参观赢得美人赞赏的机会。

"的确是，林。没问题，我们还是可以去看那些站立巴巴，卡拉小姐同行，然后我们就回来拿你的行李。我会来这里找你，后天下午三点。林，我很高兴你就要和我们一起住在贫民窟了！非常高兴！"

他走出门厅，走下楼梯，到三楼下的喧闹街道。我看着他走进灯光和车潮之中，我的忧虑渐渐消退。我有办法赚点小钱了，还有了安全的栖身之地。然后，仿佛是安全感使然，我的思绪沿着大街小巷曲折盘绕，飞到卡拉身上。我不知不觉想起她的公寓，想起她家一楼的窗子，法式大门面朝大卵石铺砌而成的小巷，距我饭店步行不到五分钟的距离。但我脑海的画面浮现，那座大门是紧闭的。我努力想象她的脸、她的眼睛，就是想不起来，然后突然意识到自己已成为贫民窟居民。如果住在那肮脏、叫人片刻都待不住的地方，我可能会失去她，八九不离十。我知道我如果沦落到那地步，耻于见人的心态会像一道十足牢固又无情的牢墙，把我与她隔开。

我在房间里躺下睡觉。搬进贫民窟将让我有时间解决问题。用这个办法解决签证问题并不好受，但相当实际可行。我觉得如释重负而乐观，但也非常累了。照理我应该一夜好眠，但那天晚上的梦充满暴力与不安。狄迪耶曾在一次午夜闲聊中告诉我，梦是愿望与恐惧交汇的地方。他说，愿望与恐惧合而为一时，我们称之为梦魇。

第八章

　　站立巴巴是誓愿此生不再坐下或躺下的男子。他们日日夜夜站着，永远如此。他们站着吃饭，站着大便，站着祈祷、工作、唱歌，甚至站着睡觉。睡觉时以吊带托住身体，让身体的重量仍落在双腿上，同时防止他们睡着后倒地。

　　如此久站五到十年后，双腿开始肿胀。不得休息的静脉里，血液流动得非常缓慢，肌肉变粗。双腿肿胀，腿已不像腿，表面分布着许多静脉曲张瘤。趾头从厚而多肉的脚挤出，像大象的脚趾。接下来几年，双腿会愈来愈瘦，最后就只剩下骨头和犹如薄薄涂上的一层皮，还有那像白蚁爬过般的萎缩静脉。

　　那份疼痛永无休止，非常人所能忍受。每一次下压，都从脚下传来如钉刺、如矛戳的痛。站立巴巴饱受苦痛折磨，但他们绝非静止不动。他们摇摆身子，轻柔舞蹈，不断左右换脚，凡是见过的人都为那动作着迷，一如着迷于弄蛇人吹笛的手部动作。

　　有些人十六七岁就发誓如此苦行。他们受到某种使命的驱使，就其他文化来说，同样的使命驱使人成为神父、拉比、伊玛目①。有更多年纪

---

① 伊玛目（imam），伊斯兰教中领袖之意，代表教长，即人和真主之间的中介，有特别神圣的意义。

更大的男子遁世苦行，好为死亡和下一阶段的转世做准备。不少站立巴巴原本是商人，在遁世苦行之前，埋头追求欢愉、权力及钱财。有些圣人已走过其他种修行之路，娴熟自惩的苦修方式，最后断然发誓要成为站立巴巴。还有一些罪犯：小偷、杀人犯、黑帮重要人物，乃至退伍军人，誓愿承受无穷无尽的苦痛以赎罪。

那个大麻窝其实位于一座庙宇后方，两座砖造建筑之间的走廊。在庙宇的院墙内，有着永远不对外公开的神秘花园、回廊及宿舍，唯有信守苦行誓愿的人有幸一见。那大麻窝有铁皮屋顶遮盖，地板铺了石板。站立巴巴从走廊后的一扇门进入，其他人则一律从街道尽处的另一扇铁门进出。

来自印度各地和各阶层的顾客，沿着走廊墙壁而立。大家当然都站着：在站立巴巴面前，从没有人坐着。铁门入口附近的排水管装了一个龙头，供人在此饮水或弯身吐口水。站立巴巴从一群人走到另一群人，为顾客在漏斗状的黏土水烟筒里装好大麻，跟着大家一起吸。

站立巴巴脸上因为剧痛而洋溢着光彩。在不断加剧的苦痛折磨中，他们每个人或早或晚终会达到光辉灿烂、超越一切的至福境界。极度苦痛所造成的光彩，从他们的眼中散发而出。我从未在人类身上见到比他们受折磨的微笑更明亮的东西。

站立巴巴也陷入妙不可言的陶醉境地。他们只抽克什米尔大麻，那是世上最好的大麻，种植、生产于克什米尔的喜马拉雅山山麓。他们整天整夜抽大麻，一辈子都抽。

我和卡拉、普拉巴克三人站在狭窄大麻窝的后墙边。我们身后紧闭的大门，就是站立巴巴进入的大门。在我们前面，有两排男子沿墙站立，一直排到走廊靠街那端尽头处的铁门边。其中有些人穿着西装西裤，有些人穿着昂贵的名牌牛仔裤。穿着褪色腰布的工人，站在一身传统打扮、来自印度各地的男子旁边。他们有老有少，有贫有富。他们的眼神不时被吸引至背靠墙壁而立的卡拉和我身上，这两个白皮肤的外国人。很明显，其中有些人看到这大麻窝里出现女人，非常震惊。他们的好奇心表现在脸上，但没有一个人走近我们或直接跟我们打招呼，大部分时候，他们只专注于站立巴巴和大麻。院里某处不时传来轻微的谈话声，夹杂着音乐和虔诚的诵念声。

"嘿，你觉得怎么样？"

"不可思议！"她答，眼睛闪烁着罩灯发出的轻柔光彩。她很兴奋，或许还有些不知所措。大麻已经使她脸部跟肩膀的肌肉放松，但她温柔的笑眼中仍有猛虎缥缈的行踪。"真是叹为观止，既可怕又神圣。我说不清楚哪里神圣，哪里可怕。可怕，这字眼不是很贴切，不过差不多是如此。"

"我懂你的意思。"我认同道，为成功让她对我刮目相看而大为惊喜。她在这城市已待了五年，听说过许多次站立巴巴的事，但亲眼见到还是头一遭。我说话的语气故意显得我在这里是熟客，但其实我不应掠人之美。若没有普拉巴克替我们敲门，以他的灿烂笑容博得入门许可，我们不可能获准进入。

有位站立巴巴慢慢朝我们走来，一名侍僧端着银盘跟着他。盘里有水烟筒、大麻、抽大麻的全套器具。其他巴巴在狭长的走廊上摇摆身子，抽大麻，吟唱祷文。站在我们面前的那个巴巴高而瘦，但双腿非常肿，鼓起的可怕静脉在腿部表面抽动；脸很瘦，太阳穴附近的颅骨轮廓鲜明而突出；高耸的颧骨下方，有数道深凹直达坚硬瘦削的下巴；眼窝里的眼睛很大，眼窝上缘耸立着眉头。他的眼神充满狂乱、渴望与爱，让人觉得既恐怖，又无限可怜。

他替我们备好水烟筒，身子左右摇晃，出神微笑。他一直未正眼看我们，但那表情仍让我觉得是知交好友的微笑：包容、会心、宽恕。他在非常靠近我的地方站着、摇摆身子，他每一根硬直的眉毛，我都看得清清楚楚。我听到他轻微的喘气声，那急速呼出的气息，听起来像是陡峭海岸边小波浪发出的声音。他备好水烟筒，抬头看我。一时之间，我迷失在他眼里的幻象里，徘徊、尖叫的幻象。有那么一瞬间，从他那无尽的苦痛里，我几乎感知到人类意志能驱使人体承受苦痛到何种程度，能驱使人体达到什么样的境界。

我几乎理解到，他的微笑，借由迫使人绽放微笑的那股意志，使人发狂。我肯定他在和我交谈，交谈他希望我知道的事。我只靠着眼神，努力想告诉他，我几乎能感知、能感觉到。然后他把水烟筒的吸口放在他嘴里，一只手捂住嘴，吸气点燃后，把烟筒递给我。此时，与他那无止境苦痛感同身受的可怕感觉消退，那幻象闪闪发光，随着烟雾的白影渐渐消散，那一刻也跟着渐渐消失。他转身，摇摇晃晃慢慢走回临街的大门，嘴里喃喃念着祷词。

一声尖叫划破天空。每个人都转身望向临街的大门。一名男子缠着红头巾，穿着背心和丝质长裤，一身北方部族的打扮，站在铁门附近，以高亢的声音厉声大叫。我们还没弄清楚他在叫什么，还不能做出任何回应时，那男子已从腰带里抽出厚刃长剑，高举过头。他仍在尖声叫器，同时开始往长廊的这一头昂首阔步走来，直直盯着我，重重踩着坚定的步伐。我不懂他在尖叫什么，但我知道他有何企图，他要攻击我，要杀我。

站在两侧的那些男人本能地将背紧靠墙壁。那些站立巴巴摇晃着身子，让路给那位疯汉。我们身后的门锁死，我们无路可逃，又没有武器在身。那男子朝我们走来，双手握剑在头上画圈挥舞。我们无路可逃，又无计可施，只有跟他拼了。我右脚往后退一步，举起双拳，摆出空手道的姿势。七年的武术所学顿时涌现，我摩拳擦掌，跃跃欲试，觉得胜券在握。一如我所认识的每个火暴硬汉，我对于打斗是能避则避，但若真的避不了，我乐意奉陪。

就在开打前一刻，一名男子突然从墙边跨出一步，绊倒那名迎面而来的部族男子。那男子咚一声倒在石头地板上，剑脱手，哐啷落在卡拉脚边。我迅速拾起剑，看到那名伸脚绊倒攻击者的男子牢固但又不失仁慈地将其制伏了。他使出锁臂招式，将倒地男子的一只手臂紧扣在背，同时扭紧那男子的衣领，使他无法顺利呼吸。持剑男子原来的愤怒或疯狂渐渐消失，乖乖认输。认识他的其他男人上前，押着他走出铁门，到巷子里。几秒钟后，其中一名男子回来，走近我。他望着我的眼睛，伸出双手，掌心朝上，要我还剑。我迟疑了一会儿，便递上。那男子礼貌一鞠躬，致歉，离开这走廊。

他离开后，众人议论纷纷，我则查看卡拉有无受伤。她睁大双眼，噘起嘴巴，露出令人费解的笑容，但无苦恼之色。见卡拉没事，我上前感谢那名出脚相助的男子。他很高，比我还高几厘米，身材健壮。他又黑又浓的头发很长，在那个年代的孟买，那样的长发相当罕见，而且他把头发梳成高高的马尾辫。他穿着黑色的丝质衬衫和宽松长裤，还穿了黑色皮凉鞋。

我报上姓名后，他回答："阿布杜拉，阿布杜拉·塔赫里。"

"我欠你一份人情，阿布杜拉。"我说，投以既感激又有所保留的微笑。他身手如此利落，一下子就卸下持剑男子的兵器，外行人一看会以为易如反掌，但其实绝非表面那么容易。我知道那需要多高明的本事和多大的勇气，也知道时间拿捏有多依赖于直觉。那男子是天生的高手，天生善于打斗。"好险。"

"没什么，"他微笑道，"我想他喝醉了，那个家伙，或者脑筋有问题。"

"不管那个人有什么毛病，我都欠你一份人情。"我坚持。

"不用，真的。"他大笑。

那是露出白牙的自在大笑。那笑声发自他肺腑深处，发自他的内心。他的眼睛是太阳落入大海前几分钟你掌心上沙子的颜色。

"总之，我要谢谢你。"

"行！"他拍拍我的肩膀。

我回到卡拉和普拉巴克身边。我们转身要离开这大麻窝时，阿布杜拉已不见人影。外面的巷子很冷清，几分钟后我们拦了出租车回科拉巴。途中卡拉一语不发，我也是。本想让她对我刮目相看，结果却是如此混乱收场，差点性命不保，实在让人泄气。只有普拉巴克了无心事，想说就说。

"还好命大逃过一劫！"他从前乘客座朝我们咧嘴而笑，我们两人坐在出租车后座，却像是陌生人。"我还以为那家伙会把我们大卸八块。有些人就是不能吸大麻，对不对？有些人脑袋一放松，就变得很暴躁。"

我在利奥波德酒吧前下了出租车，和卡拉站在车外，普拉巴克在车里等。我们无言相对，望着酒吧，身边是来来往往的傍晚人潮。

"你不进来？"

"不了。"我答，多希望这一刻我表现出来的，是我已想象了大半天的那种坚强、自信，"我要去印度旅社收拾我的东西，搬到贫民窟。事实上，我会有一阵子不会来利奥波德或其他地方。我要去……你知道的，自力更生，或者说，我不知道，习惯新环境，或者说，我要去……我在说些什么？"

"去亲身了解这块土地。"

"没错。"我大笑，"唉！天下无不散的筵席。"

"这算是道别，是不是？"

"不完全是，"我喃喃道，"唉！是，算是。"

"但是你才刚从小村子回来。"

"是啊，"我再度大笑，"从村子到贫民窟，这一跳可真远。"

"千万要稳稳……"

"——落地！这我知道。"

"听着，如果有钱的问题，我可以……"

"没有，"我急急插话，"没有。我自己想这样，不纯粹是钱的问题，我……"

我迟疑了三秒，不知该不该把我的签证问题告诉她。她的朋友莉蒂希亚认识外国人登记处的人。我知道她帮过毛里齐欧，可能也会帮我。但最后我按捺住那念头，以微笑掩饰真相。把签证问题告诉卡拉，将会衍生出我无法回答的其他问题。我爱上她，但我不确定她是否能信赖。逃亡时，人往往会爱上其实不值得信赖的人。日子过得安稳顺当的人，情形则正好相反。

"我……想那会是很刺激的冒险。我……其实很期盼。"

"好吧！"她说，缓缓点头表示接受，"你知道我住哪里，有机会的话，顺道来找我。"

"一定。"我答，我们俩都露出笑容，都知道我不会去找她，"一定。而且你知道我住哪里，跟普拉巴克在一块，你也可以来找我。"

她握住我的手，倾身吻了我的脸颊。她转身离开，但我抓着她的手。

"你有没有什么忠告要给我？"我问，想再找一个引来大笑的话题。

"没有，"她面无表情地说，"只有不担心你死活的人，才会给你忠告。"

这话中有话。话中意思虽然不多，但已够叫我魂牵梦萦、爱意翻涌，叫我不死心。她走了。我看着她走进明亮冷傲、戏谑谈笑的利奥波德酒吧，我知道通往她的世界的那扇门已经关上。眼前来看是如此。只要我住在贫民窟，我就会被放逐在那灯火辉煌的小王国之外。住在贫民窟将耗尽我的生命，将隐藏住我的活力，结果就和当初那位持剑疯汉砍了我一样。

我重重关上出租车门，望着普拉巴克。在我前面，隔着椅背，他那开心灿烂的笑容成为我唯一的依靠。

"Thik hain. Challo!"我说。

四十分钟后，出租车在世界贸易中心旁边、卡夫帕雷德区的贫民窟外停车。两块面积约略相当的相邻地区却有着天壤之别。从马路右边看去，世界贸易中心是巨大、现代、有空调的建筑。一楼到三楼商店林立，陈售珠宝、丝织品、地毯、精致手工艺品。左手边是贫民窟，绵延约四万平方米的赤贫不幸之地，有七千间简陋小屋，住了两万五千名城市最穷的人。右边，有霓虹灯和七彩喷泉；左边，没有电，没有自来水，没有卫浴设施，没有确定的明天。不知哪天，有关当局若不愿再睁只眼闭只眼，这个破落、拥挤的居住区就会被夷为平地。

我把目光从停在世贸中心大楼外面光鲜亮丽的加长型豪华大轿车上挪开，开始走进贫民窟的漫长之旅。接近入口处有个露天的茅厕，隐身在高大草丛后方，以芦苇席为墙。厕所臭气逼人，几乎盖过其他气味，就像是空中弥漫着大便，而我觉得大便似乎就落在我的皮肤上，愈来愈黏稠恶心。我窒息到想吐，强力按压下呕意，瞥向普拉巴克。他的笑容变得黯淡，我第一次在他的笑容里看到类似怀疑的意味。

"瞧，林，"他说，嘴角下拉，露出他少见的生硬笑容，"看看这里的人怎么生活。"

经过那些茅厕，走进小屋夹道的第一条小巷，阵阵大风从贫民窟边缘的弧状宽阔海岸吹来。空气湿热，但海风驱散了茅厕令人作呕的恶臭。香料、炊煮、焚香的气味取而代之。仔细凑近一看，那些小屋简陋得可以，用塑料片、硬纸板和细竹竿搭成，垂挂芦苇席当墙。它们就搭在裸露的土地上。有些地方，原建筑于数年前铲除后，留下完好无缺的旧地板和地基，可见到一些混凝土和石造建筑残块。

我沿着满是破布和塑料的窄巷前行，有外国人来的消息在贫民窟里传开。一大群小孩围住普拉巴克和我，靠得很近，但未伸手碰我们。他们眼睛睁得很大，满是惊讶与兴奋。我们走近时，他们猛然爆出紧张不安的阵阵大笑，彼此对吼，突然跳起漫无章法的随兴舞蹈。

每间小屋都有人出来，站在门口。先是几十人，最后是数百人，挤进窄巷和小屋与小屋间偶尔一见的间隙。他们全都神情严肃地盯着我，盯得我浑身不舒服，让我觉得他们一定对我怀有敌意。结果，我当然错了。初到的那一天，我不知道他们只是因为我的恐惧而盯着我看。他们想弄清楚我是给什么恶魔附了身，竟会怕这地方怕成那个样子。在他们眼中，这里是安稳的栖身之地，从此不会再遭受比住在贫民窟还悲惨的不幸。

我的恐惧全来自这里的拥挤和脏乱，但我的确知道有种比住在贫民窟更甚的不幸。那至大的不幸，就是我翻越牢墙，抛掉我所知的一切、我所有的身份、我所爱的所有人事物，逃出监牢。

"以后，这里就是你的家，林。"我们抵达那简陋小屋时，在众多小孩的咯咯笑声和叽叽喳喳声中，普拉巴克大声得意地宣布，"进去，自己瞧瞧。"

我的小屋与周边其他小屋一模一样，以一面黑色塑料片为屋顶，以细竹竿为梁柱，竹竿交接处用椰子纤维绳缠缚。墙是手编的芦苇席，地板是原有的泥土地，经前几任住户的踩踏，压得很平滑。门是薄薄一张胶合板，悬挂在椰子绳做的铰链上。塑料天花板很低，我必须弯腰站立。整个房间约四步长，两步宽，大小几乎和一间囚室一样。

我把吉他放在角落，从背包里拿出急救药箱，放在另一个角落。我有一对铁丝衣架，当我正把仅有的几件衣服挂在小屋上方角落时，普拉巴克在外面叫我。

我走出屋子，看到强尼·雪茄、刺子、普拉巴克，以及另外几个男子一块站在巷子里。我跟认识的人打了招呼，然后普拉巴克介绍我给其他人认识。

"这位是阿南德，左边邻居。"普拉巴克说，带我和一位高大、俊俏的年轻锡克教徒握手，那人的长发用黄色长巾紧紧包住。

"你好！"我说，微笑回应他亲切有力的握手，"我认识一个人也叫阿南德，是印度旅社的经理。"

"那人怎么样？"阿南德问，皱起眉头。

"好人一个，我喜欢他。"

"那好，"阿南德回答，对我露出童稚的微笑，减少些许他深沉嗓音里的严肃感，"那我们就差不多算是朋友了，na？"

"阿南德和另一个单身汉同住，名叫拉菲克。"普拉巴克继续说。

拉菲克年约三十，尖下巴上垂着散乱的胡子。腼腆地咧嘴而笑，使他的大龅牙显得更突出。不幸的是，他又眯起眼睛，使他的脸看起来更诡秘，甚至不怀好意。

"另一边是我们的好邻居吉滕德拉，他太太叫拉德哈。"

吉滕德拉身材矮胖。他带着开心的笑容，跟我握手，另一只手不停用力地抚摩他的大肚子。我向他太太拉德哈微笑、点头，她则把红色棉质披巾拉起盖住头，斜拉过脸，用牙齿咬住，借此向我回礼。

"你知道吗，"阿南德说，语气温和、轻松，叫我大吃一惊，"我想有地方失火了。"

他正使劲踮起脚，一只手挡在眼睛上方，遮住午后的阳光，朝一座座黑色沙丘般的小屋后方望去。众人往他瞧的方向看去，潮湿的静默中带着不祥。接着，数百米外，一股绚丽的橘色火焰冲天而起，而后传来爆炸声，像是猎枪子弹射进金属棚的声音。每个男人都开始狂奔，朝远方冒出黄色火焰的方向跑去。

我站着不动，既着迷又困惑，怔怔望着那火焰和盘旋而上的黑烟。看着看着，那数股上冲的火焰扩大成一片，再扩大成一堵熊熊的火墙。红、黄、橘色的火墙开始乘着海风推进，每隔几秒就吞噬掉几间小屋。火墙以相当于人漫步的速度朝我笔直过来，所到之处化为灰烬。

熊熊烈火中传来阵阵爆炸声，一声、两声、三声。最后我终于明白那是煤油炉爆炸。七千间小屋，每间各有一具煤油炉。灌了煤油、经过加压的煤油炉，碰到火焰就会爆炸。雨季最后一场雨已于数星期前下完。整个贫民窟成为一大堆干燥易燃的引火物，而愈来愈强的海风推波助澜，将火舌送往满是燃料和人群的地方。

我震惊、害怕，但不慌张，看着那势不可当的大火逐步进逼，心知这场火是灭不了了。我冲进小屋，抓起背包和个人物品，冲向门口。到了门口，我丢下背包，弯身捡拾掉到地下的衣服和其他物品。捡拾当中，我抬头看到二十个或更多的妇女、小孩，成群站着看我。那一瞬间，一场无言但心有灵犀的交谈正在进行，我完全清楚他们在想什么。我们隔着空地互望，我听到他们没说出口的话。

看那个又高又壮的外国人，我们的男人跑去灭火，他却只顾着逃命……

我羞愧至极，先把个人物品塞进背包，然后放在刚认识的邻居女人拉德哈脚边，随即转身，奔向大火处。

贫民窟是没有规划、自然发展的凌乱之地。狭窄曲折的小巷有其目的，但没有章法。转不到三四个弯，我就迷路了。我跑进一列男人当中，他们正朝冒烟起火的地方跑去。在我们旁边，另有一列人，一个接一个，跌跌撞撞地朝小巷另一头跑去，朝远离火场的方向跑去。他们正扶着老人，赶着小孩离开，有些人带着家当：衣物、炒菜锅、炉子、装着文件的纸箱。有许多人流着血，被割伤或严重烧伤。塑料、燃料、衣服、头发、人肉燃烧的气味，恶臭难闻，让人心慌。

我转进一条又一条死巷，最后终于近到能听见尖叫声，以及更大的轰轰火烧声。然后，从两间小屋的夹缝中猛然蹿出一团亮得炫目的火球。那火球正在尖叫，是个全身着火的女人。她直直冲过来，撞上我。

我感觉到自己的头发、眉毛和睫毛在与她接触时着了火，出于本能，我立即跳开。她重心不稳，往后倒下，仍在尖叫，剧烈地扭动。我赶紧将衬衫从背部往前翻，用以护住双手和脸，然后扑向她，用我的皮肤和衣服扑灭她身上的火。其他人冲上前来照顾她。我起身再跑向火场。我离开时她仍活着，但我心里有个声音正宣告她的死讯。她死了……她走了……她撑不了……

我终于来到大火前，火光声势骇人。火焰蹿升至最高小屋的两三倍高，大火前沿呈半圆形，蔓延至少五十间小屋的距离。阵阵执拗的强风不断推送，弧形火线往前推进，做出试探性的攻击。有一边突然蹿出大火，然后又从另一个方向往我们逼来。火线后方是火海，许多小屋身陷其中，传来爆炸声和有毒浓烟。

一名男子站在火海前的弧形空地中央，指挥众人灭火，犹如指挥部队杀敌的将军。他又高又瘦，有着银白的头发和短而尖的银白胡子，穿着白衬衫、白短裤及凉鞋，脖子上系着绿色围巾，手里拿着一端包铜的短木棒。他就是卡西姆·阿里·胡赛因，那是我第一次瞥见这位贫民窟头头。

卡西姆双管齐下，一方面派灭火员减缓大火扩张的速度，一方面派人拆除大火行经路径上的小屋，将屋内的东西清空，让火没东西可烧。这是大胆的撤退，任由大火吞噬地盘，然后看哪儿的火势减弱，即刻派遣灭火员扑灭。卡西姆慢慢来回扫视整个火线，拿着一头包铜的棒子东指西指，高声下达命令。

卡西姆将目光转到我身上，他那犹如磨得发亮的青铜的眼睛里，闪现一丝惊讶。他打量的眼神注意到我手上焦黑的衬衫。他没开口，举起棍子指向大火。听从他的命令是个解脱，也是荣幸。我小跑步向前，加入一支救火队。看见强尼·雪茄也在队伍里，我很高兴。

"行吗？"他大叫，既有鼓励，也有探询之意。

"行！"我吼道，"需要更多水！"

"没有水了！"他大喊，浓烟围绕着我们，他吃力地吸气，"水槽空了，卡车明天才会来填满，我们用来灭火的水是配给的水。"

后来我才知道，每户人家，包括我，每天获配给两到三桶水，供煮饭烧菜、饮用、洗涤之用。贫民窟居民是用自己的饮用水来灭火。一桶桶水就这样倒掉，一户户人家得度过无水可喝的一夜，等待隔天市政委员会的卡车运水过来。

"这些该死的火！"强尼骂起脏话，把湿布袋往下重重一砸，强调他的痛恨，"来啊！你他妈的！你想要我的命？来啊！我们会打败你！我们会打败你！"

一团橘色火焰突然蹿起，扑向我们。我身边的男子往后倒，尖叫着，抓着他烧伤的脸。卡西姆派出救援队，扶那人离开。我拿起他丢下的布袋，站在强尼旁边，投入灭火线。他一只手拿着布袋猛砸火焰，另一只手护着脸。

　　我们不时回头接收卡西姆的指令。我们不指望用手里的湿破布灭火，新任务是为赶着拆除危险小屋的拆除队争取时间。拆除队负责的是让人伤痛的任务，他们毁掉自己的房子，以保住贫民窟。为了争取时间，卡西姆派我们一下往右，一下往左，像是主帅被围而孤注一掷的下棋者。借由断绝大火的可烧之物，我们慢慢占了上风。

　　一阵强风突然向下吹，把黑色与褐色的浓烟刮进我们清出的空地，我们完全看不到卡西姆。这时，不止我一人想撤退。最后，在浓烟与漫天灰尘中，我们终于又见到卡西姆的绿围巾高高举着，迎风飘扬。他固守不退，我瞥见他冷静的脸庞，正在估量形势，估算下一步。绿色围巾在他头上飘荡，像一面将旗。风向再度改变，我们再次怀着新的勇气，投身灭火。那绿围巾男子的精神，充塞着我和每个人的心中。

　　最后，我们在烧焦的小巷和焦黑的废墟间做最后一次搜查，寻找生还者，计算死者，然后聚集在气氛哀痛的大会上，聆听伤亡统计。共计有十二人死亡，包括六个老人、两个妇女和四个孩子；一百多人受到烧伤和割伤，其中许多是重伤；大约有六百间房子（贫民窟的十分之一）毁于大火。

　　强尼·雪茄把数据翻译给我听。我紧挨着他的头，听他讲。卡西姆宣读仓促拟就的死伤名单时，我看着卡西姆的脸。转头看强尼时，发现他竟然在哭。普拉巴克穿过人群加入我们，就在这时，强尼告诉我，刺子是这场大火的遇害者之一。刺子，那个有着感伤、老实、友善脸庞的男子，那个邀我住进贫民窟的男子，死了。

　　"真是万幸！"卡西姆念完死伤名单后，普拉巴克开心地说道。他的圆脸被熏得很黑，让眼睛和牙齿显得特别亮白。"去年，那场大火，佐帕德帕提整整烧掉三分之一。每三间房子就有一间被烧掉！两千多间房子没了！Kalaass（全没了）！还有四十多个人死掉。四十，那可是不少人，林。今年这场火很走运，而且我们的屋子也都没事！愿神赐福我们的兄弟刺子。"

肃穆的群众外围传来叫声，引起我们的注意。我们转头，看到一支搜索队越过人群，来到卡西姆面前。队中有名妇女抱着一名婴儿，是他们从闷烧的废墟中救出来的。普拉巴克把那兴奋的喊叫和噼里啪啦一大串话翻译给我听：三间相连的小屋在大火中倒塌，一家三口受困其中，不可思议的是，小孩的父母虽然窒息而死，这名女婴却活了下来。她的脸和上身都没有受伤，但双腿严重烧伤。有东西掉下来，横压在她双腿上，她的腿被砸断了，并被压得瘀青。这名女婴痛得尖叫，十分惊恐。

"告诉他们跟我们来！"我向普拉巴克喊道，"带我回我的小屋，告诉他们跟来，我屋里有药和绷带！"

普拉巴克见过那只特别的大急救箱许多次，知道里面有绷带、药膏、乳膏、消毒水、纱布、探针和各种手术工具。他马上就知道了我的意思，大叫着告诉卡西姆和其他人。我听到他们用英语重复说了药、大夫几次。然后他抓住我的袖子，拖着我，慢跑回那小屋。

我把急救箱放在屋前，打开，拿起麻醉乳膏，厚厚地涂抹在女婴的腿上。药效几乎立即发挥，女婴的哭闹渐渐变成低声的抽泣，依偎在救命恩人的怀里。

"医生……医生……"我身边所有人说。

夕阳沉落在阿拉伯海中，卡西姆叫人拿灯来。漫长的孟买傍晚，最终变成繁星满天的炎热夜晚。我们就着闪烁的黄色灯光，照料贫民窟里的伤者，用我的急救箱开设了小小的露天诊所。强尼·雪茄和普拉巴克充当我的翻译和护理人员。最普遍的伤是烧伤、割伤和又深又长的切口，但还有许多人是因为吸入浓烟而被呛伤。

卡西姆·阿里·胡赛因在旁边看了一会儿，随即离开，去督导紧急住所的搭设、剩余用水及食物的配给，繁杂的琐事得忙到第二天早上或更晚。有人端了一杯茶来到我旁边。我的邻居拉德哈泡了茶，端来给我。那是我在贫民窟吃的第一样东西，也是我这辈子喝过最好喝的茶。一小时后，她逼着丈夫和其他两名年轻男子把我拉离伤者，吃了一顿有拉饼、米饭、巴吉（bhajee，配菜）的晚餐。加了咖喱的蔬菜非常美味，我把饭菜和拉饼吃得精光。

几个小时后，午夜已过，拉德哈的丈夫吉滕德拉再度抓住我的手臂，把我拉进我的小屋，屋里的泥土地上已铺上手工钩织的毯子。我无力抗拒，往毯子上一倒，度过了贫民窟的第一晚。

七个小时之后（我觉得似乎只过了几分钟），我醒过来，赫然见到普拉巴克的脸浮在半空中。我眨眼，眯着眼瞧，才知道他蹲在地上，手肘抵在膝盖上，双手支着脸。强尼·雪茄蹲在左边，吉滕德拉蹲在右边。

"早啊，林巴巴！"我看着他的眼睛时，他说，神情愉快，"你的打呼声真是吓人，声音真大！就好像这屋里有头小公牛，强尼这么说。"

强尼点头认同，吉滕德拉左右摇头。

"老萨拉贝有治打呼的上等疗法，"普拉巴克告诉我，"她会拿一根非常尖锐的竹子，大概有我的手指那么长，塞进你的鼻子。然后，你就不会打呼了。Bas! Kalaass!（一次搞定，永不复发！）"

我在毯子上坐起，伸展僵硬的臂膀，因为昨天的大火，我的脸和眼睛仍然隐隐作痛，感觉到头发因为烟熏而变硬。早晨的阳光透过小屋墙壁的缝隙射进屋内。

"普拉布，你在干什么？"我问，一副要发火的样子，"你看我睡觉看了多久？"

"没有很久，林，只有半小时左右。"

"那很不礼貌，你知道的，"我埋怨道，"看别人睡觉不好。"

"对不起啦！林，"他轻声说，"在印度，任何人睡觉都可以看。而且我们说，人在睡觉时是全世界人的朋友。"

"你睡觉时脸很和善，林，"强尼·雪茄补充说，"让我很意外。"

"各位老兄，我无法告诉你们这给我什么感觉。以后，我每天早上醒来时，是不是都会发现你们在屋里？"

"是啊，如果你真的这么希望，林。"普拉巴克猛然站起，"但今天早上我们来，只是为了告诉你，你的病人都已经准备好了。"

"我的……病人？"

"是啊，去看看就是了。"

他们站着，打开门。阳光照进我灼热的双眼。我眨眨眼，跨出去，跟着他们走进明亮的湾岸早晨，看到一列人蹲在我屋外的地上。至少三十人排成一列，人龙绵延整条小巷直到第一个转弯处。

"医生……医生……"我走出屋子时，人群窃窃私语。

"走！"普拉巴克扯我的手臂，催我走。

"走去哪里？"

"先上厕所，"他答，一脸开心，"你得先撇条，不是吗？我来教你，我们是怎么在那长长的水泥防波堤上撇条的，撇进海里。每天早上，年轻的男人和男孩就在那里撇条，撇进海里——撇进海里哟，懂吧？只要蹲下来，屁股对着海就行了。然后冲个澡，清洗干净，吃顿快乐的早餐。再来你就可以轻松治疗你的所有病人，一切搞定。"

我们沿着人龙往另一头走去。他们有老有少，有男有女。脸上有割伤、瘀伤、肿胀，手部焦黑、起泡、流血。有人的手臂用绷带吊着，有人腿部上了夹板。到了第一个转弯处，我大吃一惊，发现人龙延伸到下一条巷子，延伸到更远、更远的地方。

"我们得……帮忙……"我小声而含糊地说，"他们全在……等呢！"

"没关系，让他们等，林。"普拉巴克答，不觉得这有什么要紧，"那些人已经等了一个多小时。如果没有你，他们还是会等，但完全是空等。空等更让人伤心，不是吗？现在这些人不是空等，他们在等你。你是实实在在的东西，'林·项塔兰'——如果你不介意我当着你熏黑的脸和乱翘的头发这么叫你。但首先，你得先撇个条，然后洗澡，吃早餐。我们得赶快去，一些小家伙正在防波堤那里等着，等着看你撇条。"

"他们……什么？"

"真的！他们迷上你了，在他们眼中，你就像电影里的英雄。他们迫不及待想看你怎么撇条。然后，做完这些事后，你会回去治那些病人，像个十足的英雄，不是吗？"

我在贫民窟里的角色，就这么被敲定。某次跟卡拉聊天时，她说，如果命运没让你大笑，那是因为你根本没弄懂那笑话。年少时，我受过正规的急救训练，涵盖割伤、烧伤、扭伤、骨折，还有各种诊断方法和紧急处置办法。后来，我运用之前学过的心肺复苏术，把吸毒过量的瘾君子拉出鬼门关，救了他们的命，得到"大夫"这个绰号。有几百个人只知道我叫大夫。住在贫民窟的好几个月前，有一天早上，我新西兰的朋友送了那个急救箱给我当临别赠礼。我肯定，这种种人生际遇——受训、绰号、急救箱、在贫民窟当"赤脚医生"——串联在一块，绝非只是偶然或巧合。

这件事只会发生在我身上。换成另一个人，受过我那种急救训练或更扎实训练的人，未必会因为犯罪和逃狱而被迫住在贫民窟里。换成另一个罪犯，即使他愿意和这些穷人同住，却未必有我的急救本事。刚来的第一个早上，我还不清楚这些环环相扣的意义。我不懂命运的笑话，而命运没要我笑。但就在那时候，我就知道有某种东西、意义与目的，牵引我到那地方，做起那份工作。即使我心中的种种直觉全叫我赶快离开为妙，那力量仍然大到把我牢牢绑在救人的工作上。

于是，我全心投入救人的工作。病人一个个报上名字，微笑着，而我竭尽所能一个接一个地治疗他们的伤口。早上，会有人把一具新煤油炉放进我屋里，接着又有人给我铁盒子存放食物，以免老鼠偷吃。就这样，我屋里陆续出现一只凳子、一只家家户户都有的马特卡陶罐，还有

175

水罐、一组炖锅和几件餐具。

傍晚时分，苍穹一片鲜红，我们成群坐在我屋子附近，吃东西聊天。繁忙的小巷里回荡着哀伤，对死者的回忆退去又袭来，像心海上来回的潮浪。但在那悲伤之上，还弥漫着幸存者的坚毅，坚毅是悲痛的一部分。烧焦的土地已清理干净，许多小屋重新搭起。希望在每个重建的寒碜小屋里燃起。

我看着一边吃东西一边大笑、说话的普拉巴克，想起我们和卡拉一起去拜访站立巴巴的事。那天，有个发狂的男子拿剑冲向我们，那惊心动魄的一刻浮现在我脑海。我往后退一步，举起双手，摆出拳击的架势准备反击时，普拉巴克往旁边跨出一步，站在卡拉面前。他并没有爱上她，他也不是打打杀杀出身的。但他第一个本能反应是往旁边跨，用身体护住卡拉，而我的第一个念头则是往后跨一步，然后迎击。

那个持剑疯汉如果没被绊倒，直直冲到我们面前，我大概会跟他打。我大概也能救我们三个人，毕竟我曾用拳头、小刀和棍棒跟人打过架，而且都打赢了。但即使事情真发展到那地步，普拉巴克仍会是真正的英雄，因为那出于本能往旁边小小的一跨，代表了勇气。

我早已开始喜欢普拉巴克，并欣赏他那无可救药的乐观，信赖他那灿烂的笑容、如沐春风的亲切。在这城市和小村子待了这几个月，我非常高兴日日夜夜都有他为伴。但此刻，在我住进贫民窟的第二个晚上，当我看着他和吉滕德拉、强尼·雪茄和他其他的朋友在一块大笑时，我开始爱上他。

当晚食物可口，喂饱了所有人。有台收音机放着音乐，印度电影里的二重唱，男高音轻快豪放，女高音嗓音优美，悦耳得让人陶醉。大家聊着天，互相以微笑和谈话滋养对方。不知怎的，在情歌唱到一半时，在贫民窟居民再度提起的精神中，在我们共同体验的劫后余生里，他们的世界温柔而彻底地将我的人生拥入其梦境，犹如上涨的潮水漫过海滩上的一块石头。

第九章

据说我是在光天化日的下午一点钟，从两座枪塔间翻过前围墙逃出监狱的。事前的计划相当周密，在某种程度上可说完全照计划进行。但逃脱能成功，其实主要在于胆大和置之死地而后生的决心。一旦着手逃狱，就得有心理准备，那就是只许成功，不许失败。因为一旦失手，惩戒队的警卫很有可能会把我们活活踢死。

一起逃狱的有两人。另一个是我二十五岁的狱友，他狂放不羁而慷慨，因杀人罪服无期徒刑。我们曾找上其他狱友，想说服他们一起逃狱。我们问了其中最凶狠的八个，这些人全因暴力犯罪被判至少十年徒刑。结果他们一个个都有借口，不肯参加。我不怪他们，我和我的伙伴都是年轻的初犯，没有前科。虽然我们都是重刑犯，但在监狱里，我们只是无名小卒。我们拟订的逃狱计划，是那种成功了会被称为英雄、失败了会被称为狗熊的计划。最后，只有我们两人参加。

当时，内部警卫队大楼正在大翻修，这给了我们逃脱的机会。那是栋两层楼的房子，供狱警办公和讯问犯人之用，位于前围墙大门附近。我们担任园圃维护员，在那里换班的警卫每天都可以看到我们。逃狱那天我们去那里工作时，他们一如往常看了我们一会儿，随即转过头去。警卫队大楼空无一人，翻修工人正在吃午餐。因着警卫本身的百无聊赖和他们对我们的熟稔，制造出小小的空当。在这只有几秒钟，但于我们宛如数小时的空当中，我们成了隐形人。于是我们动手了。

翻修工地外围用钢丝网围篱封住，我们割开围篱钻进去，破门进入那空荡荡的房子，爬上楼梯。屋内因为翻修，清得空无一物。未抹灰泥的墙，露出柱子和承梁的骨架。楼梯光秃秃的木阶上布满灰尘，一片白色，砖头和灰泥的碎块散落其上。顶楼的天花板上有个维修孔，我站在我的伙伴粗壮的肩膀上，用力推开里面的木板活门爬出去。我事先已把延长线缠在连身工作服里。爬上阁楼之后，我解下延长线，一端绑在屋顶的横梁上，另一端传给我的伙伴，他就利用延长线爬上来跟我会合。

屋顶呈"之"字形延伸，我们爬向屋顶与监狱前围墙狭窄的夹缝。我选中某个凹槽的一点作为凿孔，希望两侧的突起能遮住那个洞，不致让枪塔上的守卫看到。阁楼上一片漆黑，但靠近墙面狭窄的楔形夹缝却比警棍更黑更暗。

我们与盖住屋顶的马口铁皮之间，隔着一堵双层的硬木板。在打火机的照明之下，我们开始在木板上钻洞。一把长螺丝起子、一根凿子、一把平头剪，是我们仅有的工具。我们对着木板又劈、又刮、又戳，忙了十五分钟，只挖出大概人眼大小的小洞。我们来回移动打火机的火焰，看见小洞后方闪亮的金属屋顶。但是木板太硬又太厚，用我们手头上的工具，得花好几个小时才能挖出人能钻过去的洞。

我们没有那么多时间，估计只有三十分钟，或许再多一点，之后警卫就会来这里例行巡查。我们得在那之前凿穿木板，在马口铁皮上挖出洞，爬到屋顶上，用延长线当绳子，爬下屋顶，获取自由。时间如此紧迫，我们却困在警卫队大楼的阁楼中。我们知道警卫随时可能会发现围篱上的破洞，看见被打坏的门和维修孔。他们随时可能从维修孔上来，钻进这个又黑又闷热的洞穴，找到我们。

"我们得回去，"我的伙伴低声说，"我们绝对没办法凿穿这木板。我们得回去，假装什么事都没发生。"

"不能回去，"我断然地说，尽管那念头也在我脑海里翻滚，"他们会发现所有被破坏的东西，包括我们割开的围篱，然后他们会知道那是我们做的，因为可以在这地区活动的就只有我们。如果我们回去，会落在 Slot 手里一年。"

Slot 是狱中黑话，用来指称惩戒队。在那个年代，那个监狱里的那个单位，是那国家最惨无人道的地方，是可以随意毒打犯人的地方。从警卫队大楼（他们的大楼，惩戒队的总部所在）屋顶脱逃不成，挨打肯定更名正言顺，更凄惨。

"好，那我们他妈的怎么办？"我的伙伴急切地问道，声音压低，但表情和动作都像是在大叫。汗水从他脸上滴落，他的双手因害怕而湿透，握不住打火机。

"我想有两个选择。"我说。

"哪两个？"

"第一个，用那把梯子，那个用链条拴在楼下墙壁的梯子。我们可以再下楼，打断梯子的锁链，把延长线绑在梯子顶端，再把梯子靠在墙上爬上去，接着把延长线甩到墙的另一头，然后就可以滑下去到马路上。"

"就这样？"

"那是第一个计划。"

"但……他们会看到我们。"我的伙伴反驳道。

"是，没错。"

"他们会向我们开枪。"

"说的没错。"

"他们会射中我们。"

"的确。"

"哇，要我，"他极小声地说，"我想你真的是在要我。这不成了活靶子吗？"

"我想我们之中或许会有一人过关，另一人会中枪。一半一半。"

我们思考成败概率，静默不语片刻。

"我不喜欢这计划。"我的伙伴颤抖道。

"我也是。"

"第二个计划呢？"

"上来这里时，你有没有注意到那个在一楼的电动圆锯？"

"有……"

"如果我们把那圆锯拿来这里，可以用它锯开木板，然后用平头剪剪开马口铁皮，再来就照原计划进行。"

"但他们会听到声音，"我的伙伴咬牙切齿地小声说道，"我能听到他们讲他妈的电话的声音。我们离他们那么近，如果把锯子拖到这里来用，那声音会像他妈的直升机那么响。"

"我知道，但我想他们会认为那是工人在赶工。"

"但工人不在这里。"

"是，没错，但大门警卫正在换班，新警卫上来站岗。风险的确很大，但我想我们如果做了，他们会像以前一样只听声音，认为那是工人在干活。他们已经听了几星期的电钻、锤子和圆锯的声音，不可能会想到那是我们干的。他们绝对想不到犯人会有那么大的胆子，竟敢用电锯，而且就在大门旁用。我想这办法胜算最大。"

"我很不想当那个他妈的泼冷水先生，"他反驳道，"但这房子没电，他们把电源切断，好进行翻修，唯一的电源在外面。我想延长线是能拉到下面，但电源在这房子外面。"

"我知道，我知道。我们之中一人得下去，偷偷潜出我们撬开的门，把延长线插进外面的插座，只有这个办法。"

"谁下去？"

"我去。"我说。我很想说得有把握、坚定，身体却泄露了我的心虚，语气急促而尖锐。

我爬到维修孔旁，双腿因恐惧和紧张性痉挛而不听使唤。我抓着延长线滑下，蹑手蹑脚地来到一楼，一路施放延长线。来到门口时，延长线还剩下很长一段。圆锯放在门附近。我把延长线系在圆锯把手上，跑回楼上。我的伙伴把圆锯拉上去，穿过维修孔，然后把延长线交给我。我再次蹑手蹑脚地来到门边，身体紧贴着墙壁。我喘得厉害，努力鼓起开门的勇气。最后，心一横，我推开门走出去，把延长线插进插座。

配备手枪的几名警卫正在聊天，离这门不到二十米。他们之中若有一人朝我这边看来，一切就完了。我抬头往上瞧，看见他们朝四面八方看，唯独没看向这边。他们在监狱大门那一带聊天、走来走去，因某人刚讲的笑话而大笑。没有人看到我。我悄悄溜回屋内，像狼一样四肢着地，爬上楼梯，抓着延长线使劲地爬上维修孔。

在"之"字形阁楼中的那个黑暗角落，我的伙伴正拿着打火机。我看到他已把电锯连上延长线，准备锯木板。我接过打火机，替他拿着。没有一秒迟疑，他提起重重的电锯，启动开关。电锯尖锐的声音，就像机场跑道上喷射客机引擎的运转声。我的伙伴望着我，嘴张得老大，露齿而笑，笑时紧咬着牙，双眼闪映火光。然后，他把电锯推进厚木板，上下左右锯了四道口子，在震耳欲聋的声音中，一下子就锯出一个洞，露出闪闪发光的四方形马口铁皮。

接下来寂静无声，我们静静等待，耳里响着愈来愈稀微的回声，心脏怦怦直跳。不一会儿，我们听到监狱大门附近传来电话铃声，心想完了。有人接起电话，是某个大门警卫。我们听到他大笑讲话，口气轻松闲散。没事，我们安全了。他们当然听到了电锯声，但正如我所预料的，他们把那当成工人发出的声音，不以为意。

我信心大增，拿起螺丝起子在马口铁皮上打出一个洞。阳光从自由的天空照射进来，照在我们身上。我把洞挖大，然后用平头剪绕着马口铁皮的三个边剪开。我们用四只手合力把那块马口铁皮往外推，我把头伸出洞外，看见我们的确已打穿屋顶的某条凹槽，那个凿孔躲在那道"V"字形凹槽的最底部，没有人能看到。趴在那道窄缝里，我们看不见枪塔的守卫，他们也看不见我们。

接下来只剩下一件事要做。延长线还插在楼下屋外的插座上，我们需要那条延长线当绳索，用它垂挂到监狱围墙外，攀降到马路上。我们之中得有一人下楼，在监狱大门警卫的视线范围内，推开门走出去，拔下延长线，再爬上屋顶。我看着我的伙伴，他满是汗水的脸沐浴在从我们挖开的屋顶洞射进的明晃晃的阳光里，非常清楚。我知道我得再跑一趟。

我走到一楼，背紧贴着门边的墙壁，停下来，在心里跟自己的双手双脚说要争气，要勇敢走到毫无遮掩的门外。我的呼吸非常急促，觉得头晕想吐，心脏像是落入陷阱的鸟，猛撞我心坎的牢笼。经过似乎很漫长的几个片刻，我认定自己办不到。从审慎明智到盲目恐惧，我内心的每个角落都尖叫着要我别再出去。我没办法出去。

我得切断延长线，没别的办法。我从连身工作服的侧袋中拿出凿子。我们用这凿子凿穿了屋顶的木隔板，尽管如此，它仍旧很锐利。当我将凿尖对准门缝下方的延长线，举起手要击下时，突然间想到，我如果切断延长线，导致电线短路，可能会引发警铃，引来警卫入屋查看。但那不重要，我没别的选择，我知道自己无法再走到屋外。我使劲往凿子上一敲，切断延长线，嵌进木头地板。我扯出被切断的延长线，等警铃响起或有人从大门区域快步跑过来的声音。但没有动静，什么都没有，我平安无事。

我抓着断头的延长线迅速上楼，回到阁楼。在屋顶新挖的洞旁边，我们把延长线绑在粗大的木头横梁上。接着，我的伙伴开始爬出去，身体刚出马口铁皮屋顶的一半时卡住了，好一段时间上不去也下不来。他剧烈地扭动身体，使出吃奶的力气，却还是动弹不得，卡得非常紧。

他的身体堵住了我们所挖的洞，阁楼再度陷入黑暗。我双手在屋顶龙骨之间与灰尘里四处摸，摸到打火机。点燃打火机之后，我立刻看出他为何会卡住。原来是香烟袋搞的鬼，那是他在狱中休闲社团自己做的一个厚皮袋。我要他别动，然后拿起凿子，在他连身工作服后面的口袋割出"冂"字形的口子，把口袋扯掉，香烟袋随即落入我手中。我的伙伴顺利爬出洞，来到屋顶。

我跟着爬上屋顶。我们两人像毛毛虫一样在凹槽底部蠕动前进，来到监狱的城垛状前墙。我们跪着往墙外瞧。在那几秒钟里，我们的身躯暴露在外，但枪塔警卫没往我们这边瞧，那个地方是警卫的盲点。枪塔警卫认定不会有人离谱到在光天化日之下翻越前围墙脱逃，因此忽略了这里。

我们大胆地往下方的马路迅速一瞥，看见监狱外排了一列车子。他们是送货员，等着进入监狱大门。每辆车都要仔细搜查，底盘也用镜子检查，因此车阵前进缓慢。我们两人在凹槽里蹲低身子，思量着该怎么办。

"下面一团乱。"

"现在就下去。"他说。

"等等。"我反驳。

"妈的，把延长线丢过去，走人。"

"不行，"我低声说，"下面人太多。"

"那又怎样？"

"他们会有人想当英雄，肯定会。"

"就让那家伙当英雄，我们会撂倒他。"

"他们人太多。"

"撂翻他们所有人。我们会大摇大摆地从他们中间穿过，他们不会知道是什么东西打的他们。豁出去了，老哥。"

"不行，"我态度坚决，"我们得等。等下面都没人了再翻墙下去，我们得等。"

我们最终还是等了，那是分秒难挨的二十分钟，其间我一次又一次地匍匐前进，往墙的另一头望去，每次都冒着暴露的危险。最后我往下方的马路瞧，终于空无一人。我向我的伙伴打信号。他往前爬，翻过墙下去，不见人影。我小心翼翼地爬到前面看看，心想会看到他抓着延长线往下降，没想到他已站在马路上。我看着他消失在监狱对面与这马路交会的小巷里，而我仍在监狱里的屋顶上。

我爬过蓝砂岩的矮墙，抓住延长线，双脚顶住墙壁，双手抓着线，背对着马路。我望向左边的枪塔。警卫正在讲电话，另一只手在空中舞动，自动步枪侧背在肩。我望向另一座枪塔。那里的警卫也配着步枪，正往下叫喊监狱内大门区里的同事。他一脸微笑，表情轻松。没有人看到我，我正站在这国家安全防护最严密的监狱前围墙上，没有人看到我。

我移动双脚，开始下降，延长线却因双手流汗、恐惧而滑脱。墙很高，我知道如果摔下去，必死无疑。在恐惧和绝望之中，我重新抓住延长线，紧抓不放。我靠着双手刹车，减缓下坠速度，感觉到手掌、手指上的表皮被扯掉而微微灼痛。速度已变慢，但仍足以让我落地受伤。我重重落地，再站起，跌跌撞撞地越过马路。我自由了。

我回头看了监狱一眼，延长线仍然吊在墙上，枪塔里的警卫仍在讲话。一辆汽车缓缓驶过，司机的手指配合歌声，敲打着方向盘。我转身走进小巷，走进被缉捕而失掉我一切所爱的人生。

持枪抢劫时，我把恐惧加诸他人，从那一刻起（甚至在我干下诸多罪行时）到牢狱生涯，再到逃亡生涯之际，命运把恐惧加诸我。每个夜晚我都在恐惧中度过，有时觉得体内的血液和气息仿佛因惧怕而凝结成块。我加诸别人的恐惧，转变成十倍、五十倍、上千倍的恐惧，让我在每个无比孤单的夜晚时时刻刻都胆战心惊。

在孟买的头几个月，白天时，周遭的世界缓慢而吃力地运转着，我把自己投入由职责、需求与小小欢乐构筑的繁忙踏实生活中。但到了夜晚，沉睡的贫民窟坠入梦乡，恐惧悄悄爬遍我的全身，我的心退入漆黑的回忆洞穴。当这座城市沉睡时，大部分夜晚我却在走动。我走着走着，强忍着不回头看那枪塔，以及吊在高墙上但其实已不存在的延长线。

至少，夜是沉静的。那些年，每到午夜时，警察即对孟买实施宵禁。晚上十一点半，警察的吉普车聚集在这大城的各主要街道，开始强迫餐厅、酒吧、商店，乃至人行道上贩卖香烟、帕安的小店打烊。尚未回家或躲藏的乞丐、瘾君子和妓女，全被驱离人行道。商店拉下铁门，盖住橱窗，市场里的商摊都盖上白棉布。安静和冷清降临。白天的孟买街头，人群熙来攘往、车水马龙，无法想象到了夜里竟如此冷清寂静。但每个夜晚都是如此：无声、美丽、令人不安。孟买成了鬼城。

午夜过后，数个小队的便衣警察执行名为搜捕的行动，为时两到三小时。他们在空荡荡的街道上巡逻，搜寻罪犯、瘾君子、嫌疑犯、无家可归的失业男子。当然，这城市有一半以上的人无家可归，其中许多人吃、睡、住都在街头。到处都有席地而睡的人，他们躺在人行道上，只靠一条薄毯和棉质被单驱赶夜里的露水。因旱灾、水灾或饥荒逃难到城里的人，或单身一人，或一家大小，或一整村人，睡在石板人行道和民宅的大门口前，挤在一起，以防落单。

在孟买，依法不准睡在街头。然而警察执行取缔时，就像取缔万妓街上的妓女一样"务实"。他们的确在某种程度上睁一只眼闭一只眼，但是"不会"被他们以深夜不归罪逮捕的对象还是一大堆。例如，苦行僧和其他各种宗教修行者在豁免之列；老人家、截肢者、病患或伤者，得不到多少同情，有时还得被迫转移到别的街道，但不会被捕；精神病患、行为古怪的人，还有乐师、杂技演员、手技杂耍人、演员、弄蛇人等跑江湖卖艺者，偶尔会遭粗暴对待，但绝不在搜捕之列；碰上一家子人，特别是带着年幼小孩的家庭，警察通常只是严厉警告，勿在某地区逗留超过几晚，随即放过他们。但男子凡能证明自己有工作，例如拿出名片或手写的雇主地址作为证明，不管那工作多卑下，都会得到放行。一身干净、体面而能显露某种教育水平的独行男子，通常借由口头说明就能免遭逮捕，即使待业中亦然。当然，凡是能拿钱打点的，也都会没事。

最后只剩下非常穷、无家可归、失业、教育程度低、只身一人的年轻男子，成为最容易在午夜被逮捕的族群。每天晚上都有数十名年轻男子，因为没钱贿赂警察，又没有能力靠说说话就让自己脱身，而在市内各地被捕。其中有些人因为符合警方所描述的通缉犯相貌、特征而被捕，有些人被查获携毒或携赃而被捕，有些人恶名昭彰，警察基于犯罪嫌疑，决定将他们逮捕。但有许多人只是因为肮脏、贫穷、一脸绝望无助而被捕。

孟买市没有钱购置数千副金属手铐，即使有这笔经费，警察大概也不愿把手铐这个累赘带在身上。因此，他们携带以大麻纤维、椰子纤维捻制的粗糙长绳，用来将被捕者的右手一一绑在一块。这绳子虽细，却能绑住这些人，因为夜间搜捕的落网者大部分非常虚弱、营养不良、精神消沉，因而无力逃跑。他们乖乖地、安静地受捕。逮捕到十几二十名男子，并集体拴成一列后，即由搜捕队六或八名警察将他们押回拘留所。

就警察来说，印度警察的行事比我预想的还正派，而且不容否认地勇敢。他们配备的武器，只有名叫拉提（lathi）的细竹棍，没有警棍、瓦斯枪和枪，也没有对讲机。因此巡逻时一旦遇上麻烦，他们也没有办法求援。他们没有多余的车辆可供执行搜捕，因此每出一趟任务都得走好几公里的路。他们常以细竹棍打人，但很少狠狠殴打，甚至毒打成重伤。比起澳大利亚那个现代西方城市里的警察，他们更不常打人。

但遭到搜捕的年轻男子得在牢狱里蹲上数天、数周乃至数月，而牢狱生活的悲惨，和亚洲很多地方的牢狱一样。午夜后，绑成一列的男子拖着脚走在市区，那景象比大部分送葬行列还更让人难过、怜悯。

夜间搜捕结束后，我在孟买市区四处逛，而且总是一个人。我那些有钱朋友怕穷人，而我那些穷人朋友怕警察，而大部分外国人什么人都怕，待在饭店不敢出门。每当我走在街道上，搜寻夜街的凉爽寂静时，街道是属于我的。

那场大火过后约三个月，我有次出来夜游，不知不觉走上临海大道旁的海堤。海堤与大道间的宽阔人行道，冷清而干净。六车道临海大道的另一边，则是往内陆弯成半月形，而且放眼望去尽是富裕繁华的地区：俯瞰黑色大海的高级住宅、昂贵的公寓大楼、领事馆、高级餐厅与饭店。

那天晚上，临海大道上的车子很少，每隔十五或二十分钟才有一辆车缓缓驶过。在我身后，大马路的另一边，所有房间只亮着寥寥几盏灯。猛然刮起的阵阵海风，带来清净、飘着咸味的空气。四周一片寂静，海比城市更喧哗。

有些贫民窟友人对我独自在街上行走表示担心。别在夜里走，他们说，孟买夜里不安全。但我怕的不是这座城市。我在街头觉得很安全，我走过的人生乖戾又困顿，但这城市把我的人生包覆在其他数百万人的人生里，仿佛……仿佛我的人生天生就该归属这里，只归属这里。

而我做的工作，让这份归属感更为强烈。我兢兢业业地扮演贫民窟医生的角色。我找来诊断医疗方面的书，在小屋里就着灯光研读。我囤积了不少药物、药膏与绷带，是用我替游客做黑市买卖所赚的钱从本地药店买来的。即使已攒够离开的钱，我仍留在那里，留在那个污秽的地方。我已经有能力搬到舒适的公寓，但仍然待在那狭促的小屋里。我跟着那里的两万五千人，投入他们翻腾激荡的生存搏斗之中。我舍不得普拉巴克、强尼·雪茄、卡西姆·阿里·胡赛因。我努力不去想卡拉，但爱意引我向虚空猛抓。当我孤单一人，我亲吻风，呼唤她的名字。

海堤上，凉爽的海风吹过我的脸庞和胸膛的肌肤，感觉就像有人拿起水罐，把水倒在我身上。四周寂静无声，只有我自己在风中的呼吸声，还有海堤下方三米处海水拍打岩石的浪涛声。水花四溅的海浪拉着我。放手，放手，让它结束，倒下来死掉就是。就这么简单。那不是我内心最响亮的声音，却是来自内心极深处、来自让我抬不起头的羞愧。羞愧之人懂得这样的声音：你让每个人失望，你没有资格活着，世界没有你会更好……我努力去获得归属，努力以医疗工作救治自己，努力以爱上卡拉这个愚蠢的念头拯救自己，但在羞愧之中，我终归是孤单一人，我感到迷惘。

海水奔腾，拍打下方的岩石。纵身一跳，就一了百了。我感觉到那坠落，感觉到身体撞上岩石的破裂声，感觉到溺死的冰冷下滑。就这么简单。

有只手搭上我的肩膀，出手很轻，但足以将我拦住。我迅速转身，一脸震惊。有个高大的年轻男子站在我身后。他的手仍然放在我肩上，仿佛在撑着我，仿佛他已看出我不久前的心思。

"我想，你是林先生。"他轻声说，"不知道你还记不记得我，我是阿布杜拉。我们在站立巴巴的大麻窝见过。"

"记得，记得，"我结结巴巴地说，"你救了我们，救了我，我记得很清楚。我还没好好谢谢你，你就离开，消失不见了。"

他轻松微笑，抽回他的手，梳理他浓密的黑发。

"用不着谢，如果我在你的国家碰上这种事，你也会这么做，不是吗？来，有人想见你。"

他以手势示意我停在十米外、人行道旁的一辆车。那车早停在我身后，引擎仍在发动，我不知为什么一直没听见。那是"大使"，印度的平价高级车款。车里有两名男子：一名是司机；一名是乘客，坐在后座。

阿布杜拉打开后车门，我弯下腰往里面瞧。有位至少五十五岁的男人坐在里面，街灯照亮他的半边脸。那是清瘦、坚毅而聪明的脸，有着细长鼻子和高高的颧骨。我立即就被那双眼睛给震慑住，炯炯有神的琥珀色，带着惊喜、同情，还有别的特质——可能是冷酷，也或者是爱。他的胡子和头发都刮理得很短，但都已经花白。

"你是林先生？"他说，声音低沉、洪亮而有自信，"很高兴认识你，真的，非常高兴。我听说过一些你的好事。听到好事，总是叫人高兴，而在孟买这里，听到与外国人有关的好事，更让人开心。或许你也听说过我，我是阿布德尔·哈德汗。"

我当然听说过他。在孟买，他是无人不知、无人不晓的大人物。每隔几星期，报纸上就会出现他的名字。市集、夜总会、贫民窟都有人在谈他，富人敬佩他且害怕他；穷人尊敬他，奉他如神明。他在董里的纳比拉清真寺中庭讲述神学和伦理学，闻名全市，各宗教的许多学者和学生都慕名前往聆听。他与艺术家、企业家、政治人物交好之事，同样家喻户晓。他也是孟买黑社会的老大、联合会制度的创办人之一。这套制度将孟买划分成数个地盘，归不同的联合会治理，每个联合会由数个堂口老大组成。据说这套制度很好，很受欢迎，因为经过十年腥风血雨的地盘争夺，这个制度安定了孟买黑社会，少了许多打打杀杀。他有权势，危险且聪明。

"Yes, Sir."我答，震惊于自己不知不觉用了"Sir"这个字。我痛恨这个字。在惩戒队时，只要未以"Sir"称呼警卫，就会招来毒打。"我当然知道你的名字，大家都叫你哈德拜。"

他名字末尾的"拜"，意为大哥，是亲切尊敬的字眼。我说出哈德拜时，他微笑，缓缓点头。

司机调整后视镜对准我，面无表情地盯着镜中的我。后视镜上挂着新鲜的茉莉花环，花香令人陶醉，在吹过清爽海风之后，那香气几乎令我晕眩。俯身探入车内时，我凛然意识到自己和自己的处境：我弯腰的姿势；我抬起头看见他眼睛时皱起的眉头；我指尖下车顶边缘的沟槽边；贴在仪表板上，写着"神与我同行"的贴纸。街上没有其他人，没有车子经过，四周非常安静，只有车子引擎的怠转声与车窗外闷闷的海浪声。

"林先生，你是科拉巴陋屋区的医生。你去那里居住后不久，我就听到这事。一个外国人住在陋屋区，相当罕见。那里归我所有，你知道吗？那些简陋小屋坐落的那块地，归我所有。我很满意你在那里的表现。"

我吃惊得说不出话来。我住的那个贫民窟，也叫佐帕德帕提，就是陋屋区。那个面积四万平方米的贫民窟，还有住在那里的两万五千名男女老少，归他所有？我已在那里住了几个月，听人提起哈德拜的名字好多次，但没有人说过那地方归他所有。不可能，我心里这么想。那样的地方和那里的所有人，怎么可能归哪个人所有。

"我，呃，我不是医生，哈德拜。"我终于回神告诉他。

"或许这就是你在治病上如此成功的原因，林先生。医生不愿进陋屋区。我们能叫人不要做坏事，却无法逼人去做好事，不是吗？刚刚我们经过时，我的年轻朋友阿布杜拉认出你坐在海堤上，我便要车子掉头回来找你。来，上车坐我旁边，我带你去一个地方。"

我感到迟疑。

"对不起，不麻烦你。我……"

"不麻烦，林先生，上车。司机是我很好的朋友，纳吉尔。"

我跨进车子。阿布杜拉替我关上车门，随后坐上司机旁边的前座。司机再度调整后视镜对准我。车子没开走。

"Chillum bono（来根水烟筒）。"哈德拜向阿布杜拉说。

阿布杜拉从夹克口袋里拿出一根漏斗状的管子，放在他旁边的座位上，开始将大麻和烟草搅和在一块。他把称为戈利（goli）的大麻球捏附在火柴棒末端，点起另一根火柴烧它，大麻的气味与茉莉花香混在一起。车子仍在缓缓低声急转。没有人说话。

三分钟后，水烟筒调配好，第一口给哈德拜吸。他吸过后，把水烟筒交给我、阿布杜拉和司机接着吸，然后每个人又轮流吸了一回。阿布杜拉清理水烟筒，放回口袋，手法迅速而利落。

"Challo。"哈德汗说。

车子缓缓驶离人行道边，街灯开始流泻进斜斜的风挡玻璃。司机把卡带放进仪表板的卡匣。我们脑袋后方的喇叭轰然传出音量放至最大的浪漫嘎札尔歌曲，曲调令人感伤。大麻让我神志恍惚，我能感觉到颅骨里的脑子在颤抖，但看着其他三人，他们似乎十足镇静。

眼前的情景，出奇地类似我在澳大利亚、新西兰与朋友吸毒后无数次驾车兜风的感觉。那时候，我们吸大麻胶或大麻，把音乐开得震天响，再开车兜风。但在我那个文化里，吸毒、把音乐开到最大声、驾车兜风，主要是年轻人干的事。此时我们一群人跟着一名很有权势、很有影响力的前辈，那人年纪不小，比阿布杜拉、司机或我都大得多。歌曲依循固定的节奏，他们三人却讲着我听不懂的话。这感觉既熟悉又令我不安，有点像是人长大后回到童年时期的校园。虽然有大麻麻醉，我却无法完全放松。

我不知道我们要去哪里，不知道什么时候会回来、如何回来。我们往塔德欧驶去，与我位于科拉巴贫民窟的家方向正相反。时间一分一秒过去，我想起印度人那独特的友善绑架习俗。在贫民窟几个月期间，我应邀参加朋友多场含糊、神秘的邀约，他们没说要去哪里，也没说去做什么，只是要我跟着他们去。他们总是面带微笑，语带急迫之意，说"你来"，从不觉得必须告诉你要去哪里，为什么去。"你现在就来！"最初，我抗拒过几次，但不久我就知道，那些神秘兮兮、没有计划的行程，总是叫人不虚此行，往往有趣又好玩，且大多很重要。渐渐地，我懂得放轻松，听从、信赖直觉，一如此时跟哈德拜在一起。事后我从未后悔，也从未被强行带走我的朋友伤害，或对这些神秘邀约感到失望。

车子沿着长而平缓的山坡，爬上山丘顶端，前面往下可到哈吉阿里清真寺。阿布杜拉关掉录音带，问哈德拜要不要在山顶上他常去的那家餐厅停车。哈德拜看着我想了一会儿，向司机微笑、点头。他用左手指关节在我手上轻敲两下，拇指轻触嘴唇。那手势表示，现在不要出声。看着，但不要讲话。

我们开进停车场旁边有段距离的地方，另有二十辆车停在哈吉阿里餐厅外。午夜过后，大部分孟买人坠入梦乡，或至少假装已经睡着，但这城市还是有几个声光十足的热闹地方，关键在于知道它们的所在位置，这座位于哈吉阿里陵墓附近的餐厅就是其中之一。每天晚上有数百人聚集在这里用餐、会面，买饮料、香烟或甜点。他们搭出租车、开私家车、骑摩托车来，每个小时都有人来，直到天亮为止。这餐厅不大，总是高朋满座。大部分客人喜欢站在人行道或坐在车子里用餐。许多车子里放着轰隆隆的音乐。客人用乌都尔语、印地语、马拉地语、英语高声叫喊，侍者在柜台与车子间来回奔走，端上饮料、包好的食物及餐盘，动作娴熟漂亮。

这间餐厅违反商业宵禁规定，仅在二十米外的哈吉阿里派出所照理应该勒令它关门。但印度人的务实作风认识到，在现代的大都市里，文明人需要地方采集、狩猎。它们是寂静城市里喧闹好玩的绿洲，而这类场所的老板借由贿赂官员和警察就可以持续营业，几乎通宵营业，但这并不表示取得了合法营业许可。这类餐厅和酒吧属非法营业，有时得做出奉公守法的样子。有局长、部长或其他大官座车经过时，固定会有电话向哈吉阿里派出所的警察通风报信。餐厅和客人也很合作，在一阵兵荒马乱中，关掉电灯，开走车子，餐厅被迫暂时打烊。这小小的不便不仅未让人扫兴，反倒给买点心这类稀松平常的事增添了一点刺激和冒险感。每个人都知道，位于哈吉阿里的这家餐厅会在不到半小时内重新营业，一如城里其他佯装打烊的非法夜店。每个人都知道贿赂、收贿的事，每个人都知道电话通风报信的事，每个人各得其利，每个人都开心。狄迪耶曾说，贪腐成为政府治理制度后，最糟糕的地方就在于这制度运作得非常平顺。

一名马哈拉施特拉的年轻领班快步来到我们车旁，司机替我们点吃的时，那年轻人猛点头。阿布杜拉下车，走到挤满人的外带柜台。我看着他，年轻的他，走起路来带着运动员那种动不动就要发火的神态。他

192

比他旁边大部分的年轻人长得高，姿态流露出惹人注目的机灵自信。黑发长长垂在后面，几乎到肩膀。一身简单、平价的穿着，软黑鞋、黑长裤、白丝衬衫，穿在他身上却都很搭，而且他把这身打扮穿出些许军人的英姿。他肌肉结实，看上去大概二十八岁。他转身朝向车子，我见到他的脸。那是张俊俏的脸，冷静而沉着。我知道他为何能那么镇静，在站立巴巴的大麻窝，我见识过他如何迅捷利落地制伏那名持剑男子。

一些客人和所有柜台员工认出阿布杜拉，他点香烟、帕安时，或跟他讲话，或投以微笑，或开他玩笑。他们的手势夸张，笑声比不久前更大。他们相互推挤，不时伸手碰他，好似急切地想博取他的欢心，甚至只为得到他的注意。但那气氛也带着迟疑——某种勉强——仿佛他们虽然有说有笑，心里其实不喜欢他或不信任他。同样明显可见的，是他们怕他。

那名侍者回来，把食物和饮料递给司机。他在哈德拜旁开着的车窗边逗留，眼神在恳请哈德拜开口。

"拉梅什，你父亲还好吗？"哈德拜问他。

"好，拜，他很好。但是……但是……我有个问题。"那年轻侍者用印地语回答，紧张地扯着唇髭的边边。

哈德拜不太高兴，瞪着那张忧愁的脸。

"有什么问题，拉梅什？"

"是……是我的房东，拜。我们就要被……赶出来。我、我们、我们家，已经在付两倍的房租，但房东……房东很贪心，想把我们赶走。"

哈德拜点头，想着事情。见哈德拜不发一语，拉梅什信心大增，用印地语噼里啪啦继续讲。

"不只是我家，拜。那栋大楼的所有住户都要被赶出去。我们试了各种办法，提出非常好的价钱，但房东就是听不进去。他有打手，那些打手威胁我们，甚至打了人。我父亲就挨了打。拜，我很惭愧没杀了那地主，但我知道这只会给我家和其他住户惹来更多麻烦。我跟我可敬的父亲说，我们应该告诉你，你会保护我们。但我父亲太爱面子了。你知道他，他爱你，拜。他不愿向你求救，怕打扰你。他如果知道我是这样跟你提起我们的麻烦，肯定会很生气。但今天晚上我看到你，哈德拜大人，我想……神把你带到这里跟我见面。我……我很抱歉打扰你……"

他陷入沉默，猛吞口水，捧着金属盘的手指因用力而惨白。

"我们会去了解可以怎样解决你的问题，拉姆。"哈德拜慢慢说。听到哈德拜以亲昵的小名拉姆称呼他，这年轻人顿时眉开眼笑，笑得像个小孩。"明天来找我，两点整。我们再详谈。我们会帮你，安拉保佑①。哦，对了，拉姆，在这问题解决之前，安拉保佑，没必要把这事告诉你父亲。"

拉梅什看上去好似想抓住哈德拜的手亲吻，但最终只是鞠躬后退，小声道谢。阿布杜拉和司机点了水果沙拉和椰子酸奶，侍者离去后，他们两人吃得呷呷作响，非常满意。哈德拜和我只点了杧果口味的酸奶。我们啜饮冰饮时，别的访客来到我们车窗旁，来者是哈吉阿里派出所的所长。

"哈德拜，又见面了，幸会，幸会。"他说，脸部扭曲成怪样，若非因为腹绞痛，就是诣笑。他讲的印地语带着某种方言的浓浓口音，我几乎听不懂。他问候哈德拜的家人，然后谈起正事。

阿布杜拉把吃完的盘子放在前座，从座椅下抽出一小包用报纸包裹的东西递给哈德拜。哈德拜打开一角，露出厚厚一沓百元卢比的纸钞，然后不当一回事似的，将它递出窗户交给那警察。给钱给得这么公然，甚至到了引人注目的地步，教我深深觉得，哈德拜一定是有意要让方圆一百米之内的每个人都看到这送钱、收钱的一幕。

那警察把那包钱塞进胸前，往旁边弯下腰，大声吐了两口口水以

---

① 安拉保佑（Inshallah），来自阿拉伯语，主要用作感叹词。

求好运。他再度走到车窗旁，开始小声讲话，语气急切且说得很快。我听到"身体""讲价"这两个字眼，还有关于赃物市集的话题，但不清楚话中的意思。哈德拜举起手要他住嘴。阿布杜拉看看哈德拜，再看看我，突然露出孩子气的一笑。

"跟我来，林先生，"他轻声说，"我们去看清真寺，要不要？"

我们下车时，那警察大声说道："那个白人会说印地语？天哪！"

我们走到海堤上一个荒僻处。哈吉阿里清真寺建在一个平坦的小岛上，借由石头步道与陆地相连，步道长约三十三步。黎明到日暮期间，潮水落在步道以下，得以通行，宽阔步道上挤满了朝拜的信徒和游客。涨潮时，步道完全没入水中，小岛孤悬海上。从滨海马路上的挡土墙望去，清真寺在夜里仿佛一艘停泊的大船。发出绿光与黄光的铜灯，垂挂于大理石墙的托架上。月色下，水滴形拱门和圆形轮廓亮得发白，化为这艘神秘之船的帆，宣礼塔则是船上林立的高大桅杆。

那天晚上，又圆又平的黄色月亮，贫民窟居民所谓的令人伤心的月亮，高挂在清真寺上方，散发令人无法抗拒的催眠力量。海上吹来微风，但是是湿热的风。成群蝙蝠沿着空中的电线飞翔，数目达数千只，像一行乐谱上的音符。一个小女孩过了睡觉时间仍在外头兜售茉莉花环，她走到我们面前，递给阿布杜拉一只花环。阿布杜拉从口袋里掏出钱给她，她大笑，不肯收，然后唱起某部印地语卖座电影里的歌曲副歌走开。

"这世上由信念所引发的诸多作为，最漂亮的莫过于穷人的慷慨。"阿布杜拉以他一贯的低声说道。印象中，他总是那么轻声细语。

"你的英语说得很好。"我以评论的语气说道，打心坎里佩服他所表达的高妙思想和表达方式。

"没有，我说得不好。我认识一个女的，她教我这些字。"他答。我等着他继续讲，他迟疑地望着大海，再度开口时却换了话题。"林先生，那时候在站立巴巴的大麻窝，那男子拿剑朝你冲来时，我如果没在场，你会怎么做？"

"我大概会跟他打。"

"我想……"他转头凝视我的眼睛，我觉得头皮因为某种莫名的惧怕而发麻，"那样的话，我想你大概会没命。你大概会被杀掉，你现在已经不在这里。"

"不会，他手中虽然有剑，但他年纪大，神志不清。我应该会打赢他。"

"是，没错，"他说，没有笑，"是，我想你说的没错，你大概会打赢他。但其他人，那个女孩和你那个印度朋友，大概会有一人受伤，甚至被杀，如果你活下来的话。剑砍下来，如果没砍到你，大概会砍到他们之中某个人，我想是这样。你们大概会有一个人死掉，你或你的朋友，你们会有一个人死掉。"

换成我沉默了。片刻之前我所感受到的惧怕，突然间化为十足的惊恐。我的心脏怦怦大声跳着。他在说他救了我一命，而我在他的话中感受到了威胁。我不喜欢这威胁。心中开始涌现怒气。我紧绷着准备和他打一架，狠狠盯着他的眼睛。

他微笑，伸出一只手搭在我肩上，就像不到一小时前在临海大道、在另一处海堤上，他对我做的那样。那股出于本能、令人激动的惊恐来得快，去得也快；那股惊恐虽强烈，但随即被压过，消失无踪。直到再过数月，我才又想起那感觉。

我转身看到那警察鞠躬，离开哈德拜的车。

"哈德拜贿赂那警察很不避人耳目。"

阿布杜拉大笑，我想起在站立巴巴的大麻窝，第一次听到他放声大笑的情景。那是尽情、坦率的大笑，完全无所拘束的大笑，因为这个笑容，我突然喜欢上这个人。

"波斯有句俗语，有时狮子得吼吼，只为让马儿想起恐惧。那个警察一直在哈吉阿里这里制造麻烦，老百姓不尊敬他，为此他感到不高兴。不高兴，他便制造麻烦；他制造愈多麻烦，老百姓就愈不尊敬他。如今，他们看到这么大把钞票的贿赂，像他那样的警察不可能收到那么多钱，于是他们会多尊敬他一些。他们会大叹不得了，了不起的哈德拜付他那么多钱。有了这小小的尊敬，他会比较不常找我们所有人的麻烦。不过，意思非常清楚。他是马，哈德拜是狮子，而狮子已经吼了。"

"你是哈德拜的贴身保镖？"

"不是，才不是！"他再度大笑，"阿布德尔·哈德汗大人不需要保护，但……"他停住不语，我们俩望着坐在平价豪华轿车后座的那个白发男子，"但我愿为他死，如果那就是你的意思的话。我愿为他死，为他做更多事。"

"愿为人而死的话，能再为那人做的事就不多了。"我答，为他的真诚和想法的古怪咧嘴而笑。

"不，"他说，一手揽住我的肩，走回车子，"还有一些事可做。"

"你和我们的阿布杜拉成为朋友了，林先生？"我们坐进车子时，哈德拜说，"很好。你们应该是好朋友，你们就像一对兄弟。"

阿布杜拉和我互望，为这番话轻声而笑。我的头发是金色的，他的是墨黑色的；我的眼睛是灰色的，他的是褐色的；他是波斯人，我是澳大利亚人。乍看之下，我们俩天差地别。但哈德拜皱起眉头，一脸不解，朝我们俩轮流看了又看，瞧了又瞧，对我们的惊喜表情显得十分困惑。我们不禁停住大笑，转为微笑。车沿着班德拉道路驶去时，我想着哈德拜所说的话。我不知不觉在想，我们虽然差别那么大，年纪比我们大的哈德拜所说的这番话，说不定还真有几分是真知灼见。

车子连续开了将近一小时，终于在班德拉区外围、林立商店与超市的街道上放慢速度，然后转进小巷。这条街黑暗又冷清，小巷也是。车门打开时，我听到音乐和歌声。

"来，林先生，我们走。"哈德拜说，丝毫不觉得该告诉我要去哪里或为什么去。

司机纳吉尔留在车旁,身体靠着引擎盖,终于难得放松一下,打开阿布杜拉在哈吉阿里买给他的帕安。走过他身边,朝小巷另一头走去时,我想到纳吉尔一直没开口说一句话。我很纳闷,在这座拥挤而喧闹的城市,为什么有那么多印度人常如此沉默,久久不吭一声。

我们穿过一个宽大的石拱门,踏上一条走廊,爬上两段阶梯,进入满是人、烟、嘈杂音乐的大房间。房间呈长方形,挂着绿色丝织品和织毯。房里另一头有个凸起的小舞台,上头有四名乐师坐在丝垫上。四面靠墙边摆了矮桌,周边铺了舒适的坐垫。淡绿色的钟形灯悬垂于天花板上,投射出晃动的环状金黄色光芒。侍者在一群群人之间走动,奉上由长玻璃杯装盛的红茶。某些桌上有水烟筒和大麻胶香料,因为水烟筒,空气里点缀着蓝烟。

几名男子立即起身迎接哈德拜。阿布杜拉在那里也很出名,一些人或点头或挥手或口头招呼,向他致意。我注意到那房间里的男人热情地拥抱他(这和哈吉阿里那里的人大不相同),而且握住他的手久久不放。我认出其中一名男子沙菲克·古萨,也就是火暴汉子沙菲克。我住的贫民窟附近,海军兵营区的卖淫业归他管。我还通过报纸上的照片认出其他一些人,包括一位著名诗人、一位著名的苏非圣徒、一个小有名气的电影明星。

这家私人俱乐部的经理就站在哈德拜身旁。他是个矮小的男子,穿着扣了纽扣的克什米尔长背心,衬出圆滚的身材。白色哈吉帽盖住他的秃头,哈吉(hajji)是曾赴麦加朝觐者的尊称。他额头上有圆形的深色瘀青,有些穆斯林做礼拜时以额触石,因此造成这样的伤痕。他叫喊着下达指示,侍者立即搬来一张新桌子和几张坐垫,摆在能一览无遗地看到舞台的房间一角。

我们盘腿而坐,哈德拜坐在中间,阿布杜拉在他右手边,我在他左手边。一名男孩头戴哈吉帽,身穿阿富汗裤子和背心,端来一碗加了辣椒粉的辣炒米和一大盘掺有水果干的混合干果。上茶的服务生把细嘴茶壶拿到离玻璃杯一米高，凌空倒下热红茶，不溅出一滴水。他替我们每个人倒了茶，然后递上方糖。我拿起杯子就要喝，不打算放糖，但阿布杜拉制止我。

"来，林先生，"他微笑，"我们在喝波斯茶，要用地道的伊朗方式喝茶，不是吗？"

他拿起一块方糖放进口里，把糖牢牢咬在上下门牙间，然后端起杯子，隔着方糖小口啜饮。我如法炮制，方糖慢慢在嘴里碎裂、化掉，味道超乎我喜欢的甜，奇怪的新喝法让我觉得有趣。哈德拜也拿起一块方糖，咬在上下门牙间，饮茶使这小小习俗增添了奇特的高贵与庄严，但其实他喝茶时表情寻常，甚至连手势都再随意不过。我从没见过气势如此威严的人。看他斜过头来听阿布杜拉兴高采烈地讲话，我突然觉得，他不管是在哪一辈子、在哪个世界，都会是指挥他人的人中之龙，都将激使人顺从于他。

三名歌手加入舞台，坐在乐师前方稍远处。房里渐渐鸦雀无声。突然间，那三名男子开始高歌，嗓音浑厚，令人动容。那是多层次的音乐，曲调动人，充满深情。他们不仅在唱歌，还透过歌曲哭泣、哀诉。泪水从他们紧闭的眼中流出，滴落在胸膛。听着听着，我觉得无比高兴，却不知为何感到羞愧，仿佛这三位歌手已把我带进他们最深沉、最不为人知的爱与忧愁中。

他们唱了三首歌，然后静静穿过布帘，离开舞台，进入另一个房间。他们演出时，台下没有人讲话，没有人移动，但接着每个人同时开口，我们也不得不打破定住我们的魔咒。阿布杜拉起身到房间另一头，和另一桌的阿富汗人讲话。

"林先生，你觉得怎么样？"哈德拜问我。

"我很喜欢，唱得很棒，很不简单。我从没听过像这样的东西。非常悲伤，但也非常有气势。那是什么语言，乌尔都语？"

"没错，你懂乌尔都语吗？"

"不懂，我想是不懂。我只会讲一点马拉地语和印地语。我听得出是乌尔都语，是因为我的身边和我住的地方，有一些人讲这种语言。"

"乌尔都语是嘎札尔的语言，而那些人是孟买最出色的嘎札尔歌手。"他答。

"他们在唱情歌？"

他微笑，俯身过来，伸出一只手搭在我前臂上。在这城市，人与人谈话时常相互碰触，借由轻轻的挤压强调自己的观点。贫民窟里与友人的日常接触，让我非常熟悉这动作，而我已渐渐喜欢上这动作。

"是情歌，没错，是最动听、最真诚的情歌，是对上帝唱的情歌。那些人在唱爱上帝。"

我点头，不发一语，我的沉默使他再度开口。

"你是基督徒？"他问。

"不是，我不信上帝。"

"没有信上帝这回事，"他很正式地说，再度微笑，"人不是认识上帝，就是不认识上帝。"

"哦，"我大笑，"我的确不认识，坦白说，我倾向认为不可能有上帝存在，至少我接触过的上帝观大部分不可信。"

"噢，当然，理所当然，上帝不可能存在。那就是证明它存在的第一个证据。"

他专注地盯着我，手仍温热地放在我的手臂上。我心想，小心一点，你正要和一个以哲学探讨著称的人做这样的讨论。他在测试你。那是测试，而且水很深。

"我来把这弄清楚，你是说因为某物不可能存在，所以某物存在？"我问，把思维的小船推离岸边，推进他高深莫测的观念水域。

"正是。"

"哦，那不就表示凡可能存在的东西都不存在？"

"完全正确！"他说，笑得更灿烂，"很高兴你懂。"

"我能说出这些东西，"我答，以大笑回应他的灿烂笑容，"但不表示我懂那些东西。"

"我来解释给你听。任何东西，我们看到时，那东西并不存在。任何东西，我们认为正在眼前时，其实并不在那里。我们的眼睛是骗子，那些看似真实存在的东西其实都只是它们给我们制造的错觉。我们认为存在的东西，都不存在。你不存在，我不存在，这房间不存在。无一物存在。"

"我还是不懂，我不懂可能存在的东西怎么会不存在。"

"我换一种方式说。促成创造的动力是某种能量，我们认为在周遭见到的东西和生命，其实都因那能量而具有生命力；而那能量，如我们所知，无法测出其大小或重量，甚至无法以时间来量度。从某种形式来说，那能量是光子。至小的物体，对光子而言是一个开阔空间的宇宙，而整个宇宙只是一粒小尘埃。我们称为世界的东西，其实只是个观念，而且是不怎么理想的观念。从光的角度来看，赋予世界生命力的光子，我们所认知的宇宙，其实并非真实存在的。没有一样东西真实存在。懂了吗？"

"不是很懂。我觉得如果我们认知的东西全都是错的，或全都是错觉，那么就没有人知道该如何做、该如何生活，或该如何保持神志正常。"

"我们说谎。"他说，带着金斑的琥珀色眼睛里闪现不折不扣的诙谐，"神志正常的人，只是比神志不正常的人更善于说谎。你和阿布杜拉是兄弟，但我知道你的眼睛在说谎，你的眼睛告诉你不是这样。而你相信这谎言，因为这样比较省事。"

"那就是我们保持神志正常的办法？"

"没错。我跟你说，我可以把你当作我儿子。我没结婚，没有儿子，但曾有片刻时间，真的，我可能结婚，可能生子，而那是在——你年纪多大？"

"三十。"

"正是！我就知道。我原本可能当上父亲的那个片刻，正是三十年前。但如果我告诉你，我把那看得清清楚楚，说你是我儿子，我是你父亲，你会认为不可能。你会抗拒。你会看不到真相，我现在见到的真相，几小时前我们刚见面不久时我所见到的真相。你会倾向于编个好用的谎言，相信那谎言。谎言会说我们素昧平生，彼此怎么会有关联？但命运，你知道命运吗？乌尔都语叫作 kismet，命运牢牢掌控我们，却无法掌控两件事。命运无法掌控我们的自由意志，也无法说谎。比起对别人说真话，人们更常对人说谎；比起对人说谎，人们更常对自己说谎。但命运不说谎。懂吗？"

我懂了。尽管叛逆的理智之心拒绝接受这番话和讲出这些话的人，我感性的心知道他在说什么。他不知如何已发现我内在的伤悲，我生命中原本应该由父亲来填补的那个洞，是充满渴望的一片草原。在遭通缉的那些年，那些最孤单的时刻里，我徘徊在那草原上，渴望父亲的爱，犹如新年前倒数最后一刻满是受刑人的监狱。

"不懂，"我说谎，"很抱歉，但我就是无法认同。我认为不能光靠着相信东西，就让那些东西成真。"

"我没这么说，"他答，很有耐性，"我说的是真实，如你所见、如大部分人所见的真实，其实纯粹是错觉。另有一种真实，我们肉眼未能见到的真实。你得用心去感受那真实。别无他法。"

"这实在……让人糊涂，你看待事物的方式事实上很乱。你自己不觉得很乱吗？"

他再度微笑。

"以正确方式来思考，最初都会觉得奇怪。但世间有一些事是我们能理解的，有一些事是可以确定的，而且那相对比较容易。我来告诉你，要了解真相，只要闭上眼睛。"

"就那么简单？"我大笑。

"没错，你该做的就是闭上眼睛。例如，我们能了解上帝，能了解悲伤；我们能了解梦，能了解爱。但按照我们习以为常认定事物存在、看似真实的观念来看，这些全不是真实存在的东西。我们无法测出它们的重量，无法量出它们的长度，无法在核粒子加速器里找出它们的基本成分。这就是它们可能存在的原因。"

我的思绪之舟开始进水，我决定尽快舀水。

"我以前没听说过这地方，这种地方多吗？"

"大概有五个。"他答，以泰然包容的心接受话题改变，"算不算多，你觉得？"

"我想够多了。没看到女人，女人不准来这里吗？"

"没有禁止，"他皱起眉头，思索该怎么措辞，"女人可以来，但她们不想来。有其他地方供女人聚在一块，做她们的事，听她们的音乐和歌，也没有男人想去那里打扰她们。"

一名年迈的男子走过来坐在哈德拜脚边，他穿着朴素的棉衬衫和宽松薄长裤。脸上的皱纹深刻，白发理成庞克式平头。身子瘦削驼背，显然很穷。他迅速而不失尊敬地向哈德拜点了点头，开始在他粗糙的双手里磨碎烟草和大麻胶。几分钟后，他递了一支大水烟筒给哈德拜，拿起火柴等着给哈德拜点水烟筒。

"这位是欧玛尔，他是全孟买最会做水烟筒的人。"哈德拜说，这时水烟筒几乎凑到他嘴边，他随之住口不语。

欧玛尔点燃哈德拜的水烟筒，咧嘴而笑，露出无牙的牙床，陶醉在赞美里。他把水烟筒递给我，带着挑剔的眼神，打量我的技术和肺活量，然后咕哝着表示赞许。哈德拜和我各抽了两口之后，欧玛尔接下水烟筒，把剩下的抽完。他吸得很用力，薄薄的胸膛胀得像要爆开。他抽完后，从水烟筒里轻轻敲出少量残余的白灰。他已经把这根水烟筒吸光，得意地接受哈德拜的点头感谢。他年纪虽大，起身却很轻盈，双手完全没有撑地。他一拐一拐地走开，这时歌手又回到舞台。

阿布杜拉回到我们这桌，捧着一个雕花玻璃碗，里头满是杧果、木瓜和西瓜切片。水果化入我们的嘴里，果香四溢于周遭。歌手开始第二场演出，只唱一首歌，却将近半小时才唱完。那是首华美的三重唱歌曲，建立在简单的旋律和随兴的装饰曲段上。以簧风琴和塔布拉鼓伴奏的乐师生气勃勃，但歌手面无表情，没有动作，双眼紧闭，双手松垮地垂着。

歌手下了小舞台，无声的观众一如先前，立刻叽叽喳喳讲起话来，变得很吵闹。阿布杜拉俯身越过桌子向我说话。

"我们坐车过来时，我在想兄弟的事，林先生。我在想哈德拜说的话。"

"很有意思，我也这么觉得。"

"我的两个兄弟，我伊朗的家有三兄弟，而我两个兄弟如今都死了。他们死在对抗伊拉克的战争中。我有姐妹，但没有兄弟。我现在没有兄弟，没有兄弟很难过，不是吗？"

我无法直接回答。我自己的兄弟已没了，我整个家都没了，我深信这辈子不可能再见到他们。

"我在想或许哈德拜看出了什么端倪，或许我们真的长得像兄弟。"

"或许是。"

他微笑。

"我决定喜欢你这个人，林先生。"

他面带微笑，但说得非常郑重，让我忍不住大笑。

"哦，我想，既然这样，你最好不要再叫我林先生。总之，那让我觉得 heebie-jeebies（不自在）。"

"Jeebies？"他问，表情认真，"那是阿拉伯语？"

"那不重要，叫我林就是了。"

"好，我就叫你林。我要叫你林兄弟，而你叫我阿布杜拉，好吗？"

"好。"

"我们会记得这个晚上，在盲人歌手的演唱会上，因为这是我们结为兄弟的晚上。"

"你说盲人歌手？"

"对啊。你不知道他们？他们是那格浦尔的盲人歌手，在孟买很出名。"

"他们是特殊教养机构出身的？"

"特殊教养机构？"

"对啊，收容盲人的学校之类的。"

"不是，林兄弟。他们原来看得见，跟我们一样。但在那格浦尔附近的一个小村子发生了一场失明事件，这些人就成了瞎子。"

周遭的噪声让人头昏脑涨，原本宜人的果香和大麻胶味道渐渐令人倒胃口、透不过气。

"什么意思，发生失明事件？"

"哦，那村子附近山区有叛军和土匪藏匿，"他缓慢而不慌不忙地解释，"村民得献给他们食物和其他帮助，他们别无选择。但警察和军人来后，弄瞎了二十个人作为教训，借以警告其他村民。这种事时常发生。这些歌手不是那村子的人，但当时正好去那里，在节庆活动上唱歌。实在很倒霉，他们和其他人一起被弄瞎。他们所有人，有男有女，共二十人被绑在地上，眼睛被人用尖竹片剜出来。如今他们在这里唱，也到处演唱，非常出名，也很有钱……"

他继续说，我在听，但无法回应或反应。哈德拜坐在我旁边，跟一名缠头巾的阿富汗年轻人讲话。那名年轻男子弯腰亲吻哈德拜的手，袍服的皱褶里显现出枪托的形状。欧玛尔回来，开始调制另一根水烟筒。他对我咧嘴而笑，露出他脏污的牙龈，然后点头。

"没错，没错。"他咬着舌头说，盯着我的眼睛，"没错，没错，没错。"

歌手又上台唱歌，烟雾袅袅上升，被缓缓旋转的风扇打散，那间挂着绿色丝织品而充满音乐与阴谋的房间，成为我人生的一个起点。这时我知道，每个人的一生里都有很多个起点、很多个转折点，有运气、意志与命运的问题。在普拉巴克村子看着淹水桩，女人替我取名项塔兰的那一天，是个起点。这时我才知道，那是个起点。我知道，在那晚之前，在聆听那些盲人歌手演唱之前，我在印度其他地方所做过的其他事，甚至我这辈子去过的所有地方所做过的其他事，都是在为那个有着阿布德尔·哈德汗参与的起点做准备。阿布杜拉成为我兄弟，哈德拜成为我父亲。在我完全了解这点，了解这背后的原因时，我以兄弟与儿子的身份所展开的新生命已引我走向战争，使我卷入谋杀，人生全然改观。

歌唱停止后，哈德拜俯身到桌子靠近我的这一头。他的嘴唇在动，我知道他在跟我说话，但一时之间我听不到他在说什么。

"对不起，我听不到。"

"我说音乐里发现的真理，"他重述，"更多于在哲学书里所发现的。"

"什么是真理？"我问他。我其实不是很想知道，只是想尽谈话者的本分，维持谈兴。我想显得聪明。

"真理就是世上没有好人或坏人。世上有善行或恶行，但人只是人，人因为所做的或拒绝做的，才与善、恶扯上关系。真理就是任何人，不管是当今最高贵的人或最邪恶的人，只要其内心出现一瞬间的真爱，在那一瞬间，在其如莲花瓣般重重叠叠的激情之中，就有了生命的所有目的、过程与意义。真相就是我们，我们每个人，每个原子，每个银河，宇宙中每个微不足道的东西，全都在朝上帝移动。"

如今，他的这番话已永远成为我的话。我听得见它们。那些盲人歌手成为永恒，我看得见他们。那天晚上，在起点处的那些人，父亲和兄弟，都成为永恒。我记得他们。那很容易，只要闭上眼睛即可。

第十章

阿布杜拉把兄弟之情看得很认真。听盲人歌手演唱那晚过后一星期，他来到我位于卡夫帕雷德区的简陋小屋，带着装了药、药膏和绷带的包包，还带了一个小铁盒，里面装了一些手术工具。我们一起翻看包包里的东西，他问我关于药的问题，想知道那些药有多大用处、日后会需要多少。问毕，他擦干净木凳，坐下，好几分钟不讲话，静静看我把他带来的东西放进竹架子。拥挤的贫民窟里，传来聊天声、争吵声、歌声与大笑声。

"咦，林，他们在哪里？"他终于问。

"谁在哪里？"

"病人啊，他们在哪里？我想看我兄弟治病。没有病人不可能治病，不是吗？"

"我，呃，我现在没有病人。"

"噢。"他叹口气，皱着眉，指头敲打着膝盖，"那你想我该不该去替你弄几个病人来？"

他半坐起身子，我的脑海里浮现出他硬拉着病人和伤员到我小屋的情景。

"不用，顺其自然。我并非每天都给人看病。但我如果真的给人看病，如果我人在这里，通常下午两点左右才有病人来。几乎每个人都至少工作到中午。我通常忙我自己的，我也得赚钱养活自己，你知道的。"

"但今天早上不用？"

"不用，今天不用，我上星期赚了些钱，够我用一阵子。"

"你怎么赚那些钱？"

他一脸真诚地盯着我看，浑然不觉这个问题会让我觉得尴尬或有所冒犯。

"问外国人怎么赚钱可不怎么礼貌哟，阿布杜拉。"我说，大笑起来。

"哦，我知道了，"他微笑说，"你用非法的方式赚钱。"

"这个嘛，也不完全是这样。但你既然提起，我就跟你说。有个法国女孩想买半公斤的大麻胶，我帮她找到卖家。我还帮一个德国男人以非常公道的价钱卖掉他的佳能相机，而帮他们的忙我就能抽头。"

"你做这生意能赚多少钱？"他问，眼睛直盯着我。那是对淡褐色的眼睛，近乎金黄色，就像塔尔沙漠里的沙丘在下雨前一天的颜色。

"我赚了大约一千卢比。"

"每一件一千卢比？"

"不，两件共一千卢比。"

"钱很少，林兄弟。"他说，皱起鼻子，噘起嘴，露出不屑的表情，"非常少，少得可怜的钱。"

"是啦，对你而言或许是少得可怜，"我带着防卫心态低声说，"但够我过上一两个星期啦。"

"那你现在有空，对不对？"

"有空？"

"你现在没病人？"

"是没有。"

"现在没有抽佣金的生意要忙？"

"没有。"

"很好，那我们一起走，现在。"

"是吗，去哪里？"

"来，到了我就会告诉你。"

我们走出小屋，强尼·雪茄迎面跟我们打招呼。他显然偷听了我们的对话。他对我笑笑，绷着脸对阿布杜拉，然后再度对我微笑，笑脸里带着几丝不悦。

"嗨，强尼，我出去一会儿，千万不要让小孩拿到药，好吗？我今天把一些新东西放上架子，有些很危险。"

强尼下巴一沉，捍卫他受伤的尊严。

"没有人会碰你屋里的任何东西，林巴巴！你怎么这样说？你可以把几百万卢比放在屋里，没有人会碰；你也可以放金子，印度银行都没林巴巴的小屋安全。"

"我只是想说……"

"你也可以放钻石，还可以放翡翠、珍珠。"

"我知道你的意思了，强尼。"

"没必要担心，"阿布杜拉插嘴，"他赚的钱那么少，没人会有兴趣。你知道他上个星期赚了多少钱？"

强尼·雪茄似乎不放心阿布杜拉这个人。不怀好意的怒容，使他的脸绷得更紧，但这问题挑起他的兴趣，他克制不住好奇心。

"多少？"

"各位，我觉得现在没必要谈这个。"我抱怨道，努力想避开这个话题，我知道我那笔微不足道的钱可能会让他们扯上一个钟头。

"一千卢比。"阿布杜拉说，吐了口口水以示强调。

我抓着他的手臂，推他往小屋之间的小径另一头走。

"好了，阿布杜拉，我们不是要去什么地方吗？快走吧，兄弟。"

我们走了几步，强尼·雪茄跟上来扯我的袖子，使我落后阿布杜拉一两步。

"帮帮忙，强尼！我现在不想谈我赚了多少钱。我保证晚一点你可以问我，但……"

"不是，林巴巴，不是那事，"他用粗嘎的嗓门低声说，"那个人，阿布杜拉，你不该相信他！别跟他来往！"

"什么？有什么问题，强尼？"

"不要就是了！"他说。他大概还有话要说，但阿布杜拉转身叫我，强尼悻悻然走开，消失在巷子的转角。

"什么事？"我跟上时，阿布杜拉问道。我们曲折穿行于小屋之间。

"哦，没事，"我低声说，并未如实告诉他，"一点事都没有。"

阿布杜拉的摩托车停在贫民窟外的马路上，几个小孩正帮忙看着。个子最高的小孩迅速拿走阿布杜拉递给他们的十卢比小费，带着他那帮一身破烂的顽童叫喊着跑开。阿布杜拉发动车子，我爬上后座。我们没戴安全帽，只穿薄衬衫，冲进混乱而友善的车阵，与海平行，朝纳里曼岬驶去。

懂得摩托车的人，从别人骑车的习惯就能看出那人的个性。阿布杜拉骑车靠的是本能反应，而非专注。他控制行进中的摩托车，就像控制行走中的双腿那么自然。他分析交通状况时，既善用技巧，又诉诸直觉。有几次，明明看不出有减速的需要，他却先减速，从而免去紧急刹车。没有这种天分的骑士，则免不了要紧急刹车。有时他加速冲向一个明明有车挡着的地方，然后就在似乎要撞上时，前方神奇地露出缝隙让我们钻入。最初我胆战心惊，但不久这本事让我对他勉强有了信心，我放松心情让他载着走。

我们在昭帕提海滩处驶离海边，从海湾吹来的凉爽海风渐渐平息，接着被林立高耸排屋的街道遮挡。我们汇入流往纳纳乔克区乌烟瘴气的车流。那里的建筑建于孟买发展为大港市的中期，有些建筑以英国殖民统治时期的坚实几何结构筑成，已有两百年历史。阳台、窗缘装饰、阶梯式正立面的复杂精细，反映了某种豪华优雅的风格，那是这座光鲜而迷人的现代城市几乎无力营造的风格。

纳纳乔克到塔德欧之间的地区，人称帕西人区。最初我很惊讶，像孟买这样风貌多元，种族、语言、爱好日益庞杂的城市，竟会倾向精细的区隔。珠宝商有自己的市集；技工、水电工、木匠和其他行业，也各有市集。穆斯林自成一个居住区，基督徒、佛教徒、锡克教徒、帕西人、耆那教徒也一样。如果想买卖黄金，要到札维里市集（珠宝市集），那里有数百家金店抢着要你光顾；如果想看清真寺，可一次连看两三家，因为它们彼此间的距离都在步行可至的范围之内。

但一段时间后我理解到，这些区隔—如这座多语言的复杂城市里其他大大小小的划分，并不像所见的那么泾渭分明。穆斯林区有印度教神庙，札维里市集里有菜贩杂处于闪闪发亮的金饰间，而每栋高级公寓大楼旁几乎都有贫民窟。

阿布杜拉把摩托车停在巴提亚医院外，那是由帕西人慈善信托基金会捐资建立的几座现代医疗机构之一。庞大的医院大楼里，有服务富人的豪华病房和服务穷人的免费治疗中心。我们走上阶梯，进入一尘不染的干净大理石门厅，大风扇吹来宜人的凉风。阿布杜拉和柜台服务人员讲了话，然后带我穿过走廊，来到急诊与住院区。问过一名杂务工和护士之后，他终于找到他要找的人：那名坐在堆满凌乱东西的桌旁，矮小且非常瘦的男医生。

"哈米德医生？"阿布杜拉问道。

医生在写东西，没抬头。

"是。"他不耐烦地回答。

"我是阿布德尔·哈德汗派来的，我叫阿布杜拉。"

哈米德医生立即停笔，缓缓抬起头来盯着我们，带着暗暗忧心的好奇神情。有时，你会在目睹斗殴的旁观者脸上见到那种神情。

"他昨天打了电话给你，告诉你我会来？"阿布杜拉轻声说，带着提示对方的口气。

"是，没错。"哈米德说，露出自在的微笑，回复原本的镇定。他站起身，隔着桌子握手。

"这位是林先生。"我与医生握手时，阿布杜拉介绍我。那是非常没有感情而无力的一握。"科拉巴贫民窟的医生。"

"不，不是，"我反驳，"我不是医生。我只是有点赶鸭子上架，在那里出点力。我……不是科班出身……不是很懂。"

"哈德拜告诉我，你跟他聊天时，抱怨把病人转诊到圣乔治与其他医院的问题。"哈米德谈起正事，不理会我的声明，露出那种忙得无暇跟人客套的姿态。他的眼睛是近乎黑色的深褐色，在擦得发亮的金框镜片后炯炯发亮。

"哦，是。"我答，惊讶于哈德拜记得我跟他的谈话，惊讶于他竟觉得那很重要，重要到必须告诉这位医生，"问题在于我是半吊子，如果你知道我意思的话。我懂得不够多，无法解决上门病人的所有疑难杂症。碰到无法确认的病，或者我只知道大概的病，我要他们到圣乔治医院就诊。我不知道除了这样，还有什么办法可以帮他们。但他们多半什么人都没见到，没见到医生、护士或任何人，只好回来找我。"

"你觉得那些人会不会是装病？"

"不会，我很肯定。"我为自己受冒犯而有些不悦，也为贫民窟居民被看轻而觉得气愤，"他们装病得不到任何好处，而且他们很有自尊心，非不得已不向人求助。"

"当然。"他低声说，同时拿下眼镜，揉了揉眼镜在鼻子上压出的凹痕，"你去过圣乔治吗？见到那里的人，跟他们说过这件事吗？"

"去过，我去了两次。他们告诉我病人太多，他们尽力在做。他们建议我从有执照的开业医生那里取得转诊单，这样一来，说白点，那些贫民窟居民就可以插队。我不是在抱怨圣乔治医院那些人不好，他们有自己的问题：人力不足，病人太多。我的小诊所一天大概看五十个病人，他们每天看六百个，有时甚至有上千人。我知道你一定了解那是什么情形，我想他们是竭尽所能在做，他们尽力想治疗急救病患。问题的症结在于我的人看不起正牌医生，没办法取得转诊单让他们插队到大医院就诊。他们太穷了，所以他们才找我。"

哈米德医生扬起眉毛，对我露出自在的微笑。

"你说'我的人'。你越来越像印度人了，林先生！"

我大笑，首度用印地语回应他。我引用了卖座电影主题曲里的歌词，当时那电影正在许多戏院播映。

"在这一生，我们竭尽所能更上层楼。"

哈米德也大笑，双手用力一拍，既高兴又惊讶。

"好，林先生，我想我可以帮你。我一周在这里看病两天，其他时间我会在我的诊所，位于第四帕斯塔巷。"

"我知道第四帕斯塔巷，离我们很近。"

"没错，而且我和哈德拜谈过，同意你有需要时把病人转给我，我会看情况，安排他们到圣乔治医院治疗。可以的话，明天就开始。"

"好，就这么办，"我立刻说，"我是说，太好了，谢谢，非常感谢。不知道该怎么付你费用，但……"

"不必谢我，也不必担心费用，"他答，瞥向阿布杜拉，"我看你的人完全免费。要不要一起喝杯茶？不久，我会有段休息时间。对面有家餐厅，如果你可以在那里等我，我会过去找你，我想我们很有的聊。"

阿布杜拉和我告辞，在餐厅等了二十分钟，隔着一面大玻璃，看着穷病人吃力地走到医院门口，有钱病人坐出租车和私家车到医院。哈米德医生依约前来，扼要说明把贫民窟病人转到他在第四帕斯塔巷的诊所的必要手续。

好医生至少有三个共同点：懂得观察、懂得倾听、很累。哈米德是个好医生，聊了一小时后，我看着他未老先衰、布满皱纹的脸，看着他因睡眠不足而发红灼痛的眼睛，我为他奉献的疲累而感到惭愧。我知道他可以赚大把的钱，可以到德国、加拿大或美国执业，享受优越的生活，但他选择留在这里，跟他的同胞在一起，只赚取微薄的报酬。这城市里，像他这样的医疗专业人士有数千名，他们在克制物质享受与工作成就方面同样令人赞佩，而他们所取得的成就便能让这座城市存活下去。

我再度坐上阿布杜拉的摩托车，驶进拥挤的车阵。摩托车在巴士、小轿车、卡车、脚踏车、牛车和行人之间穿梭，险象环生。他回过头大声跟我说，哈米德医生住过贫民窟。他说，哈德拜从全市几个贫民窟里挑了一些特别聪明的小孩，出钱让他们读私立大学。从高中到大学毕业，这些小孩都由他供养，受他鼓励。他们毕业后成为内外科医生、护士、教师、律师、工程师。哈米德是二十多年前被选中培养的那批聪明小孩之一。为了解决我的小诊所的难题，哈德拜打电话要他相助。

"哈德拜是创造未来的人。"我们在红灯前停下时，阿布杜拉说，"我们大部分人，包括我，还有我的好兄弟，你，都等着未来自然降临。但阿布德尔·哈德汗构思未来、规划未来，让未来实现。那是他和我们其他人不一样的地方。"

"你呢，阿布杜拉？"我们跟着车流冲出时，我大声问他，"哈德拜规划过你吗？"

他放声大笑，胸口因为高兴、笑得很用力而起伏着。

"我想他有！"他答。

"嘿！这不是回贫民窟的路。我们要去哪里？"

"去可以拿到你的药品的地方。"

"我的什么？"

"哈德拜替你打点好每个星期拿药的事，我今天拿给你的那些东西是第一批，我们要去卖药的黑市。"

"卖药的黑市？在哪里？"

"在麻风病患贫民窟。"阿布杜拉如实回答，再度大笑，同时猛然加速，就在快要撞到前方车阵时，车阵突然开出缝隙，他钻了进去，"交给我就是了，林兄弟。你现在是这计划的一部分，不是吗？"

　　事后回想，当初听到"你现在是这计划的一部分"，我就该有所警觉。在那时候，在刚开始时，我早该察觉到……事有蹊跷……但我那时没担心，反倒几乎开心，那句话似乎让我兴奋得热血翻涌。逃亡生涯展开后，我失去家人、家乡、文化，我以为下半辈子就要这样度过了。经过几年的放逐生活，我理解到，放逐也让我得到某样东西。我得到放逐之人那种孤单而可以不顾后果的自由，一如任何地方的放逐之人。我追逐危险，因为危险是足以让我忘记所失去的少数事物之一。在午后的热风中凝视前方，和阿布杜拉一起穿行于纵横交错的街道间，我在那天下午，义无反顾地堕入无可逃避的命运，就像男人义无反顾地爱上羞涩女人的迷人微笑。

　　麻风病患聚居区位于孟买郊外。孟买有几个机构收容麻风病患，但我们要去看的那些男男女女并不肯住在那里。那些机构提供医疗、关心和干净的环境，但规定严格，而并非所有麻风病患都能接受那些规定。因此，有些人选择离开，有些人被赶了出来。随时都有数十名男女、幼童住在那些机构之外，住在更广阔的城市天地里。

　　贫民窟居民收容各种阶级、各种种族、各种处境的人，展现宽大包容的胸襟，但这份胸襟鲜少扩及麻风病患身上。地方政务委员会和街道委员受不了他们久住，麻风病人被人们当成瘟神一样避之唯恐不及。他们只好自行组成流动贫民窟，碰上空地，不到一小时就在上面落户，然后在更短的时间内了无痕迹地离开。有时他们在垃圾掩埋场旁住上几星期，侵犯了长居该处的拾荒人地盘，双方为此上演攻防战；有时，他们在湿软的空地或工业废水的排放口安家落户。那一天，我跟着阿布杜拉第一次拜访他们时，他们在卡尔郊区附近，铁路岔线锈迹斑斑的石头上，搭建起破烂的栖身之所。

　　我们不得不停好摩托车，跟麻风病患一样穿过围篱间的缝隙，跨过壕沟进入铁道区。这块锈迹斑斑的高地是火车集结待命区，大部分城市线火车和许多运送农产品、工业品出城的货运列车均在此集结待命。分站后面坐落着配套的办公室、仓库、维修棚，更后面是庞大的调轨区，一大片空地上有数十条铁道和铁道交会处，外围则有高高的铁丝网围住这块空地。

铁道区外是舒适安逸、生意繁忙的卡尔郊区，可看到车来人往的道路、花园、阳台与市集。铁道区里则是死气沉沉之地，没有植物、没有动物、没有人。就连隆隆驶过的列车都是幽灵列车，从一个调车点行驶到另一个调车点，车上没有列车员、没有乘客，而麻风病患的贫民窟就坐落在这里。

他们在铁轨间找到一块菱形空地，在那里一起搭设简陋小屋。他们的屋子都不到我胸口高，远望就像是笼罩在炊烟中的军队野营地里的楔形小帐篷。但走近一看，它们破烂得离谱，相较之下，我住的贫民窟小屋坚固、舒适得多。那些小屋以弯曲的树枝为骨架，以卡纸板、塑料碎片为建材，用细绳绑缚，草草搭成。我单靠一只手，不到一分钟就能把这整个营地夷为平地，但三十名麻风病人却在这里栖身。

我们进入这贫民窟，未受任何阻拦，来到位于其中心附近的一间屋子前。居民停下手上的活计，盯着我们瞧，但没人开口。很难不看他们，而一旦看了，又很难不盯着他们。有些人没鼻子，大部分没手指，许多人的双脚缠着带血渍的绷带，有些人严重到嘴唇、耳朵都开始消失。

不知道为什么（或许是女人为美丽所付出的代价），女麻风病患外形毁损的程度，使她们看起来似乎比男病患更丑陋骇人。许多男人对肢体不全抱着不服输甚至昂扬自得的态度，那种带着好斗意味的丑陋本身还颇富魅力。但在女人身上，羞涩只显得畏怯，饥饿则显得虎视眈眈。在我见到的许多小孩身上，几乎看不到这种病的痕迹。他们清一色都很瘦，但看起来身体健全，相当健康。而且所有小孩都很卖力工作，他们的小手担负起抓握东西的任务。

他们早就看到我们来，而且想必已经把消息传出去了。因为我们一靠近那小屋，就有一名男子爬出来，站起身来迎接我们。两个小孩立刻现身扶着那男人。他受到麻风病的严重摧残，很矮小，大概只到我的腰那么高。双唇和脸的下半部分已被蚕食到只剩一块又硬又多疙瘩的隆起黑肉，从脸颊往下延伸到下巴。下颌骨裸露，牙齿、牙龈也裸露，而鼻子所在的位置变成一个窟窿。

"阿布杜拉，孩子，"他用印地语说，"你好，吃了没？"

"我很好，兰吉特拜。"阿布杜拉以恭敬的语气回答，"我带了这位白人来见你。我们刚吃过，想喝杯茶，谢谢。"

小孩搬凳子给我们坐，我们坐在兰吉特拜屋前的空地上。一小群人聚拢过来，坐在地上或站在我们四周。

"这位是兰吉特拜，"阿布杜拉用印地语告诉我，嗓门大到能让所有人听见，"他是麻风病患贫民窟的老大，是这里的国王，在这个 kala topi 的俱乐部里。"

印地语 kala topi 的意思是黑帽，有时用它来指称小偷，因为在孟买的阿瑟路监狱里，服刑的偷窃犯得戴黑环帽，由此得名。我不清楚阿布杜拉为什么这样说，但兰吉特拜和其他麻风病患欣然接受，而且重复说了这个字眼几次。

"你好，兰吉特拜，"我用印地语说，"我姓林。"

"Aap doctor hain（你是医生）？"他问。

"不是！"我几乎是惊慌得大叫，为这疾病和对它的无知而感到焦虑，担心他会求我给他们治病。

我转向阿布杜拉，改用英语道："告诉他我不是医生，阿布杜拉。告诉他我只是在做一些初步急救的工作，治治老鼠咬伤和倒钩铁丝围篱剐伤之类的，跟他解释。告诉他我不是科班出身，完全不懂麻风病。"

阿布杜拉点头，然后面向兰吉特拜。

"是的，"他说，"他是医生。"

"真谢谢你，阿布杜拉。"我咬着牙狠狠说道。

小孩端来装满水的玻璃杯给我们，还有盛在有缺口杯子里的茶。阿布杜拉咕噜咕噜一下子把水喝完。兰吉特拜头往后仰，一个小孩把水倒进他的喉咙。我迟疑不敢喝，害怕身边那种怪病。贫民窟居民对麻风病人有多种印地语称呼，其中之一可以译为僵尸，我觉得手里正捧着僵尸的梦魇，我觉得这种害人病全浓缩在那杯水里。

但阿布杜拉已喝掉他杯子里的水，我想他一定评估过风险，断定那很安全，而我哪天不是在风险之中？经过逃狱那场豪赌之后，每个小时都危险。逃犯那股不顾一切的血气之勇，从手臂灌注到嘴。我喝下那杯水，四十双眼睛看着我喝。

兰吉特拜的眼睛是混浊的蜂蜜色，而我分析那混浊是初期白内障所造成。他仔细打量我，视线从我的双腿移到头发和背后，前后几次，毫不掩饰其好奇。

"哈德拜告诉我，你需要药。"他用英语慢慢说。

他说话时牙齿咔嗒合在一起，由于没有嘴唇能够清楚发音，他的话很难听懂。例如，发不出字母 B、F、P、V 的音，M、W 则发成其他音。当然，嘴巴不仅能发音，还会传达态度、心情、言语的细微意涵，而在他脸上，这些表达内心情感或想法的暗示也付之阙如。他没有手指，因而帮助沟通的手势也做不出来。因此，有个小孩，或许是他儿子，站在他身旁，以轻而稳定的嗓音重述他的话，就如同步口译般。

"我们一直很乐于帮阿布德尔·哈德汗大人，"两个声音说，"为他服务是我的荣幸。我们每个星期都可以给你很多药，没问题。顶级的药，真的。"

就在这时，他喊了一个名字，一个十几岁的高个子男孩从人群中走出来，把一包用帆布包起来的东西放在我脚边。他跪下来打开帆布包，露出一堆针剂和塑料瓶，里面装有盐酸吗啡注射液、盘尼西林，治疗葡萄球菌、链球菌感染的抗生素。容器都是新的，上面还有标签。

"他们去哪里弄来这些东西？"我检视药物时问阿布杜拉。

"偷来的。"他回答我，用印地语。

"偷来的？怎么偷？"

"Bahut hoshiyaar（非常高明地）。"他答。

"没错，没错。"

周遭传来异口同声的附和，那和谐一致的声音里，没有一丝诙谐。他们严肃地接受阿布杜拉的赞美，仿佛他是在欣赏他们集体创作的艺术品。厉害的小偷，高明的小偷，我听到旁边的人窃窃私语。

"他们怎么处理这些东西？"

"拿到黑市卖。"他告诉我，仍用印地语说，让在场的人全能听懂我们的谈话，"他们靠这个和其他偷来的好东西安然生存下来。"

"我不懂，怎么会有人向他们买药？到药店不就可以买到？"

"你想知道全盘真相，林兄弟，是不是？那好，我们得再来杯茶，因为这是喝两杯茶才能说完的故事。"

围观人群听了大笑，更往前移，挑选靠近我们的地方坐下，准备听故事。一个空荡荡、无人看顾的大货车厢，在邻近的轨道上隆隆地缓缓驶过，近得让人担心小屋会垮掉。每个人只是朝它草草看了一眼。一名铁路工人身穿卡其衬衫和短裤，走在两条铁轨间检查，偶尔抬头看麻风病人的聚居地，但经过我们时，他那小小的好奇心消失，没再回头。茶送来，我们小口啜饮，阿布杜拉开始讲故事。几个小孩坐在跟前，腿顶着我们的腿，要好地以手臂揽着彼此的肩膀。一个小女孩用手臂在我的右腿上磨蹭，天真可爱地抱住我。

阿布杜拉用非常简单的印地语说，察觉到我听不懂时，用英语重述某些段落。他们从英国人的殖民统治开始谈起，那时候，欧洲人掌控了从开伯尔山口到孟加拉湾之间的整个印度。他说，费伦基（firengi），也就是外国人，把麻风病人列在顺序的最后一位。麻风病人被排在最后，因而往往分不到有限的药物、绷带及其他医疗资源。饥荒或水灾时，就连传统药物和草药都短缺。麻风病人渐渐练就偷窃的本事，偷取他们用其他办法所无法取得的东西。由于窃术高超，偷来的药多到有剩余，他们开始在自己的黑市里卖药。

阿布杜拉继续说道，在辽阔的印度大地上，冲突始终不断，土匪洗劫、叛乱、战争、人们互相杀伐，但死于伤口化脓溃烂、疾病肆虐者，比死在战场上的还要多。警方和政府最好用的情报来源之一，即是来自对药物、绷带、专业技术的掌控。药品店、医院药局、药物批发商的所有销售情况，全登记在案。任何一次购买或一连串购买的数量若超过寻常标准，就会引来官方注意，有时会导致逮捕或杀戮。已有许多武装土匪和革命分子，因为药物（特别是抗生素）泄露的蛛丝马迹而遭政府循线逮捕。但在药物黑市，麻风病人不过问买家做何用途，只要对方出钱就卖。他们的销售网和秘密市场，分布在印度每个大城。他们的买家有恐怖分子、渗透分子、分离主义者，或者只是野心特别大的不法之徒。

"这些人活不了多久，"阿布杜拉用了我已开始见怪不怪的漂亮措辞总结，"他们为自己偷到了可以苟活的生命，然后把生命卖给其他垂死的人。"

阿布杜拉讲完时，现场陷入深沉的静寂。每个人看着我，似乎希望我听了他们的不幸与本事、他们惨遭孤立不得不诉诸暴力的故事之后，能有所回应，有所反应。呼呼的气息声，从一张张咬紧牙关的无唇嘴巴里发出；一双双认真的眼睛盯着我，耐心而又充满期望。

"我可以……可以再来一杯水吗？谢谢。"我用印地语问。这话想必说对了，因为在场所有人哄堂大笑。几个小孩跑去拿水，一些手拍我的背和肩膀。

然后，兰吉特拜解释道，我需要药时，苏尼尔（就是把帆布药包打开给我们看的那个男孩）就会把药送到贫民窟给我。起身离去之前，他要求我多坐一会儿。然后他指挥每个男女老少上前摸我的脚，那真令人困窘、折磨，我恳求他不要。他不让步。他眼神散发出严肃、几近严厉的神色，与此同时，麻风病患吃力地走上前，一个接一个，用皮革似的残肢或变黑、蜷曲的手爪轻拍我的脚。

一小时后，阿布杜拉把摩托车停放在世贸中心大楼附近。我们一起站了一会儿，然后他突然伸出手，给我一个热情的熊抱。我们分开时，我大笑，他对我皱眉，明显露出困惑的神情。

"好玩吗？"他问。

"不好玩，"我郑重地告诉他，"我没料到会被熊抱，就这样。"

"Bare？你是说光着身子？"

"不是，不是，我们叫那'bear hug'，"我解释，同时把双手当熊爪般做出动作，"熊，你知道吧，吃蜂蜜、睡洞穴的毛茸茸的动物。你那样抱住人时，我们说你在熊抱。"

"洞穴？睡洞穴？"

"没事，别放在心上。我喜欢这样。那是……交情好的表现。在我的国家，朋友就会这样做，像那样抱住对方。"

"好兄弟，"他说，带着轻松微笑，"我明天跟苏尼尔一块去找你，从麻风病人那里带着新药去。"

他骑车离去，我一人走进贫民窟。环视周遭，那个我原本觉得惨不忍睹的地方，似乎变得坚固、生气勃勃，变成充满无限希望与潜力的微型城市，与我擦身而过的人健壮而精神十足。我关上薄胶合板门，在小屋里坐下，哭了起来。

哈德拜曾告诉我，苦难是对爱的考验，特别是人对上帝的爱。诚如他所说的，我不认识上帝，但即使身为不信上帝的人，我那一天仍未通过那考验。我无法爱上帝，任何人的上帝，也无法原谅上帝。几分钟后，我不再落泪，但那是我第一次哭了那么久。普拉巴克进屋，在我旁边蹲下时，我仍深陷在那情绪中。

"他是危险人物，林。"他没头没脑地劈头就说。

"什么？"

"那个叫阿布杜拉的家伙，今天来这里的那个人。他很危险，你最好不要认识他，跟他一起办事更危险。"

"你在说什么？"

"他是……"普拉巴克停住，和蔼、单纯的脸上明显可见挣扎，"他是个杀手，林。杀人的家伙，他为钱杀人。他是哈德拜的打手、帮派分子。大家都知道，只有你不知道。"

不用再问，不用再找人求证普拉巴克的话，我心里知道确是如此。我在心里说，确是如此。心里这么说的同时，我理解到自己早已知道这点，或早就怀疑这点。别人对待他的方式，他所引起的窃窃私语，还有许许多多双看着他的眼睛里所露出的恐惧，都说明了这点。阿布杜拉就像是我在牢里认识的那些最厉害、最危险的人物，也说明了这点。事实必定是如此，或差不多如此。

我努力思索他的形象、他的所作所为、我与他应有的关系。哈德拜说的的确没错。阿布杜拉和我很像，我们都是凶狠之人，情况需要时就会使用暴力，而且我们都不怕犯法。我们两人都是不法之徒，都孤零零地活在这世上。而阿布杜拉和我一样，愿意为他觉得应该的理由赴死。但我没杀过人，在这点上，我和他不一样。

不过我喜欢他这个人。我想起下午在麻风病患贫民窟的事，想起我和阿布杜拉在一起时的笃定自信。我知道我勉力表现出来的镇定自若，有一部分，甚至大部分，来自他的感染。跟他在一起时，我坚强，处变不惊。他是我逃狱后，第一个对我有那种影响的人。他是那种被凶狠歹徒称为百分之百的男人，那种一旦把你当朋友，就愿为你两肋插刀的男人；那种毫无疑虑、毫无怨言地支持你，不管面对任何困难都和你站在一块的男人。

电影与书本里的男主角，多的是那样的人，因而我们忘了现实世界里，这样的人其实很少见。但我懂这道理，那是我从监狱里学到的东西之一。监狱扯下人的面具，在牢里，人无法隐藏本性，无法假装凶狠。

你是什么样的人，大家清清楚楚。有人对我亮出刀子（我碰过不止一次）要拼个你死我活时，我知道，数百人中只会有一人，基于朋友义气支持我到底。

监狱还教我如何在碰到状况时，认出这些难得之人。我知道阿布杜拉就是这样的人。在四处躲藏的逃亡生涯中，我压抑恐惧，在每个胆战心惊的日子里，我随时有战斗而死的心理准备。而在这样的处境里，我在他身上所发现的坚强、狂野及意志，比世上所有道理和美德更为受用。坐在小屋里，炎热日光和凉爽阴影交错打在我身上，我暗暗发誓，将永远当他的兄弟和朋友，不管他干了什么，不管他是什么样的人。

我抬头看着普拉巴克忧心的脸，投以微笑。他本能地回我微笑。在格外清晰的一瞬间，我领悟到，对他而言，我就是使他感受到类似那种笃定的人：我之于普拉巴克，就如阿布杜拉之于我。友谊也是种药，而这种药的市场，有时也是黑市。

"别担心，"我说，伸出一只手搭在他肩上，"我不会有事的。"

第十一章

　　漫漫长日就在贫民窟里的诊疗工作中，还有从那些有着宝石般目光的精明游客身上榨取佣金中度过。日子一天天展开，像夏日黎明时舒展的荷花花瓣，然后在焦头烂额的忙碌里度过，但总能赚到些钱，有时还赚得不少。某天下午，在第一次去拜访那些麻风病友几星期后，我无意中遇见一群意大利游客，他们打算在果阿的某些大型舞会上卖毒品给其他游客。靠着我的帮忙，他们买到四公斤的大麻胶和两千片曼德拉斯镇静片。我喜欢和意大利人做地下生意，他们专注在寻欢作乐上且有计划，做买卖时很上道。他们大部分也都很慷慨，深信钱付得多，服务就好。那件交易的佣金足够我休息好几个星期，在贫民窟度过我的白天和大部分夜晚。那时是四月下旬，距雨季来临只有一个月多一点。贫民窟的居民忙着准备迎接雨水降临。忙碌中隐约显出急迫，因为大家都知道日益阴沉的天空会带来什么麻烦。但每条巷子里气氛欢乐，每个年轻脸庞的轻松笑意里带着兴奋，因为经过又热又干的几个月，大家渴望乌云来临。

　　卡西姆·阿里指派普拉巴克、强尼·雪茄各率一队人，帮助寡妇、孤儿、失能者、弃妇修理小屋。一些小伙子主动协助普拉巴克，从贫民窟旁的建筑工地废料堆里捡来竹竿和短木板。强尼·雪茄则选择几名街头流浪儿组成打劫小队，要他们搜刮这里的马口铁皮、帆布和塑料片，贫民窟周遭凡是可以用来遮风避雨的东西渐渐消失。这支打劫小队在一次受人称道的远征中，搜刮到一面大防水油布，从形状看，显然本来是战车的伪装罩。这件军用品后来被割成九块，用来保护九间小屋。

我加入年轻男子组成的小组，任务是清除排水沟里阻碍水流的脏东西。几个月疏于清理，这些地方已积了许多瓶瓶罐罐，都是老鼠不会吃而又没被拾荒者发现的东西。这是很肮脏的工作，但我乐于为之。因为这个工作，我走遍贫民窟的每个角落，结识了数百名我原本大概永远不可能认识的人。这个工作还有一个好处：卑贱而重要的工作，在贫民窟里备受敬重，一如在外面更广大的世界里深受厌恶的程度。为防备大雨降临而卖力工作的所有小队，全都受到爱的奖赏，只要从污秽的排水沟里抬起头，就会发现自己置身于满是笑脸的灿烂花园里。

身为贫民窟的头头，卡西姆·阿里投身这些防备工作的每个计划和决定。他的权威地位清楚而不受质疑，但那是隐约而不引人注目的领导之位。下雨前几星期里所发生的一件事，让我看到他见识的深广，了解到他为何如此广受敬重。

某天下午，我们一群人聚集在卡西姆·阿里的小屋里，听他的长子讲述他在科威特的冒险故事。二十四岁的伊克巴尔高大而强壮，有着率直的眼神和腼腆的微笑，在科威特当合同工工作了六个月，最近才回来。许多年轻男子想向他讨教，吸取经验。什么是最好的工作？谁是最好的雇主？谁是最差的雇主？如何在繁荣的波斯湾岸国家黑市和孟买黑市之间赚外快？伊克巴尔每天下午在他父亲的屋子里开课，为期一星期，前来听他传授宝贵知识的人多到房间挤不下，进而挤到前院。但在那一天，他的课被吼叫和尖叫声遽然打断。

我们冲出小屋，跑向发声处。跑了没多远，我们发现一群吵闹的小孩。我们吃力地挤到人群中央，发现两名年轻男子在扭打互殴。他们一人叫法鲁克，一人叫拉格胡兰，同属帮普拉巴克捡拾竹竿、木板的那一组。伊克巴尔和强尼·雪茄把两人架开，卡西姆·阿里走到两人之间。

他一出现，现场喧哗的群众立即安静了下来。

"发生了什么事？"他问，语气超乎寻常地严肃，"你们为什么打架？"

"先知穆罕默德，愿安拉赐他安息！"法鲁克大叫，"他侮辱了先知！"

"他侮辱了主罗摩①！"拉格胡兰反驳。

群众各拥一方，尖叫、怒骂。卡西姆·阿里让他们吵了半分钟，然后举起手要他们安静。

"法鲁克，拉格胡兰，你们是朋友，而且是好朋友，"他说，"你们知道打架无法解决争执，你们知道朋友与朋友、邻居与邻居之间打架，是最不应该的。"

"但先知穆罕默德，愿他安息！拉格胡兰侮辱了先知，我非跟他打架不可。"法鲁克抱怨道。他仍然很生气，但卡西姆·阿里狠狠的瞪视使他退缩，他不敢再直视这位长辈的眼睛。

"那侮辱了主罗摩怎么办？"拉格胡兰抗议道，"那不也是让人……"

"没有借口！"卡西姆·阿里大吼一声，所有人都噤声，"这世上没有哪个理由充足到让人非打架不可。我们都是穷人，外面多的是要我们所有人一起面对的敌人。我们生活在这里，或者说死在这里。你们这两个傻小子，伤了我们的人，伤了你们自己人，你们伤了我们所有人，我们各种信仰的人，你们让我丢脸丢到家。"

群众已增加到逾百人，卡西姆的话引得现场议论纷纷，随着交头接耳，议论声在人群里逐渐传开。卡西姆·阿里位于人群中心，最靠近他的人把他的话转述给后面的人，如此再辗转传给最外围的人。法鲁克和拉格胡兰低着头，显得很可怜。卡西姆·阿里痛骂他们让他丢脸，比骂他们让自己丢脸更让他们难堪。

---

① 罗摩（Rama），是印度教最高神毗湿奴的化身之一，和平之神。

"你们两个都得为此受罚，"人群较安静时，卡西姆语气较缓和地说道，"我今晚会和你们的父母决定怎么惩罚你们。在那之前，这一天剩下的时间，你们去清扫厕所附近的地区。"

人群里重新响起窃窃私语。宗教冲突可能会酿成大祸，大家很高兴卡西姆认真看待这件事。我身旁有许多人谈到法鲁克和拉格胡兰的好交情，我了解卡西姆·阿里说的没错，两个不同信仰的至交好友打架已伤害了整个贫民窟。然后卡西姆·阿里取下他围在脖子上的绿色长围巾，高举示众。

"接下来，法鲁克和拉格胡兰，你们要去茅厕区干活，但首先，我要用这个，我的围巾，把你们绑在一块。这会提醒你们彼此是朋友和兄弟，清扫茅厕则会让你们好好闻闻今天对彼此所做的事有多臭。"

接着他跪下，把这两个年轻人的脚踝绑在一块，法鲁克的右脚踝贴着拉格胡兰的左脚踝。绑好后，他起身要他们往前走，伸出手臂指着茅厕方向。人群为他们让出一条路，两人往前跨步，一开始跌跌撞撞，但不久就认识到，如果想顺利前进，两人得相互扶持，步伐划一。最后，他们各自伸出手臂揽住对方，以三条腿吃力地走开。

人群看着他们走，开始啧啧称赞卡西姆·阿里的睿智。突然间，一分钟前仍是情势紧绷而惊恐的地方传出大笑声。人群转过来想跟他讲话，却发现他已往回走，返回屋子。我离他不远，看到他面带微笑。

我很幸运，在那几个月期间，常有幸分享那微笑。卡西姆一星期到我的小屋两次，有时三次，查看我看病的状况。自从哈米德医生开始接纳我的病人转诊，来让我看病的人愈来愈多。偶尔卡西姆也会带人来，可能是被老鼠咬伤的小孩，或是在贫民窟旁建筑工地里受伤的年轻男子。一段时间后我才知道，他们是他特别亲自带来给我看的，因为他们基于某种原因不愿单独前来，有些纯粹是害羞，有些则是痛恨、不信任外人，还有的人只想接受传统的乡村疗法，不愿尝试新药。

乡村疗法让我颇伤脑筋。基本上我认同乡村疗法，甚至只要可以，就采用这种疗法。某些阿育吠陀草药虽有同样疗效的西药可替代，但我偏爱前者。但有些疗法似乎依据令人费解的迷信，而非依据治疗传统，它们不仅违背任何医学观念，也违背常识。例如，将含有药草的有色止血带束在上臂，借以治疗梅毒，就让我觉得会带来反效果；有时治疗关节炎和气喘时，用铁钳从火里取出鲜红的煤块，紧贴着患者的膝盖和手肘。卡西姆·阿里私下告诉我，他不赞同这些较极端的疗法，但他未予禁止。他的顺应之道乃是常来我这里走动。居民爱戴他，因此效法他，来找我的人便愈来愈多。

卡西姆·阿里的深褐色皮肤包裹住他瘦长而结实的身体，像拳击手套一样平滑而紧绷。他有一头浓密的银灰色短发，山羊胡的颜色比头发更浅一点。他大多时候穿棉质克塔衫和素白的西式长裤。衣服虽然朴素而平价，却总是洗得干净、烫得平整，而且每天换两套。别的男人若一身类似的打扮，又没那么德高望重，大概会让人认为是花花公子之流。但卡西姆·阿里在贫民窟里，无论走到何处，都引来爱戴与敬佩的微笑。他那身干净洁白到极点的衣服，对我们所有人来说，似乎是他崇高精神与耿直品格的象征。在那个充满艰辛与希望的小小世界里，我们迫切倚赖他的那些特质，就像我们迫切倚赖公共水井。

身高高于常人的他，体力却不像是五十五岁的人。我不止一次看到他和他的年轻儿子，肩上扛着重重的水桶，从水槽跑回他们家，而且一路上他跟他儿子齐头并进，没有落后。在屋里的芦苇垫坐下时，他的双手不碰地就可以坐好，先是双脚交叉，然后屈膝放低身子坐下。他长得很好看，那好看很大一部分来自他的健康活力和与生俱来的风度；而他那鼓舞人心、号令众人的睿智，则靠那两个特质支持。

卡西姆的银灰色短发、瘦而结实的身材、洪亮的嗓音，常让我想起哈德拜。后来，我知道这两个呼风唤雨的人很熟，而且其实是知交。但两人差异颇大，而最大的差别或许就在于各自的领导权威和他们取得权威的方式。卡西姆的权力来自爱戴他的人所赋予；哈德拜的权力则是夺取而来，靠坚强的意志将权力把持在手。而在两者权力的高下方面，这位黑帮老大占上风。贫民窟居民选卡西姆·阿里为领袖，但核实人选、同意居民推选领袖者的则是哈德拜。

卡西姆常应情势要求施展其权力，因为他是贫民窟里唯一真正的管事者。他解决已升级为冲突的纷争，调解资产与使用权、所有权的争执。许多人从就业到结婚，事事都征询他的意见。

卡西姆有三个老婆。第一个老婆法蒂玛小他两岁，第二个老婆夏伊拉比他小十岁，第三个老婆娜吉玛才二十岁。他的第一桩婚姻建立在爱情上，接下来的两桩婚姻则是为收容穷苦的寡妇。若没有他的收留，她们两人可能找不到新丈夫。三个老婆给他生了十个小孩，共四男六女，另有五个小孩是跟着寡妇妻子一起进门的。为了让她们经济独立，他买了四架脚踏缝纫机给她们。第一个老婆法蒂玛将缝纫机架在屋外的帆布棚下，陆续雇了一名、两名、三名，最后共四名男裁缝，制作衬衫和长裤。

这个不大不小的企业，为那些裁缝及其家人提供了生计，还带来些许利润，由三个老婆均分。卡西姆不插手事业经营，而且支付所有家用，因此三个老婆所赚的钱归她们所有，要花、要存随她们。一段时间之后，那些裁缝买下卡西姆家周边的贫民窟小屋，他们的妻小和卡西姆的妻小毗邻而居，形成一个为数三十四人、视卡西姆为父亲兼朋友的大家庭。那是个惬意又满足的家庭，没有口角、没有愤怒。小孩开心玩耍、卖力干活。每星期有几次，他开放屋里的大主室作为马吉利斯（majlis），也就是会堂，供贫民窟居民发牢骚或诉愿。

当然，贫民窟内的争执或问题，并非全送到卡西姆·阿里家得到及时的化解，有时卡西姆不得不在那个未经官方授权的自行管理体制里，肩负起警察与法官的角色。阿布杜拉带我去麻风病人聚居区的几个星期后，有一天早上，我正在他屋前喝茶，吉滕德拉急匆匆跑过来，说有个男人在打老婆，他担心她会被打死。卡西姆·阿里、吉滕德拉、阿南德、普拉巴克和我，快步走过几条小巷，来到一排小屋前。那排小屋构成贫民窟的边缘，位于贫民窟与红树林沼泽地交界处。大批群众已聚集在一间小屋外，我们走近，听到里面传来可怜的尖叫声和拳打脚踢的声音。

卡西姆·阿里看到强尼·雪茄站在那小屋旁，随即奋力穿过无声的人群，来到他旁边。

"怎么回事？"他以严厉的语气问道。

"约瑟夫喝醉了，"强尼愤愤地回答，往那小屋的方向啐口水，"这个 bahinchudh（浑蛋），打老婆打了一早上。"

"整个早上？多久了？"

"三个小时，或许更久。我刚到，其他人告诉我这件事，我便叫人去通知你，卡西姆拜。"

卡西姆的眉头挤在一块，非常不悦，气鼓鼓地瞪着强尼。

"约瑟夫打老婆不是第一次了，你为什么不阻止？"

"我……"强尼开口说，但受不了卡西姆的瞪视，低头瞧着脚下的石头地。他满肚子怒气，快哭出来了。"我不怕他！这里的男人，我谁都不怕！你知道的！但他们是……他们是……她是他老婆……"

贫民窟里的小屋稠密、拥挤，居民紧挨相邻。生活里最私密的声音和动作，左邻右舍时时刻刻听得到。他们和其他地方的人一样，不愿插手我们所谓的家庭纷争，即使那些纷争演变成施暴亦然。卡西姆·阿里伸出同情的手搭在强尼肩上，安抚他的情绪，命令他立刻上前去阻止约瑟夫施暴。就在这时，屋里传来新的喊叫声和殴打声，继之以凄厉的尖叫。

我们之中几个人走上前，决心出手阻止。突然，薄弱的屋门砰的一声猛然打开，约瑟夫的妻子倒在门口，昏倒在我们脚边。她一丝不挂，长发纠结，凌乱带血。她被丈夫用棍子毒打，背、臀、腿上布满一道道蓝红色条痕。

群众惊骇退缩。我知道他们既惊骇于她身上的可怕伤痕，也同样惊骇于她的一丝不挂。我自己也被她光着的身子吓到。在那个年代的印度，赤身裸体犹如一秘密宗教。除了精神失常者或圣徒，没有人会光着身子示人。贫民窟的朋友曾直率地告诉我，他们结婚好多年，还没见过自己的老婆光着身子。对于约瑟夫的妻子，我们全都觉得非常可怜，羞愧弥漫于我们每个人心中，灼痛了我们的眼睛。

然后，屋里传出一声大吼，约瑟夫跌跌撞撞地走出屋门。棉质长裤上沾有尿渍，T恤被扯破，脏污不堪。失去理智的烂醉扭曲了他的脸，头发凌乱，脸上有血污。他用来打老婆的竹棍子仍握在手上。乍见阳光，他眯起眼，模糊的眼神落在老婆身上。他咒骂她，一个跨步上前，举起棍子又要打她。

众人倒抽一口气，从惊吓中回过神来，我们冲上前阻止。出人意料的是，个子矮小的普拉巴克第一个冲到约瑟夫身旁，与比他高大得多的约瑟夫扭打，并把他往后推。约瑟夫手上的棍子被人夺下，他被压制在地。他拼命挣扎尖叫，一连串恶毒的咒骂和着口水，从他嘴里发出。几个恸哭的妇人走上前，仿佛在哀悼死者。她们用黄色的纱丽盖住约瑟夫妻子的身体，把她抬走。

眼看群众就要成为动用私刑的暴民，这时卡西姆·阿里立即出面掌控情势。他下令群众散开或后退，要按住约瑟夫的那些男子把他紧压在地。他的下一个命令让我大吃一惊。我原以为他会报警，或叫人把约瑟夫带走。结果他问明约瑟夫所喝的酒，命人拿两瓶同样的酒给他，还叫人拿来水烟筒，同时让强尼·雪茄准备点大麻胶。那酒名叫达鲁，是自酿的烈酒，味道很涩。酒送来后，他叫普拉巴克和吉滕德拉逼约瑟夫喝下。

他们让约瑟夫坐在粗壮年轻汉子的包围圈中，递给他一瓶酒。他怒目盯着他们，心存怀疑好一会儿，然后迅速拿下酒瓶，咕噜咕噜灌了好久才停。围在身旁的年轻汉子轻拍他的背，鼓励他再喝。他再大口喝下极烈的达鲁酒，然后想把酒瓶推开，口里说着已经喝够。那些年轻汉子的哄骗变成胁迫。他们跟他开玩笑，把酒瓶拿到他唇边，塞进他嘴里。强尼·雪茄点燃大麻胶，递给约瑟夫。他抽大麻、喝酒、再抽大麻。握着沾血的棍子跟跄走出屋门约二十分钟后，他低下头，不省人事地倒在布满碎石的小径上。

群众看着他打呼，看了一会儿，渐渐散去，或是回家，或是去干活。卡西姆告诉那群年轻男子，继续围住约瑟夫，好好看着他，便去做早上十点的礼拜。约半小时后，他回来，叫人准备茶和水。围成一圈看着约瑟夫的，包括强尼·雪茄、阿南德、拉菲克、普拉巴克、吉滕德拉，还有个名叫伟杰、身材健壮的年轻渔民，与瘦而结实、绰号安德卡拉的推车夫。安德卡拉意为黑，他因皮肤黑得发亮而得名。太阳上升至正中，他们轻声交谈，湿热的天气让我们每个人喘不过气。

我有意离开，但卡西姆·阿里要我留下，我便在帆布走廊的阴凉处坐下。伟杰的四岁小女儿苏妮塔主动端来一杯水给我。我小口喝着微温的水，满心感激。

"Tsangli mulgi, tsangli mulgi（乖女孩，乖女孩）。"我向她道谢，用马拉地语说。

见我高兴，苏妮塔很开心，盯着我的小小脸蛋带着微笑，同时皱起眉头。她穿着猩红色连身裙，胸前印着横排英文字"MY CHEEKY FACES（我调皮的脸）"。我注意到她的连身裙已破，穿在她身上太紧。我在脑海里提醒自己，改天要到时尚街的平价衣服市集，给她和其他一些小孩买些衣服。当我和贫民窟里聪明快乐的小孩讲话时，我就在脑海里记下这些事。她拿走空杯子，蹦蹦跳跳地走开，踝环的金属铃铛叮叮当当地响着，光着的小脚丫踩在粗硬的石头上。

所有人喝了茶之后，卡西姆·阿里要他们叫醒约瑟夫。他们对他猛戳猛刺、大吼大叫。他动动身子，嘴里愤愤地咕哝着什么，很久才醒来。他睁开眼，摇摇昏沉的头，气鼓鼓地叫着要喝水。

"Pani nahin（没有水）。"卡西姆说。

他们拿起第二瓶酒逼他喝，用玩笑和轻拍背的方式哄他喝，但非要他喝下不可。有人再献上一管水烟筒，众多年轻人跟他一起抽。他一再气冲冲地说要喝水，结果，每次塞进他嘴巴的都是烈酒。第三瓶酒还没喝完，他再度昏厥，往侧面倒下，头以别扭的角度垂着，脸完全曝晒在爬升的太阳下，但没有人想到给他遮阴。

卡西姆·阿里只让他打盹了五分钟，就叫人把他叫醒。约瑟夫醒来时，生气抱怨，然后开始咆哮骂脏话。他想爬回屋子。卡西姆·阿里拿起那根沾血的竹棍，交给强尼·雪茄，一声令下，开始！

强尼举起棍子，啪一下重重打在约瑟夫背上。约瑟夫号叫着想躲开，但围成一圈的年轻汉子把他推回圈子中央。强尼又用棍子抽了他一下。约瑟夫愤怒尖叫，但所有年轻汉子甩他巴掌，大叫要他安静。强尼举起棍子，约瑟夫蜷缩着，竭力集中涣散的眼神。

"你知道你干了什么事？"强尼严厉问道，随之用棍子唰一声打了约瑟夫的肩膀一下，"说，你这只醉狗！你知道你干了什么可怕的事？"

"别打我！"约瑟夫咆哮，"你为什么要这样？"

"你知道你做了什么？"强尼再问，又朝他抽了一棍子。

"哎哟！"约瑟夫尖叫，"什么？我做了什么？我什么都没做！"

伟杰拿起棍子，打了约瑟夫的上臂。

"你打老婆，你这只醉猪！你打她，她说不定会死！"

他把棍子交给吉滕德拉，吉滕德拉举起棍子，往约瑟夫的大腿上狠狠一抽。

"她快死了！你杀人了！你杀了你老婆！"

约瑟夫试图用双臂护身，眼睛四处瞄，寻找脱逃之路。吉滕德拉再举起棍子。

"你打了你老婆一整个早上，把她光溜溜地丢到门外。看好，你这个醉鬼！再来一下！你就是这样打她的。感觉怎么样，杀人凶手？"

约瑟夫渐渐了解事情的严重性，脸部变得僵硬，显得害怕而极度痛苦。吉滕德拉把棍子递给普拉巴克，接下来的一抽，打出了泪。

"噢，不要！"他啜泣，"那不是真的！我什么都没做！噢，我会怎么样？我不是有意要杀死她的！天哪，我会怎么样？给我水，我需要水！"

"没水！"卡西姆·阿里说。

棍子一再换手，这时来到安德卡拉手上。

"担心你自己，你这只狗！你那可怜的老婆呢？你打她的时候就不担心。你用这根棍子打她已不是第一次，对不对？现在，完了，你杀了她。你再也没办法打她或任何人，你会死在牢里。"

棍子再度来到强尼·雪茄手上。

"你这么魁梧、这么壮！你还真勇敢，打只有你一半高的老婆。来打我啊，英雄！来啊，接下你的棍子，用它来打男人，你这个没品的无赖。"

"水……"约瑟夫抽泣着说，在自怜自艾的泪水中倒地。

"没水！"卡西姆·阿里说。

约瑟夫再度昏迷。再次被叫醒时，约瑟夫已在太阳下曝晒了将近两小时，苦不堪言。他叫着要水，但他们都只递上达鲁酒瓶。我看得出他想拒绝，但口渴让他受不了。他用颤抖的手接下酒瓶，就在酒碰到他干裂的嘴唇时，棍子再度挥下。达鲁酒洒在他满是胡楂的下巴上，从他张开的嘴里流出。他放下酒瓶，强尼捡起，把剩下的酒倒在他头上。约瑟夫尖叫，想爬开，但围成一圈的汉子把他扭回中央。吉滕德拉挥起棍子，重重打他的臀部和双腿。约瑟夫呜呜叫着，哭泣、呻吟。

卡西姆·阿里坐在一旁有遮阴的小屋门口，他叫普拉巴克过来，要他去请来一些约瑟夫的亲友，还有约瑟夫妻子玛丽亚的亲戚。亲友来了之后，那些年轻汉子退下，换他们围住约瑟夫，继续折磨他。他的亲友和邻居轮流痛骂他，拿他用来毒打老婆的那根棍子打他，如此两三个小时。他们下手很重，让他受了伤，但未伤到破皮。那是有所节制的惩罚，虽痛，但不恶毒。

我离开现场，下午回去看了好几次。许多路过的贫民窟居民停下来观看。居民加入包围圈或离开，随他们的意。卡西姆坐在小屋门口，挺直腰杆，表情严肃，一直盯着包围的人群。他以轻声一句话或轻微的手势指挥惩罚的进行，不断向约瑟夫施压，但防止惩罚过当。

约瑟夫又昏倒了两次，终于崩溃。惩罚结束时，他完全丧失了斗志。他的怨恨与轻蔑被击溃。他哭着一再叫老婆的名字：玛丽亚，玛丽亚，玛丽亚……

卡西姆·阿里站起来，走近人圈，他等的就是这一刻。他向伟杰点头，伟杰从附近小屋捧来一盘温水、肥皂和两条毛巾。原本棒打约瑟夫的那批男子，这时将他抱在怀里，洗他的脸、脖子、双手和双脚，给他水喝，替他梳头发。以拥抱和受罚以来首次听到的亲切言语抚慰他，他们告诉他，如果真心悔改，他们会原谅他、帮他。他们把许多人，包括我在内，带到他面前，要他触摸我们的脚。他们给他换上干净的衬衫，用手臂和肩膀轻轻支撑他。卡西姆·阿里在他身旁蹲下，凝视他布满血丝的眼。

"你老婆玛丽亚没死。"卡西姆轻声说。

"没……没死？"他小声而含糊地说。

"对，约瑟夫，她没死。她伤得很重，但活着。"

"谢天谢地，谢天谢地。"

"你家族的女人和玛丽亚家已决定好要怎么办，"卡西姆缓慢而坚定地说，"你后悔吗？你知道自己对老婆做了什么，你后悔了吗？"

"是的，卡西姆拜，"约瑟夫哭着说，"我很后悔，很后悔。"

"那些女人决定你两个月不准见玛丽亚。她伤得很重。你差点打死她，她得花两个月复复原。在这段时间，你要每天工作，长时间卖力工作，你要存钱。除了水，你不能再喝达鲁酒、啤酒或其他饮料，连一滴都不行。知道了吗？除了水，不能喝茶、牛奶或其他任何东西，你得实行这斋戒，作为惩罚的一部分。"

约瑟夫虚弱地摇摆头。

"是，我会照做。"

"玛丽亚说不定会不要你，这点你也得知道。她说不定会想跟你离婚，即使过了两个月之后。她如果这样决定，我会帮她达成心愿。但两个月结束时，如果她愿意再接受你，你要用额外卖力工作存下来的钱，带她到凉爽的山区度个假。在那地方静修期间，和你老婆在一块，你要面对自己这丑陋的一面，要努力克服它。安拉保佑！你和老婆会有个幸福而如意的未来。就这样，去吧！不要再说了，吃点东西，然后睡觉。"

卡西姆站起来，转身走开。朋友扶着约瑟夫站起，一路半搀扶着，将他带回到他的小屋。小屋已清理过，玛丽亚的衣服、个人物品都已被拿走。有人给了约瑟夫米饭和木豆，他吃了一些，躺回他的薄床垫。两个朋友坐在他身旁，拿绿色纸扇给他失去知觉的身体扇风。有人把那根沾血棍子的一头缠上细绳，强尼·雪茄把它吊在约瑟夫屋外的竿子上示众。在约瑟夫进一步受罚的这两个月，棍子会一直吊在那里。

不远处的某间小屋里，有人打开收音机，如泣如诉的印地语情歌回荡在热闹贫民窟的小巷和水沟间。某处传来小孩的哭声。刚刚一群人围着折磨约瑟夫的地方，有几只鸡在啄食。别处有女人在大笑、小孩在玩耍，有卖镯子的贩子用马拉地语唱着叫卖歌：镯子美啊，美镯子！

贫民窟回复平日的生活节奏，我穿过曲曲折折的巷弄，走回小屋。渔民正从萨松码头回家，带着装了收获的篓子，满是海的味道。这也是卖香贩子穿巷过弄，烧着檀香、茉莉花、玫瑰花、广藿香招徕生意的时刻，和其他活动共同构成贫民窟生活的多种面貌。

我回想今天所见到的，回想在这个住了两万五千人而没有警察、法官、法院、监狱的迷你城市里，居民如何自行排难解纷。我想起几个星期前，法鲁克和拉格胡兰这两个男孩被绑在一起一整天，扫完茅厕后，出席受罚大会时，卡西姆·阿里所说的话。他们用一桶热水洗净身子，换上新的缠腰布和洁白汗衫，站在群集的家人、朋友和邻居面前。灯光随风晃动，金黄色的光芒在众人脸上忽明忽灭，影子在小屋的芦苇席墙上相互追逐。卡西姆宣布惩罚方式，由印度教、伊斯兰教朋友与邻居组成的委员会所决定的惩罚。为了宗教信仰而打架，他们得背下对方宗教仪式的一整条祷文，以兹惩戒。

"借此正义得到伸张，"那晚卡西姆说，看着那两个大男孩的深褐色眼睛，不再那么严厉，"因为正义是既讲究公正，也讲究宽容的判决。只有让每个人都满意，甚至让冒犯我们而理该受我们惩罚的人满意，才算真正伸张了正义。从我们处置这两个男孩的方式，你们可以了解，正义不只在惩罚做错事的人，还在拯救那些人。"

我把这些话默记于心，在卡西姆·阿里说出这些话不久之后，记在我的工作日志里。玛丽亚受苦的那一天，约瑟夫丢脸的那一天，我回到自己的小屋，点起灯，打开那黑色日志，凝视上面的文字。在离我不远的某处，有姐妹、朋友在安慰玛丽亚，在给她瘀伤处处、饱受毒打的身体扇风；在约瑟夫的小屋里，普拉巴克和强尼·雪茄负责第一班的照顾任务，在他睡觉时于一旁看护。这时，夕阳的长影渐渐没入夜色，天气炎热，我呼吸着沉滞的空气，里面有尘埃和炊煮的香气。在那漆黑的沉思时刻，四周静寂，静得足以听到汗水顺着我忧伤的脸庞，一滴接一滴地落在纸页上。每一滴汗水晕开，化成文字：公正……宽容……惩罚……与拯救……

第十二章

一星期变成三星期，一个月变成五个月。在科拉巴街头跟我的游客客户做生意时，我偶尔会遇见狄迪耶或维克兰，或是利奥波德酒吧的其他人。有时也会见到卡拉，但从没跟她讲话。我不想在我穷困且住在贫民窟时与她四目相对。贫穷与自尊是歃血为盟的拜把兄弟，但最终总是有一方会杀死另一方。

在第五个月时，我完全没见到阿布杜拉，但陆续有陌生、偶尔有怪异的传信人来贫民窟告诉我他的消息。有一天早上，我独自坐在屋里的桌前写东西，贫民窟的狗突然狂吠，让我从书写中惊醒。我从未听过那种狂吠，里面含有愤怒和惊骇。我放下笔，但未开门，甚至未离开椅子。狗在夜里经常很凶狠，但大白天里这么狂吠，我还是第一次听到。那声音让人好奇，又让人惊恐。我察觉到狗群愈来愈近，慢慢接近我的小屋，紧张得心怦怦直跳。

一道道金色晨光穿过芦苇席上的孔隙，射进屋内。尘埃飞扬的光线，随着巷子里急速奔驰而过的人影，断续闪灭。除了狂吠声，又多了喊叫声与尖叫声。我环顾四周，小屋里唯一称得上武器的东西，只有一根粗竹棍。纷乱的吠叫声和人声似乎聚集在我的屋外，我拿起竹棍。

我拉开权充大门的薄胶合板，手中的棍子立即落地。眼前半米外，一只巨大的棕熊高高站在我面前，吓人、结实又毛茸茸的身躯塞住门口。它靠后腿轻松站立，巨掌举到我肩膀的高度。

大熊让贫民窟的狗发狂，它们不敢进入熊的攻击范围，转而龇牙咧嘴地互相攻击。熊不理会狗和兴奋的人群，朝大门弯下腰，盯着我的眼睛。那大而有灵性的眼睛，呈透明的浅黄褐色。熊咆哮着，那声音轰隆低沉，奇异地叫人心情平静，比我心里喃喃念着的祷词更打动人心，完全没有威胁性。我倾听那声音，恐惧悄然消失。隔着半米，我感觉到那吼声的声波阵阵打在我胸口。它弯下身来，靠得更近，最后它的脸离我的脸只有几厘米。它嘴边的白沫化为液体，顺着它湿湿的黑下巴滴下。这熊没有要伤害我的意思。不知为何，我就是知道它不会伤害我，它的眼睛在诉说着别的东西。在心脏怦怦直跳、身体静止不动的当儿，我与熊四目对望。仅仅几秒，我就被它那未被理智冲淡而充满感情的哀伤打动，强烈而纯粹，让我不禁想这样一直对视下去。

狗群相互扑咬，在仇恨与害怕的极度痛苦中哀鸣、狂吠。它们恨不得咬下熊的肉，它们愤怒，但更感到害怕。孩子尖叫，众人狼狈避开发狂的疯狗。熊缓慢而笨拙地转身，突然猛冲出去，朝狗群甩下巨掌。狗群四散，一些年轻男子趁机用石头和棍子把它们赶得更远。

熊左右摇晃着身子，用它那忧伤的大眼扫视人群。这下我总算能把它看个清楚。我注意到它戴了皮项圈，上头凸着一根根短钉，系着两条长链。循着拖地的链子，会看到两名男子手持链头。我这时才看到这两个人，他们是驯熊师，头戴头巾，身穿背心和长裤，全身上下都是令人目瞪口呆的蓝色，就连胸部和脸也都涂成蓝色，熊的铁链和项圈也是。熊转身再度站在我面前。冷不防地，拿着铁链的其中一人叫了我的名字。

"林先生？我想你是林先生吧？"他问。

熊歪着头，好似是它在发问。

"没错！"人群里有些人大声说，"没错！这就是林先生！这就是林巴巴！"

我仍然站在自己小屋的门里，惊讶得说不出话，也动不了。人群大笑、欢呼，一些胆子较大的小孩小心翼翼地往前移，几乎近到猛然伸出手指就可碰到熊的位置。他们的母亲厉声尖叫、大笑，把他们抓回自己的怀里。

"我们是你的朋友，"其中一个蓝面人用印地语说，他的牙齿在蓝色的衬托下，白得发亮，"我们替人传信息给你。"

另一名男子从背心口袋里拿出一张皱巴巴的黄色信封，高高举起给我看。

"信息？"我勉强集中心思问道。

"没错，给你的重要信息，先生，"前一名男子说，"但首先你得做一件事。你得履行一个承诺，我们才能给你这封信。很郑重的承诺，你会很喜欢的承诺。"

他们用印地语讲，我不熟悉 vachan 这个表示"承诺"的词。我走出小屋，小心翼翼地绕过大熊。人比我预期的多，他们挤在一块，就在大熊巨掌刚好挥不到的地方。几个人重复讲着印地语 vachan。几种不同语言的谈话声，加上喊叫声、狗吠声、丢石头的赶狗声，为这场小骚动制造了音效。

石头小路上沙土漫天飞扬，我们虽置身现代城市的中央，这个满是简陋竹屋和张口结舌的群众的地方，却像是位于遗世独立山谷里的村子。我终于看清楚那两个驯熊师，觉得他们简直是怪物。涂上蓝漆的手臂与胸膛下，布满结实的肌肉，长裤上装饰了银铃、银盘和红、黄色的丝质流苏。两人都是长发，头发编成雷鬼乐手那种长发绺，每一条都有两根手指那么粗，发梢则装饰着银线圈。

有只手搭上我的手臂，我吓得差点跳起来。是普拉巴克，他一贯的笑脸异常开心，黑色的眼睛里满是喜悦。

"我们真是有福气，能有你跟我们一起住，林。你总是带给我们那么多新鲜刺激的事！"

"这可不是我带来的，普拉布。他们到底在说什么？他们想干什么？"

"他们有信要给你，林。但把信交给你之前，得履行一个 vachan，承诺。有个……你知道的……catches（有个条件）。"

"Catches?"

"对啊，当然。这是英文吧？Catches，那意思就像是因为和善对人而招来的小小报复。"普拉巴克开心地咧嘴而笑，抓住机会跟我解释英文。他习惯（或者是偶尔）在最让人火大的时候跟我讲这个。

"普拉布，我知道 catch 是什么意思，但我不知道他们到底是谁？谁叫他们带信来？"

普拉巴克用印地语放连珠炮似的哇啦哇啦讲个不停，很高兴自己成为这次交谈的焦点。驯熊师颇为详尽地回答他，说得跟他一样快。他们说的话有许多我听不懂，但群众里近得听得到的人猛然放声大笑。熊四肢着地，嗅我的脚。

"他们说什么？"

"林，他们不愿说是谁发的信。"普拉巴克说，勉强按捺住大笑，"这是个天大的秘密，他们不能说。他们接到指示，把信带给你，不做任何解释，还带了个难题给你，类似要你履行承诺。"

"什么难题？"

"哦，你得抱住那熊。"

"我得干吗？"

"抱住那熊。你得给它一个大大的拥抱，就像这样。"

他伸出手，紧紧抱住我，头紧贴我胸口。群众猛拍手叫好，两个驯熊师尖叫，声音尖得刺耳，就连熊都受气氛感染而站立，砰砰跺脚跳起吉格舞。我一脸迷惑，面有难色，引得众人再笑，笑得更大声。

"门儿都没有。"我摇头说。

"是真的啦！"普拉巴克大笑。

"别开玩笑！不行。"

"Takleef nahin!"一个驯熊师大喊，"没事！很安全，卡诺很友善，它是全印度最友善的熊。卡诺喜欢人。"

他更靠近熊，用印地语大声下令。卡诺站得直挺挺时，这个驯熊师往前一跨抱住它。熊双掌围住他前后摇，几秒钟后，它放掉驯熊师，驯熊师转身，接受群众的喝彩，满脸堆笑，像表演明星那样一鞠躬。

"不行啦。"我再次说。

"噢，别这样嘛，林，抱抱那只熊。"普拉巴克恳求，而且笑得更大声。

"我什么熊都不抱，普拉布。"

"别这样嘛，林。你不想知道那个信息吗？"

"不想。"

"说不定很重要。"

"我不在乎。"

"你说不定会喜欢那只抱人的熊，林？"

"才不会。"

"难说。"

"不会。"

"唉，那你希不希望我再给你几个大拥抱，当作练习？"

"不，还是免了。"

"那么，就抱抱那只熊，林。"

"恕难从命。"

"噢，拜——托啦。"普拉巴克哄道。

"不要。"

"哎呀，林，拜托抱抱那只熊嘛。"普拉巴克鼓励道，寻找群众支持。我屋子附近几条巷子挤了几百人。小孩爬上较坚固的几间小屋顶，居高临下地观看，让人捏把冷汗。

"抱抱！抱抱！抱抱！"他们哀求，大叫。

我环顾四周，看着一张张脸，大笑的脸，知道已别无选择。我跨出两步，大大张开双手，慢慢将自己贴上卡诺的粗毛。毛底下，它的身体出奇地柔软，几乎是肥嘟嘟的。但粗壮的前肢全是肌肉，它在我肩膀的高度抱住我，力气之大不是人类所能拥有的，此时我了解到什么叫作全然无助。

可怕的念头闪过我的脑海，卡诺能一把折断我的背脊，就像我折断铅笔那么容易。我耳朵紧贴着卡诺的胸膛，它的声音在它的胸膛里隆隆作响。我鼻孔里满是类似湿青苔的气味，还有股新皮鞋和小孩毛毯的味道。除此之外，还有股刺鼻的阿摩尼亚味，像是正被锯子锯开的骨头。群众喧闹渐渐平息。卡诺很温暖，它左右摇摆身子。我抓在手里的毛很柔软，如同狗颈背上的毛。我紧抓住毛，跟着它摇摆。在它强而有力的拥抱下，我觉得自己仿佛从某个无法形容的平和与应许的崇高之地飘浮起来，或者说落下来。

有人摇我的肩膀。我睁开眼睛，发现自己已经跪下来。卡诺已放开我，走到短巷的尽头，在它的驯熊师、大批群众及疯狗的陪伴下，迈着重重的步伐缓缓走开。

"林巴巴，没事吧？"

"没事，没事。我一定是……晕了还是怎样。"

"卡诺抱得你很舒服，是不是？喏，你的信。"

我走回小屋，坐在用条板箱制成的小桌前。皱巴巴的信封里，是成套的黄色信纸，纸上的字是英文，我想那大概是作家街上某个专业写信员所打的。寄信者是阿布杜拉。

亲爱的兄弟：

　　Salaam aleikum（祝你平安）。你跟我说你们会给人熊抱，我想那是你们国家的习俗。尽管我觉得那很奇怪，尽管我不懂，但我想你在这里一定会很寂寞，因为孟买没有熊。为此，我找来一只熊给你抱，请享用。希望它和你国家的抱抱熊差不多。我很忙，也很健康，感谢上帝。事情忙完了，我很快就回孟买，安拉保佑。愿安拉保佑你和你的兄弟。

阿布杜拉·塔赫里

普拉巴克站在我左肩旁，把信的内容慢慢念出来。

"啊哈，是阿布杜拉。照理说，我不该告诉你他尽干些伤天害理的事，但其实他就是这样的人，即使在我没告诉你他就是这样的人的时候。"

"看别人的信很不礼貌，普拉布。"

"不礼貌，没错。不礼貌这个词的定义，就是即使别人说不要做，我们仍想要做，对不对？"

"那些带熊来的家伙是何方神圣？"我问他，"住哪里？"

"他们靠那只跳舞熊赚钱，来自北方邦，印度的发源地，但他们四处流浪。现在他们住在纳迦尔海军区的贫民窟，要我带你去吗？"

"不用。"我低声说，把信重看一遍，"不用，现在不用，以后再说。"

普拉巴克走到敞开的屋门前，停在那里，若有所思地盯着我，小圆头歪向一边。我把信放进口袋，抬头看他。我想他有话要说，因为他额头上有些许着力专注的迹象，但后来似乎改了主意。他耸耸肩，微笑。

"今天会有病人来吗？"

"我想待会儿会有一些。"

"那我们会在午餐会见，是不是？"

"当然。"

"你……你要不要我帮你做什么？"

"不，谢了。"

"你要不要我邻居的太太帮你洗衬衫？"

"洗我的衬衫？"

"对，它有熊的味道，你身上有熊的味道，林巴巴。"

"没关系，"我大笑，"我还有点喜欢这味道。"

"好吧，那我走了。我要去开我堂兄襄图的出租车了。"

"好。"

"那好，我走了。"

他走出去，我再度孤身一人，贫民窟的声音充塞于我周遭：小贩叫卖声、小孩玩耍声、女人大笑声、从收音机传出极尽失真的情歌，还有几百只动物的声音。再过几天就会下大雨，许多流动散工和表演艺人，比如那两个驯熊师，已在全市各地的贫民窟觅得栖身之所。我们的贫民窟就来了三群弄蛇人、一队耍猴人、许多饲养鹦鹉等鸣禽的人落脚。通常将马儿拴在海军营区附近空旷地的人，将他们的坐骑牵到我们的临时马厩。山羊、绵羊、猪、鸡、小公牛、水牛各有好几只，甚至还有一只骆驼和一只大象！贫民窟简直成了超大型的挪亚方舟，在洪水即将到来时，为各种动物提供避难所。

贫民窟的居民欢迎动物，没有人质疑它们的居留权，但它们的到来的确带来了新麻烦。它们居留的第一晚，大家都在睡觉时，耍猴人的猴子跑掉一只。这只调皮鬼在几间小屋的顶上蹿来蹿去，然后头一低，溜进某群弄蛇人住的小屋。弄蛇人把眼镜蛇放在有盖的柳条篮里，篮子以竹质的伸缩门闩锁住，每个盖子上面各压一块石头。那只猴子拿掉其中一块石头，打开有三条眼镜蛇的一个柳条篮。猴子爬上安全的屋顶高处尖叫，吵醒弄蛇人，弄蛇人大叫示警。

"Saap alla! Saap alla! Saap!（有蛇！有蛇！蛇！）"

贫民窟顿时一片混乱，睡眼惺忪的居民拿着煤油灯、提着火把跑来跑去，朝每个暗处照，还拿出棍子和竿子互打脚和小腿，有些较脆弱的小屋则被杂沓的人群撞倒。最后，卡西姆·阿里出面恢复了秩序，将弄蛇人组成两支搜索队。经过彻底的搜索，他们终于找到了眼镜蛇，将它们放回篮子。

这些经人调教过的猴子懂得十八般武艺，包括一流的偷窃本领。一如孟买境内大部分的贫民窟，我们这里治安良好，完全没有偷窃的事。家家户户门不上锁，没有密室藏东西，猴子到了这里正可横行无阻、大显身手。每天都有一脸不好意思的耍猴人，不得不在屋前摆张桌子，把自家猴子所偷的东西全摆出来供失主认领。猴子显然偏爱小女孩的玻璃手镯、铜质手环与脚环。即使耍猴人已替它们买了花哨的小东西系在它们毛茸茸的手臂和腿上，它们仍按捺不住偷这类饰品的冲动。

卡西姆·阿里最后决定，让所有猴子在待在贫民窟期间一律系上铃铛，结果这些猴子精得很，硬是有办法脱掉铃铛或让铃铛不出声。有一天，快天黑的时候，我看到两只猴子大摇大摆走在我屋外不见一人的小巷里，双眼圆睁，带着猿猴的内疚和调皮。其中一只猴子已拿掉脖子上的铃铛，它靠双腿直立行走，与另一只猴子一前一后，同时用双手固定住同伴身上的铃铛，让它不致发出声音。尽管心灵手巧，但铃铛声的确使它们通常悄无声息的蹦跳变得较易被人察觉，从而减少它们偷窃的次数，让它们的主人在贫民窟比较抬得起头。

许多原本住在我们贫民窟附近街头的游民，连同那些流动散工，迁入我们相对较安全的小屋。他们是所谓的人行道住民，栖身在任何可觅得的无人土地上，栖身在足以搭起他们脆弱的处所，同时还有空间让人行走的任何人行道上。在孟买数百万游民中，他们的居住环境最恶劣，房子最简陋。雨季来临时，他们的处境向来岌岌可危，有时根本保不住家园，因此许多人来到贫民窟避难。

他们来自印度各地，有阿萨姆人和泰米尔人，有卡纳塔克人和古吉拉特人，有来自特里凡得琅、比卡内尔和戈纳勒格的人。雨季期间，原已过度拥挤的贫民窟又多挤进五千人。扣除兽栏、商店、仓库区、街道、小巷、茅厕占去的空间，我们每个人只拥有约两平方米的生活空间。

超乎寻常的拥挤，带来紧张和新难题，但大体上新来者都能得到宽容的对待。我没听到有人说不该帮他们或不欢迎他们。事实上，真正严重的难题来自贫民窟之外。这多出来的五千人，还有随着雨季逼近而挤进其他贫民窟的数万人，原以街头为家，原本都在所在地区的店铺采买日常必需品。每个人买的东西都不多，主要是鸡蛋、牛奶、茶、面包、香烟、蔬菜、煤油、童装等，但整体加起来，却是当地店铺重要的财源、生意的大宗。但这些新来者迁入贫民窟后，往往转而在贫民窟内的数十家小店消费。在老购物区的合法商店买得到的东西，在这些非法的小店里几乎样样不缺。食物、衣服、油、豆子、煤油、酒、大麻，乃至电器用品，都有贩卖。这贫民窟大体上自给自足，而贫民窟商界的财经、税务顾问强尼·雪茄估计，贫民窟居民在这里的消费金额，应该是外头的二十倍之多。

各地的店家和小生意人都痛恨生意兴隆的贫民窟小店瓜分他们的生意。即将来临的大雨把人行道住民都给逼到贫民窟里，这让那些店家和小生意人由痛恨升级为怒不可遏，于是和当地地主、房地产开发商，以及其他害怕、反对贫民窟扩张的人联手，从科拉巴以外几个地区招来两帮流氓，出钱要他们破坏贫民窟店家的补给线。从大市场采购蔬菜、鱼或干货装在手推车上，准备运回贫民窟店家的人遭到骚扰，除了货品损坏，有时甚至遭到人身攻击。

我就替几名遭这些恶棍攻击的小孩和年轻男子治过伤。恶棍扬言要泼硫酸。贫民窟居民得不到警方协助（因为他们已经打点过警察，让警察睁一只眼闭一只眼），大家只好团结起来共御外敌。卡西姆·阿里将小孩组成数个小队，巡逻贫民窟周边，留意敌人的动静，并把年轻壮汉组成几队，护送到市场采购的人。

我们的年轻男子和那些受雇的恶棍已爆发过几场冲突。我们每个人都知道，雨季一旦来临，冲突会更多，敌人下手会更狠。紧张情势升级，但店家之间的战争可没让贫民窟的居民意志消沉。贫民窟里的店铺反倒人气大增，店家成为平民英雄：有感于居民的情义相挺，他们回报以大甩卖、降价、嘉年华似的购物气氛。贫民窟是个有机体，为对抗外来威胁，它以勇气、团结、孤注一掷的大爱（我们通常称为生存本能）等抗体相应。贫民窟如果守不住，其中的居民就一无所有，也无处可容身。

有次我们的补给线遭攻击，几名年轻男子受伤，其中一名是贫民窟旁建筑工地的工人。他是十九岁的纳雷什。朋友和邻居跟着卡诺与驯熊师离去，而我陷入短暂、寂静的孤独时，就是他的说话声和他在我未掩屋门上的自信叩门声，替我驱散了那份孤独。纳雷什未等我应门，就进屋跟我打招呼。

"哈罗，林巴巴，"他用英语跟我打招呼，"每个人都在说你抱了熊。"

"哈罗，纳雷什。手臂怎么样？要不要我看看？"

"如果你还有时间的话，当然好。"他答，改用他的母语马拉地语，"现在刚好是休息空当，我大约在二十分钟内就得回去。如果你忙，我可以改天再来。"

"不忙，现在可以。来，坐下，我看看。"

纳雷什的上臂被人用理发师的折叠式剃刀划了一道，伤口不深，我先前已替他绑上绷带，照理说应该已经愈合。但他工作环境潮湿不干净，加重了感染的风险。两天前我给他上的绷带脏了，被汗水浸透。我拆下绷带，把脏掉的敷料放进塑料袋，之后要丢进公共火堆烧掉。

伤口已经开始愈合，但仍是一片猩红带着些许淡黄色的炎肿。哈德拜的麻风病人先前给了我一罐十升装的手术消毒液。我用它洗了双手，然后清理伤口，大体上用擦的方式洗净，直到毫无白色感染痕迹为止。那想必很痛，但纳雷什忍住，脸上毫无疼痛的表情。干了之后，我把抗生素药粉撒进伤口，盖上干净的纱布，缠上绷带。

"纳雷什，普拉巴克跟我说，前几天晚上你差点被警察逮到。"我一边处理伤口，一边用我的蹩脚马拉地语结结巴巴地说。

"普拉巴克就是有这讨厌的习惯，喜欢到处宣传事情。"纳雷什皱起眉头。

"还用你说。"我立即回答。我们一起大笑。

一如大部分的马哈拉施特拉人，纳雷什很高兴我有心学他的语言。他也和大部分的马哈拉施特拉人一样讲得慢而标准，好让我听懂。在我眼中，马拉地语和英语完全不同：其他语言，例如，德语或意大利语，和英语有类似之处，有共享的字，但在马拉地语中完全找不到。但马拉地语学来容易，因为马哈拉施特拉人知道我想学后非常兴奋，非常热心地教我。

"你如果继续跟阿席夫那帮人去偷东西，"我说，口气较严肃，"你总有一天会被逮到。"

"我知道，但我希望不会，我希望佛陀站在我这边，我是为了妹妹才这样做。我祈求平安无事，因为我不是为自己而偷，而是为我的妹妹。她再过不久就要嫁人了，但是答应要付的嫁妆钱仍然不够。那是我的责任，我是长子。"

纳雷什勇敢、聪明、工作勤奋、对小孩子很有爱心。他的小屋比我的大不了多少，却还住了他的父母和六个弟妹。他睡在外面的地上，好腾出空间让弟妹睡在里面。我去过他的屋子几次，我知道他在世上所拥有的东西，全放在一只塑料购物袋里。里面有一套供换洗的粗布衣、正式场合和去庙里时所穿的一条好质料长裤、一件衬衫、一本佛经、几张照片、一些盥洗用品。除此之外，他孑然一身。他工作所赚的钱或用偷来的小东西换来的钱，全交给母亲，需要时才跟母亲要点小零用钱。他不喝酒、不抽烟、不赌博。人穷，眼前又看不出光明的未来，所以他没有女朋友，也很难讨到老婆。他的日常消遣之一，就是跟同事去最便宜的戏院看电影，一星期一次。但他是个开朗、乐观的年轻人。有时，我深夜回家，走在贫民窟里，看他缩着身子，睡在屋外的小路上，瘦削的年轻脸庞上带着沉睡的疲倦笑容，一派安详。

"那你呢，纳雷什？"我问，用安全别针固定绷带，"什么时候讨老婆？"

他站起身，弯曲手臂以放松紧缠的绷带。

"普娜姆嫁人后，还有两个妹妹要嫁人，"他解释说，面带微笑，摇摇头，"得先替她们找到婆家。在我们孟买，穷男人得先帮姐妹找到丈夫，自己再讨老婆。很奇怪，是不是？Amchi Mumbai, Mumbai amchi!（这是我们的孟买，孟买是我们的！）"

他走出门，未向我致谢，到小屋让我治病的人通常都这样。我知道不久后的某天，他会邀我到他家吃饭，或送我水果和特殊的焚香做回报。这里的人以行动而非语言表达感谢，而我已接受这习惯。纳雷什缠着干净的绷带走出小屋，几个看见他的人走上前来要我治疗。我一一治了他们的病痛，包括鼠咬、发烧、感染起疹、癣，也跟他们每个人聊天，了解最新的八卦。八卦消息就像无所不在的尘暴，沸沸扬扬，不断扫过小巷和水沟。

最后一位病人是个老妇人，由侄女陪同前来。她说胸口左侧痛，但印度人男女授受不亲的规定，使得检查病情变得很复杂。我请那女孩叫人来帮忙，她找了两个年轻友人到我小屋。两名友人在老妇与我之间高举一张厚布，让我完全看不到她。那女孩站在她婶婶旁边，视线可越过厚布，看到坐在另一边的我。然后，我摸自己的胸部各处，那年轻侄女照我所摸的位置，摸她婶婶的胸部。

"这里会痛吗？"我问，摸着自己乳头上方的位置。

帘子后面，那侄女摸她婶婶的胸部，询问同样的问题。

"不会。"

"这里呢？"

"不会，不是那里。"

"这里呢？"

"对，那里会痛。"她答。

"这里，或这里呢？"

"不会，那里不会。这里有一点。"

就这么比手画脚，透过她侄女那双看不见的手，我终于判定这老妇胸部有两个发疼的肿块。我还得知她深呼吸、举重物时胸部会痛。我写了封短笺给哈米德医生，详述我的二手观察结果和结论。我要那女孩立刻带她婶婶去给哈米德医生看，把我的短笺拿给哈米德。话刚说完，就听到身后有人说话。

"你知道吗，你这穷日子看起来过得挺惬意的。人即使真的穷困潦倒，也有可能散发出叫人难以抗拒的魅力。"

我惊讶地转身，见到卡拉双手环抱胸前，倚在门边。嘴角露出要笑不笑的挖苦表情。她一身绿，宽松丝质绿长裤和长袖绿上衣，加上更绿的披巾。黑发自然放下，太阳下闪着铜色光泽。双眼也闪耀着绿色，是梦幻潟湖里温暖、清浅的水。她实在是太美了，美得像横跨天际的夏日红霞。

"来多久了？"我问，大笑。

"够久了，久到可以看你如何用这古怪的信仰疗法治病。你现在都是用隔空感应替人治病？"

"印度女人很固执，就是不让陌生人摸她的乳房。"病人和她的亲人鱼贯走过卡拉身旁、走出小屋时，我回答。

"没有人是完美的，就像狄迪耶常说的。"她拉长声调说，脸上露出毫无笑意的得意之笑，"对了，他很想念你，要我替他问候你。其实，他们全都想念你。从你开始这红十字会的日常工作后，我们就很少在利奥波德见到你。"

我很高兴狄迪耶和其他人没忘记我，但我没有正视她的眼睛。孤身一人时，我觉得在贫民窟里很安全，忙得很满足。每次看到贫民窟以外的朋友，内心的某个角落就会因羞愧而黯淡下来。哈德拜曾跟我说，恐惧和内疚是时时缠扰有钱人的黑天使。我不确定是否真是如此，不确定他是否只是希望如此。但生活经验告诉我，绝望和屈辱时时缠扰穷人。

"进来吧，真是让我不敢相信，坐……坐这里，我刚刚……稍微打扫过。"

她走过来，坐在木凳上。我拿起装有废弃纱布和绷带的塑料袋，把剩下的垃圾扫进袋子。我再度用酒精洗过双手，把药装进小架子。

她扫视小屋四处，用挑剔的眼神检视每样东西。我跟着她的视线转，觉得我的小屋真是破旧脏乱得可以。我一人住在这小屋里，觉得它相对于无处不拥挤的周遭，实在是宽敞得奢侈。如今，有她在身边，我却觉得它寒碜而狭促。

裸露的泥土地板龟裂而高低不平，每面墙上都有我拳头般大的洞，使我的生活时时暴露在外面热闹小巷的争吵和活动中。孩童透过墙洞窥看卡拉和我，说明了我如何没有隐私可言。屋顶的芦苇席下陷，某些地方甚至已经塌掉。我的厨房只有一只煤油炉、两个杯子、两个金属盘、一把小刀、一把叉子、一个汤匙和一些香料罐，这些用具全塞在一个摆在角落的纸箱里。我习惯一次只买一餐吃的东西，所以屋里没有食物。水装在马特卡陶罐里。那是贫民窟的水，我不能拿给她喝，因为我知道卡拉不能喝这种水。我仅有的家具是一张小桌子、一张椅子、一只木凳、一面用来处理药物的卡纸板。我还记得收到这几件家具时我有多高兴。在贫民窟里，它们很稀有。跟着她的视线，我看到木头上的裂缝、霉菌斑，还有用铁丝和细绳尽力修补的痕迹。

我回头望向她所在的地方，她在木凳上点起烟，从一边嘴角吐出烟。一股非理性的厌恶涌上心头，我几乎生起气来，因为她让我看见这屋子不体面的真相。

"这里……这里不怎么好，我……"

"没关系，"她说，看出了我的心思，"我在果阿的时候，在这样的小屋住过一年。那时我过得很快乐，每一天我都欢欢喜喜地回到那里。

我有时在想，人的快乐和所住屋子的大小正好成反比。"

她说这话时，左边眉毛高高扬起，要激我回应她的眼神，直视她的眼睛。因为这动作，我和她之间的阻隔冰消瓦解。我不再厌恶。我知道，不知为什么就是确定，是我自己心里在希望我的小屋更大些、更明亮些，或更豪华些，她根本没这念头。她不是在评头论足。她纯粹是四处看，看每样东西，甚至看我的感受。

邻居的十二岁儿子萨提什背着他两岁大的小堂妹进我的屋子，他站在卡拉身旁盯着看，一点也不觉得不好意思。她也盯着萨提什，盯得同样专注。我突然觉得他们两个人，印度男孩和欧洲女人，在那一刻，何其相似。两人都有饱满的嘴唇、富于表情的嘴巴、乌黑的头发。卡拉的眼睛是海绿色的，那男孩的是深古铜色的，但两双眼睛都带着严肃的表情，散发兴致昂扬、诙谐的味道。

"Chai bono（去泡杯茶），萨提什。"我对他说。

他匆匆对我一笑，快步走出门。就我所知，卡拉是他在这贫民窟里见到的第一个外国女士。他很兴奋能为她端茶送水。我知道接下来几个星期，他会一再跟其他小孩谈起这件事。

"那么，说说你是怎么找到我的，怎么有办法进来这里。"只剩我们俩时，我问她。

"进来？"她皱起眉头，"拜访你不犯法吧？"

"不犯法，"我笑，"但也不常有。我在这里很少有访客。"

"其实很容易。我走出街道，请人带我去找你，就这样。"

"然后他们带你来这里？"

"不完全是这样。他们很保护你，你知道吗，他们先带我去找你朋友普拉巴克，他再带我来你这里。"

"普拉巴克？"

"是，林，你找我？"普拉巴克说着，从门外他藏身偷听的柱子后面一蹦跳进门。

"我以为你要去开出租车。"我悄悄说道，露出我知道最能逗他开心的严肃表情。

"我堂兄襄图的出租车，"他说，咧嘴而笑，"是有人在开，但开的人是我另一个堂兄普拉卡什。现在是午餐休息时间，两个小时。那时我在强尼·雪茄的屋里，突然有人带着卡拉小姐去那里。她想见你，我就来了。很好，不是吗？"

"是很好，普拉布。"我叹了口气。

萨提什回来，捧着盘子，盘上有三杯热甜茶。他递上茶，撕开内有四块饼干的小袋子，以仪式般郑重其事的神情将饼干递给我们。我以为他会自己吃掉第四块，结果他把那饼干放在手掌心，用他脏兮兮的拇指指甲划出平分线，掰成两半。他比了一下大小，拿起稍稍大一点的那一半递给卡拉，另一半给他的小堂妹。小家伙坐在门口，小口咬着饼干，非常开心。

我坐在直靠背椅上，萨提什上前蹲在我脚边的地板上，肩膀靠着我的膝盖。我深知，这罕见的亲昵动作对萨提什来说是一大突破。与此同时，我却不敢寄望卡拉注意到这点，并对此印象深刻。我们喝完茶，萨提什收拾空杯子，一句话都没说，走出屋门。在门口，他牵着小堂妹要离去时，给了卡拉一个久久的迷人微笑。

"他是个好孩子。"她说。

"没错，我隔壁邻居的儿子。你今天鼓舞了他，他平常很害羞的。对了，什么风把你吹来我这破房子？"

"噢，我只是碰巧来这个地区。"她平淡地说，眼睛望着我墙上的洞，十几张小脸正透过那些洞盯着我们。我听到其他小孩在讲话，问萨提什有关卡拉的事。她是谁，林巴巴的老婆？

"路过啊？该不会是想念我，有点想念我？"

"嘿，别得寸进尺。"她讥笑道。

"本性难移。遗传问题，我的列祖列宗几乎都是爱得寸进尺的人，别放在心上。"

"我把每件事都放在心上，身为人，就是要这样。我想请你吃午饭，如果你已经看完病人的话。"

"哎呀，我午餐有约，其实——"

"噢，没关系，那就——"

"不是，不是，很欢迎你一起来，如果你想的话。那是谁都可以参加的，我们今天有个庆祝午餐，就在这里。如果你……能接受我们的款待，我会很高兴。我想你会喜欢。告诉她，她会喜欢，普拉布。"

"我们会有个非常棒的午餐！"普拉巴克说，"我挨着空肚子，就等着大吃一顿。东西很好吃，你会吃得很痛快，别人会以为你怀孕大肚子。"

"好，"她说得很慢，然后看着我，"你的普拉巴克，真能说服别人。"

"你该见见他父亲。"我摇摇头回答，认命地耸耸肩。

普拉巴克骄傲地鼓起胸膛，开心地左右摆头。

"那我们要去哪里？"

"天空之村。"我告诉她。

"我想我应该没听过那地方。"她皱起眉头说。

普拉巴克和我大笑，她额头上狐疑的皱纹变得更深。

"你不可能听过，但我想你会喜欢那地方。现在，你跟普拉巴克先去。我要清洗一下，换件衬衫，只要一两分钟，可以吗？"

"可以。"她说。

我们四目相对。出于某种原因，她未立即起身离去，有所期待地看着我。我不懂那表情，她上前凑近，迅速吻我嘴唇时，我仍在思索那表情。那是友善的一吻，冲动的、大方的、随意的一吻，但我打心底认为不止如此。她和普拉巴克走出去，我单脚站立，转身，兴奋地跳起小舞，高兴地低声叫好。我抬起头，看见小孩透过墙上的孔洞窥视，对我略略笑。我向他们做了个鬼脸，他们笑得更大声，突然学我转身，跳起滑稽的小舞。两分钟后，我迈着大步跑在贫民窟的小巷，好赶上普拉巴克和卡拉。我边跑边把干净的衬衫塞进长裤，抖去头发上的水。

孟买许多贫民窟的诞生，都是为了满足建筑工地的需求。就我们的贫民窟来说，那建筑工地就是在科拉巴后湾沿岸上，兴建两栋三十五层高的世界贸易中心大楼。建造世贸中心的技工、工匠和粗活工人，就安置在工地旁狭小的贫民窟里。在那个年代，规划、建造大楼的建筑公司，必须提供这样的地方安置相关工作人员。许多技工是流动散工，哪里需要他们就去哪里，但他们的老家却位于数百公里外的其他邦。孟买本地的工人，除了因工作而得到雇主提供住所者外，大部分都没有家。事实上，许多男人甘冒风险从事艰苦而危险的工作，纯粹只为觅得工地旁的一处栖身之所。

建筑公司乐于遵守法令规定，提供土地和小屋安置工人，因为这对公司也大有好处。工人贫民窟培养出如亲人般的关系，使工人团结，有家人般的凝聚力，因而忠于公司，而这大大有利于雇主。工人就住在工地旁，上下班完全不必浪费时间在交通上。工人的妻子、小孩，及其他受抚养者，则提供现成的额外劳力。他们是现成的人力库，天天待命，一接到通知就可以上工。而这数千人的劳动力集中住在一起，影响起来容易得多，甚至在某种程度上较容易控制。

世贸中心大楼刚规划时就腾出一大块地皮，将其划分为三百多个小屋大小的小块土地。工人签约受雇，就可领到一小块土地，还有用来购买竹竿、芦苇席、麻绳、废木料的钱。然后每个工人在亲友的协助下，自行建造栖身之所。这些脆弱的小屋漫无节制地往外扩张，就像是即将诞生的高楼的根系，浅而嫩的根系。工人开凿大井，以提供整个聚居区的用水，用推土机铲平土地，开出简陋的小巷与走道。最后，围着整个聚居区架设高大的有刺铁丝网，以防外人擅自入内居住。合法的贫民窟于是诞生。

看中这些定期领工资的工人不得不花的日常开销，还有这里丰沛的淡水供应，非法占住者很快跟着过来，在铁丝围篱外定居。第一批到来者是创业者，紧贴着围篱开起小店，卖茶水和小型日用杂货。合法聚居区的工人弯下腰，从铁丝网缝钻出去消费。蔬菜站、裁缝店、小餐馆接着出现。赌窟和贩卖白酒或大麻胶的其他秘密场所，不久后也跟着出现。每个店家都贴着聚居区的围篱，最后围篱沿线完全被占满。非法贫民窟开始往外扩张，朝通往大海的周边空地绵延。游民加入这人数日增的非法贫民窟，挑选小块空地搭建陋屋。铁丝网被人们用手扳出新的洞，非法占住者利用这些洞，进入合法贫民窟取水，建筑工人则利用这些洞，到非法贫民窟采买物品或探访新朋友。

非法占住者的贫民窟扩张迅速，但欠缺规划，随需求恣意发展，比起工人贫民窟较整齐干净的巷道，显得凌乱许多。过了一段时间，非法占住者的人数是工人聚居区的八倍之多，整个地区住了超过两万五千人，合法、非法贫民窟的界线模糊，淹没在人海之中。

孟买市政局谴责非法贫民窟，建筑公司人员反对工人与非法占住者往来，但他们彼此却没有内外之分，视为一体。他们的白天、夜晚及欲望都交缠在盘根错节的贫民窟生活里。在工人和非法占住者的眼中，建筑公司的围篱和世上所有围篱一样，恣意独断而无关紧要。工人不准带直系亲属以外的人进入合法贫民窟，有些工人因此邀亲戚非法占住铁丝网外靠近他们的地方。围篱两边的小孩成为好朋友，两边的人恋爱或经媒妁成婚稀松平常。铁丝网的一边有庆祝活动，两边的居民一起热烈参与。水灾、火灾、传染病也不受带刺铁丝网的阻隔，因此贫民窟某个角落发生紧急事故，贫民窟居民即全体动员，合作无间。

卡拉、普拉巴克和我弯腰跨过围篱的开口，进入合法贫民窟。一群小孩身穿刚洗过的 T 恤和连身裙，跟在我们旁边结队而行。他们全跟我及普拉巴克很熟。我给许多小朋友治过病，给他们清洗割伤、擦伤、鼠咬伤，包上绷带。许多工人在工地受了小伤，担心会因此被炒鱿鱼，也都来我的免费诊所，而不去找公司的急救员。

"你认识这里每个人，"在我们第五次被一群邻居拦住时，卡拉说道，"你是要竞选这地方的行政首长，还是要干吗？"

"哪有，我受不了政治人物。政治人物是那种即使没有河，仍跟你保证会建桥的人。"

"说的没错。"她低声说，双眼在开怀大笑。

"我很想说那是我说的，"我咧嘴而笑，"但其实是名叫阿米塔的演员说的。"

"阿米特巴·巴强？"她问，"大 B？"

"没错——你喜欢宝莱坞电影？"

"当然喜欢，为什么不？"

"我不知道，"我摇头回答，"我只是以为……你不会喜欢。"

我们没再说话，随之气氛变得有些尴尬。

而后她再次开口道："你真的认识这里很多人，而且他们很喜欢你。"

我皱眉，打心底惊讶这看法。我从未想过贫民窟的居民会喜欢我。我知道有些人把我当朋友，像是普拉巴克、强尼·雪茄，乃至卡西姆·阿里·胡赛因。我还知道有些人似乎发自内心地尊敬我，但我从未将那些友谊或尊敬当作喜欢。

"今天是特别的日子，"我面带微笑地说，想转移话题，"这里的人为争取设立小学，努力了好多年。这里大概有八百名学龄儿童，但方圆数公里内的小学全都满额了，没办法收这些孩子。居民找好了老师，找到了设校的好地点，但有关当局却很恶劣，仍然不同意设立小学。"

"因为这里是贫民窟……"

"没错，他们担心设校会让这地方取得合法地位。从理论上来说，贫民窟不存在，因为贫民窟不合法，不被承认。"

"我们是幽灵，"普拉巴克开心地说，"这些是幽灵屋，我们在这些屋里过着幽灵般的生活。"

"现在我们有了一所幽灵学校凑合着用，"我替他总结道，"市政局最后妥协，让他们在这附近设立一所临时学校，不久还会设立另一所。但大楼盖好后，他们得把它们拆掉。"

"什么时候？"

"嗯，他们盖这两栋大楼已有五年，大概还有三年的工程，或许更久。大楼盖好后，情况会变得怎样，没有人有把握。至少在理论上，这贫民窟会被拆掉。"

"然后这儿会消失一空？"卡拉问，转头扫视这大片林立的小屋。

"全部消失一空。"普拉巴克叹口气说。

"但今天是个大日子，争取设校努力了很久，有时还很暴力。如今居民如愿以偿，将有自己的学校，因此今晚要大肆庆祝。另外，在这里工作的某位男子，在老婆连生了五个女儿之后，终于有了一个儿子，因此他在庆祝活动前办了特别午餐会，邀请每个人。"

"天空之村！"普拉巴克大笑。

"那地方到底在哪里？你们要带我去哪里？"

"就在这里，"我答，手往上指，"就在上面。"

我们已来到合法贫民窟的边缘，身形庞大的双子星摩天大楼矗立在我们眼前。混凝土已灌筑到四分之三高度，但未完成的大楼上没有窗户、门与任何设备。大楼没有闪光、反光或镶边装饰来减轻灰扑扑的厚重，它们吞进光线，扑灭光线，成为储存影子的筒仓。数百个日后将安上窗子的穴状洞，让人可以一窥内部，男女孩童像蚂蚁一样，在每个楼层来回上下走动，忙着干活。地面上是令人振奋、展露万丈雄心的打击乐——发电机紧张愤怒的运转声、锤子发出金属撞击的无情尖叫声，以及钻头和磨床不停的哀鸣声。

一身纱丽的女人，头上顶着装有沙砾的盘子，形成蜿蜒的人龙，从人造的小石子丘开始，曲折穿过所有工地，最后抵达张着大口不断转动的水泥搅拌机。从我这个西方人的观点来看，这些一身红、蓝、绿、黄柔软丝衣，身形柔弱的女性，出现在闹哄哄干粗活的建筑工地，实在很不搭调。但看了几个月之后，我心里明白，她们是这工程中不可或缺的人。她们靠纤细的臂膀搬运大量的石头、钢筋及水泥，一次搬运整整一个圆盘。最上面几层楼还未灌筑混凝土，但柱子、横梁、环状桁架的骨架都已安好，而即使在三十五层楼上，女人和男人也一样并肩工作。她们大多是来自淳朴乡下的乡巴佬，但她们所见到的孟买大城景致却无人能及，因为她们正在建造孟买最高的建筑。

"全印度最高的建筑。"普拉巴克说，带着建筑业主那种自傲的豪气。他住在非法贫民窟，跟这大楼工程一点关系都没有，但说起这大楼，却自负得好像是他设计的一样。

"哦，总之，这是孟买最高的大楼，"我纠正他，"在那上面可以看得很远。我们会在第二十三层用午餐。"

"那……上面？"卡拉说，看起来似乎很害怕。

"没问题，卡拉小姐。我们不是走上去，我们要坐头等舱，要搭那个很棒的电梯。"

普拉巴克指着附在大楼外面黄色钢骨构架里的货运电梯。她看着那平台载着人和设备，由粗缆绳拉着，突然抖动，然后哐啷哐啷往上升。

"噢，那就好，"卡拉说，"这下我倒是很想去坐坐看。"

"我也很想去坐，卡拉小姐！"普拉巴克满脸堆笑地附和，扯着她的袖子，把她拉往电梯，"快，我们搭下一趟。这大楼很美，对不对？"

"我不知道，它们看起来像是为了纪念已死之物的建筑，"我们跟在他后面时，她低声对我说，"很不受欢迎的东西……像是……人的心灵。"

操作电货梯的工人大声向我们说明安全须知，声音粗哑、神情高傲。我们和几名男女爬进摇摇晃晃的平台，还有一部装了工具的手推车和数桶铆钉也上了电梯。电梯操作员用金属哨子用力吹了两声，哨声尖厉，然后扳动控制杆，启动控制电梯上升的强大发电机。马达隆隆作响，平台抖动，我们赶紧握住柱子上的紧急握把，电梯吱嘎吱嘎缓缓上升。电梯不是包厢式，只有一道及腰的黄色管子围着镂空的三面。仅仅数秒时间，我们就上升到离地面几十米的高度。

"怎么样？"我大声说。

"吓死了！"她大声回答我，黑色眼睛闪闪发亮，"好刺激！"

"怕高？"

"等我上去了才怕！希望你在这个鬼餐厅里有订位！话说回来，我们为什么要在这里吃午餐？你不觉得他们应该先把这大楼盖好？"

"他们现在在最上面几层楼工作。这电梯时时都在运东西，但通常不给工人用，专供运送手推车、建筑材料和杂物之用。工人每天要爬三十段楼梯，要爬很久，而且有些地方很难上去。有一些在最上面几层工作的人，大部分时间都待在上面，他们住在上面，包括吃饭、工作和睡觉。他们在上面建了厨房和其他设施，还养了家禽家畜，鸡可以生蛋，山羊可以产奶。他们把需要的每样东西都带上去。那有点像是爬圣母峰时，登山客所使用的基地营。"

"天空之村！"她大声回我。

"你懂了。"

电梯停在第二十三层，我们摇摇晃晃走出电梯，踏上混凝土地板，地板上冒出一簇簇的钢筋和铁丝，像金属草丛。楼面空间大而深，由等距的柱子分割成数区，上面是平坦的混凝土天花板，天花板上爬着纵横交错的缆线。每一个平面都是清一色的灰色，使得位于这楼层另一头的人群、动物身影特别鲜明。工人用柳条和竹子围住一根柱子的四周，用以圈养禽畜，往里面撒上禾秆、粗麻布料，当作禽畜的睡铺。围栏里，山羊、鸡、猫、狗在剩菜残羹和垃圾堆中觅食。睡在这楼上的工人所用的毯子和床垫被卷起，堆放在另一根柱子旁边。还有一根柱子的旁边被划定为孩童游戏区，游戏用具、玩具和小垫子散落一地，供小孩使用。

走近那群人，我们看见他们正在干净的芦苇席上摆上丰盛的菜肴，硕大的香蕉叶充当盘子。一组妇女把饭菜分到一个个盘子上，有番红花饭、马铃薯炒菠菜、加了马铃薯与豌豆的咖喱碎羊肉、蔬菜馅油炸面团和其他食物。一排煤油炉摆在附近，炉里还在炒其他菜。我们在水桶里洗了手，加入其他人，在强尼·雪茄、普拉巴克的朋友基修尔之间席地而坐。食物用大量的辣椒和咖喱调味，比城里餐馆所吃到的任何菜都更辣、更美味。女人依照习俗，在离我们约五米处自开一席。我们这一群二十个男人中，只有卡拉一个女人。

"你觉得怎样？"第一道菜拿走，换上第二道菜时，强尼问卡拉。

"太棒了，"她答，"东西好吃，吃东西的地方也棒。"

"啊！新科老爸来了！"强尼大喊，"来这里，狄利普，见见卡拉小姐，来跟我们一起用餐的林的朋友。"

狄利普低头，双手合掌致意，然后腼腆地笑着走开，去照看两个煮着水以便泡茶的炉子。他在工地当吊运工，工地经理特别放他一天假，筹办款待亲友的大餐。他的小屋位于合法贫民窟，但靠近铁丝网，离我们的贫民窟很近。

女人的宴席区就在茶水炉后面，那宴席区旁有两个男子，正在清除墙上的东西。有人在那上面写了字，虽经他们擦拭过，但字迹仍清楚可见，写的是 SAPNA。

"那是什么？"我问强尼·雪茄，"我最近到处都能看到。"

"不好的东西，林巴巴。"他啐了一口唾沫，迷信地在自己身上画十字，"那是个小偷的名字，一个恶棍。他是个坏蛋，在全市各地干坏事。他强行闯入民宅偷东西，甚至杀人。"

"你说杀人？"卡拉问。她紧抿着嘴，下巴轮廓生硬而严肃。

"没错！"强尼语气坚定地说，"最初只是字，出现在海报或写在墙上。现在是杀人，冷血无情地杀人。就在昨天晚上，有两个人在自己家里被杀掉。"

"那个人真是荒唐，叫萨普娜，居然用女孩子的名字。"吉滕德拉嗤笑道。

说的很有道理。萨普娜的意思是梦，是女性的名字，而且是很常见的女孩名。

"也没那么荒唐。"普拉巴克不赞同，双眼炯炯有神，但表情很严肃，"那个人说他是小偷中的老大，说要开战，来帮助穷人，说要杀死有钱人。这是荒唐没错，但那是许多人在脑海深处会同意的那种荒唐。"

"他是谁？"

"林，没人知道他是谁。"基修尔说。他从游客那里学来的美国腔英语，说得缓慢而含糊，元音拉得老长。"不少人在谈他，但是跟我聊过的人没人见过他。据说他是有钱人的儿子。有人说他来自德里，被剥夺了继承权，但也有人说他是恶魔。有人认为那根本不是指人，而是某种组织之类的。现在这附近到处贴着海报，上头号召要贫民区的小偷和穷人起来干荒唐事。就像强尼说的，现在已经有两个人被杀了。全孟买各地的墙上和街上开始出现萨普娜这名字。警察四处在查，我想他们被吓到了。"

"有钱人也被吓到，"普拉巴克补充说，"有钱人，那些倒霉的家伙，被人杀死在家里。这个叫萨普娜的家伙，用英文字母而不用印地文写他的名字，这是个受过教育的家伙。而这里这名字是谁写上去的？这里一直有人，一直有人在工作或睡觉，但没有人看到谁写上他的名字。受过教育的鬼！有钱人也被吓到了！没那么荒唐，这个叫萨普娜的家伙。"

"Madachudh（王八蛋）！Pagal（疯子）！"强尼又啐了口唾沫，"他是个麻烦，这个叫萨普娜的人，你知道，那会是我们的麻烦，因为麻烦是像我们这样的穷人获准拥有的唯一财产。"

"我想我们是不是谈谈别的，各位？"我插嘴道，望着卡拉。她脸色苍白，眼睛睁得很大，似乎非常害怕。"你没事吧？"

"没事，"她立即回答，"或许那电梯比我想的还要恐怖。"

"抱歉吓到你了，卡拉小姐。"普拉巴克道歉，皱起忧心的眉头，脸色黯淡，"从现在起，只谈开心的事，不要再谈杀人、谋杀、一屋子血之类的事。"

"才说不要提，你自己又说，普拉布。"我咬牙低声说，瞪着他。

几名年轻妇人前来清走用过的香蕉叶，摆上几小碟鲜奶冻甜点。她们盯着卡拉瞧，大刺刺入迷地瞧。

"她腿太细，"其中一人用印地语说，"隔着裤子可以看到。"

"还有脚太大。"另一个人说。

"但头发很软，漂亮的印度黑。"第三个人说。

"眼睛是曼陀罗色①。"第一个人嗤之以鼻地说。

"几位大姐，小心点，"我大笑，用印地语说，"我朋友的印地语说得一流。你们说的，她全听得懂。"

这些妇人听了，震惊而怀疑，你一言我一语地聊个不停。其中一人弯下腰盯着卡拉的脸，大声问她会不会讲印地语。

"我的腿或许太细，脚或许太大，"卡拉用流利的印地语答，"但我的听力没有问题。"

这些妇人高兴地尖叫，围着她开心大笑。她们恳请她到女人那边，然后拥着她到女人宴席区。我盯着她瞧了一会儿，见到她在妇女、年轻女孩堆里微笑，甚至出声大笑，大为惊讶。她是我认识的女人中最漂亮的。那是黎明沙漠的美。那种美丽动人充塞我的眼睛，惊艳得让我说不出话、屏住气息。

看着她在那里，在天空之村，看着她大笑，我赫然想起这几个月来，我一直在刻意避开她。同样令我惊讶的是，那些女孩跟她说话时，不时与她有肢体接触。她们伸手抚摩她的头发或握住她的手，显得那么自然。我原本一直认为她冷漠，近乎冷酷。不到一分钟，那些妇

---

① 原文为 stink-weed，泛指有臭味的植物，如曼陀罗、臭甘菊等，此处有嘲讽的意味。

女与她熟稔的程度，竟超越与她相识已一年多的我。我想起在我的小屋里，她对我那情不自禁的匆匆一吻，想起她头发的肉桂香和茉莉花香，想起她凑上我嘴巴的双唇，就像受了夏日阳光照拂的饱满甜葡萄。

茶送上来，我拿起杯子，站在可俯瞰贫民窟的大窗口附近。下方远处破旧的大片贫民窟，从工地往外延伸到海边。狭窄的巷子被小屋参差不齐的屋檐遮住，只有局部可见，看过去更像是隧道，而非街道。炊烟袅袅升起，在缓缓的海风里时断时续地飘送，消散在烂泥海滩边零零落落的小渔船上空。

往贫民窟另一边的内陆方向望去，有许多高层公寓大楼，那是有钱中产阶级的昂贵住所。从所在的高处俯瞰，我看到有些大楼顶层辟建了漂亮的花园，种了棕榈树和爬藤植物。有些大楼顶层，有钱人家的仆人则替自己搭造了迷你贫民窟。每栋建筑外墙都长了霉，就连最新的建筑也不例外。衰败和腐化爬上最宏伟大楼的门面，我渐渐觉得那是种美：结束的污痕布满孟买每个亮丽的开始。

"你说的没错，景色很棒。"卡拉走到我身旁轻声说。

"在大家都睡着的夜里，有时我会来这里。"我说，声音一样轻，"这是我想独处时最喜欢来的地方之一。"

我们沉默了片刻，看乌鸦在贫民窟上空盘旋、骤降。

"你想独处时最喜欢去哪里？"

"我不喜欢独处。"她平淡地说，然后转头，及时看到我的表情，"怎么了？"

"我想我很吃惊。我只是，哦，我以为你是很能独处的人。我不是说那不好，我只是以为你……有点冷漠，什么都不在乎。"

"你猜错了，"她微笑，"什么都在乎才比较合乎实情。"

"哇，一天两次！"

"什么？"

"就是一天内我看到两次灿烂的笑。先前你跟那些女孩一起笑，我想那是我第一次见到你真的笑。"

"哟，我当然会笑。"

"别会错意。我喜欢你平常的样子，不笑有时也很迷人。任何时候，都请给我率直的皱眉，不要给我虚假的微笑，你让我觉得你那样是理所当然的。你不笑时看起来，我不知道怎么说，有点像是满足，或者应该说是率直。不知为什么，你让我觉得你那样是理所当然的。或者说我曾经那么觉得，直到看到你今天笑，我才改变看法。"

"我当然会笑。"她又说了一遍，眉头皱起，紧抿的嘴唇强压住笑意。

我们再度沉默，凝视着对方，而非外面的景致。她的眼睛是缀着金点的岩礁绿，眼里发出的熠熠光芒通常意味着受苦或聪颖，或两者兼而有之。清净的风吹动她及肩的头发，非常黑的头发，和她的眉毛、长睫毛一样的黑褐色。嘴唇是细致、未擦口红的粉红，张开的嘴唇露出舌尖和平整的皓齿。她倚着无窗的窗框，双手环抱胸前。海风阵阵，吹动她宽松的短上衣，让她的身形忽隐忽现。

"你和那些女孩在笑什么？"

她扬起眉毛，露出欲笑不笑、带着嘲讽的表情。

"你现在是在跟我没事闲聊、礼貌寒暄？"

"或许是吧，"我大笑，"我觉得你让我紧张不安。失礼了。"

"别放在心上。我把那当作赞美，对我们两人的赞美。如果你真的想知道，我们大部分在讲你。"

"我？"

"对，她们讲你抱熊的事。"

"噢，那件事，我想很好笑。"

"有个女人模仿了抱熊前一刻你脸上的表情，大家看了笑成一团。但对她们而言，真正有意思的是，弄清楚你为什么肯这么做。每个人轮流猜。拉德哈，她说她是你邻居，是吗？"

"是，她是萨提什的妈。"

"好，拉德哈说你抱熊是因为你觉得它可怜，结果引来大笑。"

"可想而知。"我冷淡含糊地说，"那你怎么说？"

"我说你那么做，大概是因为你这个人对什么都有兴趣，什么都想知道。"

"你这么说很有意思。很久以前，我有个女朋友跟我说，她迷上我，是因为我对什么都有兴趣，而她也出于同样的原因而离开我。"

我没告诉卡拉，那个女朋友说我什么都有兴趣，却什么都只是蜻蜓点水，不愿投入。此番评价仍让我耿耿于怀、让我难过，但一针见血。

"你……你有没有兴趣帮我做件事？"卡拉问，语气突然变得严肃而矜持。

这就是了，我心想。这就是她来看我的原因，她有所求而来。那只自尊受伤的歹毒猫，在我眼睛后面弓起身子。她没有想念我，她是对我有所求。但她的确来了，她来找我，不是找别人。从这点来看，还勉强让人觉得宽慰。凝视她那双严肃的绿眼睛，我意识到她很少找人帮忙。我还感觉到自己心里平衡多了，甚至可能过了头。

"当然可以，"我说，心里提醒自己不要犹豫太久，"你要我帮什么？"

她欲言又止，压下明显的不情愿之意，突然说出一大堆话。

"有个女孩，我的朋友，名叫莉萨，她碰上大麻烦。她在提供外籍应召女郎的地方工作，总而言之，她搞砸了，现在她欠了很多钱，老板娘不放她走。我想把她弄出来。"

"我钱不多，但我想……"

"不是钱的问题，我有钱。但经营那地方的那个女人已经喜欢上莉萨，即使我们拿钱出来，她也不愿放她走。我知道她心里在想什么，现在是个人恩怨的问题，钱只是借口。她心里真正想的是毁掉莉萨，一点一点毁掉，直到什么都不剩。她恨莉萨，因为莉萨漂亮、机灵，而且有种。她不愿放莉萨走。"

"你要我们把莉萨救走？"

"并不是。"

"我认识一些人，"我说，想起阿布杜拉·塔赫里和他的黑帮朋友，"他们很能打。可以找他们帮忙。"

"不用，我这里也有朋友。要他们把她救走，轻而易举，但恶棍还是会找到她，把她带走。他们整人很有一套。他们用硫酸，莉萨不会是第一个因为失去周夫人欢心而被泼硫酸毁容的女孩。我们不能冒这个险。不管怎么做，都必须让她心甘情愿地饶了莉萨，永远不再骚扰她。"

我心里不安，觉得事情没有卡拉说的那么单纯。

"你说周夫人？"

"是啊，你听说过她？"

"听说过一点，"我点头，"我不知道人家说的有多可信。据说她做了一些很无法无天、肮脏的事。"

"无法无天的事……我不知道……但肮脏的事全都是真的，相信我。"

我没有觉得舒服些。

"她，你那个朋友，为什么不干脆逃掉？为什么不搭飞机，回去她的……你说她来自哪里？"

"她是美国人。唉，我如果能让她回美国，问题就全解决了。但她不肯回去，她不肯离开孟买，她怎么也不肯离开。主要是她有毒瘾，但不只这个原因，还有她过去的事，她无法回去面对的事。所以她不肯走。我劝过她，说不动，她……就是不肯。也不能怪她，我也有自己的问题，我希望不要想起的过去。"

"那你有计划了，我是说救那女孩出来的计划？"

"有。我希望你假扮成美国大使馆的人，领事之类的人，我已经安排好，你不必做多少事。说话的事大部分由我负责，我们会跟他们讲，莉萨的父亲是跟政府有关系的美国大人物，而你接到指示要把她接走，好好看着她。我会把一切都搞定，再让你上场。"

"卡拉，我还是不太清楚，你觉得那样可行吗？"

她从口袋里拿出一包手工线扎小烟卷，用打火机点燃其中两根。她一只手拿着那两根小烟卷，另一只手拿打火机点燃，接着递一根给我，用力吸了自己的烟一口，然后回答我的问题。

"我想可以，我想不出更好的办法。我跟莉萨谈过，她说可行。如果周夫人拿到钱，如果她相信你是大使馆的人，如果她相信继续骚扰莉萨会惹来使馆或政府的麻烦，我想她会饶了莉萨。我知道，这有许多如果，这件事真的得大大仰仗你。"

"也得看她，那个……夫人。你觉得她会相信——相信我？"

"我们得演得天衣无缝。她是狡诈多过聪明，但她也不笨。"

"你想我做得来？"

"你的美国腔说得怎样？"她问，有点不好意思地大笑起来。

"我演过戏，"我低声说，"在另一段人生里。"

"太好了！"她说，伸手碰我的前臂。她细长而冰冷的手指，碰上我温热的皮肤。

"我不知道，"我皱起眉头，"如果搞砸的话，那责任不小。如果那女孩有什么意外，或你有什么……"

"她是我朋友，点子是我想的，责任我负。"

"我觉得好多了，就是努力扮好那角色，然后努力让自己脱身。至于大使馆的事，有许多地方可能会出差错。"

"如果我认为那办法不可行，如果我没把握你做得到，我就不会来找你。"

她陷入沉默，等待。我让她等，但我已有答案。她或许会认为我在考虑，在想该不该答应。事实上我只在想，我为什么愿意做。为了她？我问自己，我投入了，或只是感兴趣？我为什么抱熊？

我微笑。

"什么时候？"

她也对我微笑。

"一两天后。我得先去处理一些事，安排妥当。"

她丢掉抽完的小烟卷，朝我走近一步。就在此时，人群里传出惊恐的喊叫与尖叫声，他们跑到我们身旁。事后回想，若没有这意外，她大概已吻了我。话说回来，在拥挤的人群中，普拉巴克的头从我手臂底下、卡拉旁边钻出。

"市政局！"他大叫，"来了！孟买市政局，看那边！"

"那是什么？怎么回事？"卡拉问，声音几乎淹没在喊叫与尖叫声中。

"市政委员会要来拆掉一些房子，"我回头说，嘴唇贴近她的耳朵，"他们每隔一个月左右就来一次，借此控制贫民窟的规模，使它不致扩张到边界外。那里，贫民窟与街道交会处就是边界。"

我们往下看，看到大街附近有五六辆警方的深蓝色大卡车，驶进一块类似无主的开阔地，周边围着一排新月形的贫民窟建筑。大卡车盖着防水油布，我们看不到油布里面，但知道里面有警察，每辆卡车上至少有二十人。一辆无遮棚平板卡车，载着市政委员会的工人和装备，穿过已停好的警方车辆，在小屋附近停下。几名官员步下警方卡车，将人员部署成两排。

市政委员会的工人多半是来自其他贫民窟的居民。他们从卡车上跳下，开始拆除的工作。每个人身上配备有一条绳子，一端有抓钩。将抓钩甩上屋顶，牢牢钩住，然后拉扯绳子，脆弱的小屋立即瓦解。居民只来得及收拾最基本的东西：婴儿、钱和证件。其他东西全被埋在屋子的残骸里：煤油炉和炒菜锅、袋子和床垫、衣服和儿童玩具。人群惊慌四散，警方拦住其中一些人，押着一些年轻男子到等待的卡车旁。

我们身边的人看着这一幕，渐渐无声。从这制高点，我们看得见遥远下方的拆除作业，但听不到现场的声音，就连最吵的声音都听不见。

不知怎的，那在无声中进行的有条不紊的拆除，震慑住我们每个人。直到那时，我才注意到风。在诡异的宁静中，风凄凄呼啸。我知道，在这栋三十五层的建筑里的每一个人，都和我们一样，见证着这无声的一幕。

合法贫民窟建筑工人的房子安然无恙，但在工地干活的人全停下手头的工作，同情地望着。这些工人知道，大楼建成后，他们的房子就会沦为废墟。他们知道，自己已见过许多次的拆除作业最后也会降临在他们身上：贫民窟将被清空、烧掉，改辟成停放豪华大轿车的停车场。

我观察着周遭的面孔，充满同情与恐惧的面孔。在某些人眼里，我看到郁积的羞愧，羞愧于市政当局的公权力，迫使我们无数人生出"谢天谢地……谢天谢地……不是我……"这样的想法。

"林巴巴，运气好，你的房子没事！你们的和我的也是！"我们看着警察和市政委员会工人爬上卡车驶离时，普拉巴克这么说道。他们在非法贫民窟的东北角清出长百米、宽十米的一块地。

约六十户，至少两百人的家沦为废墟，整个拆除作业不到二十分钟。

"他们会去哪里？"卡拉轻声问。

"大部分人明天这时候之前就会再回来。市政委员会下个月会再来拆房子，或许拆掉贫民窟另一个角落另一群一模一样的小屋，然后再重建。但终究损失不小，所有家当都被捣毁，他们得买新竹子、新席子、新材料来盖新屋子。还有人被抓走，可能有几个月见不到那些人。"

"是让人一无所有的疯狂乱砸，还是他们承受打击的能耐，"她说，"我不知道哪个比较让我心惊。"

大部分人已离开窗边，但卡拉和我仍像刚刚置身你推我挤的人群中时一样，紧靠在一起。我揽着她的肩，地面上，离我们二十三层楼的下方，人们开始在屋子残骸里翻找可用的东西。帆布和塑料棚已架起，供老人、婴儿及幼儿栖身。她转头面对我，我吻了她。

她那如满弓般紧绷的双唇，在我们碰触的瞬间让步，融化在我唇上。她的唇充满感伤的柔情，有一两秒，我飘了起来，飘浮在它无法形容的善解人意之中。我原本认为卡拉是个老于都市世故的人，坚忍且几近冷酷，但那一吻是毫无掩饰、十足纯粹的脆弱。那一吻的款款柔情让我震惊，我马上抽离。

"对不起，我不是……"我结结巴巴。

"没事，"她笑，身子离开我，双手放在我胸膛上，"但宴席上某个女孩可能会因此吃醋。"

"谁？"

"你是说你在这里没有女朋友？"

"没有，当然没有。"我皱起眉头。

"我真不该再听狄迪耶胡扯，"她叹口气，"都是他说的，他认为你在这里一定有女朋友，认为那是让你愿意待在贫民窟的唯一原因。他说外国人愿意待在贫民窟，只有这个原因。"

"我没有女朋友，卡拉，这里没有，任何地方都没有。我爱上你了。"

"没有，你没有！"她厉声说，我好似被人甩了一耳光。

"我情不自禁。好久了，如今我……"

"别再说了！"她再度打断我，"你没有！你没有！天哪，我多讨厌爱！"

"卡拉，你不能讨厌爱。"我轻声笑着说，想安抚她的激动。

"或许是，但爱绝对可能让人厌烦。爱人实在是太傲慢的事，而且周边有太多爱，世上有太多爱。有时我觉得所谓的天堂就是没有谁爱谁，因而每个人都快乐的地方。"

风把她的头发打到脸上，她用双手拨回去，手指张开，挡在额头上，让头发不再乱飘。她盯着脚下。

"不就是为了那个毫无意义的鬼性爱，毫无任何附加条件的性爱？"她厉声说，紧抿嘴唇。

这不是个质问，但我还是回答。

"我不排除有这可能，没鱼虾也好，恕我直言。"

"听好，我不想恋爱。"她义正词严地说，语气较为缓和。她抬起头正视我的眼睛。"我不要谁爱上我。浪漫的男女情爱对我向来没有好处。"

"我觉得这样对谁都不好，卡拉。"

"我就是这么认为。"

"但爱上了，人就没选择。我认为那是任何人都无法选择的事。而且……我不想让你受到压力。我只是爱上你，只是这样而已。我已经爱上你一阵子了，我终究得说出来。但这不表示你得对此，或具体来说，对我，做出什么。"

"我还是……我不晓得，我只是……天哪！但我很高兴我喜欢你。我很喜欢你。林，如果只是喜欢，我会死心塌地喜欢你。"

她的眼神很坦率，但我知道，她有一些事没有告诉我。她的眼神很勇敢，但她的内心在害怕。我不再追问，向她微笑。她大笑，我也大笑。

"没别的了？"

"当然，"我没说实话，"当然。"

但一如数十米下方贫民窟的居民，我已开始在破碎的心房里翻找有用的东西，在废墟上重建家园。

第十三章

　　只有极少数人敢说亲眼见过周夫人，但卡拉告诉我，对于许多去过"皇宫"的人来说，周夫人才是吸引他们前去的主要原因。她的客户全是有钱人：企业高级主管、政治人物、帮派分子。"皇宫"提供他们外籍女郎（清一色外籍，因为从没有印度女孩在那里工作），还提供他们解放最狂野性幻想的精巧设施。那些古怪至极的非法欢愉，由周夫人亲自设计，早已暗暗传遍全城，令闻者震惊、瞠目结舌。但靠着有力人脉和巨额贿赂，"皇宫"从未遭警方查抄，甚至未遭严密监控。孟买还有其他地方提供同样安全、尽兴的享受，但人气都不如"皇宫"，因为那些地方没有周夫人这号人物。归根究底，男人之所以愿意一再光临"皇宫"，不是因为他们能在那里亵玩的女人本事好、漂亮，而是因为他们无法亵玩的那个女人透着神秘，因为周夫人不可见的美。

　　据说她是俄罗斯人，但她的详细身世，就像有关她私生活的其他说法，似乎都无法证实。卡拉说，大家接受这说法，纯粹因为那是流传最久的传闻。可以确定的是，她于二十世纪六十年代就来到新德里，而在那个年代，这城市就像西方大部分的首都一样狂野奔放。当时，德里新城正欢庆建城三十周年，旧德里则欢庆建城三百周年。大部分消息人士一致认为，周夫人当时二十九岁。据说她曾是苏联某 KGB 情报官员的情妇，该官员利用她倾国倾城的美色拉拢印度国大党的要员。那几年，国大党统治印度，势力正盛，每次全国性大选几乎都是压倒性大胜。许多该党的忠实支持者，甚至该党的敌人，都认为国大党会统治印度一百年。因此，驾驭了国大党的男人，就等于是驾驭了印度。

有关她在德里那几年的活动，众说纷纭，从丑闻、自杀到政治谋杀都有。卡拉说她从形形色色的人那里听到许多不同版本的说法，她因而开始觉得，不管真相是什么，对那些人而言，其实都不重要。周夫人已成为某种合成人物：每个人把自己执迷的细节塞进她的生平事迹。有人说她手上握有大量的宝石，藏在一只大麻布袋里；有人以权威口吻说她迷上数种毒品，吸毒成瘾；还有人说她举行可怕的仪式，吃人肉。

"外头传了许多有关她的古怪事情，我想其中有一些根本是胡说八道。但最重要的是，她是个危险人物，"卡拉说，"阴险、危险。"

"嗯哼。"

"我不是开玩笑，别低估她。六年前她从德里搬到孟买时，有场凶杀案审判，她是那案子的主角。两名有头有脸的男子死在她的德里'皇宫'，两个人都被割喉，其中一人恰好是警方巡官。后来，一名不利于她的证人失踪，另一名证人被发现吊死在自家门口，这案子便办不下去了。她离开德里，到孟买开店，不到六个月，又发生凶杀案，案发地点和'皇宫'只隔一个街区，有些人将她和这案子扯上关系。但是她有很多人的把柄，包括高层，他们不敢动她。她可以为所欲为，因为她知道不会出事。如果你不想蹚浑水，现在抽腿还来得及。"

我们坐在大黄蜂出租车里，往南穿过钢铁市集。大黄蜂是到处可见的菲亚特出租车，车身为黑色和黄色。交通拥挤。数百辆木质手推车，由赤脚的搬运工推着，在巴士和卡车之间慢慢前行。每辆手推车都有六个男人推，满载东西后比轿车还长还高还宽。钢铁市集的几条主要街道两旁，挤满形形色色的中小型店铺，贩卖从煤油炉到不锈钢洗涤槽等各类金属家用器皿，以及建筑工人、店铺装配工、装潢工所需的大部分铸铁制品及铁皮制品。这些店铺本身以发亮的金属器皿装饰店面，悬挂的金属器皿擦得锃亮，琳琅满目，店内布置又富巧思，时常吸引观光游客前来猎取镜头。然而在这些光鲜亮丽而热闹的街道后方，却是隐曲幽秘的小巷。以几美分而非几美元计算工资的男子，在小巷里黑黝黝的火炉边干活，造就那些店铺的耀眼魅力。

出租车窗户开着，却没有一丝风吹进来。缓如牛步的混乱车阵里，热而无风。途中，我们在卡拉的公寓楼下暂停，卡拉让我上去脱下 T 恤、牛仔裤和靴子，换上正式场合穿的鞋子、剪裁保守的黑色长裤、浆硬的白衬衫与领带。

"眼前我想摆脱的，就是这身打扮。"我埋怨道。

"这身打扮有什么不对？"她问，眼里闪现淘气的神情。

"又痒又不舒服。"

"过一会儿就好了。"

"希望不会有什么意外，我可不想穿着这身衣物被杀掉。"

"其实很适合你。"

"唉，鬼扯，拿我开心。"

"嘿，别这样！"她斥责道，噘起嘴，露出讨人喜欢的得意的笑。她的腔调，说起每个字都珠圆玉润，听得我通体舒畅。我已喜欢上这腔调，觉得这是世上最有趣的腔调。那腔调的抑扬顿挫是意大利式的，形状是德国式的，诙谐和态度是美国式的，颜色是印度式的。"像你这么执意随兴穿着，是浮夸，也是自大。"

"我才没有，我只是讨厌衣服。"

"你并不是讨厌，你喜欢衣服。"

"怎么会？我只有一双靴子、一条牛仔裤、一件衬衫、两件 T 恤、两件缠腰布，这就是我全部的衣服。不穿的时候，就挂在我小屋的钉子上。"

"这就对了。你很爱衣服，因此只穿你觉得恰当的少数几件，受不了穿其他衣服。"

我摆弄刺痒的衬衫领子。

"啊，卡拉，这些衣服实在不对劲。你屋里怎么会有那么多男人的衣服？你的男装比我的还多！"

"跟我住的最后两个男人，走得很匆促。"

"匆促到连衣服都没带走？"

"对。"

"为什么？"

"其中一个……很忙。"她轻声说。

"忙什么？"

"他犯了许多法，大概不希望我谈。"

"你把他赶出去？"

"不是。"

她语气平淡，但明显带着懊悔，我也就不再追问。

"那……另一个呢？"

"你不必知道。"

我很想知道，但她别过头，凝视着窗外，那动作在斩钉截铁地警告我——别再追问。我听人说过卡拉曾跟一个名叫阿曼的阿富汗人同居。有关那件事的传闻不多，我一直以为他们几年前就分手了。我认识她那一年，她已经一个人住在公寓，而直到这一刻，我才理解到，她如何在不知不觉中影响了我对她的个性和她生活方式的看法。她虽然说她不喜欢独处，但我原本一直认为她是那种从未和人同居的人，是那种顶多只让人登门拜访乃至一夜春风的人。

望着她的后脑勺，她的侧脸，她绿披巾底下近乎平坦的胸部，她大腿上握成祈祷手势的细长手指，我无法想象她和别人同居的景象。早餐和不戴保险套做爱、浴室哗啦水声和发脾气、家居生活和半婚姻关系——我无法想象她过起那样的生活。我觉得去想象阿曼，她那个我从未见过的阿富汗同居人，比把她想象成一点也不独来独往……不独立自主的人，更教我觉得自在，阿Q式的自在。

我们坐着不讲话，长达五分钟，出租车跳表装置的缓慢节拍器嘀嗒着在提醒我们的沉默。仪表板上垂下的橘色横布条，表明这位司机和孟买其他许多司机一样，来自北方邦这个印度东北部广土众民的大邦。车子塞在车阵里，行进缓慢，让他有充裕的时间透过后视镜仔细打量我们。他兴致高昂，先前卡拉已用流利的印地语跟他交谈，清楚告诉他该走哪几条街、该在哪里转弯，以到达"皇宫"。我们是外国人，行为举止却像本地人。他决心测试我们。

"他妈的烂交通！"他以粗俗的印地语小声说，仿佛在喃喃自语，但视线一直没离开后视镜，"这个鬼城市今天便秘了。"

"二十卢比小费或许可以好好通一通，"卡拉用印地语回击，"你在干什么，以钟点计算这出租车钱？往前吧，老哥！"

"是，小姐！"司机用英语回答，高兴地大笑，更卖力地在车阵里横冲直撞。

"他是怎么了？"我问她。

"哪个他？"

"跟你同居的另一个男人，没有犯一堆法的那个。"

"死了，如果你一定想知道的话。"她说，紧咬着牙。

"那……他是怎么死的？"

"据说是服毒自杀。"

"据说？"

"对。"她叹口气，别过头去，看着街上来往的行人。

我们沉默了好一会儿，然后我受不了，又开口。

"我身上穿的这套衣服……是哪个人的？犯法的那个，还是死掉的那个？"

"死掉的那个。"

"噢……是哦。"

"我买来给他下葬穿的。"

"该死！"

"该死……什么？"她质问，转头面向我，眉头紧蹙。

"该死……没什么……但这让我想知道你是送到哪家店干洗的。"

"没穿到。他们埋他时，让他……穿的另一套衣服。我买的这一套，最后没派上用场。"

"我知道了……"

"我就说你不必知道。"

"不，不，没事。"我小声而含糊地说，其实心里很歹毒，隐约感到宽慰，宽慰她的前任情人已死，没有人跟我竞争。那时候我太年轻，不知道死去的情人才是最难对付的情敌。"卡拉，我无意找碴，但你不得不承认这有点叫人毛骨悚然。我们要去执行危险任务，而现在我穿着死人的寿衣坐在这里。"

"你太迷信。"

"我才没有。"

"你就是。"

"我才不迷信。"

"你就是。"

"我没有。"

"你有！"她说，对我微笑，那是坐上出租车后她头一次真正微笑，"这世上每个人都迷信。"

"我不想跟你争这个，那可能不是好兆头。"

"别担心，"她大笑，"我们会没事的。喏，你的名片。周夫人喜欢收集名片，她会跟你要。她会留着以备不时之需，但真到那一天，她会发现你早已离开大使馆。"

名片用带纹理的珍珠白亚麻纸制成，字体是优美的黑色斜体浮雕字，上面写着吉尔伯特·帕克，美国大使馆副领事。

"吉尔伯特？"我喃喃说道。

"怎样？"

"所以，万一这出租车撞车，有人把我拖出撞烂的车子，我穿着这身衣服，他们会把我当作吉尔伯特。卡拉，我不得不说，我实在不喜欢这样。"

"唉，眼前你只得委屈一下当吉尔伯特。使馆里的确有个叫吉尔伯特·帕克的人，他派驻孟买的任期今天结束，这是我们挑上他的原因，而他今晚就要回美国，因此万无一失。我想她不会大费周章去查核你的身份，或许会打通电话问问，但她可能连这都不会做。如果她想找你，会通过我。她去年惹上英国大使馆，损失了不少钱。几个月前，有个德国外交官在'皇宫'惹上大麻烦，她付了一些钱打点才摆平。使馆人员是唯一能伤到她的人，所以她不会太过分。只要跟她讲话时客气、坚定就可以了。秀几句印地语，她会认为你应该会几句，这样可以解决你口音的问题。这是我找你帮忙的原因之一，知道吗？你来这里才一年，就学会了不少印地语。"

"是十四个月。"我纠正她，觉得她不够看重我，竟然少算了我来这里的时间，"我初到孟买，待了两个月，在普拉巴克的村子待了六个月，现在在贫民窟待了将近六个月。一共是十四个月。"

"好……好……是……十四个月。"

"我原以为没有人能见到这个周夫人，"我说，希望化解她脸上那满是困惑、不安的皱眉，"你说她很神秘，从不跟人说话。"

"话是没错，但事情没这么单纯。"卡拉说，语气柔和。她的眼神一度陷入回忆，但不久即回过神来，回得明显吃力。"她住在顶楼，需要的东西全叫人送上去，从不出门。她有两个仆人，负责把吃、穿等用品送上去给她。因为大楼里有秘密走道和楼梯，所以即使她在大楼里四处走动，也不会被人看到。她能透过单面透明玻璃镜或金属通风口观察大部分的房间。她喜欢看，有时她隔着屏风跟人讲话。你看不到她，但她看得到你。"

"那别人怎么知道她的长相？"

"看她的照片。"

"她的什么？"

"她叫人替她拍照。每隔约一个月就拍一张，然后发送给她较中意的客户。"

"真怪！"我嘀咕着，其实对周夫人没兴趣，只是想让卡拉继续讲下去。她讲话时我一直看着她的粉红色嘴唇，几天前吻过的嘴唇。那两片完美的嘴唇，说话时一开一合，真是无懈可击。即使她念着一个月前的旧报纸，我还是一样乐于欣赏她说话时的脸庞、眼睛和嘴唇。"她为什么要那样？"

"哪样？"她问，眼睛因这一问眯了起来。

"她为什么要那么神秘兮兮？"

"我想没有人知道。"她拿出两根手工线扎烟卷，点燃，给我一根。她的双手似乎在抖："就像我先前说过的，有太多关于她的古怪传闻。我听人说她发生过车祸，严重毁容，因此不让人看到脸。有人说那些照片经过修改，修掉她的伤疤。有人说她有麻风病或其他病。我一个朋友说根本没有这个人。他说那是骗人的，是个阴谋，以掩护那个真正经营这地方的人和那里的情况。"

"你觉得呢？"

"我……我曾经隔着屏风跟她讲过话。我想她对自己的外貌太自负，病态的自负，因此有点痛恨自己变老。我想她无法忍受一丁点不完美。有些人说她很美。真的，会让你惊艳的美。很多人这么说。从照片看来，她不到二十七或三十，脸上完全没有皱纹，眼下没有黑眼圈，每根乌黑的发丝都很柔顺。我想她太迷恋自己的美，因而绝不愿让人看到她真实的样貌。我想她……有可能自恋得无法自拔。即使她活到九十岁，我想那些每月一拍的照片仍会是那个三十岁的模样。"

"你怎么知道这么多她的事？"我问，"你怎么认识她的？"

"我帮人解决问题，那是我的工作之一。"

"这答案不够充分。"

"你到底需要知道多少？"

这问题很简单，答案也很简单——我爱你，我想知道全部——但她语气尖刻，眼神透着冷淡，我冷了下来。

"卡拉，我无意窥探你的隐私，我不知道这会让你那么敏感。我认识你已经一年多了……没错，我不是每天都见到你，就连每个月见到你也谈不上，但我从没问过你在做什么或如何赚钱维生。我不想让你因此把我想成爱听八卦的人。"

"我撮合人见面，"她说，神情轻松了些，"我让他们有足够的乐子，以便谈成交易。我拿报酬，替人营造达成交易的气氛，给他们想要的东西。其中有些人，其实是许多人，想到周夫人的'皇宫'玩玩。真正叫人费解的是为什么他们那么迷她。她很危险。我想她根本是疯了。但为了见她，他们几乎什么都肯做。"

"你觉得呢？"

她叹口气，一脸恼怒。

"我不能告诉你，那不只是为了玩女人。没错，孟买最漂亮的外籍女郎替她工作，她培养她们一些非常古怪的本事，但即使那里没有性感美女，他们还是会去那里。我搞不懂。我照客户的要求办事，带他们去'皇宫'。有些人甚至像我一样隔着屏风见到她，但我一直搞不清楚，他们离开'皇宫'时，那神情就像是谒见过圣女贞德一样，很兴奋。但我没有，她叫我浑身起鸡皮疙瘩，一直都是这样。"

"你不是很喜欢她，是不是？"

"不止如此，我很讨厌她，林。我很讨厌她，真希望她死掉。"

这次换我退却了。我用沉默裹住自己，像用披巾裹住身子，视线越过她柔美的侧影，望向不时出现的美丽街景。事实上，周夫人的神秘与我何干。那时候，我只关心卡拉交代的任务，对周夫人毫无兴趣。我爱上出租车内坐在我旁边的这位瑞士美女，她就够神秘了。我想了解她，想知道她如何来到孟买落脚，她与古怪的周夫人有何关系，为何从不谈自己。但再怎么想知道她的……一切，我都不能逼她说。我没有权利再追问，因为我也瞒着她，没告诉她我所有的秘密。我骗她，说我来自新西兰，说我没有妻小，甚至没告诉她我的真名。我爱她，因此不得不扯这些谎。她吻了我，那很棒，真的很棒。但我不知道那一吻是代表我们的开始，还是结束。我最盼望的就是这趟任务会让我们成为恋人，希望那足以打破我们各自用秘密和谎言筑起的心墙。

我并未低估她所交付的任务。我知道可能会出差错，说不定得动粗，才能将莉萨救出"皇宫"。我早有准备。我在衬衫下的腰带里塞了一把皮鞘小刀，刀身又长又粗又利。我知道我可以靠一把好刀撂倒两名汉子。过去在狱中，我拿小刀跟人格斗过。小刀虽是古老的武器，但在善使小刀且不怕把刀戳进别人身体的人手中，仍是仅次于枪的厉害武器。坐在出租车里，我不再言语，一动也不动，准备好迎接战斗。那场即将到来的杀戮，在我脑海里预演。到时我要空出左手，把莉萨和卡拉带出或拉出"皇宫"；右手则要撂倒敌人，杀出生路。我不害怕。我知道，如果真要打斗，一旦开始，我会大开杀戒，又砍又戳。

出租车靠着虚张声势，终于冲出堵塞的车阵，在陡斜的高架桥附近较宽阔的街道上加速前行。难得的清风让我们凉快，汗湿而黏垂的头发干爽了几秒钟。卡拉坐立不安，把小烟卷丢出窗外，在她的名牌漆皮侧背包里急切翻找。她拿出一个香烟盒，里面有卷好的大麻烟卷。大麻烟卷颇粗，且往两端愈捻愈细。她点了一根。

"我需要一支更来劲的。"她说，用力吸了一口，大麻的花叶香弥漫出租车内。她抽了几口，然后把大麻烟卷递过来。

"有帮助吗？"

"大概没有。"

那是浓烈的克什米尔大麻。麻醉效力发威，一时之间，我感到胃、颈、肩部肌肉松弛。司机夸张地出声闻嗅，调整后视镜，好把后座看得更清楚。我把大麻烟卷递给卡拉，她再吸了几口，递给司机。

"Charras pitta（你抽大麻）？"她问。

"Ha, munta（对啊）！"他说，大笑，开心接下。他把烟抽到一半，递还给我们。"Achaa charras（上等货）！我有美国音乐，迪斯科音乐，最好的美国迪斯科音乐。你们喜欢听。"

他把卡带咔嚓塞进播放器，把音量开到最大。不一会儿，斯莱兹姐妹组合的歌曲《我们是一家》（We are Family），从我们脑袋后方的喇叭中轰轰传出，震耳欲聋。卡拉大声叫好。司机把音量调到最小，问我们喜不喜欢。卡拉再度高声大叫，把大麻烟卷递给他。他再次将音量转到最大。我们抽大麻，一路唱歌。车外有坐在牛车上的赤脚农村男孩，也有购买计算机的生意人，我们仿佛穿过千年时空。

"皇宫"映入眼帘时，司机靠边，把车停在一间露天饮茶店旁。他挥动拇指指着那方向，告诉卡拉他会在那里等她回来。我认识不少出租车司机，也坐过不少孟买出租车，知道司机主动表示愿意等客人，乃是关心其安危的善意表示，并不只是为了多赚点钱或小费或其他企图。他喜欢她。司机不由自主迷上她，这种怪事不是第一次发生。卡拉年轻貌美，毋庸置疑，但司机这样的反应，多半是被她说起他母语的流利，以及她用那语言跟他打交道的方式给感动。德国出租车司机得知外国人会讲德语，或许很高兴，甚至可能会跟你讲他很高兴，或者一声不吭；法国、美国、澳大利亚的出租车司机可能也是这样。但印度出租车司机要是喜欢上你的别的东西：你的眼睛、笑容或你对车窗边乞丐的反应，他当下会高兴到与你情同莫逆。他会乐于替你办事，不怕麻烦，不惜让自己身陷危险，甚至为你做危险或非法的事。如果你要他载你去的地方是他不喜欢的地方，例如"皇宫"，他会在外头等你，只为确认你平安无事。你可以一小时后出来，完全不理会他，而他会对你笑笑，把车开走，为你平安无事而高兴。这种事，我在孟买碰到过许多次，但在其他城市从没碰到过。那是印度人叫我喜欢的五百个特点之一：他们如果喜欢你，很快就会喜欢，毫不忸怩。卡拉付了车资和讲好的小费，告诉他不必等。但我们都知道他会。

"皇宫"是栋大建筑，有三重正面，三层楼高，临街的窗子都装饰了莨苕叶状的锻花铁窗。这栋建筑比同一条街上其他建筑都要古老，修复过，但未翻新，仍妥善保存旧貌，厚实的石质窗楣和楣梁雕成星形的皇冠状。过去，如此精细的工艺普见于孟买，如今几已失传。建筑的右侧有条小巷，石匠在隅石上尽情发挥手艺，从屋檐到墙底的第二颗隅石，都雕琢得像宝石一样。三楼的阳台用玻璃围住，横跨整个立面，里面的房间用竹帘遮住。建筑的外墙是灰色的，门是黑色的。叫我意外的是，卡拉伸手碰门，门即打开，我们随即进入。

我们走在一条凉爽的长廊上，比阳光下的街道暗，百合花状的玻璃灯深处，映射出柔和的光线。墙上贴了壁纸，这在潮湿的孟买很罕见，上头重复出现的橄榄绿与肉粉红康普顿图案，出自威廉·莫里斯之手。长廊里弥漫着焚香和花香，四周是紧闭的房间，隔音垫隔出的沉默透着古怪。

一名男子站在走廊上，面向我们，十指轻松交扣在身前。那人高而瘦，深褐色的细发紧扎在后脑勺，编成一条长辫，垂至臀部。他没有眉毛，但睫毛很浓，浓到让我觉得一定是假睫毛。苍白的脸上，从嘴唇到尖下巴，画了一些螺旋和涡卷形的图案。他身穿黑色长衫和黑色丝质薄宽松裤，脚穿素色塑料凉鞋。

"哈罗，拉姜。"卡拉跟他打招呼，口气很冷淡。

"Ram Ram，卡拉小姐。"他用印地语的寒暄语回应，声音尖细，带着不屑，"夫人立刻会见你，你就直直往前走，我会送上冷饮。你知道路。"

他往旁边一站，伸手指着走廊尽头的楼梯。他那只手的手指上，有以指甲花染剂涂上的彩绘。那是我所见过最长的手指。走过他身旁时，我才知道他下唇和下巴上的涡卷图案其实是刺青。

"拉姜真叫人毛骨悚然。"我们上楼时，我小声说道。

"周夫人有两个私仆，他是其中之一。他是个太监，阉伶，实际作为比表面上看起来恐怖得多。"她小声说，一脸神秘。

我们走过宽阔的楼梯来到二楼，厚地毯、巨大的柚木楼梯端柱和楼梯扶手，吸掉我们的脚步声。墙上有加框照片和画作，全是人像。经过这些人像时，我觉得在我们周遭那些紧闭的房间里，另有活着的、会呼吸的人。但静悄悄的，一点声音也没有。

"真是静。"我们在某个房门前停下时，我说。

"现在是午睡时间。每天下午，两点到五点。但平常没这么静，因为她知道你要来。准备好了？"

"我想是吧。"

"那就上了。"

她敲了两下门，转动门把，我们进去。方正的小房间里，只有地毯、拉下的蕾丝窗帘、两只扁平大坐垫，没其他东西。卡拉抓住我的手臂，带我朝坐垫走去。傍晚灰暗的阳光，隔着奶油色蕾丝窗帘透进来。墙上空荡荡的，漆成黄褐色，有一面约一平方米大的金属栅栏，嵌在一面墙上，紧邻下方的护壁板。我们跪坐在垫子上，面对栅栏，仿佛是前来告解。

"卡拉，你让我不爽。"声音从栅栏后面传出。我大吃一惊，往金属栅栏里面瞧，但后面一片漆黑，什么都看不见。她坐在那黑暗的空间里，形同隐形。"我不喜欢不爽，你知道的。"

"爽是个迷思，"卡拉很不高兴，厉声回击，"爽是人刻意制造出来的，目的是让我们掏钱买东西。"

周夫人大笑。那是发自支气管、咯咯的笑，是在兴头上泼人冷水、让人兴致全消的笑。

"啊，卡拉啊卡拉，我想念你。但你忽视我，已经好久没来看我。我想你还在为阿曼和克莉丝汀的不幸怪我，尽管你信誓旦旦说没有。你那么忽视我，我怎么能相信你不恨我？而现在你想夺走我最喜爱的东西。"

"是她父亲想带走她，夫人。"卡拉回答，语气稍缓和。

"是吗，父亲……"

她说父亲那字眼时，仿佛那是个极可鄙的侮辱。她的声音粗嘎得教我们全身不舒服，那得抽不少烟，且抱着特别恶毒的心在抽，才能发出那种声音。

"卡拉小姐，你的饮料。"拉姜说。我吓得差点跳了起来，因为他悄无声息地来到我身后。他弯下腰，把盘子放在我与卡拉之间的地上。我盯着他微微发光的黑色眼睛瞧了一会儿。他面无表情，但眼神却清楚表露他的心情。那是冷淡、毫无掩饰、无法理解的恨。我着迷于那眼神，困惑且不可思议地感到羞愧。

"那是你的美国人？"周夫人说，叫醒我的迷茫。

"是的，夫人。他叫帕克，吉尔伯特·帕克。他是使馆的人，但这当然不是官方访问。"

"当然。把名片给拉姜，帕克先生。"

命令的语气。我从口袋里拿出名片，递给拉姜。他捏着名片边缘，仿佛怕弄脏，后退着步出房间，关上门。

"帕克先生，卡拉打电话来时没告诉我，你在孟买待多久了？"周夫人问我，改用印地语。

"没有很久，夫人。"

"你的印地语讲得很溜，不简单。"

"印地语是美丽的语言，"我回答，用了普拉巴克教我背下的常用字句，"是音乐与诗的语言。"

"也是爱与钱的语言。"她忍不住低声暗笑，"正陷入爱河吗，帕克先生？"

　　来之前我绞尽脑汁，思索她会问我什么，却没料到她会问这问题。而在那一刻，大概没有其他问题更让我心神不宁。我望着卡拉，但她低头盯着双手，未给我暗示。我不知道周夫人问这问题有何用意。她不是问我已婚还是单身，已订婚还是有女朋友。

　　"陷入爱河？"我小声而含糊地说，听着像是在用印地语念咒语。

　　"是啊，男女情爱。你的心迷失在梦中女人的脸中，灵魂迷失在梦中女人的身体里。情爱，帕克。你现在身陷爱河？"

　　"对，没错。"

　　我不知道为什么这么说。当下我更强烈地觉得，跪在金属栅栏前的我是在告解。

　　"亲爱的帕克先生，你真是可怜。你当然是爱上了卡拉。她就是利用这一点，让你替她做这件小事。"

　　"我向你保证——"

　　"不必了，帕克先生，我来告诉你。或许莉萨的父亲真的想见他女儿，或许他有权力在背后操控。但是，是卡拉说动你来做这件事的，我很确定。我了解我亲爱的卡拉，我知道她的作风。永远都不要以为她会因此而爱你，以为她会信守对你的任何承诺，以为这份爱会带给你任何东西，就是不会带来伤心。帕克先生，我把你当朋友才跟你说，这是送给你的小礼物。"

　　"我无意冒犯，"我说，紧咬着牙，"但我们来此是为了谈莉萨·卡特的事。"

　　"当然。如果让我的莉萨跟你们走，她会住在哪里？"

　　"我……我不清楚。"

　　"你不清楚？"

　　"对，我……"

　　"她会住在——"卡拉开口。

"闭嘴，卡拉！"周夫人厉声说，"我在问帕克。"

"我不知道她会住哪里，"我答，竭力显得坚定，"我想那是她的事。"

接下来，栅栏两边陷入长长的沉默。对话渐渐变成在考验我听说印地语的本事，我渐感吃力，茫然若失。情势看来不妙。她问了我三个问题，而其中两个我答得支支吾吾。在那个陌生的世界里，卡拉是我的向导，但她似乎和我一样困惑，方寸大乱。周夫人叫她闭嘴，她乖乖照办，我从没看过她那么温顺，甚至没想过。我拿起杯子，喝了几口加了冰块的印度酸橙水，里面加了像是辣椒粉的东西。金属栅栏后的幽暗房间里有人影晃动、窃窃私语。我怀疑拉姜和她在一块。我看不清楚。

她开口。

"陷入爱河的帕克先生，你可以带莉萨走。如果她决定回来跟我，我不会拒她于门外。懂我的意思吗？她如果回来，可以留下，到时候如果你再为这事来烦我，我会不高兴。当然，你可以免费享用我们的许多乐子，随时欢迎你来做客。我希望看到你……放松。或许，卡拉跟你结束后，你会想起我的邀请。与此同时，切记，莉萨一旦回来我身边，就是我的人。这事，就在今天，此时此刻，由我们两人一起了结。"

"是，我懂，谢谢夫人。"

心中大石落下。我觉得元气大伤。我们赢了，搞定了，卡拉的朋友可以跟我们走。

周夫人又开始讲话，讲得很快，用另一种语言。我猜是德语。语调听起来刺耳，透着凶恶、愤怒。但那时我不会说德语，那些话的意思或许没有我听来那么刺耳。卡拉偶尔回应，但不是回答 Ja（是），就是回答 Natürlich nicht（当然）。她左右摇摆，盘腿向后靠着坐，双手放在大腿上，眼睛闭着。我看着她，她哭了起来。泪水从她紧闭的眼睑滑下，像祈祷链上的无数念珠。有些女人很容易哭，泪水像太阳雨时落下的芬芳雨滴那般轻盈，让脸蛋清丽、干净，几乎是光彩照人；有些女人则是大哭，所有秀美可人的特质全消失在那大哭的苦楚中。卡拉是这样的女人。在她那一行行泪水和不堪折磨而皱起的脸上，有着极端的苦楚。

　　栅栏后面，继续传来沙哑的声音，那话语满是丝音和清脆的字词。卡拉轻轻摇摆身子，完全无声地啜泣。她张开嘴，然后无声闭上。一滴圆滚的汗水从她太阳穴处滑下，滑过她脸颊的两侧；上唇也沁出汗珠，随即汇入泪水之中。然后，金属栅栏后方没有动静，没有声音，没有动作，甚至没有人在的迹象。她紧咬牙关，不让自己哭出声来，身体因压抑而颤抖。她双手掩面，停止哭泣。

　　她一动也不动，伸出一只手碰我，手放在我大腿上，然后规律地微微下压。面对受惊吓的动物时，她可能就以这温柔、安慰的动作安抚。她盯着我，但我不确定她是在问我事情还是在告诉我事情。她呼吸急促而用力，绿色眼睛在阴暗的房间里几乎是黑色的。

　　刚刚发生的事，我一头雾水。我听不懂噼里啪啦那一串德语，不知道卡拉和金属栅栏后面那个声音之间发生了什么事。我想帮她，但不知道她为什么哭，知道大概有人在监视我们。我站起身，扶她起来。她把脸靠在我胸膛一会儿。我双手放在她双肩，稳住她慢慢将她推开。然后门打开，拉姜进来。

　　"她准备好了。"拉姜细声细语说。

　　卡拉掸一掸宽松长裤的膝盖处，拾起包包，走过我身旁，朝门口走去。

　　"来，"她说，"会谈结束了。"

　　我旁边地板上的织锦坐垫上，还留着卡拉膝盖压出的碗状凹痕。我朝凹痕望了一会儿，觉得疲惫、愤怒及困惑。我转身看到卡拉和拉姜在门口盯着我，一脸不耐烦。我跟着他们走过"皇宫"的一条条走廊，愈走愈是火大。

　　拉姜带我们到某条走廊尽头的房间。房门开着，房间里装饰着电影大海报，包括劳伦·白考尔在《江湖侠侣》、皮耶尔·安杰利在《回头是岸》，还有肖恩·杨在《银翼杀手》里的剧照。一个非常漂亮的年轻女子坐在房间中央的大床上，金色头发长而浓密，发梢卷起。天蓝色的眼睛很大，分得出奇地开；皮肤是粉红色的，毫无瑕疵，嘴唇涂成深红色。她咔嚓关上手提箱和化妆箱，放在她脚边的地板上，脚上穿着金黄色拖鞋。

"早该来了，你们迟到了，我等得快抓狂。"她嗓音深沉，加州腔。

"吉尔伯特得换衣服，"卡拉答，带着她一贯的镇静，"而且交通，到这里的交通——你不会想知道。"

"吉尔伯特？"她厌恶地皱起鼻子。

"说来话长。"我说，没笑，"你准备好走了吗？"

"我不知道。"她说，望着卡拉。

"你不知道？"

"嘿，去你妈的蛋，老兄！"她勃然大怒，突然发火痛骂我，火气大得让我看不见那背后的恐惧。

"干你什么事？"

碰到这种不识好人心的人，特别让人生气。我气得咬牙切齿。

"喂，你走还是不走？"

"她说可以？"莉萨问卡拉。两个女人望向拉姜，然后望向他身后墙上的镜子。他们的表情告诉我，周夫人在看着我们，听我们讲话。

"可以，她说你可以走。"我告诉她，希望她不会批评我那口不地道的美国腔。

"真的？不是鬼扯？"

"不是。"卡拉说。

那女孩迅速站起身，抓住她的包包。

"好，那我们还等什么？趁她还没他妈的反悔，赶快离开这个鬼地方。"

拉姜在临街的大门口拦住我，递给我一只封缄的大信封。他再次用那叫人迷惑的恶毒眼神盯着我的眼睛，然后关上门。我赶上卡拉，把她拉转过身面对我。

"那是怎么回事？"

"你在说什么？"她问，露出浅浅微笑，试图显得春风得意，"办到了，我们把她救出来了。"

"我不是在说那个，我是在说你和我，说周夫人在那里玩的那个怪把戏。卡拉，你哭得稀里哗啦的，那是怎么回事？"

她瞥了一眼莉萨。莉萨站在她身旁，一脸不耐烦，尽管傍晚的阳光不强，但她还是用手给眼睛遮阳。卡拉再度看着我，绿色眼睛透着困惑和疲倦。

"我们非得在这时候、在大街上谈这件事吗？"

"不必，没必要！"莉萨代我回答。

"我不是在跟你讲话。"我大吼道，不看她，只盯着卡拉的脸。

"你也不该跟我讲话，"卡拉说，语气坚定，"不该在这里，在这时候。走就是了。"

"这是什么意思？"我质问。

"你反应过度，林。"

"我是反应过度！"我说，几乎大叫地说，正落实着她的说法。我生气，生气她隐瞒了那么多事，生气她没给我充分的准备，就仓促推我上阵。我难过，难过她不够信任我，因而未把全盘事实告诉我。

"可笑，真是可笑。"

"这个死浑蛋是谁？"莉萨咆哮。

"闭嘴，莉萨。"卡拉说，一如几分钟前周夫人对她所说。莉萨的反应一如当时的卡拉，愠怒，但乖乖闭嘴。

"林，我现在不想跟你谈这个。"卡拉说，转身对着我，摆出强硬、不情愿的失望表情。人靠着眼睛所能做的伤人至深的事不多，我不想见到这样的眼神。街上的路人在我们附近停下，大剌剌盯着我们，偷听我们讲话。

"哎，除了把莉萨弄出'皇宫'，我知道还有不少隐情。那是怎么回事？她怎么……你知道的，她怎么知道我们俩的事？我是去扮一个大使馆的人，结果她却一开始就谈起我爱上你的事，我搞不懂。还有，阿曼和克莉丝汀是谁？他们发生了什么事？她在说什么？前一刻你一副坚不可摧的模样，后一刻，那个怪夫人噼里啪啦讲起德语或什么话，你就崩溃了。"

"其实是瑞士德语。"她厉声说，紧咬的牙齿闪现一丝怨恨。

"瑞士、中国，那又如何？！我只想知道到底是怎么回事，我想帮你，我想知道……唉，我在干什么。"

更多人停下来看好戏。有三个年轻男子站得很近，彼此肩靠肩，呆呆望着我们，好奇得肆无忌惮。载我们来的出租车司机站在出租车边，距我们五米。他把手帕缠在手上，当成扇子扇风，微笑地看着我们。他比我以为的要高得多：身材高而瘦，穿着极贴身的白衬衫和长裤。卡拉回头瞥他一眼。他用红色手帕擦了擦唇髭，然后把它当成领巾系在脖子上。他对她微笑，坚固而洁白的牙齿闪闪发光。

"你该站着的地方是这里，'皇宫'外面的街上。"卡拉说。她生气、难过又坚强，在那一刻比我还坚强。我几乎要为此恨她。"我该坐的地方是出租车里，我要去的地方不干你鸟事。"

她走开了。

"你是在哪里弄来那个家伙的？"她们走向出租车时，我听到莉萨说。

出租车司机向她们打招呼，开心地左右摇头。她们坐在出租车里，车子开过我身旁，车里在播放《爱的高速公路》，她们在大笑。我脑海里突然浮现一幅令我难堪的画面，出租车司机、莉萨、卡拉，全光着身子。我知道那不可能，那很可笑，但我心里就觉得难堪，一股熊熊怒火沿着将我与卡拉连在一块的那条时间与命运之线阵阵涌来。然后我想起我的靴子和衣服还留在她的公寓。

"嘿！"我朝着正在倒车的出租车大叫，"我的衣服！卡拉！"

"林先生？"

有个男子站在我旁边。他的面孔很眼熟，但我一下子想不起来是谁。

"什么？"

"阿布德尔·哈德汗想见你，林先生。"

听到哈德汗这名字，记忆随之复活。那是纳吉尔，哈德拜的司机。那部白车就停在附近。

"你……你怎么……你在这里做什么？"

"他要你现在就过去。我开车。"他以手势指着那车，往前两小步鼓励我。

"不用了，纳吉尔。我今天忙坏了。你可以告诉哈德拜说——"

"他要你现在就过去。"纳吉尔板着脸说。他不笑，我觉得如果不想上那车子，大概得跟他打一架。那时候，我很生气、困惑且疲累，因而还真有那么片刻考虑这么做。我心里想，从长远来看，跟他打一架说不定会比跟他走少花点力气。但纳吉尔绷紧面孔，露出极度痛苦的专注神情，出奇客气地讲话："哈德拜说，请你过来，就像这样，哈德拜说——林先生，请过来见我。"

"请"这个字，他说得很别扭。很明显，在他眼中，老大阿布德尔·哈德汗都是以命令口气对人，别人接到命令，无不心怀感激迅速照办。但这一次，哈德汗交代任务时，却要他以请求，而非命令的口气，带我过去。他说英文的"请"字时明显吃力，显示他是费了一番功夫背下来的。我想起他在市区开车时，可能一路喃喃念着这个外国字，不自在，不高兴，仿佛在念其他宗教的祷文。他的"请"字虽说得别扭，却打动了我。我微笑表示认输，他露出宽慰的神情。

"好，纳吉尔，好，"我叹口气，"我们去见哈德拜。"

他伸手要开后车门，但我坚持坐前座。车子一驶离人行道边，他即打开收音机，转大音量，或许想免去交谈。拉姜给我的信封仍在我手上，我翻转信封，检视正反面。手工纸，粉红色，约杂志大小。上头一片空白，没写任何字。我撕开一角，打开，发现里面是张黑白照片，是张室内照。房间里灯光昏暗，摆了许多不同年代、不同文化的昂贵装饰品。在那刻意凌乱摆放的物品中，有个女子坐在类似宝座的椅子上。她穿着长及地面、盖住双脚的晚礼服，一只手放在椅子扶手上，另一只手摆出国王的挥手动作或优雅的斥退下属动作；发色乌黑，发型经过精心打理，垂下的长发卷衬托了她圆滚而有些丰腴的脸；杏眼直视镜头，眼神带着吃惊的愤慨，让人觉得有点神经质；樱桃小嘴坚定地嘟起，把她柔弱的下巴往上拉。

美丽的女子？我不觉得。那盯着人的脸蛋，散发出多种不讨人喜欢的特质——高傲、怨恨、惊恐、骄纵、自恋。照片中的女人给人这些印象，还有其他更不讨人喜欢的印象。但照片中还传达了别的东西，比那讨人厌的脸更叫人反感、寒心的东西。她在照片底部，印了如下一行红色大字：周夫人现在很开心。

第十四章

"林先生，请进，请进。不，请坐这里，我们等你好久了。"阿布德尔·哈德汗挥手要我坐在他左手边。我在门口甩掉鞋子，另已有几双凉鞋和鞋子放在那儿。我按照哈德汗的指示，坐在那个长毛绒丝质坐垫上。房间很大，我们九个人围着矮大理石桌坐成一圈，只占去房间的一个角落，地板铺了乳白色五角光滑瓷砖。我们围坐的那个角落，还铺了方形伊斯法罕地毯。墙壁和拱顶状的天花板装饰了淡蓝色与白色的镶嵌画，呈现出云朵飘浮空中的效果。两座明拱连接这房间与宽阔的走道，三面下附座椅的观景窗可俯瞰种满棕榈树的庭院。窗框皆饰以雕柱，柱头上有伊斯兰教宣礼塔状的圆顶，上头刻了阿拉伯字母。哗哗作响的喷泉水声从窗外的庭院某处传到我们的耳际。

那是个气派而朴素的房间，唯一的家具是那张大理石矮桌和围着石桌、等距摆置在地毯上的九个坐垫，唯一的装饰是一幅画框，呈现以黑颜料和金叶绘贴而成、麦加大清真寺广场中央的石殿。但八名男子在那朴素简单的房间里或坐或斜躺，似乎很自在，而他们想要什么风格，当然可以自己全权做主，因为他们掌握了一个小帝国的财富与权力，一个作奸犯科的帝国。

"林先生，有没有觉得清爽多了？"哈德拜问道。

这座建筑位于董里区的纳比拉清真寺旁，我一来到这儿，纳吉尔立刻带我到设备齐全的大浴室。我蹲了马桶，然后洗了脸。在那个年代，孟买是全世界最脏的城市。它不只热，还潮湿得让人浑身不舒服，在每年无雨的八个月里，空气中还时时飘着肮脏的灰尘；灰尘落下，让每个无遮掩的表面都脏兮兮的。只要走在街上半小时，用手帕往脸上一抹，上头就会出现一条条黑污。

"谢谢，是的。我来的时候觉得很累，但现在，因为礼貌接待和盥洗设备，我又恢复了精神。"我用印地语讲，绞尽脑汁想在这短短一句中传达幽默、见识与善意。人总是要到不得不结结巴巴说起别人的语言，才知道说自己的语言是人生何等的快事。好在哈德拜说的是英语，这让我如释重负。

"请说英语，林先生。我很高兴你在学我们的语言，但今天我们想练练你的母语。在座每个人说、读、写英语的能力，都有一定的程度。拿我来说，我学过印地语、乌尔都语，也学过英语。事实上，我想事情时常不知不觉先用起英语，再用其他语言。我的好朋友埃杜尔，坐在你附近的那一位，我想，大概会把英语当作他的第一语言。而在座所有人，不管学到什么程度，都热衷学英语。这对我们至关重要。今天晚上我请你来这里的原因之一，就是让我们可以享受跟你——以英语为母语的人——说英语的乐趣。今晚是我们每月一次的谈话会，我们这一小群人要谈的是——慢着，我应该先介绍大家给你认识。"

他伸出手，亲切地搭在他右手边老人的粗壮前臂上。那老人身材壮硕，身穿绿色灯笼裤和无袖长上衣，一身阿富汗传统打扮。

"这位是索布罕·马赫穆德——林，介绍过后，我们都以名字相称，因为在座所有人都是朋友，对不对？"

索布罕摇摆他花白的头，向我致意，冷冷探问的眼神盯着我，或许怕我不知道以名字相称所暗暗表示的敬意。

"他旁边那位面带微笑的壮汉，是我来自白沙瓦的老朋友埃杜尔·迦尼。他旁边是哈雷德·安萨里，来自巴勒斯坦。他旁边的拉朱拜来自圣城瓦拉纳西。你有没有去过？没有？那你最好早点找个时间去看看。"

拉朱拜是个体格粗壮的秃头男子，灰白的唇髭剪得很整齐。听了哈德拜的介绍，他微笑致意，然后转身向我双手合掌，默默向我致意。他的眼睛在他指尖上方，精明而带着提防之意。

"我们的拉朱兄旁边，"哈德拜继续介绍，"是凯基·多拉布吉。二十年前，他和其他印度裔帕西人，因为桑给巴尔岛上爆发民族主义运动，而被迫离开该岛，来到孟买。"

多拉布吉个子很高，但很瘦，年纪五十五岁上下。他转头，黑色眼睛看着我，那表情似乎深陷在极度痛苦的忧伤中，令我不由得回以安慰性的浅浅微笑。

"凯基兄的旁边是法里德。他是我们这群人里年纪最小的，也是我们之中唯一的马哈拉施特拉本地人，因为他在孟买出生，但他的父母来自古吉拉特。坐你旁边的是马基德，在德黑兰出生，但已经在我们的城市里住了二十多年。"

一个年轻仆人端着盘子进来，盘上有玻璃杯和一只盛着红茶的银壶。他从哈德拜的杯子开始倒茶，我是最后一个。他离开房间，不久又回来，把两碗拉杜（ladoo）圆球甜点和巴菲（barfi）炼乳糕点放在桌上，然后再度离开房间。

紧接着有三名男子进来，在我们一段距离外的另一张地毯上坐下。哈德拜向我一一介绍，一个叫安德鲁·费雷拉，果阿人，另两位是萨尔曼·穆斯塔安和桑杰·库马尔，都是孟买人。但介绍过后，三人未再开口讲话。他们似乎是地位低于帮派联合会成员一级的年轻帮众，受邀来聆听会议，但不发言。他们的确在聆听，非常专心地听，同时紧盯着我们。我常常一转头，就看见他们盯着我，那是我在牢里非常熟悉的眼神，那种正经八百盯着人打量的眼神。基于行家的揣测，他们在打量我是否值得信任，打量不用枪干掉我会有多棘手。

"林，在夜间谈话会上，我们通常会讨论一些主题，"埃杜尔·迦尼以清脆利落的 BBC 腔调英语说，"但首先，我们想听听你对这个有什么看法。"

他伸出手，把摆在桌上的一卷海报推给我。我打开海报，把用大黑体印成的四段文字从头到尾看一遍。

萨普娜

孟买人民，倾听你们王的声音。你们的梦想就要实现，而我，萨普娜，是你们的王，梦想的王，流血的王。我的子民，你们的机会已经来了，你们苦难的锁链就要解除了。

我来。我就是法。我的第一道命令是要你们睁开眼睛。我要你们看到自己在挨饿，而他们在浪费食物；我要你们看到自己一身破烂，而他们绫罗绸缎；我要你们看到自己住在贫民窟，而他们住在大理石和黄金构筑的宫殿。我的第二道命令是杀光他们，用残暴的手段杀光他们。

你们应当如此行，为的是纪念我，萨普娜。我即是法。

后面还有，还有很多，但全是老调重弹。最初那让我觉得可笑，我不由得笑了起来。房里的鸦雀无声和他们转头狠狠盯着我的眼神，使我的笑变成苦笑。我意识到他们把这看得很严肃。我不知道迦尼的用意，只能拖延时间，于是我把那篇狂妄、可笑的东西再读了一遍。读着读着，我想起有人在天空之村，在二十三层楼的墙壁上，写上了萨普娜的名字。我想起普拉巴克和强尼·雪茄说过的，以萨普娜之名干下的残酷杀人案。房间里仍是鸦雀无声，众人一脸严肃地期盼我讲话，叫我惴惴不安。我手臂上的寒毛直竖，一道冷汗沿着背脊慢慢流下。

"林，然后呢？"

"什么？"

"你怎么看？"

房里实在太安静，静到我可以听到自己吞口水的声音。他们想听听我的看法，认为会是高明的看法。

"我不知道该说什么。我是说，那太可笑、太愚蠢，叫人难以相信。"

马基德咕哝一声，放声清喉咙，皱着黑浓的眉毛，黑色眼睛怒目而视。

"把人从腹股沟到喉咙一刀切开，然后把那人的内脏和血散落房里各处，如果你说这严重，那就是严重。"

"萨普娜干这样的事？"

"他的手下干的，林，"埃杜尔·迦尼替他回答，"上个月，有一桩，还有至少六桩类似那样的杀人案。其中有些人死得更恐怖。"

"我听人讲过萨普娜的事，但我以为那只是传说，像是都市传说。我没有在哪份报纸上看过这类事情的报道，而我每天都会看报纸。"

"这件事被滴水不漏地封锁了，"哈德拜解释道，"政府和警方要求报社合作。报社把那些凶杀案当作各不相干的消息报道，当作彼此毫无关联的单纯抢劫杀人案报道。但我们知道那是萨普娜的手下干的，因为凶手用受害者的血在墙上和地板上写上'萨普娜'这字眼。攻击的手法非常凶残，但受害者被抢走的值钱东西不多。目前，萨普娜的事还未正式公诸大众，但每个人迟早都会知道他，知道以他名义所干下的事。"

"而你……你不知道他是谁？"

"我们对他很感兴趣，林，"哈德拜答，"你对那张海报有什么看法？那东西出现在许多市场和贫民窟里，而且如你所见，那是用英语写的，你的语言。"

最后那四个字，让我隐隐感到责骂之意。我虽然和萨普娜没有任何瓜葛，对他几乎一无所知，却为那个完全不相干的人而愧疚脸红。

"我不知道，我想在这上面我帮不上忙。"

"快，林，"埃杜尔·迦尼责怪道，"你一定有一些感受，一些想法。没要你负什么责任，别害羞，就说说你最初浮现的想法。"

"好吧，"我勉强说，"首先，我觉得这个叫萨普娜的人，或者写这海报的任何阿猫阿狗，可能是基督徒。"

"基督徒！"哈雷德大笑。哈雷德年轻，可能有三十五岁，头发黑而短，眼睛绿而温和。一道粗疤，呈平顺的弧线，从左耳划到左嘴角，让那半边脸的肌肉显得僵硬；黑色头发已出现早生的灰、白发丝。那是张聪明而敏感的脸，怒气和恨意在他脸上所划下的疤痕，比脸颊上那道刀疤更鲜明。"他们照理要爱敌人，而不是把敌人开肠破肚！"

"让他说完，"哈德拜微笑，"继续说，林，你为什么认为萨普娜是基督徒？"

"我没说萨普娜是基督徒，只是说写那东西的人使用基督教的语句。瞧，这里，第一个部分，他说'我来'，还有'你们应当如此行，为的是纪念我'，这些都可以在《圣经》里找到。还有这里，第三段'我是他们谎言世界里的真理，我是他们贪婪黑暗里的光明，我的流血是你们的自由'——他在改写《圣经》的语句。'我就是道路、真理、光明'也见于《圣经》。然后，在最后几行，他说'杀人的人有福了，因为他们将以我之名偷得生命'——这来自《登山宝训》。全来自《圣经》，这里面大概还有出自《圣经》的句子，只是我认不出来。但那些字句全给调换过位置，仿佛那个写下这东西的家伙，草草读了点《圣经》，然后颠倒着写出来。"

"颠倒着写？请解释一下。"马基德说。

"我是说那和《圣经》语句的观念相反，但使用同一种语言。他写的东西，意义和用意完全和原文相反，有点像是把《圣经》颠倒过来解释。"

我本可再细加解释，但埃杜尔·迦尼突然结束这个话题。

"林，谢谢。你帮了很大的忙，但我们还是换个话题。我个人实在不喜欢谈这个萨普娜疯子，那让人很不舒服。我会提出这问题，完全是哈德汗的意思，我必须照办。但这话题我们真的该到此为止。如果今晚不谈我们自己的题目，以后会完全没机会。所以，抽根烟，谈谈别的事。我们的惯例向来由客人先，你赏个光？"

法里德起身，把一根装饰华丽的大水烟筒和六条蛇形通条，放在我们与桌子间的地板上。他把烟管分送出去，蹲在水烟筒旁边，手拿火柴，准备点燃。其他人用拇指封住各自的烟管，法里德在郁金香球茎状碗的上方点起火，我吸烟管点燃碗中的烟草。那是混合了大麻胶与干大麻花、叶的东西，当地人根据恒河和贾木纳河两条圣河，将它取名为恒·贾木纳。那东西的麻醉效果很强，烟从水烟筒经烟管猛灌入肺中，我布满血丝的眼睛几乎立即一片茫茫。我感觉到温和的迷幻效果：其他人的面部轮廓变得模糊，他们的一举一动在我眼中像是变成慢动作。卡拉称那感觉是刘易斯·卡罗尔[1]。她常说，非常迷幻，迷幻到我开始刘易斯·卡罗尔。从烟管吸进的烟太多，我吞进去又吐出来。我封住烟管，迟缓地看着其他人一个接一个地抽。我脸部肌肉松软无力，不由自主地咧嘴傻笑。等我刚开始控制住傻笑，又轮到我抽。

现场气氛严肃，没有大笑或微笑，没有交谈，每个人都不和别人眼神交会。这群人抽水烟筒时沉闷、正经而冷漠，那神情就和在满是陌生人的电梯里会见到的一样。

"现在，林先生，"在法里德拿走水烟筒，开始清理碗中烟灰时，哈德拜慈祥微笑道，"由客人替我们定讨论的题目，也是我们的惯例。通常是宗教题目，但没有强制规定。你想谈什么？"

"我……我……我不清楚你的意思？"我结结巴巴，脚下地毯上重复出现的不规则碎片图案，叫我的脑子无声爆开。

"给我们一个主题，林。生与死，爱与恨，忠诚与背叛。"埃杜尔·迦尼解释，每说一个对句，就用他胖乎乎的手在空中软趴趴地画个小圈子，"我们这里像个辩论社。我们每个月见面至少一次，公事和私

---

① 刘易斯·卡罗尔（Lewis Carroll），《爱丽丝漫游仙境》的作者。

事办完时，我们谈哲学问题和诸如此类的题目。那是我们的消遣。现在，我们有你。英国人，用你的语言，给我们一个讨论题目。"

"我其实不是英国人。"

"不是英国人？那是哪里人？"马基德问，皱起的眉头里满是深深的怀疑。

这问题问得好。我贫民窟背包里的假护照，说我是新西兰公民；我口袋里的名片，说我是名叫吉尔伯特·帕克的美国人；桑德村民替我改名项塔兰；在贫民窟，他们叫我林巴巴。我祖国里有不少人认得我是通缉公告上的人犯。但我问自己：那是我的国家吗？我有国家吗？

直到如此自问，我才意识到自己已有答案。我如果有国家，心灵归属的国家，那是印度。我知道自己是个难民，是个无家可归、无国可依的人，一如已自断一切退路来到孟买的成千上万阿富汗人、伊朗人与其他人；一如已放掉希望，着手把过去埋葬在自己生命土壤里的流亡者。

"我是澳大利亚人。"我说。自抵达印度以来，这是我第一次坦露真实身份。直觉告诉我要对哈德拜坦白，我照直觉行事。奇怪的是，我觉得那比我用过的任何化名更像个谎言。

"真有意思。"埃杜尔·迦尼说，扬起一边眉毛，向哈德拜点一点头，显出见多识广的模样，"那你要谈什么主题，林？"

"什么主题？"我问，拖延时间。

"是啊，由你决定。上星期我们讨论爱国精神——人对真主应尽的义务，人应该为国家做的事。很吸引人的题目。这星期你要我们讨论什么？"

"呃，那张萨普娜的海报中，有这么一行句子……我们的苦难是我们的宗教，差不多是如此。那让我想起别的事。几天前，警察又来拆掉贫民窟中的一些屋子。看着拆除作业时，我附近的一个女人说……我们的本分是工作，还有受苦。印象中差不多是这么说的。她说得非常平静而简单，仿佛她已接受那本分，已认命，已完全理解那本分。但我不懂，我想我永远不会懂。因此，我们或许可以谈谈这个，谈人为什么受苦，坏人为什么受那么少苦，好人为什么受那么多苦。我是说，我不谈自己，不谈我受过的所有苦。我受过的苦，大部分是我自找的。老实说，我带给别人许多苦，但我仍然不懂，特别是不懂贫民窟居民所受的苦。因此……受苦。我们可以谈这个……你们觉得呢？"

我有点没自信，愈说愈小声，讲两句就迟疑一下，最后我的提议迎来的是全场鸦雀无声，但过了一会儿，哈德拜投来亲切肯定的微笑。

"好题目，林，我就知道你不会让我们失望。马基德拜，你打头阵，先发表你的看法。"

马基德清清喉咙，对东道主投以生硬的一笑。他用拇指和食指抓抓浓眉，然后以那种很惯于发表意见者的自信突然放言高论。

"受苦，我想想。我认为受苦是个人选择的问题。人如果够坚强，能否认苦的存在，这辈子就没必要受苦。强者能完全掌控自己的情感，因而几乎不可能受苦。人真的痛苦时，例如疼痛之类的，那就表示那人已失去自制。因此我要说苦是人类的软弱表现。"

"Achaa-cha。"哈德拜小声地说，使用印地语"好"字的重复形式，意思是对，对或好，好，"你的有趣观点让我想问，坚强从哪里来？"

"坚强？"马基德低声说，"每个人都知道那是……嗯……你说什么来着？"

"没事，老兄。只是，人的坚强是不是有一部分来自受苦？受苦是不是会让人更坚强？没有碰过真正的困难、没有真正受过苦的人，不可能有受过许多苦难的人的那种坚强，不是吗？如果没错，那不就表示你的论点和说人软弱才会受苦，人受苦才会坚强，因此人要软弱才会坚强，没有两样？"

"是的，"马基德微笑认同，"或许有一部分是对的，或许你说的有部分对。但我仍然认为那是坚强与软弱的问题。"

"马基德兄所说的，我完全无法认同。"埃杜尔·迦尼插话，"但我同意，在苦上面，人在某种程度上还是能控制的。这点我想你不能否认。"

"人从哪里得到这控制能力，又如何得到？"哈德拜问。

"我要说这因人而异，但当人长大成熟，走过幼稚爱哭的年少岁月，成为大人时，我们就拥有那种控制能力。我认为，懂得控制苦是成长的一部分。人长大，懂得快乐难寻且转眼即逝时，即是理想幻灭而觉得难过之时。人苦到什么程度，正表明人幻灭而受伤到什么程度。要知道，苦是一种愤怒。人为自己的命运悲惨，为受到的不公不义而愤怒。而你要知道，这种激烈的愤恨，这种愤怒，就是我们所谓的苦，也是促使人走上英雄诅咒的东西，我要这么说。"

"英雄诅咒！我受够了你的英雄诅咒！不管谈什么，你都要扯到这上面。"马基德咆哮道，一脸怒容，和他那胖朋友得意的笑，真是绝配。

"埃杜尔有个宝贝理论，林，"神情抑郁的巴勒斯坦人哈雷德说，"他认为有些人天生不幸具备某些特质，例如过人的勇气，使他们做出孤注一掷的事。他称那是英雄诅咒，促使他们带领别人走上杀戮、混乱之路的东西。我想他说的或许有道理，但他把这理论一讲再讲，就让我们每个人抓狂。"

"不谈那个，埃杜尔，"哈德拜坚持道，"针对你所说的，我有个问题想问你。你想，人所受的苦和带给他人的苦，有没有差别？"

"当然有。你怎么这么问，哈德汗？"

"我只是想说，如果有至少两种苦，差异相当大的两种苦，一种是人自己感受到的苦，一种是人让别人感受到的苦，那么就很难把它们两种都说成是你所谓的愤怒，是不是？哪一个才是，你倒说说看？"

"为什么……哈！"埃杜尔·迦尼大笑，"着了你的道，哈德，你这只老狐狸！你总是知道我什么时候是只为发表意见而发表意见，na？而且也知道，就在我觉得自己真是高明的时候戳破我！但你放心，我会再好好想想，再找你辩个清楚。"

他从桌上盘子里抓起一块巴菲糕点，咬了一口，津津有味地咀嚼，看起来很开心。他向右手边的男子示意，用他的肥手指夹住那块糕点。

"哈雷德，你呢？你对林的主题有什么看法？"

"我知道苦是千真万确的事，"哈雷德轻声说，紧咬着牙，"我知道苦是鞭子尖锐的一端，苦不是钝的一端，不是主人握在手上那一端。"

"哈雷德老弟，"埃杜尔·迦尼抱怨道，"你比我年轻十几岁，我把你当成亲弟弟般看待，但我得告诉你，这是最叫人扫兴的看法，我们从这上好大麻胶得到的好兴致，就要被你给毁了。"

"你如果生在巴勒斯坦，长在巴勒斯坦，就会知道有些人天生要来受苦，而且对那些人而言，苦无休无止，一刻都不停止。你会知道真正的苦难来自哪里。那是诞生爱、自由、骄傲的地方，也是那些感觉与理想死亡的地方。那些苦难无休无止，我们只能假装已停止，只能告诉自己已停止，好让小孩不再于睡梦中抽泣。"

他低头看着自己粗大的双手，怒目看着它们，仿佛在盯着两个可鄙、落败而乞求他饶恕的敌人。现场气氛变得愈来愈沉重而寂静，我们本能地望向哈德拜。他盘腿而坐，背挺得很直，身子缓缓摇摆，似乎在思索该怎么给予礼貌的评价。最后，他向法里德点头，请他讲话。

"我想在某方面来说，哈雷德兄说的没错。"法里德轻声开口说，几乎有些羞赧，深褐色的大眼睛看着哈德拜。年纪更长的哈德拜兴致盎然地点了点头，法里德受到鼓励，继续说道："我认为快乐是千真万确、真实存在的东西，但也是让人发狂的东西。快乐是非常奇怪又有力的东西，犹如细菌之类的东西，因此让人生病，而苦是治愈那病的药方，是治愈过度快乐的药方。有个词叫'bhari vazan'，你们英语怎么说？"

"负担。"哈德拜替他翻译。法里德把这个印地短语说得很快，哈德拜则用非常优美动人的英语解释给我们听。在吸了大麻的恍惚之中，我这才知道他的英语比我与他初见时他给我的印象要好得多。"快乐的负担只能靠苦的慰藉来减轻。"

"对，对，那就是我要说的。没有苦，快乐会把我们压扁。"

"法里德，这个看法很有意思。"哈德拜说。这个年轻的马哈拉施特拉人受到称赞，脸上泛着喜悦。

我感到一丝嫉妒。哈德拜那慈祥笑容所予人的幸福感受，就和刚刚通过水烟筒吸食的混合麻醉物一样叫人陶醉。我心里涌起难以压抑的冲动，想成为阿布德尔·哈德汗的儿子，想赢得他赞美的赐福。我心中那个空荡荡的角落，那个原本或许住着父亲、本该充盈父爱的角落，出现他身形的轮廓，出现他的五官。那高高的颧骨和修得极短的银白胡子，那肉感的双唇和深陷的琥珀色眼睛，成为完美父亲的面容。

那时候，如果问我愿不愿意如儿子侍奉父亲般侍奉他，甚至爱他，我会欣然答应。这种感觉来得很突然，又很笃定。如今回想起来，我很纳闷那个感觉有多大成分来自他在这城市（他的城市）的呼风唤雨、大权在握。那时候，跟他在一块，给我前所未有的安全感，在世上任何地方都未曾感受到的安全感。那时候，我真的希望自己能在他的生命之河里洗掉气味，躲过猎犬的追捕。多年来我问了自己无数次，如果他没钱又无势，我还会那么快、那么强烈地爱他吗？

坐在那圆顶房间里，在哈德拜向法里德微笑、称赞法里德而我生出妒意时，我知道哈德拜虽曾在我们第一次见面时提到要认我为义子，但其实是我认他为父。身边的人继续在讨论，我却以念祈祷文和咒语的方式，在心里，非常清楚地默念着……父亲，父亲，我的父亲……

"我们讲英语讲得这么开心，索布罕大叔你怎么闷不吭声呢？"哈德拜对他右手边的男人说。那人年纪比他还大，头发花白，一脸凶狠。"对不起，让我来替你回答。我知道你会说，《古兰经》告诉我们，罪恶与犯错是受苦的根源，对不对？"

索布罕·马赫穆德摇头表示同意，成簇灰色眉毛底下的双眼闪现笑意。哈德拜代他发表对这问题的看法，他似乎颇开心。

"你会说，好穆斯林只要遵守正道，遵照《古兰经》的教谕，就不会受苦，就会在生命结束之后进入天堂，享受不尽的天堂之乐。"

"大家都知道索布罕大叔的想法。"埃杜尔·迦尼急急插嘴，"这位大叔，你的观点，我们没有人会反对，但我不得不说你有点流于极端，na？我记得很清楚，小马赫穆德的妈妈死时，他哭了，你却用竹条抽他。没错，我们不该质疑安拉的旨意，但在这些事情上，有点同情心不也是人之常情？但不管那是对是错，我感兴趣的是哈德你的看法。请说说你对苦的看法？"

没人讲话，没人动。哈德拜整理思绪时，大家一阵沉默，我感觉到每个人逐渐聚精会神。每个人各有主张，表达也有一定的见解，但在我印象中，哈德拜的发言通常是定论。我意识到他的回应将会给这场讨论定调，甚至如果有人再度问起在座者有关苦的问题，他们会拿哈德拜的回应作答。

他脸上没有表情，目光谦逊地往下，但他如此睿智，不可能察觉不到他令别人生出的敬畏。我想他一样也是有七情六欲的凡人，因而不可避免会为此而醺醺然乐在心里。后来更了解他，我发现他对别人怎么看他总是很感兴趣，总是意识到自己的领袖魅力和那魅力对周遭之人的影响。我还发现他讲的每句话，对真主以外的每个人所讲的话，都带有表演成分。他是个雄心勃勃、想一举改造世界的人。他所说或所做的，甚至那时候他对我们讲话时低沉嗓音所暗暗蕴含的谦逊，全都不是偶然或巧合，而是他精心算计的一部分。

"我要先提出纲要性的看法，再更详细阐释，各位看这样可不可以？很好。那么，就纲要性的看法来说，我认为苦是对爱的考验。每一次受苦，不管多微不足道或多让人无法承受，在某方面来说，都是对爱的考验。大部分时候，苦也是在考验我们对真主的爱。这是我的第一个主张。在我继续谈之前，有没有人想就这点发表意见？"

我环视在座每个人的脸。有的人微笑以示欣赏，有的人摇头表示认同，也有人皱眉专注在思索。所有人似乎都迫切希望哈德拜继续讲下去。

"很好，那我就更详细阐释我的观点。《古兰经》告诉我们，世间万物全都彼此相关，就连相对立的事物也在某方面统合为一。我认为，关于苦，有两点是我们必须谨记在心的，而且那两点和愉快及疼痛有关。第一点：疼痛和苦相关，但两者不同。感受到疼痛时，不一定觉得苦，不觉疼痛时，仍可能觉得苦，各位赞不赞同？"

他扫视每张专注而期待的脸，看到众皆同意。

"我想两者之间的差异，在于人从疼痛中所学到的东西。例如，被火烧伤而知道火很危险，向来是个人的，只为自己的，但从苦中所学到的东西，却能将众人合为一体。如果疼痛不让人觉得苦，那么人永远无法了解自身以外的任何事物。不觉苦的疼痛，就像未经搏斗得来的胜利。从那种疼痛中，人不可能了解是什么让自己更坚强或更好或更接近真主。"

其他人面面相对，彼此摇头表示同意。

"那另一个部分，愉快的部分呢？"埃杜尔·迦尼问。在座一些人轻声笑，在迦尼目光扫过来时，对他咧嘴而笑。他回以大笑："怎样？怎样？难道人不能对愉快抱持健康、客观的兴趣？"

"噢，"哈德拜继续说，"我想那有点类似林先生所说的，那个叫萨普娜的家伙利用基督教《圣经》字句的方式，颠倒呈现。苦和乐完全一样，但彼此相反。两者互为对方的镜像，没有对方，自己就没有真正的意义或存在可言。"

"对不起，我不懂。"法里德温顺地说，目光瞥向其他人，不好意思地涨红了脸，"能不能解释一下？"

"那就像是这样，"哈德拜轻声说，"拿我的手来打比方。我如果像这样打开手，张开手指，把手掌给你看，或者我如果打开手，放在你肩膀上，手指张开像这样——那是快乐，或者为了眼前解释的需要，我们不妨称那是快乐。而如果我收起手指，紧握成拳，就像这样，我们不妨称之为苦。这两个动作在意义与力量上相反，两者在外观上和功能上截然不同，但做出动作的手是同一只手。苦即是乐，一体两面。"

接着，在座每个人再度轮流发言，讨论在正反意见中进行了两小时之久，每个观点或得到进一步的发挥，或遭到扬弃。大家又抽了大麻胶，茶又上了两次。埃杜尔·迦尼把一小粒黑鸦片掺进他的茶里，摆出他常摆的怪脸，喝下。

马基德修正了自己的主张，同意苦不必然是软弱的表征，但坚持人靠着坚强的意志可以将苦视为无物；坚强的意志来自严格的自律，来自某种自己加诸自己的苦。法里德回忆朋友遭遇的事故，为他的苦观补充说明，认为苦是解快乐之毒的抗毒素。老索布罕用乌尔都语细声说了几句，哈德拜把那新观点翻译给我们听：世上有些事是人永远无法理解的，只有真主才能理解，苦大概就是其中之一。

凯基·多拉布吉表示，世界，一如那些抱持帕西人信仰者所认为的，乃是明与暗、热与冷、苦与乐等对立事物的斗争过程。没有对立物存在，任何事物便都不可能存在。拉朱拜补充，苦是心未开悟的状态，心被困在业力的轮回中。虽然埃杜尔·迦尼一再催促哈雷德，但他坚持不再发言。埃杜尔·迦尼对他又揶揄、又哄了数次，最终还是罢手，对他顽固不领情着实火大。

就埃杜尔·迦尼自己来说，他是在座发言最强势且最讨人喜欢的。哈雷德引人好奇，但他怀着怒气，或许是太多怒气。马基德原在伊朗当职业军人，他似乎勇敢而直率，但对世界和世人的观点流于过度简化。索布罕·马赫穆德无疑是虔诚的教徒，但隐隐给人不知变通的宗教洁癖味。年轻的法里德坦率、自谦，但我觉得似乎太容易被人牵着走。凯基阴郁、冷淡。拉朱拜似乎对我心存猜忌，几乎到了不客气的地步。

在座诸人中，只有埃杜尔·迦尼显得诙谐，只有他出声大笑。他跟年轻人或长者都一样熟稔。他摊开四肢懒散坐着，其他人盘腿而坐。他不时打断别人的话或插话，全看自己高兴，房间里就属他吃得最多、喝得最多、抽得最多。他和哈德拜互动特别亲切，显然两人交情很深。

哈德拜发问、探究、评论别人的看法，但从不为自己的主张再置一词。我保持沉默，心思飘移，精神疲倦，庆幸于没人逼我讲话。

哈德拜终于宣布休会，陪我走到面临纳比拉清真寺旁街道的门口，伸手轻轻搭住我的前臂，把我拦住。他说很高兴我来参加，还说希望我这次聚会愉快。然后他邀我隔天再来，因为我能帮他一个忙，如果我愿意的话。我很意外，受宠若惊，当下答应隔天早上在同一个地方见他。我走出屋子，步入夜色，几乎把那事抛出脑海。

走回家的长路上，我随意回想刚刚听到的众多看法，那群学者似的作奸犯科之徒所提出的看法。我想起我在狱中和狱友的讨论，类似的讨论。我在狱中认识的许多人，虽然普遍未受过正规教育，或许正因为未受过正规教育，而非常热衷于思想探讨。他们不把那称作哲学，或甚至不认为那是哲学，但他们交谈的内容往往就是哲学：关于伦理与道德、意义与目的的抽象问题。

这一天真是漫长，这一夜更是漫长。周夫人的照片在我臀部的口袋里，脚下的鞋子很不合脚，那是卡拉为了让死去的情人穿着入土的鞋子。我脑海里满是苦的各种定义。我走在愈来愈冷清的街头，想起澳大利亚监狱里的一间囚室，那些我称之为朋友的杀人犯和偷窃犯常聚在那间囚室，激动地辩论真理、爱与美德。我在想他们是否偶尔会想起我。我自问，对现在的他们而言，我是不是个白日梦，自由与逃脱的白日梦？对于什么是苦这个问题，他们会怎么回答？

我知道。哈德拜见解的非凡，表达见解的高明，叫我们叹服。事后看来，"苦即是乐"的解释鞭辟入里，足以勾起我的回忆。但人生之苦的真实意涵，不在哈德拜那晚高明的措辞里，而在于源自真实人生体验、枯燥乏味、带着惊恐的一番话。那番话出自巴勒斯坦人哈雷德·安萨里之口。他对苦所下的定义，才是盘旋我脑海的定义。他的话简单，朴实无华，却清楚表达了所有囚犯和活得够久的其他人深切领悟的真谛——不管是哪种苦，都来自失去曾拥有的东西。年轻时，我们觉得苦是别人加诸自己身上的东西；年纪更大之后，当门砰然关上——人们知道真正的苦乃是要从自己被夺走什么东西来衡量。

我觉得自己渺小、孤单而寂寞，凭着记忆和摸索，走过贫民窟里一条条无灯黑暗的小巷。转进我空荡荡小屋所在的最后一条小巷时，我看见灯光。一名男子站在我房门前不远处，手里提着灯，旁边有个小女孩，头上系了花结，头发逆梳且蓬松隆起。走近之后，我发现提灯的男子是约瑟夫，就是打老婆的那个酒鬼。普拉巴克也在那里，但站在暗处。

"怎么了？"我低声说，"很晚了。"

"哈罗，林巴巴，你身上的衣服很棒。"普拉巴克微笑，圆脸飘浮在黄光中，"你的鞋子，我喜欢，这么干净，这么亮。你回来得正好，约瑟夫正在做好事。他出钱，给每个人门上印上好运符。自从不再发酒疯，他一直加班工作，然后用他多赚的一部分钱买来这个，让我们每个人有好运。"

"好运符？"

"对，看看这个小孩，看她的手。"他抓起小女孩的手腕，露出她的双手。灯光微弱，要我看的东西，我看不清楚。"看这里，她只有四根指头。看！只有四根。会带来大大的好运，这东西。"

我看到了。女孩双手各有两根手指连在一块，食指、中指连成一根粗指，连得很自然，叫人察觉不出异样。她的手掌是蓝色的。约瑟夫捧着一盘蓝色颜料，小女孩用手掌蘸蓝色的颜料，挨家挨户在门上印上手印，以保护屋里的人免遭"邪眼（Evil Eye）"带来的许多灾难伤害。迷信的贫民窟居民似乎认为她特别具有福惠，因为她天生异禀，双手各只有四根指头。我看着小女孩把小手贴上我薄弱的门。

约瑟夫向我匆匆严肃地点了个头，随即带小女孩到下一个小屋。

"我在帮那个过去打老婆、发酒疯的家伙，那个约瑟夫。"普拉巴克说，做出偷偷告诉我的模样，音量却大得连二十米外都听得到，"我走之前有没有要我帮忙的？"

"没有，谢谢。晚安，普拉布。"

"Shuba ratri（晚安），林。"他咧嘴而笑，"祝你有个好梦，是吧？"

他转身要离开，但我叫住了他。

"嘿，普拉布。"

"怎么了，林？"

"我问你，什么是苦？你怎么想？人受苦，那是什么意思？"

普拉巴克的目光往破烂小屋林立的黑巷另一头飘去，瞥了一眼约瑟夫手上如萤火虫般浮在空中的灯，然后回头望我。我们两个站得很近，但我只看得到他的眼睛和牙齿。

"你没事吧，林？"

"很好啊。"我笑。

"你今晚喝了达鲁酒，像那个发酒疯的约瑟夫？"

"没有，真的没有，我很好。快，你碰上什么东西都爱给我来个定义。我们今晚谈苦，我很想知道你对苦的看法。"

"这还不简单，苦就是渴求，不是吗？渴求，不管是渴求哪种东西，都会带来苦。不渴求东西，就没有苦。每个人都知道这道理。"

"对，我想每个人都知道。晚安，普拉布。"

"晚安，林。"

他唱着歌走开。他知道，陋屋里沉睡的人没有人会不高兴。他知道，如果真有人醒来，会聆听片刻，然后带着微笑继续睡，因为他在唱有关爱的歌。

第十五章

"醒醒，林！嘿，林巴巴，立刻醒来！"

我睁开一只眼睛，一个画有强尼·雪茄的脸的褐色气球清楚浮现在眼前。眼睛再度闭上。

"走开，强尼。"

"林，也跟你打声招呼。"他轻声笑着，开心得让人火大，"你得起来。"

"你是个坏蛋，强尼，你是个残忍的坏蛋。走开。"

"有人受伤了，林。我们需要你的医药箱，还有你的医术。"

"天还没亮，老兄，"我呻吟道，"才凌晨两点。告诉那个人，等天亮我活着的时候再来。"

"唉，当然，我会告诉他，他会离开的，但我想应该让你知道，他正在迅速失血。不过，如果你非继续睡不可，我会把他从你门口打跑，立刻，用我的拖鞋打个三四下。"

我正要坠入梦乡，但"失血"两字把我拖了回来。我坐起身，麻木僵硬的屁股不由得瑟缩了一下。我的床，一如贫民窟里大部分的床，是张对折再对折的毯子，铺在夯实的泥地上。木棉芯垫子是买得到，但不实用。那种垫子在小屋里太占空间，很快就会滋生虱子、跳蚤等寄生虫，而且容易招来老鼠啃咬。我在地上睡了好几个月，早已经习惯，但我屁股没什么肉，每天早上起来都痛得很。

强尼提着灯靠近我的脸。我眨眨眼，把灯推到一旁，看见门口蹲着另一名男子，一只手臂直直伸在身前。那手臂上有道大口子，血汩汩流出，一滴接着一滴，滴在桶子里。我还半梦半醒，盯着那只黄色塑料桶呆呆瞧着。那男人自己带桶子来，以免血弄脏我屋里的地板，但不知为什么，这件事比那伤口本身似乎更叫我不安。

"对不起，打扰你了，林先生。"那名年轻男子说。

"这位是阿米尔。"强尼·雪茄咕哝着，啪的一声打了那受伤男子的后脑勺一下，"他真是蠢得可以，林。他刚刚说抱歉打扰你。我真该拿起拖鞋，把他打得鼻青脸肿。"

"天哪，怎么会这样！伤口很严重，强尼。"又长又深的一道口子，从肩膀几乎划到肘尖。一大块活像外套翻领的三角皮正从伤口往外翻。"他得看医生，得缝合。你早该带他去医院的。"

"医院！Naya！"阿米尔哀叫道，"Nahin（不要），巴巴！"

强尼甩了他一耳光。

"闭嘴，蠢蛋！他不肯去医院，也不肯看医生，林。他是个厚颜无耻的小瘪三，混混。他怕警察。嘿，你是不是很蠢？怕警察，na？"

"别打了，强尼，那无济于事。到底是怎么回事？"

"打架，他的帮派和另一个帮派，这些街头混混，用刺刀和斧头打架，结果就挂彩了。"

"他们先动手的，他们在干'挑逗夏娃'的事！"阿米尔诉苦道。"挑逗夏娃"是印度法律对性骚扰的称呼。性骚扰分成许多等级，最轻的是言语侮辱，最重的是肢体骚扰。"我们警告他们住手，我们的女孩走在路上不安全，所以我们才跟他们干架。"

强尼举起大手，阿米尔随即住嘴。他又想打那年轻男子，我皱起眉，他这才不情不愿地罢手。

"你以为凭这个理由就可以拿刀、拿斧头打架，你这个蠢蛋！你以为你妈知道你制止别人挑逗夏娃，被人砍成七八块会很高兴，na？她高兴个屁！现在你得请林巴巴给你缝合伤口，好好治疗你的手臂。丢脸丢到家，你哟！"

"等一下，强尼，这我做不来，伤口太大、太难……太严重。"

"你医药箱里有针和棉花，林。"

他说的没错，医药箱里有缝针和丝线，但我没用过。

"我从来没用过，强尼。我做不来。他得找专业人士，医生或护士。"

"我跟你说了，林，他不肯看医生。我试过逼他去。对方那一帮有个人伤得比这蠢小子还严重，那个家伙可能也会死。不过那是警察的问题，他们正在问话。阿米尔死也不肯去看医生或上医院。"

"如果你给我工具，我可以自己来。"阿米尔说，使劲地压抑疼痛。

他的眼睛睁得老大，因为害怕和恐惧而坚定。我第一次看到他完整的面孔，发觉他真年轻，才十六或十七岁。他穿 PUMA 运动鞋、牛仔裤、篮球背心，背心胸前印着 23 号。这身打扮全是西方名牌的印度仿冒品，但在他贫民窟的同伴眼中，那可是超酷的装扮。与他同辈的那些年轻人又干又瘦，却满脑子外国梦，宁可挨饿，也要买下他们认为能让他们像杂志、电影里那些酷老外的衣物。

我不认识这个年轻人。我在贫民窟已住了将近六个月，这地方的人住得再远，离我的小屋也不会超过五六百米，但仍有数千人是我未曾见过的，他就是其中之一。有些人，例如强尼·雪茄和普拉巴克，似乎认识贫民窟里的每个人。他们熟知这数千人生活的小细节，让我觉得很不可思议。更特别的是，他们关心所有的人，鼓励、责骂和担心所有的人。我纳闷眼前这个年轻人和强尼·雪茄有何关系。阿米尔禁不住夜里的寒气直发抖，心想着要自己缝伤口，紧闭的嘴唇正暗暗哀叫。我在想站在他身旁的强尼怎么会那么了解他，知道他一定会自己动手，因而点头向我示意：没错，你如果给他针，他会自己来。

"好，好，我做，"我认输，"会很痛。我没有麻醉药。"

"痛！"强尼以低沉的嗓音开心大叫，"痛不碍事，林。阿米尔，你这个 chutia，你是该挨点痛，你的脑袋是该挨点痛。"

我要阿米尔坐在床上，用另一条毯子盖住他的双肩。我从厨具箱拉出煤油炉，打气，加注煤油，并放了一壶水在炉上煮。强尼跑出去请人泡热甜茶。我到小屋旁毫无遮盖的洗澡间，摸黑匆匆洗过脸、手。水滚沸后，我在盘子里倒入少许热水，接着把两根针丢进壶里继续煮沸，予以消毒。我用杀菌剂和温肥皂水清洗伤口，用干净纱布擦干，再用纱布紧紧缠住手臂，如此保持十分钟，好让伤口贴合，希望这样会比较容易缝合。

在我的坚持下，阿米尔喝了两大杯甜茶，借此缓解已开始出现的休克症状。他害怕，但冷静。他信任我。他不可能知道这事我过去只做过一次，而且是在令人啼笑皆非的情况下。那时在狱中，有个人在斗殴时挨了一刀。两个仇家，不管之间有什么问题，通过狠狠打这么一架，问题已经解决。就他们本身而言，事情已经结束。但如果挨刀子那个人到狱中医务室报到、接受治疗的话，狱方大概会把他放进保护囚犯的独居室。对某些人而言，特别是猥亵儿童犯和告密者，除了关进独居室接受保护之外别无选择，因为只有这样才能保住性命。对其他人，对无意住进独居室的人而言，独居室是个祸殃，会引来猜疑、抹黑，还得跟他们鄙视的人为伍。挨刀子那个人跑来找我，我用缝皮革的针和刺绣用的线来缝合他的伤口。伤口最后愈合了，但留下一道皱巴巴的丑疤痕。那道疤痕的模样一直留在我的脑海里，因此要我缝阿米尔的伤口，我实在没什么把握。那年轻男子投给我些许不好意思、信赖的笑容，但我还是没有信心。卡拉曾跟我说，人总是以信赖伤害别人。要伤害像你这样的人，最万无一失的办法，就是投以百分之百的信赖。

我喝了茶，抽了一根烟，然后开始动手。强尼站在门口，叱责几个好奇的邻居和他们的小孩，要他们走开，但徒劳无功。缝针弯曲且很细，我想应该和镊子搭配着用，但医药箱里没有镊子。有个男孩把我的镊子全借去修理缝纫机了，我只能徒手穿针引线来缝合伤口。这么一来，缝合的过程既不顺且滑溜，头几个十字形缝得一团乱。阿米尔脸部肌肉抽搐、扭曲，但没有叫。缝到第五六针时，我已抓到窍门，缝口变得较漂亮，甚至缝合时带来的痛楚也减轻不少。

人类皮肤比表面看来更坚韧，缝合相对较容易，线可以拉得很紧而不致扯破组织。但针不管多细、多尖，仍是外物，除非常替人缝合伤口而见怪不怪，否则，每次把那尖细的外物插进别人的肉里，自己心里必然也会跟着刺痛。尽管是凉爽的夜里，我仍满身大汗。随着缝合手术进行，阿米尔脸上渐渐露出笑意，而我则愈来愈紧绷、疲累，苦不堪言。

"你该坚持让他上医院的！"我厉声对强尼·雪茄说，"这太离谱了！"

"你缝得很好，林，"他反驳道，"以那样的针法，你可以织出非常棒的衬衫。"

"结果不是很理想，他会有一道大疤痕。我不知道自己到底在干什么。"

"林，你大便有问题吗？"

"什么？"

"你没上厕所？你排便不顺？"

"天哪，强尼！你在扯什么？"

"你的坏脾气，林，你平常不会这样的。或许是排便不顺的问题，我想是吧？"

"没有。"我以低沉不悦的嗓音说。

"噢，那我想你是有拉肚子的问题。"

"他上个月拉肚子拉了三天，"我的一个邻居在敞开的门边插嘴道，"我老公告诉我，林巴巴那时候每天白天跑厕所三四次，夜里又来个三四次。整条街上的人都在讲。"

"的确，我想起来了，"另一个邻居回想道，"他真是难受！他蹲厕所时，那脸痛苦成什么样子，yaar，好像在生小孩似的。然后非常顺，噼里啪啦就拉出来，像水一样，而且出来得很快，像独立纪念日轰大炮时那样。Datung（咚）！就像那样！那时候我建议他喝鸦片茶，然后他大便就变得比较硬，恢复成很漂亮的颜色。"

"好点子，"强尼低声说，语带赞同，"去拿鸦片茶来，给林巴巴治拉肚子。"

"不用！"我不高兴地说，"我没有拉肚子，也没有便秘。我根本没机会去大什么便。我还没完全醒，天哪！噢，扯这些干什么？嗯，缝好了。阿米尔，我想你会没事的，但你得打个破伤风针。"

"不用了，林巴巴，我三个月前打过了，在上次打架之后。"

我再次清洗伤口，撒上抗生素粉，替缝了二十六针的伤口缠上宽松的绷带，提醒他不要弄湿，要他两天之内回来给我检查。他想付我钱，但我拒收。我替人治病从没收过钱。不过，这次拒收不是因为原则问题。事实是我气阿米尔，气强尼，气自己，莫名地气。我不顾失礼，草草叫他离去。他触摸我的双脚，后退着走出小屋，告辞时头上又挨了强尼临别一掌。

我正要清理杂乱的屋里时，普拉巴克冲进来，抓住我的衬衫，想把我拖出门口。

"太好了，你没在睡觉，林巴巴，"他猛喘着气说，"可以省下叫醒你的时间。你现在就得跟我去！快，拜托！"

"天哪，这下又是什么事？"我不悦地抱怨道，"放开我，普拉布，屋里乱成一团，我得清理。"

"没时间管这些乱东西，林巴巴。你现在就去，拜托，没问题的！"

"有问题！"我顶回去，"不告诉我到底发生什么屁事，我什么地方都不去。就这样，普拉布，我说最后一次。没问题了。"

"你一定得去，林，"他扯着我的衬衫，坚持要我去，"你有个朋友被关进了牢里，你得去救他！"

我们二话不说，冲出屋子，匆忙穿过沉睡贫民窟里一条条狭窄、黑暗的小巷。在总统饭店外面的大街上，我们拦了出租车，车子飞奔在干净、安静的街道上，经过帕西人聚居区、萨松码头、科拉巴市场，在科拉巴警局外停下。警局正对面，隔着马路，就是利奥波德酒吧。酒吧门当然关着，大大的铁卷门拉下至人行道上。一切似乎安静得很不寻常，热门酒吧透着鬼屋般的寂静，因故暂停营业。

普拉巴克和我通过警局大门，进入院子。我心跳得很快，但外表却显得平静。警局里的警察全操马拉地语，那是他们取得这工作的必要条件。我知道只要他们没有特别理由怀疑或质问我，我那口流利的马拉地语大概会让他们大感惊喜。那会让我博得他们的好感，从而给我护身符。尽管如此，那仍是深入虎穴。我在心中，把深锁着恐惧的沉重箱子使劲推到阁楼的深处。

有位警员在钢质阶梯底下附近。普拉巴克低声跟那警员说话，警员点点头，站到一旁。普拉巴克摇头晃脑，我跟着他走上那道钢梯，来到二楼的楼梯平台。平台上有道厚门，一张脸出现在嵌入门板的栅栏后方。一双褐色大眼左右瞧了一下，开门让我们进去。我们走进候见室，里头有一张书桌、一张小金属椅和一张竹质折叠床。开门的人是那天晚上值勤的守卫。他跟普拉巴克短暂交谈，随即怒目看着我。那人身材高大，挺着大肚子，唇髭粗硬而多，带点灰白。他身后有道钢质栅门，钢条之间以铰链相连接，可以像手风琴般拉缩。门后露出十几张犯人的脸，他们兴致盎然地看着我们。虎背熊腰的守卫转身背对他们，伸出一只手。

"他要你——"普拉巴克说。

"我知道，"我打断他，手伸进牛仔裤口袋掏钱，"他要钱，要多少？"

"五十卢比。"普拉巴克咧嘴而笑，以他最开心的笑容抬头望着高大警员的脸。

我递上五十卢比，守卫一把抓下，捏在手中。他转身背对我，走向金属门。我们跟上前。里面关了不止十几个犯人，虽然已过半夜，但他们全都醒着，讲话讲个不停。守卫一个一个瞪视，最后全安静下来。接着他叫我上前。我面对那道钢质栅门时，人犯往两旁分开，有两个人猛往前挤，来到前面。他们是驯熊人，就是应阿布杜拉要求，把那只叫卡诺的熊带到贫民窟找我的那两个蓝皮肤人。他们来到门后，抓住钢条，噼里啪啦跟我讲了许多话，讲得又快又急，每四五个字都只听得出一个字。

"怎么回事，普拉布？"我问，一头雾水。普拉巴克说我有个朋友被关进牢里时，我以为是阿布杜拉。我一心认为会在牢里看到阿布杜拉，因此左顾右盼，往挤在门口的驯熊师和其他人的后面瞧。

"这两位是你朋友，不是吗？"普拉巴克问，"你不记得了，林？他们带卡诺来给你熊抱。"

"当然，我记得他们。你是带我来看他们？"

普拉巴克对我眨眨眼，然后唰地转身，查看守卫和两个驯熊师脸上的表情。

"是啊，林，"他轻声说，"这两个人要你来。你……你想走？"

"没有，没有，我只是……没事。他们想干什么？我听不懂他们在讲什么。"

普拉巴克要他们说明用意，那两个蓝皮肤人大叫着诉说他们的遭遇，手紧抓着钢条，好似人在大海上的小木筏里。

"他们说，他们待在纳迦尔海军区附近，见到其他几个也是训练熊的家伙，养了一只很可怜、很瘦的熊。"普拉巴克解释，要那两个人别急，讲慢一点，"他们说那些人不尊重他们的熊，用鞭子打那只熊，熊在哀号，全身疼痛。"

两个驯熊师放连珠炮似的说了一大堆，普拉巴克张开嘴想讲话，却只能一直静静地听话、点头。其他犯人也靠到门边听。门后的走廊挤满人，走廊一边有几扇长窗，罩着金属栅栏。走廊另一边有几个房间，许多人从那些房间出来，挤到门边，使门边的犯人增加到上百个，个个一脸着迷地聆听驯熊师说故事。

"那些坏蛋打那只可怜的熊时，下手真狠，"普拉巴克翻译，"它嚎叫着，那些人仍不住手，继续打那只熊。你知道吗，那是只母熊！"

门边众人愤慨大叫，同情哭泣。

"我们这两位仁兄，很气恼那些人打那只熊，于是走上前要他们别再打了。但那些家伙很坏，很生气，大吼大叫，推人，骂脏话。那些人里有一个人，骂我们的人操你妹的，我们的人骂他们是王八蛋；那些坏蛋骂我们的人操你妈的浑蛋，我们的人骂他们操你兄弟的。那些人又说了一些操人、干人的话，我们的人也回敬了一些——"

"说重点，普拉布。"

"是，林。"他说，随之专心听驯熊师讲，许久未再翻译。

"怎么样？"我严厉问道。

"仍是许多脏话，林。"他答，无奈地耸耸肩，"但其中有一些，我得说，说得很好，想不想听？"

"不想！"

"好了，"他终于说，"最后，有人叫警察来，然后双方大打出手。"

他再度停下，继续听故事。我转头看那名守卫，他和犯人一样沉醉在精彩的故事情节中，边听边嚼帕安，粗硬的唇髭跟着上下抽动，无意间突显了他的着迷。听得津津有味的犯人，为故事中的某个情节大声叫好，守卫也跟着大叫。

"一开始，那些人在那场大战中占上风。打得真是天昏地暗，林，就像《摩诃婆罗多》里所写的一样。那些坏蛋有朋友助阵，他们拳打脚踢，还用拖鞋来打。然后，卡诺火大了。就在警察赶来的前一刻，卡诺加入战局，帮助它的驯熊师。它一下子就结束了那场混战，左右开弓，掌掌击在那些家伙身上。卡诺真是只能打的熊。打败了那些坏蛋和坏蛋的所有朋友，打得他们鼻青脸肿！"

"然后，这两个蓝色人就被捕了。"我替他总结。

"说来遗憾，确是如此。他们被捕了，因为犯了扰乱治安罪。"

"好了，我们谈谈。"

普拉巴克、守卫和我三人，走离钢栅门两步，站在空无一物的金属桌旁。我回头看，门边的人正使劲伸长脖子想听我们谈话。

"印地语的保释怎么说，普拉布？想想能不能把那两个人保释出来。"

普拉巴克问守卫，但守卫摇头，告诉我们不可能。

"我可以付罚金吗？"我用马拉地语问。要贿赂警察，都得这样拐弯抹角地说话。

守卫微笑，摇摇头。他说有个警察在那场混战中受伤，所以这件事他无能为力。

我耸耸肩，爱莫能助，于是走回门边，告诉那两个人我无法保他们出来，用钱贿赂也没办法。他们用印地语哇啦哇啦对我讲了一堆，讲得很急又口齿不清，我听不懂。

"不是，林！"普拉巴克严正地说，对我堆满笑脸，"他们不担心自己，他们担心卡诺！卡诺也被捕了。他们非常担心那只熊，因此他们才希望你能帮忙！"

"那只熊被捕了？"我用印地语问那守卫。

"Ji ha（先生，是的）！"他答，粗乱的唇髭抖动着，掩不住骄傲之情，"熊关在楼下！"

我望向普拉巴克，他耸了耸肩。

"或许我们该看看那只熊？"他建议。

"我想我们是该去看那只熊！"我答。

我们走下钢梯，下到一楼，经人指引来到一排囚室，囚室正上方正是我们刚刚在楼上看到的那些房间。一楼守卫打开一间房间，我们弯腰进去，看见卡诺坐在又黑又冷清的囚室中央。那间囚室很大，角落地板上有个钥匙孔状的马桶。卡诺戴的嘴套很大，脖子和双掌都上了铁链，穿过铁窗固定着。它坐在地上，粗壮的背靠在墙上，下肢张开。它的表情——除了称之为表情，我没有办法形容它脸上五官的模样——忧郁，极度愁苦。我们看着它时，它长吁了口气，让人心头一揪。

普拉巴克站在我后面，隔着一点距离。我转身想问他问题，却发现他在哭，脸因伤心啜泣而扭曲。我还未开口，他便走过我身旁，避开守卫的伸手拦阻，朝熊走去。他对着卡诺张开双臂，贴上去，把脸靠在卡诺胸前，轻抚它粗浓的毛发，嘴里温柔地呢喃。我与一楼守卫互换了眼神。那人扬起眉毛，使劲摇头，显然惊愕不已。

“你知道吗，我是第一个那样做的。”我不知不觉用马拉地语说起话来，“几星期前，我先抱了那只熊。”

守卫噘起嘴，露出同情又不屑的讥笑神情。

“你当然抱了，”他挖苦道，“你绝对抱了。”

“普拉巴克！”我大叫，“我们可以办正事了吗？”

他抽身离开大熊，朝我走来，边走边用手背拭泪。他伤心成那个样子，我不由得伸手揽住他、安慰他。

“希望你不会介意，林，”他提醒道，“我身上的熊味很重。”

“没事，”我轻声回答，“没事。我们来看看能做什么。”

与守卫和其他警卫又谈了十分钟，我们死心了，不管是驯熊师还是他们的熊，我们都无法保出来。我们束手无策，只好回到牢房门边，告诉驯熊师帮不上忙。他们突然又跟普拉巴克激动地交谈起来。

“他们知道我们帮不上忙，”几分钟后普拉巴克解释给我听，“他们希望的是能和卡诺一起关在那间拘留室里。他们担心卡诺会孤单，从幼熊起它就没有单独睡过，一个晚上都没有，所以他们非常担心。他们说卡诺会很害怕，会睡不好，会做许多噩梦。因为孤单，会哭。而且被关在牢里，它会觉得丢脸，因为它，那只熊，平常是个很守规矩的公民。他们只想下去那间拘留室，和卡诺待在一块，好好陪着它。”

普拉巴克解释完时，一个驯熊师盯着我的眼睛。那人眼神烦乱，脸上布满忧虑的皱纹。苦楚使他的嘴唇往后缩，缩成像某种纠结成团的东西。他一再重复一句短语，希望借由那一再重复的话和他的激动让我了解。普拉巴克突然又哭起来，抓着金属栅门，像小孩般啜泣。

"他说什么，普拉布？"

"他说养了熊就得爱它，林。"普拉巴克翻译给我听，"差不多是那意思，养了熊就得爱它。"

我们跟两名守卫和其他警卫交涉，提出一个让他们可以通融而不致违反规定的要求，立即得到热切的回应。普拉巴克比手画脚跟他们讲价，抗议和恳求同样有力。最后谈定价钱两百卢比，约合十二美元。留着浓髭的那名守卫打开钢栅门，让两个驯熊师出来，我同时递上一沓钞票。我们这奇怪的一行人，抱着奇怪的目的，鱼贯走下钢梯，一楼守卫打开关着卡诺的牢门。摊坐的大熊一听到主人的声音，立即起身，随即被铁链拉扯，四肢往前着地。熊左右摆头，高兴得跳起舞来，手掌猛抓地板。驯熊师奔上前迎接，卡诺把它的嘴塞进他们的腋窝底下，用它的口鼻在他们的雷鬼头里磨蹭，呼噜呼噜地闻他们的气味。两个驯熊师温柔地抚摸它，努力想减轻它粗链缠身的紧张。在深情的相拥中，我们离开了他们。当囚室钢门重重关上，把卡诺和他主人关在一块时，那关门声穿过空荡荡的阅兵场，从地面传出回音。普拉巴克和我走出警局院子时，我以为那声音发自我颤抖的背脊。

"你今晚做了一件天大的好事，林巴巴。"普拉巴克感情充沛地说，"养了熊就得爱它，那两个驯熊师这么说，而你让他们如愿以偿。你真是做了件天大天大的好事。"

我们来到警局外的科拉巴科兹威路，叫醒路边一名睡得正沉的出租车司机。常开出租车的普拉巴克和我坐后座，享受佯装游客坐出租车的难得机会。出租车驶离人行道旁时，我转头看见他正盯着我瞧。我别过头去。一会儿后，我转头，发现他仍然盯着我。我对他皱眉，他摇摇头，投来他那拥抱全世界的微笑，并且把手放在心口。

"干吗？"我没好气地问，但他的微笑让我无法抗拒，而且他知道这点。我心里已经在跟着他笑。

"养了……"他以圣礼的庄严语调说。

"又来了，普拉布。"

"……熊就得爱它。"他把话说完，轻拍自己的胸腔，猛摇头。

"噢，饶了我吧。"我抱怨道，再度别过头去，望着初醒的街道上，游民在睡梦中挪动身子或醒来伸展四肢。

我和普拉巴克在贫民窟入口分手，他要去库马尔的茶铺吃个大清早早餐。他很兴奋，和卡诺熊的这段奇遇给了他一个精彩的新故事（他在里面还扮演重要角色），可以说给帕瓦蒂听。帕瓦蒂是库马尔的两个漂亮女儿之一，他没跟我提过有关她的事，但我见过他跟她讲话，我想他爱上她了。普拉巴克的求爱方式，不是送花或巧克力给心爱的女人，而是把外面世界的故事，男人与欲望之魔、邪恶不公搏斗的故事，说给她听。他把八卦消息、丑闻、私人内幕告诉她，把自己的英勇事迹、令他放声大笑的恶作剧、令人赞叹的奇事告诉她。看着他匆匆走向那茶铺，我看到他已在预习要送给她当新礼物的故事，嘴动个不停，一边摇头，一边挥舞手。

黎明前，天蒙蒙亮，我走进贫民窟，居民已经苏醒，到处传来轻微的活动声响。上百个小炉火冒出的烟气飘荡在小巷里。裹着彩色披巾的身形出现，随即又消失在飘动的烟雾中。煤油炉上煎拉饼的香味，香壶里滚沸的茶香，还有带着椰子发油、檀香肥皂、樟脑味衣物的人味混在一块。在蜿蜒小巷的每个转角处，都有睡眼惺忪的脸庞向我打招呼。他们面带微笑，向我致上晨间祝福，六种语言、六种宗教的祝福。我进入自己的屋子，望着寒碜、破烂而舒适的居处，心里怀着前所未有的钟爱。回到家真好。

我整理完杂乱的屋子，然后跟着成列的男子往我们用来当厕所的混凝土码头移动，去做晨间解放。回到屋子时，我发现邻居已经备好两桶满满的热水供我洗澡。我很少大费周章地用煤油炉烧热水，那太费事、费时，反倒偏爱比较偷懒但较为苛待自己的办法——洗冷水澡。邻居知道这点，有时会帮我准备热水。那可不是举手之劳。不管在哪个贫民窟，水都是最珍贵的商品，必须从公共水井汲水，然后提回来，而公共水井位于带刺铁丝网外约三百米处的合法贫民窟区。这水井一天只开放两次，有数百人跟你推挤着抢水，每个人都得靠吓唬、喊叫、不惜被人抓伤才能汲到水。提着水桶穿过铁丝网回家之后，还得把水倒入深锅，放在小煤油炉上烧，因而得耗去一部分相当昂贵的燃料。但邻居烧热水给我，并没有人居功或希望我道谢。我所用的水可能是阿米尔家人煮好送来的，以感谢我替他治伤；也可能来自我最近的邻居；或来自曾围站着看我洗澡的那六人中的一个。我不可能知道是谁。这里的人每个星期会帮我做一些不喜被张扬的小事，而烧水是其中之一。

从某个角度来说，这贫民窟的存在，系于这些不知出自何人且不知找谁道谢的行为上。这些事微不足道，几乎可说是琐碎小事，集合起来却是这贫民窟之所以运作不辍的不可或缺的要素。邻居小孩哭了，我们视如己出般予以安慰；注意到某人小屋不牢固，我们主动绑紧小屋上松脱的绳索；路过别人的小屋，我们主动调整塑料屋顶的摆放。我们不经对方要求，主动相助，仿佛我们同属一个部族或家族，而数千间小屋只是我们大宅院里的一间间房间。

我应卡西姆·阿里·胡赛因之邀，与他共进早餐。我们喝加了丁香调味的甜茶，吃涂了精炼奶油和糖、卷成管状的拉饼。兰吉特的麻风病人前一晚送来一包新的药和绷带，因为我整个下午都不在，他们把东西留在卡西姆那里。我和他一起翻看里面的东西。卡西姆不会读、写英语，但坚持要我说明我所订的各式胶囊、药片、药膏的成分和用途。他儿子阿尤布与我们共进早餐，用乌尔都文在小纸条上写下每种药的名称和性质，在每个装了药膏的瓶罐或管子上，不厌其烦地用胶带贴上标签。那时候我不知道卡西姆的用意，后来才晓得他挑阿尤布当我的助理，要阿尤布尽可能学着了解药物的性质和用途，以便我离开贫民窟时可以接替我的位置。卡西姆知道我终有一天会离开。

我终于抽出时间来到卡拉位于科拉巴市场附近的小房子时，已是十一点。敲门无人回应。她邻居告诉我，她一小时前已出门，不知道什么时候会回来。我很恼火。我的靴子、牛仔裤还留在她屋里，我很想取回，以便换下这身宽松但不舒服的衣物，属于她的衣物。当我告诉她那牛仔裤、T恤、靴子是我仅有的衣物时，绝非夸大其词。我的小屋里，这时只有两件缠腰布，供我睡觉、洗澡时或洗了牛仔裤时换穿。我大可以买新的，到时尚街的衣物市集买一套T恤、牛仔裤加一双跑步钉鞋，只要四五美元，但我想要自己的衣服，我穿起来觉得合身的衣服。我留了张抱怨的纸条，然后动身赴哈德拜的约会。

抵达时，穆罕默德路上那栋大房子似乎没人在。临街大门的六块门板朝内打开，宽阔的大理石门厅对外敞开。但这房子太出名了，每小时有数千人路过，因此当我走进去，敲敲绿色门板表示我已到达时，街上似乎没有人特别注意到我。过了一会儿，纳吉尔出来招呼我，皱眉的神情隐隐带着敌意。他指示我脱下户外鞋，换下家居拖鞋，然后带我走上一道高而窄的长廊，方向与我前一晚去的那间房间正好相反。长廊转过两个右弯，最后来到一座内院，沿途经过数个紧闭的房间。

这座椭圆形的大院，中央处露天，仿佛在涂了厚厚灰泥的天花板上开了个大洞。院里铺砌厚实的方形马哈拉施特拉石，四周以列柱拱廊营造出修道院回廊的效果。院里有五株瘦高的棕榈树，大而圆的院内园圃里种了许多绿植和会开花的灌木。先前在会议室里讨论痛苦的时候所听到的水声来自院里的喷水池，它是院里最引人注目的重要景物。喷水池呈圆形，直径约四米，周围环绕着高约一米的大理石，池中央有块未经凿切的巨石，水似乎从巨石的核心中喷出。在巨石顶端，小小的喷泉向上喷涌，像是盛开的百合花瓣，随即轻柔地洒落在光滑、浑圆的巨石表面，配合音乐的节奏流进池中。哈德拜正坐在喷水池一侧的藤制帝王椅里阅读。我来到时，他合上书，把书放在玻璃桌面上。

"Salaam aleikum（祝你平安），林先生。"他微笑。

"Wa aleikum salaam. Aap kaise hain？（也祝你平安。你好吗，阁下？）"

"我很好，谢谢。日正当中之时，疯狗和英国人很可能在外头四处跑，但我偏爱坐在这里，坐在我简陋庭园的树荫下。"

"不简陋，哈德拜。"我说。

"你认为总的说来太气派？"

"不，不是，我不是那意思。"我急忙否认，因为那正是我真正的想法。我不由得想起我所栖身的贫民窟，正是为他所有。两万五千人住在那尘土飞扬、荒凉不毛的贫民窟里，经过无雨的八个月，不见一丝绿意，大家依配给使用唯一的水源，而且大多时候是上锁关闭的状态。"我在孟买还没见过这么漂亮的地方，从街上根本想不到会有这样的地方。"

他盯着我好一会儿，好似在估量我这谎话撒得有多大，然后挥手要我坐在无椅背的小凳子上。除了他的帝王椅，院子里就只有这张凳子。

"林先生，请坐。吃过了吗？"

"吃过了，谢谢。我今天早餐吃得晚。"

"那至少喝杯茶吧。纳吉尔！Idhar-ao（过来）！"他叫唤着，声音吓到在他脚边啄食糕饼屑的两只鸽子。纳吉尔进来时，两只鸽子飞起，振翅自他胸前飞过。它们似乎不怕他，甚至认得他，然后再度落在石板地上，像只温驯的小狗跟着他。

"Chai bono（去泡杯茶），纳吉尔。"哈德拜以命令的口吻说。他对这司机讲话的口气傲慢，但不严厉，我想那是纳吉尔唯一觉得舒服且尊敬的口气。这位结实的阿富汗人不发一语退下，两只鸽子一蹦一跳，跟着他进屋。

"哈德拜，在谈其他事之前……有件事我想跟你说。"我轻声说道。我接下来的话，让他迅速抬起头，我知道我已把他的心思完全引过来。"关于萨普娜。"

"好，继续说。"他喃喃道。

"嗯，我昨天晚上好好想了一下，想我们谈的东西，想你在聚会上要我做的事，想你要我帮忙的事……诸如此类，我觉得那有个困难。"

他微笑，扬起一边眉毛，露出探询的表情，但并未开口，我只好进一步说明。

"我知道我说得不是很清楚，但我就是觉得不对劲。不管那家伙做了什么，我都不想让自己处于……呃，某种警察的角色。帮他们办事，我觉得不妥，即使是间接替他们办事也一样。在我的国家，说人帮警察打探事情，等于是委婉地在说人告密。我很抱歉，我知道那家伙杀了人。如果你想抓他，那是你的事，只要能力所及，我什么都乐于帮你。但我不想和警察有瓜葛，不想帮他们办事。如果你想在法律之外自己干——如果你想抓他，自己解决掉他，不管你出于什么理由——我都乐于帮忙。如果你想跟他那帮人打架，无论他们是何方神圣，都算我一份。"

"还有吗？"

"没有了，差……差不多就这样。"

"很好，林先生。"他答。他打量我时面无表情，但眼神在大笑，令人费解的大笑。"我想你大可不必多虑，我向你保证，我在金钱上资助许多警察，可以这么说，但我从没有跟他们一伙。我可以告诉你，萨普娜这件事是非常私人的，我希望，你如果想透露有关这恐怖家伙的任何事，只跟我说就好。关于萨普娜的事，请你不要跟昨晚在此聚会时所遇见的任何人提起……不要跟其他任何人说。同意吗？"

"行，同意。"

"还有其他事吗？"

"没有了。"

"很好，那么来谈正事。我今天时间不多，林先生，我就挑明直说。我昨天提到要你帮忙，是希望你教一个叫塔里克的小男孩英语。当然不是要你全教，只要教到他的英语有大幅进步，他上正规课程时比别人强一点就可以。"

"我乐意一试。"我说得结结巴巴，不解这项请求，但也觉得这事不难。我从小到大每天写英语，要我教英语入门可说轻而易举。"我不知道自己会教得多好，我想一定有许多人可以教得比我好，但我很乐意尝试。你要我在哪里教？来这里？"

他看着我，那神情慈祥，近乎长者对晚辈般的亲昵。

"不必，想也知道他得跟着你生活。在接下来十或十二个星期里，我要你时时刻刻把他带在身边。他会跟你生活在一块，一起吃饭，睡在你屋里，你去哪里，他跟去哪里。我不只希望他学好英文句子，还希望他学到英式作风，你们的作风。我希望他在与你朝夕相处之下，能学到这个。"

"但……我不是英国人。"我可笑地反驳。

"这没关系，你够像英国人，不是吗？你是外国人，可以教他外国人的作风。我的用意在此。"

我的心一团乱，思绪纷飞犹如刚刚被他说话声吓到的鸽子。得想个办法推掉。那是不可能的。

"但我住在贫民窟。你知道那地方，那里龙蛇混杂。我的小屋真的很小，里面什么都没有，他会住得不舒服。而且……又脏又挤……他要睡哪里？"

"我知道你的情形，林先生。"他答，口气有些急切，"正是如此，你在贫民窟的生活，正是我希望他认识的。你老实跟我说，你觉得在贫民窟里可不可以学到东西？你觉得跟城里最穷的人相处有没有益处？"

这点我的确认同。我觉得，每个孩子，特别是有钱人家的儿女，能体验一下贫民窟的生活，必定大有益处。

"的确，我想是如此。我的确认为小孩该去看看那里的人如何生活。但你得知道，我必须担负很大的责任。我自己都没把自己照顾得很好，怎么有能力照顾小孩子。"

纳吉尔送来茶和一只备好的水烟筒。

"啊，我们的茶来了。先抽烟，如何？"

我们先抽了烟。纳吉尔蹲着和我们一起抽。哈德拜吞云吐雾时，纳吉尔向我投来一连串的点头、皱眉、眨眼，似乎在说：嘿，看主人如何抽烟，看他多么威严、多么高贵，是你我永远无法企及的，我们真是三生有幸才能在这里和他在一块。

纳吉尔比我矮一个头，但我猜他至少比我重上几公斤。他脖子很粗，厚实的肩膀好似朝耳朵的方向往上提。粗壮的手臂绷紧了他宽松衬衫的缝线处，似乎只比他的大腿稍微细一些。时时刻刻充满敌意的大脸上，有三道下弯的弧线，有点像是士官军阶的三条横杠。第一道弧线由眉毛构成，眉毛由两眼中间的略为上方处，挺着桀骜不驯的粗直姿态，沿着皱起的眉头分别往下弯，直到与眼睛齐平处。第二道弧线始于他鼻子两翼的深槽，左右往下延伸至下巴，将他的脸上下一分为二。第三道弧线由他狂妄、好斗、不悦的嘴角下拉形成，倒置的马蹄形，显示命运已把厄运钉在他人生的门柱上。

他褐色额头上有道淡紫色的疤痕，非常抢眼。一双黑色眼睛在深陷的眼眶里移动，仿佛遭到追杀的猎物不断寻找藏身之所。耳朵看来像是给什么野兽咬过，且野兽咬钝了牙仍咬不下来，最后只好放弃。他脸上最抢眼的部位是鼻子，松垮垮垂着那么大一坨，除了吸气和闻香，似乎还有更为宏大的用途。刚认识他时，我觉得他丑，倒不是因为他五官搭在一起实在不漂亮，而是因为他的五官沉闷无趣。我觉得从没见过这样一张从来不笑的脸。

水烟筒第三次轮到我享用，但烟气灼烫且味道不好，我大声说已经没烟了。纳吉尔一把拿走我面前的水烟筒，动作粗暴，然后使劲吸，勉强吐出一团暗褐色的烟雾。他把垫在烟斗钵底的小石子轻轻敲落到手掌上，露出烧剩的少量白灰。为了确认我是否在看，他把手上的白灰吹到我脚边的地上，不怀好意地清清喉咙，然后离开。

"纳吉尔不是很喜欢我。"

哈德拜大笑。很突然、很年轻的大笑。我喜欢那样的笑，于是跟着一起笑，但心里不是很清楚他为什么大笑。

"你喜欢纳吉尔吗？"他问，仍在大笑。

"我想是不喜欢。"我答，我们两人笑得更起劲。

"你不想教塔里克英语，因为不想担那个责任。"停住大笑后他说。

"不只是因为……嗯，是的，纯粹是因为那个。是……"我望着那双金黄色的眼睛，恳求它们，"我不是个很有责任感的人，而这个……是不小的责任，太大的责任。我担当不起。"

他微笑着，伸出手搭在我前臂上。

"我知道，你会担心，这很自然。你担心塔里克有什么不测，担心自己失去自由，无法想去哪里就去哪里，想做什么就做什么。这很自然。"

"没错。"我喃喃说道，松了口气。他的确了解，他知道他的要求我办不到。他不会强人所难。坐在他椅子旁边的矮凳上，我得抬头看他，觉得自己处于不利的地位。我突然对他生出一股孺慕之情，那感情似乎来自我们之间的不平等关系，而且依靠那关系维持着。那是家臣对主子的爱，最强烈、最神秘的人类情感之一。

"很好，我决定了，林，你带塔里克走，让他留在你身边两天。四十八小时后如果觉得无法继续下去，你就带他回我这里，这事就此结束。但我深信他不会给你添任何麻烦。我外甥很乖。"

"你……外甥？"

"没错，我幺妹法莉希塔的第四个儿子。十一岁大，学过一些英文，讲的一口流利的印地语、普什图语 ①、乌尔都语、马拉地语。他长得没有同年龄小孩高，但很健壮。"

"你外甥——"我想再度开口，却立刻被他打断。

"如果你觉得可以帮我这个忙，我的贫民窟好友，也是那里的头头——卡西姆·阿里·胡赛因——你当然认识他，他会在各方面帮你。他会安排一些家庭，包括他自己的家庭来分担你的责任，除了你的屋子，还会另外找些人家供那男孩睡觉。会有许多朋友帮你照顾塔里克。我希望他能了解最穷之人的困苦生活。但最重要的是，我希望他可以跟着英文老师学习。最后一件事对我非常重要，我小时候……"

他停顿了一下，眼神移开，落在喷泉和圆形巨石的湿润表面。他双眼发亮，反着石头上的水光。接着，严肃的神情飘过他的眼睛，就像晴空万里时一片云影悄悄移过平滑的丘陵。

"所以，四十八小时，"他叹口气，把自己唤回眼前，"之后，如果你把他带回来，我不会怪你。现在你该去见见那个男孩。"

哈德拜示意我看身后回廊的拱门，我转头一看，那男孩已站在那里。就他的年纪来说，他长得算矮小。哈德拜说他十一岁，但外表看来只有八岁。身穿干净、熨平的克塔长衫和伯贾玛宽版裤，怀里抱着一捆绑好的白棉布。他盯着我，表情可怜而带着怀疑，使我觉得他会突然哭出来。哈德拜唤他过来，那男孩走上前，远远绕过我，来到他舅舅座椅的另一边。走得愈近，他的表情似乎愈痛苦。哈德拜用乌尔都语跟他讲话，讲得很快，神情严肃，并指了我几次。他讲完后，那男孩走到我身旁，伸出手。

"非常哈罗。"他说，眼睛睁得很大，满是不情愿与害怕。

我与他握手，他的小手完全被我的手包覆。没有哪样东西像小孩的手，叫大人握在手里觉得如此完美契合，如此理所当然，激起如此强烈

---

① 普什图语（Pashto），阿富汗普什图人的语言，是阿富汗官方语言之一。

的保护本能。

"也跟你哈罗，塔里克。"我说，不禁笑了起来。

他的眼睛闪现淡淡的笑意作为回应，微笑里充满了希望，但那抹微笑很快就被怀疑所扑灭。他回头看舅舅，一脸绝望愁苦，紧闭的嘴抿成一条线，小小的鼻子紧绷，两侧泛白。

哈德拜回望过来，神情强硬地盯着男孩，然后起身，再度以近乎喊叫的口吻呼唤纳吉尔。

"希望你见谅，林先生。我有一些事急着要处理。如果你不愉快的话，期盼你两天后大驾光临，na？纳吉尔会领你们出去。"

他转身往阴暗的拱廊大步走去，没有看那男孩一眼。塔里克和我注视他离开，彼此都有被遗弃、背叛的感觉。纳吉尔送我们俩到门口。我换上户外鞋时，纳吉尔突然跪下，并把男孩紧抱在怀里，深情热切又让人意外。塔里克紧拥着他，抓着他的头发，我费了一番力气才把他拉开。我们再度站起来时，纳吉尔投来毫无掩饰的威胁表情，然后转身离开。那表情萦绕我脑海，在告诉我：这男孩如果有什么闪失，我一定会要你好看。

一分钟后，我们人在屋外，在纳比拉清真寺旁的街上，男孩和男人紧牵彼此的手，但除了共同的困惑——困惑于把我们硬生生凑在一块的那个人的霸道之外，各有所思。塔里克只是必须听话，但我无力抗拒哈德拜的要求，则显示出某种怯懦。我太容易屈从，而我很清楚这点。厌恶自己的念头马上变成自以为是。我在心里问自己，他怎么能这样对待小孩，对待他自己的外甥，这么轻易就把他交给陌生人？他难道没看见这男孩那么不情愿？如此漠视小孩的权利和福祉，实在麻木不仁。只有视别人如草芥的人，才会把小孩交给像……像我这样的人。

我怎么会屈服于他，接下这档差事？我对自己的软弱顺从感到愤怒，满怀怨恨和自私，硬拉着塔里克，以小跑的步伐走在人来人往的街上。就在我们经过清真寺主门时，头顶上的宣礼塔传来宣礼员要求信徒礼拜的召唤。

Allah hu Akbar Allah hu Akbar（安拉至大，安拉至大）

Allah hu Akbar Allah hu Akbar

Ash-hadu an-la Ila ha-illallah（我见证安拉以外别无真主）

Ash-hadu an-la Ila ha-illallah

塔里克双手抓住我的两个手腕，要我停下。他指着清真寺大门，然后指向大门上方的塔楼，塔顶的扩音器正在播送宣礼员的宣礼词。我摇摇头，告诉他没时间耽搁。他站着不走，更用力地抓住我的手腕。我用印地语和马拉地语告诉他，我不是穆斯林，我不想进清真寺。他不死心，使劲把我往门口拉，太阳穴的血管因为用力而突起。最后他从我手上挣脱，快步跑上清真寺的门阶，踢掉脚上的凉鞋，飞也似的奔入寺内，我想拦阻时已经来不及了。

我感到挫折且犹豫不决，在清真寺开阔的拱道边踌躇着。我知道非穆斯林也可入寺。任何宗教信仰的人都可以进入任何清真寺，礼拜或冥想，抑或纯粹欣赏。但我知道，在这座绝大多数是印度教徒的城市，穆斯林自认是受到包围的少数族群。宗教极端分子间的暴力冲突时有所闻。普拉巴克提醒过我，就在这清真寺外，好战的印度教徒和穆斯林曾爆发过冲突。

我不晓得该怎么办。我知道这寺院有其他出口，那男孩如果决心跑掉，找到他的机会微乎其微。一想到我可能得回去找哈德拜，告诉他，就在距他把外甥托付给我的地方不到一百米处，我把那孩子搞丢了，我就害怕得心怦怦直跳。

就在我决定入寺找人时，塔里克出现了，自右而左穿过铺有华丽瓷砖的大门厅堂。手、脚、头全都湿漉漉的，似乎匆匆净过身。我放大胆子，将上半身探进门，看见那男孩在一群男人后方就位，开始做礼拜。

我在空着的手推车上坐下，抽了一根烟。几分钟后，塔里克现身，拾起凉鞋走到我身旁，我感到如释重负。他站得离我相当近，盯着我的脸瞧，投来既微笑又皱眉的表情：那是似乎只有小孩才有办法做出的矛盾表情之一，仿佛他既害怕又高兴。

"Zuhr（正午礼拜）！Zuhr!"他说，表示现在是做正午礼拜的时辰。就这么小的年纪来说，他的口吻显得特别坚定。"我去感谢真主。你感谢主吗，林巴巴？"

我单腿在他面前跪下，紧握他的双臂。他退缩，但我没放松。我的眼神在发火，我知道我的脸看起来严厉，甚至可能是冷酷。

"别再这样！"我用印地语厉声对他说，"别再乱跑！"

他对我皱起眉，既不服气又害怕。然后他稚气的脸庞沉下来，变成想哭又极力压抑的表情。我看到他眼眶里满是泪水，一滴泪水夺眶而出，滑落在他涨红的脸颊上。我站起身，往他身旁跨一步。我左右瞥了一下，看到一些男女已在街上停下，盯着我们。他们表情严肃，但还没到惊恐的地步。我向男孩伸出手，手掌打开，他不情不愿地握住，我起步朝街道另一头最近的出租车招呼站走去。

我再度往后看，看见那些人的视线跟着我们。我心脏跳得飞快。心里沸腾着黏稠的复杂情绪，而我知道愤怒占了大部分，且大部分的愤怒是针对我的。我停下脚步，男孩跟着停下。我深呼吸了好几口气，竭力恢复平静。低头瞧塔里克，他正偏着头，专注地看着我。

"很抱歉生你的气，塔里克。"我平静地说，并且用印地语重复一遍，"我不会再这样了。但拜托，不要像那样乱跑。那会让我很害怕，很担心。"

男孩对我咧嘴而笑。那是他第一次真正对我微笑。我赫然发现那微笑和普拉巴克月圆般的笑容非常相似。

"噢，主帮帮我。"我说，长吁一口气，"别又来一个。"

"好的，非常没问题！"塔里克同意，握着我的手猛摇，"请主帮你，还有我，整天！"

第十六章

"她什么时候会回来？"

"我哪知道？或许不会很久，她说要你等她。"

"我不知道能不能等。天色已经暗了，我得让这小孩回家睡觉。"

"不管怎样，我的答案都一样，杰克。她说要你等，就这样。"

我瞥了一眼塔里克，他看起来不累，但我知道他一定困了。我想不妨休息一下再走回家，于是我们脱掉鞋子，进入卡拉家里，关上临街的大门。老式大冰箱里有些冰水。塔里克倒了一杯冰水，在一堆坐垫上坐下，翻看《今日印度》杂志。

莉萨在卡拉卧室里，双膝屈起坐在床上，身穿红色丝质睡衣，此外什么都没有，一丛金色耻毛清晰可见。我本能地回头一瞥，确认男孩看不见这房里的情形。她双手环抱，怀里拽着一瓶杰克·丹尼威士忌，长长的鬈发束成偏向一侧的圆发髻。她盯着我瞧，一副存心打量的表情，一只眼睛几乎闭着，叫我想起射手瞄准射程内目标时的神情。

"嘿，你去哪儿弄来这小孩的？"

我坐在有靠背的椅子上，面朝椅背跨坐，两只前臂放在椅背上。

"可以说是受人之托，我在帮某人一个忙。"

"一个忙？"她问，仿佛那字眼是某种传染病的委婉代称。

"是的，有个朋友要我教这小孩一些英语。"

"那他在这里做什么？怎么不待在家里？"

"那人要我把他带在身边，要他用这种方式学习。"

"你是说一直把他带在身边，不管你去哪里？"

"是这样没错，但我希望两天后就把他送回去。真不晓得我是怎么被说服接下这档差事的，其实我自己都还糊里糊涂的。"

她放声大笑，那笑声令人不舒服。酒精让她的笑声显得做作，近乎邪恶。但那笑的核心厚实饱满，我想那本来可能是爽朗的大笑。她举起酒瓶，就着瓶口喝了一大口，露出一边浑圆的奶子。

"我不喜欢小孩。"她自负地说，好似在宣布她刚获得什么不得了的大奖。她又灌了一大口酒，瓶里只剩一半。我知道她已经开始精神涣散，目前只是短暂的清醒，不久之后就会语无伦次，动作迟缓，然后醉倒。

"嗯，我只是想拿回衣服。"我低声说，眼睛在房里四处搜索，"我拿了就走，改天再来看卡拉。"

"我想跟你商量件事情，吉尔伯特。"

"我姓林。"我坚持，虽然那也是化名。

"我想跟你商量下，林。如果你同意在这里，在我面前换上衣服，我就告诉你衣服在哪里。"

我们互看不顺眼，怀着满满的敌意盯着对方瞧，那种敌意有时几乎可说是相互吸引，或者更甚于相互吸引。

"如果是那样，"我拉长音调说，不禁咧嘴而笑，"那对我有什么好处？"

她再度大笑，笑得更起劲、更自然。

"林，你说的没错。帮我拿杯水来，好吗？这玩意儿喝得越多，就他妈的越口渴。"

走到那小厨房的途中，我顺道去看看塔里克。他已经睡着，头往后倒在坐垫上，嘴巴微张，一只手蜷起抵着下巴，另一只手仍无力地握着杂志。我拿走杂志，取来挂在钩子上的薄披巾盖在他身上。他一动不动，似乎睡得很沉。到了厨房，我从冰箱拿出一瓶冰水，又拿了两只平底玻璃杯，回到卧室。

"那孩子已经睡着了，"我说，递给她一只玻璃杯，"我会让他睡一会儿。如果他没醒，我晚点再叫醒他。"

"坐这里。"她命令道，轻拍她旁边的床面。我坐下，喝了满满一杯冰水，然后又喝了满满一杯。她隔着玻璃杯沿看我喝。

"这水好，"片刻之后她说，"你有没有注意到这里的水好？我是说真的很好。别人都以为这里的水脏得要命，我是说孟买和印度之类的地方。他们怕这里的水，但其实比我家水龙头流出的化学味马尿好喝多了。"

"你家在哪儿？"

"那有什么鸟差别？"她看着我，不耐烦地皱起眉，急急补充道，"别生气，别发火，我不是在耍酷。我是说真的，有没有家有什么差别？我绝不会回去，你绝不会想去那里。"

"我想也是。"

"真热！最讨厌每年这时候，雨季来之前总是最不舒服，叫人抓狂。这种天气会不会让你抓狂？这是我第四个雨季——在这里住一阵子后，你就会开始数。狄迪耶有九个雨季，你相信吗？在孟买待了九个鬼雨季！你呢？"

"第二个，我期待雨季降临，我喜欢雨，虽然那会让贫民窟变得泥泞不堪。"

"卡拉告诉我你住在贫民窟。真不晓得你怎么受得了，那么臭，那么多人挤在一起过活。我死也不去那种地方。"

"就像大部分的人、事、物一样，那里并不像外表看起来那么糟。"

她把头斜靠到一边肩膀上，看着我。我不懂她的表情，眼神虽然绽放着欢愉，透着几乎诱人的笑意，嘴巴却扭曲成不屑的讥笑。

"林，你这人真有意思，你怎么会给这小子缠上？"

"我告诉过你了。"

"那他是怎样的人？"

"你不是说不喜欢小孩？"

"是不喜欢，小孩那么……无知。除非他们不是那么无知。他们知道自己要什么，不得到手绝不罢休，叫人讨厌。我认识的那些糟糕得要命的人，全和长大的大小孩差不多！真够恐怖的，让我想吐。"

小孩或许令她反胃，但在酸麦芽浆酿成的威士忌下肚后，她对那种不舒服的感觉似乎没有感觉了。她就着瓶口，喝了几口，每一口都喝得既慢且久，又喝掉整整四分之一瓶。真的醉了，我想。如果她先前没醉，现在是真的醉了。她用手背擦擦嘴，微笑，但表情很不协调，中国蓝的眼睛此时眼神涣散。她摇摇晃晃，精神愈来愈不集中，许多伪装的粗暴姿态渐渐卸去，突然显得很年轻、很脆弱。她原本透着愤怒、害怕，不讨人喜欢的下巴，此刻竟变得出奇地温柔、慈悲；脸颊丰满而红润，鼻尖微微翘起，形成柔和的曲线。她是有着少女脸庞的二十四岁女人，脸上没有无奈妥协留下的坑洞，没有痛苦决定所刻下的深纹。从卡拉告诉我的一些事，以及我在周夫人那里见到的情形，可以知道她的人生过得比大部分人苦，但从她脸上却完全看不出来。

她把酒瓶递给我，我接下，啜了一口。我拿着酒瓶好一阵子，趁她不注意，把酒瓶摆在床边的地板上，她拿不到的不起眼的地方。她点起烟，拨乱头发，草草扎着的发髻散开，长鬈发垂落在一边的肩上。她泰然自若地把手摆在头顶，丝质睡衣的宽袖子滑过手肘，露出腋下刮过毛的青白毛楂。

房间里没有其他致瘾物的迹象，但她的瞳孔缩到只有一丁点，显示她吸食过海洛因或其他毒品。不管她喝了酒又吸食了什么，总之她因此神情恍惚。她整个人软趴趴地靠着床架，显得不太舒服，正用嘴巴呼吸，呼呼作响。她的下唇松垂无力，少许威士忌夹杂唾液从嘴角淌下。

不过，她仍是漂亮的。这想法使我突然觉得，即使她一副丑态，看起来仍然会是漂亮的。她的脸是一张又大、又可爱、又无表情的脸，是足球赛场上拿着彩球热舞的啦啦队女郎的脸，是广告商用来诱使人冲动买下多余商品的脸。

"继续说啊，跟我说说他是什么样的人，那个小孩。"

"呃，我想他是个宗教狂热分子。"我偷偷告诉她，面带微笑，同时转头望着沉睡的男孩，"他今天要我停下来三次，还有今天傍晚，好让他做礼拜。我不知道这是否对他的灵魂有好处，但他的胃口似乎很好。他很能吃，吃起东西就像有人会颁大胃王奖表扬他一样。他让我今晚在餐厅里耗了两个多小时，吃下面条、烤鱼、冰激凌和果冻。所以我们才会这么晚来，照理说我早就该到家了，但他赖在餐厅不走，我也没办法。看来未来两天为了喂饱他，我的荷包要大失血了。他吃得比我还多。"

"你知道汉尼拔是怎么死的吗？"她问。

"我有没有听错？"

"汉尼拔，那个带着大象的家伙。你不知道自己的历史吗？他带着大象，翻过阿尔卑斯山，攻击罗马人。"

"哦，我知道你在说谁了。"我不耐烦地说道，对这种毫无条理的谈话很恼火。

"那他是怎么死的？"她质问道，表情愈来愈夸张，一副醉鬼无厘头的滑稽模样。

"我不知道。"

"哈！"她嘲笑道，"你什么都不知道。"

"对，我什么都不知道。"

接下来我们陷入久久的沉默。她怔怔地盯着我，我好似能看到她的心思正往下飘荡，穿过她的蓝眼睛，犹如室内滑雪场里的雪花。

"所以，你要告诉我，他是怎么死的？"片刻之后我问道。

"谁死了？"她问，一头雾水。

"汉尼拔。你要告诉我他是怎么死的。"

"哦，他啊。呃，他好像是率领三万大军翻过阿尔卑斯山进入意大利，跟罗马人打了好像十六年的仗。哇，十六年！他从没吃过败仗，一次都没有。然后，经过其他一些鸟事，他回国，成为大人物、大英雄之类的人物。但罗马人从来没忘记他加在他们身上的耻辱，所以耍了一些政治手段，让他的人民转而攻击他、踢走他。你懂我说的吗？"

"当然。"

"我其实是在说，难道我会喜欢把我宝贵的时间浪费在这里，在这样的生活上？你知道，我不是非这样不可，我大可跟比你好得多的人在一起。我可以跟我喜欢的任何人在一起，任何人！"她手上的烟已经快烧到她的手指了。我把烟灰缸移到烟下面，轻轻拨松她紧夹的烟，让那根烟从她手上落入烟灰缸。她似乎没有察觉。

"好，所以罗马人唆使汉尼拔的人民把他踢走。"我以坚定的语气说，对这位迦太基将军的下场真的起了兴趣。

"他们将他放逐。"她愤愤纠正道。

"将他放逐，然后呢？他是怎么死的？"

莉萨突然把头抬离枕头，瘫软虚弱地移动身子，怒目瞪视我，那神情让我觉得她似乎真的心怀恶意。

"卡拉到底有什么特别的，啊？"她怒气冲冲地质问道，"我比她还漂亮！仔细看，我这对奶子比她的还好看。"

她拉开丝质睡衣，露出大半身躯，动作笨拙地抚摩自己的乳房。"你说啊，是不是？"

"是……是很好看。"我小声说。

"好看？它们是真的他妈的漂亮！是完美！你想摸摸看，对不对？来摸啊！"

她一把抓住我的手腕，动作快得让我吓一跳，然后拉着我的手，放在她臀部附近的大腿上。肌肤温暖、光滑、有弹性。世上最柔软、摸起来最舒服的东西，莫过于女人的大腿。任何花朵、皮革或织品，都没有这种丝绒般的轻柔触感。所有的女人，不管胖瘦老少，不管在其他方面有多大的美丑差别，其大腿的触感都是如此完美。男人为何渴望占有女人，为何如此频频自认为真的占有了女人，大腿和大腿的触感是主要原因。

"卡拉告诉过你我在'皇宫'做什么吗，啊？我在那里做些什么？"她说，带着令人费解的敌意，同时将我的手拉到她两腿间长着金色毛发的坚实小丘上，"周夫人要我们在那里玩花样，男人很喜欢'皇宫'的花样，卡拉跟你说过吗，啊？'蒙眼男人射靶'，她有没有跟你说过那是什么？客人戴上眼罩，把鸡巴插进我们之中一人，猜中是哪个人，就有奖赏。而且，要知道，不能用手。妙就妙在这里。她跟你讲过这个吗？跟你讲过'椅子'吗？很受欢迎的花样。一个女孩手脚着地跪着，另一个女孩背对背躺在她上面，把她们两人绑在一块，顾客上下轮流插，有点像是多重选择。有没有让你兴奋，林？让你欲火焚身？卡拉带客人到'皇宫'时，这一招常让他们性欲高涨。卡拉很有生意头脑，你知道吗？我在'皇宫'上班，但那只是个工作，我赚钱维生的工作，而她是让那工作龌龊的人，让那工作成为……恶心事的人。卡拉是那种为达目的不择手段的人。没错，生意头脑，还有跟生意头脑一样冷酷的心肠……"

她双手抚摩着我放在她小丘上的手，一边扭动屁股，使我的手与她的身体相互磨蹭。她屈起双膝，两腿分开，把我的手带到她的阴唇，肥厚、饱满、湿润的阴唇。她把我两根手指塞进她温热的小穴。

"感觉到了吗？"她小声而含糊地说，紧咬着牙，然后露出牙齿冷冷一笑，"肌肉的力量，小伙子。重点所在。那是受训、练习数小时、数个月的成果。周夫人要我们蹲下，使劲夹住铅笔，好练出像握拳那样的握力。我练得可是他妈的厉害极了，可以用那个鬼东西写信。你感觉到那股劲道了吗？你绝对找不到这么紧的东西，任何地方都找不到。卡拉没这么行，我知道她没这么行。你到底是怎样，你不想上我吗？难道你是同性恋？我……"

她仍紧紧夹住我的手指，紧抓我的手腕，但使劲的笑容渐渐退去，她的脸慢慢别到一边。

"我……我……我想我快吐了。"

我把手指从她体内拔出，挣脱她渐渐松开的手，后退着离开床边，朝浴室走去。我匆匆抓起毛巾浸湿冷水，随手拿起浴室里的一个大盘子。我回到床边，她手脚摊平，难看地躺着，双手放在肚子上。我把她的身子摆成较舒服的姿势，给她盖上薄棉毯，把湿毛巾盖在她额头上。她轻轻动了一下，但没有抗拒。皱起的眉头渐渐松开，变为病人诚恳的面容。

"他自杀了，"她闭着眼睛轻声说，"那个汉尼拔。他们要把他引渡回罗马，让他接受多项罪名的审判，他因此自杀。你有什么感想？打了那么多仗，那么多大象，那么多大战，最后却自杀。真的，卡拉跟我讲的，卡拉永远不会说谎……即使是她在说谎时……她跟我这么说过……我永远不会说谎，即使在我说谎的时候……我喜欢那女孩。我喜欢那女孩，你知道吗？她把我救出那地方，你也把我救出那地方。她正把我从毒品里救出来……帮我戒毒……要戒毒，林……吉尔伯特……要甩掉那个鬼东西……我喜欢那女孩……"

她睡着了。我观察她一会儿，确认她是否生病，会不会醒来，但她睡得很沉、很安详。我过去看塔里克，他也睡得很熟。我决定不叫醒他。独自一人，置身在如此安静的氛围里，那种快乐直透心坎。在这个人口有一两千万、而其中一半无家可归的城市里，越是有钱有势的人，越能享有隐私和宁静的独处时光，因为隐私只有钱买得到，而宁静的独处时光只有靠权势才能强索得来。在孟买，穷人几乎无缘享有独处时光，而我就是穷人。

这个房间静得能听到呼吸声，完全听不到外头渐趋平静的街道传来的声音。我在这间公寓里自由走动，无人在旁窥视。因为有两个人，一个女人和一个小孩，正在屋里沉睡，似乎让这份静谧更为甜美，让这份平和更显深邃。幻想抚慰了我的心灵。我曾有过这样的生活：拥有一个女人和一个沉睡中的小孩，我是她们的丈夫和父亲。

我在卡拉凌乱的书桌旁停下，看见书桌上方墙上大镜子里的自己。这份短暂找到归属的幻想，这份有着温馨住所与家庭的小小梦想，在我眼中僵化、碎裂。事实是我的婚姻已经破灭，我的孩子，我亲爱的女儿已不属于我。事实是莉萨和塔里克于我无足轻重，我于他们亦无足轻重。事实是我不属于任何地方，不属于任何人。我置身人群，渴望独处，随时随地都感到孤单。更糟的是，我感到空虚，一无所有，越狱和逃亡把我掏空，也磨光了。我失去家人、年少时的友人、祖国和文化的根，失去界定我人生角色、赋予我身份的所有东西。一如所有的逃犯，我愈是逍遥法外，逃得愈久愈远，愈是感到失落。

但是正逐渐适应新身份的我，有了一些新朋友。有那个矮小、让人生更添趣味的普拉巴克，有强尼·雪茄、卡西姆·阿里、吉滕德拉和拉德哈夫妇。他们是乱世英雄，用竹竿撑住这座可拆卸收起的城市，不管邻居多潦倒、多颓丧或多讨人厌，他们都坚持敦亲睦邻。还有哈德拜、阿布杜拉、狄迪耶和卡拉。望着绿框镜子里自己冷漠的眼神，我想起他们，我问自己这些人为何让我的人生有了改变。为什么是他们？他们代表了什么意义？这群人彼此的差异如此悬殊——最富的和最穷的、受过教育者和目不识丁者、品行高洁者和作奸犯科者、老年人和年轻人——他们之间唯一的共通点，似乎是拥有让我感动的某种力量。

我面前的书桌上有本厚厚的皮革装帧书，打开后发现那是卡拉的日记，里面写得密密麻麻，字迹优美。明知不应该，但我还是翻阅起她的日记，读了她的私密心情。结果，那不是日记。每一页都没有注明日期，也没有逐日记载做过的事、见过的人，反倒很零碎。有些句子摘自不同的小说和其他书籍，并个别注明摘自哪位大作家，再附上她个人的批注和评论。书里有许多诗，有些抄自个人精选集、多人合辑，乃至报章杂志，并在诗篇下方注明出处和诗人的名字。还有些诗是她自己的作品，有些地方改了又改，更动了一个字或一个词，或者是多加一行。日记本从头到尾都列有单词和从字典查来的字义，并以星号注明，形成一份不断在扩充的冷僻、晦涩的单词表。那本子里还有一些随意写下的意识流段落，描写她某日的所思或所感。这些段落常提到别人，但都没写出姓名，只以他或她称之。

有一页提到萨普娜，叫人费解又不安：

> 问：萨普娜会做什么？
> 答：萨普娜会把我们全杀掉。

这段问答我来回看了几次，越看越心惊胆战。我清楚地知道她讲的就是那个叫萨普娜的人，那个埃杜尔·迦尼和马基德提到的，其徒众干下令人发指的杀人案的人，那个遭黑白两道追捕的人。从这两个奇怪的句子看来，她似乎知道他什么事，甚至可能知道他是谁。我不了解这两句话的意思，也不知道她是否置身险境。

我更仔细地查看了前后页的记载，都没发现可能与他有关的地方，或卡拉与他有关的地方。但在倒数第二页，有一段文字清楚地提到我：

> 他想告诉我他爱上我了。但我为什么要阻止他呢？我就这么羞于面对这事实？从那地方望出去的景致美得令人难以置信，太惊人了。我们所在的位置相当高，所以高高飞在小孩头上的风筝都在我们的视线之下。他说我不怎么笑，我很高兴他这么说，我不了解自己为什么会这样。

在这段记载底下，她写着：

我不知道何者较令我害怕，

是摧毁我们的力量，

还是我们忍受那力量的无穷能力。

这段话我记得很清楚，那是在贫民窟部分屋子遭到拆除、运走之后，她所说的话。一如她说过的许多话，这段话具有某种让我不知不觉记在脑海的智慧。知道她也记得这段话，并将之抄写在这里，甚至把这即兴之词改得更好，改得更有格言警句的味道，我很意外，或许还有些震惊。我在心里问自己，难道她打算跟别人交谈时再用上这一段？

最后一页有她写的一首诗，那是她在这几乎要写完的本子里最新写上的东西。因为这出现在她提及我的那段文字的下一页，更因为我渴望一读，于是我读了这首诗，并且告诉自己那是我的诗。我一厢情愿地认为那是在写我，或认为至少有一部分源自对我的感觉。我知道事实并非如此，但爱很少与我们所谓的认知或真相有关。

为不让人尾随来至你带我前去的秘境

我用头发遮盖我们的足迹

太阳落在我们床上的岛屿

夜幕升起

吞噬回声

我们登上那岛，光影闪烁交缠

蜡烛在我们背后的漂流木低语

你的眼在我上方

害怕我可能信守的承诺

懊悔我们所说过的事实

胜于我们未说的谎言

我走进内心深处

我走进内心深处

为你和过去搏斗

如今我们两人知道

忧伤是爱的种子

如今我们两人知道

我愿为这份爱而生，而死

　　我站在书桌旁，抓起一支笔，把这首诗抄在一张纸上。我把偷来的字语叠好，偷偷放进皮夹，合上本子，照原来摆放的样子放回原处。

　　我走向书架，想通过她读的书来了解她这个人。四层架子，藏书不多，种类却惊人地驳杂。有希腊史的书，哲学、宇宙论的书，诗与戏剧的书。意大利文版司汤达的《帕尔马修道院》、法文原文版的《包法利夫人》、德语的托马斯·曼与席勒的著作，还有英语的朱娜·巴恩斯与弗吉尼亚·伍尔夫的著作。我拿下伊西多尔·杜卡斯所写的《马尔多罗之歌》，有很多页折了角，上头有卡拉写的许多眉批。我拿下另一本书，德文版果戈理的《死魂灵》，卡拉也在许多页面上写了注解。看来她着迷于这些书，贪婪地吞咽，而且不怕她特有的评注和文献系在上头留下痕迹，甚至损坏。

　　有一整排日记本占据了某层书架的一半空间，总数约二十本，外观和我在书桌上发现的那本类似。我取下一本粗略翻看。这本日记就像其他本一样，都是用英语写的。这前所未有的发现让我很震撼。我知道她生于瑞士，说的一口流利的德语、法语，但她书写个人内心最深处的思绪和情感时，却是用英语。我抓住这点，打心底认为是个好兆头。英语是我的母语，而她向自己抒发内心情感时，用的就是英语。

　　我在公寓里四处参观，研究她在个人生活空间里摆设的物品。有幅油画，描绘几名妇女从河边提水，大水罐稳稳顶在头上，小孩跟在后面，头上顶了较小的水罐。某个供奉架上摆了一尊手工雕刻的红木难近母（Durga）女神像，非常醒目，周围摆放着香炉。我注意到房里的花草摆设，是干枯后也不会变色、变形的永久花和其他干燥花。这种花是我的最爱，在孟买很罕见，因为这里鲜花多且便宜。房里还有一堆捡来的东西，包括她从某处捡来、固定在墙上的一大片椰枣叶；塞满一个无水大鱼缸的贝壳和河石；一架废弃的手纺车，上头有她挂上的数个小铜钟。

她屋里最艳丽的东西是衣服，挂在她房间一角的开放式架子上，而非衣橱里。衣服分成两大类，分别挂在架子的左右边。左边的是她的社交服，包括时髦的长窄裙套装、银色露背紧身晚宴装等亮丽的衣裳；右边是她的家居服，有她真正喜欢穿的宽松丝质长裤、松垮的围巾和长袖棉质短上衣。

在衣架底下有一排鞋，共二十四双。我的靴子就摆在那排鞋子的末端，新近才擦亮，还系上了鞋带。我跪下想拿回我的靴子，但瞥见放在一旁的鞋子，鞋身非常娇小，我反倒拿起其中一只端详了片刻。意大利米兰制造，深绿色皮革，有个装饰性裰扣缝在鞋侧，绕过矮后跟。是双高雅而昂贵的鞋子，但鞋跟一侧稍微有磨损，有些地方的皮面有刮痕。我看出她或者某人，曾以毛毡笔修补过，借以掩盖白色的刮痕。颜色很相近，但还是看得出来。

我在靴子后方的一个塑料袋里发现我的衣服。已经送洗过，叠得很整齐。我拿出衣服到浴室换上。我把头抵在水龙头下，用冷水冲了整整一分钟。换上我的旧牛仔裤和舒适的靴子之后，我照旧把短发往后拨，觉得整个人又精神了起来。

我回卧室看看莉萨。她睡得很甜，嘴唇上漾着不一样的微笑。我把被子塞进床的两侧，以免她掉下床，然后把吊扇的风速调到最小。窗子有铁窗，前门从外面关上后会自动锁上。我知道可以放她一人在这里，她会很安全。站在床边，看着她的胸脯随着呼吸上下起伏，我想到是不是该留个纸条给卡拉。最后我决定不留，因为我想让她对我好奇，让她去猜我在她屋子里时心里在想什么，又做了什么。为了有借口再来找她，我把她之前给我穿的衣服，就是我刚刚换下、她死去情人的葬服，叠好，放进塑料袋。我打算洗干净，几天后再拿来还。

我转身想去叫醒塔里克回家，结果那男孩已经站在门口，紧抓着他的小侧背包，睡眼惺忪的脸上带着受伤、被责备的神情。

"你要离开我？"他问。

"不是，"我大笑，"但我如果真那么做，你会有更好的日子过，总而言之，会过得比较舒服。我住的地方可没这里好。"

他皱眉，不懂我说的英文，仍然不放心。

"你准备好了吗？"

"是的，准备好了。"他一边含糊地小声回应，一边摇头摆脑。

一想到贫民窟的公共厕所，以及取水不便的问题，我要他先在这里上过厕所再走，又要他把脸、手洗干净。他上过厕所后，我给了他一杯牛奶和一块甜糕，那是我在卡拉厨房里发现的。我们走出公寓，扣上拉门，街上一片冷清。他回头看了看那屋子和周边的所有建筑，寻找有助于他记住此地的地标，然后迈开步子，隔着一小段距离走在我身旁。

我们走在马路上，因为人行道大部分已经被露宿此处的游民占去。路上偶尔有出租车或警方吉普车驶过。所有商家都已打烊，只有少数屋子或公寓的窗子还亮着灯。月亮接近满月，不时有低旋的浓云飘来将它遮蔽。浓云是雨季将至的征兆。每天晚上云层会愈积愈多愈厚，接下来几天，云层将大肆席卷，直至塞满整个天空，然后下雨，每个地方都会下起绵绵不绝的雨。

我们走得比预期的要快，离开卡拉的公寓只半小时，我们就转进了沿贫民窟东侧弧线而行的大路。一路上，塔里克一言不发，而我，在烦恼该如何照料他，烦恼他的幸福重任压在我肩上，而此刻我似乎更烦恼那男孩难以理解的沉默。在我们左边有大片空地，约足球场大小，辟为方便区，女人、小孩、老人都在这里便溺。那里寸草不生，经过太阳连续八个月的照射，整片地区尘土飞扬，空无一物。在我们右边是建筑工地的边缘，到处可见成堆摆放的小堆木材、格构钢材和其他材料。一颗颗孤零零的灯泡悬挂在长长的延长线下，照亮底下一堆堆建材。路上没有其他灯光，只有约五百米外的贫民窟那儿可以看见一些微弱的煤油灯光。

我告诉塔里克紧跟着我，心知天黑以后，许多人因为害怕那块空地会有蛇或老鼠出没，索性在这条路上就地解决。凭着神秘且不言而喻的共识，这条路上总会留下一条狭窄曲折的干净小径，让后来的人进入贫民窟时不致踩上愈积愈多的秽物。我常在深夜回家，因此熟知如何安全走过那条曲折离奇的干净小径，而不会被许许多多似乎从来没人想过要修补的大坑洞的边缘绊倒。

塔里克紧跟着我，乖乖地、努力地踩在我踩过的地方。我知道，外地人闻到贫民窟边缘的恶臭肯定会恶心。我已久待而不闻其臭，甚至和贫民窟的居民一样，想起那恶臭时还会感到温馨。那味道意味着我们到家了，安全了，受到同是天涯沦落人的集体保护，摆脱穷人在较干净气派的市街上时时提心吊胆的危险。我永远忘不了第一次走进这贫民窟时，那阵阵作呕的痉挛。我还记得，在那股臭得似乎每吸一口气就毒化肺部一次，让皮肤上的每滴汗珠都带着臭味的气味中，自己内心的恐惧。

我记得那一切，我知道眼前的塔里克一定也很难受、害怕、想吐。但我一句安慰的话都没说，也压下牵他手的冲动。我不想这小孩跟着我，很气自己太过懦弱，不敢把想法如实告诉哈德拜。我希望这男孩想吐，希望他害怕，希望他因此想吐、害怕、不高兴，于是恳求他舅舅带他回去。

突如其来的猛吠声打破了无情沉默的紧绷气氛。一只狗叫起来，旋即又有几只叫起来，接着其他许多只也跟着狂吠起来。我突然停下，塔里克从后面撞上我。那些狗在空地那儿，距我们不远。我往黑暗处仔细瞧，却看不到它们。我感觉到它们遍布极广，有一大群。我望向群集的棚屋，估计到贫民窟脱身的距离，就在这时，连续的吠叫声狂乱到极点，它们在夜色中快步朝我们逼近。

三四十只发狂的狗围成一个大大的月牙形步步进逼，切断我们撤退到贫民窟的后路。极度危险。这些狗白天时胆小又谄媚，到了夜里就集结成凶恶的狗群。它们的攻击和残暴传遍这座城市的每个贫民窟，让人闻风丧胆。袭击人类的事件时有所闻。在我那间小诊所里，几乎每天有狗咬、鼠咬的伤员前来就治。有个醉汉在贫民窟边缘遭狗群疯狂攻击，现在还躺在医院尚未完全康复。就在一个月前，有名幼童在同一个地方被咬死，小小的身躯被撕裂成好几块，尸块散布的范围极大，花了整整一天才全部找齐。

我们被困在这条漆黑的小径上。狗群逼近到仅数米之遥，将我们团团包围，对我们狂吠。吠声震耳欲聋，令人心惊。狗群中最大胆的一只正一步步慢慢逼来。我知道，再过几秒钟它们就会对我们发动首波猛烈攻势。贫民窟太远，还没跑到就会被狗咬上。我想自己若挨几口还挨得过去，但塔里克在一百米内就会命丧狗群嘴下。在我们附近有一堆木材和其他建材，可以作为武器和照明充足的搏斗区。我告诉塔里克准备好，听我一声令下拔腿就跑。确定他了解我的意思后，我把装了卡拉借我衣服的那只塑料袋丢进狗群。它们立即扑上去，互相狠咬狂吠，把它扯得稀巴烂。

"就是现在，塔里克！立刻！"我大叫，把男孩推到我前面，然后转身边掩护他边后退。狗群忙着撕咬那包东西，我们拥有片刻的安全。我跑到那堆废木头边抓起一根结实的竹棍，就在这时，狗群已对那包稀巴烂的东西不感兴趣，再度朝我们逼来。

愤怒的狗群发现我拿了武器，在距我们更远处踌躇。它们为数惊人。我听到自己心里在说：太多了，它们太多了。我从没见过那么大一群狗。狂吠声让最愤怒的狗从数个方向群起前冲。我举起竹棍佯攻，告诉塔里克爬到我背上。那男孩立刻照做，爬到我背上，细瘦的双臂牢牢绕住我的脖子。狗群缓缓进逼。一只体形比其他狗都大的黑狗，龇牙咧嘴地朝我的腿冲过来。我使出全身力气把竹棍往下挥，没打中它的嘴，但打到它的背。它痛得哀嚎，迅速逃出我的攻击范围。战斗开始。

它们一只接一只，从左、右、正面攻来。每一次我都挥棍猛击，予以吓退。我想到如果能打瘸甚至打死一只，其他只可能就会被吓跑，但我每次挥击都没能重创这些狗，因此狗群退却不久，便随即再攻。事实上，它们似乎察觉到那根棍子伤得了它们，但杀不死它们，因此愈来愈大胆。

大队狗群逐步进逼，越来越近，个别的攻击更趋频繁。战斗十分钟后，我已大汗淋漓，渐感疲累。我知道不久之后我的反应会变慢，会有一只狗趁机咬住我的腿或手臂。血腥味一旦传出，它们的贪婪凶狠会变成残暴、发狂、无惧。我希望贫民窟里有人听到这震耳欲聋的叫嚣声，前来搭救。但深夜里，我曾被同样的狗吠声，来自贫民窟外围的狗吠声，吵醒上百次，而每次我都翻过身继续睡，从没想过有人需要解救。

那只大黑狗似乎是头目，它狡诈地做了两次假动作。我转身迎击，但转得太快，绊到一根突出的木头，随之倒地。我常听人说，在碰到意外或突然身陷险境的时刻，人会觉得时间迟滞或变慢，每个动作似乎都会变成慢动作。这次重心不稳往旁边倒向地面，是我第一次有这种感觉。从重心不稳到落地那一刻，时间变得漫长，视角也受到局限。我看见那只黑狗随着肢体律动本能地后退，犹疑了片刻，再度转身面对我们。我看到它的两只前爪，靠着急速转身的力量在地上滑移，然后在沙土地上挖出一处便于它前冲、跃起的立足点。我看见那野兽的眼睛，它察觉到我无力抵抗，察觉到扑杀猎物的时机已然到来，眼神散发出近似于人类的残酷。我看见其他狗纷纷停下动作，几乎是同时停下，然后迈着装模作样的小碎步缓缓前移。在存亡未卜之际，我有时间去想它们的鬼鬼祟祟真是古怪且突兀，有时间去感受地上粗糙的石砾如何磨破手肘的皮肤，有时间去诧异心中一丝可笑的、可能会受到感染的忧虑。我从眼前的景象中抽离，从狗群攻击的巨大危险中抽离。狗群，无处不在。

绝望与不安席卷而来，我想起塔里克，那个不情不愿被丢给我照顾的可怜小孩，担心起他的安危。我感觉他从我脖子上滑落，感觉我撞上那堆滑动的木材时，他无力的双臂从我拼命抓紧的双手中滑开。我看着他落地，用像猫一样灵活的身手往前爬，站起，跨立在我伸长的两腿上。然后，小男孩的身躯因愤怒和勇气而僵挺，他大声尖叫，抓起一块木头砸向那只黑狗的嘴。黑狗痛得哀号，叫声比嘈杂的吠噪声和男孩的尖叫声更响。

"Allah hu Akbar! Allah hu Akbar!"塔里克大喊。他蹲下来，朝空中挥舞拳头，神态凶狠如一头猛兽。在这感官紧绷而时间异常漫长的最后一刻，我有时间感觉泪水的灼痛，那是我看着他蹲下来，挥舞拳头，挺身保护我们两人时落下的泪水。我看到他脊椎的关节隔着衬衫突起，看到他瘦小膝盖的骨头隔着长裤显出轮廓。小小的身躯竟然如此勇敢。我双眼里炙灼的情感是爱，是父亲对儿子那种纯粹的、充满骄傲的爱。在那一刻，我发自肺腑地爱他。我猛然起身，时间因脱离恐惧与失败的黏滞而加快。此时此刻，我脑海里重复浮现一些语句，卡拉诗中的语句——我愿为这份爱而死，我愿为这份爱而死！

塔里克打伤了头目，它退到其他狗的后面，狗群的气焰因此削弱了一阵子。但噪叫声却变得更响，而且给人另一种感觉，一种受挫呜咽的感觉。仿佛它们厌倦了这场猎杀，苦于久攻不破的挫败。假使它们没办法在短时间内将我们撂倒，我希望它们会在这种挫败感中转而互咬。然而，毫无预警地，它们再度出击。

它们两三只一群向我们逼来，同时从两边攻击。男孩和我背对背站着，拼命又戳又打。嗜血的狗群凶性大发。我们使劲地打，但它们只是退缩几秒钟，马上又往前扑。我们置身尖牙、狂吠、猛咬、噪叫的包围中。我往塔里克那边弯下腰，帮他击退死命扑上来的三四只狗，一只狗趁隙跳到我身后，朝我脚踝狠狠一咬。皮靴保住了我的脚踝，我把那只狗赶跑，但我明白我们逐渐居于下风。我们节节败退，直退到背倚着木材堆死命苦撑，再也无路可逃。一大群狗围着我们猛吠、猛扑，距我们只有两米。忽然间，从我们后方传来一声怒吼，有东西重重跳上木材堆，木材哗啦哗啦散开。我以为有几只狗绕到后面跳上木材堆，于是转身想迎击，却看见一身黑的阿布杜拉跃起，跳过我们头顶，跳进龇牙咧嘴的狗群当中。

他转身，左右开弓；他跃起，拢膝落下，动作利落得就像受过训练的搏击选手。他的动作流畅敏捷，迅速灵活，像蛇和蝎子一样绝不胡乱出手，招招快、狠、准。他带了一根铁条防身，约三厘米粗，长超过一米。他双手握着铁条挥舞，犹如挥剑一般。但是让狗群畏惧逃遁的不是这根厉害的武器，甚至不是他灵活的过人身手。让群狗丢下两只颅骨破裂而死的同伴落荒而逃的，是他主动攻击的气势：他主动出击，我们却只知防守；他抱着必胜的信心，而我们却努力只想着活命。

战斗很快就结束了。原来此起彼落的尖厉叫声一下子恢复寂静。阿布杜拉转身看我们，铁条高举过肩，像拿着日本武士刀。年轻勇敢的脸庞绽放笑容，犹如哈吉阿里白色清真寺宣礼塔上辉映的月光。

稍后，我们三人在我的小屋里饮用甜腻的热苏莱曼茶时，阿布杜拉说他原本在小屋里等我，然后听到狗吠声。他觉得很不对劲，于是前来查看。在我们聊这段惊险的奇遇时，我在泥土地板上铺了三张床，之后我们三人便躺下休息。

阿布杜拉和塔里克一下子就坠入梦乡，我却难以成眠。我躺在漆黑的屋里，屋里弥漫着焚香、手卷线扎小烟卷和廉价煤油的味道。我怀着疑惑而猜疑的心情，回想过去几天发生的事。这几天所发生的事似乎比先前几个月里发生的还要多。周夫人、卡拉、哈德拜的会议、萨普娜，我觉得冥冥之中有比我还强，或至少比我还神秘的人在操纵我。我感受到一股大得无法抗拒的浪潮，正把我带往某人的目的地、某人的命运。

背后有某种计划或目的。我感觉得到。我确信有蛛丝马迹可循，但我无法从纷然杂沓的时间、面孔及言语中抽离出它们。云朵斑驳的夜空似乎满是迹象和预兆，仿佛命运本身正告诫我离开或激我留下。

塔里克突然惊醒，坐起身，瞧了瞧四周。我的眼睛已适应漆黑。我清楚地看见他苍白的脸上闪现恐惧，那种紧缩成忧伤与决心的恐惧。他望着安详沉睡的阿布杜拉，然后望向我。他不出一声站起身，把他的睡垫拖到我旁边，然后再度钻进薄毯子，亲昵地躺在我身边。我伸出手臂让他把头枕在上面，他的头发散发着阳光的气味。

睡意终于征服了我，吞没我的疑问和困惑，然后，就在即将睡着之际，我突然脑袋一片清明，领悟到那些新朋友——哈德拜、卡拉、阿布杜拉、普拉巴克和其他所有人——的共同特色。他们全是，我们全是，这座城市的异乡人。我们都不是在这里出生的。我们全是难民、幸存者，在这孤岛城市的海滩上扎营落脚。如果说我们之间有共同的体验，那就是我们都离乡背井，都有着失落、孤单、流浪的感受。

领悟到这点后，我了解到自己对待这男孩的方式实在太无情了。在我住的这个简陋破烂的贫民窟里，塔里克是个外人。我羞愧于冷酷自私啮蚀了我的同情心，也被这小男孩的勇敢和孤单深深打动。我倾听他睡觉的呼吸声，让他紧握住我心中的痛。我们的爱有时穷酸得一无所有，只剩希望；我们的哭有时慷慨得倾尽一切，却不流一滴眼泪。最后剩下的，就只是爱及其责任，悲伤及其虚实。最终那就是我们所拥有的，在黎明降临前我们要牢牢抓紧。

第十七章

"这世界由一百万个坏人,一千万个蠢人,一亿个孬种在治理。"埃杜尔·迦尼以他最地道的牛津腔英语宣告着,舔着他短粗手指上的蜂蜜蛋糕,"坏人就是那些有权有势的人,有钱人、政治人物、宗教狂热分子,他们的决定主宰了世界,让世界走上贪婪、毁灭之路。"

他停下来,望向大雨哗哗直下的阿布德尔·哈德汗庭院里潺潺的喷泉,仿佛正从那块湿漉漉泛光的巨石上汲取灵感。他伸出右手,再拿起一块蜂蜜蛋糕,一口塞进嘴里。他咀嚼、吞下时,对我投来有恳求意味的淡淡的微笑,似乎在说,我知道不该这样,但我实在忍不住。

"全世界,真正的坏人只有一百万。非常有钱和非常有权的人,也就是做出举足轻重决定的人,只有区区一百万。为数千万的蠢人,则是替坏人治理世界的军人和警察。他们由十二个主要国家的常备军队,还有那些国家和另外二十个国家的警察组成。真有实权或真正——重要的蠢人总共只有一千万。我相信他们往往勇敢,但也愚蠢,因为他们为政府卖命,为将他们的血肉当成棋子的人卖命。最终,那些政府总是出卖、辜负或抛弃他们。国家对子民最可耻的冷落,就是对战争英雄的冷落。"

哈德拜的圆形露天庭院位于房子正中央。季风雨打在喷水池里和周边的瓷砖上,密而不断,天空犹如一条河流,而我们这部分的世界是那河流的瀑布。虽然下着雨，喷水池仍然尽忠职守，冒着从天而下的大水，往上喷出细瘦的水柱。我们坐在环廊的屋檐下，看着这一场滂沱大雨，啜饮甜茶。空气潮湿，但环廊底下干燥而温暖。

"而那一亿个孬种，"埃杜尔·迦尼继续说，粗胖的手指捏着茶杯柄，"他们是官员、基层公务员、机关办事员，他们容许坏人统治，佯装不知。他们往往是这个部门的首长，那个委员会的秘书长，什么协会的会长。他们是经理人、官员、市长、法庭官员。他们总是说自己只是奉命行事，或只是忠于职守，这是公事公办；还说如果他们不做，也会有别人做，借此狡辩。他们就是那一亿个孬种，在处死某人的公文上签名，或让一百万人在饥荒中慢慢死去时，明知事情真相，却不吭一声。"

他慢慢变得沉默，盯着自己手背上曼陀罗似的血管。过了一段时间，他把自己从幻想中摇醒，看着我，眼神里泛着温和、亲切的笑意。

"你看，就是这样，"他下了结论，"这世界由一百万个坏人、一千万个蠢人、一亿个孬种在治理。地球上我们其他六十亿人所做的事，几乎都是别人吩咐我们做的！"

他大笑，拍打大腿。那是很开怀的大笑，是那种直到有人跟着大笑才会停的大笑。我不由得跟着大笑起来。

"你懂这意思吗，老弟？"他问，表情变得严肃到足以提出这个问题。

"说来听听。"

"这个公式——一百万、一千万、一亿——是所有政治的真相。马克思错了！你知道吗？问题不在于阶级，因为所有阶级都在这一小撮人的掌控中。这组数字是帝国叛乱的成因，这是过去一万年间孕育出人类诸多文明的公式。这公式建造了金字塔，发动了你们的'十字军'。它能使世界陷入战争，也有让天下太平的力量。"

"他们不是我们的'十字军'，"我纠正道，"但我懂你的意思。"

"你爱他吗？"他问，突然改变话题，吓了我一跳。他常常这样，想到什么就换话题，是他谈话的特色之一。他这方面的本事实在高，即使我终于了解他，即使我料到他会突如其来岔开话题，他还是让我猝不及防。"你爱哈德拜吗？"

"我……这是什么问题？"我质问，仍在大笑。

"他很喜欢你，林，他常提起你。"

我皱着眉，望向别处，避开他锐利的目光。得知哈德拜喜欢我，常提起我，我心里涌起一股强烈的欢喜。但我不愿承认我多么看重他的肯定，甚至连在自己心里暗自承认都不愿意。喜爱与怀疑、欣赏与痛恨——矛盾的心情交织，令我困惑，就像我想起哈德拜或与他在一起时一样。困惑化为恼怒，出现在我的眼神和声音里。

"你想我们要等多久？"我问，望了望通往哈德拜私人房间的紧闭门户，"我今天下午和一些德国游客有约。"

埃杜尔听而不闻，隔着我们之间的小桌子，俯身凑过来。

"你得爱他！"他说，用近乎挑逗的轻声细语，"你想不想知道我为什么用一生爱阿布德尔·哈德汗？"

我们坐着，脸靠得很近，近到我可以看到他眼白里的红色细血管。纵横交错的红色血管在他眼睛的赭色虹膜处会合为一，像是许多根手指撑着金黄、红褐色的圆盘。眼睛下方是粗厚的眼袋，让他脸上永远是一副悲痛、忧伤、心事重重的表情。他虽然说了许多笑话，动不动就大笑，但眼皮底下的眼袋总是藏着满满未流出的泪水。

我们等哈德拜回来，已经等了半小时。我带塔里克来时，哈德拜亲切地招呼我，然后带塔里克去做礼拜，留下埃杜尔·迦尼陪我。屋里十分安静，只有庭院里的雨水声和不胜负荷的喷水池边沿所发出的噗噗起泡声。一对鸽子依偎在庭院另一头。

埃杜尔和我相顾无言，我没回答他的问题：你想不想知道我为什么爱这个人？我当然想知道，我是作家，我什么都想知道。但我不是很乐于玩迦尼的问答游戏。我不懂他的用意，猜不出他到底要做什么。

"老弟，我爱他，因为他是这城市的系泊柱。数千人把自己的生命拴在他身上，借此保住性命。我爱他，因为他有这份使命，要改变整个世界，而其他人甚至连想都没想过。我担心他花太多时间、精力和金钱在这使命上，为此反对过他许多次，但因为他献身于此，我爱他。更重要的是，我爱他是因为他是我遇过唯一能回答三大问题的人，也是你将来唯一会遇见可以回答的人。"

"只有三大问题？"我问，掩不住口气里的讥讽之意。

"对，"他答得很平和，"我们来自何方？为何在这里？去向何处？就这三大问题。你如果爱他，林，我的年轻朋友，你如果爱他，他也会告诉你这些秘密。他会告诉你生命的意义。当你仔细听他讲话，你会知道他所说的是千真万确的。你日后所碰到的人，没有一个能为你回答这三个问题，我很肯定。我游历'世界'许多次，请教过所有大师。遇见阿布德尔·哈德汗之后，我把自己的生命和他的生命连在一起，成了他的兄弟；在那之前，我花了一大堆钱，好几笔大钱，寻访著名的预言家、神秘主义者和科学家，没一个能回答这三大问题。然后，我遇见哈德拜，他为我解答了这些问题。从那天起，我爱上他，把他当我的兄弟，我灵魂的兄弟。从那天起，直到现在，我们共处的短暂时刻，我一直效命于他。他会告诉你生命的意义！他会为你解开谜团。"

一条浩浩荡荡的大河带着我走，这城市和一千五百万人之河，而迦尼的主张为这条大河注入了一条新流。他浓密的褐发已出现灰色，两旁的鬓角近乎全白；唇髭长在那个精雕细琢、近乎女性的嘴唇上，颜色更是灰白；脖子上挂着一条粗金链，在午后阳光下闪闪发亮，和他眼中闪现的金黄色相辉映。我们在那心怀渴盼的沉默中四目相对，他的红色眼眶里开始注满泪水。

他情感的深挚恳切毋庸置疑，但那情感的内涵，我却无法理解。接着，我们身后有道门打开，迦尼的圆脸换成他一贯的表情，诙谐而平易近人。我们两人都转身，看见哈德拜带着塔里克进来。

"林！"他说，双手搭在男孩肩上，"塔里克跟我说过去三个月里，他跟你学到不少东西。"

三个月呢！刚开始，我觉得把那男孩带在身边，三天都挨不了。结果，转眼之间，就过了三个月。把男孩带回他舅舅身边时，我心里百般不舍。我知道我会想念他，他是个乖小孩。他会成为好男人，也就是我曾努力想当却没当成的那种男人。

"要不是你派人来带他走，他会继续跟我们一起生活。"我说，口气里带着一丝责难。没头没脑就把那孩子丢给我几个月，然后同样毫无预警地把他带走，我觉得这做法独断专行得不近人情。

"过去两年，塔里克完成了古兰经学校的学业，如今，他跟着你提升了英文水平。现在该是他上大学的时候，我想他已有非常充分的准备了。"

哈德拜的语气温和又有耐心。他眼里那亲切而微带顽皮的笑意牢牢抓住我，一如他有力的双手，牢牢握住站在他身前严肃不笑的男孩的肩膀。

"你知道吗，林？"他轻柔地说，"我们普什图语有句谚语，意思是男人要真诚而主动地爱上小孩，才算长大成人，也要让小孩真诚而主动地爱你，才算好男人。"

"塔里克没问题，"我说，站着跟他握手道别，"他很乖，我舍不得他。"

会想念他的，不止我一人。他很得卡西姆·阿里·胡赛因的欢心。卡西姆常来看这男孩，巡视贫民窟时常带着他；吉滕德拉和拉德哈宠爱他；强尼·雪茄和普拉巴克爱捉弄他，但无恶意，还让他参加每周一次的板球赛；就连阿布杜拉都关心他。"野狗之夜"后，他每星期来找塔里克两次，教他用棍、小刀与徒手的搏击技巧。那几个月里，我常看到他们在贫民窟附近的小沙滩练习，他们在地平线上的黑色身影，就像皮影戏里的剪影。

最后，我跟塔里克握手，凝视他恳切、真诚的黑色眼睛。过去三个月的点点滴滴，迅速浮现眼前。我想起他与贫民窟一个男孩打的第一场架。那个男孩比他高大得多，把他打倒在地，但塔里克只凭眼神就让对方后退，他瞪视那个大男孩，让对方感到羞耻。大男孩崩溃，哭了起来。塔里克还关心地上前拥抱他，两人从此结为挚友。我想起我为他上英文课时，他兴致盎然的神情，还想起他很快就成为我的小帮手，协助其他加入这课程的小孩学习。我想起他卖力地与我们一起防范雨季的第一场洪水，用棒子和双手在满是岩石的土地上挖出一条排水渠道。我想起有天下午，我正想要写点东西时，他在我小屋门边探头探脑的脸。"唉！什么事，塔里克！"我烦躁地问他。"噢！对不起，"他答，"你想自己一个人吗？"

我离开阿布德尔·哈德汗的家，踏上返回贫民窟的漫长路程，没有那男孩在身边时，我感到孤单，心情低落。不知怎的，在这个没有他的不同世界里，我觉得自己没原来重要，突然间没原来有价值。我依约到那些德国游客下榻的饭店跟他们见面，饭店就在哈德拜的清真寺附近。他们是一对年轻情侣，第一次到印度，想在黑市兑换德国马克，好多换点钱，买些大麻胶，在环游印度期间使用。他们是一对正派、快乐的情侣，天真、宽厚，因为受到印度的精神性启发来到这里。我替他们换了钱，抽取佣金，安排他们买到大麻胶。他们很感激，想多付钱，我拒绝了，毕竟价钱已谈定就不该更改，然后答应他们的邀请，一起抽大麻。我亲手调配了水烟筒，其浓烈程度，对我们在孟买街头生活、工作的人来说算是一般，但比他们习惯抽的强烈多了。我拉开饭店房门要离去时，他们俩已麻醉恍惚得睡着了。此时，我踏上叫人昏昏欲睡的午后街道。

我沿着穆罕默德路走，转甘地路，再转科拉巴的科兹威路。其实我大可搭巴士，或从街上跑的许多出租车里拦一辆，但我喜欢走路。我喜欢从乔尔市集，经过克劳福市场、维多利亚火车总站、弗洛拉喷泉、要塞区、皇家圆环，穿过科拉巴区，到萨松码头、世贸中心、后湾，大概要走好几公里。在孟买那几年，这趟路我走了上千次，每次走都觉得新鲜、兴奋而感动。那天在我绕过皇家圆环，在皇家戏院外停下来察看即将放映的电影海报时，突然有人叫我的名字。

"林巴巴！嘿！林！"

我转身看见普拉巴克，他从黑黄色出租车的乘客座车窗探出身子。我走过去和他握手，也跟司机——普拉巴克的堂兄襄图打招呼。

"我们正要回家。上车，送你回去。"

"谢了，普拉布，"我微笑，"我想走回去，中间有两个地方要去。"

"行，林！"普拉巴克咧嘴而笑，"但别花太多时间，有时候你花太多时间做这种事了，如果你不介意我当面说你的话。今天是个特别的日子，知道吧？"

我向他们挥手，直到他的笑容消失在车阵里。接着，我身旁有辆汽车被猛烈撞击，发出尖锐刺耳的声音，我吓得跳了起来。原来是一辆"大使"试图超车时，撞上一辆木制手拉车，重重的手拉车不听使唤，拦腰撞上一辆出租车，距我只有两米。

车祸很严重，拉车的人受了重伤。车祸发生时，我亲眼看见套在他脖子和肩膀上的缰绳和挽具，把他困在车辕里。他的身体因为被绳子缠住，翻了个筋斗，脑袋扎扎实实地砸在坚硬的路面上；一只手臂硬生生给反折过来，角度很不自然，有根胫骨从膝盖下方刺穿皮肤。那些绳子，他每天用来拉车走过大街小巷的绳子，缠住他的脖子和胸部，把他缠得快要断气了。

我跟其他人跑上前去。我从背后腰带中的刀鞘里拔出小刀，迅速但极小心地割断绳子，把他从撞得稀烂的手拉车上放下来。他年纪比我大，可能有六十岁，但精瘦、结实而健康。他心跳加快，但规律而有力，大大有助于他恢复清醒。他呼吸道畅通，呼吸缓慢而从容。我用手指拨开他的眼睛，瞳孔对光有反应。他晕眩，受到了惊吓，但未昏迷。

我和另外三名男子把他从大路抬到人行道。他的左臂松垮无力地垂下。我扶住他的手肘，慢慢弯曲他的手臂。几名路人应我的要求，捐出手帕。我把四条手帕绑成一条，充当临时吊带，将左臂固定在他胸前。就在我检查他腿部的伤口时，受损车辆附近传来疯狂的尖叫声，我吓了一跳，立刻站起来。

至少十名男子正要拖出"大使"里的司机。那人身材高大，超过一米八，体重是我的一倍半，胸膛是我的两倍宽。他两条粗腿使劲顶着车内的地板，一只手臂顶着车顶，另一只紧抓着方向盘。愤怒的群众拼命拉扯了一分钟，司机不动如山，他们只好放弃，转而把矛头指向后座的男子。那人体格粗壮，肩膀厚实，但比司机轻得多，也瘦得多。暴民把他拖出后座，推向车侧。那人用双臂护住脸部，但群众开始用拳头打他，用手抓他。

那两名男子是非洲人，我猜是尼日利亚人。从人行道上看着这一幕，我想起十八个月前，普拉巴克带我游历这城市黑暗面的那天，当第一次看到类似的暴民逞凶的情景时，我所感受到的震惊和羞愧。我想起当看到群众抬着遍体鳞伤的人离开时，我是如何无力和懦弱。那时候我告诉自己，那不是我的文化，那不是我的城市，那不是我该打的架。十八个月后，印度文化已是我的文化，这城市的那个部分已属于我。车祸发生地点在黑市交易区，那是我常走动的地区。我每天都在那里工作，甚至也认识围殴群众里的某些人。我不能坐视不管，让同样的事情再发生。

我扯开嗓门大叫，叫得比其他人都大声，然后冲进尖叫的人群，试着把他们从紧紧挤在一块的人堆里一个个拉出来。

"老兄，老兄！别打了！别杀人！别打了！"我用印地语大喊。

当时真是一团乱。人们大多任由我拉离人堆。我的手臂很有力，他们一个个被我拉开。但按捺不住杀红眼的怒火，他们很快又开始叫嚣喊打，我感觉到拳头和手指头从四面八方同时落在我身上，打我，狠狠抓我。最后，我终于挤出人群来到那个乘客身边，将他与几名带头围殴者分开。我匆匆瞥了一眼那个男人，他的背紧靠着车反抗，举起两只拳头像是要继续反击；他脸上流血，衬衫被扯碎，沾了鲜红的血；双眼睁得很大，没有血色，眼神里满是恐惧。他咬紧牙关，猛喘气，但下巴的姿态和露齿怒视的表情流露出坚毅的勇气。他很能打，他要打到倒地为止。

我随即转过身，站在他旁边，面对众人。我往前张开双手，恳求，安抚，大叫不要再打了。

当我冲进人堆试图解救这人时，我幻想人群会分开，会听我的话，羞愧的群众会放下手，丢下手中的石头。群众会被我挺身而出的勇气影响，改变心意，低着头，一脸羞愧地走开。即使到现在，回想那一刻的危险，我有时仍不由得天真地以为，那一天我的话和我的眼神会改变他们的心情，那充满仇恨、受辱、丢脸的一群人，会渐渐散掉。但事实上，群众只迟疑了片刻，随即再度逼上前，怒不可遏地对我们叫嚣、发嘘、尖叫。为保住性命，我们不得不迎击。

讽刺的是，攻击我们的群众人多手杂，反倒对我们有利。我们被困在由追撞的车子夹成的 L 形角落里，众人围住我们，使我们无路可逃。但他们挤成一团，反倒自相抵触，不易施展拳脚。出手的人虽多，但只有一部分真正打到我们，一大堆人气冲冲地争相出拳，其实多半打到自己人。

尽管他们急着想给我们苦头吃，但或许他们的怒火有所缓和，他们真的有点不愿意打死我们。我了解那种不愿意，在许多要狠动粗的世界里见识过很多次。我无法清楚解释。那似乎是暴民心中的集体良心，而那种正确的诉求只要在适当的时机发出，便能转移急欲置人于死地的仇恨，让被害者保住性命。仿佛就在那紧要关头，暴民希望有人出来阻止，以免他们犯下不可原谅的暴行。在心怀犹疑的当下，若有一句话或一个拳头，吓阻日益高涨的邪恶气焰，有时就足以避免惨剧发生。我在监狱里见过这样的事，一群决意轮奸狱友的男子，有时会被一句话激起羞耻心，进而打消念头。我在战场上也见过这样的事，一句强有力的话语有时能削弱、消弭折磨战俘者满腔仇恨的残酷。而或许，在那天，在那位尼日利亚人和我一起对抗暴民时，我也遇到了这样的事。或许是这奇怪的场面——一名白人用印地语恳求饶过两名黑人，让人群悬崖勒马。

我们身后的车子突然轰隆隆地动了起来。那位体型壮硕的司机费了番功夫，发动了车子。他重踩油门，发动机发出动力与档位不匹配的震动，车子缓缓倒退，离开事故区。那名乘客和我紧跟在倒进人群的车子旁边，拖着脚且战且走。我们挥拳猛打，把人群推开，把抓住我们衣服的手扳开。司机伸长手到后座，打开后车门，我们跳进车。群众推挤，车门砰然关上，二十只、五十只手，对着车身猛敲、猛打、猛拍、猛捶。司机猛踩油门，朝科兹威路另一头驶去。茶杯、食器、数十只鞋子凌空飞来，砸在车上。我们随后脱身，驾车高速行驶在繁忙的马路上，隔着后车窗往后看，确保没有人跟来。

"哈桑·奥比克瓦。"我身旁的乘客先生说，同时伸出手。

"林·福特。"我答，与他握手，注意到他身上戴了许多金饰，每根手指都戴了金戒指，有些镶着闪着蓝白色光芒的钻石，还有一只镶钻的劳力士金表，松松垮垮地戴在手腕上。

"这位是拉希姆。"他说，向司机点点头。前座这位高大男子回头一瞥，对我咧嘴而笑。他转了转眼珠，在大难不死后开心地念祷文，然后转过头面对马路。

"我这条命是你救的，"哈桑·奥比克瓦苦笑着说，"我们这两条命都是，刚刚他们是真的想杀了我们！"

"我们走运！"我答，看着他健康帅气的圆脸，对他开始有好感。

眼睛和嘴唇是他脸上最有特色的地方。眼睛大，两眼隔得异常开，使他看人时有点像是爬虫类在瞪人；嘴唇丰满，形状奇特又高贵，让人觉得它和大得多的头会更相配；门牙洁白且整齐，但两侧的牙齿全镶金；宽鼻翼线条精巧，让他的鼻孔显得颇为雅致，仿佛他不断在吸着令人陶醉的香气。宽大的金耳饰穿过他的左耳垂，在黑色短发与粗脖子的蓝黑色皮肤之间，显得相当醒目。

我看了他一眼，看到被扯破、沾有血污的衬衫，还有他脸上、裸露在外的肌肤上肿胀的割伤和瘀伤。我再度与他四目相对时，他的眼睛泛着兴奋的好心情。暴民围殴并未把他吓得魂飞魄散，我也是。我们两人都见过、经历过更凶残暴力的事，我们当下就在对方身上认出这一点。事实上，那天相遇之后，我们俩都没再直接提到那件事。我望着他发亮的眼睛，不由得跟着笑起来。

"我们真走运！"

"就是！我们真是走运！"他附和道，尽情大笑，脱下手腕上的劳力士手表。他把手表拿到耳边，确认是否还会走，然后很满意地戴回手上，专注地看着我。"尽管我们很走运，但我们还是欠你人情，而且是很重要的人情。像这样的人情债，是世上最重要的债。我一定得还。"

"用钱还。"我说。司机往后视镜瞥了一眼，与哈桑交换了一下眼神。

"但……这不能用钱还。"哈桑回话。

"我是指那个拉车的人，被你车子撞上的那个人，还有你撞坏的那辆出租车。你给我一些钱，我一定会替你把钱交到他们手上，那对摆平皇家圆环的车祸很管用。那里我常去，我每天都得去那儿工作，而那里的人要过一段时间才会消气。如果那样做，一切就搞定了。"

哈桑大笑，拍我的膝盖。那是很尽情的大笑，坦率但邪恶，豪爽但精明。

"别担心，"他说，仍笑得很开心，"这里不是我的地盘，这没错，但即使在这里，我也不是毫无势力。那个受伤的人需要的钱，我一个子儿都不会少给他。"

"另一个。"我补充说。

"另一个？"

"对，另一个也要。"

"另一个……什么？"他问，一头雾水。

"那个出租车司机。"

"对，对，他也要。"

车里陷入小小的沉默，空气里嗡嗡响着谜团和疑问。我瞥向车窗外，但我仍能感受到他盯着我的眼神，正在查探着。我转头再度面对他。

"我……喜欢……开出租车的。"我说。

"哦……"

"我……认识一些开出租车的。"

"哦……"

"那辆出租车被撞得稀烂，会让那个司机和他的家人很伤心。"

"的确。"

"所以，你什么时候做？"我问。

"做什么？"

"你什么时候拿钱，给那个拉车人和出租车司机？"

"噢！"哈桑·奥比克瓦咧嘴而笑，再度抬头瞧了瞧后视镜，和拉希姆交换眼神。那个大个子耸耸肩，对着镜子咧嘴而笑。"明天，明天行吗？"

"可以！"我皱眉，不清楚那咧嘴而笑是何用意，"我只是想知道，好跟他们说。不是钱的问题，我可以自己拿钱出来，我也打算这么做。但我得回那里修补关系，其中有些人……我认识，所以……那很重要。你如果不想做，你得让我知道，好让我自己处理。就这样。"

整件事似乎变得很复杂，我后悔跟他提起这事。我开始讨厌他，但不是很清楚为何讨厌。然后他伸手，要跟我握手。

"我说到做到。"他严正说道。我们握了手。

车内再度陷入沉默，一阵子之后，我伸出手轻拍司机的肩膀。

"到这里就可以，"我说，口气可能超乎我本意地刺耳，"我在这里下车。"

车子靠到人行道边，距贫民窟几个街区。我开门要下车，哈桑突然抓住我的手腕，抓得很用力。瞬间，我脑海里估算着，如果是拉希姆抓住我的手，力道肯定比他的大得多。

"请记住我的名字，哈桑·奥比克瓦。你可以在安德海里的非洲区找到我，那里每个人都认得我。只要是我能帮上忙的，都可以来找我。我想还人情，林·福特，这是我的电话号码。从今以后，不管是白天还是晚上，任何时候都可以打来找我。"

我接下名片，上头只有他的名字和号码，跟他握了手。跟拉希姆点了点头，我下了车。

"谢了，林，"哈桑隔着敞开的车窗大喊，"安拉保佑，我们不久后会再见面。"

车子驶离，我朝着贫民窟的方向，边走边瞧印着烫金字母的名片，就这样走了一个街区，才把名片放进口袋。几分钟后，我经过世贸中心，进入贫民窟。每次走进这个幸福又充满苦难的地方，我总会想起第一次进来的情景，这次也不例外。

经过库马尔的茶铺时，普拉巴克出来打招呼。他穿着黄色丝质衬衫、黑色裤子、红黑漆皮的木屐式船形高跟鞋，脖子上系着深红丝领巾。

"啊，林！"他大喊，穿着高跟鞋穿过不平的路面，一跛一跛走过来。他抱住我，既是友善的招呼，也是为了稳住身子。"有个人，你认识的人，在等你，在你屋里。但等一下，你的脸怎么了，还有你的衬衫，跟哪个坏蛋打了架？Arrey！你被人打得好惨，需要的话，我跟你去海扁那个家伙。"

"没什么，普拉布，没事，"我小声说，大步往我的小屋走，"你知道他是谁吗？"

"他……是谁？你是说打你脸的那个人是谁？"

"不是，当然不是！我是说在我屋里等我的那个人，你知道他是谁吗？"

"知道啊，林。"他说，踉跄地走在我身边，抓着我的袖子稳住身子。

我们往前走，好几秒钟彼此无言。路两边的人向我们打招呼，大喊着要请我们喝茶、吃东西或抽烟。

"然后呢？"片刻之后我问。

"然后？什么然后？"

"然后，他是谁？谁在我屋里？"

"噢！"他大笑，"抱歉，林，我以为你想要点惊喜，所以我才没讲。"

"这算哪门子惊喜！普拉布，你已经告诉我有人在我屋里等我了。"

"才没有！"他坚称，"你还不知道他的名字，你会有惊喜的，而且是件好事。我如果没告诉你有人在等你，你开门进屋，受到惊吓，那就是坏事。惊吓是在没有心理准备下发生的。"

"谢了，普拉布。"我答，讥讽之意在说出口时消失无踪。

他终究是一番好心，怕我被吓到。越走近我的小屋，越多人告知我有个外国人在等我。"你好，林巴巴！你屋里有个白人在等你！"

我们来到屋前，发现狄迪耶正坐在屋里的凳子上，拿着杂志在扇凉。

"是狄迪耶。"普拉巴克告诉我，开心地咧嘴而笑。

"谢谢你，普拉布。"我转向狄迪耶，狄迪耶起身握手，"真是想不到，很高兴见到你。"

"我也是，好兄弟。"狄迪耶答，虽然热得难受，但仍面带微笑，"但老实说，套句莉蒂常说的话，你看起来有点不妙。"

"没事，误会一场，没什么。等我一下，我去洗干净。"

我脱下扯破且沾血的衬衫，把陶罐里的清水倒入水桶至三分之一处，站在小屋旁被敲平的石堆上，洗洗脸、手臂和胸膛。邻居走过，与我四目相对，对我微笑。这样子洗澡得有点技术才不会浪费一滴水，不把环境弄得太糟。我已经驾轻就熟，那是我在生活上效法他们的上百个小地方之一，由此可知，我已融入他们与命运相亲相爱、充满希望的角力之中。

"要不要喝杯茶？"我在屋门口迅速套上干净的白衬衫，问狄迪耶，"可以去库马尔的店喝。"

"我刚喝过满满一杯，"狄迪耶还没能开口，普拉巴克就插话，"但为了朋友，我想，再喝一杯也行。"

他与我们在茶铺坐下。那茶铺是拆了五间小屋才搭成的大屋，搭得不牢靠，看起来随时会倒塌。店里的柜台是用旧梳妆台改制而成的，屋顶是用多块塑料板拼凑而成的，给客人坐的长椅，则是用长木板放在叠起的砖块上制成，坐在上面还会摇摇晃晃。所有材料都偷自贫民窟旁边的建筑工地，店老板库马尔则和顾客长年上演"游击战"，因为所有的顾客都想偷他的砖块和木板给自己的屋子用。

库马尔亲自前来帮我们点餐。贫民窟生活有个通则，钱赚得越多，就越要显得寒碜。库马尔奉行这个通则，一身衣服要穿得比最寒碜的顾客更邋遢、更破烂。他拖来一只肮脏的条板箱充当我们的桌子，眯着怀疑的眼睛对着箱子打量了一番，然后拿起脏抹布拍掉箱子上的灰尘，把抹布塞进汗衫。

"狄迪耶，你看起来气色很差，"库马尔离开去泡茶时，我说，"一定是因为感情问题。"

他对着我咧嘴而笑，摇摇他长着黑鬈发的头，举起双手。

"我很累，的确，"他勉强耸耸肩，一副自怜自艾的模样，"要让单纯的人腐化，得费多大的功夫，是一般人无法理解的。人越单纯，腐化就越费事。没有人知道，天生不具堕落因子的我，花了多大功夫，才让自己如此堕落。"

"你可能是在自讨苦吃。"我挖苦道。

"该来的总是会来。"他答，带着沉思的微笑，"但是你，老哥，你看起来过得很惬意。只是有一点，该怎么说呢？孤单，断了外面的信息。为此，狄迪耶特地来这里，为你带来所有最新的消息和八卦。你知道消息与八卦的不同吧？消息是告诉你别人做了什么，八卦是告诉你别人这么做有多大的乐子。"

我们俩大笑，普拉巴克跟着笑，笑得好大声，茶铺里每个人都转头看他。

"哦，接着，"狄迪耶继续说，"该从哪里开始？对了，就从维克兰对莉蒂希亚的追求过程开始说，那带着某种古怪的必然性。她一开始是痛恨他的。"

"我想痛恨这个字眼稍嫌强烈了点。"我说。

"噢！对，你说的可能没错。如果她痛恨我，这朵可爱的英国玫瑰，而她的的确确痛恨我，那么她对维克兰的感觉就的确没这么强烈。是不是该用厌恶来形容？"

"我想这会更贴切。"我同意。

"Et bien（那好），她一开始厌恶他，但经过他不屈不挠的追求，他已在她心里激起我只能称之为亲切厌恶的感觉。"

我们再度大笑，普拉巴克再拍大腿，乐得哈哈大笑，引得每个人再度转头看他。狄迪耶和我带着不解的神情打量他，他回以调皮的微笑，但我注意到他迅速往左边瞥了一眼。我顺着那一瞥望去，看见他的新爱人帕瓦蒂正在库马尔的厨房里料理食物。她粗黑的发辫是男人爬上天堂的绳子。她身材娇小，比普拉巴克矮，是他心目中最完美的身材。她侧着身子转头看我们时，黑色的眼睛燃着熊熊烈火。

她的母亲南蒂塔，视线越过帕瓦蒂肩膀，也盯着我们瞧。她身形庞大，宽度和体重比她两个娇小的女儿帕瓦蒂和席塔加起来还大了两倍。她瞪着我们，脸上既有渴望我们上门光顾的贪婪，又有一种对男人的鄙夷。我向她微笑，左右摇头。她回应的微笑，像极了毛利战士欲吓阻敌人时所摆出来的凶狠怪样。

"最后，"狄迪耶继续说，"这个维克兰宝贝蛋从昭帕提海滩的驯养师那里租来一匹马，骑到临海大道上的莉蒂希亚公寓外，对着她的窗户唱小夜曲。"

"有用吗？"

"很遗憾，non（没有）。那匹马在屋前小径留下一坨 merde（屎）——毫无疑问，就在他的小夜曲唱到特别动人的段落时，公寓大楼的许多住户，气得把腐烂的食物砸向可怜的维克兰。有人通知莉蒂希亚后，她丢出来的恶心东西比任何邻居都还更多、更准。"

"C'est l'amour（这就是爱啊）。"我叹口气。

"说得好，merde 和馊水，C'est l'amour。"狄迪耶立即附和道，"我不认为我该卷入这桩爱情——如果会成功的话。可怜的维克兰，他是个爱情傻子，而莉蒂特别瞧不起傻子。另外，毛里齐欧的生活现在顺利多了。他和乌拉的情夫莫德纳搞起有风险的事业，就像我们的莉蒂小姐说的，他现在很有钱。他现在是科拉巴区的大商人。"

我强自压抑，不露出任何表情，心里则对英俊而事业得意的毛里齐欧生起不快的嫉妒。雨又开始下，我瞥向外面，看见人们提起长裤和纱丽在奔跑，躲避水坑。

"就在昨天，"狄迪耶接着说，小心翼翼地将茶杯里的茶倒进茶碟，像大部分贫民窟居民那样就着茶碟啜饮，"莫德纳搭着私人司机驾驶的车子来到利奥波德。现在，毛里齐欧戴着价值一万美元的劳力士手表，但是……"

"但是？"他停下来喝茶，我急切地问道。

"唉，他们的事业风险很大。毛里齐欧做生意……有时不……老实。他如果惹错了人，就会很惨。"

"那你呢？"我改变话题，因为不想让狄迪耶在谈起毛里齐欧遇上的麻烦时，看到我心中浮现的怨恨，"你是把危险当一回事的人吗？你的新……同志……几乎和傀儡没两样，有人这样对我说。莉蒂说，那人脾气很坏，动不动就发火。"

"噢，他呀？"他轻蔑地说，富有表情的嘴的两边嘴角往下撇，"没那回事，他不危险。但他叫人恼火，那比危险更糟，n'est-ce pas（不是吗）？比起跟叫人恼火的人同住，跟危险的人同住还更容易一点。"

普拉巴克去库马尔茶铺柜台，买了三根手工线扎小烟卷，用一根火柴点燃。点烟时，他一只手拿着三根烟卷，另一只手拿火柴点燃。他各递上一根烟给狄迪耶和我，再度坐下，满足地抽起烟。

"啊！对了，还有一个消息。卡维塔已经在《正午》杂志找到了新差事，当特约撰稿员。我知道那是很令人羡慕的工作，是迅速当上副总编辑的跳板。能从众多才华横溢的候选人中被选上，她很高兴。"

"我喜欢卡维塔。"我不由得脱口而出。

"你知道吗？"狄迪耶主动说道，盯着燃烧的烟卷末端，然后抬头看我，一脸发自内心的惊讶，"我也是。"

我们再度大笑，我刻意让普拉巴克听到这笑话。帕瓦蒂压抑着情感，斜眼瞄着我们。

"嘿！"我问，抓住我们交谈中的短暂空当，"哈桑·奥比克瓦这名字，你知道吗？"

狄迪耶提起毛里齐欧那只一万美元的新劳力士手表，让我想起那个尼日利亚人。我从衬衫口袋里摸出金白色的名片，递给他。

"这还用说！"狄迪耶答，"这是个著名的博尔萨利诺帽，非洲聚居区里的人叫他掘墓盗尸人。"

"哦，这还真是个故事的好开头。"我喃喃说道，歪起嘴苦笑。普拉巴克拍打大腿，笑弯了腰，几乎歇斯底里。我把手放在他肩膀上，要他安静。

"听说哈桑·奥比克瓦偷走尸体后，藏得连魔鬼都找不到，再也不会有人见到那些尸体。Jamais（从来没有）！你怎么认识他的？从哪里弄来他的名片？"

"今天稍早的时候，算是偶然遇上。"我答，收回名片，塞进口袋。

"哦！小心点，老哥。"狄迪耶轻蔑地说。我没有详细交代与哈桑相遇的事，明显让他不高兴。"这位叫奥比克瓦的人，犹如他王国里的黑国王。而你知道吗，有句古谚说，国王是恶敌，是损友，是会带来噩运的亲戚。"

就在这时，一群年轻男子走近我们。他们是建筑工地的工人，其中大部分住在贫民窟合法的一边。过去一年他们都来过我的小诊所，大部分是要我包扎他们工作时意外受的伤。今天是工地发薪日，厚厚一沓钞票，让年轻、卖力工作的他们一脸兴奋得意。他们一一与我握手，逗留在我们桌边，直到他们请我们吃的茶和甜点送来才离开。他们离开时，我开心地笑着，就像他们一样。

"这项社会工作似乎很适合你，"狄迪耶带着调皮的笑容评论道，"你看起来这么好，这么健康——撇开表面的瘀伤和擦伤不说。林，我想，你的内心深处，一定是个十恶不赦的人，只有坏人才会从善行中得到这么多好处。相反地，好人只会失去耐心，脾气暴躁。"

"你说的很对，狄迪耶，"我说，仍然咧嘴而笑，"就像卡拉说的，你谈到你在人身上所发现的邪恶面时，通常说的都没错。"

"拜托，老哥！"他抗议道，"不要灌我迷魂汤！"

就在茶铺外面，突然传来许多鼓声，然后有笛声、喇叭声加入。喧闹、狂野的音乐开始了。这音乐和那些乐师，我很熟悉。每当碰上节日或庆典，贫民窟乐师就会演奏这种嘈杂刺耳的流行乐。此时，我们全走到茶铺的店前空地。普拉巴克站在我们旁边的长椅上，隔着围观群众居高临下观看。

"干什么？游行？"一大群乐师慢慢走过店前时，狄迪耶问。

"是约瑟夫！"普拉巴克大叫，指向小巷另一头，"约瑟夫和玛丽亚！他们来了！"

我们远远地看到约瑟夫和他妻子由亲友簇拥着，踩着庄重缓慢的步伐，渐渐靠近。他们前面有一群蹦蹦跳跳的小孩，毫不扭捏、近乎歇斯底里地尽情狂舞。其中有些小孩摆出他们最爱的电影舞蹈场面里的姿势，模仿明星走路；其他小孩像杂技演员般跳来跳去，或者纵情跳着他们自己编的痉挛舞步。

听乐团演奏，看小孩表演，想着那个令我怀念的男孩塔里克，我想起狱中的一件事。那时，在那个与世隔离的地方，我搬进一间新牢房，在那里发现了一只小老鼠。小老鼠从通风管道的裂缝进来，每晚都溜进我的牢房。在孤独的囚房里，耐心与专注是人开采到的宝石。我利用这两项宝物，还有食物的碎屑，贿赂小老鼠。几星期后，我把它训练成敢吃我手边食物的老鼠。后来，按照例行的换房规定，搬进别的牢房后，我向原牢房的新房客（一个我自认很了解的狱友）讲到那只受过训练的老鼠。有天早上，他邀我去看那只老鼠。他抓住那只相信人的小动物，将它面朝下钉在用破尺制成的十字架上。他边大笑边跟我说，他用棉线把老鼠脖子绑在十字架上时老鼠如何地挣扎。他很惊讶居然费了好一番功夫才能将图钉钉进它不断扭动的脚掌。

我们的所作所为，有哪次是出于正当理由？看了饱受折磨的小老鼠，这问题叫我久久无法成眠。我们干预外界时，我们有所作为时，即使抱持最良善的动机，也永远都可能带来新灾难。那灾难或许不是我们直接促成的，但没有我们的作为，那灾难不可能会发生。卡拉说过，世上最不可原谅的错事，有些是由有心改变现状的人造成的。

我看着贫民窟小孩像电影歌舞队那样跳舞，像神庙猴子那样蹦蹦跳跳。其中有些小孩正跟着我学说、读、写英语；之中又有一些小孩靠着跟我学了三个月的几句英语，开始从外国游客身上赚钱。我在想，那些小孩是不是我用手喂食的老鼠？他们毫无心机的信赖，会不会让他们落入一个若没有我出现、若没有我干预他们的生活，就不会落入、也不可能落入的命运？那么因为与我结交，受过我的教导，塔里克将会受到什么创伤和折磨？

“约瑟夫打过他老婆，”这对夫妻走近时，普拉巴克解释道，“如今大家大肆庆祝。”

“如果有人打老婆后，大家这样游行庆祝，那有人被杀了，该举行什么样的庆祝会！”狄迪耶评论道，惊讶得眉毛都弓起来了。

“他喝醉，毒打老婆，”我大声说，压过喧闹声，“她的家人和整个小区惩罚了他。”

“我用自己的棍子狠狠打了他好几下！”普拉巴克补充说，脸上洋溢着得意兴奋的光彩。

“过去几个月，他努力工作，不碰酒，在小区里接了几份工作，”我接着说，“那是惩罚的一部分，借此恢复邻居对他的尊敬。他太太在两个月前原谅了他。他们卖力工作，一起存钱。如今他们存够了钱，今天要出去度长假。”

“哎！还有更糟的事值得人庆祝。”狄迪耶断言道，跟着鼓声和蛇笛声的节奏微微转动肩部和臀部，“噢！我差点忘了。有个迷信，有个著名的迷信，是跟哈桑·奥比克瓦有关，该让你知道。”

“我不迷信，狄迪耶。”我回头大喊，盖过喧嚣的乐声。

“别鬼扯了！”他嘲笑道，“世上每个人都迷信。”

“那是卡拉说的话。”我反驳道。

他皱眉，噘嘴，竭力回想。

“是吗？”

“绝对是，那是卡拉说的，狄迪耶。”

“真离奇，”他以别人听不清楚的小声说，“我以为那是我说的。你确定？"

"我确定。"

"好，不管。关于他的那则迷信是，凡是见过哈桑·奥比克瓦，跟他寒暄时互报过姓名的人，最后都会成为他的客户，不是活客户，就是死客户。为避开这样的下场，第一次见到他时，不要报上自己的名字。从来没有人这么做。你没告诉他你的名字吧？"

我们身边的群众大叫。约瑟夫和玛丽亚离我们很近。他们走近时，我看见她脸上绽放着开心、乐观、勇敢的笑容，他则是带着羞愧与坚定的矛盾表情。她很美，将浓密的头发剪短了，与她最体面的现代款式连身裙很配。他变瘦了，看起来健壮、英俊，身穿蓝衬衫和新长裤。这对夫妻每走一步，身体都紧挨在一块，四只手也紧紧握在一起。亲人走在他们后面，捧着一面蓝披巾，接住群众丢进来的纸钞和硬币。

普拉巴克禁不住跳舞人群的呼唤，跟着下场。他从长椅上猛地跳起，加入密密麻麻、抽筋般扭动身体的人群。他穿着高跟鞋，摇摇晃晃、跌跌撞撞地跳到舞群中央。他伸长双臂以平衡身体，好似正踩着浅河中的成排石头要过河。他突然转身，把身子往旁边一斜，大笑，黄色衬衫随着他身子舞动，闪现于人群里。狂欢队伍在长长的巷子里移动，朝街道走去，狄迪耶也被拉进队伍。我看着他优雅地摇摆身体，轻快地步入队伍，跟着队伍移动，跟着节奏舞动，最后只见他的双手在黑卷发上头舞弄着。

女孩们抛出菊花花瓣，亮白的花瓣成簇爆开，如天雨般落下，落在不断涌来的群众身上。就在这对爱侣经过我面前的前一刻，约瑟夫转头与我互望。他脸上的表情介于微笑与皱眉之间，热情的眼睛在紧蹙的眉头底下闪闪发亮，嘴角则带着开心的笑容。他点了两次头，然后望向别处。

他当然不可能知道，那简单的点头动作，已回答了自入狱以来一直困扰我的问题，那隐隐作痛的疑惑。约瑟夫得救了。他点头时，眼神里隐隐表露的就是那种表情，那是得到救赎的强烈感动。那表情，那皱着眉头的微笑，既羞愧又狂喜，因为这两种感觉都是基本必要的东西——羞愧让狂喜有了目的，狂喜让羞愧有了回报。我们用同享他的狂喜拯救了他，同样也用目睹他的羞愧拯救了他。而这全有赖于我们的行动，有赖于我们对他生命的干预，因为人要得到拯救，必然要用到爱。

卡拉曾问我，残酷，或是因残酷感到羞愧的能力，哪个才是人类主要的特征？我第一次听到时，觉得那是高明的大问题，但现在，我更孤单、更懂得世事，我知道人类的特色不在残酷，也不在羞愧。人类之所以是人类，关键在宽容。没有宽容，人类大概早在无尽的报复中灭绝了。没有宽容，就不会有历史；没有那份希望，就不会有艺术，因为在某方面来说，每件艺术作品都是宽容的表现。没有梦想，就不会有爱，因为在某方面来说，每一份爱的表现都是对宽容的承诺。人类生生不息，因为人类能爱；人类爱人，因为人类能宽容。

打得不甚协调的鼓声，朝遥远的街头渐渐远去。离我们越来越远的舞者，彼此嬉闹，随着节奏摆动身体，左右摇摆的头就像迎风摆动的大片野花。乐声渐弱，成为我们心中的回声，小巷子慢慢恢复了贫民窟原本的平静。我们埋头于例行作息，埋头于满足需求，埋头于策划无害而乐观的计划。有那么小小的片刻，我们的世界是美好的世界，因为主宰我们世界的情意和微笑，几乎和从我们头发上飘落、像白色泪水般附着在我们脸上的花瓣一样纯洁、干净。

第十八章

  贫民窟旁的海岸岩岬，从贫民窟左方的红树林沼泽地开始，沿着一道长长的新月形白色浪花弧线，绕过更深的水域，延伸到纳里曼岬。这时正值雨季威力最强的时候，但眼前，灰黑色的海洋笼罩在闪电连连的天空下，却没有雨落下。水鸟疾飞而下，飞入浅水沼泽区，在迎风颤动的细长芦苇丛里筑巢；海湾里，渔夫在随波浪起伏的船上撒网；小孩在大石林立、小石散布的海岸边游泳、玩耍。在小海湾另一头的金黄色山丘上，有钱人住的公寓大厦一栋接着一栋，一直绵延到纳里曼岬的使馆区。在那些大厦的大庭院和休闲娱乐区里，有钱人在走动，呼吸户外的新鲜空气。从遥远的贫民窟望去，那些男人的白衬衫和女人的彩色纱丽，好似冥想者在柏油小径构成的用黑丝线串起的无数珠子。在贫民窟边缘的这座岩岬上，空气清新而凉爽。四周寂静，静到足以吞没偶起的声响。这个地区名叫科拉巴后湾。对于一个受通缉的男子来说，这城市很少能有地方比这里更适合去打量自己的身心。

  我独自一人坐在大石头上，抽了一根烟。其他的大石头，都没有我坐的那块来得大与平坦。我在那些日子里抽烟，因为我就像世上其他抽烟的人一样，想死的念头比起想活的念头有过之而无不及。

  此时，阳光突然推开湿重的雨季云，让海湾对面公寓大厦的窗户不时成为一片片炫目的明镜，映照着金黄的阳光。然后雨云重新聚集，铺天盖地而来，慢慢封住光亮的天穹。雨云相互推挤着前进，最后，整片天空布满阴沉、潮湿的云海，和波涛汹涌的大海连成一片。

　　我用快抽完的烟点燃另一根烟，想着爱，想着性。狄迪耶允许朋友保守任何秘密，唯独在性爱方面坚持要他们据实以告。在他的追问下，我坦承来到印度后，从没跟女人上过床。他惊讶得目瞪口呆，说道："老哥，从上次聚会到这次再聚，中间隔了好久，我建议你最好陶醉一下，如果你懂我意思的话，而且最好快点去。"他说的当然没错。越久没做爱，性似乎就变得越重要。我在贫民窟里，身边多的是漂亮的印度女孩和女人，勾起我小小的遐思。但我从没让自己被她们迷住，以免危及我身为贫民窟医生的形象和付出。但每隔几天，我会与前来观光的外国女孩从事其他各种交易。在那些交易里，我有的是机会。帮德国、法国、意大利女孩买到大麻胶或大麻后，她们常邀我回饭店一起抽。我知道，那邀请通常不只是为了一起抽大麻。我有时怦然心动，然后为此而觉得痛苦。我对卡拉难以忘怀。在我内心深处，我仍然不知道这种感觉是来自爱意、恐惧还是明智的判断。我的直觉告诉我，我如果不等她，就永远得不到她的爱。

　　我无法向卡拉，或我之外的其他任何人解释那份爱。我从来不相信所谓的一见钟情，直到真的碰上。而这种事真的发生时，整个人就像是脱胎换骨，我好像被注入了光和热。只因为见到她，我就从此换了一个人。在我心中绽放的那份爱，似乎从那时起成为我继续活下去的动力。在环绕我的每一阵美妙的风声中，我听到她的话语。每天，在闪现的记忆亮光中，我看见她的脸。有时，想起她时，那种想触摸她、吻她、闻她黑发中肉桂香的渴望，在我胸口抓挠，叫我喘不过气来。饱含季风雨水的乌云，积聚于城市上空，积聚于我头顶上方。在那几个星期中，那阴沉的天空仿若我郁积不得纾解的爱意，那红树林随着我的欲念而颤动。无数个深夜，我在欲念焚身的梦海里辗转反侧，直到太阳带着我对卡拉的爱升起。

但她说过她不爱我，也不希望我爱她。狄迪耶说过，世间最叫人心痛的事，莫过于一厢情愿而没有结果的爱。他或许想警告我，或许想帮我或救我。到目前为止，他说的当然没错。但我不能放弃，不能断了爱她的希望，不能把叫我继续等下去的直觉置之不理。

然后，还有别种爱，儿子对父亲的爱，我对哈德拜，阿布德尔·哈德汗大人，所感觉到的爱。他的朋友埃杜尔·迦尼曾称他是系泊柱，数千人把自己的生命和他的生命拴在一起，以求安全。我似乎就是把自己的生命和他的生命拴在一块的人。但我看不清命运用什么方式把我跟他绑在一块，我也没有自行离去的自由。埃杜尔说到他追求智慧的过程和他对那三大问题的解答时，已在无意中说到我个人的追求。我在追求值得我相信的事物或人物。我虽已走过尘灰漫天、崎岖不平的信仰之路，但每次听到某个宗教故事，每次见到新的大师，结果都一样：故事都在某方面叫人无法信服，大师也不够完美。每个宗教都要求我接受某种妥协，每个导师都要求我对某个缺陷视而不见。然后，阿布德尔·哈德汗出现了，睁着他蜂蜜色的眼睛，微笑地面对我的怀疑。我开始扪心自问：他是真实的吗？他就是我所追求的那个人吗？

"很美，对不对？"强尼·雪茄问。他坐在我旁边，凝望着漆黑、无一刻安静的海面。

"对。"我答，递给他一根烟。

"我们的生命，很可能源自大海，"强尼轻声说，"距今约四十亿年前。也很可能源自高热地带，如海底火山附近。"

我转头看他。

"在那些漫长的岁月里，几乎整段时间，所有生命都是水中之物，都生活在海里。然后，几亿年前，或许更久之前——其实在地球的大历史里，那只是片刻——生命也开始在陆地生活。"

我同时皱眉和微笑，既吃惊又困惑。我憋住气，担心任何声响会打断他的沉思。

"但在某方面，也可以说我们离开海之后，我们住在海里数十亿年之后，我们把海带上了岸。女人怀孕时，把羊水给了在她体内的胎儿，让胎儿在羊水中成长。她体内的羊水，几乎和海水一模一样，那是咸的，和海水的咸度一样。她在自己体内创造了一个小海洋。而且不只是羊水，连我们的血和汗都是咸的，几乎和海水一样咸。我们把海洋带进身体，带进我们的血和汗。我们哭的时候，流出的都是海水。"

他陷入沉默，最后我说出我的惊讶。

"你到底在哪里学到这些的？"我厉声说，口气或许有点不客气。

"我从书上看来的。"他答，转头看我，勇敢的褐色眼睛里带着怯生生的忧心，"为什么这么问？有错吗？我说错了吗？书在我屋里，要不要我去拿来？"

"不，不用，说的没错，说的……完全没错。"

换我陷入沉默。我很生自己的气。我虽然跟贫民窟居民很熟，却深觉亏欠他们。他们收容我，掏心掏肺地支持我、关爱我，我却摆脱不了强烈的偏见。强尼的渊博知识震惊了我，因为在我内心深处，认为他们没有权利拥有这样的知识。尽管我够明理，但在我不为人知的心里，我认定他们是无知的，只因为他们贫穷。

"林！林！"我的邻居吉滕德拉尖叫着。我们转身，看到他正爬过一块块石头，朝我们过来。

"林！我太太！我的拉德哈！她病得很重！"

"怎么了？怎么回事？"

"她猛拉肚子，发高烧，而且在呕吐，"吉滕德拉喘着气说，"她看起来气色很差，非常差。"

"我们走。"我低声说，猛然起身，跳着踩过一块块石头，最后走上贫民窟崎岖不平的小路。

我们见到拉德哈躺在她小屋里的薄毯上，身体因疼痛而扭成一团，头发被汗水浸透，身上的粉红色纱丽也脏了，屋里很臭。吉滕德拉的母亲昌德莉卡正努力把她的身子弄干净，但高烧使拉德哈语无伦次，大小便失禁。我们看到她时，她再度剧烈呕吐，随之又引发一阵腹泻。

"什么时候开始的？"

"两天前。"吉滕德拉答，脸部痛苦扭曲，嘴角绝望地往下拉。

"两天前？"

"你跟游客出去到很晚。然后你去卡西姆家，直到昨天深夜才回来。接着你今天又出去，一大早就出去。你不在家。我本来以为她只是拉肚子，但她现在病得很重，林巴巴。我试过三次送她去医院，但他们不收。"

"她得回医院，"我语调平缓地说，"她有病，吉滕德拉。"

"怎么办？怎么办，林巴巴？！"他呜咽地说，泪水溢出眼眶，流下脸颊，"他们不会收。医院有太多人，太多人了。我今天等了整整六小时，六小时呢！在外面，跟所有病人一起。最后，她求我带她回家，她觉得很丢脸。所以我刚回来。我到处找你，只能找你帮忙。我很担心，林巴巴。"

我嘱咐他倒掉陶罐里的水，然后把罐子彻底清洗干净，装进干净的水。接着，我要昌德莉卡把水煮沸，沸腾十分钟后，放凉，将它当作拉德哈的饮用水。吉滕德拉和强尼跟我回到我的小屋，那里有葡萄糖锭和氨酚待因合剂，我希望这两种药能止痛退烧。吉滕德拉拿了药刚要走，普拉巴克就冲了进来。他眼里满是惊惧，抓着我的双手也颤抖着。

"林，林！帕瓦蒂病了！病得很重！请快点来！"

那女孩痛得扭动身体，阵阵痛楚集中在她胃部。她紧抓着自己的肚子，缩成一团；当背部弓起抽搐时，双手、双脚会猛往外挥。她发烧，烧得很热，因为大量流汗，身子滑得抓不住。没有客人的茶铺里，弥漫着排泄物和呕吐物的恶臭，女孩的母亲和妹妹不得不拿布捂住口鼻。帕瓦蒂的父母，库马尔和南蒂塔，正努力和这病症对抗，但他们的表情同样无助，充满挫败感。他们非常沮丧而恐惧，才会顾不得男女之别，让那女孩只穿着轻薄衬衣接受检查，露出两边的肩膀和一边大半个乳房。

帕瓦蒂的妹妹席塔眼里满是恐惧。她在屋内一角缩着身子，漂亮的脸蛋因恐惧而苍白、痉挛。她知道，那不是普通的病。

强尼·雪茄用印地语跟那女孩讲话，口气粗暴，几近严酷。他警告那女孩，她姐姐的性命就操在她手上，告诫她要坚强点。在他的话语引导下，她渐渐走出了恐惧的黑森林。最后她抬起头，望着他的眼睛，犹如第一次见到他似的。她定了定神，然后爬过地板，用湿毛巾擦拭姐姐的嘴。在强尼·雪茄要席塔坚强起来的召唤下，在她带着忧心的简单手势下，战斗开始。

是霍乱。天黑时已出现十个严重病例，还有十二个疑似病例。到了隔天天亮时，已出现六十个晚期病例，还有一百多人出现类似的症状。那天不到中午，出现第一个死亡病例，就是拉德哈，我的隔壁邻居。

孟买市政府卫生部门派来一位官员前来慰问，是个一脸倦容的精明男子，他四十出头，名叫桑迪普·乔提。他满怀同情的眼睛是深黄褐色的，颜色几乎和他流汗后油亮的皮肤一样深。他头发凌乱，不时用他右手的长手指把头发往后拨。他脖子上挂着口罩，每当进入小屋或碰到病人，他就戴上口罩。在贫民窟里巡行一趟后，他与哈米德医生、卡西姆、普拉巴克与我，一起站在我的小屋附近。

"我们会取样，带回去分析。"他说，有名助理正将血液、唾液、粪便样本放进金属携带盒，并对他点头，"但我确信你说的没错，哈米德。在这里和坎迪夫利之间，还出现了十二个霍乱疫情区域，大部分疫区病例都不多。但在塔纳，疫情严重，每天出现一百多个新病例。所有医院都人满为患。但因为是雨季，老实说，这还不算严重。我们希望把疫情控制在十五个或二十个疫区内。"

我等其他人开口，但他们只是一脸严肃地点头。

"得把这些人送到医院。"最后我说。

"唉！"他答，上下打量着我，深吸一口气，"我们可以收容部分严重病人，我会安排，但不可能每个人都收。我不想骗你，其他十个贫民窟也一样。那些贫民窟我都去过，我对他们说的都一样。你们得自己解决，得撑过去。"

"你脑筋有问题吗？"我向他咆哮，暗暗感到害怕，"今天上午我们已经失去我的邻居拉德哈，这里有近三万人，你说我们得自己解决，不是很可笑吗？帮帮忙，你们是卫生部门！"

桑迪普·乔提看着他的助理盖上取样箱，锁紧。他转头看我时，我看到他布满血丝的眼睛里充满愤怒。他痛恨这种义愤填膺的语气，特别是出自外国人之口，他的部门无法替贫民窟居民多尽点心力，这叫他难为情。要不是他清楚地知道我住在贫民窟，在贫民窟工作，这里的人仰赖我也喜欢我，他大概会叫我滚到一边去。我看着这些思绪飘过他疲倦、英俊的脸庞，当他伸手梳理杂乱的头发时，我看到他脸上换了表情，变成耐心、无奈、近乎亲昵的笑容。

"唉，我不需要来自富有国度的外国人教训我们对人民的照顾有多糟糕，或人命为何宝贵。我知道你很气愤，哈米德跟我说你在这里做好事，但我每天处理这种情况，包括整个邦省。马哈拉施特拉有一亿人，我们全都很看重，我们竭尽所能。"

"没错，你们是，"我叹口气，伸手碰他手臂，"很抱歉，我无意把怒气发在你身上。我只是……我现在有些茫然……我想我被吓到了。"

"你为什么要留在这里，什么时候会离开？"

在这样的情况下，这样问实在突兀，几乎是失礼。我无法回答。

"我不知道，我不知道。我爱……我爱这座城市。你呢，为什么留下来？"

他又打量我片刻，皱眉再度软化为亲切的微笑。

"你这边能给我们什么帮助？"哈米德医生问。

"不多，我很抱歉。"他望着我眼中的恐惧，从疲累至极的胸中叹了一口气，"我会安排一些受过训练的义工来帮你们，我很希望能多尽点力，但你知道吗，我确定你们可以搞定，可能目前的情形就处理得比你们认为的要好很多，你们已经有了很好的开始。你们从哪里弄来的这些盐？"

"我带来的。"哈米德立刻回答，因为这些口服补液疗法的盐水是哈德拜的麻风病人非法供应的。"我告诉他，我想这里有霍乱，他就带来口服补液疗盐，教我怎么用。"我补充说，"但不容易，有些人病得很严重，喝了就吐出来。"

口服补液疗法是科学家琼·罗德发明的，他在二十世纪六十年代末七十年代初，和孟加拉国本地医生与联合国儿童基金会医生一起在孟加拉国行医。他发明了口服补液，将蒸馏水、糖、食盐和几种矿物质以严谨的比例混合、调制而成。罗德知道，染上霍乱而死的人，死因是脱水，上吐下泻至死，惨不忍睹。他发现用水、盐、糖调成的溶液，可以让患者不致迅速死去，并让他们有足够时间排出霍乱弧菌。先前，兰吉特的麻风病人应哈米德医生的要求，送来几箱这种溶液。我不知道还能收到多少这种东西，或者说不知道还需要多少这种东西。

"我们可以送来补液盐，"桑迪普·乔提说，"会尽快送来给你们。这城市捉襟见肘，但我保证，一旦能派出义工，我会立刻派一组过来。我会优先处理这里，祝好运！"

我们愁苦无言。看着他跟着助理走出贫民窟时，我们个个感到害怕。

卡西姆·阿里·胡赛因主持大局，宣布将他家辟为指挥中心。我们在那里开会，约二十名男女参会，拟订计划。霍乱是饮水引起的疾病，霍乱弧菌通过受污染的水传播，寄宿在小肠内，引起发烧、腹泻、呕吐，进而导致脱水、死亡。我们决定净化贫民窟用水，首先锁定储水槽，然后是七千间小屋里的水罐和水桶。卡西姆拿出一捆和男人膝盖一样粗的卢比纸钞给强尼·雪茄，要他去买净水锭和我们需要的其他药物。

贫民窟各地的水坑、小洼原已积了许多雨水，进而为霍乱弧菌提供了滋生的温床。会议决定在贫民窟小巷的关键地点开凿一连串浅沟，倒入消毒剂。凡是在小巷走动的人，都得踩过及踝深的消毒液。在指定地点设置塑料容器，用以安全处理废弃物，并给家家户户发杀菌肥皂。在茶铺和餐厅设置食物救济所，提供煮过的安全食物和消毒过的杯碗。会议还决定特别指派一组人专门清理尸体，用手推车将尸体运到医院。我的任务则是督导口服补液的使用，在需要时自行调配补液。

全是繁重的工作和责任，但与会男女全都毫不犹豫，立即接下。人性的一大特色，就是人最善良的一面在危机时会被立刻唤起，但在顺境时往往最难寻觅。我们所有的美德，都是靠逆境激发而外显的。但我急切接下任务，远非只是因为道德，还有别的理由，是羞愧。我邻居拉德哈死前被病魔折磨了两天，而我当时浑然不知。我深深觉得，从某方面来说，这病的发生要归咎于我的骄傲、自大：我的诊所是在我的傲慢心态下建立的，才会让这病在自大心态的掩护下滋长。我知道霍乱的发生，不是因为我做了什么，或我疏漏了什么。我知道，不管有没有我在，这病迟早会在贫民窟暴发。但我甩脱不掉那种感觉，自满使我成为这场灾难的共犯。

就在一星期前，我的小诊所开门后不见病人前来求诊，我还为此喝酒、跳舞，大肆庆祝。整个贫民窟三万多人，没有一个男人、女人或小孩上门求助。九个月前刚开张时，排队等着治病的人多达数百个，如今终于不见一人。那一天，我和普拉巴克跳舞、喝酒，仿佛我已让整个贫民窟居民病痛全除。当我在湿漉漉的小巷里奔跑，查看数十个霍乱患者时，我意识到那场庆祝是场空欢喜，真是愚蠢。我感到羞愧、内疚，还有别的原因。当我的邻居拉德哈奄奄一息躺着的那两天，我一直忙着在五星级饭店讨游客欢心。她在潮湿的泥土地板上痛得扭动身体、挥舞手脚时，我正在打电话给饭店柜台，要他们再送冰激凌和薄烤饼到房间。

我冲回诊所时，里面空无一人。普拉巴克在照顾帕瓦蒂。强尼·雪茄要负责去找出死者，搬走尸体。吉滕德拉双手掩面，坐在我们小屋外的地上，悲伤难抑。我要他去帮我买几样东西，查看这地区所有药房口服补液的存量。我看他拖着脚，朝小巷另一头的街道走去，心里很担心他，担心他也患了病的小儿子萨提什。就在这时，我看到一个女人远远朝我走来。还没看清楚那是谁，我心里就知道那是卡拉。

她穿着纱丽克米兹①，深浅两种层次的海绿色。那是仅次于纱丽，最能增添女人妩媚的服装。长束腰外衣是深绿色，下面的长裤是较淡的绿色，脚踝处束拢。她还披了一条黄色长围巾，像印度人那样往后披，彩色羽饰垂在她身后。黑发紧紧往后拉，紧束在颈背。那发型使她那双绿色大眼睛仿若浅水拍打金色沙岸的绿色潟湖，而那黑眉毛与完美的嘴，更惹人注目。嘴唇像是落日沙漠里柔和的沙丘棱线，像是冲到岸边的滚滚波峰，像是求偶鸟收拢的双翅。当她从崎岖不平的小巷走向我，婀娜款款的身躯仿若柳树林里搅动的暴风。

"你来这里做什么？"

"那些美姿美仪课程现在都派上用场了。"她拉长声调说，听来很有美国腔。她挑起一边眉毛，�’着嘴，露出挖苦的微笑。

"这里不安全。"我绷起脸。

"我知道。狄迪耶遇见你这里的一个朋友，他跟我讲了这里的事。"

"那你来这里做什么？"

"来帮你。"

"帮我什么？"我质问道，因为担心她的安危而恼火。

"帮你……你在这里做什么，我就帮你做什么。帮助别人，你不就是在做这样的事？"

"你得离开，不能待在这里。太危险了，到处都有人死去，我不知道情况会变得多糟。"

"我不走。"她平静地说，一脸坚决地盯着我。那双绿色大眼睛在发

---

① 纱丽克米兹（salwar kameez），流行于印度、孟加拉、阿富汗等地的民族服饰。

火，不肯让步的她展露出前所未有的美。

"我担心你，我要待在你旁边。你要我做什么？"

"愚蠢！"我叹口气，抚弄着头发，很泄气，"太荒唐了。"

"听好，"她说，开心的笑容叫我一惊，"你以为这场大拯救就只需要你一个人？现在，平心静气地告诉我，你要我做什么。"

我的确需要帮手，不只需要人帮我照顾病人，还需要人抚平我喉咙和胸腔里涌现的疑惑、恐惧和羞愧。我们推崇勇气，原因在于我们发觉为别人勇敢地接受挑战，比光为自己勇敢地接受挑战容易些，而这也是勇气叫人啼笑皆非的地方。而我爱她。事实上，我口头上要她离开以策安全时，狂热的心却和眼睛暗地联手，要她留下。

"好，有很多事要做，但一定要小心。一有迹象……显示你情况不妙，立刻拦出租车去我朋友哈米德那里，他是医生，就这么说定了？"

她伸出修长的手握住我的手，那一握，有力而自信。

"就这么说定了。"她说，"我们从哪里开始？"

我们先巡视了贫民窟一圈，探望病患，发送补液。这时已有一百多人出现霍乱症状，其中一半病情严重。每个病人我只看几分钟，但全部看完仍花了我们两个小时。我们马不停蹄，用消过毒的杯子喝汤或甜茶，没吃其他东西。隔天傍晚，我们才坐下来好好吃了一餐，虽然累瘫了，但为了填饱肚子，我们吃了煎饼和蔬菜。精神恢复了一些后，我们出发，再次巡视最严重的病患。

那是一件很脏臭的工作。"Cholera（霍乱）"一词来自希腊语的"kholera"，意为腹泻。霍乱导致的腹泻带有独特的恶臭，那是让人永远无法习惯的臭味。每次走进小屋探视病人，我们都猛压下呕意，但有时还是禁不住会吐出来。一旦吐过一次，呕意会更加强烈。

卡拉亲切和善，特别是对待小孩子。她带给病患家人信心，始终保持幽默感，尽管有那恶臭，还得在阴暗潮湿的陋屋里弯下身子提取东西、清洗东西、安慰病患；尽管得面对疾病和垂死病患；尽管疫情似乎越来越严重，我们也可能染病、死亡。在不眠不休忙了四十个小时后，每次我把饥渴的眼神转向她，她仍是面带微笑。我爱她，即使她懒惰、懦弱、处境悲惨或脾气不好，我仍会爱她，但是她却勇敢、慈悲而宽厚。她工作卖力，人缘好。不知为什么，经过这面对恐惧、苦难、死亡的几十个小时，我找到新方式和新理由，更深爱这个我已全心爱着的女人。

第二天晚上凌晨三点，我坚持要她睡一下，我们两个都睡，以免累垮。我们开始走回家，走过一条条漆黑冷清的小巷。不见月亮，黑色天幕上繁星点点，星光耀眼。到了一处异常宽阔的地方，三条小巷交会处，我停下来，举起手示意卡拉别出声。某处传来微微刮擦声，像是塔夫绸的窸窣作响声，或玻璃纸捏成一团的沙沙作响声。一片漆黑，我辨不出声响来自何处，但我知道很近，且越来越近。

我伸手到身后抓住卡拉，将她拉紧贴住我背后，左瞧右瞧，想抢在发声物到达前先行动。然后，它们来了。是老鼠。

"别动！"我以粗哑的嗓音低声说，拉着她尽可能紧贴我的背部，"完全不要动！只要不动，它们会以为你是家具的一部分。你一动，它们就会咬你！"

老鼠跑过来，数百只，然后数千只，嘎吱乱叫的黑色浪潮，从巷子里滚滚流出，扫过我们的腿，像河里涡旋的潮水。它们身形硕大，比猫更大、更胖，黏糊糊的，排成两三列，成群奔过小巷。它们扫过我们的腿部，先是到我们脚踝高，然后到小腿高，最后到膝盖高。它们踩在别的老鼠背上往前跑，猛力拍打、撞击我们的腿。经过我们之后，它们蹿入夜色，朝有钱人家大厦的污水管奔去。它们每晚如此迁徙，从附近的市集，穿过贫民窟，前往有钱人的大厦。会咬人的老鼠达数千只。一波波黑潮似乎流了有十分钟之久，虽然事实上不可能这么久。最后，老鼠不见踪影了，小巷里的垃圾、碎屑给清得一干二净，四周一片死寂。

"那……是什么……鬼东西？"她问，嘴巴张得大大的。

"那些鬼东西，每天晚上大概这时候会经过这里。没有人在意，因为它们让这地方常保干净，而且它们不怕人，只要你待在小屋里或睡在屋外地上就没事。但你如果挡到它们，又惊慌，它们就会爬满你全身，把你啃得跟小巷一样干净。"

"我真该称赞你，林，"她说，口气平稳，但睁得大大的眼睛仍满是恐惧，"你很懂得把握机会扮演英雄救美。"

我们带着疲惫、逃过一劫的宽慰心情，无精打采，彼此紧贴着，摇摇晃晃地走回诊所小屋。我在泥地上铺上一条毯子，两人躺下，枕着用其他毯子叠起的临时枕头。我将她紧紧抱在怀里。一阵细微的雨水落在上方的帆布遮棚上。某处有人在睡梦中凄厉喊叫，那紧张、毫无意义的声音，从连番睡梦中一再袭来，最后惊动了贫民窟边缘游荡的一群野狗，引得它们嗥叫回应。我们累过了头，一时睡不着，疲倦的肉体紧贴在一块，阵阵欲念被激发。于是，我们反而清醒地躺着，卡拉跟我讲起她的故事，件件叫人心痛。

她生于瑞士的巴塞尔，没有兄弟姐妹。她妈妈是瑞士裔意大利人，爸爸是瑞典人。爸妈两人都是艺术家，爸爸是画家，妈妈是花腔女高音歌唱家。在卡拉·萨兰恩的记忆中，童年是她一生中最快乐的时期。富于创造力的爸妈年轻时人缘很好，在那座多民族的城市里，诗人、音乐家、演员、艺术家，都喜欢到他们家聚会。卡拉在生活中自然而然学会四种语言，每种都说得很流利，她还花了许多时间跟妈妈学她最喜爱的咏叹调。在爸爸的画室里，她看爸爸用他钟爱的各种色彩和形状在空白画布上幻化出不可思议的画面。

有一天，伊夏·萨兰恩在德国办完个人画展后，未如期回来。快到午夜时，当地警方告诉安娜和卡拉，他碰上暴风雪，车子冲出马路，不幸身亡。这桩不幸的事件，毁掉了安娜的美丽容颜和美妙嗓音，不到一年，也夺走了她的生命。她因服过量安眠药自杀而亡，卡拉从此成为孤零零的一个人。

卡拉的舅舅住在美国旧金山，已有家庭，但她从没见过他。后来，这个孤苦无依的女孩和陌生的舅舅一起站在母亲墓前，然后跟着他到美国生活，当时她只有十岁。马里欧·帕切利身材壮硕，性格宽厚，待卡拉亲切和善且由衷地尊敬她。他欢迎她加入他的家庭，对她和自己的小孩一视同仁。他常告诉她，他爱她，希望她会慢慢爱他，把她深藏在心底对死去双亲的爱，拨出一部分给他。

但上天不给那份爱滋长的时间。她来到美国三年后，卡拉舅舅马里欧又死于登山意外。卡拉的生活落入马里欧的遗孀潘妮洛普的掌控中。潘妮洛普眼红卡拉的美貌和她咄咄逼人、叫人害怕的聪明，她自己的三个小孩都没有这两样特质。卡拉越是表现得比她的小孩出色，她就越是恨卡拉。狄迪耶跟我说过，人们出于错误的理由而恨别人时，那种卑鄙是无所不用其极的恶毒或残忍。潘妮洛普不给卡拉生活所需，恣意处罚她，不断骂她、贬低她，除了没有把卡拉丢到街头，什么虐待的事都做过。

卡拉不得不每晚放学后到当地餐厅打工，周末当保姆赚钱以满足生活需求。某个炎热的夏日夜晚，她在某户人家家里看顾婴儿时，男主人独自一人先回来，比预定时间早很多。他去参加宴会，喝了酒，回来时还在喝。那是她喜欢的男人，她曾偶尔不知不觉幻想的英俊男人。在那个闷热的夏夜，他走进房间，站在她附近。尽管他一嘴酒臭，双眼呆滞，但他的注意让她受宠若惊。他碰了她的肩膀，她微笑。此后很长一段时间，她脸上的微笑消失了。

只有卡拉说那是强暴。那男人说是卡拉引诱他，而卡拉的舅妈站在他那边。这个来自瑞士的十五岁孤女离开舅妈家，从此和她再没联络。她搬到洛杉矶，在那里找到工作，与另一名女孩合租一间公寓，开始自力更生。但被强暴之后，卡拉丧失了对爱的信赖感。她仍保有其他种类的爱——友爱、怜悯、性爱，但相信或信赖另一人永不变心的那种爱，浪漫的男女之爱，已不复见。

她拼命工作，存钱，上夜校。她憧憬上大学，哪所大学都可以，并研读英国、德国文学。但她年轻的生命有太多的破碎，有太多她挚爱的人死去。她无法学完任何课程，无法在任何工作中久待。她漂泊，开始阅读带给她希望或力量的任何东西，自我学习。

"然后呢？"

"然后，"她缓缓地说，"有一天，我发现自己坐在飞机上，飞往新加坡。我遇见一个印度商人，我的生命……就此……永远改观。"

她叹了口气。我不知道那是表示绝望，还是纯粹因为疲惫。

"很高兴你告诉我。"

"告诉你什么？"

她皱起眉头，口气尖锐。

"关于……你的过往。"我答。

她放松下来。

"别提了。"她说，允许自己浅浅微笑。

"不，我是说真的。我很高兴、很感激，你这么信赖我……谈起你自己。"

"我也是说真的，"她坚持，仍带微笑，"别再提起，一句话都不准跟任何人提。行吗？"

"行。"

我们沉默了好一会儿。附近传来婴儿哭声，我能听到母亲在哄小孩，哄他的话语既温柔又带点恼火。

"你为什么泡在利奥波德酒吧？"

"什么意思？"她问，一脸困意。

"不知道，只是好奇。"

她闭着嘴大笑，用鼻子吸气。头枕在我手臂上。漆黑中，她的脸曲线柔美，她的眼闪亮如黑珍珠。

"我是说狄迪耶、莫德纳和乌拉，甚至莉蒂和维克兰，我觉得，他们好像属于那地方，但你不是。你在那里格格不入。"

"我想……他们跟我合得来，尽管我跟他们合不来。"她叹口气。

"说说阿曼，"我问，"阿曼和克莉丝汀。"

她以良久的沉默回应这问题，让我以为她已睡着。然后她开口，声音轻而平稳，犹如在法庭上做证一般。

"阿曼是朋友。有段时间是我最要好的朋友，可以说，他就像是我无缘拥有的哥哥。他来自阿富汗，在那里作战受伤，来孟买疗养。从某方面来说，我和他都是如此。他伤得太重，未能完全复原。总而言之，我们相互照顾，成了非常亲密的朋友。他是喀布尔大学理工科毕业，英语讲得很好。我们常讨论书本、哲学、音乐、艺术和食物。他是个很不简单、性情温和的人。"

"然后他出了事。"我鼓励她说下去。

"对！"她答，低声笑，"他遇见了克莉丝汀，那就是他出事的原因。她在周夫人手底下工作，一个意大利女孩，很黑、很漂亮。有天晚上，她和乌拉一起来利奥波德，我甚至介绍他们互相认识。两个女孩都在'皇宫'工作。"

"乌拉在'皇宫'工作？"

"乌拉曾是周夫人旗下最受欢迎的红牌女郎之一，后来她离开'皇宫'。毛里齐欧在德国领事馆里有个熟人，那时他正在搞一笔买卖，需要那个德国人配合，他想贿赂那个德国人，打通关节，正巧发现那个德国人迷恋乌拉。靠着那位领事馆官员的强力游说，还有毛里齐欧所有的存款，毛里齐欧赎出乌拉，让她脱离'皇宫'。毛里齐欧要乌拉对那个领事馆官员大施媚功，直到他完成了……毛里齐欧希望那官员做的事，然后毛里齐欧就把那人甩了。我听说那个家伙后来失魂落魄，朝自己的头开了一枪。那时候，毛里齐欧还要求乌拉卖淫还债。"

"你知道吗，我一直对毛里齐欧很没有好感。"

"那的确是够卑鄙的，但至少她摆脱了周夫人和'皇宫'。在这方面，我不得不给毛里齐欧应有的赞许，他证明这是办得到的事。在那之前，没有人能从'皇宫'安然脱身，想逃出来的人，脸都被泼了硫酸。乌拉脱离周夫人掌控时，克莉丝汀也想跟着离开。放乌拉走，周夫人是迫不得已，但让克莉丝汀也走，她是绝对不肯的。阿曼疯狂地爱上克莉丝汀，有天深夜，他前往'皇宫'，跟周夫人谈这事。本来说好我要跟他一起去。我跟周夫人平常就有生意往来，我带生意人去那里，花不少钱，这事你是知道的，我想她会听得进我的话。但后来我接到电话，没办法去。我有工作……那是很重要的会面，我无法拒绝。阿曼单枪匹马去'皇宫'。隔天，他和克莉丝汀两人被人发现，陈尸在距'皇宫'几个街区外的一辆车子里。警方说……他们两人服毒，就像罗密欧和朱丽叶那样。"

"你认为那是周夫人干的，你很自责，是不是？"

"差不多是。"

"那一天，我们把莉萨带离那里时，周夫人隔着金属栅栏讲话，就是在讲这件事？那就是你当时哭得那么伤心的原因？"

"你非得要知道的话，"她轻柔地娓娓道来，但声音完全没有惯有的悦耳和感情，"她告诉我，杀了他们之前，她对他们做了什么。她告诉我，她如何玩弄他们之后，才让他们死。"

我紧咬牙关，聆听气息在鼻子里呼吸的声音，最后，我们两人呼吸的节奏完全一致。

"那你呢？"她终于问起，眼睛闭得很慢，张开次数更不频繁了，"我的故事说完了，你什么时候跟我谈谈你的故事？"

我让轻柔的雨声哄她闭上眼睛，最后一次闭上眼睛时，她睡着了。我知道，她的故事，我们还没谈完，只谈了一部分。我知道，她在概述自己一生时所省略的精彩细节，至少和她提及的大事件一样重要。有人说恶魔存在于细节里，而我清楚地知道，有哪些恶魔躲藏、隐伏在我人生故事的细节里。她已给了我一大批全新的宝藏，在那疲惫至极、喃喃低语的一小时里，我更了解她，比过去几个月加起来全部的了解还多。恋人得靠这类洞见和信心找到方向，那是指引我们航渡欲海的光亮星星。在那些星星当中，最明亮的是心碎与忧愁。你所能带给爱人的最珍贵礼物，就是你的愁苦。因此，我将她向我告白的每件伤心事，一一钉在天空中。

夜里，吉滕德拉正为死去的妻子哭泣。普拉巴克用自己的红围巾，擦掉帕瓦蒂脸上不断冒出的冷汗。我跟卡拉躺在毯子上，身体被倦意和沉睡绑在一块，四周环绕着疾病与希望、死亡与反抗。我轻轻吻了卡拉沉睡中弯曲的手指，那么柔软、温顺，我发誓会永远爱她。

第十九章

那场霍乱夺走了我们贫民窟九条性命，其中六人是儿童。吉滕德拉的独子萨提什保住了性命，但那男孩两个最好的朋友不幸死掉。那两个小孩都上过我的英语课，学习向来很用心。成列的小孩和我们一起跑在载着那两具小尸体的棺木后面，尸体装饰了花环。那些小孩哭得非常伤心，非常可怜。繁忙的街道上，许多陌生人因此停下祈祷，忍不住也流下伤心的泪水。帕瓦蒂总算挨过病魔摧残，普拉巴克整整照料了她两个星期，夜里睡在她屋外的一片塑料板上。席塔代替她姐姐在爸爸的茶铺里帮忙，每次强尼·雪茄走进店或经过店前，她的眼神就像花豹走动的影子，慢慢地偷瞄着他。

卡拉待了六天，正是疫情最严重的时期，之后几星期又来了几次。当新感染病例降为零，最严重的病患已度过危机后，我洗了三桶水的澡，换上干净的衣服，到游客常去的地方找生意。我已经快要没钱了。大雨一直下，城里有许多地方淹水，叫捐客、毒品贩子、向导、杂技演员、拉皮条者、乞丐、黑市贩子等这些在街头讨生活的人，还有店铺没入水里的许多生意人，日子很难过。

在科拉巴地区，做游客生意的人竞争气氛友善，且为招揽客人各出奇招。也门裔的街头小贩兜售带有隼羽饰的小刀和手工绣成的《古兰经》；高大英俊的索马里人兜售以锤薄银币制成的手镯；来自奥里萨邦的艺术家出售的作品是画在晒干、压平木瓜叶上的泰姬陵；尼日利亚人贩卖乌木雕刻杖，螺纹状的握柄里藏有匕首；伊朗难民用挂在树枝上的铜秤，秤着磨亮的绿松石，以盎司为计量单位；来自北方邦的卖鼓人，每个人带着六七个鼓，只要有游客表现出一丁点感兴趣的样子，就即兴地短暂演奏；来自阿富汗的流亡者贩卖硕大的装饰用银环，银环上刻有普什图文，还饰有鸽子蛋大的紫水晶。

有一批人穿梭在这些眼花缭乱的买卖之间，给买卖和街头贩子提供服务，借此营生，包括挥香的人，他们用银盘将庙里袅袅的炉香传播开来，还有清炉工、床垫拍松工、清耳工、脚底按摩师、捕鼠者、运送食物与茶者、卖花人、洗衣工、挑水工、送瓦斯工等。另外有些人，在他们与商人、游客之间走动讨生活，像是舞者、歌手、杂耍演员、乐师、算命师、庙宇侍僧、吞火魔术师、耍猴人、弄蛇人、驯熊师、乞丐、自我鞭打者，以及其他许多在拥挤街道上讨生活、夜里回贫民窟的人。

他们每个人为了更容易赚到钱，最终都在某方面犯了法。但在街头讨生活的各行各业中，赚钱最快、眼睛最锐利的，就数我们这些专业违法人：黑市贩子。当地街头肯让我加入那个尔虞我诈的复杂世界，出于几个原因：第一，我只接特定顾客，太小心或太神经质而不敢跟印度人打交道的游客，我若不接他们的生意，没有人会接；第二，不管游客要什么，我总是带他们自己去跟适当的印度商人购买，我从不自己做买卖；第三，我不贪心，我的佣金永远比照孟买各地标准，由正派、自重的非法贩子所制定。此外，佣金赚得够多时，我一定把钱回馈给那个地区的餐厅、饭店和乞丐。

比起收佣金不破坏行情、小心不抢别人饭碗，还有一个原因可能更不容易被察觉，却更为重要。这个在他们眼中看起来就只是欧洲人的白种外国人，居然在他们世界的底层、卑微的环境里，那么有本事、那么自在地定居下来。这件事让那些在街头讨生活的印度人大感安心。我的出现，让他们生起既骄傲又羞愧的奇怪心情，合理化了他们的不法行为。他们的每日所为，如果有白人也加入，那就不可能坏到哪里去。我的沦落提升了他们的自尊，因为他们和受过教育的外国人——林巴巴一样，都靠不法勾当营生，都在街头讨生活。

靠黑市买卖讨生活的外国人，不止我一个。贩毒、拉皮条、伪造钱币和证件、骗财、买卖宝石、走私，欧洲人和美国人都在干。其中有两个都叫乔治的男子，一个是加拿大人，一个是英国人。两人是形影不离的好朋友，在街头讨生活已有数年。似乎没人知道他们的姓，为了区别，大家用他们的星座分别给他们取名天蝎座乔治、双子座乔治。这两位乔治都吸毒成瘾，把自己最后一样值钱的东西——护照，卖掉了，然后干起替海洛因旅行者服务的勾当。所谓的海洛因旅行者，就是来印度尽情吸食海洛因一两个星期，然后回到自己安全祖国的游客。这种游客多得叫人吃惊，而这两位乔治靠着做这种生意活了下来。

警察冷眼旁观着我、两位乔治与其他在街头讨生活的外国人，清楚地知道我们在干什么。他们相当理智地思索利弊之后，认为我们没造成暴力伤害，又有助于黑市的兴旺，进而有助于他们收受贿赂和其他好处。他们从毒贩、货币黑市买卖者那里收取回扣。他们对我们睁只眼闭只眼，对我的态度也是好的。

霍乱疫情结束后第一天，我在三小时内赚了约两百美元。不算多，但我想够了。大雨下了一整个早上，到了中午，雨势变成绵绵细雨，那种湿热、叫人昏昏欲睡、有时一下数天的毛毛雨。我在距贫民窟不远处的总统饭店附近的条纹雨棚下，坐在酒吧凳子上喝刚榨好的新鲜甘蔗汁。就在这时，维克兰从雨中跑进来。

"嘿，林！你好啊，老兄！这雨下得真是讨厌，yaar。"

我们握了握手，我也给他点了一杯甘蔗汁。他把又黑又扁的佛朗明哥帽往后拉，靠着挂在喉咙处的细绳悬在背后。他的黑衬衫上绣有一个个白色人像，沿着前胸的纽扣加固带分布，那些小人摆出在头上挥舞套索的动作；皮带则用美国银币一个连一个缝制而成，用圆顶形海螺壳当皮带扣环。黑色佛朗明哥长裤外侧，绣有精致的涡卷形装饰图案，涡卷图案往下延伸，最后止于一排三颗小银扣。靴子为古巴鞋跟式，上有皮革材质交叉环，位于外侧，可扣紧搭扣。

"这天气实在不适合骑马，na？"

"噢，呸！"他啐了一口唾沫，"莉蒂和那马的事你听说了吗？天啊，老兄！那是，好几星期前的事了，yaar。我跟你，好久没见了。"

"跟莉蒂的事进行得怎么样？"

"不好，"他叹气说，但脸上有开心的微笑，"但我想她会改变心意，yaar。她是个非常特别的妞。她得把你恨够了，才会慢慢开始爱你。但我会得到她，尽管每个人都说我很傻。"

"我不觉得你追她很傻。"

"你不觉得？"

"对啊！她是个可爱的女孩，很好的女孩。你是个好男人，你们两人相像的地方比别人认为的还多。你们两个都很幽默，喜欢笑。她受不了虚伪，你也是。我想，你们追求生活的方式差不多一样。我认为你们很般配，至少未来会很般配。维克兰，我想你最终会得到她的芳心。我见过她看你的神情，尤其她在臭骂你的时候。她真的喜欢你，所以不得不批评你，那是她的作风。你只要坚持到底，终究会赢得她的芳心。"

"林……听着，老兄。说的对！我喜欢你。我是说你说得我真爽，yaar。从现在起，我要跟你当朋友。我是你的拜把兄弟，老哥。有什么需要，吩咐我一声，一言为定？"

"行，"我微笑，"一言为定。"

他陷入沉默，凝视下着小雨的外头。卷曲的黑发已长到他衣领处，前面和两侧都剪得很短。唇髭非常仔细地剪短削薄，薄得几乎跟用彩色笔画过没两样。从侧面看去，他的五官叫人印象深刻：长长的额头止于鹰钩鼻，往下至坚定、严肃的嘴巴，下巴突出而自信。当他转身面对我时，最突出的部位是眼睛，那眼神年轻、好奇，闪烁着和善的性情。

"你知道吗，林，我真爱她。"他轻柔地说。他的眼神往下飘向人行道，然后很快地往上瞧。"我真爱那个英国妞。"

"你知道吗，维克兰，我真爱那个，"我说，模仿他的语气和他脸上认真的表情，"我真爱那件牛仔衬衫。"

"什么，这件旧玩意儿？"他大叫，跟着我大笑，"去你的，老哥，可以给你！"

他猛然从凳子上站起，开始解纽扣。

"不用！不用！跟你开玩笑的！"

"什么？你是说你不喜欢我的衬衫？"

"我没这意思。"

"那我的这件衬衫有什么不好？"

"你的那件衬衫没有不好，我只是不需要。"

"太迟了，老哥！"他咆哮，把衬衫往后一脱，丢给我，"太迟了！"

他在衬衫里面穿了黑背心，黑帽子仍挂在背后。甘蔗汁店的老板在摊子边摆了手提式高保真音响，机器开始播放歌曲，某首卖座的印地语电影中的新歌。

"嘿，我爱这首歌，yaar。"维克兰大叫，"开大声点，巴巴！Arrey，整个 karo（放它个爽）！"

甘蔗汁店的老板将音量开到最大，毫无不悦之色，然后维克兰开始跳舞，跟着音响唱歌。他从拥挤的遮棚底下转几个身，转到飘着小雨的外头跳舞，舞步优美得令人意外。他转身，摇摆身子，跳了不到一分钟，就吸引了人行道上其他年轻人加入，六个、七个，然后八个，他们在雨中边笑边舞，其他人拍手叫好。

维克兰再度跳着舞，朝我走来，伸出双手抓住我的手，要把我拖下场。我不肯，竭力抗拒，但街上有许多只手过来帮他，把我推进跳舞的人群。我向印度让步，一如那时我每天都在做的，也一如现在，不管我在什么地方，我每天仍在做的。我跟着维克兰的脚步起舞，街上响起欢呼声。

几分钟后，歌曲播毕，我们转身，看见莉蒂站在遮棚下，一脸惊喜地看着我们。维克兰跑过去招呼她，我跟上，抖掉一身雨。

"别告诉我！我不想知道！"她说，面带微笑，但举起手掌要维克兰不要讲话，"你要在没人打扰的雨中做什么，都不关我的事。嗨，林，还好吗，亲爱的？"

"很好，莉蒂，淋得够湿了吧？"

"你们的雨中舞蹈似乎跳得很不错。卡拉讲好要来跟我和维克兰会合，大概是现在。我们要去马希姆听爵士演唱会，但因为淹水，她被困在泰姬玛哈饭店区。她刚打来电话通知我。整个印度门泡在水里，加长型豪华轿车和出租车像纸船浮在水上，旅馆旅客无法出门。他们被困在饭店，卡拉的车被困在那里。"

我迅速瞥了瞥四周，看见普拉巴克的堂兄襄图仍坐在他的出租车里，和其他几部出租车一起停在我先前见到他的餐厅外。我看看手表，三点三十分。我知道此时当地渔民将带着渔获全部返回岸上。我再度转向维克兰和莉蒂。

"对不起，各位，我得走人了！"我把那件衬衫塞进维克兰怀里，"谢谢你的衬衫，老哥。我下次再拿，替我保管！"

我把手伸进襄图的出租车乘客窗，把计程表扭到开的位置，随后跳上出租车。车子从莉蒂和维克兰的面前疾驰而过，他们向我挥手。我要到贫民窟旁边的科利村。在路上，我向襄图说明了我的计划。他摇头不解，布满皱纹的黝黑脸庞露出饱经风霜的微笑，下着雨的路上湿漉漉的，路程不长，但他还是加快了车速。

到了那个渔村，我找维诺德帮忙。维诺德是普拉巴克的好友之一，来过我的诊所看病。他从较短的平底船中挑了一艘，我们合力把那船抬上出租车顶，快速驶回无线电俱乐部饭店附近的泰姬玛哈饭店区。

襄图一天开出租车十六小时，一周开六天。他决心要让儿子和两个女儿将来的生活过得比自己好，因此存钱供他们念书，给女儿备好体面的嫁妆，以便将来嫁个好人家。他始终疲惫不堪，饱尝贫穷之苦，逃避不了大大小小的折磨。维诺德靠着细瘦但有力的双手在海里捕鱼，养活父母、妻子和五个小孩。在他的提议下，他已和另外二十个穷渔民组成合作事业。靠着联合经营的办法，他的生活得到一定程度的保障，但只靠收入很多时候仍买不起奢侈品，如新凉鞋或教科书之类的，也不足以每天吃上三餐。但知道我想做什么和为什么要这么做时，维诺德和襄图都不愿收我的钱。我把钱拼命塞给他们，甚至把钱强塞进他们衬衫的前胸口袋，但他们仍不肯收。他们贫穷、疲惫、操劳，但他们是印度人，而每个印度男人都会告诉你，爱或许不是在印度发明的，但肯定会在印度被提升到完美境界。

在无线电俱乐部附近，我们把长长的平底船放在水淹得不深的马路上，那里距阿南德的印度旅社很近。襄图把他的油布斗篷和黑色私人司机帽给我，每当车子抛锚时，他就靠那油布斗篷遮雨，而那顶因日晒雨淋而褪色的私人司机帽，则是他的幸运符。维诺德和我往泰姬玛哈饭店前进时，他挥手要我们走。我们撑篙行船，走在平日许多出租车、卡车、摩托车、私家车来来往往的马路上。每撑一次篙，水就深一点，到了贝斯特街口，开始进入泰姬玛哈饭店区时，水深已及腰部。

泰姬玛哈饭店已碰过许多次周边街道淹大水的情形。这饭店建筑在由蓝砂岩、花岗岩砌成的高台上，每个宽大的入口前都有十级大理石阶。那一年，水淹得很深，淹到了从上数来第二阶，车子浮在水上，随波逐流，在环绕印度门大拱门的围墙附近撞在一起。我们把船往饭店正门的阶梯直直撑过去。门厅和走道里挤满了人，有钱的生意人眼睁睁看着自己的加长型豪华轿车噗噗泡进水里、漂在雨中。有身着一身本地、外国名牌昂贵华服的女人，有演员和政治人物，也有一身时髦打扮的权贵家庭的子女。

卡拉走上前来，好似早料到我会来。她接过我的手，跨进平底船。

她在船中央坐下时，我为她披上油布斗篷，把黑帽递给她。她迅速戴上，洒脱地把帽舌翘起，我们出发。维诺德载我们兜了一圈，朝印度门行去。进入宏伟的拱门底下时，他唱起歌。拱门营造出特殊的音响效果。他的情歌回荡在拱门内，每个听到他歌声的人，心中无不激起阵阵涟漪。

维诺德载我们到无线电俱乐部饭店的出租车候车站。我伸手想扶卡拉下船，但她径自跳上了我旁边的人行道，我们相拥片刻。在帽舌下，她的眼睛显得更加深绿，黑发因雨水而发亮。她呼出的气息带着宜人的肉桂味和葛缕子味。

我们分开了，然后我打开出租车门。她递给我油布斗篷和帽子，在后座坐下。从我坐船抵达到现在，她没和我说一句话，然后她从容不迫地跟司机说起来。

"去马希姆，"她说，"Challo!"

出租车驶离人行道边时，她再度看我。那眼神带着命令或要求的意思，我无法确定是哪个。我看着出租车加速驶离，维诺德和襄图两人跟着我一起看，拍拍我的肩膀。我们把维诺德的船抬回出租车顶。我在襄图旁边坐下，伸出左手扶住车顶上的船，眼睛往上一瞄，在人群里看到一张面孔。那是拉姜，周夫人的阉仆。他盯着我，脸上带着恶意和恨意，表情丑恶。

回科利村的路上，那张脸一直浮现在我脑海，但卸下船，襄图同意和我、维诺德一道吃晚餐时，我让拉姜那张不怀好意的脸消失在了记忆里。我在当地一家餐厅点了菜，然后，热气腾腾的菜，用金属容器盛着，被送到海滩上供我们用餐。我们把菜盒摆在废弃的帆布上，坐在塑料遮棚下享用。维诺德的父母、妻子、五个小孩，在襄图和我旁边，围着帆布边坐下。雨仍在下，但天气湿热，海湾吹来的微风缓缓扰动湿热的傍晚。我们的遮棚在沙滩上，旁边有许多长船，前面是万顷波涛。食物很丰盛，有鸡柳焗饭、薯条奶酪、椰汁青蔬、米饭、咖喱蔬菜、涂奶油的印度热烤饼、木豆、印度脆饼、青杧果酸辣酱，还有油炸的黄瓜、马铃薯、洋葱、花椰菜块。小孩吃得很饱、很过瘾，看他们吃饭时眼神流露出的喜悦，我们也高兴地笑了起来。

夜色降临，我搭出租车回科拉巴区里游客常去的地方，想到印度旅社找个房间休息几小时。我不担心到了宾馆得填那个 C 表格。我知道他们不会要我签名登记，阿南德不会把我记入他的住客名单，几个月前我已和他私下谈妥。孟买市大部分较廉价的饭店都通行这种私下协议，让我以每小时计费的方式直接付租金给他，然后我就可以偶尔使用饭店房间洗个澡或办私事。我想刮胡子，想好好冲半个钟头的澡，尽情使用洗发精和香皂。我想坐在铺着白瓷砖、可以让我忘掉霍乱的浴室里，把过去几个星期积藏的污垢刷洗殆尽。

"哇，林！真高兴见到你！"我走进门厅时，阿南德紧咬着牙，喃喃说道。他的眼睛流露着紧张，长长的俊脸严肃中带着忧愁。"眼前我们有个麻烦，快跟我来！"

他带我到了面朝主廊的一间房间。一个女孩前来应门，用意大利语跟我们讲话。她神情烦乱，衣着和头发凌乱，头发上粘着棉绒和看似食物的东西。薄睡衣斜披在她身上，露出约二十厘米宽的肋骨。她有毒瘾，脸上呈现吸毒后的神情，恍惚到几乎要睡着，但她的恳求里带着麻木而昏昏欲睡的惊恐。

床上有个年轻男子摊开四肢躺着，一条腿挂在床脚。他上身赤裸，裤裆的拉链开着，一只靴子丢在一旁，另一只仍穿在左脚，年约二十八岁。他已经死了。没有脉搏，没有心跳，没有呼吸。吸毒过量已使他的身体坠入漆黑的深渊，他的脸蓝得像最暗的冬日下午五点的天空。我把他的身体拖上床，拿一捆被单放在他颈后。

"赔钱生意，林。"阿南德简短地说。他站在门后，背倚着关上的门，不让别人进来。

我不理他，开始对年轻男子做心肺复苏术。我对此再熟悉不过。以前我自己有毒瘾时，就曾以此将几十个吸毒过量的人救出鬼门关。我在自己国家做过这事不下七八十次，对着活死人压胸腔，施以人工呼吸。我压迫那年轻男子的心脏，让它恢复跳动，给他吹气，使他的肺充满气体。做了十分钟后，他的胸腔深处嘟嘟作响，他开始咳嗽。我跪下来，看他是否有能力自己呼吸。他的呼吸缓慢，然后变得更慢，接着，在空洞的一声叹息后，停止了呼吸。那声音平板而没有生气，就像从层层间歇泉石的缝隙里逸出的气体。我再度施以心肺复苏术，非常费力，我等于是在用双臂和肺，使劲要把他松垂无力的身体从长长的深渊中拖上来。

那两人是情侣。我抢救男的时，那女的昏过去两次。阿南德拍打她，把她摇醒。走进这饭店三小时后，阿南德和我离开那房间。我们俩汗流浃背，衬衫湿得像是站在窗外的滂沱大雨里淋过。由于那个女的求救，我们终于把她的男友救醒；但救醒之后，那对情侣却一脸不高兴，气我们坏了他们吸毒的乐趣。我走出房间，关上门，心里知道，不久后，在这城市或其他某座城市，会有人替他们永远关上门。吸毒者每次陷入深渊时，都比前一次更深，因此要把他们拉上来就更难。

阿南德欠我一份人情。我冲澡，刮胡子，接下他的礼物——一件刚洗好烫过的衬衫。然后我们坐在门厅喝茶。有些人欠你越多，就越不喜欢你；有些人要等到发觉受了你的恩惠，才真正喜欢起你。阿南德不因欠我人情而觉得别扭，他的握手，是好朋友有时候用来取代言语表达的那种握手。

走下街道时，一辆出租车驶到我身旁的人行道边停下。乌拉坐在后座。

"林！对不起，可以上车陪我坐一段吗？"

忧心忡忡加上恐惧，使她的声音几乎是呜咽。那可爱苍白的脸，深锁的眉头，都透着害怕。我上车坐在她旁边，出租车缓缓驶离人行道边。车里弥漫着她的香水味和她不停抽的小烟卷味。

"Seedha jao！（往前直走！）"她告诉司机，"林，我有个麻烦，需要人帮忙。"

这晚我好像要四处当救星。我望着她蓝色的大眼睛，竭力按捺住自己，才没说出玩笑话或轻薄的话。她显得很害怕，让她害怕的东西仍攫着她的眼睛。她望着我，满眼恐惧。

"噢，对不起，"她啜泣着说，突然崩溃，然后同样迅速地恢复神志，"我连招呼都没打。你好！好久没见到你。过得怎样？看起来不错。"

她那带有节奏的德国腔，使她说起话来很是悦耳。彩色灯光拂过她的眼睛，我向她微笑。

"我很好，有什么麻烦？"

"我需要你跟我去，陪我，凌晨一点。在利奥波德。我会在那里……我需要你在那里陪我。你可以吗？可以去吗？"

"利奥波德晚上十二点就关了。"

"没错，"她说，又是泫然欲泣的嗓音，"但我会在那里，在出租车里，停在外面。我要去见一个人，而我不想一个人去。你可以陪我去吗？"

"为什么找我？莫德纳呢？毛里齐欧呢？"

"我相信你，林，那不会花太久时间。我会付你钱，我请你帮忙，不会让你白干。我会付你五百美元，如果你肯跟我赴约的话，可以吗？"

我内心深处响起警告，每当有严重到超乎想象的东西悄悄逼近，准备突袭时，我通常会听到这样的警告。在公平的搏斗里，命运打败我们，靠的就是发给我们听那些我们从不放在心上的警告。我当然愿意帮她。乌拉是卡拉的朋友，卡拉是我所爱的人。为了卡拉，即使不喜欢乌拉，我还是愿意帮她。况且我真的喜欢乌拉：她漂亮，而且天真乐观，不致让体谅沦为怜悯。我再度微笑，请司机停车。

"行，你放心，我会去。"

她俯身过来，吻了一下我的脸颊。我下车。她双手攀在窗沿，探出身子。毛毛雨落在她的长睫毛上，使她眨起眼。

"你会去？一言为定？"

"凌晨一点，"我语气坚定，"利奥波德，我会去。"

"一言为定？"

"对，"我大笑，"一言为定。"

出租车驶离，她往窗外大喊，语气伤心、急迫，在寂静的夜里，听来刺耳，近乎歇斯底里。

"别让我失望，林！"

我朝着游客常去的地方，漫无目的地往回走，想着乌拉，想着她男友莫德纳和毛里齐欧牵扯上的那件生意，不知道是做什么生意。狄迪耶说他们干得很出色，赚了钱，但乌拉似乎害怕、不开心。而且狄迪耶还说了别的有关危险的事。我努力回想他讲的话。他说了什么？风险很大……会很惨……

当这些念头仍在我脑海里徘徊时，我发现自己已走到卡拉家的那条街上。我经过她的一楼公寓，直直面对街道的法式大门敞开。乱吹的微风吹皱薄纱帘，我看见里面亮着柔和的黄光，点着一根蜡烛。

雨势变大，但一股我无法压抑或理解的骚动不安，叫我继续走。维诺德唱的情歌，那首回荡在印度门圆顶的情歌，在我心里直兜圈子。我的思绪飘回到那艘船，在季风雨淹没街头形成的梦幻湖泊上，那船航行着。卡拉的眼神，命令、要求的眼神，把我心中那份骚动不安逼成某种愤怒。有时，我不得不在雨中停下，深呼吸几口。爱意和欲念让我几乎喘不过气。我感到愤怒，还有痛苦。我握起拳头，我的手臂、胸膛和背部的肌肉紧紧绷住。我想到那对意大利情侣，那对下榻阿南德饭店的瘾君子。我想到死亡和垂死。此时，黑色阴沉的天空终于爆裂并发出声响，闪电劈裂阿拉伯海，随之传来雷公震耳欲聋的鼓掌声。

我开始跑。树木黑森森，树叶湿淋淋。那些树好似一朵朵小乌云，各自洒下一阵雨。街上空无一人。我跑过流动快速的水坑，水坑里映着闪电纵横的天空。我感受到前所未有的孤单和爱意，全集聚在我心里，我的心满是对她的爱，就像天上的云饱含雨水。我一直跑，不知怎的，竟跑回那条街，回到她家门口。然后我站在那里，任由闪电撕裂我，我的胸口因滚滚的热情而起伏不已。当我定定站着时，那股热情在我心中奔流不已。

此时，她来到敞开的门口察看天色，身穿无袖的白色薄睡衣。她看见我站在暴风雨里。我们眼神相交后，定住。她走出门，走下两道台阶，朝我走来。雷声震动街道，闪电布满她的眼睛。她走进我怀里。

我们相吻。我们的嘴唇用沉默表达心思，感情所含有的那种心思。我们的舌头蠕动着，在欢愉的洞里滑动。舌头已宣告我们的关系——一对爱侣。嘴唇在吻中滑行，我把她没入爱里，我自己屈从、沉没于爱里。

我环抱住她，将她抱起，抱进屋里，抱进满是她香味的房间里。我们在瓷砖地板上褪下衣衫，她带我上她的床。我们紧紧躺在一块，但未触摸对方。闪电照亮漆黑夜空的一刹那，她手臂上的汗珠和雨水像闪亮的繁星，她的肌肤像是一大片夜空。

我把双唇贴上那片夜空，将繁星舔进嘴里。她把我的身体放进她的身体，每个动作都是个咒语。我们的呼吸像念颂祷文的全世界。涓涓汗水流向深峻的欢愉之谷，每个动作都是柔滑的肌肤瀑布。在柔软的丝绒斗篷里，我们的背在颤抖、亢奋的激情里抽搐，肌肉完成那些由心思开始却由肉体获胜的动作。我是她的，她是我的。我的身体是她的四轮马战车，她驾着那车冲进太阳。她的身体是我的河，我成为海。让我们的唇紧贴在一起悲叹，最终是希望与忧伤的世界。当狂喜充塞恋人的灵魂，狂喜即从恋人身上强索希望与忧伤。

后来，寂静而带着轻柔呼吸声的沉默，充塞我们，淹没我们，我们的需要、向往、饥饿、疼痛，一切的一切，全荡然无存，只剩纯粹而无法形容的美妙之爱。

"啊，惨了！"

"怎么了？"

"我的天啊！现在几点了！"

"什么？什么事？"

"我得走了，"我说，猛然跳下床，伸手拿我的湿衣服，"我得去见一个人，在利奥波德，五分钟内得赶到。"

"现在？你现在要去？"

"非去不可。"

"利奥波德已经关了。"她皱起眉头，在床上坐起，靠着小堆枕头。

"我知道。"我小声说，穿上靴子，系上鞋带。衣服和靴子都湿透了，但夜里仍然湿热。暴风雨渐缓，扰动沉闷空气的微风渐渐平息。我在床边跪下，俯身亲吻她大腿的柔软肌肤。"我得走了，我答应人家的。"

"什么事那么重要？"

一把火升上来，我皱起眉头。一时之间，我很不高兴，不高兴我明明已说我答应了人家，她还要打破砂锅问到底，我那样说应该已经很清楚了。但在没有月光的夜色里，她很美，她理所当然要不高兴，而我则不该不高兴。

"对不起！"我轻声细语地回答，用手梳弄她浓密的黑发。我曾无数次想这么做，想伸出手触摸她，在我们站在一块时。

"行了，"她轻声说，用巫婆似的专注神情看我，"去吧！"

我穿过不见一人的市场，跑到阿瑟班德路。市场摊子盖着白色帆布，使摊子看起来像是停尸间冷冻库里盖上布的尸体。我的跑步激起零零落落的回音，好似有鬼在跟着我跑。我横越阿瑟班德路，进入梅尔韦泽路，沿着这条林立树木和高耸华厦的林荫大道继续跑，见不到、听不到，在每个繁忙白天里行经这里的数百万人。

我在第一个十字路口向左转，避开淹水的街道，见到一个警察在前面骑着脚踏车。我跑到马路中央，经过一条漆黑的私人车道口时，又一个骑脚踏车的警察从私人车道窜出来。转进路边的小街，走到一半，第一辆警用吉普车出现在小街尽头。我听到后面还有一辆吉普车，然后那两名骑脚踏车的警察会合同骑。吉普车在我身旁停下，我停住脚步。五个人出来，把我团团围住，彼此默不作声好几秒钟。那寂静带着浓烈的威吓意味，叫那些警察几乎醉倒其中，他们的眼睛在下着小雨的夜里出奇地闪亮。

"怎么回事？"我用马拉地语问道，"你们要干什么？"

"上车。"带队的压着嗓子说，用英语。

"嘿，我讲马拉地语，所以我们可不可以——"我还没说完，带队的警察就大笑，把我打断，笑得很难听。

"我们知道你讲马拉地语。"他答，用马拉地语。其他警察大笑。"我们什么都知道。你立刻上车，否则别怪我们用铁皮竹棍打你，再把你丢上车。"

我跨进吉普车的后座，但他们要我坐在车子的地板上。吉普车后座有六个男人，个个用手按着我。车子经过两个不长的街区，来到利奥波德酒吧对面的科拉巴警局。走进警局院子时，我注意到利奥波德前面的街上空无一人。她讲好要来的地方，却不见她的人影。她设局陷害我？我心存疑惑，害怕得心怦怦跳。她没理由这样做，但那念头变成蠕动的虫，咬穿我在心里筑起的所有墙。

值夜的警察是个矮胖、超重的马哈拉施特拉人，他和他的许多警界同僚一样，硬穿上至少比他身材尺寸小两号的制服。我想，这身衣服想必让他觉得不舒服，或许让他没有好脸色。他和围住我的十名警察都绷着脸，在他们瞪着我、大声喘着气、一语不发时，我反倒有股想出声大笑的冲动。然后，那名执勤警官对他的手下讲话，我心中的大笑戛然而止。

"抓住这个打他一顿。"他说，口气干巴巴的。他明知我会说马拉地语，懂他说的话，却表现得完全不知道这事似的。他跟手下讲话的口气，仿佛我不存在一样。"用力打，结结实实地打。可以的话，不要打断骨头，但用力打，然后把他跟其他人一起关进牢里。"

我跑，推开围住我的警察，纵身一跳，跳过值勤室外面楼梯底部的平台，落在院子里的沙砾地面上，往外跑。这是个愚蠢的错误，而且不是接下来几个月里我所犯的最后一个错。卡拉曾跟我说，错误就像爱上不该爱的人，从那爱里体验越多，越希望自己未曾爱上那人。那天晚上我犯的错就是，我跑到院子的前门时，撞上一支搜捕队，倒在一群被缚而任人摆布的人犯中。

警察把我拖回值勤室，一路对我拳打脚踢。他们用粗麻绳把我的双手绑在背后，脱掉我的靴子，把我的两只脚绑在一块。那个矮胖的值勤警官拿出一捆绳子，要他的手下把我从脚踝到肩膀整个缠住。他气得直喘气，看着我并给我缠上一圈又一圈的绳子，我活像个木乃伊。然后警察把我拖进隔壁房间，把我吊起来，吊在与我胸部齐高的钩子上。我面朝下，钩子钩进我背后几圈绳子里。

"坐飞机！"值勤警官紧咬着牙咆哮。

警察转动我身子，越转越快。悬空吊着，使我被绑的双手困在紧缠的绳子里动弹不得，我的头垂着，与垂下的双脚同高。我身子不断旋转，最后只觉得天旋地转，失去上下的感觉。然后，毒打开始。

五六个男子在我旋转时打我身子，使出吃奶的力气拼命不停地打，铁皮竹棍啪啪落在我身上。抽击的刺痛穿过绳索，传到我身上，脸、双臂、双腿、双脚无一幸免。我可以感觉到自己在流血。我的内心痛得尖叫，但我紧咬牙关，不叫出声。我不让他们得逞，不让他们听到我尖叫。沉默是受拷打者报复的工具。有人伸出手，止住旋转，把我定住，但房间仍旧在旋转。然后他们朝反方向转我，继续打。

打够了之后，他们把我拖上钢梯。之前，我试图搭救卡诺的驯熊师时，曾和普拉巴克走过那道钢梯。他们把我拖往拘留所。我问自己谁会来救我。我在空无一人的街道上被捕，没有人看见我在哪里，没有人知道。乌拉即使真来到利奥波德，若真和我被捕一事无关，她也不会知道我被捕。至于卡拉，我跟她做完爱后就拍拍屁股走人，她能怎么想？她不会找我。监狱是让人消失无踪的黑洞：没有光亮能逃出那些黑洞，也没有消息能逃出。这么莫名其妙被捕，我落入这城市最暗的黑洞，消失无踪。我已从这城市完全消失，犹如我已搭机到非洲一般无影无踪。

我为什么会被捕？这问题在我天旋地转的脑海里直打转。他们知道我的真实身份？如果他们不知道，如果是出于别的原因，如果和我的真实身份毫无关系，问题仍然存在。他们要确认我的身份，甚至可能要比对指纹，而我的指纹已透过国际刑警组织通报全世界。我的真实身份曝光，只是时间问题。我得发信息到外面，向别人求救。谁能帮我？谁有能力帮我？哈德拜？阿布德尔·哈德汗大人？以他在孟买市，特别是科拉巴地区的人脉之广，肯定会发现我被捕。哈德拜终会知道这事。在那之前，我得静观其变，想办法让他知道我的处境。

我整个人被绑成木乃伊般，拖上硬邦邦的钢梯，每碰上一个台阶就有一处瘀伤。在被往上拖的过程中，我强迫自己把心念定在那个咒文上，配合怦怦的心跳重复念颂：带话给哈德拜……带话给哈德拜……

到了楼梯顶上的平台，他们把我丢进拘留室的长廊。那个值勤警官命令犯人解下我身上的绳子。他站在拘留室门口，双手握成拳，放在臀部，看着我。为了要他们快点解开，他还踢了我两三下。最后一条绳索解下，递给栏外的警卫后，他要他们扶起我，扶我站好，面朝着站在敞开着的门口的他。我感觉到他们的手搭在我已无感觉的皮肤上，我张开双眼，隔着血污，看见他扭曲的笑脸。

他用马拉地语跟我讲话，然后朝我脸上吐口水。我想举手反击，但其他犯人牢牢按着我。他们出力轻，但坚定。他们把我扶进开着门的第一间因室，把我慢慢放在混凝土地板上。他关上门时，我抬头看他的脸。那表情差不多在跟我说：你完了，你一辈子完了。

　　我看到钢栅门关上，悄悄爬上来的寒意让我的心失去知觉。金属碰撞金属，钥匙叮当作响，然后被插入钥匙孔中转动。我望着周遭犯人的眼睛，死气沉沉的眼睛、发狂的眼睛、怨恨的眼睛和害怕的眼睛。在我内心深处的某个角落，有鼓声响起。那或许是我的心跳。我感觉到自己的身体，整个身体绷紧，犹如一个拳头。喉咙里有股浓浓的苦味。我努力想吞下，然后我知道，我想起，那就是恨的味道，我的恨、他们的恨、守卫的恨、全世界的恨。监狱是恶魔学习捕食本事的神殿。每次我们转动钥匙，都让人更加沉沦，因为每次我们禁闭一人，都是在把他关在仇恨里。

第二十章

在科拉巴警局拘留室二楼，坚韧钢门的后方，有四间大囚室。一条走廊连接这四个房间，房门全开在走廊的同一边。走廊另一边隔着钢网，可俯瞰警局的四方院。楼下还有囚室，卡诺之前就被关在一楼的某间囚室里。一楼只关押待一两夜的短期犯，而可能在科拉巴拘留室待上一星期或更久的人，则走那金属梯，或像我一样被拖上金属梯，通过滑拉式钢门，进入地狱的前厅。

钢门后面没有门。四间囚室，每一间都经由假拱门进出。假拱门比一般房子的门道稍宽一些，每间囚室大约九平方米。走廊宽仅容两名男子擦肩错身而过，长约十六米。走廊尽头有男用小便斗与钥匙状蹲式马桶各一个，都没有门。小便斗上方有一个水龙头，用来梳洗及饮用。

四间囚室和走廊，若挤上四十个男人，那种不舒服还可忍受。结果，第一天早上，我醒来时，发现一共关了两百四十人。那地方就像个蜂巢、白蚁丘，一大群蠕动的人体紧挨在一块，手或腿活动的空间小得可怜。马桶里的大便堆到及踝高，尿池漫了出来。屎尿的恶臭阵阵传来，直到走廊的另一头。又湿又闷的雨季空气里，充斥着呻吟声、窃窃私语声、谈话声、抱怨声、大叫声，还有每隔几小时犯人发火发出的尖叫声。我在那里整整待了三星期。

第一间囚室，也就是我第一晚过夜的那间囚室，只关了十五人。那囚室距厕所的恶臭最远，室内干净，有地方可躺下。住在那里的人都是有钱人，有钱到可以贿赂警察毒打任何一个想擅自挤进这囚室的人。这囚室，人称泰姬玛哈，住在里面的人，被称作 pandrah kumar，也就是十五位王子。

第二间囚室关了二十五人。从他人口中得知，他们全是窃贼，先前已至少坐过一次牢，随时可能为了保住自己在囚室里的地盘，用下流的手段偷袭别人。他们的房间，人称 chor mahal，意为小偷之窝，他们则被称作 kala topis，意为黑帽子（类似兰吉特的麻风病人），因为在恶名昭彰的阿瑟路监狱，判刑确定的窃犯得穿囚服、戴黑帽。

第三间囚室挤了四十个人，肩挨着肩靠墙坐着，轮流到房间中央的小空地上舒展筋骨。他们没有第二间囚室里的人凶恶，但自傲且积极。他们死守自己坐的小小空间，竭力抵御新来者的入侵。他们时时处于压力下：每天至少有一人打输，把地盘让给更凶狠的新来者。但第三间囚室最大的容量是四十人，且很少超过那上限，因而那间囚室被称作 chaaliss mahal，意为四十人之窝。

第四间囚室，按照拘留室里的俗语，称作 dukh mahal，也就是受苦之屋，但许多人偏爱用科拉巴警察为这最后一间囚室所取的名字：侦察室。新关进来的人，首度穿过钢门走进长廊时，有时在第一间囚室碰运气。那囚室十五个人的每个人，还有走廊上的不少小跟班，会站起来，把他推开，用言语威胁要他滚开，大叫着下一间囚室！下一间囚室，浑蛋！扭动的人体，拼命把那人往走廊更里面挤，那人可能会想进第二间囚室。这时，如果那间囚室里没有人认识他，碰巧有位在门口附近的人会猛然出手，打他的嘴。下一间囚室！这时，忐忑不安的那人被推着往走廊更里面移动，如果想进入第三间囚室，会遭到站或坐在第三间囚室门口的两三个人拳打脚踢。下一间囚室！下一间囚室！这个新来者被人一路推挤到第四间囚室——侦察室时，会被当作老朋友般受到热切欢迎。进来，朋友！进来，兄弟！

有些人蠢得以为自己真受欢迎，一进去才知上了贼船。挤在那又暗又臭房间的五六十个人，立即围上来打，把他们的衣服剥得精光。抢下来的衣服按照领取者名单分配掉，那名单是根据严谨而不断调整的尊卑顺序拟出来的。误上贼船者，身上每个凹洞都会被彻底搜索，好找出首饰、毒品或钱。凡是值钱的东西，都交给侦察室的老大。在我被关押的那几个星期里，最后一间囚室的老大是个壮硕如大猩猩而没有脖子的男子，发际线与他浓眉的距离，只比拇指厚度稍大一点点。新来者收到又脏又破的衣物（抢到新衣物者所丢弃的衣物），用以蔽体。这时候，他们有两条路可走：离开这房间，走到挤得无法想象的走廊里，跟住在那里的上百人争夺地盘，或者加入侦察室群体，等待其他新来的倒霉鬼受骗进来，大肆掠夺。根据我在那三星期里所观察到的，每五个在最后一间囚室被毒打、搜刮一空者，大概有一人会选择第二条路。

就连在走廊里也有尊卑之别，也有小小立足之地的争夺，也有跟人动粗耍狠强夺别人地盘的事。靠近前门而距厕所较远的地方，地段最好。但就连飘着恶臭，屎尿溢到地板上，烂泥般黏糊作呕的走廊尽头，也有人为了争夺屎尿烂泥里堆积较浅的方寸之地大打出手。

那些被迫待在走廊尽头，被迫每日每夜站在及踝深的屎泥堆中的人，有一些最后会因体力不支倒地而死掉。我在那里时，就有一人死在拘留室里；另有几个人被抬出去时，状态已几近于我觉得根本不可能唤醒的昏死状态。其他人诉诸暴戾之气，得以在这个混凝土蟒蛇的肠子里，一分又一分、一小时又一小时、一米又一米、一天又一天、一个人又一个人地往前推进到可以站立、活下去的地方，直到这条巨蟒将他们从钢嘴吐出来为止。

我们一天只能吃到一餐，每天下午四点供餐。大部分时候是木豆和拉饼，或者是加了稀薄咖喱酱的米饭。清晨也有一些茶和一片面包。警察在钢门处发食物，囚犯有心排成两条整齐的人龙，井然有序地走往钢门后方，然后离开。但人群的拥挤，饥饿的难耐，少数人的贪心，使每次领餐都一团混乱。许多人没拿到食物，饿了一天或更久。

我们每个人进拘留室时，都会收到一只扁铝盘。那盘子是我们唯一合法的随身物品。没有刀叉——用手吃；没有杯子，喝茶时把茶舀入盘子里，嘴巴贴着浅浅的茶水吸着喝。但盘子还有其他用途，首先是用来制作临时的应急炉。把两只铝盘折成 V 字形，充当架子，上面就可以放第三个铝盘。在两个折弯的铝盘之间，扁平的铝盘之下，放进燃料，炉子就大功告成，可用来把茶或食物重新加热。理想的燃料是平板橡胶凉鞋，这种橡胶鞋点燃一头后，会缓慢而均匀地烧到另一头。燃烧的烟刺鼻浓烈，带着油性煤烟，煤烟落在哪里，就附着在哪里。侦察室每天晚上在某个时候会点起两个这样的炉子，脏污的室内地板和墙壁，还有住在其中的每个人的脸都因此被熏黑。

这两个炉子是侦察室几个头头的收入来源之一，他们给第一间囚室的有钱人加热茶或储存食物，收取费用。守卫允许人白天时送进食物和饮料（给买得起这类服务的人），但夜间不准任何东西送进牢门。为了舒适不惜血本的那十五名王子，早已打点过警察，取得一只小蒸煮锅和七个用来存放茶、食物的塑料瓶罐。借此，在禁止送东西进来的夜里，那些王子仍能享用热茶和点心。

铝盘充当炉子自有其寿命，一旦变脆、瘪掉，就不能再用，因此时时需要供应新铝盘。食物和茶，乃至用来当燃料的橡胶凉鞋，都可以换成钱，因此需求也始终不断。最弱的人保不住自己的凉鞋、盘子和食物。同情他们而把盘子借给他们的人，得稀里呼噜赶快吃完自己的食物，好让他们拿盘子去领取食物。警察在钢门处发送食物，前后只有六七分钟，而在那期间，往往有多达四个人，以那种方式，用一个盘子轮流填饱肚子。

每天我望着那些饿昏头的人的眼睛，看他们在警察舀出最后一份食物时，眼巴巴看着其他人，用手指把热烫的食物速速扒进嘴里。我每天看到他们眼巴巴在看，在等待，担心自己分不到吃的。他们的眼神让我们对人类有了真实的认识，而我们只有在残酷而绝望的饥饿里，才可能有那份认识。我把那份认识融入我的内在生命，而我内心的一部分，在看到这一幕时已碎掉，且从此再未愈合。

每天晚上，在第一间囚室，泰姬玛哈房，十五名王子享用在侦察室用临时炉加热的热食和热甜茶，然后舒舒服服大脚一伸睡觉。

当然，王子也得用到厕所。上厕所叫他们觉得很不舒服、有失人的尊严，那种感觉就和最穷的人犯无分轩轾。撇开别的不说，在这点上，我们牢里的人几乎是人人平等。

从第一间囚室，穿过走廊上横七竖八的肢体，最后抵达恶臭的沼泽区。在那里，有钱人就像其他人一样，用从衬衫或汗衫扯下的布条塞住鼻孔，嘴里叼着线扎手卷小烟卷，以去除恶臭。裤管拉到膝盖，凉鞋拎在手里，赤脚踩进屎尿里，蹲在钥匙状马桶上。马桶未堵塞，冲水功能良好；但每天有两百多个男人使用，每人每天使用一两次，很快就会被没对准马桶拉屎的人弄脏。最后，成堆的粪便往下滑，滑进从浅便斗流出的尿池里，导致我们蹲马桶时要走过的烂泥状秽物池。然后，有钱人走过秽物池，回到小便斗，在水龙头下（没有肥皂）洗过手、脚，再踩着一团团破布离开。那些破布团堆成踏脚石般，用来在侦察室入口前围起一道克难堤防，防止秽物流进。为了讨得烟屁股或抽剩一半的小烟卷，有人会蹲在秽物池里，用破布替有钱人再擦拭脚，然后有钱人就可以长途跋涉，回到位于走廊另一头的第一间囚室。

第一间囚室的有钱人，看我是白种外国人，认定我有钱，因此，第一天早上我在他们房间醒来时，邀我加入他们。那种想法叫我震惊，因为我家信奉费边主义，我自小被灌输了那一派人士的主张，执拗而不切实际地痛恨各种形式的不平等。他们的原则深植我的脑海，而且我年轻时走过革命年代，早已成为革命分子。那桩大业（我母亲如此称呼）的主张，仍有一部分被我奉为人生的核心理念。此外，我已在贫民窟跟这城市的穷人住了好多个月。因此，我拒绝了他们的提议（我必须老实承认，我心里其实不想拒绝），不跟有钱人享福，反倒奋力挤过人堆，进入第二间囚室，跟那些已不是第一次吃牢饭的凶神恶煞同住。在门口发生了短暂扭打，但眼见我一副为了在小偷窝挣得地盘不惜一战的决心，他们左腾右移，腾出了空间给我。不过，他们余恨未消。这些黑帽子人，一如各地自视甚高的坏蛋，谁也不服谁。不久，他们就制造出机会，测试我的斤两。

被逮捕三天后，我从马桶左闪右避走回囚室的漫长途中，成群囚犯里有个人出手，想抢我的盘子。我用印地语和马拉地语大声警告，搬出我所知道最脏的字眼威胁。结果没效。那人比我高，比我重约三十公斤。他双手抓住我的盘子，离我抓的地方很近。我们各自使劲拉，但都没办法让对方松手。所有人静静看着。他们的呼吸声和呼出的热气，像涡旋的潮水般包住我们。我们陷入对峙——不是在此时此刻借这机会树立威名，就是一败涂地，被赶到走廊尽头恶臭的秽物池。

那人紧抓着盘子往自己的方向拉，我借力使力，用头顺势往前冲，撞他的鼻梁，五次、六次、七次，然后撞他的下巴尖。群众突然陷入一片惊恐，十余双手用力推我们，把我们的身体和脸紧紧挤在一块。我被一群惊恐的男人紧压住，双手不能动弹，又不想放掉盘子，于是动口咬他的脸颊。我使劲咬，直到嘴里尝到血的味道。他立刻放开盘子，尖叫，拼命挥舞手脚，在走廊的人群里使劲地爬，想爬往钢门。我跟在后面，伸手抓住他的背部。他抓着铁栅门摇晃，尖叫求救。

我伸手要抓他的时候，守卫正插进钥匙开锁。我牢牢抓着他，他死命往门外逃，他的 T 恤被紧拉在身后。一时之间，他定在那里，双腿在跑动，身体却几乎动不了。然后他的 T 恤裂开，他摇摇晃晃逃出门，留下一大块布在我手里。他缩在守卫身后，背部贴着墙。脸颊上，我咬过的地方有裂伤，血从鼻子往下流经喉咙，流到胸口。此时门砰然关上。警察定定地看着，露出费解的微笑。我用扯下的 T 恤擦拭手上和盘子上的血，然后心满意足地将那块破布丢在门边。我转身，挤过不发一语的人群，再度在小偷房里坐下。

"很漂亮的一招，兄弟。"坐我旁边的年轻男子用英语说。

"谈不上，"我答，"我其实是想咬耳朵。"

"哇！"他脸部的肌肉抽搐了一下，噘起嘴，"但比起他们给我们吃的鬼食物，他耳朵大概更补，是不是，老哥？你为什么进来的？"

"不知道。"

"你不知道？"

"他们在夜里逮捕我，把我带到这里，没告诉我我犯了什么罪，或为什么要把我带来这里。"

我没问他为什么进来，因为根据澳大利亚监狱不成文的规矩，得等到你喜欢对方而愿意把他当朋友，或讨厌对方而决定把他当敌人时，才可以问对方犯了什么罪进来。在澳大利亚，遵守这规矩的是老派罪犯，也就是知道有这项规矩的罪犯。我开始跟这类人一起服刑时，他们教我这规矩。

"他们狠狠打了你一顿，老哥。"

"坐飞机，他们这么称呼。"

"哇哇哇……塞！"他脸部肌肉又抽搐了一下，耸起双肩，"我痛恨坐飞机，兄弟！有一次，他们把我绑得太紧，我的手臂麻了三天才恢复知觉。而且你知道，他们打了你之后，被绳子紧缠住的身体，胀得多厉害，na？我叫马希什，贵姓大名？"

"大家都叫我林。"

"林？"

"对。"

"这名字有意思，老哥。你在哪里学会马拉地语的？"

"在一个村子里。"

"那肯定是充满犯罪与暴力的村子。"

我微笑，自被警察抓进来，这是我第一次笑。在牢里，人们不随便笑，因为恶霸视微笑为软弱，弱者视微笑为不怀好意，狱卒视微笑为讨打的挑衅。

"我在这里，在孟买，学到骂人的脏话，"我解释道，"进来这里的人通常待多久？"

马希什叹口气，黝黑的大脸往里缩，皱起无奈的眉头。他的褐色眼睛隔得很开，嵌在深凹的眼眶里，好似在带疤的眉脊下方，躲藏或寻觅藏身之地。他宽宽的大鼻子断过不止一次，是脸上最抢眼的部位，也让他有着小嘴和圆下巴的脸，表情更显凶狠。

"没人知道，兄弟。"他答，眼神渐趋黯淡。如果是普拉巴克，大概也会有那种反应，孤单之感瞬间刺进我心，在那一瞬间，我陡然怀念起我那矮子朋友。"我早你两天进来，传说我们会被带到那个'路'，两三星期内。"

"那个路？"

"阿瑟路监狱，老哥。"

"我得放话给外面的人。"

"你得等了，林。这里的警卫，就是那些条子，他们一直告诫这里的所有人不要帮你。看起来像是有人对你下了诅咒，兄弟。我大概会倒大霉，只因为跟你讲话，yaar。"

"我得放风声出去。"我咬牙切齿地重复着。

"唉，离开这里的人，没有一个会帮你，林。他们怕，像置身在满是眼镜蛇的袋子里的老鼠。但到了阿瑟路，你可以把话放出去。那个监狱大，没问题。关了一万两千人。政府说没这么多，但我们每个人都知道那里关了一万两千人。但还是比这里好多了。你如果到了阿瑟路，会跟我在一块，可能三星期后。我犯了偷窃罪，偷工地的东西、铜线、塑料管。因为同样的事，我已经坐了三次牢。这次是第四次，能说什么呢，兄弟？我是他们所谓的惯犯，犯了偷窃罪的累惯犯。这一次，幸运的话，关三年；运气不好的话，关五年。你如果到了阿瑟路，跟着我。

到时候我们会想办法替你把话送到监狱外。Thik hain（好吗）？在那之前，我们抽烟，向上帝祈祷，咬任何想抢走我们盘子的王八羔子，na？"

果然在那三个星期，我们就真的只做了这些事。我们抽了太多烟，用祈祷打扰耳聋的上帝，跟一些人打了架，有时我们还安慰那些失去抽烟、祈祷、打架念头的人。然后有一天，他们来取指纹，要我们把背叛主人的黑色箕纹、涡纹，印在一页纸上，保证所言属实、绝无半句虚假、只有卑鄙事实的纸上。然后，马希什和我，还有其他人，被推上一部老旧的蓝色囚车（坐上三十人都嫌太挤的卡车黑暗车厢，挤了八十个男人），载往阿瑟路监狱。囚车横冲直撞，疾驶过我们每个人都爱得要死的孟买街道。

进了监狱大门后，一些狱警把我们从卡车后面拉下来，要我们蹲在地上。我们一一接受其他狱警验明正身，然后依照他们的指示，一个接一个进监。我们蹲在地上，拖着脚前进，如此耗了四小时，而他们把我排在最后一个检查。已经有人告诉狱警我会说马拉地语。最后只剩我一人时，他们的队长用马拉地语命令我站起来，测试我是否真的懂。我撑着又僵又痛的双腿站起来，他命令我再蹲下。我蹲下，他又命令我站起来。从围观狱警哄堂大笑的反应来看，我判断这大概会没完没了，于是拒绝再玩。他继续下命令，但我充耳不闻。最后，他不再下令，我们互盯着对方，现场鸦雀无声。那是我只在监狱或战场上见识过的静默，那是种让人可以在皮肤上感受到的静默，可以闻到、尝到的静默，甚至是可以在后脑勺某个幽暗的空间里听到的静默。队长的奸笑慢慢变成充满恨意的咆哮，而那奸笑的根源正是恨。他往我脚边的地上吐口水。

"在殖民者统治印度的时期，英国人建了这座监狱，"他从牙缝里挤出话，露出牙齿，"他们把印度人关在这里，在这里鞭打印度人，吊印度人，一直到死。如今这监狱归我们管，而你是英国犯人。"

"对不起，长官，"我说，用最正规客气的马拉地语说，"我不是英国人，我来自新西兰。"

"你是英国人！"他尖叫，口水喷到我脸上。

"很遗憾我不是。"

"是！你是英国人！不折不扣的英国人！"他答，咆哮再度转为不怀好意的微笑，"你是英国人，这监狱归我们管。你走那条路！"

他指向通往监狱内部的一条拱道。进拱道后不久，猛然有道右弯，我知道，凡是动物都有的直觉让我知道，那里有伤害等着我。几名狱警把警棍戳在我的背上，逼我前进。我摇摇晃晃走进拱门，右转。长长的廊道两侧，排着约二十个人。他们在等我，个个手上拿着竹棍。

我很了解这项夹道鞭打的刑罚，比任何人都了解。在另一个国家，也有这种整人廊道。我所逃出的那个澳大利亚监狱，有惩戒部门逼我们跑过一条通往小运动场的狭长走廊，接受夹道鞭打的刑罚。当我们奔跑时，他们就挥棍猛打，两脚左踢右踹，直到走廊尽头的钢门为止。

我站在孟买阿瑟路监狱这个新廊道里的刺眼的电灯下，很想大笑。我想说：嘿，各位，你们就不能更有创意些吗？但我说不出口。恐惧使人口干舌燥，仇恨令人窒息。这就是为什么仇恨无法诞生伟大的文学：真正的恐惧和真正的仇恨使人无言。

我慢慢往前走。那些人穿着白衬衫和白短裤，头戴白帽，腰系粗大的黑皮带，皮带上的铜扣印有号码和职称，职称是牢房舍监。我立即领会到，他们不是狱警。印度狱政传袭自英国殖民统治时期，狱警几乎不插手监狱的日常运作。例行作息、秩序、纪律的平日维护工作，全由牢房舍监全权负责。

杀人犯和其他服长期徒刑的惯犯，判刑至少十五年。服刑头五年期间，他们是普通犯人；第二个五年期间，他们得到特权，可在厨房、洗衣房、狱中产业或清洁队工作；第三个五年期间，他们往往晋升为牢房舍监，得到那帽子、皮带、竹棍，进而掌握生杀大权。两排摇身一变成为狱警的杀人犯，在廊道里等着伺候我。他们举起棍子，眼睛盯着我，预期我会一路猛冲，让他们丧失把人打得哀叫的消遣机会。

我没有跑。如今我很希望自己可以说，我那晚之所以走过去，之所以没有跑，乃是因为我内心有着某种高贵、英勇的情操，但我没办法这么说。我常想起那件事。我回忆、重现那段路无数次，而每次想起，我就越不确定我为什么那时要走过去。哈德拜曾告诉我，每一桩高洁的行为，其核心都藏有见不得人的秘密，而我们所冒的每次风险，都含有无法解开的谜。

我慢慢走向他们，开始想起那条长长的混凝土步道，从海岸通往哈吉·阿里清真寺的步道。那座漂浮在海上的清真寺，像艘大船停泊在洒满月色的海上。那座崇奉圣徒哈吉·阿里的雄伟建筑，还有横越万顷波涛、走到海上亭阁的那段路程，是这城市所留给我最喜爱的印象之一。在我眼中，孟买的美就像男人在心爱女人沉睡脸庞里所见到的天使，而或许纯粹是那种美感救了我。我正走进这城市最险恶的地方，这城市最残酷、最邪恶的狭路之一，但某种本能使我的心充满赏心悦目的美。那是我在这城市，在横越大海通往圣人陵墓那白色宣礼塔的步道上，所发现的美。

竹棍挥下，噼啪落在我的双臂、双腿、背上，它们顿时皮开肉绽。有些打到我的头、颈、脸。他们强壮的胳臂，使出最大的力气抽打，竹棍落在我裸露的皮肤上，那疼痛既像被火热的金属烫到，又像被电到。竹棍末端打到开花，所落之处，就是一道道极细的口子。血开始从我脸上，从我双臂裸露的皮肤上，流下。

我继续往前走，脚步极尽可能地缓慢而平稳。棍子打中脸或耳朵时，我会小小抽动一下，但绝不闪避，绝不畏缩，绝不举起手。我双手一直摆在身体两侧，紧抓着牛仔裤。一开始，攻击如狂风暴雨，但随着我越往里走，身上挨的棍子越来越少，当我走到那两排人的最末尾时，攻击完全停止。经过那些人时，看到放下棍子的他们和他们的眼睛，我感到某种胜利。在澳大利亚监狱，曾有位老前辈告诉我，在监狱里，唯一值得看重的胜利，就是活下来。但活下来不只意味着活着。那不只表示肉体要挨过刑期，还表示精神、意志和心灵也要挨过。只要其中有一样垮掉或被摧毁，在刑期结束，带着肉体活着走出狱门的人，仍不能算是挨过牢狱生涯活下来的人。而为了心灵上、精神上、意志上的这些小小胜利，我们有时甘于拿它们所寄托的肉体来冒险。

在那个天色逐渐暗下的傍晚，那些牢房舍监和几名狱警押着我穿过监狱，来到许多大寝室的其中一个。那间大寝室有二十五步长，十步宽，天花板挑高。有铁窗可看到这建筑周遭的开阔地，寝室两头各有一道高大的钢门。在其中一道钢门附近的某间浴室里，有三个干净的蹲式马桶。夜里，狱警把我们锁进寝室时，这个大寝室有一百八十名受刑人和二十名牢房舍监。

寝室四分之一区域专供牢房舍监使用。他们有专属的干净毯子，睡觉时把八至十条毯子叠起，叠成柔软的地铺，且地铺之间留有公共空间。我们其他人，则得在寝室剩下的四分之三区域挤成两排，我们的地区与舍监所占的区域之间，隔着一条约四步宽的"楚河汉界"。

我们每个人都有一条毯子，取自摆在寝室拥挤的一端，折得整整齐齐的毯子堆。毯子朝着长的一边对折，短边贴着长墙，彼此相连，并排在石头地板上。我们躺在窄毯子上，彼此肩摩肩。我们的头碰到边墙，脚朝向寝室中央。明晃晃的灯整夜开着。值夜班的舍监，轮流在我们这两排脚之间走动，来回巡视。他们全带着哨子，哨子用项链系于脖子下，用以在他们碰上无法处理的事端时召唤狱警。不久我就得知，他们很不愿意使用哨子，而他们也很少碰到无法处理的事端。

舍监给我五分钟时间，让我洗掉脸、颈、手臂上渐干的血渍，使用干净无比的蹲式马桶。回到大寝室时，他们主动表示我可以睡在寝室里他们那一头。他们无疑认定我的白肤色代表财源，而我走着接受夹道鞭打没有奔跑一事，或许在某种程度上影响了他们。不管出于什么理由，我不能答应。他们在几分钟前才痛打我，他们以狱警自居，但其实是受刑人，因此我拒绝了他们的好意。事后来看，我犯了大错。我走到寝室另一头，从成堆毯子里拿起一条毯子，铺在马希什旁边时，他们开始嗤笑，大笑。他们很生气我不识好歹，竟拒绝他们难得的好意。于是，一如掌握权力的懦夫常做的，他们暗地里耍阴谋，要杀杀我的锐气。

那天夜里，我从噩梦中惊醒，感到背部一阵刺痛。我坐起身，往背部抓，发现有只虫子附着在我背上，约有小图钉大小。我使劲把它扯下，放在石质地板上检视。虫子呈深灰色，有很多条腿，肥嘟嘟的，身体肿胀得近乎成圆形。我一手把它压扁，血喷出。那是我的血。那虫子趁我睡觉时，拿我饱餐了一顿。立即有股臭味直灌鼻孔。那是我第一次碰上这种名叫卡德马尔（kadmal）的寄生虫，这害虫叫阿瑟路监狱囚犯不胜其扰。没有东西治得了它们。它们每晚咬人、吸血。它们咬出的圆圆小伤口，不久就会化脓，成为饱含毒素的脓疱。囚犯们每天晚上会被咬上三五口，一个星期二十口；一个月后，人身体上会有一百个化脓、受感染的伤口。没有东西治得了它们。

我盯着被压烂的卡德马尔寄生虫制造出的恼人脏污，震惊于这小小虫子竟已从我身上吸了那么多血。突然间，我耳朵一阵刺痛，原来是巡夜舍监猛然挥起铁皮竹棍打我的头。我气得跳起，但马希什拦住我，双手牢牢扣住我的一只手臂，用全身的重量把我拖回地上。

那名舍监狠狠瞪着我，直到我躺下才离开，继续在明亮的寝室里来回踱步。马希什则压着嗓子，向我低声警告。我们的脸只隔着手掌宽的距离。这两排人全紧挨着睡成一团，睡觉时彼此手脚缠在一块。马希什眼中强烈的恐惧，还有他用手捂住嘴巴、强自压下的呜咽声，是第一个晚上，我最后见到、听到的东西。

他附耳小声说："不管他们做什么，为了保住性命，绝对不要回击。这里不是活人的世界，林。我们在这里全是死人，你什么都不能做！"

我闭上眼睛，关上心房，用意志逼使自己入睡。

第二十一章

天亮不久，那群舍监就叫醒我们，碰到他们已走到跟前而还在睡觉的人，就一棍打下去。我清醒，而且已经准备好，但还是挨了一棍。我愤怒地绷起脸，立刻跳起，但马希什再度拦住我。我们按照严格的形状规定折好毯子，在靠我们的这一端放置成堆。狱警从外面打开大钢门，我们鱼贯走出寝室，聚集准备刷牙洗脸。矩形格局的沐浴区有点像是高出地面的空游泳池，或是用石头围起而干涸的池塘，沐浴区一端有个铸铁大水槽。我们走近时，一名囚犯打开大槽基部的阀，立即有股小水流从水管流出，水管从水槽约小腿高度的位置伸出。他迅速爬上钢梯，坐在水槽顶上观看。众人冲向水管，捧着浅铝盘，在小水流下接水。水槽边挤了上百人，各自使劲往前推挤，想挤到水管前。

我看着那些人用少得可怜的水梳洗，想等人群变少时再上前。有些人有肥皂可用（二十人中有一人有肥皂），打算抹上肥皂后，再回去水管前取更多水。我靠近水管时，水槽几乎已经空了。我用盘子接下涓滴流下的一些水，却发现水里竟然有数百只像蛆的虫在蠕动。我赶紧把盘子里的水倒掉，一脸嫌恶，旁边几个人见状大笑。

"水虫，兄弟！"马希什说，拿着盘子接水，盘里满是蠕动、扭动的半透明虫子。他把满是这蠕动玩意儿的盘中水，往胸前、背后倒下，伸到管子下又接了一盘。"它们住在水槽里。水位低时，水虫就会从水龙头大量流出，兄弟！但没事。它们不会伤你，不会像卡德马尔寄生虫那样咬你。它们只会落下来，然后死在冷空气里，看到了吗？其他人为了接到较少水虫的水，争先恐后地抢着先用。如果等人少再用，虽然水虫多，但水也多。这样比较好，不是吗？来吧。Challo！你最好快接点水，如果你想在明天早上之前洗个澡的话。就是这样，兄弟，我们无法在大寝室里洗，那是舍监专有的特权。他们昨晚让你在那里洗，因为你身上有不少血。但你绝不可能再在那里洗。我们用寝室里的马桶，但不在那里洗澡。你只能在这里洗，兄弟。"

我端着盘子，在水量越来越少的水管下接水，然后把满是蠕动虫子的水倒往胸前和背后，就像马希什刚刚所做的。我和我认识的所有印度男人一样，在牛仔裤里穿了短裤，也就是普拉巴克在村子里跟我说的外内裤。我脱掉牛仔裤，把另一盘满是蠕动虫子的水，倒进短裤的前部。在舍监开始用棍子打人，把我们赶回寝室时，我已在不用肥皂的情况下，靠着满是蠕虫的水，把身体洗得极尽可能地干净了。

在大寝室，我们蹲了一小时，等狱警来早点名。蹲了一段时间，我们的腿都痛得无法忍受。但任何人只要想伸展或伸直腿，都会招来巡逻在舍监狠狠一棍。我在队伍中一动不动，不想让他们得意地看到我屈服于疼痛。当我专注苦撑而满头大汗、闭上眼睛时，竟没来由地又挨了一棍。我作势要站起来时，马希什再度出手拦阻，要我别动。接下来的十五分钟内，我耳朵又挨了一记、两记、三记，这下子我火了。

"过来！"我大叫，站起来，指着最后一个打我的人。那个舍监身形巨大且极肥胖，不管是敌是友，都叫他大个子拉胡尔，他长得比这寝室里大部分人都高。"我要拿那根鸟棍子，把它插进你屁眼，直往上捅，直到我在你眼睛见到那棍子为止！"

寝室里陡然间鸦雀无声，没有人动。大个子拉胡尔瞪着我。他那张大脸的表情，一副小人得志的盛气凌人样，叫人看了生气。慢慢地，所有舍监开始聚过来挺他。

"过来！"我用印地语大喊，"来啊，英雄！放马过来！我等着！"

突然间，马希什和五六名囚犯起身围住我，抓着我身体往下按，要我蹲下去。

"拜托，林！"马希什压着嗓子说，"拜托，兄弟，拜托！坐下去，拜托！听我的话，拜托！拜托啦！"

顷刻之间，他们按着我双臂和双肩，而大个子拉胡尔和我四目相对，那是一种摸清楚对方凶狠程度的眼神对峙。他轻蔑地咧嘴，笑意渐渐消失，眼神颤动，显露败下阵的迹象。他和我心知肚明，他怕我。我不再抗拒狱友的拦阻，任由他们把我往下拉，蹲回地上。他急急向后转，出自本能反应地打了蹲在地上最靠近他的受刑人一棍。寝室里的紧绷化解，点名重新开始。

早餐是一大块用粗面粉做的薄煎饼，我们小口喝水配着吃，只有五分钟用餐时间。然后，舍监押我们出寝室。我们穿过几个干净得一尘不染的院子，到了一条宽阔的林荫道，林荫道两边是围篱环绕的场地。舍监要我们在那里，在早上的阳光下蹲着，等着理发。理发师的木凳摆在一棵大树的树荫下。新犯人依序让一名理发师剪头发，然后让另一名理发师用折叠式的剃刀修面。

等理发时，我们听到几声喊叫，是从理发师院子附近某个用围篱围住的场地里传出的。马希什轻推我，点头要我瞧。十名牢房舍监把一名男子拖进铁丝围篱另一头空荡荡的围场。那男子两只手腕、腰部系着绳子，脖子上紧紧套着皮革粗项圈，项圈的搭扣和金属环上也系了绳子。两组舍监抓着系在他手腕上的绳子使劲往前拉，他则极力抗拒。那男子很高很壮，脖子和炮管一样粗，厚实的胸膛和背部上，一条条肌肉层叠凸显。他是非洲人，而且是我认识的家伙。他就是哈桑·奥比克瓦的司机拉希姆，那个我在皇家圆环附近从暴民手中救出的男子。

我们静静看着，感到十分紧张，呼吸急促。他们连拖带拉把拉希姆带到围场中央，附近有块高、宽各约一米的大石块。他挣扎、抵抗，但徒劳无效。更多舍监加入，带来更多条绳子。拉希姆的双腿叉开。每条系在手腕上的绳子，各有三人使出全身力气拉。他的双臂被人极力往左右两边拉，叫我担心会给硬生生扯下。他的双腿张得异常地开，显得很难受。其他男子拉系在皮项圈上的绳子，把他的身体拖向大石块。几名舍监利用绳子把他的左臂拉得绷直，将他的手和前臂放在大石块上。拉希姆趴在大石块旁，另一手臂也被另一组舍监拉得绷直。然后，其中一名舍监爬上大石块，往拉希姆左手臂上一跳，两脚重重一踩，他的手臂被反向折断，软骨和骨头发出让人不忍一听的嘎吱声。

他无法尖叫，因为喉咙上的项圈勒得太紧，但他的嘴巴张开，然后闭上，而我们则在心里替他无声呐喊。他的双腿开始抽动、痉挛。一股剧烈颤抖传遍他全身，最后止于他头部的急速摇晃。若非刚刚的事太骇人，那急速摇晃的头大概会很逗趣。几名舍监把他拖转一百八十度，将他的右臂放在大石块上。同一个舍监爬上石块，边爬边和拉紧绳子的其中一个朋友讲话。停顿了一会儿之后，他用手指擤鼻子，抓抓自己的身体，纵身跳上拉希姆的右臂，右臂应声反向被折断。拉希姆昏了过去。牢房舍监用绳子缠上他的两只脚踝，把他拖离围场。他的双臂，在他身体后面，啪嗒啪嗒地在地上拖行，松垂无力，了无生气，像塞满沙子的黑色长袜。

"看到了吧？"马希什附耳低声说。

"为什么要那样？"

"他打了一名牢房舍监。"马希什小声回答，口气里带着惊吓。

"这就是为什么我先前会拦住你，他们会这样整人的。"

另一个人俯身靠过来讲话，讲得很快。

"而且，在这里，不保证会有医生来治，"他低声细气地说，"或许有医生，或许没有。那个黑人或许会活下来，或许活不了。打舍监，绝没有好下场。"

大个子拉胡尔朝我们走来，竹棍靠在肩膀上。他在我身边停下，竹棍往下挥,懒懒地打了我背后一棍,然后朝着等待的人龙另一头走去,边走边大笑。笑声响亮而残酷,但也软弱而虚假。那大笑糊弄不了我,我听过那种大笑,在世界另一头的另一座监狱里。我很了解那种大笑。残酷是懦弱的一种表现,残酷的大笑是懦夫置身人群时哭的方式,弄痛别人则是他们悲痛的方式。

蹲在人龙里等理发时,我注意到前面那人的头发里有虱子在爬,身体不由得往后一缩。从早上醒来,我一直觉得痒。在那之前,我一直以为那是卡德马尔寄生虫的叮咬、铺在地上睡觉的毯子质地太粗糙,还有夹道鞭打时打出的许多伤口所造成的。但我往下一个人的头发上瞧,也看到白色蠕动的虱子在爬。这下我才知道我身上和头皮为什么痒。我转头看马希什,他头发里也有虱子在爬。我伸手往自己的头发里一抓,往掌心瞧,上面果然有白色、状如螃蟹的小虫,多到一眼数不清。

是体虱,他们逼我们用来当睡垫的毯子布满体虱。突然间,身上的痒变成像是有虫子在身上爬,教我寒毛直竖,而我知道那恶心的害虫布满我全身。理完头,走回大寝室时,马希什跟我解释,这些叫作谢普佩什(sheppesh)的体虱是什么样的东西。

"谢普佩什体虱超可怕,兄弟。这小小的鬼东西到处都有。因此,那些舍监才要求有专属毯子,睡在寝室专属的一头。那边没有谢普佩什体虱。来,看着我,林,我教你该怎么治它们。"他脱下 T 恤,把内里朝外翻,抓着领口处的肋状缝线,把缝线掰开,立即看到缝线折缝处有体虱在爬。

"你很难看到它们,兄弟,但可以轻易感觉到它们在你身上爬,yaar?放心,很容易就能杀掉它们,只要用两个拇指指甲,把这小小的鬼东西轻轻一夹就可以,像这样。"

我看他沿着 T 恤领口如此做,把体虱一只只杀死,接着对付袖子缝线的体虱,最后对付 T 恤底部折缝上的体虱。几十只体虱,他用指甲一一夹死,手法非常利落。

"现在这 T 恤干净了。"他说，同时把衣服小心翼翼折好，与身体保持着距离，然后放在丝毫没铺东西的石质地板上，"没有谢普佩什体虱了。接下来，像这样裹上毛巾，脱下裤子，杀光裤子里的体虱。清干净了，把裤子和 T 恤摆在一块。接着，换清理身体，腋窝、屁股、蛋蛋。衣服清干净了，身体清干净了，再把衣服穿上。这样，直到晚上，都很舒服，谢普佩什体虱少了很多。然后，睡觉时从毯子那里，又会有许多新的体虱跑到你身上。睡觉不能不用毯子，因为舍监一发现，会毒打你一顿，你非用不可。隔天，同样的事，重来一遍。我们把这叫作养虱子，我们每天在阿瑟路监狱养虱子。"

我往寝室旁边的露天院子里四处瞧，下过雨的地上湿漉漉的，上百个人正在那里忙着养虱子，从衣服里抓出虱子，利落地杀死。有些人不在乎，像狗一样抓痒，抖动身子，让虱子在身上繁殖。对我而言，发痒、恶心的体虱在身上爬，叫我抓狂。我猛然脱下衬衫，检查衣领处的缝线。衬衫里满是在扭动、乱钻、繁殖的体虱。我开始一只接一只、一条缝线接一条缝线，将它们杀死。那花了我几小时，而在阿瑟路监狱的每天早上，我都是近乎歇斯底里地仔细翻找，非把它们全杀光不可。尽管如此，我还是觉得没清干净。即使明知已杀光体虱，我还是觉得它们在我皮肤上，恶心地蠕动、爬行。渐渐地，月复一月，可怕东西寄生于身上的恐惧把我逼得快要崩溃。

白天，清早点名后直到晚餐之间，我们在一个大院子里活动，那院子与我们的寝室相接。有些人玩牌或找其他消遣。有些人跟朋友聊天，或在石头步道上设法睡觉。许多人拖着细瘦蹒跚的腿，茫然走着，脸皮抽动，自顾自地疯言疯语，撞到墙仍不知道掉头，得靠我们轻轻拨一下，调整方向，他们才转身。

在阿瑟路监狱，中餐吃的是清淡如水的汤，汤舀进我们的浅铝盘里。晚餐在下午四点半吃，除了跟中午一样的汤，还加了一块薄煎饼。汤用几种蔬菜削下的皮和废弃的末尾部位煮成，有一天用甜菜的皮，隔天用胡萝卜皮，然后是南瓜皮，诸如此类。从马铃薯上切下的芽眼与碰伤的部分拿来煮汤，密生西葫芦坚硬的末端、轻薄如纸的洋葱外皮、沾着烂泥的芜菁碎皮，也不浪费掉。我们从未见过实实在在的蔬菜，那些东西都落入狱卒、牢房舍监的肚子里。我们所喝的汤，清而无色，上面浮着碎皮或如茎的蔬菜末端。每到用餐时，舍监就推着大桶进我们的院子，桶里可舀出一百五十份汤，但寝室里有一百八十人。为填补不足，舍监倒两桶冷水进汤桶里。他们每餐这么做，每次行礼如仪地点名，还有，每次他们添水解决这问题时，总是一副亏他们想得出这妙计的夸张模样。然后，每次这么做之后，他们必定粗声大笑，没有例外。

晚餐后，六点时，狱警再点一次名，把我们关进长寝室。然后，我们有两小时聊天，抽向舍监买来的大麻胶。在阿瑟路监狱，受刑人每个月配发五张配给票。有渠道弄到钱的人，也可以另外购买配给票。有些人拥有好几捆数百张配给票，他们拿来买茶（两张配给票买一杯热茶），还有面包、糖、果酱、热食、汤、刮胡刀、香烟，以及服务（帮忙洗衣服或做其他杂事的服务）。配给票其实是监狱里的黑市货币，六张配给票可以买一小球大麻胶，五十张可以买一针盘尼西林。有些贩子也卖海洛因，六十张配给票买一剂，但舍监坚决不让海洛因出现在监狱里。海洛因毒瘾是少数足以让人克服恐惧、挑战施虐者权威的事情之一。大部分人神志够清楚，懂得害怕舍监那近乎没有限度的权力，有合法的大麻胶可抽就满足了。寝室里常飘着大麻香味。

每天晚上，受刑人聚成数群唱歌。十二人或更多人围坐成一圈，把铝盘翻转过来，当成手鼓轻敲，唱起最喜爱电影里的情歌。他们用歌声诉说心碎，诉说丧失所爱的所有伤悲。某一圈人或许唱起某一首特别喜欢的歌，然后，由第二群人接着唱那首歌的下面几句，再由第三、第四群人接着唱，最后又回到第一群人。在每一圈十二或十五个人外面，围着二十或三十个人，负责打拍子、伴奏。他们边唱边哭，坦然地哭，也往往一起大笑。靠着音乐，他们彼此帮助，使已被这城市抛弃、遗忘的爱，永远跃动于心中。

在阿瑟路监狱的第二个星期结束时，我与两个年轻犯人见面，那时他们再过不到一小时就可以获释出狱。马希什告诉我，他们一定会替我把话带到。他们是目不识丁的单纯乡村青年，来到孟买，碰上警方搜捕无业青年，糊里糊涂就被捕了。未受到任何正式起诉，他们在阿瑟路待了三个月，终于要出狱。我在一张纸上写下阿布德尔·哈德汗的名字和地址，告诉他我人在牢里。我把小纸条递给他们，保证我只要出狱，一定酬谢他们。他们双手合十表示祝福，然后离开，脸上带着灿烂、乐观的笑容。

当天更晚些，舍监要全寝室的人集合，口气比平常更粗暴，并要我们紧挨着排成数列蹲下。我们看着那两个想帮我的年轻人被拖进寝室，往墙边一抛。他们已半昏迷，挨过一顿毒打，脸上的伤口在流血，嘴肿，眼睛瘀青，裸露的双臂和双腿上，满是铁皮竹棍打的蛇皮状伤痕。

"这两只狗想替那个白人带信息到外面，"舍监大个子拉胡尔用印地语向我们咆哮，"凡是想帮那个白人的，下场就是这样，懂吗？现在这两只狗还得在牢里，在我的寝室，待六个月！六个月！你们谁敢帮他，谁就会有这种下场！"

舍监离开寝室去合抽一根烟，我们跑上前去帮那两人。我替他们清洗伤口，用布条包扎最严重的地方。马希什帮助我处理完后，带我到外面抽线扎手卷小烟卷。

"不是你的错，林。"他说，看着外面的院子，一些人正在院子里，或走或坐或抓衣服里的虱子。

"当然是我的错。"

"不，老哥，"他很慈悲地说，"是这个地方，这个阿瑟路监狱的错。这种事每天都发生。不是你的错，兄弟，也不是我的错。但现在你真的麻烦大了。这下子没有人会帮你，就像在科拉巴拘留所一样。我不知道你会在这里待多久。你看那个老潘都，那边那个。他在这寝室已待了三年，还没有上过法庭。阿杰在这里待了一年多。桑托什没有任何罪名，在这寝室待了两年，不知道什么时候会上法庭。我……我不知道你会在这寝室待多久。很遗憾，兄弟，这下没有人会帮你了。"

几个星期过去，马希什说的没错，没有人敢冒惹火舍监的风险帮我。这寝室每个星期都有人出狱，我竭尽所能找人帮忙，极尽小心地靠近他们，但没有人愿意帮。我的处境越来越危急。在那监狱待了两个月后，我想我掉了大概十二公斤。我看起来很瘦，身上到处是夜里被卡德马尔寄生虫咬后所造成的化脓小伤口。手臂、腿、背、脸、剃光头发的头上，则有舍监竹棍打出的瘀伤。每日每夜，每分每秒，我时时在担心，担心我指纹的鉴定报告会泄露我的真实身份。几乎每天晚上，那忧心化为让我直冒冷汗的噩梦，梦里我在我逃出的澳大利亚监狱服十年刑。那忧心盘踞在我胸口，挤压我的心脏，往往膨胀得叫我难以忍受，几乎喘不过气，几乎窒息。如果说有把小刀是我们用来割自己的刀，愧疚就是那小刀的刀柄，爱则往往是利刃，而让刀永保锐利的是忧心，最终让我们大部分人吃不消的是忧心。

大个子拉胡尔多次打我，我都未反抗，而有一次，我的沮丧、畏惧、忧心、痛苦终于升到顶点。已在牢里关了十二年的他，把牢中所受到的仇恨和不幸全发泄在我身上。那时候，我正坐在寝室门口附近，寝室里空无一人，我打算把过去几星期在我脑海中浮现、酝酿的短篇小说写下来。在那之前，我日复一日，逐行逐句，在脑海里重述我所构思出来的句子，那是让我保持清醒的几种沉思方式之一。那天早上，我四处寻找，终于找到一支用剩的铅笔头和一小张要丢弃的糖配给包的包装纸，我终于觉得准备就绪，可以动手写第一页。我抓了抓体虱，四周寂静无声，正提笔要写，就在这时，拉胡尔以心怀不轨者那种极尽可能的鬼祟（尽管他身形臃肿、手脚笨拙），偷偷走到我身后，举起铁皮竹棍，往我左上臂上狠狠一击。他出力很猛，猛到他骨头嘎拉作响。惩罚棍的末端开了花，我的臂上开出一条长口子，几乎从肩膀延伸到手肘。血从深深的裂口喷出，洒在我按着伤口的手指上。

我愤怒到红了双眼，猛然站起，从吓呆的拉胡尔的手上，伸手一把抢下棍子。我逼上前，逼他在空荡荡的寝室里后退了几步。我旁边有个铁窗，我顺手把棍子丢到铁窗外。拉胡尔的眼睛因害怕和震惊睁得很大很大。他怎么也没想到我会这样反应，他的手在胸前慌张地找哨子。我腾空跳起，飞腿正踢。他也没料到这个。我脚的跖骨部位，踢中他的鼻、嘴之间，他踉踉跄跄倒退几步。街头格斗的第一条规则：坚守阵地，绝不后退，除非准备反击。我跟上去，逼他把重心放在后脚，连番送上几记直拳和下勾拳。他低下头，双手抱住头。街头格斗第二条规则：绝不低下头。我往他的耳朵、太阳穴、喉咙直直击下，以造成最大的伤害。他比我高大，起码跟我一样壮，但他不会格斗。他缩起身子，跪下，翻身侧倒，求饶。

我抬头看见几名舍监从外面院子朝我跑来。我后退到墙角，摆出空手道姿势，准备迎击。他们朝我冲来，其中一人跑得最快，冲进我的攻击范围。我迅速出脚，使出全身力气踢中他胯下，我又出了三拳，他倒下，脸上流血。他爬走时，血抹在擦得光亮的石质地板上。其他人也都畏缩不前，站成半圆围住我，惊吓而困惑，棍子举在空中。

"来啊！"我用印地语大喊，"你们能对我怎么样？你们能做出比这更狠的？"

我出拳打自己的脸，狠狠打，再出拳打，打得嘴唇开始流血。我举起右手揩我受伤左臂上的血，抹在额头上。街头格斗第三条规则：始终要比对手更疯狂。

"你们能做出比这更狠的吗？"我大喊，改用马拉地语，"你们以为我怕这个？来啊！我就要这个！我等着你们过来把我抓出这角落！你们会撂倒我，最后一定会撂倒我的，但站在那里的你们，会有一个人失去一只眼睛。你们其中一个人，我会用手指挖出他的眼睛，吃掉！放马过来！快点！别慢吞吞的，因为上帝知道我他妈的快饿死了！"

他们迟疑不前，一起后退，挤在一块讨论该怎么办。我像只准备跃起击杀的猎豹，绷紧每块肌肉，看着他们。经过半分钟窃窃私语的争执后，他们有了决定。他们更往后退，部分人跑出寝室。我想他们一定是去找狱警。几秒钟后，他们回来，却带着与我同寝室的十名犯人。他们命令这些人坐下，面对我，然后开始打那群人。棍子倏起倏落，那些人尖叫、哀号。一分钟后，他们住手，叫那十个人走开。几秒钟后，他们带另外十个人进来。

"离开角落，立刻！"其中一名舍监命令道。

我看看坐在地上的狱友，再看看那些舍监。我摇头。那名舍监下令，棍棒一齐往第二群那十个人身上砸下。他们的叫声响起凄厉的回音，在那石质寝室里绕着我们回荡，像一群受惊飞起的鸟。

"离开角落！"那名舍监大喊。

"不要。"

"Aur dass!（抓另外十个进来！）"他尖声叫喊。

又一群十个惊恐的人聚集，面对着我。众舍监举起竹棍。马希什在其中。那两个因为想帮我而遭毒打多关六个月的人，也有一人挤在里面。他们看着我，静默不语，但眼神在恳求我。我放下双手，往前跨一步，走出角落。众舍监冲向我，六只手把我抓住，连推带拉，把我带到钢栅门边，逼我仰躺下，头顶顶着钢栅门。他们在寝室的那一头放了几副手铐在锁柜里。他们拿出两副老旧的铁手铐，一头铐在我手腕上，另一头把我张开的手臂铐在钢条上与我头部齐高的位置，再拿椰子纤维绳，从脚踝处把我两条腿绑在一块。

大个子拉胡尔在我身旁跪下，把脸凑到我面前。他很吃力地跪下、弯腰，也很吃力地压下他那满腔的恨意，因此流着汗，喘着气。他的嘴破了，鼻子肿了。我知道我打在他耳朵、太阳穴那几拳，会让他的头痛上几天。他微笑。人心肠有多坏，要等到看那人的笑容才能知道。我突然想起莉蒂希亚谈毛里齐欧时所下的评论。她说，如果婴儿有翅膀，他会是那种拔掉他们翅膀的人。我想大笑。尽管双臂张开，且被铐在身子两侧，完全无反抗之力，但我还是大笑。大个子拉胡尔皱眉瞪我。他那嘴唇松弛、一副痴呆的不解表情，让我笑得更大声。

他们开始打人。大个子拉胡尔使尽力气连番猛击，重点在我的脸和生殖器上。他再也举不起棍子，停下来喘息，其他舍监上场，继续打。他们拿铁皮竹棍猛抽猛打，打了至少二十分钟。然后他们停下来休息、抽烟。我身上只穿短裤和汗衫。竹棍砍进我的肉，打破我的皮，从脚底到头顶，我到处皮开肉绽。

抽完烟，他们继续打。一段时间后，我听到身边有人在说另一间寝室的舍监已经到场。这批人有充沛的力气对我狂抽猛打。他们很狠，下手毫不留情。他们打完，换第三批舍监上场，又是一番狂风暴雨的蹂躏。然后第四批上场。接着是第一批，来自我寝室的那批，噼里啪啦地对我猛抽，下手之重像要置我于死地。早上十点半开始打，一直到晚上八点才罢手。

"张开嘴。"

"什么？"

"张开嘴！"有人要求道。我睁不开眼睛，因为眼皮被干掉的血粘在一块。说话的人语气坚决但和善，他的声音从我身后，从铁栅栏另一头传来。"你得吃药，先生！你得吃药！"

我感觉到有个玻璃瓶的瓶颈抵着我的嘴和牙齿。水流下我的脸。我的双臂仍然张开在两侧，仍被铐在钢栅栏上。我上下嘴唇分开，水流进我嘴里。我咕噜咕噜，大口迅速吞下。有人用双手扶住我的头，我感觉到有人用手指把两片药塞进我嘴里，然后有人再把水瓶拿到我嘴前，让我喝水。我呛到，水从鼻子里咳出来。

"你的镇静片，先生，"那狱警说，"你待会儿会睡着。"

我仰躺着，双臂张开，身体到处是瘀伤和裂口，无一处不痛。没办法判断伤得多重，因为到处都在痛。我眼睛张不开，嘴里有血和水的味道。我在黏糊糊中慢慢睡着，感觉麻木恍惚。我听到齐声发出的喊叫，那是我压抑在心中、没有让他们听到、不愿让他们听到的疼痛尖叫和大声叫喊的声音。

隔天清晨，他们往我身上倒一桶水，把我叫醒。上千个痛得尖叫的伤口跟着我醒来。他们允许马希什用湿毛巾洗我的眼睛。我能睁开眼睛看时，他们解下手铐，扶着我僵直的手臂，带我走出寝室。我们走过几个空无一人的院子和扫得一尘不染的步道，步道旁有完美的几何图形的花坛，最后在一位高阶狱政官员前停下。那人五十来岁，灰白头发，唇髭修剪得很短，五官清秀得近乎女人。他穿着睡衣裤，外面罩着锦缎材质的晨衣。他坐在雕刻精细的高背椅上，有点像是主教椅，椅子摆在冷清清的院子中央。几名警卫站在他身旁和身后。

"这位老兄，我实在不喜欢这样展开我的礼拜天，"他说，举起戴着戒指的手捂住打哈欠的嘴，"你究竟以为你在玩什么游戏？"

他的英语说得字正腔圆，正是印度上等学校所教的那种英语。从这两句话和他说这两句话的方式，我知道他受的是后殖民时代的教育，且教育水平和我相当。我贫穷的母亲一辈子工作，每天累得不成人形，赚钱供我上跟他一模一样的学校。若不是在监狱里碰面，我们说不定已谈起莎士比亚、诗人席勒或布尔芬奇的《神话时代》。从那两句，我看出他的这些背景。那他呢，看出我什么？

"不说话，嗯？怎么了？我的手下打了你？舍监对你做了什么？"

我盯着他，不吭声。在老式的澳大利亚监狱，囚犯不告任何人的密。甚至不告狱卒的密，不告受刑人舍监的密。无论如何，绝不告任何人的密。

"快说，舍监打你？"

他问话之后，现场陷入静寂，突然，八哥鸟早晨的歌声打破那静寂。太阳已在地平线完全露脸，金黄光芒射穿雾茫茫的空气，驱散露水。我感觉到晨间的微风拂过我全身上下上千个伤口，每一次移动身子，伤口上的干血就绷紧、裂开。我牢牢闭着嘴，呼吸我所深爱的这座城市的清晨微风。

"你打了他？"他用马拉地语问一名舍监。

"当然，长官！"那人回答，一脸难掩的惊讶，"是你要我们打他的。"

"我没要你们杀了他，你这个蠢猪！看看他！他看起来就像是给剥了皮。"

那官员看了看他的金质手表，恼火地大声叹了口气。

"很好，得让你吃点苦头，你以后要戴着脚镣。你得学乖，不能打舍监，你得得到教训。从现在起，直到有进一步通知为止，你的配给食物分量减半。带他走！"

我仍是一声不吭，他们带我回寝室，我太了解这套把戏。我早从痛苦教训中知道，当监狱当局滥权妄为时，你最好保持安静：不管做什么，都只会激怒他们；不管说什么，都只会让事情更糟。独裁者最瞧不起的，就是以独裁受害者形象出现的正义。

替我装脚镣的人是个一脸开心的中年男子，因为干下双尸命案被判处十七年徒刑，这时已服刑八年多。他在他妻子和他最好的朋友睡在一块时杀了他们，然后到当地警局自首。

"很平和，"他用一组嘎吱作响的钳子，把钢圈套在我脚踝上时，用英语跟我说，"他们在睡梦中走掉。嗯！你可以说他是在睡梦中走掉。斧头砍上她时，她是清醒的，有点清醒，但没清醒多久。"

把脚镣装好后，他把会让我不便行走的整条链子提起来。链子中央有个较大的接环，呈圆形。他递给我一条长长的粗布条，教我将布条穿过圆环，环腰系紧。借此，脚链中央的圆环吊在布条下，垂到膝盖稍下方的位置，行走时脚链就不致拖地。

"你知道吗？他们跟我说，只要再有两年，我就是舍监了。"他告诉我。他收拾工具时，向我眨了眨眼，张开大口笑。"你放心，两年后，我当了舍监，我会照顾你。你是我非常好的英国朋友，不是吗？没问题。"

脚镣使我只能小步行走。要走得更快，就得采取拖着脚、摆臀的步态。我寝室里另有两个人也戴了脚镣，我研究他们的走路方式，渐渐抓到窍门。只过了几天工夫，以那摇晃、蹒跚如在跳舞的步法，我走得跟他们一样自然。事实上，借由研究、模仿，我渐渐发现他们拖着脚摇晃行走，除了脚镣的约束外，还有其他考虑。他们希望让自己的动作带有几分优雅，让扭着身子滑行的步伐带有几分美感，减少脚镣上身的耻辱。我发现，人即使在这样的处境下，仍会追求艺术之美。

但那是非常难堪的耻辱。人对人所做的最不堪的事，向来让人感到羞愧得无地自容。人对人所做的最不堪的事，是打击对方内心里想热爱世界的那个部分。而当人受到侵犯感到羞愧时，那羞愧中有一小部分是羞于为人。

我渐渐懂得如何在脚镣束缚下走路，但食物配给减半对我打击甚大，我体重直线下降：我想大约一个月内减少了十五公斤之多。我每天只靠一块手掌大的薄煎饼和一盘清淡如水的汤填肚子。我变得很瘦，身体似乎每过一小时就更虚弱。有人试图用走私进来的食物帮我，因此挨打，但他们仍不放弃。一阵子后，我拒绝他们的好意，因为每次看到他们因我而挨打，我就感到愧疚，而那份愧疚的杀伤力就和营养不良一样凶狠。

那次日夜挨打所带来的数百个大大小小的伤口，使我痛不欲生。其中大部分伤口受感染，有一部分则肿胀，饱含黄色毒液。我用充斥着蠕动虫子的水清洗伤口，但洗不干净。每天晚上都有被卡德马尔寄生虫叮咬的新伤口。叮咬伤口有数百个，其中许多也已受感染，流出液体，发痛。身上还有无数体虱在咬啮着。我一如往常，每天杀掉无数肮脏、扭动、爬行的虫子，但它们却被引向我身上的伤口。它们不仅吸我的血，还在温暖潮湿的伤口里繁殖，让我睡不着。

那个星期天与监狱官员见面之后，我不再挨打。大个子拉胡尔仍偶尔拿棍子打我，另有一些舍监有时打我，但都是习惯性做做样子，未使出全力。

有一天，我正侧躺着休养，看我们寝室旁边院子里的鸟儿啄食碎屑，突然有个身强力壮的男子跳到我身上，双手掐住我脖子。

"穆库尔！穆库尔！我弟弟！"他用印地语对我咆哮，"穆库尔！被你咬脸的那个人，那是我弟弟！"

他大概是那个人的孪生兄弟，又高又壮。我认出那张脸，一听到这番话，我立即想起在科拉巴拘留所想抢走我铝盘的那个人。我太瘦，吃不饱和发烧使我太虚弱。他压在我身上的重量快把我压扁，掐住我脖子的双手快叫我窒息。他打算要我的命。

街头格斗第四条规则：随时保留部分实力。我猛然使出最后力气，灌注在一只手臂上。手臂在我和他的身体之间迅速往下伸，抓住他的睾丸，使出全身力气挤捏、猛扭。他咯咯尖叫，眼睛、嘴巴张大，想往旁边滚离我身上。我跟着他翻滚。他紧夹住双腿，提起双膝，但我的右手仍紧抓着他的睾丸不放。我把另一手的手指，插进他锁骨上方的柔软皮肤，四根手指和拇指掐住锁骨，以此为使力点，我开始用额头猛撞他的脸，撞了六到十次。我感觉到额头被他的牙齿撞出一道口子，鼻梁断裂，力气跟着失血渐渐流失，锁骨也脱臼。我一再用额头撞，我们两人都流血了。他力气渐失，但不愿乖乖躺下。我继续撞。

若不是几个舍监把我拖离他身上，拖回大门边，我很可能已用头这个钝器把他打死。我两只手腕再度被铐上手铐，但这次他们改变做法，把我面朝石质地板铐在大门上。几只手狠狠地扯掉我背部的薄衬衫，几根竹棍举起落下，带着新的怒火。原来是舍监安排那个人来打我，原来那是个局。他们打累了休息，休息后再打，在其中一次休息时，舍监自己说出这事。他们希望那人把我打得不省人事，甚至把我打死。

毕竟，他们这么做有充分的动机。他们放那人进我们的寝室，并准许他打我报仇。但他们的计谋没得逞，我反倒打倒那个人，这叫他们怒不可遏。因此，这一打打了我几小时，中间穿插数次休息，休息期间他们抽烟、喝茶、吃点心，还让来自其他寝室特别挑选的来宾，欣赏我血迹斑斑的身体。

打过瘾后，他们把我从大门放下。我双耳充满血，听他们讨论怎么处置我。那场打架之后的毒打，他们刚刚施加在我身上的毒打，打得太狠，让我流了太多血，以致舍监不禁开始担心起来。他们知道，这一次打过了头。他们不能把这事报告给监狱官员，一丁点都不能报告。他们决定隐瞒，并叫他们身边的一名奴才，用肥皂把我伤痕累累的身体洗干净。可想而知，那个人抱怨地接下这讨厌的工作。舍监施以几棍，他才变勤快，做起这事才有点仔细。我能保住这条命，靠他，说来奇怪，还靠原想打死我的那个人。没有他的攻击和舍监的毒打，舍监不会让我洗这个有肥皂可用的热水澡，那是我在这狱中第一次，也是最后一次的热水澡。我很确定，肥皂和热水澡保住了我的命，因为我身上许多伤口都已严重感染，让我一直高烧不退，伤口里的毒素就快要我的命。我身子虚弱得无法动。那个给我洗澡的人（我从不知他姓甚名谁），用肥皂水和柔软的布清洗我的伤口和脓肿的痛处，大大减轻了我的疼痛，我不禁流下宽慰的泪水。泪水落下，和石头地板上的鲜血混在一块。

高烧减轻为隐约的颤抖，但我仍然吃不饱，越来越瘦。每天在大寝室的那一头，舍监享用丰盛的三餐。有十二个人当他们的奴才，给他们洗衣服、洗毯子、擦地板，在用餐区备好饭菜，用餐后收拾餐盘。哪个舍监突然需要按摩时，他们就给那人按摩脚、背或脖子。他们得到的回报，则是挨比我们其他人较少的打，得到一些线扎手卷小烟卷和每餐的残羹剩饭。用餐时，舍监围着石质地板上一张干净的被单而坐，以手取用丰盛菜肴：米饭、木豆、印度酸辣酱、刚煎好的拉饼、鱼、炖肉、鸡、甜点。他们喧闹地吃饭，不时把吃剩的鸡肉、面包或水果往外丢，丢给蹲坐在外围的众奴才。众奴才露出一副猿猴般的巴结神态，睁大眼睛，流着口水，等主人赏赐。

那食物的香味令我痛苦万分，我这辈子从没闻过这么香的食物。在长期吃不饱的情况下，他们的饭菜香，简直就代表了我已失去的那个世界的全部。大个子拉胡尔，每次用餐总喜欢拿食物逗弄我，乐此不疲。他总会拿起一只鸡腿，在空中挥舞，假装要丢过来给我，同时用眼神和扬起的眉毛引诱我，邀我当他的狗。偶尔他丢来一根鸡腿肉或甜糕，并且警告等着的奴才把那留给我这个白人，鼓励我爬过去拿。见我没有反应，不愿回应，他即向那帮奴才下指示，然后那批人即前来争抢，大打出手，同时发出那没有骨气的邪恶大笑。

我不愿爬过地板，接受那种食物，但我的身体却是每天、每小时虚弱下去。最后我的体温再度上升，升高到双眼不分日夜都热得灼痛。要上厕所时，我一跛一跛地走过去，或者因为发烧而走不动，只能爬过去，但上厕所的次数变少。尿是暗橘红色，营养不良使我没有力气，甚至连最简单的动作——身体从一边翻到另一边或坐起身子——都要耗去许多有限的宝贵力气，因而总是再三考虑才决定去做。夜以继日，我大部分时间都是躺着不动。我仍想除去身上的体虱，仍想洗澡，但光是这些简单的事就让我难受、气喘吁吁。即使躺着，我的心跳仍异常地快，我的呼吸变急促，常伴随不自主的轻声呻吟。我就快要饿死了，我渐渐知道那是最残酷的杀人方式之一。我知道大个子拉胡尔的残肴剩饭可以保住我一命，但我爬不到房间另一边，爬不到他大餐桌的边缘。而且，我也无法望向别处，每一餐，他都在我垂死的眼睛之下，大快朵颐。

我常坠入高烧引起的幻象，看到我的家人，还有我在澳大利亚所认识而永远无法再见面的友人。我还想起哈德拜、阿布杜拉、卡西姆、强尼·雪茄、刺子、维克兰、莉蒂、乌拉、卡维塔、狄迪耶。我想起普拉巴克，很遗憾无法告诉他，我很欣赏他那坦率、乐观、勇敢、宽厚的为人。每个白天与黑夜，每个我用灼热的眼睛计算的小时里，我心头往往涌起一些思绪，这些思绪最终都流向卡拉。

神志恍惚之中，似乎是卡拉救了我。当有人用强壮的手臂抬起我，解下我受伤脚踝上的脚镣，狱警押着我到监狱官员办公室时，我正想着她。

狱警敲门。有人应门后，狱警开门让我进去，他们留在门外等。在那小办公室里，我看到三个男子围坐在一张金属桌边，分别是留着灰白短发的那名监狱官员、一名便衣警察，以及维克兰·帕特尔。

"哇！"维克兰大叫，"哇，老哥，你看起来……真惨！你们对这家伙做了什么？"

官员和警察面无表情地互换了眼神，没有回答。

"坐下。"那名官员命令道。我仍然靠着日益无力的腿站着。"请坐下。"

我坐下，盯着维克兰，吃惊得说不出话。他那系在喉咙上、垂在背后的黑扁帽，他那黑色背心、衬衫、带涡卷装饰的弗拉明戈长裤，似乎非常突兀，却也是最令我安心的熟悉打扮。他的背心上绣着精细的旋涡纹和涡卷纹，令我渐渐头昏眼花。我把视线焦点拉回他脸上。他盯着我，脸上挤出皱纹，脸上肌肉抽动。我已四个月没照过镜子。透过维克兰摆出的怪脸，我相当清楚，在他眼中，我正在逼近死亡。他拿出饰有套索图案的那件黑衬衫，也就是四个月前在雨中，他脱下来给我的那件衬衫。

"我带来……我带来你的衬衫……"他说得结结巴巴。

"你……你来这里做什么？"

"有个朋友要我来，"他答，"你一个很要好的朋友。哇，林，你看起来像是被狗啃过似的。我无意惹你生气，但你看起来就像是被人杀死埋了之后，又给挖出来的样子，老哥。没事了。我在这里，老哥，我会把你救出这个鬼地方。"

那官员听了这话，立即咳了一下，以肢体动作向那警察示意。那警察跟着也咳嗽一声表示收到，随即对维克兰讲话，脸上的微笑把他的眼角挤出皱纹。

"一万,"他说,"当然是美元。"

"一万?"维克兰突然厉声说,"你疯了?一万美元,我可以买走这里五十个人。太荒唐了,老兄。"

"一万。"那官员以冷静而权威的口吻复述。动刀打架时,知道在场只有自己一人带枪的人,说起话就是这种口吻。他双手平放在金属桌上,手指此起彼落,好像在跳墨西哥小波浪舞。

"免谈,老兄。Arrey,看看那个家伙。你们把他整成什么样子,yaar?你们毁了那个家伙。你想在这种情况下,他还值一万吗?"

那警察从薄薄的塑料公文袋里取出一份活页夹,滑到桌子的另一头,维克兰的面前。活页夹里有一张纸,维克兰迅速看过后,噘起嘴,眼睛睁大,露出不敢相信的惊讶表情。

"这是你?"他问我,"你从澳大利亚监狱越狱了吗?"

我若无其事地望着他,发烧的眼睛定定不动。我没回答。

"多少人知道这件事?"他问那便衣警察。

"不多,"那警察用英语答,"但够让你花一万美元封他们的嘴。"

"啊!你够狠,"维克兰叹气,"我就不跟你讲价了。真荒唐,半小时内我会筹好钱,把他弄干净,准备好,让我带走。"

"还有别的事,"我插嘴,他们全转头看我,"在我大寝室里有两个人,他们帮过我,舍监或狱警要他们多待六个月,但他们已服完刑期。我希望他们跟我一起走出大门。"

那警察望向官员,露出询问的眼神。他轻蔑地挥挥手,点头表示同意。小事一桩,那两人将获释。

"还有一个人,"我平淡地说,"那人叫马希什·马尔霍特拉。他付不出保释金。不多,只要大概两千卢比,我希望你们让维克兰付钱保释他,我希望他和我一起出去。"

那两人举起手掌,互换了一模一样的不解表情。这种贫穷小人物的死活，从未进入他们功利野心或精神醒悟的考虑。他们转向维克兰。那官员伸出下巴，好似在说，他疯了，但如果那是他想要的……

维克兰起身要离开，我举起手，他随即又坐下。

"还有一个。"我说。

那警察出声大笑。

"Aur ek？（又一个？）"他边大笑边含糊不清地说。

"那是个非洲人，关在非洲院区，名叫拉希姆。他们折断他两条胳臂，我不知道他是死是活。如果活着，我希望他也跟我一起出去。"

那警察转向官员，耸起双肩，举起一只手掌，露出疑问的神情。

"我知道那案子，"监狱官员说，左右摇头，"那是个……与警方有关的案子。那家伙和某个巡官的老婆干了不可告人的事。巡官设计了一下，把他抓进这里。这个畜生，一关进这里，就打了我一名舍监。实在办不到。"

"办不到"这字眼，像廉价雪茄的烟，在房间里盘旋，大家陷入短暂的沉默。

"四千。"那警察说。

"卢比？"维克兰问。

"美元，"那警察大笑，"美元。另外加的四千美元。两千给我们和我们的同事，两千给娶了那个骚货的巡官。"

"还有没有，林？"维克兰小声说，神情认真，"我只是问问，因为我们这样谈下去，可以跟他们谈个团体折扣，你知道的。"

我回头望着他。发烧使我的双眼刺痛，挺直背坐在椅上很费力气，让我流汗、发抖。他伸出手，俯身过来，把双手放在我裸露的膝盖上。我想起，可能会有体虱从我的腿爬到他手上，但我无法推开那让人安心的碰触。

"没事的，老哥，别担心，我很快就会回来。一小时之内，会把你带离这鬼地方，我保证。我会叫两辆出租车来，给我们和你的朋友坐。"

"叫三辆来。"我答。这时我开始相信,我会恢复自由之身,讲话的声音高昂,听来像是发自一个幽深而正逐渐敞开大门的新地方。

"一辆给你坐,另两辆给我和那些人坐,"我说,"因为……体虱。"

"行,"他的身子瑟缩了一下,"三辆出租车,就照你说的。"

半小时后,我和拉希姆坐在黑黄色菲亚特出租车的后座,车子行走在建筑堂皇而行人争奇斗艳的孟买市区。拉希姆显然受了某种程度的治疗,两只手臂裹上了石膏,但身子很瘦且有病,眼睛里有着惊惧的神情。光是望着那眼神,我就觉得作呕。除了告诉我们想去哪里,他从头到尾都没说一句话。我们在董里区,哈桑·奥比克瓦拥有的一家餐厅放他下来,他下车时在哭,轻微而无声地哭着。

我们继续坐出租车,途中,司机一再透过后视镜,盯着我憔悴、瘦削、挨过打的脸瞧。最后,我用粗俗的印地语俚语,问他车上有没有印度电影歌曲。他瞠目结舌,回答有。车子一路按喇叭行驶于车阵里,引擎运转声浪轰轰传来。我点了我最爱的歌曲,他找到录音带,放进卡匣,把音量开到最大。就是那首,在大寝室里一批批囚犯接力唱的那首歌。他们几乎每晚唱。当出租车载着我,回到我的城市的气味、颜色、声音中,我出声唱着这首歌。司机也跟着一起唱,还不时往后视镜里瞧。人唱歌时都不会说谎或隐藏自己的秘密,而印度是个爱唱歌的国度,印度唱歌的人最喜欢的歌,是那种让人在光哭还不足以发泄情感时求助的歌。

当我脱下衣服丢进塑料袋以便扔掉,站在维克兰的淋浴间,让强力热水柱冲刷身体时,那首歌仍在我脑海中回荡。我把整瓶滴露消毒药水往头上倒,用粗硬的刷子把药水搓进皮肤。上千个大小口子和叮咬处大声喊痛,但此时我脑海里想的是卡拉。维克兰告诉我,她已于两天前离开孟买。似乎没有人知道她去了哪里。我要怎么找她?她在哪里?她现在恨我吗?她会不会觉得,我和她上床后就甩掉她?她会不会把我想成是那样的人？我得待在孟买，她会回来的，会回这城市。我得留下来等她。

我在浴室待了两小时，想事情，刷洗身体，咬紧牙关忍住痛。我走出浴室，环腰裹上浴巾，站在维克兰的卧室里，我的伤口很痛。

"哇！老哥。"他以低沉而难过的声音说，同情地摇摇头，缩起身子。

他衣柜正面有面全身镜，我往镜子里瞧。先前我已用他浴室里的体重秤称过体重，四十五公斤，是四个月前我被捕时的一半。我瘦得像是从集中营历劫归来的人，全身形销骨立，甚至脸部底下的颅骨都突出可见。身上到处是伤口和痛处，而伤口和痛处底下是呈龟壳纹状遍布全身的深层瘀伤。

"哈德拜是从两个离开你寝室的人那里得知你的消息。那两个人是阿富汗人，说曾在某个晚上，你去欣赏盲歌手演唱时，见到你和哈德拜在一块，因此记得你。"

我在脑海里勾勒他们的模样，试图回想他们，但就是想不起来。阿富汗人，维克兰刚刚说。他们想必很能保守秘密，因为关在那寝室的几个月期间，他们从没跟我讲过话。不管他们是谁，他们是我的救命恩人。

"他们出狱后，跟哈德拜谈起你，哈德拜找上我。"

"为什么是你？"

"他不想让人知道是他把你弄出来的。那价码已经高得离谱，yaar。如果他们知道是他付的钱，价码大概还会更高。"

"但你怎么认识他的？"我问，仍然一脸惊骇，着迷地望着自己所受的折磨和消瘦的身躯。

"谁？"

"哈德拜，你怎么认识他的？"

"在科拉巴，谁都认识他，老哥。"

"是没错，但你怎么认识他的？"

"我替他做过一件事。"

"哪种事？"

"说来话长。"

"我有的是时间，如果你不急的话。"

维克兰微笑，摇头。他站起身，走到卧室另一头，在充当他私人吧台的小桌子旁，倒了两杯饮料。

"哈德拜的一名手下在夜总会打了一个富家公子哥，"他开始说，递给我饮料，"把他打得很惨。据我所听到的，那个公子哥是自找的。但他的家人坚持要起诉，还有警察当他们的后盾。哈德拜认识我爸，从我爸那里得知我认识那个年轻人，我们上同一所大学，yaar。他找上我，要我去打探，他们要多少钱才肯撤掉官司。他们狮子大开口要很多钱，但哈德拜照付，而且付了更多的钱。你也知道，他大可以好好教训他们，把他们吓得屁滚尿流。他大可以杀掉他们，yaar。杀光那一家人。但他没有，他的手下做错事，na？因此，他想做该做的事。他付了钱，大家皆大欢喜。他是个很好的人，那个哈德拜，真正的狠角色，如果你知道我意思的话，但他人很好。我爸尊敬他、欣赏他，那可不简单，因为能让我老爸尊敬的人不多。你知道吗？哈德拜告诉我，他希望你为他卖命。"

"做什么？"

"别问我。"他耸耸肩。他开始从衣柜里拿出干净烫平的衣服，丢到床上。短衬裤、长裤、衬衫、凉鞋，我一件件收下，开始穿。"他只告诉我，等你觉得身体恢复得差不多了，带你去见他。林，我想过，如果我是你，我会怎么做。你得先养壮自己，得快快赚些钱，需要像他那样的朋友，yaar。关于澳大利亚那件事，老兄，那可真是个精彩的故事。你逃亡这事，真的很不简单。只要有哈德拜当靠山，你在这里就会没事。有他挺着，没有人敢再这样对你。你有了一个很有势力的朋友，林。在孟买，没人敢惹哈德拜。"

"那你为什么不替他卖命？"我问。我知道自己说话的口气很不中听，我其实无意这样，但那时候，挨打的回忆仍挥之不去，体虱仍在撕咬我全身的皮肤，叫我处处发痒。我不管说什么，都是那样的口气。

"哈德拜从没邀请我，"维克兰平淡地回答，"即使他真的邀请我加入，我想我也不会接受，yaar。"

"为什么不？"

"我没像你那样需要他，林。那些帮派分子，全都是相互需要，你懂我意思吗？他们需要哈德拜，一如哈德拜需要他们。我没有那么需要他，但你需要。"

"你讲得很笃定的样子。"我说，转头看他。

"我是很笃定。哈德拜告诉我，他找出是谁让你被捕，关入牢里。他说有个有势力的人，很有影响力的人，害你被关进牢里，老哥。"

"谁？"

"他没说，他告诉我他不知道，或许他只是不想告诉我。无论如何，林，我的好兄弟，你正蹚进一摊神秘莫测的浑水。在孟买，坏蛋不乱搞事，这点你目前已有深刻了解，而你在这里如果有了敌人，就得竭尽所能找靠山自保。你有两条路可走，不是离开这城市，就是找火力支持，就像电影《OK镇大决斗》里那些人那样，你懂吧？"

"你会怎么做？"

他大笑，但我的表情没变，他迅速收回大笑。他点起两根烟，递一根给我。

"我？我会很不爽，yaar。我穿这个牛仔玩意儿，不是因为我喜欢牛仔，而是因为我喜欢过去那些牛仔家伙的行事作风。我，我一定会查出是谁整我，会狠狠报复那个家伙。当我准备好时，我会接受哈德拜的提议，去为他卖命，报仇。但那是我，我是个印度坏蛋，yaar。印度坏蛋会这么做。"

我再度看着镜中的自己。新衣服穿在身上，像在裸露的伤口上撒盐，但也盖住我身上最惨不忍睹的地方，我看起来没那么吓人，没那么突兀，没那么丑陋。我对镜子微笑。我练习着，想回忆自己微笑的样子。那有点效果，我差不多回想起怎么微笑。然后，一个新表情，根本不属于我的表情，钻进我灰暗的眼神。绝不再有。我不要再受那种痛，不要再受那种饥饿威胁。我流浪的心不要再受那种恐惧撕扯。我的眼神告诉我，无论如何。从今以后，无论如何。

　　"我已准备好见他，"我说，"我现在就准备好了。"

第二十二章

为阿布德尔·哈德汗卖命，是我第一次真正学习组织性犯罪。在那之前，我不过是个铤而走险的家伙，干些愚蠢、懦弱的事，好满足愚蠢、懦弱的海洛因瘾，然后亡命天涯，靠着有一搭没一搭的买卖赚取微薄佣金。那些事虽然算犯罪，而且有些是重罪，但在我拜哈德拜为师之前，我从来都称不上是个罪犯。在那之前，我是个犯过罪的人，却不是罪犯，这两者之间是有差别的。那差别，一如人生中大部分事情的差别，在于动机和方法。在阿瑟路监狱所受的折磨，给了我跨过那条界线的动机。比我还精明的人，走出那监狱后，可能会立刻逃离孟买。我没有，我不能那样做。我想知道是谁让我身陷牢狱，为什么要那么做。我要报仇。最万无一失、最快速的报仇方法，就是加入哈德拜的帮派。

他指导我作奸犯科之术（首先就是把我派到那位巴勒斯坦人哈雷德·安萨里身边，学黑市货币买卖），让我知道如何才能成为我从未试过或想过的角色：职业罪犯。感觉不赖。在帮派兄弟的保护圈里，感觉还真不赖。我每天搭火车到哈德拜的住所，在哐当作响的火车上跟其他小伙子一起，把身子探出车门，任炎热的干风吹拂，心中满是狂野、不顾一切地自由驰骋的快感。

哈雷德，我的第一位导师，他把自己的过去放在眼里的圣殿之火中，且以一块块破碎的心添旺火势。我在狱中，在战场上，在走私贩

456

子、雇佣兵和其他流亡者厮混的巢穴里，见识过哈雷德这类人。他们有某些共同之处：他们凶狠，因为最深的悲哀里藏着某种凶狠；他们坦率，因为他们遭遇里的真相不容他们说谎；他们愤怒，因为他们忘不了过去，或无法原谅过去。他们也很孤单。我们大部分人假装生命中的时刻是可以与人分享的，差别只在于伪装得成功或失败。但对我们每个人而言，过去是座无人岛，像哈雷德那样不知不觉被流放到孤岛的人，则永远摆脱不了孤单。

　　哈德拜给我上头几堂课时，跟我说了哈雷德的一些过去。我得知，哈雷德在三十四岁时失去了所有亲人。他的父母都是知名学者，在巴勒斯坦的独立建国运动中相当活跃。父亲死在以色列狱中，母亲、两个姐妹、姑姑叔伯、外公外婆，全死于黎巴嫩夏提拉的大屠杀 ①。哈雷德在突尼斯、利比亚、叙利亚受过巴勒斯坦游击队训练，在许多冲突区参与了数十场作战，战斗生涯长达九年。但他母亲和难民营所有受难者的惨死，让他崩溃了。他的法塔赫组织指挥官看出他崩溃的迹象和可能带来的危险，因而解除了他的军职。

　　尽管他仍把巴勒斯坦建国大业挂在嘴边，但事实上，他已失去任何目标，只执迷于他所受的痛苦和他要带给别人的折磨。游击队中有位资深战士认识哈德拜，在他的引荐下，哈雷德转移阵地来到孟买，被黑帮老大纳入旗下。哈德拜联合会的常任成员赏识这位巴勒斯坦年轻人的学识、语言能力和忠心，不断提拔他。夏提拉事件三年后，我遇见哈雷德·安萨里时，他已经掌理哈德拜的黑市货币买卖，这个职位也让他进入联合会。离开阿瑟路监狱后不久，我觉得自己已经够强壮，学习个一整天也没问题，于是这位满怀仇恨、孤单、带着战争伤疤的巴勒斯坦人，开始给我授课。

---

① 1982 年 9 月，黎巴嫩基督教民兵进入境内两处巴勒斯坦难民营，屠杀的人数据估计有数百至数千。

"有人说钱是万恶的根源。"我在他公寓与他碰面时，他告诉我。他的阿拉伯语和印地语都讲得相当好，英语也带着浓浓的纽约腔、阿拉伯腔和印地腔。"其实不然，正好相反。钱不是万恶的根源，恶才是所有钱的根源。世上没有干净的钱，在某种程度上，所有的钱都是脏的，因为没有干净的赚钱方法。有人付你钱，就表示有人在某个地方正因此而受苦。为什么几乎每个人，甚至从未因其他任何事情犯过法的人，都乐于到黑市多换到一两块钱？我认为这就是原因之一。"

"你是靠这一行吃饭的。"我说，很想知道他如何回答。

"所以？"

"所以，你对这一行有什么看法？"

"完全没看法，反正就是这样。受苦是事实，说没受苦是在骗人。我先前就跟你说过了，世间的事就是这样。"

"但毫无疑问，有些钱附带较多的苦，"我锲而不舍地说，"有些钱较少。"

"钱只以两种方式出现，林——你的钱和我的钱。"

"或者，就眼前情况来说，哈德拜的钱。"

哈雷德笑了。那是短暂而悲伤的笑，他只能发出这样的笑。

"没错，我们替阿布德尔·哈德汗赚钱，但我们所赚的钱，有一部分会归我们所有。我们愿意继续玩下去，就是因为所赚的钱里有那么一小部分归我们所有，不是吗？好了，我们正式开始。为什么会有金钱的黑市交易？"

"我不懂你的意思。"

"我换个方式问。"哈雷德微笑。他有一道粗疤，从左耳下方的喉咙开始，划过脸上，直到嘴角。因为那道疤，他的微笑显得左右不对称，叫人看了心里发毛。那有疤的半边脸完全不笑，意味着当他竭尽所能地和颜悦色时，另外半边脸就显得很吓人，或很痛苦。"在银行，一美元只能换十五或十六卢比，为什么我们可以用，比如说，十八卢比，买游客的一美元？"

"因为我们可以用高于十八卢比的价钱卖出去？"我回答。

"很好。那我们为什么能这么做？"

"因为……我猜，有人想用那价钱买。"

"答对了。但我们要卖给谁？"

"听着，我顶多就是安排游客和黑市的家伙碰面，然后抽成。我不清楚那些美元接下来会跑到哪里去，我从来就没想那么多。"

"黑市之所以存在，"他慢慢说，仿佛在偷偷透露私人秘密，而非商业真相，"是因为合法市场管得太严。拿现金这个例子来说，政府和印度储备银行掌控合法市场，但他们管得太严。问题全出在贪婪和管制上，这是促成商业犯罪的两个基本因素。光有其中任何一个因素，还不足够。只有贪婪、没有管制，或有管制而没有贪婪，都不会有黑市。以馅饼皮为例，人们对馅饼皮的利润贪得无厌，但如果烘焙馅饼皮没受到严格管制，就不会出现苹果卷的黑市。政府严格管制污水排放，但没有人贪图污水的利润，因此不会有水的黑市。当贪婪碰上了管制，黑市就应运而生。"

"你在这方面想得真深入。"我下个结论，笑了出来，但很佩服且由衷地高兴，因为他想让我认识金融犯罪的本体论，而非只是介绍金融犯罪的方法供我入手。

"没什么啦。"他谦虚地说。

"不，我是说真的。哈德拜叫我来这里时，我以为你会给我一些数据的表格，你也知道，今日汇率之类的，然后叫我自己去闯。"

"噢，我们很快就会谈到汇率之类的东西。"他再度微笑，听来很有美国味。我知道他年轻时在纽约留过学，哈德拜跟我说他在那里过得很愉快。那份愉快，似乎还有一小部分残存在他拉长的圆唇元音和其他的美式用语里。"但首先得了解理论，然后才能在实务上获利。"

哈雷德接着解释，印度卢比是受管制的货币，不能带出印度，在印度以外的全世界任何地方都无法合法兑换为美元。由于人口众多，印度每天有上万的生意人和旅行者出国。这些人只准带金额有限的美元出境，他们可以把一定金额的卢比换成美元，其他卢比得换成旅行支票。

管制落实在许多方面。若某人想出国，在合法的额度内要把卢比换成美元时，得向银行出示护照和机票。银行出纳员确认机票上的出境日期，在机票和护照上盖印，表示这些文件的持有者已获准以卢比兑换合法额度的美元。一次出国只能兑换一次，旅行者没有合法渠道换更多美元。

在印度，几乎人人床底下都藏有一些黑钱，从工人未向税务局申报的数百卢比工钱，到犯罪所得积累的数十亿卢比都有。黑市经济的规模之大，据说几乎有合法经济的一半。手上有数千或数十万未申报卢比的人，如许多印度商务旅行者，都无法用那些钱购买合法的旅行支票，因为银行或税务局始终想知道那些钱的来源。因此，唯一的选择，就是向黑市金钱贩子购买美元。在孟买，每天有相当于数百万卢比的美元、英镑、德国马克、瑞士法郎和其他货币在黑市买卖。

"我拿一万八千卢比，向一名游客买了一千美元，而银行的汇率是十五比一。"哈雷德总结道，"那个游客很高兴，因为比起到银行换，他多换了三千卢比。然后我以两万一千卢比的价钱把那些美元转卖给印度生意人。那个生意人很高兴，因为他用无法申报的黑钱买到美元。然后我把三千卢比放进公基金，再用一万八千卢比跟另一个游客买来一千美元。黑钱交易的核心，就是这个简单的方程式。"

为了找到游客，鼓动他们换钱，哈德拜的黑帮联合会雇用了一批人，包括街头掮客、导游、乞丐、饭店经理、旅馆服务员、餐馆老板和服务员、店家老板、航空公司行政人员、旅行社、酒吧老板、妓女和出租车司机。掌握他们的动向是哈雷德的职责之一。每天早上，他打电话给所有往来的对象，制定主要货币的汇率。一整天，每隔两小时，就有人打电话来告知汇率的变动。有辆出租车二十四小时供他差遣，两名司机轮班开车。每天早上，他走访每个地区的中间人，发给他们数捆卢比，给街头贩子备用。捎客和其他街头混混替街头贩子寻找客户，带游客和生意人去找他们换钱。街头贩子换好钱，把外币一捆捆收好，等收款人来收。中间人一整天在街头交易人之间走动，在他们需要时提供现金；收款人则在白天晚上走访各区数趟，收取街头贩子买下的外币。

至于饭店、航空公司办公室、旅行社等较需要谨慎行事的公司行号，则由哈雷德亲自指挥收款和换钱。他每天向主要地区的收款人收款，主要有两次：一次是正午，一次是晚上。每个地区的相关警员都用钱打点好，好让他们睁一只眼闭一只眼。相对地，哈德拜也保证，若有人想抢或耍他的手下，他得用暴力制裁时，动作一定又快又准，绝不会牵扯到警方，或危及警方的利益。维持纪律，替哈德拜摆平事端的重任，则落在阿布杜拉·塔赫里身上。他底下有一批印度流氓和两伊战争的伊朗退伍军人，负责防微杜渐、严惩不轨。

"你跟我一起去收钱，"哈雷德宣布，"很快你就会摸透这一切，但我希望你专注在棘手的部分——五星级饭店和航空公司。那是穿衬衫、打领带的工作。我会跟你去，特别是刚开始时，但我想，由穿着体面的白种外国人去那些地方收钱，会很妥当。你不会引人注目，他们不会看你第二眼。跟我们接头的人，和你打交道也会大大放松。然后，我要你投入旅游业，那个部分我也用得上白人。"

"旅游业？"

"噢，你会喜欢上那一行。"他说，以同样带着悲伤的微笑与我四目相对，"那会让你觉得在阿瑟路监狱那段时间没有白待，因为每次都可以搭头等舱。"

他解释道，旅游业是货币买卖特别有赚头的部分。印度有数百万人在沙特阿拉伯、迪拜、阿布扎比、穆斯喀特、巴林、科威特等波斯湾区工作，其中许多人都会跟旅游业打交道。这些印度外劳每三个月、六个月或十二个月签一次约，在国外从事帮佣、清扫、劳力的工作，通常都领外币工资。大部分外劳都设法一回到印度就在黑市换掉外币，好多拿到一些卢比。哈德拜的黑帮联合会为那些雇主和外劳提供了换钱的快捷方式。阿拉伯雇主把大量外币卖给哈德拜时，享有稍稍优惠的汇率，使他们能以印度黑市的汇率付卢比给印度籍外来劳工。如此一来，他们手中便能有多出来的卢比，付完工资后，还有净赚。

对波斯湾区许多雇主来说，这种金钱犯罪的诱惑让他们无法抗拒。他们豪华的床铺底下也藏有许多未申报、未交税的钱。犯罪集团应运而生，在印度外遣劳工返国时，帮他们把工资换成卢比。这些外遣劳工乐于如此，因为他们可以拿到以黑市汇率换来的卢比，又不必亲自去跟精明的黑市交易贩子打交道。老板也乐得很，因为透过那些犯罪集团，他们还能从工资中赚一笔。黑市交易贩子也很开心，因为大量美元、德国马克、沙特阿拉伯里亚尔、阿拉伯联合酋长国迪拉姆，源源不断流入印度商人创造出来的需求之河。只有政府被排除在外，而涉及这买卖的数百万人，没有一人为此羞愧得无地自容。

"我……这一行，过去算得上是我的专业研究……"漫长的第一堂课终于结束时，哈雷德如此说道。他的声音越来越微弱，我无法确定他是在回忆往事，还是纯粹不想再细谈。我等他继续说下去。

"在纽约念书时，"他最终继续说道，"我研究一个议题……嗯，我写了一篇论文，论古代的非组织性贸易。在一九六七年战争之前，我母亲一直在研究这个领域。在她的影响下，我小时候就对亚述、阿卡德和苏美尔的黑市很有兴趣，也很好奇这些黑市与贸易路线、税赋、靠贸易路线和税赋建立起来的帝国之间有何关系。我自己开始动笔写的时候，把那篇论文称作'黑色巴比伦'。"

"很好记的篇名。"

他瞥了我一眼，确认我不是在嘲笑他。

"我是说真的，"我急忙说，希望能令他安心些，因为我开始喜欢他这个人，"我想那是很好的题目，非常好记。我觉得你应该继续完成这篇论文。"

他再度微笑。

"唉，林，人生有许多意想不到，就像我纽约的叔叔常说的，对工人来说，大部分的意想不到都不会让人开心。现在我从事黑市买卖，而不是写黑市论文。现在，那要叫'黑色孟买'。"

他话中的辛酸令人不安。他盯着自己交握的双手，开始摆出阴郁、近乎生气的表情。我决定转移话题。

"你知道吗？我过去一直在干一种黑市买卖，你可能会有兴趣。麻风病人的药物市场，听说过吗？"

"当然听说过。"他答道，深褐色的眼睛闪现兴味的光芒。他举起一只手，抹过脸，再往上抹过理成军人平头的花白短发。这手势抹掉他消沉的回忆，他全神贯注在我身上。"我听说你见过兰吉特，他很不简单，对不对？"

我们谈起兰吉特这位统领一小群麻风病患的人物，谈他们搞的全国黑市。他们那神秘的买卖令我们着迷不已。身为历史学家（或者说身为曾梦想着和他的学者母亲一样成为历史学家的人），哈雷德很好奇麻风病人那个组织的漫长演变和神秘的行事作风。身为作家，我则很想了解他们所受的苦难，以及他们对苦难的独特回应。经过二十分钟热烈的讨论，我们同意一起去拜访兰吉特，以更深入了解药物黑市买卖的历史。

那是两个天涯沦落人之间的许诺，学者与作家之间的许诺。因为那份许诺，哈雷德和我有了联结，这份因尊重知识而建立的关系，简单但长久不渝。就像罪犯、军人和其他历劫归来者，在相濡以沫的环境下，我们迅速而毫不犹豫地结为朋友。我每天造访他那位于安德海里车站附近的简陋住所，每次上课长达五六小时，内容从古代史到储备银行利率政策，从人类学到固定、浮动货币，天马行空，随兴而谈。跟着哈雷德·安萨里学习那普遍但复杂的不法交易一个月，比在街头当贩子买卖美元、德国马克一整年所学到的还要多。

课程结束后，我每天早上、下午跟着哈雷德工作，一周七天无休。报酬丰厚。工资之多，往往一领就是厚厚几沓直接从银行提出来的卢比，上面还带着钉住整沓纸钞的钉书钉。相较于我在贫民窟里认识已将近两年的邻居、朋友和病人，我已是个富人。

为使坐牢期间的伤口尽快愈合，我在印度宾馆包了一间房，由哈德拜埋单。铺了瓷砖的干净浴室和柔软床垫的确有助于我复原。但搬到这里住，不只是为了养伤。事实上，我在阿瑟路监狱待的那几个月，心灵所受的伤害更大于肉体的。邻居拉德哈死于霍乱，和我英语班里那两名男孩的事，使我心中的愧疚一直挥之不去，让我无法平静。监狱的折磨及深深的无力感，这两件事我若是只碰上其中一件，或许可以熬过精神的折磨，然后在复原得差不多时，回到那温馨、悲惨的贫民窟。但这两件事加起来，就不是我脆弱的自尊所能承受的，我无法再住在贫民窟，连在那里睡觉过夜都没办法。

我常去找普拉巴克、强尼、卡西姆、吉滕德拉，继续到诊所帮忙，每星期花两天下午照顾病人。但那股结合了傲慢与无忧无虑的奇怪心情，使我得以成为贫民窟医生的心情已然远去，我不觉得那会再回来。每个人性格中善良的那一面，最深处都带有些许傲慢。当我未能保住邻居性命，甚至连她生病都不知道时，那份傲慢已离我而去。而每个奉献的决心，在最深处都有一份天真，不可或缺而坚定的天真。当我跟跟跄跄走出那座印度监狱时，那份天真动摇了：我的微笑，一如我的脚步，都因为脚镣的回忆而残废。搬出贫民窟一事，与我身上的伤和心灵状态同样大有关系，或者说，与我的心灵状态关系更大。

贫民窟友人接受了我搬出去的决定，毫无质疑，没有任何意见。每次我回去，他们都热情欢迎，要我参加贫民窟的日常生活和庆祝活动——婚礼、节庆、小区大会或板球赛，仿佛我仍住在那里，仍跟他们一起干活。看到我骨瘦如柴的身子，看到狱卒在我皮肤上烙下的伤疤，他们震惊、难过，即使如此，他们仍绝口不提监狱。我想，原因之一在于他们知道我想必觉得羞愧，不想让我难堪。他们若被关进监狱，也会同样感到羞愧。另一个原因，乃是普拉巴克、强尼·雪茄，或许还有卡西姆·阿里，可能心怀愧疚，愧疚于他们没想到去找我，因而没能去救我。他们全不知道我被捕。他们以为我只是厌倦了贫民窟生活，于是回去我舒服的国家过舒服的生活，一如他们认识的每个游客或旅人。

而那最终也促使我不愿回贫民窟。我在贫民窟付出了那么多，他们竟然认为我会不告而别，尽管他们慷慨地让我加入他们拥挤、破旧、杂乱的生活，但那样的心态实在叫我吃惊且难过。

因此，当我恢复健康，开始真正赚钱后，我没搬回贫民窟，反倒在哈德拜的帮忙下，在科拉巴区贝斯特街靠陆地一端的尽头租了间公寓，离利奥波德酒吧不远。那是我在印度的第一间公寓，我第一次享有个人空间、隐私，以及热水浴、功能齐全的厨房之类的奢侈家用设备。我大饱口腹之欲，煮高蛋白质、高碳水化合物成分的食物款待自己，强迫自己每天吃下一桶冰激凌。体重开始上升。我每天晚上睡饱十小时，用睡眠源源不断的修复功能治愈我伤痕累累的身体。但我常常醒来，醒来时双臂乱挥、出拳，仍能闻到噩梦里血液的湿金属味。

我和阿布杜拉在他最喜欢的健身房里一起练空手道和举重，健身房位于高级住宅区布里奇肯迪区。常有两名年轻的打手跟我们一起练，萨尔曼·穆斯塔安和他的朋友桑杰。我第一次去哈德拜的联合会时见过他们。他们身强体壮，年纪在二十五至三十岁，热爱格斗的程度就和热爱性爱差不多，而且他们性欲旺盛。桑杰爱开玩笑，有着电影明星脸；萨尔曼较寡言、严肃。两人自孩童时就是形影不离的好朋友，但他们在格斗场上对打时，就和阿布杜拉跟我对打时一样，毫不手软。我们每星期练五次，留下两天让受伤、肿胀的肌肉复原。这样的锻炼很好，很有帮助。举重是粗暴汉子的禅修。我一点一点恢复了力气、肌肉的形状与健康。

但不管变得多健康，我知道，在揪出那个设计警察抓我并把我关进阿瑟路监狱的人之前，我的心不会愈合，无法愈合。我得知道那个幕后主使者是谁，得知道原因。乌拉从这城市消失了，有人说她躲了起来，但没人知道她在躲谁，为何要躲。卡拉不见人影，没人能告诉我她在哪里。狄迪耶和其他几个朋友四处替我探查，想找出真相，但都未能找到足以指出是谁陷害我的线索。

有人和高级警官勾结，让我无辜遭到逮捕，被关入阿瑟路监狱。在我坐牢时，同一个人还继续设计陷害我，让我常常遭受苦刑。那是种惩罚，或是报复。哈德拜很肯定地证实了此事，但他不能细说或不愿细说，只告诉我，不管陷害我的人是谁，那个人还不知道我是通缉犯。例行的指纹核对揭露了我在澳大利亚逃狱的事。相关的警察立即明白，扣着消息不发或许可以捞到好处。因此，直到维克兰奉哈德拜之命前去找他们时，他们才拿出我的档案。

"那些死条子喜欢你，老哥。"有天下午我们坐在利奥波德酒吧里，维克兰告诉我。那时，我已经替哈雷德收了好几个月的款。

"鬼扯。"

"不，真的，他们喜欢你，所以才放你走。"

"在那之前我没见过那个警察，维克兰。他根本不认识我。"

"你不懂。"他很有耐心地回答，"我把你弄出那里时，跟那个家伙，那个警察谈过。他全说了出来。指纹部门有人第一个发现你的真实身份——指纹核对结果出来，得知你是来自澳大利亚的通缉犯时，那个人可乐了。那个人乐的是，压下这消息隐瞒不报，你也知道，可以捞到多大一笔钱。像这样的机会，不是每天都有，na？所以，他什么都没跟其他人说，只去找他认识的一名高级警官，递上你的指纹档案。那警察也大吃一惊。他去找另一个警察，也就是我们在牢里见到的那个警察，把那档案给他看。那警察叫其他人都不要泄露此事，由他去弄清楚可以捞到多少钱。"

一名侍者端来我的咖啡，用马拉地语跟我聊了一会儿。维克兰静静等着，直到又只剩下我们俩时，他才开口。

"你知道吗？他们喜欢你这样，所有侍者、出租车司机、邮局职员，还有警察，全都喜欢你这样，喜欢你用马拉地语跟他们讲话。老哥，我在这里土生土长，你的马拉地语却讲得比我的还好。我从来没把马拉地语学好，从来都不觉得有那个必要。所以，许多马拉地人才会那么火大，老哥。我们大部分人从来都没想过要去学马拉地语，或者说从不关心所有来孟买住的人，从来不想知道他们到底来自哪里，yaar。总而言之，我讲到哪里了？噢，对了，那个警察手上有你那份档案，而且扣住不上报。对你这个逃狱的澳大利亚浑蛋，他想先摸到更多底细，再做打算，yaar。"

维克兰停住，对我咧嘴而笑，最后那笑变成顽皮的大笑。虽然是三十五摄氏度高温，他在白色丝质衬衫外还套了件黑色皮背心。穿着厚厚的黑牛仔裤和装饰华丽的黑色牛仔靴，想必很热，但他看起来却一副很凉爽的样子，几乎就和他冷静的表情一样凉爽。

"老哥，你真行！"他大笑，"竟能逃出那个铜墙铁壁的监狱！我从没听过这么了不起的事，林。不能把这件事说出去，真是难受。"

"你还记得有天晚上我们坐在这里时，卡拉谈到秘密时所说的吗？"

"不记得了，老哥。她说了什么？"

"秘密不是秘密，除非保住那秘密会伤人。"

"真妙。"维克兰若有所思地说，同时咧嘴而笑，"那我讲到哪里了？我今天越来越不爽，老哥。是那个莉蒂的事，那事叫我抓狂，林。噢，对了，那个负责的条子，那个握有你档案的条子，他想查查你这个人，因此派了两个手下四处打听你。过去跟你一起在街头讨生活的人，全二话不说站在你这边，老哥。他们说你没骗过人，没耍过人，有钱的时候施舍一些钱给街上的穷人。"

"但那两个警察没跟人讲我在阿瑟路？"

"没讲，老哥，他们在了解你的为人，好决定要不要整你，要不要把你送回给澳大利亚警方，那全看你的底细。而且还不只这样。有个换钱的贩子告诉那两个条子：嘿，如果你们想了解林的为人，去贫民窟问，因为他住那里。这下子真勾起那两个条子的好奇心了，你想，竟会有个白人住在贫民窟。于是他们去那里瞧了一瞧。他们没把你的事告诉贫民窟的任何人，但开始打听你的为人，结果那里的人大概这么说：你看到那个诊所没？林开的，他在那里工作了很久，帮助这里的人……他们大概还这么说：这里每个人都在林的诊所看过病，免费的，霍乱发生时他帮了很大的忙……他们告诉那两个条子你开了间小学校：你看到那个教英语的小学校没？林开的……那两个条子听到一大堆林这样、林那样，这个老外做了这么多好事，于是回去找他们的上司，把他们听到的告诉他。"

"噢，少来了，维克兰！你真以为这有什么差别？重点是钱，就是这样，我很感激你出现，付钱救我出来。"

维克兰吃惊得瞪大双眼，然后又眯起来，不以为然地皱了皱眉。他伸手从背后拿下帽子，仔细端详，在手上翻转，掸掉帽檐的灰尘。

"你知道吗？林，你在这里已经待了一段时间，学会某种语言，去过乡下，住过贫民窟，甚至待过监狱，但你还是不了解这里，对不对？"

"或许不懂，"我坦承，"大概不懂。"

"你当然不懂，老哥。这里不是英格兰，不是新西兰，不是澳大利亚，不是其他任何鸟地方。这里是印度，老哥。这里是重情义的地方，这里是情义至上的地方，老哥。情义。所以你才会被放出来，那警察才会还你假护照，尽管他们知道你的身份，你还能四处活动，没有被逮回去。他们大可以整你，林。大可以拿了你的钱，哈德拜的钱，放你走，然后叫别的警察抓你，把你送回国。但他们没有，以后也不会这么做，因为你感动了他们，老哥，你得到了印度人的情义。他们知道了你在这里做的事，知道了贫民窟的人如何爱你，所以他们想：哎，他在澳大利亚干了坏事，但在这里干了些好事。如果这浑蛋付钱，我们就让他走。因为他们是印度人，老哥。我们能把这个鸟地方团结起来，靠的就是情义。两百种语言，十亿人。印度就是情义，情义把我们团结在一块。这世上没有哪个地方的人像我们这样，林。印度人的情义是世上绝无仅有的。"

他哭了起来。我惊讶得说不出话来，看着他擦掉眼中的泪水，我伸出一只手搭在他肩上。他说的的确没错。尽管我在印度监狱里饱受折磨，差点要死在那里，但我终究获释；出狱时，他们还把我的旧护照还给我。我自问：这世上还会有哪个国家会像印度那样放我走？还有，即使是在印度，只要警察调查过我后，发现的是另一回事，比如我骗了印度人，或者经营印度妓女户，或者毒打毫无反抗能力的人，他们会拿了钱，然后还是把我送回澳大利亚。这是个情义至上的国度。我从普拉巴克，从他母亲，从卡西姆·阿里，从约瑟夫的赎罪那里，了解到这点，甚至在监狱里了解到这点。在狱中，有像马希什·马尔霍特拉之类的人，为了走私食物给快饿死的我而不惜挨打。

"这是在干吗？小两口在拌嘴，是吧？"狄迪耶问，自行坐下。

"啊，狄迪耶你这个死王八蛋。"维克兰大笑，重新振作起精神。

"噢，是吗？你这么想可真是感人，维克兰，或许你觉得好多了。林，你今天如何？"

"很好。"我微笑。刚从阿瑟路监狱获释的时候，有三个人见到我瘦得不成人形、伤痕累累的模样，顿时就哭了起来。狄迪耶是其中之一。另外两个是普拉巴克和阿布德尔·哈德汗。普拉巴克哭得稀里哗啦，我花了整整一小时才把他安抚住；哈德拜会有那反应，则出乎我意料。我去向他道谢时，他眼眶里满是泪水；他抱住我时，泪水流在我的脖子和肩膀上。

"喝点什么？"我问他。

"噢，多谢了。"他高兴地喃喃说道，"我想先来瓶威士忌，一颗新鲜莱姆，一杯冰苏打水。就这样。是啊，这个 commencement（开始）会不错，不是吗？那个有关英迪拉·甘地的新闻真是奇怪，令人难过，是吧，你觉不觉得？"

"什么新闻？"维克兰问。

"新闻报道说，就刚刚，英迪拉·甘地死了。"

"真的吗？"我问。

"恐怕是。"他叹口气，突然间显出难得的肃穆，"消息还没证实，但我想应该是千真万确的。"

"锡克教徒干的？是不是因为'蓝星行动'？"

"没错，林。你怎么会知道？"

"她派兵冲进金庙抓宾德兰瓦时，我就觉得她会因此惹祸上身。"

"怎么了？克什米尔解放阵线干的？"维克兰问，"炸弹？"

"不是，"狄迪耶答道，面色凝重，"据说是她的护卫干的，她的锡克护卫。"

"她自己的护卫，该死的！"维克兰倒抽一口气，张大嘴巴愣住，"两位，我去去就来。你们听到了没？柜台那里的收音机现在正在讲这件事。我去听听就回来。"

他小步跑到拥挤的柜台边，那里挤了十五或二十人，彼此搭着肩专心听，播报员几近歇斯底里，正用印地语说明刺杀详情。其实维克兰坐在我们的座位上就能听到广播，收音机音量开到最大，每个字我们都听得一清二楚。他挤进柜台人群，是出于别的因素：出于一种休戚与共、血浓于水的感觉；出于一种需求，即使是在聆听这惊人的消息时，都想要有同胞在身边，挤在一块感受这件事。

"我们喝吧。"我建议。

"好啊，林。"狄迪耶答，噘起下唇，手用力一挥，想甩掉那恼人的话题。但那手势没什么用。他的头往前垂下，怔怔盯着身前的桌子。"真不敢相信，实在叫人无法相信。英迪拉·甘地，死了……几乎无法想象。我几乎无法想象怎么会发生这种事，林。那个……你知道的……怎么会？"

我替狄迪耶点了东西，听着收音机里哀痛尖锐的播报声，任由思绪翻腾。自私的我，首先想到这桩暗杀案对我的安全可能会有什么影响，然后想到那会对货币黑市的汇率有什么冲击。几个月前，甘地夫人命令军方攻击锡克教最神圣的圣地，即位于阿姆利则的金庙，目的是将一大批拥有强大火力的锡克教民兵赶出那里。帅气而富领袖魅力的分离主义分子宾德兰瓦领导那些民兵进入金庙防守，以那片庙宇建筑群为基地，对印度教徒和他们所谓顽固的锡克教徒施予报复攻击，已有一段时间。在竞争激烈的大选前夕，总理英迪拉·甘地非常担心若再不采取行动，会让人觉得她太软弱、优柔寡断。不可否认，她的选择不多，但她选的办法是许多人认为最不理智的——派兵攻进金庙，与锡克教叛军交战。

这场欲将锡克民兵赶出金庙的军事行动，被称为"蓝星行动"。宾德兰瓦所率领的民兵，自认是自由斗士和锡克大业的烈士，豁出性命极力抵抗。六百多人死亡，数百人受伤。最后，金庙建筑群的民兵全被肃清了，甘地夫人完全摆脱了优柔寡断或软弱的形象。她如愿赢得印度教徒的民心，但锡克教徒争取建立独立家园卡利斯坦的运动，则增添了许多新烈士。最神圣的圣地遭到亵渎和血洗入侵，令全世界锡克教徒满腔悲愤，誓言复仇。

柜台处的收音机没报出其他细节，从头到尾都是播报员以哀伤的语调述说着甘地夫人遇害了。"蓝星行动"后不过几个月，甘地夫人便遭自己的锡克警卫杀害。有些人痛斥这个女人为暴君，许多人则尊奉她为国母，她和这国家密切相连，密切到和这国家的过去、命运结为一体，但如今她走了，她死了。

我得好好想想，得评估风险。全国的安全部队会特别戒备。锡克教徒会因为她遇害而受到报复攻击，各地会出现烧杀、劫掠和暴动。我知道会这样，印度每个人都知道会这样。收音机里，播报员正提到德里、旁遮普两地开始调动部队，以先发制人，平息骚乱。情势紧张，将使我的处境更危险，毕竟我是通缉犯，替帮派做事，签证又过了期。我坐在那里，看着狄迪耶一口口啜着酒，看着餐厅里的人聚精会神静静听着广播，看着傍晚的夕阳染红我们的皮肤，我的心害怕得怦怦跳。跑，我的脑子悄声说，趁你还可以跑，现在就跑。这是最后的机会……

但即使是在那时候，在逃离孟买的念头清楚浮现于脑海的时候，我却觉得心情突然放松下来，变成强烈的、听天由命的平静。我不要离开孟买，我不能离开孟买。我明白这一点，就像我明白自己生命中的所有遭遇。关键是哈德拜：我和哈雷德一起为他工作，靠着赚来的工资，我已还清欠他的钱，但还有种更难还的债——人情债。我这条命是他救回来的，我们俩都知道这点。我出狱后他抱住我，为我的悲惨模样而哭，他还向我保证，只要我待在孟买，他都会保护我，阿瑟路监狱那一类的事绝不会再发生。他给了我一块金牌，上面有结合了穆斯林弯月和星星的印度教奥姆符号，我把它系在银链上，挂在脖子上。金牌背面用乌尔都语、印地语、英语刻上哈德拜的名字。碰上麻烦时，我可以出示金牌，请对方立刻联络他来解围。这样的保障还不算高枕无忧，但毕竟比逃亡以来我所知道的任何保障更牢靠。他要我留下来为他效力的请求、那无须大声宣告的人情债、投身哈德拜麾下所得到的安全保障，这三个因素使我不愿，也不能离开孟买。

还有卡拉。我坐牢时，她从这城市消失，没人知道她的下落。世界这么大，要找她，我不知要从何找起。但我知道她喜欢孟买，她应该会回来，这样的期待似乎很合情理。而且我爱她。她一定认为我抛弃了她，认为我和她上了床，一达到目的就甩了她。一想到这，我就非常难过，而且在那几个月里，那种难过的心情比我对她的爱还要强大。我要再见到她，要跟她解释那晚发生的事，在那之前，我不能离开孟买。因此我留下来，留在这城市，留在距我们相遇的那个转角只有一分钟路程的地方，等她回来。

餐厅里的人专心听着广播，气氛低沉。我环顾餐厅，和维克兰四目相对。他对我微笑，摇了摇头。那是心碎的微笑。他眼神激动，眼眶里噙着泪水。但他还是微笑，安慰我，让我放心，让我感受他那茫然的悲痛。因为那微笑，我突然理解到还有别的东西让我留下来。最后我领悟到，那是情义，维克兰提过的印度人的情义（在这个国度，情义至上）。在无数直觉都告诉我该离开时，那使我留了下来。而对我而言，那情义就是这座城市——孟买。这城市吸引了我，我爱上了她。有一部分的我是她创造出来的，因为我以孟买人的身份住在这里，住在她的怀抱里，那一部分的我才得以存在。

"真糟糕，yaar。"维克兰坐到我们这一桌，嗫嗫说道，"这会带来腥风血雨，yaar。收音机说，国大党的党员正在德里街头游荡，挨家挨户搜，想找锡克教徒打架。"

我们三人不发一言，陷入各自的揣想和忧虑，然后狄迪耶开口。

"我有条线索要给你。"他轻声说，又把我们拉回现实。

"关于入狱那件事？"

"Oui（对）。"

"讲下去。"

"内容不多。你已经知道了一些，你那个有点能耐的老大阿布德尔·哈德汗已经告诉你了，我这边能补充的不多。"

"不管那是什么，狄迪耶，都会比我手上的线索多。"

"好吧。有个人……我认识的人……他每天都会到科拉巴警局走动走动。今天稍早，我跟他聊了起来，他提到几个月前被拘留在警局的外国人。他叫那个人'老虎咬'。林，我怎么也想不出你怎么给自己弄来这么一个外号，但依我的浅见，那故事不尽然全是添油加醋，non（对不对）？Alors（哎），他告诉我，那个'老虎咬'先生，也就是你，被一个女人给出卖了。"

"他有说出名字吗？"

"没有。我问他，他说他不知道那女人是谁，只说那女人很年轻，非常漂亮，但最后这部分可能是他瞎掰的。"

"你认识的这个人有多可靠？"

狄迪耶噘起嘴，呼出一口气。

"他在偷拐骗方面还蛮可靠的，恐怕就只有这方面可靠。但在这些事情上，他倒真是了不起的始终如一。不过，就这件事来看，我想他没理由说谎。林，我想你是被某个女人害了。"

"哈，那句话对我也适用。对你和我都适用，兄弟。"维克兰插话。他喝完啤酒，点起一根又长又细的方头雪茄。他既是为抽烟的乐趣而抽，也为自己那身打扮所受到的恭维而抽。

"你跟莉蒂希亚已经约会三个月了，"狄迪耶说道，皱眉的神情带着恼怒，没半点同情，"你碰上了什么问题？"

"你说呢？我带她去了所有地方，还上不了一垒，甚至连球场都还没进去。去他的球场，yaar，我跟她连同一个邮政编码都谈不上。这个妞要把我搞死，这个爱情要把我搞死，她故意吊我胃口。我很拼，但什么搞头都没有。我跟你说，我就快要爆炸了！"

"你知道吗？维克兰，"狄迪耶说，眼神再度绽放机灵和开朗，"我有个办法，你可能用得上。"

"狄迪耶老兄，我什么都肯试。发生了甘地夫人被暗杀和这些乱七八糟的事，什么机会我都不放过。谁知道我们明天在哪里，na？"

"好，听好！这计划需要胆量、计划周详、掐准时机。如果大意出错，可能会要你的命。"

"我……我的命？"

"没错，一点错都出不得。但如果成功，我想她会死心塌地永远跟着你。你，怎么说，有胆试试吗？"

"这整个鬼酒馆里，就数我最有胆量，yaar。说来听听！"

"趁着你们还没深入细节，我想我该识相点走人。"我插话，起身与他们两人握手，"狄迪耶，谢谢你的秘密情报，感激不尽。至于你，维克兰，我也有个小小忠告要给你，不管你打算怎么追莉蒂，你可以从丢掉'火辣波霸英国妞'这句话开始。你每次这样叫她，她的身子就往后缩，像是你刚刚掐死了一只小兔子。"

"你真这么认为？"他问，皱起不解的眉头。

"没错。"

"但那是我最漂亮的台词之一，yaar。在丹麦……"

"你已经不在丹麦了。"

"好的，林。"他大笑承认，"嘿，你查出自己怎么会入狱时……我是说，查出哪个王八蛋害你坐牢时……如果需要帮手，算我一份，行吗？"

"当然。"我说，欣然与他四目相对，"保重了。"

我付账，离开，沿科兹威路走到皇家圆环。那时是傍晚，孟买市一天中最宜人的三个时段之一。还没变热的清晨和热气消散后的深夜，是一天中的特别时光，特别令人愉快。但这两个时段很安静，行人稀少。傍晚把人们带到窗边、阳台、门口，让街上布满散步的人群。傍晚是孟买市马戏团的靛蓝色帐篷，娱乐表演让每个街角和十字路口活力洋溢，大人带着小孩同乐。对年轻恋人来说，傍晚就像是陪少女出席社交场合的女伴，是夜色降临、从他们悠闲的散步中偷走天真前的最后一段天光。一天之中，孟买街头人最多的时候，就数傍晚。而在我的孟买，最爱亲炙人脸庞的光线，就数傍晚的光线。

我走在傍晚的人群里，享受我身边的脸庞，享受我身边肌肤、头发的香水味，享受我身边衣物的颜色和讲话的抑扬顿挫。但我孤单一人，满怀着对这城市向晚时光的钟爱，那孤单更是难以承受。在我脑海里，始终有条黑色鲨鱼在缓缓绕圈：一条疑惑、愤怒、猜忌的黑鲨。有个女人出卖我。有个女人。一个年轻又非常漂亮的女人……

有辆车子猛按喇叭，吸引了我的注意。我看到普拉巴克正从出租车里向我挥手。我上了出租车，请他载我去我和哈雷德约好晚上见面的地方，在昭帕提海滩附近。靠着替哈德拜工作，我赚到第一笔扎扎实实的钱，而我用那笔钱所做的头几件事之一，就是给普拉巴克买出租车执照。那笔执照费一直令他望而却步，善于东抠西省的他，再怎么省也凑不出那笔钱。因此，他偶尔接他堂兄襄图的班，开襄图的出租车，但他没有合格的执照，这么做得冒相当大的风险。有了执照，他就可以自由投靠拥有出租车队的车行老板，租他们的出租车载客。

普拉巴克工作勤奋，人老实，更重要的是，他人缘很好，认识他的人多半都觉得没见过这么讨人喜欢的人。就连精明不讲感情的车行老板都挡不住他乐天爽朗的魅力。不到一个月，他就拿到一部出租车的暂时租用权。他细心照料那车子，像是他自己的车。在仪表板上，他安了一座供奉女财神拉克什米的塑料小祠。一身金、绿、粉红的塑料女神像，只要普拉巴克一踩刹车，她红色眼睛里的灯泡就会发亮，露出凶狠吓人的表情。有时他伸手过去，以表演者的炫耀手势，捏挤神像底部的橡胶管，然后就会有一股混合几种化学香水的芳香剂喷上乘客的衣裤。那是工业制芳香剂，味道浓烈，叫人不安，似乎是从女神像肚脐的喷口喷出的。他身上别了黄铜制的出租车司机识别徽章，一脸得意。每次挤出芳香剂之后，他都会本能地擦亮那只徽章。在这整座城市里，只有一样东西足以抢走他对这部黑黄菲亚特出租车的钟爱。

"帕瓦蒂，帕瓦蒂，帕瓦蒂……"车子高速驶过教堂门车站，朝临海大道驶去时，他像唱歌般念着她的名字，陶醉不已，"我爱她爱得神魂颠倒，林！当有某种恐怖的感觉让你觉得开心时，那是爱，是吧？当你担心某个女孩，多过担心你的出租车时，那是爱，对不对？伟大的爱，对不对？我的天啊！帕瓦蒂，帕瓦蒂，帕瓦蒂……"

"那是爱，普拉布。"

"而且强尼太爱席塔了，我的帕瓦蒂的妹妹，爱得神魂颠倒。"

"我很为你高兴，也为强尼高兴。他是个好人。你们两个都是好人。"

"没错！"普拉巴克附和，还拍喇叭数次以示强调，"我们是好人！而且我们今晚要出去进行三对约会，跟她们姐妹。那会很有意思。"

"还有一个姐妹？"

"还有一个？"

"对啊，你说三对一起约会。她家有三个姐妹？我以为只有两个。"

"是啊，林，的确只有两个姐妹。"

"呃，那你不是应该说两对一起约会？"

"不是啦，林。帕瓦蒂和席塔向来会带着妈妈一起去，也就是库马尔的老婆，南蒂塔伯母。那两个女孩坐一边，南蒂塔伯母坐中间，强尼·雪茄和我坐另一边。这叫三对约会。"

"听来……似乎……很有意思。"

"对，很有意思！当然很有意思，太有意思了！当我们塞一些食物和饮料给南蒂塔伯母时，便可以看着那两个女孩，她们也能看着我们。这是我们的对策。我们就这样对着那两个女孩微笑，对她们猛眨眼。我们的运气实在好，南蒂塔伯母胃口很大，一场电影三小时她会吃个不停。所以我们得不断送上食物，才能猛瞧那两个女孩。而南蒂塔伯母，真是谢天谢地，光看一场电影，还无法喂饱那个女人。"

"嘿，慢下来……那里好像有……暴动。"

一群人，数百人，数千人，绕过街角，走上宽阔的临海大道，就在我们前方约三百米处。他们越过宽阔的大道，朝我们走来。

"不是暴动，林巴巴。"普拉巴克答道，把出租车慢慢停下，"nahin, morcha hain.（不是暴动，是示威游行。）"

那些人显然极为愤怒。男男女女激动地呼口号，同时挥舞拳头，气愤得脖子和肩膀都硬挺挺的，倔强的脸上满是痛苦。他们一再喊着英迪拉·甘地，喊着要报仇，要教训锡克人。他们靠近我们时，我很紧张，但滚滚人潮碰上我们的出租车时自动分成两股，绕过我们，继续往前走，连衣袖都没擦到车边。但他们看着我们的眼神，充满仇恨、冷酷。我知道，我如果是锡克人，如果缠着锡克人头巾或披着锡克人围巾，车门大概会被猛然打开。

人群经过我们，前方道路恢复通行，我转头，见到普拉巴克竟在擦拭眼中的泪水。他在口袋里摸找手帕，最后拉出一条红色格子图案的大布块，轻轻擦掉泪水。

"情况非常糟，林巴巴。"他吸着鼻子说，"她走了。没有她，我们印度接下来会变成什么样？我这样问我自己，却没什么答案。"

"她"是对甘地夫人常用的称呼之一。新闻记者、小农民、政治人物、黑市贩子，都用"她"来称呼甘地夫人。

"对，真是糟，普拉布。"

他看上去非常烦乱，我静静坐在他旁边，凝视窗外越来越暗的海面。片刻之后，我转头再看他，他正在祈祷，往前低着头，双手在方向盘底部紧握在一块。我看着他低声祈祷，嘴唇抽动，然后张开双手，转头向我微笑。他露出灿烂微笑，眉毛扬起又落下两次。

"那么，林，你要不要来点性感香水？"他问，伸手去按仪表板上塑料拉克什米女神像底下的球状钮。

"不要！"我尖叫，想制止。

太迟了。他按了钮，一股难闻的化学混合物从女神像的肚子喷出，落在我的衣裤上。

"现在，"他咧嘴而笑，发动引擎，把车再度开上临海大道，"我们再度准备好迎接生活！我们是幸运儿，对不对？"

"对，的确。"我喃喃说道，透过敞开的车窗吸一大口新鲜空气。几分钟后，我们驶近停车场，我和哈雷德约好见面的地方。"我就在这里下车，普拉布。我就在那棵大树附近下。"

他在一棵大枣椰树旁停下，我下车。为了付车资的事，我们互不相让。普拉巴克不肯收，我坚持要付。我提出妥协办法，要他收下钱，用那笔钱为他的塑料女神像买些新芳香剂。

"对哦，林巴巴！"他大叫，最终收下了钱，"这真是个好主意！我刚刚还在想，我那瓶芳香剂快用完了，那东西那么贵，我还真不想再买一加仑。这下我可以买一大瓶，新的一大瓶，可以填充我的拉克什米好几个星期，她会像新的一样！谢谢，太感谢了！"

"别客气，"我答道，忍不住大笑，"祝你们三对约会顺利。"

他把车驶离人行道，进入车阵。我听到他带着节奏猛按喇叭，向我道别，直到驶离我视线范围。哈雷德·安萨里已在五十米外、我们包租的出租车里等着。他坐在后座，两边车门打开透气。我没有迟到，他等人不会超过十五或二十分钟，但打开的车门边，地上却有十根烟屁股。我知道，每根烟屁股都是一个他踩扁的敌人、施暴的渴望、残酷的幻想，幻想终有一天他要让他所恨的人吃尽苦头。

而他恨的人太多了。他曾告诉我，塞满他脑海的暴力影像非常真实，真实到他有时也为此作呕。那股愤恨是他骨子深处的痛。那股恨意使他闭紧牙关，使他气得磨牙。每日每夜，清醒的每分每秒，那股恨意的味道都是苦的，就像他身为法塔赫组织游击队员，在崎岖不平的地面上往他第一个猎杀对象匍匐而去时，他衔在嘴里的那把变黑的小刀一样苦。

"那会要你的命，哈雷德，你知道的。"

"所以我才抽得那么凶。那又怎样，谁想永远活着？"

"我不是说烟，我是说你心里面的东西，让你一根接一根抽的东西。我是在讲你这样痛恨这个世界，会对自己造成什么伤害。有人跟我说，如果你把自己的心化为武器，你最终一定会把那武器用在自己身上。"

"兄弟，你这人不错，还会教训我。"他说，然后笑。那是虚弱的笑，难过的笑。"你一点也不像圣诞老人，林。"

"你知道吗？哈德拜跟我讲过……夏提拉的事。"

"他跟你说了什么？"

"说……你一家人死在那里。那想必让你很难受。"

"你知道了些什么？"他质问道。

那不是不客气的质问，不是咄咄逼人的质问，但那里头有太多伤害，有太多痛苦，让我无法置之不理。

"我知道在萨布拉和夏提拉发生的事，哈雷德。我一直很关心政治。那件事发生时我在逃亡，但那几个月我每天都追着新闻看。发生那样的事……叫人很心痛。"

"我曾爱上一个犹太女孩，你知道吗？"哈雷德问，我没回话，"她……漂亮、聪明，或许，我不知道，或许是我这辈子遇到最好的人。那是在纽约，我们都是学生。她父母是改革派犹太人，他们支持以色列，但反对犹太人占领那些领土。在我父亲死于以色列监狱那晚，我跟那女孩上了床。"

"你不该为了爱而自责，哈雷德。你不该为别人对你父亲所做的事而自责。"

"我当然该自责。"他说，回以虚弱、悲伤的微笑，"总之，我回国，刚好赶上十月战争，也就是以色列人所说的赎罪日战争。我们大败。我逃到突尼斯，受训。我开始战斗，不断战斗，一路打到贝鲁特。以色列人入侵时，我们在夏提拉反击。我全家都在那里，还有一些老邻居。他们，还有我们，我们全都是难民，没有其他地方可去。"

"你和其他战士一起撤离？"

"对。他们无法打败我们，因此弄出停战协议。我们离开难民营，带着武器，你知道的，表示我们没有打败仗。我们像军人一样前行，空中有一些炮火声。有些人只是因为看着我们就被杀了。那场面很奇怪，像是在游行，或某种古怪的庆祝活动，你知道吗？然后，我们一走，他们就推翻所有承诺，派长枪党进难民营，杀掉所有老弱妇孺。我所有的家人，我丢下的所有家人，没一个活命。我甚至不知道他们的遗体在哪里。他们把尸体藏了起来，因为他们知道那是战争罪行。你想……你想我该算了吗，林？"

我们在停车场，在临海大道旁边陡然高起的高地上，面朝着海，俯瞰某段昭帕提海滩。入夜后第一拨出来玩的家庭、情侣和年轻男子在下方玩射飞镖或射气球。卖冰激凌和冰冻果子露的小贩，在装饰华丽的遮阴棚里大声叫卖，像在唱歌求偶的凤鸟。

纠结在哈雷德心中的仇恨，是唯一让我们起争执的东西。在我小时候，身边有些犹太朋友。在我长大的城市墨尔本，有大批犹太人聚居，其中许多人是纳粹大屠杀的幸存者和他们的小孩。我母亲在费边社会主义圈子颇有人望，吸引了来自希腊人、华人、德国人、犹太人聚居区的左倾知识分子前来做客。我有许多朋友上过犹太学校橄榄山学院。我跟那些小孩一起长大，读一样的书，欣赏一样的电影，还有，一起朝同样的目标迈进。我的人生毁灭，陷入极度痛苦和耻辱时，只有少数人在旁支持我，而其中有几个就出自那群朋友。事实上，我逃狱后，帮我逃出澳大利亚的就是一个犹太朋友。那些朋友，我全部尊敬、欣赏、喜爱。而哈雷德恨每个以色列人，世上所有的犹太人。

"那就像是，我只因为在印度监狱里遭到某些印度人折磨，就痛恨所有印度人。"我轻声道。

"那不一样。"

"我没说一样。我想要……你知道吗？在阿瑟路监狱，他们把我吊在墙上，整我，一整就是几个小时。不久之后，我所能闻到、尝到的味道，就只有自己的血味。我能听到的就只有警棍打在我身上的声音。"

"我知道，林……"

"不，让我说完。有那么一刻，就在我受折磨时，那感觉……很古怪……好像我飘浮在自己的身体之外，往下看着自己的身体，看着他们，看着正在进行的一切。而……我出现这种古怪的感觉……这种实在很奇怪的理解……对眼前正在发生的每件事的理解。我知道他们是谁，是什么样的人，为什么这么做。我知道得一清二楚，然后我知道我有两个选择，恨他们或原谅他们。而……我不知道为什么，或不知道怎么做到的，我清楚意识到我已经原谅他们。我如果想活命，就得这样，我知道这听来可笑——"

"不会可笑。"他说，语气平淡，近乎道歉。

"如今我仍觉得那很可笑，我还没有真的……搞清楚，但那时我的确这么想。我真的原谅了他们，真的。不知为什么，我确信就是那念头帮我熬过去的。我不是说我不再生气，去你的，等我出狱，拿到枪，我肯定要把你们杀光。或者未必如此，我不知道。但重点是我真的原谅了他们，就在那时候，在受折磨的时候。我确信我如果没那么做，我如果还恨着他们，我大概撑不到哈德拜救我出去。我大概会垮掉，那仇恨大概会要我的命。"

"还是不能相提并论，林。我懂你说的，但以色列人对我所做的更残忍。总而言之，我如果被关在印度监狱，而他们像对付你那样对付我，我大概会恨印度人一辈子。大概会恨所有印度人。"

"但我不恨他们。我爱他们，我爱这国家，我爱这城市。"

"你不能说你不想报仇，林。"

"我的确想报仇，你说的没错。我多希望自己没有报仇的念头，希望自己不要那么记恨，但我做不到。我只想找一个人报仇，那个陷害我的人，而不是她的整个国家。"

"嗯，我们是不一样的人。"他平淡地说，凝视着远处离岛炼油厂的火光，"你不懂，你没办法懂。"

"我懂，哈雷德，你如果不放下仇恨，仇恨会要你的命。"

"不，林。"他答道，转过头来，透过出租车幽暗的灯光看着我。他双眼发亮，带疤的脸上挂着残破的笑。那有点像维克兰谈到莉蒂，或普拉巴克谈到帕瓦蒂时的表情。那是有些人谈到对上帝的经验时会摆出的表情。

"我的仇恨救了我。"他轻声说，但带着激动、兴奋的热情。轻柔圆润的美式元音，混合着伴有呼吸声、送气音的阿拉伯腔，那嗓音介于奥玛·沙里夫[1]和尼古拉斯·凯奇之间。换上不同时空、不同人生，哈雷德·安萨里大概会用阿拉伯语、英语朗诵诗歌，让聆听者感动得欣喜落泪。"仇恨是很顽强的东西，你知道的。仇恨是大难不死者。有好长一段时间，我不得不隐藏仇恨。一般人对付不了仇恨，他们被仇恨给吓跑。因此我把仇恨表现出来。我当了多年难民，现在仍是，而我的仇恨就像我一样，也是难民，这实在古怪。我的仇恨待在我的外头。我的家人……他们全遇害……被强暴和肢解……而我杀人……开枪杀人……我割开他们的喉咙……我的仇恨在外面活了下来。我的仇恨变得更强烈、更顽强。然后，有一天醒来，我替哈德拜工作，有钱、有权，我可以感受到那仇恨悄悄爬回我里面。如今它就在我的体内，在它该待的地方。我很高兴，我乐在其中。我需要恨，林。它比我还强，比我还勇敢。我的仇恨是我的英雄。"

他用那偏激的眼神盯着我一会儿，然后转向司机，司机正在前座打盹儿。

"Challo, bhai!（我们走，兄弟！）"他厉声说。

一分钟后，他打破沉默问我。

"你知道甘地夫人的事？"

"对，通过收音机，在利奥波德。"

"哈德拜在德里的手下知道详情，这件事的内情。就在我来跟你见面之前，他们打电话给我。她遇刺的事，错综复杂。"

"是吗？"我答道，仍在想哈雷德的仇恨之歌。我其实不是很在意甘地夫人遇刺的详情，但我很高兴他转移话题。

"早上九点，今天早上，在她的住处，总理官邸，她往下走到警卫

---

[1] 奥玛·沙里夫（Omar Sharif, 1932年4月10日—2015年7月10日），埃及男演员，以出演《阿拉伯的劳伦斯》中的阿里王子著名，获得第60届威尼斯国际电影节终身成就金狮奖，第29届法国电影凯撒奖最佳男演员奖。

大门。你知道吗？她双手合十，跟大门口的两名锡克护卫打招呼。她认得那两个人。他们会在那里执勤，完全是出自她的坚持。经过金庙事件，经过'蓝星行动'，别人劝她不要让锡克人进入她的护卫小组。但她不听，因为她不相信她忠心耿耿的锡克护卫会背叛她。她根本没搞清楚，她下令军方攻击金庙时，已在锡克人心中种下多大的仇恨。总而言之，她双手合十，向他们微笑，说了句"Namaste（有礼了）"。其中一名护卫拔出配备的左轮手枪，点三八左轮手枪，开了三枪，打中她的肚子，下腹部。她倒在步道上。另一名警卫把斯特恩式轻机枪对准她，打光整个弹匣。三十发。斯特恩是老式枪支，但近距离射击的威力还是很大。至少七发打中她腹部，三发打中她胸部，一发打穿她心脏。"

我们坐在行进的车里，沉默了一会儿。我先开口。

"那么，你觉得货币市场会有什么反应？"

"我想会有利于生意。"他不带感情地说，"只要接班人明确，眼前就有拉吉夫·甘地接班，刺杀案向来有利于生意。"

"但会有暴动，已经有人在谈结伙追捕锡克人的事。来这里的路上，我看到一场反政府示威。"

"对，我也看到了。"他说，转头面对我。他的眼球是深色的，接近全黑，眼神里闪现无比执拗的暴烈。"尽管如此，那仍对生意有利。暴动越多，死的人越多，对美元的需求就越大。我们明天就把汇率提高。"

"道路可能被堵住了。如果有示威游行或暴动，可能不容易到处走动。"

"我会到你那儿接你，七点钟，然后直接到拉朱拜家。"他说。拉朱拜家在要塞区，是帮派黑钱的会计室，拉朱拜则是会计室的头。"他们不会拦住我，我的车会开过去。你现在在忙什么？"

"现在，我们收完钱之后？"

"对，你有没有空？"

"当然有，你要我做什么？"

"中途我先下车，你继续坐出租车，一个个去找那些人，告诉他们明天一早到拉朱拜家。"他说，靠着椅背休息，脸和身体垮了下来，疲累、沮丧地叹了口气，"尽可能找，通知越多人越好。形势如果真的变坏，我们会需要用到所有人。"

"好的，我会去处理。你该睡个觉，哈雷德。你看起来很累。"

"我想我会睡个觉，"他微笑，"接下来一两天可没有多少时间睡觉。"

他闭上眼睛一会儿，让头垂下，随着车身左右摇晃，然后突然醒来，坐得直挺挺的，闻闻身边的空气。

"嘿，这是什么鸟味道，老哥？是某种刮胡水或什么东西？我被催泪瓦斯喷过，那味道都比这个好闻！"

"别问。"我答，咬紧牙关忍住笑，擦擦普拉巴克在我衬衫胸前喷上的芳香剂痕迹。哈雷德大笑，转头看着夜色与大海交接处没有星星的漆黑夜空。

命运早晚会使我们和某些人相遇，一个接一个，而那些人让我们知道我们可以让自己，以及不该让自己成为什么样的人。我们早晚会碰上醉鬼、废物、背叛者、冷酷无情者、满腔仇恨者。当然，命运会作弊，因为我们常会不知不觉爱上或同情那些人，几乎是他们全部。而你无法鄙视你发自内心同情的人，无法避开你发自肺腑爱的人。我坐在哈雷德旁边，坐在载我们去干不法勾当的出租车里，周遭一片漆黑。我坐在他旁边，五颜六色的阴影纷纷流过。我爱他的率直和强韧，同情那欺骗他、让他软弱的仇恨。他的脸时而映上占满车窗的夜色，那是摆脱不掉命运摆布的脸，那是充满光彩的脸，一如画作中那些注定难逃劫数、头顶却带有光环的圣徒的脸。

第二十三章

"在这世上，不管你走到哪里，在什么社会，只要扯上司法问题，都是一样。"阿布德尔·哈德汗大人，我的帮派老大和我的义父，在我为他工作六个月之后，如此告诉我，"我们的律法、调查、起诉、惩罚，都锁定在你的不义中有多少罪行，而非你的罪行中有多少不义。"

那时我们人在萨松码头区，坐在高朋满座的索拉布餐厅里。那里蒸气弥漫，香味扑鼻。孟买市有五千家餐厅，每家都想在香料米饼卷上拔得头筹，而在许多人心目中，索拉布餐厅的米饼卷最好吃。尽管食物受到肯定——或者正因为如此，这餐厅才这么拥挤，但它却没什么响亮的名气，它的名字从不曾出现在任何旅游指南或报纸的美食专栏上。这是工人的餐厅，从早到晚，店里座无虚席，满满的都是真心喜欢这里、把它当成私家厨房的男女工人。因此，店里的饭菜便宜，装潢简单，只求实用，但打扫得一尘不染。那一大片美不胜收的薄脆米饼，由马不停蹄的服务员咻的一声送到客人桌上，里头蕴藏了最美味的混合香料，这城市其他地方的任何一道菜都比不上。

我们用餐时，他继续说："而我认为，反过来讲才对。我认为，最重要的是罪行里有多少不义。你刚刚问我为什么不搞娼妓、毒品赚钱，联合会其他人也这么问。我告诉你，原因是这些罪行里的不义。因为这缘故，我不愿卖小孩、女人、色情刊物或毒品。因为这缘故，我不让这些行业在我的任何地盘里出现。这些罪行非常不道德，若要靠这些赚钱，就要放弃灵魂。而人如果放弃灵魂，如果成了没有灵魂的人，要再取回，除非奇迹出现，否则根本不可能。"

"你相信奇迹？"

"当然相信。在我们内心深处，我们都相信奇迹。"

"很抱歉，我不相信。"我说，面带微笑。

"我认为你一定相信。"他坚持，"例如，你被人救出阿瑟路监狱，你难道不认为那是奇迹？"

"我得承认，那时我的确觉得那像是奇迹。"

"你在你的祖国澳大利亚逃出监狱，那不也是场奇迹？"他轻声问。

那是他第一次提到我逃狱的事。毋庸置疑，他当然知道那事，这件事一定在他脑海里转过许多次。但当着我的面提及这事，他等于是在告诉我，阿瑟路监狱营救一事的真正本质。他在点明，他把我救出两座监狱，一座在印度，一座在澳大利亚，而我欠他两份人情。

"没错，"我答道，语调缓慢但平稳，"我想，那称得上奇迹。"

"如果你不反对，也就是说，如果你不会为此觉得难受，我希望你告诉我，你在澳大利亚逃狱的事。我不妨告诉你，基于非常个人的理由，我对那件事很有兴趣，而且我很佩服。"

"我不介意谈谈。"我答，迎上他盯来的目光，"你想知道什么？"

"你为什么逃狱？"

在这之前，没人问过我这个问题。在澳大利亚和新西兰，有人问过我逃狱的事。他们想知道我如何逃出监狱，逃亡时怎么过日子。只有哈德拜问我为什么逃狱。

"那监狱有个惩戒队，而那单位的狱警，虽不是全部，但有不少人丧心病狂。他们痛恨我们。他们恨因犯，恨成了变态。为什么会这样，我不知道，我无法解释。那时候，情况就是这样，他们几乎每晚都折磨我们。而我反击了，我不得不反击。我想，那是我的本性，我就是这样的人。我不是那种逆来顺受而不反击的人。当然，那只会让我的处境更糟。我……呃，他们开始整我，整得……很惨。我在惩戒队只待了一小段时间。但我的刑期很长，我知道他们迟早会找到理由再把我押进去，或我迟早会蠢得给他们理由这么做。那不难，真的。我想，他们会再把我弄进那里，他们会再按着我，会再折磨我，而我会再反抗，然后，他们大概会要我的命。因此……我逃掉了。"

"你怎么逃的？"

"最后一次挨打之后，我让他们以为我的斗志已经被打垮。于是，他们指派给我只有挨过打的人才准做的事——到监狱前的围墙附近，负责推手推车、修理东西。时机成熟时，我就逃了。"

他专心听我讲这段经历。我边讲，我们边吃。哈德拜从未打断我的话。他从头到尾看着我，眼里微笑的光芒反映着我眼里的火光。他似乎既喜欢这故事内容，也喜欢听我说这故事。

"另一个是谁？跟你一起逃出去的那个人。"

"另一个人因为杀人而入监。他是个好人，心肠很好。"

"但你们没在一起？"

"没有。"我答道，目光首次移离哈德拜的眼睛。我望向餐厅门口，看着街上川流不息的人潮一波波地移动。我该怎么解释，出狱后我为什么丢下那个朋友，自己走开？我自己都几乎搞不清楚原因。我决定把来龙去脉如实告诉他，让他推敲其中原委。

"最初，我们投靠一个非法的摩托车团伙，摩托车骑士组成的帮派。摩托车帮的老大有个弟弟在牢里。那是个很有种的年轻人，大约在我逃狱的一年前，他惹恼了一个很危险的家伙，但他什么都没做，就只是因为很有种。我卷了进去，救了那小伙子一命。那小伙子知道这事之后，告诉他哥。他哥哥，也就是那个摩托车帮的老大，叫人传话给我，说他欠我一份人情。我逃出狱后，跑去投靠那个老大和他的帮派，带着我那个朋友。他们给我们枪、毒品和钱。在前十三天，警方不分白天晚上在城市四处搜捕我们时，他们保护我们，为我们提供藏身之处。"

我停下，用豌豆粉饼的一角抹剩下的食物。哈德拜吃掉他盘中最后的食物。我们使劲嚼，看着彼此，眼中都闪烁着念头和疑问。

"逃狱后的第十三个晚上，我仍藏身在那个摩托车帮，突然很想去看看教过我的一个人。"我继续说道，"他是个哲学讲师，在我城市里的某个大学任教，是个犹太知识分子，很聪明的人，在我成长的那座城市里很受尊敬。尽管他如此聪明，但我至今仍搞不清楚我为什么要去找他。我说不上来，我实在不懂，至今仍是。我只是觉得该找他谈谈。那感觉非常强烈，我无法抗拒。于是我冒着生命危险，到城市的另一头见他。他说他早料到我会来，已等候我多时。他告诉我，我第一件要做的事，就是丢掉枪。他想说服我，我并不需要枪，若不丢掉枪，终会惹祸上身。他劝我不要再犯持枪抢劫的罪，永远不要再犯。他说我已为自己所犯的罪付出应付的代价，如果我再犯同样的罪，我会丢掉性命或立刻被捕。他说，不管我为了保住自由而不得不做什么，都绝不要重蹈覆辙。他劝我离开那个朋友，因为他深信那个人会被捕，而我如果跟他在一块，也会被捕。他劝我到世界各地走走。把人们需要知道的事全告诉他们，他说。我记得他说这句话时面带微笑，好像那是再简单不过的事。还有，找人帮忙，他说。你会没事的……你放心……你的一生是场大冒险……"

我停了下来，再次陷入沉默。一名服务员走近桌子，想清走我们的空盘，但哈德拜挥手要他走开。眼前这个帮派老大盯着我瞧，金黄色的眼睛定住不动，但那是充满同情与鼓励的凝视。

"我离开他的办公室，那位哲学讲师在大学的办公室，而我知道，经过那番简单的谈话，一切全变了。我回去摩托车帮，回去见我那朋友。我把我的枪给他，告诉他我得离开。我一个人离开。六个月后，在一场警匪枪战之后，他被捕了。我至今仍是自由之身。当你受通缉而无处可去时，自由是你最看重的东西。就这样，现在你全知道了。"

"我想见见那个人，"哈德拜慢慢说，"那个哲学讲师，他给你睿智的忠告。但我知道澳大利亚是很不一样的国家，和印度不一样，告诉我，你为什么不回去那里，把你在狱中所受的折磨告诉有关当局？这不会让你得到安全，让你恢复原有的生活，回到家人身边吗？"

"在我那个国家，我们不告任何人的密，"我答，"就连折磨我们的人也一样。即使我真那么做了，即使我真的回去，以控方证人的身份出庭，做证指控那些折磨囚犯的坏蛋，也不表示那种恶行会销声匿迹。制度会照顾他们。凡是有点脑子的人，都不会相信英国的司法制度。你上次听到有钱人听凭法庭裁夺是什么时候？没有这种事。那制度会照顾那些折磨囚犯的人，不管他们做了什么，不管证据多么确凿，司法都奈何不了他们。而我会再度被打入牢里，再度落在他们手中。他们会狠狠地修理我。我想……我想他们会在那里，在惩戒队，把我活活踢死。总而言之，那是行不通的。我们不告别人的密。我们不告发别人，不为任何理由而告发别人。那是原则问题。那大概是我们被关在牢里时唯一还保持的原则。"

"但你想，那些狱警是不是还在折磨那座监狱的其他囚犯，就像他们折磨你那样？"他进一步追问。

"对，我想是。"

"那你是不是有能力在这方面做点什么，让他们少受苦？"

"我或许有，也或许没有。就像我说过的，我不认为那套制度会立刻将他们绳之以法，或立刻挺身保护我们。"

"但不是有机会，有那么一点机会，他们会相信你的话，让其他犯人不再受到折磨吗？"

"是有机会，但我想机会不大。"

"但还是有机会？"他坚持。

"没错。"我说，语气平淡。

"所以，可以说，在某个方面来讲，你该为其他犯人受苦负责？"

这问题很不客气，但他的语气十足温和、同情。我凝视他的眼睛，确信他没有恶意或伤害之意。毕竟把我救出印度监狱的，把我间接救出我们正在讨论的那座澳大利亚监狱的，是哈德拜。

"你可以这么说，"我心平气和地回答，"但那改变不了那个原则。不告发别人，不为任何理由告发别人。"

"我不是要设陷阱套住你或耍你，林。但我想，根据这个例子，你会同意，人有可能基于正当理由而做了错事。"他面带微笑，从我开始讲逃狱故事以来，第一次笑，"下一次，我们会再谈到这问题。我用这方式提起，是因为这关系到我们实际上如何做人处事和我们应该如何做人处事。眼前没有必要谈，但我确信，下一次讨论时我们会再谈到这问题，因此我希望你记住。"

"那货币买卖呢？"我抓住机会把话题从我身上带开，再度回到他道德世界的法则上，"货币买卖不也属于你说的那种十足不义的犯罪行为吗？"

"不是，货币买卖不是。"他说，语气坚定。他的嗓音低沉，话语从膈往上进入胸腔，通过他像宝石抛光机般隆隆作响的喉咙。即使谈的是他最有赚头的犯罪活动，他说话的语气也带着虚伪的虔诚，像正在念《古兰经》的讲道者。

"那黄金走私？"

"不是，黄金不是。护照不是。势力不是。"

势力是哈德拜的委婉说法，指的是他的帮派与帮派赖以壮大兴旺的社会之间的全部互动。那些互动从贿赂开始，从内线交易到抢到油水很多的招标等各种贪腐行为。贿赂不成时，哈德拜的势力会扩及收债和索取保护费的勾当，锁定他地盘里的商家。他的势力还包括通过武力或勒索，恐吓行政、立法领域的顽抗分子。

"那你如何决定每个罪行有多么不义？谁来判定？"

"不义是'邪恶'的测量单位。"他答,向我靠过来,让服务员清走他的盘子和桌上的残渣。

"好。那你如何决定每个犯罪活动有多邪恶?谁来判定那邪恶的程度?"

"如果你真想了解善与恶,我们去走走,继续谈。"

他起身,纳吉尔也立即起身,像是他的影子一样,跟着他走到餐厅后墙凹进去的小角落,那里有洗手槽、水龙头、镜子。他们洗脸洗手,清嗓子,把痰大声吐进洗手槽,和这餐厅里其他每个用完餐的人一样。我洗完手脸,清嗓,吐完痰,发现哈德拜在餐厅外的人行道上,正在跟索拉布餐厅的老板聊天。他们分手时,老板拥抱哈德拜,请他赐福。那人是印度教徒,额头上带有几小时前他才在寺庙里得到的赐福标记。但哈德拜握住那人的双手,轻声念着伊斯兰教的赐福语时,那虔诚的印度教徒显得既高兴又感激。

哈德拜和我漫步走回科拉巴。身材粗壮、长得像人猿的纳吉尔,走在我们身后约一米处,绷着脸。在萨松码头,我们越过马路,穿过旧造船厂那儿的拱门。

在太阳下晾干的明虾堆成粉红小丘,气味叫我作呕。但我们一看到海,那恶臭就消失在强劲的海风里。在更靠近码头处,我们穿过一群群人,男的推手推车,女的头上顶着篓子,手推车和篓子里都有碎冰和沉重的打鱼收获。制冰厂和加工处理厂卖力运转,哐当作响,还有拍卖商和售货员尖锐的叫声。

码头边缘有二十艘木造大渔船,全按照同样的设计图建造,而这样的船只,在印度马哈拉施特拉沿岸的阿拉伯海上航行,已有五百年历史。在那些木船之间,处处可以见到更大、造价更高的铁壳船。生锈丑陋的铁壳船身和优美的木船并肩停靠,两者间的对比诉说了一段历史、一段现代传奇,以及一段世界史,述说着海上生活这项浪漫行业,已经转变成奸商的冷酷、对获利的贪得无厌及追求时效。

我们坐在木椅上，在安静而有遮阴的码头一角，渔民有时会到这里休息、用餐。哈德拜望着那些停泊的船，船只随着潮水的拍打而漂移、上下摇晃。

他的短发和髭须几乎全白。瘦削的脸部，皮肤紧绷而毫无瑕疵，晒成被太阳催熟的小麦色。我望着他的脸，他修长的鼻子、宽大的额头、往上翘的嘴唇，心想，我对他的爱是否会送掉我的命。这不是我第一次，也不是最后一次这么想。随时保持警醒的纳吉尔站在我们附近，扫视着码头。威吓的表情宣示了他在这世上什么都不在乎，只听坐在我旁边那人的话。

"宇宙的历史就是段运动史。"哈德拜开口，仍望着那些船。那些船一起上下摇晃，像群套着缰绳的马。

"就像大家都知道的，这个宇宙处于它多次生命的其中一次，它始于一场扩张，而那场扩张规模之大、速度之快，教我们只能谈论它，却无法真正地理解它，甚至是想象它。科学家称那场大扩张为大爆炸，但其实并没有炸弹那种爆炸，或这一类的事发生。大扩张后的头几个片刻，阿秒（十的负十八次方秒）的头几分之一，宇宙像是由简单小东西做成的浓汤。那些小东西简单到甚至连原子都称不上。随着宇宙扩张、冷却，那些非常微小的小东西聚合成为粒子，粒子聚合成为最早的原子，原子聚合成为分子，然后分子聚合成为最早的恒星。那些最早的恒星走过自己的生命周期，最后爆炸，撒开成为众多新原子。那些新原子聚合，形成更多恒星和行星。用来创造我们的东西，全来自那些死的恒星。我们都是由星星造成的，你和我都是。到目前为止，你同意我的说法吗？"

"当然，"我微笑，"我不知道你接下来要说什么，但到目前为止都还好。"

"的确！"他大笑，"到目前为止都还好。你可以去查证我说的是否符合科学，事实上，我希望你去查证我所说的每件事和从其他人身上学到的每样东西。但我确信，科学在我们所知的范围内是正确的。我跟一个年轻物理学家学这些东西已有一段时间，目前还在学，我所说的基本上没有错。"

"我很乐于相信你所说的。"我说。而且我心情愉快，只因为有他为伴，因为他的专注。

"接下来，回到主题。那些东西，那些过程，那些聚合动作，没有一个是随意发生的。宇宙有种与生俱来的本质，这本质和它的作用与人的本性有点类似——如果你想这么说的话。宇宙的本质就是去结合、去建构、去变得更复杂。它一直都是这样。条件对的话，微小的东西总会聚合，成为更复杂的东西。我们宇宙运行的方式，这整理的过程，这些井然有序的东西结合的过程，都有个名字。西方科学称之为复杂化倾向，宇宙就是用这方式在运行。"

三名身穿缠腰布和无袖汗衫的渔民，怯生生地走近我们。其中一人提着两个铁丝篓，里面有几杯水和热茶；另一个人捧着一只盘子，盘里有几颗拉杜圆球甜点；最后一个用大手掌捧着一支水烟筒和两球大麻胶。

"要不要喝茶，先生？"其中一人用印地语客气地问，"要不要跟我们一起抽？"

哈德拜微笑，轻轻摆头表示同意。那些人快步上前，把茶递给哈德拜、纳吉尔和我。他们在我们前面蹲下，拿好水烟筒。哈德拜享有点燃烟筒的礼遇。我第二个抽。大家轮流抽了两口，最后一个人抽时，边吐出蓝烟，边说出"Kalaass（结束）"这个字，然后把水烟筒上的残渣倒干净。

哈德拜继续用英语跟我讲话。我确信那些人听不懂他讲的话，但仍留心、专注地看着他的脸。

"接续刚刚的论点，就如我们对宇宙的认识，以及从宇宙那儿学来的所有知识，它从诞生之后，无时无刻不在变得更复杂，至今依然如此。它这么做，是因为那是它的本质。复杂化倾向已经让宇宙从几乎是彻底的简单，变成我们在周遭及每个地方所看到的那种复杂。宇宙时时刻刻如此，时时刻刻在由简单变得复杂。"

"我想我知道你要说什么。"

哈德拜大笑。那些渔民跟着大笑。

他继续说："宇宙，我们所知的那个宇宙，从几乎绝对的简单开始，大约一百五十亿年以来，它无时无刻不在变得更复杂。再过十亿年，它会比现在更复杂。未来五十亿年，未来一百亿年，它只会变得更复杂。它正朝着……某种状态移动。它正朝着某种终极的复杂移动。我们未必能到达那种状态。氢原子未必能到达那种状态，叶子、人或行星，未必能到达那种状态，那种终极复杂的状态。但我们全都朝着那种状态移动，宇宙万物全都正朝着那状态移动。而那最终的复杂状态，我们全都朝着它移动的那种状态，就是我称为'上帝'的东西。你如果不喜欢'上帝'这字眼，不妨称它为'终极复杂'。不管你怎么称呼它，整个宇宙都正朝着它移动。"

"宇宙活动远比那还要随意吧？"我问，我了解他论点的走向，想要转移开来，"那巨型小行星之类的呢？一颗巨型小行星能把我们，我是说我们的行星，砸得粉碎。事实上，经统计学分析，重大撞击不无可能。而我们的太阳如果步入死亡，它终有一天会死，那不就和复杂背道而驰？如果我们这复杂的行星被砸碎成无数原子，如果我们的太阳死掉，那个趋向复杂的说法还站得住脚吗？"

"问得好。"哈德拜答。他开心地微笑，露出乳白的牙齿，齿间带有小缝。这场讨论让他很高兴，而我也明白，我从没看过他这么带劲或这么热情。他的双手在我们两人之间挥舞，来说明某些观点，强调其他观点。"没错，我们的行星可能会被砸碎，终有一天，我们美丽的太阳会死去。而我们，穷尽我们所知，是在宇宙的这一小小区域里，在复杂度上最为极致的展现。如果我们灭绝，那无疑会是重大的损失，在所有的发展中，那会是非常大的损失。但那过程会继续下去。我们本身就说明了那过程。我们的肉体是在我们诞生之前死去的太阳和其他行星的后代，它们的死造就了制造出我们的原子。我们如果遭遇小行星摧毁，或自取灭亡，那么，我们的复杂度，那具有意识、能够理解那过程的复杂度，会在这宇宙的某个地方重现。我不是说会出现跟我们一模一样的人。我是说有思考能力的生物，像我们一样复杂的生物，会在这宇宙的别的地方发展出来。我们将在这宇宙消失，但那过程会继续下去。或许，就在我们聊天的时候，那正在无数世界里发生。事实上，很有可能，那正在这宇宙的各地发生，因为那是这宇宙的本色。"

换我大笑。

"很好，很好。你想说，我来猜猜看，你想说，凡是有助于这件事发展的东西，都是善的，对不对？凡是朝反方向运行的东西，按照你的解释，就是恶的，na？"

哈德拜全神贯注地看着我，一边眉毛扬起，不知是惊喜或不以为然，还是两者都有。那表情我在卡拉脸上看到过不止一次。他可能觉得我略带嘲笑的语气很没礼貌。我没有那样的意思。事实上，我只是在防卫，因为我在他的说辞里找不到破绽，而我深深佩服他的论点。或许他纯粹是惊讶。后来过了很久，他告诉我，他欣赏我的地方之一，就是我不怕他。我的无所畏惧带着放肆和愚蠢，常让他吃惊。不管他是为何而微笑、而蹙眉，他停顿了一会儿，然后继续说。

"基本上，你说的没错。凡是促进、推动或加速那往终极复杂移动的东西，都是善的。"他说，一个字一个字说得很慢，他那么字斟句酌，我确信这些话他一定已说过许多次，"凡是抑制、妨碍或阻止那往终极复杂移动的东西，都是恶的。这一关于善与恶定义的绝妙之处，在于它既客观，也放诸四海而皆准。"

"世上真有客观的东西？"我问，自认为终于站在更站得住脚的地方。

"当我们说这一善与恶的定义是客观的，意思是说，它就像这一刻我们所能达到的客观那么客观，且是在我们对宇宙所知的范围内。这一定义，建立在我们对宇宙运行方式的理解上，而非建立在任何信仰或政治运动所显示的见解上。对所有信仰或政治运动的最高信条而言，那定义很普通，但那是建立在我们所知道的东西，而非我们所信仰的东西上。我们对宇宙的理解，还有我们在宇宙中的位置，当然正随着我们得到新知识、新洞见而不断在改变。我们从未在任何事物上达到绝对的客观，这毋庸置疑，但我们有能力较不客观，也有能力更客观。我们以所知的东西为基础，以当下我们的全部所知来界定善与恶时，我们是在自己理解能力的缺陷及限制内竭尽可能地客观。你同意这点吗？"

"你说客观不代表绝对的客观时，我同意。但不同的宗教如何能找出一个广为大家所接受的定义，更别提这世上还有那些无神论者、不可知论者，还有像我一样一头雾水的人？我无意侮辱你，如果你懂我意思的话，我认为大部分有宗教信仰的人，都过度沉溺在自己的上帝与天堂给予他们的利益上，所以根本无法在哪一点上达成共识。"

"很有道理，我没有不高兴。"哈德拜若有所思地说，瞥了一眼坐在他脚边的三名沉默渔民。他跟他们互换了开朗的微笑，然后继续说："我们说那个善与恶的定义是放诸四海而皆准时，意思是说，任何理性且理智的人，也就是任何理性且理智的印度教徒或穆斯林或佛教徒或基督教徒或犹太教徒或任何无神论者，都能同意那是合理的善与恶的定义，因为那是建立在我们对宇宙运行方式的理解上。"

"我想我懂你所说的。"他陷入沉默时，我主动说道，"但说到宇宙的……我想是宇宙的物理学时，我就不是很赞同你的说法。我们为何该把那个当成我们的道德基础？"

"林，我来打个比方，你或许会比较清楚。我要拿我们测量长度的方式来做模拟，因为那对我们的时代非常重要。我想，你会同意，我们有必要定出一个共同的长度测量单位，是不是？"

“你是说码和米之类的？”

“没错。如果没有共同认可的长度测量单位，你的土地有多大，我的土地有多大，或建房子时该切割多长的木材，就永远各说各话。到时将会乱成一团，人会为了土地而打架，房子会倒塌。综观整个历史，我们一直想要在长度测量方式上达成共识。在这一小段心智旅程上，你是否同样同意我的看法？”

“仍然同意。”我回答，大笑，纳闷这位帮派老大的论点是想让我了解什么。

“好，法国大革命后，科学家和政府官员决定整顿度量衡，于是根据他们称之为‘metre（米）’的长度单位，推出十进制。而‘metre’这个字源自希腊文‘metron’，意思是计量单位。”

“对……”

“最初，他们定一米的长度时，决定那是赤道到北极的距离的一千万分之一。但他们是根据地球是完美球体的观点算出那距离的，而地球，就如今天每个人都知道的，不是个完美球体。因此，后来他们不得不放弃这个测定一米长度的方式，转而决定把一根铂铱合金棒上两端刻线间的距离定为一米。”

“铂……”

“铱。没错。尽管铂铱合金棒非常硬，却会非常缓慢地衰败、缩小，这个测量单位因此不断在变。直到最近，科学家了解到，他们用来当作测量单位的铂铱棒，再比如，一千年后，尺寸会和今日大不相同。”

“那……问题就来了？”

“对屋子、桥梁的建造，那不构成问题。”哈德拜说，把我的提问看得比我提问的本意还要认真。

“问题出在那对科学家而言完全不够精准。”我主动表示，语气更为严肃。

498

"不是这样。他们想要一个永远不会变的标准，用来测量其他所有东西。使用不同技术，再尝试数次之后，一米的国际标准单位才终于在去年定下，就是光子在大约三十万分之一秒的时间内，在真空中移动的距离。这下当然引来一个问题：要如何得出众所公认作为时间测量单位的秒？这故事同样引人入胜，如果你想听，我可以告诉你，然后我们再来继续谈有关米的事？"

"我想……现在还是继续谈米比较好。"我迟疑地说，忍不住再度大笑。

"很好。我想，你看出我话里的重点了，我们针对长度单位的测量，制定一个众所公认的标准，让盖房子、分割土地这一类的事不至于一团乱。我们称那个长度单位为一米，经过多次尝试之后，我们采用一种方法来定那个基本单位的长度。同样地，我们也可以针对道德单位的测量来制定一个众所公认的标准，好让人类事务的领域不至于一团乱。"

"我同意你的话。"

"现在，我们界定道德单位的方法，大部分的目的很像，但细节有所不同。因此，某国的神父在他们的士兵上战场时祝福他们，而另一国家的伊玛目，也在自己的士兵上战场跟前者交战时祝福他们。卷入杀戮的每个人，都称神站在自己那一边。没有客观、放诸四海而皆准的善恶定义。在这样的定义问世之前，我们会继续合理化自己的行径，同时谴责他人的作为。"

"你把宇宙物理学当成类似铂铱棒的东西？"

"嗯，我的确认为我们的定义，在精确度上，比较接近光子一秒的测量单位，而不是铂铱棒，但观点基本上正确。我认为，当我们想找个评量善与恶的客观方法，一个所有人都认为合理而予以接受的方法时，最好的办法就是研究宇宙运行的方式，还有宇宙的本质，那用来界定整个宇宙史的特质，也就是它不断地日趋复杂的事实。最好的办法就是利用宇宙本身的特质。各大宗教的所有圣典，都告诉我们要这么做。例如，《古兰经》常告诉我们，指示我们，要研究行星和恒星，以找出真理和意义。"

"我仍然得问这么一个问题，为什么要用这个关于日趋复杂的事实，而不用其他事实？那会不会仍流于独断？选择用什么样的事实作为道德的基础，在这一点上会不会仍是选择的问题？我无意装笨，但我真的认为那似乎还是相当独断。"

"我懂你的疑虑。"哈德拜微笑，抬头望向海天相连处片刻，"刚开始走上这条路时，我也非常怀疑。但现在我深信，眼前没有更好的办法去思考善与恶。这不是在说那永远会是最好的定义。关于米的测量，未来也会有另一种测量方法，稍微好一点的测量方法。事实上，目前最好的定义是使用光子在真空中移动的距离，仿佛在真空中不会发生任何事，但我们知道，各种事都正在真空中发生。一直以来都有许许多多反应在真空中发生。我确信，关于米的测定，未来会有更好的方法问世。但眼前，那是我们手中最好的方法。而就道德来说，日趋复杂这一事实——整个宇宙一直在变得更复杂，一直都这样——是我们手中用来客观评量善、恶的最佳办法。我们运用那事实，而不用其他事实，因为它是宇宙里最大的事实。它是整个宇宙史里唯一涵盖整个宇宙的事实。你如果可以指点我一个更好的办法去客观评量善与恶，去将所有有信仰者、所有无信仰者、整个宇宙的全部历史都涵盖在内，我会非常、非常乐于洗耳恭听。"

"好，好，所以宇宙正朝上帝移动，或者朝终极复杂移动。凡是有助于它这样移动的，都是善的。凡是阻止它这样移动的，都是恶的。但谁来判定恶这个问题，我仍然不解。我们如何知道？如何判定我们所做的事会有助我们抵达那里，还是阻止我们前进到那里？"

"问得好。"哈德拜说，站起身，抹平他宽松亚麻长裤和及膝白色棉衫上的皱褶，"事实上应该说，问得对。而在适当的时机，我会给你一个好答案。"

他转身背对我，面朝那三个渔民。那三人已跟着他站起来，正专注等待。一时之间，我扬扬自得，以为他已被我的问题难倒。但看着他与那三名赤脚渔民讲话，那份自大的希望随之破灭。哈德拜的每句话都说得那么有把握，那么坚定、不容置疑地笃定，使他即使一动不动、一语不发，都流露出自信和沉稳。我知道我的问题已有了答案。我知道，当他觉得时机对了，他会告诉我答案。

我站在他附近，偷听他谈话。他问他们有没有不满，码头上有没有欺凌穷人的事。他们答没有，他便同时问起他们有什么工作可做，问工作是否平均分配给最有需要的人。渔民的答复同样让他安心，然后他问起他们的家庭和小孩，最后谈到萨松码头捕鱼船队上的工作。他们告诉他如山一般高的暴风雨大浪、不堪一击的船只、在海上交到及失去的朋友。他告诉他们，他有一次，也是唯一一次在狂风暴雨中搭着木质长渔船，航行在深海海域上。他告诉他们，他把自己牢牢绑在船上，不停地祈祷，直到见到陆地。他们大笑，然后他们想触摸他的脚，好恭恭敬敬地告别，但他一一抓住他们的双肩，将他们扶起，握手告别。他转身离开时，他们抬头挺胸走开。

"你跟哈雷德工作得如何？"我们往回走，穿过码头时，哈德拜问我。

"很好。我喜欢他，喜欢跟他一起工作。要不是你叫我去跟马基德一起工作，我还会跟他在一块。"

"做得怎么样？跟马基德？"

我陷入迟疑。卡拉曾说，男人别过头去时，暴露内心的想法；迟疑时，暴露内心的感受。她还说，若是女人，情形就正好相反。

"我正在学我该知道的东西。他很会教。"

"但……你和哈雷德·安萨里的私交更好，是不是？"

没错。哈雷德脾气坏，内心有一部分始终充满仇恨，但我喜欢他。马基德待我亲切、有耐心、宽厚，但他给我的感觉，就只是隐隐的、带着不祥的不自在。我在黑市货币交易这一行待了四个月，然后哈德拜认为我该学学黄金走私，于是派我去跟马基德·鲁斯腾学习。他住在朱胡区，与有钱的上流人士为邻。我在他那可以俯瞰大海的房子里，学到了黄金走私进入印度的许多方法。哈雷德的贪婪、管制理论，也适用于黄金买卖。政府严格管制黄金进口，反倒令印度人生出对黄金永不满足的需求。

马基德一头灰发，掌管哈德拜那庞大的黄金进口生意，且经营这生意已将近十年。他孜孜不倦，把他认为我该知道有关黄金和走私方法的所有知识传授给我。他灰色浓眉底下的深色眼睛在上课时不停盯着我。他底下有大群狠角色供他差遣，情况需要时，他可能对他们很无情，但他阴冷的双眼却总是只投给我和善的眼神。不过，我对他的感觉，仍只有那不祥的不安。每次上完课离开他家，我有如释重负之感，那股感觉将他的声音和脸庞从我脑海里冲掉，就像水冲掉我手上的脏污。

"没有，没有什么私交。但就像我所说的，他是个好老师。"

"林巴巴，"哈德拜说，用低沉的声音说出那些贫民窟居民对我的称呼，"我喜欢你这个人。"

我激动得脸红，仿佛我的亲生父亲跟我说了那几个字。而我父亲从来没说过。那简单寥寥数语所拥有的力量，哈德拜支配我的那股力量，使我领悟到，他已如何巧妙而又彻底地填补了我生命中父亲的角色。在我幽微的内心最深处，当年的那个小男孩正企盼哈德拜当他的父亲，他真正的父亲。

"塔里克还好吧？"我问他。

"塔里克很好，Nushkur' Allah（托真主的福）。"

"我想念他，这个孩子了不起。"我说。在想念他的同时，我想念自己的女儿，想念我的家人、我的朋友。

"他也想念你。"哈德拜慢慢说，语气里似乎带着懊悔，"告诉我，林，你想要什么？你为什么在这里？你在这里，在孟买，真正想要的是什么？"

　　我们正走近他的车子。双腿短粗的纳吉尔先跑上前开车门，发动引擎。哈德拜和我站着，靠得很近，凝视着对方。

　　"我想要自由。"我说。

　　"但你现在是自由的。"他答。

　　"还不算是。"

　　"你是说澳大利亚的事？"

　　"没错。不只那个，但那个占大部分。"

　　"放心，"他说，"在孟买，你绝不会受到伤害，我跟你保证。只要你脖子上挂着印有我名字的牌子，只要你替我工作，绝不会受到任何伤害。你在这里很安全，安拉保佑！"

　　他握住我的双手，喃喃念着赐福语，一如他对索拉布餐厅老板所做的那样。我陪他走到车旁，看他弯腰坐进去。有人在附近肮脏的墙上写上萨普娜这名字。颜料还很鲜艳，不会超过一星期。哈德拜注意到了，但没有任何表示。纳吉尔重重关上车门，跑到车子另一头。

　　"下个星期，我要你跟我朋友迦尼学护照的事。"哈德拜说。纳吉尔加快转速，等指示开走。"我想你会觉得护照这一行很有意思。"

　　纳吉尔驱动车子驶离时，哈德拜正对我微笑，但在我脑海里停留最久的，是他身后纳吉尔的怒容。他似乎痛恨我，我迟早得跟他做个了结。从我有多期盼跟他来场痛快的对打，就可以看出逃亡中的我有多么迷惘、孤单。他比我矮，但每块肌肉都比我的结实有力，而且他大概比我重。我知道那会是场激战。

　　我把那场未来的打斗放在脑海里，列为待处理且迫在眉睫的事，然后叫了辆出租车，前往要塞区。那是个商业区，有印刷店、文具店、量贩店、小制造商，供应周遭办公室的需求。要塞区的建筑和狭窄街道在孟买市是一等一古老。法律事务所、出版社等讲究脑力的公司够幸运，也很自豪公司设在要塞区已有好几十年。在这些公司中仍能嗅到另一个时代的气氛，那是拘谨、讲究礼仪的时代。

哈德拜在要塞区开旅行社，那是要塞区较新的行业之一。哈德拜找了人挂名当老板，由马基德·鲁斯腾负责经营，替在波斯湾国家做合同工的数千名男女代办旅行事宜。台面上，那家旅行社代办波斯湾区的机票、签证、打工许可证、住宿事宜；台面下，马基德的手下安排大部分返国的工人戴上项链、手环、戒指、胸针，每人带一百至三百克的黄金进来。送抵波斯湾诸港的黄金，来自许多渠道。有的是合法大批购得，更有许多是偷来的。欧洲、非洲各地的毒虫、扒手、闯空门者，偷到黄金首饰，卖给他们的毒贩和收赃者。从法兰克福或约翰内斯堡或伦敦偷来的黄金，有一部分会经由黑市贩子流到波斯湾诸港。哈德拜在迪拜、阿布扎比、巴林，及其他每个波斯湾国家首府都有手下，由他们将黄金熔制成粗项链、手环、胸针。为了赚一点报酬，契约工会戴金饰回印度，到了孟买国际机场，黄金就由我们的人收回。

要塞区那家旅行社每年代办至少五千名合同工的旅行事宜。若有需要，他们带进来的黄金会先送到旅行社附近一家小作坊重新加工，再送到札维里市集脱手。那一部分黄金买卖的获利，一年超过四百万美元，不必缴税，因而哈德拜手下的高级经理人全都荷包满满，又备受尊敬。

我到了"经办旅行社"，向职员登记报到。马基德外出，三名经理都在忙。我摸熟黄金走私的运作过程之后，建议哈德拜，旅行社的档案应该要计算机化，把已替我们完成挟带任务的合同工数据放进资料库维护。哈德拜同意了。旅行社人员正忙着将书面档案输入计算机。我查看工作情形，对进度很满意。我们谈了一会儿，马基德还没回来，我便到附近的冶金小作坊找他。

我走进工作坊时，马基德抬起头，笑了笑，然后又专注在天平上。金项链和金手环分成几个等级，先一一称过，再放在一起称。称出的数据写入分类账，札维里市集的销售也有独立的分类账，两者再互相核对。

那一天，在哈德拜跟我大谈善与恶不到两小时之后，我看着成堆的金项链和自制金质粗手环被过秤、分类，心里突然觉得不舒服，摆脱不掉的不舒服。我很高兴哈德拜要我离开马基德，改跟埃杜尔·迦尼学习。黄澄澄的金子让印度数百万人为之着迷，却令我不自在。跟着哈雷德·安萨里工作，学黑市货币买卖，那段日子很愉快。我知道跟着埃杜尔·迦尼投身护照生意也会很愉快，毕竟护照是逃亡者的主要工具。而处理如此大量的黄金则教我不安。黄金在人的眼睛中会燃起贪婪之火，是另一种样子、另一种颜色的贪婪。金钱几乎一直只是实现某些目的的工具，但对许多人而言，黄金本身就是目的，他们热爱黄金，但那热爱却会让爱蒙上污名。

我向马基德告辞，告诉他哈德拜指派了别的工作给我。我没主动说我的新工作是去跟埃杜尔·迦尼学护照生意。马基德和迦尼都是哈德拜帮派联合会的成员。我确信他们的每个决定会影响我，在我知道之前，他们一定早已一清二楚。我们握手。他把我拉过去，想拥抱我，动作笨拙，手臂僵硬。他微笑，祝我好运。那是虚假的笑，但其中并无恶意。马基德·鲁斯腾纯粹是那种决定该笑时就笑的人。我感谢他的耐心教诲，但未回以微笑。

最后一次走访札维里市集的每个珠宝商的商铺时，我心中有股震颤、激动的不安。那是一种愤怒，与徒劳感紧紧相系的愤怒，偶尔袭上心头。那是在岁月虚掷时常熊熊燃起的焦虑，令人瞪大眼睛、握紧拳头。照理说，我应该觉得快乐，或至少比较快乐。我有哈德拜当靠山，安全无虞，收入丰厚。我每天处理的黄金堆起来高达一米。我就快要学会护照生意上我所该知道的一切。我想买什么就买什么。我结实、健康、自由。照理，我应该更快乐。

快乐是个迷思，卡拉曾如此告诉我。那是人创造出来的，好鼓动我们买东西。她的话在我郁闷的心湖回荡，我回想她的脸、她的声音，觉得她所说的或许终究是对的。然后我想起当天更早时，哈德拜跟我聊天的情景，他像是在跟自己的儿子说话一样。我不能否认那时我很愉快，但那还不够。那感觉虽然真实、深刻、莫名地无瑕，但仍不足以令我感到振奋。

那一天，我跟阿布杜拉一起狂练身体。我沉默寡言，他却不多问。我们两人不发一语，完成累人的例行运动。冲澡之后，他提议用摩托车载我回家。我们从布里奇肯迪区的海岸循着奥古斯特·克兰提·马格路平稳地往内陆急驰。我们没戴安全帽，干热海风不停穿过我们的头发和宽松的丝质衬衫。

突然间，站在某家小馆子外的一群男子吸引了阿布杜拉的注意。我猜他们是伊朗人，跟他一样。他把摩托车掉头，在距他们约三十米处停下。

"你待在摩托车这里。"他说，关掉引擎，踢下侧立架。我随着他下车。他眼睛一直没离开那群人。"如果碰上麻烦，你就骑摩托车走人。"

他走上人行道，朝他们踱去，边走边把长长的黑发束成马尾，并解下手表。我抓下摩托车上的钥匙，跟上前去。阿布杜拉走近他们时，其中一人见到他，认出了他。那人发出某种警告，其他人迅速转过身来。双方一言不发，打了起来。他们发狂攻击，对他挥舞拳头，一个个猛冲上前揍他。阿布杜拉坚守不退，两只拳头紧贴太阳穴、护住头，手肘护住身体。见他们攻击的狠劲变弱，他随之左右出拳，拳拳到肉。我跑上前加入战局，拖下他背上的男子，伸脚把那人钩倒。他想从我手中挣脱，拖着我一起滚到地上。我倒向他的身旁，一只膝盖压在他胸口上，出拳痛击他的腹股沟。他作势要站起来，我转过身再打，往他脸颊和下巴之间的关节打了四五拳。他翻身侧倒，膝盖缩到胸前。

我抬头看，阿布杜拉使出一记标准的右勾拳，击退一名攻击者。拳头打中那人的鼻子，顿时鲜血四溅。我迅速起身，与阿布拉杜背靠背，摆出空手道姿势。还未倒下的三人往后退，不知如何是好。阿布拉杜猛然冲上前，扯开嗓子极力大叫，他们转身就跑。我看着阿布杜拉，他摇摇头。我们放过了他们。

我们走回摩托车，聚集围观的印度人盯着我们不放。我知道，如果我们是跟印度人打架，不管对方来自印度哪个地方，隶属哪个种族、宗教或阶级，整条街上的人都会下场，帮他们的同胞。但这场干架的两方，都是外国人，因此围观的印度人只是好奇，甚至兴奋，但无意加入战局。我们骑车经过他们，朝科拉巴骑去，他们跟着散去。

阿布杜拉从未告诉我为何打这场架，我也一直没问。数年后，我们唯一一次提起这事，他告诉我，从那天起，他开始喜欢我。他喜欢我，不是因为我出手帮他，而是因为我从未问他为什么打那场架。他说，那是他最欣赏我的地方。

到了科拉巴科兹威路我家附近，我请阿布杜拉放慢车速。我注意到有个女孩像当地人那样走在马路上，好避开人行道上的人群。她看起来与之前不太一样，但我立刻认出那金发、修长匀称的腿、扭屁股的走路姿势。那是莉萨·卡特。我要阿布杜拉在她面前停下。

"嗨，莉萨。"

"噢。"她轻呼了一声，把墨镜移到头顶，"吉尔伯特，大使馆的事怎么样？"

"噢，你知道的，"我大笑，"先是危机，然后有人解围。你看起来气色不错，莉萨。"

她的金发比我上次见到时更长、更密，脸更圆润、更健康，但身材苗条，更为健美。她穿着细丝带绕颈低胸白上衣、白迷你裙、罗马式凉鞋。双腿和细长双臂晒成金黄栗色。她看起来很美。她是很美。

"我不再是废物，接受了治疗。"她骂道，一边露出灿烂的假笑，一边发怒，"我能跟你说什么呢？不是这样，就是那样，人不能既是这样，又是那样。人在清醒而健康时，混账的就是世界。"

"这就对了。"我答，笑了起来，直到她跟着我大笑为止。

"你朋友叫什么名字？"

"阿布杜拉·塔赫里，这是莉萨·卡特。莉萨，这是阿布杜拉。"

"摩托车不错。"她噘起嘴。

"想不想……坐？"他问，咧嘴笑，露出一整排有力的白牙齿。

她望着我，我举起双手，摆出你自己看着办的年轻人的手势。我下车，跟她一起站在马路上。

"我在这里下车。"我说。莉萨和阿布杜拉仍然盯着对方。"有空位，如果你想坐的话。"

"好，我坐。"她微笑。

她撩起裙子，爬上摩托车后座。街上有数百个男子，原本只有两三个没盯着她看，这时也开始盯着她。阿布杜拉与我握手告别，像小学生般咧开嘴笑。他挂挡，催油门，轰轰驶进蜿蜒的车阵。

"不错的摩托车。"我身后有人说话，是双子座乔治。

"但不怎么安全，恩菲尔德牌的摩托车。"另一个声音答道，带着浓浓的加拿大腔，是天蝎座乔治。

他们住在这条街上，睡在人家门口，向想买烈性毒品的游客介绍门路，赚取佣金。从外表就可看出他们过着什么样的生活：胡子未刮，没有梳洗，蓬头垢面。但他们同时也很聪明、率直，对彼此推心置腹。

"嗨，两位，过得如何？"

"很好，老兄，非常好。"双子座乔治答，他的口音带着利物浦的旋律，"你知道吗？我们拉到一个客户，今晚六点左右。"

"希望能交好运。"天蝎座乔治补充，脸上已为天黑可能带来的麻烦皱起闷闷不乐的眉头。

"应该会很顺利，"双子座开心地说，"不错的客户，不错的小财神。"

"如果一切顺利，完全没出错的话。"天蝎座乔治若有所思地说，一脸烦躁。

"八成是水源的问题①。"我咕哝道，看着小白点消失在远方，那不知是阿布杜拉的衬衫还是莉萨的裙子。

"怎么了？"双子座乔治问。

"噢，没事，只是觉得近来每个人似乎都陷入了爱河。"

我在想普拉巴克、维克兰和强尼·雪茄。我了解阿布杜拉驶离时眼神里的意思。他不只是有兴趣而已。

"很有意思，你竟会提到这个。你怎么解决性冲动，林？"天蝎座乔治问我。

"我没听错吧，又问这个？"

"这样说也没错。"双子座乔治语带暗示，猥琐地眨眨眼。

"拜托，你就不能正经个一分钟吗？"天蝎座乔治责骂道，"性冲动，林，你怎么解决？"

"到底是什么意思？"

"呃，我们在辩论，你知道吗——"

"是讨论，"双子座乔治插话，"不是辩论。我在和你讨论，不是在和你辩论。"

"我们在讨论，讨论是什么东西激发人去行动。"

"不要说我没好好提醒你，林。"双子座乔治说，大大叹了口气，"我们已经讨论这问题讨论了两个星期，天蝎座乔治还是不愿意接受我的看法。"

"就像我说过的，我们在讨论是什么东西激发人去行动。"天蝎座乔治锲而不舍，他的加拿大腔和教授式口吻与纪录片的旁白风格相似，叫他的英国朋友特别恼火，"要知道，弗洛伊德说过，人受性欲驱动。阿德勒不同意，说是受权力欲驱动。然后，维克托·法兰克尔说，性和权

---

① 常见的惯用语。每当某地很多人相继发生了类似的意外或生了类似的疾病时，大家便常会说："八成是水源的问题。"

力都是重要的驱动力，但两者都得不到，没有性、没有权力时，还有别的东西驱使我们继续走下去——"

"没错，没错，追求意义的念头。"双子座乔治补充道，"而那其实是一样的东西，只是讲法不同。人有权力欲，因为权力让人得到性。我们追求意义，因为那有助于我们了解性。最终都归结到性，不管你怎么称呼它。其他那些观念，都只是像衣服一样的东西。脱掉衣服，性才是重点，不是吗？"

"不，你错了，"天蝎座乔治反驳，"人都受追求生命意义的念头驱动。人得了解生命的最终目的。如果只是为了性或权力，人会停留在黑猩猩的层次，是意义让我们成为人。"

"是性造就了人，天蝎兄。"双子座乔治插话，他那调皮的斜睨更加明显，"但事情过了太久，你大概已经忘了。"

一辆出租车在我们旁边停下。后座乘客在阴影中等了片刻，然后身子慢慢靠向车窗，是乌拉。

"林，"她祈求道，"我需要你帮忙。"

她戴黑框墨镜，头上包着围巾，盖住她银灰色的头发。她脸色苍白，憔悴，消瘦。

"这……听来有点熟悉。"我答，未朝出租车移动。

"拜托，我是说真的。拜托，上车。我有事要告诉你……你想知道的事。"

我不为所动。

"拜托，林。我知道卡拉在哪里。只要你帮我，我就告诉你。"

我转身，与两位乔治握手告别。与天蝎座乔治握手时，我递给他一张二十美元的纸钞。刚才一听到他们的说话声，我就已从口袋拿出那纸钞，准备分手时给他们。我知道，以他们的生活，那些钱足够他们当一晚有钱人，如果他们的小财神客户爽约的话。

我打开车门，坐进出租车。车子驶入车阵，司机不时从后视镜打量我。

"我不知道你为什么生我的气。"乌拉抱怨道，拿下墨镜，偷偷瞄我，"请不要生气，林。请不要生气。"

我没有生气。这么久以来，我第一次没生气。我心里想：天蝎座乔治说的没错，是意义让我们成为人。我就是这样，只要提起一个名字，我就再度跳入感情之海。我在找一个女人，找卡拉。我甘冒风险，让自己卷入这世界。我有理由，我有个目标。

然后，在那兴奋的片刻，我领悟到在马基德家时我为何闷闷不乐，那天我为何脾气那么坏。我清清楚楚地领悟到，那短暂的梦想，像小男孩一样盼望哈德拜就是我父亲的梦想，已使我堕入汹涌不安的绝望，父子经常让彼此的爱最终所演变成的那种绝望。看到、领悟、回想那绝望，我突然有了力量除去我心中的黑暗。我看着乌拉，盯着她那情绪复杂的蓝眼睛，猜测她是不是出卖我、让我入狱的一分子。那一刻，我没有怒意，也不觉忧伤。

她伸出一只手，放在我膝盖上，抓得很用力，但手在发抖。有几秒钟，我们周遭布满香气。我们俩都遭到设计，都被牢牢抓住，只是中计的方式不同。而我们就要再一次抖动把我们绑在一块的那张网。

"没事。只要我做得到，我会帮你。"我冷静而坚定地说，"现在，跟我说卡拉的情况。"

第二十四章

午夜时分的地平线上，巨大的乳白色星轮湿漉漉地自波涛中颤巍巍地升起；凸月的银黄色清辉洒在海上，海面波光粼粼，如镶了金箔般闪闪发亮。那是个热而无风的夜晚，天空万里无云。虽然果阿渡轮的甲板上挤满了人，但我还是在一大群年轻游客中找到了空隙。他们大部分都因吸食大麻干花叶、大麻胶、迷幻药而陷入恍惚状态。一台手提式音响轰轰播放嘶吼的黑人摇滚乐。他们坐在背包之间，跟着节奏摇摆、拍手，不时呼喊对方、大笑，连音乐声都被盖过。他们很开心，在前往果阿的路上。这些第一次造访印度的游客，正前往他们憧憬的梦想之国。而去过梦想之国的人，正要返回他们觉得这世上真正自由的地方。

我在航向卡拉的船上，看着星斗，听着那些坐在甲板上的年轻人笑闹。我理解他们为何能那么乐观、天真地兴奋着，我甚至隐隐且淡淡地感染到那股兴奋。但我脸部僵硬，眼神冷峻。那种冷峻让我的心情和他们的心情泾渭分明，就像甲板上那一米宽的空间，把我和吵闹、亢奋的他们区隔成格格不入的两个世界。坐在左右摇晃、微微前后颠簸的渡轮上，我想着乌拉，想起她在出租车后座跟我讲话时，她宝石蓝眼睛里闪现的恐惧。

那晚，乌拉需要钱，一千美元，我给了她。她要我陪她去饭店房间，取回她留在那里的衣物和个人物品。我们一起去那里，她害怕得发抖，但我们收拾了东西，付了住房费，平安无事走出饭店。她因为某个交易惹上麻烦，那交易和莫德纳、毛里齐欧有关。一如毛里齐欧的无数个快速诈财伎俩，那笔交易已经走不下去。那些赔了钱的人并不像先前的受骗者那样摸摸鼻子自认倒霉，走人了事。他们想要回钱，想砍人，而且未必在要回钱之后才砍。

她没告诉我对方是谁，没告诉我那些人为何把矛头指向她，没说那些人如果抓到她打算怎么处置她。我没问。当然，当初我该问。如果问了，大概会省去我不少麻烦。长远来看，或许还能少死一两个人。但我那时对乌拉没兴趣，我只想了解卡拉。

"她人在果阿。"我们办完退房手续时，乌拉说。

"在果阿哪里？"

"我不知道，某处海滩。"

"乌拉，果阿有好几处海滩。"

"我知道，我知道。"她呜咽道，我恼火的口气让她瑟缩了一下。

"你说你知道她在哪里。"

"我知道，她在果阿，我知道她在果阿。她从马普萨写信给我，我昨天才又收到她的信。她在马普萨附近某处。"

我稍稍宽心，把她的东西放进等候的出租车，让司机载我们到布里奇肯迪区阿布杜拉的住所。我仔细查看了附近的街道，确认没有人在监视。出租车开动时，我往后靠坐，沉默片刻，看着车窗外黑暗的街道往后飞逝。

"她为什么要离开？"

"我不知道。"

"她一定跟你说了什么，她话很多。"

乌拉大笑。

"离开的事，她什么都没跟我讲。你如果要知道我怎么想，我想她是因为你才离开的。"

这话使我对她的爱陡然退缩，但话中肯定了我在她心目中的分量，又使我扬扬得意。我以更严厉的口吻掩饰这矛盾。

"一定不只因为这样，她在怕什么？"

乌拉再度大笑。

"卡拉什么都不怕。"

"每个人都有怕的东西。"

"你怕什么，林？"

我慢慢转过头去，盯着她，在暗淡的光线中寻找恶意的迹象，寻找这问话中隐藏的意义或影射。

"约好在利奥波德跟我碰面的那晚，你在干什么？"我问她。

"那晚我没到，有人不让我去。莫德纳和毛里齐欧，他们在最后一刻改变计划，他们不让我去。"

"我记得没错的话，是你要我去那里，因为你不信任他们。"

"是没错。你知道，我信任莫德纳，相当信任，但他碰到毛里齐欧就软了。毛里齐欧要他做什么，他不敢有异议。"

"那仍无法解释你的爽约。"我抱怨道。

"我知道，"她叹口气，明显沮丧，"我正努力解释给你听。毛里齐欧，他安排了一桩交易——唉，其实是设计了一场骗局，而我是那交易的中间人。毛里齐欧利用我，因为他打算让被骗钱的那些人喜欢我、信任我，你知道那是怎么一回事。"

"对，我知道那是怎么一回事。"

"噢，拜托，林，那晚爽约不是我的错。他们要我一个人去见那些客户。我怕那些人，因为我知道毛里齐欧打的算盘，所以我才请你以朋友的身份陪我去。然后，他们改变计划，把会面地点改到别的地方，我无法脱身通知你。隔天我有去找你，想跟你解释、道歉，但……你消失不见了。我到处找，我发誓真的到处找。我很抱歉那晚没有照约定到利奥波德跟你碰面。"

"你什么时候知道我人在狱中？"

"你出狱后。我见到狄迪耶，他告诉我你情况很糟。那是我第一件，等一下，你……是不是认为我和你入狱的事有关？你是不是这样认为？"

我定定盯着她好几秒才答话。

"你有没有？"

"哇！天啊！"她呜咽，可爱的脸皱成一团，极度悲伤。头左右急晃，仿佛想阻止某个念头或感觉深植脑海。"停车！司机！Band karo! Abi, abi! Band karo！（现在！停车！现在！）"

司机把车靠到人行道边停下，旁边是成排拉下铁门的商店。街上空无一人。他熄火，从后视镜里看着我们。乌拉使劲想开门。她在哭。因为激动，门把被她弄得卡住了，门打不开。

"慢慢来。"我说，轻轻把她的双手从门把处扳开，握在手里，"没事，别急。"

"什么没事，"她啜泣，"我不知道我们怎么会卷入这摊浑水。莫德纳不擅长做生意，他和毛里齐欧搞砸了一切。你知道吗？他们骗了不少人，而且一直以来平安无事，但碰上那些人就不行了。他们不一样。我很害怕，不知道怎么办。他们会杀了我们，我们全部。而你认为我和警察串通好陷害你？因为什么理由，林？你觉得我是那样的人？我有这么坏，让你觉得我会干这种事？你把我想成什么样的人了？"

我伸手过去开门。她跨出车门，靠着车边。我下车站在她旁边。她在颤抖、啜泣。我把她抱在怀里，让她哭个够。

"没事，乌拉。我不认为你和那件事有关，我从来不认为与你有关联，真的没有——就连那晚你没依约出现在利奥波德时，我都没这么认为。问你……只是想把这事做个了结，那只是我不得不问的问题，你懂吗？"

她抬头看我的脸。街灯呈弧形映在她的蓝色大眼睛里。她的嘴因疲累和恐惧而松垂，但眼睛里泛起一抹遥远而固执的希望。

"你真的爱她，对不对？"

"对。"

"那很好。"她失神地说，别过头去，一脸愁容，"爱是件好事。而卡拉，她需要爱，非常需要。莫德纳也爱我，你知道吗？他真的真的爱我……"

她失神了好一会儿之后，猛然转过头盯着我。我扶着她，她双手抓紧我的双臂。

"你会找到她的。先去马普萨，你会找到她。她还会在果阿待一阵子，她在信中这么告诉我。她就在那处海滩的某个地方。她在信中告诉我，她从前门就能看到海。去吧，林，去找她。找她，找到她。你知道，这整个世界，就只有爱，只有爱……"

乌拉的泪水泛着光，一直留在我的脑际，直至消融于渡轮外波光粼粼的海水里为止。在乐声和大笑轰然炸响于我身边的时刻，她的那句"只有爱"像捻着念珠的祈愿，带给我一丝希望。

那个漫漫长夜的灯光转为黎明之际，渡轮在果阿首府潘吉姆靠岸，我是第一个坐上开往马普萨的巴士的人。从潘吉姆到马普萨（当地人念成穆普萨）的十五公里路程，会穿过蓊郁的树林，经过的一座座豪宅，反映了葡萄牙人殖民统治四百年间的多样风格与品位。马普萨是果阿北部地区的运输暨交通重镇。我抵达的那天是周五市集日，早上聚集的人群已忙着做买卖、讲价。我直奔出租车与摩托车招呼站。经过一番讨价还价，终于有个店家同意以合理的价格租给我恩菲尔德子弹款的摩托车。讲价过程中，我们召唤了至少三种宗教多位庄严的神祇（骂脏话），也以淫猥的语汇激动地问候了各自的朋友与熟人的姐妹。我付了押金，预付一星期的租金，发动摩托车，穿过拥挤喧闹的市场，朝海滩驶去。

恩菲尔德牌印度350CC子弹款是单汽缸、四冲程的摩托车，按照英国皇家恩菲尔德摩托车二十世纪五十年代原始款的设计图制造。子弹款以独特的操控性和可靠耐用著称，是款很有脾气的摩托车，需要骑士以包容、耐性、体谅之心和它建立良好关系。然后，它会回报以风驰电掣、乘虚御风、人间少有的快感，间或濒临死亡的体验。那绝对是鸟儿才能懂得的快感。

那一天，我从卡兰古特到查波拉，跑遍各处海滩，查过每个饭店和宾馆，在这片荒凉的土地上撒下一些金额虽不多但足以让人心动的贿金。在每处海滩，我找了当地的外币兑换商、毒品贩子、导游、小偷与舞男，几乎大部分人都见过符合我描述的外国女子，但没有人能确定见过卡拉。我在各海滩的主要饭店停留，喝茶、喝果汁或吃点心，询问侍者和经理。他们都很热心帮忙，或者说，有心想帮忙，因为我用马拉地语或印地语跟他们说话。但他们没一个见过她，我得到的少数线索，最终都没有结果。我寻人的第一天在失望中结束。

安朱纳的海岸餐厅老板名叫达什兰特，是个体格粗壮的年轻马哈拉施特拉人。他是那一天最后一个和我交谈的当地人，当时太阳已快要落下。他为我准备了丰盛的一餐，有包了马铃薯的甘蓝菜卷、姜末拌菜豆、印度绿色酸辣酱茄子与煎得脆爽的秋葵。饭菜都上桌后，他端着自己的盘子过来，坐下跟我一起吃。他坚持要我喝完一大杯当地酿制的椰子芬妮酒才可以下桌，然后又递上同样一大杯腰果芬妮酒要我喝完。难得碰上一个会讲他家乡话的白人，达什兰特坚持不肯收我的饭钱，然后锁上餐厅门，坐上我的摩托车后座当起导游，跟我一起离开。他认为我寻找卡拉的行为很浪漫，或者照他所说，很印度。他希望我在附近住下，接受他的招待。

"这地区有一些漂亮的外国妞，"他告诉我，"如果老天作美，其中一个可能就是你苦寻的爱人。你先睡个觉，明天再找——带着清净无垢的心，是不是？"

我跟达什兰特骑在摩托车上，两脚往外伸，像划船般划过一条满地细沙的大道。道路两侧林立着高大的棕榈树。我尾随他来到一间方形小屋，那屋子是用竹子、椰子树干和棕榈树叶搭成的，从海岸餐厅里就可以望见，从屋子里往外则可看到一片黑黝黝的大海。我走进屋内，里头开了灯，点着蜡烛——只有一间房间。地板是沙子，有一张桌子、两张椅子、一张床和一个挂衣服的铁架，床上铺了光秃秃的橡胶垫，还有一只大水罐，里面装满干净的水。他骄傲地说，那是他当天从当地水井里打来的。桌上有一瓶椰子芬妮酒和两个杯子。他要我放心，摩托车和我在这里都很安全，因为当地每个人都知道那是他的房子，然后他递给我门上链条与挂锁的钥匙，要我待到找到那女孩为止。他眨眼对我一笑，告别。我听他一路唱着歌，穿过细长的棕榈树，回到餐厅。

我把摩托车推进小屋靠墙停放，找来一条绳子，一端系在摩托车上，另一端绑在床脚，再用沙盖住绳子，心想若有人想偷车，移动时会惊动我。疲惫又沮丧的我躺上床，一下就睡着了。那是无梦的一觉，大大补充了我的元气，却只有四小时。因为太不放心、太不安，我无法再入睡。我套上靴子，带了一罐水，到小屋后面上厕所。就像果阿的许多马桶，那只是个蹲式的钥匙状孔，孔下方是平滑的陡坡，排泄物顺着陡坡滑落窄巷。毛茸茸的黑色野生果阿猪在小巷里四处晃荡，吃这些排泄物。我走回屋子洗手时，看到一群黑猪在巷子里小跑。如此处理排泄物，既有效率又环保，但看到那些猪大快朵颐的样子，倒让人不由得想弃荤从素。

我往下走到海滩上，坐在沙丘上抽烟，海滩距达什兰特的小屋只有五十步。将近午夜，海滩上空无一人。几近满月的月亮像钉在天空胸膛上的一枚奖章。为什么而颁的奖章？我心想。作战受伤，或许。紫心勋章。月光随着每道奔流的海浪滚滚涌至岸边，就好像是月光在推动海浪，又像是月亮撒下银辉大网，捞起整座海洋，透过海浪一波一波拖到岸上。

一名妇人走近，头上顶着篓子，臀部随着脚下的浪花左摇右摆。她转身背对海洋，朝我走来，在我脚边放下篓子，蹲下来盯着我的眼睛。

她是个西瓜贩子，约三十五岁，显然很了解游客和他们的习性。她使劲嚼着满嘴的槟榔，指向大篓子里剩下的半个西瓜。这时还待在海滩上，对她来说已经很晚了。我猜她是临时去帮人照料小孩或亲戚，此时正往家走，然后看到我一人坐着，心想或许走运，可以做成今晚最后一桩买卖。

我用马拉地语告诉她，我很乐意买一片西瓜。她既惊又喜，问我在哪里学会，又是如何学会马拉地语等例行问题。得到解答后，她切了大大一片西瓜给我。我吃了甜美多汁的西瓜，把籽吐在沙地上。她看着我吃。我把一张纸钞而非一枚硬币硬塞进她的篓子，她几番推辞才接受。她起身，把篓子提上头顶时，我唱起一首悲伤的老歌，一首出自某印地语电影的脍炙人口的歌曲。

> Ye doonia, ye mehfil（全世界，全人类）
> Mere kam, ki nahi...（对我，毫无意义……）

她尖声叫好，利落地手舞足蹈一番，然后慢慢沿着海滩走去。

"这就是我喜欢你的原因，你知道吗？"卡拉说，突然在我旁边坐下，动作优雅。听到她的声音，见到她的脸，我肺里的空气瞬间被抽光，心怦怦直跳。自上一次见到她，自我们第一次做爱以来，发生了太多事，激动炽热的情绪让我的眼睛一阵刺痛。我如果是别的男人，更好的男人，大概会哭出来。真那样的话，说不定会有不一样的结果。

"我以为你不相信爱。"我回答，竭力压抑内心的感受，决定不让她知道她对我的冲击，她如何教我魂牵梦萦。

"什么是爱，你所谓的爱？"

"我……我想就是刚刚你说的。"

"不是，我说的是'这就是我喜欢你的原因'。"她说，大笑，抬头看月亮，"但我相信爱。每个人都相信。"

"我倒没那么笃定。我想有些人已不再相信爱。"

"不是不再相信爱。他们仍然想陷入爱河，只是不再相信会有美满结局。他们仍然相信爱，陷入爱河，但他们知道……他们知道，几乎所有浪漫情爱结束时，都没开始的时候那么好。"

"我想你痛恨爱，你在天空之村不就是那么说的？"

"我的确痛恨爱，一如我痛恨恨，但那不表示我不相信爱与恨。"

"这世上没有人像你这样，卡拉。"我轻声说道，朝着她凝望黑夜与海洋的侧脸微笑。她没回答。

"那……你为什么？"

"为什么怎样？"

"你为什么喜欢我，你知道的，你刚刚这么说。"

"噢，那个啊。"她微笑，面对我。与我四目相对时，她扬起一边的眉毛。"因为我知道你会找到我，我知道我不必给你任何音讯，不必通知你我在哪里。我知道你会找到我。我知道你会来。我不知道我怎么知道，但我就是知道。然后，我就看到你在海滩对着那女人唱歌。你是个很怪的人，林。我喜欢你这样。我想你的好就来自那里，来自你的怪。"

"我的好？"我问，发自内心地吃惊。

"没错，你人很好，林。那是很……很难抗拒的东西，硬汉身上不折不扣的好。在贫民窟一起工作时，我没告诉你，我以你为荣。那时候我知道你一定很害怕、很担心，但你从头到尾都以笑脸待我。每次我醒来，每次我睡觉，你都在身边。你在那里的所作所为让我佩服，就像这辈子所见过让我佩服的任何事物，而让我佩服的东西并不多。"

"卡拉，你在果阿做什么？为什么要离开？"

"问你为什么留在那里还比较有道理。"

"我有我的理由。"

"正是，我也有我离开的理由。"

她转头看着海滩远处一抹孤单的人影。那似乎是个云游僧，带着一根长杖。她看着那云游僧，我看着她，想继续问她，想了解她为什么要离开孟买，但她脸上的表情那么紧绷，我决定待会儿再说。

"我在阿瑟路监狱的事，你知道多少？"我问。

她的身子瑟缩了一下，或许是海风吹来使她哆嗦了一下。她身穿宽松的黄色背心、绿色腰布，裸露的双脚埋在沙里，屈膝坐着。

"什么意思？"

"我是说，我离开你的住处去见乌拉那晚，警察把我抓到警察局。就在我离开你之后，他们逮捕我。我迟迟没回去时，你觉得我发生了什么事？"

"我不知道，那个晚上，我猜不出来。"

"你是不是觉得……是不是觉得我把你甩了？"

她没有反应，懊丧地皱起眉头。

"最初我的确那样想，差不多是那样想。我想我那时恨你。然后我四处去打听，发现你连贫民窟诊所都没回去，也没人见到你，以为你是去干……什么重要……的事。"

"重要。"我大笑。那不是开怀的笑，而是苦笑，生气的笑。我试图抛开这些感受。"对不起，卡拉。我没办法带话出去，我无法通知你。我担心得精神错乱，担心你……你……因为我那样离开而恨我。"

"当我得知那事，得知你人在狱中时，我的心简直碎了。那是一段叫我难熬的日子。我的……生意，我在做的生意……开始出问题。那段日子真是事事不顺，真是难熬，我以为我绝对挨不过去。然后，我听到你的消息。我非常……嗯……一切都改观了，在一瞬间。一切。"

我不懂她说的话。我确信那很重要，想再追问，但那个孤单的人影距我们只有几米，他以缓慢而庄严的步伐走近。时机消逝。

他的确是个云游僧：高而瘦，皮肤晒成土褐色，缠着腰布，身上戴了许多项链、护身物和装饰性手环；头发纠结成一条条长发绺，长及腰间。他把长杖安稳地靠在肩上，拍手打招呼兼赐福。我们回礼，邀他与我们同坐。

"你们有没有大麻胶？"他用印地语问道，"这美丽的夜晚，我想抽抽。"

我从口袋里拿出一块大麻胶，将它连同一根带滤嘴的香烟丢给他。

"愿神赐福你的好心。"他以吟诵的口气说道。

"也愿神赐福你，"卡拉以地道的印地语回答，"在这月圆的晚上看到一位湿婆神的虔诚信徒，何其荣幸。"

他咧嘴而笑，露出齿间明显的缝隙，开始准备水烟筒。陶土烟管准备好时，他举起双掌要我们注意。

"现在，抽之前，我要回赠你们一件礼物，"他说，"懂吗？"

"懂。"我说，微笑着呼应他炯炯有神的眼睛。

"好，我要祝福你们两人。我的祝福会永远陪伴着你们，我用这种方式为你们祝福……"

他双手举过顶，弯身跪下，额头触到沙地，双臂前伸；接着再度跪起，挺直身子，双手高举，如此重复几次，嘴里同时念念有词地说着含混不清的话。

最后，他坐回沙地，对我们微笑，露出那有着明显齿缝的牙齿，点头示意我点燃烟管。我们静静抽着。抽完那管烟，他把那块大麻胶还给我，但我拒绝了。云游僧郑重低头鞠躬，收下礼物，起身离去。我们抬头看他，他缓缓举起长杖，指向快要满月的月亮。他的意思，我们立即心领神会：月球表面的图案（某些文化称之为月兔）突然看起来像一个举起双手、跪地祈祷的人。云游僧咯咯笑了起来，沿着缓缓起伏的沙丘走去。

"我爱你，卡拉，"又剩下我们两人时，我说，"见到你的第一秒，我就爱上你了。我想我已经爱你很久，像世上有爱以来那么久。我爱你的声音，爱你的脸庞，爱你的手，爱你所做的每件事，爱你做每件事的方式。你碰我时，我感觉像被施了魔法。我爱你心思运转的方式，爱你所说的话。但即便这些感情真实无比，我仍无法理解，无法向你或向自己解释。我就是爱你，就是全心全意爱你。你做了上帝该做的事：给了我活下去的理由。你给了我爱这世界的理由。"

她吻了我，我们在柔软的沙滩上躺下。我们十指交扣，手臂伸到头顶上方，做爱。正在祈祷的月亮在引诱海洋，勾引海浪撞击永恒而狂喜的海岸，碎成浪花。

接下来的一星期，我们在果阿当起游客，走访阿拉伯海岸的海滩，从查波拉游历至罗摩角；在不可思议的白金色科尔瓦海滩上睡了两夜。我们看了旧果阿聚落区的所有教堂，恰逢圣方济各·沙勿略节，我们置身于欣喜若狂的信徒人海中。那是每年在这圣徒忌日举行的节庆活动，街道上挤满了人，个个穿出自己最体面的服装。商人和街头摊贩从果阿各地涌来；祈求神迹的跛子、瞎子、身有病痛者，形成数条行列，缓缓走向供奉这圣徒的大教堂。沙勿略是西班牙僧人，耶稣会的七名创始会士之一，创立该会的罗耀拉是他的朋友。沙勿略死于 1552 年，只活了四十六岁，但他在印度和当时所谓的远东传教，成就斐然，赢得不朽的名声。经过多次埋葬及迁葬后，出土多次的圣方济各遗体终于在十七世纪初期安息在果阿的仁慈耶稣大教堂。遗体每十年开放一次，供民众瞻仰，仍旧保存得相当好，有人会说那是奇迹。他的遗体看似不腐，但在过去几百年间，已遭数次截肢和器官切除。十六世纪时，有个葡萄牙妇女咬下他一个脚指头，想作为圣物私自保存；他的右手被分割成数块，分送到几个宗教中心，肠子也是。卡拉和我拿出高得吓人的重金，想贿赂大教堂的看管人，让我们一睹那神圣的尸体，他们一直大笑，但就是不同意。

"你为什么要去抢劫？"在某个夜空如缎、浪涛声声悦耳的炎热夜晚，她问我。

"我跟你说过了，我的婚姻完蛋，失去了女儿。我崩溃并迷上了毒品。然后，为了买海洛因止瘾，我就去抢劫。"

"不，我是问为什么是去抢劫，而不是去做别的事。"

问得好，司法体系里的警察、律师、法官、精神病专家或典狱长，都没人问过我这个问题。

"我想过这问题，认真想过。我知道你听了会觉得奇怪，但我认为这和电视大有关系。电视上的英雄个个都有枪。持械抢劫这种事给人……有种……的感觉。现在我知道那根本不是什么有种，拿枪吓人根本是懦夫的行径，但那时候，那似乎是最有种的抢钱办法。往老太婆头上一敲，抢她们的手提包或闯空门偷东西，那种事我不屑做。抢劫似乎光明正大，好像我每次抢劫时都冒着极可能被人射死的风险，不是被我抢劫的对象射死，就是被警察射死。"

她静静看着我，将呼吸调到几乎和我一致。

"还有别的原因，澳大利亚有个很特别的英雄……"

"说下去。"她催促。

"他叫奈德·凯利，年纪轻轻就惹上当地执法人员。他很顽强，但称不上凶狠。他年轻，狂放不羁。他被陷害，主要是被那些对他怀恨在心的警察。有个喝醉的警察看上他妹妹，想调戏她。奈德制止了这事，他的麻烦就此开始。但原因不只这么单纯。他们有好几个理由恨他，而最大的理由在于他所代表的精神，一种反叛精神。我和他惺惺相惜，因为我是革命分子。"

"他们在澳大利亚闹革命？"她问，大笑，带着不解的神情，"这我还是第一次听说。"

"不是革命，"我纠正她，"只是革命分子，我是他们的一员。我是无政府主义者。我学射击，学制作炸弹。我们准备好，革命一来就上场战斗——当然，革命没发生，而我们想阻止政府派兵参与越战。"

"澳大利亚人有参加越战吗？"

换我大笑。

"对。澳大利亚以外的人大部分不知道这事，但我们参加了那场战争，从头到尾和美国站在一起。在越南，澳大利亚士兵在美国大兵旁边死去，澳大利亚男孩被征召上战场。我们有些人拒绝，就像美国那些拒服兵役者一样。有很多人因为拒绝参战而入狱，但我没有。我制造炸弹，组织示威游行，在拒马边和警察交手，直到政府改变政策，把我们拉离战场。"

"你现在仍是？"

"仍是什么？"

"仍是个无政府主义者？"

这问题不好回答，因为那逼迫我比较过去的我和如今我让自己变成的我。

"无政府主义者……"我才开口就陷入犹豫，"我听过的政治哲学，没有一个像无政府主义那么博爱。其他看待世界的方式，都说人得被掌控、被不断驱使与管理。只有无政府主义者够相信人，愿意让人自行解决问题。我过去是那么乐观。过去我相信那说法，也那么认为；现在却不再是这样。所以，不是了，我想我现在不是无政府主义者。"

"而那个英雄……你持械抢劫时把自己当成那样的英雄？"

"把自己当成奈德·凯利那样的人？没错。我想我那时是这么认为的。他有一个年轻小伙子组成的团伙——他弟弟和两个最要好的朋友，他们一起干抢劫的勾当。警方派出一支打击小组追捕，但被他撂倒，两个警察被杀。"

"他最后怎么了？"

"被捕了。发生枪战。政府向他宣战，派出了像一列火车那么长的警察追捕他，把他的党羽围困在 bush 里的一间旅馆里。"

"灌木区的一间旅馆？"

"我们澳大利亚人用 bush 这个字指'乡下'。总而言之，奈德和他的手下被一大群警察包围。他最好的朋友被射中喉咙，死掉了。他弟弟和另一个叫史蒂夫·哈特的年轻小伙子不肯落入警方之手，用最后的子弹互射自杀。他们都才十九岁。奈德穿着钢质盔甲，有头盔和护胸板，冲向那一大群警察，手持双枪猛射。最初他把他们吓得屁滚尿流，四处逃窜，但警官逼他们回去。他们从下方射中他的腿。经过一场装模作样的审判，凭着证人的不实证词，奈德·凯利被判处死刑。"

"处决了？"

"对。他死前最后一句话是：人生就是这样。那是他最后说的话。他们吊死了他，把他的头割下来制成镇纸。他死前告诉判他刑的那名法官，他们很快会在更高级的法庭见面。不久，那法官死了。"

我说这故事时，她专注地看着我的脸。我伸手抓起一把沙子，让沙从指缝间漏下。两只大蝙蝠飞过我们头上。飞得很近，近到我们可以听到振翅声，像枯叶般沙沙作响。

"我小时候很喜欢奈德·凯利的故事。不只是我一个人喜欢，艺术家、作家、音乐家、演员，全以某种方式阐释这故事。他把自己放进我们心里，澳大利亚人的集体心灵里。他是我们所拥有最接近于切·格瓦拉 ① 或埃米利亚诺·萨帕塔 ② 的人物。我沉迷海洛因、脑子一团混乱时，我想我开始陷溺在一个掺杂了他的一生和我的一生的幻想里。但那个故事由我演来根本乱了套。他是个窃贼，后来成为革命分子，而我是个革命分子，后来成为窃贼。每次我抢劫时，都深信警察会出现，然后把我杀死。我希望那样的事发生。我在脑海里预演那一幕，想象他们要我停下，我伸手拔枪，他们开枪把我射死。我希望警察把我射死在街头，那是我想要的死的方式……"

她伸手揽住我的肩膀，另一只手托住我的下巴，把我的头扳过去，面对她微笑的脸。

---

① 切·格瓦拉，古巴革命的核心人物之一，著名的国际共产主义革命家、游击队领袖，被广泛认为是革命战士的象征。

② 埃米利亚诺·帕萨塔，墨西哥农民起义的著名领袖，在 1910 年至 1917 年墨西哥资产阶级革命中做出过卓越的贡献。

"澳大利亚的女人怎么样？"她问，用手梳我的金色短发。

我大笑，她一拳打上我胸膛。

"我是说真的！告诉我她们是什么样的女人。"

"噢，她们很漂亮，"我说，望着她漂亮的脸蛋，"澳大利亚有不少美女。她们喜欢讲话，喜欢一群人狂欢作乐，相当狂野，也很直接，讨厌废话。澳大利亚女人取笑你的本事，世界一流。"

"取笑你？"

"取笑人，"我大笑，"你知道的，让你泄气，嘲笑你，让你不至于把自己看得太了不起。她们很善于此道。她们如果戳破你，让你泄气，你可以说是活该，自找的。"

她躺回沙滩上，双手交握枕着头。

"我觉得澳大利亚人很怪，"她说，"我很想去那里看看。"

日子本来可以永远快乐、轻松、美好，就像在果阿那几个两情缱绻的日夜一样快乐、轻松、美好。我们本来可以在与沙、海、繁星为伍的天地里共筑爱巢。我本该听她的话。她几乎什么都没说，但的确给了我暗示，如今我知道她在话语和表情里所给的暗语，知道得就和我们头上的繁星一样清楚。但我没听进去。恋爱中的人常未注意爱人所说的话，而只陶醉在爱人说话的方式中。我爱上她的眼睛，却没有读出她眼神的意思；我爱上她的声音，却没用心去倾听她话语里的恐惧和痛苦。

最后一夜来临，结束。我大清早就起床，收拾行李回孟买，却发现她站在门口，凝望珍珠般闪闪发亮的大海。

"别回去。"我双手搭上她的肩，吻她的颈子时，她说。

"什么？"我大笑。

"别回孟买。"

"为什么？"

"我不希望你回去。"

"你想说什么？"

"就是我说的，我不希望你走。"

我大笑，因为我觉得她一定是在开玩笑。

"行，"我说，微笑，等她道出笑话的关键语，"那你为什么不希望我走？"

"我得有个理由？"她质问道。

"嗯……对。"

"的确，我的确有理由，但我不想告诉你。"

"你不想？"

"对，我不觉得有必要告诉你。我告诉你我有我的理由，应该就够了，如果你爱我，像你所说的爱我的话。"

她的口气很强硬，姿态很坚定，很出乎我意料，让我吃惊得不禁恼火。

"好，好，"我用讲道理的口气说，"要不这样：我得回孟买，所以，你何不跟我回去，然后我们会厮守在一块，永远厮守，这不就得了？"

"我不回去。"她说，口气平淡。

"到底为什么不能？"

"我不能……我就是不想回去，也不想你回去。"

"唉，我不了解问题出在哪里。我去孟买办我该办的事，你在这里等，办完了我就回来。"

"我不希望你去。"她以同样平淡的口吻重复道。

"拜托，卡拉，我得回去。"

"不，你没必要回去。"

我的微笑转为皱眉。

"我有必要回去。我答应乌拉十天内回去，她的麻烦还没解决，你是知道的。"

"乌拉自己会解决。"她低声说，仍不愿转头看我。

"你在吃乌拉的醋？"我问，咧嘴而笑，伸手想抚摩她的头发。

"噢，别蠢了！"她厉声说，转过头，眼神中满是怒火，"我喜欢乌拉，但我告诉你，她会照顾好自己。"

"放轻松，怎么了？你知道我要回去的，我们谈过这事。我正在做护照生意，你知道那对我有多重要。"

"我会替你弄本护照，会替你弄来五本！"

我的顽固脾气开始发作。

"我不要你替我弄本护照，我想弄懂护照如何制造和修改。我想把那全学会，竭尽所能地学。他们会教我如何修改、伪造护照。我如果学会，就自由了。我想要自由，卡拉。自由，那是我想要的。"

"你为什么就是不肯听？"她质问。

"这话是什么意思？"

"没有人能得偿所愿，"她说，"没有人能得偿所愿，没有人。"

她的愤怒消退为更糟糕的东西，我从未在她身上见到的某种东西：无奈而无力的悲伤。我知道，让这样的女人，让任何女人，出现这样的心情是个罪过。而且，看着她的浅浅微笑渐渐淡去，终至消失，我知道自己迟早要为那罪过付出代价。

我轻声细语慢慢跟她说，想博得她的同意。

"我把乌拉送到我朋友阿布杜拉那里，他在照顾她。我不能把她丢在那里，我得回去。"

"你下次来找我时，我已经不在这里了。"她说，转身再度靠着门口。

"这话是什么意思？"

"就是我说的意思。"

"那是在威胁？最后通牒？"

"你想怎么说，随便你。"她有气无力地说，仿佛刚从梦中醒来，"事实摆在眼前，你如果回孟买，我就对你死了心。我不会跟你去，不会等你。现在留下来，跟我在一起，在这里，不然你就一个人回去。你看着办。但是你如果回去，我们之间就完了。"

我望着她，困惑、愤怒又满怀爱意。

"你得跟我说清楚一点，"我说，口气更轻柔，"你得跟我说为什么。你得告诉我，卡拉。你不能只是给我下最后通牒，却不说理由，然后希望我照做。选择和最后通牒有差别：选择表示知道怎么回事，为什么发生，然后做出抉择。我不是那种你可以下最后通牒的人。我如果是那种人，大概就不会逃狱。你不能叫我做什么，卡拉。你不能命令我做，却不说明原因。我不是那人。你得告诉我怎么回事。"

"我没办法。"

我叹口气，语气平和地说，但咬紧牙关。

"我想我没把……这件事……解释得够清楚。我并没有把自己看得很重要，但仍保有一点点自重，那是我仅有的自重。人得尊重自己，才会尊重别人，卡拉。我如果让步，完全照你的意思做而不问理由，我就不尊重自己。你如果不说出实情，你就是不尊重我。因此，我再问你一遍，到底是为什么？"

"我……不能说。"

"你是说你不愿意说？"

"我是说我不能说，"她语气轻柔，直直望着我的眼睛，"而且我不愿意说。事情就是这样。刚刚你告诉我，愿意为我做任何事。我要你留下来，我不希望你回孟买。你如果真的回去，我们之间就完了。"

"我如果照你的意思做，"我问，努力想挤出笑容，"那我算什么？"

"我想那就是你的回答，你已做出抉择。"她叹口气，从我身旁挤过，走出小屋。

我收拾行李，绑上摩托车。一切就绪，我往下走到海边。她从波浪中起身，朝我慢慢走来，拖着脚划过不断漂移的沙。背心和长腰布紧贴着她的身体，湿滑的黑发在升起的太阳下闪闪发亮。我这辈子没见过这么漂亮的女人。

"我爱你。"当她走进我的怀里时，我说，然后我们接吻。我贴着她的唇、她的脸、她的眼睛，对她说这几个字。我紧拥着她。"我爱你，会没事的。你等着，我很快会回来。"

"不，"她木然地回答，身体虽不僵硬，但一动不动，已失去生气和爱意，"绝不会没事，绝不会没事。到此结束。今天过后，我不会在这里出现。"

我凝望她的眼睛，感觉自己身体变硬，被骄傲给掏空。我的双手从她肩膀落下，转身，走回摩托车旁。骑到最后一个能看见我们那个沙滩的小悬崖时，我停下，用手遮阳，寻找她的踪影。但她已消失不见。只剩下像调皮的小海豚的弧形背脊般裂开的海浪，还有凌乱、空荡、不留痕迹的一片片沙滩。

第二十五章

　　一个面带微笑的仆人开门，引我进入房间，示意我不要出声。这其实是多此一举。房间里音乐开得震天价响，我即使大叫，都不可能有人听到。他将双手窝成茶碟状，做出举杯喝茶的动作，问我要不要喝茶。我点头。他轻轻带上门，留下我和埃杜尔·迦尼在房间。肥胖的他站在呈大弧形往墙外突出的挑高窗前，看着外面开阔的景致：屋顶花园、晾晒绿黄色纱丽而绚丽耀眼的阳台、锈红色的鲱骨状屋顶。

　　房间很大。三座精致的枝形吊灯靠金色粗悬链拉着，从挑高的天花板上垂下，悬链四周的天花板上满布华丽的圆花饰。靠近主门的房间一头，有张长餐桌和十二张高背柚木椅。一座红木大餐具柜与餐桌平行，靠墙摆放，两端与餐桌切齐，餐具柜顶上有面巨大的玫瑰红镜子。餐具柜旁边有高及天花板的落地大书柜，占据了整面墙。与书柜相对的长墙壁上开了四个高窗，窗外可见下方行道树悬铃木的最上层树枝，以及带来阴凉的树叶。房间中央，书柜墙和高窗之间，设为办公区。一张柚木、皮革船长椅面朝正门摆放，搭配一张巴洛克式的大书桌。房间另一头布置为休闲区，有几张坐卧两用皮革长沙发和深扶手椅。长沙发后方的墙上，开了两个弧形大凸窗，亮丽的阳光从窗外射入，使这两个凸窗成了房间里最抢眼的地方。两个凸窗各安了落地窗，可通到外面的宽阳台，阳台上可看到科拉巴龙蛇混杂区的屋顶花园、万国旗般的晒衣情景、平常不会注意到的兽形滴水嘴。

埃杜尔·迦尼站在那里，一边聆听从嵌入书墙的昂贵音响中高声放出的音乐，一边跟着哼唱。那嗓音和音乐很熟悉，我专心回想了一会儿，想起演唱者是盲人歌手，也就是我应邀受哈德拜款待，和他初结识的那个晚上，在舞台上表演的歌手。眼前放的歌，不是我脑海里浮现的那首，但歌曲中的激情和力量立即感动了我。那激动、令人揪心的合唱结束时，我们静静站着，心中情感澎湃，一时之间，屋中人的声响和下方街道上的嘈杂声，似乎都听而不闻。

"你知道他们？"他问，没有转过身来。

"对，他们是盲人歌手，我想。"

"没错。"他说，混合了印度式悦耳的抑扬顿挫和 BBC 新闻播报员的腔调。我开始喜欢他的混合腔调。"我喜欢他们的音乐，林，比我所听过来自其他文化的任何歌都还喜欢。但我得说，在这份喜爱的深处，我感到害怕。我每天在家时都会放他们的歌，每次听，我都觉得是在听自己的挽歌。"

他还是没有转过来面对我，我仍站在那长房间的中央附近。

"那……肯定让人很不安。"

"不安……"他轻声说，"没错，让人不安。告诉我，林，你觉得一个高明而伟大的行动，是否就可以让我们原谅催生出该行动的上百个错误和失败？"

"这……很难说。我不是很清楚你的意思，但我想那取决于那造福了多少人、伤害了多少人。"他转身面对我，我看到他在哭。泪水从他的大眼睛中不断迅速滑落，流过圆滚的脸颊，流到他丝质长衬衫的肚子上，但他的声音平静而从容。

"我们的马基德昨天遇害，你知道吗？"

"不知道。"我皱起眉头，相当震惊，"遇害？"

"对，遭人杀害。在他自己的家里，像畜生一样被人分尸。身体被砍成好几块，弃置在那栋房子的许多房间里。有人用他的血在几面墙上写上'萨普娜'这名字。警察认为是追随萨普娜的狂热分子干的。对不起，林，请原谅我在你面前落泪，我担心这个不法生意已经危害到我。"

"没，没关系，我……我改天再来。"

"不要介意。你人已经在这儿了，哈德拜也急着找你，要开始行动。让我们喝点茶，我会重新打起精神，然后我们，你和我，去考察护照生意。"

他走到音响那里，抽出盲人歌手的录音带，放进金色的塑料卡匣，走过来，塞到我手里。

"我要你收下，当作我送你的礼物。"他说，眼眶和脸颊的泪水仍未干，"我不该再听他们的歌了，我觉得你会喜欢听。"

"谢谢。"我低声说。这礼物叫我一头雾水，几乎就和马基德的死讯差不多。

"别客气，林。来，一起坐下。我想，你去了果阿，你认识我们的年轻打手安德鲁·费雷拉吗？如果认识，那你应该知道他是果阿人。我为萨尔曼和桑杰工作时，他常跟他们一起去那里。你们应该找个时间一起去那里，他们会带你去看些特殊风光，如果你懂我意思的话。说说看，去果阿这一趟如何？"

我回答他，努力想把全部注意力放在交谈上，但脑海里一直想着马基德，死去的马基德。我说不上喜欢他，甚至不能说信任他。但他的死，他的遇害，令我震惊，让我感到某种奇怪、兴奋的不安。他被人杀了，如埃杜尔所说，被人分尸，死在他位于朱胡区的房子，也就是我们一起研讨、他教我认识黄金和黄金犯罪活动的那栋房子。我想起那栋房子，想到它的海景、铺着紫色瓷砖的游泳池和淡绿色的礼拜室。马基德每天在礼拜室跪下他老朽的膝盖，以浓密的灰白眉毛碰触地板。我记得他暂停授课、前去礼拜时，我坐在礼拜室外面，也就是游泳池附近等他。我记得我凝望紫色的池水，喃喃的祈祷声沉沉飘过我身边，飘进泳池边垂向池子、迎风摇摆的棕榈树叶。

我再度觉得自己步入陷阱，觉得有个非我行为和意志所能左右的命运在牵引着我，仿佛星相本身只是一个超大牢笼的外观，那牢笼谜一般地自行旋转，自行重新调整，直到命运为我保留的那一刻到来为止。有太多事是我不懂的，有太多事是我不愿去问的。在这个相互关联而有所隐瞒的网络中，我感到兴奋，危险与恐惧的气味充塞我的感官。那叫人心跳加速、精神为之一振的兴奋感异常强烈，直到一小时后，我进入埃杜尔·迦尼的护照工作室，我才有办法将全部注意力放在他身上和我们共处的时光上。

"这位是克里须纳，这位是维鲁。"迦尼说，介绍我认识这两位矮瘦的黑皮肤男子。他们俩长得很像，让我觉得他们可能是兄弟。"这一行有许多专家，许多男女行家有侦探般明察秋毫的眼力，还有外科医生般自信平稳的指上功夫。但以我在伪造业待了十年的经验，斯里兰卡人，如我们的克里须纳和维鲁，伪造功夫全世界首屈一指。"

听了这番赞美，那两人开心地笑了起来，露出洁白无瑕的牙齿。他们长得很俊俏，五官标致，近乎秀气，柔和的轮廓和曲线搭配和谐。我们在那大房间随意走看时，他们继续忙手边的工作。

"这是灯箱。"埃杜尔·迦尼解释，挥动他肥胖的手，指向长桌。灯箱顶上有数个白色不透光玻璃，强光从灯箱里射出。"克里须纳是我们最厉害的灯箱师。他一页页检视真护照，寻找水印和隐藏的图纹，借此，他便能在我们需要的地方复制出那些效果。"

克里须纳在研究一本英国护照的资料页，我弯下腰，越过他的肩膀看他工作。一组复杂的波浪状线条从那一页顶端往下延伸，越过照片，直到那一页底部。克里须纳正在旁边的另一本护照上，用细字笔在换过的照片边缘画出一模一样的波浪状线条。他利用灯箱，将两个图纹上下叠放，查看不符之处。

"维鲁是我们最出色的刻印师。"埃杜尔·迦尼说，引我到另一张长桌边。桌子后部的某个架子上，有更多排成数排的橡胶印章。

"维鲁能制作任何印章，不管图案多精细。签证印、出入境印、特殊许可印，我们需要的，他都能办到。他有三台新的廓形切割机，用来复刻印章。这三台机器花了我好多钱，我得从德国进口，一路运来。为了让这些机器通过海关，进到我的工作室，不受到任何刁难，我又花了将近两倍的钱。但我们的维鲁技艺高超，他经常不用我那些漂亮的机器，偏爱用手刻出新印章。"

我看着维鲁在一个空白的橡胶模板上刻新印。他按照原件（雅典机场的出境印）的放大照片，在模板上描摹，用解剖刀和珠宝商的锉刀刻出新印章。蘸上印泥试印，发现几处小瑕疵。瑕疵都修掉后，维鲁用干湿两用砂纸磨掉印章的一角。这刻意磨出的瑕疵，使印出来的印子在纸页上显得真实而自然。刻好的印章放进已摆了数十个印章的印章架上，等着新变造的护照出炉时派上用场。

埃杜尔·迦尼带我参观了整间工作室，向我介绍了计算机、复印机、印刷机、廓形切割机、库存的特殊羊皮纸和印墨。看完第一次来该看的东西后，他主动表示可顺道载我回科拉巴。我婉拒，问他可否让我留下，跟那两位斯里兰卡伪造师傅多相处一段时间。他似乎很满意我的学习热诚，也或许只是惊喜。他离开时，我听到他沉重的叹息，痛失友人的悲痛再度占据他心头。

克里须纳、维鲁和我喝茶、聊天，一连三小时没停。他们虽不是兄弟，但都是泰米尔族斯里兰卡人，来自贾夫纳半岛的同一个村子。泰米尔之虎游击队（泰米尔民族解放之虎）和斯里兰卡政府军之间的战争，将他们的村子夷为平地。两人的家人几乎都死了。这两个年轻人，以及维鲁的一个姐妹、一个堂兄弟、克里须纳的祖父母和他两个不到五岁的小侄女，一起逃了出来。他们搭乘渔船，循着贾夫纳和科罗曼德尔海岸之间的偷渡路线来到印度。流浪到孟买之后，他们住在人行道上，以一块塑料布遮风避雨，成为人行道居民。

他们靠着打零工赚取微薄工资，靠着各种偷鸡摸狗的小小不法勾当挨过了第一年。然后，有一天，有个同住人行道的邻居得知他们的英语读写能力不错，请他们变造一份证书。他们变造得几可乱真，从此之后，上门求助的人越来越多。埃杜尔·迦尼听说他们的本事后，向哈德拜推荐，给他们机会试试身手。两年后，我碰到他们时，克里须纳和维鲁各自带着幸存的家人合住一间舒适的大公寓，靠着优厚的薪水存钱，并且已经堪称印度伪造之都孟买最有成就的伪造师傅。

我想学会所有东西，想学会他们伪造护照的本事，借此安全无虞地四处行走。他们的英语说得很好。我的学习热诚激发他们和善的本性，第一次交谈气氛愉快。新友谊顺利展开。

那次见面之后，我每天都去找克里须纳和维鲁，前后七天。那两位年轻人的工作时间很长，有几天，我待在他们旁边连续十小时，看他们工作，问他们数百个问题。他们处理的护照主要有两种，一种是从他处得来、用过的真护照，一种是空白未使用过的护照。用过的护照或是由扒手偷来，或是游客所遗失，或是向欧洲、非洲、美洲、大洋洲急需用钱的瘾君子买来的。空白护照很稀有，是从法国、土耳其、中国等多国领事馆、大使馆、移民局的不法官员那里买来的。流入哈德拜势力范围的空白护照不管价钱多高，都会被立即买下，然后送到克里须纳跟维鲁手上。他们拿了一本未用过的正版加拿大空白护照给我看，那护照摆在防火保险箱里，里面还有来自英国、德国、葡萄牙、委内瑞拉的空白护照。

靠着足够的耐心、专业本事与资源，这两位伪造师傅几乎能变造护照上的所有东西，以符合新使用者的条件。他们给护照换照片，用钩针如此不起眼的工具，仿造厚重戳印痕隆起的线条或锯齿痕迹；有时将护照的缝线小心拆下，换上另一本护照的干净纸页。日期、细部和戳记，全用化学溶剂予以改造或抹除。填入新数据时，从包罗万象的印刷墨水目录里挑出色度正确的墨水使用。有些变造骗过专家的法眼，而从没有一次改造在例行检查时露底。

在研究护照的头一个星期中，我帮乌拉找到一间位于附近的塔德欧区安全舒适的新住所，距哈吉·阿里清真寺不远。莉萨·卡特同意和乌拉同住。那之前她几乎每天都到阿布杜拉家看乌拉，而实际上她看阿布杜拉时的热情远甚之。我们叫了几辆出租车，把她的东西搬过去。她们都很喜欢对方，相处愉快。两人喝伏特加，在拼字游戏和金罗美双人牌戏里耍诈，喜欢看同类型的电影录像带，互换衣服穿。在阿布杜拉那食材超齐全的厨房里待了几星期后，她们还发现彼此都很喜欢对方的手艺。对她们而言，这个新住所是人生的新开始，尽管乌拉仍时时担心毛里齐欧和他那骗财的勾当，她和莉萨依旧开心而乐观。

我继续和阿布杜拉、萨尔曼、桑杰练举重和空手道。我们体格健壮，毫无赘肉，身手矫捷。如此锻炼数星期后，阿布杜拉和我感情变得更好，成为朋友兼兄弟，一如萨尔曼和桑杰的关系。那是不需言语就能维持的真挚友谊：我们碰面后，常一起到健身房做重量训练，打几回合拳击，练半小时空手道，交谈不超过十个字。有时，只因为我的一个眼神或是他脸上一个特殊的表情，我们就开始大笑，停不下来，直到我们瘫倒在练习垫上。我以不通过言语的方式，慢慢向阿布杜拉敞开心胸，我渐渐喜欢上他这个人。

我刚从果阿回来时，去找过贫民窟的头头卡西姆·阿里·胡赛因，还有包括强尼·雪茄在内的其他人，我每隔几天就看到开着出租车的普拉巴克。但是在迦尼的护照工作室里有太多的新挑战和新收获，使我一直处于忙碌和兴奋的状态。因此，即使我偶尔回去曾作为我栖身之所的那间小屋，回到我创立的小诊所，我也不再给人看病。

几星期后，我再度回到贫民窟，惊讶地见到普拉巴克扭动身子，抽搐般地跳舞，贫民窟乐师则在彩排他们受欢迎的歌曲之一。这个矮小的导游，穿着他的出租车司机服、卡其衬衫和白长裤，脖子上围着紫色围巾，脚穿黄色塑料凉鞋。我悄悄走近，他浑然未觉，我静静看了他一会儿。他的舞蹈显得做作，臀部做出挑逗、猥琐的顶刺动作，又摆出童稚天真的表情和转手动作。他一下把张开的双手放在微笑的脸旁边，摆出小丑的姿态，一下又来回抽动下半身，做了个神态坚定的鬼脸。他终于转身看到我，脸上猛然绽放出那开怀的微笑，那张大嘴、流露真性情的独特微笑。他冲过来和我打招呼。

"哇，林！"他大叫，把头钻进我胸口，热切拥抱，"告诉你个大消息！我有个惊天动地的大消息！我四处找你，去了每个有脱衣女郎的饭店，每个有黑市贩子的酒吧，每个肮脏的贫民窟，每个……"

"我知道了，普拉布。什么消息，说来听听？"

"我要结婚了！我要娶帕瓦蒂了！你相信吗？"

"当然，恭喜你了。我想你刚刚是在为结婚典礼练习。"

"没错！"他肯定道，对着我做了几下臀部顶刺的动作，"我要在婚礼上跳非常性感的舞给大家看，这很性感吧？"

"这……性感……当然。这里一切都好吧？"

"很好，没事。啊，林！忘了告诉你！强尼，他也要结婚了。他要娶席塔，我美丽的帕瓦蒂的妹妹。"

"他在哪里？我想跟他打个招呼。"

"他在下面的海边，你知道的，坐在那里的岩石上，说是为了独处，就是你也喜欢好好享受孤独的同一个地方。去那里就会找到他。"

我走开，回头瞥了一眼，看见普拉巴克正像活塞般僵硬地前后抽动他的窄臀，替乐队助兴。在贫民窟边缘，黑色大石林立的海边，我找到强尼·雪茄。他穿白背心和格纹绿缠腰布，身子后仰，靠双臂支撑，凝望大海。好几个月前，霍乱暴发的那晚，几乎就在同一个地方，他告诉我有关海水、汗与眼泪的事。

"恭喜啊。"我说，在他旁边坐下，递上一根线扎手卷小烟卷。

"谢了，林。"他微笑，摇摇头。我收起烟盒。我们俩望着海浪一径拍打岩岸，片刻无语。

"你知道吗？我就是在那里，在纳迦尔海军区，被带到这世上的——我是说受孕，不是出生。"他说，朝印度海军区点头。一道弧形海岸线把我们和纳迦尔区隔开，但朝着小海湾对面直直望过去，可清楚看到房子、小屋和营房。

"我母亲是德里人，她的家人全是基督徒。他们替英国人做事，赚了不少钱，但独立之后，他们失去了地位和特权。我母亲十五岁时，他们一家搬到孟买。我外公在海军区找到工作，当办事员。他们住在这附近的一个贫民窟。我母亲爱上一个水手，他是个高大的年轻人，来自阿姆利则，拥有全纳迦尔区最漂亮的胡子。她怀了我之后，被赶出家门。她想找那个水手，也就是我的父亲求助，但他离开了纳迦尔，我母亲再也没见到他或听到他的消息。"

他停了下来，用鼻子呼吸，双唇紧闭，迎着粼粼海面的闪光和不断吹来的清新海风眯起眼睛。我们身后传来贫民窟的嘈杂声：小贩叫卖声、洗衣区里在石头上捶打衣服的声音、小孩嬉戏声、争吵声、为普拉巴克前后抽动的臀部伴奏的刺耳乐声。

"她度过了一段艰辛岁月，林。被赶出家门时，她已大腹便便。她搬到人行道居民的聚居区，位于对面的克劳福市场区，穿上寡妇的白纱丽，假装她曾有丈夫而丈夫已死。她不得不如此——不得不连婚都没结，就当一辈子的寡妇。这就是为什么我一直都没结婚。我现在三十八岁了，读写能力都很强，因为我母亲要我一定要受教育。我给贫民窟所有的商行做文书工作，给每个纳税人报税。我在这里生活优裕，受人尊敬。我早该在十五或二十年前就结婚。但她为了我守寡一辈子，我不能那样做，叫我结婚，我就是心不安。我一直盼望能见到他，那个有着漂亮胡子的水手。我母亲有张褪色的旧合照，照片中他两人神情认真且严肃。所以我才住在这里，我一直希望见到他，一直未婚。然后，上个星期，她死了。我母亲上个星期死了。"

他转身面对我，眼眶里泛着他忍住不落下的泪水。

"她上个星期死了，现在，我要结婚了。"

"强尼，你妈妈的事很让人难过，但我认为她一定希望你结婚，我想你会是个好父亲。事实上，我知道你会是。我很确定。"

他望着我，他的眼神在用一种我能感到但无法理解的语言在对我说话。我离开时，他凝望永不止息的大海，风扰动海面，扬起断断续续的白色反激浪。

我穿过贫民窟，走回诊所。与阿尤布和悉达多（我栽培来接手诊所的两名年轻人）进行一番交谈后，得知诊所运营顺利，便放下心来。我给了他们一点钱，充当紧急备用金，也留了些钱给普拉巴克，供他筹备婚礼，随后礼貌性地拜访了卡西姆·阿里·胡赛因，他硬是要我留下来喝杯茶，盛情难却。我以前的两个邻居吉滕德拉和阿南德·拉奥，还有其他几个我熟识的男子也过来一起喝茶。卡西姆·阿里起头讲话，提到他在波斯湾工作的儿子萨迪克。我们陆续谈到孟买市的宗教冲突和种族冲突、至少仍要两年才能完工的双塔大楼、普拉巴克与强尼·雪茄的婚礼。

那是场令人快慰的聚会，让我对人生充满希望。我起身告辞时，内心满怀着活力与自信，那是与那些率直、单纯而正派的人为伍时始终会感受到的东西。但我才走出几步，那个年轻的锡克教徒阿南德·拉奥就追上来，在我身旁齐行。

"林巴巴，有件麻烦事。"他轻声说。他是那种再怎么快意都出奇严肃的人，而眼前他的表情明摆着忧心忡忡。"那个拉希德，过去和我住在一块的人，你还记得吗？"

"记得，拉希德，我记得他。"我答，想起那个瘦脸、留着胡子，眼神不安、带着愧疚的男子。他和阿南德住在我附近，住了一年多。

"他碰上麻烦了，"阿南德·拉奥直截了当地说，"他太太和小姨子从家乡过来。她们来了以后，我离开那间小屋。他跟她们一起住已经有一段时间。"

"然后……怎样?"我们一起走出贫民窟来到马路上时,我问。我不知道阿南德·拉奥想干吗,我没有耐心这样磨。我住在贫民窟时,这种含糊其词、拐弯抹角的抱怨,我几乎每天都会碰上。大部分时候,这种抱怨说说就算了。我巴不得这种抱怨别找上我。

"嗯,"阿南德·拉奥吞吞吐吐,或许察觉到我的不耐烦,"这个……他……有件事很糟糕,我想……肯定是……"

他停住不讲,盯着自己穿着凉鞋的双脚。我伸出一只手搭在他宽、薄而骄傲的肩膀上。他渐渐抬起头,眼神与我交接,发出无言的恳求。

"钱的问题?"我问,手伸进口袋,"你需要钱?"

他仿佛受到侮辱似的往后缩,怔住片刻,然后转身走回贫民窟。

我大步走过熟悉的街道,告诉自己不会有事。阿南德·拉奥和拉希德合住一间小屋两年多,如果因为拉希德妻子与小姨子搬来这城市,阿南德被迫搬出小屋,导致两人失和,也是大有可能的事。反正那不关我的事。我大笑,边走边摇头,搞不懂为何阿南德·拉奥看到我想拿钱给他时反应那么激烈。对我而言,担负起这样的事或主动伸出援手,不算是什么过分的事。从贫民窟走到利奥波德的三十分钟路程,我又给了另外五个人钱,包括那两位星座乔治。我告诉自己,无论如何,他会挨过去的,反正那不关我的事。但我们对自己撒的谎,却是午夜梦回时缠扰不去的恶魔。我虽然不再去想阿南德和贫民窟的事,但在那个炎热的午后,走在熙来攘往的长长的科兹威路上,我却感觉到那谎言恶魔朝我的脸吹气。

我走进利奥波德,还没开口讲话或坐下,狄迪耶就一把抓住我的手臂,带我朝等在外面的出租车走去。

"我四处找你,"出租车驶离人行道边时,狄迪耶气喘吁吁地说,"我去过那些脏得最不像话的地方找你。"

"一直有人跟我这样说。"

"好，林，你真的应该多待在有像样的酒可喝的地方。那未必能让人比较容易找到你，但会让人找起来舒服得多。"

"我们要去哪里，狄迪耶？"

"维克兰不是有个妙计，或者不妨说是我本人的一流妙计，要掳获莉蒂希亚那个铁石心肠的英国妞的心？现在，就在我们说话的同时，那妙计正在施行。"

"那好，祝他马到成功，"我皱起眉头，"但是我很饿。我要去利奥波德点一盘肉饭狼吞虎咽一番，你可以让我在这里下车。"

"不行！不可能！"狄迪耶反驳，"莉蒂希亚，这个女人很顽固。如果有人硬要她收下金子和钻石，她都会拒收。除非有人说服她，像你这样的人，老兄，否则她不会中这妙计。这得在接下来的半小时内完成。现在是三点过六分钟。"

"你为什么认为莉蒂会听我的？"

"我们之中，你是她现在唯一不恨的人，或者说过去某个时候她唯一不恨的人。在莉蒂眼中，'我不恨你'这句话是一首狂爱之诗。她会听你的，我很确定。没有你，这计划成不了。而维克兰那个宝贝蛋为了让这计划成功，已经冒了几次生命危险——好像爱上莉蒂希亚这样的女人还不足以证明他精神错乱似的。你绝对想象不到，维克兰和我为了这一刻，已经做了多少准备。"

"哎，没人告诉我，我对那计划毫无所知啊！"我埋怨，仍想着利奥波德香喷喷的肉饭。

"这正是我们跑遍科拉巴四处找你的原因！你没的选择，林。你一定得帮。我了解你。你和我一样，都对爱有种病态的执着，都对爱引发的疯狂着迷。"

"我不会那样解读爱，狄迪耶。"

"你想怎么解读就怎么解读，"他答，首次大笑，"但你有那种爱病，林，你心里知道你得帮维克兰，就像我得帮你一样。"

"怎么会这样？"我软化了，点起一根线扎手卷小烟卷来驱赶饥饿，"我会尽力帮忙。什么计划？"

"噢，那很复杂——"

"等一下，"我说，立即举手打断他的话，"这个计划危不危险？"

"这个嘛……"

"是不是要犯法？"

"这个嘛……"

"我想是。那可别等我们到了才告诉我，我要烦心的事够多了。"

"D'accord（好）。我就知道可以找你帮忙。Alors，说到烦心的事，我有个小小的消息，或许对你有帮助。"

"说来听听。"

"那个告发你的女人，就是害你入狱的那个女人，不是印度人。我打听到的，千真万确。她是住在孟买的外国人。"

"还有呢？"

"没有了。很遗憾，就只有这样。眼前只有这样，但我不全弄清楚决不罢手。"

"谢了，狄迪耶。"

"没什么。哦，对了，你看起来气色很好，或许比你入狱前更好。"

"谢了，我胖了些，也壮了点。"

"或许也……怪了些……？"

我大笑，避开他的视线，因为他说的没错。出租车在海线车站停车。从孟买火车总站教堂门站搭车，第一个停靠站就是海线车站。我们走上人行坡道，看到维克兰和他的几个朋友在车站月台等我们。

"哇！感谢老天，你来了，老哥！"他说，双手使劲握住我的手上下摇，"我还以为你不来了。"

"莉蒂希亚人呢？"狄迪耶问。

"她在月台另一头，yaar，去买冷饮。瞧，她在那里，就在茶铺过去一点。"

"哦，的确。她完全不知这计划？"

"一点都不知道，老哥。我太紧张了，因为担心这计划不管用，yaar。如果她丢了性命怎么办，狄迪耶？我的计划如果要了她的命，老哥，那我们可会倒大霉！"

"要了她的命的话，绝对不是个好开头。"我若有所思地说。

"放心，没事的。"狄迪耶安抚道，但他往空荡荡的铁轨处寻找火车进站的踪影时，用喷了香水的手帕擦了擦额头，"会成功的，你要有信心。"

"那是他们在琼斯镇所说的话，yaar。"

"你要我做什么，维克兰？"我问，希望让他平静下来。

"好。"他答，喘着大气，好似刚跑上一段阶梯，"好，首先，莉蒂得站在这里，面向你，就像我现在站的这样。"

"嗯。"

"得在这里，不能有任何差错。我们已经对过数百次，老哥，就只能在这里，懂吗？"

"我……想我懂。你是说她一定只能站在——"

"这里！"

"这里？"我捉弄他。

"干，老哥，这是正经事！"

"行！放轻松。你要我让莉蒂站在这里。"

"对，这里。你的任务就是蒙住她的眼睛。"

"蒙住……眼睛？"

"对，她得蒙住眼睛，林，不然事办不成。即使她很害怕，还是得蒙。"

"害怕……"

"对，那是你的任务。我们给你信号时，麻烦你说服她戴着蒙眼布，然后说服她继续戴着，yaar，即使她惊声尖叫。"

"尖叫……"

"对。我们想过塞住她的嘴巴，但最后决定，你知道的，塞嘴巴可能反而会造成反效果，yaar，因为那样她可能会抓狂。但其实不必塞住她的嘴巴，就够叫她抓狂的。"

"塞……嘴巴……"

"对。好，她来了！注意信号！"

"你好，林，你这个臭浑蛋，"莉蒂说，在我脸颊上亲了一下，"你真是越来越壮了，对不对，你这小子？"

"你看起来也不错。"我答，露出微笑，很高兴见到她。

"那接下来要做什么？"她问，"看来那一票人都来了。"

"你不知道？"我耸耸肩。

"不知道，我当然不知道。维克兰只告诉我要见你和狄迪耶——你好，狄迪耶——现在大家都到齐了。怎么回事？"

从教堂门车站开来的火车出现在眼前，以稳定的速度朝我们接近。维克兰对我发了信号，在肌肉的能力范围内将眼睛睁到最大，然后摇摇头。我双手搭在莉蒂肩上，把她慢慢转过来，直到她像维克兰要求的那样站着，背对铁轨。

"莉蒂，你相信我吗？"我问。

她抬头对我微笑。

"还可以。"她答。

"好，"我点头，"嗯，我要你做件事。我知道你听了会觉得奇怪，但你如果不做，就永远无法知道维克兰有多爱你，还有我们大家有多爱你。那是我们特地为你准备的惊喜，那是关于爱的……"

火车进站，在她身后逐渐减速。她双眼绽放光彩，笑意在张开的唇上闪现，然后渐渐消失。她既好奇又兴奋。维克兰和狄迪耶在她背后猛打手势，催我快行动。火车嘎吱嘎吱停下。

"那么，你得蒙住眼睛，你得答应我们，等我们告诉你可以解开时才解开。"

"就这样？"

"嗯，对。"我耸耸肩。

她看着我，定定盯着我，对我的眼睛微笑。她扬起眉毛，拉下嘴角，考虑着，然后点了点头。

"好，"她大笑，"来吧。"

维克兰拿着蒙眼布跳上前，把它绑上，问她是否太紧。他带她朝火车后退一两步，然后要她将双手高举过头。

"举手？什么，像这样？维克兰，你如果搔我痒，看我怎么修理你！"

一些男子出现在车顶边缘，他们老早就躺在车厢顶上。他们弯下身子，抓住莉蒂高举的双手，轻松地将她轻盈的身子提上车顶。莉蒂尖叫，但火车警卫的尖锐哨子声盖过她的尖叫声。火车开始启动。

"快！"维克兰对我大吼，抓住车厢外部，爬上车顶和莉蒂会合。

我瞥了一眼狄迪耶。

"不，老兄！"他大喊，"这不是为了我。你去！快！"

我小跑着跟在火车旁边，然后抓住车厢外部，爬上车顶。上头至少有十二名男子，其中有些人是乐师。他们坐在一块，把塔布拉鼓、钹、笛、长鼓搁在膝上。在那布满灰尘的车顶前方有另一群人。莉蒂坐在那群人中间，她仍蒙着眼睛，有人扶着她（两只手臂各有一人抓着，另有两人从后面扶着），以确保她的安全。维克兰跪在她面前。我以蹲姿慢慢爬向他们，听到他的恳求。

"我向你保证，莉蒂，这真是天大的惊喜。"

"哦，这的确是个'惊喜'，天杀的维克兰·帕特尔，"她大叫，"但比起我们下去后你会得到的'惊喜'，还差得远呢！"

"嗨，莉蒂！"我叫她，"风景很棒，是不是？噢，对不起，忘了蒙眼睛的事。嘿，等你能看的时候，就会看到很棒的风景。"

"这真是胡扯，林！"她对我大吼，"告诉这些浑蛋，放开我！"

"那可不好，莉蒂，"维克兰答，"他们扶住你才能让你不至于掉下去，yaar，或者站起来钩到上面的电线或什么东西。再过三十秒就好，我保证，然后你就会知道这是怎么回事。"

"我知道，你放心。我知道，我下去以后，维克兰，你会死得很惨。我告诉你，你最好现在就把我丢出这个该死的车顶！你如果以为我——"

维克兰解开蒙眼布，看着她四处瞧，欣赏从疾驰的火车顶上看到的景致。她张开嘴，脸慢慢鼓成开心的微笑。

"哇！这……哇！这风景真是棒！"

"看！"维克兰以命令的口吻说道，转头指向火车前方。有东西张挂在铁轨上方，比车顶高出许多。那东西挂在支撑上方电线的两根柱子之间，是条巨大的横幅，迎着稳定的海风，鼓得像船帆。上面写着字。当我们走近，上头的字变清晰。人身一般高的字，从左到右占满整块飘扬的布。

　　莉蒂希亚我爱你

"我担心你站起来伤到自己，"维克兰说，"所以那些人才抓住你的手臂。"

突然间，乐师唱起流行情歌，歌声洪亮，盖过令人心潮澎湃的塔布拉鼓声和如泣如诉的笛声。维克兰和莉蒂互相凝望，火车进站、离站又进站，两人仍望着对方。前往下一个车站的中途，出现另一条横幅。维克兰百般不舍地将视线从她的眼睛上移开，望向前方。她随着他的视线望去。紧绷的白色横幅上，又写了些字：

　　你愿不愿意嫁给我？

我们从这横幅底下穿过，迎向柔和的午后阳光。莉蒂在哭，他们两人都在哭。维克兰猛然走上前去，把莉蒂搂在怀里。两人接吻。我看了他们片刻，转头朝向乐师。他们对我咧嘴而笑，左右摆头，边唱边大笑。火车轰隆隆在郊区颠簸行驶，我为他们跳了一小段胜利之舞。

每天，有数百万个梦想在我们周遭诞生。数百万个梦想在我们的周遭破灭，然后重生。在我的孟买，潮湿的空气里到处飘荡着梦想。我的城市是热气蒸腾的梦想温室花园。而在那里，在那红褐色生锈的金属车顶上，一个新的爱情梦诞生了。当我们奔驰在梦想的潮湿空气中，我想起我的家人，也想起卡拉。我在那条钢蛇身上跳舞，而它傍着无穷无尽、永不毁灭、潮来潮往的大海蜿蜒前行。

莉蒂接受维克兰的求爱之后，两人消失了一星期，但一股类似幸福的欢快与乐观洋溢在利奥波德酒吧的众人心中。他终于回到酒吧时，开心的众人以诚挚的温情迎接他。阿布杜拉和我刚做完例行的健身运动，我们极尽调侃之能事，取笑他那疲惫而发癫似的喜悦。然后，维克兰哭着说他的爱情故事时，饥饿的我们在刻意的静默中低头用餐。狄迪耶兴高采烈，为他的求爱妙计成功而得意扬扬，向我们认识的每个人讨烈酒喝，敲还不算过分的竹杠。

低头用餐的我抬起头，见到一名男子带着几分焦虑向我示意。那是在街头替黑市贩子拉客的街头男孩之一。我离开餐桌，走到人行道和他讲话。

"林！你有大麻烦了。"他说得很快，紧张地往左右瞧，"三个人，非洲人，大块头，很壮。他们在找你，要杀了你。"

"杀了我？"

"对，千真万确。你最好快走，快离开孟买一阵子！"

他跑开，消失在人群里。我一头雾水，但不担心，回餐桌继续吃饭。只再扒了两口，又有一个人叫我出去。那是双子座乔治。

"我想你有麻烦了，老哥。"他说，口气愉悦，但脸上紧绷而害怕。

"嗯。"

"好像有三个脖子短粗的非洲男子，我想是尼日利亚人，打算给你来个沉重的身体伤害，如果你知道我意思的话。"

"那些人在哪里？"

"我不知道，兄弟。我看到他们在跟几个街头男孩讲话，然后搭上出租车。他们的块头真大，不骗你。他们塞满那辆出租车，还有一部分肉塞不进去，爆到车窗外，知道我的意思吧？"

"他们要干什么？"

"不知道，兄弟，他们没说要干什么，林。他们只是在找你，看起来一脑门子官司。我会留意，会小心，老哥。"

我伸手进口袋，但他伸手放在我手腕上。

"不用，兄弟，免费。我是说不管他们想玩什么花样都不对。"

他慢条斯理地走开，去追刚刚经过的三名德国游客，我走回餐厅。双子座乔治的警告证实了前一个警告，我开始担心。这顿饭花了比平常更久的时间才吃完。不久，来了第三个访客，是普拉巴克。

"林！"他说，神情很激动，"有坏消息！"

"我知道，普拉布。"

"有三个男子，非洲人，想打你、杀你！他们四处打听。他们的块头真是大！像水牛一样！你得避一避！"

我花了五分钟才安抚好他，还得瞎编一个任务给他：去他熟悉的那些饭店查那些非洲人的落脚处，好把他赶离我身边。又剩下我和狄迪耶、维克兰和阿布杜拉，我们陷入长长的沉默，思索应对方案。维克兰第一个开口。

"好，我们把那些王八蛋找出来，打破他们的头，yaar。"他建议，环视在座的每张脸，寻找支持。

"然后宰了他们。"阿布杜拉补充道。

维克兰左右摆头，表示同意。

"有两件事可以确定，"狄迪耶慢慢说，"首先是在这事情解决之前，你绝不能落单，林，无论何时都不行。"

维克兰和阿布杜拉点头。

"我会叫萨尔曼和桑杰陪你，"阿布杜拉决定，"你不会落单，林兄弟。"

"其次，"狄迪耶继续说，"那些人，不管他们是谁，不管他们有什么动机，都不准待在孟买。他们得离开，不管是用什么方式。"

我们起身去付账，准备离开。其他人走向收银台时，狄迪耶拦住我。他把我拉下来坐到他旁边的椅子上。他抽走桌上一张餐巾，在桌沿下方摸索了一会儿，然后把一包东西推到桌子另一头我的面前。原来是支手枪，用餐巾包着。没人知道狄迪耶身上有枪。我确信我是第一个见到、拿到这枪的人。我紧抓着包在餐巾里的手枪起身，和其他离开餐厅的人会合。我回头，看见他严肃地点头，脸颊周围的黑鬓发在颤动。

我们的确找到了他们，但花了一整个白天和大半个夜晚才找到。最终是另一个尼日利亚人，哈桑·奥比克瓦，给了我们关键线索。那些人是游客，对这城市完全陌生，奥比克瓦对他们也完全陌生。他不清楚他们的动机（和某件毒品交易有关），但他的眼线证实他们要伤害我。

哈桑的司机拉希姆，在监狱里受的伤几乎已完全复原。他发现他们住在要塞区某间饭店，主动表示要替我解决这事。我用钱把他救出阿瑟路监狱，那份人情他牢记在心。他带着认真而近乎害羞的表情，主动表示要慢慢地、痛苦地将他们折磨至死，以回报我的救命之恩。在这种情况下，他似乎认为这是他起码能做的事。我拒绝了。我得知道事情原委，得阻止这事。拉希姆接受我的决定，失望之情表露无遗，然后带我们到要塞区那间小饭店。我们进入饭店，他留在外面，守在我们的两辆车旁。萨尔曼和桑杰留下来陪他，注意街上的动静。他们的任务是万一有警察来，拦住警察，或拖延他们的行动，让我们有时间脱身。

阿布杜拉的一个眼线，轻声细语地把我们偷偷带进那三个非洲人住房的隔壁房间。我们把耳朵贴上房间的墙壁，清楚听到他们的谈话。他们在开玩笑，说些不相干的琐碎小事。最后，其中一人讲到令我头皮发麻的事。

"他脖子上挂着那个金牌，"其中一人说，"那金牌是纯金的，我要那个金牌。"

"我喜欢他的鞋子，他穿的那双靴子，"另一个声音说，"我要他的鞋子。"

他们继续谈他们的计划，争执了一会儿。其中一人较强势，另外两人最终同意他的构想——从利奥波德一路跟踪我到公寓大楼下面安静的停车场，把我打死，抢走我身上的衣物。

站在漆黑的空间里，听着别人打算怎么杀掉我，那感觉很奇怪。恶心和愤怒纠结，我的胃沉沉发胀。我想听到线索，想听到动机，但他们只字不提。阿布杜拉用左耳贴着薄薄的墙壁听着，我用右耳听。我们俩的眼睛只隔着一只手掌的宽度。他示意动手，我点头。示意的动作非常轻微、隐约，仿佛我们的心已说出那意思。

维克兰、阿布杜拉和我站在他们的房门外，将万能钥匙插进门锁。我们倒数三——二——一，我转动钥匙，看门有没有锁。门没锁，我后退，一脚踢开。有一秒或三秒的时间，众人凝止不动，那三人吃惊又害怕地盯着我们，嘴巴张开，双眼圆睁。最靠近我们的那个人是个秃头，相当高大且结实，双颊上有规则的深疤，身穿背心和拳击短裤。他后面那个人比较矮，只穿着紧身内裤，俯身在及腰的梳妆台上，正要吸食海洛因，此刻他定住不动。第三个人更矮，但胸膛和手臂都很粗壮。房间里有三张床，他躺在最远角落的那张床上，捧着一本《花花公子》。房里有股刺鼻的气味，夹杂着汗水与恐惧，而那气味有部分来自我。

阿布杜拉关上身后的门，动作很慢、很轻，然后锁上。他一身黑，他几乎永远是黑衬衫、黑长裤，维克兰穿着黑色牛仔装，碰巧我也穿黑色 T 恤和黑长裤。想必那三个瞪大眼睛的家伙以为我们是哪个帮派的人。

"搞什么……"那个大块头男子咆哮。

我冲上前，朝他嘴上就是一拳，但他还有时间举起双手。我们互相抓住对方，猛挥拳，扭打在一块。维克兰冲向床上那个。阿布杜拉对付梳妆台那个。那是贴身肉搏，不择手段的对决。小小的房间挤了我们六个人——六个大男人。除了冲向对方，无路可逃。

阿布杜拉很快就解决掉他那个。他右手使劲往那人的喉咙直直一击，然后我听到一声害怕、窒息的尖叫。透过余光，我知道那个结实的汉子已经倒下，紧抓着自己的喉咙。床上那人猛然起身，脚往外踢，想利用位居高处的优势。阿布杜拉和维克兰翻倒床铺，那人狼狈地趴在床后面。他们跳过翻倒的床，对他又踩又踢，直到他一动也不动为止。

我用左手抓住那大块头背心的带子，右手猛挥拳。他不管头部受到的重击，双手箍住我脖子，开始紧掐。我喉咙透不过气来。我知道在我解决掉他之前，我只剩憋在胸口里的那口气。我伸出右手，往他脸上拼命乱抓。我的拇指摸到他的眼睛，我想把那眼珠戳进他脑子，但他左右摆头，让我的拇指在眼睛和太阳穴处突起的硬骨头上打滑。我把拇指插得更用力、更深，直到最后把他的眼珠挖出眼窝，眼珠靠着几条血淋淋的细丝垂在眼窝外。我想抓住那颗眼珠，把它扯下来，或者把拇指插进空眼窝，但他往后退，退到仅能勉强够着我却依然能掐住我的距离。那颗眼珠挂在他的脸颊上，我向他的头挥拳，想打扁他的头。

他是个硬汉，没有屈服，双手把我掐得更紧。我脖子粗壮，肌肉结实有力，但我知道他有力气掐死我。我伸手找口袋里的手枪。我必须开枪，得要他的命。没关系，我不在乎。我肺里的空气用尽了，各色碎形光轮在脑子里爆炸，我就要一命呜呼了，我要杀掉他。

维克兰抓起一张粗重的木凳，往大块头后脑勺猛地砸下。想要把人击昏，没有电影里演得那么容易。没错，有时运气好，一击就能撂倒对方，但我挨过铁条、木头、靴子和许多硬拳头，这辈子却只被打昏过一次。维克兰拿起那张凳子，使尽全力，往那个人的后脑勺猛击了五下，最后他身体一软，倒下。他被打败了，整个人软趴趴的，后脑勺一片血肉模糊。我知道他的颅骨有几个地方碎掉了，但不知为何，他仍有意识。

最初他们不肯说，我们花了半小时才让他们开口。拉希姆前来帮忙，用英语和尼日利亚方言跟他们交谈。通过护照，我们知道他们是持观光签证的尼日利亚公民；他们的皮夹和行李中的资料则告诉我们，他们来孟买之前待在拉各斯的什么地方。谜团渐渐解开。他们是拉各斯某恶徒派来惩罚我的打手，原因是有桩海洛因与曼德拉斯镇静片的大生意出了差错。那笔生意涉及约六万美元，孟买有人耍诈，让他们的拉各斯老大损失了那笔钱。那个骗他们钱的人，不管是谁，总之他指名我是这个骗局的幕后首脑，是吞掉他们钱的罪魁祸首。

这三个受雇的打手吐出这么多内幕，接下来却迟疑不肯讲。他们不肯说出那个人的名字，不肯说是谁陷害我。没有他们尼日利亚老大的允许，他们不肯出卖那个人。我们继续逼问，终于问出来。那个人叫毛里齐欧·贝尔卡涅。

我把大块头的眼珠放回眼窝，但它看人的角度很怪。从他转头看我的方式，我猜那眼珠还无法看东西，我猜它大概永远无法摆回正确位置。我们给那眼睛封上胶布，用绷带缠住他的头，帮另两个人整理一番。然后我对他们说："这些人会带你们去机场，你们就在停车场等着。明天早上有班飞机到拉各斯，你们就搭那班飞机，我们会用你们的钱买机票。然后，搞清楚，我和这件事毫无关系。那不是你们的错，是毛里齐欧的错，但知道这事并不会让我更高兴。我会去教训毛里齐欧，因为他骗了我。接下来是我的事了。你们可以回去找你们老大，告诉他毛里齐欧会得到应有的教训。但你们如果胆敢回来，我会杀了你们，懂吗？回孟买就是死。"

"对，你们懂了没？"维克兰对他们大叫，狠狠踢上一脚，"你们来这里搞印度人，你们这些死王八蛋！你们别想再来印度！你们再来的话，我会亲自割掉你们的臭卵蛋！看到我的帽子没？看到我的帽子上面的痕迹没，你们这些浑蛋！你们竟然在我的帽子上面留下痕迹！你们别乱碰印度男人的帽子！不管为了什么理由，不管有没有戴帽子，都不准乱碰印度男人！永远不准！特别是他们真戴了帽子的话！"

我离开他们，搭出租车到乌拉的新住所。别人知不知道我不清楚，但她应该知道毛里齐欧在哪里。我喉咙痛，几乎无法讲话。我满脑子能想的，就只是口袋里的手枪。它在我心中膨胀，变得非常巨大，最后握把上突起的纹路，就和黄檗树皮上隆起的裂纹一样大。那是瓦尔特公司的P38手枪，历来是最好的半自动手枪之一，装9毫米直径的子弹，一次装填八发。我想象八发子弹全打进毛里齐欧的身体。我喃喃念着"毛里齐欧、毛里齐欧"，脑子里出现一个声音，一个我非常熟悉的声音，说道：见到他之前把枪丢掉……

我用力敲房门，莉萨一开门，我掠过她身边冲进去，发现乌拉坐在客厅的长沙发上，正在哭。我进去时，她抬起头，我看到她左眼肿起，好像被打过。

"毛里齐欧！"我说，"他在哪里？"

"林，我不能讲，"她抽泣，"莫德纳……"

"我对莫德纳没兴趣，我要毛里齐欧。告诉我他在哪里！"

莉萨轻敲我的手臂。我转身，这才注意到她手里拿着一把大菜刀。她猛然转头望向最近的卧室。我看看乌拉，再看看莉萨。她缓缓向我点头。

毛里齐欧躲在衣柜里。我把他拖出来，他哀求我不要伤害他。我抓住他裤子后面的皮带，把他押到门口。他尖叫救命，我用手枪砸他的脸；他再尖叫，我再砸一次，比先前更用力。他张开嘴，想再度叫喊，但还没叫出声又挨了我一记。他退缩，我拿枪往他脑门猛力一砸。他不再出声。

莉萨挥舞刀子，对他咆哮。

"算你走运，没让我把这个捅进你肚子，你这个龟儿子！你如果再打她，我会杀了你！"

"他来这里干什么？"我问她。

"就是为了钱，莫德纳拿走那笔钱，乌拉打电话给毛里齐欧……"

看到我狠狠瞪着乌拉的愤怒表情，她吓得讲不下去了。

"我知道，我知道，她不该打电话给任何人。但她打了，她告诉他这地方。她跟他们约好今晚在这里碰面，但莫德纳没现身。不是她的错，林。她不知道毛里齐欧把你扯进去的事。他刚刚告诉我们那件事，就在一分钟前。他说他把你的名字给了两个尼日利亚恶棍，他把你扯进去以自保。他说他得拿到那笔钱，远走高飞，因为他们解决掉你之后会找上他。你来的时候，那个家伙正在打她，逼她说出莫德纳的下落。"

"钱在哪里？"我问乌拉。

"我不知道，林，"她哭着说，"他的臭钱！我本来就不想要。莫德纳觉得我的工作让他丢脸。他不了解，我宁可在街上拉客换他平安无事，也不愿让这种蠢事发生。他爱我，他爱我。他跟你、那些尼日利亚人完全没有关系，林，我发誓，这都是毛里齐欧的主意，已经进行了几个星期。我一直害怕的就是这件事。今晚莫德纳拿走毛里齐欧骗来的钱，他从非洲人那里骗来的钱，然后藏了起来。他是为了我才这么做的。他爱我，林，莫德纳爱我。"

她抽抽搭搭，声音越来越小，最后停住。我转向莉萨。

"我要把他带走。"

"好！"她厉声说。

"你们没事吧？"

"对，没事。"

"有钱吗？"

"有，放心。"

"我会尽快叫阿布杜拉过来。门锁上，除了我们，别让其他人进来，行吗？"

"没问题，"她微笑，"谢了，吉尔伯特。这是你第二次出马相救。"

"不用放在心上。"

"不，我不会忘记。"她说，在我们出门后关门上锁。

我真希望我可以说我没有打他。他那么魁梧、那么壮，有能力自卫，但他不想打架，打他完全没有胜利的快感。他没有出手反击，甚至没有挣扎。他抽泣、哭喊、乞怜。我真希望我可以说，我之所以握起拳头痛打他，是因为不容打折扣的正义和名正言顺的报仇，为他陷害我而报仇。但我不确定是否真是如此。即使是现在，事情已过了多年，我仍不确定我那么狠狠地打他，会不会是出自某个比愤怒报复更恶毒、更深层、更站不住脚的理由。毋庸置疑，那时候我嫉妒毛里齐欧已经很久。在心里的某个角落，某个小但可怕的角落，我说不定是在想着报复他的帅，而非只是他的奸诈。

另外，我照理该杀了他。我把满身是血、遍体鳞伤的他丢在圣乔治医院时，有个声音警告我，事情不该如此了结。我带着杀意瞧着他的身体，的确在犹豫该不该饶了他，但我下不了手杀他。他哀求我不要再打他时所说的某些话让我止住了杀意。他说他报上我的名字，说他得为他的骗财勾当编造一个幕后主使者时，把我丢给那些尼日利亚打手，是因为他嫉妒我。他嫉妒我的自信、我的强壮与交游广泛。他嫉妒我。而因为嫉妒，他恨我。就这点而言，我和毛里齐欧其实没什么两样。

隔天，那些尼日利亚人被送走，我去利奥波德找狄迪耶归还未派上用场的手枪，当时他说的话，一字一句，仍在我脑海中挥之不去。当我发现强尼·雪茄在外面等着我时，他的话仍在我脑海中盘旋，使我满腔怒火，使我懊悔而困惑。当我努力集中注意力去听强尼所说的话时，他的话仍旧挥之不去。

"很糟糕，"他说，"阿南德·拉奥今天早上杀了拉希德，割了他的喉咙。第一次发生这种事，林。"

我知道他的意思，那是我们贫民窟第一次发生凶杀案，第一次有贫民窟居民杀掉另一个居民。那个小小的地区挤了两万五千人，时时有人打架、争执、口角，但他们之中从没有一个人杀了同住贫民窟的居民。震惊的当下，我突然想起马基德，他也是被人杀了。我好不容易终于让自己清醒时不再想起他死的事，但那念头一直在缓慢、持续地啃噬我筑起的冷静之墙。之后，拉希德的死讯传来，那堵墙被突破，而发生在那个黑帮老大、那个老黄金走私贩子身上的另一场凶杀（迦尼所谓的分尸），和阿南德双手上的血迹混在一起了。阿南德这名字，意为快乐。他曾想跟我谈，跟我讲那件事，他曾在那一天，在贫民窟里找我帮忙，结果失望而返。

我用双手捂住脸，手指往后梳过头发。我们周围的那条街道，热闹绚丽一如往昔。利奥波德的人群大笑、讲话、喝酒，一如他们平常所为。但在强尼和我知道的那个世界里，有样东西改变了。纯真不再，没有一样东西会和过去一样。我听到那句话在我脑海里一再翻滚。没有一样东西会和过去一样……没有一样东西会和过去一样……

然后有个幻象，命运寄给人的那种明信片，闪现在我眼前。那幻象里有死亡，有疯狂，有恐惧，但影像模糊，我无法看清楚。我不知道那死亡和恐惧是否正发生在我身上或我的身边。从某种意义上来说，我不在乎。羞愧与气愤、懊悔的方式太多，我不在乎。我眨眨眼睛，清清肿胀的喉咙，迈开步子离开街道，走进充满音乐、大笑和光亮的地方。

第二十六章

"印度人是亚洲的意大利人。"狄迪耶断言道，调皮地咧嘴而笑，一副见多识广的模样，"当然，同样地，我们也可以说意大利人是欧洲的印度人，反正你懂我的意思。印度人身上有许多意大利人的特质，意大利人身上也有许多印度人的特质，他们都是圣母的子民，都需要一位女神，即使宗教没给他们。这两个国家的男人高兴时都唱歌，女人走到街角的店铺时都跳舞。对他们而言，食物是身体的音乐，音乐是心灵的食物。印度语和意大利语，让每个男人都成为诗人，让每个平庸之物都成为美丽之物。在这两个国家，'amore, pyaar'①——爱，让街角上戴博尔萨利诺帽的男子成为骑士，让村姑成为公主，即使她与你四目相对只有一秒钟。林，我对印度的爱有个秘密，那就是——我最爱的是意大利。"

"你在哪里出生，狄迪耶？"

"林，我的身体出生在马赛，但我的心和灵魂十六年后才在热那亚诞生。"

有位侍者注意到狄迪耶，他懒懒地挥手，示意再来一杯酒。桌上的饮料，他只勉强喝了一口，因此我猜他打算久坐，来场长篇大论。当时是一个阴沉的星期三的午后两点，距离"暗杀者之夜"已过了三个月。

---

① 分别为意大利语及印地语的"爱"。

雨季的头几场雨还有一星期才会降临，但有种期盼的气氛与紧绷的感觉紧揪住孟买每个人的心，仿佛正有一支大军在城外集结，准备发动石破天惊的攻击。我喜欢雨季降临前的那个星期，我在其他人身上见到的紧绷与兴奋，就像我自己几乎时时感受到的纠葛、不安的心情。

"从我母亲的照片看来，她是个纤细、美丽的女人。"狄迪耶继续说，"我出生时她才十八岁，她死时还不到二十岁，流感夺走了她的性命。但有个残忍的谣传，我听过许多次，提到我父亲不管她死活，还有……嗯，他们是怎么说的？噢，在她生病时，他小气得要命，不肯花钱请医生。不管真相如何，她在我两岁不到时死掉，我对她完全没有印象。

"我父亲是老师，教化学和数学，年纪比我母亲大很多。我开始上学时，我父亲已当上小学校长。据说他很能干，因为身为犹太人，不够能干的话不可能当上法国小学校长。当时是战争结束后不久，马赛城内外弥漫着 racisme（种族歧视），也就是反犹情绪，那是一种病。那是紧揪住他们的罪恶感，我想。我父亲是个顽固的人，正是某种顽固特质让人成为数学家的，不是吗？或许数学本身就是种顽固，你觉得呢？"

"或许。"我答，微笑，"我从没那样想过数学，但或许你说的没错。"

"Alors! 战争结束后，我父亲回到马赛，回到仇视犹太者掌控马赛时被迫离开的那栋房子。战时他投身抵抗运动，在与德国人徒手搏斗时受了伤。因为这样，没人敢公开找他麻烦。但我确信，他的犹太面孔、犹太骄傲和他年轻美丽的犹太新娘，让马赛有良心的公民想起被出卖、被送上黄泉路的数千名法国犹太人。对他而言，回到他当初被迫离开的那栋房子，回到出卖他的那个社会，是场冷漠的胜利。而我相信，我母亲死时，那冷漠早已占据了他的心。我如今回想，他的触碰都是冷的，就连他碰我的那只手也都是冷的。"

狄迪耶停下，喝了一小口酒，然后把酒杯缓慢又小心地放回原位，完全贴合先前酒杯在桌面上留下的环形湿印。

"但是，他很能干，"他继续说，抬头看我，匆匆挤出笑容，"也是个很出色的老师，除了一件事例外。那例外就是我。我是他唯一的失败。我没有科学天分，也没有数学天分，那是我永远无法破解或理解的语言。面对我的愚蠢，我父亲的反应是暴跳如雷加残酷。我小时候，觉得他那只冷冷的手非常大，他打我的时候，那硬邦邦的巨掌和甩过来的手指，打得我胆战心惊、全身瘀青。我很怕他，为自己成绩差而觉得丢脸，所以我常逃学，就是英语说的 bad company（坏分子）。我出入法院多次，未满十三岁就在少年监狱服了两年刑。十六岁时，我离开父亲的房子、父亲的城市、父亲的国家，没再回去。

"在偶然的机会下，我来到热那亚。你有没有去过？我告诉你，那真是利古里亚海岸冠冕上的珠宝。有一天，在热那亚的海滩，我遇到一个男人，那人让我见识到这世上所有美丽非凡的东西。他叫里纳尔多，那年他四十八岁，我十六岁。他的家族拥有古老的贵族头衔，贵族世系可追溯至哥伦布时代。但住在临海峭壁上大房子里的他不求阶级身份的虚荣。他是个学者，我所见过唯一真正的文艺复兴时代的通才。他教我认识古代的奥秘、艺术史、诗歌的音乐性、还有音乐的诗歌性。他还是个美男子，头发是银白色的，像满月的颜色，带着忧伤的眼睛是灰色的。跟我父亲那双残忍的手和令人心寒的触感比起来，里纳尔多的双手修长、温暖，充满感情，他触摸的每样东西都充满柔情。我开始了解爱人是怎么一回事，怎么用全副身心去爱人，我在他的怀里重生了。"

狄迪耶开始咳嗽，想清痰却清不出来，咳嗽变成令他身体疼痛的一阵抽搐。

"狄迪耶，你不该再抽这么多烟，喝这么多酒，而且偶尔也该稍微运动一下。"

"噢，拜托！"他身子颤抖，咳嗽渐缓。他捻熄了烟，又从面前的烟盒里拿出另一根。"好言相劝是这世上最叫人扫兴的事，如果你不用这事来折磨我，我会很感谢。坦白说，你让我吓了一跳。你大概知道那件事吧！几年前，有人冒冒失失给了我一个没必要的好言相劝，让我足足抑郁了六个月。真的好险，我差点无法复原。"

"对不起，"我微笑，"我不知道自己哪根筋不对。"

"没关系。"他轻描淡写地说，在侍者端来另一杯威士忌时，先喝完了桌上的那杯。

"你知道吗？"我告诫他，"卡拉说，抑郁只发生在不懂得如何伤心的人身上。"

"唉，她错了！"他严正声明，"我是抑郁的专家，抑郁是最完美、最出色的人类行为。世上有许多种动物能表达快乐，但只有人类具有表达深沉忧伤的天赋。对我而言，那是特殊的才能，一种每日例行的沉思。伤心是我独一无二的本事。"

他板起脸一阵子，气得不想继续说下去，但接着抬起头看我，放声大笑。

"有没有她的消息？"他问。

"没有。"

"那你知道她人在哪里？"

"不知道。"

"她离开果阿了？"

"我请我在那里认识的一个人帮忙，那人名叫达什兰特，在她落脚的那处海滩开餐馆。我请他盯着她，确保她平安无事。上星期我打电话给他，他说她走了。他劝她留下，但她……唉！你也知道。"

狄迪耶噘起嘴，皱眉沉思。我们望着利奥波德大门外，距我们只有两米的街上。街上人来人往，有人拖着脚走，有人闲晃，有人忙着去办事，众人行色匆匆。

"Et bien（好了），别为卡拉烦恼了，"狄迪耶终于说，"至少她受着周全的保护。"

我以为狄迪耶是说她能照顾好自己，又或许是说，她福星高照自能逢凶化吉。我错了。那句话另有深意，我那时候应该问他这话是什么意思。那次交谈之后，多年来我问过自己无数次，如果我那时问了他那话是什么意思，我的人生会是如何不同的光景。但那时候我满脑子的自以为是、满心的自负，我改变了话题。

"那……后来怎么了？"

"什么怎么了？"他问，一脸困惑。

"你和里纳尔多在热那亚怎么了？"

"噢，对。没错，他爱我，我爱他，但他误判了，他考验我的爱。他让我发现他藏了大笔钱的秘密地方，我抗拒不了他对我的诱惑，我拿了钱跑掉。我爱他，但我却拿了他的钱跑掉。他那么通达世事，却不知道爱是不能被考验的。诚实可以被考验，忠诚也可以，但爱不能。爱一旦萌芽就永远不会消失，即使我们最后恨起所爱的人。但爱永远不灭，因为爱诞生自我们内心那个永不死亡的角落。"

"你后来有没有再见过他？"

"有，看见过一次。差不多十五年后，命运之轮再次把我带回热那亚。我走在那条遍地是沙的林荫大道上，也就是他教我读兰波和魏尔伦的地方①。然后我看到他。他正和一群同年纪的男人坐在一块，那时他已经六十多岁了，正在看两个老人家下棋。他穿着灰色开襟羊毛衫，围着黑色丝绒围巾，但那天天气并不冷。他的头发几乎掉光，那满头银发……消失不见了；脸上坑坑疤疤的，肤色不均，难看的颜色斑驳交错着，仿佛正从一场大病中复原。或许因为那场病，他行将就木，我不知道。我走过他身旁时，眼睛瞥向别处，以免他认出我。我甚至弯腰驼背，装出奇怪的走路姿势做掩饰。最后一刻，我回头瞥了他一眼，看到他用白手帕捂着嘴猛烈地咳嗽，我想，白手帕上有血。我越走越快，最

---

① 兰波和魏尔伦是十九世纪下半叶法国象征派诗人，两人曾为恋人。

后惊惶地逃开。"

我们再度陷入沉默，漫无目的地看着经过的人群，一会儿盯着缠蓝头巾的男子，一会儿又飘向披黑面纱、方披巾的妇女。

"你知道吗？我经历过许多生活，或者应该是大部分人所说的那种无恶不作的生活。我也做过会让我坐牢的事，做过在某些国家可能会把我处死的事。我这辈子做许多我并不觉得骄傲的事，但我这辈子只做过一件叫我真正觉得羞愧的事。我快步经过那个了不起的人身旁，我有足够的钱、足够的时间、足够强健的身体帮他。我匆匆走过，不是因为我偷了他的钱而心怀愧疚，不是因为我怕他的病，或者怕他的病可能要我长久地守着他。我匆匆与那个见识不凡的人擦身而过，那个爱我、教我怎么爱的人，纯粹是因为他老了，因为他不再好看了。"

他喝光杯中酒，往空空的酒杯里检视了一会儿，然后小心翼翼地将它放在桌上，仿佛它即将爆炸。

"Merde！喝吧，朋友！"他终于哭了起来，但我伸手按住他的手，阻止他叫侍者。

"狄迪耶，我不能再陪你了。我得去海岩饭店和莉萨见面，她要我骑车去那里见她。如果要赴约，我现在就得走。"

他咬着牙，忍着什么，或许是请求另一场忏悔。我仍旧按着他的手。

"如果你想，可以一起去。不是私人聚会，搭车兜风到朱胡区也不错。"

他慢慢露出微笑，把手从我的手底下抽出。他举起一只手，伸出一根指头指着，眼睛仍盯着我。一名侍者过来，狄迪耶没看他，又点了一杯威士忌。我付了自己的账，走到街上时，他再度咳嗽，弓起身子，抚着胸口，另一只手抓着酒杯。

我在一个月前买了辆摩托车，恩菲尔德的子弹款。在果阿骑摩托车的痛快刺激，一直萦绕在我的脑海，最后我受不了那诱惑，跟阿布杜拉去找给他修摩托车的技工。那是个叫胡子的泰米尔人，喜欢摩托车的程度跟喜欢阿布杜拉差不多。他卖给我的那辆恩菲尔德状况绝佳，交车后从未出毛病。维克兰看了非常喜欢，不到一星期也向胡子买了一辆。有时我们一起骑，阿布杜拉、维克兰和我三个人并排骑摩托车，在阳光下放声大笑。

那天下午，在利奥波德告别狄迪耶后，我骑得很慢，给自己时间和空间想事情。卡拉已经离开安朱纳海滩上的那间小房子。她会在哪里，我不知道。乌拉告诉我，卡拉已不再写信给她，我想她没理由骗我。所以，卡拉走了，我无从找她。我每天从有她的梦中或对她的思念中醒来。每晚睡觉时，懊悔都在切割我的胸口。

骑着骑着，我想起哈德拜。他似乎很满意我在他的黑帮网络里所扮演的角色，而我也觉得如鱼得水。我的工作包括督导通过国内、国际机场进行的黄金走私行动，到五星级饭店和航空公司办公室和经纪人交换现金，安排向外国人买护照等。由白人来做这些工作，会比印度人更容易，更不引人注目。我的显眼其实是种伪装，奇怪而无心插柳的伪装。在印度，外国人会引来当地人目不转睛的注视。在五千年历史的某个时期，印度文化就已决定扬弃那随意而冷淡的瞥视。我刚到孟买时，投过来的眼神从带挑逗意味的盯视，到张嘴凸眼的怒视都有。那些眼神毫无恶意。不管到什么地方，那些盯着我、跟着我的眼神，都是纯真、好奇而友善的。如此定睛细看有个好处：大部分情形下，旁人盯着我瞧，是在瞧我是什么样的人，而非我做了什么事。外国人对于被盯早已习以为常。因此，我在旅行社、大饭店、航空公司或企业办公室里进进出出，一步步跟着我转的眼睛，看到的是我这个人，而不是我为那位大汗所干的犯罪活动。

我继续骑，经过哈吉·阿里清真寺，加速驶入午后车潮涌现的宽阔大道。我一边骑一边问自己，阿布德尔·哈德汗为什么从未提到他的朋友兼工作伙伴马基德被杀的事。他遇害的事仍教我百思不得其解，我想问问哈德拜的看法。但他遇害后不久，有次我向哈德拜提起马基德，他看起来哀痛难抑，我只好把这事搁下。随着时间流逝，几天、几个星期、几个月过去了，大家对这事只字不提，我觉得已不可能在我们聊天时带到这话题。我仿佛是那个保守秘密的人，不管脑子里如何念念不忘那件凶杀案，我都从未把我的想法告诉他们。我们平常只是谈生意或谈哲学。在漫长的讨论期间，有次哈德拜终于回答了我的疑问。我记得，当我证明我理解他的教诲时，他眼里闪现出了兴奋，或许还有骄傲。狄迪耶忏悔那天，我从利奥波德骑车前去和莉萨见面时，我忆起大汗当时的每个字句和一个又一个微笑。

"所以，到目前为止，你了解这论点的主旨了吗？"

"了解。"我答。一个星期前的某晚，我到他董里区的豪宅，向他报告我对埃杜尔·迦尼护照工厂的建议，以及开始实行的改革。得到迦尼的同意与支持后，我们扩大业务范围，把所有身份证件，如驾驶执照、银行账户、信用卡乃至运动社团的会员证，都涵盖在内。哈德拜很满意改革的进度，但不久就改变话题，谈起他最爱的主题：善与恶，以及生命的目的。

"或许你可以复述一下我们先前所谈的。"他点头，凝望喷泉水柱随意四溅的水花。他的两只手肘倚在白色藤椅的扶手上，两手指尖在嘴唇及修剪整齐的银灰唇髭前弓成拱形。

"噢……没问题。你说整个宇宙正朝着某种终极复杂的状态移动，从宇宙诞生之初就开始了，物理学家称之为复杂倾向……而凡是推动这移动、有助于这移动的都是善，凡是妨碍这移动的都是恶。"

"很好。"哈德拜说，向我投来微笑，扬起一边眉毛。一如这表情给我的感觉，我不确定他是在表示肯定或嘲笑，还是两者皆有。对哈德拜来说，他每次感受或表达某种情绪时，似乎都会同时感受到些许负面情绪。在某种程度上，这或许是我们每个人共通的现象。但就此人，就阿布德尔·哈德汗大人而言，想知道他对你真正的想法或感受，却是不可能的事。我唯一一次在他眼里看到他全部的想法或感受，是在一座白雪皑皑，名叫"忧伤的奖赏"的山上，但为时已晚，而且那是我最后一次看到。

"而那最后的复杂，"他补充道，"可以称为上帝，或宇宙灵，或终极复杂，随你高兴。对我而言，称之为上帝顺理成章。整个宇宙正朝上帝移动，表现出朝向上帝，也就是朝向终极复杂移动的倾向。"

"我上次问你的那个问题，你还是没有回答。你如何决定某个东西是善或恶？"

"的确，那时我答应你要回答这个问得很好的问题，年轻的林先生，你会得到答案。但首先，你得回答我一个问题，为什么杀人是不对的？"

"呃，我不觉得杀人都是不对的。"

"噢。"他若有所思地说，琥珀色的眼睛在古怪的微笑里绽放光彩，"嗯，我得告诉你，杀人永远是不对的！等我们讨论到最后，你就会明白这道理。眼下，就只谈谈你认为不对的那种杀人，告诉我为什么不对。"

"行，嗯，就是非法夺人性命。"

"谁的法？"

"社会的法、国家的法。"我说，意识到自己的哲学立足点开始不稳。

"那法是谁立的？"他轻声问。

"政治人物通过法律，刑事法传承自……文明。禁止非法杀人的法律，或许可追溯到穴居时代。"

"那为什么杀人对他们而言是不对的？"

"你是说……嗯，我说，因为人只有一条命，人只能活一次，夺走人命很可怕。"

"夹杂闪电的暴风雨相当可怕，你说这会不会让暴风雨变成不对的或恶的？"

"不会，当然不会。"我答，语气更恼火，"嘿，我不知道我们为什么得知道立法禁止杀人背后的原因。人只有一条命，没有正当理由夺走人命，就是不对。"

"没错，"他很有耐心地说，"但为什么不对？"

"就是不对，就这样。"

"这是我们每个人都认可的结论。"哈德拜断言道，语气更为严肃。我把手放在椅子扶手上，坐在旁边的他将手放在我那只手的手腕上，用手指轻敲，强调他的观点。"你如果问人为什么杀人或其他任何犯罪行为不对，他们会告诉你那违法，或者提到《圣经》《奥义书》《古兰经》佛教的八正道、父母或其他权威人士，告诉他们那不对。但他们不知道为什么不对。他们说的或许没错，但他们不知道那为什么没错。

"不管是哪种行为、意图或结果，要了解这事，首先必须问两个问题。一是如果每个人都做那事会如何？二是那到底会协助还是妨碍朝向复杂的运动？"

一个仆人跟着纳吉尔进来，哈德拜停下来。仆人端来用高杯盛着的浓甜苏莱曼茶，还有银盘上叫人食指大动的多种甜点。纳吉尔以询问的神情向哈德拜瞥了一眼，对我则绷着脸，鄙夷之情丝毫不减。哈德拜谢过他和仆人，这两人便离开，再度剩下我们俩。

"就杀人来说，"他加了一块方糖，啜了一口茶，继续说，"如果每个人都杀人会如何？那会有帮助还是妨碍？你说。"

"如果每个人都杀人，我们显然会在相互残杀中死光。所以……那不会有帮助。"

"没错，人类是我们所知最为复杂的东西，但我们不是宇宙的最终成果，我们也会随着宇宙的其余部分发展、改变。如果我们不分青红皂白乱杀人，就无法达到那个状态。我们会杀光人类，引领我们走过数百万年、数十亿年的那些发展，也会随之消失。这道理也可用在偷窃上，如果每个人都偷东西会如何？会对我们有帮助，还是妨碍我们？"

"没错，我懂你的意思了。如果每个人都偷别人的东西，我们会陷入病态多疑，我们会在这上头浪费许多时间和金钱，因而放慢步伐，永远无法抵达——"

"那终极复杂，"他替我说完我要说的话，"这就是为什么杀人和偷窃不对，不是因为某本书、某条法律或某个精神导师告诉我们那不对，而是因为如果每个人都做那种事，我们会无法跟着宇宙的其余部分，朝向名叫上帝的终极复杂移动，这些行为的反面亦然。为什么爱就是善？如果每个人都爱自己以外的人会如何？那会对我们有帮助，还是妨碍我们？"

"那会对我们有帮助。"我同意，陷在他为我设下的陷阱里，大笑了起来。

"没错。事实上，这种博爱将使我们更快接近上帝。爱是善，友情是善，忠贞是善，自由是善，诚实是善。我们过去就知道这些东西是善，我们已在内心体验过那为何是善，所有伟大导师也始终告诉我们这道理，但现在，借由这个善与恶的定义，我们可以了解那为什么是善，一如我们可以了解偷窃、说谎、杀人为什么是恶。"

"但有时候……"我反驳道，"你知道的，自卫这种事怎么说？为自卫而杀人怎么说？"

"没错，问得好，林。请你设想一个情景：你站在一个房间里，面前有张书桌，另一头有你的母亲。有个坏人把刀架在你母亲脖子上，要杀掉她。你面前的桌上有个按钮，按下它，那坏蛋会死；不按，他会杀了你母亲。只有这两个结果。你如果什么都不做，你母亲就会死。你按了按钮，那坏人会死掉，你母亲则获救。你会怎么做？"

"那家伙该死。"我答，毫不迟疑。

"就这样。"他叹口气，或许原本希望我踌躇良久才按下按钮，"你如果这么做，如果从那要杀人的坏人手中救出你母亲，你是在做错的事，还是对的事？"

"对的事。"我答，同样迅速。

"不对，林，恐怕不是。"他皱起眉，"根据新得出的善与恶的客观定义，我们刚刚已经了解，杀人永远不对，因为如果每个人都杀人，我们便无法跟着宇宙的其余部分，朝着上帝那终极复杂移动。因此，杀人不对，但你的理由是对的。因此，你的决定所代表的真实意义，乃是为了对的理由，做了不对的事……"

哈德拜讲授那场伦理学一个星期之后，我在风中骑着摩托车，在乌黑、不祥、翻腾不已的云层下，曲折地穿过新旧混杂的车阵。脑海里仍不停回荡着那些话语。为了对的理由，做了不对的事。我继续骑，即使不再想哈德拜的那番训示，那些话语仍在记忆与灵感交会处的小小灰色幻想空间里低语。我这时知道那些话就像咒语，而我的直觉，命运在黑暗处的窃窃私语，正重复那些话，想警告我什么事。为了对的理由，做了不对的事。

但那天，就在狄迪耶忏悔一小时后，我任由那低语的警告渐渐消逝。对或错，我不愿去想理由，不想去想我所作所为的理由，哈德拜的理由，或任何人的理由。我喜欢那些善与恶的讨论，但只当那是消遣，是娱乐。我其实不想知道真相。我厌恶真相，特别是我自己的真相，我当时还无法面对。因此，那些念头和不祥预感回荡着，飞掠过我身边，进入盘旋的湿风。当我驶进海岩饭店附近最后一个海岸弯道时，我的心虽清明得像宽阔的地平线，但上头压着幽黑、颤动的海水。

海岩饭店像孟买其他五星级饭店一样豪华高档，引人之处便在于它名副其实地建在朱胡区的海岩上。从这饭店的各大餐厅、酒吧和上百个窗户望出去，可环视阿拉伯海起伏不止的波涛。这饭店还供应自助午餐，菜肴之精、菜色之丰，在孟买市名列前茅。我很饿，看到莉萨在饭店门厅等我很是高兴。她穿着浆硬的天蓝色衬衫，衣领翻起，还有天蓝色裤裙，金发编成仿若正交叉着手指做祈祷状的法式辫子。她戒掉海洛因已经一年多，古铜色的肌肤看起来健康又有自信。

"嗨，林。"她微笑，凑上来吻我的脸颊，"你来得正是时候。"

"对啊！我快饿死了。"

"不是，我是说你可以及时和卡尔帕娜见面。再等一下，她马上就来。"

一名少妇朝我们走来，留着时髦的西式短发，身穿低腰牛仔裤和紧身红 T 恤，脖子上挂着颈带，下方吊着秒表，手上拿着写字夹板，年纪约二十六岁。

"你好，"莉萨介绍我们认识时，我说，"外面那几辆广播车和那些缆线是你的设备吗？你在拍电影？"

"应该算是，yaar。"她用孟买腔那种夸张的英语元音回答。我喜欢那种腔调，不自觉跟着说起来，"导演跟我们某位舞者溜到某个地方，照理应该没人知道，yaar，但现在整个该死的剧组都在八卦这件事。我们有四十五分钟可以休息，不过说真的，我听说那家伙大概只需要五分钟就够了！"

"很好，"我啪地合拢双掌，建议道，"这下我们就有时间吃午餐了！"

"去你的午餐，我们先来爽一下，yaar，"卡尔帕娜反对，"你身上有没有大麻胶？"

"有，"我耸耸肩，"当然有。"

"你开车来？"

"我骑子弹摩托车来。"

"那好，开我的车子，在停车场。"

我们离开饭店，坐进卡尔帕娜的菲亚特新车里吸大麻。我准备水烟筒时，她说她是那部电影和其他几部电影的制作人助理，其中一项工作就是为电影里的小角色找演员。她从某个选角经纪人那里转包这项工作，但那个经纪人在找外国人扮演不必讲话的小角色时却碰到困难。

卡尔帕娜开始抽，莉萨大致说明了一下："卡尔帕娜上星期吃晚餐时谈到这事，她告诉我，她的人找不到外国人演电影里的角色。你也知道，就是演迪斯科舞厅或派对里的人，或者是英国殖民统治时期的英国人，或类似的角色，所以……我想到你。"

"噢！"

"如果你能在我们需要时帮我找来白人，那就太好啦。"卡尔帕娜说，对我抛了个过于热络的媚眼。不管她是否练过，那表情还真管用。"我们会叫出租车载他们到片场，再载他们回去。休息时供应午餐，每人每天约两千卢比酬劳。我们也付你同样的钱，外加按人头算的抽头。你要付他们什么，由你决定。他们大部分都很乐于无酬演出。而且，你知道吗，知道我们真的要付钱请他们演电影时，他们都非常吃惊。"

"怎么样啊？"莉萨问我，吸了大麻的玫瑰色眼睛在陶醉中绽放光芒。

"我有兴趣。"

我在脑中搜寻这带来的好处，有些显而易见。制片人是一群很有钱的人，常搭机出国，有时可能需要找黑市换钱、买证照。我还清楚地了解到，找演员的工作对莉萨很重要，光是这点，我就该帮。我喜欢她，也很高兴她喜欢我。

"很好。"卡尔帕娜说道，打开车门，走到停车场上。我们走回饭店门厅，各戴着紧贴眼睛的墨镜，在半小时前见面的地方握手告别。

"你们去吃午餐，"她说，"我得回去了，我们在舞厅拍。你们吃完后，跟着那些缆线，就会找到我。我会介绍你跟那些人认识，你就可以立刻开始干活。这里明天就需要一些外国人，两男两女，yaar。可以的话，找金发瑞典人那种。嘿！刚刚抽的是克什米尔大麻胶，na？林，我们会相处得很愉快，你和我。Ciao！Ciao，老弟。"

在餐厅里，莉萨和我堆了高高的一盘食物，面对大海坐着吃。

"卡尔帕娜没问题，"她把食物大口大口塞进嘴巴，趁着吞咽的空当说，"她有时很爱挖苦人，而且很有野心，不要误解我的意思，但她说话很直，很重义气。她跟我说起找演员的工作，我就想到你。我想你或许可以……从中得到什么。"

"谢了。"我说，眼神和她交会，想读出她眼里的意思，"谢谢你的这番心意，这件事，要不要和我合伙？"

"好，"她爽快回答，"我正希望……希望如此。"

"我们可以分工合作，"我建议，"找外国人演电影，我想我没问题，但剩下的部分，说实在的，我不想做。可以的话，请你负责那部分。你可以统筹接送、在片场照料他们、支付报酬等事。我会说服他们去做，由你负责接送。如果你有兴趣的话，我很乐意和你合作。"

她微笑，令人舒服的微笑，是那种你希望保存下来的微笑。

"我很乐意。"她感动地说，古铜色的肤色因不好意思而泛红，"我真的需要做点什么，我想我准备好了。卡尔帕娜问我要不要接下找演员的事，我原本想一口答应，但我太紧张，不敢一个人接下，谢了。"

"不客气。你和阿布杜拉如何？"

"这个嘛！"她小声而含糊地说，吞下口中的食物，"我没上班，如果你知道我意思的话，所以算是差强人意。我没在'皇宫'上班，没吸毒。他给我钱，许多钱。我不知道他从哪里弄来那些钱。我并不是一点都不在乎，那是我这辈子见过的最大的一捆钱，就放在一个盒子里，一个金属盒。他把钱给我，要我替他看好，有需要随时可以拿出来花。但这事诡异得叫人害怕，有点像是……我不知道，像是他的遗嘱或什么的。"

我不自觉地挑起一边眉毛，露出探询的表情。她注意到了，思索了片刻，然后回应。

"我信任你，林。你是这城市里我唯一信任的男人。怪的是，阿布杜拉给我钱，帮我做许多事，而且我想我爱他，以一种疯狂的方式爱他，但我不信任他。这样说自己的同居人，是不是很不应该？"

"不。"

"你信任他？"

"用我的性命信任。"

"为什么？"

我迟疑了一会儿，没有开口。我们吃完午餐，坐在椅子上，看海。

"我们一起经历过一些事，"片刻之后，我说，"但不只是因为那个。在我们还没有同甘共苦之前，我就信任他，我不知道那是怎么回事。我想，在另一个男人的身上看到自己或是你希望拥有的特质，你就会信任那个男人。"

我们陷入一阵沉默，各自心情烦乱，各以自己的方式顽固地在玩命。

"准备好了吗？"我问，她点头，"那就去片场吧。"

我们沿着饭店外头发电卡车拉出的黑色转接线走着，穿过侧门，经过一排忙碌的助理，来到现在已被租来作为片场的舞厅。房间里挤满了人、强烈的灯光、亮眼的反光板、摄影机与器材。我们进去没多久，有人大喊："请安静！"然后，一幕热闹的歌舞剧开始了。

并不是人人爱看印地语电影。有些我认识的外国人告诉我，他们很受不了歌舞剧那种声光繁复多变的喧闹，受不了母亲在号哭、热恋者在叹气、恶徒在打架的时候，突然间就蹦出一场歌舞。我知道他们的意思，但我不认同。一年前，强尼·雪茄告诉我，我的前世想必是至少六种不同性格的印度人。我把那当作崇高的赞美，但直到第一次看到宝莱坞电影拍摄现场，我才终于知道，确切地知道，他的意思。从第一刻，我就全心爱上那歌唱、那舞蹈、那音乐。

制作人租了个两千瓦的扬声器，音乐声震天价响，轰遍整个舞厅，震得我们骨头咔咔作响。片场的颜色好像来自热带海洋，无数灯光像阳光直射的湖面叫人目眩。每个人的面孔都漂亮得像神庙墙上的人像。舞蹈亢奋激昂，展现了古典舞技，极尽挑逗之能事。一个优美的手势或媚眼，细腻而尽显优雅，出奇完整而紧凑地表达了爱与生命、戏剧与喜剧。

我们看着那幕舞剧排演、修正，正式录像，足足看了一小时。然后是休息时间，卡尔帕娜介绍我跟克利夫·德苏萨和昌德拉·梅赫塔认识，他们是那部电影的四位制作人中的两位。德苏萨是果阿人，高大、鬈发、三十岁，咧嘴而笑，令人戒心全消，但走路时拖着脚，显得无精打采。昌德拉·梅赫塔年近四十岁，体重过重，但一派乐观开朗，丝毫不把肥胖放在心上，是那种自视不凡、增重以符合形象的大人物之一。我喜欢这两个人，虽然他们忙得没时间与我们长谈，但我们第一次见面就相谈甚欢。

我表示可顺道载莉萨回城里，但她早就和卡尔帕娜约好同搭一辆车，她决定等。我给她我新住所的电话号码，告诉她有需要就打过来。走出门厅时，我看见卡维塔·辛格也正要离开饭店。最近几个月我们俩都很忙，她忙着写犯罪活动的报道，我则忙着犯罪，已有好几个星期没见面。

"卡维塔！"我叫喊，跑上前跟上，"正是我想见的女人！孟买第一大报的头牌记者，你好！你……看上去……很不错！"

她身穿象牙色的丝质裤装，拿着同样颜色的亚麻手提包。单排纽扣的外套往下开成深 V 字领，里面显然什么都没穿。

"噢，别提了！"她厉声说，咧嘴而笑，显得难为情，"这是我穿来迷死男人的，我得采访瓦桑特·拉尔，我刚离开那里。"

"你在有势力人士的圈子里走动。"我说，想起那个走民粹路线政治人物的照片。他鼓吹族群暴力，已经造成暴动、纵火、谋杀。每次在电视上见到他，或在报纸上读到他偏执的演说，我就想起那个自称萨普娜的冷血狂人，他简直就是那个变态杀手在政治界的合法翻版。

"我告诉你，巴巴，上面那个套房就像蛇窝一样可怕，但我完成了采访，大咪咪是他的罩门。"她迅速往我脸上戳了一下，"什么都别说！"

"嘿！"我举起双手，左右摆头，向她保证，"我什么……都不会说，yaar，绝对一字不提。说真的，我只会看，真希望我有三只眼睛，但我什么都不会说！"

"你这个浑蛋！"她低声说，咬牙切齿地大笑，"噢，呸！老兄，这世界是怎么了，一个在这城市里呼风唤雨的人不愿意跟你说话，却愿意接受你的奶子两小时的采访？男人真是变态，你不觉得？"

"被你说中了。"我叹口气。

"真是头猪，yaar。"

"你说了算，你说是就是。"

她狐疑地盯着我。

"什么事让你这么快活，林？"

"对了，你要去哪里？"

"什么？"

"你要去哪里？我是说，现在。"

"我要搭出租车回城里，我现在住弗洛拉喷泉附近。"

"我骑摩托车顺道载你回去如何？我有事想跟你谈，有个麻烦想请你帮忙。"

卡维塔跟我不熟。她的眼睛是肉桂皮的颜色，缀着金黄色斑点。她用那双眼睛上下打量我。经过法医般的检视之后，她仍然有点不放心。

"什么样的麻烦？"她问。

"跟一桩凶杀案有关，"我回答，"我想请你给那案子写头版报道，到了你家，我会把那案子的来龙去脉告诉你。在回去的路上，你可以告诉我瓦桑特·拉尔的事，你坐在摩托车后座时得大声说，这样我才能帮你发泄那满腔怒火，na？"

约四十分钟后，我们一起坐在她没有电梯的四楼公寓里。那间公寓位于要塞区边缘，弗洛拉喷泉附近，室内空间狭小，有张折叠床、简陋的厨房，此外还有上百个吵闹的邻居。但房里有间超棒的浴室，大得足以摆下洗衣机、烘干机而不嫌挤。还有个阳台，由古色古香的铸铁围栏圈住，俯瞰喷泉周边宽阔热闹的广场。

"他叫阿南德·拉奥。"我告诉她，啜一口她为我调制的意式浓缩咖啡，"他在贫民窟里跟一个叫拉希德的男人合住一间小屋。我住那里时，他们是我的邻居。那时，拉希德的妻子和小姨子从拉贾斯坦的乡下前来投靠，于是阿南德搬出小屋，好腾出空间给拉希德和那对姐妹。"

"等一下，"卡维塔插话，"我最好写下来。"

她起身，走到凌乱的大桌子旁，拿起笔、便条纸和录音机。这时她已换下套装，穿上背心和宽松的缩口裤。我看着她走路的姿态，目光跟随她坚定、优美、迅速的动作，首次意识到她有多美。她回来，放好录音机，盘腿坐在扶手椅上，准备写字，这时她注意到我正盯着她看。"怎么啦？"她问。

"没事。"我微笑，"好，后来，阿南德·拉奥见到了拉希德的妻子和她妹妹，渐渐喜欢上她们。她们害羞、友善、快乐而亲切。现在，从蛛丝马迹分析，我认为阿南德爱上那个妹妹。总之，有天拉希德告诉他妻子，如果想如愿开个小店，唯一的办法就是去熟悉的私立医院卖掉一个肾。她极力反对，但他说服了她，同意这是他们唯一的机会。

"接着，他从医院回来，告诉她有好消息，也有坏消息。好消息是医院的确需要一个肾，坏消息是他们不要男人的肾，要女人的肾。"

"真是的。"卡维塔叹气，摇摇头。

"对，那家伙是个伪君子。总之，可想而知，他妻子对此犹豫不决，但拉希德说服了她，她就到医院做了手术。"

"你知道是在哪家医院？"卡维塔问。

"知道，阿南德·拉奥查得清清楚楚，也告诉了贫民窟的头头卡西姆·阿里，他知道详情。总之，拉希德的妻子从医院回来时，阿南德·拉奥听到这事，非常生气。他太了解拉希德，不要忘记，他们曾合住一间小屋两年，他知道拉希德是个骗子。他找拉希德谈，想解决这事，但没有用。拉希德非常气愤，把煤油倒在自己身上，告诉阿南德·拉奥，如果不相信他，如果认为他那么坏，就点火。因此阿南德只警告他要好好照顾那两个女人，之后就没再说什么。"

"那是什么时候的事？"

"手术是六个月前了。唉，接下来更糟，拉希德告诉他妻子，他又去了医院二十次，想卖掉自己的肾，他们都不要。他告诉她，卖掉她的肾所赚的钱，只够他们开店做生意的一半。他告诉她，他们还是只要女人的肾，便开始劝她卖她妹妹的肾。他妻子不肯，但拉希德直接找上小姨子，告诉她如果她不卖，她姐姐卖掉的那个肾就白费了。最后，两个女人让步，拉希德急急把小姨子送到医院，她回来时，也少了一个肾。"

"怎么会有这种男人？"卡维塔咕哝道。

"对，我从没喜欢过他。他是那种，你知道，那种有所企图才笑，而不是因为觉得值得笑而笑的男人。有点像是黑猩猩的那种笑。"

"然后呢？他拿钱跑了，我猜。"

"对，拉希德拿钱跑掉了。那对姐妹既震惊又生气，健康情况迅速恶化，最后住进医院。两人接连陷入昏迷，她们躺在相邻的病床上，相隔几分钟陆续被宣判死亡。阿南德在场，还有贫民窟的其他人。他待了很久，直到白布盖上她们的脸，然后跑出医院。他气得发狂……我想，还有愧疚吧。他去找拉希德。拉希德会去哪几家廉价酒吧，他一清二楚。找到时，拉希德躺在垃圾坑里，喝得烂醉正在睡觉。他花钱请了一些小鬼赶老鼠，所以他酩酊大醉时，那些东西才不至于爬满他的身体。阿南德赶跑那些小鬼，在拉希德旁边坐下，听着他打鼾，割断他的喉咙，等血流干了才离开。"

"真是糟糕。"卡维塔嘀咕着，仍低头在便条纸上写。

"从事情发生到现在，阿南德自首，供认一切，现已以谋杀罪被起诉。"

"你希望我怎么做？"

"我希望你把这事写成头版新闻，希望你鼓动民意声援他。这样一来，如果他们判他有罪，也不得不判轻一点，但肯定会判他有罪的。我希望他在狱中能得到支持，希望他待在牢里的时间越短越好。"

"你对我的希望还真不少。"

"我知道。"

"这个嘛，"她皱起眉头，"这故事很有意思，但我得告诉你，林，我们每天有太多类似的故事。嫌嫁妆不够而烧死妻子、儿童卖淫、被卖为奴隶、杀女婴。在印度，这是一场冲着女人来的战争。林，这是场至死方休的战争，而大部分情形下，死的是女人。我想帮你的朋友，但我不觉得那值得放在头版，yaar。而且，放不放头版不是我能决定的。别忘了，我才刚到那里上班不久。"

"我还没讲完，"我锲而不舍，"这故事最曲折离奇的地方在于那对姐妹花没死。宣判死亡半小时后，盖上白布的拉希德妻子，身子突然动了；几分钟后，她妹妹也动了起来，并且开始呻吟。现在她们活得好好的，她们在贫民窟住的那间小屋已经成为某种圣地。人群从这城市各地前来，看这对死而复活的神奇姐妹花。对在贫民窟做生意的人而言，这辈子没碰过这么好的事。朝圣的信徒拥入，让他们生意兴隆。那对姐妹变得很有钱，怎么也想象不到地有钱。朝圣者丢钱给她们，一次一两块卢比，越来越多。她们为被丈夫遗弃的妇女设立了一个慈善基金。我想她们死而复活的故事够格登上头版。"

"嘿，yaar，巴巴！"卡维塔兴奋得尖叫，"好，你得先安排我和那两个女人见面。她们是这故事的灵魂，然后我得去采访狱中的阿南德·拉奥。"

"我会带你去。"

"不，"她坚持，"我单独跟他谈。我不希望你在场提示他或影响他的反应。我得看看他在没有援助的情况下，是什么样的人。如果我们要声援他，他得独立奋战，yaar。不过在我采访他之前，你可以先跟他谈，做好准备，我会想办法在两三星期后去见他，在这之前，我们还有许多事要做。"

我们讨论声援运动，谈了两小时，我回答了她许多问题。离开时，我心情愉快，斗志昂扬，感到重任在身，可以大有作为。我骑车直抵纳里曼岬，在停放在海滩上的快餐车买了一份热腾腾的食物。但我的胃口没有预期的好，吃不到一半我就吃不下了。我走到岩石区，手伸进海水清洗时，想到三年前阿布杜拉与我结识的地方就在眼前。

哈德拜的话再度浮现于我流转的思绪中：为了对的理由，做了不对的事……我想起阿南德·拉奥，他人正在阿瑟路监狱里，在那个有着狱卒和体虱的大寝室里。我抖抖身子，把那思绪抖进海风。卡维塔问我，为什么把阿南德·拉奥的案子看得那么重要。我没有告诉她，他犯下那桩杀人案之前来找过我，就在他割断拉希德喉咙的一个星期之前。我没有告诉她，我那时不愿耐心倾听他的心声，在他面临两难抉择时，只是主动拿钱给他，侮辱了他。我没有如实回答卡维塔的问题，让她以为我只是想帮朋友，只是想做该做的事。

哈德拜曾说，每个高洁的行为背后，都有见不得人的秘密动机。未必每个人都是如此，但对我而言，的确如此。我在这世上所做的小小善事，背后总是跟着一团阴影——一个见不得人的动机。我现在知道，长远来看，动机对善行的重要性，更甚于动机对恶行的重要性，但那时我不知道这道理。当我们为所做的坏事感到愧疚、羞耻，而愧疚与羞耻最后却消失时，拯救我们的，是我们行为的善。然而，一旦展开拯救行动，当初我们所隐藏的秘密和动机，便会从暗影里悄悄爬出。那些行善背后见不得人的动机会缠住我们。如果我们行善时，心里带着不为人知的羞愧，那段通往救赎的路将是一段陡峭的险径。

但我那时候不懂这道理。我在冷冽的海水里心不在焉地洗手，我的良心和遥不可及、暗哑无声的繁星一样静默、疏远。

第二十七章

伪造证件者和买卖旧护照的走私贩子把用过的护照称为"书"。这类护照得经过查核，才能交给黑市贩子贩卖或使用。把个人护照卖给我们经纪人的瘾君子、逃犯或穷外国人，都有可能是在自己的国家或他国犯下重罪的通缉犯。不少走私贩子因此被捕。他们买了护照，予以变造，出任务，结果却在外国机场被捕，因为护照的原持有者因杀人、抢劫或各种走私罪名遭到通缉。为确保客户满意，以及自家走私贩子的安全，埃杜尔·迦尼要求，买来或偷来的每本新护照都得接受两道检核。

孟买国际机场有个海关官员有权使用机场计算机，他负责第一道把关工作。迦尼命人将需要查核的每本护照，其发照国、护照号码、原持有人姓名都写在一张纸上，在那位官员指定的时间和地点交给他。纸上所列出的护照，凡是在计算机里已特别标注的，他就划掉。一两天后，那官员交回那张纸。那些受到特别标注的护照，有部分是因为原持有者已被宣布为国际通缉对象，有些则是因为原持有者被列为嫌犯：曾参与非法毒品、军火买卖，或具有使安检人员不安的政治因素。不管是什么原因，受到特别标注的护照就不能在黑市贩卖，或供迦尼的走私贩子使用。

受到特别注记的护照仍然有用处。可以拆掉骑缝线，取下可用的部分，充当其他护照的空白页。在印度境内，这类护照还有其他用途。外国人住进饭店时得出示护照，供饭店人员在 C 表格上登记，但每座城市总有些地方对于护照与持有者间的吻合程度查核得并不仔细。对这类饭店而言，只要是护照都没问题。带着这种经特别注记的护照，虽然不能到印度以外的地方，却能在印度境内四处走动，不用担心被抓，让乐于与人为善的饭店经理能符合最起码的法律规定。

经过海关人员查核、未经特别标注的护照，则送到第二道检验关卡：各航空公司的办公室。各大航空公司也存有一份特别标注的护照清单，从信用评级不佳或诈骗过航空公司，到搭乘飞机时涉及动粗的任何事故，凡是有不良记录者，其护照名字和编号都会被列入。走私贩子干不法勾当时，理所当然想避开航空公司人员、海关人员或警方的注意，总希望自己被当成一般旅客，只引来例行的草草关注。不管出于什么原因，凡是经计算机特别标注的护照，对走私贩子来说都是一张废纸。埃杜尔·迦尼在孟买大部分的大型航空公司办公室安排了人，由他们查核我们买进的护照编号和姓名，汇报受到特别标注的护照。通过这两道关卡的安全护照，比所到手护照的一半还少，之后会被卖掉或供哈德拜的走私贩子使用。

购买迦尼非法护照的顾客，主要有三大类。第一类是经济难民，也就是因为饥荒而被迫离开家园，或为了过更好的日子而前往他国的人。有想到德国工作的土耳其人，想到意大利工作的阿尔巴尼亚人，想到法国工作的阿尔及利亚人，想到加拿大和美国工作的几个亚洲国家的人。一户人家或者是好几户人家联合，有时甚至是整个村子凑集各人微薄的所得，集资向埃杜尔买一本护照，送一个特别宠爱的儿子，到他们所憧憬的美好地方。到了当地，那人工作偿还借款，最后买本新护照，让其他年轻男女可以过来。护照价格从五千到两万五千美元不等。哈德拜的销售网每年卖出约一百本这种贫穷护照，扣除所有固定成本后，他一年获利超过百万美元。

政治难民是第二大类客户。迫使他们逃亡国外的往往是非常严重的动乱。他们是战争的受害者，是族群、宗教、种族冲突的受害者。有时，动乱是立法促成的：一九八四年，英国决定于十三年后将香港归还中国时，数千名未获承认为英国公民的香港人一下子成为潜在客户。放眼全世界，不管什么时候，都有两千万难民住在难民营或庇护所。生意太多，埃杜尔·迦尼的护照生意经纪人应接不暇。政治难民买一本新护照，要价一万到五万美元不等。走私进战区所涉及的风险越大，逃出战区的需求越高，要价就越高。

埃杜尔非法护照生意的第三类客户，是从事非法活动的人。有时候，这些和我同类的人，如偷窃犯、走私者、职业杀手等，会需要新身份以逃避警方的追缉。但大部分情形下，埃杜尔·迦尼的特殊客户，是那种比较有可能去盖监狱、抓人入狱的人，而最不可能是在狱中服刑的人。他们是独裁者、军事政变领袖、秘密警察，以及在个人罪行曝光或贪腐政权下台时不得不潜逃出境的贪腐政权官员。我亲自经手过一个乌干达的逃犯，他盗取了一百多万美元。那是国际货币机构拨出来兴建基础公共设施的经费，包括兴建一所儿童医院的经费。结果，他没盖成那所医院，还把生病、受伤和垂死的孩童运到一处偏远的营地，任他们自生自灭。我安排在扎伊尔的金沙萨与他见面，那人付我二十万美元，买了一本毫无瑕疵、绝不会出问题的瑞士护照，以及一本从未用过的原版加拿大护照，安全地飞到委内瑞拉。

阿布杜拉在南美、亚洲、非洲的经纪人，和支持垮台"独裁"政权的盗用公款者、拷问者、重要官员、严格执行军纪的军官搭上关系。跟他们打交道带给我的愤怒与羞愧，更甚于我在哈德拜底下做过的其他事。当我还年轻，还是自由之身时，我曾替报纸和宣传手册撰文。我花了数年工夫研究、揭露那类人所犯的罪行。为了给那些罪行的受害者讨回公道，我站上抗议的最前线，投身约一百场的警方暴力冲突。而现在，与这类人打交道时，我仍感到些许往日的仇恨和叫人窒息的愤怒。但我所熟悉的岁月已然消逝，那个带着革命理想的社会运动人士，早已把理想埋葬在海洛因和犯罪中。而且我还是个通缉犯，列名悬赏的通缉犯。我是帮派分子，每天都和哈德拜的黑帮联合会为伍。因为联合会出手相救，我才能脱离狱中的折磨。

因此，我在哈德拜的组织里恪尽职责，协助那些杀人如麻的魔头逃过被处决的命运。他们当权时处决了许许多多的同胞，最后失势，被自己的同胞判死刑，却因我相助，逃过一死。但我不喜欢这工作，不喜欢他们，也让他们知道我不喜欢。每一次交易我都尽可能压榨他们，惹得他们暴跳如雷，而我则从那种愤怒的反应中得到些许慰藉。那些罔顾人权的家伙还讨价还价，叫我怒不可遏。我要他们拿出刮自民脂民膏的钱，还表现出一副义愤填膺的模样。但最后，他们全都让步，同意我们的条件。最后，他们付出大把钞票。

在哈德拜的组织里，似乎没有人和我一样愤怒或羞愧。这世上大概没有哪群人比职业犯罪者更痛恨政治和政治人物。在他们眼中，所有政治人物都是无情且贪腐的，所有政治体制都偏袒有权有势的有钱人，欺压无力反抗的穷人。久而久之，在某种意义上，我渐渐认同他们的观点，因为让他们产生那种观点的事情我也亲身体验过。牢狱生涯已让我对侵犯人权有了切身的体验，法庭每日的判决更证实了我们对法律的认知：不管在哪个国家，哪种制度底下，有钱人总是能用钱让司法天平倒向他们。

另外，哈德拜组织里的犯罪分子，展现了让诺斯底教派①信徒也欣羡不已的"人人平等"作风。他们不管客户的肤色、信仰、种族或政治立场，询问客户的过去时绝不予以评断。不管对方有多纯真或多邪恶，他们都只问一个问题：你有多急着要？答案决定价格，每个付钱买了护照的客户，从此重生，过去的历史和罪恶在成交那一刻一笔勾销。没有

---

① 诺斯底教派，起源于公元前一世纪的一个古老教派，曾因玄秘激进被斥为异端。如今仍存在，现在大部分诺斯底教会推行人人平等、男女平等。

哪个客户更好，也没有哪个客户更坏。

埃杜尔·迦尼做生意唯利是图，完全不管道德是非，满足军阀、雇佣兵、盗取公共财产的人和残酷施刑者的需要，丝毫不觉得良心不安。放空一切道德使他们每年净赚约两百万美元。对于这收入的来源或得到这样的收入，埃杜尔·迦尼从不觉得良心不安，但在花掉这些钱方面，他却迷信宗教。保住恶人性命所赚到的每一块钱，都用于一项难民拯救计划，那是哈德拜制订的计划，为了安置因战争而流离失所的伊朗人与阿富汗人。每有军阀或其党羽买走一本护照，就代表替伊朗、阿富汗难民买了五十份护照、身份证或旅行证。因此，在心灵迷宫中，命运喜欢围绕着贪婪和恐惧，独裁者付出了高额费用，拯救了许多因独裁而遭逢不幸的人。

克里须纳和维鲁把他们变造护照的本事全部传授给我，一段时间后，我开始实际下场，为自己试做美国、加拿大、荷兰、德国及英国护照，创造新身份。我的功夫没他们好，而且永远也赶不上他们。高明的伪造者是艺术家，他们的艺术眼光必须涵盖刻意创造的污痕，好让假护照的每一页都显得逼真自然，就和编造或做出来的细节一样毫厘不差。他们创造的每一页都是一幅迷你画，具体而微地体现他们的艺术才能。印章稍稍盖歪的角度或随意盖成的模糊印迹，对这些迷你油画来说很重要，就像大画家的肖像画中，玫瑰垂下的形状、位置和颜色也很重要。不管是以怎样高明的技艺完成，那效果始终都孕育自艺术家的直觉，而直觉是不可言传口授的。

我能帮的，就只是替每本新出炉的护照编造历史。从外国人那里弄来的旧护照，里面的旅行记录往往有几个月，乃至几年的空白。有些护照上的签证早已过期，必须从护照上"抹除"那段过期时间，护照才能用。为了在最后一次签证到期前，盖上孟买机场的出境章，让人以为护照持有者已在签证有效期内出境，我开始利用维鲁刻制的备用出入境印章，为每本护照打造国与国之间移动的历史。我一点一滴地将每本护照更新，最后让每本护照都有印度的新签证，盖上孟买机场的入境印。

填补那段空白的一连串出入境印，一律得先经过缜密的规划，才能盖下。克里须纳和维鲁搜集了各大航空公司的飞行日志，里面列有所有进入及离开欧、亚、非、美洲的航班和各航班的起飞日期及抵达时间。如果在某本英国护照上盖一个印，表明护照持有者已到过那地方，比如七月四日抵达雅典，就表示我们盖印前已确定，那一天有一班不列颠航空公司的飞机飞往雅典机场。通过这种方式，每本护照都有了有凭有据的旅行资历，拥有飞行日志、时刻表、气象资料支持的旅行资历，从而使护照的新主人有了可信的个人经历。

我第一次试用自行伪造的护照是在国内的转机航线上，也就是所谓的"漂白"路线。孟买有数千名伊朗和阿富汗难民想在加拿大、澳大利亚、美国和其他地方寻求庇护，但那些国家的政府拒绝。只要能踏上那些西方国家的土地，他们就可以自称是寻求庇护者，交由投奔国评估申请庇护是否正当。他们是政治难民，名副其实的寻求庇护者，因此，他们在投奔国境内提出的申请往往会如愿。关键在于要先把他们弄进加拿大、瑞典或其他热门的庇护国。

"漂白"是我们用的办法。孟买的伊朗人或阿富汗人想买机票前往那些庇护国时，得出示那些国家发的最新签证。但他们无法从合法渠道拿到签证，也拿不到假签证，因为一比对领事馆的记录，假签证就会立即被识破。因此我用假签证，买一张飞往加拿大或瑞典的机票。身为打扮体面、欧洲面孔的白人，我通关时向来只受到草率的检查，从来没有人特意去查证我的签证。我要帮忙的那位难民，则买了同班飞机上的国内线机票，从孟买到德里。我们登机时收到登机证，我的是绿色国际线登机证，他的是红色国内线登机证。飞机一升空，我们就交换登机证。到了德里机场，只有持有绿色国际线登机证者，可以留在机上。我拿着国内线登机证，在德里下飞机，让那位难民继续飞往加拿大或瑞典，或我们选定的任何目的地。抵达后，他会宣称寻求庇护，核定庇护的过程随之展开。在德里，我会在五星级饭店待上一晚，然后买另一张机票重复这个过程——"漂白"，和另一位难民搭同班飞机从德里飞往孟买。

这办法很管用。那几年，我们偷渡了几百名伊朗、阿富汗医生、工程师、建筑师、学者和诗人到他们指定的国家。

每往返一趟"漂白"航线，我就赚进三千美元，有一段时间，我每个月跑两趟。我坐了三个月的国内线班机，从孟买到德里、加尔各答、马德拉斯，再返回孟买，接着埃杜尔·迦尼派我出第一次国际走私任务。我带了十本护照到扎伊尔。克里须纳和维鲁已利用从扎伊尔首都金沙萨寄来的客户肖像，将那些护照变造成天衣无缝的假护照。我用塑料袋封好，用胶带贴在身上，穿上三层衣服，飞到闷热、重兵把守而极度混乱的金沙萨国际机场。

那趟任务非常危险。那时候，扎伊尔是中立地带，夹处在诸多血腥战争之间，如安哥拉、莫桑比克、纳米比亚、苏丹、乌干达、刚果等，情势混乱。扎伊尔是行事疯狂的独裁者蒙博托的禁脔，在那王国境内，每桩犯罪活动的利润，都有一部分流入他的口袋。他甚得西方强权的欢心，因为西方强权主动兜售的昂贵杀人武器，他一律买下。蒙博托用武器对付国内的工人运动人士和社会改革者，西方强权即使看不过去，也从未公开表示过关切。西方政府在招待国王和总统的迎宾处所隆重款待这位独裁者。与此同时，有数百名男女在他的监狱里被折磨得死去活来，而那些西方政府也正透过国际刑警组织追捕我。我心里很清楚，我的走私护照任务一旦出差错，使我在蒙博托的首都被捕，西方政府的这位盟友会很乐于替他们除掉我。

不过我喜欢金沙萨的狂野不羁，从黄金、毒品到火箭发射器，各种违禁品在这里公开买卖，生机勃勃。这城市到处是来自非洲各地的雇佣兵、逃犯、罪犯、黑市投机商，以及睁大眼睛、冷血无情的机会主义者。在那里我感到如鱼得水，如果可以，我会待得更久，但不到七十二小时，我就得把护照交给对方，收回十二万美元的货款。那是哈德拜的钱，我急着交给他。我匆匆搭上飞回孟买的第一班飞机，向埃杜尔·迦尼报到。

这趟任务，我的报酬是一万美元，认识了迦尼组织的非洲分部。那时候我觉得，得到那份认识和经验，值得冒这样的险。那笔金钱报酬不重要。即使只有那报酬的一半或更少，我大概也会干。我知道大部分孟买人跑这么一趟，报酬比我低许多。

除此之外，我还置身险境。对某些人而言，危险是毒品，甚至是春药。而对过着逃亡生活的我、每日每夜害怕被杀或被捕的我而言，危险是另一种东西。危险是我用来杀死压力这条恶龙的长矛。危险有助于我入睡。每当我去危险的地方、做危险的事，就有一股新的恐惧笼罩着我。那个新恐惧会盖过忧虑，那大半时候让我忧心得睡不着的忧虑。任务完成，新恐惧渐渐消失，我整个人会陷入疲乏后的平静。

渴求危险工作的人，不止我一个。那趟任务期间，我遇到其他经纪人、走私者、雇佣兵，他们兴奋的眼神和肾上腺素激发的本能反应，和我不相上下。他们和我一样全在逃避着什么，他们全在害怕他们无法真正忘记或面对的东西。似乎只有豁出性命赚来的危险的钱，才能帮他们暂避几小时，助他们入眠。

我陆续执行了第二、第三、第四趟非洲任务，平安无事。我用了三本不同的护照，每次在不同的印度国际机场出入境，然后搭国内线班机回孟买。德里、孟买间的"漂白"飞行继续不辍。与哈雷德的货币交易员和部分黄金买卖商一起执行的专门任务，让我忙得不可开交。大多数时候，我忙得没时间专心地想卡拉。

雨季快结束时，我去了一趟贫民窟，陪卡西姆·阿里一起做每日的巡查工作。他检查排水沟，叫人修理受损的小屋，让我想起住在贫民窟时，我多么敬佩他、仰仗他。穿着新靴子和黑牛仔裤走在他旁边，我看着身强力壮的年轻小伙子光着脚，穿着腰布，徒手挖刮，一如我过去所做的。我看着他们用支柱撑住挡土墙，清理堵塞的排水沟，确保贫民窟在雨季结束前不致淹水。我羡慕他们，羡慕那工作的重要性和他们投入工作的认真。那热情而绝对的投入，我曾深刻感受过。清理工作完成时，贫民窟居民那带着骄傲与感激的微笑，也曾投射在我脸上。但对我来说，那样的生活已经远去。那种非金钱所能衡量的收获和慰藉，已经一去不复返，一如我在澳大利亚体验过而失去的那种生活。

或许是察觉到我的感伤，卡西姆带我走向一处空地，普拉巴克和强尼正在那里为婚礼做初期准备。强尼和十二个邻居正在搭大帐篷的骨架，作为婚礼的举行地点。不远的地方，其他男人正在搭建小舞台，婚礼结束后两对新人要坐在那上面，收受亲友的赠礼。强尼热情地招呼我，跟我说普拉巴克出去跑出租车，日落后会回来。我们一起绕着帐篷骨架走一圈，检查搭建得是否牢固，讨论塑料棚或棉布棚的优劣和成本。

强尼邀我喝茶，带我们到一群舞台工人那里。我以前的邻居吉滕德拉是这工程的监工。妻子死于霍乱让他憔悴衰弱了好几个月，但眼前的他似乎已走出那悲痛。他没有过去那么粗壮，那熟悉的大肚子已紧缩成T恤底下紧实的小丘，但他眼里再度绽放出希望，他的微笑不再是强颜欢笑。他儿子萨提什自母亲死后一下子长大很多。与他握手时，我偷偷塞了一张百元卢比的纸钞在他手里。他同样偷偷地收下，迅速塞进短裤口袋。他投过来的微笑很热情，但丧母之痛仍未平复。他的眼神有点空洞，那是一种历经震惊哀痛的黑洞，吞噬所有疑问却不释出任何答案。他回去干活，割下一段段椰子纤维绳，供大人捆绑支撑用的竹竿，年轻的脸庞一脸木然。我懂那表情。有时我会在无意之间，在镜中看到那种表情：那是当属于幸福的信任与纯真被硬生生夺走，而我们不管对错因此而自责时，会有的表情。

"你知道我的名字是怎么来的吗？"我们啜饮美味的贫民窟热茶时，强尼问我。

"不知道，"我答，微笑呼应他眼里的大笑，"你没告诉过我。"

"我在克劳福市场附近的人行道上出生。我母亲住在那里的一个小地方，一个用塑料板和两根竿子搭起的简陋小屋。塑料板一端固定在墙上，一块招牌的下面。你知道吗？那个招牌破烂不堪，墙上只剩下两张海报的两小块。一边是电影海报的一小块，上面写了'强尼'这个名字。在旁边，有张较显眼的雪茄广告海报——对，你猜对了，上头只有'雪茄'这两个字比较明显。"

"她喜欢那个，"我替他接下去说，"她……"

"把我取名为强尼·雪茄。你知道，她父母把她赶出家门，而我父亲抛弃了她，所以她死也不愿意用那两个姓给我取名字。她在人行道上使劲生下我时，一直盯着'强尼''雪茄'那两个词，她把那当作一个征兆，开个玩笑，请不要见怪。她是个非常、非常顽固的女人。"

他望着那个小舞台，看着吉滕德拉、萨提什和其他人把薄夹板抬上去，搭造地板。

"好名字，强尼，"片刻之后我说，"我喜欢，这名字带给你好运。"

他对我微笑，渐渐变成大笑。

"还好那不是通便剂之类的广告！"他说得唾沫横飞，我听了大笑，喷出茶水回敬他。

"你们的婚事拖了好一阵子，"我们再度能开口说话时，我说，"为什么耽搁了？"

"都是因为库马尔啦。你知道，他想做生意赚大钱，为两个女儿办上风风光光的嫁妆。普拉巴克和我告诉他，我们完全不信那一套。你也知道我们不要嫁妆。那些规矩，有点老套。但是普拉巴克老爸的观念很不一样。他从乡下寄来一份清单，列出他想要的嫁妆。他想要一只金表——精工自动表，一辆新脚踏车，还有其他东西。他要的那款脚踏车是他替自己挑的，我们告诉他太大了。我们跟他讲，他的腿太短，踩不到踏板，更别提踩到地，yaar，但他非要那辆脚踏车不可。总之，我们正在等库马尔凑齐嫁妆和相关物品。婚礼定在十月最后一个星期，光明节和相关活动到来之前。"

"那会是很热闹的一个星期，我朋友维克兰也要在那个星期结婚。"

"你会来婚礼吧，林？"他问，微微皱起眉头。强尼是那种帮起别人就掏心掏肺的人，这种人反过来有求于人或表达个人期望时，往往就显得很不自在。

"我绝对不会错过，"我答，大笑，"我会叮叮当当地过来①。我是说真的，你听到叮当声时，就知道我在路上。"

我离开强尼时，他在和萨提什讲话。那男孩聚精会神地听着，盯着强尼的脸，眼神木然如墓碑。我想起卡拉到贫民窟找我那一天，他是如何紧抓住我的腿，如何害羞而真诚地对着卡拉微笑。那段回忆划破我已死的心。有人说人永远无法回到过去，当然是很有道理的，但反之亦然。人必须回去，人时时会回去，不管回去有多艰难，都绝不能停下回去的脚步。

我需要纾解心情，便骑摩托车离开，前往 R.K 制片场，我加大油门，在车辆间频频左弯右拐，高速穿梭。一天前，我已找了八个外国人，送到莉萨那里。要找到外国人、说服他们在宝莱坞电影里演不说话的角色，对我而言并不难。同样，那些德国、瑞士、瑞典或美国游客，碰上印度籍的选角经纪人，反应大概是猜疑和敌意；但碰上我，他们反应就很热情。住在贫民窟以观光导游为业的那几年，我碰到过形形色色的外国游客，已经摸索出迅速赢得他们信赖的打交道方式。那方式相当复杂：两分搞笑风趣、两分逢迎谄媚、一分打情骂俏，外加一点调皮、一丝倨傲、少许鄙夷。

导游工作也让我和科拉巴区几家主要餐馆打好关系。我带团的那几年，总会把他们带进蒙迪迦餐厅、皮卡迪利餐馆、狄普提果汁吧、爱德华八世、梅兹班餐厅、艾普萨拉餐厅、史特兰得咖啡屋、理想餐馆，以

---

① 原文 I'll be there with bells on，意为我会盛装以赴，但说话者在此使用其字面意思。

及游客行经地区的其他餐馆，鼓励他们消费。需要外国人在宝莱坞电影跑龙套时，我就去那些餐厅找人。店老板、经理、伙计个个热情欢迎我。只要看到一群合适的年轻男女，我就走上前，问他们有没有兴趣演印度电影赚外快。有餐厅职员替我担保，我通常几分钟就能得到他们的信任，谈定事情。然后我打电话给莉萨·卡特，安排隔天派车来接人。

这套办法很管用。我们开始合作之后的几个月内，莉萨努力向各大制片场和制片人承包选派演员的工作。昨天我雇来的那些外国人，就是最近一次找的那群外国人，是我们第一次替著名的 R.K. 制片场找人。

我很想亲眼看看那个声名显赫的大制片场，当我骑车穿过大门，看到像灰色船帆的高大铁皮人字屋顶，我郁闷的心情也跟着烟消云散。对莉萨·卡特和她那一类人而言，电影的梦幻世界激起他们近乎敬畏的感觉。对于电影世界，我并不感到敬畏，但也不是毫无感觉。每次走进制片场的奇幻世界，电影摄制作业的神奇，总有一部分叫我震慑，叫我惊艳，把我从经常沦陷的阴郁海洋中拉出来。

警卫带我到隔音摄影棚，莉萨和她那群德国人正在那里等着。我来时正值拍摄作业的休息期间，莉萨正端着咖啡和茶分给那些年轻外国人。摄影棚里有几张桌子围着舞台摆设，布置成现代夜总会的模样，他们就围坐在其中两张桌子旁。我向他们打招呼，互相说了些俏皮话，然后莉萨把我支到一边。

"他们怎么样？"只有我们两人时，我问。

"很好，"她开心地说，"我想，他们有耐性，不紧张，乐在其中，拍出来的东西会很棒。林，你最后两星期派来的人很优秀。制片很高兴，我们可以……你知道的，我们真的可以在这一行做出一番成绩，你和我。"

"你喜欢这一行，不是吗？"

"的确。"她说，投来一个让我后脑勺都能感觉到的微笑。然后她的表情变得较为严肃而坚定，那是在不抱希望而仍奋力一搏者的脸上会见到的坚定。她是个美人坯子，是孟买肉欲丛林里的加州海滩美女，是一个啦啦队阳光女孩。她已奋力摆脱缓缓置人于死地的海洛因，以及周夫人的"皇宫"中窒闷荒淫的生活。她古铜色的皮肤毫无瑕疵，天蓝色的眼睛绽放决心，长而卷的金发从脸部往后梳，束成优美的发式，与她端庄稳重的象牙色裤装相得益彰。她打败了海洛因，与她的眼神相接时，我心里不禁如此想着。她打败了海洛因，摆脱了那个东西。我忽然感觉到她有多么勇敢，感觉到她内在的勇气。一旦知道那勇气，你自然知道如何找到它，就和老虎眼神里那凶狠、冷漠的威吓一样，轻易就可察觉，叫人神迷忘我。

"我喜欢这工作，"她说，"我喜欢这里的人、这个工作。我喜欢这样的生活，我想你应该也会喜欢。"

"我喜欢你。"我微笑。

她大笑，挽住我的手，带我在摄影场四处逛。

"这部片子叫 Paanch Paapi。"她说。

"五个吻……"

"不对，是 paapi，不是 papi，用这字是在玩双关语。paapi 是小偷，papi 是接吻。所以，实际意思是五个小偷，但也有五个吻的玩笑意思，因为那是部浪漫爱情喜剧。女主角是姬米·卡特卡尔。我觉得她很性感迷人，她的舞跳得不是很好，但很漂亮。男主角是昌基·潘迪，他可以演得很好，真的很好，如果不是老出岔子的话。"

"说到这个，毛里齐欧有没有再来骚扰你们？"

"完全没有他的消息，但我担心乌拉。她已经一整天不见人影。她前晚接了莫德纳的电话，匆匆离开。那是他几个星期以来第一次露脸。自那之后，我就没有她的消息，她答应我会打电话。"

我伸手抚平额头上的皱眉，再往上梳过凌乱的头发。

"乌拉知道自己在干什么，"我低吼道，"她不是你的问题，不是我的问题。我帮她，因为她找我帮忙，因为我喜欢她。但我越来越厌烦乌拉、毛里齐欧、莫德纳的事，你知道我的意思吧？莫德纳有没有跟她说那笔钱的事？"

"我不知道，或许有。"

"唉！那笔钱仍然下落不明，莫德纳也是。街头一直有男孩告诉我，毛里齐欧四处在找莫德纳，不找到绝不罢休。乌拉的处境也好不到哪儿去。六万美元，虽然不是天文数字，但因为比那更少的钱而被杀的也不是没有。如果那笔钱在莫德纳手里，在毛里齐欧仍在找他期间，最好不要让他靠近乌拉。"

"我知道，我知道。"她的眼神突然呆滞，流露出忧虑。

"我不担心乌拉，"我说，语气更轻柔，"我担心你。如果莫德纳回来，你要待在阿布杜拉身边一阵子，或我身边。"

她看着我，紧抿双唇，想说什么却说不出口或不愿说出口。

"说说这场戏，"我建议，想把我们带离乌拉渐渐沦入的寒冷黑色旋涡生活，"这部电影在演什么？"

"发生在夜总会，或至少是电影版的夜总会。男主角从有钱的政治人物那里偷了一件珠宝，嗯……大概是，然后跑到这里躲起来。他看到那女孩，也就是姬米，在演大型歌舞剧，他迷上了她。警察出现时，他把珠宝藏在她的假发里。接下来的情节演他如何想办法接近她，取回珠宝。"她停下，端详我的表情，想解读我眼神的意思。

"那……我猜你觉得那有点蠢。"

"没有，我不这么觉得，"我大笑，"我喜欢这部戏，全心全意地喜欢。在真实世界里，那个男人会直接痛打她，取回珠宝，甚至可能会开枪射她。我比较喜欢宝莱坞版的世界。"

"我也是，"她大笑着说，"我喜欢那样的世界，喜欢他们用彩绘帆布和细木条拼凑出来的世界，他们……就像是在制造梦境之类的东西。我知道那戏叫人觉得煽情，但我是说真的，我喜欢这个世界，林，我不想回去另一个世界。"

"嘿，林！"有人从背后叫我。原来是昌德拉·梅赫塔，制片人之一。"耽搁你一分钟可以吗？"

我离开莉萨与那群德国游客，到一个撑着大量明晃晃的灯的金属龙门架下见昌德拉·梅赫塔。他反戴棒球帽，松紧带紧箍住头，让他的胖脸显得更圆。大肚腩下是褪色的 Levis 牛仔裤，克塔长衫从上往下，几乎把大肚子完全盖住。密闭制片场有点潮湿的空气让他汗流浃背。

"嘿，老哥，如何？我一直想见你，yaar。"他说话的声音让人觉得别有用心，"我们去外面透透气，我热得快把小弟弟烧掉了，yaar。"

我们在金属圆顶建筑之间漫步，穿着戏服的演员和拿着道具、器材的男子，与我们擦身而过。途中，九个漂亮的跳舞女郎，身穿怪异的羽毛戏服经过我们身边，要去某个隔音摄影棚。我不禁转过头去，身体也跟着转，最后竟往回走了一小段。昌德拉·梅赫塔连正眼都没有瞧她们一眼。

"嗯，林，我想跟你谈的是……"他说。我们走着时，他轻碰我手肘。"是这样的，我有个朋友，是个生意人，在美国有不少生意。Achaa，怎么说呢……他碰上卢比换美元的现金流问题，yaar。我很希望你……有人告诉我，现金不流动时，你帮得上忙。"

"我想，那笔现金应该换成美元，流动才顺畅？"

"对，"他微笑，"很高兴你了解他的问题所在。"

"回堵的情形有多严重？"

"噢！我想大概一万美元应该就能打通。"

我把哈雷德·安萨里目前的美元汇率告诉他，他同意那条件。我跟他谈好，隔天在制片场见他。我要他把那些比等值美元还要大捆的卢比纸钞放在软背包里，等我骑摩托车去收。我们立刻握手成交，想着我所代表的那个人——阿布德尔·哈德汗大人，昌德拉或我都绝不会提到他名字的那个人——我握手时施加了让对方稍不舒服的力道。我只是要让他感到微痛，隐约的些许疼痛，但那使他更加专注地注视我和善微笑上面冷酷的眼神。

"昌德拉，如果你知道会把事情搞砸的话，就连试都不要试。"我警告道，被捏疼的感觉从他的手上传到他眼睛里，"没有人喜欢被耍，特别是我那些朋友。"

"噢，当然不会，巴巴！"他用开玩笑的口吻说，但难掩眼中的惊恐之色，"没问题。Koi bahtnahi! 放心！我很感激你能帮我，我的……怎么说，帮我的朋友解决问题，yaar。"

我们慢慢走回隔音摄影棚，发现莉萨和昌德拉的制片同僚在一块。

"嘿，老兄！你行的！"克利夫向我打招呼，抓住我的手臂，把我拉往夜总会片场的那些桌子。我望向莉萨，她只是举起手，向我示意：你自己看着办吧，老兄。

"怎么回事，克利夫？"

"我们还需要一个男的，yaar。需要一个男的白人，坐在那两个可爱的女孩中间。"

"噢，不要。"我不肯，想挣脱他的手，又怕会伤到他。我们来到桌边，那两个德国女孩站起来，伸手把我拉往她们中间的位子。"我不行！我不会演！我怕镜头！我不要！"

"Na, komm'schon! Hör'auf!（得了吧，拜托！）"其中一个女孩用德语说，"你昨天不是才告诉我们这有多容易，na？"

她们很迷人。我挑中他们那帮人就是因为他们全是健康迷人的男女，那笑容正在挑衅我加入。我突然想到那代表什么意思：身为澳大利亚通缉要犯的我，顶着逃亡身份，在至少十个国家约三亿人会看到的电影里竟然饰演一角，那可是件既蠢又危险的事。

"噢！有何不可！"我耸耸肩。

克利夫和舞台工作人员后退，演员各就各位。明星昌基·潘迪是孟买人，英俊、健美、年轻。我在跟印度朋友看过的一些电影里看过他。发现他本人比银幕上更英俊、更有观众缘，我颇为惊讶。一名化妆助理举起镜子，让昌基梳理他的头发。他凝视镜子，眼神之专注，就和外科医生在执行复杂而重要的手术时一样。

"你错过了最精彩的部分，"其中一个德国女孩小声对我说，"这家伙花了很多时间，才学会跳这场舞。他NG（卡）了好多次，每次一NG，拿着Spiegel……就是拿镜子的那个矮子就会跳出来，然后我们就看着那家伙再把头发梳一遍。如果把那些NG画面和那个矮子拿着镜子让那家伙梳头发的画面全拍下来，我告诉你，光是那样，就能拍成一部卖座喜剧。"

摄影师一眼对着镜头，定住不动，导演站在他旁边，对灯光组人员下达最后指示。导演助理一个手势，要求全场安静。摄影师宣布开拍。

"音乐！"导演下令，"开拍！"

几只体育馆级的大喇叭放出音乐，在片场发出砰然巨响。那是我听过的最大声的印度电影音乐，但我喜欢。姬米·卡特卡尔等所有舞者，以夸张的动作走上人造舞台。姬米从舞台一边轻快地走到另一边，再一一走过每张桌子旁边，全程跳舞，配合音乐对嘴唱歌。男主角加入共舞，然后扮演警察的演员出现，男主角钻到桌下。这场戏在整部电影里只占五分钟，却花了一整个早上排演，花了大半个下午拍摄。我的演艺处女作，其实只出现在两个一闪而过的画面中。当姬米跳着整套诱人的舞步，停在我椅子背后时，镜头有两次捕捉到我开心的微笑。

我们叫了两辆出租车送那些外国游客回去，莉萨坐我的摩托车回城里。那是个相当热的傍晚，她脱掉外套上车，扯掉长发上的发夹。她双手环抱我的腰，脸颊贴在我的背上。她是个好乘客，是那种绝对信赖驾驶者的骑车本事，而且将自己与驾驶者的身体融为一体的乘客。隔着我的白色薄衬衫，我感觉到她紧贴在我背上的胸部。我的衬衫迎着暖风敞开，她的双手抓着我腰部紧实的皮肤。我骑摩托车从不戴安全帽。后座扣有一只安全帽，供乘客使用，但她选择不戴。当我们等车子过去或转弯而停下时，强风偶尔会把她长而卷的金发吹到我肩膀上，吹进我嘴里。马鞭草的香味在我唇上久久不散。她的大腿轻轻贴着我，好似准备或威胁要使出她大腿所有的力气夹住我。我想起记忆中的另一双大腿，那晚在卡拉屋里，贴在我手掌上柔滑如月光的肌肤。就在这时，她似乎看出了我的心思，在摩托车停下等红绿灯时，她开口说话。

"那个小孩后来怎么了？"

"哪个小孩？"

"那天晚上跟你在一块的那个，记得吧！在卡拉家里。"

"他很好。我上星期在他舅舅家里见过他。他长大很多，长得很快，现在在上私立学校。他不喜欢学校，但他最后会接受的。"

"想他吗？"

绿灯了，我换挡，加油门，驶进十字路口。我没答话。我当然想念他，他是个好孩子。但我也想念女儿，想念妈妈和我所有的家人。我想念朋友，想念我所有的朋友，在绝望的那几年里，我认定不可能再见到他们。对我而言，想念我所爱的人，犹如在哀痛死去的人，而且还更悲惨许多。因为，就我所知，他们都没死。我的心有时是满布墓碑的墓园，而石碑上一片空白。每个夜晚，独自一人在屋里时，那份哀痛和想念往往压得我透不过气。梳妆台上有一沓沓钞票，有刚伪造好的、可送我到任何地方的护照。但我无处可去。不管到哪里，我都见不到我心爱的人，那些失去联系或永远消失的人。因此，不管到哪里，都没有意义，没有归属，没有爱。

我是逃犯，已从人间蒸发；我是失踪者，在行动中失踪。但在我逃亡的心灵里，他们才是失踪者。在我逃亡期间，失踪的是我曾熟悉的那整个世界。逃亡之人奔跑，忍痛想毁掉过去，想连带毁掉所有蛛丝马迹，那些会泄露他们是什么样的人、来自何处、哪些人爱过他们的痕迹。然后他们跑进自我弃绝的境地，以求存活，但总是失败。我们能否认过去，但无法躲避过去的折磨，因为过去是个会说话的影子，亦步亦趋地跟着我们，时时提醒我们是什么样的人，直到我们死去为止。

我们骑着车，从满天晚霞的傍晚，骑到蓝黑的夜幕升起。我们随着海风冲进光的隧道，落日的长袍从这城市的肩上滑落。莉萨的双手在我坚实的皮肤上移动，像是海水不断袭来，波涛汹涌。在我们共骑时，有那么片刻，我们合而为一，成为欲望，一个以妥协收场的承诺，一张品尝涓滴流下的危险与喜悦的嘴。然后某种东西，或许是爱或恐惧，在渐暖的风中低语，驱策我做出选择：这一切如此年轻、自由，好像你将永远这般。

"我该走了。"

"不进来喝杯咖啡或什么的？"她问，站在她公寓门口，手拿着钥匙。

"我该走了。"

"你跟卡维塔说的那个故事，她真的很感兴趣，贫民窟那两个女孩的故事。那两个死而复生的女孩，她就讲了这些，蓝色姐妹花，她如此称呼她们。我不知道她为什么这样说，但那名字取得很棒。"

她在找话说，把我留住。我凝视她天蓝色的眼睛。

"我该走了。"

两小时后，我毫无睡意，她吻别时嘴唇的温润犹存，所以电话铃响时，我不觉得诧异。

"你能不能立刻过来？"我拿起电话时，她说。

我没出声，努力想找个欲拒还迎的说辞。

"我找过阿布杜拉，但他没回。"她继续说，然后我听到她的声音里有屈服、惊吓和茫然。

"怎么了？发生了什么事？"

"我们碰上麻烦了，有麻烦事……"

"是毛里齐欧？你没事吧？"

"他死了，"她小声而含糊地说，"我杀了他。"

"还有别人在吗？"

"别人？"她含糊重复道。

"还有其他人在那里，在你公寓里吗？"

"没有。我是说，有，乌拉在这里，还有他在地板上。那是……"

"听好！"我以命令的口吻说道，"锁上门，别让任何人进来。"

"门被撞坏了，"她小声说，声音越来越微弱，"他破门而入时，把锁撞坏了。"

"好，拿东西顶住门，椅子或什么的。门不要开着，等我到。"

"乌拉很慌张，她……她很难过。"

"不会有事的，一定要堵好门，别打电话给任何人，别跟任何人讲，别让任何人进来。泡两杯咖啡，多放点牛奶和糖——四勺，和乌拉坐下来喝。如果她需要，给她一杯烈酒。我这就去，十分钟内会到。撑下去，保持冷静。"

夜里，我骑上摩托车，穿过拥挤的街道，蜿蜒驶入明亮的灯海，脑中一片空白，没有恐惧，没有忧虑，没有兴奋的颤抖。我用最大的安全速度狂飙，每次换挡都猛加油门，让转速表的指针一下子就跑到最高转速的红区。而那正是卡拉、狄迪耶、阿布杜拉和我，我们每个人，正在做的事，只是每个人的做法不同。我们都正在以安全的极速狂飙生命，还有莉萨，以及毛里齐欧，都正在让指针转到红区。

在金沙萨，有个荷兰雇佣兵告诉我，他唯一一次不再恨自己，是在他面对的危险变得极大，大到他在不假思索或毫无感觉的情况下，马上付诸行动的时候。我真希望他没跟我说过这句话，因为我完全了解他的意思。那一晚我骑车狂飙时，心中平静得几乎像是不起一丝涟漪的湖面。

第二十八章

第一次用小刀跟人干架之后，我了解到世上有两种人会投入殊死搏斗，一是为活命而杀人，一是为杀人而活命。喜欢杀人的人，打起架来或许拼劲、狠劲十足，但为了存活而打架的人，通常更容易打赢。为杀人而活者一旦屈居下风，打架的理由就逐渐溃散；为保命而杀人者一旦处于劣势，打架的理由反倒更为强烈。与赤手空拳打斗不同的是，用致命武器做殊死搏斗的输赢，取决于见血后是否还有打斗的理由。为保住性命而打斗的理由，明显比取人性命而打斗的理由更有力、更持久。

我第一次用小刀打架是在牢里。就像大部分的狱中斗殴，都是起于鸡毛蒜皮的小事，终于惨不忍睹的结果。我的对手是个健壮有力、打斗经验丰富的退伍军人，他是个恃强凌弱的恶霸，威胁弱小狱友献出金钱和香烟，若有不从就暴力相向。大部分因犯对他心生畏惧，而他见识不足，误把畏惧当尊敬，我瞧不起他。我讨厌恶霸，因为他们懦弱；我鄙视恶霸，因为他们残忍。我认识的硬汉中，没有一个人靠欺凌弱小过活。硬汉痛恨恶霸，几乎就和恶霸痛恨硬汉差不多。

我是够硬够狠的。我在龙蛇混杂、暴力频仍的劳动阶级地区长大，从小到大，打架是家常便饭。那时，监狱里没人知道这点，因为我不是以作奸犯科为业，没有前科。我第一次犯罪就进了监狱。此外，我是读书人，言行举止都像。有些狱友因为这点尊敬我，有些嘲笑我，但没有人因此怕我。但无论如何我因为持械抢劫判处二十年的苦役，大部分狱友还是有所顾忌的。我是匹黑马，没有人知道碰上真正的考验时，我会如何反应，但很多人想知道我会怎么做。

那场考验真正降临时，现场有着白晃晃的钢刀、断牙、怒目圆睁、凶狠如发狂的狗般的眼神。他在监狱的洗衣间攻击我，当时在枪塔间天桥上巡逻的狱警没办法看到这个死角。攻击出其不意，狱中称作 sneak-go。他的武器是一把钢质餐刀，是在具有无比耐性的不良居心之下，在囚室地板上磨利的，锐利得能刮胡子或割断喉咙。入狱前，我从未带刀，从未使用过刀，但监狱里每隔一天就有人受到攻击、挨刀子。因此，入狱之后，已在那里挨过许多年的凶狠狱友，建议我听他们的话。他们不止一次告诉我，最好有个武器，备而不用，免得要用时没有。我的小刀是用金属利器磨成的，相当于男人手指粗，比手掌更长一些。一端缠上胶布，成为握柄，放在手里刚刚好，不必收拢手指。打斗开始时，对方不知道我带有武器，但我们各以不同的方式了解到，那会是场生死搏斗。他想杀死我，而我知道，为了活命，我必须杀死他。

他犯了两个错误。第一是在打斗中采取守势。他抢先冲上前来偷袭我，在我胸口和上臂划了两刀。他抢得先机，照理该乘胜追击，对我猛砍、猛划、猛刺，好了结我，但他却往后退，对空挥舞小刀。他大概认为我会就此屈服，他的对手往往因为怕他，因为见到自己流血，就不敢再战，速速投降。他大概也认定他会赢，因此只是捉弄我，想享受看到对方怕死惊恐的快感。不管出于什么理由，他失去了优势，在往后跨出那一步时就输了。他让我有时间从衬衫里抽出小刀，好整以暇地反击。我看到他眼里的惊讶，那是我反击的信号。

他的第二个错误就是把小刀当剑拿，以为那是打到即止的击剑比赛。拿小刀打架时，如果把刀当成枪，认定输赢全靠那把刀，拿刀时就会刀尖朝上。但小刀当然不是枪。拿小刀打架时，决定输赢的武器不是刀，而是人，小刀只是用来帮人打赢对方。打赢的握法是匕首握，刀尖朝下，握住刀的拳头还是可以出拳。匕首握让人在往下刺时最有力，而且多了紧握的拳头这个武器。

他蹲低身子，左闪右躲，两只手臂张得很开，小刀在空中左右猛挥。他是右撇子，我采取左撇子拳击姿势，小刀握在右拳。我右脚往前跨，左脚移动保持平衡，然后向他攻击。他在我身上划了两道口子，然后猛然前扑。我往旁边一跨，连续三拳，右拳、左拳、右拳，击向他。其中一拳击中了，他的鼻梁断了，眼泪直流又灼痛，视线模糊。他再度扑上来，抢起小刀想从侧边刺进我身体。我伸出左手，朝他手腕抓去，一脚跨进他两腿之间，把刀子刺进他胸膛。我本来想刺心脏或肺部，但没有成功。虽然刺偏了，但我还是朝他锁骨下方多肉的部位猛戳，刀尖从他背部紧邻肩胛骨的下方穿出。

他被我堵在洗衣机与干衣机之间的墙上，无路可逃。我用那把改造小刀让他动弹不得，左手锁住他持刀的手腕，想咬他的脸和脖子，但他急急左右摆头，我只好改用头撞。我们的头相撞了几次，然后他双腿使劲一扭，我们便一起摔倒在地板上。他手上的小刀随即掉落，但刺进他胸膛的刀子也掉了。他开始吃力地往洗衣间门口爬。我无法判断他是想逃，还是想找有利的位置反击。我没有跟进，我的头在他腿部的位置。我们两个奋力往前爬。我伸手抓住他的皮带当作支点，往他大腿刺了两下，然后再一下，又一下。我不止一次刺中骨头，小刀震动偏斜的感觉直接回传到我的手臂。我放掉他的皮带，伸长左手要去拿他的刀子，想用它继续戳他。

他没有尖叫，我很佩服。他大喊要我停止，大喊说他认输，我认输！认输！认输！但他没有尖叫。我真的停下，饶他一命。我吃力地站起来，他再度想爬向洗衣间门口。我一脚踩在他脖子上，把他拦住，往他头的侧边重重一踩。我得拦住他，如果让他在我还没离开现场时爬出洗衣间，让狱警看到他，我大概得在惩戒队待上至少六个月。

他躺在地板上呻吟时，我脱下血迹斑斑的衣服，换上干净的衣服。

有个负责清扫监狱的囚犯站在洗衣间外，隔着门口对我们咧嘴而笑，神情和善而满意。我把那捆脏衣服递给他，他把沾了血污的衣服偷偷塞进拖把拧水车，然后丢进厨房后面的焚化炉。走出洗衣间途中，我把那两把刀交给另一个人，埋在监狱的园圃里。我安全离开现场时，那个杀我没杀成的囚犯，跛着脚走进典狱长办公室，咚一声倒在地上，送医治疗。我没再见到他，他也三缄其口，这也让我对他竖起大拇指。他是个流氓，恃强凌弱的恶霸，没来由想杀死我，却没把我抖出来。

　　之后，我独自在囚室里检视伤口。上臂那道长长的口子，平整地划过一条静脉。我不能找医生治疗，因为那大概会让我和那场干架、和那个受伤的犯人扯上关系。我只能期盼伤口自行愈合。还有一道深切口，从左肩划到胸膛中央。切口也很平整，血流不止。我把两包香烟纸放进金属碗里烧成白灰，把白灰抹在伤口上。很痛，但马上就能封住伤口，止住血。

　　我没有跟任何人提起那件事，但大部分狱友很快就知道是怎么回事，他们全知道我通过考验，活了下来。我胸膛上的那道白疤，每天淋浴时狱友会见到的那道疤，提醒他们我不怕打架。那是个警告，就像海蛇皮上艳丽的环状彩纹。如今，那道疤还在，经过这么多年，还是和当时一样长，一样白。如今，那仍是某种警告。我触摸着那道疤，看到那个想杀我的人讨饶；我想起他那双惊愕至极的眼睛，那命运之镜，反映出一个扭曲而充满仇恨的人。

　　那是我第一次用小刀跟人干架，但不是最后一次。站在毛里齐欧·贝尔卡涅冰冷的尸体旁，捅人和被捅的经验冷酷而清晰地浮现在我的脑海里。他呈跪姿，脸朝下，上半身靠在长沙发角落，两条腿垂在地板上。在他弯起的右手旁，有一把刀口锋利的短剑落在地毯上。一把黑柄小弯刀连锋带柄插进他的背，就插在脊椎左边一点，紧邻肩胛骨的下方。那是把又长又宽又利的刀，我见过那把刀，上次毛里齐欧不识相地硬闯入莉萨住所时，它就握在莉萨手里。经过那一次，他早该有所警惕。当然，人总是不会学乖。卡拉说过，那没关系，因为如果每个人第一次受了教训后就学乖，那他就完全不需要爱了。唉，毛里齐欧最后还是得到了教训，残酷的教训，脸朝下倒在自己的血泊里。他是狄迪耶所谓的完全成熟的男人。我有次骂狄迪耶不成熟时，他告诉我，他自豪且乐于不成熟。他说，完全成熟的男人或女人只剩大概两秒钟可活。

那些想法像奎格舰长 [①] 手上的钢珠，在我脑海里轮番滚动。当然是那把刀了结了他的生命。我想起捅人和被捅的经验，想起每次被捅时历历在目的那几秒。我想起刀子挥向我，刺进我的身体，钢质刀身在我体内的感觉，如今我还能感受到。那像是烧灼，像是恨，像这世上最邪恶的念头。我摇摇头，深呼吸，再度看着他。

那把小刀可能刺破了一边的肺，刺进心脏。不管伤到哪里，他很快就断气了。他倒在长沙发上，几乎再没动过。我一把抓住他浓黑的头发，抬起他的头。他无神的双眼半开，双唇微微往外翻，露出龇牙咧嘴的笑。现场的血迹出奇地少，因为长沙发吸了一大摊血。得把这长沙发丢掉，我听到自己这么想。地毯没什么损坏，而且可以清洗干净。房间也没有因打斗而凌乱，咖啡桌断了一条腿，前门锁脱位下垂。我转而注意那两个女人。

乌拉脸上有道口子，从颧骨划到接近下巴处。我清洗她的伤口，贴上胶布，让伤口密合。口子不深，我想很快会愈合，但免不了要留下一道疤。就这么巧，刀子沿着她脸颊和下巴的自然曲线划过，反倒更凸显她的脸形。那道口子折损了她的美丽，但没有毁掉她的美丽。她的双眼睁得老大，眼神布满尚未消退的惊恐。她身旁的长沙发扶手上有件腰布，我拿来裹住她的肩膀，莉萨递给她一杯热甜茶。我用毯子盖住毛里齐欧的尸体时她在发抖。她痛苦得脸皱成一团，哭了起来。

莉萨却很冷静。在这么湿热无风的夜晚，她却穿套头毛衣和牛仔

[①] 奎格舰长（Captain Queeg），小说《凯恩舰叛变》中的舰长。

裤，只有本地人才受得了。她一只眼睛周围和一边的脸颊上有挨打的痕迹。乌拉停止哭泣时，我们走到房间另一头，站在房门附近她听不到的地方。莉萨拿出一根烟，低头用我手上的火柴点燃，然后吐出一口烟，直直望着我。从我进入那屋里，那是她第一次直视我。

“很高兴你来了，很高兴你在这里。我没办法，我得那么做，他……”

“停，莉萨！”我打断她的话，口气严厉，但嗓音低沉而亲切，“你没有刺他，是她刺的。我从她的眼神里看得出来，我懂那眼神。她现在还在刺他，仍在脑海里重复那动作，那表情会持续一阵子。你想保护她，但骗我，帮不了她。”

她微笑。在这种情况下，那是让人非常舒服的微笑。要不是旁边躺着一个心脏插着刀的男人尸体，我大概会把持不住。“怎么回事？”

“我不想让她受到伤害，就这样。”她说，语气平静。她收起微笑，嘴巴噘起，透着严肃。

“我也不想。到底是怎么回事？”

“他撞门进来，砍她。他疯了，神志不清，我想他吸了毒。他对她尖叫，她无法回话，她比他更疯狂。他破门而入之前，我陪了她一小时。她跟我说了莫德纳的事。她会神志不清，我不觉得意外。那……林，那事真是糟糕。因为那件事，她才会神志不清。总之，他像大猩猩一样破门而入，然后砍她。他身上血迹斑斑，我想是莫德纳的血。真是恐怖。我从厨房拿刀出来，想偷袭他。他往我眼睛上狠狠揍了一拳，又给了我的屁股一拳。我倒在长沙发上，他压在我身上，拿起弹簧小折刀，准备刺我。就在这时，乌拉往他背部刺了一刀，他马上就挂了。真的，马上，就一秒钟。他看着我，然后就死了。她救了我一命，林。”

“我想应该说是你救了她的命，莉萨，要不是你在场，背后插着刀、趴在长沙发上的，大概会是她。”

她开始微微颤动，全身发抖。我把她揽在怀里，抱着她片刻，她无力地倚在我身上。她恢复平静后，我给她拿来一张餐椅，她发抖着坐下。我四处打电话，终于找到阿布杜拉。我三言两语解释了发生的事，告诉他联络非洲人聚居区的哈桑·奥比克瓦，载他过来。

等阿布杜拉和哈桑过来的时候，事情的来龙去脉一点一滴浮现。乌拉突然觉得累，但我不能让她睡，还不行。片刻后，她开始讲话，不时在莉萨的描述外补充细节，整个故事渐渐在她口中呈现。

毛里齐欧·贝尔卡涅在孟买遇见塞巴斯蒂安·莫德纳，两人都在孟买替外籍妓女拉皮条讨生活。毛里齐欧是家中的独子，父母是有钱的佛罗伦萨人，在他还小时死于空难。根据他每次喝醉就跟乌拉重复提起的描述，他是由远亲抚养长大的，他们善尽抚养之责，但也止于尽责，没有亲情。他寄居在没有温暖的远亲篱下，远亲不情不愿地容忍他。十八岁时，他拿到他继承的第一份遗产飞到开罗；二十五岁时，他就把父母留给他的钱败光了。他家族里的其他亲人把他赶出家门，不只是因为他已经一贫如洗，还因为他在中东和亚洲传出许多丑事。二十七岁时，他流浪到孟买，替欧洲妓女拉客维生。

毛里齐欧在孟买的拉客生意，靠一个人替他跑腿出力，那人就是性格阴郁，与他大不相同的西班牙人塞巴斯蒂安·莫德纳。这个三十岁的西班牙人物色、接洽有钱的阿拉伯及印度客户。他矮瘦的身材和羞怯的举止容易消除客户的恐惧和疑虑，让他们觉得自在，大大有助于拉客。毛里齐欧从外籍妓女身上拿到的抽头，莫德纳拿五分之一。脏活累活大部分落在莫德纳身上，脏钱则大部分由毛里齐欧拿走，两人关系并不平等。但乌拉认为，在这样的关系下，莫德纳仍然过得很开心，因为莫德纳自认是领航鱼①，而那个高大英俊的意大利人是鲨鱼。

莫德纳的背景和毛里齐欧大不相同。他出身于安达卢西亚的吉卜赛家庭，连他总共有十三个兄弟姐妹，从小到大自认是手足里最矮最弱的一个。他受的犯罪训练比在学校里受的教育还多，他几乎不识字，靠着

---

① 喜欢追随船只与鲨鱼的淡蓝色条纹热带鱼。

拐骗、诈财及小偷小摸，在土耳其、伊朗、巴基斯坦和印度闯荡。他专找游客下手，每次偷骗都不拿太多，从不在一个地方待太久。然后他遇见毛里齐欧，为这位老龟公拉皮条，为他旗下的妓女找客人，如此过了两年。

若不是有一天毛里齐欧带着乌拉走进利奥波德，这种生活大概会一直持续下去。乌拉告诉我们，从她与莫德纳第一次四目相对那一刻起，她就知道莫德纳无可救药地爱上了她。她也鼓励他，因为他迷恋她，很听她的话。她原本在周夫人的"皇宫"上班，但那时候已经被毛里齐欧买出来，毛里齐欧一心想尽快收回他投下去的本钱。他明知莫德纳迷恋她，还是要莫德纳给她找恩客，每天两个，直到还清赎身债为止。莫德纳认为这样是背叛自己的所爱，非常痛苦，要他的伙伴免去乌拉的债务。毛里齐欧拒绝，嘲笑这个西班牙人爱上卖淫女，坚持要莫德纳逼她日夜上班。

有人敲门，述说自己遭遇的乌拉马上停住不讲了。来人是阿布杜拉。这个高大的伊朗人悄悄地走进来，一身黑，像是孕育自黑夜的颜色。他上前拥抱，向我致意，轻轻向莉萨点点头。莉萨走上前去，亲他的脸颊。他掀起毯子看毛里齐欧的尸体，点点头，嘴角往下垂，以行家的眼光肯定这招致命的手法，放下毯子，低声祷告。

"哈桑有事，大概一小时后会来。"他说。

"你有告诉他我希望他做什么吗？"

"他知道。"他答，扬起一边眉毛，紧闭着嘴微笑。

"外面仍然没动静？"

"进来之前我查过，这栋大楼和这整条街都很安静。"

"到目前为止，邻居都没有反应。莉萨说他一脚就把门踹开，没造成太多喊叫和尖叫。我来时隔壁音乐放得很大，在办派对或什么的，我想没人知道这事。"

"得……得叫人来！"乌拉突然大叫，站起来，腰布从她肩上滑落，

"得……叫医生来……得报警……"

阿布杜拉一个箭步上前，把她抱在怀里，深情的怜悯令人意外。他哄她再坐下，轻轻摇她，小声安慰，要她放心。我望着他们，一丝羞愧揪住心头，因为我意识到自己早该安慰她，在更早以前，以同样温柔的方式安慰她。但毛里齐欧的死使我有了危险，我感到害怕。毕竟我有充分的理由要他死，我曾因为同样的理由揍过他。换句话说，我有杀他的动机，而且别人知道。我来到这房间，跟莉萨和乌拉在一块，表面上我是接到她们的求助前来帮忙的，但那不是唯一的原因。我来也是为了救自己，我来是为了确保他的死完全不会牵扯到我。因此，我毫无一丝怜悯，所有怜悯都出自一位名叫阿布杜拉·塔赫里的伊朗杀手。

乌拉再度开口。莉萨给她倒了一杯加了莱姆汁的伏特加，她喝了一大口，继续讲她的故事。她既紧张又害怕，花了好长一段时间才讲完。偶尔漏掉重要细节，搞错事情的先后顺序，陈述事情时以她本人记忆的先后为准，而非以实际的发生顺序为准。我们不得不提问，请她陈述时更连贯些。透过一点一滴的拼凑，我们才弄清楚来龙去脉。

莫德纳先遇见那个尼日利亚人，那个想用六万美元买海洛因的生意人。他把那个客户介绍给毛里齐欧，那个非洲人欠缺考虑，太轻信人，就付了款。毛里齐欧骗了他们，打算拿了那笔钱远走高飞，但莫德纳另有打算。他痛恨毛里齐欧奴役乌拉，想抓住机会让乌拉摆脱皮肉生涯，也让自己摆脱毛里齐欧的掌控。他从毛里齐欧那里偷走那笔钱，躲了起来，促使那个尼日利亚人派杀手来孟买。可想而知，那些非洲人都心狠手辣，为了引开他们，以便专心寻找莫德纳，毛里齐欧报出我的名字，告诉他们是我吞了那笔钱。接下来的发展，阿布杜拉和我都很清楚。

尽管毛里齐欧·贝尔卡涅怕我怕得要死，也很担心那些尼日利亚人会回来要他的命，但他不甘心到手的钱就这么飞了，不甘心这样离开孟买。不杀掉莫德纳，他难消心头之恨；不拿回那笔该归他的、他们一起骗来的钱，他心有不甘。于是，他监视乌拉的一举一动，时时跟踪她，如此过了几星期，他知道莫德纳迟早会和她联络。果然，那个西班牙人跟乌拉联络了，于是乌拉去找他。他躲在达达尔区的廉价饭店，乌拉去那里找他，不知道自己也把那个发疯的意大利人引来了。毛里齐欧破门而入，发现只有莫德纳一人，乌拉不在房里，钱不见踪影。莫德纳生了病，他被折磨得不成人形，乌拉认为大概是疟疾。毛里齐欧拿东西塞住他的嘴巴，把他绑在病床上，用短剑逼问他。莫德纳比任何人想象的还要硬，从头到尾不说话，不告诉他乌拉带着那笔钱，就躲在几步之遥的隔壁房间。

"毛里齐欧用刀子一划，结束逼问，离开房间。然后，我等了很久才出来。"乌拉说，盯着地毯，盖着毯子的身体在发抖。莉萨坐在她脚边的地板上，轻轻取下乌拉紧握的杯子，递上香烟。乌拉接下，但没有抽。她专注地看着莉萨的眼睛，伸长脖子转头看阿布杜拉的脸，然后看我的脸。

"那时候我好害怕，"她以恳求的口吻说，"我太害怕了。一段时间后我走进那房间，看见他。他躺在床上，嘴里塞着破布，身体被绑在床上，只有头能动。全身是伤。脸上、身体上，到处是伤，还流了好多好多血。他定定地看着我，黑色的眼睛盯着我，盯着我。我把他丢在那里，我……跑掉了。"

"你就把他丢在那里？"莉萨倒抽一口气。

她点头。

"甚至没给他松绑？"

她再点头。

"天啊！"莉萨愤愤说道。她抬起头，极度痛苦的眼睛望向阿布杜拉的脸，接着望向我，又看着阿布杜拉："这部分她没跟我提过。"

"乌拉，听我说，你觉得他还会在那里吗？"我问。

她第三次点头。我望着阿布杜拉。

"我在达达尔有个好朋友，"他说，"那饭店在哪里？叫什么名字？"

"我不知道，"她小声而含糊地说，"在一个市场旁边，后面是丢垃圾的地方，味道很难闻。慢着，我想起来了，我在出租车里说过那个饭店的名字，叫卡比尔。就是那个，就叫那名字。噢，天哪！我丢下他时，我以为……我以为他们一定会发现他，然后给他松绑。你觉得他现在还在床上，是吗？"

阿布杜拉打电话给朋友，安排人去那家饭店查看。

"钱在哪里？"我质问道。

她犹豫。

"钱，乌拉，把钱交给我。"

她摇摇晃晃地站起来，由莉萨扶着，走进她的卧室。一段时间后她回来，带着一只轻便的旅行手提包。她把手提包交给我，表情出奇地矛盾，一半在卖弄风情，一半带着敌意。我打开包，拿出几沓百元美钞，点出两万美元，把剩下的钱放回包里，并把包还给她。

"一万美元给哈桑，"我宣布，"五千美元供你买本新护照和回德国的机票，五千美元用来清理这里，给莉萨在孟买市区另一头租个新公寓。剩下的归你，还有莫德纳，如果他过得了那关的话。"

她想答话，但有人轻轻敲门，哈桑来了。这个粗壮、肌肉厚实的尼日利亚人走进来，热情地向阿布杜拉和我打招呼。就像我们其他人，他早就习惯孟买的热，身穿厚重的哔叽夹克和深绿色牛仔裤也丝毫不觉得难受。他掀开盖住毛里齐欧的毯子，捏了一下他的皮肤，弯一弯没有知觉的手臂，闻一闻尸体。

"我带来一张好用的塑料布。"他说着，把厚重的塑料布丢在地上，摊开，"我们得脱掉他所有的衣服，还有他所有的戒指和项链，就只留下他的身体。我们只要那个，待会儿再拔牙齿。"

看我没有回应，他停了下来，抬起头，看见我正盯着那两个女人，她们害怕得脸都僵了。

"你带乌拉去冲个澡如何？"我对莉萨说，微微苦笑，"你也冲个澡，我想我们会花上一些时间，才能把这里搞定。"

莉萨带乌拉进浴室，给她冲澡。我们把毛里齐欧的尸体丢到塑料布上，脱掉他的衣物。他的肤色苍白、黯淡，有些地方呈现大理石灰色。毛里齐欧活着的时候，既高大又结实，死的时候一丝不挂，不知道为什么显得比较瘦小、柔弱。照理说我该同情他。看着死者，摸着死者，即使我们从没有以任何方式同情过他们，但眼前都应该同情他们。同情是不求回报的爱，因此，每个同情的举动都是种祷告。而死人需要人们替他们祷告，那不再跳动的心，那不再起伏的塌陷胸膛，那失去光彩的眼睛，都在召唤我们祷告。每位死者都是颓圮的神殿，我们的眼睛游走其上时，理应心怀同情，予以祷告。

但我并不同情他。我们用塑料布卷起他的身体时，我心想，你罪有应得。我为自己有这想法觉得可耻、羞愧，但那几个字一路钻进我的脑子，就像是要他死的窃窃私语，传遍愤怒的暴民。你罪有应得。

哈桑带来一个像是洗衣用的带轮小推车，我们把推车从走廊推进房间。毛里齐欧的身体开始变僵硬，我们硬是把双腿折断，才能把尸体塞进推车。我们又是推又是抬，在四下无人时，把推车搬下两段楼梯，推到安静的街道上，街边停着哈桑的厢型货车。他的手下每天用这辆车，把鱼、面包、水果、蔬菜和煤油送到非洲人聚居区的几家店里。我们把推车抬进后车厢，用面包、蔬菜篓和装着鱼的盘子，盖在裹上塑料布的尸体上。

"谢了，哈桑。"我说，与他握手，递上一万美元。他把钱迅速塞进胸前的夹克。

"别客气。"他以男低音似的低沉嗓音说。在非洲人聚居区，听到他这嗓音的人，无不肃然起敬。"我很乐于帮忙。现在，林，我们扯平了，谁也不欠谁。"

他向阿布杜拉点头，然后离开，走了半个街区到他停车的地方。拉希姆从厢型车里探出头来，对我咧嘴一笑，然后手腕一转，发动引擎。他没往后看，就把车开走了。哈桑的车子跟在后面，相隔几百米。我们没再听到有关毛里齐欧的消息。谣传哈桑·奥比克瓦在他的贫民窟中央有个坑，有人说那坑里满是老鼠，有人说是爬来爬去的螃蟹，也有人信誓旦旦地说，他在那坑里养了大猪。不管坑里养了什么饥饿的动物，所有传言都说哈桑偶尔用死人喂它们，整个人丢进去喂。

"你把钱分得很漂亮。"我们看着厢型车驶离时，阿布杜拉低声说道，面无表情。

我们回到公寓，修好门锁，好让大家走时能把门关紧。阿布杜拉打电话给另一个熟人，安排了两个可靠的人隔天来公寓，用锯子将长沙发锯成几块，装进垃圾袋丢掉，并清理地毯，让公寓恢复整齐，清除掉最近这批房客留下的任何痕迹。

他才放下电话，电话又立即响起。他在达达尔的熟人传来消息，饭店人员已经发现莫德纳，并紧急送医。那人去过医院，得知虚弱而负伤的莫德纳已自行办理出院手续离去。他最后一次被人看到，是搭出租车急速离去时。看过他的医生怀疑他恐怕撑不过那个晚上。

"怪了，"阿布杜拉转述这消息时，我说，"我了解莫德纳，你知道的……我算是很了解他。我在利奥波德看过他……不知道，大概有上百次吧！但我不记得他的声音，不记得他说话的感觉。我脑海里听不见他的声音，如果你懂我意思的话。"

"我喜欢他这个人。"阿布杜拉说。

"你这么说叫我很意外。"

"为什么？"

"我不清楚，"我答，"他那么……那么温顺。"

"他如果从军，大概会是个优秀的军人。"

我扬起眉毛，大为惊讶。那时候我觉得，莫德纳不只是温顺，还软弱。阿布杜拉的意思，我怎么也无法理解。那时候我不知道优秀军人的界定标准在于能忍受什么，而不在于能伤害什么。

所有未了结的琐事都渐渐了结了，乌拉离开孟买前往德国，莉萨搬到新公寓，与莫德纳、毛里齐欧、乌拉有关的最后疑问，从我脑海里渐渐散去，终至消失。这时，最常占据我脑海的是那个神秘失踪的西班牙人。接下来的两星期，我在孟买和德里之间跑了两趟"漂白"航线，接着花了七十二小时往返金沙萨，将十本新护照带给埃杜尔·迦尼在当地的组织。我努力不让自己闲下来，专注于工作，但莫德纳的影像仍频频占据我的脑海——被绑在床上盯着乌拉，眼睁睁看着她丢下自己，看着她带钱走掉的莫德纳，嘴里塞着破布、无法尖叫的莫德纳……她走进房间时，他想必以为……自己得救了，而看见她脸上的恐惧时，他又有什么感想？他是否还在她眼里看见了别的东西，看到厌恶，还是比厌恶更可怕的东西？她或许露出解脱的表情？她是否显得高兴，高兴终于可以摆脱他？而当她转身走开，将丢他在那里，关门离去时，他心里有何感想？

　　我坐牢时曾爱上一个女人，她是某档高收视率电视节目的女演员，来监狱教囚犯剧团演戏。就像大家说的，我们是才子佳人，天作之合。她是出色的女演员，我是作家。她用有形的声音和动作表现自己，我看到我的话语在她心里发酵、蠢动。我们以世界各地艺术家共通的简略表达方式沟通：节奏和欢愉。一段时间后，她告诉我她爱上了我。我相信她，如今我依然相信那是真的。在那几个月里，我通过非法狱中邮寄系统，偷偷转寄给她长信，从表演班偷来琐碎的相处时间浇灌这段感情。

　　然后麻烦上身，我被丢进惩戒队，结结实实地被丢到惩戒队的地上。我不知道那些浑蛋怎么会发现我们的恋情，但来到惩戒室后不久，他们就开始讯问我这件事。他们怒不可遏，认为有犯人在他们眼皮底下偷偷谈了几个月的恋爱，等于蓄意侮辱他们的权威，或许还侮辱了他们的男人自尊。他们用靴子、拳头、警棍猛打，想逼我承认她和我在谈恋爱，想用我的口供告发她。有次拷打时，他们拿出一张她的照片，那是他们在囚犯剧团里找到的宣传照，照片中她面露微笑。他们告诉我，只要我对这照片点个头，就可以不必再挨打。只要点头就好，他们把照片放在我流血的脸前方说，只要点头就好，只要这样，一切就了结了。

我什么都没承认，把对她的爱放在心中，而他们试图透过我的皮肤和骨头抓住那份爱。接着有一天，我挨打之后坐在自己的囚室里，正努力不要让血从打伤的颊骨和断掉的鼻梁流进嘴里。突然间，囚室的活门打开，一封信飘了进来，落在地板上。活门关上，我爬过去拿信，再爬回床边读。是她写的信，一封绝情的分手信。她说她遇见一个男人，是个音乐家。她的朋友都催她跟我分手，因为我要服二十年的刑，我们的爱是没有未来的。她爱那个新男人，打算等他交响乐团的巡回表演结束就嫁给他。她希望我谅解，她很难过，但那封信是分手信，永远分手，她不会再来看我。

血从我伤痕累累的脸直滴到信纸上。那些坏蛋当然是看过这封信才拿给我的，他们在门外大笑，放声大笑。我听着他们从那大笑里品味胜利的滋味，我在想她的新男人，那个音乐家，如果因为她而备受折磨时，那人挺不挺得住？或许他挺得住。只有开始拿走人们内在的东西，一次拿走一个希望时，你才能看出那人的内在有什么。

不知为什么，在毛里齐欧死后的几星期里，莫德纳的脸，或者说浮现在我脑中那张嘴里塞着布、血迹斑斑、眼睛直盯着的脸，与我狱中失恋的回忆混在一块。我不知道为什么会这样，莫德纳的命运会跟我的命运纠缠在一块，似乎没什么特殊理由。但纠缠在一起已是事实，我感觉到我那因为太麻木而无法悲伤、因为太冷漠而无法发怒的内心里，有片黑暗在滋长。

我想抑制那片黑暗扩张，想尽办法不让自己闲下来。我在另外两部宝莱坞电影里担任临时演员，一个在宴会上，一个在街头。我与卡维塔会面，催她再去牢里探望阿南德。大部分的下午，我跟阿布杜拉练举重、拳击、空手道，有时到贫民窟诊所待上一天，帮普拉巴克和强尼准备婚礼；听哈德拜滔滔不绝地演讲；到埃杜尔·迦尼包罗万象的私人藏书室，埋首于书籍、手稿、羊皮纸稿和古代的釉陶雕刻中。但再多的工作，再怎么疲累，都无法驱走心中的那片黑暗。那个饱受折磨的西班牙人的脸和发出无言尖叫的眼睛，变成我记忆中的那一刻：那鲜血滴落信纸，我无声号哭的那一刻。那些逗留在我们心中无声尖叫的时刻，占据了我们心中某个不为人知的角落，那里是爱死去的角落，是爱像濒死的大象拖着脚走去等死的角落。而在那些孤枕难眠的夜晚，在那些思绪纷乱的白昼，莫德纳那张盯着门口的脸，始终在我脑中，挥之不去。

就在我忙于工作，沉溺于忧伤之际，利奥波德变了，永远地改变了。原来聚集在那里的那群人，四散零落，消失无踪。卡拉走了，乌拉走了，莫德纳走了，或许……已经死了，而毛里齐欧也死了。

有一次，我忙得不能进去喝一杯，只是走过那两道宽大的拱门，发现里面全是陌生面孔。但是狄迪耶每天晚上仍旧到他最爱的桌子旁报到，做生意，喝老朋友请的酒。渐渐地，另有一群人以他为核心，以另一种方式聚集起来。有天晚上，莉萨·卡特带卡尔帕娜·伊耶来喝酒，那个年轻的制片助理从此成为利奥波德的常客。维克兰和莉蒂正处于婚礼最后的筹备阶段，几乎每天都来这里喝杯咖啡、吃点心或喝啤酒。与卡维塔·辛格共事的两名年轻记者安瓦尔和狄利普，受她邀请来利奥波德走走看看。他们第一次来时，有莉萨、卡尔帕娜、卡维塔、莉蒂、三名由莉萨介绍到某部电影当临时演员的德国女孩，七个年轻女孩，个个美丽、聪慧、活泼，而安瓦尔和狄利普都是健康、快乐而单身的年轻男子。从此以后，他们每个人白天夜晚都到利奥波德报到。

这群人营造出来的气氛，不同于以卡拉·萨兰恩为核心所营造出的气氛。卡拉那种天生令人难忘的聪明和洞悉人心的风趣，促使围绕她的那群人，谈论的话题更有深度，笑声更高、更尖锐。新聚集的那群人受狄迪耶影响，作风比较无厘头。狄迪耶既爱用尖刻的嘲讽清楚表达自己的想法，还偏爱粗俗、下流、淫秽的话语。虽然笑声更大，很可能更频繁，但那些玩笑或开玩笑的人说的话，没有只字片语留在我的脑中。

有天晚上，维克兰娶了莉蒂的隔天、毛里齐欧被丢进哈桑·奥比克瓦坑里的几个星期后，我坐在那帮新朋友之间，他们像是一群愉快聒噪的海鸥，猛挥舞双手，发出阵阵刺耳的大笑。就在这时，隔着敞开的拱门，我看见普拉巴克。他向我挥手，我离席，坐进他停在附近的出租车。

"嘿，普拉布，怎么了？我们在庆祝维克兰结婚！他和莉蒂昨天结婚。"

"哦，林巴巴，抱歉打扰新婚庆祝。"

"没关系，他们不在这里，已经去伦敦见她父母了，怎么了？"

"什么怎么了，林巴巴？"

"哦，我是说你来这里做什么，明天是你大喜的日子。我以为你正和强尼还有其他人在贫民窟里大喝特喝呢。"

"跟你谈完之后就要去。"他答，紧张地摸弄方向盘。两个前车门都打开通风，这个晚上很炎热。街上到处是情侣、夫妇、一家大小、年轻单身男子，想寻找凉风或新奇的东西，好避开恼人的暑气。沿着马路边停放车辆移动的人潮，开始绕过普拉巴克敞开的车门。他把门一拉，用力关上。

"你还好吧？"

"很好，林，我非常、非常好。"他说，然后望着我，"其实谈不上好，巴巴。老实说，我非常、非常糟。"

"怎么了？"

"唉，这事怎么说呢？林巴巴，你知道我明天就要娶帕瓦蒂。你知道吗？巴巴，我第一次见到我的帕瓦蒂是六年前，那时她才十六岁，第一次来到贫民窟，她老爸还没开那家茶铺，她和她老妈、老爸跟妹妹，就是那个要嫁给强尼·雪茄的席塔，住在一间小屋里。我第一次见到她的那一天，她从公共水井打了一大罐水回家，把水罐顶在头上。"

他停下，隔着风挡玻璃看人来人往的街道，手指抓弄他给方向盘套上的橡胶豹皮套。我等他继续说下去。

"总之,"他继续说,"我看着她,她顶着那个重重的水罐,走在崎岖不平的道路上。而那个水罐想必很旧,陶身很脆弱,因为水罐突然裂成好几片,所有的水都洒在她身上。她一直哭,号啕大哭。我看着她,觉得……"

他停下,再度抬起头看人来人往的街道。

"为她感到遗憾?"我主动接话。

"不是,巴巴,我觉得……"

"难过?你替她觉得难过?"

"不是,巴巴,我觉得勃起,裤子里,你知道吗?就是那一根整个变硬,不骗你!"

"拜托,普拉布!我懂什么叫勃起!"我抱怨道,"继续说下去,后来怎么了?"

"什么都没发生。"他答,不解我为何生气,有点懊恼自己的愚蠢,"但从那时候起,我一直记得我对她那种大大的感觉。现在我就要结婚了,那大大的感觉每天越来越大。"

"你要说的,我恐怕无法给你意见。"我喃喃说道。

"我不是在问你,林。"他说,激动得说不出话来。面对我,他的泪水夺眶而出,滚落到大腿上,说起话来结结巴巴。"她太美了,而我又矮又小。你想我会是个够猛的好丈夫吗?"

我坐在普拉巴克的出租车里,看着他哭,告诉他,爱使男人伟大,恨使男人渺小。我告诉我这位矮小的朋友,他是我所见过伟大的男人之一,因为他心中没有恨。我说,越是了解他,我越是觉得他伟大,我想让他知道,这样的男人少之又少。我跟他一起开着玩笑,大笑,最后他那和善的圆脸上,终于重现灿烂的微笑,和孩子最大的愿望一样大的微笑。他开车回贫民窟,前去参加正等着他的单身派对,一路上得意地按喇叭,直到离开我的视线为止。

那个晚上，在他离开许久后，我走在路上，觉得格外孤单。我没有回利奥波德，而是沿着科兹威路走去，经过我的住所走到卡夫帕雷德区，普拉巴克的贫民窟。无意间，我来到"野狗之夜"发生的地方，我和塔拉克抵抗凶狠狗群的地方。那里仍有一小堆废木料和石头。我在那儿坐下，在漆黑中抽烟，看着贫民窟居民缓慢优雅的身影，在沙土路上移动，往小屋密集的贫民窟移动。我微笑。想到普拉巴克那开心的笑容，我便不由自主地微笑，仿佛正看着一个开心健康的小宝宝。然后，莫德纳的脸，在忽隐忽现的灯笼和缥缈的烟圈中浮现，渐渐消失无踪，接着便完整地出现。

贫民窟里开始传出音乐，一群悠闲走着的年轻男子加快脚步，往喧闹的地方小跑而去。普拉巴克的单身派对已经开始，他邀请过我，但我提不起劲参加。我坐在近到能听到欢乐声，但又离得够远、不致感受那欢乐的地方。

这几年来我一直告诉自己，当年狱警逼我出卖那个女演员和我们的恋情时，爱已使我变得坚强。不知为什么，莫德纳让我看到真相。当时我之所以那么坚强，不是因为对她的爱，不是因为勇敢的情操，而是顽固，让我有力量咬牙苦撑，只是倔强而固执的顽固，完全谈不上高贵。我瞧不起恃强凌弱的懦夫行径，但是当我走投无路时，我是不是也曾变成那样的恶霸？深陷于海洛因而不能自拔时，我变成小人，小到必须用枪，必须用枪指着人才能弄到钱，其中多半是女人。在这点上，我和以欺负女人来赚钱的毛里齐欧有什么差别？如果在某次抢劫时，他们开枪射杀我，如果警察像我当时想象的、预期的那样射杀我，我的死所得到的同情，大概就和那个失去理智的意大利人一样少，大概就和他一样罪有应得。

我站起来，伸展四肢，看了看四周，想起那些狗、那场搏斗，以及小男孩塔拉克的英勇。走回市区时，普拉巴克的单身派对突然传来众人开心的大笑声，接着是无数噼里啪啦的鼓掌声。随着我越走越远，音乐声变得越来越微弱，最后变成像任何真实时刻一样，模糊却听而不闻。

这夜晚漫步而过，几小时当中，只有孟买这城市陪着我，我以漫无目的的闲逛来爱她，就像我住在贫民窟时所做的。天快亮时，我买了份报纸，找到一家快餐店，吃了份饱足的早餐，在店里待了三壶茶的时间。报纸第三版有篇文章，描述拉希德遗孀和小姨子的神奇本事，而这时她们已经以"蓝色姐妹花"之名广为人知。那是由卡维塔·辛格执笔，刊登在全国多家报纸上的文章。文中，她简单介绍了她们的遭遇，然后通过几个见证人的口述，介绍她俩行使神秘法力治病的神迹。有个女人声称治好了肺结核；另一个女人说她的听力已完全恢复；有个年长男子则说，他只碰了一下她们天蓝色衣服的折边，他萎缩的肺就恢复健康了。卡维塔解释，"蓝色姐妹花"这名字不是她们自己取的，她们始终一身蓝色打扮，因为她们从昏迷中醒来后，一直梦到自己飘浮在蓝天中，信徒才如此称呼她们。文章最后，卡维塔谈到她与那对姐妹见面的过程，她深信，她们一定是很特别的人，甚至可能有超自然能力。

我结账后，向收银台借了支笔，在那篇文章里圈出几行字。街道苏醒，街头的声音、颜色复苏，早晨在喧闹中展开。我拦了出租车，在横冲直撞的车阵里一路颠簸，来到阿瑟路监狱。等了三小时后，我终于进入会客室。会客室中央由两道钢丝网隔开，相隔约两米。一边是挤成一团、紧抓着钢网以占住位置的访客；另一边在钢网后方，则是你推我挤、同样抓着钢网，以免被人推倒的囚犯，大概有二十名。访客这边，在同样大的空间里，则挤了连我在内的四十个人。在这隔成两边的房间里，每个男人、女人和小孩都在喊叫，说着好多种语言，我听出其中六种。然后，囚犯那边的门打开，我不再计算我懂的语言。阿南德走进来，挤过人群来到钢网边。

"阿南德！阿南德！阿南德！"我喊他。

他看到我，微笑向我示意。

"林巴巴，真高兴见到你！"他朝我叫喊。

"你看起来不错，老弟！"我大喊。他看起来的确不错。我知道，在那个地方，要看起来气色不错可不容易。我知道他为此花了多大的功夫，每天抓衣服里的体虱，用布满虫子的水洗澡。"你看起来真的很不错！"

"Arrey，你看起来很好，林。"

我看起来并不好，这我知道。我看起来忧心、愧疚又疲惫。

"我……有点累。我朋友维克兰，你记得他吗？他昨天结婚了，其实是前天，我走了一整夜。"

"卡西姆·阿里怎么样？好吗？"

"他很好。"我答，羞愧得微微红了脸，因为我没有像住在贫民窟时那样，常去看这位尊贵的贫民窟头头，"看！这份报纸有篇文章报道那对姐妹，提到了你。我们可以利用这帮你，可以在你上法庭之前，给你博取民众同情。"

他瘦长英俊的脸一下子沉下来，眉头紧蹙，嘴唇紧闭，一副闷闷不乐的样子。

"不要这样，林！"他朝我大叫，"那个记者，那个叫卡维塔·辛格的人，她来过。我把她赶走，如果她再来，我还是会把她轰走。我不需要任何帮助，我不接受任何帮助。我对拉希德做的事，该受什么惩罚，就受什么惩罚。"

"但你不懂，"我坚持，"那两个女孩现在出名了，大家把她们当圣徒，认为她们能创造奇迹，每个星期都有好几千个信徒跑到贫民窟。大家知道你帮过她们，就会同情你。判刑时你的刑期会减半，甚至更短。"

我声嘶力竭地大吼，想在这吵闹的空间里，让他听到我说的话。挤成沙丁鱼罐头一般的空间里非常热，我的衬衫已经湿透了，贴在皮肤上。我有没有听错？有人要帮他减轻刑期，他竟然拒绝，这似乎不可能。没有那些帮助，他肯定得服上至少十五年徒刑。在牢里蹲十五年，我隔着钢网盯着他皱眉的脸，心想，他怎么可能会拒绝我们的好意？

"林！不要！"他大叫，比刚刚更大声，"我对拉希德做了那件事。我知道自己在干什么，知道会有什么后果。我做那件事之前，坐在他旁边好一阵子。我做了选择，我得接受惩罚。"

"但我得帮你，我得试试。"

"不用，林，拜托！你如果让我免去惩罚，那么我所做的就没意义，对我，对她们，都没意义。你懂吗？那惩罚是我自己找的，我命该如此。我以朋友的身份恳求你，请不要让他们再写我的事了。写那两位小姐的事，那对姐妹花，可以！但请让我平静地接受命运的安排。答应我，林巴巴！你可以发誓吗？"

我的手指抓着菱形网眼的钢网，感觉到那冰冷生锈的金属似乎咬进我双手的骨头。那木造房间里的嘈杂声像打在贫民窟破烂屋顶的暴雨。哀求声、恳求声、崇拜声、渴求声、哭声、尖叫声、大笑声，融合成歇斯底里的合唱声，在两个牢笼之间叫喊不已。

"对我发誓，林。"他说，痛苦从他恳求的眼神里拼命够向我。

"好，好。"我答应，费力地让这两个字从我喉咙的小监狱里挤出来。

"对我发誓！"

"好，好！我发誓！天哪，我发誓……我不帮你。"

他露出释怀的表情，微笑回到脸上，那美丽的笑脸让我的眼睛灼痛。

"谢谢你，林巴巴！"他开心地喊道，"请不要认为我不知好歹，但我不希望你再来这里，我不要你再来看我。你如果想我的话，偶尔可以拿些钱给我，但请不要再来。现在这是我的人生了。这是我的人生。你如果再来这里，我会不好受，我会想起那些往事。非常谢谢你，林，祝你幸福圆满。"

他抓着钢网的双手松开，合掌做出祈福的动作，头微微低下，我与他的眼神不再相对。他不再紧抓钢网，任由挤成一团的囚犯推着他，没几秒钟他就往后倒，淹没在钢网边不断涌动的人海中。囚犯后方有道门打开，我看着阿南德抬起头，昂然挺着瘦削的肩膀，快速钻进门后黄热的日光里。

我走出监狱，来到街上，满头是汗，衣服也湿透了。我在阳光下眯起眼睛，凝视热闹的街道，想迫使自己融入街上忙碌的节奏，不要再去想阿南德在那长长的寝室里，与舍监为伍，与大个子拉胡尔为伍，与挨饿、挨打、抓不胜抓的污秽害虫为伍。等时间再晚一点儿，我会和阿南德的朋友普拉巴克、强尼·雪茄在一块，参加他们的联合婚礼。更晚的时候，阿南德则会和另外两百人一起挤在石头地板上睡觉，在爬行的体虱中扭动着身体睡着，而那样的日子要持续十五年以上。

我搭出租车回到住所，站在莲蓬头下，让热水把滑痒的回忆从我皮肤上冲掉。稍后，我打电话给昌德拉·梅赫塔，敲定雇请舞队在普拉巴克婚礼上表演的事。接着我打电话给卡维塔·辛格，把阿南德希望我们别再为他奔走声援的事告诉她。我想，她也松了口气。好心肠的她很为他烦恼，从一开始就担心声援活动失败，他会禁不起希望落空而垮掉。她也很高兴他支持她报道蓝色姐妹花的事，那对姐妹花的遭遇令她着迷，她已安排好一位纪录片制作人去贫民窟看她们。她想在电话里谈这个计划，她兴致昂扬，我听得出来，但我打断她的谈话，答应会再打过去。

我走到小阳台，让这城市的声音和气味落在我裸露的胸膛上。在下面的某个院子里，我看到三个年轻男子正在练一套固定舞步和动作，那套舞学自宝莱坞的某部电影。由于弄错这套拿手舞蹈的动作，他们笑得东倒西歪，最后终于毫无差错地跳完整套舞，为自己喝起彩。在另一个院子里，几个女人正蹲在一块，用椰子粗纤维绳制成的海葵状小刷子和一块珊瑚色的长肥皂洗盘子。她们闲聊，嘲笑邻居丈夫的怪癖，互揭丑事，大笑声和尖叫声阵阵传进我耳中。然后我抬起头，看见一个老人坐在我对面的窗子里，我们眼神相遇，我投以微笑。我看着下面其他人时，他一直看着我，他左右摆头，回我一个开心咧嘴的大笑。

我心情好多了，穿上衣服，下楼走到街上，巡视过各黑市货币收集中心后，到埃杜尔·迦尼的护照工厂报到，再去查看我为哈德拜整顿过的黄金走私组织，三小时内我干了至少三十件不法活动。别人对我微笑，我回以微笑；必要时，我故意摆出凶狠的样子，把他们吓得往后退，垂眼不敢正视我。我混帮派，说三种语言，看起来很不错；我工作、赚钱，至今仍逍遥自在。但在我内心深处那个黑暗房间里，有另一个影像出现在秘密长廊上：阿南德双掌合拢，脸上灿烂的微笑变成祝福与祷告。

人们透过触觉、味觉、视觉，乃至思考所感受到的东西，都会对人产生影响。有些东西，如傍晚鸟儿飞过你家时，唧啾的背景声音，或眼角瞥过的一朵花，那影响微乎其微，因此你察觉不到。但有些东西和影像，会紧紧依附在那道秘密长廊上，让你的生命永远改观。像是胜利和心碎，或是在你刚刺死的人眼中，映照出的自身影像。

我最后一次见到阿南德，那身影就对我产生那样的影响。我以坐牢者的过来人心理同情他，但我对他的深刻感触，不是同情。我由衷羞愧，当他想跟我谈拉希德的事时我却没用心倾听。我对他的深刻感触，不是羞愧，而是别的东西，教我花了数年才完全理解的奇怪东西。在我脑海里挥之不去的影像，是妒羡。阿南德转身，抬头挺胸走进漫长而痛苦的牢狱岁月时，叫我妒羡。我忌妒、羡慕他的平静，他的勇气，他对自己的理解。哈德拜曾说，人为各种正当理由而妒羡别人时，人就已走到开悟的半途。

我希望他这话说得不对，我希望好的妒羡不只带人到这样的境地。因为从钢网边离开那天之后，即使过了大半辈子，我仍时时妒羡阿南德面对命运时的从容，我是那么全心全意地带着瑕疵且奋力抗争的心，在渴慕着那份从容。

第二十九章

弯弯的眼睛，像珀修斯[①]的剑，像飞鹰的翼，像贝壳波浪起伏的壳缘，像夏天的尤加利树叶——印度人的眼睛，舞者的眼睛，世上最漂亮的眼睛，以率直而毫无心机的专注，盯着仆人捧在她们面前的镜子。我雇来在普拉巴克和强尼的婚礼上表演的舞者已穿上舞衣，外面披着朴实的披巾。贫民窟入口附近的一间茶铺已经清空客人，供她们使用。她们在里面为发型和妆容做最后的修饰，动作极为娴熟利落，叽叽喳喳地兴奋交谈。垂挂于门口的棉布，在金黄灯光照射下透出些许光亮，透出令人兴奋的模糊身影，使挤在门口的人更想一探究竟。我守在门外，防止好奇的群众入内。

她们终于准备好，我掀开棉布，来自电影城歌舞队的十名舞者现身。她们身穿传统紧身短袖外套，裹着纱丽。她们的舞衣很炫丽，有柠檬黄、宝石红、孔雀蓝、翡翠绿、夕阳红、金黄、品蓝、银白、乳白、橘红等颜色；发束、假发辫、耳环、鼻环、项链、上腹链、手镯和踝环等饰物在灯笼与灯泡照耀下闪闪发亮，叫众人看得目不转睛，身子微颤。每个沉重的踝环上带有数百个小铃铛，舞者开始摇摆身子，慢慢走

---

① 珀修斯（Perseus），希腊神话中宙斯的儿子，以砍下蛇发女妖美杜莎的头而闻名。

过默默赞叹的贫民窟民众，银铃清脆的撞击声是标示她们脚步的唯一声音。然后她们开始唱：

Aaja Sajan, Aaja（到我身边，我的爱人，到我身边）

Aaja Sajan, Aaja

走在她们前面和旁边的群众大声叫好。一队小男孩抢在跳舞女郎前面，清除崎岖小路上的石头或小树枝，用棕榈叶把地扫干净；其他年轻男子走在舞者旁边，用细藤编织的西洋梨形大扇给她们扇风。小径的更前面是连同舞队一起雇来的乐队，他们穿着红白色制服，安静地走向婚礼台。普拉巴克和帕瓦蒂坐在一边，强尼·雪茄和席塔坐在另一边。普拉巴克的父母基尚和鲁赫玛拜从桑德村赶来参加这盛事。他们打算在这城市待上整整一个月，住在普拉巴克贫民窟小屋旁的小屋。他们与库马尔、南蒂塔坐在台子前面。一幅巨大的单朵莲花画占据他们后方的空地，彩色灯光在头顶上纵横交错，犹如发亮的藤蔓。

舞队唱着情歌，缓缓走近那空地，同时停下，跺脚。她们原地转身，顺时针方向旋转，动作整齐划一。手臂动作优雅如天鹅颈，手与手指翻转如迎风飘扬的丝巾。然后她们突然跺脚三次，乐师以奔放而令人陶醉的风格，奏起本月最受欢迎的电影情歌。乐队周边的每个人都大声叫好，女郎翩翩舞进许多人的无数梦境。

那些梦里，没有几个是我的梦。我雇用这些女郎和乐师时，事先并不知道他们打算为普拉巴克的婚礼做什么表演。昌德拉·梅赫塔向我推荐他们，告诉我他们向来是自己设计节目的。昌德拉求助于我的那笔黑市交易，已长出地下果实。通过他，我结识了电影界里想要黄金、美元与证件的其他人。过去几个月，我更常走访电影制片场，为哈德拜赚了越来越多的钱。这种关系带有某种双方各取所需的互惠特质：能与恶名昭彰的黑社会老大在安全距离下拉上关系，电影界人士觉得高兴，而哈德拜本人对电影界的魅力也并非无动于衷。在普拉巴克婚礼的两个星期前，我找上昌德拉·梅赫塔，请他找舞队给婚礼助兴时，他以为普拉巴克是哈德拜底下的重要人物。因此，他不只花时间，还特别花心思，亲自挑选出一批最能歌善舞的女郎，再搭配一队最好的制片场乐师。

最后呈现在众人眼前的这场表演，让孟买市最淫靡的夜总会经理看了也要大声叫好。乐队演奏了本季最受欢迎的十大歌曲，久久才结束。每首歌演奏时都有女郎唱歌跳舞，以情色挑逗的表演凸显每句歌词的弦外之音。数千个邻居和宾客参加这场贫民窟婚礼，有些人看了虽然高兴，却感到惊骇而反感。但这有点邪恶的演出对大部分人来说很受用，尤其是普拉巴克和强尼。而我，首次看到这些未经官方审查版本的舞蹈，淫猥程度教我大开眼界，随即对印地语电影里常看到的那些更淫秽的手势有了新的认识。

我送强尼·雪茄五千美元当结婚贺礼。他想在纳迦尔海军区的贫民窟，也就是他妈妈怀他的那个地点附近买间小屋，这笔钱够他了却这桩心愿。纳迦尔是合法贫民窟，在那里买间小屋，意味着从此不必再担心被逐出栖身之所。他将有个安稳的家，可以在那里继续当他的非正式会计和税务咨询顾问，为周遭几个贫民窟的数百个工人和小商家服务。

我送给普拉巴克的礼物，是他那辆出租车的所有权。经过一番咬牙切齿、比手画脚的杀价，小出租车行的老板终于把那车卖给我。为了买下那辆车及其行车执照，我付出高于行情的钱，但钱对我没有意义。那是不义之财，而不义之财从指缝间溜走的速度，比辛苦赚的正当钱更快。人如果瞧不起自己赚钱的方式，赚来的钱就没有价值。人如果无法用钱改善自己家人和心爱之人的生活，钱就没有意义。此外，基于对传统礼节的尊重，我在交易结束时，用印度商界那句最礼貌、最恶毒的骂人话好好损了出租车行老板：祝你生十个女儿，每个女儿都有好归宿！因为除非家财万贯，十个女儿的嫁妆肯定会叫人倾家荡产。

普拉巴克收到这礼物时，既高兴又兴奋，他那为了像个正经新郎而摆出的庄重模样，瞬间化为兴高采烈的叫喊。他猛然站起，跳了几下他那抽送臀部的淫猥舞蹈，然后想到婚礼的严肃，又乖乖坐回新娘子身边。舞台前方挤成一团的男子转身而舞，我加入其中，直跳到汗水淋漓、薄衬衫像浅水区的海草贴在身上为止。

那天晚上我回到住处，想起维克兰的婚礼场面大不相同，不禁笑了起来。维克兰娶莉蒂比普拉巴克和强尼娶那对姐妹早了两天。维克兰不顾家人激烈，甚至偶尔动粗的反对，选择公证结婚。面对家人的泪眼恳求，他回以一句老掉牙的话：这是现代印度，老兄。他公然拒绝家人为他计划已久的、满是繁文缛节的古老印度教婚礼，令他的家人难以接受。因此，这对新人承诺白头偕老、相爱不渝时，只有他妹妹和妈妈，连同莉蒂这边的少数朋友在旁观礼。没有音乐，没有灯光，没有舞蹈。莉蒂身穿赤金色套装，头戴金色大草帽，帽上饰有蝉翼纱玫瑰。维克兰穿及膝黑外套、黑白相间的织锦背心，还有银色绲边的加乌乔裤，戴着他心爱的帽子。典礼几分钟就结束了，接着，维克兰和我把他悲伤难抑的母亲半搀扶地带到等着她的车里。

那天，在他们婚礼结束后，我开车送维克兰和莉蒂到机场。他们打算到伦敦之后，在莉蒂家人面前再办一次公证婚礼。维克兰趁着莉蒂打电话回家，跟她母亲确认班机抵达时间的机会，对我做了番掏心的剖白。

"谢谢你在我护照上帮的忙，老哥。"他咧嘴而笑，"在丹麦被判的吸毒罪其实微不足道，却可能让我陷入麻烦，yaar。"

"没什么。"

"还有那些美元，你给我们弄到很好的汇率。我知道你给了特别优待，yaar，回来后我要好好回报你。"

"那好。"

"你知道的，林，你真该定下来了，老哥。我不是要诅咒你什么，我只是以朋友的身份，以像兄弟般爱你的朋友的身份，跟你说这事。你就要栽个大跟头了，老哥。我有不好的预感。我……我觉得你好像该定下来了。"

"定下来……"

"对，老哥，那就是重点，yaar。"

"什么……重点？"

"人生，全为了那个。你是个男人，那是男人该做的事。我不是要管你的事，但你还不知道这道理，有点悲哀。"

我大笑，但他仍然绷着严肃的脸。

"林，男人就得找个好女人，找到了，就要赢得她的芳心，然后赢得她的尊敬，珍惜她的信赖。然后，只要两人活着，就得本着初衷珍惜那份信赖，直到两人都死掉为止。人生的意义就是这个。这是世上最重要的事，这是男人之所以为男人的意义，yaar。男人赢得好女人的芳心，赢得她的尊敬，让她对你信赖不渝，才算是真男人。做不到这点，就不是男人。"

"这话该说给狄迪耶听。"

"唉，老哥，你还没搞懂。对狄迪耶而言，那也是一样，只是对他而言，他得去找到、爱上一个好男人。我们每个人都一样。我想告诉你的是，你曾经找到一个好女人，你已经找到她了。卡拉是个好女人，老哥。而且你赢得了她的尊敬。她跟我说过一两次，老哥，说那次霍乱和在贫民窟的所有事。你那个红十字会式的作风让她倾倒，老哥。她尊敬你！但你不珍惜她对你的信赖，你不相信她，林，因为你不相信自己。我为你担心，老哥。像你这样的男人，像你和我这样的男人，没有好女人做伴，根本是自找麻烦，yaar。"

莉蒂走近。他眼里的严肃坚定慢慢消失，待转头看她时，他已是满眼深情。

"我们的飞机在广播登机了，林。"她说。她的笑容比我预期的还要感伤，因此我也难过了起来。"我们该走了。给！我希望你收下这个，当作我们俩给你的礼物。"

她递上一条折好的黑布，约一米长，一个指距宽。我打开时发现中央有张小卡片。

"那条蒙眼布，"她说，"你知道的，在火车顶，维克兰求婚那天。希望你收下，当纪念品。卡片上有卡拉的地址，她写信给我们。她还在果阿，但在不同的地方，只为了……你知道，如果你有意的话。再见了，林兄，保重。"

我看着他们离开，为他们高兴，但哈德拜交付的工作和普拉巴克的婚礼准备，忙得我焦头烂额，无暇细想维克兰的忠告。然后，我去探望阿南德，最后一次探望他，把维克兰的那番话往更深处推，推到各自有理的言谈、警告和意见丛林中。但在普拉巴克结婚那晚，我独自坐在家里，从口袋里拿出那卡片和黑色蒙眼布时，他跟我说的话字字浮上心头。我独自小酌，抽烟，四周安静，听得到柔软的蒙眼布在我指间滑擦的沙沙声。那群戴着铃铛、风情万种的跳舞女郎领到丰厚的酬劳，已被护送回巴士。普拉巴克和强尼已经牵着新娘走开，走去搭等着载他们去饭店的出租车。饭店位于市郊，普通但舒适。他们将在那里待两个晚上，享受不受外人打扰的两情缱绻之乐，然后回到拥挤的贫民窟，在没有隐私的环境里继续享受欢爱。维克兰和莉蒂已经在伦敦，准备重述结婚誓词，对我那迷上牛仔的朋友至为重要的誓词。而我坐在扶手椅里，衣着整齐，独自一人，不信任卡拉，因为就像维克兰说的，我不信任自己。最后，我缓缓坠入梦乡，而那张卡片和那条蒙眼布，从我手上缓缓滑落了。

那晚之后，有三个星期，我接下每个上门的工作，完成我所能想出的每笔交易，想借此甩掉那三对新人美满的婚姻带给我的寂寞。我到金沙萨跑了一趟护照任务，按照指示住在拉皮耶饭店。那是栋近乎肮脏的三层楼建筑，位于与金沙萨最热闹的长街平行的小巷子里。床垫干净，但地板和墙壁似乎是用回收的棺木建成的。房里只闻到墓地似的强烈气味，叫人猛流汗的湿气，让我嘴里满是令人沮丧、无法辨识的味道。我一根接一根地抽着味道浓烈的 GITANES 牌香烟，用比利时威士忌漱口，好消除那些气味。捕鼠人在走廊上巡逻，拖着显眼的麻袋，扭动的肥鼠让麻袋鼓起。蟑螂群已占据衣柜，因此我把衣物、盥洗用品和其他个人用品挂在钩子上，或其他能方便地钉到墙上的粗弯钉子上。

第一晚，门外走廊上的枪响惊醒了未熟睡的我。我听到砰的一声，好像有人倒地，然后听到有人拖着重物，在没铺地毯的木板走廊上，拖着脚倒着走。我一把抓起小刀开门。走廊上另外三个门也都有男子站着，像我一样开门查看是什么声音。他们全是欧洲人，其中两人拿着手枪，另一人拿着类似的小刀。我们面面相觑，看着地板上的血痕，往走廊另一边看不见的尽头延伸。我们都未发一语，各自关上房门，仿佛在回应什么神秘信号，动作一致。

金沙萨任务后，我到岛国毛里求斯出任务。我在那里住的饭店使人愉快且舒服，比前一个饭店好太多了。那饭店叫文华酒店，位于居尔皮普，是按比例缩小仿建的一座苏格兰城堡。通往饭店的小路，曲折穿过井然有序的英式庭园，从路上见到的角楼来看，那的确像座城堡。但进入建筑之后，却是华丽的中式风格，由新买下这家饭店的中国家族所设计。我坐在喷火巨龙下，傍着纸灯笼的灯光，吃着芥蓝炒雪豆、大蒜菠菜、炒豆腐、豆豉蘑菇，窗外可见到城堡式雉堞、哥特式拱门，以及点缀着玫瑰的造型树木。

跟我接头的人是两个来自孟买、住在毛里求斯的印度人。他们像事先说好的，开着黄色宝马轿车抵达。我坐进后座，才刚开口打招呼，驾驶者就猛踩油门，车轮急转，冲了出去，我猛然后倒，被甩进座椅角落。车子以四倍于速限的速度，疾驶在乡间小道上。我们一路尖叫，我紧张得抓住椅子，指关节发白。十五分钟后，车子在一处宁静无人的树林里停下。过热的汽车引擎渐渐冷却，发出微微的叮当声和锵镗声。那两人身上散发出浓浓的朗姆酒味。

"好，把那些书给我们。"其中一名接头人说，从驾驶座转身靠过来。

"我没带来。"我咬牙切齿，怒目看着他们。

两名接头人互看了一下，又转头看我。开车的那位把水银色墨镜往上推，那对眼睛看起来似乎是在他睡觉时被放进床边的褐色醋杯里泡了一夜。

"你没带书来？"

"对，在来这里的路上，噢，不管这是什么鸟地方，我就想告诉你们，但你们一直说，冷静！冷静！不听我的。这下我们够冷静了吧？啊？"

"我可不冷静，老兄。"坐在乘客座的那位说。

我在他的眼镜镜片上看到自己，看起来很不高兴。

"你们这两个白痴！"我气冲冲地改用印地语说，"你们差点让我们什么事都没办成，就没命了！把车开得像是孟买的浑蛋出租车司机，像是有警察在后面追，一路狂飙！护照放在饭店里！我藏在那里，因为我想先确认你们这两个王八蛋的身份。这下，我唯一可以确定的是，你们这两个家伙是野狗卵蛋上的两只跳蚤，而且是没把脑子带出来的跳蚤。"

乘客座上的那个家伙拿下眼镜。他们俩展现出宿醉情况下最灿烂的笑容。

"你是在哪里学会的这样的印地语？"开车的问，"真好，yaar。说得跟孟买一般的王八蛋没两样，真是棒呆了，yaar！"

"真厉害，老兄！"他的朋友也补充说，还钦佩地左右摆头。

"钱给我看。"我严厉地说。

他们大笑。

"钱，"我坚持，"给我看。"

乘客座上的那人从两脚之间提起一只袋子，打开，露出好几捆钞票。

"那是什么鬼东西？"

"钱啊！兄弟。"开车的人说。

"那不是钱，"我说，"钱是绿色的，钱上面有'我们信赖上帝'这行字。钱上面有一个死美国人的像，因为钱来自美国。那不是钱。"

"这些是毛里求斯卢比，兄弟。"乘客座的那位轻蔑地说，为自己的钱受到侮辱而不悦。

"出了毛里求斯，这堆废纸就没用了。"我叱责道，想起跟着哈雷德·安萨里见习时，所学到有关限制性货币和开放性货币的知识，"这是限制性货币。"

"我当然知道，巴巴，"开车的那位微笑，"我们已经和埃杜尔谈定了。目前我们手上没有美元，老哥。所有美元都被其他交易卡住了，我们用毛里求斯卢比付，你可以在回家的路上换成美元，yaar。"

我叹口气，慢慢呼吸，强自按下心头的火气。我望向车窗外，车子所停的地方，好似正烧着绿色的森林大火。我们周遭有着像卡拉眼睛一般绿的高大植物，它们正在风中打转、颤动。放眼望去没有人，没有其他东西。

"我们来算算这有多少。十本护照，每本七千美元，总共就是七万美元。按照卢比对美元的汇率，比如说三十比一，那我就得收到二百一十万卢比。难怪你们拿这么大一个袋子。现在，两位，请原谅我的愚蠢，没有货币证明，你教我怎么把两百万卢比换成美元！"

"没问题，"开车的立即回应，"有个货币兑换商，yaar，一个厉害的角色，他会给你办妥，全都安排好了。"

"好，"我微笑，"我们这就去见他。"

"你得自己一个人去，老兄。"乘客座那位说，开心地大笑，"他在新加坡。"

"新……新加坡！"我喊叫，火气又升上来。

"别生气，yaar，"开车的温和回答，"都安排好了。埃杜尔·迦尼同意这样的安排，他今晚会打电话到饭店找你。给，这张卡片收着，回家的路上绕到新加坡。没事的，新加坡虽然不在回孟买的路上，但如果先飞到那里，那孟买就在回去的路上了，不是吗？所以，到了新加坡后，去见卡片上的这个人。他是有合法执照的货币兑换商，是哈德拜的人。他会把那些卢比全换成美元，然后你就会冷静下来。没事的。你甚至可以拿到分红，真的。"

"好吧！"我叹口气，"我们回饭店。如果跟埃杜尔查证后没错，我们就敲定这笔交易。"

"饭店？"开车的说，把墨镜往下推回鼻梁上。

"饭店！"乘客座那位重复道，黄色宝马再度疾速驶上蜿蜒的来时路。

绕道新加坡那一趟非常顺利，毛里求斯货币的波折反倒带来一些意想不到的好处。新加坡那位货币兑换商是来自马德拉斯的印度人，名叫谢基·拉特南，结识他使我又多了一个很有价值的人脉。新加坡之行还让我首次见识到一项有利可图的走私行业，就是从新加坡走私免税相机、电子产品到孟买的行业。

回到印度，将美元交给埃杜尔·迦尼，收了酬金之后，我骑摩托车到奥贝罗伊饭店见莉萨·卡特。好久以来，我首次对人生感到乐观，有希望。我开始觉得自己大概已经甩掉普拉巴克结婚那夜滞留在我心头的阴郁。我用假护照去过扎伊尔、毛里求斯、新加坡，没有引起一丝怀疑。在贫民窟时，我靠着每天从游客处赚取的小额佣金过活，那时我只有已经失效的新西兰护照。一年后，我住在现代公寓里，口袋里满是刚赚来的不义之财；我有五本不同名字和国籍的护照，每本护照上都有我的照片，前途看起来一片光明。

奥贝罗伊饭店矗立在纳里曼岬，在临海大道金色镰刀状的握把部位。只要步行五分钟，就可到达教堂门火车站和弗洛拉喷泉。从弗洛拉喷泉步行前往维多利亚火车总站和克劳福市场只要十分钟，而往相反的方向走十分钟就能到科拉巴和印度门。奥贝罗伊虽不像上过明信片的泰姬玛哈饭店一样，一眼就能认出，但它的特色和魅力可以弥补这个缺憾。例如，它的钢琴酒吧虽小，但气氛闲适，私密空间营造巧妙，蔚为一绝，而它的啤酒馆足以获得孟买最佳餐厅的头衔。从亮晃晃的白天走进那阴暗而结构复杂的啤酒馆时，我停下脚步，不停地眨眼，直到看见莉萨和她那伙人为止。她和另两个年轻女子正与克利夫·德苏萨、昌德拉·梅赫塔坐在一块。

"希望我没迟到。"我说，与他们一一握手。

"我想我们都来早了。"昌德拉·梅赫塔开玩笑道，低沉的说话声传遍整个房间。

那些女孩放声狂笑。她们分别叫莉塔和吉塔，是刚出道、很想更上一层楼的女演员。这是一个与二线演员的午餐之约。她们言语夸张肉麻，睁大眼睛以表现兴致盎然的神情几与惊慌无异。

我在莉萨与吉塔之间的空椅子上坐下。莉萨穿着薄料熔岩红针织套头衫，外罩黑色丝夹克，下身是裙子。吉塔的银色弹性上衣和白色牛仔裤非常贴身，曲线毕露。她长得很漂亮，大约二十岁，长发束成高马尾辫，双手抓着桌巾一角，不停折起又打开，显得很不安。莉塔留着俏丽的短发，发型与她娇小的脸蛋、男孩似的帅气五官很配。她穿黄色短上衣，领口开得很低，叫人不敢正视，下身是蓝色牛仔裤。克利夫和昌德拉都穿西装，好似刚赴某个重要的约会回来，或正要去赴约似的。

"我饿死了。"莉萨开心地说。她声音轻柔而自信，但在桌底下却用力捏我的手，指甲直掐入我肉里。对她而言，这是场重要的聚会。她知道昌德拉打算与我们结为正式的工作伙伴，让我们的非正式选派演员工作有合约保障。莉萨想要那份白纸黑字的合约，她想得到合约给予的肯定，她想要白纸黑字写下的未来。"我们吃东西吧！"

"我来给各位点餐，不知道各位意下如何？"昌德拉建议道。

"既然你要请客，我没意见。"克利夫说，朝那些女孩大笑，使眼色。

"行啊,"我同意,"你看着办。"

昌德拉眼睛一瞥,叫侍者过来,挥手要他不用递菜单,直接点他最喜欢的几道菜。他先点了白色开胃羊肉汤,羊肉用水汆烫后用去皮的杏仁,加上牛奶烹煮而成;接着点了用红辣椒、莳萝、杧果腌泡汁调味的烤鸡肉,还有许多道配菜,最后是水果沙拉、油炸素团子、库尔菲冰激凌。

听着他一字不差地念完那一大串菜名,我们每个人都知道这将是顿漫长的午餐。我放下郁结的心情,任由一道道佳肴和众人的交谈引领着我。

"所以你还是没告诉我你的想法。"昌德拉追问。

"你把那件事看得太严重了。"克利夫·德苏萨说,轻蔑地挥挥手。

"才没有呢,老哥,"昌德拉坚持,"那就发生在我的办公室外面,yaar。如果有一万人在你的办公室窗子外,叫嚣着要杀了你,想不放在心上都难。"

"也许不是针对你,昌德拉。"

"也许不是,但他们想抓的是我和像我这种身份的人。拜托,对你来说这不是很严重,这点你该承认。你的家族来自果阿,你们说孔卡尼语,那和马拉地语很像。你的马拉地语说得跟英语一样好,但马拉地语我一句都不会。但我在这里出生,yaar,我爸也是,他在孟买有事业。我们在这里缴税,我的小孩都上这里的学校。我从小到大都在孟买,老哥。但他们叫嚣说马哈拉施特拉人属于马拉地人,他们想把我们赶出我们仅有的家。"

"你也得从他们的角度看这件事。"克利夫委婉补充道。

"从他们的角度看我被赶走?"昌德拉反驳道,火气大得引来其他桌的客人转头看他。他继续说,嗓门放低,但同样激动:"我该从他们的角度看我被杀,是不是?"

"我爱你，兄弟，就像我爱我第三个女婿一样。"克利夫答，咧嘴大笑。昌德拉跟着大笑，那些女孩跟进，为这小小玩笑冲淡了餐桌上的紧绷气氛，明显愁云尽扫。"我不想见到任何人受伤，特别是不想见到你受伤，昌德拉。我要说，你如果想了解他们为何有那样的感觉，就得从他们的角度去设想。他们是土生土长的马拉地语族，在马哈拉施特拉出生。往上追溯他们的祖先，谁知道，有可能是三千年或更久以前，都在这里出生。然后，他们在孟买四处看，却发现最好的工作、最好的生意和公司，都由印度其他地方的人掌控。这让他们抓狂，而我觉得他们有这种想法很合理。"

"那些特地保留的工作呢？"昌德拉反驳道，"邮局、警局、学校、邦立银行，其他许多机关，如交通管理机构，都保留了职务给马拉地语族。但这些抓狂的浑蛋觉得还不够，他们想把我们所有人都赶出孟买和马哈拉施特拉。但我告诉你，如果他们得逞，如果他们把我们赶走，他们将会失去把孟买这地方造就出今日样貌的金钱和人才。"

克利夫·德苏萨耸耸肩。

"或许那是他们要付出的代价，在这点上我不同意他们的意见。我只是认为，像你祖父那样从中央邦赤手空拳来到这里、事业有成的人，都要感谢这个邦。凡是生活过得不错的人，都该拿出一部分东西和一无所有的人共享。那些你称作狂热分子的人能引起别人的共鸣，完全是因为他们说的话有些道理。民心怨怒，那些从外地来而发大财的人成为众矢之的。情形会更严重，我亲爱的三女婿，但我实在不愿去想最终会有什么结果。"

"你觉得呢，林？"昌德拉问我，寻求支持，"你会说马拉地语，你住在这里，但你是外地人，你觉得呢？"

"我在桑德小村子学会马拉地语，"我回答，"那里的人是土生土长的马拉地语族。他们的印地语说得不好，而且完全不会说英语。他们是地道的、shudha（纯粹的）马拉地语族，他们世居马哈拉施特拉已至少两千年，在这里耕种已有五十代。"

我停下来，看有没有人对我说的做出评论或提问。他们全都在吃，专注地听着。我继续讲下去。

"我和我的导游普拉巴克回到孟买后，我去住贫民窟，那是他和其他两万五千人居住的地方。那贫民窟里有许多像普拉巴克那样的人。他们是马哈拉施特拉人，来自桑德之类的村子。他们非常穷，每一顿饭都让他们操心，每一顿饭都是做牛做马干活挣来的。看到来自印度其他地方的人住在漂亮房子里，自己却在首府的贫民窟里过日子，我想他们一定很难过。"

我吃了几口东西，等昌德拉回应。等了片刻之后，他心知躲不掉，终于开口。

"但是，嘿，林，拜托，那不是事实的全部，"他说，"事实远不只是如此。"

"对，你说的没错，那不是事实的全部，"我同意，"那贫民窟里不只有马哈拉施特拉人，还有旁遮普人、泰米尔人、卡纳塔克人、孟加拉国人、阿萨姆人、克什米尔人；里面不只有印度教徒，还有锡克教徒、穆斯林、基督徒、佛教徒、袄教徒、耆那教徒。这里的问题不只是马哈拉施特拉人的问题。穷人，就像有钱人一样，来自印度各地。但穷人太多，有钱人太少。"

"Arrey baap！（哦，圣父啊！）"昌德拉·梅赫塔倨傲地说，"你说话的口气像克利夫，他是个共产主义者，那是他的狂言妄语，yaar。"

"我不是共产主义者，也不是资本主义者，"我说，面带微笑，"我比较像是别来烦我主义者。"

"别相信他，"莉萨插话，"你碰上麻烦时，他就是你该求助的人。"

我看着她。我们两人对看，直到既觉愉快又觉愧疚时，才别过头去。

"有个智者曾告诉我，狂热是爱的对立面，"我说，想起哈德拜的某场长篇大论，"顺带一提，他是个穆斯林。理性讲理的犹太人与他的共通之处，比他自己宗教里的狂热分子与他的共通之处还多。理性讲理的基督徒、佛教徒或印度教徒也一样，甚至理性讲理的无神论者与他的共通之处也是这样。我同意他的观点，我与他所见略同。我也同意丘吉尔的观点，他曾把狂热分子界定为不愿改变自己看法，且无法改变话题的人。"

"说到这个，"莉萨大笑，"我们就换个话题吧。快，克利夫，我很期待你跟我说说《卡农》片场的所有八卦，那里到底发生了什么事？"

"对！对！"吉塔兴奋地大叫，"还有新来的那个女孩的所有事。那女孩的丑闻多到我甚至不好意思讲出她的名字，yaar。还有关于阿尼尔·卡普尔的所有事，任何事！我实在爱死他了！"

"还有桑杰·杜特！"吉塔补充，提到他名字时身体还夸张地颤抖，"你真的参加过他在维索瓦办的派对？噢，天哪！我多希望自己也在场！跟我们说说那派对的事！"

受那热情如火的好奇心鼓动，克利夫·德苏萨鼓起如簧之舌，大谈这些宝莱坞明星的八卦，昌德拉·梅赫塔则穿插补充令人眼睛瞪大的内幕消息。随着这顿午餐的进行，明眼人都看得出，克利夫中意莉塔，而昌德拉的目光不时落在吉塔身上。他们四个人已打算共度一个漫长的白天和夜晚，而这顿漫长的午餐就是开端。聊着聊着，这两位电影界老鸟对这些话题变得更有兴致，心里隐隐想到晚上的欢乐戏码，于是渐渐将八卦轶事的内容转到性与性丑闻的领域。都是些好笑的故事，有些很光怪陆离。卡维塔·辛格进餐厅时，我们正捧腹大笑。我介绍卡维塔给在座诸位认识时，笑声仍未歇。

"对不起。"她说，眉头紧蹙，那来自深层而不愿离去的苦恼，"我有事得跟你说，林。"

"卡维塔，那件官司你可以在这里说。"我提议，仍沉浸在一分钟前的开心大笑里，"他们会觉得很有意思。"

"不是那件官司的事，"她坚持，语气坚定，"是阿布杜拉·塔赫里的事。"

我立刻站起来，欠身告辞，向莉萨点头，示意她等我回来。卡维塔和我走到餐厅门厅，等到只有我们两人时，她开口了。

"你朋友阿布杜拉碰上大麻烦了。"

"什么意思？"

"我是说我从《时报》报社的犯罪组编辑那里听到一则传言，他说阿布杜拉名列警方的捕杀名单。他说，一见到就枪杀。"

"什么？"

"警方的命令是能活捉就活捉，但绝不冒险。他们认定他携带武器，认为如果想逮捕他，他一定会开枪拒捕。他们奉令，只要他有一丝犹疑，就像杀狗一样射杀他。"

"为什么？是为了什么？"

"他们认为他是那个叫萨普娜的家伙。他们有确凿的线报，他们确定他就是那个人，就要去抓他，今天可能已经动手了。在孟买警方这里，你可插不上手，尤其是在这么严重的事情上。我已经找了你两小时。"

"萨普娜？那说不通啊。"我说。但那的确说得通，百分之百说得通，我不知为什么这么觉得。有太多环节失落了，有太多问题是我很久以前没问，而我早该问的。

"不管说得通还是说不通，反正事实摆在眼前。"她说，声音随着无奈而同情的耸肩颤动，"我到处找你，狄迪耶告诉我你在这里，我知道阿布杜拉是你的好朋友。"

"对，他是我朋友。"我说，突然想起我是在跟记者讲话。我盯着深色地毯，想在一团混乱的脑子里理出头绪或方向。然后我抬起眼，与她对望："谢谢，卡维塔。真的很感谢，多谢，我得赶去看看。"

“听着，”她说，语气更轻柔，“我发了这则新闻。一听到这消息，我就打电话。如果在晚报上刊出，警方的动作或许会谨慎些。我必须说，我不认为那是他干的。我无法相信，我一直挺喜欢他的。你第一次带他到利奥波德之后，我就有点爱上他，或许我现在仍然爱他，yaar。总之，我不认为他是萨普娜，我不认为他干了那些……可怕的事。”

她告辞，既为我微笑，同时也为他哭泣。回到餐桌，我道歉必须中途离席，给了一个模糊的离席借口。我没问莉萨是否要跟我走，就直接替她把椅子往后拉，拿起她挂在椅子高背上的手提包。

“啊，林，你真的得走？”昌德拉抱怨道，“我们甚至还没谈到选派演员的经纪协议。”

“你真的认识阿布杜拉·塔赫里？”克利夫问，好奇的口吻中带着微微谴责之意。

我怒目看着他。

“对。”

“你要带迷人的莉萨一起走，”昌德拉噘起嘴，“那可是失望变绝望。”

“我听过他的许多事，yaar，”克利夫不死心，“你怎么认识他的？”

“他救了我的命，克利夫。”我说，口气不由自主地比我预想的更难听，“我第一次见到他时，他救了我的命，在站立巴巴经营的大麻馆里。”

我替莉萨开啤酒馆的门，回头望向餐桌。克利夫和昌德拉两人把头凑近，撇开那两个一头雾水的女孩，窃窃私语。

出了饭店，在摩托车上，我把我知道的全告诉莉萨。她健康的古铜色肌肤一下子黯淡下来，脸色变苍白，但不久就重新打起精神。我提议先到利奥波德一趟，她同意。阿布杜拉说不定在那里，或者留了口信给某人。她很害怕，紧紧抱住我，我感觉到她手臂的肌肉因恐惧而扭动。我们在牛步似的车阵里狂飙，凭着运气和直觉疾驶，就像阿布杜拉会做的。在利奥波德，我们发现狄迪耶喝得烂醉。

"完了，"他含糊不清地说，从大瓶子里为自己再斟上一杯威士忌，"全完了。将近一小时前，他们开枪杀了他，现在每个人都在谈这件事。董里区的清真寺正召唤为死者祈祷的人。"

"你怎么知道的？"我质问，"谁告诉你的？"

"为死者祈祷的人，"他咕哝道，垂着头，"多可笑而又多余的一句话！这世上哪里还有别的祈祷，凡是祈祷都是为死者所做的。"

我当胸揪住他的衬衫，摇晃他。那些侍者，那些全和我一样喜欢狄迪耶的侍者，看着我，盘算着何时才要出手制止我。

"狄迪耶！听我说！你怎么知道的？谁告诉你的？在哪里发生的？"

"警察来过这里。"他说，突然清醒过来。淡蓝色的双眼盯着我的双眼，仿佛在寻找池底的东西。

"他们向店老板之一的穆罕默德吹嘘这件事。你认识穆罕默德，他也是伊朗人，和阿布杜拉一样。马路对面的科拉巴警局派了部分警察埋伏。他们说他在克劳福市场附近的某条小街被包围，警察要他投降，他一动不动地站着，长发在身后迎风飘扬，还有他的黑衣。他们讲了好一段时间，竟谈起那的衣服……他的头发，林，你不觉得那很奇怪吗？那是什么意思？然后他们……说他从夹克里拔出两把枪，准备朝警察射击。他们立刻开枪反击，他被子弹打得像蜂窝，连续齐发的子弹把他的肢体打得残破不全。"

莉萨开始抽泣。她在狄迪耶旁边坐下，哀伤而震惊的他不由自主伸手揽住她。他没看她，没向她致意，只轻拍她肩膀，左右摇。但如果他是独自一人，双手抱胸，他那悲伤难抑的表情大概也是一样。

"那时候，聚了好大一群人，"他继续说，"人们很生气。警方很紧张，想把他的尸体用厢式小货车运到医院，但群众攻击那辆货车，车上不了路。于是，警察把尸体运到克劳福市场警局。群众也跟到那里，大肆叫嚣辱骂。我想他们现在还在那里。"

克劳福市场警局。我得去那里，得去看尸体，得去看他，或许他还活着……

"在这里等着，"我告诉莉萨，"跟狄迪耶一起等，或搭出租车回家，我会回来。"

一根尖矛刺进我体侧，刺进心脏旁边的上方，从我胸膛顶部穿出。那根尖矛是阿布杜拉的死，是萦绕在我心中的他冰冷的尸体。我骑车到克劳福市场，每一次呼吸，那尖矛就往我心脏刺进一寸。

到了市场警局附近，乱哄哄的群众占据了马路，我不得不弃车步行。一走出来，我就发现自己陷入愤怒疯狂、漫无目的地游走的群众当中。其中大部分人是穆斯林，他们反复高喊许多口号，我只听懂其中一部分，了解到他们并非全为哀悼而来。阿布杜拉的死成了引爆了民怨的燎原大火，引爆了市场附近无人过问贫民区的不满和积压已久的不平。群众叫喊着形形色色的怨言，为自己的利益而举臂高呼，我听到祈祷声从几个不同的地方传来。

尖声叫喊的群众黑压压一片混乱，往警局移动的每一步，都是靠着死推硬挤、打死不退的意志挣来的。人群如潮水一波波涌来，把我推到旁边，再推上前，又推往后。他们推挤，拳打脚踢。我不止一次差点被人们踩在杂沓的脚下，每次都在紧要关头伸手抓住别人的衬衫、胡子或披巾才得以保命。最后我终于看到警局和警察。他们头戴钢盔，手拿盾牌，在大楼的正面排成三或四排。

人群中有个男子抓住我的衬衫，开始出拳痛击我的脸和头。我不知道他为什么要攻击我，或许他自己也不知道，但那不重要。他挥了好几拳，我无路可逃，于是伸出双手保护自己，使劲想脱身。他一只手紧抓我的衬衫不放，我甩不掉。我上前一步，用手戳他的眼睛，出拳砸中他耳朵前方的头部。他放开手，往后倒，但其他人开始向我挥拳。人群以我为中心散开，我摆好架势，随意挥拳，打任何打得到的东西。

情况很不妙。我知道我迟早会失去让这群人不敢近身的力气和惊异。群众朝我冲过来，一次只来一个，没有招式，只会乱打。他们结结实实挨了我一拳之后，赶紧后退。我身子飞转，痛击任何逼近的人，但我身陷重围，不可能赢。他们之所以没有黑压压一群扑上来，完全是因为他们喜欢这场打斗，不想草草结束。

一群人，八个或十个男人，以昂扬的姿态突破包围，哈雷德·安萨里猛然站在我面前。我出于本能想跑，而他差点挨了我一拳。他伸出双手挥动着要我停下。他的手下掉头，在人群里开出路，哈雷德将我推在他们后面跟着走。有人从后面偷袭，一拳打中我的头，我转身，再度冲向人群，想跟这城里的每个人干架，想打到他们把我打得不省人事为止，打到我胸口感觉不到那根矛，感觉不到阿布杜拉之死的那根矛为止。哈雷德和他的两个朋友抱住我，把我拖出这条街，拖出这条已沦为痛苦、发狂炼狱的街道。

"他的尸体不在那里！"找到我的摩托车时，哈雷德告诉我。他用手帕擦掉我脸上的血，我一只眼睛很快就肿了起来，血从鼻子和下唇的伤口滴下来。我完全不觉得自己挨了拳头。我不觉得痛，痛全在我胸口里，在我心脏旁，那痛随着我的呼吸，在我胸口进进出出。

"先前，有数百名群众冲撞这地方，是我们来这里之前发生的事。警察再度驱离人群后，人群转往放置他尸体的那间囚室，发现尸体已经不在了。于是，他们放掉所有犯人，想找到他的尸体。"

"天啊！"我呜咽道，"怎么会这样？"

"我们会派人追查这件事，"哈雷德说，平静又自信，"我们会查清是怎么回事，我们会找到尸体……会找到他。"

我骑回利奥波德，见到强尼·雪茄坐在狄迪耶的那张桌子旁。狄迪耶和莉萨都不在了。我在强尼旁边的椅子上颓然坐下，就和数小时前莉萨在狄迪耶旁边坐下的姿势差不多。我双肘支在桌面上，用手腕揉眼睛。

"真惨。"强尼说。

"对。"

"照理说不该发生。"

"没错。"

"没必要发生，没必要那样发生。"

"对。"

"他没必要赚那趟钱，那是那晚的最后一趟，但他没必要跑那一趟，他昨天已经赚了不少钱。"

"什么？"我问，皱眉看着他，气他不知在说些什么。

"普拉巴克出了意外。"他说。

"什么？"

"出了意外。"他重复道。

"什么……意外？"

"噢，天哪，林，我以为你知道。"他说，脸上的血色渐渐往下退到他紧绷的喉咙处。他的嗓音变哑，双眼含泪。"我以为你知道。刚刚看到你的脸，看到你脸上的表情时，我以为你知道。我已经等你快要一小时了，我一离开医院就来找你。"

"医院……"我笨拙地重复道。

"圣乔治医院，他在那里的加护病房动手术。"

"什么手术？"

"他受了伤，重伤，林。他做了手术……他还活着，但……"

"但怎样？"

强尼崩溃，大声哭泣，靠着深呼吸和咬紧牙关的意志，才控制住情绪。

"昨天深夜，应该说是今天凌晨三点左右，他载了一对父女去机场。高速公路上有辆手推车，你也知道，那些家伙在夜里喜欢走大马路抄近路。照规定是不可以的，但他们还是我行我素，yaar，只为了少推那些重车子几里路。那辆手推车载着建筑用的钢材，长长的钢材。在某个上坡路段，推车的人控制不住车子，车子从他们手里滑掉，一直往后滑。

645

普拉巴克开出租车转弯，那手推车整个撞进出租车车头。有些钢材穿过玻璃，后座那对父女马上丧命，身首异处，头和身体完全分开，而普拉巴克脸部受创。"

他又哭了起来，我伸手安慰。其他桌的游客和老主顾瞥了我们一眼，随即别过头去。他恢复平静后，我给他点了杯威士忌。他仰头一饮而尽，就像我第一天遇见普拉巴克时他的那种喝法。

"他伤得多重？"

"医生说他活不了了，林，"强尼啜泣，"他的下巴没了，钢材把他的下巴整个削掉，什么都不留。牙齿全没了。原来的嘴巴和下巴剩下一个大洞，就一个大洞。颈子也被割开，脸上甚至没缠绷带，因为有太多管子伸入洞里，以保住他的性命。车子撞成那样，他怎么活下来的，没人知道。他困在车里两小时。医生说他今晚会死，所以我才来找你。他的胸、肚子、头伤得很重，他活不了了，林，他活不了了，我们得赶去那里。"

我们走进重症加护病房，发现基尚和鲁赫玛拜坐在他床边，相互揽着哭泣。帕瓦蒂、席塔、吉滕德拉、卡西姆·阿里全站在床脚，严肃无语。普拉巴克完全没有意识，一排机器监控着他的生命迹象。一堆塑料管、金属管用胶带固定在他脸上，他仅剩的脸上。那灿烂的大笑，那迷人、开朗的笑已不复见。那笑容，就这样一去不复返。

我在一楼的值班室找到负责医治他的医生。我从腰带里抽出一沓百元美钞递给他，请他有任何变化马上告知我。他不肯收，没救了，他说普拉巴克只剩几小时或许几分钟可活，因此才允许家人亲友待在病床边。他说他无能为力，只能等着他、看着他死。我回到普拉巴克的病房，把那笔钱和最近一次出任务赚的所有钱给了帕瓦蒂。

我到医院洗手间，洗了脸和脖子。脸上的伤口让我疼痛的头净想着阿布杜拉的事。但我不愿想起那些事，我无法承受我那狂放不羁的伊朗朋友被警方包围，打成蜂窝一般，全身是血的景象浮现在我脑海。我凝视镜中的自己，感觉到鼻子的酸楚。我用力拍醒自己，回到普拉巴克的病房。

我和其他人站在床脚，站了三小时。我筋疲力尽，开始打瞌睡，不得不承认自己撑不住了。我找到一个安静的角落，拿两张椅子靠墙放下后睡去了。几乎一下子就完全坠入梦境。梦中我回到桑德村，漂浮在我抵达那村子的第一天晚上曾遇到的轻声细语的浪潮上，普拉巴克的父亲一手搭在我肩上，而我咬着牙面对满天星斗。从梦中醒来时，基尚坐在我旁边，一手搭在我肩上，我与他四目相对，两人无力啜泣。

最后，确定普拉巴克活不了了。我们每个人都知道这点，都接受他活不了的事实。我们经历了四个昼夜，看着他勇敢的小小身躯备受煎熬，看着他仅剩的身躯，看着笑容被截掉后不再圆满的普拉巴克。最后，经过几个日夜看着他忍受痛苦与困惑的折磨，我开始希望他死掉，全心全意地希望。我太爱他，因而到最后，我在清洁工房间找到一个清静的角落，那是一个水龙头不断向混凝土水槽里滴水的房间。我跪在印着两个鲜明湿脚印的地上，祈求上帝让他死去。然后，他真的死了。

在他与帕瓦蒂同居的小屋里，普拉巴克的母亲鲁赫玛拜放下她长及大腿的头发。她坐在门口，背对屋外。她的黑发是黑夜的瀑布。她拿起利剪，在靠近头皮处，咔嚓一声剪掉浓密的长发，发丝像垂死的影子般散落。

刚开始，我们真正爱着某人时，最大的恐惧是心爱的人不再爱我们。其实我们该恐惧的是，即使他们已死去，我们仍无法停止爱他们。我仍然全心全意地爱着你，普拉巴克，我仍然爱着你。有时，我的好友，我所拥有而无法给你的那份爱，压得我喘不过气。即使到现在，我的心有时也依旧沉浸在悲伤中，在每个星星、每个大笑、每个睡眠里都有你身影的悲伤中，逐渐没顶。

第三十章

对灵魂而言，海洛因是麻痹感官的水槽。漂浮在吸毒后迷幻的死海上，没有痛感，没有悔恨或羞愧，没有罪恶感或哀痛，没有抑郁，没有欲望。那沉睡的世界进入并包围生命的每个原子，了无生气的寂静与平和驱散恐惧与苦痛。思绪像海草一般漂荡，消失在远方灰暗的梦境里，无人知晓而缥缈不定的梦境。肉体向低温麻木屈服：无精打采的心微微跳动，呼吸慢慢降为胡乱的低语。涅槃般沉沉的麻木使四肢动作迟滞，沉睡着往下，往更深处滑行，滑向一片空白，滑向全然而永恒的迷幻状态。

这化学药物带来的解脱和宇宙中的其他东西一样，以光为代价。吸毒者首先失去的光是眼中的光彩。吸毒者的眼睛，暗淡无光如古希腊雕像的眼睛，如被锤过的铅，如死人背上的弹孔。接下来失去的光是欲望之光。吸毒者把他们的渴望制成棒子，用来击死欲望，也用这同一把武器，击死了希望、梦想与荣耀。生命的其他光芒全都失去之后，最后一个失去的光芒是爱之光。吸毒者迟早会陷入最深的迷幻，宁可抛弃他所爱的女人也不能不吸毒；每个无可救药的吸毒者迟早会变成逃亡的恶魔。

我升起，我漂浮，被举起，浮在汤匙里海洛因的表层液体上，而那汤匙大如房间。迷幻麻痹之筏漂行在汤匙里的小湖上，而在我头部上方交叉的橡木，似乎在它们的对称关系中藏着一个答案，某种答案。

我盯着那些橡木，心知答案就在那里，那答案或许能拯救我。我的眼睛如被锤过的铅，我再度闭上眼，失去那铅。有时我醒来，有时我非常清醒，清醒到想再吸食那让人麻木的毒品。有时我清醒到能记起一切。

阿布杜拉没有葬礼，因为没有遗体可供他们，供我们，埋葬。他的遗体在暴动中消失了，如毛里齐欧的遗体那般消失了，如突然发光而耗竭的恒星，消失得无影无踪。我和其他人将普拉巴克的遗体扛到河边的火葬场。我和他们跑过数条街道，和他们一起扛着装饰了花环的普拉巴克的小小身躯奔跑，嘴里念诵着上帝的名字，然后我看着他的遗体在火光中燃烧。火葬后，哀痛的情绪弥漫在贫民窟的每条小巷里，哀悼他的亲友逐渐聚集。我无法待在那里。他们站在几星期前普拉巴克举行婚礼的地方附近，某些小屋的屋顶仍垂挂着破烂的婚礼彩带。我跟卡西姆·阿里、强尼、吉滕德拉、基尚·芒戈说了几句话，然后离开，骑车到董里区。我有一些问题要问阿布德尔·哈德汗大人，如哈桑·奥比克瓦坑中的东西般盘踞在我心中的问题。

纳比拉清真寺附近的那栋房子大门深锁，悄然无声。清真寺前院或商店街上没人能告诉我他何时离去，何时会回来。我既沮丧又生气，只好骑车去找埃杜尔·迦尼。他的房门没关，但他的仆人告诉我，他离开孟买去度假了，几星期后才会回来。我去了护照工厂，看到克里须纳跟维鲁正在辛勤工作。他们证实，迦尼丢给他们几个星期的工作和资金，告诉他们他要去度假。我骑车去哈雷德·安萨里的公寓，一名值勤守卫告诉我，哈雷德人在巴基斯坦。他不知道那个个性阴郁的巴勒斯坦人何时会回来。

哈德的黑帮联合会的其他成员，同样很巧地突然全不在孟买。法里德在迪拜，索布罕·马赫穆德将军在克什米尔。我到凯基·多拉布吉家敲门，没人应门，每扇窗子都拉下了窗帘，房内一片漆黑。在我印象中，拉朱拜每天都一定要到他在要塞区的计账室，而这时他去了德里探望生病的亲戚。就连第二阶层的老大和主要助手也不在孟买，或没空见我。

留下来的人是孟买各地的黄金推销员、货币快递、护照接头人，全都客气而友善。他们的工作步调和例行作业似乎没变，和我的工作一样稳固。每个车站、交换中心、珠宝店，与哈德的帝国接头的其他点，都预料到我会前去。已有人留下指示，要我盯着黄金贩子、货币工作人员，以及负责买、偷护照的街头掮客。我不确定那是不是对我的肯定，肯定我可以在联合会停摆时独挑大梁，还是说他们认为我在他们的布局里无足轻重，因而无须给我任何解释。

不管是哪个原因，我在这城市里觉得孤单得要命。我在一个星期内失去了普拉巴克、阿布杜拉这两个最熟的朋友，因而失去了心灵地图上标记我所在位置的符号。在某些方面，个性和身份就像由我们的人际关系所绘成的街道图上的坐标值。以所爱之人和爱他们的理由为参照点，我们知道了自己是谁，也界定出自己是什么样的人。我曾是时空上的一个点，阿布杜拉的狂野凶狠和普拉巴克的快乐善变都在此点上交会。然后，我飘浮起来，且不知为何，因为他们的死，我失去人生的坐标，随之不安而又惊讶地领悟到，我已极度依赖哈德和他的黑帮老大联合会。我与里头大部分人士的互动似乎很生疏，但我怀念他们在这座城市时所带来的安全保障，几乎就和我怀念那两位死去朋友的相伴一样深。

我很愤怒。我花了一会儿才理解那愤怒，才领悟到哈德拜是我愤怒的根源和祸首。我把阿布杜拉的死怪在他头上，怪他没保护阿布杜拉，没救阿布杜拉。我无法相信我所爱的朋友阿布杜拉就是残酷的狂人萨普娜，但我相信阿布德尔·哈德汗与萨普娜及那些凶杀案件有关。此外，我觉得他离开孟买是背叛了我，像是他丢下我一个人……独自面对……这一切。这当然是可笑的想法，太自我膨胀。事实上，仍有数百名哈德的手下在孟买工作，我每天和他们之中的许多人打交道。但我仍然觉得他背叛、遗弃了我。一股由怀疑与强大恐惧形成的寒意开始袭来，朝着我对哈德汗情感的核心蔓延。我仍爱他，仍对他怀着孺慕之情，但他不再是我尊敬的英雄，不再是完美无瑕的英雄。

曾有位穆斯林游击战士告诉我，在我们的一生中，命运会赐予我们每个人三位导师、三个朋友、三个敌人、三个挚爱。但这十二个人总是不以真面目示人，总要等到我们爱上他们、离开他们，或与他们对抗时，才能知道他们是其中哪种角色。哈德是那十二人之一，但他的伪装一向最高明。在那些被遗弃的愤怒日子里，在我哀痛的心日益麻木而绝望时，我开始把他视为敌人——我深爱的敌人。

随着一件又一件交易，一桩又一桩犯罪，日复一日，我的意志、目标、希望，都蹒跚着步向深渊。莉萨·卡特努力想与昌德拉·梅赫塔、克利夫·德苏萨签约，最终如她所愿。为了她，我出席了签约仪式，以她合伙人的身份在合约上签下我的名字。那两位制片人很看重我的加入，我是他们取得哈德汗黑帮黑钱（未开掘而几乎取之不竭的资源）的安全渠道。那时候，他们未提及这层关系，但那是他们决定与莉萨签约的主要因素之一。合约上载明，莉萨和我为三大制片厂提供外籍的"资浅艺术家"，即他们所谓的临时演员，报酬与佣金的支付设定为两年。

签完约后，莉萨陪我走到摩托车处，我的车停在临海大道的海堤边。我们一起坐在几年前我的心灌满叫人没顶的海水时，阿布杜拉伸手搭上我肩膀的那个地点。莉萨和我都成了孤单之人，最初我们如孤单之人那样交谈，谈着零碎的怨言和从自己心中的自言自语剪下的段落。

"他知道会发生这样的事，"经过长长的沉默后她说，"所以他才给我那笔钱，以防万一。我和他谈过那个，谈过被人杀死的事。你知道在伊朗的那场战争，还有伊拉克的那场战争吗？他好几次死里逃生。那深深刻在他的脑海里，我很确定。我想，他是在求死，因为他逃离了那场战争，抛下了朋友和家人。而一旦到了那一刻，如果那一刻真的来了，他希望像那样结束一生。"

"或许。"我回答她，望着那壮阔而冷漠的大海，"卡拉说过，我们每个人一生中都曾试图自杀几次，而且迟早会如愿。"

莉萨大笑，因为我的这些话出乎她的意料，但那大笑最终化为一声长叹。她低下头，任风拨弄她的头发。

"乌拉那件事，"她轻声说，"一直折磨着我，林。莫德纳在我脑海中挥之不去。我每天都会翻所有的报纸，寻找关于他的消息，他们或许找到了他的消息。那很怪……毛里齐欧的事，你知道吗，让我难过了几个星期。我走在街上、读书或入睡时，总是哭个不停，每一次吃饭都觉得恶心反胃。我一直想着他的尸体，停不下来……想着那把小刀……乌拉把那小刀插进他身体时会有的感觉。那一切如今渐渐走远了。但那还在，你知道的，还在我内心深处，只是不再教我发狂。就连阿布杜拉，我不知道自己是受了惊吓还是逃避现实，还是什么，反正我不……让自己想起他。那像是……像是我接受了那件事。但莫德纳的影响越来越严重。我忍不住会一直想到他。"

"我也看到了他，"我呢喃道，"我看到了他的脸，而当时的我根本不在那家饭店里。那很糟。"

"我该打她一顿的。"

"乌拉？"

"对，乌拉！"

"为什么？"

"那个……狠毒的……贱女人！她把他丢在那里，任由他被绑在那个房间里。她给你惹来麻烦，给我惹来麻烦，还有……毛里齐欧……她跟我们谈起莫德纳时，我却抱着她，带她去冲澡，照顾她，好像她只是在告诉我，她没喂她的金鱼。那时候我真该甩她耳光，或往她下巴狠狠揍上一拳，或朝她屁股端上一脚之类的。如今她走了，我却还在为莫德纳的事生气不安。"

"有些人就是这样。"我说，微笑着回应她的愤怒，因为我也有同感，"有些人总是有办法让我们同情他们，不管事后我们会觉得那有多愚蠢，多叫人生气。那种人可以说是我们放在心里的煤矿坑金丝雀①。当他们令我们失望，而我们不再同情他们时，我们就有大麻烦了。总而言之，我卷进去不是为了帮她，而是为了帮你。"

"唉，我知道，我知道。"她叹气道，"那不是乌拉的错，其实算不上她的错。'皇宫'毁了她，把她的脑子完全给毁了。凡是为周夫人工作的人，某方面都被毁了。可惜你没见到乌拉刚开始在那里上班的样子。她性感迷人，真的。而且可以说是……天真……我们其他人都没有的那种天真，如果你知道我的意思。刚到那里上班时，我已经疯了。那工作也毁了我。我们每个人……我们得……我们在那里干了糟透的事……"

"你跟我提过。"我轻声说。

"我跟你说过？"

"对。"

"跟你说了什么？"

"你跟我说了……许多有关那里的事。那一晚我顺道去卡拉家拿我的衣服，我跟那个叫塔里克的小男孩一起去的。你喝得很醉，神情很恍惚。"

"而我跟你说了那些？"

"对。"

"天啊！我都忘了这事。那时候我正开始戒毒。那是我试着摆脱毒品的第一个晚上，也在那个晚上真的摆脱了毒品。但我记得那个小男孩……我记得你不想跟我做爱。"

"噢，其实我想。"

---

① 金丝雀对沼气及一氧化碳特别敏感，早期煤矿工人进入矿坑时总会带着金丝雀，充当安全警报器。

她迅速转过头来,与我眼神相接。她嘴唇漾着笑意,但微微皱起眉头。她穿着红色的纱丽克米兹,宽松的丝质长衬衫伏在她的胸脯上,强劲的海风吹来,让她身形毕露。她的蓝色眼睛散发着勇气和其他神秘气息。她既脆弱又勇敢坚韧。她把自己救出了周夫人的"皇宫",那个淹没了她的深渊。她打败了海洛因。为保住她朋友和自己的性命,她帮忙杀了一个男人。但她失去了爱人,也就是我的朋友阿布杜拉,他的身体被子弹打得千疮百孔,不成人形。那一切全表现在她眼睛里和她瘦削的脸上——那张脸照理不该那么瘦。那一切就在那里,如果你知道该去寻找什么,如果你知道该往哪里瞧。

　　"对了,你怎么会沦落到'皇宫'里?"我问。见我转换话题,她的身体微微抽动了一下。

　　"我不知道,"她叹了口气说,"我小时候喜欢离家出走,我受不了那个家,一有机会,我就会逃走。大概两年后,我还是少女,却有了毒瘾,在洛杉矶卖淫,被当地辖管的皮条客毒打了一顿。然后有个男人出现了,一个和善、不多话、孤单、性情温和的男人,名叫麦特。我很同情他。他是我第一个真正爱上的人。他是个音乐家,到过印度两次。他信誓旦旦地告诉我,只要我们从孟买偷带某个东西回国,我们就能赚大钱,然后重新开始。他说他会出钱买机票,如果我同意带那样东西的话。结果到了那里,他就拿走了所有东西,包括钱和我的护照,一样不留。到现在我还不知道是怎么回事,不知道他是临阵退缩,还是另外找到人做这事,还是纯粹决定他自己做,至今我仍不知道。最后……我被困在孟买,海洛因瘾让我受不了。没有钱,没有护照,我开始在饭店房间里接客以免流落街头。这样过了大概两个月,某天有个警察闯进我的房间,告诉我,我被捕了。我会被关进印度监牢,除非我同意给他的朋友工作。"

　　"周夫人。"

　　"对。"

"你有没有见过她？你有没有当面见过她？"

"没有。除了拉姜和他兄弟，几乎没有人跟她讲过话或见过她。卡拉当面见过她。卡拉痛恨她，非常痛恨她……我这辈子从没见过那么强烈的恨。卡拉恨她入骨，恨到有点失去理智，如果你知道我的意思。她几乎时时刻刻都想着周夫人，她迟早会找她报仇的。"

"她朋友阿曼和克莉丝汀的事，"我低语道，"她认为是周夫人派人杀了他们，她为此很自责，无法释怀。"

"没错！"她惊讶地回答，带着微笑，皱起了眉头，露出不解的神情，"她告诉你那件事了？"

"对。"

"那可……"她大笑，"那可不简单！卡拉从不跟人提起那件事。我是说，任何人。但我想那也不稀奇，你深深打动了她。你记得贫民窟发生霍乱的那时候吗？事后她谈那件事谈了几个星期。她谈那事时就像在谈某种神圣的体验，某种无法形容的快感。她谈了许多你的事。我从没看过她那么……兴高采烈，我想。"

"卡拉找我把你救出'皇宫'，"我问，没看着她，"是为了你，还是只想借此杀杀周夫人的威风？"

"你是说，我们只是卡拉的棋子，你和我？你是想问这个？"

"差不多是。"

"我想，我得说，是，我们是。"她扯下脖子上的长围巾，拉着它拂过张开的手掌，专注地看着。

"啊，你知道，卡拉喜欢我，我很肯定。她告诉了我没人知道的事，连你都不知道的事。而我也喜欢她。她在美国住过，你知道的。她在那里长大，多少对那儿有点感情。在'皇宫'工作的女孩中，我是唯一的美国女孩。但从更深层来看，问题的核心在于跟周夫人的那场战争。我想，你和我，我们都被利用了。但那不重要，你知道吗？她把我救出了那里，你和她把我救出了那里，我很感激。不管她是出于什么理由，我都不怪她，我想你也不该怪她。"

"我没有。"我叹了口气。

"但是？"

"但是……没什么。我们，卡拉和我，没有结果，但是我……"

"你仍然爱她？"

我转头看她。她的蓝色眼睛与我的相对时，我换了话题。

"你有周夫人的消息吗？"

"完全没有。"

"她问过你个人的事情吗？任何事情？"

"完全没有，谢天谢地。很怪，我不恨周夫人。除了不想再靠近她的地方，我对她完全没有感觉。我反倒恨她的仆人拉姜。如果你在'皇宫'上班，你得跟他打交道，听命于他。他兄弟管厨房，他管女孩。拉姜是阴森恐怖的浑蛋，像幽灵一样无所不在，他的后脑勺好像长了眼睛，他是这世上最恐怖的东西。我跟你说，我从没见过周夫人，她隔着一道铁栅栏跟人讲话。每个房间都至少有一道铁栅栏，以便她监看房间内的动静，跟女孩或客人讲话。那是个叫人毛骨悚然的鬼地方，林。我宁愿死也不要回到那里。"

我们再度陷入沉默。海浪拍打着海堤底部的海岸，上头布满了岩石和小漂砾。海鸥在空中盘旋，在风中搜寻岩缝间爬行、疾走的猎物。

"他留了多少钱给你？"

"不清楚。"她说，"我没算过，很多，七八万美元。比起毛里齐欧用刀逼问莫德纳、最后害死他的那笔钱，你知道的，多了不少。很可笑，不是吗？"

"你应该拿着那笔钱，离开这鬼地方。"

"这怎么行，我们才刚和昌德拉及他的制片公司签了两年约。你知道的，那个让我们大展宏图的合约。"

"去他的合约。"

"别这样，林。"

"去他的合约。你得避一避。我们不知道那到底是怎么回事，不知道阿布杜拉为什么死了，不知道他究竟做了什么，或他没做什么。如果他不是萨普娜，事情就糟了。如果他是，事情就更糟。你应该带着这笔钱，立刻……离开。"

"去哪里？"

"哪里都可以。"

"你也一起去？"

"不，我这里还有事没做完，而且我……在某方面来说，我已经完了。但你该走。"

"你没搞懂，对不对？"她质问道，"重点不在钱。我如果现在回去，可以带走那一大笔钱，但我得拥有钱以外的东西。我正努力要在这里，在这个事业上，有些成就，而且我可以在这里得到那些成就。我在这里会很引人注目，会有分量。我走在街上，别人会看着我，因为我不一样。"

"你到哪里都会引人注目。"我说，并对她咧嘴而笑。

"别开我玩笑，林。"

"我没有，莉萨。你那么漂亮、热情，别人总会盯着你看。"

"这条路行得通，"她坚持道，"我确信行得通。我没读过书，林，我没你那么聪明，我什么本事都没有。但这个……这个可以轰轰烈烈。我可以，我不知道……哪天，或许，我可以开始制作电影，我可以……有些成就。"

"你很了不起，你到哪里都会有成就。"

"不，这是我的机会。在成功之前，我不回去，什么地方都不去。我如果不做那件事，如果不试，那一切都白费了。毛里齐欧……还有已经发生的其他所有事，都将毫无意义。我如果离开这里，就要抬头挺胸地离开，要口袋里装满我自己赚的钱离开。"

我望着风，海风转了个方向，又往回吹过海湾，我的脸和手臂随着海风一下子温热，一下子凉爽，又恢复温热。一小队捕鱼的小船划过我们身边，正要回到贫民窟附近那个多沙的渔村。我突然想起那一天在雨中，我坐在小船里，行过淹水的泰姬玛哈饭店前庭，行过响着低沉回音的印度门下方。我想起维诺德的情歌，想起把卡拉抱在怀里的那个晚上所下的雨。

　　然后，我凝望着无休无止的波涛，想起那个狂风暴雨的夜晚之后，我失去的所有东西：监狱、折磨、走了的卡拉、走了的乌拉、走了的哈德拜和他的联合委员会、走了的阿南德、死了的毛里齐欧、大概死了的莫德纳、死了的拉希德、死了的阿布杜拉，还有普拉巴克——真不敢相信，他也死了。而我跟他们一样，我虽然还在走路、说话，凝望着越来越狂暴的波涛，我的心却和他们一样，都死了。

　　"那你呢？"她问。我感受到她盯着我的眼神，听出了她话里的心情：同情、柔情，或许甚至还有爱意。"如果我留下来，其实，我肯定会留下来，你打算做什么？"

　　我望着她片刻，看出她天蓝色眼睛里的意图。我从海堤上起身，把她抱在怀里，吻她，吻了很久。在那一吻里，我们一起度过了一生：一起生活、相爱、变老，然后死去。接着我们的嘴唇分开，我们本来或许可以一起度过的一生退去，退到只剩一丝闪光，我们将永远在彼此眼里认出的闪光。

　　我大可以爱上她，或许已经有点爱上她。但有时，对女人所能做的最糟糕的事就是爱上她。而我仍爱着卡拉。我爱卡拉。

　　"我打算做什么？"我重复着她的问话。我双手按着她的肩膀，让她与我隔着一臂的距离。我微笑着说："我要去好好麻痹一下。"

　　我骑车离开，没有回头。我付了三个月的公寓房租，付了一大笔钱给停车场和大楼的管理员。我把一本上好的伪造护照留在口袋里，把所有备用护照和一沓现金放进包里，将包连同我的恩菲尔德子弹摩托车一起托付给狄迪耶，然后搭出租车去了吉多吉鸦片馆。那鸦片馆在修克拉吉街，也就是万妓街的附近。我走上破旧的木梯，来到四楼，走进吸毒者为自己打造的笼子，那个一次用一根发亮、尖锐的钢质烟枪所建成的笼子。

吉多吉为鸦片吸食者提供了一间铺有二十张配有木枕的睡垫的大房间。另外，在这毫无隐私可言的鸦片间后面，有其他房间专供有特殊需求的客人使用。穿过一个非常小的入口，我进入不起眼的走廊，前往那些后室。走廊很矮，我得蹲着走，甚至用爬的。我选的那间房间里有一张铺了木棉蕊垫子的行军床、一块老旧褪色的地毯、一个柜门由柳条编成的小柜子、还有一盏套着丝质灯罩的灯、一只装满水的大陶罐。房间的三面墙以芦苇席架在木架上搭成，最后一面墙，靠床头的那面，有窗户可俯瞰外面有阿拉伯和本地穆斯林商人的热闹街道，但百叶窗一拉下，便只有些许阳光在缝隙中闪烁。房间里没有天花板，头上只见数根粗椽交错，撑住了陶瓦屋顶。这幅景象，我以后会很熟悉。

吉多吉拿了钱，说明一番，然后留下我一人。房间离屋顶很近，因此非常热。我脱下衬衫，关掉灯。幽暗的小房间像间囚室——夜里的监狱囚室。我在床上坐下，几乎立刻就落泪了。来到孟买后，我哭过几次。遇见兰吉特的麻风病人后，我掉过眼泪；在阿瑟路监狱，那陌生人擦洗我饱受折磨的身体时，还有跟普拉巴克的父亲一起待在医院时，我也流过泪。但那忧伤和苦楚始终被我压抑了下来。不知为什么，我总是有办法压下最深的忧伤和苦痛，堵住忧伤和苦痛的洪流。然后，在独自一人待在鸦片馆的这间小房间时，我因朋友阿布杜拉和普拉巴克的逝去之恸，任由情绪奔流。

对某些男人而言，落泪比挨打还糟，啜泣所带来的伤害比挨皮靴、吃警棍的伤害更深。泪始于心中，但我们有些人太常否认心中的感觉，且久久不肯承认，因而当心中的感觉爆发出来时，我们听到的不是一种忧伤，而是心碎时的上百种忧伤。我们知道哭泣是合乎人性的好事，知道哭泣不是软弱，而是某种坚强。但哭泣会把我们盘结的根从土里拔起，我们哭泣时就像树倒下般，崩溃了。

吉多吉没催我。最后，我听到他走近门口时印度凉鞋摩擦地板的声音。我抹掉脸上的忧伤，捻亮灯。他带来了我要的东西——钢匙、蒸馏水、抛弃式注射器、海洛因、一条香烟，摆在小梳妆台上。有个女孩跟着他过来，她告诉我她叫席尔帕，负责伺候我。她很年轻，还不到二十岁，但专业工作人士的阴郁表情已夺走她那年纪应有的清纯。希望在她眼里蜷缩着，像挨了打的杂种狗般随时会狂吠或咆哮。我请她和吉多吉离去，然后煮上一剂海洛因。

那剂海洛因搁在注射器里将近一个小时。我拿起注射器，对准我手臂上一条又厚又粗又健康的血管五次，但每次我都还是缩手，没打。那汗流浃背的一个小时里，我一直盯着注射器里的液体。就是那东西，那个可恶的毒品，那个罪魁祸首，驱使我干下了那些愚蠢、凶狠的罪行。那东西使我入狱，使我失去家人，失去挚爱。那东西拿走一切，不给你任何回报。但它给你的空无，它给你的毫无感觉的麻木，有时正是你想要的。

我把针头插进血管，抽出玫瑰色的血液，确认针头安全扎进了血管，接着将注射器的柱塞往下推到底。还没拔出针头，海洛因就已使我的心变成撒哈拉沙漠。海洛因沙丘，炎热、干燥、明亮、单调，堵塞了所有思绪，埋掉了我心中失落的文明世界。那股炎热也注满我的肉体，驱走我在每个清醒的日子里忍受、忽视的上千个小疼痛、剧痛、不适。

毫无痛苦，一片空无。

然后，在我的心仍是一片沙漠时，我感觉自己的肉体逐渐下沉，沉入令人窒息的湖水，打破那湖面。打了第一剂，然后过了一个星期？一个月？我爬上筏子，漂荡在汤匙里的致命湖面上，血液里带着撒哈拉。头顶上那些粗椽传达出某种信息，有关哈德、卡拉、阿布杜拉和我如何交会、为何交会的信息。我们所有人的生活，通过阿布杜拉之死这条链带，以某种深刻的方式交错，破解密码的关键就在那些粗椽里。

我闭上了眼睛，想起了普拉巴克，想起他在死去的那个晚上那么拼命地工作，工作到那么晚，因为那出租车是他自己的，他是为了自己而工作。而那辆出租车是我买给他的，如果我没买出租车给他，他就不会死了。他是我在监狱囚室里训练出来、用面包屑喂大的小老鼠，是被钉上十字架的老鼠。有时，在未陷入迷幻的一个小时清醒的时光里，我想起阿布杜拉死前那一刻的样子，他只身陷在死亡的包围中，孤立无援。我应该在那里的，我每天都和他在一块，那时我应该和他在一起的。人们不会让朋友那样死去，那样孤身面对死亡和命运。他的尸体在哪里？如果他是萨普娜，该怎么办？我朋友，我挚爱的这个朋友，真有可能是那个冷血无情、丧心病狂的杀人魔吗？迦尼说了什么？遭肢解的马基德的尸体散落在屋中各处……我可能去爱干出这种事的人吗？我内心某个顽固的小角落担心他就是萨普娜而仍然爱他，这代表什么意思？

我再度把那银弹打进手臂，往后倒在漂浮的筏子上。我在头顶上的粗椽间看到了答案。我确信，再打一小剂，再一小剂，再一小剂，我就会了解那是怎么回事。

我醒来时，见到一张脸怒视着我，用我不懂的语言激动地说话。那是张丑陋、不怀好意的脸，几道深纹呈弧形从眼睛和鼻子往下划到嘴巴。然后那张脸还有了手，很有力的双手，我发觉自己从筏床上被抬起，由人扶着，摇摇晃晃地站起来。

"你来！"纳吉尔用英语咆哮道，"你来，立刻！"

"去……"我慢慢说，停下来，好竭尽所能地骂人，"……你的。"

"你来！"他重复道。他气得发抖，不自觉张开嘴巴，露出他外突的下门牙。

"不要。"我说，转身欲回床上，"你……走！"

他把我拉转过来，让我再度面对他。那双手很有力，像铁箍般紧紧扣住我的双臂。

"立刻！你来！"

我已在吉多吉的这间房间里待了三个月。三个月里，我每天注射海洛因，两天吃一次东西，唯一的运动就是走到厕所再回来的这短短一段路。那时我不知道自己已掉了十二公斤——我身上最好的肌肉。我又瘦又弱，仍沉陷在毒品中。

"好。"我说，挤出假笑，"好，放开我，可以吗？我得去拿我的东西。"

我朝放着我的皮夹、手表、护照的小桌子点头，他松开了手。吉多吉和席尔帕在房间外的走廊上等着。我收拾物品，放进口袋，假装配合纳吉尔。判定时机成熟后，我猛然挥出右拳，由上而下打向他。照理我可以打中他，如果我健康又清醒，那一拳他逃不掉。结果出拳落空，我失去重心。纳吉尔一拳打中我心脏正下方的心口。我弯下腰，喘不过气，无力反击，但我双膝没弯，双腿仍然挺直。他用左手揪住我一撮头发，抬起我的头，右拳收回到肩膀高度，犹豫要打在哪里，然后出拳打中了我的下巴。那一拳他使出了脖子、双肩、背部的全部力道。我看见吉多吉噘起双唇，他脸部的肌肉不由得抽搐了一下，眼睛眯起，然后他的脸爆开，化为缤纷的亮光，之后就是空暗的世界，比睡满蝙蝠的洞穴还要暗。

那是我这辈子唯一一次被打得不省人事。我似乎一直在往下坠，距离地面却是不可思议地远。一阵子之后，我隐约察觉到自己在移动，在空间中飘浮。我想，没事，全是梦，吸毒造成的梦，我立刻就会醒来，再打更多海洛因。

然后我啪嗒一声，再度落在筏子上，但已不是那漫长三个月以来我一直乘坐的那张筏床。不知道为什么，但我感觉就是不一样的床，柔软而平滑，而且有股先前没有的宜人气味，很好闻的香水味。那是香奈儿可可香水。那味道我很熟。那是卡拉，那是卡拉肌肤上的香水。原来是纳吉尔扛着我下楼梯并一路走到外面街上，把我丢进出租车后座，而卡拉就坐在车里。我的头枕在她大腿上。我张开眼，望着她迷人的脸庞。她的绿色眼睛回望着我，眼神里有同情、忧心和其他的东西。我闭上眼，在移动的黑暗中，我知道她眼神里那其他的东西是什么。那是厌恶。她厌恶我的软弱、我的海洛因瘾、我作践自己、自我放纵的气味。然后我感觉到她的双手在抚摩我的脸，那感觉像哭泣，她抚摩我脸颊的双手是眼泪。

出租车终于停下，纳吉尔把我扛上两段阶梯，轻松得就像扛一袋面粉。我的身子挂在他肩上，再度清醒过来，朝下看着跟在我们后面走上阶梯的卡拉。我们从通往厨房的后门进了一间大屋子，走过现代化的大厨房，我们进入宽敞的客厅。那是开放式客厅，有一面玻璃墙，隔着玻璃可以看到金黄色海滩和宝蓝色大海。纳吉尔把我从他的肩上往前一甩，我摔在那面玻璃墙附近的一堆坐垫里，动作之轻超乎我预期。他把我从吉多吉鸦片馆劫走的前一刻，我才刚打了一剂海洛因，很大的一剂，太大的一剂。我全身无力，摇摇欲坠。那股想闭上眼睛、陷入恍惚的冲动，像无可抵挡的海浪席卷我全身。

"不要起来。"卡拉说着，在我身边跪下，用湿毛巾给我擦脸。

我大笑，因为站着是我这时最不想做的事。大笑时，恍惚之中，我感觉到下巴和腭部之间的关节在隐隐作痛。

"怎么回事，卡拉？"我问，听出自己的嗓音粗哑而不稳。三个月没讲话和意志消沉，使我几乎不会说话，笨嘴笨舌。

"你怎么会在这里？我怎么会在这里？"

"你想我会把你丢在那里不管吗？"

"你怎么知道的？怎么找到我的？"

"你朋友哈德拜找到了你，他要我把你带到这里。"

"他要你？"

"没错。"她说，盯着我的眼睛，眼神专注，划破了那片迷幻，犹如日出的阳光穿破晨间的迷雾。

"他在哪里？"

她微笑着，那微笑带着悲伤，因为我问错了问题。如今我知道自己问错了，如今我没有吸毒，很清醒。那是我了解全部真相的机会，或了解她所知道的真相的机会。如果我那时候问对问题，她大概会告诉我真相，告诉我她凝望的目光后面的那股力量。她那时正准备全盘告诉我。她甚至可能会爱上我，或开始爱我。但我问错了问题。我没问她的事，我问了哈德拜的事。

"我不知道。"她答，双手撑起身子，站在我身旁，"照理说他会来，我想他不久后就会来。但我不能等，我得走了。"

"什么？"我坐起身，想把迷幻的帘幕拨开，好看看她，跟她讲话，要她留下。

"我得走了。"她重复道，迈着轻快的脚步走向门口。纳吉尔在那儿等着她，粗壮的双臂从他膨胀的身躯里伸出。"我没办法，离开之前我有许多事要做。"

"离开？什么意思，离开？"

"我要离开孟买。我有事要忙，很重要的事，而我……唉，我得去完成。六或八个星期后我会回来。那时再来找你，或许。"

"太扯了。我搞不懂，如果你现在就要丢下我，当时就该把我留在那里。"

"听着，"她说，露出耐心的微笑，"我昨天才刚回来，我不想留下，甚至不想回利奥波德。顺便告诉你，我今天早上见到狄迪耶，他跟我打了招呼，但就只有这样。我不想留下。我同意帮忙，把你从吉多吉鸦片馆救出来，从你自己正在进行的可怜的自杀中救出来。现在你在这里，你安全了，我得走了。"

她转身对纳吉尔讲话。他们在讲乌尔都语，每句话我都只听得懂第三或第四个字。他大笑着听她讲话，转身看我，带着他一贯的轻蔑。

"他说什么？"他们俩不再讲话时，我问她。

"你没必要知道。"

"有必要。"

"他认为你熬不过去，"她答，"我告诉他，你会在这里彻底戒毒，然后在这里待几个月等我回来。他不以为然。他说你一开始戒毒，就会从这里跑出去再打一剂。我跟他打赌你会戒毒成功。"

"赌多少？"

"一千美元。"

"一千美元。"我若有所思地说。那是很大的赌注，胜算不大。

"对。那是他所有的钱，他存下来的钱。他把那些钱全拿来赌，赌你撑不下去。他说你是软弱的人，所以才会吸毒。"

"你怎么说？"

她笑了，见到、听到她笑出来实在是稀奇，我把那些爽朗、洪亮、开心的词和词组放入自己体内，像吞入食物、酒、毒品一样。尽管心神恍惚、身体不适，我清楚地知道我将拥有的最大宝藏和欢乐就在那笑容里；就在于让那女人笑，在于感受她那贴着我的脸、我的皮肤的嘴唇发出的咯咯笑声。

"我告诉他，"她说，"好男人只要碰对女人，那女人要他多坚强，他就会有多坚强。"

然后她离开了，我闭上眼睛。一个小时后，或一天后，我睁开眼，见到哈德拜坐在旁边。

"Utna hain.（他醒了。）"我听到纳吉尔在说话。

醒着很不舒服，警醒、怕冷、需要海洛因。嘴巴臭，身体到处同时作痛。

"嗯，"哈德低声说，"你已经开始不舒服了。"

我在垫子上坐起，往房间四处瞧了瞧。天色开始暗下来，夜色的长影正爬过窗外的沙滩。纳吉尔坐在厨房门口附近的地毯上。哈德穿着宽松的灯笼裤、衬衫、普什图人的束腰背心，一身绿，先知穆罕默德最爱的颜色。不知为什么，只过了几个月，他就显得更老了些。但他看起来比我印象中更健壮，更冷静而坚毅。

"要不要吃点东西？"我沉默地盯着他看，他问道，"要不要泡个澡？这里什么都有。一天要泡几次都可以。你可以吃东西，东西多得很。你可以换上新衣服，我给你准备了。"

"阿布杜拉怎么了？"我质问道。

"你得养好身体。"

"阿布杜拉到底他妈的怎么了？"我大叫着，嗓音破掉。

纳吉尔看着我。他表面平静，但我知道他随时准备扑上来。

"你想知道什么？"哈德轻声问，避开我的目光，盯着他盘腿的膝盖间的地毯，缓缓点头。

"他是萨普娜？"

"不是。"他答，转头迎上我冷冷的目光，"我知道有人这么说，但我跟你保证，他不是萨普娜。"

我吐出一大口气，疲惫的一口气，如释重负。我感觉泪水刺痛眼睛，便咬住颊内的肉，不让泪水流出。

"为什么他们说他是萨普娜？"

"阿布杜拉的仇人让警方相信他是。"

"什么仇人？他们是谁？"

"来自伊朗的人，来自他国家的仇人。"

我想起那场架，那场令人费解的架。阿布杜拉和我在街上，跟一群伊朗人打了那场架。我努力回想那一天的其他细节，但那锥心、饱受愧疚折磨的后悔，后悔我从未问阿布杜拉那些人是谁或我们为何要跟他们打架，令我什么都想不下去。

"真正的萨普娜在哪里？"

"死了。我找到了那个人，真正的萨普娜。那人现在已经死了。该为阿布杜拉做的，我差不多都做了。"

我松懈下来，靠在坐垫上，闭上眼睛片刻。我开始流鼻水，喉咙哽住发疼。这三个月下来，我已染上很强的毒瘾——每天三克的纯泰国白粉。戒断症很快就会出现，我知道接下来两个星期我会吃足苦头。

"为什么？"过了一会儿，我问他。

"什么为什么？"

"你为什么找我？为什么叫他……叫纳吉尔带我来这里？"

"你为我工作，"他答，面带微笑，"而现在，我有项工作要给你。"

"哦，眼前，我恐怕做不来。"

我的胃开始痉挛。我呻吟，瞥向别的地方。

"没错，"他同意，"得先等你好起来。但三四个月后，那项工作非你不可。"

"什么……什么样的工作？"

"一个任务。一个神圣的任务，你或许会这么称呼它。你会骑马吗？"

"马？我对马一窍不通。如果可以骑摩托车执行这项任务，等我康复，如果我能康复，我就接下你的任务。"

"纳吉尔会教你骑马。楠格哈尔省有个村子，村里的男子个个马术傲视全省，而他是，或者说曾经是那个村子骑术最精湛的人。这儿附近的马厩里有马，你可以在沙滩上学着骑。"

"学骑马……"我喃喃自语，不知道接下来的一个小时，然后再一个小时，更难受的时刻，我能不能熬得过去。

"对，林巴巴。"他微笑着伸出手，用手掌碰我的肩膀。那一碰令我的身子不由得抽动了一下，打起哆嗦，但他手掌的暖意似乎也进入我的身体，我平静了下来。"目前除了骑马，没有其他办法能进入坎大哈，因为公路上布满了地雷和炸弹。所以，你跟我的人去阿富汗参战时，得骑马去。"

"阿富汗？"

"对。"

"你……你为什么认为我会去？"

"我不知道你愿不愿意，"他答，带着似乎是发自肺腑的哀伤口吻，"但我会亲自参与这项任务。去阿富汗，我的家乡，我已有五十多年未曾踏上的家乡。我邀请你，我请求你跟我一起去。当然，去不去在你。任务很危险，这一点毫无疑问。你如果决定不跟我去，我也不会看轻你。"

"为什么找我？"

"我需要一个白人，外国人，一个不怕犯一大堆国际法、会被当成老美的人。我们要去的地方有许多誓不两立的部族，数百年来他们相互砍杀，长久以来相互劫掠，劫走他们能带走的任何东西。眼前只有两样东西能让他们团结一心，一是对安拉的爱，二是对苏联入侵者的恨。目前，他们对抗苏联人的主要盟友是美国人，他们靠美元和美国武器打仗。如果有个美国人同行，他们就不会干预我们，而是让我们通过，不会骚扰我们或勒索我们太多钱。"

"你为什么不找个美国人，我是说真正的美国人？"

"我试过，我找不到疯狂到肯冒这险的美国人，所以我才需要你。"

"这项任务是要走私什么东西到阿富汗？"

"寻常的战争走私品，枪支、炸药、护照、钱、黄金、机器零件、药。这趟旅程会很有意思。那些火力强大的部族会想抢走我们带的东西，只要能通过他们的地盘，就能将东西送到正围攻坎大哈市的穆斯林游击战士的手里。他们已经在那地方和苏联人打了两年的仗，需要补给。"

疑问，数百个疑问在我颤抖的脑海里翻腾，但戒断症使我无力再发问。与毒瘾抗争所流的油腻冷汗使我浑身不舒服。最后我终于开口问，但问得仓促而颤抖。

"你为什么要做这件事？为什么是坎大哈？为什么是那个地方？"

"那些穆斯林游击战士，也就是围攻坎大哈的那些人，是我的同胞，来自我的村子，也来自纳吉尔的村子。他们正在打圣战，要将苏联入侵者赶出家园。我们已通过许多方式帮助他们，如今该是用枪——如果需要，也该是用我的鲜血帮助他们的时候。"

他望着我，毒瘾让我的脸颤抖，眼神涣散。他脸上再度露出微笑，手指掐进我的肩膀，直到那疼痛，那触碰，他的触碰，一时之间成为我唯一的感觉。

"你得先好起来。"他说，放松手劲儿，手掌碰了碰我的脸，"愿安拉与你同在，孩子。Allah ya fazak!"

他离开后，我走进浴室。胃部痉挛像鹰爪刺进我的肉里，翻搅着我的五脏六腑，教我阵阵发痛。腹泻又猛又急，拉得我全身抖个不停。我洗澡时，身子抖得牙齿直打战。我照镜子，看自己的眼睛，瞳孔大得整个虹膜都是黑的。当光线再现，不再注射海洛因时，戒断症开始出现，而当光线重返时，又通过眼睛的黑色漏斗突然涌入。

我腰缠浴巾，走回宽敞的客厅。我看起来很瘦，驼着背，发抖，还忍不住呻吟。纳吉尔上下打量着我，噘起他的厚上唇，面露鄙夷。他递上一摞干净的衣服，和哈德的绿色阿富汗装一模一样的衣服。我穿上，边穿边摇晃、发抖，好几次失去了重心。纳吉尔望着我，关节突出的拳头握在屁股后面。那股鄙夷使他的上唇皱成波状，犹如张开的蛤壳壳缘。他每个动作都很大刺刺的，发出很大的声响，使动作有哑剧的夸张效果，但他浅黑色的眼睛凶狠而不怀好意。他突然让我想起日本演员三船敏郎。他是丑陋巨人版的三船敏郎。

"你知道三船敏郎吗？"我边大笑边问他，那是自暴自弃而带痛的大笑，"你知道三船敏郎吗？啊？"

他的回答是走到屋子前门，猛然把门推开，然后从口袋里抽出几张五十卢比的纸钞，丢在地板上。

"Jaa, bahinchudh!"他指着敞开的门吼叫道，"滚！"

有堆垫子靠着主窗堆放，我踉踉跄跄走到那里，颓然倒下，接着拉起毯子盖住自己，在毒瘾发作的绞痛、痉挛中缩起身子。纳吉尔关上房门，一边看着我，一边在那块地毯上盘腿、挺直腰杆地坐定。

我们每个人都在某种程度上，靠着体内所制造并释放到脑中的化学合成物克服焦虑和压力，其中主要的化学物质是脑内啡群。脑内啡是能纾解疼痛的肽神经传导物质。焦虑、压力、疼痛，这些都会引发人体本能的应对机制，即脑内啡反应。人一旦吸食任何麻醉剂——吗啡、鸦片，特别是海洛因时，身体便会停止制造脑内啡。一停止吸食麻醉剂，便要再经过五至十四天，身体才会展开新的脑内啡制造循环。在这一至两个星期，在这没有海洛因，也没有脑内啡的黑暗、痛苦的空当儿，人体会感到什么是真正的焦虑、压力与疼痛。

卡拉曾问我，不靠任何疗法断然戒除海洛因是什么感觉。我试着向她解释。想想这辈子每一次感到害怕，真正害怕时的感觉。比如以为只有自己一人时，有人从背后偷偷潜近，大叫吓你；一群坏蛋围住你；梦中从高处落下，或站在陡峭悬崖的崖边；有人把你按进水里，你觉得已经没气了，拼命挣扎想浮出水面；车子失控，你叫不出声，眼睁睁地看着墙撞上你。然后把这些加在一起，这些叫人窒息的恐惧加在一起，同时去感受，时时刻刻、日复一日地去感受。然后想想你受过的每种疼痛，热油烫伤、玻璃碎片割伤、骨折、冬天时在粗糙的马路上跌倒而被碎石子擦伤、头痛、耳痛、牙痛。然后将这些疼痛，这些让鼠蹊部紧缩、胃部紧绷、失声尖叫的疼痛加在一起，同时去感受，一个小时又一个小时、日复一日地去感受。再想想你感受过的每种苦楚，想想心爱之人死去，想想被所爱之人拒绝，想想失败、丢脸、无法言喻的悔痛。然后把这些感觉，这些锥心刺骨的哀痛和不幸，加在一起，同时去感受，一个小时又一个小时、日复一日地去感受。这就是断然戒毒的感觉。不靠任何疗法，断然戒除海洛因，就像是被硬剥掉一层皮而活着。

毫无防备的心和缺乏天然脑内啡的大脑，一旦受到焦虑的攻击，人就会发疯。每个断然戒毒的吸毒者精神都会错乱。错乱来势汹汹，有些人承受不住而死去。而在那被剥了皮、饱受折磨的暂时精神错乱期间，人会犯罪。几年后，如果熬了过去，复原，一旦回想起自己的那些罪行，人会感到苦恼、困惑，会和禁不住折磨而出卖自己同胞、国家的人一样厌恶自己。

饱受毒瘾折磨整整两个日夜后，我知道自己撑不过去了。大部分的呕吐、腹泻已过去，但疼痛和焦虑日益严重，每分钟都在恶化。我的血液中有尖叫声，而在尖叫声底下，有股冷静而清晰的声音：你可以阻止这个……可以改变这个……你可以阻止这个……拿钱……去打一剂……就能阻止这疼痛……

纳吉尔的行军床，用竹子、椰子纤维制成的行军床摆在房间的另一个角落。我摇摇晃晃地走向它，那个高大结实的阿富汗人仍坐在垫子上，在门附近，眼睛直盯着我。我疼痛呻吟，一边打战，一边将行军床拖到更靠近可远眺大海的落地窗前。我抓起一床棉被单，开始用牙撕咬，咬出几个破洞，然后从破洞处猛力扯到底，扯下四条布。我把两条绣着图案的厚被子丢上行军床当垫被，动作狂暴，近乎慌乱，然后躺了上去。我拿起两根布条，将两只脚踝绑在行军床上，再用一根布条绑住左手腕，然后躺下，转头看着纳吉尔。我递出剩下的布条，用眼神请他帮我将另一只手绑在行军床上。我们俩头一次以同样坦率的目光互望。

他从地毯上起身，走过，眼睛直盯着我。他拿起我手里的布条，将我的右手腕绑在床架上。一声惊恐受困的大叫从我张开的嘴里发出，接着又是一声。我一口咬住舌头，咬破两侧的肉，直到血流出嘴唇。纳吉尔缓缓点头，从被单上又撕下一根厚布条，卷成螺旋形，放在我牙齿之间，把布条两端拉到我后脑勺打结绑住。我将这魔鬼的尾巴一口咬下，尖叫，转头看见自己的身影被绑在窗户的夜色里。一时之间，我成了莫德纳，等待，张望，用眼睛尖叫。

我被绑在床上两天两夜。纳吉尔一直守在旁边细心照顾我，片刻不离。每次我张开眼睛，都能感觉到他的粗手在我额头上，为我把汗水和眼泪拂去。每次痉挛突然来袭，让我的腿、手臂或胃部扭曲绞痛时，他都用温暖的手给我按摩，化掉纠结的疼痛。每次我咬着布条抽泣或尖叫时，他都会凝视我的眼睛，示意我忍耐，撑下去。我因为呕出东西而哽住，或因鼻子塞住而无法呼吸时，他就会拿下塞嘴的布条，而他个性刚强，知道我不想让别人听见我的尖叫声，因此我一点头，他就会再次塞上布条，迅速绑好。

接下来，我知道自己已达到了继续撑下去，或者干脆放弃的极限，这时我向纳吉尔点头、眨眼，然后他最后一次除下我的塞嘴布条。他陆续解开缠住我手腕、脚踝的布条。他端来用鸡肉、大麦和番茄熬制，只放盐而不加其他调味料的肉汤。那是我这辈子尝过的最丰富、最美味的东西。他一勺一勺地喂我喝。一个小时后，我喝完了那一小碗汤，他首次对我露出微笑，而那微笑就像夏雨过后洒在海岩上的阳光。

断然戒毒必须实行约两个星期，但头五天最难熬。只要能熬过头五天，只要能忍住毒瘾，熬到第六天早上，你就知道自己干净了，知道自己会成功。接下来的八到十天，你每过完一个小时都会觉得自己更健康、更强壮。痉挛渐渐消失，不再有作呕感，发烧和畏寒渐渐退去。一阵子之后，最难熬的就只剩失眠。夜里躺在床上辗转反侧，身子不舒服地扭来扭去，就是睡不着。断然戒毒的最后几个白天和漫漫长夜，我成了"站立巴巴"：整日整夜不坐不躺，直到体力透支，双腿支撑不住，我才终于睡着。

一觉醒来，戒断症过去，挨过海洛因瘾的致命噬咬，你就像任何劫后余生的人：茫然，带着永远磨灭不掉的伤口庆幸自己活了下来。

断然戒毒的第十二天，我首次开了几个挖苦的玩笑，纳吉尔由此判断我已经可以接受骑马训练。从第六天起，我开始跟着他走路，借此稍稍舒展身体，呼吸新鲜空气。我第一次走得很慢，步履蹒跚，只走了十五分钟就回到屋子里。到了第十二天，我已跟着他走完整个沙滩，希望累垮自己以便入睡。最后他带我去了哈德的马厩。那马厩是以停船棚屋改造而成，距沙滩一条街。厩里的马是训练来给初学者骑的，好在旅游旺季时载游客上下海滩。白色骟马和灰色母马，体形大而温驯。我们从哈德的马厩管理人那里牵来那两匹马，带到平坦而压实的沙滩上。

世上最诙谐的动物莫过于马。猫能让你显得笨手笨脚，狗能让你显得愚蠢，但只有马能让你既笨手笨脚又愚蠢。马只要轻轻挥一下马尾，或往你脚上随意一踩，就能让你知道它是故意这么做的。有些人一与马接触，就知道自己很能驾驭马，从而与马结下不解之缘。我不是那种人。我有个朋友很奇怪，天生和机器不对头，手表一戴上她的手腕就停，收音机她一靠近就收讯不良，复印机她一碰就出故障。我与马的关系就和这差不多。

那个粗壮的阿富汗人伸出双掌，要我踩着骑上骟马的马背。他点头要我爬上去，眨眼鼓励我。我一脚踩进他手里，跳上那匹白马。但我一坐上马背，这匹原本温驯且受过良好训练的马立即扬腿猛力一踢，把我甩了下来。我飞过纳吉尔肩膀，咚的一声落在沙地上。骟马朝着沙滩的另一头自顾自疾驰而去。纳吉尔目瞪口呆，望着它跑走。后来他拿来遮眼袋，罩住它的头，它才安静下来，回到我身边。

自那之后，纳吉尔不得不慢慢认识到，我将会是他所碰过最不会骑马的人。照理说那份失望应该会使他更看不起我，但事实上，那反倒激起截然相反的反应。接下来的几个星期，他变得关心我，甚至同情我。对纳吉尔而言，拿马没辙是男人的奇耻大辱，就像得了下不了床的病一样可怜。状况最好的时候，我可以在马背上待几分钟，双腿夹拍马腹，双手扯着缰绳，绕骑一圈。但即使在这时候，我的笨拙仍让他看得眼泪都快掉下来了。

但我没有退缩，每天练习。我要求自己做二十组俯卧撑，每组三十下，每组之间休息一分钟。我每天都做这么多俯卧撑，接着做五百下仰卧起坐，跑五公里路，在海里游四十分钟。如此每日锻炼了将近三个月，我变得结实又强壮。

纳吉尔希望我到崎岖不平的地方骑马，磨炼磨炼。于是在昌德拉·梅赫塔的安排下，我们到了"电影城"制片厂的牧场骑马区。许多剧情片里都有骑马场景。一组一组的马平时由居住在广大丘陵区的不同组的人照料，一有特技和动作场景就上场演出。这些马都受过非常精良的训练，但纳吉尔和我骑上分配给我们的褐色母马才两分钟，我的马就把我甩到一堆陶罐里。纳吉尔抓起我的马缰，坐在他的马鞍上，同情地摇头。

"嘿，精彩特技，yaar。"一名特技替身演员大喊着。有五名特技演员和我们一起骑，个个大笑。其中两人跳下马扶我起来。

摔了两次之后，我疲惫地再次爬上马鞍，就在这时，我听到一个熟悉的人声。我四处瞧，看见一群骑马者。骑在最前头的是个长得像埃米利亚诺·萨帕塔的牛仔，一顶黑帽靠帽带拉着，垂在颈后。

"我他妈就知道是你。"维克兰大喊道。他把马牵到我的马旁，亲切地跟我握手。他的同伴跟纳吉尔和特技演员一起骑马走开，留下我们两个人。

"你怎么会在这里？"

"这个鸟地方是我的，老哥！"他把双臂张得老大，"唉，也不全是。莉蒂以合伙人身份和莉萨一起买了一份。"

"我的莉萨？"

他扬起一边眉毛，神情惊讶。

"你的莉萨？"

"你知道我的意思。"

"没错，"他说，咧嘴大笑，"她和莉蒂，你知道的，她们一起经营那家演员经纪公司，你们几个创立的那家公司。她们经营得有声有色，老哥。她们做得很好，于是我也加入了。你的朋友昌德拉·梅赫塔告诉我，特技演员马厩有一份股可以认购。嘿，那自然是归我喽，不是吗？"

"噢，的确，维克兰。"

"于是我投资了点钱在那上头，现在我每个星期都来这里。我明天要在他妈的一部电影里当临时演员！过来看我拍戏，兄弟！"

"我很想去，"我说，跟着他大笑，"但我明天就要离开一阵子了。"

"你要离开？多久？"

"我不是很清楚。一个月，或许更久。"

"然后你会回来？"

"当然。记得把特技画面录下来，我回来后，我们好好乐一乐，看你如何在慢动作里被杀死。"

"哈！就这么说定了！来！一起骑，老哥！"

"不，不！"我大喊道，"我绝不要骑着这匹马跟你一起走，维克兰。你也看到了，我骑术那么差。我已经从这匹马上摔下来三次，能够骑着它走直线，我就偷笑了。"

"来嘛，林兄弟！我教你，我把帽子借你，它从没让人失望过，老哥。这可是顶幸运帽。你骑得不好，就是因为没戴帽子。"

"我……我想那顶帽子没这么神，兄弟。"

"这是顶他妈的魔法帽，老哥，真的！"

"你还没看过我骑。"

"你也还没戴上帽子。这帽子能摆平所有东西，而且你是白人。我无意冒犯你的白皮肤，yaar，但这些是印度马，老哥。它们就是需要从你那里看到一些印度作风，就是这样而已。用印地语跟它们讲话，跳点舞，然后你就会明了。"

"我想没用吧。"

"当然有用，老哥。来，下来，跟我一起跳舞。"

"什么？"

"来跟我一起跳舞。"

"我可不要跳舞给这些马看，维克兰。"我义正词严地说，极尽可能地把这句古怪的话说得既庄重又真诚。

"你一定要！你现在就下来，跟我一起跳个印度魔舞。得让那些马看到，你表面上是个正经八百的白人，内在其实是个很酷的印度浑蛋。我保证，那些马会爱上你，你会骑得像他妈的克林特·伊斯特伍德！"

"我可不想骑得像他妈的克林特·伊斯特伍德。"

"不，你想！"他大笑道，"每个人都想。"

"不，我不干。"

"快嘛。"

"门都没有。"

他下马，开始把我的靴子扳离马镫。我很恼火，下马，站在他旁边，面对那两匹马。

"像这样！"维克兰说，摇起屁股，跨出步子，跳起电影里的成套舞步。他开始唱歌，跟着拍子拍手。"来，yaar！多摆些印度东西进去，老哥。别总是他妈的欧洲作风。"

这世上有三样东西是印度男人无法抗拒的：美丽脸庞、动人歌曲、跳舞之邀。我跟着维克兰跳起舞，在我那疯狂的白人作风里，我其实非常印度化，否则，即使我再怎么不忍心看他一个人跳，也不可能应他之邀跳舞。我摇头，忍不住大笑，跟着跳起他那套舞步。他带着我跳，加进新舞步，直到我们俩连转身、走路、手势都完全一致为止。

那两匹马用马特有的神情看着我们，既有画眉鸟的胆怯，也有喷鼻息的倨傲。但我们还是在那起伏的丘陵里，绿草如茵的野地上，对着它们载歌载舞，头上的蓝天和沙漠里营火的烟一样干燥。

跳完舞，维克兰用印地语跟我的马讲话，任它呼哧呼哧地闻着他的黑帽。然后他把帽子递给我，要我戴上。我迅速往头上一戴，爬上马鞍。

幸亏这招还真的管用。马开始慢跑，慢慢加快为疾驰。这辈子第一次，也是唯一一次，我几乎像个骑师。前后一刻钟的时间，我感受到与这种豪迈动物一起放胆奔驰、合作无间的雀跃。维克兰骑马在前，我紧跟在后，奔向陡坡，翻越坡顶，急速俯冲，迎向打旋的风和零落的灌木。马蹄翻飞，我们轻松驰过数片更平坦的草地，然后纳吉尔和他的骑师快马奔来，与我们会合。有那么一会儿，那么片刻，我们达到了马所能教导我们的极致奔放和自由。

两个小时后，我们走上阶梯，进入沙滩上的那栋房子，我仍为驰骋的痛快而大笑，仍在跟纳吉尔讲个不停。我带着兴奋的微笑走进大门，见到卡拉站在那长形景观窗旁，凝望着大海。纳吉尔以粗哑的嗓音向她亲切地打招呼。一抹开朗的浅笑从他眉头延展至下巴，想躲在他阴沉的脸色底下。他从厨房抓起一瓶一升装的水、一个火柴盒、几张报纸，离开了屋子。

"他想让我们两人独处。"她说。

"我知道，他会在下面的沙滩上生火。他有时会这么做。"

我走向她，吻她。那是短暂而近乎害羞的一吻，但我满怀的爱意尽在其中。嘴唇分开时，我们紧抱在一起，望向大海。片刻之后，我们见到纳吉尔在海滩上捡拾漂流木和干废料，准备生火。他把揉成一团的报纸塞进细枝与枯枝之间，点火，坐在火边，面朝大海。他不冷，在这炎热的夜晚，有温热的海风吹拂。夜色乘波御浪，越过落日。他点起火让我们知道他仍在附近，在海滩上，让我们知道我们仍不受打扰。

"我喜欢纳吉尔，"她说，头贴着我的喉咙和胸膛，"他很和善，很好心。"

没错。我也体会到了这一点。透过惨痛的经验，我终于发现这点。但她跟他只有数面之缘，怎么会知道？在那段逃亡的岁月中，我犯了许多天大的错，其中之一就是对别人的好浑然不觉：我总要等到对别人的亏欠多到我无法回报时，才会察觉到那人有多好。卡拉之类的人，眼睛一瞥就能看见别人的好，而我凝视再凝视，却多半只看到了怒容或怨恨的眼神。

我们看着下面越来越暗的海滩，看着纳吉尔直挺挺地坐在他生起的小火堆旁边。在我身子仍虚弱而倚赖他在旁扶持时，我在许多小地方胜过他，语言是其中之一。我学他的语言快过他学我的语言。我的乌尔都语说得颇溜，因而大部分时间里，他不得不用乌尔都语和我交谈。他试着说英语，但说出来的是截头去尾、破碎的粗劣对句，词汇不多，语意不明，措辞生硬而磕磕巴巴。我不时嘲笑他的烂英语，夸大我困惑不解的表情，要求他再讲一遍，致使他结结巴巴说了一句又一句叫人摸不着头脑的话，最后惹得他火大，用乌尔都语、普什图语骂我，然后闭嘴不再讲。

但事实上，他那口截头去尾的不完全英语向来说得很流利，且往往如诗一般抑扬顿挫。没错，他的句子有所删节，但那是因为肤浅的糟粕都已被砍掉，剩下的是他自己纯正的、精确的语言，胜过口号而未达谚语之境的语言。最后，在不知不觉中，在他不知情的情况下，我开始复述他说过的某些话。有一次，他在给他的灰色母马梳理毛发时对我说，马全都好，人全都不好。那之后的几年里，每当我碰上残酷、诈伪和其他自私行径，特别是我本身的自私行径时，我就会不自觉地念起纳吉尔的这句话——"马全都好，人全都不好。"而在那个晚上，我紧抱着卡拉一起看着纳吉尔所生的火在沙滩上舞动时，我想起他常说的另一句英语："没有爱，没有生命。没有爱，没有生命。"

我抱着卡拉，仿佛抱着她能治愈我，直到夜色点亮窗外天空上最后一颗星星，我们才开始做爱。她的双手落在我的肌肤上，像是吻。我的双唇吻开她蜷缩的心叶。她轻声细语地引导我，我以呼应自己需求的言语一拍拍地跟她讲话。激情将我们结合在一起，我们尽情投入肌肤的碰触，品尝彼此，陶醉在充满香气的声音中。玻璃上映着我们鲜明的轮廓、透明的影像——我的影像叠上沙滩的火，她的影像叠上星星。最后，我和她的清晰倒影融化，结合，成为一体。很美妙，非常非常美妙，但她从未说她爱我。

"我爱你。"我抵着她的嘴唇低声说。

"我知道你爱我。"她答道，带着回报和同情的意味，"我知道你爱我。"

"我其实可以不跑那一趟，你知道吗？"

"那你为什么还要去？"

"我也不清楚。我觉得……要忠于他，忠于哈德拜，而且我在某方面仍亏欠他。但不只是如此。那……你有没有过这种感觉，不管是对什么东西，你觉得自己是某种前奏曲之类的，好像自己所做的每件事都是在引领你走到目前这个点，而你，不知为何，就是知道自己有一天会到达那个点。我解释得不是很清楚，但……"

"我懂你的意思，"她立即打断我的话，"没错，我曾有那样的感觉。我曾经做过一件事，让我觉得在一瞬间就过了一辈子，即使我的人生还有许多日子可活。"

"什么事？"

"我们是在谈你，"她纠正我，避开我的目光，"谈你可以不必去阿富汗的事。"

"哦，"我微笑着说，"就像我说的，我可以不必去的。"

"那就不要去。"她冷漠地说，转头看向夜色和大海。

"你希望我留下？"

"我希望你平安无事，还有……我希望你自由。"

"我不是那个意思。"

"我知道不是。"她叹了口气。

她的身体贴着我，我感觉到她的身体不安地动了一下，表示她想移动。我没动。

"我会留下，"我轻声说，克制住激动，心知那是个错误，"如果你告诉我你爱我的话。"

她闭上嘴巴，把嘴唇紧抿得像道白疤。我感觉她正一点一滴慢慢收回她不久前给我的她的身体。

"你为什么要这么做？"她问。

我不知道为什么。或许是因为过去几个月我挨过了断然戒毒，因为自觉已赢得新生。或许是因为死，普拉巴克的死，阿布杜拉的死，我隐隐担心在阿富汗会躲不过的死。不管是什么理由，那都是愚蠢、毫无意义，甚至是残酷的，而我无法克制自己不那么想。

"如果你说爱我。"我再次说。

"我不爱。"她终于低喃道。我用指尖按住她的嘴，想阻止她，但她转头面对我，说得更清楚而有力："我不爱，不能爱，不愿爱。"

纳吉尔从沙滩上走回来了。他咳了咳，大声清嗓子，好让我们知道他就要到了。他进屋时，我们已经洗过澡，穿上衣服。他的目光从我身上移到她身上，再回到我身上，脸上始终带着微笑，难得的微笑。但我们眼中冷冷的忧伤使他脸上往下弯的曲线变成失望的圆形，他别过头去。

在那个漫长而孤单的夜里，我们看着她搭出租车离去，然后奔赴哈德的战场。纳吉尔的目光终于与我相遇时，他点了点头，缓慢而严肃地点头。我望着他好一会儿，接着换我别过头去。我不想面对那既哀痛又雀跃的古怪复杂表情，我在他眼里见到的表情，因为我知道那在告诉我什么。卡拉是走了，但那一晚我们所失去的，乃是整个爱与美的世界。投身哈德的战争大业，我们得把那世界全抛开。而另一个世界，那个一度天宽地阔任我们遨游的世界，则一个小时又一个小时地逐渐萎缩，最后化为子弹般大小，在血红中戛然而止。

第三十一章

天还没亮，纳吉尔就叫醒我，黎明第一道惺忪的阳光射进渐渐退去的夜色里，我们走出门。到了机场，下了出租车，我们看到哈德拜和哈雷德站在国内线航站大厦的入口附近，但我们没跟他们打招呼。哈德已安排好复杂的行程，会把我们从孟买送到巴基斯坦境内靠近阿富汗边界的奎达，途中我们会换四种交通工具。他指示我们时时刻刻要表现得像独行的旅人，而这样的旅人，绝不该向别人打招呼。我们要与他一同跨越三国边界，进行一二十项不法活动；要与他一同介入战争，介入阿富汗自由穆斯林游击战士与强大的苏联之间的战争。他打算完成他的使命，但也有失败的心理准备。他已打点妥当，我们之中若有人在任何阶段遇害或被俘，绝不会让人循线摸回孟买。

那是趟漫漫长路，在缄默之中展开。纳吉尔一如既往恪守哈德拜的指示，从孟买到卡拉奇的第一段行程中一言不发。但当我们各自住进昌德尼饭店的房间后，过了一个小时，我听到轻轻的敲门声。门开不到一半，他就闪身进来，身子往后一顶，关上门。他十分激动，眼睛睁得老大，神色焦虑，近乎狂躁。他表现出来的害怕使我不安，又有些厌恶，我伸手搭在他一边的肩膀上。

"放轻松，纳吉尔。瞧你一副紧张兮兮的模样，这让我很不安，兄弟。"

尽管他不完全理解这些话，但还是看出了我微笑背后的傲慢。他紧咬牙关，露出莫名的决心，皱起眉头，狠狠地看着我。这时我们已是朋友，纳吉尔和我。他已向我敞开心胸。但对他而言，友谊表现在为朋友所做、所忍受的事情上，而不是在朋友共享、喜爱的东西上。面对他的认真严肃，我几乎都是回以戏谑和不在意，因而使他感到不解，甚至难过。讽刺的是，我们其实是差不多阴郁、严肃的人，但他的阴郁、严肃太过鲜明，鲜明到让我把自己从严肃中唤醒，激起我恶作剧的念头，并做出挖苦他的幼稚举动。

"俄罗斯人……每个地方。"他说得很轻，但鼻息粗重，显得很激动，"俄罗斯人……什么都知道……知道每个人……花钱查探所有动静。"

"苏联间谍？"我问，"在卡拉奇……"

"在巴基斯坦的每个地方。"他点头，侧头往地板上啐了一口唾沫。我不清楚这动作是表示不屑，还是祈求好运。"太危险了！不要跟任何人讲话！你去……法鲁达馆……博赫里市集……今天……saade char baje。"

"四点半，"我重复道，"你要我在四点半到博赫里市集的法鲁达馆，跟某人见面？是不是这样？你要我跟谁见面？"

他露出淡淡的苦笑，然后打开门，迅速瞥一眼走廊，随即闪到门外，就像他进来时那般迅速、无声。我看手表，一点钟。我还有三个小时可消磨。先前为了走私护照，埃杜尔·迦尼给了我一条他独创的藏钱带。那带子以坚韧、防水的乙烯基塑料制成，比一般藏钱带宽了几倍，贴着肚子缠在腰上，最多可放十本护照和大笔现金。到卡拉奇的第一天，那带子里装了四本我的护照。第一本是英国护照，用来购买机票、火车票，还有应付住房登记；第二本是全新的美国护照，哈德拜要我用它进入阿富汗执行任务；另外两本是瑞士、加拿大护照，以防万一用得上。里头还有一万美元的应急现金，也是我接下这趟危险任务的部分酬金。我把这条厚厚的藏钱带系在腰上，用衬衫盖住，将弹簧小折刀插进裤子后面的刀鞘，出门去熟悉这城市。

天气炎热，比平常暖和的十一月天还热，不合时节的一场小雨使街上冒出蒸腾的热气，眼前一片雾蒙蒙。那时候卡拉奇是个紧绷而危险的城市。尽管情势如此紧绷，也正因为这样，卡拉奇才成为做生意的好地方。来自不下五十个国家的外国人涌入卡拉奇的咖啡馆和饭店，个个怀着犯罪、冒险之心。

在某种意义上，我和他们是同类，和他们一样前来劫掠，和他们一样要从阿富汗的战争中牟利。但与他们为伍教我不舒服。三个小时里，我从某餐厅来到某饭店，再换到某茶馆，坐在想大发横财的成群外国人附近或当中。他们的谈话围着自己的利害打转，令人心寒。其中大部分人开心地推断，阿富汗战争还有好些年才会结束。

他们谈到"经济作物"——违禁品和黑市商品的暗语。在巴基斯坦、阿富汗的整条边界上，这类货物需求很大。香烟，特别是混合烟丝的美国烟，在开伯尔山口的卖价比已然高涨的卡拉奇烟高了十五倍。各种药物的贩卖利润也逐月递增，冬衣奇货可居。有个胆子很大的德国盗匪从慕尼黑开了一辆奔驰卡车来到白沙瓦，车上载满了德国陆军多出来的高山制服，还搭配着整套保暖内衣裤。他卖掉了那批货，包括那辆卡车，获利四倍。买家是个受西方诸强权和机构（包括美国中情局）支持的阿富汗军阀。那批厚重的冬衣从德国经奥地利、匈牙利、罗马尼亚、保加利亚、土耳其、伊朗，千里迢迢运到巴基斯坦，最后却没发给在冰天雪地的阿富汗山区作战的穆斯林游击战士，反倒存放在那位军阀位于白沙瓦的仓库里，打算等战争结束后再使用。这个叛教徒和他的小股部队待在安全要塞里保存实力，盘算着别的部队击退苏联军队之后再出动部队夺权，坐收战争的果实。

这个军阀有中情局注入大笔资金，又不惜高价买进物资，对卡拉奇的外籍机会主义者而言，代表了一个新商机。得知这个新商机后，他们个个摩拳擦掌，想进场大赚投机钱。那个下午，关于那个大胆的德国人和他那一卡车高山制服的故事，我就听到了大同小异的三个版本。那些外国人给一批批罐头食品、一包包拉绒羊毛、一货柜又一货柜的引擎零件、整仓库满满的二手酒精炉、一批批从刺刀到榴弹发射器的各式武器寻找买家，敲定买卖后，就在自己的圈子里转述这故事，就像着了魔，近乎对淘金的狂热。每个地方，每个聊天场合，我都听到那恶毒而令人愤慨的话，如口头禅般挂在每张嘴上的话：只要这战争再打上一年，我们肯定会发大财……

我苦恼、沮丧，很想大叫发泄，便走进博赫里市集的法鲁达馆，点了一杯颜色鲜艳的甜饮，名字就叫法鲁达甜饮。这饮料甜得叫人发腻，由白面条、牛奶、玫瑰花香料和其他几种糖浆调制而成。孟买董里区哈德拜家附近的费尔尼馆同样以美味的法鲁达饮品而闻名，但比起卡拉奇法鲁达馆供应的这款著名甜饮就逊色多了。有人把高高一杯透着粉红、红、白颜色的甜奶端到我右手旁，我以为那是侍者，抬起头想致谢，结果发现是哈雷德·安萨里，他端着两杯饮料。

"看起来你似乎需要比这还烈的东西，老哥。"他说，面带微笑，浅浅而哀伤的微笑，然后在我旁边坐下，"怎么回事？出了什么问题吗？"

"没事。"我叹口气，回以微笑。

"别这样，"他坚持，"说来听听。"

我望着他那坦率、没有心机的带疤脸庞，顿时想起哈雷德了解我更胜于我了解他。我在想，如果我们两人角色互换，换成他如此心事重重地进入法鲁达馆，我会注意、明白他碰上了多大的麻烦吗？大概不会。哈雷德常常一脸阴郁，我大概不会特别注意到他的心烦。

"唉，只是小小地反省自己而已。我出外查看了一番，到你告诉我的部分茶馆、餐厅，到黑市贩子和雇佣兵常出没的某些地方，了解了一下。结果很让我沮丧。这里有许多人希望这场战争永远打下去，根本不在乎谁会丢掉性命或谁在杀人。"

"他们在赚钱，"他耸耸肩，"那不是他们的战争。我本来就不期待他们关心。现实就是如此。"

"我知道，我知道，不是钱的问题。"我皱起眉头，寻找合适的语句，而非寻找教我说出那些语句的情绪，"只是，如果你想界定什么是病态、真正病态的人，你做出的事可能比那些希望战争打得更久的人还糟糕。"

"而……你觉得……简直就是同流合污……简直就和他们一样？"哈雷德轻声问道，低头望进他的杯子。

"或许是，我不知道。你知道的，如果我在别的地方听到别人这样说，我连想都不愿意想。我如果不在场，如果不是自己正在做同样的事，我不会心烦。"

"并不完全一样。"

"是完全一样，差不多一样。哈德付钱给我，所以我和他们一样在发战争财，而且我把新东西偷偷带进一场狗屁战争里，这一点和他们没啥两样。"

"而你或许已开始问自己到底在这里干什么？"

"那也是。如果我告诉你我还是一头雾水，你相信吗？老实说，我不知道自己为什么要接这任务。哈德要我当他的美国人，我照办，但我不知道为什么要这样。"

我们沉默片刻，在生意兴隆的法鲁达馆里各自啜饮冷饮，聆听周遭的喧哗声和叽叽喳喳的谈话声。有台手提大收音机正在播放乌尔都语的浪漫情歌。我听到附近顾客的交谈，用到三或四种语言。我听不懂他们在讲什么，甚至也无法听出他们在用哪种语言交谈：俾路支语、乌兹别克语、塔吉克语、法尔西语……

"好吃！"哈雷德说着用长匙从杯里舀起面条，放进嘴巴。

"对我来说太甜了。"我回应他，但还是喝了这饮料。

"有些东西本来就应该太甜。"他答道，边吸吸管边向我眨了下眼，

"法鲁达如果不是太甜，我们就不会喝了。"

我们喝完饮料，走进傍晚的阳光，在门外停下来点烟。

"我们分头走。"哈雷德划了根火柴，用手护住，让我点烟，同时小声说道，"沿着那条路，往南一直走，几分钟后我会赶上。别说再见。"

他转身走开，走到马路边缘，走进人行道与汽车之间行色匆匆的人潮里。

我转身朝反方向走去。几分钟后，在市集边缘，一辆出租车急驶到我的身边停下。车后门打开，我跳进去，坐在哈雷德旁边。副驾驶座坐着一名男子，三十出头，深褐色短发从高而宽的额头往后梳。深凹的眼睛是暗褐色，暗到近似黑色，直到直射的阳光穿过他的虹膜，才让人看出眼眶里转动的土褐色。他的眼睛直视前方，透着睿智，两道黑眉几乎要在中央相接。鼻子挺直，往下是短短的上唇、坚定刚毅的嘴、浑圆的下巴。那人显然那天刮了胡子，而且大概是不久前刮的，下巴上有着整齐分明的蓝黑色胡楂轮廓，让脸的下半部看起来很暗。那是张方正、对称、坚定的脸，在坚毅上，乃至比例上，都令人激赏，甚至每个突出的部位都令人激赏。

"这位是艾哈迈德·札德，"出租车驶离时，哈雷德介绍道，"艾哈迈德，这位是林。"

我们握手，以同样的坦率和亲切相互打量。要不是那个奇特的表情——眼睛眯成一条缝，脸颊浮现出微笑的线条——他那张坚毅的脸大概会叫人觉得严厉不可亲近。只要是处于专注、戒备的情况下，艾哈迈德·札德总会露出那种好像在一群陌生人里寻找朋友的表情。那是叫人卸下心防的表情，教我立刻就有好感的表情。

"我听说过许多你的事。"他说，放开我的手，把手臂靠在出租车的前座上。他的英语说得不流利但很清晰，腔调是混合了法语、阿拉伯语的动听的北非腔。

"我想不全是好事。"我大笑道。

"你比较喜欢别人说你坏话？"

"我不知道。我朋友狄迪耶说，在背后赞美人很不可取，因为你无法为自己辩解的事，就是别人对你的赞美。"

"D'accord（没错）!"艾哈迈德大笑，"正是！"

"嘿，说到这儿我倒想起来了。"哈雷德插话，手在几个口袋里翻找，最后找出一个折起的信封。

"我差点忘了，我们离开前的那晚，我遇见了狄迪耶。他在找你。我不能告诉他你在哪里，所以他要我转交这封信给你。"

我收下折起的信封，迅速塞入衬衫口袋，打算独处时再看。

"谢了。"我低声道，"怎么样？我们要去哪里？"

"去一座清真寺。"哈雷德答，带着那哀伤的浅笑，"我们要先去接个朋友，然后去见哈德和其他一些跟我们一起越过边界的人。"

"会有多少人一起越过边界？"

"我想是三十个人左右，等我们全部到齐的时候。他们大部分都已经在奎达，或边界附近的查曼。我们明天走，你、我、哈德拜、纳吉尔、艾哈迈德，还有一个人，马赫穆德。他是我朋友，我想你不认识他，几分钟后你会见到他。"

"我们是小型联合国，non？"艾哈迈德问，语气里已表示了肯定的答案，"阿布德尔·哈德汗来自阿富汗，哈雷德来自巴勒斯坦，马赫穆德来自伊朗，你来自新西兰，噢，对不起，你现在是我们的美国人，而我来自阿尔及利亚。"

"不只，"哈雷德补充道，"我们有个人来自摩洛哥，有个人来自波斯湾，有个人来自突尼斯，两个人来自巴基斯坦，一个人来自伊拉克。其他全是阿富汗人，但是来自阿富汗的不同地区，各属不同的少数民族。"

"Jihad（圣战）。"艾哈迈德说，他脸上的笑容严肃，几乎叫人害怕，"圣战，这是我们的神圣义务，抵抗俄国入侵者，解放穆斯林土地。"

"别让他说个没完，林。"哈雷德皱了皱眉，"艾哈迈德是个共产主义者，接下来他会用列宁痛击你。"

"你不觉得有点……违背个人原则？"我问，冒着触怒他的风险，"去对抗社会主义军队？"

"什么社会主义者？"他反驳道，眯起眼睛，更为火大，"什么共产主义者？请别误解我，苏联人在阿富汗也做了一些好事——"

"在这点上没错，"哈雷德打断他的话，"他们建造了一些桥梁、所有干道、一些学校和大学。"

"还有用来供应淡水的水坝、发电站——所有好事。他们做这些事来帮助阿富汗时，我支持他们。但他们入侵阿富汗，用武力改变这国家时，就抛弃了他们坚信的所有原则。他们不是真正的马克思主义者，不是真正的列宁信徒。苏联人是帝国主义者，我代表马克思、列宁和他们作战——"

"还有安拉。"哈雷德咧嘴而笑。

"对，还有安拉。"艾哈迈德也认同，露出白齿对我们微笑，用手掌拍打椅背。

"他们为什么要入侵？"我问他。

"这个问题哈雷德可以解释得更清楚。"他答，推了推这位打过几场战争的巴勒斯坦老兵出来代答。

"阿富汗很有价值，"哈雷德开口道，"虽然它没有庞大的石油矿藏、黄金或其他引人觊觎的东西，但仍然很有价值。苏联人要它，因为它与苏联接壤。他们曾试图通过外交手段，通过整套援助方案、纾困计划和所有类似行动，掌控阿富汗，然后扶植自己人在那里掌权，架空政府。因为冷战和刻意营造危急局势的边缘政策让美国人非常不满，他们转而支持那些对苏联傀儡不认同的人，就是伊斯兰宗教学者之类的，来推翻亲苏势力。那些留着长胡子的人无法忍受苏联人改变他们的国家——让女人外出工作、上大学、不穿罩住全身的长袍在外头四处晃荡。美国人主动表示愿意给他们枪支、炸弹、钱，让他们拿去攻击苏联人，他们欣然接受。一阵子之后，苏联人决定撕开伪装，派兵入侵。于是战争爆发。"

因为那些军方将领的关系，巴基斯坦站在美国这一边，美国也帮他们。美国人如今在巴基斯坦各地的伊斯兰神学院，即马德拉沙训练人，训练战士，那些战士叫塔里布。我们打赢这场战争后，他们会进入阿富汗。我们会打赢这场战争，林。但下一场战争，我不知道……"

我转头朝向窗子，那两个男子像是把这当作信号，开始用阿拉伯语讲话。我聆听那流畅迅疾的音节，让思绪随着那发出哳哳声的美妙音乐流动。窗外，街头变得乱起来，建筑也变得更加破旧脏乱。用泥砖、砂岩建成的房子有许多是平房，明显住了一家人，但房子似乎还没盖完——才勉强盖成空壳子，就有人住进去，充当栖身之所。

我们穿过一个又一个杂乱且仓促兴建的郊区。为了安置大量往卡拉奇迁移的乡村居民，郊外住宅区在这座急速扩张的城市里陆续冒出。往大马路两边的街巷望去，可以看到同样简陋的房子，彼此大同小异的房子，一直绵延到视力所及的尽头。

我们缓缓驶过一条又一条拥挤的街道，有时街上挤得水泄不通，如此过了将近一个小时后，车子停下来接另一个男子，那人与我们合挤在后座。然后，出租车司机按照哈雷德的指示掉头，循着拥挤的来时路回去。

这名新乘客叫马赫穆德·梅尔巴夫，三十岁的伊朗人。第一次瞥见他的脸——黑浓头发、高颧骨、如血红夕阳下沙丘颜色的眼珠，我就深深忆起死去的朋友阿布杜拉，身体不由得痛得缩了一下。但过了好一会儿，那相似就消失了：马赫穆德的眼睛有些外突，嘴唇没那么厚，下巴是尖的，好像是设计来留山羊胡的。事实上，那是一张和阿布杜拉完全不同的脸。

但就在阿布杜拉·塔赫里的影像清楚浮现在脑海，因想念他而心痛之时，我突然意识到，我为何跟着哈雷德等人千里迢迢投入别人的战争。我甘愿冒着生命危险接下哈德的任务，很重要的一个原因是我心中仍未消去的愧疚，愧疚于让阿布杜拉在乱枪之中孤单死去。我要把自己放进最接近的情境，让自己陷入敌人的枪林弹雨。一想到这里，一将那未说出口的话——一心求死——涂在自己灰扑扑的心墙上，我立即将之摒除，全身上下一阵颤抖。打从同意为阿布德尔·哈德汗执行这项任务的几个月来，我首次感到害怕。当下，我知道自己的性命无异于我紧握在拳头里的沙子。

在与图巴清真寺相隔一条街的地方，我们下了车，排成一列，彼此相隔二十米，陆续抵达清真寺，脱下鞋子。一名上了年纪的哈吉负责看鞋子，嘴里轻声念着赞颂真主的词句。哈雷德把一张折起的纸钞塞进那人长茧又患有关节炎的手里。我走进清真寺，抬头一望，倒抽了一口气，又惊又喜。

清真寺里面很凉爽，一尘不染。大理石和石砖片在有凹槽的柱子、饰有镶嵌画的券拱与大片的拼花地板上闪闪发亮。但凌驾在这一切之上，叫我们目眩神迷的，是巨大的白色大理石圆顶。那壮观的圆顶有一百步宽，镶有擦得发亮的小镜子。我站在那里，因它的美而目瞪口呆。就在这时，清真寺里头的电灯打开了，头顶上的大理石圆顶像照在万千山头和波光粼粼湖面上的阳光闪闪发亮。

哈雷德立刻离去，但保证会尽快回来。艾哈迈德、马赫穆德和我走进可看到圆顶的凹室里，在擦得发亮的瓷砖地板上坐下。日落祈祷已结束了一段时间，坐出租车时，我已听到宣礼员召唤信徒礼拜的声音，但清真寺各处仍有许多男子在专注地做个人祷告。艾哈迈德确认我觉得自在之后，表示要利用这机会祷告一下。他欠身告辞，走到净身泉边，遵照仪式洗过脸、手、脚，回到圆顶下面的一小块空地，开始祈祷。

我望着他，对他与真主沟通时的安然自在感到些许嫉妒。我没想加入他，但他默念的真诚不知为何让我孤单无依的心更觉落寞。

他祈祷完毕，开始往回走，就在这时，哈雷德回来了，一脸苦恼。我们紧挨着坐在一块，彼此的头几乎要相碰。

"我们有麻烦了，"他悄声说，"警察去过你的饭店。"

"警察？"

"政治警察，"哈雷德答道，"ISI，三军情报局。"

"他们想要什么？"我问。

"你，还有我们所有人，我们已经被盯上了。他们也突袭了哈德的房子，你们两个很走运。他不在屋子里，没让他们逮到。你离开饭店时带了什么在身上？把什么留在了那里？"

"我带了护照、钱和小刀。"我答道。

艾哈迈德对我咧嘴而笑。

"你知道吗，我开始喜欢你了。"他悄声说。

"我把其他东西全留在那里了，"我继续说，"不多。衣服、盥洗用品、几本书，就这样。但票，我买的机票和火车票，都留在随身包里。那是唯一有名字的东西，我很确定。"

"警察破门而入的一分钟前，纳吉尔拿着你的随身包离开那里了。"哈雷德说，并朝我点头，要我放心，"但他只来得及拿走那包东西。经理是我们的人，他暗中向纳吉尔报信。最严重的问题是，谁把我们的行踪告诉了警察。必定是哈德身边的人，非常靠近核心的自己人。这很糟。"

"我不懂，"我悄声说，"警察为什么会对我们有兴趣？巴基斯坦在这场战争中支持阿富汗，照理他们应该希望我们走私东西给穆斯林游击战士，应该会帮我们这么做。"

"他们帮某些阿富汗人，但不是所有阿富汗人。我们准备要接济的那些人，靠近坎大哈的那些人，是马苏德的人。巴基斯坦讨厌他们，因为他们不接受希克马蒂亚尔或其他任何亲巴基斯坦的反抗军领袖。巴基斯坦和美国已选了希克马蒂亚尔，要他当阿富汗战后的首位统治者。但马苏德的人一听到他名字就吐口水。"

"这是场可笑的战争，"马赫穆德以粗哑的嗓音悄声补充道，"阿富汗人互相打来打去，打了这么久，打了几千年。只有一件事比自相残杀更好，就是抵抗……你们怎么说来着……入侵。他们肯定会打败苏联人，但他们也会继续打下去。"

"巴基斯坦人希望在阿富汗人打赢这场战争之后，由他们来赢得和平。"艾哈迈德接话道，"不管是谁替他们打赢这场战争，他们希望战后由他们掌控和平局势。如果他们办得到，他们会把我们所有的武器、药物、其他补给品全拿走，交给他们自己的……"

"代理人。"哈雷德小声说，压低的嗓音里突然跳出纽约腔，"嘿，你们听到了吗？"

我们聚精会神地聆听，听到清真寺外某处传来歌声和音乐声。

"他们开始了。"哈雷德说，利落地站起身，"该走了。"

我们起身，跟着他走出清真寺，取回鞋子。天色越来越暗，我们绕着清真寺走，走近歌声的源头。

"我……我听过这歌声。"我们边走，我边向哈雷德说。

"你知道盲人歌手？"他问，"啊，你当然知道。在孟买，他们唱给我们听时，你和阿布德尔·哈德在场。那是我第一次见到你。"

"那一晚你在场？"

"对，我们都在。艾哈迈德、马赫穆德，你还没见过的悉迪奇，还有一些要跟我们一起跑这趟的人，那一晚全都在场。那是为这个前往阿富汗的任务所举行的第一场大型聚会。那是那时候我们聚在一块的原因，那是那场聚会的目的。你不知道？"

他边问边笑，口气率直真诚，一如既往，但那几个字仍刺痛我的心。你不知道？你不知道？

原来在那么久以前哈德就在计划这趟行程，我心想，在我遇见他的第一个晚上。我清清楚楚地想起那个烟气缭绕的大房间，盲人歌手为他们私人献唱的那个房间；我想起我们吃的东西，我们吸的大麻胶；我想起那一晚我认出的少数几张熟悉的面孔。他们全参与了这项任务？我想起那个毕恭毕敬向哈德拜致意的年轻阿富汗人，身子弯低，露出他放在披巾折层里的手枪。

哈雷德和我看见数百名男子盘腿坐在清真寺旁开阔前庭的瓷砖地板上。盲人歌手唱完一首歌，众人鼓掌，大叫："安拉！安拉！荣耀归安拉！"哈雷德带我们穿过人群，来到一个稍显隐蔽的凹室，哈德和纳吉尔几个人都坐在那里。

我与哈德拜眼神相遇时，哈德拜举起手，示意我过去。我走到他旁边时，他抓住我的手，拉我坐在他旁边。一些人转头看我们。我忐忑不安，两种截然相反的情绪在心中翻腾。一则害怕，害怕自己和哈德汗的密切交情如此公然呈现；二则骄傲，骄傲于他在众人之中单独把我拉到他身旁坐下。

"命运轮盘已转了整整一圈。"他把手搭在我的上臂，附耳悄声对我说，"我们相见，你和我和盲人歌手，如今我们再度听到他们的歌声，就在我们要开始这项重要任务之时。"

他在解读我的心思，不知为什么，我断定他是刻意的，我认为他肯定完全了解他的话有多么蛊惑人心。我突然很生他的气，突然痛恨他，甚至痛恨他的手碰着我的手臂。

"你安排盲人歌手到这里？"我问他，直视前方，口气很尖锐，"就像我们第一次见面时，你安排好一切那样？"

他不吭声，最后我转头面对他。我与他目光相遇时，感觉到不由自主流出的眼泪刺痛了我。我咬紧牙关，不让眼泪流出。这么做很有用，我灼痛的眼睛保持着干燥，但我的心一团混乱。这个有着肉桂褐肤色和整齐白胡子的男子，利用、操控我和他认识的每个人，把我们都当成他上了锁链的奴隶。但他金黄色的眼睛里有着爱，有着我内心最深处始终渴望的那份完整的爱。他浅浅微笑而深深忧心的眼里的那份爱，是父爱，是我这辈子唯一感受到的父爱。

"从现在起，你跟我们一起，"他悄声说，盯着我的眼睛，"你不能回饭店。警方已经掌握了你的形貌，他们会继续找。这是我的错，我得向你道歉。我们身边有人出卖了我们。我们没被抓，是我们运气好，他运气不好。他会受到惩罚。他的失手使他露出马脚。我们已经知道他是谁，知道该怎么处置他，但得等我们完成任务回来后再处理。明天我们去奎达，我们得留在那里一段时间。等时机成熟，我们就跨过边境进入阿富汗。而从那一天起，只要待在阿富汗，你就会是被悬赏缉拿的对象。苏联人以高额赏金鼓励人捉拿协助穆斯林游击战士的外国人。我们在巴基斯坦这里没什么朋友，我想我们得给你弄来一些本地衣服。我们会把你打扮成我村子里的年轻男子，像我这样的普什图人。就用顶帽子盖住你的白发，用条帕图，也就是披巾，披在你宽厚的肩膀和胸膛上。我们会要你假扮成，或许，我的蓝眼儿子。你觉得怎么样？"

我觉得怎么样？盲人歌手在大声清嗓子，乐队以簧风琴如泣如诉的琴声和塔布拉鼓令人热血偾张的鼓声，奏出新歌的前奏。我望着鼓手修长的手指拍击、轻抚震颤的鼓面，觉得自己的脑子跟着那催眠似的拍击声和流泻出来的乐音渐渐空掉。在澳大利亚，我的国家政府悬赏捉拿我，凡通报我的行踪使我被捕的人都可领到奖赏；在这里，跨过大半个地球，我又成为被悬赏捉拿的对象。盲人歌手的大悲与狂喜再度打动听众的心坎，群众的眼睛再度燃起出神的热情，我则再度感叹命运的捉弄，觉得自己，自己的一生，都跟着命运之轮在打转。

然后我想起口袋里的那封信，两个小时前哈雷德在出租车里交给我的狄迪耶的信。我深陷在人生无常、历史会自行重演的迷信心情中，突然急着想知道信中的内容。我从口袋里迅速抽出信，就着顶上高处灯泡射下的琥珀色灯光，凑在眼前细读。

亲爱的林：

　　我要告诉你，我的好朋友，我已查出是谁，是哪个女人，向警察出卖你，害你入狱，被打得那么惨。那真是惨！直到现在我仍为你难过！唉，干这档子事的女人是周夫人，"皇宫"的老板。目前我还不知道她为什么要这么做，但即使不清楚她为什么要把你害得这么惨，根据最可靠的消息来源，我还是要告诉你，这是真的。

　　期盼早日收到你的回音。

你的好朋友

狄迪耶

　　周夫人。为什么？就在我如此自问时，我知道了答案。我猛然想起一张带着莫名恨意盯着我的脸。那是周夫人的阉仆拉姜的脸。我想起淹大水的那一天，我们搭着维诺德的船将卡拉救出泰姬玛哈饭店时，我见到他盯着我瞧。我想起他看着我和卡拉，看着我坐襄图的出租车离去时，他眼中恶毒的恨意。就在那晚、夜更深的时候，警察逮捕了我，我的监狱折磨生涯开始了。周夫人惩罚了我，因为我挑战她，因为我大胆质疑她，因为我伪装成美国领事馆官员，因为我把她的莉萨·卡特带走，还有，或许因为我爱卡拉。

　　我把信撕碎，放回口袋。我很平静，恐惧已消失。在卡拉奇那漫长的一天结束时，我知道自己为何投入哈德的战争，知道自己为何愿意回来。我去，是因为我渴望得到哈德拜的爱，得到从他眼中所流出的爱，那能填满我生命中缺乏父爱的遗憾。当其他许多爱陆续消失，我的家人、我的朋友——普拉巴克、阿布杜拉，乃至卡拉，哈德眼里的那份爱，对我而言，就是生命的全部。

　　为爱而参战，看似愚蠢，以当时来说是愚蠢的。他不是圣徒，不是英雄，这我知道。他甚至不是我父亲。但我知道，只为了他几秒钟关爱的眼神，我愿跟随他上战场，跟随他做任何事。那并不愚蠢，就和只为了恨而保住性命以便回去报仇一样，都不愚蠢。因为归根结底，就是这么一回事：我很爱他，爱到甘冒生命危险；我很恨她，恨到一心想活下来，回去报仇。我知道，只要挨过哈德的战争，我会去报那个仇，我会找到周夫人，要她的命。

我在心里紧握着那个念头，就像紧握着刀鞘般。盲人歌手唱出他们从对真主的热爱中感受到的欢喜与痛苦。我身边的人，我四周的人，情绪跟着亢奋。哈德拜转头迎上我的目光，缓缓点了点头。我对着他金黄色的眼睛微笑，那对眼里填满了摇曳的小小灯光、秘密、来自歌唱的圣喜。主助我，我满足，无畏，近乎快乐。

第三十二章

我们在奎达等了一个月，漫长的一个月，因出师不利而士气消沉。这次耽误是由一位穆斯林游击队指挥官造成的，那人名叫阿斯马图拉·阿查克扎伊·穆斯林，是坎大哈地区阿查克扎伊人的领袖，而我们此行的目的地就是坎大哈。阿查克扎伊人是以养绵羊、山羊为生的牧人部族，原属于最大的杜兰尼部族。一七五〇年，现代阿富汗的国父艾哈迈德·沙赫·杜兰尼让阿查克扎伊人脱离杜兰尼人，自成一个部族。这做法符合阿富汗传统，子部族的规模或力量达到足够自立的程度时，就脱离母部族自立。这也表示用兵奇诡多变的建国者艾哈迈德·沙赫承认，阿查克扎伊人是不容轻视且必须加以安抚的力量。两个世纪之后，阿查克扎伊人的地位更高，势力更大，赢得了名不虚传的骁勇善战之名，部族里的每个男子都随时听候领袖差遣，绝无二心。抗苏战争的头几年，阿斯马图拉将他的人打造成武器精良、纪律严明的民兵部队。在他们的地区，这支部队成为抗苏先锋，驱逐入侵者的圣战主力。

一九八五年年底，我们在奎达准备越界进入阿富汗时，阿斯马图拉的抗苏意志开始动摇。这场战争非常依赖他的民兵部队，因此他将他的人撤离战场，开始与苏联人和苏联人扶植的喀布尔傀儡政权秘密和谈，坎大哈地区的整个抗苏战力也随之瓦解。其他不归阿斯马图拉管辖的穆斯林游击部队，例如坎大哈市北方山区的哈德人马，仍坚守阵地。但他们陷入了被孤立的境地，每条补给线都岌岌可危，易遭苏联人截断。情势混沌不明，迫使我们只能等待，等待阿斯马图拉决定是继续打圣战，还是转而支持苏联人。没有人能预知他会做何选择。

等待的日子令每个人都烦躁不安，一等就是好几个星期，大家开始觉得似乎遥遥无期。但我充分利用这空当儿，学会了法尔西语、乌尔都语、普什图语，甚至通过平常的交谈，学到了一些塔吉克、乌兹别克的方言。

我每天骑马。要马停下或转向时，我总是改不掉那小丑似的挥舞手脚的动作，但有时我的确可以顺利爬下马，而非被四脚朝天地甩到地上，狼狈下马。

我每天从一个奇怪的书堆里找书读，题材包罗万象，是个名叫阿尤布汗的巴基斯坦人帮我弄来的。我们这群人里，只有他在奎达出生。我们藏身在奎达市郊的养马牧场，非常安全。他们认为我离开这藏身处太危险，因此阿尤布汗帮我从中央图书馆弄了书来。那儿收藏着冷僻但引人入胜的英文书，是英国殖民统治时期遗留下来的。奎达（Quetta）之名来自普什图语"kwatta"，意为要塞。奎达靠近通往阿富汗的查曼山口路线和通往印度的博兰山口路线，数千年来都是军事、经济要地。一八四〇年英国第一次占领了这古要塞，但因暴发了传染病，又有阿富汗人顽强抵抗，英军战力大减，不得不撤出此地。一八七六年英军再度占领此地，将这里打造成印度西北边境地区首要的英国大本营，牢牢掌控在手。英属印度境内用来培训军官的帝国参谋学院就设在此地，繁荣的经济重镇在这个气势磅礴、山峦环抱的天然盆地里兴起。一九三五年五月的最后一天，一场毁灭性的大地震摧毁了奎达大部分地区，夺走了两万人的性命，但经过重建后，干净、宽阔的林荫大道和宜人的气候使它成为巴基斯坦北部热门的度假胜地。

对我而言，被困在牧场大宅院的那段时间，奎达最大的魅力是阿尤布汗带给我的书，他随意挑选的书。每隔几天，他就会出现在我门口，乐观开朗地咧嘴而笑，递上一捆书，仿佛是从考古遗址挖出的珍宝。

于是，我白天骑马，适应海拔超过一千五百米的稀薄空气，晚上读作古已久的探险家的日记、绝版的古希腊经典著作、以古怪观点批注的莎士比亚著作、以三行诗节隔句押韵法翻译且译笔感情异常丰沛的英文版但丁《神曲》。

"有些人认为你是圣典学者。"我们在奎达待了一个月之后，某天晚上，阿布德尔·哈德汗在我房间门口对我说。我合上正在读的书，立即起身迎接。他拉起我的手，用他的双手包住，小声念祷祝福文。我挪椅子给他，他就座，我在一旁的凳子上坐下。他腋下夹着一个用浅黄色岩羚皮包着的包裹。他把包裹放在我床上，舒服地往后坐下。

"在我的祖国，阅读仍是透着神秘的事，是某些恐惧与许多迷信的根源。"哈德拜说，一脸疲倦，一只手抚过疲倦的褐色脸庞，"十个男人中只有四人完全识字，女人识字的比例更只有男人的一半。"

"你在哪里学到……你所学到的东西？"我问他，"比如，你在哪里把英语学得这么好？"

"有个很好的英国先生指导过我。"他轻声笑，脸上因回忆而绽现光彩，"就像你指导过我的小塔里克。"

我拿出两根线扎手卷小烟卷，用火柴点燃，递一根给他。

"我父亲是部族领袖，"哈德继续说，"他个性严厉，但也公正而聪明。在阿富汗，男人靠本事出任领袖，他们口才很好，善于管钱，碰上必须打斗时则很勇敢。领袖一职绝不世袭，领袖的儿子若没有智慧、没有勇气或当众说话的口才，领袖一职就会转给较有本事的人。我父亲很希望我继承他的职位，继续他一生的志业，也就是让族人摆脱无知，确保族人的未来幸福安康。有个四处云游的苏非神秘主义者，一个上了年纪的圣徒，在我出生时来到了我们的地区。他告诉我父亲，我长大后会成为我们部族历史上耀眼的星星。我父亲满心期待这一天，但很遗憾，我未显露任何领导才华，也没兴趣培养这样的才华。简而言之，我让他失望透顶。他把我送到我叔叔那里，我叔叔现在人在奎达。那时候，我叔叔是个有钱商人，请了个英国人照顾我，那人成为我的家庭教师。"

"你那时多大？"

"我离开坎大哈时十岁，伊恩·唐纳德·麦肯锡先生教了我五年。"

"想必你是个好学生。"我说。

"或许，"他若有所思地回答，"我想麦肯锡先生是个很好的老师。离开他之后的这些年里，我听说苏格兰人以乖张、严厉的作风著称。有人告诉我，苏格兰人天性悲观，喜欢从阴暗面看事情。我想这即使在某种程度上是真的，也没告诉我们，苏格兰人觉得事情的阴暗面非常、非常有趣。我的麦肯锡先生眼神里总透着笑意，即使在对我非常严厉时也是。每次想起他，我就想到他眼里的笑，而且他很喜欢奎达。他喜欢这里的山、冬天的寒风。他粗壮的双腿天生适合走山路，他每个星期都到这些山里四处走，常常只带我一个人做伴。他是个懂得如何笑的快乐的人，他是了不起的老师。"

"他不再教你之后呢？"我问，"你回坎大哈了吗？"

"我回去了，但那不是我父亲所希望的光荣返乡。你知道吗，麦肯锡离开奎达的隔天，我就在市集，在我叔叔的店铺外面杀了一个男人。"

"你十五岁的时候？"

"对，我十五岁时杀了一个男人，我第一次杀人。"

他陷入沉默，我思索着那三个字——第一次——的分量。

"那件事其实发生得莫名其妙，那是命运的捉弄，是毫无来由的一场架。那个男人在打小孩，那是他的小孩，照理我不该多管闲事。但那是毒打，下手很重，我看了于心不忍。仗着自己是村落领袖的儿子，是奎达有钱商人的侄子，我要那个人别再打小孩。他当然很生气，我们当场起了争执，争执变成了打架。然后他就死了，胸口插着他自己的匕首，他用来杀我的匕首。"

"那是自卫。"

"对，有许多目击证人，那事发生在市集的主要街道上。那时我叔叔很有影响力，为我向有关当局疏通，最后安排我回坎大哈。遗憾的是，我杀掉的那个人的家人不肯收我叔叔的偿命钱，派了两个男子跟踪我到坎大哈。我收到叔叔的示警，先下了手，用我父亲的旧长枪杀了那两个人。"

他再度沉默片刻，盯着我们之间地板上的一个点。我听到从宅院另一头传来的音乐声，遥远而模糊。这个宅院有许多房间，以中庭为中心往外辐射出去，那个中庭比哈德在孟买家里的中庭大，但没那么气派。我听到水泡般的低沉私语声和击鼓般偶尔的大笑声从较近的几间房间传来。我还听到隔壁房间，哈雷德·安萨里的房间，传出 AK-47[①]清枪之后扳起击铁打空枪的声音，"喀哩喀—喀恰喀"，AK-47 的招牌声。

"那两次杀人和他们试图杀我报仇，铸下了双方的血海深仇，最终毁掉了我家和他们家。"哈德冷漠地说，再度回到他的故事里。他神情忧郁，说话时，仿佛光芒正从他下垂的眼睛里一点一滴默默流逝。"他们干掉我们一个人，我们干掉他们两个。他们干掉我们两个人，我们干掉他们一个。我父亲努力想终止这仇怨，但没办法。那是个邪魔，让男人一个接一个着了魔，使每个男人凶性大发，爱上杀人。血仇持续了几年，杀戮也持续了几年。我失去了两个兄弟、两个叔叔。我父亲遇袭重伤，无力再阻止我。然后，我要家人四处散播我已遇害的谣言，便离开了家。那之后的一段时间，血仇化解了，两个家族不再冤冤相报。但对我家人而言，我已经死了，因为我向母亲发誓这辈子绝不回去。"

先前透过金属框窗子吹进来的晚风是凉风，这时突然让人感到了寒意。我起身关上窗子，拿起床头柜上的陶罐倒了一杯水。哈德接下水杯，悄声祈祷，把水喝下，喝完把杯子递还给我。我往同一个杯子

---

① AK-47，全称为卡拉什尼科夫 1947 年式自动步枪。AK 为 Avtomat Kalashnikova 的缩写。

里倒水，在凳子上坐下，小口啜饮。我没说话，生怕问错问题或说错话，导致他不再讲，转身离开房间。他很平静，似乎十足放松，但那开朗、大笑的光彩正从他眼里逐渐消失。如此侃侃而谈自己的生平，对他而言也着实是大出预料。他曾花好几个小时跟我谈《古兰经》，或先知穆罕默德的生平，或他道德哲学的科学、理性依据，但自我认识他以来，他从未跟我或其他人谈过这么多私事。在那越来越长的沉默里，我望着他瘦而结实的脸庞，连呼吸声都压抑下来，生怕打扰到他。

我们两人都是阿富汗标准打扮，宽松长衬衫和宽腰长裤。他的衣裤是褪了色的浅绿，我的是淡蓝白色。我们都穿着皮凉鞋当家居拖鞋。我的胸膛比哈德拜厚，但身高和肩宽我俩都差不多。他的短发和胡子是银白色的，我的短发是金白色的。我的皮肤晒黑了，很像他天生的杏壳褐色。若不是我眼睛是天空般的蓝灰色，他眼睛是冲积土般的金黄色，别人大概会当我们是父子。

最后我担心那越来越长的沉默，而非我的发问，可能让他掉头走人，于是开口问他："你是如何从坎大哈打进孟买黑帮的？"

他转头面对我，露出微笑。那是开心的笑，温和的、率真的、新的微笑。从认识他以来，我跟他交谈了那么多次，却从未在他脸上见过这样的微笑。

"逃离坎大哈的老家后，我横越巴基斯坦和印度，留在孟买。和其他数百万人一样，我希望在这座生产印地语电影偶像的城市发财赚大钱。最初我住在贫民窟，很像我现在在世贸中心附近的那个贫民窟。我每天练习印地语，很快就学会了。一段时间后，我注意到一个赚钱办法，就是到戏院购买卖座电影的门票，然后在戏院挂出'满座'的标牌之后，以更高的价钱卖出去。于是我用我存下的一点钱，去买孟买最卖座的印地语电影门票，然后站在戏院外，等'满座'的标牌挂出，卖出手中的票，我捞了一票。"

"黄牛票，"我说，"我们称这为卖黄牛票。在我的国家，碰上最热门的足球比赛时，那黑市生意，可是好得很。"

"没错。做这一行的头一个星期，我就赚了一大笔钱。我开始憧憬着搬到舒适的公寓，穿上高级的衣服，甚至买车。然后，有天晚上，我拿着票站在戏院外时，两个很魁梧的男人走了过来，亮出家伙，一把剑和一把切肉刀，要我跟他们走。"

"地痞流氓。"我大笑道。

"流氓。"他重复道，跟着我大笑。我们这些人都只知道他是阿布德尔·哈德汗大人、黑帮老大、孟买犯罪王国的统治者，以致我一想到他在羞涩的十八岁时被两名街头混混挟持的模样，就不禁捧腹大笑。

"他们带我去见乔塔·古拉布，也就是小玫瑰。他的脸曾遭子弹射穿，子弹打掉了他大部分牙齿，留下一个状如玫瑰般往里皱缩的疤。因为这个疤，他才有了那个绰号。那时候，他是那整个地区的老大，他想叫人把我活活打死，以儆效尤。但在打死我之前，他也想看看这个不知天高地厚、胆敢侵犯他地盘的家伙。

"他怒不可遏。'你在搞什么，在我的地盘上卖票？'他问我，印地语、英语交叉着用。他英语说得很烂，但他想用英语吓唬我，仿佛把自己当成了法庭里的法官。'你可知道，为了掌控这地区所有戏院的黑市门票，有多少人死掉，有多少人我不得不杀掉，我损失了多少好手？'坦白地讲，我当时吓得要死，以为这条小命只剩几分钟可活。于是我豁出去，放胆说：'这下你得再除掉一个讨厌的家伙，古拉布。'我告诉他，用远比他流利的英语说：'因为我没别的赚钱办法，没有亲人，没有东西可失去。当然，除非你给我一个体面的工作，一个能让忠心而又足智多谋的年轻人替你效劳的工作。'

"嘿，他大声笑，问我在哪里把英语学得这么好。我告诉他，告诉他我的遭遇，他立即给了我一个工作。然后拿被打掉的牙齿给我看，张大嘴巴指出他换上的金牙。乔塔·古拉布张开嘴让人往里瞧，对他的手下而言可不是人人都能享有的殊荣。他最亲近的心腹，有些就很嫉妒我第一次和他见面，就能如此亲近地观赏他那张有名的嘴。古拉布喜欢我，他的角色就像我在孟买的父亲，但从我跟他握手的那一刻起，我身边就有了敌人。

"我开始工作，当打手，用拳头、剑、切肉刀、锤子给乔塔·古拉布巩固地盘。那是段恶劣的日子，联合会制度还没建立，每日每夜都要打打杀杀。一阵子之后，他有个手下特别不喜欢我，他看不惯我与古拉布走得那么近，找了个理由跟我决斗。我杀了他。他最好的朋友攻击我，我也杀了他，然后我替乔塔·古拉布杀了一个人。然后我又杀了人，再杀人。"

他陷入沉默，盯着前面地板与泥砖墙交接的地方。一会儿之后，他才开口。

"再杀人。"他说。

他重复着这几个字，随之又陷入沉默，那沉默围住我，越来越浓，像要逼上我灼热的眼睛。

"杀人。"

我看着他走进过去，眼睛因回忆而闪现光彩，然后他摇醒自己，回到现在。

"很晚了。喏，我有个礼物要送你。"

他打开岩羚皮包裹，露出一把放在腋下枪套里的手枪、几个弹匣、一盒子弹、一个金属盒。他掀开金属盒盖，里面是整组的清洁工具，包括油、石墨粉、几把小锉刀、几把刷子、一条用来拉动枪膛擦拭布的新短绳。

"这是斯捷奇金手枪。"他说，拿起手枪，卸下弹匣。他确认弹膛里没有子弹后，把手枪递给我："苏联制的。可以在苏联人的尸体上找到许多弹药补充，如果你得跟他们打仗的话。九毫米口径手枪，一个弹匣可装二十发子弹。可以单发射击，也可以设定成自动射击。不是世上最好的枪，但可靠。在我们要去的地方，只有一种轻型武器可装填更多子弹，那就是卡拉什尼科夫步枪。我希望你把这把枪带在身上，从现在起随时随地醒目地带上。吃饭带着它，睡觉带着它，洗澡时把它放在伸手可及的地方。我要跟我们在一块的人、看到我们的人，个个都知道你有这把枪。懂吗？"

"懂。"我盯着手里的枪答道。

"你要知道，凡是协助穆斯林游击战士的外国人，都是被悬赏捉拿的对象。我要你带着这把枪，好让那些想拿赏金、想用你人头拿赏金的人也想到你随身佩带的斯捷奇金手枪。你知道怎么清洁自动手枪吗？"

"不知道。"

"很好，我会教你怎么清洁，然后你就睡觉。我们明天早上五点天还没亮就要前往阿富汗，等待已经结束，时候到了。"

哈德拜教我如何清洁斯捷奇金手枪，那比我想象的还要复杂，他花了大半个小时，才让我了解了所有保养、维修与操作须知。那是令人兴奋的一个小时。凶暴的人，不分男女，都会知道当我说我陶醉于这人生乐事时，我想表达的是什么。我丝毫不怕丢脸地承认，与哈德在一块，学会如何使用、清洁斯捷奇金自动手枪的那一个小时所带给我的欢喜，胜过和他一起学习他的哲学的数百个小时。那个晚上，我们在毯子上埋头拆解那杀人武器，再重新组合，我觉得那是我这辈子与他最亲近的时刻。

他离开后，我关灯躺在行军床上，无法成眠。漆黑之中，我因咖啡因作祟，精神特别好。最初我想着哈德告诉我的那些事，任思绪驰骋在那时候的孟买，那个我现在已非常熟悉的孟买。我想象着哈德汗是个年轻、结实的危险分子，为脸上带着玫瑰状小疤的黑帮老大乔塔·古拉布打斗卖命。我知道哈德的其他事迹，从孟买那些为他卖命的打手口中，我已得知那些事迹。他们告诉我，这个带疤老大在他某家戏院外面遭人暗杀之后，哈德拜如何夺下古拉布的小帝国。他们描述了在全市各地爆发的帮派战争，谈到哈德拜如何勇敢、无情地打垮敌人。我还知道哈德拜是联合会制度的创立者之一，这制度促使幸存帮派划分了地盘和战利品，让孟买从此恢复安宁。

我躺在漆黑中，空气里有地板擦亮后的气味和生亚麻布蘸油清洁枪支后的气味。我不解哈德拜为何要投入战争。他大可不必去，有上百个像我这样的人愿意为他卖命。我想起他告诉我他与乔塔·古拉布第一次见面的事时他脸上那开心得古怪的微笑。我想起他教我清洁、使用手枪时，他那双手多敏捷、多年轻。我突然觉得，他冒着生命危险跟我们一起前来，或许只是因为他向往年轻时更狂野的日子吧。一想到这儿，我暗暗担忧，因为我确信那至少有一部分是真的。但另一个动机——结束流亡生涯、回老家探望家人的时机已到，则让我更忧心。我忘不了他所说的。那场夺走他许多亲人性命、使他有家归不得的血仇，完全是因为他向母亲承诺不再回去才得以终止。

片刻之后，我思绪翻飞，不知不觉一再想起我逃狱前的那个漫漫长夜。那也是个无眠的夜晚，也是害怕、雀跃、畏惧在心中翻腾的夜晚。一如多年前那个夜晚，我在早晨第一声骚动传出之前就起床，在漆黑中准备动身。

天亮后不久，我们搭火车到查曼山口。火车上有我们一行十二人，但在几个小时的车程里，没有人讲话。纳吉尔跟我坐在一起，这趟车程的许多时候，只有我跟他在一块，但他仍冷冷地不讲话。我用隐藏在墨镜后面的浅色眼睛凝视着窗外，想让自己专注在壮观的景色上，放空头脑。

著名的南亚次大陆铁路网里，奎达到查曼的这段路是最叫人称颂的路段之一。铁轨蜿蜒穿过深谷，越过美得令人惊叹的江河风景。我不知不觉复诵起沿线经过的城镇名字，仿佛在复诵诗句。从古杰拉克到博斯坦，在雅鲁卡雷兹越过小河，火车爬升到沙迪宰。在古利斯坦，火车再度爬升，沿着吉拉阿布杜拉的那座古旱湖绕了一个大弯。而这段铁路上最耀眼的明珠，当然是科贾克隧道。那是十九世纪末期英国人花了几年时间建成的，在坚硬的岩石里硬生生地打出四公里的通道，是南亚次大陆最长的隧道。

在汗吉利，火车一连驶过数个急弯，在查曼之前的最后一个偏远小站，我们和一些一身尘土的当地人下车，迎面看到一辆遮篷卡车。人都走光后，我们爬上那辆过度装饰的卡车，驶上通往查曼的主干道。但在抵达查曼镇之前，我们转进支线公路，尽头似乎是条荒无人烟的小径，只有一片树林和几块杂木丛生的牧草地，位于主干道和查曼山口北方约三十公里处。

我们下车。卡车开走时，我们已经在树林里与等候我们的该地主力部队会合。那是我们第一次全员到齐，共有三十个人，全是男的。一时之间，我想起在监狱院子里的那些人，他们也以类似的方式集合起来。那些战士似乎很能吃苦，意志坚定。其中许多人很瘦，但看起来健康强壮。

我拿下墨镜，扫视每张面孔，结果与其中一个人四目相遇，那人从阴暗处回盯着我。他年纪将近五十或五十出头，在这群人里头年纪可能是第二大，仅次于哈德拜。他一头短灰发，戴着褐色圆边阿富汗帽，跟我的一模一样；短而挺的鼻子将长而尖的脸一分为二，凹陷的脸颊上有很深的皱纹，深到像是被人用弯刀劈出来的；两眼下方垂着厚厚的眼袋；眉毛像黑蝙蝠的双翼在眼睛上方竖起，但吸引、定住我目光的是他的眼睛本身。

我盯着他，回敬他那发狂的瞪视，就在这时候，他开始摇摇晃晃地走过来。前几步走得步履蹒跚，但接下来他的身体猛然一动，转为较有效率的模式，开始迈开大步走。他弯低身子，如猫般轻盈，大步走过我们之间的三十米距离。我忘了腰侧带着手枪，手本能地移到刀鞘，右脚往后退半步。我懂那眼神，懂那表情。那人想跟我打架，甚至可能想杀了我。

就在他走到我面前，用我听不出的方言喊着什么时，纳吉尔突然闪出来，站在我面前，挡住了他。纳吉尔朝着他吼，吼什么我听不懂，但对方不理会，隔着纳吉尔瞪我，一再吼着发问。纳吉尔一再回答，也不甘示弱地吼回去。这个发狂的战士想用双手把纳吉尔推开，但犹如蚍蜉撼树。这个粗壮的阿富汗人拒不退让，迫使那个疯汉首次将目光移离我身上。

我们四周围了一群人。纳吉尔狠狠地盯着那人发狂的目光，以较轻柔的恳请语气说话。我等着，肌肉紧绷，准备开打。我们连边界都还没越过，我心想，我就要用刀捅自己人……

"他在问你是不是俄罗斯人。"艾哈迈德·札德在我旁边小声说道，他的阿尔及利亚口音把"Russian（俄罗斯人）"的"R"发成了颤音。我瞥了他一眼，他指着我屁股，说："那把枪，还有你浅色的眼睛，让他认为你是俄罗斯人。"

哈德拜走到纳吉尔和那疯汉之间，手搭在那疯汉的肩上。那疯汉立即转身，以似乎泫然欲泣的眼神细察哈德的脸色。哈德以类似抚慰的口吻，复述了先前纳吉尔小声说的话。我没法完全听懂，但意思很清楚。"不，他是美国人，美国人在这里帮我们。他到这里来跟我们一起打俄罗斯人。他会帮我们杀俄罗斯人，他会帮我们。我们会一起杀掉许多俄罗斯人。"

那人转身，再度面对我，表情有了一百八十度的大转变，教我感动得同情起他来，而就在片刻之前，我还准备把小刀插进他胸膛。他的眼神仍然狂乱，两边眼睛拉得异常开，褐色虹膜上翻，露出下面的眼白，但他发狂的表情已委顿为令人同情、难过的不幸。眼前他的那张脸让我想起先前马路边许多废弃的小石屋。他再度审视哈德的脸，一抹带着迟疑的微笑闪过他的脸庞，那微笑好似被一股电脉冲启动而发出。他转身走开，穿过人群。众硬汉小心翼翼地让出一条路给他，带着既同情又害怕的眼神看着他走过。

"抱歉，林。"阿布德尔·哈德轻声说，"他叫哈比布，哈比布·阿布杜尔·拉赫曼。他是小学老师，哦，应该说他曾经是小学老师，在这些山另一边的某个村子里教书。他教小孩，最年幼的小孩。七年前，俄罗斯人入侵时，他生活惬意，有个年轻的妻子和两个健壮的儿子。和这地区其他的年轻男人一样，他参加了反抗运动。两年前，他结束任务后回来，发现村子已遭俄罗斯人攻击过。他们用了毒气，某种神经毒气。"

"俄罗斯人否认了，"艾哈迈德·札德插话道，"但毫无疑问，他们在这场战争里测试新武器。有些用在这里的武器，地雷、火箭等，是实验性新武器，先前从未用在战争上，比如他们用在哈比布村子的毒气。这是场与众不同的战争。"

"哈比布孤零零地走遍村子，"哈德继续说，"每个人都死了。所有的男人、女人、小孩。他一家几代人，他祖父母、外祖父母、父母、岳父岳母、叔舅姨婶、兄弟姐妹、妻子、他的小孩，全都死了，就在某天的仅仅一个小时里。就连山羊、绵羊、鸡等牲畜家禽，也全死了。就连昆虫、鸟，也都死了。没有东西会动，没有东西活着，没有东西存活。"

"他埋了……所有男人……所有女人……所有小孩……"纳吉尔补充说。

"他埋了所有人，"哈德点头继续道，"他所有的亲人，他自幼就认识的所有朋友、所有邻居。他花了好久才埋完，从头到尾都是一个人做，到最后他生不如死。做完这事之后，他拿起枪，重新加入穆斯林游击战士的行列。失去亲友已使他变成恐怖的人，从此他就像是换了一个人。他拼命抓俄罗斯人或为俄罗斯人打仗的阿富汗士兵。他真的抓到了，抓到许多人，因为在那件事情之后，他成为个中高手。他真的抓到后，就把他们钉在削尖的钢桩上折磨至死。那钢桩由他用来埋葬亲人的那把铲子的木柄和铲片制成，他现在就带在身上。你可以看到，就捆在他背包上头。他把俘虏双手反绑在后，绑在那钢桩上，桩尖抵着背部。他们体力一不支，钢桩就开始刺进身体，最后从肚子穿出。哈比布弯腰看着他们，盯着他们的眼睛，朝他们尖叫的嘴里吐口水。"

哈雷德·安萨里、纳吉尔、艾哈迈德·札德，还有我，全都一言不发地站着，发出重重的呼吸声，等哈德继续讲。

"没有人比哈比布更了解这些山，更了解这里和坎大哈之间的地区。"哈德断言道，疲累地叹了口气，"他是最佳向导。他在这地区执行过数百次任务都安然脱身，他会带我们顺利抵达坎大哈。也没有人比他更忠心、更可靠了，因为在阿富汗没有人比哈比布·阿布杜尔·拉赫曼更恨俄罗斯人，但是……"

"他完全疯了。"艾哈迈德·札德无奈地耸耸肩，打破众人的沉默。我突然喜欢上他这个人，同时怀念起狄迪耶。若是狄迪耶在场，大概也会如此实际、如此冷酷直率地总结。

"没错，"哈德同意，"他是疯了，悲痛毁了他的心智。虽然我们非常需要他，但我们仍得时时看着他。从这里到赫拉特，每个穆斯林游击队都不欢迎他。我们要去打为俄罗斯人卖命的阿富汗军队，但不容否认，他们是阿富汗人。我们的情报大多来自阿富汗军队里想帮我们打败他们俄罗斯主子的士兵。哈比布不懂这中间的细微差别，他对这场战争只有一个认知，就是把他们全部快快杀掉，或者慢慢杀掉，而他比较喜欢慢慢杀掉。他非常残暴，残暴到不只是他的敌人，连他的朋友也一样害怕。因此，他跟着我们时，我们得看好他。"

"我来负责看着他。"哈雷德·安萨里语气坚定地说，我们全转头看着这位巴勒斯坦裔的朋友。他脸上呈现出痛苦、愤怒又坚定的表情。他眉头紧蹙，嘴巴拉成宽而平的一条线，流露顽强的决心。

"很好……"哈德说。他大概还有话要说，但哈雷德一听到这两个表示同意的字眼，就立即走开，朝消沉、孤独绝望的哈比布走去，哈德只好咽下想说的话。

我看着他离开，突然想大喊拦住他。我心里升起一股没来由的忧虑，锥心的忧虑，忧虑我会失去他，再失去一个朋友。那真是愚蠢。我的嫉妒太可笑、太卑鄙，所以我忍了下来，什么都没说。然后，我看着他在哈比布对面坐下，并伸手抬起疯汉那张大嘴巴、杀气腾腾的脸，最后他们四目相接，互看着对方。而我不知为什么，觉得我们失去了哈雷德。

我把沉重的视线脱离他们的身上，就像船夫拖着钩子走在湖上。我口干舌燥，我的心是个在捶打我脑中墙壁的囚犯。我觉得双腿沉重，被羞愧、忧虑的根固定在土地上。抬头看那高不可攀的山峰，我感觉到未来在我体内抖个不停，就像在暴风雨中，雷打了下来，打得柳树的叶子和疲累的垂枝一阵颤动。

第三十三章

那几年，从查曼通往坎大哈的主干道跨越了达里河的一条支流，经过斯平布尔达克、达布赖、梅尔卡雷兹，全程不到两百公里，开车要几个小时。我们当然没走那条干道，而且我们没有车。我们骑马翻越上百座山口，花了一个多月才抵达坎大哈。

我们在树下扎营，度过第一天。我们的行李，就是我们要偷偷运进阿富汗的货物和个人必需品，散放在附近牧草地上，上面用绵羊皮和山羊皮盖着，好让人从空中看到时以为是一群牲畜。我们甚至在那些披着毛茸茸兽皮的行李之间拴了一些真的羊。夜色终于吞没夕阳时，一声兴奋的口哨声贯穿整个营地。不久就听到闷闷的马蹄声，我们的马渐渐走近。有二十四匹马当坐骑，十五匹当驮兽。那些马比我学马术时所骑的马稍小一些，我心里浮现了希望，觉得它们或许会好驾驭。大部分人立即起身，将行李抬到驮兽上，绑好固定。我起身想加入，但纳吉尔和艾哈迈德·札德牵来两匹马拦住我。

"这匹是我的，"艾哈迈德宣布道，"那匹是你的。"

纳吉尔把缰绳递给我，检查了阿富汗马鞍上的挽具，马鞍又短又薄。一切正常，他很满意，点头表示可以。

"马好。"他说，嗓音低沉、粗重而沙哑，但让人听了愉快。

"马全都好，"我答，引用他的名言，"人全都不好。"

"这匹马超好。"艾哈迈德附和道，朝我的马投来赞赏的目光。那是匹栗色母马，胸膛厚实，腿粗短而有力，眼神炯炯而无畏。"纳吉尔从我们所有的马里为你挑了它。他第一个抢到它，那边有些人为此很失望。他眼光很好。"

"我算过，我们有三十个人，但载人的马不到三十匹。"我说，同时轻拍马颈，想与它搞好关系。

"没错，有些人骑马，有些人步行。"艾哈迈德答。他左脚跨上马镫，身子一翻，轻松跃上马鞍。"大家轮流。有十只山羊跟着我们，有人要照管它们。还有，我们这一路上会失去一些人。这些马其实是要送给坎大哈附近哈德的族人的。这趟路，骑骆驼会比较好。走在狭窄的山路上，依我的看法，骑驴最理想。但马是很有地位的动物。我想哈德之所以坚持用马，是因为我们与桀骜不驯的部族接触时，摆出来的形象很重要，那些人会想杀了我们，抢走我们的枪和药。马会提升我们在他们眼中的分量，而且对哈德汗的族人而言，马是很贵重的礼物。从坎大哈打道回府时，他不打算把马带走。前往坎大哈时，有部分行程我们骑在马上，但回家时，一路上都要走路！"

"你是说我们会失去一些人？"我问，朝他皱起眉头。

"对！"他大笑道，"有些人会在途中离开我们，回村子老家。但没错，也可能有些人会死在途中。但我们都会活着，你和我，安拉保佑。我们有好马，好的开始！"

他熟练地策马掉头，让马快跑到五十米外，加入聚在哈德拜周遭的骑马人群。我朝纳吉尔瞥了一眼，他点头示意，对着我做了个鬼脸，低声祷告，鼓励我骑上马去。我们都预期我会被甩出去。他的眼睛开始闭上，缩起身子不敢看即将发生的事。我踩上马镫，右脚一跃而上。身子落在马鞍上时，比我预期的还要猛，但那匹马不以为意，迅速点了两下头，急着想开始跑。纳吉尔睁开一只眼睛，看到我安稳地坐在新马上。他大为高兴，很自然地感到自豪而红了脸，对我露出难得的微笑。我扯了扯缰绳，掉转马头，脚往后踢。马的反应很镇定，但动作优雅、敏捷、漂亮，几乎是精神抖擞，一下子就转为优美的快跑。我没再催促，它立即带着我来到哈德拜周遭的那群人中。

纳吉尔与我一同过去，骑在我左侧后方。我往后迅速一瞥，与他互换了同样瞠目结舌的不解表情。那匹马让我得意起来。看来没事，我在心里低声说。但就在这几个字迅速穿过我心中的妄想浓雾时，我心知自己也说出了某种不祥的定律。骄傲……在败坏以先……这句俗语撷取自《旧约·箴言》第十六章第十八节：骄傲在败坏以先，狂心在跌倒之前。据说出自所罗门之口。如果他真说了这句话，那他肯定非常了解马性，比咔嗒咔嗒骑着马到哈德那群人身边时、自以为知道（仿佛之前就知道）怎么轻松驾驭那匹马的我还了解得多。

哈德正以普什图语、乌尔都语及法尔西语向手下下达最后指令。

我俯身过去，对着艾哈迈德·札德说："山口在哪里？乌漆墨黑，我看不到。"

"什么山口？"

他悄声回我。

"穿过山的山口。"

"你是说查曼？"他问，被我问得一头雾水，"那在后面，在我们后方三十公里。"

"不是，我是说，我们如何穿过那些山，进入阿富汗？"我问，朝着离我们不到一公里处那拔地而起、顶部插入黑色夜空的陡峭岩壁点头。

"我们不穿过那些山，"艾哈迈德答，手上的缰绳轻轻对着空中一甩示意，"我们要翻过那些山。"

"翻过……那些山……"

"Oui。"

"今晚。"

"Oui."

"摸黑。"

"Oui." 他严肃地重复道，"但没问题。哈比布，那个 fou（疯子），那个疯子，他知道路。他会带着我们。"

"还好你告诉我这件事。老实说我很担心，但现在觉得好多了。"

他露出白牙，迅速对我一笑。接下来哈雷德发出信号，我们开始动身，慢慢形成一个纵队，队伍绵延将近一百米。十人走路，二十人骑马，十五匹马驮负重物，还有十只山羊。我注意到纳吉尔没骑马，深感过意不去。这么会骑马的人在走路，我却骑在马上，总让我觉得荒谬又奇怪。我看着他走在我前方的一片漆黑里，看着他粗而微弯的双腿规律地摆动着。我暗暗发誓，待会儿第一次休息时，一定要说服他跟我轮流骑马。最后如我所愿，但纳吉尔答应得很不情愿，骑在马上时一脸愁苦，愤愤地看着我，只有在我们互换位置，他从石砾小径上抬头看我时才露出笑容。

人当然不是骑着马翻过山头，而是又推又拉地把马带过去，有时还要帮忙抬马。查曼山脉是阿富汗西南部与巴基斯坦的界山，我们走近那山脉的峭壁底部，赫然发现其实峭壁之间有道缺口，上头有小路及步道。原本看似光秃秃的平滑岩壁，更靠近看，上面居然有一道道波浪状的峡谷和一条条裂隙。岩架和表面覆有坚硬石灰而寸草不生的土块蜿蜒于岩壁上，有些很宽、很平坦，好似人工道路；有些地方却非常崎岖又狭窄，马或人走在上面，每一步都落得战战兢兢。而且我们全程都是在一片漆黑之中，摇摇晃晃地在滑跤、拖拉、硬挤下，克服这山壁障碍。

我们这一行人，相较于过去那些浩浩荡荡走在丝路上，来往于土耳其、中国、印度的部落队伍，人数实在很少。但因为正值战时，我们这样的人数就变得很显眼。我们时时担心会被人从天上看出行踪。哈德拜严格管制灯火，行进途中不准抽烟，不准持火把，不准开灯。第一个晚上，天上悬着一弯新月，但偶尔，滑溜的小路带我们走进峡谷，光滑的岩石猛然立起，阴影吞没了我们。在那些倚着黑壁的山径上，伸手不见五指，整个纵队在黑漆漆的岩壁缝隙里缓缓前进，人、马、山羊紧挨着岩石，踉踉跄跄地撞在一块。

就在如此漆黑的某道深窄峡谷的深处，我听到一声音调陡然升高的低沉哀鸣。那时我正走在，或者说，滑行在两匹马之间。我右手抓着自己的马缰，左手抓着前面马匹的尾巴，脸贴着花岗岩壁，脚下的小径只有我的手掌那么宽。随着那声音拉得越尖越响，那两匹马出于同样的本能，立起后腿，不时因害怕而猛以马蹄踩地。然后那哀鸣声突然化为一声大吼，震动整座山，再化为猛然爆出的一声可怕尖叫，在我们头部的正上方回荡。

我左边那匹马在我前方猛然跃起，尾巴随之从我手中挣开。我想抓回它的尾巴，但黑暗中我没踩稳，滑倒跪地，脸擦过岩壁而受了伤。我的马被吓到了，跟我一样惊恐，逃跑的冲动使它在狭窄小径上奋力想往前跑。我仍握着缰绳，且拉着缰绳站起身，但那匹马的头再度撞上我，我觉得自己从小径往后滑。我跌倒，滑行，从小径跌落，掉入黑漆漆的深渊，恐惧刺入我的胸中，压碎我的心。我感觉整个人直往下掉，然后啪的一声，我抓在手中的缰绳一紧，止住了我的坠势。

我腾空悬在漆黑的深渊之上，感觉自己从狭窄的岩架上一点一点地往下掉，皮革缓缓滑动，发出吱吱声。我听到人群大叫，他们全在我上方的岩架上，正努力安抚马，大叫朋友名字以确认他们是否安在。我听到马害怕得嘶鸣，呼哧喷着鼻息表示抗议。峡谷里的空气弥漫着浓浓的尿味、马粪味、惊吓的人汗味。我还听到我的马奋力想站稳，马蹄在岩架上猛扒、猛刮，发出一连串清脆的撞击声。我猛然省悟，这匹马虽壮，但踩在脆弱而崎岖不平的小径上，很难站得稳，我的重量可能会把它也拖下岩架。

在伸手不见五指的漆黑中，我猛挥左手，抓住了缰绳，开始往上爬，往岩架爬。我的一只手终于攀住石径边缘，然后身子突然下滑，滑向漆黑深渊，我想尖叫却叫不出声。缰绳再度绷紧，我悬在峡谷之上，处境很危急。那匹马担心自己会被拖下悬崖，正激烈地上下左右晃着头。这只聪明的动物想把马笼头、马嚼子、挽具给甩掉。我知道它随时可能如愿。我咬紧牙关，奋力一吼，再度攀上岩架。

　　我急忙跪起，此时已是精疲力竭，大汗淋漓，猛喘气。然后，我凭着一股直觉，一股源自恐惧且受肾上腺素所激发的直觉，跳到了右边，就在这时候，我身旁的马在漆黑的夜色中横空踢出一脚。我如果没移动，那大概会踢中我的头侧，而我的战争任务大概也会当场结束。结果，那出于本能的救命一跳，让马那一脚踢中我的臀部和大腿，把我踢向岩壁，使我撞上我那匹马的马头。我双手抱住马颈，既借此肢体接触安抚自己的心情，也借此支撑自己麻木的腿和发疼的臀部。当我听到忙乱的脚步声，感觉到有人的手从岩壁迅速搭上我的背时，我仍抱着马的头。

　　"林！是你吗？"哈雷德·安萨里朝着夜色问道。

　　"哈雷德！对！你没事吧？"

　　"当然。喷气战斗机！去他妈的！有两架。在上方不远处。一百米，老哥，就这么近。操！他们想突破音障！你听那声音！"

　　"是苏联人？"

　　"不是，我想不是。他们不会这么靠近边界。应该是巴基斯坦的战斗机，飞行员驾驶的是美国飞机，飞进阿富汗领空一小段距离，骚扰苏联人，他们不会飞得太往里。苏联的米格飞行员太厉害，但巴基斯坦人还是喜欢提醒他们别太嚣张。你确定没事？"

　　"当然，当然。"我没老实讲，"走出这个黑漆漆的鬼地方，我会更好。你可以说我是胆小的孬种，但牵着马走在十层高大楼的鹰架上时，我想知道自己要去哪里。"

　　"我也是。"哈雷德笑道。那是有所压抑而感伤的笑，但我让自己沉浸在那笑容的安慰中。"谁在你后面？"

"艾哈迈德，"我答，"艾哈迈德·札德。我听到他在后面用法语咒骂着，我想他没事。纳吉尔在他后面。我还知道马赫穆斯，那个伊朗人，在他附近。我想我后面大概有十个人，包括赶山羊的两个人。"

"我去查查。"哈雷德说，往我肩膀安慰地一拍，"你继续走，贴着岩壁再走大概一百米就可以。不远，只要走出这道峡谷，就会有一点月光。一路顺风。"

抵达那令人安心、有苍白月光的地方后，我觉得安全而笃定。但不久后我们继续上路，紧挨着峡谷的灰冷岩石，几分钟后，再度陷入漆黑中。我的眼前除了信心、恐惧、求生意志，什么都没有。

我们大多在夜间赶路，所以有时就像盲人般靠手指摸索前往坎大哈的路，而且我们也像盲人一样，全心全意地信赖哈比布。哈比布对那些隐秘通道和突然冒出来的岩架小径了如指掌，而我们这一行人里的阿富汗人没有一个在这边境地区住过，他们和我一样依赖他。

但在不带路时，他就远远没那么让人放心。有次休息时，我爬过几块岩石，想找个地方小解，结果碰上了他。那时他跪在一块约略呈方形的石板前，用额头撞那石板。我跳下去想拦住他，却发现他在哭，在啜泣。血从他撞破的额头往下流，流到胡子里，和泪混在一块。我拿出水壶，倒出些许水在我围巾的一角，擦掉他头上的血，然后检视伤口。伤口血肉模糊，边缘凹凸不平，但伤得不深。他乖乖让我带回营地，哈雷德立即冲上前，把药膏涂在他的额头上，缠上干净的绷带。

"我让他自己去，"处理完伤口时，哈雷德低声说，"我以为他要去祷告，他跟我说他想祷告。但我觉得……"

"我想他是在祷告。"我答道。

"我很担心。"哈雷德坦承道，定定地望着我的眼睛，眼神里满是哀伤与恐惧，"他不断四处设捕人陷阱，他斗篷里有二十颗手榴弹。我试着向他解释，设捕人陷阱并不妥当，那可以轻易干掉苏联士兵或阿富汗士兵，但同样也有可能一下子就让当地的游牧民或我们的自己人送了命。他不听，只是咧嘴对我笑，然后设陷阱时更加鬼鬼祟祟。他昨天在某些马的身上装了炸药，他说那是为了不让那些马落入苏联人之手。我跟他说，那我们呢？如果我们落入苏联人之手怎么办？那我们身上是不是也该装炸药？他说那是他一直在担心的问题，怎么确保我们不被苏联人活捉，确保在我们死后还能多杀些苏联人。"

"哈德知道吗？"

"不知道。我一直盯着他，以免他离开队伍。我懂他的心情，林，我也曾有那种心情。我家人遇害后的头两年，我跟他一样发狂。我知道他心里的痛苦。他心里装满了许许多多死去的朋友和敌人，因此可以说满脑子只想着一件事：杀掉苏联人。在他清醒之前，我得尽可能待在他身边，在他后面盯着。"

"我想你该告诉哈德。"我叹了口气，摇摇头说。

"我会的，"他回我一声叹气，"我会的。很快，我很快就会跟他讲。他会变好，哈比布会变得更好，他在某些方面已经开始变好。现在我已经能跟他好好谈，他会熬过去的。"

但随着这趟路走了数星期，随着我们每个人都更仔细、更忧心地观察哈比布，我们每个人都渐渐明白，为什么那么多游击队容不下他。

我们在夜间赶路，有时也选在白天走，沿着山区边界往北边的帕特罕村前进，一路上提高警觉，严防来自内、外的威胁。接近帕特罕时，我们折向北北西，进入荒无人烟的山区，数条冷冽鲜甜的溪水蜿蜒流过。哈比布拟出一条路线，我们走在城镇与大村落之间，离两者大致一样远，始终避开当地人走的主要通道。我们拖着疲累的步伐，走过帕特罕村与海罗塔纳之间，走过胡迈·哈雷兹与哈吉·艾格哈·穆罕默德之间。我们在洛埃·卡雷兹与雅鲁之间蹚过几条小河。我们以"之"字形路线从穆拉·穆斯塔法与小村子阿布杜尔·哈米德之间穿过。

我们在路上被当地土匪拦住了三次，勒索过路费。每次，他们都是先在制高点现身，拿枪对准我们，然后他们的地面人马从隐身处倾巢而出，截断我们的去路和退路。每次哈德都举起他的绿、白穆斯林游击战士旗，旗上饰有《古兰经》经文：

Inalillahey wa ina illai hi rajiaon.（我们来自真主，回归真主。）

当地土匪不认得哈德的旗子，但尊敬旗子上的文字和含意。不过，要等到哈德、纳吉尔和我们的阿富汗战士向他们解释我们当中有个美国人同行，一路受那美国人保护时，他们才会卸下那凶狠敌视的姿态。土匪检查过我的护照，狠狠盯着我的蓝灰色眼睛之后，就把我们当成战友来欢迎，邀我们一起喝茶，吃大餐。

所谓邀请是委婉的说法，其实是拐个弯要我们付过路费。我们碰到的土匪中，没有一个想攻击由美国人赞助的人马，以免阻断在这场长达数年的战争里资助他们的美国至关重要的援助。但若不缴点过路费就想通过，那也想得太美了。为此，哈德带着一批沿路打点用的货物，包括绣有繁复金线图案的孔雀蓝及绿色丝绸、短柄小斧和厚刃小刀、缝补工具、蔡司双筒望远镜（哈德就给了我一副，我每天用）和用来读《古兰经》的放大镜，以及上好的印度制自动表。为土匪头子准备的则是一些金锭，每个金锭重一拖拉，也就是十克，上面刻有阿富汗月桂枝叶浮雕。

哈德不只预想到会被那些土匪拦截，还指望他们拦截。一旦行礼如仪地寒暄完毕，打点的物品敲定，哈德会立即和每个土匪头子商谈我们旅行队的补给事宜。靠着这样的安排，我们这一路上的口粮才不虞匮乏，而且在受土匪头子掌控或保护的村子里，人和牲畜也都有的吃。

这样的补给不可或缺。弹药、机器零件、药物是我们优先携带的东西，没有多少空间可带多余货物。因此我们给马带了一些食物（顶多两天份），但完全没带我们自己要吃的东西。每个人有一只水壶，但那是紧急用水，要省着供自己和马喝。有好多天，我们一天只喝一杯水，吃一小块印度烤饼。

展开那趟长途跋涉时，我已有吃素的习惯，但还不到只能吃素的地步。在那之前，如果可以，我偏爱吃水果、蔬菜填饱肚子，如此已有数年。但展开那趟跋涉的三个星期后，在拉拉马翻山越岭、涉过冰冷河水，且饿得发抖之后，我一看到土匪招待的小羊肉、山羊肉，就立即扑了上去，拿起半熟的带骨羊肉，用牙扯下肉，大嚼特嚼。

阿富汗陡峭的山坡寸草不生，刺骨寒风把那些地方吹成不毛荒地，但每个平原不管再怎么小，都是绿意盎然，生机勃勃。有些野花绽放星状红颜，有些开着天蓝色绒球状花朵，有些矮灌木长着山羊爱吃的黄色小叶，许多种野草的顶上结有饱满低头的穗子，而马爱吃那些干种子。许多岩石上长着暗黄绿色的苔藓，还有些长着颜色更淡的地衣。这些淡绿色柔嫩的地毯出现在绵延起伏的光秃秃石山之间，那种冲击，要比出现在较肥沃的恬静大地上强烈得多。每次看到绿草如茵的山坡，或植物丛生、枝叶茂密的沼地，我们的反应都差不多，那生意盎然的绿总能激起我们来自深层潜意识的反应。这些吃苦耐劳的硬汉，疲累地走在慢慢踱步的马之间，有时他们会弯下身子摘下一小把花，用他们干燥长茧的手感受它们的美。

我伪装成哈德的美国人，这身份帮我们顺利通过了土匪出没的穷山恶地，但也使我们在第三次，即最后一次被拦住时，耽搁了一星期。为避开小村子阿布杜尔·哈米德，向导哈比布带我们走进一座小峡谷，峡谷宽仅容三四匹马并肩。在两边净是陡峭岩壁的峡谷小径走了将近一公里后，眼前豁然开朗，我们进入一座更长且更宽的峡谷。那是理想的伏击地点，哈德不等敌人出现，就先展开他的绿、白旗，骑在队伍最前头。

走进大峡谷不到一百米，麻烦就来了。上方高处传来一声令人胆寒的号叫，那是男人拉高音调，模仿部落女人凄厉号哭的声音。突然小巨石滚滚而下，犹如小山崩般落在我们前方的峡谷里。我和其他人一样，在马鞍上转身，看到一群当地部落的人已在我们后面占好有利位置，拿着各式武器对准我们的背部。我们一听到声响就勒住马，哈德独自一人再往前，缓缓走了约两百米，然后停下，直挺挺地坐在马上，旗子迎着刺骨强风啪嗒作响。

数把枪在身后对准我们，头顶上有石头准备放下，我们静静等待，过了漫长的一分钟。然后有个人出现，骑着高大的骆驼朝哈德走来。阿富汗的土生骆驼是双峰骆驼，但这人骑的是单峰阿拉伯骆驼，由北方塔吉克地区的长程骆驼夫所饲养、用于极寒冷天候的那种骆驼。它头顶上有蓬乱的毛发，颈毛粗而浓，腿长而有力。骑在那巨兽上的男子又高又瘦，看上去比六十五岁的健壮哈德至少要老十岁。那人穿着白色长衬衫，下面是白色阿富汗长裤，外面套着无袖及膝斜纹黑背心；头上缠着雪白的头巾，头巾很长，缠出的头巾特别气派；上唇和嘴旁的灰白胡子刮掉了，只剩下巴的灰白胡子垂下，轻触他瘦薄的胸膛。

我在孟买的有些朋友称那种胡子叫瓦哈比胡。恪守传统教义的正统沙特阿拉伯穆斯林（瓦哈比教派）模仿先知穆罕默德偏爱的胡子造型，将胡子刮成那样，因此得名。在那峡谷里，它像是种符号，告诉我们眼前的这位陌生人拥有的道德权威至少和他拥有的世俗权力一样大。而他那把古老长滑膛枪所营造出的瞩目效果，则昭告了他的世俗权力。他直直地拿着那把枪，枪托倚在他腰骨上平放着。那把前膛步枪的木质表面全装饰了圆形、涡卷形、菱形饰物，饰物以铜币、银币打造而成，擦得非常亮。

那人骑着骆驼来到哈德拜身旁，面向我们，与我们的老大相隔一臂之遥。他的姿态高高在上，很显然，他惯于接受众人的敬仰。事实上，在我认识的人之中，只有极少数人和阿布德尔·哈德汗一样，光靠姿态和个人完全燃烧的生命所发出的气势，就能博得他人的敬重（甚至是崇敬），而眼前这人就是其中之一。

经过漫长的商谈，哈德拜缓缓掉转马头，面对我们。

"约翰先生！"他叫我，用我假美国护照里的名字叫我，且用英语，"请上前来！"

我往后踢，发出吆喝声，希望那声音能让马争气些。我知道地面上和头顶上的人全都盯着我，在那漫长而无声的几秒钟里，我脑海里浮现出了马把我摔落在哈德脚边的出糗景象。但那母马回应以轻快、雀跃的小跑步，不用我带就自行穿过队伍，来到哈德的旁边停下。

"这位是哈吉·穆罕默德。"哈德宣布，手掌大大一挥，扫过我们，"他是可汗，在这里，他是部族里所有人和所有家庭的领袖。"

"Asalaam aleikum。"我开口问候，一只手放在胸口以示尊敬。

这位领袖认定我是异教徒，未回礼。先知穆罕默德要求他的追随者碰到信徒祝安问候时，要回以更为客气的问候。因此对方以 Asalaam aleikum，即"愿你平安"问候时，最起码应回以 Wa aleikum salaam wa rahmatullah，即"也祝你平安，并获主的悲悯"。但那位老者骑在骆驼上，居高临下地盯着我，以突兀的提问回礼。

"你们什么时候给我们毒刺导弹好打仗？"

自我们进入阿富汗，每个阿富汗人都会问我这个所谓的美国人这个问题。哈德拜再度为我翻译这句话，但我早就听懂他在问什么，且已排练好该怎么回答。

"快了，若安拉意欲如此，天空将会和山一样自由。"

这答复很漂亮，哈吉·穆罕默德很满意，但他的问题更漂亮，照理应得到比我那存心蒙骗的谎言更好的答复。从马扎里沙里夫到坎大哈的阿富汗人都知道，如果美国人在战争一爆发时就送他们毒刺导弹，穆斯林游击战士几个月内就会击退入侵者。有了毒刺，就可以把天上那些杀伤力强大的可恶的苏联直升机给打下来，就连难缠的米格战斗机都怕肩射式毒刺导弹。失去了绝对的空中优势，苏联人和听命于他们的阿富汗军队，就得和穆斯林游击反抗势力在地面对决，而打地面战，他们绝无胜算。

有些阿富汗人看破国际现实，深信这场战争的头七年，美国人一直不肯给他们毒刺导弹，就是因为美国人希望借阿富汗战争消耗苏联的国力。然后在苏军师老兵疲时，美国一旦真的运来毒刺导弹，就可以让苏联大败，损失大量兵力和物力，进而拖垮整个苏联。

不管这些愤世嫉俗的人是对或错，这场致命游戏的发展确实完全如他们所盘算的。在哈德带我们进入阿富汗的几个月后，毒刺导弹终于运到了阿富汗反抗军手中，战争形势随之逆转。那些阿富汗村民和数百万像他们一样的人起而反抗，使俄罗斯国力大衰，以俄罗斯为中心的庞大帝国将跟着在几年后土崩瓦解。若这办法奏效，苏联的确会走上败亡之路，而为此付出的代价，是一百万阿富汗人丧失性命，三分之一的阿富汗人口流离失所；是人类有史以来最大的被迫迁徙，三百五十万难民穿过海拜尔山口避难至白沙瓦，另有一百万人逃亡到伊朗、印度、苏联境内的诸穆斯林共和国；是五万男女老少误触地雷而少掉一只或不止一只手脚；是阿富汗失去心与灵魂。

而我，为黑帮老大效命的通缉犯，假冒的美国人，看着那些人的眼睛，骗他们说那些武器——我无法给他们的武器——就快到了。

哈吉·穆罕默德很满意我的答复，于是邀我们一行人参加他小儿子的结婚典礼。哈德担心若拒绝可能会惹恼这个老领袖，且对方的诚挚邀请真的令人感动，于是同意参加。让哈吉·穆罕默德如愿拿到所有进献的东西之后（他狠狠地讨价还价，最终要到哈德的马作为额外的个人礼物），哈德拜、纳吉尔和我同意随他到村中。

其他人在一处山谷扎营，那山谷有牧草地，还有丰沛的清水。我们一路上马不停蹄，到此暂歇反倒让他们有时间给马梳毛，让马休息。驮运货物的马，一路上得有人紧盯着；扎营后，货物被搬到受到守卫的山洞里，藏了起来。那些卸下重负的马终于可以恣意跳跃，四处漫步。我们的人准备享用大餐：四只烤羊、印度香料饭、新鲜的绿叶茶。那是哈吉的村子提供的，以感谢我们投入抗苏圣战。亲兄弟明算账的过路费谈妥且交到他们手里之后，哈吉·穆罕默德村里的长者，和我们一路上碰到的所有阿富汗部族领袖一样，承认我们是为同一个大业并肩作战的战友，竭尽所能地协助我们。哈德、纳吉尔和我骑马离开临时营地，往村子走去时，歌声和笑声跟着我们，欢笑声一路回荡。长途跋涉二十三天以来，我第一次听到我们的人轻松愉快的笑声。

我们抵达时，哈吉·穆罕默德的村子已开始庆祝了。他与我们这队武装汉子交手，不流一滴血就顺利要到过路费，使村民期待婚礼的兴奋情绪更加激昂。哈德解释说，在我们抵达前，阿富汗繁复的结婚仪式已进行了数月，男方家人已遵照礼俗访问过女方家不止一次。每次访问准亲家时，双方都会互赠手帕或香料、甜点之类的小礼物，并严格遵循礼仪。新娘的嫁妆，华丽绣花布、进口丝织品、香水、首饰等，公开陈列供众人欣赏，然后交给新郎家人，替新娘代为保管。新郎甚至可以偷偷和准新娘相会，在和她讲话时献上私人礼物。根据习俗，私会期间，绝不可让女方家的男子看到他，但习俗也要求他接受准丈母娘的协助。哈德告诉我，新人首次面对面交谈时，善尽职责的准丈母娘会一直待在两个人身边，充当他们的社交场合监护人。这一切的礼数都尽到之后，新人就准备迎接为期三天的婚礼。

哈德带我了解这些仪式，巨细无遗地解说，但他那一如既往温和而循循善诱的作风，却似乎透着某种急切。最初我猜，应该说是我认为，流亡在外漫长的五十年后，他是在重新熟悉同胞的习俗。他在重温年轻时的场景和庆祝活动，他在向自己证明，在他的心所理解并感受的所有事物上，他仍是个阿富汗人。但接下来几天他仍继续向我解说，他对那些习俗的关注也一直未曾减少，我终于领会到，那些不厌其烦的解释和历史课，主要是为了我，而非为了他自己。他在开一堂速成课，要我在短时间内了解这个国家的文化。我可能会在这个国家送命而长埋于此，而他正以他所知道的唯一方式，让我理解它，理解我与他生命的联结和我可能的死亡。明白这一点之后，我未把自己的领悟告诉他，只是乖乖地听，尽可能地将听到的一切都记在心里。

那几天，亲人、朋友和其他受邀的宾客大量涌入哈吉的村子。哈吉·穆罕默德的男丁院盖得有如要塞，有四间主屋，每间主屋都是高大方正的泥砖建筑。宅院有高墙围绕，围墙四个角落各有一间大屋。女眷院的围墙更高，里面另有一批建筑。我们睡在男丁院的地板上，自己料理三餐。哈德、纳吉尔和我住进去时，房子已经很挤了，但来自遥远村子的新客人一一到来时，我们只好往更里面挤，好挪出空间给新客人。我们和衣而睡，躺满整个地板，每个人的头都顶着下一个人的脚。有人说夜里睡觉时打呼，是潜意识的防卫本能反应：旧石器时代早期，我们的先祖挤在山洞里睡觉，难以防御野兽入侵，就靠打鼾声警告潜在的掠食者，让它们不敢接近洞口。这群阿富汗游牧民、骆驼夫、绵羊和山羊牧人、农民、游击战士，正证明了这说法，因为他们鼾声如雷，在那漫长寒冷的夜里，那股打鼾的狠劲儿整晚不退，若有一群猛狮靠近，大概会被吓得如受惊的老鼠般落荒而逃。

白天时，同样是由那些人为星期五的婚礼准备菜肴的。菜式多样，包括调味酸奶、辛辣的山羊或绵羊奶酪；以玉米粉、枣子、干果、野生蜂蜜为原料，放进烤炉烤成的糕饼，以及用充分搅拌发泡的山羊奶油烘烤而成的饼干，当然还有各种符合伊斯兰教法的肉食和蔬菜炒饭。大伙儿料理食物时，我看到有几个男人把一具用脚操控的磨轮拖到空地上，然后新郎花了一个小时，卖力地将一把装饰华丽的大匕首磨成刮胡刀般锋利。准岳父带着挑剔的眼神，全程在旁紧盯，查看磨好的刀，对那削铁如泥的锋利感到满意后，一脸严肃地收下这个晚辈送他的礼物。

"新郎刚刚磨利了小刀，以便将来他如果虐待新娘，岳父可以用此来教训他。"我们边在一旁看着，哈德边向我解释。

"很不错的习俗。"我若有所思地说。

"不是习俗，"哈德笑着纠正我，"那是新娘的父亲自己想出的点子。

我从没听过，但如果有效，说不定会成为习俗。"

男人每天都和雇来给庆祝活动助兴的乐师、歌手排演婚礼上要跳的集体舞。那场舞让我有机会见到了纳吉尔新的一面，全然出乎我意料的一面。他会冲进那排成一列的人群，跟大家一起转身，动作洒脱，兴致昂扬。而且我那身材矮短、膝盖外弯，粗壮手臂从他那如树干般的粗颈厚胸伸出来的朋友，还是那群人里头舞技最精湛的一位，并立刻赢得他们的赞赏。他那神秘而掩藏起来的内在生命，那饱满的创造天赋和灵性，在那舞蹈里表露无遗。而那张因愤怒而总是皱着的脸（之前我说过，我从未见过有人的脸笑得那么消沉），在跳舞时变成了另一张脸，绽放出无比坦率、忘我的笑意，化为令我感动得热泪盈眶的美丽脸庞。

"再跟我说一次。"我们在阴凉的墙下，站在有利位置看着他们跳舞时，阿布德尔·哈德汗向我命令道，眼神里闪着调皮的微笑。

我笑了，转身看他，他也笑了出来。

"快，"他催，"说来听听，让我高兴一下。"

"但你已经听我说了二十次，不如你回答我一个问题如何？"

"你再跟我讲一次，我就回答你的问题。"

"好，我说了。宇宙始于大约一百五十亿年前，那时几乎是绝对的简单，之后，宇宙越来越复杂。这一由简而繁的变动，被安置在宇宙的体系结构中，人称复杂倾向。我们是这一复杂倾向的产物，鸟、蜂、树、星，乃至银河，全都是。如果发生某场宇宙爆炸，例如小行星撞地球之类的，把我们消灭殆尽，会有跟我们同样复杂的生命出现，因为那是宇宙的本质，而且那很可能会在宇宙各处不断发生。说到这里，你觉得如何？"

我停顿了一下，但他没反应，我便继续说。

"好，那最后的复杂或终极的复杂，也就是这复杂倾向的最终目的地，就是我们或许会称之为上帝的东西或人。所有东西，只要能促进、推动或加速这趋向上帝的运动，都是善的。而凡是抑制、妨碍或阻止那运动的，都是恶的。如果想知道某件事是善或恶，例如战争、杀人、走私枪械给穆斯林游击战士，就要问以下这个问题：如果每个人都做那件事，会怎么样？那会帮助我们从宇宙里头的这一小块地方抵达那里，或阻碍我们前进？然后我们就能充分了解那是善的还是恶的。更重要的是，我们知道那为什么是善的或恶的。说到这里，还可以吗？"

"很好。"他说，眼睛没看我。我扼要复述他的宇宙论模型时，他闭上眼睛点头，噘起嘴，露出似笑非笑的表情。我说完时，他转头看我，那压抑的笑意豁然绽开，眼神里闪现出欢乐和淘气。"你知道吗，你如果想做，你可以把那观念从头到尾表达得跟我一样好、一样精确。我这辈子几乎所有时间都在研究那观念，思索那观念。听到你用自己的话跟我说那观念，你不知道我有多高兴。"

"我想那是你的言论，哈德，你常常教导我，但我真的有两个问题。我现在可以问了吗？"

"可以。"

"好。这世上有些东西是没有生命的，例如石头；有些东西是有生命的，例如树、鱼、人。你的宇宙论没告诉我生命和意识来自何处。如果是同一个东西造出了石头和人，那为何石头没有生命，而人有生命？我是说，生命来自何处？"

"我太了解你了，我知道你一定希望我简短又直接地回答这个问题。"

"我想我希望每个提问都得到简短又直接的答复。"我答道，笑了出来。

对我轻浮而愚蠢的反应，他扬起一边的眉毛，然后慢慢地摇头。

"你可知道英国哲学家罗素？读过他的书吗？"

"读过，我读过一些，在大学和监狱的时候。"

"他是我尊敬的麦肯锡先生最欣赏的人之一。"哈德微笑着说，"罗素的论点，我不全都认同，但我的确喜欢他推断出那些论点的方式。总而言之，他曾说，凡是可以言简意赅的，就言简意赅。我很同意他这句话。但话说回来，对你的提问，我的回答是：生命是万物的特色。我们可以称那是 characteristic，我最喜欢的英文单词之一。对于不是以英语为母语的人，characteristic 这个单词的发音令人惊奇，像击鼓的声音，或折断引火柴以便生火的声音。言归正传，宇宙中每个原子都有生命的特色。原子聚合的方式越复杂，生命特色的表现也越复杂。石头是非常简单的原子组合，因而石头里的生命简单到我们无法看见。猫是非常复杂的原子组合，因而猫的生命清楚可见。但生命是存在的，存在于万物之中，甚至石头之中，甚至在我们看不见生命之时。"

"你从哪里得到这观念的？从《古兰经》里？"

"其实那是大部分主要宗教都有的观念，只是表现的方式不尽相同。我稍微调整，以配合我们过去几百年来对世界万物的了解。但《古兰经》激发了我从事这种研究，因为《古兰经》要我研究万物、了解万物，以便服侍真主。"

"但'生命特色'这个词来自哪里？"我不罢休，认定我终于要把他困在简化论的死胡同里。

"生命，还有宇宙万物的所有其他特色，例如意识、自由意志、复杂倾向，乃至爱，诚如我们所知，都是在时间开始时，光所赐予宇宙的。"

"在大爆炸时？你是在说那个？"

"对。大爆炸扩张始于一个叫作 singularity（奇点）的点，又是一个我最喜欢的五音节英文单词。那个点几乎无限稠密，几乎无限热，且如我们所知，它不占空间，不占时间。那个点是光能的大沸锅。某种东西促使它扩张，我们还不知那是什么东西。因为光，所有粒子和所有原子，还有空间、时间，我们知道的所有力量，开始出现了。因此光在宇宙诞生之初给了每颗小粒子一组特色，随着那些粒子以更复杂的方式结合，那些特色也以越来越复杂的方式呈现出来。"

他停下，看着我的脸，我正努力和我心中打转的观念、疑问、情绪搏斗。他再度甩掉我，我心想，突然因为他回答了我的问题而感到生气，但又出于同样的理由对他心生敬佩。在黑帮老大阿布德尔·哈德汗充满洞见的长篇大论（有时像是布道）里，总是有不协调的地方，而且那不协调叫人觉得诡异。我们在阿富汗境内一个近乎石器时代的村子里背靠石墙坐着，准备走私的枪支和抗生素藏在附近。在这样的情境下，他那冷静、深奥的演讲，关于善与恶、光与生命及意识的演讲，显得极不协调，不协调到足以让我满腔怒火。

"我刚刚告诉你的，乃是意识与物质之间的关系。"哈德说道，然后再度停下，直到我看着他的眼睛，才又继续说，"这是种测试，而现在你懂了。若有人告诉你，他明白生命的意义，你就应该用这来测试那人。你所遇见的每个修行大师和导师、每个先知和哲学家，都应该回答两个问题：什么是客观且放诸四海而皆准的善恶定义？还有，意识与物质之间有何关系？如果无法像我一样回答这两个问题，你就知道那人未通过测试。"

"你怎么知道这些物理知识的？"我质问道，"这些关于粒子、奇点、大爆炸的知识。"

他盯着我，看出我无意中发出的侮辱之意：像你这样的阿富汗黑帮分子，怎么会懂这么多科学和高深知识？我回看他，想起有一天与强尼·雪茄在贫民窟时，我所犯下的严重错误：只因为他穷，就认定他无知。

"有句俗话说，学生准备好了，老师就出现。你听说过吗？"他问，笑了。那似乎是在嘲笑我，而不是在跟我一起说笑。

"听过。"我紧咬牙关，耐心地吐出答复。

"就在我研究哲学和宗教而需要科学家指点特殊知识时，有个人适时出现了。我知道生命、星体、化学的学科，可以给我许多答案，但遗憾的是，我亲爱的麦肯锡先生除了给我最基本的知识，无法教我那些东西。然后我遇见了一位物理学家，一个在孟买的巴巴原子研究中心任职的男子。他人很好，但在那时候有个缺点，爱赌。他碰上了大麻烦，输掉一大笔钱，而他赔不起那么多钱。他在一家俱乐部赌输了，而那俱乐部的老板我很熟，我需要他帮忙的时候，他都肯为我卖力。麻烦不止这一桩。那个科学家还和一个女人扯上关系，他爱上那女人，为了那份爱干了一些蠢事，惹上许多危险的麻烦。他找上我，我给他解决那些麻烦，且严守口风，没把那些事告诉别人。没有人知道他做了那些轻狂的事，没有人知道我帮他解决了那些事。为了回报我，自那天起，他就一直在教我，至今仍在教。他叫沃夫冈·珀西斯，我已经安排好，回去后不久就让你跟他见面，如果你想的话。"

"他教了你多久？"

"过去七年，我们每个星期见一次面，一起研究。"

"天啊！"我倒抽一口气，想着睿智而又呼风唤雨的哈德，碰上自己想要的东西时，即使那合法但不合理，也要强索到手，心里不禁感到些许卑鄙的高兴。但一转眼，我又为自己有这想法而觉得丢脸：我很爱哈德汗，才会跟着他参战。那位科学家难道不可能跟我一样爱他？想到这一点，我知道我是嫉妒那个人，那个我不认识且大概永远不会见面的科学家。嫉妒，就像滋生那嫉妒的不完美的爱，不理会时间，不理会空间，不理会具有智慧的推理论证。嫉妒单凭一个恶意的辱骂就能让死者复活，或者让人只因为听到某人的声音就恨起那人，尽管那是个十足的陌生人。

"你问生命，"哈德改弦易辙，和颜悦色地说，"因为你在思索死。你在思考如果逼不得已，你必须射杀人，必须夺人性命。我说对了吗？"

"对。"我喃喃道。他说的对，但萦绕在我心中的杀人念头和阿富汗无关。我想杀的人在孟买，在名叫"皇宫"的丑恶妓院里，那人高坐在一间密室的宝座上。那人是周夫人。

"切记，"哈德锲而不舍，一只手搭上我前臂，强调他要说的话，"有时，为了对的理由，必须做不对的事。重点在于，要确认理由是否对；在于坦承做了不对的事；在于不自欺，不自认自己做了对的事。"

稍后，在闹哄哄的婚礼走到悲喜交织的尾声时，在我们与自己人急速会合，哐当哐当吃力地穿越新的高山时，我试图卸下哈德用话语圈住我心坎的荆冠。为了对的理由，做不对的事……在这之前，他就曾以那句话折磨过我一次。我在心里咀嚼它，就像熊会咬拴住它腿的皮带。我这辈子干过的不对的事，几乎都是出于不对的理由。就连我干过的对的事，也往往是受不对的理由所驱使。

郁闷包围了我。那是因抑郁而心存怀疑的心情，我甩不掉那心情。我们骑马走进冬天时，我常想起阿南德·拉奥——我贫民窟的朋友。我想起在阿瑟路监狱的会客室里，阿南德的脸隔着金属栅栏对着我微笑：那张温和、英俊的脸那么平静，洋溢在他心中的平静心情，使他脸上没有一丝怨恨。如他所认知的，他为了对的理由，做了不对的事；如他跟我说的，他平静地接受他应得的惩罚，好像那是特权或权利。最后，经过太多的思考，我咒骂起阿南德。我骂他，要他别再纠缠我的心，因为有个声音不断在告诉我（我自己的声音，也可能是我父亲的声音），我永远不可能理解那份平静。我永远无法抵达心灵上的伊甸园，无法坦然接受惩罚、坦然承认对错，无法摆脱那像石头一样安立在荒凉的逃亡心田里的烦恼。

我们再度摸黑往北走，攀爬、穿过哈达山脉狭窄的库萨山口。那段路直线距离三十公里，但我们上攀又下降，走了将近一百五十公里。然后，天空豁然大开，我们在较平坦的地区走了将近五十公里，越过阿加斯坦河和其支流三次，然后抵达沙巴德山口的山麓丘陵。在那里，在我还在为这趟远征的是非对错而烦乱不堪之际，我们首次遇上敌人并开枪攻击。

哈德下令不休息，一鼓作气攀越沙巴德山口。因为那个决定，我们许多人，包括我，在那个寒冷的傍晚保住了性命。我们以小跑步猛赶路，穿过那开阔的平原之后，大家都疲惫不堪。每个人都希望在那山口的山麓丘陵休息一下，但哈德催我们继续走。他从队伍前头骑到后头，大叫着要我们不要停，不要停，跟上。因此，枪声刚传来时，我们正在快速移动。我听到那声音，敲击空心金属的声音，好像有人正拿着铜管敲空的汽油桶。我蠢得很，一开始没想到那是枪声，仍拖着疲累的步伐，牵着马慢慢走。然后，我们进入了枪支射程，子弹打中地面，打中我们的队伍，打中我们四周的岩壁。众人急忙寻找掩护。我趴下，把脸猛埋进石砾小径的土里，告诉自己那不是真的，告诉自己前头那个人背部爆开往前倒下不是真的。我们的人开始从我身边开枪反击。我猛喘气，把土吸进嘴里，吓得一动不动。我陷身战场。

要不是因为我的马，我可能会一直待在那里，把脸埋在土里，让心把怦怦跳的恐惧震波传进地里。我趴下时，缰绳脱手，马怕得用后腿站立起来。我担心被它踩到，赶紧站起来，一阵乱抓，抓住四处甩的缰绳，想重新控制住它。原本非常温驯的马，这时突然成为整队马匹里最不听话的一匹。它后腿立起，然后猛然弓背跃起。它猛跺马蹄，想拖着我往后走；它猛踢脚，拉着我一起急绕圈，想找到可往后踢中我的角度。它甚至还咬我，往我前臂狠狠咬下，虽然隔着三层衣服，还是让我痛得要命。

我飞快地往左右看了一眼整队人马。最靠近山口的人正往山口逃，牵着自己的马往突出的岩石寻找掩护。在我前头和后头的人费了一番功夫，已让自己的马伏下，他们就蹲在马旁或马后。只有我的马仍然后腿立起，目标鲜明。我欠缺骑师的驯马本事，要让马在交战区躺下，无异难上加难。其他马正害怕得尖叫，每声恐惧的嘶鸣都使我的马更为慌乱。我想救它，想叫它伏下，以减少中枪的概率，但我也害怕自己中枪。敌人的子弹射中了我上方和旁边的岩石，每个碎裂的声音都教我像只靠近荆棘篱的鹿，猛然抽动身子。

等待中枪的感觉很奇怪，记忆中最类似的经验是从空中落下，等着安全伞张开。那是特别的感觉，独一无二。我的皮肤感受到某种不同的气味。眼睛变硬，仿佛突然变成是用冰冷金属制成似的。就在我决定放弃，任它自生自灭时，它整个身子软掉了，随着我的拉扯侧身倒下。我跟着它趴下，用它圆滚滚的身体中部当掩护。我想安抚它，伸手过去轻拍它的肩，结果拍到在流血的伤口，啪嗒作响。我抬起头，看见马中了两枪，一枪在肩膀高处，另一枪在腹部，伤口随着呼吸而大量流出血。马在号哭，我只能用这字眼形容。那是伴有粗重鼻息、断断续续的哀鸣。我把头贴着它的头，一只手抱住它的脖子。

我们的人对着约一百五十米外的山脊集中火力反击。我紧贴着地面，从马鬃上方往外看，看见一颗又一颗子弹打中地面，扬起的尘土漫过遥远的山脊。

然后战火平息。我听见哈德用三种语言叫喊，要大家停火。我们等了漫长的几分钟，一动不动，呻吟、悲叹、啜泣。我听见附近有嘎吱嘎吱踩过石子的声音，抬头见到哈雷德·安萨里蹲低身子朝我跑来。

"没事吧，林？"

"没事。"我答道，首次怀疑自己是不是也中了枪，双手往腿、臂迅速摸了摸，"对，我没事，毫发无伤。但我的马中枪了，它……"

"我在清点！"他打断我的话，伸出两只手要我冷静，要我不要说话，"哈德派我来查看你是否没事，并清点人数。我很快会回来。待在原地不要动。"

"但它——"

"它完了！"他悄声说，语气愤怒而强硬，然后变得较温和，"那匹马完了，林。它没救了，没救的不止它一个。哈比布会把它们了结。待在原地，低下头。我去去就回。"

他蹲低身子跑开，往我后面的队伍一路跑去，沿途不时停下。我的马正吃力地呼吸，每嘎嘎作响地呼吸三四次，就会发出一声呜咽。血流缓慢但稳定，它腹部的伤口冒出深色的液体，比血色还深的液体。我想安抚它，轻抚它的颈子，随即想到我还没给它取名字，让它至死都没名字，似乎太残忍。我在脑海里搜索，当思绪之网从蓝黑色的深处拉起时，一个忠实的名字，闪闪发亮的名字，呈现在眼前。

"就叫你克莱尔，"我对着那母马的耳朵悄声说，"她是个漂亮女孩。和她在一块，不管去哪里，她都让我出尽风头。和她在一块，我总显得笃定而自信。直到她最后一次从我身边走开时，我才真的爱上她。她说我对什么都感兴趣，对什么都不肯投入。她对我说过那样的话。她说的没错，她说的没错。"

那时的我吓得胡言乱语，激动得猛讲话。如今我知道那是什么症状，因为我已见过其他人首次陷身枪林弹雨时的反应。只有极少数人清楚知道该怎么办，知道在身体本能地完成蹲低、翻滚之前，就开枪还击。其他人则笑，笑到停不下来。有些人哭，叫喊妈妈、妻子或上帝。有些人变得非常安静，缩到自己的内心世界里，就连他们的朋友看了都觉得害怕。而有些人讲话，就和我对自己垂死的马讲话一样。

哈比布以"之"字形路线跑过来，见我正对着母马耳朵讲话。他彻底检查它全身，双手飞快摸过它的伤口，伸手到分布着浓密静脉的皮下，摸索子弹的位置。他从刀鞘里抽出小刀，那是把长小刀，刀尖有如犬牙。他拿着小刀准备刺入马喉，然后停住。他发狂的眼睛与我的眼睛相遇。他瞳孔周边有如阳光般四射的金黄光芒，瞳孔似乎在搏动，旋转。那是对大眼睛，但眼神里的疯狂更大，那疯狂在他眼睛里使劲儿撑开，使劲鼓胀，仿佛想从他脸上喷出似的。但他足够理智，意识到我无助的哀痛，把小刀递给我。

或许那时我该接过小刀，杀死那匹马，我自己的马。或许那是个好男人，一个有担当的男人，在那种情况下会做的。但我办不到。我望着小刀和马颤动的喉咙，下不了手。我摇摇头。哈比布把小刀插进马颈，微微地、近乎优美地转动手腕。母马浑身颤动，但乖乖接受人的抚慰。小刀抽离喉咙，血随着心脏的猛然推送大量喷出，喷到她胸膛上，喷到浸湿的地面上，她使劲紧咬的腭部慢慢松开，眼睛渐渐黯淡，然后硕大的心脏停止了跳动。

我把视线从温和、无畏、了无生气的马眼上移开，定定望着在哈比布眼里横冲直撞的病态，我们共有的那一刻充满激动的情感，与我所知的世界格格不入的情感，因而我的手不知不觉顺着身体滑，滑向枪套里的枪。哈比布对我咧嘴而笑，狒狒似的露牙而笑，叫人茫然不解的笑，然后迅速走开，走向下一匹受伤的马。

"你没事吧？"

"你没事吧？"

"你没事吧？"

"什么？"

"我说，你没事吧？"哈雷德问，抓住我的领口猛摇，直到我看着他的眼睛。

"没事，当然没事。"我定定地望着他的脸，不知自己盯着死去的马，把手放在它穿孔的喉咙上已有多久。我望向四周的天空，夜色开始逼近，原来只过了几分钟。

"如何……情况如何？"

"损失了一个人，麦基德，本地人。"

"我看到了，他就在我前面，子弹像开罐器一样划开他的身子。操，真快。他活得好好的，然后背部开花，像个断绳的傀儡一样倒下。我很确定他膝盖还没着地，人就死了。快成那样！"

"你确定没事？"我停下喘口气时，哈雷德问。

"当然，我当然他妈的没事！"我厉声说，用地道的澳大利亚腔说出那脏话！他的眼神让我想再度发火，我差点对他大叫，但接着我看到他表情里的温暖和关心，转而笑了出来。他松了口气，跟着我笑。"我当然没事，如果你不再问我，我会好得多。我只是有点……爱讲话……就这样而已。让我放松一下。天啊！有个人在我前方中枪死掉，我的马在另一边也中枪死掉了。我不知道自己是运气好，还是倒霉透顶。"

"你运气好。"哈雷德立刻回答，语气比他带笑的眼神更认真，"形势很糟，但本来可能更糟。"

"更糟？"

"他们没用重武器，没用迫击炮，没用重机枪。如果他们有那些武器，不会放着不用，那样我们的死伤会更严重。那表示那是支小型巡逻队，大概是阿富汗人，不是俄罗斯人，只是想摸我们的底或碰碰运气。事实上，我们有三个人受伤，损失了四匹马。"

"受伤的人在哪里？"

"在前头上面，山口里。想不想跟我去看看？"

"当然，当然。帮我卸下马具。"

我们费劲儿拔下我的死马身上的马鞍和马勒，快步跑过成列的人马，来到狭窄山口的入口。伤者躺着，以一块肩状石为掩护。哈德站在附近，皱着眉头看向我身后的平原。艾哈迈德·札德正给一名伤者脱衣服，动作轻巧而迅速。我瞥了一眼越来越暗的天色。

有个人断了一只胳臂，他的马中枪倒下时，压到了他。骨折很严重，前臂靠近手腕的地方骨折，一根骨头凸起，凸起的角度叫人触目惊心，但仍包在肉里，未刺穿皮肤，那断臂得固定。艾哈迈德·札德脱掉了第二个人的衬衫，我们看出他中了两枪。两颗子弹仍留在他体内，而且太深，不动大手术拿不出来。一颗打进胸腔上部，打碎锁骨；另一颗留在肚子里，在两边髋骨之间划出一道很宽的致命伤口。第三个人是名叫悉迪奇的农民，头部伤势严重。他的马把他甩出去了，他靠近头顶的地方撞上了巨石。伤口在流血，颅骨裂口清晰分明。我用手指滑过断骨突起处，血让那里变得湿滑。头皮已裂成三块。其中一块严重松动，我知道如果用力扯，就能把它扯下。他的颅骨完全靠着纠结成团的头发才不致散开。颅骨底部，头与颈交接处，还有个肿起的大包。他陷入了昏迷，我看他大概永远睁不开眼睛了。

我再度瞥了一眼天空，天光熹微，时间已经不多，我得下决定，得做抉择，或许可救活一个人，但得任由另外两个人死掉。我不是医生，没打过仗。那份工作落在我身上，似乎是因为我比别人多懂一些，而且我愿意接。天气很冷。我很冷。我跪在黏糊糊的血渍里，可以感觉到血透过长裤渗到膝盖。我抬头看哈德，他点头，像是看透我的心思。愧疚和恐惧教我不舒服，我拉上毯子盖住悉迪奇，以免他冷，然后抛下他去救治断了手臂的那个人。

哈雷德拉开我身旁的综合急救箱。我把塑料瓶装的抗生素粉、消毒水、绷带、剪刀丢在艾哈迈德·札德脚边的那个中枪男子身旁。我火速说明了清洗、处理伤口的要领，艾哈迈德照做，开始包扎枪伤伤口，我则把注意力放在断臂上。那人跟我讲话，语气急切。那张脸我很熟悉。他有项过人的本事，能把不听话的山羊赶拢。我常看到他在我们营地四周晃荡，那些容易躁动的山羊自动地乖乖跟着他。

"他说什么？我听不懂。"

"他问你会不会痛？"哈雷德低声说，努力不让嗓音和表情露出情感，好让他放心。

"我自己碰过一次和这差不多的伤，"我答，"我知道会很痛，非常痛，兄弟，所以我想你最好拿走他的枪。"

"没错，"哈雷德答道，"妈的。"

他张嘴微笑，迅速移到受伤男子的旁边，慢慢抽走他握在手里的卡拉什尼科夫枪，放到他拿不到的地方。然后，在夜色笼罩之际，那男子的五个朋友按住他，我使劲扭他断掉的手臂，直到它很接近原来平直而健康的样子——它永远无法完全恢复的样子。

"Ee-Allah!Ee-Allah!（天啊！天啊！）"他紧咬牙关，一再大叫。

断臂包扎好并上了夹板固定，中枪男子的伤口贴上膏药之后，我火速给不省人事的悉迪奇敷药、包扎。然后我们立即动身进入狭窄的山口，货物由剩下的所有马平均担负。中枪的那名男子骑马，由他朋友在两旁扶着。悉迪奇被绑在驮马上，中枪身亡的阿富汗人麦基德的尸体也是。其他人步行。

坡陡但不长，空气稀薄，大家走得猛喘气，刺骨寒气冻得人直发抖，我和其他人又推又拉，逼不愿走的马前进。那些阿富汗战士从无一声抱怨或不满。坡度越来越陡，在这趟长途跋涉中，我们还没碰到这么陡的陡坡，我最终停下，猛喘气，好恢复体力。两个人转身看我停下，不惜放弃他们已爬上去的几米宝贵高度，滑下到我身边。他们张大嘴巴笑，拍着我的肩膀打气，帮我把一匹马拉上陡坡，然后跳着走开，前去帮前头的人。

"这些阿富汗人或许不是世上最好同生的人，"艾哈迈德·札德在我身后吃力往上爬时，喘着气说，"但无疑是世上最好共死的人！"

爬了五个小时，我们抵达了位于沙里沙法山脉的营地。那营地里有个庞大的岩架能挡风，下方的地面经人挖掘成大洞穴，里面有地道通往相连的其他洞穴。几个经过伪装的较小掩体呈环形围住这洞穴。掩体延伸到那平坦、岩石林立的高原边缘。

哈德叫我们停下，渐渐上升的满月洒下清辉。他的斥候哈比布已把我们到来的消息先行通告营地的人，穆斯林游击战士正满怀兴奋等着我们，还有我们带来的补给品。我位于纵队中间，前面有人传话过来，说哈德找我。我小跑步上前和他会合。

"我们要循这条小径进入营地。哈雷德、艾哈迈德、纳吉尔、马赫穆德和其他一些人。我们不清楚营地里有谁。我们在沙巴德山口遭到了攻击，表示阿斯马图拉·阿查克扎伊已再度改变立场，改投入苏联阵营。那山口由他掌控已有三年，照理我们到那里应该很安全。哈比布告诉我，那营地的人很友善，是自己人，他们在等我们。但他们仍躲在掩体后面，不肯出来跟我们打招呼。我想我们的美国人如果跟我们一起骑马过去，骑在前头，我的后面，会比较好。我不能命令你这么做，只能请你做。你肯不肯跟我们一起骑马过去？"

"愿意。"我答道，希望这答复听在他耳里比听在我耳里更坚定。

"很好。纳吉尔等人已备好马匹，我们立刻出发。"

纳吉尔牵来几匹马，我们疲累地爬上马鞍。哈德想必比我还要累，他的身体想必经受了比我更多的疼痛和疲劳，但他依然直挺挺地骑在马上，僵直的手臂握着那根绿、白旗，旗杆底部撑在腰骨上。我效仿他，挺直背杆，脚利落地往后一踢，驱马前行。我们几人排成短短一列，缓缓骑进银色月光。月光很亮，在灰色岩壁上投射出模糊的巨影。

从南边陡坡前往营地，要走过狭窄的石径。石径由右往左弯，弧度优美而均匀。在我们左边是约三十米深的悬崖，底下是由巨石碎裂形成的石砾，右边是平滑陡峭的石壁。我们的人马和营地里的游击战士，个个聚精会神地盯着我们。走过大约一半的石径时，我的右臀突然很不识相地抽起筋来，然后就立刻变成刺骨的疼痛。我越是想不理会它，就越是疼得厉害。我把右脚拔出马镫，想伸直腿，以减轻臀部的紧绷，然后把全身重量放在左腿，在马鞍上稍稍站起身子。突然，我左脚的靴子从马镫滑落，左脚踩空，我感觉自己从马鞍上往旁边掉，就要掉向那又深又满是石头的悬崖底下。

我整个人往下翻转时，出于求生本能，手脚狂挥乱舞，两只手臂和未受束缚的右脚抱住马颈。在叫人捏把冷汗的瞬间，我已从马鞍上落下，手脚抓着马颈，头下脚上地吊着。我要马停下，它不理我，依然在那狭窄小径上缓缓前行。我不能放手。小径那么窄，悬崖那么深，一放手，肯定会掉到悬崖底下。马不肯停，于是我就头下脚上地苦撑着，双臂双腿缠住它脖子，它的头在我的头旁轻轻上下摆动。

我听到自己人先大笑。那是不由自主、断断续续、叫人喘不过气的大笑，让人笑得肋骨发疼、一疼数天的大笑，那是你很肯定如果笑岔了气会要你命的大笑。然后，我听到营地里传来穆斯林游击战士的大笑。我把头往后仰看哈德，看到他在马上转过头，和其他人一样放声大笑。然后我开始大笑，笑得手臂都软了，我使劲抓住马，再度大笑。我憋住气，以低沉粗哑的嗓音痛苦大叫："吁！停！Band karo!"众人更是笑翻了。

我就以这副模样进入了穆斯林游击战士的营地。众人立即在我周边弯下身子，把我从马颈上扶下来，站稳。我们自己人跟着走过那狭窄石径，来到营地，轻抚或是重拍我的背。穆斯林游击战士看到我们之间的熟络，跟着有样学样，一个个上前拍我，整整十五分钟后，我才得以清闲，坐下歇歇我软绵绵的腿。

"要你一起骑不是哈德出过的最好的主意。"哈雷德说着，滑下巨石，在我身旁坐下，背靠石头，"但是妈的，老哥，耍了那把戏之后，你还真受欢迎。那很可能是那些家伙这辈子所见过的最搞笑的事了。"

"饶了我吧！"我叹口气，冒出最后一个不由自主的哈哈大笑，"我骑马翻越数百座山，渡过数十条河，其中大部分还是摸黑走的，这样过了整整一个月都没事，进这营地却是摇摇晃晃，像只臭猴子吊在马颈上。"

"别逗我再来一次！"哈雷德上气不接下气地大笑，手紧抓着腰。

我跟着他笑。我虽然累垮了，任由别人嘲笑，但实在不想再笑，于是我瞥向右边，避开他的目光。一顶涂上迷彩的帆布帐篷供我们的伤员栖身。在帐篷旁边的阴影里，有人正在卸下马背上的货物抬进洞穴。我看见哈比布从搬运队伍后面拖着又长又重的东西走开，没入更远处的漆黑夜色。

"哈比布……"我开口说，仍止不住嗤嗤地笑，"哈比布在那里做什么？"

哈雷德立刻警醒，猛然站起身。他急迫的神情刺激了我，我跳起来，跟上去。我们跑向平坦的高原，绕过边缘的一排石头，见到他跪着，双腿跨在某人身上。那是悉迪奇。当大伙儿把注意力全放在那一捆捆迷人的货物上时，哈比布将不省人事的悉迪奇从帐篷开口下面拖出。就在我们跑到他身旁时，哈比布把长长的小刀刺进悉迪奇的脖子，如先前那般轻轻转动刀子。悉迪奇双腿小小抽动了一下，然后不再动。哈比布拔出小刀，转头看到我们正从背后盯着他。我们脸上的惊惧和愤怒似乎只使他发狂的眼神更为疯狂，他对我们咧嘴而笑。

"哈德！"哈雷德大喊，脸色苍白得如周遭沐浴在月光下的石头，"哈德拜！Iddar ao! 来这里！"

我听到身后某处传来一声大喊回应，但我站在原地。我盯着哈比布。他转身面对我，一脚从尸体上方绕过来，蹲在地上，像是准备向我扑来。那发狂的咧嘴狞笑定在他的脸上，但他的眼神变得更阴沉，或许是更害怕或更狡猾。他迅速转头，把头歪成古怪的角度，像是正以野兽的敏锐听力倾听遥远黑夜里某个隐约的声音。我什么都没听到，只听到身后营地里的嘈杂声和风吹过大小峡谷和秘密小径所发出的轻柔呼啸声。在那一刻，那陆地，那些山，阿富汗这个国家，对我而言似乎无比凄凉，似乎被拿走了太多的亲切与温馨，因而就像哈比布那疯狂的内心世界。我感觉自己被困在他脑子里石头林立的幻觉迷宫中。

当他以动物的蹲姿绷紧身子，脸扭向别处，倾听周遭动静时，我迅速解开枪套的钉扣。我小心地拔出枪，握在手里。我大声喘着气，不自觉遵照起哈德的指示，关保险，把一发子弹推上膛，扳起击铁，然后才意识到自己竟不知不觉这么做了。枪支的声响使哈比布转头面对我，他望着我手里的枪，枪正对准他的胸口。他把目光移回到我的眼睛，移得很慢，近乎懒洋洋。小刀仍在他手上。我不知道月光下我是何表情，想必不好看。我打定主意，他只要往我这儿移动一分一毫，我就猛扣扳机，直到他倒地为止。

他的咧嘴而笑变成嘴巴张得更大的大笑，至少看起来是大笑。他动了动嘴巴，摇了摇头，但没有声音。他的眼睛完全无视哈雷德的存在，定定盯着我，从中把讯息传给我。然后我听到，在脑海里听到他的说话声。他的眼睛告诉我：你看，我说的没错，你们没一个人可靠……你们想杀我……你们所有人……你们要我死……没关系……我不在意……我允许……我要你做……

我们听到身后有声音，是脚步声。哈雷德和我害怕地跳了起来，转身见到哈德、纳吉尔、艾哈迈德·札德冲过来。我们回头看，发现哈比布已不见踪影。

"是哈比布。"哈雷德答，在漆黑的夜色里寻找那疯子的踪影，"他疯了……真的疯了……他杀了悉迪奇……把他拖到这里，一刀刺进他喉咙。"

"他人在哪里？"纳吉尔火大地质问道。

"我不知道。"哈雷德答，摇摇头，"你有没有见到他走开，林？"

"没有。我跟你一起转头，看到哈德，再回头他就……完全……不见人影。我想他肯定跳下峡谷了。"

"他不可能跳下去，"哈雷德皱眉，"那儿有五十米深。他不可能跳下去。"

阿布德尔·哈德在尸体旁跪下，双手掌心朝上，悄声祷告。

"我们可以明天再找他。"艾哈迈德说，一只手搭在哈雷德肩上以示安慰，并抬头望向夜空，"今晚没剩多少月光可供我们干活儿了，还有许多事要做。别担心，如果他仍在这附近，明天会找到他的。如果没找到，如果他走了，那也未必是最糟的事，non？"

"今晚的哨班要提防他，"哈雷德下令，"我们自己的人，熟悉哈比布的人，不是这里的人。"

"Oui。"艾哈迈德附和。

"如果可以避免，我不希望他们射杀他。"哈雷德继续说，"但我也不希望他们陷入危险。查查他所有的东西，查查他的马和行李，摸清他可能带了什么武器或爆裂物在身上。以前我没好好查过，但我想他的夹克里有东西。操，真是一团乱！"

"别担心。"艾哈迈德低声说，再度伸手搭在哈雷德肩上。

哈德祷告完毕，我们把悉迪奇的尸体抬回帐篷，用布包住，等隔天可以办葬礼时再解开。我们又忙了几个小时，然后在洞里紧挨着躺下睡觉。打鼾声很大，众人累了一天，睡不安稳。但我躺着，因为其他理由而失眠。我的眼睛不断飘回那个因为没有月色而阴影深浓的地方，哈比布消失的地方。哈雷德说的没错，哈德的战争从一开始就不顺，那几个字在我清醒的脑海里回荡。一开始就不顺……

在那个不祥的夜晚，我想把视线锁定在黑色天穹上颗颗分明的繁星，但注意力就是一再涣散，反倒不自觉地盯着高原的黑暗边缘瞧。而我知道，以无须言语就令我们知道爱已远去的那种方式，或者以我们一瞬间就笃定知道某位朋友的虚伪，他不是真心喜欢我们的那种方式，知道哈德的战争，对我们所有人而言，结局将比序幕要惨得多。

第三十四章

　　我们和游击战士一起在沙里沙法山脉上的洞穴群里住了两个月，天气寒冷，且越来越冷。从许多方面来看，那是难熬的两个月，但我们的山区据点从未受到炮火的直接攻击，相对安全多了。营地与坎大哈的直线距离只有五十公里。距喀布尔主干道约二十公里，距西北边的阿甘达布水坝约五十公里。苏联人占领了坎大哈，但他们对这南部首要大城的掌控不足，坎大哈一再遭到包围。反抗军将火箭射入市中心，在郊区作战的游击队让俄军付出了可观的代价。主干道落入了几支武装精良的游击队手里。从喀布尔开来的苏联坦克和卡车车队，得用火力炸掉沿途的路障，才能抵达坎大哈提供补给，而且每个月都是如此。忠于喀布尔傀儡政权的阿富汗正规部队保护具有重要战略地位的阿甘达布水坝，但大坝频频遭到攻击，危及他们对这珍贵资源的掌控。因此，我们大致位于三个激烈冲突区的中央，而每个冲突区都不断需要补充新兵员和枪支。对我们的敌人而言，沙里沙法山脉不具战略价值，因此，我们藏身在伪装良好的山洞里，战火未找上门。

　　那几个星期里，天气转为酷寒的严冬。下雪了，还刮起阵阵大风和飑，我们身上穿了好几层拼缝而成的制服，却仍旧被打湿了。冰冷的雾在山中缓缓飘移，有时停滞不动达数小时。一动不动的白雾像结霜的玻璃，遮天蔽日，放眼望去什么都看不到。地上常常都是泥泞一片或结了冰，甚至我们住的山洞里的石壁，似乎都被冬天冰冷的寒气冻得嚯嚯作响，直发抖。

哈德带来的货物，有一部分是手工工具和机器零件。抵达后的头几天，我们就已搭设好两家工厂，在那个冬天那漫长的几星期里，我们一直忙个不停。我们把六角车床拴在一张自制的桌子上，那车床靠柴油引擎运转。游击战士很确定在听力所及的范围内没有敌军踪影，但我们还是用粗麻布袋搭成圆顶小屋，盖住引擎，留下开口通风并排放废气，借此压低运转声。磨轮和高速钻机也靠同一引擎驱动。

靠着那组机器，游击战士修复了武器，有时甚至改造武器，以符合不同的新需求。其中第一个改造的武器是迫击炮。在阿富汗战场上，俄罗斯制八十二毫米的迫击炮是杀伤力仅次于飞机和坦克的武器。游击队买来、偷来这类迫击炮，或通过徒手搏斗抢来，往往会为此付出性命。然后，他们用这武器对付将它们带进阿富汗以征服这个国家的俄罗斯人。我们的工厂将这些迫击炮拆解、改造，装在涂蜡防水袋里，用于最西至札兰吉、最北至昆杜兹的各个战区。

除了弹壳钳子和一般的钳子、弹药和爆裂物，哈德运来的货物还包括他在白沙瓦的军火市集买来的卡拉什尼科夫枪新零件。AK步枪是二十世纪四十年代由卡拉什尼科夫设计出来的，以应对德国在武器上的创新。第二次世界大战步入尾声时，德国陆军将领不顾希特勒的明令禁止，制造出一款自动突击步枪。德国武器工程师胡戈·施梅瑟以先前俄罗斯人提出的概念为基础，发明出一款又短又轻的武器，可以每分钟一百多发的速度射出弹匣里的三十发子弹。希特勒看了这款他原先禁止研发的武器后大为赞赏，将它命名为"Sturmgewehr"，也就是"风暴步枪"，并立即下令大量生产。施梅瑟的"风暴步枪"威力太小，来得又太迟，无法扭转纳粹的败亡命运，但在此后的二十世纪期间，它为所有突击步枪的研发指明了方向。

AK-47是最具影响力且广泛制造的新型突击步枪，操作方法是将击发子弹时所产生的部分推进气体导入枪管上方的导气管。气体推动活塞，进而迫使枪机回撞弹簧，扳起击铁，以便射出下一发子弹。这款步枪重约五公斤，弧形金属弹匣可装填三十发子弹，以每秒约六百九十米的射速射出 7.62mm 的子弹，有效射程超过三百米。在自动模式下，每分钟可连续射出一百多发；半自动、单发模式下，每分钟可射出约四十发。

穆斯林游击战士很快就向我说明了这款步枪的局限。沉重的 7.62mm 子弹，离开枪口时的初速低，使它的弹道呈大弧形，需要巧妙调整才能击中三百米外或更远的目标。AK-47 射击时，枪口火光很亮，特别是新的 AK-74 系列，因而在夜间使用时会使射击者看不清前方，且往往容易暴露射击者的位置。枪管很快就会过热，热到握不住。有时弹膛里的子弹会太热，而在射击者面前爆开。这就是为什么那么多游击战士在作战时会把枪拿离身体，或举在头上。

但这枪即使泡过水、烂泥巴或雪，操作也完全不受影响，至今仍是有史以来最有效率、最可靠的杀人武器之一。它问世之后的头四十年，有五千万支 AK-47 问世（生产量高居史上所有火器之冠），各型卡拉什尼科夫步枪，广受全世界战区的革命分子、正规军、雇佣兵与帮派分子青睐。卡拉什尼科夫步枪的始祖 AK-47，以锻钢、轧钢制成；二十世纪七十年代生产的 AK-74，以金属冲压零件制成。有些老一辈的阿富汗战士拒用这种子弹较小（5.45mm）而弹匣为橘色塑料材质的新款枪支，偏爱扎实而较沉的 AK-47，有些年轻一辈的战士选择 AK-74，把较重的 AK-47 斥为古董。他们所用的枪型产自埃及、叙利亚、俄罗斯，其实没什么两样，但战士往往偏爱某一款，而这些武器的买卖即使在同一支游击队的内部也很热络。

哈德的工厂修理、重组每个系列的 AK 步枪，按需求予以修改。两家工厂的人气都很旺。那些阿富汗人很想了解武器，学习新的武器操作技巧。那不是发狂或没有人性的好奇，纯粹是因为在这个曾屡遭亚历山大大帝、匈奴人、萨卡人、锡西厄人、蒙古人、蒙兀儿人、萨法维人、英国人、俄罗斯和其他外族入侵的土地上，有必要懂得操作武器。他们即使不是来工厂学习或帮忙，也仍聚在那里，架起酒精炉煮水泡茶，喝茶、抽烟、聊聊心爱的人。

有两个月时间，我每天和他们一起干活儿。我用小锻铁炉熔化铅和其他金属；帮忙捡拾木柴，从附近峡谷底部的泉水里取水；费力走过轻柔的雪地，挖掘新厕所，厕所满了，再小心地将它们盖住，藏起来。我用六角车床车削出新零件，把削下来的螺旋状金属薄片熔掉，制造出更多的零件。我每天早上照料马，把马安顿在较下方的山洞里。轮到我挤山羊奶时，我会把羊奶搅制成黄油，帮忙做印度烤饼。有人割伤、擦伤或扭伤脚踝时，我会拿出急救箱，竭尽所能地治疗他们。

我还学到了一些歌曲的应答式副歌。每天晚上，火熄灭后，大伙挤在一块取暖时，我跟着他们极尽轻声地唱歌。我听他们在漆黑中悄声说故事，哈雷德、马赫穆德、纳吉尔翻译给我听。每天大伙祷告时，我跟他们一起静静跪着。夜里，置身在此起彼伏的呼吸声、打鼾声中，置身在沉睡的他们所散发出的士兵气味中：柴烟、枪油、廉价檀香皂、屁、屎、渗入湿哗叽衣服的汗水、未梳洗的人发、马毛、擦在身上的药、马鞍柔软剂、莳萝、芫荽、薄荷牙粉、茶、烟草，以及其他上百种气味。我跟着他们一起梦到家，梦到我们渴望再见到的心爱之人。

然后，第二个月结束，最后一批武器修理、改造过，我们带来的补给品也差不多用完了，哈德拜要我们准备踏上迢迢的归乡路，步行的归乡路。他打算往西，绕往离巴基斯坦边界更远的坎大哈，送一些马给他的家人。然后，带着行军包和轻武器连夜赶路，直到抵达安全的巴基斯坦边界为止。

"东西差不多都放到马匹上了。"我打包好个人装备后，向哈德报告，"一切就绪后，哈雷德和纳吉尔会回来这里。他们要我转告你。"

我们站在平坦的石山顶部，可一览周边河谷，以及从山脚一路逶迤到地平线上坎大哈城的荒凉平原。朦胧的雾难得散去，雪停了，我们得以一睹这壮阔的全景。我们东边有数个又黑又厚的云团积聚，云团将带来雨和雪，当下的冷空气因此显得潮湿。但眼前，我们可一眼望到世界的尽头，迎着寒风的眼睛里满是那美景。

"一八七八年十一月，在我们开始这任务的同一个月，英国人强行通过开伯尔山口，阿富汗对英国的第二场战争开打。"哈德说，不理会我的报告，或者可能是以他自己的方式回应报告。他凝视着在地平线微微荡漾的烟雾，由远方坎大哈的烟与火造成的烟雾。我知道地平线上闪光和毛毛雨般洒落的东西，有些大概是爆炸的火箭，而火箭则是由原本居住在那座城市，原本以教书、经商为生的人射到城里的。在这场反抗俄罗斯人侵的战争中，他们成为流亡在外的恶魔，对着自己的家、商店、学校猛轰炮火。

"有个人穿过开伯尔山口而来，他是英国殖民统治印度时期最可怕、最英勇、最残酷的军人之一。那人叫罗伯茨，弗雷德里克·罗伯茨勋爵。他攻下喀布尔后，在该地实施残酷的戒严。有一天，八十七名阿富汗军人被吊死在公共广场；建筑和市场惨遭摧毁，村庄被烧掉，数百名阿富汗人被杀。六月，一位名叫阿尤布汗的阿富汗王宣布展开驱逐英国人的圣战，他带了一万兵众离开。他是我家族的祖先，我家族的人有许多在他招募的军队里效命。"

他不再说话，朝我迅速瞥了一眼，银灰色眉毛下的金黄色眼睛闪现着光彩。他的眼睛在微笑，但他的下巴定住不动，双唇紧抿，致使唇缘失去血色。或许是看到我正专心倾听，他放了心，转头再次望着闷烧着的地平线，重新开口。

"当时掌管坎大哈市的英国军官名叫巴洛斯，六十三岁，和我现在一样的年纪。他率领一千五百名士兵，有英国兵和印度兵，他们走出坎大哈，在名叫迈旺的地方与阿尤布王子相遇。天气够好时，从我们坐的地方，可以看到那个地方。两军交锋，互相以火炮轰击，数百人丧命，血肉横飞，惨不忍睹。对战时，当一个士兵对上另一个士兵，他们在那么近的距离内开枪，以致子弹射穿了一人后会再打中后面的人。英军损失了一半兵力，阿富汗人损失了二千五百人。阿富汗打赢了，英军被迫撤回坎大哈。阿尤布王子立即包围了坎大哈，围城战开打。"

天气异常晴朗，阳光耀眼，但在那刮风的石山上很冷，冷得刺骨。我感觉双腿双臂渐渐麻木，很想站起来跺跺脚，但又不想打断他的谈兴。于是我点了两根纸扎手卷小烟卷，递一根给他。他收下，扬起一边眉毛致谢，深深抽了两口，然后继续讲。

"罗伯茨勋爵——你知道吗，林，我的第一个老师，我尊敬的麦肯锡先生，时时把'Bobs your uncle'（一切顺利，问题都解决了）这句话挂嘴上，我模仿他，也开始用这句话。然后，有一天，麦肯锡先生告诉我，这句俗语来自他，来自弗雷德里克·罗伯茨勋爵，因为这个杀了我几百个同胞的人，对他自己的士兵非常好，因而他们叫他 Uncle Bobs[①]。有人说当初若是由他掌管，一切都会没事，于是有了'Bobs your uncle'这俗语。他告诉我那事之后，我没再用过那句话，再也不用。有件事很奇怪，我尊敬的麦肯锡先生的祖父曾在罗伯茨勋爵麾下效力。他的祖父和我的亲人在第二次英阿战争中曾相互厮杀。难怪麦肯锡先生对我国家的历史这么着迷，这么了解那些战争。那场战争杀死了他的祖父和我的同胞。感谢安拉，在打过那场战争而负伤带疤的人仍在世时，我把他当朋友，当老师。"

他再度停下，我们倾听风声，感受随风而来的新雪的第一道扎刺。那颤抖的风来自遥远的巴米扬，把每座山的雪、冰、冰冷空气一路挟带到坎大哈。

"于是，罗伯茨勋爵带领一万兵力，从喀布尔前来为坎大哈解围。他的士兵有三分之二是印度人，那些印度兵很能打。罗伯茨带着他们从

---

① 鲍勃兹大叔，鲍勃兹为罗伯茨的昵称。

喀布尔走到坎大哈，三百里路，走了二十二天。比我们，你和我，所走的路，从查曼到这里的路，要长上许多。而你知道，那段路我们走了一个月，有好马可骑，还得到了沿途村庄的协助。他们从天寒地冻的雪山走到炙热的沙漠，然后在经过艰苦得让人难以置信的二十天行军后，和阿尤布王子的部队大战，并将其打败，罗伯茨拯救了坎大哈市的英国人。自那之后，即使他已经成为大英帝国的陆军元帅，他仍始终以坎大哈的罗伯茨之名为人所知。"

"阿尤布王子被杀了？"

"没有，他逃掉了。然后英国人把他的近亲阿布杜尔·拉赫曼汗扶上阿富汗的国王宝座。阿布杜尔·拉赫曼汗也是我家族的祖先，统治国家很有一套，让英国人在阿富汗掌握不到实权。政治局势和之前——和那位伟大军人暨伟大杀人魔 Uncle Bobs 率兵强行通过开伯尔山口掀起的那场战争之前没有两样。这段故事的重点在于：坎大哈是阿富汗的关键，而现在我们坐在这里，看着我的城市燃烧起火。喀布尔是心脏，但坎大哈是这个国家的灵魂，谁宰制了坎大哈，谁就宰制了阿富汗。俄罗斯人一旦被赶出我的城市，就打不赢这场战争。在那之前，胜负难定。"

"我痛恨这一切。"我叹口气道，心知这场新战争最终什么都改变不了，心知所有战争其实都改变不了什么。割下最深伤口的，乃是和平，我心想。如今我记起来，记起那时我想着这个句子，认为那很精辟，希望能找个机会放到我们的谈话里。我想起那天的每件事，想起每个字，还有所有愚蠢、浮夸、肤浅的念头，仿佛命运刚用这些念头狠狠甩了我一耳光。"我痛恨那一切，真庆幸我们今天就要回家了。"

"你在这里有哪些朋友？"他问我。那一问令我意外，我猜不出他的用意。他看出我困惑的表情，于是又问了我一遍，脸上明显透着惊奇。"在这山上，你认识的人当中，谁是你的朋友？"

"噢，哈雷德，谁都看得出来，还有纳吉尔……"

"哦，你现在把纳吉尔当朋友？"

"对，"我笑了，"他是朋友。此外我喜欢艾哈迈德·札德，还有马赫穆德·梅尔巴夫那个伊朗人。苏莱曼不错，还有贾拉拉德，狂放不羁的小伙子，还有札赫·拉苏尔那个农民。"

我一个个地念人名，哈德逐一点头，但不置一词，我不得不继续讲。

"他们都是好人，我想。在这里的每个人。但那些……那些是跟我最合得来的人。你的意思是那样吗？"

"你在这里最喜欢的任务是什么？"他问，话题转换之快之突然，和他的胖朋友埃杜尔·迦尼没有两样。

"我最喜欢的……那很怪，我从没想过会这么说，但我想，照料马是我最喜欢的工作。"

他微笑，然后微笑扩大为大笑。不知为什么，我确信他是在想我倒吊在马颈下进营地那晚的事。"对啦，"我咧嘴而笑，"我不是这世上最会骑马的人。"

他笑得更起劲。

"但我一到这里，真的就开始怀念它们了，而你要我们把马都留在这山区。说来奇怪，我有点习惯有它们在身边。不知为什么，下去看它们，给它们梳毛、喂食，总是让我觉得愉快。"

"我懂。"他低声道，看透我的眼神，"告诉我，其他人在祷告，而你跟着他们一起祷告时，我有时看到你跪在他们后面，隔着一小段距离，那时你嘴里念着什么？是祷告文吗？"

"我……我其实什么都没念。"我答，皱起了眉头。我再点起两根小烟卷，不是因为想抽，而是想借由点烟转移注意力，想汲取烟的小小暖意。

"那么，你什么都没讲，你心里在想什么？"他问，丢掉烟屁股，接下第二根烟。

"我不能把那叫作祷告。我想不是。我在想人，大部分时候。我想妈妈……女儿。我想阿布杜拉……普拉巴克——我跟你讲过他，我死去的朋友。想起朋友，我爱的人。"

"你想起你妈，那你爸呢？"

"没想。"

我说得很快，或许太快了，我感觉他仔细盯着我瞧，时间一秒一秒地过去。

"你爸爸还在吗，林？"

"我想是。但我……我无法确定。总之，那不关我的事。"

"你得关心你爸爸。"他严肃地说，再度望向别处。那时候，我觉得那是非常自大的告诫：他对我爸爸或我们父子的关系一无所知。我整个人陷入怨恨，新的怨恨及旧的怨恨，因而未听出他语气里的极度痛苦。如今的我知道他是以同样有家归不得的儿子身份谈论他自己的父亲，但那时的我不懂。

"你比他更像我父亲。"我说。我觉得那是肺腑之言，我在向他表白心迹，但那句话听来却像是在生气，几乎是怀着恨意。

"不要那样说！"他厉声道，怒目瞪着我。那是他在我面前表现得最接近生气的一次，那突然的发火令我身子不由得抽动了一下。他立即放松表情，伸出一只手搭在我肩上。"你的梦呢？你最近做了什么梦？"

"梦？"

"对。谈谈你的梦。"

"我的梦不多。"我答道，开始努力回想，"很怪，你知道吗，过去我一直做噩梦，越狱之后做了许多噩梦。梦到自己被捕，或梦到拒捕。但自从来到这里之后，不知是不是因为空气稀薄，还是因为睡觉时太累、太冷，还是或许只是因为担心战争，我没做那些噩梦。在这里没有。反倒做了一两个好梦。"

"说下去。"

我不想说下去，因为那是梦到卡拉的好梦。

"就是……开心的梦，陷入爱河的梦。"

"很好。"他低声说，点了几次头，收回放在我肩上的手。他似乎对我的答复感到满意，但表情消沉，近乎严峻。"我在这里也做了几个梦，梦到先知穆罕默德。你知道的，我们穆斯林如果梦到先知是不能告诉别人的。那是很好、很美妙的事，在穆斯林里很平常的事，但我们不准说出来。"

"为什么？"我问，冷得发抖。

"因为教法严禁我们描述先知穆罕默德的五官，严禁把他当成被看见的人来谈。这是先知穆罕默德的想法，这样世间男女才不会崇拜他，不会失去对真主的虔诚。因此我们没有先知穆罕默德的肖像、素描、画像、雕像，都没有。但我真的梦到他了。我不是很好的穆斯林，对不对？因为我把梦告诉了你。他徒步走在某个地方，我骑马来到他后面，那是匹完美、漂亮的白马，我没看到他的脸，但我知道是他。于是我下马，把马给他。出于尊敬之心，我始终低着头。但最后我抬起眼睛，看他骑马走开，骑进落日余晖。那是我的梦。"

他神情平静，但我够了解他，因此看出他的眼神笼罩着沮丧，而且还有别的东西，非常新而奇怪的东西，我花了一些时间才理解那是什么。那是恐惧，阿布德尔·哈德汗在害怕。我感觉自己起了鸡皮疙瘩，我怎么也想象不到，在那之前，我一直认为哈德拜天不怕地不怕。我感到不安、忧心，决定改谈别的。

"哈德拜，我知道我在转移话题，但你能不能回答我这个问题？我一直在想前阵子你说的话。你说生命、意识和其他东西都来自大爆炸时的光，光就是上帝？"

"不是。"他答，脸上的表情我只能形容为慈爱的微笑，它顿时驱散了我那突如其来的害怕和沮丧。"我不认为光是上帝。我认为光有可能是上帝的语言，这么说不无道理。光说不定是上帝对宇宙讲话、对我们讲话的方式。"

我站起身，暗自庆幸如愿转换了话题和心情。我跺脚，拍打身体两侧以活化血脉。哈德跟着我做，我们开始走上返回营地的短短路程，同时往冻僵的手呵气。

"说到光，眼前这光真奇怪。"我吐了口气说，"阳光普照，却那么冷，没有一丝暖意，感觉自己被困在寒冷的太阳和更冷的阴影之间。"

"搁浅在纠缠的闪光中……"哈德引述别人的话，我猛然转头，转得太猛，感觉脖子一阵剧痛。

"你说什么？"

"一句引述的话。"哈德拜答得很慢，意识到我很看重那句话，"某句诗。"

我从口袋里拿出皮夹，从里面抽出一张折叠的字条。那张字条起皱、磨损得厉害，我一打开，折叠处就裂开破洞。那是卡拉的诗。在两年前的"野狗之夜"，我带塔里克去她公寓时，从她笔记本上抄下来的诗，之后我一直带在身上。在阿瑟路监狱时，官员拿走了那张字条，撕碎了。维克兰用钱把我救出监狱时，我凭记忆把它再写在纸上，从不离身。卡拉的诗。

"那首诗，"我兴奋地说，把那张破烂、飘动的字条递上去给他看，"那是个女人写的，一个叫卡拉·萨兰恩的女人。你曾派那女人和纳吉尔到吉多吉的店里……把我弄出那里。我很惊讶你知道那首诗。难以置信。"

"不是，林。"他答，语气平静，"那首诗是名叫萨迪克汗的苏非诗人所写的。我记得他的诗，他的许多诗。他是我最欣赏的诗人，也是卡拉最欣赏的诗人。"

那番话像冰封住了我的心。

"卡拉最欣赏的诗人？"

"我是这么认为的。"

"你到底……到底多了解卡拉？"

"非常了解。"

"我以为……我以为你是在把我弄出吉多吉的店时认识她的。她说……我是说，我以为她说她是在那时候认识你的。"

"不，林，不是那样的。我认识卡拉已经有好几年了，她为我工作，或者最起码，她为埃杜尔·迦尼工作，而迦尼为我工作。想必她跟你说过这事，没有吗？你不知道？真让我惊讶。我一直认定卡拉应该跟你谈过我，而我确实跟她谈过你，谈过许多次。"

我的心像喷气机，在幽暗峡谷从我们的上方尖声呼啸而过，里头全是噪声和令人不明所以的恐惧。在对抗完霍乱疫情之后，我们躺在一块竭力抵抗睡意时，卡拉跟我说了什么？我在飞机上，遇见一个生意人，印度生意人，我的命运从此改变……那是埃杜尔·迦尼？她说的就是这个？我那时为什么没多问她的工作？她为什么不告诉我她的工作？她为埃杜尔·迦尼做什么工作？

"她为你，为埃杜尔，做什么事？"

"许多事。她有许多本事。"

"我了解她的本事，"我怒冲冲地对他说，"她为你做什么？"

"许多事，"哈德答，答得缓慢而清楚，"其中之一是物色有用、有本事的外国人，例如你。她帮忙物色能在我们需要时为我们工作的人。"

"什么？"我问，喘着气说出这个其实不是在发问的字眼，感觉我的脸和心都结成了冰块，然后一块块掉下，在我的周遭裂成碎片。

他开口要继续讲，立刻被我打断。

"你是说卡拉吸收了我——为你？"

"没错，她是这样做的，而且我很高兴她这样做。"

寒意陡然在我体内升起，沿着血管蔓延，双眼变成雪做的。哈德继续往前走，注意到我停下，也跟着停住了。他转身面对我时，脸上仍在微笑。就在这时，哈雷德·安萨里走近，大声拍手。

"哈德！林！"他带着我已爱上的哀伤的浅浅微笑，迎接我们，"我决定了。哈德拜，我照你所说的，好好想了一下，我决定留下，至少留一阵子。哈比布昨晚在这里出现，哨兵看到了他。他在失踪以后干了许多骇人听闻的事，就是他对付俄罗斯俘虏的那些手段，甚至过去两个星期以来他就在这附近的坎大哈道路上，有些阿富汗俘虏也……这……这实在太可怕，我觉得很反感。事情太诡异，他们决定要动手处理。他们很害怕，打算一见到他就射杀。他们在谈猎杀他的事，像猎杀野兽那样猎杀他。我得……不知为什么，我觉得该帮他。我打算留下，我想找到他，劝他跟我回巴基斯坦。所以……你们今晚照原定计划走，不必管我，我会……我会在大概两个星期后出发。就……就这样，我想。我……我就是来说这些。"

这么长长的一段话之后，现场陷入了冷冷的沉默。我盯着哈德，等他开口。我既生气又害怕。那是种很特别的恐惧，那种只有爱才能激起的冷冷的恐惧。哈德回盯着我的脸，看出了我的心思。哈雷德看看我，又看看他，一脸困惑与忧心。

"我遇见你和阿布杜拉那晚呢？"我紧咬牙关说，抵住寒意和像痉挛般撕裂我、更冷的恐惧。

"你忘了。"哈德汗答，口气更坚定了些。他的脸和我一样阴郁而坚决。那时，我从未想到他也会有受骗、被出卖的感觉。那时我忘了卡拉奇和警察突然搜捕的事，忘了他手下有个叛徒，有个很接近他的人想要他、我、我们其他人被捕或丧命。他那无动于衷的超然，我一直只当成无情的漠视。"在我们相见那晚之前很久，你就已经见过阿布杜拉。你在站立巴巴的庙里遇见了他，不是吗？那晚他去那里照应卡拉。她那时还不是很了解你，不是很清楚你，不清楚你可不可以信任，在她不熟悉的地方。她希望能有人在场帮她，如果你对她意图不轨的话。"

"他是她的贴身保镖……"我喃喃道，想着她不信任我……

"对，林，他是，而且是很称职的保镖。我知道那晚有人要狠动粗。

757

阿布杜拉出手救了她，或许也救了你，是不是？那是阿布杜拉的责任，保护我的人。因此我外甥塔里克跟你一起住在佐帕德帕提区时，我派他跟在你后面。而在第一个晚上，他的确帮你打退了一些野狗，是不是？塔里克跟你在一起的时候，阿布杜拉始终按照我的吩咐，待在你和塔里克的旁边。"

我没在听。我的心里满是愤怒的箭，每支箭都往回呼啸，飞往更早的某个时空。我在心里寻找卡拉，寻找我所认识并深爱的那个卡拉，但每次想起跟她在一起的情景，秘密和谎言就跟着开始露出真相。我想起第一次、第一秒钟，遇见她时，她伸出手扶住我，使我免遭巴士轧过。那是在阿瑟班德路上，靠近科兹威路的转角，距印度宾馆不远。那是最多游客出没的地方。她是在那里等我，猎寻像我一样的外国人，寻找有用的新血，以便在哈德需要有人替他卖命时派上用场？她的确是。我住在贫民窟时，从某方面来说，也在做同样的事。我在同一个地方晃荡，寻找刚下飞机而想换钱或买大麻胶的外国人。

纳吉尔走上前来，加入我们。艾哈迈德·札德在他后面，隔了几步。他们与哈德拜、哈雷德站在一块，面对我。纳吉尔皱着脸，蹙起眉头，眼睛从南到北扫过天空，算计还有几分钟暴风雪就会降临。回程的东西都已打包好，且再次清点完毕，他急着想出发。

"那你为我诊所所做的事呢？"我问，觉得身体很不舒服，心知如果松掉硬撑的膝盖，放松双腿，我就会腿一软跪下。哈德没说话，我又问了一次："诊所的事呢？你为什么帮我？那是你计划的一部分？这个计划？"

刺骨寒风吹进开阔的高原，猛刮我们的衣服和脸，我们猛打哆嗦，几乎站不稳。一波灰暗肮脏的云团越过山头，涌向远处的平原和那座闪着亮光而垂死的城市，天色迅即变暗。

"你在那里干得很好。"他答。

"我不是问你这个。"

"我想眼前不是谈这类事情的时候，林。"

"是，就是。"我坚持。

"有些事你不会懂。"他严正地说，仿佛这句话他已经反复思量了许多次。

"告诉我就是了。"

"很好。我们带来这营地的所有药，作战需要的所有抗生素、盘尼西林，都是兰吉特的麻风病人供应的。我得知道用在这里会不会有问题。"

"哦，天哪……"我痛苦地呻吟道。

"所以我利用那机会，利用你身为外国人而又与家人、大使馆都没有联系这个不寻常的情况，在我自己的贫民窟开了一家诊所。我利用那机会测试药品，以贫民窟的居民为对象。你知道的，把那些药带上战场之前，我必须确认是否安全。"

"天啊，哈德！"我气得吼叫。

"我不得不……"

"只有他妈的疯子才会干这种事！"

"放轻松，林！"哈雷德厉声回应我。其他人站在哈德两侧，一脸紧张，仿佛担心我会攻击他。"你有点过分了，老哥！"

"我是过分了！"我说得结结巴巴，感觉牙齿在打战，努力想让麻木的四肢听自己使唤，"我是他妈的过分了！他把贫民窟里的人当天竺鼠或实验鼠或他妈的不管什么东西，利用他们来测试他的抗生素。他利用我来骗他们接受测试，因为他们相信我。这叫我怎么不过分！"

"没有人受伤，"哈雷德大吼，"那些药都很好，你在那里做的事很好。那些人都康复了。"

"我们应该立刻离开这冷得要死的地方，以后再来谈那个。"艾哈迈德·札德急急地插话，希望化解紧张的气氛，"哈德，我们得等这雪停了再离开，我们进去吧。"

"你要知道，"哈德强硬地说，不理会他，"那是为了战争而下的决定。二十人冒生命危险以拯救一千人的性命，一千人冒生命危险以拯救一百万人。你要相信我，我们知道那些药没问题。兰吉特的麻风病人供应不纯药物的概率很低。我们把药给你时，几乎百分之百确定那药是安全的。"

"那说说萨普娜。"在这空旷的户外，我对他，对自己与他的密切关系产生了最深沉的恐惧，"那也是你的杰作？"

"我不是萨普娜，但他杀人的确是受我指使。萨普娜为我杀人，为了这场大业。你如果希望我告诉你全盘真相，我的确从萨普娜的血腥行径里得到了很大的好处。因为萨普娜，因为他的存在，因为他们害怕他，因为我承诺揪出他、阻止他，政界和警方同意我运送枪和其他武器，从孟买运到卡拉奇和奎达，送到这战场。萨普娜的残杀的确有助于我们推动大业。我会再这么做，我会利用萨普娜的杀人行径，我会用自己的双手，再杀更多人，如果那对我们的大业有帮助的话。我们有大业要完成，林，这里所有人。我们如果赢得这场战争，我们将在这个地方，借由这些战役，永远改变整个历史。那是我们的大业——改变整个世界。你的大业是什么？你的大业是什么，林？"

雪花开始落下，在我们的身边纷飞，我很冷，冷得发抖，牙齿止不住直打战。

"那……那周夫人的事怎么说……当卡拉要我假扮美国人时。那是你的点子？你的计划？"

"不是。卡拉与周夫人之间有私人恩怨，她有她自己的理由。但我赞成她利用你把她的朋友救出'皇宫'。我想看看你能不能办到。那时候我就已经想到，有一天我要找你当我在阿富汗的美国人。而你干得很好，林。在周夫人的'皇宫'里，和她周旋得那么漂亮，这样的人不多。"

"最后一件事，哈德，"我结结巴巴地说，"我在牢里时……你和那件事有没有关系？"

现场陷入难堪的沉默，那是比最尖锐的声音更能钻入记忆的沉默，是只有呼吸声的致命沉默。

"没有，"他终于回答，"但老实说，就在第一个星期过去后，我如果决定救你，我是有可能把你救出那里的。我几乎是立即就知道了那件事。我有力量救你，但我没出手。在我本来有可能救你的时候，我没出手救你。"

我望着纳吉尔和艾哈迈德·札德。他们回盯着我，不动声色。我把目光转向哈雷德·安萨里。他回以极度痛苦而愤愤不平的表情，脸部扭曲，整个脸往把他的脸部分成两半的锯齿状伤疤处纠紧。他们全知道，他们全知道哈德把我留在那里。但那没什么，哈德又没欠我什么。他不是害我坐牢的人，他没有义务把我弄出去。而且最后他做了，他最后真的把我救出狱，他真的救了我的命。我挨了那么多打，还有人为了帮我传口信给他而挨打……而我们即使办到，即使真的传口信给哈德，他大概也会置之不理，仍把我留在那里，直到他肯出手搭救为止。原来所有希望都是一场空，都毫无意义。让人知道自己的希望是多么枉然，让人知道自己的期待就是那么枉然，就等于是打掉你心中想要得到爱的那个角落，幸福而相信人的那个角落。

"你想让我……让我……出来后会大大感激你，因此……把我留在那里。是不是这样？"

"不是，林。那纯粹是不凑巧，纯粹是你那时的命运。我和周夫人有个约定，她那时正协助我结识政治人物，协助我博取巴基斯坦某将领的好感。他是卡拉的……人脉，他其实是她的特别客户。她第一个把那个巴基斯坦将领，带到周夫人那里。那条人脉至关重要，他对我的计划至关重要。周夫人非常气恼，认为除了让你坐牢，没别的办法可消她心头之恨。她想让你死在那里面。我的工作一办完，立刻就派你的朋友维克兰去救你。你要相信我，我从来不想伤害你。我喜欢你，我……"

他突然停下，因为我把手放在了腰间的枪套上。哈雷德、艾哈迈德、纳吉尔立即紧张起来，举起手，但他们距我太远，无法一跳就抓住我，而且他们也知道这点。

"哈德，你如果不转身，立刻走开，我对天发誓，我会做出让我们两个都完蛋的事。我不管自己会有什么下场，只要我不必再看到你，不必再跟你讲话，不必再听你讲话就可以。"

纳吉尔慢慢地，近乎随意地跨出一步，站在哈德前面，用身体护住哈德。

"我对天发誓，哈德。现在我不在乎自己的死活。"

"雪一停，我们就要离开，前往查曼。"哈德答道，那是我第一次在他的声音里听到犹豫和畏缩。

"我是说真的，我不跟你走，我要留在这里。我要自己走，或者留在这里。这不重要。只要……你他妈的……滚出……我的视线就好，看到你就让我反胃！"

他站在原地又过了片刻，我感受到想掏枪射他的冲动，要把自己溺死在寒冷、厌恶和愤怒的浪潮里的冲动。

"你得知道，"他最后说，"不管我做错了什么，都是出于对的理由。我对你做的那些事，都在我认为你能承受的范围内。你该知道，你得知道，我一直把你当成朋友，当成我挚爱的儿子。"

"而你该知道，"我回应他，头发、肩膀上的积雪越来越厚，"我全心全意痛恨你，哈德。你的全部智慧，最终都是要让人陷入怨恨，对不对？你问我，我的大业是什么，我唯一的大业就是获得自由。如今，那大业就是摆脱你，永远摆脱。"

他的脸因寒冷而僵硬。雪落在他的胡髭上，看不出他的表情。但他金黄色的眼睛隔着灰白的雾发亮，那双眼睛里仍有存在已久的爱。然后他转身走开。其他人跟着他转身，留下我一人在暴风雪里，搭在枪套上的手冻得发僵、颤抖。我咔嗒一声关掉保险，抽出斯捷奇金手枪，娴熟而利落地扳起扳机，一如他教我的。我把枪拿在身体的一侧，对准地面。

几分钟过去了，让人难以忍受的几分钟。在那几分钟里，我本可以追上去，开枪杀了他，然后自杀。我想丢下枪，但枪粘在我冻僵麻木的手指上掉不下来。我想用左手把枪掰离手指，但所有手指都在抽筋，我只得放弃。我的世界成为打转的白雪穹顶，然后我向白色的雨举起双臂，一如在普拉巴克村子里，在温暖的雨里我所做过的。我孤独一人。

许多年前爬上监狱的围墙时，我像是爬上世界边缘的围墙。我滑下围墙得到自由时，我失去了我所知道的整个世界，还有那世界所容纳的所有爱。在孟买，我试图打造一个充满爱的新世界，希望那儿能像是那个我已失去的世界，甚至能取代那个世界，但那时我并未察觉自己在这么做。在我打造的新世界里，哈德是我父亲，普拉巴克和阿布杜拉是我兄弟，卡拉是我爱人。然后，他们一个接一个消失了。另一个世界整个儿消失。

一个清晰的念头不请自来，浮现在我脑海里，像念出的诗句在我脑海里翻腾。我知道哈雷德·安萨里为什么要那么坚定地帮助哈比布。我突然清楚地领悟到，哈雷德那么做的真正用意。他想拯救自己，我说，说了不止一次，感觉麻木的嘴唇随着那句话而颤抖，但我却在脑子里听到那句话。而就在我说出那句话、思索那句话时，我知道我不恨哈德或卡拉。我恨不了他们。

我不知道自己的心情为何突然就变了，而且变得如此彻底。大概是因为握在手里的枪，它给我的夺命威力或诸如此类的，以及来自我内心最深处的直觉，使我没用上这把枪。大概是因为失去哈德拜的这个事实。因为他转身走开时，我从血液里，在浓白空气中闻出的血，在嘴里尝出的血，我从那些血液里知道，完了。不管是什么理由，那改变像钢铁市集里的季雨席卷我的全身，不久之前我感受到的翻腾而充满杀气的恨意随之一扫而空。

我仍气自己把那么多孺慕之情放在哈德身上，气自己的灵魂不理会清醒时的想法，而去乞求他的爱。我气他把我当作消耗品，当作达成他目的的工具。我很愤怒，他拿走了我在贫民窟行医的工作。那工作本来可以让我自己，甚至别人重新看重我，本来可以在某种程度上弥补我干过的所有错事。尽管那小小的好事已遭污染、玷污，尽管我心中的愤怒和壁炉底部的玄武岩石板一样硬、一样重，我知道那要花几年光景才能磨掉，但我恨不了他们。

他们欺骗我、出卖我，把我的信赖打得伤痕累累，我不再喜欢、尊敬、欣赏他们，但我仍爱他们。我别无选择。站在那白茫茫的荒凉雪地里，我完全知道这点。人无法杀掉爱，甚至，无法用恨杀掉爱。人可以杀掉陷入爱河的心情、被爱填满的感觉，甚至杀掉可爱迷人的特质。人可以把它们全杀掉，或把它们化为麻木、强烈、沉重的遗憾，但无法杀掉爱本身。爱是狂热的追寻，追寻自己以外的真理。一旦真诚而彻底地感受到爱，爱就永远不死。每个爱的行动，每个付出真情的时刻，都是宇宙善的一部分。那是上帝的一部分，或者，那就是我们所谓的上帝，而且它永远不死。

最后，雪停了，我站着，与哈雷德隔着些许距离，看着哈德拜、纳吉尔和他们的人带着马离开营地。那个大汗，黑帮老大，我父亲，直挺挺地骑在马上。他拿着长矛，他的旗收卷在长矛上。他头也不回地离开了。

我决定与哈德拜分道扬镳，和哈雷德等人留在营地，但这么一来，我也将面临更大的危险。没有哈德汗罩着，保护自己变得困难许多。看着他离开，我理所当然认定自己不会回巴基斯坦。我甚至暗暗对自己说：我不会回去……我不会回去……

但当阿布德尔·哈德汗大人骑马没入雪花纷飞的朦胧之中时，我心里感受到的不是恐惧。我接受命运，甚至欢迎命运。我心想，最终我会得到我应得的。不知为什么，那想法让我变得纯净、清澈。我感受到的不是恐惧，而是希望，希望他会活着。我跟他之间完了，我不想再见到他，但看着他骑马进入那白影幢幢的山谷时，我希望他能活着。我祷告，祈求他平安无事，祈求他感受到我的心碎，我爱他。我爱他。

第三十五章

　　人为利益和原则而发动战争，但为土地和女人而厮杀。其他的原因和有力的理由迟早会被淹没在血泊中，失去其意义。生死存亡迟早会成为人们脑海里唯一的考虑，求生迟早会成为唯一合理的东西，而死亡迟早会成为唯一听得见、看得见的东西。然后，当最好的朋友在尖叫中死去，因疼痛、愤怒而发狂的好人在血泊中失去理智，当世上所有公平、正义、美好跟着兄弟、儿子、父亲的手、脚、头一起随风而逝，那时，叫人年复一年继续战斗下去、送命，然后再送命的，将是保住家园与女人的意志。

　　在上战场的几个小时前倾听他们的心声，你就知道那所言不假。他们会谈到家，谈到心爱的女人。当你看着他们死去，你就知道那所言不假。垂死之人在临终之际如果位于靠近土地的地方或者就在土地上，那人会向土地伸长手，以抓起一把土。如果可以，那人会抬起头看山峦、看谷地或看平原。如果那人离家很远，他会想到家，谈起家，会谈起他的村子或故乡或自小成长的城市。最终，土地才是他所关切的。在生命的最后一刻，他不会高声叫喊崇高的战争目标；在最后一刻，就在他说出他所信奉的上帝之名时，他会低声或喊着说出姐妹或女儿或爱人或母亲的名字。结局映照着序幕，最终还是为了某个女人、某座城市。

　　哈德拜离开营地的三天后，我看着他骑马走进轻飘的新雪的三天后，在营地靠坎大哈那一侧的南监视哨，哨兵叫喊着有人接近了。我们冲到南缘，看到一团模糊不清的人影在陡坡上费力往上爬，可能有两个或三个人。我们立即同时拿出望远镜，朝那里望去。我看出有一个人在爬行，跪着慢慢往上爬，后面拖着两个脸朝上的人。经过一番打量，我认出那壮硕的双肩、弓形腿和鲜明的灰蓝色工作服。我把望远镜递给哈雷德·安萨里，跳过掩体，边滑边跑。

"是纳吉尔！"我大喊，"我想是纳吉尔！"

我是最早接应他的人之一。他趴在雪地里猛喘气，双手牢牢抓着那两个人的领口，双腿猛往雪地踹，想找立足点。他就这样一只手抓一个，把仰着身体的他们拖到那个地方。他拖了多远，我猜不出来，但看来是很长一段，而且大部分是上坡。纳吉尔左手抓的是艾哈迈德·札德，他还活着，靠我最近，但似乎受了重伤；另一个是阿布德尔·哈德汗，已经死去。

我们出动三个人才把纳吉尔的手指掰离他死抓着的衣服。他又累又冷，说不出话，嘴巴又开又合，但说出来的话低沉沙哑，拖得很长，且音量忽高忽低。两个人抓住他肩膀上的衣服，把他拖回营地。我扯开哈德胸口的衣服，希望能救活他，但当我的手碰到他的身体时，发觉他已冰冷、僵硬如木头。他已死了好几个小时，或许超过一天。他身体僵硬，手肘和膝关节微弯，双手收握成爪。但那覆着薄薄一层雪的脸很安详，毫无瑕疵。他的眼睛、嘴巴闭着，仿佛在静静沉睡。他走得那么安详，教我不愿相信他已经死了。

哈雷德·安萨里摇着我的肩膀，我猛然回到眼前，仿佛从梦中醒来，但我知道，自哨兵最早向我们发出警报以来，我一直很清醒。我跪在雪地里，靠在哈德身上，把他英俊的脸贴在我的胸膛上抱着，但我事后不记得自己曾这么做。艾哈迈德·札德不见了，他已被拖回营地。哈雷德、马赫穆德和我半抬半拖，把哈德的尸体搬回大山洞。

有三个人正在救治艾哈迈德·札德，我上前帮忙。那个阿尔及利亚人的胸膛与腰部之间的衣服因血结冻而变得僵硬。我们一块块割掉衣服，就在我们碰到他裸露皮肤上血肉模糊的伤口时，他张开眼看我们。

"我受伤了。"他说，用法语，然后用阿拉伯语，然后用英语。

"对，兄弟。"我回答，与他眼神相交。我努力挤出浅浅微笑，觉得麻木而不自然，但我确信那使他心情好了些。

他的身上至少有三处伤口，但到底有多少伤口，很难弄清楚。他的腹部被硬生生地扯出一个洞，可能是迫击炮的炮弹碎片造成的，惨不忍睹。我分析金属碎片可能留在他体内，往上顶到他的脊椎，他的大腿和腹股沟也有裂开的伤口。他失血太多，伤口周边的肌肉蜷缩，没有血色。我简直不敢想象他的胃和其他内脏受了什么伤害。空气中散发着强烈的尿臊味和其他排泄物、体液的味道。他能挨这么久根本是奇迹。天寒地冻似乎保住了他的性命，但他时间不多了，只有几个小时甚至几分钟可活，而我束手无策。

"很糟？"

"对，兄弟。"我答，我忍不住——因为难过，我说这话时，声音哽住了，"我无能为力。"

如今我真希望当时没说那话。在我坏事做尽的一生中，在我后悔自己说过、做过的数百件事情之中，这脱口而出的小小真心话几乎是最教我后悔莫及的。那时我不知道，他能撑那么久，是因为他抱着能得救的希望。然后，因为我的那些话，他在我眼前往后掉进黑暗的湖水。他的皮肤开始失去血色，随着他放弃求生意志，随着让他紧紧绷住皮肤硬撑的小小意志瓦解，他从下巴到膝盖开始微微抽动。我想去拿注射筒和吗啡帮他止痛，但我知道我只能眼睁睁地看着他死，我不忍心把手拿开，而是继续握住他的手。

他睁亮眼睛，往周遭的洞壁四处瞧，像是第一次看见。马赫穆德和哈雷德站在他的一侧，我跪在另一侧，他凝视着我们的脸。他的目光从布满恐惧的眼窝中发出，因为他心知已遭命运抛弃，死亡已在他体内，在曾是他生命之所寄的空间里撑开、鼓胀、填满。那是在接下来的几个星期、往后几年里我再熟悉不过的表情。但那时，在那一天，那是我从未见过的表情，我感觉头皮因害怕而发麻，感同身受他的害怕。

"应该用驴子的。"他用粗哑的嗓门说。

"什么？"

"哈德早该用驴子的，我一开始就告诉他。你听我说过，你们全听我说过。"

"对，兄弟。"

"驴子……在这项任务里。我在山区长大，我了解山。"

"对，兄弟。"

"应该用驴子。"

"对。"我重复同样的回答，不知该如何回应他。

"但他太骄傲了，哈德汗。他想感受……为了同胞……英雄回到故乡……那一刻。他想带马给他们……许多好马。"

他停下，被嘴里一连串咕哝作响的倒抽气动作呛到。那些动作从他受伤的肚子里发出，往上猛撞进噗噗作响的胸腔，再传到喉咙。暗色的液体——血液和胆汁——从他的鼻子和嘴角细细流下。他似乎未察觉。

"为了那件事，只因为那件事，我们朝巴基斯坦走时选择了错误的方向。为了那件事，为了把那些马送给他的同胞，我们走上了死亡之路。"

他闭上眼睛，痛苦呻吟，然后快速地再睁开眼睛。

"要不是为了那些马……我们会往东走，往边界走，直直往边界走。因为……因为他的骄傲，知道吗？"

我抬头看，与哈雷德、马赫穆德互瞥了一眼。哈雷德与我目光相接，随即转移视线，专注望着他垂死的朋友。马赫穆德与我四目相接良久，直到我们互相点头，才移开。那动作很轻，外人大概看不出来，但我们两人都知道，我们已回应了对方，轻轻点头，并在那动作中获得某种共识。说的没错，是骄傲葬送了这枭雄的一生。别人或许会觉得奇怪，但我直到那时候，直到了解骄傲如何要了他的命，才开始真正接受哈德拜已死的事实，才开始感受到他的死亡带给人的茫然空虚。

艾哈迈德又讲了一会儿话。他告诉我们他老家的村名，指点我们如何根据它与最近的大城市的相对位置找到它。他跟我们谈起他的父母亲，谈起他的兄弟姐妹。他想要我们转告他们，他在临终之际想起了他们。然后，他死了，那个勇敢、爱大笑的阿尔及利亚人，那个老是一副像是在拥挤的陌生人里找朋友的人，在说着对母亲的爱时死去了。在吐出最后一口气时，他说出了真主的名字。

我们看着艾哈迈德死去，一动也不动，寒气透骨，身子快冻僵了。穆斯林葬礼里的净身工作由其他人接下，哈雷德、马赫穆德和我前去查看纳吉尔的情况。他没受伤，但整个人都累垮了，睡得不省人事。他张着嘴，眼睛微睁，露出眼白。他身体是温的，历尽艰辛的他似乎已开始恢复元气。我们离开他，前去查看哈德汗的尸体。

有颗子弹从哈德的体侧的肋骨下面穿进去，似乎直直打中心脏。没有子弹穿出的伤口，但左胸有大面积的血液凝结和挫伤。那个年代，俄罗斯 AK-74 所射出的子弹，弹尖是空的。子弹的钢质核心让子弹重心后移，使子弹翻转。它以横冲直撞、撕扯的方式进入人体，而非只是细细一点地钻进人体。国际法禁用这种子弹，但死于战场的阿富汗人几乎个个身上都有这种残暴子弹的可怕伤口。我们的大汗身上亦然。子弹从体侧进入，造成一个破碎、又深又大的伤口，然后子弹在他的体内一路肆虐，留下一道横跨胸膛的伤痕，最后在心脏上打出一朵蓝黑色"莲花"。

我们知道纳吉尔想亲自处理哈德拜的遗体，以供埋葬，所以用毯子裹住哈德，把他留在山洞入口附近挖出的一道浅雪沟里。刚挖好那雪沟，就传来颤动如鸟儿鸣啭的口哨声，我们立即起身，相对而望，恐惧而困惑。然后一声剧烈的爆炸撼动我们下方的地面，同时有橘光一闪，肮脏的灰烟冒出。迫击炮炮弹落在掩体围起的营地的远端边缘，距我们有百余米，但那气味和硝烟已使我们附近的空气又浓又呛，让人难以呼吸。然后第二发、第三发炮弹炸开，我们奔往洞口，扑进抢在我们前头躲进山洞的人群。那群人挤在一块，就如一只蠕动身子的章鱼。迫击炮弹扯裂洞外的岩质地面，犹如撕破混凝纸浆一般。我们伏低身子，手、脚、头挤在一块，惊恐万分。

情况不妙，而在那之后，情势更是逐日恶化。炮火停歇后，我们在营地熏黑的污痕与弹坑之间寻找死伤者。有两个人死亡，其中一个人是卡里姆。我们抵达营地的前一晚，我曾帮他固定断掉的前臂。还有两人重伤，肯定难逃一死。许多补给品被毁了，其中最重要的是供发电机和炉子使用的燃料桶，而炉子和灯是取暖、烹煮不可或缺的。大部分燃料没了，所有的储水也没了。我们开始清理废墟（我的急救箱被火熏黑，变了色），把剩下的补给品集中放在大洞里。众人安静无声，担心且害怕。我们的确该担心害怕。

其他人忙着做那些事情时，我照料伤员。有个人被炸掉了一部分小腿和足部，脖子和一只上臂里有炮弹碎片。他才十八岁，在我们抵达的六个月前跟哥哥一起加入这支反抗军。他哥哥已在某次攻击坎大哈附近的俄罗斯前哨基地时身亡，而那男孩生命垂危。我从机械工的工具箱摸来不锈钢长镊子和长铁嘴钳，用来拔出他体内的金属碎片。

至于那条断腿，我帮不了什么大忙。我清理伤口，用钳子尽可能拔出碎骨。他的尖叫声落在我冒着油亮汗水的皮肤上，每阵刺骨寒风吹过，我就发抖。我在皮肤干净、坚硬而撑得住缝线的地方，把线缝进凹凸不平的肌肉，但没办法完全封住那个大张的伤口。有根粗骨从那凹凸不平的肉里伸出来。我突然想起该拿锯子把那根长骨锯掉，好让断肢的伤口平整，但我不确定那样处理是否妥当，我不确定那不会让伤口恶化，我不确定……在不确定自己所做是否妥当的情况下，你能促成的就只是持续不断的尖叫。最后的结果是，我往伤口撒上厚厚的抗生素粉，缠上无黏性纱布。

第二个伤者的脸和喉咙被炸伤，两眼毁掉，嘴、鼻大部分都不见了。从某些方面来说，他现在的外貌类似兰吉特的麻风病人，但他的伤口露出肉且出血，牙齿被炸得所剩无几，以至兰吉特损毁的外形相对来讲似乎还不算惨不忍睹。我取出他眼睛、头皮、喉咙处的金属碎片。他的喉咙处有几个伤口，伤势严重，呼吸虽然相当平稳，但我猜情况还会恶化。给他清理、包扎伤口之后，我给他们两个人打了一针盘尼西林和一安瓿吗啡。

最大的麻烦是缺血，我无法给失血严重的伤者输血。最后那几个星期我问过这些穆斯林游击战士，没有一个人知道自己或别人的血型。因此我根本无法给那些战士做血型配对，也无法建立捐血库。我的血型是O型，输给任何血型的人都不会引发不良反应，因此，我的身体就成为唯一的输血来源，我成为这整支作战队伍的活动血库。

一般来讲，捐血人一次输血约半升。人体约有六升的血，因此一次输血的量还不到人体总血量的十分之一。我架起哈德偷运进来的静脉滴注器，给那两名伤员各输进半升多一点的血。针存放在敞开的容器里而非密封袋里，我把那样的针扎进我和伤者的血管时，心里想着这套装备是不是来自兰吉特和他的麻风病人。输血给他们，耗掉了我将近五分之一的血。由于抽血太多，我感觉头晕，微微作呕。我不确定那是自然的反应，还是纯粹由害怕所激起的错觉。我知道我有一段时间内不能再捐血，处境的绝望无助、我的绝望无助和他们的绝望无助令我极度痛苦，心情跌到谷底。

那是肮脏又叫人害怕的工作，我没受过那方面的训练。我年轻时所受的急救训练内容包罗万象，但不包含作战伤害。而在贫民窟诊所的工作经验在这山区也没什么帮助。此外，我是凭直觉在做。前半辈子，在我自己的城市，那同样的直觉，救治他人的直觉，使我救活了吸毒过量的海洛因吸毒者。当然，那主要是出于不为人知的心愿，就像哈雷德对待那个穷凶极恶的狂汉哈比布一样，那是出于我想让自己获得帮助、拯救、治愈的心愿。虽然不多，虽然不够，但那是我唯一拥有的。因此，我竭尽所能，竭力不呕吐，不哭，不流露害怕，然后用雪清洗双手。

纳吉尔恢复得差不多后，坚持阿布德尔·哈德汗的葬礼要一丝不苟地遵守仪礼。办完葬礼之前，他不吃饭，连水都不喝。我看着哈雷德、马赫穆德、纳吉尔各自净身，一起祷告，然后准备处理哈德拜的遗体以便下葬。他的绿、白旗已不见了，有位穆斯林游击战士捐出自己的旗子当裹尸布。清一色白的底子上，写有这么一行字：

La illa ha ill'Allah（万物非主，唯有真主）

马赫穆德·梅尔巴夫，从在卡拉奇一起搭出租车起就一直和我们在一起的那个伊朗人，主持仪式时深情、投入、充满爱意，因而他主持仪式和祷告时，我的目光一再投向他那平静而坚强的脸庞。即使他要埋葬的是自己的小孩，神情都不可能比眼前更平和或慈祥。我就在那场葬礼的那些时刻里，开始把他当成难得的朋友。

葬礼结束时，我看到纳吉尔的目光飘向我，我立即低下头，盯着我靴子旁边结冰的地面。他一脸羞愧，困惑，悲痛，难过。他活着是为了保护、服侍哈德汗，可如今哈德汗死了，他却还活着。更难堪的是，他毫发无伤。他的生命，光是好端端活在世上的这个事实，似乎就像个背叛。每次心跳都是一次新的不忠。而哀痛和疲惫让他元气大伤，病得很重。他看着像是瘦了十公斤，脸颊凹陷，眼睛下面出现黑色凹槽，双唇皲裂脱皮。双手双脚的情形也叫我忧心。我检查过他的手脚，知道那些部位的血色和体温还没完全恢复。我想他在雪地里爬行时，可能已经冻伤了。

其实，那时有项任务，让他的生活有了目标，甚至有了意义，但我当时不知道。哈德拜事先给了他一项最终的任务，一旦哈德在这次任务中丧命，他就要开始执行。哈德说了一个人的名字，要纳吉尔杀了他。

那时候，他其实已经在执行那指令，才让自己苟活于人世，留下身躯以执行那项杀人任务。他的生存意志就靠那任务撑着，他整个生命萎缩为那个绝望的执着。那时的我完全不知道那件事，随着哈德下葬，寒冷的数日变成更寒冷的数星期，我无时无刻不在担心这个顽强、忠心耿耿的阿富汗人的神智。

哈德的死也改变了哈雷德·安萨里。那改变没那么明显，但同样深刻。我们之中许多人受到这个打击之后，干起例行工作时都浑浑噩噩，精神涣散，但哈雷德却变得更犀利，更有干劲。我常不知不觉发起愣，陷入伤痛、又悲又喜的沉思，思念那个我们深爱但已失去的人。哈雷德却几乎每天都接下新工作，且总是精神抖擞。他因为打过几场战争，经验丰富，所以接替哈德拜的角色，担任穆斯林游击队队长苏莱曼·沙巴迪的军师。这个巴勒斯坦人显得审慎而从容，热情、坚毅，深谋远虑到了不苟言笑的程度。那些并不是哈雷德的新特质，他向来是个严肃而热心的人，但哈德死后，他散发出乐观和一定要赢的心情，是我从没见过的。他也祷告，从埋葬了哈德汗那一天起，哈雷德一直是第一个召唤众人祷告，最后一个从冰冻的石头上抬起膝盖的人。

苏莱曼·沙巴迪成了我们这群人之中（我们有二十个人，包括伤者）年纪最大的阿富汗人，他曾任加兹尼附近数个村落的共同领袖，也就是名叫"Kandeedar"的职务，加兹尼位于前往喀布尔三分之二路程的地方。他五十二岁，投身阿富汗战争已有五年，从围城到打了就跑的游击战到会战，各种战斗他都有经验。艾哈迈德·沙赫·马苏德，全国抗俄战争的非正式领袖，亲自指派苏莱曼在坎大哈附近设立几个南方防御区。我们这支混杂了数个民族的部队，每个人都对马苏德敬畏有加，敬畏到把那情感称为某种爱亦不为过。由于苏莱曼是"潘杰希尔之狮"马苏德直接任命的，大家对他也是同样崇敬。

在雪地里发现纳吉尔的三天后，纳吉尔恢复到已能作完整报告时，苏莱曼·沙巴迪召开会议。他身材矮小，手大脚大，面容忧愁，高而宽的额头上有七道像田中犁沟的皱纹。厚厚缠起的白头巾遮住他的秃头，带点灰白的浅黑色胡子被修剪整齐，圈住了嘴巴。他下巴的胡子很短，双耳微尖，在白头巾衬托下尖得更明显，那微微流露的顽皮，加上他张大的嘴巴，意味着他原本可能是个爱作怪的逗趣之人。但那时，在那山上，眼神主宰了他的表情，那眼神透着说不出口的伤心，枯槁而哭不出泪的伤心。那是让我们心生同情，但又阻止我们与他热络交好的眼神。他尽管睿智、勇敢、亲切，但他心中的哀伤太沉重，无人敢冒险触碰。

除去在营地周边站岗的四名哨兵和两名伤者，我们有十四人聚集在洞里听苏莱曼讲话。天气极冷，气温在零摄氏度或零摄氏度以下，我们坐在一块取暖。

我很后悔在奎达的漫长等待期间没更用心学达里语和普什图语。在那场会议上，大家都讲那两种语言；开完会后，每个人也都讲那两种语言。马赫穆德·梅尔巴夫为哈雷德将达里语翻译成阿拉伯语，哈雷德再将阿拉伯语译成英语，于是会上只见他先倾身向左听马赫穆德讲，再倾身向右悄声向我说。如此转译再转译，花时间又拖沓，但让我惊奇且汗颜的是，每次哈雷德为我转译时，众人皆耐心等待。欧美的通俗讽刺漫画将阿富汗人描绘成粗野、杀人不眨眼的人（阿富汗人听到自己被描绘成这副德行，笑得乐不可支），但每次我与他们直接接触时，感受都完全相反。与阿富汗人面对面时，他们爽朗、和善、坦率，生怕失礼于我。那第一场会议上，我从头到尾没开口，接下来的每场会议也是，但他们仍旧让我知道他们所说的每句话，毫无隐瞒。

纳吉尔报告了让哈德汗遇害的那场攻击，听了让人心惊：哈德带着二十六人和所有骑乘用、负重用的马离开营地，踏上照理来说很安全的路线，前往他老家的村子。出发后的第二天，距哈德拜的村子还有整整一天的路程时，他们因为要和当地部族领袖互换礼物而不得不停下脚步。这种事碰过多次，他们不以为意。

会面时，对方问起哈比布·阿布杜尔·拉赫曼的事，口气很不客气。

那时，距哈比布杀掉不省人事的可怜的悉迪奇，然后离开我们，已过了两个月。在那期间，他在他的新战区沙里沙法山脉，展开了一场单枪匹马的恐怖战争。他把一名俄罗斯军官折磨至死。他对阿富汗军人，乃至在他眼中不够投入抗俄大业的穆斯林游击战士，施行了他眼中符合正义的制裁。那些令人发指的折磨使那地区的所有人都提心吊胆，草木皆兵。有人说他是幽灵，或者《古兰经》中的大撒旦，前来撕裂男人的身体，把脸皮从颅骨剥下。原本是战区之间较平静的狭长地带，突然变成军人与其他战士愤怒、惊恐的骚乱之地，人人誓要揪出万恶的哈比布，把他给杀掉。

哈德拜意会到自己已陷入为捕捉哈比布而设的陷阱，意会到周遭的人对他此行的目的抱有敌意，想尽快脱身，于是献出四匹马作为礼物，然后集合人马离开。就在快要脱离敌人高地的攻击范围时，枪声大作，子弹射进那道峡谷，双方激战了半个小时。结束后，纳吉尔清点自家人死伤，十八人死亡，其中有些人是负伤躺在地上时遭杀害的——割喉。纳吉尔、艾哈迈德·札德挤在横七竖八的人、马尸体中装死，才得以保住性命。

有匹马受了重伤，但没死。纳吉尔叫起那匹马，把哈德的尸体和垂死的艾哈迈德绑在马背上。马拖着缓慢而沉重的步伐在雪地上走了一个白天、半个晚上，体力不支倒地，在距我们营地将近三公里处死亡。然后纳吉尔拖着两人走在雪地上，直到被我们发现。哈德一行人遇袭后，有五人下落不明，他猜他们可能已脱逃或者被捕。有件事可以确定：纳吉尔在敌人尸体中见到了阿富汗军人制服和一些新俄罗斯装备。

苏莱曼和哈雷德·安萨里推断，攻击我们阵地的迫击炮与夺走阿布德尔·哈德性命的那场交战有关。他们猜那支阿富汗部队已重新集结，或许正跟着纳吉尔的足迹，或者从俘虏口中拷问出我们营地的位置，然后发动迫击炮攻击。苏莱曼判断敌人还会进攻，但大概不会发动全面的正面攻击。这样的攻击要死很多人，且未必能攻下。但如果有俄罗斯军队支持阿富汗政府军，只要天气够晴朗，可能就会有直升机来犯。不管是哪种攻击，我们的人员都会有所折损，最后我们可能会失去这块高地。

热烈讨论过有限的可行方案之后，苏莱曼决定以迫击炮发动两次反击。为此，我们需要可靠情报，掌握敌人的阵地位置和敌我兵力的多寡。在准备向年轻健壮的哈札布兹族游牧民贾拉拉德简单说明侦察任务时，他刚要开口，突然定住，盯着洞口。我们每个人都跟着转头，瞠目结舌地望着明晃晃的椭圆形洞口冒出一道黑色人影。是哈比布。他躲过哨兵，溜进营地，潜行匿迹的功夫到了不可思议的地步。他站在我们旁边，相隔两小步。我很庆幸，我不是唯一伸手掏武器的人。

哈雷德冲上前，带着微笑，那是张大嘴巴、发自内心的微笑，让我看了讨厌的微笑，且因哈比布引发了那样的微笑而更讨厌他。哈雷德带那疯子进洞，要他坐在一脸惊吓的苏莱曼旁边。然后，哈比布开始讲话，神情自若，口齿清晰。

他说他见过敌人阵地，知道他们的虚实。他看到迫击炮攻击我们的营地后，便偷偷溜到下面他们的营地附近，近到可以听到他们决定午餐要吃什么。他能带我们到新的制高点，在那里可以把迫击炮射入他们的营地、杀死他们。他要求当场没炸死的人归他处理，那是他要的回报。众人辩论哈比布的提议，在他面前畅所欲言。有些人不放心把自己交给这个丧心病狂的人，这个以令人发指的折磨行为将战火带到我们洞穴的人。那些人说，跟他的邪行扯上关系会走霉运，既不道德又倒霉；有些人则担心那会杀掉许多阿富汗正规军。

这场战争有个看似古怪的矛盾之处，就是阿富汗人其实不愿自相残杀，每有同胞死亡时，都是由衷遗憾。在阿富汗境内，部族、民族相互对立、冲突的历史太久，除了哈比布，没有人真的恨为俄罗斯打仗的阿富汗人。真正教他们痛恨的阿富汗人，就只有阿富汗版的 KGB[①]，也就是阿富汗的情报单位 KHAD[②]。阿富汗的卖国贼纳吉布拉[③]最终夺下了政权，自命为国家统治者。他主持那个恶名昭彰的情报机构数年，该机构许多惨无人道的酷刑折磨都是由他主使。阿富汗的反抗军战士无不想着有一天能拉下套住他脖子的绳子，把他吊上空中。至于阿富汗军队的士兵乃至军官，就不一样了。他们是亲人，其中许多人奉召入伍，只是奉命行事以求保命。阿富汗正规军常把俄军调动或轰炸的重要情报传给穆斯林游击战士。事实上，没有他们的秘密协助，就不可能打赢这场战争。而以迫击炮突袭哈比布摸出的那两个阿富汗军队阵地，将夺走许多阿富汗子弟的性命。

经过漫长的讨论，最终的决定是打。我们认定处境太危险了，除了反击，把敌人赶出这山区，别无选择。计划很周全，照理应会成功，但就像那场战争的其他许多行动一样，最终带来的只有混乱和死亡。四名哨兵留守营地，我也待在后方照料伤员。突击队十四个人分成两组，哈雷德和哈比布带第一组，苏莱曼带第二组。按照哈比布的指示，他们在距敌营约一公里处（最大有效射程的范围内）设立迫击炮。天一亮就开炮，持续了半个小时。突击小组进入残破的营地，发现了八名阿富汗军人，有些人还活着。哈比布开始解决幸存者。我们的人虽已同意，但还是受不了他要干的事，因此，先返回营地，希望再也不要见到那个疯子。

---

① KGB，克格勃，全称"苏联国家安全委员会"，是苏联的情报机构，与美国中央情报局、英国军情六处和以色列摩萨德，并称为"世界四大情报机构"。
② KHAD，国家信息服务部，是阿富汗民主共和国安全机构和情报机构，成立于1978年，并在苏联占领阿富汗期间担任秘密警察的工作。
③ 纳吉布拉，穆罕默德·纳吉布拉·阿赫马德扎伊（1947年8月3日—1996年9月28日），在1986年至1992年担任苏联傀儡政权阿富汗民主共和国最高领导人。1992年，反政府军攻入喀布尔，纳吉布拉被迫下台。1996年塔利班攻入喀布尔之后，将纳吉布拉处死。

回来后不到一个小时，我们的营区就遭到了反炮轰，弹如雨下，伴随嗖嗖、咻咻、砰砰的爆炸声。猛烈的攻击平息后，我们爬出藏身处，听到奇怪的嗡嗡震动声。哈雷德距我几米，我看到他带疤的脸上猛然闪过一丝恐惧。他开始跑向山洞群对面由岩石缝隙构成的小掩蔽处，他大叫，挥手要我一起过去。我朝他跨出了一步，随即定住，一架像狰狞的巨大昆虫的俄罗斯直升机越过营区边缘，浮现在空中。人在遭受炮火攻击时，那些机器显得格外庞大和狰狞，非言语所能形容。那怪物塞满你的眼和心，有一两秒时间，这世上除了那金属、那噪声、那恐惧，似乎别无他物。

它一出现，就立即向我们开火，然后转向飞开，犹如俯冲扑杀猎物的隼。两枚火箭炮射向山洞，空气中传来烧焦味。火箭炮的速度太快，我的眼睛远远跟不上。我猛然转身，看见一枚火箭炮打中山洞群入口上方的峭壁，爆炸，烟、火光冒出，石头、金属碎片纷纷落下。紧接着，第二枚火箭炮射入洞口，爆炸。

震波扎扎实实打在我身上，就像是我站在游泳池边缘，有人用手掌把我推入池中。我被震倒，仰躺在地，由于体内的空气瞬间被抽走，我猛喘气，又被浓烟呛得喘不过气来。我看到了山洞入口，伤员在洞里，其他人躲在洞里。有人从黑烟和火焰中冲出，或跑或爬出山洞，其中一个人是名叫阿莱夫的普什图族商人。哈德拜很喜欢他，因为他善于取笑、无厘头地讽刺自大浮夸的毛拉（伊斯兰宗教学者）和地方政治人物。他的背部，从头到大腿都被炸了，衣服着火，在他背部裸露、炸开的肉的周边燃烧、成为冒烟的余烬。他的髋骨和肩胛骨清楚可见，随着他的爬行在张开的伤口里移动。

他在尖叫求救。我咬紧牙关跑向他，但那架直升机再度出现，轰轰地高速飞过我们，两次急转，掉转方向，好让机身在疾飞而过时从新的角度攻击。然后它大刺刺地悬在高原（原本一直是我们安全的藏身之处）的边缘附近，姿态傲慢、冷淡、丝毫不怕遭到攻击。就在我起身要往前移动时，它再度朝山洞群发射两枚火箭炮，接着又是两枚。齐发的火箭炮使整个洞内瞬间火光四射，翻滚的火球和白热的金属碎片融化了雪。有块碎片落在我身旁，砸进雪里，嗞嗞作响了几秒钟。我跟着哈雷德爬开，挤进狭窄的岩缝。

武装直升机的机枪开火，向开阔地扫射，杀光了地上无处藏身的伤者。然后我听到了不一样的枪响，意会到我们这儿有人正朝直升机开枪反击。那是 PK 机枪（我们所拥有的俄制机枪之一）在反击。紧接着，另一挺 PK 机枪也发出长长的"吞——吞——吞——吞"的射击声，我们有两个人在朝直升机开火。我唯一的本能是找地方藏身，躲过那杀人不眨眼的杀人机器，但他们不仅挺身而出面对那怪物，还挑战它，引来它的攻击。

我身后某处传来一声大叫，一枚火箭炮嗞嗞飞过我藏身的岩缝，朝直升机奔去。那是我们某个弟兄用 AK-74 发射的火箭炮。那一枚未打中直升机，接下来的两枚也是，但我们弟兄的反击火力已找到目标，直升机的驾驶员眼看不妙，决定趁早溜走。

我们的人群一起大喊："Allah hu Akbar! Allah hu Akbar! Allah hu Akbar!"哈雷德和我慢慢挤出岩缝，见到有四个人在往前冲，朝那直升机开火。直升机低头飞离时，细细的一股赭黑色的烟从机身约三分之二处慢慢冒出，引擎拼命急转，声音尖锐刺耳。

第一个开枪反击的年轻人是哈札布兹族游牧民贾拉拉德。他把沉重的 PK 机枪交给战友，一把抓起用胶布缠着双排弹匣的 AK-74 步枪，急急跑去寻找可能在直升机的掩护下已偷偷摸到附近的敌军士兵。另有两个年轻男人跟着跑过去，又滑又跳地爬下雪坡。

我们在营区里寻找生还者。攻击发起时，包括两个伤员在内，我们有二十个人。结束后，我们剩十一个人：贾拉拉德，还有跟着他去防守圈内搜索阿富汗正规军或俄罗斯士兵的两个年轻人朱马和哈尼夫、哈雷德、纳吉尔、年纪很轻的战士阿拉乌丁、三名伤者、苏莱曼，还有我。

我们失去了九个人，比起我们用迫击炮突袭杀掉的阿富汗士兵数量还多一个。

　　我们的伤兵伤势严重。一人被火烧得手指熔在一块，犹如蟹螯，脸被烧得看不出是人脸，靠红色脸皮里的一个洞呼吸，那个在他脸上颤动的洞可能是他的嘴巴，但无法确认。他的呼吸发出吃力的刮擦声，而且越来越微弱。我给他打了吗啡后，转去看下一个伤者。那是来自加兹尼的农民，名叫札赫·拉苏尔。先前我只要读起书或写起笔记，他都会端杯绿茶给我。四十二岁的他亲切又谦逊，在这个男人平均寿命只有四十五岁的国度里，他算是老人。他有条胳膊从肩膀以下完全不见了。炸掉他胳膊的那枚炸弹，不管是什么样的炸弹，还在他的身体上划出了一条口子，口子从胸膛拉到右髋骨。已经无法知道在他的伤口里还留有什么金属碎片或石头碎片。他在念词句重复的齐克尔（赞颂安拉的诗词）：

　　　　真主伟大
　　　　真主原谅我
　　　　真主慈悲
　　　　真主原谅我

　　他的断臂处上方，断口处血肉模糊的肩膀残肢上缠了止血带，由马赫穆德·梅尔巴夫紧紧拉着。马赫穆德一时没拉紧，温热的血立即喷出，溅到了我们身上。马赫穆德再度拉紧止血带。我望着他的眼睛。

　　"动脉。"我说，苦恼于眼前的难题。

　　"对，在他手臂下方。看到了吗？"

　　"看到了，得缝合或夹住之类的，得止血。他已经失了太多血。"

　　医药箱里剩下的东西都已被熏黑或沾上灰末，全摆在我膝盖前的帆布上。我找到了一根缝针、一把生锈的机械工钳子、一些丝线。雪地上冷得让人发抖，裸露的双手也抽了筋。我把线缝入动脉、肌肉，那整个区域，拼命想封住大量喷出的红热鲜血。线几度卡住。我僵硬的手在发抖。这个男人是清醒的，意识清楚，并且处于极度疼痛之中。他断断续续地发出尖叫和号哭，但随即又继续赞颂真主。

我向马赫穆德点头，示意他可以放松止血带。虽然冷得发抖，但我眼里满是汗水。血从缝线处渗出，血流缓慢多了。但我知道，即使是这么小量的渗血，最终仍会要了他的命。我开始把一团团绷带塞进伤口，然后包上加压性敷料，就在这时，马赫穆德沾满鲜血的双手用力抓住我的两只手腕。我抬头，看见札赫·拉苏尔已不再赞颂，不再流血。他死了。

我剧烈地喘气。那样的喘气只给身体带来伤害，没什么好处。我猛然意识到自己已有好几个小时没吃东西了，我很饿。那念头——饿、食物，开始浮现，我首次觉得不舒服，觉得那让人发汗的作呕感阵阵漫过全身，便摇头想甩掉。

我们回头再去看那个烧伤的患者，发现他也已经死了。我用迷彩帆布盖住他不动的躯体，往他那烧焦、熔化、面目模糊难辨的脸瞥了最后一眼，那一瞥变成了感谢的祷词。医护兵工作有个令人不忍面对的事实，那就是祈求人死掉跟祈求人活着的心情同样坚定，且几乎同样频繁。第三名伤者是马赫穆德·梅尔巴夫。他的背、颈、后脑勺上有灰黑色的小金属碎片和看似熔化塑料的东西。好在那些激射出的热烫物质只穿到皮肤上层，和金属碎片差不多，不过还是花了一个小时进行清除。我清洗伤口，撒上抗生素粉，在可包扎的地方予以包扎。

我们查看补给品和存粮。遭到攻击前我们有两只山羊，被攻击后，其中一只跑掉了，不见踪影。另一只找到时正瑟缩在由两面高悬陡峭的岩壁夹成的隐蔽凹洞里。那只山羊是我们唯一的食物。面粉已和米、印度液体奶油、糖一起烧成了灰。储备的燃料一点不剩。不锈钢医疗器材直接中弹，大部分已扭曲变形成一团废金属。我在残骸里找回一些抗生素、清毒剂、药膏、绷带、缝针、线、注射器、吗啡安瓿。我们有弹药和一些药物，可以融雪取水，但缺少食物，这是个危急的问题。

我们有九个人。苏莱曼和哈雷德决定离开营地。另一座山上有个山洞，往东边步行约十二个小时可到，他们希望那里的地形足以抵御攻击。顶多再过几个小时，俄罗斯人肯定会再派一架直升机来。不久后，地面部队也会抵达。

"每个人把两只水壶都装满雪，步行时放在衣服内，贴着身体。"哈雷德把苏莱曼的命令翻译给我听，"带武器、弹药、药物、毯子、一些燃料、一些木头、那只山羊。其他都不带。出发！"

我们空着肚子出发，在接下来的四个星期，当我们蹲在新山洞里时，一直处于空腹状态。贾拉拉德的年轻友人哈尼夫在家乡时是按伊斯兰教法宰牲畜的屠夫。我们抵达时，他宰了那只羊，去皮，挖掉内脏，并分成了四份。我们用木头和少量酒精生火，木头是从那个报废营地带来的，酒精取自酒精灯。除了某些部位，例如膝关节以下的羊小腿，是穆斯林不准食用的，羊身上的肉全部被煮掉，然后再将细心煮熟的肉分为许多小份，作为每人每日的配给。我们在冰雪里挖洞，充当临时冰箱，把煮熟的肉块存放在那里。然后，有四个星期的时间，我们都是小口啃咬肉干果腹，身体缩成一团，受尽老是吃不饱的痛苦折磨。

九条汉子靠着一只山羊的肉挨过了四个星期，说明我们纪律良好并有患难与共的情操。我们偷溜到附近村落许多次，试图补充食物，但当地所有村落都被敌军占领了，整个山脉被俄罗斯人所率领的阿富汗军方巡逻队包围。哈比布的酷刑折磨，加上我们对那架直升机造成的伤害，已激怒俄罗斯人和阿富汗正规军，他们发誓要消灭我们。有次外出觅食时，我们的侦察员听到最近的山谷里回荡着广播声。原来是俄罗斯人在一辆军用吉普车上装了扩音器，一个阿富汗人用普什图语把我们形容成土匪、罪犯，说政府已派驻一支特种部队来追捕，他们要悬赏捉拿我们。我们的侦察员想开枪打那辆吉普车，但心想那说不定是陷阱，想把我们诱出藏身之处，于是作罢。猎捕者的广播声像潜行的狼嗥，在陡峭的岩石峡谷里回荡。

　　驻扎在周遭所有村落的俄罗斯人似乎情报有误，也或许是他们跟踪了哈比布残酷处决的犯案踪迹，因而把搜索行动锁定在我们北方的另一座山脉。只要继续待在这偏远的山洞里，我们似乎就不会有事。因此我们只能等待，无处可逃、挨饿、害怕，挨过那一年最冷的四个星期。我们躲着，白天在阴影里匍匐，每天晚上，在没有光、没有热气的黑夜里挤成一团。随着一刻刻冰冷时光的流转，战争的刀子慢慢削掉了我们的期盼和希望，最后，在环抱住自己颤抖身躯的双手里，在那僵硬而沮丧的双手里，我们所拥有的，只剩一个东西、一个念头——活着。

第三十六章

我无法面对失去哈德拜,失去我的父亲梦。我用双手埋葬了他,但并没有哀悼他。内心感触并未大到要我表现出那种难过,因为我的心不愿相信他已死去。在那场战争的那个冬天,我似乎爱他太深,而不愿相信他就这样走掉、死掉。如果这么深的爱能消失于土里,不再说、不再笑,那爱算什么?我不信,我认定必然会有所回报,并一直在等那回报到来。那时我不知道爱是单行道,如今我知道了。爱,像是敬意,不是得来的东西,而是付出的东西。

但在酷寒的那几个星期,我不知道那道理,未思索那道理。我转身离开生命中的那个洞,那个原来存有那么多充满爱之希望的洞,不肯去感受渴望或损失。我瑟缩在寒冷刺骨、埋藏身躯的伪装里,由雪和阴暗石头构成的伪装里。我咀嚼我们仅剩的韧如皮革的羊肉块,那塞满心跳与饥饿的每一分钟,更将我拖离哀痛与真相。

最后,我们当然吃光了所有的肉,大伙开会讨论接下来要走的路。贾拉拉德和较年轻一辈的阿富汗人想逃命,想杀出敌人防线,前往靠近巴基斯坦边界的扎布尔省沙漠地区。眼见别无选择,苏莱曼、哈雷德无奈同意,但希望清楚掌握敌军的部署,以便决定从哪里突围。为此,苏莱曼派年轻的哈尼夫前去查探虚实,要他在二十四小时内回来,只在夜间行走。为了这个任务,哈尼夫要从我们的西南方绕一个大圈,到我们的北方和东南方。

等待哈尼夫回来的时间又冷又饿又漫长。我们喝水，但那仅能止住饿意几分钟，然后更饿。二十四小时变成两天，然后进入第三天，仍没有他的踪影。第三天早上，我们判定哈尼夫不是已死就是被捕，朱马自告奋勇去找他。朱马是赶骆驼人，来自阿富汗西南部靠近伊朗边界，为外族所包围的塔吉克人小聚落。他肤色浅黑，脸部瘦削，鹰钩鼻，有一张贴心的嘴。他和哈尼夫、贾拉拉德的感情很好，那是在战时、牢里人与人会有的感情，怎么也预想不到的感情，鲜少以言语或肢体动作表达的感情。

朱马所属的塔吉克部族是赶骆驼人，哈尼夫、贾拉拉德所属的穆罕默德·哈札布兹族，则是以运送货物为业的游牧民族。这两个族群历来相互竞争，随着阿富汗迅速现代化，竞争更为激烈。一九二○年，阿富汗有整整三分之一的人口是游牧民，仅仅两个世代后的一九七○年，游牧民只剩百分之二。这三个年轻人虽有竞争关系，但战争使他们不得不密切合作，成为形影不离的好朋友。他们的友谊孕育自战火暂歇而心情消沉、隐伏危险的那几个月，且在战斗中历经多次考验。他们最成功的一仗是使用地雷和手榴弹摧毁了一辆俄罗斯坦克。他们三人各捡了一块坦克金属碎片做纪念，系上皮绳，挂在脖子上。

朱马表示愿去寻找哈尼夫时，我们每个人都知道无法阻止他。苏莱曼疲累地叹了口气，同意他去。朱马不愿等到天黑，立即背着枪，蹑手蹑脚地离开营地。他和我们一样，已三天没进食，但他最后一次回头时抛回给贾拉拉德的微笑，虎虎有神，充满勇气。我们看着他离开，看着他渐渐远去的瘦削身体，在我们下方雪坡的阴影地上快速移动。

饥饿使寒冷更为难受，那是个漫长严酷的寒冬，每隔一天就有雪落在我们周边的山上。白天时气温在零摄氏度以上，但日暮后，会降到让人牙齿打战的零摄氏度以下，直到天亮过了许久才回温。我的双手双脚时时都觉得冷，让人发疼地冷。脸上的皮肤麻木，皲裂得如普拉巴克老家村子里农民的脸。我们尿在自己手上，以驱除那刺痛的冷，双手因此暂时恢复知觉。但我们太冷了，以致连小便都成问题。首先得把衣服完全打开，但那让我们畏惧，然后把膀胱里温热的液体排掉，让人寒意陡增。失去那暖乎乎的东西，会使体温急速下降，我们总是忍到受不了才去释放。

那天晚上，朱马没回来。午夜时，饥饿和恐惧使我们无法入睡，黑暗中传来微微的窸窣声响，我们每个人都跳了起来，七把枪对准出声处。然后我们惊讶地看见一张脸从阴影处浮现，比我们预期的近得多。原来是哈比布。

"你在干吗，兄弟？"哈雷德用乌尔都语轻柔地问他，"让我们吓了一大跳。"

"他们在这里。"他答，嗓音理智而平静，像是发自另一个人或另一处，仿佛神灵附体，在代替神灵说话。他的脸很脏，我们每个人都没梳洗，没刮胡子，但哈比布的脏是那种黏得又厚又恶心的脏，叫人惊骇的脏。那种恶臭像是从受感染的伤口里流出的毒液，仿佛是深层的秽物从毛孔里被挤出来似的。"他们无所不在，遍布在你们四周，明天或后天，他们有更多的人手到来，就会上来抓你们，把你们杀光，很快就会来。他们知道你们的位置，他们会把你们杀光，眼前只有一条脱身之路。"

"你是怎么找到我们的，兄弟？"哈雷德问，嗓音和哈比布一样冷静而超然。

"我跟你们来的，我一直在你们附近，你们没看到我？"

"我的朋友，"贾拉德问，"你在哪里看到朱马和哈尼夫吗？"

哈比布没答。贾拉德又问了一次，语气更急迫。

"你看到他们了吗？他们人在俄罗斯营区？被捕了？"

我们静静听着，满心恐惧，空气里充斥着哈比布身上那有毒的腐肉味。他似乎在沉思，也或许是在听别人听不到的声音。

"告诉我，bach-e-kaka，"苏莱曼轻声细语地问，用了"侄子"这个亲昵的字眼，"你说什么，眼前只有一条脱身之路？"

"到处都是他们。"哈比布答道，脸孔因张大嘴巴、精神错乱般的凝视而扭曲变形。马赫穆德·梅尔巴夫给我翻译，凑近我耳边悄声说："他们的人力不够，他们在最容易离开这山区的路上都布设了地雷，北边、东边、西边，全都布设了地雷，只有东南边没有，因为他们认为你们不会想从那条路脱逃，他们不在那条路布雷，好上来抓你们。"

"我们不能从那条路逃，"哈比布突然停住时，马赫穆德悄声对我说，"俄罗斯人控制了东南边的山谷，那是他们前往坎大哈的路。他们来抓我们时，会从那个方向过来，如果走那条路，我们一个都活不了，而且他们也知道这点。"

"现在他们在东南边，但明天，他们全会在这山的另一头，就是西北边，待上一天。"哈比布继续说。他的嗓音仍然镇静自若，但脸像斜睨的滴水嘴兽，那反而让我们每个人感到不安。"明天他们只会有少数人留在这里，只会有少数人留下，其他人则会在天亮后去西北边布雷，如果明天冲向东南边，攻击他们、和他们打，那里只会有少数人，你们就可以突围逃走，但只有明天。"

"他们总共多少人？"贾拉拉德问。

"六十八个。他们有迫击炮、火箭炮、六挺重机枪，他们的人太多，你们不可能趁夜溜过他们身边。"

"但你溜过了他们身边。"贾拉拉德不服气地说。

"他们看不见我，"哈比布平静地回答，"对他们而言，我是隐形人。直到我把小刀插进他们的喉咙，他们才看得到我。"

"太扯了！"贾拉拉德口气强硬地悄声对他说，"他们是军人，你也是，你如果能溜过他们身边而不被发觉，我们也能。"

"你的人有回来的吗？"哈比布问他，首次用那丧心病狂的目光盯着这位年轻战士。贾拉拉德张嘴想说话，但话又没入他心中翻腾的一小片海。他垂下目光，摇头。"你们能像我一样进入那营地而不被看到或听到吗？如果你们想溜过他们身边，绝对会像你们的朋友一样死路一条，你们没办法溜过他们身边。我能办到，但你们办不到。"

"但你认为我们可以杀出生路？"哈雷德问他，口气温和轻柔，但我们全都听出他话中的急迫之意。

"你们可以，那是唯一的路。我走遍了这座山的每个角落，我曾非常靠近他们，近到能听到他们抓痒的声音，所以我才出现在这里。我来告诉你们如何自救，但有个条件，你们明天没杀掉的人、幸存的人，全归我处理，要把他们交给我。"

"好，好，"苏莱曼爽快同意，生怕他变卦，"快，bach-e-kaka，说说你所知道的，我们想知道你所知道的。坐下来说说你知道的，我们没吃的，没办法请你吃一顿，多多包涵。"

那几个星期，我们躲藏、等待，没有暖可取，没有热食可吃，每天都度日如年。在那期间，我们讲已讲过的故事，借此娱乐彼此，相互打气。在那最后一晚，几个人讲过故事之后，再次轮到我。数个星期前，我讲的第一个故事，讲我如何越狱，坦承自己是个罪犯，曾因犯罪而入狱，让他们大为惊骇，但他们也听得津津有味，在我讲完后，问了许多问题。

我第二个故事讲的是"暗杀之夜"的事，讲阿布杜拉、维克兰和我如何追踪到那些尼日利亚杀手，如何和他们扭打，并打败他们，然后把他们赶出印度；讲我如何追捕揪出这所有娄子的毛里齐欧，痛揍他一顿；讲我如何想杀他泄恨，最后还是饶了他一命，然后后悔自己一时心软，以致他后来去打莉萨·卡特，迫使乌拉出手杀了他。

那故事也很受欢迎，而当马赫穆德·梅尔巴夫在我身边坐定，准备翻译我的第三个故事时，我不知道该讲什么才能再度勾起他们的兴致。我在脑海里搜寻故事主角，有很多主角，太多男、女主角，而第一个主角就是我的母亲，她的勇气和牺牲让我想起他们。但我开口时，却说起了普拉巴克的故事。那些话，就像某种绝望时的祷告，无须召唤，自然而然就从心里涌出来。

我告诉他们普拉巴克如何在小时候就离开他如天堂般的老家村子前往城市；如何在青少年时期和狂放不羁的街头少年拉朱等朋友返回家乡，对抗土匪的威胁；普拉巴克的母亲鲁赫玛拜如何鼓舞村民的斗志；年轻的拉朱如何走向自大的土匪头子，连开数枪，直到那人倒地身亡；普拉巴克如何喜爱大吃大喝、跳舞、音乐；他如何在霍乱流行时救了他心爱的女人、娶了她，最后如何在我们伤心的亲友围绕下死在了病床上。

马赫穆德为我译完最后一句话后，他们思索着那故事，现场陷入长长的沉默。我正以为他们和我一样，为我那矮子好友的一生而感动时，有人发问。

"那他们那个村子养了几只山羊？"苏莱曼一脸严肃地问道。

"他想知道有几只羊……"马赫穆德还没译完，我就回答。

"我懂，我懂，"我微笑地说，"嗯，我估计有八十只，或许多达百只。每户人家有约两三只山羊，但有些人家多达六或八只。"

那回答引来一阵比手画脚的轻声讨论，且比他们之间偶尔出现的政治辩论或宗教辩论更为热烈，壁垒更分明。

"那些山羊是……什么……颜色？"贾拉拉德问。

"颜色，"马赫穆德正经八百地解释，"他想知道那些山羊的颜色。"

"哦，这个嘛，我想是褐色、白色，有一些是黑色。"

"体型很大，像伊朗的山羊？"马赫穆德给苏莱曼翻译，"或者瘦巴巴，像巴基斯坦的山羊？"

"嗯，差不多这么大……"我边说，边用双手比画。

"他们，"纳吉尔也不由自主地加入讨论，"从那些山羊挤出多少乳汁，每天？"

"我……其实不是很懂山羊……"

"试着，"纳吉尔不放弃，"试着想想看。"

"噢，搞什么。我……老实说，根本只能瞎猜，但我要说，或许，一天两公升……"我说，无奈地举起双掌。

"你那个朋友，他开出租车能赚多少？"苏莱曼问。

"你那个朋友结婚前跟女人单独出去过吗？"贾拉拉德想知道，结果引来众人大笑，有些人还拿起小石子丢他。

那场谈话会就以这种方式谈论与他们有关的所有主题，最后我说声抱歉并离开，找到可以凝望夜空且较能躲避风寒之处。冰冷的夜空罩着雾，什么都见不到。恐惧在我空虚的肚子里潜行，然后猛然跳起，用利爪扑向关在肋骨围笼里的心脏，我努力想压下那恐惧。

我们就要杀出去了。没有人说，但我知道其他人全都在想我们活不成了。他们太高兴、太轻松。一决定迎战，他们过去几个星期的紧张、忧惧全部一扫而空。那不是心知获救的人那种愉悦的释怀，那是别的东西，那是我孤注一掷越狱的前一晚在囚房的镜子里看到的东西，那是我在与我一起越狱的那人眼里见过的东西。那是豁出去，拿生死当赌注，什么都不在乎的雀跃。明日某个时候，我们就会自由，或者死去。驱使我翻过监狱前围墙的那股决心，这时正驱使我们翻过山脊，迎向敌人的炮火，与其像老鼠一样死在陷阱里，不如战死。我逃出监狱，横越大半个世界，过了这么些年，结果竟置身在一群与我对自由和死亡抱持一模一样观点的人之中。

而我仍然害怕：害怕受伤；害怕脊椎中弹而瘫痪；害怕被活捉，在另一座监狱里受狱警折磨。我突然想起，卡拉和哈德拜如果在身边，大概会跟我说有关恐惧的珠玑妙语。而想到这里，我了解到他们距离这一刻、距离这山、距离我，何等遥远。我明白我不再需要他们的才智，那帮不了我。这世上所有的聪明才智，都无法让我的心免于因那潜行的恐惧而紧揪。人一旦知道自己会死，机智聪明也无法让人心安。过人的天赋终归徒劳，机智聪明终归虚无。真正令人安心的东西，如果那东西真的降临，乃是时间、空间、感觉混合而成且透着古怪斑纹的东西，我们通常称为智慧的东西。

对我而言，在那场战争之前的最后一晚，那是我母亲的说话声，那是我朋友普拉巴克的生与死……上帝让你安息，普拉巴克。我仍爱你，当我想起你时，那股哀痛钉在我的心上，钉在我闪着灼热明星的眼睛里……在那个冰冷的山脊上，教我安心的东西是浮现在脑海里的普拉巴克的笑脸，我母亲的说话声：这辈子不管做什么，都大胆去做，就不会出太大的差错……

"喏，给你一根。"哈雷德说，往下滑到我身边蹲着，未戴手套的手拿着两根抽剩一半的烟，递上一根给我。

"哇！"我吃惊地望着他，"你从哪里弄来的？我以为上星期大家都抽光了。"

"是抽光了，"他说，用小打火机点燃了香烟，"但这两根例外。我留着供特殊时机抽的，我想现在是时机了。我觉得不妙，林，真的觉得不妙。心里的感觉，而我今晚甩不掉那感觉。"

自从哈德那晚离开之后，这是我们第一次讲了必要之外的话。我们每个白天、夜晚工作在一起、睡在一起，但我几乎从未和他目光相遇，一直冷冷地避免和他交谈，因此他也一直与我无言。

"嘿……哈雷德……关于哈德和卡拉……不要觉得……我是说，我没有……"

"我知道，"他插话道，"你发火是理所当然的。站在你的立场，我能理解。我始终能理解。你受到了不公平的对待，哈德离开的那晚，我也跟他说起了这事。他该相信你的，说来好笑，他最信赖的人，这世上他唯一真正彻底信赖的人，最后竟是个疯狂杀手，竟是出卖我们所有人的人。"

那纽约腔，带着越来越强的阿拉伯口音，像是起着泡沫的温暖波浪席卷着我的全身，我几乎要伸出手拥抱他。他的嗓音总让我觉得笃定，他那带疤的脸让我看到真正的苦，但因为心中的芥蒂，我看不到那笃定和苦。能与他重修旧好，我太高兴了，因而误解了他刚刚论及哈德拜的那番话。我未用心思索，以为他在谈阿布杜拉，但其实不是。而那次机会，仿若其他无数个可以在一次交谈中了解全部真相的机会，就这样流失掉了。

"你有多了解阿布杜拉？"我问他。

"很了解。"他答道，淡淡的微笑渐渐变为不解的皱眉：这是扯到哪里去了？

"你喜欢他？"

"其实不喜欢。"

"为什么不喜欢？"

"阿布杜拉什么都不信。在一个没有足够造反者为真正目标而奋斗的世界里，他是个没有目标的造反者。我不喜欢什么都不信的人，也不是很信任那样的人。"

"我也是其中之一？"

"不是，"他大笑道，"你相信一些东西，因此我才喜欢你，因此哈德爱你。他真的爱你，你知道的，他跟我这样说过几次。"

"我相信什么？"我嘲笑道。

"你相信人，"他迅即回答，"贫民窟诊所那件事，还有其他类似的事，例如，你今晚讲的故事，关于那村子的故事。你如果不相信人，不会记得那些鸟事。霍乱肆虐时你在贫民窟努力的事，哈德很欣赏你那时候的作为，我也是。唉，有一阵子，我以为你甚至让卡拉也相信人。你要了解，林，如果哈德有选择，如果有更好的办法去完成他必须完成的事，他不会那样做。事情那样发展是不得已的，没有人想要你。"

"连卡拉也没有？"我微笑地问，享受完最后一口烟，在地上按熄。

"这个嘛，卡拉或许有，"他坦承道，露出那有所压抑、带着难过的笑，"但卡拉是那样的人，我想她从没耍弄过的人是阿布杜拉。"

"他们曾在一块？"我问，惊讶得按捺不下嫉妒，眉头紧皱在一起。

"这个嘛，不能说是一块，"他不带感情地回答，凝视着我的眼睛，"但我曾是，我曾跟她同居。"

"你什么？"

"我跟她同居过六个月。"

"什么？"我问，咬紧牙根，觉得自己很蠢。我没资格生气或嫉妒。我从没问卡拉爱过谁，她也从没问我爱过谁。

"你不知道，是不是？"

"知道就不会问了。"

"她甩了我，"他缓缓吐出这几个字，"就在你出现时。"

"哦，妈的，老哥……"

"没事。"他微笑道。

我们沉默了片刻，各自回想最近几年的事。我想起阿布杜拉，想起在哈吉阿里清真寺附近的海堤边，我遇见阿布杜拉和哈德拜的那晚。我记得他说过，他用英语说的漂亮句子，是个女人教他的，那想必是卡拉，无疑是卡拉。我想起初见到哈雷德时，哈雷德举止的生硬不自然。我猛然领悟，他那时想必正受失恋之苦，或许还怪在我头上。我清楚理解到，他像一开始那样和善、亲切地对待我，内心想必经历过很大的煎熬。

"你知道吗，"片刻之后他又说，"跟卡拉相处，真的要很小心，林。她……一肚子火……你知道吗？她受了伤。她受伤严重，在所有关键之处。她小时候，他们真的伤了她，她的精神有点不稳定。来印度之前，她在美国做了某件事，而那也伤了她。"

"她做了什么？"

"我不知道。非常严重的事，但她没告诉我是什么事。我们绕着那事谈，如果你懂我意思的话，我想哈德拜知道那事，因为，你知道的，他是第一个遇见她的人。"

"不，我不知道，"我答道，想到自己对爱了这么久的女人了解这么少，不由得感到不悦，"为什么……你认为她为什么从不跟我谈哈德拜？我认识她很久了，我们两人都为他工作时就认识了，而她从没说。我谈过他，但她一句话都没说，她从没跟我提过他的名字。"

"我想她纯粹是忠心于他，你知道的。我想她对你没有不良居心，林，她纯粹是太忠心，唉，她过去对他太忠心，把他当成父亲一样，我想。她的父亲在她小的时候死掉了，而且她继父在她还很年轻时也死掉了。哈德及时出现救了她，因此成了她的父亲。"

"你说他是第一个遇见她的人？"

"对，在飞机上。照她告诉我的，那过程有点离奇。她不记得自己上了飞机，那时她正为某件她干的事而逃亡，她有了麻烦。最后，她在几个机场搭了几架不同的班机，如此过了几天，我想。然后她在飞往新加坡的飞机上，从……我不知道……某个地方飞往新加坡。她想必是紧张崩溃或有诸如此类的情绪，因为她的精神崩溃了，她记得的下一件事，就是在印度的某个洞穴和哈德拜在一起，然后他把她交给阿曼照顾。"

"她跟我谈过他。"

"她谈过？她讲得不多。她喜欢那个人，他照顾她将近六个月，直到她的精神完全恢复为止。他带她回来，回到光明的世界。他们很亲密，我想阿曼是她这辈子最像她兄弟的人。"

"你和她在一起，我是说，当阿曼遇害时，你认识她吗？"

"我不知道他遇害了，林。"哈雷德严肃地说，紧皱眉头努力回想，"我知道卡拉认定是那样，认定是周夫人杀了他和那女孩……"

"克莉丝汀。"

"对，克莉丝汀。但我很了解阿曼，他是个性情很温和的男人，那种非常单纯、温和的男人。他完全是那种如果认为无法和女友自由自在地在一起，就会像浪漫的爱情电影那样，和女友服毒自杀的人。哈德查了那件事，非常仔细地查，因为阿曼是他的人，他肯定周夫人跟那件事

795

无关。他证明她是无辜的。"

"但卡拉不信？"

"对，她不相信。那件事，加上先前其他的事，使她非常伤心。她有没有告诉你，她爱你？"

我迟疑了，一部分是因为不愿让出那小小的优势，如果他相信她真的说了那句话，我可能稍稍胜他一筹的优势；还有一部分是因为忠于卡拉，因为那毕竟是她的事。最后我还是回答了，我得知道他为什么问我这个问题。

"没有。"

"太可惜了，"他平淡地说，"我以为你或许是那个人。"

"那个人？"

"那个帮她的人，帮她突破的人，我想。那女孩的遭遇很惨，碰上了一些不幸的事。哈德使她的处境雪上加霜，我想。"

"怎么说？"

"他要她为他工作。他遇见她时救了她，他保护她，使她免受那件事的伤害——她在美国害怕的那件事。但就在那时，她遇见了那个男人，一个政治人物，他很迷恋她。哈德需要那个男人帮忙，因此他要她为他工作，而我想她不适合那工作。"

"什么工作？"

"你知道的，她那么美，那双绿色的眼睛，那么白的肌肤。"

"去他的。"我叹气道，想到哈德曾跟我长篇大论，谈到不道德之事里的不法成分，不法之事里的不道德成分。

"不知道哈德的心里在想什么，"哈雷德断言道，怀疑且不解地摇头，"最起码可以说……那不符合他的个性。老实说，我认为他不觉得那是在……伤害她。但她可以说是整个心凉掉，那就像是她的亲生父亲……要她去做那种下流事。我想她没有原谅他，但她还是出奇地忠于他，始终不变。我一直搞不懂这个。但我就是那样跟她搭在一块，从那件事开始到结束，我都看在眼里，我替她难过，如果你懂我意思的话。一阵子之后，事情一件接一件。但我从未进入她的心房，而你也是。我想永远没有人能做到。"

"永远可是很久的。"

"对，你抓到重点了。但我只是想提醒你，我不希望你再受伤了，兄弟。我们已吃了太多苦，na？而且我不希望她受伤。"

他再度沉默。我们盯着岩石和结霜的地面，避开对方的目光，兀自发着抖，度过了几分钟。最后他深深吸了口气站起来，拍拍双臂双腿驱除寒意。我也站起身来，冷得发抖，猛跺麻木的脚。在最后一刻，哈雷德猛然伸出双手抱住我，动作之突然，仿佛是要挣脱纠缠的藤蔓。他抱得很紧，但他的头缓缓靠在我头上，动作轻柔，一如沉睡小孩慢慢垂下头。

他把身子退后离开我时，脸别到一边，我看不到他的眼睛。他走开，我跟在后面，脚步更慢，双手抱胸驱寒。直到我独自一人时，我才想起他刚刚对我说：我觉得不妙，真的觉得不妙……

我决心跟他谈谈这点，但就在这时，哈比布从我身旁的阴影里蹿出，吓得我跳了起来。

"他妈的拜托！"我悄声说，口气强硬，"你他妈的吓死我了！别做那种让人讨厌的事，哈比布！"

"好，好。"马赫穆德·梅尔巴夫从那疯汉身边走出来。

哈比布口齿不清地对我说话，说得很快，我一个字都没听懂。他的双眼从头部瞪着前方，又黑又重的眼袋更夸大了效果。眼袋将下眼皮往下拉，在那圈碎裂、溃散的虹膜底下，露出了太多的眼白。

"什么？"

"没事，"马赫穆德重复道，"他想跟每个人讲话，今晚他想跟每个人讲话。他来找我，要我用英语把他说的话转述给你听，你是倒数第二个，然后是哈雷德，他想最后一个跟哈雷德讲。"

"他说了什么？"

马赫穆德要他把刚刚对我说的话重述一遍。哈比布照办，速度一样快，语气一样亢奋，同时盯着我的眼睛，仿佛觉得会有敌人或怪兽从我的眼里里蹿出。我回盯着他，眼神一样固定不动——我已被凶狠、疯狂的人缠住，江湖经验告诉我，这时绝不可以把眼睛转开。

"他说坚强的人让好运出现。"马赫穆德替我们翻译。

"什么？"

"坚强的人，他们自行造就好运。"

"坚强的人创造自己的好运？他是这意思？"

"对，就是，"马赫穆德肯定道，"坚强的人能创造自己的好运。"

"什么意思？"

"我不知道，"马赫穆德答，很有耐心地微笑，"他就这样说的。"

"他四处走，就告诉每个人这个？"我问，"坚强的人创造自己的命运？"

"不是。对我，他说先知穆罕默德，愿他安息，他先成为伟大的军人，然后才成为伟大的导师。对贾拉拉德，他说星星闪亮，因为它们满是秘密。他对每个人说的都不一样。他太赶了，没时间告诉我们这些东西，那对他很重要。我不懂，林，我想那是因为我们明天就要和敌人厮杀。"

"还有吗？"我问，对这番交谈大感不解。

马赫穆德问哈比布还有没有要说的。哈比布定定望着我的眼睛，用普什图语、法尔西语噼里啪啦地说了一些。

"他只说世上没有好运这回事，他要你相信他说的，他又说了一遍坚强的人……"

"创造自己的好运，"我帮他译完，"好，告诉他，我很感谢他的指点。"

马赫穆德开口时，哈比布更专注地盯了我一阵子，在我眼里寻找我无法给他的肯定或回应。他转身，佝偻着曲膝大步跑开，不知为什么，我觉得那姿势比他眼里清楚可见的疯狂，更让人胆战心惊。

"接下来他要去干什么？"我问马赫穆德，宽慰他终于离去。

"他会去找哈雷德，我想。"马赫穆德答。

"妈的，真冷！"我结结巴巴地说。

"对，我冷死了，和你一样。我整天在想什么时候才不会这么冷。"

"马赫穆德，我们去听盲人歌手演唱，和哈德拜在一起时，你在孟买，对不对？"

"对，那是我们所有人第一次聚在一起，我在那里第一次见到了你。"

"很抱歉。我那晚没能认识你，我没注意到你在那里。我想问你的是，你是怎么和哈德拜走到一起的？"

马赫穆德大笑。很少看到他放声大笑，我不由得微笑回应。这趟任务让他瘦了，我们每个人都瘦了。他的脸瘦得毫无赘肉，露出高颧骨、尖下巴，下巴上留着浓黑的胡子。他的双眼即使在寒冷的月光下，仍如擦得发亮的神庙铜瓶。

"那时我站在孟买的街上，正在和朋友做护照生意。有只手搭在我肩上，是阿布杜拉，他告诉我哈德汗想见我。我去见哈德了，上了他的车。我们坐在车里谈，然后我就是他的人了。"

"他为什么挑上你？什么原因让他挑上你？什么原因让你同意加入？"

马赫穆德皱起眉头，看来他可能从没想过这些问题。

"我反对巴列维国王 [1]，"他说，"巴列维的秘密警察，名叫萨瓦克的组织，杀了许多人，把许多人关进牢里打。因为反抗那个国王，我父

---

[1] 指穆罕默德·礼萨·巴列维（1919 年 10 月 26 日—1980 年 7 月 28 日），伊朗末代国王，礼萨汗国王的长子。1941 年登基为王，以美国为靠山，成为美国的附庸，引起了国内不满，1979 年被伊朗伊斯兰革命推翻。他是巴列维王朝的第二位君主，也是伊朗的最后一位沙赫（国王），常被称为"伊朗末代沙赫"或是"沙赫"。

亲死在牢里，母亲死在牢里。那时我年纪很小，等我长大，我也反抗那国王，两度入狱，两度被打，身体遭过电击，痛得不得了。我为伊朗革命而战。霍梅尼①催生出伊朗革命，巴列维逃往美国后，霍梅尼成为新当权者。但萨瓦克秘密警察仍然横行，只是这时他们效忠霍梅尼。我再度入狱、再度被打、被电击，巴列维时代的同一批人，牢里的同一批人，这时效忠霍梅尼。我的朋友都死在牢里，死在对抗伊拉克的战争里。我逃到了孟买，和其他伊朗人做黑市生意。然后，阿布德尔·哈德汗吸收了我。我这辈子只遇到过一位了不起的人，就是哈德，如今，他死了……"

他哽咽得说不出话，用粗布夹克的袖子擦干两眼的泪水。

他说了长长一段，我们冷得要死，但我还想问他。我想知道全部真相，以填补哈德拜所告诉我的、哈雷德所告知我的秘密间的所有空白。就在这时，一声凄厉恐怖的尖叫传来，然后戛然而止，仿佛声音的线被人用剪刀给剪断了。我们互望，基于同样的本能，手往武器上摸。

"往这边！"马赫穆德大喊道，踩着小心翼翼的步伐，跑过滑溜的雪和烂泥。

我们和其他人同时抵达出声处。纳吉尔、苏莱曼快步穿过人群，想了解我们正盯着什么瞧。他们怔怔定住，一动也不动，只见哈雷德·安萨里跪着，俯身在哈比布的身体上。那疯汉仰躺着，死了。

几分钟前，他说出好运那番话的喉咙，这时插着一把小刀。小刀插进他的脖子，左右扭转，一如哈比布对我们的马和悉迪奇所干的。但那把小刀，那把像河床上伸出的树枝，从沾满烂泥的喉咙里伸出的小刀，不是哈比布的小刀。我们每个人都很熟悉那把刀，我们全都见过它

① 指鲁霍拉·穆萨维·霍梅尼（1900年5月17日—1989年6月3日），伊朗什叶派宗教学者，大阿亚图拉（意为"真主最伟大的胜利"，是什叶派宗教学者中的最高等级），1979年伊朗革命的政治和精神领袖。在经过革命及全民公投后，霍梅尼成为国家最高领袖。

那造型独特、刻有图纹的兽角握柄，见过太多次。那是哈雷德的小刀。

纳吉尔和苏莱曼轻轻将哈雷德扶离尸体。他接受这帮忙，但不久就把他们甩开，跪回尸体旁。哈比布的帕图披巾围住胸膛的部位起皱了，哈雷德从尸体防弹背心的胸前拔出东西。那是金属，两块金属，用皮绳挂在哈比布的脖子上。贾拉拉德冲上前一把抓住，那是他和哈尼夫、朱马摧毁坦克后，捡来当纪念品的金属碎片，他那两个朋友一直戴在脖子上的。

哈雷德站起来，转身慢慢走离现场。他经过我时，我一只手搭上他的肩，跟着他走。我身后传来愤怒的咆哮声，贾拉拉德用卡拉什尼科夫步枪的枪托砸哈比布的尸体。

我回头，看见那疯汉发狂的眼睛被枪托上上下下的重击砸烂。恻隐之心执拗地生起，我竟为哈比布难过起来。我不止一次希望能亲手杀了他，我知道我会很高兴他死了，但那一刻，我非常替他难过，以致心情像失去朋友般哀痛。他曾是个老师，我听到自己这么想。这个我所认识的最残暴危险的人，原是个幼儿园老师。我甩不掉那想法，仿佛在那一刻那是唯一真正重要的真相。

众人终于把贾拉拉德拖开，现场只剩血、雪、毛发，还有被砸碎的骨头——那个饱受仇恨折磨的心灵原来寄身的骨头。

哈雷德回到山洞，用阿拉伯语低声讲着什么。炯炯有神的眼睛里满是教他精神为之一振的憧憬，使那带疤的脸散发出近乎骇人的坚毅。

他在山洞里卸下挂着水壶的腰带，任它滑落在地。他举起肩上的弹带，绕过头，同样任它落地。接着他在各口袋翻找，清出一个个口袋里的东西，最后他身上什么都没有，只剩下衣服。他脚边有假护照、钱、信、皮夹、武器、饰物，乃至他死去已久的家人照片，那皱了角的照片。

"他说什么？"我急切地问马赫穆德。过去四个星期，我一直在回避哈雷德的目光，冷冷地拒绝他的友善。突然，我无比担心，担心会失去他，担心已失去他。

"《古兰经》，"马赫穆德悄声回答，"他在念《古兰经》的经文。"

哈雷德离开山洞，走到营区边缘。我跑上去阻止，用双手把他推回来。他任由我推，然后再度走向我。我伸出双手抱住他，硬把他拉回几步，他没抗拒。他直直地盯着前方，盯着只有他看得见的幻象，令他非常恼火的幻象，嘴上同时念着具催眠效果的《古兰经》经文。我放开他，他继续走出营地。

"帮帮我！"我大喊道，"你们没看到吗？他要走了！他要离开这里！"

马赫穆德、纳吉尔和苏莱曼走过来，但不是帮我拉住哈雷德，反倒是抓住我的双臂，轻轻掰离他身上。哈雷德立即往前走，我挣脱，冲上前再度拦住他。我向他大喊，甩他耳光以唤醒他注意危险。他没反抗，没有反应。我感到冰冷的脸上有热热的泪水，泪水流到我冻裂的嘴唇上，一阵刺痛。我感到胸腔里在鸣咽，像河水拍打、翻腾过冲蚀成圆形的石头，不断鸣咽。我紧抱住他，一只手臂绕过他脖子，另一只手绕过他的腰，两只手在他背后紧紧相扣。

经过这几个星期的折磨，纳吉尔变得又瘦又虚弱，尽管如此，他的力气还是大得让我无法挣脱。他有力的双手抓住我的手腕，硬是把它们掰离哈雷德身上。我反抗，伸手想抓住哈雷德的夹克，马赫穆德和苏莱曼却帮着纳吉尔阻止我。然后我们看着他走离营地，走进已毁了或杀了我们所有人的寒冬。

"你没看到吗？"他走开时马赫穆德问我，"你没看到他的脸吗？"

"看到了，看到了。"我啜泣道，摇摇晃晃地回山洞，栽进我那已被不幸压垮的内心囚室。

最后，当大家都恢复元气，所有人都做完祷告，每个人都准备就绪时，我们聚集在营区东南边附近，哈比布建议我们发动攻击的地方。他信誓旦旦地告诉我们，那道陡坡是我们杀出生路的唯一机会；他打算和我们一起攻击厮杀，因此没理由怀疑他的建议。

我们有六个人，另外五个是苏莱曼、马赫穆德·梅尔巴夫、纳吉尔、贾拉拉德和年轻的阿拉乌丁。阿拉乌丁二十岁，生性害羞，有着老人家褪了色的绿眼睛和男孩的笑容。他迎向我的目光，点头鼓励，我回以点头微笑，他的脸顿时化为灿烂的大笑，头点得更用力。我看向别处，羞愧于和他共处这么久，共处过艰苦的几个月，却从未想过找他聊聊。我们就要一起赴死，我却对他一无所知。

黎明点燃了天空。遥远平原上被风吹着跑的云朵红似火，旭日灼热的初吻把它们吻成绯红。我们握手、拥抱，一再检查武器，凝望着下面那通往永恒的陡坡。

结局来到时，总是来得太快。我脸皮紧绷，因为脖子、下巴的肌肉把我的脸皮往下拉，而那些肌肉又被紧抓着痛苦根源（枪）的双肩、双臂、冻伤的双手给拉紧。

苏莱曼下达了命令，我的胃猛然下垂、紧揪，像靴子下毫无感觉的冰冷土地般冻硬。我站起身，翻过山脊边缘，我们开始下坡。那是灿烂光明的一天，几个月来最晴朗的一天。记得几个星期前，我觉得阿富汗像座监狱，我被关在群山环绕的石笼里，没有黎明、没有日落。但那天早上的黎明比我之前经历过的黎明都更美丽迷人。坡度从变得更陡，渐渐变得较和缓，我们加快脚步，小跑步越过最后一块玫瑰红的雪地，走上灰绿色的崎岖土地。

最初的几个爆炸声离我们太远，但并未教我害怕。好。来了。就这样……这几个字像连珠炮般在我脑海里一直出现，好似出自别人之口，好似有人，例如教练，正在为我做心理准备，以迎接最后一战。然后爆炸声更近，敌人的迫击炮找到了射击的方位。

我朝队伍尽头望去，看见其他人跑得比我更卖力，只有纳吉尔还在我身边。我想跑快点，但双腿似乎麻木不听使唤，看着双腿一步一步往前跑，我却感觉不到它们。我花了好一番努力，才把指令传给双腿，要它们加快。最后，我跟跟跄跄地加快跑步速度。

两枚迫击炮弹的爆炸落点很靠近我，我继续跑，等那疼痛，等那可笑至极的笑话降临。我的心在胸腔里翻腾，我猛喘气，呼噜呼噜地小口吸进冷空气。我看不到敌军阵地。迫击炮射程远超过一公里，但我知道一定没那么远。然后，首次传来枪响，子弹如阵雨般射来，AK-74 的"吞——吞——吞——吞"声，开枪者包括他们和我们。我知道他们已靠得很近，近到足以射死我们，近到我们可以射死他们。

我迅速扫视前方崎岖的地面，寻找洞穴或巨石，以找出最安全的通道。队伍里有人倒下了，就在我的左边，那是贾拉拉德。他跑在纳吉尔的旁边，距离我不到一百米。一枚迫击炮在他的正前方爆炸，把他年轻的身躯炸得粉碎。我再度往下看，跳过岩石、巨石，跌跌撞撞但没有倒下。我看到苏莱曼在我前方五十米处，紧抓着喉咙，然后往前倾，弯着腰再跑了几步，好似在找他前面地上的什么东西。他不支倒地，手捂着脸，往旁边翻滚。他的脸和喉咙流血、破掉、裂开，我往前跑，想绕过他，但地面崎岖、布满石头，我只好跳过他。

敌人卡拉什尼科夫枪的火光首次映入眼帘，离我很远，至少两百米，比我先前猜想的还远得多。一颗曳光弹咻的一声掠过我身边，我若往左偏一步就中弹。我们逃不了，也逃不出去。因为他们人虽不多，开火的枪也不多，但他们可以好整以暇地瞄准我们，把我们射倒，他们会把我们全射死。然后，敌人阵地里响起一阵猛烈爆炸。白痴！他们炸掉自己的迫击炮弹，我心想，立即有枪声从四面八方响起。纳吉尔举起突击步枪，边跑边开枪，我看到马赫穆德·梅尔巴夫在我右前方，在苏莱曼原来的位置开火，我举起枪扣下扳机。

极近距离处传来了一声叫人不寒而栗的骇人尖叫，我猛然认出那是我自己在尖叫，但我控制不住。我望着我身边那些勇敢而漂亮的人冲进枪林弹雨。是上帝让我这么想，也祈求上帝原谅我这么说，但假若荣耀是庄严又令人痴狂的兴奋，那是荣耀的，那真的很荣耀。如果爱是一种罪，那便是爱该有的模样；如果音乐能杀人，那便是音乐该呈现的感觉。而我使劲跑，翻过一道监狱围墙。

　　然后，周遭突然无声如海底的深处，我的双腿停住不动，炸起的土又热又脏，夹杂着沙子，堵住我的眼睛和嘴巴。有东西打中了我的双腿，有又硬又热又尖锐得吓人的东西打中了我的双腿。我往前倒，好似在漆黑中奔跑，撞上了倒下的树干。一发迫击炮，炮弹的金属碎片，震耳欲聋后的无声，烧灼的皮肤，遮住眼睛的沙土，呛得喘不过气。有股气味塞满我的脑子，那是我自己死亡的气味，死前闻到的气味，带着血味、海水味、潮湿土味、木头燃烧后的灰烬味，然后我重重倒地，穿过地面，坠到既深且想象不到的漆黑中。一直往下坠，没有光……没有光。

第三十七章

你如果盯着相机没有感情的死眼睛，那么相机总是会用真相嘲弄你。哈德的穆斯林游击队的所有成员几乎都在那张黑白照片里，大伙儿凑在一起拍正经八百的人像照。因此，照片中的那些阿富汗人、巴基斯坦人与印度人都失去了平日的真性情，变得不自然，别扭且绷着脸。从那张照片中无法看出那些人有多爱大笑、多容易露出笑容。没有人直视镜头，除了我，所有人的眼睛都稍稍往上或往下看，或者是稍微往左或往右瞧。照片里的人靠在一起，排成参差不齐的数排。我把照片拿在缠了绷带的手里，想起那些人的名字，照片中只有我自己的眼睛盯着我。

马兹杜尔·古尔是个石匠，名字的字面意思是"劳动者"，因为和花岗岩为伍数十年，他的双手永远呈灰白色；达乌德喜欢别人用他名字的英语版"戴维"叫他，梦想着到大都市纽约一游，到高级餐厅吃一顿；札马阿纳特，字面意思是"信赖"，勇敢的笑容掩饰他心中羞愧的极度痛苦，羞愧源自他们一家住在贾洛宰，即白沙瓦附近的庞大难民营，吃不饱、环境脏乱；哈吉阿克巴，只因为曾在喀布尔某家医院住了两个月，就被指派为游击队的医生，而我来到山上营地，同意接下他的医生职务时，他高兴得以祷告和苏非派苦行僧的狂舞回报我；阿莱夫，喜欢以顽皮的口吻讽刺世事的普什图商人，死在爬行于雪地时，背部被打出窟窿，衣服着火；朱马和哈尼夫是两个放荡不羁的男孩，被疯汉哈比布杀死；贾拉拉德，他们天不怕地不怕的年轻朋友，死在最后一次冲锋时；阿拉乌丁，英语简称为阿拉丁，毫发无伤地逃出来了；苏莱曼·沙巴迪，有着带了皱纹的额头和忧伤的眼睛，带领我们冲进枪林弹雨时丧生。

在那张团体照的中央，有靠得更紧的一小群人围着阿布德尔·哈德汗：艾哈迈德·札德，阿尔及利亚人，死的时候一只手握拳，放在冰冻的土地上，另一只拳头紧握在我手里；哈雷德·安萨里杀掉疯汉哈比布后，走进铺天盖地的大雪中，下落不明；马赫穆德·梅尔巴夫在最后一次冲锋时，和阿拉乌丁一样幸存，毫发无伤；纳吉尔不顾自己有伤在身，把不省人事的我拖到了安全的地方……还有我，我站在哈德拜后面稍偏左方，表情自信、坚决、镇静。据说，相机不会说谎。

救我的人是纳吉尔。我们冲进枪林弹雨时，迫击炮弹在极近处爆炸，爆声划破、撕裂了空气，冲击波震破了我的左耳膜。同一时刻，炸开的火热金属碎片高速掠过我们身旁。没有大块金属击中我，但有八块小炮弹碎片刺进我的两条小腿，一条腿有五块，另一条腿有三块；还有两块更小的打中我的身体，一块打中肚子，一块打中胸。这些碎片贯穿了我厚厚的数层衣服，甚至刺穿了厚厚的钱袋和急救袋的坚实皮带，灼热地钻进我的皮肤；另一块则砸中了我左眼上方的额头处。

都是小碎片，最大的大概也只有美国一分钱硬币上的林肯人像那么大。但它们如此高速地刺进来，还是让我双腿一软，不支倒地。爆炸扬起的尘土撒满了我的脸，我看不见，且被呛得喘不过气。我重重地倒在地上，在脸部正面撞上地面的前一秒，把脸侧到一边。不幸的是，我把被震破耳膜的那只耳朵朝向地面，那重重一撞，使耳膜的裂伤更严重。我眼前一黑，昏了过去。

双腿和一只手臂受伤的纳吉尔，把不省人事的我拉进壕沟状的浅凹地避开炮火。他颓然倒下，用他的身体盖住了我的身体，直到轰炸停息。他抱住我的脖子躺在那里时右肩后方中弹。若不是哈德的人用爱保护我，那块金属大概会击中我，而且可能会要了我的命。四周归于寂静后，他把我拖到安全地带。

"是赛义德，对不对？"马赫穆德·梅尔巴夫问。

"什么？"

"是赛义德拍下这张照片的，对不对？"

"对，对，是赛义德，他们叫他基什米希……"

这个字让我们猛然想起那个害羞的普什图族年轻战士。他把哈德拜视为战争英雄的化身，带着崇拜的心情跟着他四处跑，哈德汗朝他望去时，便立即垂下眼睛。他小时候得过天花，没死，但脸上留下了密密麻麻数十个碟状的褐色小斑，他的绰号基什米希意思是"葡萄干"，年纪比他大的战士如此叫他，口气非常亲昵。他因为太害羞，不好意思跟我们合照，便自告奋勇去按快门。

"他和哈德在一起。"我喃喃说道。

"对，最终在一起。纳吉尔看到他的尸体躺在哈德旁，非常靠近他。我想，即使在那场攻击之前，他就知道他们会因遇袭而丧命，他仍会要求和阿布德尔·哈德在一起。我想，他仍会要求那样死去，而他不是唯一一个。"

"你从哪里拿到这张照片的？"

"哈雷德有卷底片，记得吗？哈德只准队里使用一台相机，那相机就归他管。他离开我们时，从口袋里掏出许多东西，全掉在地上，这底片就是其中之一。我带在身上，上个星期拿去冲洗，今天早上照片送回来。我想，大家离开前你会想看。"

"离开？去哪里？"

"我们得离开这里，你现在觉得如何？"

"很好，"我没说实话，"我没事。"

我在折叠床上坐起身，两腿旁移，跨到床侧。两脚一碰到地，胫部就一阵剧痛。我大声呻吟，额头也传来阵阵剧痛。我用缠了绷带、感觉迟钝的手指，抚摩头部绷带下的柔软敷料，绷带层层缠住我的头，像是缠了头巾般，左耳也不断作痛。我双手疼痛，双脚包在三层或更多层的袜子里，感觉像是在灼烧。左臀也很痛，那是数月前喷气战斗机飙过我们头顶、受惊吓的马踢我时造成的旧伤。那个伤口一直未完全愈合，我怀疑柔软的肌肉下有根骨头裂了。我的前臂靠近手肘处曾被我受惊慌乱的马咬伤，这时觉得麻木了。那也是几个月前的旧伤，也从未真正愈合。

我弯下身子，靠着大腿支撑，可以感觉到胃里闷闷的，双腿肌肉变瘦了。在山区饿了那么久，我瘦了，而且瘦过了头。总之，情况不妙，我的身体状况很糟。然后我的心思回到手上的绷带，一种几近惊慌的感觉，像矛一样在脊椎里浮现。

"你要干什么？"

"我得拆掉这些绷带。"我厉声说，用牙齿扯咬绷带。

"等等！等等！"马赫穆德喊叫，"我帮你弄。"

他慢慢解开厚厚的绷带，我感觉有汗水从眉毛流到脸颊。两边厚厚的绷带都解开后，我望着外形已毁损的双手，动一动，舒展手指。冻伤已使双手的所有指关节都裂开，青黑色的伤口非常难看，但所有手指和指尖都健在。

"你该谢谢纳吉尔，"马赫穆德检视我皲裂脱皮的双手时，轻柔地小声说，"他们想切断你的手指，但他不同意。他要他们治疗你所有的伤之后才能离开，还逼他们治疗你脸上的冻伤。他留下了卡拉什尼科夫步枪和你的自动步枪，喏，他要我在你醒来时把这个交给你。"

他拿出斯捷奇金手枪，手枪用干酪包布裹着。我想拿，但双手握不住枪把。

"我先替你保管。"马赫穆德主动表示，露出僵硬的微笑。

"他在哪里？"我问，脑袋仍发昏，身上阵阵作痛，但这时已觉得好些了，更有体力。

"那边。"马赫穆德朝那边点头。我转头看见纳吉尔侧躺在类似的折叠床上。"他在休息,但已准备好,随时可以走。我们得尽快离开,朋友随时会来接我们,我们得先准备好。"

我瞧了瞧四周,我们在沙黄色的大帐篷里,草编的地垫上摆了约十五张折叠床。几个身穿阿富汗服装——宽松长裤、短袖束腰外衣、无袖背心的男子在床间走动,身上衣物是同样的淡绿色。他们正在用草扇给伤员扇风,用桶装肥皂水清洗他们的身体,或拿着废弃物,穿过帆布门上的窄缝丢弃。有些伤员在呻吟,或以我听不懂的语言在喊痛。在阿富汗的雪峰上待了几个月后,巴基斯坦平原上的空气浓浊且热,太多呛鼻的气味一阵接一阵传来,让我受不了,最后有股特别强烈的香味吸引了我的注意,那是我绝对不会认错的印度香米味,帐篷附近有人正在煮饭。

"老实说,我他妈的饿死了。"

"我们很快就会有好东西吃。"马赫穆德尽情大笑起来,要我放心。

"这里是巴基斯坦?"

"对,"他又大笑起来,"你记得什么?"

"不多。奔跑,他们朝我们开枪,从很远的地方。迫击炮弹到处落下。我记得……我中弹……"

我摸着缠住胫部、底下垫了纱布的绷带,从膝盖摸到脚踝。

"然后我撞上地面,然后……我记得……有辆吉普车?或卡车?有没有那回事?"

"没错,他们载走我们,是马苏德的人。"

"马苏德?"

"艾哈迈德·沙赫,'狮子'亲自出马。他的人在水坝和两条通往喀布尔和奎达的主要道路上发动攻击,围攻坎大哈。他们现在还在那里,在那城外,而且我想,他们要到战争结束才会离开。我们正好撞上,老兄。"

"他们救了我们……"

"那是，怎么说，他们起码该为我们做的。"

"他们起码该为我们做的？"

"对，因为杀我们的是他们。"

"什么？"

"就是。我们往下跑，要逃出那座山时，阿富汗军队朝我们开枪。马苏德的人看到我们，以为我们是敌军阵营的。他们离我们很远，开始用迫击炮打我们。"

"我们的人打我们？"

"那时每个人都在开枪，我是说，每个人同时都在开枪。阿富汗军队也朝我们开枪，但打到了我们的迫击炮，我想是我们自己人发射的。阿富汗军队和俄罗斯士兵因此逃跑，他们逃跑时我干掉了两个。艾哈迈德·沙赫·马苏德的人有毒刺导弹，美国人四月时给了他们，在那之后，俄罗斯人就没了直升机。现在穆斯林游击战士在各地反击，战争在两年内，或许三年内就会结束，安拉保佑。"

"四月……现在几月？"

"五月。"

"我在这里多久了？"

"四天，林。"他轻声细语地回答。

"四天……"我一直以为是一晚，原来我睡了长长的一觉。我再度转头看沉睡的纳吉尔："你确定他没事？"

"他受了伤，这里……还有这里，但他壮得很，可以自己走。他会好的，安拉保佑。他像个 shotor！"他大笑，用法尔西语的骆驼形容他，"他下了决定，就没人能让他改变。"

我跟着他大笑，自我醒来的第一次大笑。我伸出双手按住头，好压下大笑引起的阵阵抽痛。

"纳吉尔决定的事，我可不想要他改变主意。"

"我也是。"马赫穆德附和道，"马苏德的士兵和我把你、纳吉尔抬上一辆俄罗斯的好车。开了一段路后，再把你和纳吉尔抬上卡车，载到查曼。在查曼，巴基斯坦的边境守卫想拿走纳吉尔的枪。他塞给他们钱，从你钱袋掏出来的一些钱，好保住他的枪。我们把你和两个死人藏在毯子里，把他们摆在你的上面，让边境守卫看那两具尸体，表示我们想给他们好好办场穆斯林葬礼。然后我们进入奎达来到这家医院，他们又想拿走纳吉尔的枪，纳吉尔又塞钱打发了。他们想切掉你的手指，因为那味道……"

我把双手凑到鼻子前闻了闻，仍有腐烂、死后发臭的味道。那气味淡淡的，但已足以让我想起山上最后一顿吃的那些已经开始腐坏的山羊脚。我的胃翻搅着，我像要打斗的猫弓起身子。马赫穆德立刻拿来一只铁盘，凑在我的下巴前。我呕吐起来，把墨绿色的胆汁吐进盘里，无力地往前倒并跪下。恶心感消失后，我坐回折叠床上，感激地接下马赫穆德给我点好的烟。

"继续说。"我断断续续地说。

"什么？"

"你刚刚说……纳吉尔的事……"

"噢，对了，他从披巾下抽出卡拉什尼科夫枪对着他们，他告诉他们，如果切了你的手指，他会把他们全杀掉。他们想叫警卫、营地警察，但纳吉尔拿着枪站在帐篷门口，他们出不了门。我在他的另一头，帮他留意背后，于是他们给你治疗。"

"有个阿富汗人拿着卡拉什尼科夫枪指着你的医生，那可真是个稳当的医疗计划。"

"没错。"他表示同意，毫无讽刺意味，"然后，他们开始治疗纳吉尔。他两天没睡，之后带着许多伤口睡着了。"

"他睡着时，他们没呼叫警卫？"

"没有。这里全是阿富汗人，医生、伤员、警卫，个个都是阿富汗人。但营地警察不是，他们是巴基斯坦人。阿富汗人不喜欢巴基斯坦警察，他们和巴基斯坦警察处不好，每个人都和巴基斯坦警察处不好。因此，他们允许我在纳吉尔睡觉时拿走他的枪。我照顾他、照顾你，等待着。我想我们的朋友来了！"

帐篷的长门帘整个被掀起，温暖的黄色阳光让我们为之一怔。有四个男子进来，他们是阿富汗人，是有着丰富经验的战士。他们神情冷酷，眼睛盯着我，好似正盯着阿富汗长滑膛枪带装饰的枪管准星，在寻找目标。马赫穆德起身招呼，与他们悄声说了一些话。其中两个人叫醒纳吉尔，那时他正熟睡，有人一碰他，他立即转身，抓住那两人准备打架。看到他们和善的表情，他放下心，然后转头查看我。见我醒着坐在床上，他张大嘴巴笑着，很少露出笑容的脸，竟如此张大嘴巴笑着，教我不禁有些忧心。

那两人扶他站起，他的右大腿缠着绷带，靠着他们俩的肩膀支撑，一跛一跛地走到外面的阳光下。另外两个人扶起我，我想自己走，但受伤的胫部由不得我，我顶多只能拖着脚摇摇晃晃地走着。如此摇摇欲坠，让人不知该不该帮忙地走了几秒钟后，那两个人的四臂交握成椅状，轻松将我架起。

接下来的六个星期，我们一直遵照这样的养伤模式：在一个地方待上几天，或许长达一星期，随即突然搬到别的帐篷、贫民窟小屋或秘密房间里。在阿富汗战争期间，巴基斯坦特务，即简称 ISI 的机构，对于凡是未经他们批准就进入阿富汗的外国人，都不怀好意。在脆弱而无力自保的那几个星期，马赫穆德·梅尔巴夫负责保护我们，而令他困扰的是，收容我们的难民和逃亡者对我们的经历很感兴趣。我把金发涂黑，几乎时时刻刻都戴着墨镜，但在贫民窟和营区里，无论我们再怎么小心、再怎么隐秘，总有人认出我的身份。美籍军火走私者在与穆斯林游击战士并肩作战时受伤，这样的事若让他们知道了，要他们闭口不谈怎么受得了。而他们一旦拿出来谈，免不了会引起所有单位与特务的好奇。特务一旦找到我，大概会发现这个美国人其实是澳大利亚逃犯。对某些特务而言，那代表升官的好机会；对那些爱折磨人取乐的人而言，则会觉得如获至宝，会好好折磨我，再把我交给澳大利亚当局。因此，我们常常快速搬迁，只跟少数人讲话，那些让有伤在身的我们觉得可以安心托付性命的少数人。

细节一点一滴地浮现，我们最后那一役和获救，有了较完整的面貌。包围我们山区的俄罗斯、阿富汗士兵，包括某连队的大部分士兵，很可能都是由该连连长领军的。他们被派赴沙里沙法山脉的唯一目的就是抓到哈比布，将他杀掉。阿国当局悬赏巨额奖金捉拿哈比布，但哈比布带来的残忍和恐怖，让他们觉得这场猎杀行动更像是一场替天行道的个人正义行动。他们满脑子想着他残暴的仇恨，时时刻刻想抓到他，因而未察觉到艾哈迈德·沙赫·马苏德的部队在悄悄逼近。我们根据哈比布的情报，大部分俄罗斯士兵和阿富汗士兵在山的另一头忙着布设地雷和其他陷阱，当我们为求脱困而冲下山时，空荡荡的敌营哨兵大吃一惊，随即开火。他们或许以为是哈比布找上门来了，因为他们开枪时漫无目标，胡乱射击，使得马苏德的穆斯林游击战士决定将正在计划的攻击行动提前，他们想必认为，那是俄罗斯人的先发攻击。我冲向敌人时所看到、听到的爆炸声（白痴！他们炸掉的是自己的迫击炮），其实是马苏德的迫击炮在攻击俄罗斯阵地。迫击炮打到更远，打中我们的队伍，纯粹是意外——如他们所说，善意的炮火 ①。

而在那个欢欣鼓舞的时刻，愚蠢牺牲性命的时刻，"善意的炮火"飞来的时刻，在我冲进枪林弹雨时在心中将它形容为荣耀的时刻，却毫无荣耀可言，永远没有，只有勇敢、恐惧和爱，被战争一个接一个杀掉。荣耀当然归于上帝，那个字眼的真正意思在此，而人不能用枪服侍上帝。

---

① 善意的炮火（friendly fire），字面意思为"善意的炮火"，在军事上专指友军误伤。

我们倒下时，马苏德的人绕着山边一路追击败逃的敌人，与埋好地雷返回的敌军相遇。接下来的战斗，尸横遍野，奉命前来猎杀哈比布的部队，无人存活。那个疯汉若还活着，听到这个消息，大概会很高兴。我很肯定他会如何咧嘴而笑，会张开嘴无声而笑，因丧失亲人而发狂的眼睛，则会因汹涌的恨意而鼓起。

那个寒冷的白天，纳吉尔和我留在战场上，直到傍晚突然降临。我们在迅速落下的日落阴影中发抖时，穆斯林游击战士和我们幸存的战友结束厮杀回来，发现了我们。马赫穆德和阿拉乌丁把死者苏莱曼、贾拉拉德抬出荒凉的山上。

那时马苏德的部队已和独立作战的阿查克扎伊族战士联手，攻下查曼公路上从山口直到坎大哈市的俄军防守圈边缘，距离被包围的坎大哈市不到五十公里。撤到查曼，再经过查曼山谷撤到巴基斯坦，迅速且顺利。我们乘坐的卡车载着死去的战友，几个小时就抵达了检查哨，而先前这段行程，我们骑哈德的马翻山越岭，走了一个月。

纳吉尔迅速痊愈，体重开始增加。他的手臂和肩膀、背部的伤口愈合完好，没给他带来多大的麻烦，但右大腿上更大更深的伤口，似乎已伤害了从髋骨到膝盖这段肌肉、骨骼和腱间的韧带，导致右大腿僵硬，走路时仍然一跛一跛的。

不过，他的精神相对来说很好。他急着回孟买，但因为我迟迟没有康复，他逐渐变得很恼火。他带着恳求的催促——"你好点了吗？现在可以走了？我们现在就走？"，让人不由得感到恼火，我为此斥责过他一两次。那时我不知道他有个任务，哈德交付他回孟买执行的最后任务。阿布德尔·哈德已死，他仍苟活于人间，让他既哀痛又羞愧，而正因为有那件任务待完成，他才没让那哀痛和羞愧击溃自己。随着我们日益康复，哈德最后交付的重任，就越是压得他要窒息，而有负重托之感，越发让他无法忍受。

我也有自己挥之不去的烦恼。双腿的伤口痊愈得相当快，额头上的皮肤顺利愈合，盖住一根脊状突起的小骨头，但裂掉的耳膜被感染了，带来一刻不停且几乎无法忍受的疼痛。每吃一口食物、每喝一小口水、每讲一句话、每次听到噪声，都会传来如蝎咬般的细细刺痛，那刺痛沿着脸部、喉咙的神经传导，深入我发烧的脑子。每次移动身子或转个头，我都会感到剧烈的刺痛，痛得汗水直流。每次吸气、打喷嚏或咳嗽，都会让那疼痛加倍。睡觉时不经意移动身子，撞到那只受伤的耳朵，我便痛得大叫，从折叠床上猛然惊醒，吓醒方圆五十米内的每个人。

我被那让人发狂的剧痛折磨了三个星期，中间未咨询医生，便自行施用大量的盘尼西林，自行以大量的热抗生素液清洗伤口。伤口慢慢愈合，那疼痛如记忆退离，好似大雾笼罩的遥远海岸上的地标。我手上的伤口愈合，留下指关节上已死的组织。冻坏的组织当然不可能真正痊愈，而那就成为我那段逃亡岁月留在我肌肉里的许多创伤之一。哈德之山所带来的创痛，化为我手的一部分。每逢寒冷的日子，我的双手就隐隐作痛，一如那场战役前，我握着枪时双手的疼痛，从而把我带回到那山上。但在气候较温暖的巴基斯坦，我的手指可以弯曲、活动，听从使唤。我的双手已可从事我一直等着要做的工作：孟买的那桩小小复仇。经过这番磨难，我变瘦了，但比起之前我们刚出发赶赴哈德的战争、圆滚多肉的那几个月，我的身体变得更结实、更能吃苦了。

纳吉尔和马赫穆德安排我们转搭多班火车，返回孟买。他们在巴基斯坦买了一小批军火，打算偷偷运进孟买。他们用布包住枪，扎成数捆，让三名说着一口流利印地语的阿富汗人负责运送。我们乘坐不同的车厢，从头到尾不跟那三个人打招呼，但时时惦记着那批走私货。我坐在头等车厢，想到这事的讽刺性，从孟买偷带枪支进入阿富汗，回来时又要把枪偷偷带进孟买，我不禁大笑。但那是苦涩的笑，我大笑后的表情，也使旁边的乘客望之却步。

我们花了两天多的时间回到孟买，我用假英国护照出入境，也就是我先前用来进入巴基斯坦的护照。根据护照上的入境日期，我的签证已逾期，靠着我能挤出的有限微笑魅力，还有哈德所给但尚未用完的钱，那些仅剩的美元，我若无其事地打点了巴基斯坦及印度的边境官员，让他们放行。然后，离开孟买八个月后，我们在天亮后的一个小时后进入了我挚爱的孟买，走进她酷热和热情得叫人吃不消的怀抱。

纳吉尔和马赫穆德·梅尔巴夫从不起眼的远处，监看走私军火的卸货和运送。我告诉纳吉尔，那天晚上会在利奥波德和他见面，随后在车站和他们分手。

我拦了辆出租车，这岛屿城市的声音、色彩、自然优美的身姿，叫我醺醺然有了醉意，但我得集中精神。我的钱所剩无几，我请司机开到要塞区的黑市货币收集中心，要司机在楼下等着，我跑上三段狭窄的木梯来到计账室。哈雷德浮现在脑海里，我的心为之抽痛，我常和哈雷德一起跑上这些楼梯，和哈雷德一起，和哈雷德一起。我咬着牙忍住胫部的疼痛，同时忍住内心的伤痛。两名壮汉在门口晃荡，时时注意房间外的楼梯平台。他们认出了我，我们握手，一起咧嘴而笑。

"哈德拜还好吧？"其中一个人问。

我望着那冷酷的年轻脸庞，他叫埃米尔。印象中，他勇敢、可靠，对哈德汗忠心耿耿。一时之间，我不可置信地觉得，他在拿哈德的死开玩笑，我猛然有股愤怒的冲动想揍他一顿。但转念一想，他根本不知道哈德拜已经死了。怎么可能？他们为什么不知道？直觉告诉我不要回答那问题。我眼睛、嘴巴不动，摆出生硬、冷漠的微笑，擦过他身边去敲门。

一名矮胖且开始秃头、身穿白背心、多蒂腰布的男子开门后，立即伸出双手包住我的手握手。那是拉朱拜，阿布德尔·哈德汗黑帮联合会账款收集中心的审计主任。他把我拉进房里，关上门。计账室是他个人生活天地和事业圈的核心，每天二十四个小时，他有二十一个小时待在那里。背心上，披在他肩上那条褪色的粉红白细绳，说明他是虔诚的印度教徒。在穆斯林占多数的阿布德尔·哈德帝国里，有许多印度教徒为他效命。

"林巴巴！真高兴见到你！"他开心地咧嘴而笑说，"Khaderbhai kahan hain？（哈德拜人在哪里？）"

我努力想压下脸上的惊讶，拉朱拜在帮里的辈分颇高，在联合会会议有一席之地。如果连他都不知道哈德已死，那这城市里更不会有人知道。如果哈德的死讯仍是个秘密，马赫穆德和纳吉尔想必会坚持不让消息外泄。对于这件事，他们没给我任何指示，我不懂为何如此。不管他们有何考虑，我决定支持他们，在这件事上噤声。

"Hum akela hain.（我一个人来的。）"我答道，并回以微笑。

这并没有回答他的问题，他听了，眯起眼睛。

"akela...（一个人……）"他重复道。

"对，拉朱拜，我需要一些钱，快，出租车在等着。"

"需要美元吗，林？"

"美元 nahin。Sirf rupia.（不要美元。只要卢比。）"

"需要多少？"

"Do-do-teen hazaar."我答道，用了"二—二—三千"这个向来表示三千的俗语。

"Teen hazaar!"他愤愤地说，但那其实是出于他的习惯，而非真的不悦。对于在街头讨生活者或贫民窟居民，三千卢比是笔不小的数目，但在黑市货币买卖圈子，那微不足道。拉朱拜的办公室，每天收到的账款至少是那数目的一百倍，而他付我工资和抽成时，经常一次就付六万卢比。

"Abi, bhai-ya, abi!（现在就要，兄弟，现在！）"

拉朱拜转头，向他的一名伙计挑了挑眉毛。那人随即拿来三千卢比，都是用过但没问题的百元卢比纸钞。拉朱拜按照习惯，快速翻点那沓钞票，接着再查核一遍，才把钱递给我。我抽出两张放进衬衫口袋，其余的塞进长背心的更深的口袋。

"Shukria, chacha, Main jata hu.（谢了，大叔，我走了。）"我微笑道。

"林！"他喊道，抓住我的袖子把我拦住，"Hamara beta Khaled, kaisa hain?（我们的小伙子哈雷德，可好？）"

"哈雷德没跟我们在一起。"我说道，竭力不让嗓音和表情流露出内心的感受，"他远行去了，去 yatra①，我不知道什么时候会再见到他。"

我两阶一步冲下楼，回到出租车上，每往下跳一步，胫部都被震得发疼。司机立即驶进车流，我要他开到科拉巴科兹威路上我知道的一家服饰店。孟买有个令人称奇的奢靡之风，就是有做工精美但相对便宜的衣服不断在变换款式，无穷无尽的款式，以反映印度国内外最时髦的时装风潮。在难民营时，马赫穆德·梅尔巴夫给了我蓝色呢料长背心、白衬衫、粗质褐长裤。那些衣裤陪我从奎达一路回到孟买，但在孟买，这些衣服太热、太奇怪了，只会引来好奇的目光。我需要时尚的打扮以掩人耳目。我选了一条口袋又深又牢靠的黑牛仔裤、一双用来换下烂靴子的慢跑鞋、一件搭配牛仔裤的宽松丝质白衬衫。我在更衣室里换上新衣裤，把套上刀鞘的小刀塞进牛仔裤的皮带，放下衬衫遮掩。

在收银台等结账时，我不经意瞥见角镜里的自己，那是呈现我脸部四分之三的侧面像。那张脸如此冷酷、陌生，认出是自己的脸时，我不禁大吃一惊。我想起害羞的基什米希所拍的那张照片，再往镜子里瞧。我的脸上有种冷漠，或许还有坚定，那是我先前自信地盯着哈德的相机镜头时，眼里从未闪现的神情。我抓起墨镜戴上。我变了这么多？我希望能洗个热水澡，刮掉浓密的胡子，稍稍淡化那尖锐的冷酷。但真正的冷酷在我心中，我不确定那只是坚韧和顽强，还是比残酷更严重的东西。

出租车司机依照我的吩咐，在利奥波德的入口附近停车。我付了车

---

① yatra，朝圣之旅。

资，在繁忙的科兹威路站了一会儿，定定地望着那个餐厅宽阔的门口。命运就是安排我在那个餐厅，和卡拉、哈德拜开始有了关系。每道门都是带领人穿越空间及时间的入口，带我们进出某房间的门，也带我们进入那房间的过去和无穷无尽的未来。在心灵和想象力的最深处，人们曾懂得这个道理。在各种不同的文化中，从西方的爱尔兰到东方的日本，仍可找到装饰大门且毕恭毕敬向它致意的人。我跨上一步、两步，伸出右手去碰大门的侧柱，然后碰心脏上方的胸口，向命运致意，向跟着我进去的死去的朋友、敌人致意。

狄迪耶坐在他平常坐的椅子上，店里的客人和客人后方那条繁忙的街道，尽在他眼底，他正在和卡维塔聊天。我走近时，她的目光瞥到一旁，但他抬起头看到了我，我们四目相接，定定望着对方片刻，各自解读对方多变的表情，好似占卜者在散落一地的骨头里寻找意义。

"林！"他大喊道，飞扑过来，猛地抱住我，亲吻我两边的脸颊。

"真高兴见到你，狄迪耶。"

"呸！"他啐了口唾沫，用手背擦拭嘴唇，"如果这胡子是圣战士的时兴打扮，我要谢天谢地，我是个无神论者，是个懦夫！"

他那一头蓬松的浅黑色卷发，发梢轻触他的夹克衣领，我觉得，他头发上冒出了更多灰白色的发丝，那对淡蓝色的眼睛里多了倦意、多了血丝。但拱起的眉毛仍透着居心不良、挑逗的顽皮，而我非常熟悉且喜爱的逗趣嗤笑的表情，噘起上唇的表情，仍一如既往。他还是原来的他，在同样的城市，回到家真好。

"哈罗，林。"卡维塔向我打招呼，推开狄迪耶拥抱我。

她很漂亮，浓密的暗褐色头发蓬乱塌斜；背部挺直、眼神清澈。她抱着我时，手指在我脖子上随意而友善地触碰，柔软得叫人销魂，在经历过阿富汗的血腥、冰雪日子后，甚至在那之后那么多年，那感觉仍历久弥新。

"坐下，坐下！"狄迪耶喊道，挥手要侍者再送上饮料，"Merde，我听人说你死了，但我不信！见到你真是太高兴了！今晚喝个不醉不归，non？"

"不行。"我答道，抗拒他加在肩膀上的压力。见到他眼里的失望，我缓和了口气，甚至缓和了郁闷。"这时候喝稍早了些，而且我得离开。我有……事情要办。"

"好，"他让步，叹了口气，"但你得跟我喝一杯，不让我至少稍稍腐化你的圣战情操就把我丢下，这样太不上道了。毕竟，一个死里逃生的人，不跟朋友喝个烈酒，算什么？"

"行。"我软化下来，对他微笑，但仍站着，"一杯，我要威士忌，来一杯双份的。你看，这样够腐化了吧？"

"唉，林，"他咧嘴而笑，"在我们这个甜得病态的世界里，对我而言，哪有人够腐化？"

"意志薄弱者总会成功，狄迪耶，我们活在希望中。"

"当然。"他说，我们大笑。

"我得告辞了。"卡维塔宣布，俯身过来亲吻我的脸颊，"我得回办公室了。我们该聚一聚，林。你看来……你看来很狂野。你看来像是篇故事，yaar，如果我看得没错的话。"

"没错，"我微笑道，"是有一两篇故事，当然是不适合公开的故事。真要讲的话，大概一顿晚餐的时间都不够。"

"我很期待。"她说，久久地盯着我的眼睛，让我同时在好几个地方都感受到她的目光。她转移视线，突然向狄迪耶微微一笑："继续使坏吧，狄迪耶！我可不希望因为林回来了，就听到你变得无比感伤，yaar。"

她走出去，我一路目送。饮料送来时，狄迪耶坚持要我跟他一起坐下。

"我说老兄，你可以站着吃饭，如果你非得如此的话，你可以站着做爱，如果你办得到的话，但你不能站着喝威士忌，那是野蛮人的行径。男人站着喝威士忌之类的高贵烈酒，为各种狗屁倒灶的事举杯，就是不向高尚的事或目标干杯，那就是禽兽，就是不择手段的人。"

于是我们坐下，他立即举杯要和我干杯。

"为活着的人干杯！"他说。

"那死了的人呢？"我问，我的酒杯仍在桌上。

"还有死了的人！"他答，热情地张大嘴巴笑。

我跟着举杯，与他的酒杯相碰，把那杯双份酒一饮而尽。

"现在，"他语气坚定地说，笑容消失得和刚刚浮现于眼里时一样快，"你有什么烦心的事？"

"你要我从哪里开始说？"我嘲笑道。

"不，朋友。我不只是要谈那场战争。你脸上有别的东西，非常坚定的东西，我想知道那东西的核心。"

我盯着他不讲话，暗暗高兴再度有知心的人为伴。只有了解我够深的知心人，才能从皱起的眉头看出我有烦恼。

"快，林，你的眼里有太多烦恼。你有什么困扰？如果你想，如果你觉得那样比较容易，可以从在阿富汗所发生的事说起。"

"哈德死了。"我不带感情地说，盯着手上的空杯子。

"怎么会？！"他倒抽一口气，在那立即的反应里，不知为什么，既有害怕也有厌恶。

"是真的。"

"不，不，不。我要听到的是……这整座城市的人都会知道的。"

"我见到了他的尸体，帮忙将尸体拖到山上的营地，帮忙埋了他。他死了。他们全死了。我们是仅存的、活着离开的人：纳吉尔、马赫穆德和我。"

"阿布德尔·哈德……怎么可能……"

狄迪耶脸色灰白，那灰白似乎甚至移进他的眼睛。他被这消息吓到了，仿佛有人往他脸上狠狠打了一拳。他瘫在椅子上，下巴垂下，嘴巴张开。他开始往椅侧滑，我担心他会滑落到地上，甚至中风。

“放轻松，”我轻柔地说，“不必为了我而他妈的精神崩溃，狄迪耶，你看来很糟，老兄。清醒！”

他疲累的眼睛缓缓往上抬，与我的目光相接。

“这世上有些事，林，是人根本无法面对的。我在孟买待了十二三年，这段时间里始终有阿布德尔·哈德汗……”

他再度垂下目光，陷入充满思绪与感触的沉思，思绪纷乱，头不由得抽动，下唇不由得抖动。我很担心，我见过人垮掉。在牢里，我看过人禁不住恐惧与羞愧的撕扯而精神崩溃，然后丧命于孤独之手。但那不是一下子的事，那得花上数个星期、数月或数年，而狄迪耶的崩溃却是几秒间的事，我看着他在一呼一吸之间一蹶不振，光彩暗淡。

我绕过桌子，在他身边坐下，揽住他的肩，拉他紧靠着我。

“狄迪耶！”我以严厉的语气悄声对他说，“我得走了。你听到没？我来这里是为了找我的东西，我在纳吉尔家戒毒时托你保管的东西，还记得吗？我把摩托车，我的恩菲尔德托付给了你。我留下了护照、钱和其他东西，你记得吗？那很重要。我需要那些东西，狄迪耶，你记得吗？”

“记得，当然记得。”他说着愤愤地抖了抖下巴，回过神来，“你的东西很安全，不必担心，都在我那里。”

“梅尔韦泽路那套公寓，你还在租吗？”

“对。”

“我的东西就在那里？你把我的东西放那里？”

“什么？”

“帮帮忙，狄迪耶！清醒过来！拜托。我们现在就一起离开，去你的公寓。我需要刮胡子、洗澡休整一下。我有事……重要的事要办，我需要你，老兄。别搞砸了！”

他眨眨眼，转头看着我，噘起上唇，露出我熟悉的嗤笑表情。

“你这话是什么意思？”他愤愤地质问，“狄迪耶·勒维不会搞砸！当然，若是非常非常早的大清早则例外。林，你知道我有多讨厌早上来人，几乎就和讨厌警察一样。Alors，走！"

我在狄迪耶的公寓里刮了胡子、洗了澡，换上新衣服，狄迪耶坚持要我吃东西。他煎了蛋饼，我则趁着空当儿，从两箱东西里翻找出我藏放的钱——约九千美元、摩托车钥匙以及我最好的假护照。那是本加拿大护照，加了我的照片和个人资料。上面的假观光签证已过期，我得尽快更新。我打算做的事如果出了差错，我会需要一大笔钱和一本安全好用的护照。

"接下来要去哪里？"在我把最后一点食物放进嘴里时，站在水槽旁洗盘子的狄迪耶问。

"首先，我得改护照，"我答，嘴巴仍在咀嚼，"然后我要去见周夫人。"

"你什么？"

"我要去和周夫人谈谈，我要去了结恩怨，哈雷德给了……"我突然住口，说不下去了。提到哈雷德·安萨里的名字，想起他，心情为之一沉。那是从最后的回忆里猛然冲出的情绪，如一阵白色暴风雪般袭来的情绪。在那回忆里，有他最后的身影，他走进黑夜和纷飞大雪中离去的身影，我用意志力推开那回忆。"哈雷德在巴基斯坦给了我你的条子，顺便谢谢你告知我，我仍不是很清楚，仍不懂她为什么那么气，气到得把我抓进监狱。从我的角度来看，我们之间没有私人恩怨，但现在有了。在阿瑟路待了四个月，就有私人恩怨了。因此，我才需要那辆摩托车，我不想用出租车。我需要把护照弄妥当，如果扯上警察，我需要递上安全的护照。"

"但你不知道吗？周夫人上个星期遭到了攻击，哦，应该是十天前，席瓦军的暴民攻击她的'皇宫'，把它毁了。大火狂烧，他们冲进那栋大楼，见东西就砸，然后放火烧。那栋大楼还在，楼梯和楼上的房间也还在，但整个毁了，不会再开张了，不久后他们就会把它拆掉。林，那栋大楼完了，周夫人也是。"

"她死了？"我紧咬着牙问。

"没有。她活着，据说她还在那里，但她不再呼风唤雨，她一无所有。现在没人理她，她是乞丐，她的仆人在街上找剩菜让她填饱肚子，她则等着那栋大楼垮掉。她完了，林。"

"还不算，还没完。"

我走到公寓门口，他跑过来。我从没看过他移动得那么迅速，那古怪的行径，引我发笑。

"拜托，林，能不能再考虑一下？我们可以一起坐下，喝个一两瓶，non？然后你就会冷静下来。"

"我现在够冷静了。"我答道，微笑回应他的关心，"我不知道……自己要做什么。但我得把这件事做个了结，狄迪耶。我不能就这样……算了，我很希望可以。但有太多事情，我不知道，和那牵扯在一起，我猜。"

我无法向他解释。那不只是为了报仇，我知道这点，但周夫人、哈德拜、卡拉和我之间有千丝万缕的瓜葛，沾染了羞愧、秘密、背叛，错综复杂得让我无法清楚面对，无法跟朋友讲。

"Bien（好），"他叹了口气，看出我脸上的坚决，"如果你非得去找她，那我陪你去。"

"不行……"我还没说完，他就气愤地挥手把我打断。

"林！这件事……这件她对你所做的可怕事情，是我告诉你的。我非陪你去不可，否则，若有什么意外，责任都在我。而你知道的，朋友，我痛恨责任，几乎就和痛恨警察一样。"

第三十八章

我用摩托车载过的人，就属狄迪耶最不上道。他紧紧抱着我，紧张得手脚僵硬，教我难以操控车子。一接近汽车他就吼叫，高速驶过汽车旁，他就尖叫；突然一个急转弯，他就吓得扭动身子，想把转弯时不得不倾侧的车身拉正。每次停下摩托车等红绿灯时，他就会把双脚放到地上伸展双腿，抱怨臀部抽筋。每次加速，他的脚就在地上拖，磨蹭了几秒钟才踏上脚踏板。出租车或其他汽车开得太靠近时，他就伸脚踢车，或气得发狂般挥舞拳头。抵达目的地时，我计算了载狄迪耶在高速车流里骑三十分钟所碰上的危险次数，竟不亚于在阿富汗的炮火下待一个月。

我在斯里兰卡朋友维鲁和克里须纳经营的工厂外停车，情况有些不对劲，外面的招牌换了，双扇式的前门敞开着。我走上阶梯，身子往里一探，看到护照工厂没了，换成制作花环的生产线。

"不对劲？"我跨上摩托车发动车子时，狄迪耶问。

"对，我们得去另一个地方。他们搬走了。我得去找埃杜尔，问问新的工厂在哪里。"

"Alors，"他发着牢骚，紧抱住我，好似我们两人共享一具降落伞，"噩梦又要开始了！"

几分钟后，我在埃杜尔·迦尼豪宅的门口附近停车，要他留在车旁。

临街大门的警卫认出我，猛然举起手，向我行了个夸张的举手礼。他开门时，我塞了一张二十卢比的纸钞到他另一只手里。我走进阴凉的前厅，有两个仆人前来招呼。他们跟我很熟，带我上楼梯，亲切地微笑，比手画脚地评论我的头发留那么长、身体瘦那么多。其中一个人敲了埃杜尔·迦尼大书房的门，耳朵凑近门等待。

"Ao!（进来！）"迦尼从房里喊道。

那仆人进去，关上门，几分钟后回来。他朝我左右摆头，把门打开。我走进去，把门关上，挑高的拱形窗户，闪着明晃晃的阳光，阴影呈尖钉状和爪状，打在磨得发亮的地板上。埃杜尔坐在面窗的翼式高背安乐椅中，只看得到他胖嘟嘟的双手，两手指尖对碰拱起，像肉店窗里堆成教堂尖顶般的腊肠。

"所以那是真的。"

"什么是真的？"我问，走到椅子前面看他。几个月没见，这位哈德的老朋友竟老了那么多，让我大吃一惊。浓密的头发由灰转白，眉毛则变成银白色。几道深皱纹，绕过下拉的嘴角来到松垂的下巴，使漂亮的鼻子变得瘦瘪。他的嘴唇曾是我在孟买所见过的最丰腴肉感的，如今皲裂得像纳吉尔在雪山上时的嘴唇。眼袋下垂到颧骨最高处之下，让我身子一颤，想起了把疯汉哈比布的眼睛往下拉的那对眼袋。而那双眼睛，那双含笑、明亮的琥珀色眼睛，如今呆滞，失去了曾在他充满热情的生命里绽放光芒的昂扬喜悦和自负狡诈。

"你来了。"他用熟悉的牛津腔回答，没看我，"那么，那是真的了。哈德在哪里？"

"埃杜尔，很遗憾，他死了。"我立刻回答，"他……他被俄罗斯人杀了。他想在回查曼的途中，绕回老家的村子一趟，送马过去。"

埃杜尔抓着胸口，像小孩般啜泣，豆大的泪珠从他的大眼睛里滑落，断断续续地呜咽、呻吟。一阵子后他恢复平静，抬头看我。

"除了你，还有谁活下来？"他张着嘴巴问。

"纳吉尔……还有马赫穆德,还有一个名叫阿拉乌丁的男孩,只有我们四个。"

"哈雷德呢?哈雷德在哪里?"

"他……他在最后一晚离开了,走进纷飞的大雪,没再回来。有人说后来听到枪声从远处传来,我不知道他们开枪的对象是不是哈雷德。我……我不知道他是死是活。"

"那么那会是纳吉尔……"他喃喃说道。

他再度啜泣,把脸猛然埋入肥厚的双手。我看着他,很不自在,不知该说什么或做什么。自从在雪坡上把哈德遗体抱在怀里的那一刻起,我一直不愿面对他已死的事实,而这时我仍在气哈德汗。只要用气愤挡在我面前,对哈德的爱,失去他的哀痛,就会深藏在心底不致爆发;只要我仍气愤,我就能抑制泪水和让迦尼如此伤痛的痛苦渴望;只要我仍气愤,我的心思便能专注于手边的工作,了解克里须纳、维鲁和护照工厂的下落。就在我要问起这事时,他再度开口。

"你可知道哈德的英雄诅咒花了我们多少代价?除了他绝无仅有的性命,花了数百万,打他的战争花了我们数百万。我们支持他的战争,已支持了数年。你或许以为我们付得起,那笔钱毕竟不大。但你错了,像哈德那样疯狂的英雄诅咒,没有哪个组织支持得起,而我改变不了他的想法,我救不了他。钱对他不重要,不是吗?碰上对钱和……对钱没有概念的人,根本说不通。那是所有文明人都有的东西,你同意吧?如果钱毫不重要,文明就不会出现,就什么都没有。"

他的声音越来越小,最后变成含混不清的低语。泪水滚落脸颊,化为细流,再往下掉,穿过黄光,落到他的大腿上。

"埃杜尔拜。"一会儿之后我说。

"什么?什么时候?现在?"他问道,眼里突然闪现出恐惧。他下唇绷紧,嘴角冷酷地往下拉,露出我从未在他脸上见过,甚至从来想象不到的恶意。

"埃杜尔拜，我想知道你把工厂搬到了哪里。克里须纳和维鲁在哪里？我去了旧工厂，但那里人去楼空，我的护照需要处理，我得知道你们搬到了哪里。"

他眼里的恐惧缩为一丁点，双眼因那一丁点恐惧而显得很有精神。他脸上露出类似以往的淫靡微笑，嘴巴鼓胀起来。他专注地凝视我的眼睛，专注里带着急切和渴求。

"你当然想知道。"他咧嘴而笑，用双手手掌擦掉泪水，"就在这里，林，在这栋房子里。我们改建了地下室，装上必要的设备。厨房地板上有道活门，伊克巴尔会告诉你怎么走，那些小伙子正在那里忙。"

"谢了。"我说，迟疑了片刻，"我有事要办，但……今晚稍后，最晚明天，我会回来，到时我会来看你。"

"安拉保佑，"他轻声细语地说，再度把头转向窗户，"安拉保佑。"

我来到一楼的厨房，掀开沉重的活门。经过十几级台阶，来到用泛光灯照得通明的地下室。克里须纳和维鲁开心地招呼我，立即处理我的护照。很少有事情比伪造的挑战更让他们兴奋，他们兴高采烈地讨论了一会儿，找到最佳的解决办法。

他们工作时，我查看了迦尼的新工厂。这里空间很大，比埃杜尔·迦尼豪宅的地下室要大得多。我走了约三十到五十米，经过灯桌、印刷机、复印机与储物柜。我猜这地下室延伸到迦尼隔壁大宅的地下，看来他们可能把隔壁屋子也买了下来，然后把两间地下室打通。若真是如此，我想，会有另一个出口通往隔壁房子。我在找那出口时，克里须纳叫住我，说我十万火急的签证已经搞定了。我很好奇这个地下工厂的新结构，暗自决定要尽快回来，查个清楚。

"抱歉让你久等，"我跨上摩托车时，低声对狄迪耶说道，"没想到会要那么久，但护照搞定了。现在可以直接去周夫人那里。"

"别急，林。"狄迪耶叹了口气。我们驶上马路时，他使出全身力气抓住我说："最佳的复仇，就像最好的性爱，要慢慢来，且睁着眼睛。"

"卡拉？"摩托车加速驶进车流时，我转头大喊。

"Non，我想那是我的！但……但我无法确定！"他吼道，我们俩因为对她的爱而一起大笑。

我把摩托车停在某栋公寓的私用车道上，距离"皇宫"一个街区。为了解那栋大宅内的活动迹象，我们走在马路的另一边，直到经过那栋大宅，到了街区的一半为止。"皇宫"的正立面似乎完好无损，但窗户上的金属片、木板，还有横钉在大门上的厚木板，间接说明了大宅内部被暴民捣毁的严重程度。我们掉头往回走，再度经过那大宅找寻入口。

"如果她在那里面，如果她的仆人带吃的给她，他们不会从那道门进出。"

"没错，我也这么想，"他附和道，"一定还有别的入口。"

我们发现街上有条窄巷，可通到那大宅的后面。相比大门前那条干净、气派的大街，这条窄巷很脏。我们小心翼翼地踩过漂着浮渣的黑臭水坑之间，绕过一堆堆油腻、不知是什么东西的垃圾。我朝狄迪耶瞥了一眼，通过他痛苦的怪脸，知道他正在计算要喝多少酒，才能除掉他鼻孔里的恶臭。小巷两边的墙壁和围墙以石块、砖、水泥草草搭建，已有几十年，上面爬满叫人恶心的植物、苔藓与匍匐植物。

我们从街角一栋一栋往回数，找到"皇宫"的后面，往嵌入高大石墙的矮木门上一推，门立即打开了。我们走进宽阔的后院，在未遭暴民捣毁之前，那后院肯定是豪华优美的幽静休憩之地。重重的黏土罐被人推倒，碎成一地，土块和花撒落在地上，凌乱不堪。庭院里的家具被砸碎烧毁，就连地上铺砌的瓷砖都有多处裂开，好似被人用锤子砸过。我们找到一扇熏黑的门通往屋里，门未上锁，我们往里推开，生锈的金属吱吱响着。

"你在这里等着，"我的语气不容一丝反对，"给我把风，如果有人从后院的门里进来，拖住他们，或给我信号。"

"就听你的吧，"他叹气道，"别太久，我不喜欢这里。Bonne chance。"

我走进屋子，门自行掩上。我后悔没带手电筒，里面很暗，地板上黑色的家具残块和倒下的横梁之间，凌乱散落着破掉的盘子、罐子、平底锅和其他器皿，步步危机。我小心翼翼地缓缓走过一楼厨房，走上通往大宅前的长廊。经过几个被烧过的房间，其中一间火势猛烈得将地板都烧掉了，烧焦的托架从破洞里露出，像是某种巨兽遗骸的肋骨。

在接近大宅的前方，我找到了几年前我陪卡拉前来搭救莉萨·卡特时走过的那道楼梯。色彩曾经那么艳丽、质感那么丰富的康普顿壁纸，如今已被烧毁，从起泡的墙上剥落。楼梯本身已碳化，铺在上面的地毯被烧成一坨坨丝状的灰烬。我慢慢往上走，每一步都先轻踏，再结实地踩下。走到半途时，我一脚踩空，便加快脚步，爬到二楼的楼梯平台。

上到二楼，我不得不停下，好让眼睛适应黑暗。一阵子后，我看出地板上的破洞，开始小步绕过。大火烧掉了这屋子的某些地方，留下破洞和熏黑的残块，但屋里的其他地方完好无损。那些完好如初的地方非常干净，和我记忆中完全一模一样，使屋里更透着诡异。我觉得自己仿佛走在大火之前的过去和已成废墟的现在之间，仿佛我正凭着记忆创造屋里那些未遭火吻的华丽区域。

朝着二楼宽阔的走道另一头走了一段，我突然一脚踩破薄如纸的楼板，猛然抽身，撞上身后的墙。墙垮掉后，我失去重心，笨拙地倒下，双手朝空中猛抓，想在逐渐崩塌的瓦砾中抓住结实的东西。我砰一声落地，没想到那么快就落地，随即意识到自己落入了周夫人的秘密廊道中。我所撞破的墙，表面上看来和其他墙一样结实，但其实只是块表面贴上她无所不在的康普顿图案壁纸的胶合板。

我在秘密廊道里站起身，掸掉身上的灰尘。那廊道非常窄而矮，蜿蜒向前延伸，顺着房间的形状绕过转角处。秘密廊道经过的房间墙上嵌有金属栅栏，有些栅栏很低，接近地板，有些比较高。较高的金属栅栏下方，摆了中空的箱状木梯，站在木梯的最低阶上，我透过金属栅栏上的心形开口，往一间房里看进去，一览无余：墙上裂掉的镜子、烧垮的床、床边生锈的金属床头柜。我站的那一阶上还有几阶，我想象着周夫人蹲在最上层的台阶上，无声呼吸，盯着房里的动静。

廊道绕过几个弯，我失去了方向，在漆黑之中，我不确定自己是往屋子的前方还是后方走。走到某个地方时，秘密廊道坡度陡升。我往上爬，最后那些较高的金属栅栏都消失不见，漆黑之中，我碰上一段阶梯。我摸着往上走，来到一扇门前。那是扇有着镶板的小木门，那门非常小且比例完美，说不定是为小孩游戏间所安装的门。我试着扭转门把手，那很容易。我推开门，门外的光线猛然涌入，我的身子立即往后缩。

我走进那个阁楼房间，房间靠着一排四个彩色玻璃老虎窗 ① 采光。竖起的老虎窗像是小礼拜堂，突出于屋顶之外。大火烧到这个房间，但未毁了它。墙壁被熏黑，有一道道烧过的黑痕，地板上有数个破洞，露出地板与下面房间天花板间的深夹层板。但这长条房间的某些地方仍很坚实，未遭火吻，在那些仍铺着异国情调地毯而墙面丝毫未受损的局部地面，家具仍完好如初地摆在那里，而在宝座似的椅子僵直的怀抱里正坐着周夫人，她脸部扭曲，狠狠瞪视。

走近她，我才知道她那不怀好意的目光不是在瞪我。她正满怀怨恨地凝视过去的某一刻，那凝视像拴住跳舞熊的链条般，牢牢拴住她心里的某处或某个人、某件事。她浓妆艳抹，粉涂得很厚。那是张面具，尽管自欺欺人得夸张，却让我觉得悲哀更甚于丑怪。她的嘴因涂了口红而变大，她的眉毛因描画过而变粗，她的颧骨因上了妆而显得更高。站得够近时，我看到口水从她的嘴角滴下，滴到大腿上。未稀释的琴酒味笼罩着她全身，与其他更臭、更恶心的气味混在一块。她的头发几乎被假

---

① 一种从屋顶坡面上凸出的窗，每个窗各有棚顶。

发完全遮住，浓密的黑色高卷式假发微微歪斜，露出里面短而稀疏的灰色头发。她穿着绿色丝质旗袍，旗袍领遮住喉咙，几乎顶到下巴。双腿交叠，两脚放在旁边的椅座上。她的脚很小，像小孩的脚那样小，包着柔软的丝质拖鞋。双手搁在大腿上，像荒无人烟的海滩上被冲上岸的东西，死气沉沉地垂着，一如她松垮的嘴。

我看不出她的年纪或国籍。她可能是西班牙人，可能是俄罗斯人，可能带有部分印度血统，乃至希腊血统。卡拉说的没错，她曾经很漂亮。那是从整个人身上散发出来的美，而不是从某个突出特质散发出来的美：那种美触动人眼，更甚于人心；那种美如果没有内在的好东西滋养，终会败坏。而那时候，她不美，她丑。狄迪耶也说的没错：她挨过打，她衰弱了，整个人完了。她漂浮在黑湖上，不久那黑水会将她拖到湖底。房间里弥漫着深深的静默，她的心过去所习惯的那种静默，还弥漫着单调、心无所求的空虚，过去她残酷、狡诈的人生所宰制的那种空虚。

我站在那里，她却对我视而不见。我震惊而又困惑地感觉到，我心中了无愤怒或报仇之意，反倒觉得羞愧，羞愧于自己一心想着复仇。什么？我真的想杀了她？我心中想复仇的那个部分，正是我像她的部分。我望着她，心知我若无法甩掉复仇之心，我就是在望着自己，望着自己的未来、自己的命运。

我还知道，我满腔的报复念头和在巴基斯坦休养的那几个星期里一直在筹划的报复行动，不只是针对她。我的矛头对着自己，对着愧疚感，那是只有望着她而感到羞愧时，我才敢于面对的愧疚感。那是因哈德之死生起的愧疚感，我是他的美国人，是他抵挡军阀和土匪的护身符。他想把马带回老家村子时，我如果跟他同行，照理说，我该跟他同行，敌人或许就不会对他开枪。

那很可笑，而且和大部分愧疚感一样，那只道出了一半的事实。哈德尸体周边的死尸，有些身穿俄军制服，带着俄罗斯武器，是纳吉尔告诉我的。我如果在场，大概改变不了什么。他们大概会抓了我或杀了我，哈德的下场大概还是一样。但自从见到他覆着雪的死去的脸，我一直深感愧疚，而在那份愧疚里，理智产生不了大作用。一旦面对那愧疚，羞愧感就挥之不去。而不知为什么，那份自责和充满懊悔的忧伤改变了我，我觉得报复之石从一直想将它掷出的仇恨之手中落下，觉得自己在变轻，仿佛轻盈就充塞了我的全身，把我往上提。我觉得自由，自由到同情起周夫人，甚至原谅她，然后我听到了尖叫声。

一声撕心裂肺、如野猪的咆哮般尖锐刺耳的喊叫传来，我猛然转身，及时见到周夫人的阍仆拉姜快速向我冲来。我被他一撞，失去了重心，人往后倒，他的双臂环抱住我的胸膛。他抱着我撞破一面阁楼的窗户，我身子后仰，斜躺在窗外，往上瞧着蓝天下那个发疯的仆人和他头后方的屋檐。碎玻璃割破了我的头顶和后脑勺，伤口很深，我清楚地感觉到伤口有冷冷的血流出。我们在撞破的窗户里扭打，更多边缘呈锯齿状的玻璃碎片落下，我左右摆头以保护眼睛。拉姜紧抱着我往前推，双脚在地上古怪地猛往前拖移，完全不担心自己掉出窗外。过了一会儿我才意识到，他想把我推出窗外，把我们俩都推出去，然后重重坠地，而且他渐渐得逞。我感觉自己的双脚禁不住他的猛推而开始离地，我的身子滑到老虎窗小尖塔的更外面。

我愤怒而又绝望地咆哮，紧抓住窗框，使劲把我们俩拉回阁楼里。拉姜往后倒，迅即爬起来，尖叫着再度冲向我。我无法避开他的突袭，我们再度扭打成一团，一心欲置对方于死地。他的双手掐住我的喉咙，我的左手在他脸上拼命抓，想找他的眼睛。他弯曲的长指甲很锐利，刺穿我脖子的皮肤。我痛得大叫，左手手指抓到他耳朵，用力一扯，把他的头拉到我右拳打得到的近处。我用拳头猛击他的脸，六下、七下、八下，终于使他松开掐住我喉咙的手，他的耳朵则被我扯开了一半。

他跟跄着后退一步，站在那里猛喘气，瞪着我，充满无法理解或令人无比害怕的恨意。他满脸是血，嘴唇裂开，牙齿断了一颗，一只眼睛上方的皮肤、眉毛刮掉的地方，裂出一道难看的口子。已秃的头顶上被玻璃划破而流血，一只眼睛里有血，我猜他的鼻梁断了。照理说他该罢手，他不得不，但他没有。

他尖叫着，透着诡异向我冲来。我往旁边一跨，挥出又猛又急的右拳，打中他的脑侧，但他倒下时伸出爪子般的手，抓住我的长裤。他顺势把我一起拉下，然后像螃蟹般爬过来压住我，手往我的脖子伸来。那爪子般的手，再度钳住我的肩膀和喉咙。

他虽然瘦，但身材高且力气大，经过哈德的战争，我瘦了许多，因而我们两人的力气旗鼓相当。我翻滚一两次，但甩不掉他。他的头紧塞在我的头下面，我无法出拳打他。我感觉他的嘴和牙齿贴着我的脖子，他使劲往前，用头撞我的头并咬我，他尖锐的长指甲没入我的喉咙，直抵指尖。我手往下，找到了我的小刀，抽出往下一挥，刺进他的身体。刀子刺入他大腿靠近臀部的地方。他抬起头，痛得号叫，我朝他脖子靠近肩膀处又刺了一刀。刀子深入肩膀，一路擦过骨头和软骨边缘，嘎吱作响。他抓挠着喉咙滚开，直到身体碰到墙壁。他输了，没了斗志，一切都结束了。就在这时，我再次听到尖叫声。

我猛然转头，见到拉姜从破掉的地板和下面房间天花板的缺口处爬出来。一模一样的人，或看起来一模一样，但全身完好，毫发无伤：同样秃头、刮掉眉毛、眼睛上妆、爪子般的指甲涂得像青蛇一样绿。我急转头，看到拉姜仍在那里，贴着墙壁缩成一团在呻吟。是孪生兄弟。我这才愚蠢地想到：他们有两个人，怎么没人告诉我？我再次转头，就在这时，那个尖叫的孪生兄弟冲了过来，手上有刀。

他握着细薄如剑的弯刀，恶狠狠地在空中画了个半圈冲过来。我闪身避开他发狂似的冲击，接着欺身而上，拿起小刀往下猛刺。我用刀子伤了他的手臂和肩膀，但他仍移动自如。他把弯刀朝我往后一划，动作很快，快到我的上臂躲避不及，挨了一刀。伤口迅速流出血，我怒火中烧，开始用右拳揍他、用小刀刺他。然后，我的后脑勺突然出现一阵带着血味的闷痛，我知道有人从后面偷袭我。我爬过那个孪生兄弟旁，转身看着受伤的拉姜，他的衬衫被自己的血浸透，贴在皮肤上。他的手里握着一块木头。挨了他那一记，我的头嗡嗡作响。血从头、颈、肩以及柔软的前臂内侧的伤口处流出来，那对孪生兄弟再度号叫，我知道他们就要再度冲过来。自这场古怪的打斗开始以来，首度有颗小小的怀疑的种子在我心中成熟、爆开：我可能赢不了……

我对他们咧嘴而笑，高举两只拳头，左脚前移，摆好架势，等他们攻来。好，我心想，来就来，了结了吧。他们冲过来，再度发出那凄厉的尖叫声。拉姜挥舞着木头向我砸来。我举起左臂阻挡，木头重重砸在我的肩膀上，但我挥出右拳打中他的脸，他往后倒，双膝一弯倒地。他的兄弟拿刀砍向我的脸，我立即低头闪避，但后脑勺下方和脖子上方之间还是被划了一刀。我不顾他有所防备，欺身而上，把小刀刺进他的肩膀，直到曲柄没入。我原瞄准他的胸膛，虽然偏了，但仍有用，因为刀子下方的那只手臂像海草一样软绵绵的，他惊慌尖叫着退开。

几年的愤怒猛然爆发：那段牢狱生活的愤怒，我一直把它埋在怨恨压抑的低浅墓地里。从头上大小伤口流过脸部的血，是液体的愤怒，又浓又红，从我的心里溢出。一股狂暴的力气，撕裂着我的手臂、肩膀和背部的肌肉。我看看拉姜和他的孪生兄弟，再看看椅子上的废人。把他们全杀掉，我心想，咬紧牙关，猛吸口气，再度咆哮，我要把他们全杀掉。

我听到有人叫我，把我从哈比布和所有类似他的人所坠入的深渊边缘叫回来。

"林！你在哪里，林？"

"这里，狄迪耶！"我回应他，"在阁楼！很近了！能听到我的声音吗？"

"听到了！"他大喊道，"我立刻就来。"

"小心！"我回应道，喘着气，"上面这里有两个家伙，他们……他妈的，老兄……他们一点也不友善！"

我听到他的脚步声，听到他在黑暗中跌跌撞撞，一路咒骂。他推开小门，弯下腰，进到阁楼，手里有枪。看到他，我非常高兴，我看着他的脸，看他迅速掌握现场情况，我的脸和两只手臂上都有血，那对孪生兄弟的身上也有血，椅子里坐着淌着口水的人。我看见他的震惊变成冷峻，化为狰狞、愤怒的嘴巴线条，然后听到了尖叫声。

拉姜的兄弟，拿刀的那个，发出让人胆寒的尖叫声冲向狄迪耶，狄迪耶立即举起手枪，朝那人的腹股沟，靠近髋骨的地方开枪。那人腿一软，往旁边倒下，一边痛苦呜咽，一边在地板上翻滚，弓起身子，抱着流血的伤口。拉姜一跛一跛地走到那个宝座似的椅子前，用身体挡在周夫人前面，以他裸露的胸膛护住她。他狠狠地盯着狄迪耶的眼睛，我们知道他为了护主不惜挨子弹。狄迪耶朝他走近一步，把手枪对准拉姜的心脏。这个法国人，严酷地皱起眉，但浅色的眼睛透着镇静，散发出冷静与绝对的自信。那是真正的男人，破旧生锈的刀鞘里闪着冷光的钢刀，狄迪耶·勒维——孟买最厉害的狠角色之一。

"你要不要自己来？"他问我，表情比房间里的任何人都冷酷。

"不要。"

"不要？"他低声说，眼睛一直盯着拉姜，"看看你自己，看看他们所做的，林。你该毙掉他们。"

"不要。"

"你至少该让他们受伤。"

"不要。"

"留他们活口很危险。这两个人……不会给你带来好事。"

"没关系。"我喃喃说道。

"你至少该毙了其中一个人，non？"

"不要。"

"很好，那我替你毙了他们。"

"不要。"我坚持。我很感谢他救了我，让我不至于死在他们手中，但更感谢他及时赶来，让我不至于杀了他们。阵阵恶心和宽慰冲入我血红的心，排除了我心中的怒火。最后一个羞愧的微笑在我眼中颤动，我浑身发抖。"我不想毙了他们……也不希望你毙了他们。我根本不想跟他们打。要不是他们先攻击，我不会跟他们打。如果我爱她，我也会像他们那样做。他们只是想保护她，与我无仇。问题不在我，在她。放了他们。"

"那她呢？"

"你说的没错，"我轻声说，"她完了，她已经死了，很抱歉没听你的。我想……我得亲自看过才相信。"

我伸出手盖住狄迪耶手上的枪。拉姜抽动身子，伸展手脚。他的孪生兄弟痛得大叫，开始沿着墙边爬离我们。我慢慢将狄迪耶的手往下按，直到手枪垂在他的身侧。拉姜迎上我的目光，我看到他黑色眼睛里的惊讶和恐惧软化为宽心。他又定定地盯着我片刻，然后一跛一跛地走到他的兄弟身旁。狄迪耶紧跟在我身后，我们走出秘密廊道，回到被熏黑的楼梯。

"我欠你一份人情，狄迪耶。"我说，对着漆黑咧嘴而笑。

"当然。"他答，然后我们脚下的楼梯垮掉了，我们往下掉，穿过被火烧过而裂掉的木头，重重落在坚硬的地板上。

扬起的炭灰和纤维呛得我们直咳嗽，嘴巴猛吐脏东西。我挣扎着推开落在我身上的狄迪耶，直直坐起，脖子僵硬酸痛。我的手腕、肩膀因着地而扭伤，但身体似乎完好，其他地方没伤。狄迪耶落在我身上，我听到他愤愤地呻吟。

"没事吧，老兄？天啊，这样掉下来！你还好吧？"

"没事，"他咆哮道，"我要回上面毙了那个女的！"

我们一跛一拐地走出"皇宫"废墟，一边走一边大笑，接下来的几个小时，我们清洗、包扎伤口时，仍是笑声不断。狄迪耶给我新衬衫和长裤，让我换上。就一个老是以乏味打扮出现在利奥波德的男人来说，他衣橱里的衣服时髦、艳丽得叫人惊奇。他解释道，那些亮丽崭新的衣服，大部分是一去不复返的爱人留给他的。我想起卡拉也曾把原属她爱人的衣服拿给我穿。我们在利奥波德一起用餐时，狄迪耶谈起他最近几次失败的恋情，惹得我和他再度哈哈大笑。维克兰张开双臂跑上阶梯，向我们兴奋地打招呼时，我们仍在大笑。

"林！"

"维克兰！"

我刚站起身，他就飞扑过来抱住我。他伸直双臂，按着我的肩，上下打量了我一番，对着我脸上、头上的伤口皱起眉。

"哎，老哥，你发生了什么事？"他问道，仍是一身黑，穿着仍效仿牛仔，但颜色没以前那么亮、那么抢眼，我想是受了莉蒂的影响。这身内敛的新打扮和他很配，看到他心爱的帽子仍靠着挂在喉咙上的帽带垂在背后，我感到宽心、安慰。

"你该看看其他家伙。"我答，瞥了狄迪耶一眼。

"为什么回来了也不告诉我一声，老哥？"

"我今天才回来，有点忙。莉蒂怎么样？"

"她很好，yaar。"他开心地回答并坐下，"她要去做生意，做那个他妈的多媒体生意，跟卡拉和卡拉的新男朋友，应该会很不错。"

我转头看向狄迪耶，他耸耸肩，不表示意见，然后龇牙咧嘴，气鼓鼓地瞪着维克兰。

"该死，老哥！"维克兰道歉，显然很惶恐，"我以为你知道，以为狄迪耶应该已经告诉你了，yaar。"

"卡拉回孟买了。"狄迪耶解释道，朝维克兰又冷冷皱起眉，并要他闭嘴，"她有了个新男人，男朋友，她这么叫他。他叫蓝吉特，但他喜欢大家叫他吉特。"

"他人还不错，"维克兰补充道，乐观地微笑，"我想你会喜欢他的，林。"

"是啊，维克兰！"狄迪耶小声说，语气强硬，为我皱起眉头。

"没事。"我说，向他们两人先后投以微笑。

我抓到侍者的目光，向他点头，示意他再送三份酒来。我们三人静默无语，等酒送来。然后，每个人各斟了酒，举起酒杯，我提议敬酒。

"敬卡拉！"我提议，"祝她生十个女儿，每个女儿都嫁得风风光光！"

"敬卡拉！"他们两个人跟着喊，互碰酒杯，一饮而尽。

我们第三次敬酒——我想是敬某人的宠物狗时，马赫穆德·梅尔巴夫走进这喧闹、开心、说话声不断的餐厅看着我，仍是战时在冰天雪地的山上时的眼神。

"你怎么了？"我起身迎接他时，他看着我头上、脸上的伤，急急问道。

"没事。"我微笑着说。

"谁干的？"他问得更为急迫。

"我和周夫人的手下干了一架。"我答，他稍稍宽心，"怎么了？怎么回事？"

"纳吉尔告诉我你会在这里。"他微微皱起眉头，低声说，极度痛苦，"我很高兴能找到你。纳吉尔跟你说过别乱跑，这几天什么都不要做。现在在战争中，帮派战争，他们在争夺哈德的权力。外头很不安全，不要靠近那些'dundah'地方。"

dundah，意为"生意"，我们用这字眼指哈德在孟买的所有黑市活动。这些"生意"已成为争夺目标。

"怎么了？为什么？"

"叛徒迦尼死了。"他答，声音平静，但眼神冷酷而坚定，"跟他的人，他在哈德帮派的人，也都会死。"

"迦尼？"

"对。你有钱吗，林？"

"当然有。"我喃喃说道，想到埃杜尔·迦尼。他来自巴基斯坦，问题必定在此。跟巴基斯坦 ISI 秘密警察勾结的，想必是他。当然是他，他当然是叛徒，他当然是那个想让我们在卡拉奇被捕丧命的人。那场战役的前一晚，哈雷德谈的那个人就是他，不是阿布杜拉，而是迦尼。埃杜尔·迦尼……

"你有地方住吗，安全的地方？"

"什么？有。"

"很好。"他热情地握住我的手说，"那么三天后的白天，一点钟时，我会来这里找你，安拉保佑。"

"安拉保佑。"我答道。他走出餐厅，步伐昂扬而正气凛然，帅气的头抬得高高的，背挺得很直。

我再度坐下，避开狄迪耶和维克兰的目光，直到能掩藏眼中的忧虑为止。我知道，他们会从我眼中看出那忧虑。

"怎么回事？"狄迪耶问。

"没事。"我没说实话，摇摇头装出笑容。我举起自己的杯子，与他们的杯子相碰："我们敬到哪里了？"

"我们刚要敬蓝吉特的狗，"维克兰想起道，张大嘴巴笑，"但我希望连他的马一起敬，如果还来得及的话。"

"你又不知道他有没有养马！"狄迪耶反驳道。

"我们也不知道他有没有养狗。"维克兰挑明，"不管了，敬蓝吉特的狗！"

"蓝吉特的狗！"我们一起答。

"还有他的马！"维克兰补充道，"还有他邻居的马！"

"蓝吉特的马！"

"还有……所有的……马！"

"敬全天下的爱人！"狄迪耶提议道。

"敬全天下……的爱人……"我附和道。

但不知为什么，那份爱，已出于某种原因，借由某种方式，在我心中熄灭，我猛然理解到这点，猛然笃定我对卡拉的感觉，尚未完全消失，永远不会完全消失。那份嫉妒——若在过去，我应会对那陌生的蓝吉特产生的嫉妒，如今却消失无踪。我对他并无一丝愤怒，没有因他而感到一丝受伤。坐在那里，我觉得麻木、空洞，仿佛那场战争、哈德拜的死、哈雷德的消失，以及与周夫人和她那对孪生兄弟手下的对决，已在我心里注入麻醉剂。

而对于埃杜尔·迦尼的阴险狡诈，我并未感到伤痛，只感到惊奇，我想不到其他字眼来形容我的感受。在那近乎宗教敬畏的心情背后，有着隐约的、颤动的、无法遁逃于天地间的忧虑。因为，即使在那时候，他的背叛强加于我们的血淋淋的未来已然展开，注入我们的生活，就像因为干旱而突然绽放的玫瑰花，一身艳红，赶着落在干燥无情的土地之上。

第三十九章

我离开埃杜尔·迦尼的豪宅去找周夫人的一个小时后，纳吉尔带着他三名最可靠的手下，强行进入迦尼豪宅隔壁的房子，走进连接两屋的长长的地下室工厂。大概就在我小心翼翼地走在周夫人"皇宫"废墟的瓦砾堆上时，纳吉尔和他的手下戴着黑色针织面具，推开迦尼厨房的活板门进入屋子。他们制伏了厨师、园丁这两个迦尼的仆人，维鲁和克里须纳这两个斯里兰卡籍的护照伪造师，将他们锁在地下室的小房间里。我爬上"皇宫"焦黑的楼梯来到阁楼，发现周夫人时，纳吉尔悄悄走上楼梯，来到迦尼的大书房，发现他坐在翼式高背安乐椅里哭泣，一动也不动。然后，约略在我松开报复的拳头，同情起崩溃的敌人和淌着口水的周夫人时，纳吉尔杀了那个出卖我们在巴基斯坦所有人的叛徒，为他和哈德汗报了仇。

有两个人将迦尼的手臂按在椅子上，另一个人将他的头往后压，要他睁大眼睛。纳吉尔拿下面具，盯着迦尼的眼睛，一刀刺进他的心脏。迦尼想必知道他难逃一死。他一个人坐在那里，等着杀手上门。但他们说，他的尖叫从地狱一路传上来，要了他的命。

他们把迦尼的尸体从椅子上推下，推落到擦得光亮的地板上。然后，当我在城市的另一头和拉姜、他的孪生兄弟扭打时，纳吉尔和他的手下用粗重的切肉刀砍下迦尼的双手、双脚和头。他们把他的尸块丢在豪宅各处，就像埃杜尔·迦尼命令他的杀手萨普娜，将忠心耿耿的老马基德分尸，将尸块丢弃在房里的各处一样。而当我离开"皇宫"废墟，我的心在复仇心切的许多个月后，首次感到自在，觉得几近乎和时，纳吉尔和他的手下放了克里须纳、维鲁、迦尼的仆人，纳吉尔认为他们全未参与迦尼的诡计。然后，他们离开豪宅，前去追捕迦尼的党羽，并将他们全部杀掉。

"迦尼心怀不满已有很长一段时间，yaar。"桑杰·库马尔说，以意译方式将纳吉尔的乌尔都语译成英语，"他认为哈德疯了，认为哈德可以说是执迷不悟。他认定哈德会把所有事业、金钱、黑帮联合会的权力赔掉。他认为哈德花太多时间在阿富汗的那场战争，还有所有相关的事情上，而且他知道哈德已计划好其他的所有任务，斯里兰卡、尼日利亚的事，等等。因此，当他无法说服哈德放弃，无法改变哈德时，他决定利用萨普娜。从一开始，萨普娜的事就由迦尼主导。"

"全部？"我问。

"没错，"桑杰答，"哈德和迦尼两个人，但迦尼负责。他们利用萨普娜那件事，你知道的，好从警方和政府那里得到他们想要的。"

"怎么进行呢？"

"迦尼的想法是塑造一个公敌，使每个人，包括警方、政治人物和其他黑帮联合会惶惶不安，而那个公敌就是萨普娜。那些化名为萨普娜的家伙开始四处杀人，大谈革命，萨普娜成为小偷和这一类人的老大，大家随之感到不安。没人知道是谁在幕后主导，那使他们与我们合作，好抓到那个浑蛋，我们则回报以帮助。但迦尼，他希望拿哈德本人下手。"

"我不确定他是否从一开始就这么想，"萨尔曼·穆斯塔安插话道，朝他的好友摇头以强调他的观点，"我认为他一开始时是一如既往，全心支持哈德。但萨普娜那件事很诡异，我不喜欢，老哥，而我认为，那改变了他的想法。"

"无论如何，"桑杰不理会这观点，继续说道，"结果都一样。迦尼掌控了那帮人，那些化名为萨普娜的家伙，他自己的人，只听命于他的人。他到处杀浑蛋，其中大部分人是他基于生意理由想除掉的人，在这方面，我不觉得有何不妥。因此，事情非常顺利，yaar。整座城市疯狂寻找这个叫萨普娜的浑蛋，向来和哈德为敌的人，都努力帮他把枪支、炸弹、其他重型东西偷偷运出孟买，因为他们希望哈德能帮忙查清萨普娜的身份，然后干掉他。那是个很疯狂的计划，但很管用，yaar。然后有一天，有个警察找上门了，就是那个帕提尔，你认识的那个家伙，林，那个副督察苏雷什·帕提尔。他过去在科拉巴以外的地区执勤，是个超级大浑蛋，yaar。"

"但他是个精明的浑蛋。"萨尔曼语带尊敬，喃喃说道。

"是没错，他精明，他是个很精明的浑蛋。他告诉迦尼，那些萨普娜杀手在最近一桩凶杀案的现场留下线索，他们循线追到了哈德汗的黑帮联合会。迦尼吓得要命。他知道他做的那些可怕的事情就要被人追到家门口，因此决定找个牺牲品。那得是哈德汗黑帮联合会的人，而且是那个联合会的核心分子之一，好让萨普娜把那人杀掉后，转移警方的追查方向。他们认为，如果警方看到连我们自己的人都被萨普娜干掉，想必会认为萨普娜是我们的敌人。"

"他挑中了马基德，"萨尔曼替他总结，"那办法奏效了，帕提尔是负责此案的警察，他们把马基德的尸块装袋时，他就在现场。他知道马基德和哈德拜的关系有多亲密，帕提尔的父亲是个性格强硬的警察，而且和哈德拜有渊源，因为他关过哈德一次。"

"哈德拜坐过牢？"我问，失望于自己从未问过哈德，毕竟我们常谈监狱的事。

"当然，"萨尔曼大笑，"他甚至越过狱，你知道吗，逃出阿瑟路监狱。"

"怎么可能！"

"你不知道那事，林？"

"不知道。"

"那可精彩了，yaar。"萨尔曼正经地说，兴致勃勃地左右摆头，"你该找个时间让纳吉尔说给你听。那次越狱时，他是在外头接应哈德汗的人。那时候，纳吉尔和哈德拜他们真是厉害，yaar。"

桑杰听了也表示赞同，往纳吉尔背上重重一拍，没有恶意的一拍。拍的地方几乎就是纳吉尔受伤的地方，我知道那一拍肯定会痛，但他没露出一丝疼痛的表情，反倒打量着我的脸。自从埃杜尔·迦尼死掉，两个星期的帮派战争结束后，那是我第一次参加汇报任务执行情况的正式会议。那场帮派战争死了六个人，让黑帮联合会的大权回到纳吉尔和哈德派系之手。我迎上他的目光，缓缓点头。他不笑的严肃脸孔一时软化，但随即又露出他惯有的严酷。

"可怜的老马基德，"桑杰说，重重叹了口气，"他只是个你们所谓的那个什么熏什么来着？那个什么鱼？"

"熏鲱鱼[1]。"我说。

"对，就是个倒霉的鲱鱼。那些警察，那个浑蛋帕提尔和他的手下，他们判定萨普娜和哈德的黑帮联合会无关。他们知道哈德很爱马基德，便往其他地方继续搜寻。迦尼脱离险境一阵子之后，他的手下故态复萌，再度开始砍杀浑蛋。"

"哈德对这件事作何感想？"

"对什么事？"桑杰问。

"他是说马基德被杀的事，"萨尔曼插话道，"是不是，林？"

"是。"

他们三个人全看着我，一阵迟疑，表情凝住不动，严肃中带着忧心，近乎生气，仿佛我问了一个不礼貌的或让他们难堪的问题。但他们

---

[1] 用来引开猎犬，不使其循嗅迹追猎的东西，引申为转移注意力的东西。

的眼睛因秘密和谎言而发亮，似乎充满了懊悔和难过。

"哈德对那件事无动于衷。"萨尔曼答。我感觉自己的心在怦怦跳动，低声诉说着痛苦。

我们身在莫坎博，要塞区的一家餐厅咖啡馆。店里干净、服务好，洋溢着时髦的波西米亚风。要塞区的有钱生意人，还有帮派分子、律师、电影业和迅速发展的电视界名人，都是这里的常客。我喜欢这地方，很高兴桑杰挑选这里作为聚会场所。我们狼吞虎咽，吃完一顿丰盛但健康的午餐和库尔菲冰激凌，喝起第二杯咖啡。纳吉尔坐在我的左边，背对角落，面朝临街大门。他旁边是桑杰·库马尔，信仰印度教的凶狠年轻帮派分子，来自郊区班德拉，过去是我运动健身的伙伴。他苦干实干地往上爬，此时已是规模缩小的哈德黑帮联合会的固定成员。他三十岁，体格健壮、孔武有力，自行用吹风机把浓密的深褐色头发吹成电影男主角的蓬松发型；脸孔俊俏，分得很开的褐色眼睛深陷于眼眶里，额头高耸，眼神带着诙谐和自信，鼻宽、下巴圆润，嘴上经常带着笑意。他动不动就大笑，而且不管多频繁地突然大笑，那笑都是和善亲切的。他很慷慨，只要有他在，你几乎不可能付账。有些人认为，他是借着请客来吹捧自己。其实不然，那纯粹是因为他天生乐于付出，乐于与人分享。他也很勇敢，不管是平日里的小麻烦，还是得动刀动枪的大麻烦，找他帮忙，他都是一口答应。他很容易就让人喜欢，而我的确喜欢他，有时我要刻意回想，才会想起他是用肉贩的切肉刀砍下埃杜尔·迦尼的头、手、脚的几个人之一。

同桌的第四个人，是桑杰最好的朋友萨尔曼，当然就坐在桑杰旁边。萨尔曼·穆斯塔安和桑杰同年出生，在热闹拥挤的班德拉区和桑杰一起长大。过去就有人告诉我，他是个早慧的小孩，读初中时，每一科的成绩都是班上第一，让他一穷二白的父母大吃一惊。自满五岁起，他就和父亲一个星期工作二十个小时，在当地的鸡圈帮忙拔鸡毛及清扫。如此贫贱的出身，使他的成就更显难得。

我很了解他的过去。从别人口中，还有他在阿布杜拉的健身房锻炼时私下告诉我的个人点滴，我拼凑出了他过去的经历。萨尔曼告诉校方，他为了维持家计不得不退学，好有更多时间工作赚钱。有个认识阿布德尔·哈德汗的老师得知此事，便找上这位黑帮老大帮忙。于是，靠着哈德汗的奖助学金，萨尔曼才能继续求学，就像我在贫民窟诊所的顾问哈米德医生一样，在哈德汗的帮助下，以律师为奋斗目标。哈德出钱让萨尔曼上耶稣会士办的天主教大学，这个贫民窟出身的男孩，每天就穿着干净的白色校服，跟那些有钱人的子弟一起上课。大学给了他良好的教育，萨尔曼的英语说得很溜，从历史、地理学到文学、科学、艺术，他样样都有涉猎，但这男孩有着狂放不羁的心灵，有着对兴奋刺激永不满足的渴望，那是连耶稣会士的铁腕和藤条都压制不了的。

萨尔曼和耶稣会士抗争时，桑杰已投身哈德汗的帮派。他当跑腿小弟，在全市各地的帮派办公室间传口信和违禁品。投身这项工作的前几个星期，他碰到敌对帮派的几个人拦路打劫，在打斗中挨了一刀。这男孩反抗、脱身，忍着疼痛把违禁品送到哈德的收集中心。他伤势不轻，用了两个月才复原。他一辈子的朋友萨尔曼，则自责于让桑杰落单受欺负而立即退学。他恳求哈德让他和桑杰一起跑腿，哈德同意了。自此之后，这两名男孩在黑帮联合会的每桩不法活动里都是一起行动的。

入帮时，他们才十六岁，而我们在莫坎博餐厅聚会时，他们已满三十岁，刚过几个星期。这两个狂放不羁的男孩，这时已成为铁汉，他们花大钱买东西送家人，过着酷炫时髦的生活。他们为自己的姐妹办了风光的婚礼，两人却都未结婚。在印度，男人未婚，轻则被视为不爱国，重则被视为亵渎神明。萨尔曼告诉我，他们不肯结婚，是因为两个人都认为或预感到他们会惨死，会早死。这样的未来并未吓到他们，或让他们不安。他们认为那是合理的交易：得到刺激、权势、足够养活家人的财富，即使挨刀子或挨子弹而早早结束一生，也算公平。而当纳吉尔一派打败迦尼一派，赢得帮派战争后，这两个朋友立刻跻身新的黑帮联合会，成为独当一面的年轻黑帮老大。

"我想迦尼的确想把他所忧心的事警告哈德拜，想把他担心的事告诉哈德拜，"萨尔曼若有所思地说，嗓音清脆，依稀可听见他说的是英语，"他在决定创造萨普娜之前，谈英雄诅咒那档子事，大概有一年那么久。"

"去他的，yaar，"桑杰咆哮道，"他有那么好心，好到向哈德拜示警？他有那么好心，好到把我们全扯进那件鸟事，让帕提尔找上门，因而不得不派他的手下把老马基德大卸八块？不管怎么说，他和他妈的巴基斯坦警察勾结，出卖每个人，yaar。去他的王八蛋，如果可以把那个王八蛋挖出来再砍一遍，我今天就去做。我每天都去做，那会是我他妈的最过瘾的嗜好。"

"真正的萨普娜是谁？"我问，"真正替埃杜尔干下那些杀人案的是谁？我记得阿布杜拉遇害后，哈德告诉我，他找到了真正的萨普娜。他说他杀了萨普娜，那人是谁？如果那人在替他办事，为什么要杀了那人？"

那两个年轻男子转头望向纳吉尔，桑杰用乌尔都语问了他一些问题。那是尊敬长者的表示，他们和纳吉尔一样了解这件事，但他们尊重他，以他对这件事的回忆为依据，并让他参与讨论。纳吉尔的回答，我大部分听得懂，但我还是等桑杰替我翻译。

"那人叫吉滕德拉，他们则叫他吉图达达。他来自德里，以枪和大砍刀为武器。迦尼把他和其他四个人找来这里，安排他们住在五星级饭店，整整住了他妈的两年，老哥！那个王八蛋！他一边向哈德抱怨把钱花在了穆斯林游击战士、那场战争上等，一边却让这些变态浑蛋住在五星级饭店，一住就是他妈的两年！"

"阿布杜拉被杀时，吉图达达喝醉了，"萨尔曼补充说，"你知道吗，听到每个人都在说萨普娜死了，他乐坏了。他扮萨普娜杀人将近两年，那件事已开始扭曲他的脑子。他开始相信自己或迦尼的鬼话。"

"蠢得可以的名字，yaar，"桑杰插话道，"那是娘儿们的名字，萨普娜。那是他妈的娘儿们的名字，就像是我把自己叫作他妈的露西之类的。这是怎样不入流的浑蛋，竟然给自己取个娘儿们的名字，yaar？"

"那种杀了十一个人，"萨尔曼回答，"却差点逃过制裁的浑蛋。总而言之，阿布杜拉遇害而大家都在说萨普娜死了的那晚，他喝得烂醉。他开始大嘴巴乱讲话，碰上肯听他讲话的人，就说他才是真正的萨普娜。他们那时在总统饭店的酒吧，然后他开始大喊，他要把真相全盘托出，谁是萨普娜杀人事件的幕后主谋、谁策划这事、谁出钱雇杀手。"

"真他妈的 gandu，"桑杰咆哮道，那是指称蠢蛋的俚语，"这种精神变态的家伙，没有一个人管得住嘴巴，yaar。"

"好在那晚那地方大部分是外国人，所以他们不知道他在说什么。当时我们有个人在现场，在那酒吧，告诉吉图达达闭上嘴。吉图达达说他不怕阿布德尔·哈德汗，因为他也计划对哈德下手。他说，哈德会和马基德一样被大卸八块，然后便开始挥枪。我们的人立即打电话告诉哈德，哈德前来，亲自干掉了那家伙。陪他来的有纳吉尔、哈雷德、法里德、艾哈迈德·札德，还有年轻的安德鲁·费雷拉及其他几个人。"

"我错过了那次，真他妈的！"桑杰咒骂道，"我从第一天开始就想干掉那个王八蛋，特别是在马基德惨死之后。但我那时在果阿出任务，总而言之，哈德干掉了他们。"

"他们在总统饭店的停车场附近发现他们，吉图达达和他的手下开火，双方发生了激烈枪战。我们有两个人中弹，其中一个人是胡赛因，你也知道，他现在在巴拉德码头区从事大麻烟卷买卖。他就这样失去了一条胳膊，挨了一记猎枪，很受欢迎的双管猎枪，枪管被锯短的那种，那条胳膊硬生生被猎枪轰断。要不是有艾哈迈德·札德给他包扎，把他拖离现场送医，他大概已失血而死，就在那停车场里。他们在场的四个人，吉图达达和他的三名手下全挂了。哈德拜朝他们的头部——送上最后一颗子弹，但那批萨普娜，还有一个人不在停车场，他逃掉了，我们一直没找到他。他逃回德里，在那里消失，此后再没听到消息。"

"我喜欢那个艾哈迈德·札德。"桑杰轻声说，以轻轻一声带着感伤回忆的叹息，表达对他而言无比崇高的赞赏。

"没错。"我附和道，想起那个总是一副像在人群里寻找朋友的人，想起那个死的时候拳头紧握在我手里的人，"他是个好人。"

纳吉尔再度开口，以他一贯愤愤的语气咕哝着说，仿佛那些话本身带有威胁。

"巴基斯坦警察接到密报，掌握哈德拜的行踪时，"桑杰替我翻译，"显然就是埃杜尔·迦尼在背后搞的鬼。"

我点头同意，那是再明显不过的事。埃杜尔·迦尼来自巴基斯坦，与该地的渊源颇深，且认识的人层级也高，我为他工作时，他已跟我讲过不止一次。警察突然前来我们在巴基斯坦下榻的饭店搜捕时，我为何没看出这点，实在令我不解。我第一个想到的原因就是我那时太喜欢他，因而未怀疑他，但那的确是事实。此外，他的关照让我受宠若惊，或许这也是原因之一：在黑帮联合会上，迦尼是我的第二大保护者，仅次于哈德；他付出了时间、精力、感情培养我们之间的友谊。此外，可能还有件事，使我在卡拉奇时分了心：我当时心里充满羞愧和报复的念头——我清楚地记得去了那座清真寺，坐在哈德拜和哈雷德身旁聆听盲人歌手演唱；我记得读了狄迪耶的信，在那飘忽的黄色灯光下，我决定要杀掉周夫人；我记得自己心里是那么想的，然后转头看见哈德金黄色眼睛里的爱。那份爱和那股愤怒，有可能使我对无比重要、显而易见的事，像迦尼的阴谋诡计那样的事视而不见？如果我没看出那件事，那还有什么事是我没看出的？

"他们不想让哈德活着离开巴基斯坦，"萨尔曼补充说，"哈德拜、纳吉尔、哈雷德，乃至你。埃杜尔·迦尼认为那是个把整个联合会里不跟他同伙的人一举铲除的机会。但哈德拜在巴基斯坦有朋友，他们向他示警，你们逃过一劫。我想埃杜尔一定知道，从那天起他就完了。但他保持沉默，按兵不动。我猜想他希望哈德和你们所有人都死在那场战争里……"

纳吉尔打断他的话，对他鄙视的英语感到不耐烦。我想我听懂了他刚刚说的，于是我翻译他的话，让桑杰确认我的推测是否无误。

"哈德告诉纳吉尔，不得将埃杜尔·迦尼背叛的事告诉任何人。他说，他如果在战争里有什么不测，纳吉尔要回孟买为他报仇，对不对？"

"没错，"桑杰摇摆着头说，"你想的没错，出了那件事之后，我们得把其他站在迦尼一边的人铲除。如今，那些人都被解决了，全死了，或者被赶出了孟买。"

"因此，我们有件事要办。"萨尔曼微笑着。很难得的微笑，但也是让人舒服的微笑，疲累之人的微笑，不开心之人的微笑，硬汉的微笑。他长长的脸有点不对称，一边的眼睛比另一边低了一根指头宽的高度，鼻子上有道歪斜的裂痕，嘴唇被打裂，缝线把嘴唇皮肤拉得太紧，让一边嘴角往上吊。短发在他额头上形成一道浑圆的发际线，像个暗色的光环，猛压住他微呈锯齿状的双耳。"我们希望你主持一阵子护照业务，克里须纳和维鲁很坚持，他们有点……"

"他们吓坏了，"桑杰插话，"吓呆了，因为孟买各地陆续有人被砍死，而头一个就是迦尼，就正当他们在地下室的时候。如今这场'战争'结束，我们赢了，但他们仍然害怕。我们不能失去他们，林，我们希望你跟他们一起工作，安他们的心。他们不时问起你，希望你跟他们一起工作。他们喜欢你，老哥。"

我朝他们各看了一眼，然后目光落在纳吉尔脸上。如果我的理解无误，那可真是叫人很难抗拒的提议。获胜的哈德一派已将当地的黑帮联合会改组，以老索布罕·马赫穆德为首。纳吉尔已成为联合会的正式成员，马赫穆德·梅尔巴夫也是。此外还包括桑杰和萨尔曼、法里德，以及另外三名在孟买出生的黑帮老大。后面这六个人说起马拉地语，跟说印地语或英语一样溜。那使我成为他们与外界联系时，独特且非常重要的渠道，因为他们认识的白种人里，就只有我会说马拉地语；他们认识的白种人里，就只有我在阿瑟路监狱被上过脚镣。投身哈德的战争，就只有少数几个褐皮肤的人或白人活命，而我是其中之一。他们喜欢我、信任我，认为我很有用。帮派战争已经结束，他们掌控了孟买市的一块地盘，让那地区的局势重归平静。在这种情况下，我们可以大赚一笔，而我需要钱，我一直在吃老本，就快要破产了。

"你有什么打算？"我问纳吉尔，心知桑杰会回答。

"你掌管旧护照、印章、所有护照业务，以及执照、许可证、信用卡，"他很快就回答道，"由你全权掌管，就像迦尼那样，没问题的，你想要什么，都如你的意。你抽一部分利润，我想约百分之五，如果你觉得不够，我们可以谈，yaar。"

"而且你什么时候想来联合会，随你高兴，"萨尔曼补充说，"有点像是观察员的身份，如果你懂我意思。你怎么说？"

"你们得把作业地点搬离迦尼的地下室，"我轻声说，"在那里工作，我会不舒服。我想那地方必定也让维鲁和克里须纳觉得心里毛毛的。"

"没问题，"桑杰大笑起来，手往桌面一拍，"我们会卖掉那里。你知道吗，林兄，那个浑蛋胖子迦尼，把那两栋大房子，他自己和隔壁的房子，都挂在他妹夫的名下。我们无可奈何，唉，老哥，我们全都这么干，但那两栋房子值他妈的千万卢比，林。那是他妈的豪宅啊，巴巴。然后，在我们把那浑蛋胖子杀了，大卸八块之后，他妹夫不想签字让出那两栋房子。他的态度变得强硬，开始找律师和警方谈。我们不得不把他绑起来，吊在装了酸液的大桶子上面。然后他就不再嘴硬，迫不及待要签字把房子让给我们。之前我们派法里德去执行这任务，由他去搞定。但迦尼的妹夫不理我们，教他火大，他很气那个王八蛋害他还要大费周章弄个酸液桶。我们的老哥法里德，他喜欢这样简单处理事情。把那个王八蛋吊在酸液桶上面，这整件事，根本是……萨尔曼，你说那是什么来着？怎么说来着？"

"丢脸。"萨尔曼说。

"对，丢他妈的脸，这整件事。法里德要别人尊敬他，否则，二话不说，就把那个王八蛋毙了。因此，火大的他把迦尼妹夫的房子也抢了过来，逼他签字让出他自己的房子，只因他在迦尼房子的转移上态度太浑蛋。现在的他一无所有，而我们有三栋房子，却一栋也卖不出去。"

"那个房地产的事，可是敲诈得又狠又毒。"萨尔曼总结道，露出自嘲的一笑，"我会尽快让大伙儿搬进去，我们正在接收一家大型中介，我已指派法里德去处理这事。好，林，如果你不想在迦尼的房子里工作，那你希望我们安排你在哪里工作？"

"我喜欢塔德欧，"我提议道，"靠近哈吉·阿里的地方。"

"为什么是塔德欧？"桑杰问。

"我喜欢塔德欧，那里干净……安静，而且靠近哈吉·阿里。我喜欢哈吉·阿里，我对那里有某种感情。"

"Thik hain，林，"萨尔曼同意了，"就塔德欧。我们会叫法里德立刻去找。还有别的吗？"

"我需要两个跑腿的人，我能信赖的人，我希望挑我自己的人。"

"你有什么人选？"桑杰问。

"你不认识。他们是外面的人，但都是好人，强尼·雪茄和基修尔。我信任他们，我知道他们可靠。"

桑杰和萨尔曼互换了一下眼色，瞟向纳吉尔。纳吉尔点头。

"没问题，"萨尔曼说，"就这样？"

"还有一件事，"我补充说，转向纳吉尔，"我希望纳吉尔当我在联合会的联络人。如果碰上麻烦，不管是什么，我希望先找纳吉尔处理。"

纳吉尔再度点头，眼神深处浮现出浅浅的微笑。

我依序与每个人握手，谈成这项交易。这交易比我预想的还要正式、严肃，我紧咬牙关才止住大笑。而那些态度，他们的庄严和我忍不住想大笑的冲动，说明了我们之间的差异。我虽然喜欢萨尔曼、桑杰和其他人，也爱纳吉尔，他对我有救命之恩，但混帮派对我而言，只是达成目的的手段，而非目的。对他们而言，帮派是家，是不可割裂的情感纽带，那纽带时时刻刻把他们绑在一起，直到断气为止。他们的严肃表达了他们之间神圣的义务关系，如亲人般的关系，但我知道他们绝不会认为我与他们之间有那种关系。他们接纳我，和我这个白人，这个随阿布德尔·哈德汗投入战争的放浪不羁的白人共事，但他们认定我迟早会离开，会回到我记忆中、我出身的另一个世界。

我当时没想到那个，不认为会走上那样的路，因为我已把通往故乡的桥全烧掉。在那正经八百的小小仪式中，我虽是强自压抑才未大笑出来，但通过那握手，我已正式跻身职业罪犯之列。在那之前，我从事的不法活动都是在给哈德汗效力。在某个意义上，我可以发自肺腑地说，我从事那些不法活动是因为爱他，但那是局外人难以理解的感觉。我做那些事，当然是为了自身的性命安全；但最重要的理由，是为了我渴望从他身上得到的父爱。哈德一死，我大可和他们断绝往来，我大可去……几乎任何地方，我大可去做……别的事，但我没有。我把自己的命运和他们的命运连在一起，成为帮派分子，只为了钱、权力和组织可能给我的保护。

我因此很忙碌，忙于作奸犯科以谋生，忙到把心中的感受隐藏起来。莫坎博餐厅那场会议之后，事情进展得很迅速。法里德不到一个星期就找到了新房子。两层楼建筑，在距海上清真寺哈吉·阿里步行不远处，原是孟买市政当局某部门的档案室所在。孟买市政当局某部门搬到更宽敞、更现代化的办公大楼后，把那些旧桌子、长条椅、储物柜、架子留下来备用。这些家具很符合我们的需求，我花了一个星期，督导一群清洁人员和工人将它们的表面擦净、擦亮，并移开家具，好腾出空间摆放从迦尼家地下室搬来的机器和灯桌。

我们的人将那组专业设备搬上有篷顶的大卡车，深夜时送达新房子。重型卡车往我们新工厂的双扇折叠门倒退时，街上出奇地安静，但远处传来了警铃声和更响亮的消防车鸣笛声。我站在卡车旁，往无人街头的另一头、发出狂乱声响的方向望去。

　　"肯定是大火。"我低声对桑杰说，他放声大笑。

　　"法里德放的火，"萨尔曼替他的朋友回答，"我们告诉他，把设备搬进新地方时，不希望有人看到，因此他放了火，引开注意。所以街上才会这么冷清，每个醒着的人都跑去看火灾了。"

　　"他烧掉了与我们竞争的一家公司，"桑杰大笑道，"这下子我们正式进入房地产了，因为我们最大的竞争对手由于火灾，刚刚关门歇业。明天，我们的新房地产办公室，就要在距离这里不远处开张。今晚，没有好奇的王八蛋在场看我们把设备搬进你的新工厂。法里德一根火柴收到一石二鸟的功效，na？"

　　于是，在大火、浓烟于午夜天空噼啪作响之际，在警铃和警笛声于约一公里外咆哮时，我们指挥手下将沉重的设备搬进新工厂，克里须纳、维鲁几乎立即就上工了。

　　我不在孟买的那几个月里，迦尼已按照我的提议，将业务转为侧重于许可证、证书、毕业文凭、执照、银行信用证明、通行证和其他证照的制造。在日益蓬勃的孟买经济里，那也是日益盛行的买卖，我们经常彻夜干活儿，以满足客户需求。而且这个行业会自行增生新需求：授予证照的有关机关和其他机构修改证照，以因应我们的伪造，我们基于职责所在，随之予以仿制，再度推出赝品，收取额外的费用。

　　"那是种红皇后竞赛。"新护照工厂繁忙运行了六个月之后，我向萨尔曼·穆斯塔安说。

　　"红皇后？"他问。

　　"对，那是生物学上谈到的现象，主角是人体之类的宿主和病毒之类的寄生生物。我在贫民窟开诊所时读到的这东西。宿主、人类和病毒，任何会让人生病的虫，陷于相互竞争的处境。寄生生物攻击时，宿主发展出防御机制，然后病毒改变，以击败防御机制，宿主随之发展出新的防御机制。如此相互攻防，无休无止，他们称那是'红皇后竞赛'，取自一部小说，你知道的，《爱丽丝梦游仙境》。"

"我知道，"萨尔曼答道，"我在念书时就知道，但一直不懂其深意。"

"没关系，也没人懂。总而言之，那个小女孩爱丽丝遇见红心皇后，红心皇后跑得飞快，但似乎总是不能再前进一步。她告诉爱丽丝，在她的国家，人必须拼命跑才能留在原地。而那就像我们与护照当局、发放执照的机关、全世界银行间的关系。他们不断改变护照和其他证照，使我们更难仿造，而我们则不断找出新方法制作；他们不断改变证照的制作方式，我们不断找出新方法予以仿造、伪造、改造。那是个红皇后竞赛，我们全都得跑得飞快，才能站在原地不动。"

"我想你做得比站在原地不动还好，"他断言，声音轻但语气坚决，"你干得太出色了，林。身份证伪造得无懈可击，而假身份证的需求实在太大，供不应求。你做得很好，到目前为止，用过你做的伪造护照的人全都顺利通关，没碰上麻烦，yaar。老实说，这就是我找你来跟我们一起吃饭的原因。我有个惊喜要给你，可以说是个礼物，你肯定会喜欢。我们要借此表示感谢，yaar，因为你干得太出色了。"

我没看他们。炎热无云的下午，我们肩并肩快步走在甘地路上，朝皇家圆环走去。人行道被驻足路边摊的逛街人潮堵住，我们走上马路，身后和身旁是川流不息的缓慢车潮。我并未望着萨尔曼，因为经过这六个月，我已很了解他，知道他情不自禁如此大力夸奖我后，必然会为自己的这种表现而感到难为情。萨尔曼是天生的领导人，但和许多有统领天赋和治理才华的人一样，每次展露领导统御之术都深感苦恼。他本质上是个谦逊的人，而谦逊使他光明磊落。

莉蒂说过，听我把罪犯、杀手、帮派分子说成光明磊落之人，她觉得奇怪而突兀。我想，糊涂的是她，不是我。她把光明磊落和美德混为一谈，美德与人所做的事有关，光明磊落与人如何做那事有关。人可以用光明磊落的方式打仗，《日内瓦公约》因此而诞生；可以用毫不光明磊落的方式获取和平。从本质上讲，光明磊落是谦逊的表现。而帮派分子，就像警察、政治人物、军人、圣人，只有在不失谦逊时，才能做好他们的工作。

"你知道吗，"我们移到大学建筑回廊对面更宽的人行道时，他说道，"我很高兴你的朋友——你当初希望找来帮忙做护照业务的朋友，没有参与这工作。"

我皱眉不吭声，跟上他快速的步伐。强尼·雪茄和基修尔拒绝加入我的护照工厂，让我既震惊又失望。我原以为他们会欣然接受这个赚钱的机会，跟我一起赚更多钱的机会。他们自己一个人赚，怎么也赚不了那么多钱。但我万万没想到，他们在最终理解到我提供的黄金机会，只是跟着我一起去犯罪时，顿失笑容，露出难过、不悦的表情。我从没想到他们会拒绝，从没想到他们会拒绝跟罪犯一起工作，为这种人工作。

我记得那天我转过头，不去看他们木然、尴尬、闭上嘴的笑容，记得那个在我脑海里纠结成拳头的疑问：我的想法和感觉跟正派人士差那么多吗？六个月后，那疑问仍在我心中隐隐作痛。那答案仍在我们走过商店橱窗时，从窗上回盯着我。

"你的人当初如果同意加入，我大概就不会叫法里德跟你了，而我非常高兴让他跟你一起做事。他现在开心多了，整个人轻松多了。他喜欢你，林。"

"我也喜欢他。"我立刻回答，皱着眉微笑。那是真心话。我的确喜欢法里德，很高兴我们能成为无所不谈的好友。三年多前，我首次参与哈德的黑帮联合会时，就认识了法里德这个害羞但能干的年轻人，经过几年的磨炼，他已成为脾气火暴、天不怕地不怕的硬汉，把忠于帮派视为他年轻生命的全部。强尼·雪茄和基修尔拒绝我的邀请后，萨尔曼派法里德和果阿人安德鲁·费雷拉帮我。安德鲁性情和善、话多，但离开平日与他为伍的那群帮中年轻死党来我这里，他是极勉强才答应的，因此我与他未能深交。但法里德与我共处过大部分的白天和许多夜晚，我们互有好感，彼此了解。

"哈德死后，我们得铲除迦尼的党羽时，我想，他很烦躁不安。"萨尔曼偷偷告诉我，"情况变得很糟，不要忘了，我们全干了一些……很不寻常的事。但法里德凶性大发时，我开始感到担心。干我们这一行，有时得心狠手辣，那是这行的本色。但一旦心狠手辣而乐在其中，问题就来了，na？我不得不开导他。我跟他说，'法里德啊，把人碎尸万段不该是第一个选项，而应是选项清单里的最后一个选择，万不得已才这么做，甚至不该和第一选项列在同一页'，但他依然故我。然后我派他去跟你。如今，经过了六个月，他冷静多了，效果真好，yaar。我想我该把那些乖戾火暴的浑蛋都丢给你，林，让你去矫正他们。"

"哈德死时，他不在场，他很自责。"我们绕过贾汗季美术馆这个圆顶式建筑的弧形外围时，我说。看见车潮里有个空隙，我们小跑步越过皇家圆环的环形道路，在车子间闪躲穿梭。

"我们每个人都是。"我们在皇家戏院外站定时，他轻声说。

那短短一句，寥寥几个字，毫无新意，说的是我早已知道的事实。但那短短一句在我心中轰然作响，哀痛的积雪开始抖动、移动、大片滑下。在那一刻之前，我有将近一年因为在生哈德拜的气，而未感受到失去他的哀痛。其他人得知他已死后，都是震惊、哀伤、失魂落魄、愤怒不已。我太生他的气了，因此，我的那份哀痛仍封冻在他死亡的那些高山上，铺天盖地的飞雪下。我感到失落，几乎从一开始就觉得难过，而且我不恨哈德汗，我始终爱他。站在那戏院外等我们的朋友时，我仍爱他。但我从未因为失去他而真正哀痛过，从未像哀痛普拉巴克，乃至阿布杜拉的死那样哀痛过。萨尔曼那不经意的一句话，"我们每个人都为哈德死时自己不在场而自责"，不知为什么，震松了我封冻的哀伤，那哀伤如不可阻挡的雪崩慢慢落下，我的心当场开始作痛。

"我们肯定是来早了。"萨尔曼开心地说，我则猛然抽动了一下身子，强迫自己回到现实。

"没错。"

"他们坐车来，我们走路，结果我们还比较早到。"

"走这趟路很过瘾，夜里走更过瘾。我常走路，从科兹威路到维多利亚火车站再折返，这是整座城市里我最喜欢的散步路线之一。"

萨尔曼望着我，嘴角带着笑意，皱起的眉头使他微微歪斜的淡黄褐色双眼更显不正。

"你真的喜欢这地方，对不对？"他问。

"的确，"我答，带着点防御心，"但不表示我喜欢这城市的一切，有许多东西是我不喜欢的。但我也的确喜爱这地方，我爱孟买，我觉得我会永远爱她。"

他咧嘴而笑，别过头望向街道的另一头。我努力控制表情，想保持平静，若无其事。但来不及了，哀痛已发作。

这时我知道自己是怎么回事，知道有什么东西正要淹没我、吞噬我，几乎要毁了我。狄迪耶甚至给那种感觉取了个名字：刺客般的悲痛。他如此称呼。这种悲痛会蛰伏，然后出其不意地攻击，毫无预警、毫不留情地攻击。这时我才知道，刺客般的悲痛能隐藏数年，然后在你最快乐的那一天，毫无来由、毫无道理地突然出手攻击。但那一天，在我主持护照工厂的六个月后，在哈德死了将近一年后，我无法理解我心中涌动的那股阴暗而令我颤动的心情。那心情在我心中膨胀，最后成为我长久以来始终不肯承认的悲伤。但我当时不懂那心情，因而极力压抑，一如压抑疼痛或绝望。但刺客般的悲痛，不是人能压下、打发的。那敌人亦步亦趋地暗中跟踪你，在你做出每个动作之前，就知道你会做出什么动作。那敌人是你悲痛的心，一旦攻击，绝不失手。

萨尔曼再度转向我，琥珀色的眼睛里闪烁着思绪。

"当我们开战、要除去迦尼的党羽时，法里德想效法阿布杜拉。他

860

喜欢阿布杜拉，你知道的，他爱阿布杜拉如兄弟。我想，他想当阿布杜拉。我想他体认到我们需要一个新的阿布杜拉，来赢得这场战争。但那是行不通的，不是吗？我把那道理告诉所有小伙子，特别是想模仿我的小伙子。人只能当自己，人越是想模仿别人，就越会发觉自己寸步难行。嘿，说着说着，那些小伙子就来了！"

一辆白色"大使"在我们面前停下，法里德、桑杰、安德鲁·费雷拉、四十五岁的孟买穆斯林硬汉埃米尔下车与我们会合。车子驶离时，我们握手。

"稍等一下，各位，费瑟去停车。"桑杰说。

费瑟是埃米尔的工作搭档，两人一同负责强索保护费。说费瑟去停车，的确没错。但同样没错的，是在这温热的午后，桑杰站在我们这引人侧目的一群人里，引来热闹街道上行经的大部分女孩热情的偷瞄，心里正乐得很，而这才是桑杰要我们稍等的主要原因。我们是流氓、帮派分子，且几乎人人都知道。我们一身昂贵的新衣，最新潮的打扮。我们全都体格健壮、自信昂扬，个个身怀武器，凶狠不好惹。

费瑟迈着大步走过街角，左右摇头示意车已安全停妥。我们上前与他会合，一伙人肩并肩，形成一道宽大的人墙，走过三个街区后，来到泰姬饭店。从皇家圆环到泰姬饭店，中间得穿过数个宽阔拥挤的露天广场。我们一路维持着这个嚣张的队形，人群碰到我们就自动分开。我们经过时，路人转头回望，在我们后面窃窃私语。

我们走上泰姬饭店的白色大理石台阶，走到一楼的沙米亚纳餐厅。两名侍者带领我们到预订的长桌前就座，附近有面挑高的窗子，透过窗可见外面的院子。我坐在桌子一端最靠近出口处。萨尔曼那小小的一句话，在我心中激起的情绪，压得我喘不过气来的古怪情绪，这时变得更强烈。我希望随时可以离席，同时不致破坏大伙的和谐气氛。侍者咧嘴向我打招呼，称我是"gao-alay"，意即"老乡"，同意大利语的"paisano"。他们跟我这个会讲马拉地语的白种人很熟，我以四年多前在桑德村学会的乡下方言和他聊了一会儿。

　　食物送来后，大伙大快朵颐，胃口很好。我也很饿，却吃不下，只是做做样子吃一些，以免失礼。我喝了两杯黑咖啡，想甩掉翻腾不安的心情，融入众人的交谈。埃米尔在讲他昨晚看的电影，印地语的黑帮电影，片中的匪徒个个坏得透顶，男主角单枪匹马、赤手空拳，将他们全部制伏。他巨细靡遗地讲述了每个打斗场景，众人听得哈哈大笑。埃米尔脸上带疤，个性率直，浓眉纠结，波浪般的唇髭横跨在他饱满上唇的上方，像克什米尔船屋的宽船头。他喜欢大笑，喜欢讲故事，自信而洪亮的嗓音引人侧耳倾听。

　　与埃米尔焦孟不离的费瑟，曾在青年拳击联盟拿过拳击冠军。十九岁生日那天，在艰辛的职业拳赛打了一年后，他发现打拳赛辛苦赚得而托他经理保管的钱，全被那经理侵吞、花掉。经过漫长的寻找，费瑟找到了那名经理，经过一番拳打脚踢，把他活活打死。他为此服了八年刑，被逐出拳坛，永远不得参赛。在狱中，这个纯真而脾气火暴的青年，蜕变成精明而冷静的男子汉。为哈德拜暗中物色人才的探子，在狱中吸收了他。刑期的最后三年，他以学徒身份给哈德的帮派卖命。出狱后的前四年，费瑟在发展蓬勃的收保护费这行里，担任埃米尔旗下的头号打手。他做事快而狠，凡是指派给他的任务，他都拼命去完成。断掉的塌鼻，划过左眉的平整疤痕，使他看起来一脸凶相，让他原本过于端正、英俊的脸庞添了份狠劲儿。

　　他们是新血，新的黑帮老大，这城市的新老大：桑杰，有着电影明星般的长相，杀起人干净利落；安德鲁，性情和善的果阿人，憧憬着跻身黑帮联合会；埃米尔，头发花白的老狐狸，说起故事引人入胜；费瑟，冷血无情的杀手，接受任务时只问一个问题——手指头、手臂、腿或脖子；法里德，外号"修理者"，用怒火和恐惧解决问题，在父母死于霍乱盛行的贫民窟后，独力养活六个年纪小他很多的弟弟妹妹；萨尔曼，个性沉静、谦逊，天生的领袖，接收了哈德的小小帝国，并以武力掌控，帝国里数百人的性命全操控在他手上。

他们是我的朋友，在他们的犯罪集团里，他们不只是朋友，还是我兄弟。我们以鲜血（不全是别人的鲜血）及无尽的义务，结合在一起。我如果需要他们，不管我做了什么，不管我要他们做什么，他们都会前来。他们如果需要我，我也会前往，毫无怨言或懊悔。他们知道我很可靠，知道哈德要我随他去打他的战争时，我陪他前去，把生死置之度外。我也知道他们很可靠，我需要阿布杜拉帮忙处理毛里齐欧的尸体时，他二话不说前来帮忙。请人帮忙处理尸体，对那人是很大的考验，而通过那考验的人不多。这一桌子的人都已通过那考验，其中有些还不止通过一次。套句澳大利亚的狱中俗语，他们是"a solid crew（可靠的一帮人）"。对我这个遭悬赏追捕的逃犯而言，他们是再理想不过的一帮人。我从没像现在这样感觉到这么安全，甚至在受哈德拜保护时亦然，照理说我绝不该觉得孤单。

但我觉得孤单，理由有二。这个帮派是他们的，不是我的。对他们而言，组织永远摆在第一位。我忠于他们，但不忠于帮派；忠于兄弟，但不忠于组织。我为那个帮派工作，但我未加入。我不是加入者，我从不觉得社团、部族或理念，比相信该社团、部族或理念的人更为重要。

那群人和我之间还有一个差异，一个大到连友谊都无法克服的差异。这一桌子的人，只有我没杀过人，不管是冲动地杀人还是冷血地杀人。就连安德鲁，亲切而爱说话又年轻的安德鲁，都曾对着无路可逃的敌人，萨普娜杀手之一，击发他的贝瑞塔手枪，把弹匣里的七发子弹全打进那人的胸部，最后让他（就像桑杰会说的）死了两三次。

就在那一刻，那些差异突然变得无限巨大，大到我无法克服，远超过我们共有的上百项才华、欲望和偏好。就在当下，在泰姬饭店的长桌旁，我与他们渐渐疏离。埃米尔讲故事而我努力点头、微笑、跟他们一起大笑时，悲痛攫住了我。那一天原本开始得很顺利，原本应该和其他日子没什么两样，但自从萨尔曼说了那寥寥几个字后，便偏离了轨道。

店里的气氛热络，但我觉得冷；我饿，但吃不下。我置身于朋友群中，在高朋满座的大餐厅里，却比那场战役前，那晚站哨的穆斯林游击战士更孤单。

然后我抬起头，看见莉萨·卡特走进了餐厅。她的金色长发已经剪掉，短发跟她开朗、率直、漂亮的脸蛋很配。她穿着宽松的衬衫和长裤，一身淡蓝，那是她最喜欢的颜色，相衬的蓝色墨镜搁在她浓密的头发上。她看上去像是个阳光动物，用天空和清澈的白光做成的动物。

我未考虑是否失礼，立即起身告辞，离开了我的朋友。我走上前，她看见了我，张开双臂拥抱我，脸上绽放出灿烂的微笑，如稳操胜券的赌徒那样得意的微笑。然后，她知道是怎么一回事。她一只手伸上来摸我的脸，指尖如盲人点字般摸我的伤疤，另一只手揽住我的手臂，带我走出餐厅，来到前厅。

"好几个星期没见到你了，"我们在安静的角落一起坐下时，她说，"出了什么事？"

"没事。"我没说实话，"你来吃午餐？"

"不是，只喝咖啡。我在这里，在旧城区，弄到了一个房间，可以俯瞰印度门。视野超棒，房间很大。我已弄到手三天，莉蒂则和一名大制片商谈妥了交易。她费尽唇舌，从他那儿榨到了一些附带的好处，那房间就是其中之一。这就是电影业，我能说什么？"

"进展得如何？"

"很好，"她微笑着，"这一行很合莉蒂的意。现在由她和所有制片厂、演出经纪人洽谈。在这方面，她比我行，她每次都能为我们谈成更有利的交易。我负责游客的部分，我比较喜欢那部分，我喜欢和他们打交道，和他们工作。"

"而且不管他们多好相处，迟早总要离开，你喜欢这点？"

"对，也喜欢。"

"维克兰如何？自从上次见到你和莉蒂，就没再见到他了。"

"他可酷了。维克兰这个人你是知道的，他现在闲多了。他很遗憾不能再耍惊险的动作，他真的对那方面很热衷，而且很在行，但那让莉蒂抓狂。他老爱从行驶中的卡车跳下，破窗而入等，这让她很担心，因此不准他再玩。"

"那他现在在干什么？"

"他现在可以说是老板，你知道吗，类似公司的执行副总，在莉蒂开的公司，卡维塔、卡拉、吉特还有我都加入了。"她停下来，欲言又止，突然继续说，"她问起你。"

我望着她，默然无语。

"卡拉，"她解释，"我想，她想见你。"

我仍是沉默，抱着欣赏的心情，看无数情绪一个接一个地掠过她柔嫩无瑕的脸蛋。

"你看过他的惊险演出吗？"她问。

"维克兰？"

"对，莉蒂不准他再玩之前，他玩疯了。"

"我一直很忙，但我真的很想找他聊聊。"

"为什么没有？"

"我很想，我听说他每天都在科拉巴市场晃荡，我一直想见他。我工作了好几个晚上，最近一直没去利奥波德，纯粹是因为……我一直……很忙。"

"我知道，"她轻声细语地说，"或许太忙了，林，你看起来气色不大好。"

"休息一下就好了。"我叹口气，努力想大笑，"我每天都在工作，每隔一天去练拳击或空手道，我的身体再健壮不过了。"

"你知道我的意思。"她坚持道。

"对，我知道你的意思。听着，我该让你走了……"

"不，你不该。"

"我不该？"我问，装出笑容。

"是不该。你应该跟我走，现在，到我房间，我们可以请人把咖啡送上去。快，我们这就走。"

她说的没错，她的房间视野超棒。往返象岛石窟的观光渡轮以自负而熟练的芭蕾舞滑步爬上小波浪，然后再滑下。数百艘更小的船只在浅水区陡然低下船身，上下摇晃，好似正用嘴梳理羽毛的鸟。停泊在地平线处的巨大货轮，一动也不动地停在大海与海湾交界处的平静海面上。我们下方的街上，招摇而行的游客，穿绕过印度门的高大石砌走廊，织成彩色的花环。

她脱掉鞋子，盘腿坐在床上。我坐在靠近她的床沿，盯着门附近的地板。我们沉默了片刻，倾听微风闯进房间发出的声响，微风拂动窗帘使其鼓起，然后落下。

"我想，"她开口，深吸一口气，"你应该搬来跟我一起住。"

"哦，那个……"

"听我说完，"她打断我的话，举起双手示意我不要开口，"拜托。"

"我只是不想……"

"拜托。"

"行。"我微笑，沿着床沿更往里坐，把背靠上床头。

"我找到了一个新地方，位于塔德欧。我知道你喜欢塔德欧，我也是。我知道你会喜欢那套公寓，因为那正是我们都喜欢的那种地方。我想那是我想表明或想说的，我们喜欢同样的东西，林，而且我们有一些共通之处，我们都戒了海洛因，那可真他妈的不容易，你知道的。能办到的人不多，但我们办到了，我们都办到了，我想那是因为我们，你和我相似，我们会过得很好，林。我们会……我们会过得非常好。"

"是不是真的戒了海洛因……我不是很有把握，莉萨。"

"你戒了，林。"

"不，我不能保证我绝不再碰那玩意儿，因此不能说我已经戒了。"

"那我们不是更应该在一起吗？"她不放弃，眼神带着恳求，几乎要哭出来，"我会看好你。我敢说我绝不会再碰那玩意儿，因为我痛恨那玩意儿。我们如果在一起，可以一起搞电影、一起玩乐，相互照应。"

"有太多……"

"听着，你如果担心澳大利亚和坐牢的事，我们可以去别的地方，他们永远找不到我们的地方。"

"谁告诉你那件事的？"我问，努力不流露出感情。

"卡拉说的，"她平淡地回答，"就在她要我去找你的那次简短交谈中说的。"

"卡拉那样说？"

"对。"

"什么时候？"

"很久了。我向她问起你，问起她的心情，她想做什么。"

"为什么？"

"什么为什么？"

"我是说，"我缓缓回答，伸手盖住她的手，"你为什么要问起卡拉的心情？"

"因为我非常喜欢你，傻瓜！"她解释道，盯着我的眼睛一会儿，然后别过头去，"所以我才要跟阿布杜拉在一起，我要让你嫉妒或感兴趣，通过他靠近你，因为他是你的朋友。"

"天啊，"我叹了口气，"很抱歉。"

"还是因为卡拉？"她问，双眼随着窗帘扬起、无声落下而移动，"你还爱着她？"

"没有。"

"但你确实还爱她。"

"是的。"

"那……我呢？"她问。

我没回答，因为我不想让她知道真相，我自己也不想知道。沉默越来越浓，膨胀得越来越大，最后我感到沉默压得我的皮肤微微刺痛。

"我交了个朋友，"最后她开口说，"他是个艺术家，雕塑家，名叫杰森。你见过他吗？"

"没有，我想没有。"

"他是个英国人，看事情的方式就是地道的英国作风，和我们的作风不一样，我是说我们的美国作风。他在朱胡海滩附近有间大型的电影摄影棚，我有时会去那里。"

她再度沉默。我们坐在那里，感受忽热忽凉的微风从街上和海湾吹进房间。我感觉到她的目光盯着我，教我羞愧得脸红，我盯着我们交叠在一起、放在床上的那两只手。

"我最后一次去那里时，他正在搞他的新构想。他用熟石膏填注空的包装物，用包装玩具的气泡袋和包裹新电视机的泡绵箱为材料。他称那些是负空间，把那当模子来用，用来制作雕塑品。他那里有上百件作品，用鸡蛋纸盒做出不同形状的东西，里面放了把新牙刷的塑料透明包装盒，摆了一副耳机的空盒子。"

我转头看她。她眼里的天空蓄积着小小的风暴，饱含秘密心思的双唇鼓起，充满她想要告诉我的真相。

"我在那里，在他的工作室四处走动，观赏所有的白色雕塑，觉得自己就是那样的人，我一直是那样，我这一辈子，负空间。我始终在等着某人或某物，或某种真正的情感，把我填满，给我理由……"

我吻她，她蓝色双眼里的风暴进入我嘴里，滑过她柠檬香味肌肤的泪水，比孟巴女神茉莉神庙花园里的圣蜂所酿的蜜还要甜。我任由她为我俩哭泣，任由她在我们身体所合力缓缓诉说的长长故事里，为我们而生，而死。然后，当泪水停止，她用从容而流畅的美围住我们，那是她独有的美；那美生于她勇敢的心灵，在她的爱意与温香肌肤的灌注下化为可感的实体，差点就让我沦陷。

我准备离开她房间时，我们再度接吻：两个好友与恋人，因着彼此身体的冲击与爱抚，立时也永远地合二为一，但不能完全愈合伤口，也没完全药到病除。

"她还在你心中，对不对？"莉萨问，裹上大毛巾，站在窗边任风吹拂。

"我今天心情不好，莉萨。我不知道为什么，这一天好漫长，但那和我们没有关系。你和我……那很好，总而言之，对我很好。"

"对我也是。但我认为她还在你心中，林。"

"没有了，我刚刚没骗你，我不再爱她。我从阿富汗回来时，事情有了变化，或许那变化是在阿富汗发生的。反正……结束了。"

"我有事要告诉你，"她喃喃说道，转身面对我，用更有力、更清楚的嗓音说，"关于她的事。我相信你，相信你说的，但我认为你该知道这个，然后才能真正说你跟她结束了。"

"我不需要……"

"拜托，林！那是所有女人都关心的事！我得告诉你，因为你不能说你跟她真的完了，除非你知道这件事，除非你知道是什么原因让她变成今天的样子。我告诉你之后，如果那没促成任何改变，或没改变你现在的心情，我就知道你已经摆脱那份感情的束缚了。"

"如果那真的促成改变了呢？"

"那或许她应该有第二次机会。我不知道，我只能告诉你，在卡拉告诉我之前，我一点都不了解她。之后，她的所作所为就显得合理，因此……我想你应该知道。总而言之，如果我们会有什么发展，我希望把那弄清楚，我是说，过去。"

"好吧，"我的态度软化，在靠近门的椅子上坐下，"请说。"

她再度坐上床，膝盖抵着下巴，大毛巾紧紧裹住身子。她有了改变，我不得不注意到的改变——或许是从她举手投足间透露出的某种率真，以及我以前没见过的、让她的眼神变得温和的慵懒放松。那些是源自爱的改变，因为源自爱，那些改变赏心悦目，而我不知道，她是否在静静不动坐在门附近的我身上，看到了那些改变。

"卡拉有没有告诉你她为什么离开美国？"她明知故问。

"没有。"我答，不想把哈雷德走进纷飞雪地那晚告诉我的事，那无关紧要的事，再说一遍。

"以前我不这么认为。她告诉我，她不会告诉你那件事。我说她可笑，我说她得坦率对你，但她不肯。说来好笑，不是吗？那时候，我要她告诉你，因为我觉得那会让你离开她。而现在，换我来告诉你那件事，好让你能再给她一次机会，如果你想的话。总而言之，事情是这样的。卡拉离开美国，是因为迫不得已。她在逃亡……因为她杀了一个男的。"

我大笑起来，最初是轻声笑，但不由自主变成抖动肚子的哈哈大笑。我笑得弯下腰，双手靠在大腿上撑住上半身。

"那其实没这么好笑，林。"莉萨皱起眉。

"才不，"我大笑着，竭力想控制住笑意，"那不是……那个，那只是……去他的！要是你知道我曾一再担心，担心我可笑、搞砸的人生会拖累她，就能体会我为什么笑。我不断告诉自己，我没有资格爱她，因为我在跑路。你得承认，这很好笑。"

她瞪着我，双手抱膝轻轻摇晃身子，没有笑。

"好好，"我吐出一口气，让自己恢复正常，"好，继续讲。"

"说到那个男的，"她继续说，语气清楚表明她很认真看待这件事，"她还是个小孩时，帮几个人家临时照顾小孩，而那个男的是其中一个小孩的爸爸。"

"她跟我说过这个。"

"她说过？好，那你就知道发生了什么事。那事发生后，没有人出来替她讨公道，让她心里受到了很大的创伤。然后有一天，她弄到了一把枪，在他一个人在家时去他家，开枪射杀他。她开了六发，两发打中胸膛，另外四发打中裤裆。"

"有人知道是她干的吗？"

"她不确定。她知道自己没留下指纹，没有人看到她离开。她丢掉枪，飞快逃离现场，逃离那个国家，没再回去，因此不知道有没有她的犯罪记录。"

我靠回椅背，缓缓吐出一口长气。莉萨定定地看着我，蓝色的眼睛微微眯起，让我想起数年前在卡拉公寓那晚，她看着我的样子。

"还有吗？"

"没有了，"她答，缓缓摇头，但仍盯着我的眼睛，"就这样。"

"好。"我叹了口气，用手把脸一抹，起身要离开。我走向她，在她旁边的床上跪下，把脸凑近她的脸。"我很高兴你告诉我，莉萨。很多事情因此……更清楚……我想。但我的心情完全未因此而改变，如果可以的话，我想帮她，但我无法忘记……发生的事，而且无法原谅曾发生的事。我很希望我能，那会让事情容易得多。这很不幸，爱上无法原谅的人。"

"爱上无法拥有的人才更不幸。"她反驳道，我吻住了她。

我独自一人，伴随镜中的无数镜像，搭电梯到前厅：那些镜像在我身旁和身后一动也不动，一声不吭，没有一个能与我眼神相遇。穿过玻璃门，我走下大理石台阶，穿过印度门的宽阔前庭来到海边。在弧形的阴影下，我倚着海堤，望向载着游客返回小艇停靠区的船只。看着游客摆姿势，互请对方帮忙拍照，我心想：那些人里，有多少是快乐、无忧无虑……完全自由的？有多少人正心怀忧伤？有多少人……

然后，那压抑良久的悲痛笼罩着我，我的心完全陷入黑暗。我感觉到，我紧咬牙关已有一段时间了，我的下巴抽筋、僵硬，但我无法松开肌肉。我转头见到一个街头男孩，我很熟的男孩，正在跟一名年轻游客做生意。那男孩是穆库尔，眼睛迅速往左右瞄了瞄，像蜥蜴的眼睛那么快，然后把一小包白色的东西递给那游客。那人年约二十岁，高大、健壮、英俊，我猜他是德国学生，而我向来眼力不差。他才来孟买不久，我看得出蛛丝马迹。他初来乍到，有大笔钱可供挥霍，有全新的世界等着他体验。他走开前去与朋友会合，脚步轻快，但他手上的那包东西却会毒害人。那东西如果没有让他在某个饭店的房间里暴毙，也可能会慢慢毒化他的生命，就像它曾毒化我的生命，最后使他时时刻刻都摆脱不了它的毒害。

我不在乎，不在乎他或我或任何人的死活。我想要那东西，在那一刻，我最想要的东西就是毒品。我的皮肤想起吸毒后轻飘飘的恍惚快感和发烧、恐惧所引起的鸡皮疙瘩，那气味如此强烈，让我想吐。我的脑海里满是渴望，渴望那种脑海中一片空白、无痛、无愧疚感、没有忧伤的感觉。我的身体，从脊椎到手臂上健康粗大的血管都因此抖动。我想要那东西，想在海洛因的沉闷长夜里，获得那难得抛开所有烦恼的一刻。

穆库尔注意到我的目光，露出他惯有的微笑，但那微笑颤动，瓦解为狐疑。然后他知道了我的心思，他的眼力也很好。他住在街头，了解那表情。于是他又露出笑容，但那是不一样的笑容，那笑容里有诱惑——就在这里……我这里就有那东西……上好的货色……来买吧；还有得意、不怀好意的微微不屑——你跟我一样糟……你没什么了不起……你迟早会乞求我给你那东西……

天色渐暗，海湾上粼粼的波光，如一颗颗闪亮的珠宝，由亮白变成粉红，继而成为虚弱的血红。我望着穆库尔时，汗水流进眼睛。我的上下腭发疼，双唇因紧绷着不回应、不说话、不点头而发抖。我听见一个声音或想起一个声音：只要点头就好，只要这样，一切就了结了……悲痛的眼泪在我心中翻滚，无休无止如拍打海堤而日益高涨的海潮。但我不能哭出来，我觉得自己就要灭顶，灭顶在超乎心所能承受的忧伤中。我双手按着海堤顶端由磨过的蓝砂岩构成的小山脉，仿佛可以将手指插进这城市，抓着她以免灭顶。

但穆库尔……穆库尔微笑着，预示将有的平和。我知道有太多方法可获得那种平和，我可以抽大麻纸烟卷，或放在铝箔纸上加热成雾状吸服，或用鼻子吸食，或透过水烟筒吸，或静脉注射，或干脆用吃的、用吞的，等那悄悄袭来的麻木，扼杀世间所有的疼痛。而穆库尔，观察我冒着汗的苦楚，就像盯着淫秽书刊的页面。他沿着潮湿的石墙慢慢向我靠近。他知道是怎么一回事，他什么都知道。

有只手碰了碰我的肩膀。穆库尔好似被人踢了一下般，猛然抽动身子，然后后退，呆滞的眼睛在火红的落日余晖中化为乌有。我转头，望见了幽灵的脸。那是阿布杜拉，我的阿布杜拉，我死去的朋友。他在无数个月前死于警方的伏击，而那之后如此之久，我一直在受苦。他剪短了长发，浓密如电影明星的头发。不见以往的黑色打扮，他穿着白衬衫和灰长裤，打扮时髦。而这身打扮，迥异于他以往的衣着，似乎透着古怪，几乎就和看到他站在那里一样古怪。但那是阿布杜拉·塔赫里，他的鬼魂，他英俊如三十岁时的奥玛·沙里夫，凶狠如潜行跟踪猎物的大猫，一只黑豹，眼睛是落日前半个小时手掌上沙子的颜色。那是阿布杜拉。

"看到你真高兴，林兄弟，要不要进去喝杯茶？"

这就是他的调调，就是那样。

"这个……我……我不行。"

"为什么不行？"那鬼魂问，皱起眉头。

"这个……首先，"我小声而含糊地说，抬头看他，用双手给眼睛遮住傍晚的阳光，"因为你死了。"

"我没死，林兄弟。"

"死了……"

"没死，你跟萨尔曼约好了吗？"

"萨尔曼？"

"对，他安排好，让我在餐厅跟你见面，是个惊喜。"

"萨尔曼……是曾告诉我……要给我惊喜。"

"而我就是那个惊喜，林兄弟。"那鬼魂微笑道，"你原本会早点见到我的，他安排好给你惊喜，但你中途离开餐厅，其他人一直在等你。但你没回去，所以我就来找你了，如今这的确是天大的惊喜。"

"不要那样说！"我厉声道，想起普拉巴克跟我说过的话，仍然震惊，仍然困惑。

"为什么不？"

"那不重要！去他的，阿布杜拉这……这个梦太诡异了，老哥。"

"我回来了，"他平静地说，额头上皱起忧心的浅纹，"我再度出现在你面前。我中枪，警方，你知道那回事儿。"

交谈的语气很平淡，他后方日益暗下的天空，还有街上行经的路人，都不能引起我的注意。没有东西比得上模模糊糊、一闪而过的梦。但那必然是梦，然后那鬼魂撩起白衬衫，露出许多已愈合和正愈合成浅黑色环状、旋涡状、拇指般粗裂口的伤口。

"瞧，林兄弟，"那个鬼魂说，"我的确中了许多枪，但没死。他们把我从克劳福市场警局抬走，带到塔纳过了两个月，再把我带到德里。我在医院待了一年，在一家私立医院，离德里不远。那一年我动了许多手术，不好过的一年，林兄弟。然后，又过了将近一年才康复，Nushkur' Allah。"

"阿布杜拉！"我说，伸手抱住他。他的身体健壮、温热、活生生的。我紧紧抱着他，双手在他背后，一只手扣住另一只手的手腕。我感觉到他的耳朵紧贴着我的脸，闻到他皮肤上的香皂味。我听到他的说话声，从他的胸口传到我的胸口，像夜里一波波打上潮湿紧实的沙滩的海浪，浪涛声在天地间回荡。我闭着眼睛，紧贴着他，漂浮在我为他、为我们筑起的忧伤黑水之上。我心神慌乱，担心自己精神失常，担心那其实是梦，而且是噩梦。于是我紧紧抱着他，直到我感觉他强有力的双手，轻轻将我推开，推到他伸长双臂为止。

"没事了，林。"他微笑。那微笑很复杂，从亲昵转为安慰，或许还有些许震惊，震惊于我眼神流露的情绪。"没事了。"

"哪会没事！"我咆哮道，甩掉他，"到底怎么回事？这期间你到底去了哪里？你他妈的为什么不告诉我？"

"没办法，我不能告诉你。"

"狗屎！你当然可以！别当我是白痴！"

"没办法，"他坚持道，伸手抹过头发，眯起眼盯着我，"你还记得吗？有一次我们骑摩托车时，看到一些男人，他们来自伊朗。我要你在摩托车旁等着，但你没有，你跟上来，我们跟那些人打了一架，还记得吗？"

"记得。"

"他们是我的敌人，也是哈德汗的敌人。他们和伊朗的秘密警察，名叫萨瓦克的新组织有关联。"

"我们可不可以，等一下，"我插话道，手往后按在海堤上，撑住身子，"我得抽根烟。"

我打开香烟盒，递上一根给他。

"你忘了，"他问，开心地咧嘴而笑，"我不抽香烟，你照理也不抽，林兄弟。我只抽大麻胶，我有一些，如果你想尝尝？"

"妈的，"我大笑，点起烟，"我可不想跟鬼一起吸到恍神。"

"那些人，我们打的那些人，他们在这里做生意。大部分是毒品生意，但有时也搞枪支生意，有时搞护照，他们监视着我们的一举一动。我们之中，凡因伊拉克战争而逃离伊朗的人，他们都会把活动情形汇报给伊朗当局。我就是因为伊拉克战争而逃离的人，数千人逃到了印度，痛恨霍梅尼的数千人。来自伊朗的密探，把我们的一举一动汇报给伊朗的新萨瓦克组织。他们痛恨哈德，因为哈德想帮助阿富汗境内的穆斯林游击战士，因为他帮助了太多像我一样逃离伊朗的人。你懂吧，林兄弟？"

我懂。孟买的伊朗侨民社团很庞大，我有许多朋友失去家园和家人，为生存而奋斗。其中有些人在哈德的黑帮联合会之类的既有帮派里讨生活，有些人自组帮派，受雇杀人，在这个越来越残暴血腥的行业里讨生活。我知道伊朗秘密警察派了密探渗入这些流亡人士，报告他们的活动情形，有时还动手杀人。

"继续说。"我说，吸了一大口烟。

"那些人，那些密探发出报告，我们在伊朗的家人就很惨。有些人的母亲、兄弟、父亲被关进秘密警察的监狱。他们在那里拷打人，有些人死在那里。我的妹妹被他们拷打、强暴，因为密探发了有关我的报告。我的叔叔，因为我家人付钱给秘密警察付得不够快而枉死。查明那事之后，我告诉哈德汗我想离开，好教训他们，教训那些伊朗派来的密探。他让我不要走，他说我们会一起来打他们。他告诉我，我们会把他们一个个揪出来，他向我保证会帮我杀光他们。"

"哈德拜……"我说，吸了口烟。

"我们，法里德和我，在哈德的帮助下找到了他们的一部分人。最初他们有九个人，我们找到了六个。那些人，我们都已干掉。剩下的三个还活着，这三个人，他们知道我们的事，知道黑帮联合会里有个密探，非常接近哈德汗。"

"埃杜尔·迦尼。"

"对。"他说，转头吐了口唾沫，表示不屑于提到这个叛徒的名字，"迦尼，他来自巴基斯坦。他在巴基斯坦的秘密警察里有许多朋友，那个叫 ISI 的组织。他们与伊朗秘密警察组织新萨瓦克，与美国中情局还有摩萨德暗中合作。"

我点头，听他讲，想起了埃杜尔·迦尼跟我讲过的话：世上所有的秘密警察都相互合作，林，那是他们最大的秘密。

"所以，巴基斯坦的 ISI 把他们在哈德黑帮联合会里安置线人的事，告诉了伊朗的秘密警察。"

"埃杜尔·迦尼，没错，"他答，"伊朗那些人非常忧心。六个优秀的密探完蛋了，连尸体都找不到。只剩下三个密探。于是，那三个来自伊朗的人跟埃杜尔·迦尼合作。他告诉他们如何设下陷阱害我，那时候，你记得吗，我们不知道那个正在为迦尼工作的萨普娜正打算对付我们，哈德不知情，我也不知情。我如果知情，会亲自把那些萨普娜的尸块丢进哈桑·奥比克瓦的地洞，但我不知情。我在克劳福市场附近步入陷阱时，那些来自伊朗的家伙，从靠近我的地方先开枪。警察认为是我开的枪，便向我开火。我知道自己性命不保，便拔枪朝警察开火。接下来的，你都知道了。"

"不是全知道，"我咕哝着说，"知道得不够多。那晚，你中枪那晚，我在那里。我在克劳福市场警局外的群众里，群众很火暴，每个人都说你身中多枪，脸被打得无法辨识。"

"我是流了很多血，但哈德的人认得我。他们制造暴动，然后一步步杀进警局，把我抬出那里，送到医院。哈德有辆卡车在附近，他有个医生，你认识的，哈米德医生，你还记得吗？是他们救了我。"

"那晚哈雷德在场，是他救了你？"

"不是，哈雷德是制造暴动的人之一，带走我的是法里德。"

"修理者法里德把你救出了那里？"我倒抽一口气，惊讶于我和他一起工作，朝夕相处这么多个月，他竟完全未提起那事，"而他这期间都知道这事？"

"对。如果你有秘密，林，请他替你保守。阿布德尔·哈德死了之后，他是他们之中最可靠的人，仅次于纳吉尔，法里德是他们之中最可靠的人，绝不要忘记这点。"

"那三个家伙呢？那三个伊朗人？你中枪后他们的下场呢？哈德抓到他们了吗？"

"没有。阿布德尔·哈德杀了萨普娜和他的人时，他们逃到了德里。"

"有个萨普娜逃掉了，你知道吗？"

"知道，他也逃到德里。就在两个月前，我恢复体力，不过没完全恢复，但打架不成问题，我去找那四个人和他们的朋友。我找到了一个，来自伊朗的家伙，我干掉了他，如今只剩三个，两个来自伊朗的密探，一个迦尼手下的萨普娜杀手。"

"你可知道他们人在哪里？"

"这里，在这座城市。"

"你确定？"

"确定，所以我才回孟买。但现在，林兄弟，我们得回那家饭店。萨尔曼和其他人在楼上等我们，他们想开个庆祝会，他们会很高兴我找到了你。他们看见你几个小时前跟一个很漂亮的女孩子离开，说我会找不到你。"

"是莉萨。"我说，不知不觉回头往泰姬饭店二楼的那个卧室窗子瞥了一眼，"你想不想……见她？"

"不想，"他微笑，"我有对象了，法里德的侄女艾米娜，她已照顾我一年多，她是个好女孩，我们要结婚了。"

"你他妈的滚开！"我结结巴巴地说，既震惊于他挨了那么多枪后没死，更震惊于他打算结婚。

"好，"他咧嘴而笑，突然伸手想给我一个拥抱，"但快点，其他人在等。Challo。"

"你先去，"我答，微笑地回应他开心的咧嘴而笑，"我很快就到。"

"不，现在，林，"他催促道，"现在就去。"

"我得晚点去，"我坚持，"我会去……再等一下。"

他又犹疑了片刻，然后微笑点头，往回穿过覆有圆顶的拱门，走向泰姬饭店。

暮色让午后的明亮光环暗了下来。浅灰色的烟与蒸气朦胧地罩着地平线，嗞嗞作响，仿佛远处世界之墙上方的天空正渐渐融入海湾的水。大部分船只和渡轮安稳地拴在我下方码头的碇泊杆上，其他船只和渡轮则在海上起起落落，靠着海锚牢牢固定，随波摆荡。海水涨潮，汹涌的波涛拍打我站立处的长长石堤。林荫大道沿线到处有着带泡沫的水柱，啪啪地往上喷溅，飞过海堤，落在白色的人行道上。行人绕过那些断断续续的喷泉，或者边跑边大笑穿过那突然喷出的水花。在我眼睛的小海洋里，渺小的蓝灰色海洋里，泪水的波浪猛力冲撞着我意志的墙。

是你派他来的吗？我悄声问死去的哈德汗，我的父亲。刺客般的悲痛原已把我推到街头男孩贩卖海洛因的那座墙。然后，就在几乎已来不及时，阿布杜拉现身了。是你派他来救我的吗？

落日，天上的葬礼之火，灼痛我的眼睛，我转移视线，注视着落日流泻的最后光芒，鲜红色、洋红色的光芒，渐渐消失在傍晚如镜的蓝宝石海面上。海湾上波浪起伏，我望着海湾的另一头，努力把心情框进思索与事实。我奇怪而诡异地再见到阿布杜拉，再度失去哈德拜，在那一天，那一个小时中。

而这般体验，这般事实，命中注定而无所遁逃的必然发展，有助我了解自己。我所逃避的那份忧伤，花了如此久的时间才找到我，因为我放不下他。在我心里，我仍紧紧抱着他，一如几分钟前我紧紧抱着阿布杜拉。在我心里，我仍在那个山上，仍跪在雪地里，怀里抱着那颗英俊的头颅。星星慢慢再现于无垠而静默的天空，我割断悲痛的最后一根碇泊索，任由自己被承载一切的命运浪潮推移。我放下他，说出几个字，神圣的几个字——"我原谅你"。

我做得好，做对了。我让泪水流下，让我的心碎裂在我父亲的爱上，就像我身边高大的海浪猛然砸向石堤，把"血"洒在宽阔的白色人行道上。

第四十章

"Mafia（黑帮）"这个单词来自西西里岛，原意是"吹嘘"。如果你问那些为了生活而犯下重罪的持重内敛之人，他们每个人都会告诉你，归根结底就是那份自夸、那份骄傲，使大部分人着迷于黑帮生涯，但我们从来都不知道这个道理。或许，犯了法不可能不向人吹嘘；或许，作奸犯科之徒不可能不在某方面感到骄傲。在旧黑帮，在哈德拜一手设计、掌舵、治理的那个黑帮仍在运作的最后几个月里，我们无疑很爱自夸，而且很骄傲。但那是最后一次，在孟买黑社会那个角落的任何一个人，可以十足发自肺腑地说，我们以身为帮派分子为荣。

哈德汗已死了将近两年，但他的规矩和原则仍在支配着他所创建的黑帮联合会的日常运作。哈德痛恨海洛因，拒绝从事毒品买卖，不准任何人在他掌控的地盘内买卖毒品，无可救药的街头毒虫除外。卖淫也是他深恶痛绝的，他认为那是伤害女人、腐化男人、毒害卖淫业所在社会的行业。他的势力范围有数平方公里，掌控其中所有的街道、公园与建筑。在那小小的王国里，凡是涉及卖淫、色情书刊业的男女，如果行事不够低调，不够避人耳目，随时可能遭他施予应得的惩罚。而在萨尔曼·穆斯塔安主持的新联合会下，情况依旧如此。

老索布罕·马赫穆德仍是联合会名义上的老大，但他的病情严重。哈德死后的将近两年里，他两度中风，说话能力严重受损，活动力大受影响。联合会安排他住进哈德在维索瓦的海滩房子，也就是我在纳吉尔的陪同下，不靠药物强行戒掉毒瘾的那栋房子。他们给这年老的黑帮老大安排了最好的医疗，安排他的家人和仆人照顾他。

纳吉尔细心栽培哈德的外甥，年轻的塔里克，以便他有朝一日成为联合会的领袖之一，而联合会的大部分成员也认定他未来会扮演这样的角色。帮中所有的男人和男孩，就属这男孩那种浓烈的阴郁、执着个性，最能让我想起哈雷德。他虽然出身好且已成年、举止出奇稳重，但大家认为他还太年轻，不够格成为联合会的正式成员，甚至不够格出席联合会。纳吉尔便派给他职务和任务，让他从中渐渐认识到有朝一日可能会统领的世界。从各个实务方面来看，萨尔曼·穆斯塔安是老大、新可汗，联合会的领袖和哈德拜留下的黑帮的统治者。而萨尔曼，一如每个认识他的人都说，在身心两个层面都是哈德拜的人。他治理这个黑帮，仿佛那个灰发老大仍在场、仍在世，每天晚上仍私下和他见面，提供建议和提醒。

大部分人心悦诚服，支持萨尔曼，他们了解相关原则，一致认为那些原则值得沿袭。在我们掌控的区域内，流氓和帮派分子不是侮辱的言辞。当地人知道，我们这个帮派在防止海洛因、色情业进入他们的区域上比警方还有效。警察毕竟容易受贿赂的诱惑。事实上，萨尔曼的黑帮也贿赂警察，但他们贿赂的目的却很独特，要刚收了老鸨、毒品贩子贿赂的同一批警察，在他们得把不听话的海洛因贩子抓去撞墙，或得用小铁锤砸色情出版品贩卖者的手时，睁只眼闭只眼。

这地区的老人家彼此点头打招呼，拿自己所在地区较平静的局势，和其他地区的混乱不堪相比。孩童以仰慕的眼神抬头看向年轻的帮派分子，有时把他们当作本地英雄。餐厅、酒吧和其他商店都欢迎萨尔曼的手下莅临，认为有他们在就不会出乱子，认为他们是有较高道德标准的守护者。而他地盘里的告密比例，主动向警方通风报信的次数（那被认为是警方受民众欢迎或厌恶的明确指标），比整个辽阔拥挤的孟买市里的任何地区都还要低、还要少。我们感到自豪,做事有原则,自认是光明磊落而值得尊敬的人,且在客观的评价上几乎就是这样的人。

但这帮派里仍有一些埋怨之声,有几次的联合会会议,就针对帮派的未来走向,出现火爆而未有定论的争辩。其他的黑帮联合会正靠着海洛因买卖赚大钱,靠白粉致富的新百万富翁,在这城里最讲究身份地位、最豪华气派的场合,炫耀他们的进口车、名牌服饰和先进的电子产品。更重要的是,他们利用来自毒品且源源不断的收入雇用新打手,付高薪请来这些一打起架来既拼命又不择手段的雇佣兵。渐渐地,经过几场帮派战争,那些帮派的地盘不断扩大,一些最凶狠的人死于那些战争,还有更多的人受伤,而全城各地的警察则点起香,感谢上天保佑。

还有一种商品,获利和白粉差不多高,就是讲究赤裸裸局部特写的进口色情录像带。这是一块新兴的市场,且需求如无底洞。有些与我们敌对的黑帮联合会已靠这项买卖的暴利而财力大增,进而得以取得任何帮派所渴望的最高地位象征:私藏一批枪支。萨尔曼·穆斯塔安的有些手下,嫉妒那些帮派所积聚的财富,恼火他们不断扩张地盘,担心他们日益壮大的势力,便鼓吹他改弦易辙。桑杰,与萨尔曼交情最好且最久的朋友,就是最早批判既有路线者之一。

"你该去见见楚哈。"当桑杰与法里德、萨尔曼和我在毛拉纳·阿札德路的小店喝茶时,他一本正经地说。明亮如海市蜃楼的绿色马哈拉克斯米赛马场就在附近。他说的是阿修克·查德拉什卡,瓦利德拉拉帮里很有影响力的狠角色。他用了阿修克的绰号"楚哈",意为"老鼠"。

"我见过那个浑蛋,yaar,"萨尔曼叹口气说,"我不时和他见面,每次他的手下想抢走我们地盘一角时,我就和楚哈见面,解决问题。每次我们的人和他的人干架,打得他们鼻青脸肿,我就和楚哈见面。每次他提议我们两边的联合会合并,我就和他碰面。我太了解那个浑蛋了,问题就在这里。"

瓦利德拉拉联合会与我们的地盘相接,两帮之间的关系,一般来讲是井水不犯河水，但也谈不上融洽。哈德拜在世时，那个联合会的老大瓦利德和他交情很好，两个人都是联合会制度的创建人。瓦利德原和哈德拜一样，瞧不起海洛因买卖和色情业，但这时已改弦易辙，带着他的联合会搞起这两桩买卖，不过仍坚持不与萨尔曼的联合会起冲突。楚哈，瓦利德帮派的二当家，野心勃勃，急于摆脱瓦利德的掌控。因为他的野心，两帮之间出现纷争，甚至动刀动枪干架。大多时候，萨尔曼不得不到中立地带的五星级饭店套房和老鼠碰面，吃顿拘谨得让人没胃口的晚餐。

"没有，你还没跟他真正一对一谈过，谈我们能赚的钱。萨尔曼兄，我说，你如果真的跟他谈了，你会发现他的话很有道理。他靠那个叫赤砂海洛因的鬼东西赚进数千万，老哥，吸毒的人对那鬼东西的需求永远不可能满足。需求量大到他得用他妈的火车把那东西运进来，还有那个色情电影的东西，老哥，需求量大得吓人。我发誓！那真是他妈的超赚钱的生意，yaar。他把每部电影拷贝五百份，每份卖五百卢比。萨尔曼，每部色情电影就可以赚进二十五万卢比啊！如果能靠杀人赚那么多的钱，那印度的人口问题一个月就可以解决！你该跟他谈谈，萨尔曼兄。"

"我不喜欢他，"萨尔曼对众人说，"我也不相信他，我想，我终有一天得干掉那个王八蛋，一劳永逸。那样子开始一门生意，不是很保险，na？"

"如果真到那一天，我会替你杀了那个浑蛋，兄弟，我很乐意那么做。但在那之前，在我们真的得杀掉他之前，我们还是可以和他一起赚大钱。"

"我不这么认为。"

桑杰环视与会众人，最后找上我。

"来，林，你怎么看？"

"那是联合会的事，桑杰，"我答，朝他热切的脸微笑，"和我无关。"

"但就因为那样，我才问你，林巴巴，你可以给我们客观的见解。

你认识楚哈，你知道海洛因有多赚钱，他很懂得怎么赚钱，你不觉得吗？"

"Arrey，别问他！"法里德插话道，"除非你想听真话。"

"不，说下去。"桑杰不死心，双眼炯炯发亮。他喜欢我，也知道我喜欢他。"告诉我真话。你怎么看他？"

我转头瞥了萨尔曼一眼，他点头，哈德若在场大概也会这么做。

"我觉得楚哈是那种把暴力犯罪的形象搞坏的人。"我说。

萨尔曼和法里德大笑，忍不住喷出嘴里的茶水，然后用手帕擦拭身上。

"好，"桑杰皱眉，但眼神仍然激动，"那，他这个人……到底……什么地方不讨你喜欢？"

我再度朝萨尔曼瞥了一眼。他回我咧嘴而笑，扬起眉毛，举起双掌，示意"别看我"。

"楚哈是个欺善怕恶的人，"我答，"而我不喜欢欺善怕恶的人。"

"他是个什么？"

"欺善怕恶的人，桑杰。他找那些他知道无力还手的人下手，从他们身上抢走他要的东西。在我的国家，我们称这类人是欺善怕恶的人，因为他们欺负弱小，抢他们的东西。"

桑杰望着法里德和萨尔曼，一副困惑无知的茫然表情。

"我不懂这个问题。"他说。

"的确，我知道你没有这个问题。那没关系，我不认为每个人都会像我这样想。事实上，大部分人都不是这样想的，我了解，我懂。我知道许多人就是以那种方式出人头地的。但正因为我懂，所以并不表示我喜欢那样。我在牢里碰过一些那样的人，有两个人想欺负我，我拿刀捅他们，从此没有人再敢动我。消息传开，大家都知道若欺负这家伙，他会在你身上捅个窟窿，因此他们不再惹我。问题就在这里，他们如果想继续欺负我，我会更尊敬他们。我仍然会跟他们打，仍然会砍死他们，

884

你知道的，但我那么做的同时，心里会更尊敬他们。问问这里的侍者桑托什，问他怎么看楚哈。楚哈和他的手下，上个星期来这里，为了五十巴克痛打了他一顿。"

孟买人把卢比叫作巴克。我知道，桑杰平常赏给侍者和服务较佳的出租车司机的小费，就是五十卢比。"那个家伙有钱得要死，如果他的鬼话没错的话，"我说，"却为了五十巴克欺负一个上班的老实人，我瞧不起那种行为。桑杰，我想，在你内心深处，也会瞧不起。我不会为那事有什么行动，那不干我的事。楚哈靠打人赚取不义之财，我知道，但如果他敢欺负我，我会砍了他。我告诉你，老哥，我会很乐于那么做。"

现场陷入小小的沉默，桑杰噘起嘴，把一只手掌翻转向上，望了望萨尔曼，再望向法里德，然后他们三人突然放声大笑。

"你自找的！"法里德咯咯笑道。

"对，对，"桑杰坦承道，"我问错人了，林是个很不简单的家伙，yaar。他总有一些稀奇古怪的想法。他陪哈德去了阿富汗，老哥！我怎么会去问一个疯狂得去做那种事的人？你在贫民窟开的那间诊所，从未从中赚取一毛钱。记得提醒我，林兄，如果我再问起你对做生意看法的话，na？"

"还有件事。"我补充说，板起脸孔。

"哟，天啊！"桑杰大喊，"他还有别的事呢！"

"想想那些口号，你就会了解我这观点打哪儿来的。"

"那些口号？"桑杰不以为意地说，惹得他的朋友笑得更大声，"什么鬼口号，yaar？"

"你知道我在说什么。瓦利德拉拉帮的口号，或者说是座右铭，是'Pahiley Shahad, Tab Julm'，如果我译得没错的话，那意思是'先给甜头再发火，或甚至凶残'。没错吧？那就是他们彼此勉励的口号？"

"对，对，那是他们的东西，老哥。"

"那我们的口号是什么？哈德的口号？"

885

他们面面相觑，露出笑容。

"Saatch aur Himmat."我替他们大声说出，"真诚与勇气。我认识一些人喜欢楚哈的口号，他们认为那比较高明、比较有意思，而且那听来冷血无情，所以他们认为那冷酷，但我不喜欢那个，我喜欢哈德的。"

外头传来恩菲尔德摩托车的引擎声，我抬头看见阿布杜拉把车停在茶铺外，向我挥手。我该走了。我自认已说了真话，字字发自肺腑，但在我内心深处，我知道桑杰的观点虽然没有比较高明，但最终会比我的观点更让人信服。从某个角度来看，楚哈领导下的瓦利德拉帮，就是所有黑帮联合会未来要走的路，而我们每个人都知道这点。瓦利德仍是挂他名字的那个联合会老大，但他又老又病。他已把许多权力交给楚哈，实际掌权的是那个较年轻的头头儿。楚哈强势积极又能干，每隔几个月就靠武力或威逼的方式取得新地盘，如果萨尔曼不同意和楚哈合并，两帮迟早会因地盘扩张而公开产生冲突，战争将不可避免。

当然，我希望哈德的联合会在萨尔曼的带领下胜利，但我知道，如果我们真的赢了，那就要吃下楚哈的地盘，就不可避免地也要吸纳他的海洛因、女人、色情品买卖，那是不可避免的大势所趋。里面有太多利润，而钱如果堆得够高，就会成为类似大型政党的东西：它所带来的弊和利一样多，它使太多权力集中于太少人之手，而人与钱越接近就越龌龊。长远来看，萨尔曼可能会从与楚哈的斗争中败下阵来，或者可能打败他，成为和他一样的人。命运总是给人两条路，天蝎座乔治曾这么说，一个是该走的路，一个是实际走的路。

"但，嘿，"起身欲离开时，我说，"那和我没关系，而且坦白说，我不在乎。我的摩托车到了，晚点再和各位见面。"

我在桑杰的抗议声以及他朋友高过杯子碰撞声的大笑声中，走出店门。

"Bahinchudh! Gandu!（浑蛋！蠢蛋！）"桑杰大喊道，"你不能像这样搞砸了我的派对，然后一走了之，yaar! 回来！"

我走近阿布杜拉时，他发动摩托车，踢起侧立架，准备骑走。

"去健身房干吗这么急，"我说着坐上他的摩托车后座，"放轻松。我们再怎么快到那里，我还是会打败你，老哥。"

我们一起在健身房健身前后已有九个月。那家健身房又小又暗又闷热，且充满肃杀之气，位于巴拉德码头的象门区附近，那是黑道的健身房，老板是胡赛因，也就是在哈德与萨普娜刺客的火并中，失去一条胳膊而保住性命的人。健身房里有举重椅、柔道垫、拳击场。男人的汗臭味，包括新鲜和陈腐的汗臭味，渗入皮手套、皮带、螺旋扣的缝线内，熏得叫人流泪，因此在这个街区里，就只有这栋建筑，老鼠、蟑螂均绝迹。墙上和木头地板上都有血迹，在那里健身的年轻帮派分子，练一个星期所挨的伤口，比城里一家医院急诊室在炎热的星期六夜晚要治疗的还多。

"不是今天，"阿布杜拉转头大笑，将摩托车驶进快车道，"今天不对打，林，我要带你去看个意想不到的东西，一个惊喜！"

"这下我要担心了，"我大喊道，"什么样的惊喜？"

"还记得我带你去找哈米德医生吗？还记得那惊喜吗？"

"记得，我记得。"

"哦，这是比那更大的惊喜，更大得多的惊喜。"

"噢，嗯，我还是对这不怎么放心，再给我一个提示。"

"还记得我送那只熊过去给你抱吗？"

"卡诺，当然，我记得。"

"哦，这惊喜比那还大得多！"

"一个医生、一只熊，"我大喊道，音量大过轰隆的引擎声，"很不搭啊，兄弟，再给一个提示。"

"哈！"他大笑起来，在信号灯前停下，"我告诉你，这是超大的惊喜，惊喜到你会原谅我，在你以为我死的时候让你受的那些苦。"

"我真的原谅你了，阿布杜拉。"

"没有，林兄弟，我知道你没有。我有太多瘀伤，我们以拳击、空手道对打后，我身上有许多地方很酸痛。"

那不是真的，我跟他对打时，出手都没他那么重。他虽然恢复得不错，体格很健壮，但遭警方射伤前，他那种超乎常人的体力和令人钦佩的旺盛精力，并未完全恢复。他脱下衬衫与我打拳时，每次看到他带着伤疤的身体，像是被猛兽利爪摧残过、被火热烙铁烫过般，总让我出拳时放轻力道，但我从未向他承认过那事。

"好，"我大笑道，"如果你要这样说，那我就没原谅你吧！"

"但你看到那个意想不到的东西时，"他大声说，跟着我一起大笑，"你会发自肺腑，完全原谅我。现在，快！别再问我了，告诉我萨尔曼跟桑杰谈到那只猪，那个楚哈时，说了什么？"

"你怎么知道我们在谈那个？"

"从萨尔曼的表情看得出来，"他大声回应，"而且桑杰今天早上告诉我，他想再请萨尔曼和楚哈一起做买卖。因此，萨尔曼说了什么？"

"你知道他会说什么。"我们在车流里停下，我稍稍放低音量回答。

"很好！Nushkur' Allah。"

"你真的痛恨楚哈，是不是？"

"我不恨他，"他澄清道，摩托车开始跟着车流移动，"只想杀了他。"

我们沉默了片刻，呼吸暖热的风，看着见不得人的勾当，在我们经常晃荡的街上进行。在我们周遭，每分钟都有上百件大大小小的诈骗和交易在进行，而我们对那些勾当一清二楚。

前方有辆巴士抛锚了，我们身陷打结的车流中，这时我往人行道另一头望去，注意到塔吉·拉吉。他是个扒手，通常出没在泰姬玛哈饭店附近的印度门地区。几年前，他被人用大砍刀攻击，脖子差点被砍断，但最终保住了小命。那次伤害使他说起话来声音细小、短促且尖厉，头在脖子上歪斜得厉害，因此他左右摇头表示同意时，人差点倒栽在地。他正在和他的朋友因德拉在街上演出那套撞、跌、扒的把戏，而因德拉就负责撞倒人的角色。因德拉外号"诗人"，口中吐出的话，几乎全是押韵的对句（尾韵相谐的两行诗句）。前几个诗节，优美而令人感动，但最后总会吐出描述和影射性爱的句子，而且内容变态、恶心，连那些强悍、凶恶的男人听了都会皱眉。传说因德拉曾在某次街头庆祝活动时，通过麦克风念他的诗，结果把整个科拉巴市场的客人和生意人吓得跑光了。据说连警察都吓得退避三舍，直到那位"诗人"念累了，停下来喘口气，才冲上去把他撵走。我认识那两个人，而且喜欢他们，但从未让他们近身，总让他们与我的口袋相隔至少一臂长的距离。果然，就在巴士终于发动，车流开始缓缓前移时，我看到因德拉装成瞎子——他的演技并未完全发挥，但已足够骗人，然后撞倒一个外国人。塔吉·拉吉扮演好心的路人，扶起他们，同时扒走那个外国人厚厚的皮夹。

"为什么？"我问道，我们的摩托车再度快意奔驰。

"什么为什么？"

"你为什么想杀楚哈？"

"我知道他曾和来自伊朗的人会面，"阿布杜拉转头扯开嗓子说，"有人说那纯粹是生意会面，桑杰说那纯粹是谈生意，但我认为不只是谈生意，我认为他和他们合作，对付哈德汗，对付我们。就是这个理由，林。"

"好。"我喊道，很高兴自己对楚哈的直觉得到证实，但也为我这位狂放不羁的伊朗朋友担心，"但不管做什么，都别漏掉我，行吗？"

他大笑，转头露出他张嘴而笑的白牙。

"我是说真的，阿布杜拉，答应我！"

"Thik hain，林兄弟！"他大喊着回答，"时机到了，我会打电话给你！"

他让摩托车依惯性滑行，直到停下，并把车停在斯特兰德咖啡馆外。那家店位于科拉巴市场附近，是我最爱去的廉价早餐店之一。

"到底要干什么？"我们走向市场时，我质问道，"惊喜！我几乎每天都来这里。"

"我知道,"他答,神秘地咧嘴而笑,"而且知道的不止我一个。"

"那到底是什么样的惊喜?"

"你总会知道的,林兄弟,你的朋友到了。"

我们遇上了维克兰·帕特尔和天蝎座、双子座两位乔治,他们优哉游哉地坐在豆子摊旁鼓鼓的扁豆袋上,拿着杯子喝茶。

"嘿,老哥!"维克兰向我打招呼,"拖一个麻袋上来,舒服地坐下。"

阿布杜拉和我与他们一一握手,我们在成排的麻袋上坐下时,天蝎座乔治向茶铺的服务生比手势,要他再拿两个玻璃杯来。护照工作往往让我夜里不得闲,克里须纳和维鲁两人错开了轮班时间,因为他们都已成家,小孩渐多且年纪尚小,以便白天有时间陪家人。护照伪造工作加上萨尔曼联合会交付的任务,使我无法和以往一般那么频繁地去利奥波德。只要可以,我总会到那里,到科拉巴市场边缘的维克兰公寓附近,和维克兰、两位乔治见面。和莉蒂用完午餐之后,维克兰大多都会在那里。他让我得以掌握利奥波德店里的最新动态,狄迪耶再度恋爱了,蓝吉特,卡拉的新男友,则是越来越受欢迎。那两位乔治则告诉我街头所发生的事。

"我们以为你今天不来了,老哥。"茶送来时,维克兰说。

"阿布杜拉载我过来的,"我答道,这位朋友神秘兮兮的笑容让我皱起眉头,"碰到塞车,但跑这一趟值得。我近距离观赏了塔吉·拉吉和因德拉在甘地路上表演那套撞倒人趁机偷东西的把戏,真是精彩。"

"他没以前行了,我们的塔吉·拉吉,"双子座乔治评论道,在最后两个字的元音上,露出南伦敦腔,"手脚没以前灵巧了,自从那次意外后,你知道的,他的时机掌握就有点失准。我是说,那也无可厚非,对不对?他整颗头都在流血,几乎要断掉,所以,他时机掌握失准,也就不足为奇。"

"眼前，"天蝎座乔治低下头插话道，摆出我们每个人都很了解且更害怕的虔诚肃穆姿势，"我想我们每个人都该低头祷告。"

我们互瞥一眼，惊恐得睁大眼睛。无处可逃。我们舒服得不想移动，而天蝎座乔治知道这点。我们中计了。

"噢，主。"天蝎座乔治开始说。

"噢，主。"双子座乔治咕哝着说。

"还有圣母，"天蝎座乔治继续说，"天上无尽的阴阳灵，今天我们恭顺地恳请你们，倾听你们赐予世间的归天蝎、双子、阿布杜拉、维克兰、林暂时照管的五个灵魂的祷告。"

"他在说什么，暂时？"维克兰悄声对我说，我耸耸肩。

"请帮助我们，主。"天蝎座乔治吟诵道，眼睛闭着，翘首向天，仿佛人在维杰·普雷姆纳特染发暨钻耳洞学院的四楼阳台中央，"请引领我们去了解是非，做正确的事。我们今晚要和一对比利时情侣谈个小交易，主，你如果认同我们，可以从帮我们完成那项交易开始。主与圣母，我不需要告诉你们，在孟买要弄到上好的可卡因给顾客有多困难，但多亏你们的保佑，我们终于找到了十克 A 级白粉，而由于街头上白粉缺货很严重，主，你真的干了一件天大的好事，如果你接受我一流的推崇的话。总而言之，双子座和我，真想赚那笔交易的佣金，我们若能不被骗、不被打、不被砍断手脚、不被杀，将不胜感激，当然，除非你有意让我们如此。因此，请照亮道路，把爱注满我们心中。现在我们要结束祷告，但请一如既往保持联系，阿门。"

"阿门！"双子座乔治应和着，明显露出松了口气的神情，因为天蝎座乔治的祷告通常比这久得多。

"阿门。"维克兰啜泣，用紧握的拳头指关节轻轻拭去眼里的泪水。

"Astagfirullah.（安拉，原谅我。）"阿布杜拉低声说。

"接下来去吃点东西如何？"双子座乔治开心地提议道，"这世上最能勾起人大吃大喝念头的就是宗教，是不是？"

就在这时，阿布杜拉凑到我左耳低声说："慢慢瞧，不，要慢慢地！瞧那边，那个花生店后面，转角附近，看到他了吗？给你的惊喜，林兄弟，有没有看到他？"

然后，就在我仍微笑着时，一个弯着身子的男子，从遮棚下的阴暗处看着我们，吸引了我的目光。"他每天都来这里，"阿布杜拉悄声说，"不只这里，还有你去的其他地方。他看着你，他等待着，静静看着你。"

"维克兰！"我含糊而小声地说，希望有人来证实我所见到的，"看！那边，转角处！"

"看什么，老哥？"

注意到我在看他，那人缩进阴暗处，然后转身，迈着大步，一跛一跛地走开，好似他整个左半边身体受了伤。

"没看到他？"

"没有，老哥，看谁？"维克兰抱怨道，和我站在一起，眯眼瞧向我使劲瞧的方向。

"是莫德纳！"我大叫着跑上去追那个跛着脚的西班牙人，我没回头望维克兰、阿布杜拉、两个乔治，我没回应维克兰的叫喊，没有去想自己在做什么或为什么追他。我心里只有一个念头，一个影像，一个名字。莫德纳……

他走得很快，很熟悉这里的街道。他钻进隐藏的门，钻进建筑间几乎看不到的裂隙。这时我想起，我大概是这城市里，唯一和他一样熟悉这些街道的外国人。就此而言，只有少数印度人，只有街头掮客、小偷、毒虫跟得上他。他钻进洞，那是从高大石墙上打出的洞，充当连接两条街的通道。他绕过一道隔墙，隔墙看似硬如砖块，但其实是用拉紧而涂上色的帆布搭成的。他走着捷径，穿过拱道里的临时店铺，沿着洗过、颜色亮丽、挂起晾晒成排如迷宫的纱丽曲折前进。

然后他犯了一个错，跑进一条被人强行占用的窄巷，占用者是住在人行道上的游民，以及被挤出当地公寓的大家族。我很了解那条巷子。约有一百名男女大人和小孩，住在那条被非法占用的小巷里，他们在以大卵石铺成的路面上方，相邻建筑的墙壁间，搭建起高脚通铺，轮流在上面睡觉。他们把这条巷子通铺以下的空间，改建成一间又长又暗又窄的房间，睡觉以外的事都在那房里做。莫德纳一路东闪西躲，穿过坐着、站着的人群；穿过炊炉、沐浴间、坐在毛毯上打牌的人群。然后，在这巷子房间尽头，他转向左而非向右。那是个死胡同，两边全是高墙。里面完全漆黑，什么都看不到，尽头是个小急弯，绕过另一栋建筑的转角，一个从这一头看不见另一头的转角。买毒品时，如果觉得对方不可靠，我们有时会选在这里交易，因为只有一个出入口。我绕过那个转角，只落后他几步，停住猛喘气，睁大眼睛往黑暗深处望去。我看不见他，但我知道他一定在那里。

"莫德纳，"我朝漆黑的深处轻声说，"我是林，我只是想跟你讲话。我无意……我知道你在那里。我把包包放下，点起线扎手卷小烟卷，如何？一根给你，一根给我。"

我把包包慢慢放下，心想他会突然冲出来，掠过我身旁。我从衬衫口袋里拿出一包小烟卷，抽出两根。我用中指、无名指夹着小烟卷，粗的一端朝自己，就像这城市每个穷人的拿烟姿势，然后小心翼翼地打开火柴盒，划亮一根火柴。靠着小烟卷一端烧起的火焰，我得以迅速朝上一瞥，瞥见他缩着身子退离火柴投射出的一小道弧状光线。火柴熄灭的同时，我伸长手臂，递上一根燃烧发红的小烟卷。火柴熄灭，四周重归漆黑，我等待着，一秒、两秒、三秒，然后我感觉到他的手指抓住我的手指，接下那根烟，抓握的动作比我预想的更轻柔、更纤细。

他吸烟时，我首次清楚见到他的脸。那是丑陋而可怕的脸，毛里齐欧往他柔软的脸皮乱砍乱划，让那张脸光是看着就几乎够吓人了。就着微弱的橘色光芒，我看到莫德纳看出我眼里的惊骇，他眼里同时闪现出嗤笑的神情。我心想，他已在别人眼里看过那惊骇多少次——他们想象自己脸上有那样的疤，自己心灵受到那样的折磨时，恐惧得睁大眼睛、失去血色？他已多少次见过别人像我一样猛然抽动身子，像见到赤裸裸的伤口般吓得往后缩？他已多少次见过别人在心里自问：他做了什么事？做了什么让他得受这种惩罚的事？

毛里齐欧的刀子划开深褐色眼睛下面的双颊，口子已愈合成"Y"字形的长疤，长疤把他的下眼皮往下扯，疤延伸成像是丑恶而带着嘲笑意味的泪痕。两边的下眼皮外翻，红肉永远外露，整颗眼球圆睁睁地示人。鼻翼和鼻中隔曾被割开，深到骨头。伤口愈合后，皮肤在鼻子两侧，而非切口太深的鼻中央，接合形成边缘参差不齐的涡状疤。鼻孔变成大洞，像猪的口鼻部，每次吸气时就呈喇叭状张开。眼睛旁、腭部周围、发际线以下的整个额头，还有更多的刀疤。

毛里齐欧似乎想把莫德纳的脸皮整个撕下，他五官周边的数百个疤痕，到处皱缩成小小的肉丘，可能就是毛里齐欧想撕下他脸皮时，手指扣住施力的地方。我知道他衣服下还有疤痕和伤处：他左半边腿、左臂的动作不灵活，仿佛手肘、肩膀、膝盖的接合关节，已因永远无法完全愈合的伤口而变僵硬。

肢体毁损的程度叫人触目惊心，残害者下手之恶毒，让我看了目瞪口呆，不知说什么才好。我注意到他嘴巴上和嘴巴周边毫无伤痕，他那雕琢完美的性感双唇竟能如此完好、如此毫发无伤地保存下来，让我大叹他的好运。随即想起毛里齐欧把他绑在床上时，曾用布团塞住他的嘴，只在偶尔要逼他开口时，才拿出布团。看着莫德纳抽烟，我觉得他那平滑而毫无损伤的嘴才是他身上最惨、最可怕的伤口。

我们静静地把烟抽到剩下短短一小截，我的眼睛适应了黑暗。我渐渐察觉到他的身形变得多小。左半边伤口的皱缩作用，使他的身体变小了许多。我感觉到在他面前，自己高高在上。我后退一步，进入光亮处，拾起包包，带着鼓励的意味左右摆头。

"Garam chai pio?（去喝杯热茶如何？）"我问。

"Thik hain."他答。

我带路往回走，穿过那条已成私人居住空间的小巷，进入一家茶铺。当时正有当地一家面粉厂兼面包店的工人趁着轮班空当儿在店里休息，其中有几个人在木头长椅上挪动身子，腾出位子给我们。他们的头发和整个身体覆满白色面粉，看来像是幽灵或无数复活的石像。他们的眼睛无疑受了粉尘刺激，像他们炉子下熊熊火坑里的煤一样红。喝了茶后湿润的嘴唇，衬着死白的皮肤，像是一条条黑色水蛭。他们以一贯坦率的眼光，印度人典型的好奇眼光，盯着我们瞧，但莫德纳一抬起他张大的眼睛，他们随即别过头去。

"很抱歉我跑走了。"他轻声说，盯着大腿上不安摆弄的双手。

我等他再说下去，但他紧闭嘴唇，脸部紧紧扭曲，透过他张大的鼻孔出声呼吸，气息平稳。

"你……你还好吧？"茶送来时，我问。

"Jarur.（当然。）"他答，浅浅微笑，"你还好吧？"

我以为他在耍贫嘴，于是皱起眉，未隐藏怒意。

"我无意冒犯你。"他说，再度露出笑容。那是奇怪的笑容，嘴的弧度那么完美，僵硬的双颊却如此畸形，把他两边的下眼皮往下拉进苦难的小凹洞。"我只是想帮你，如果你需要的话，我有钱，我总是随身带着一万卢比。"

"什么？"

"我总是随身带着……"

"是，是，我听到了。"他说话的声音很轻，但我还是抬头朝那些面包店工人瞥了一眼，想知道他们是否也听到了，"今天在市场里，你为什么看着我？"

"我常看着你，几乎每天。我看着你和卡拉、莉萨、维克兰。"

"为什么？"

"我得看着你，那是让我找到她的办法之一。"

"找到谁？"

"乌拉。她回来的时候，不知道我在哪里。我不去……不再去利奥波德或我们过去常聚会的地方。她找我时，会去找你或其他人，然后我能见到她，我们就会在一起。"

他说这段话时口吻平静，然后非常满足而忘我地啜了一口茶，使他的妄想更显诡异。想当初乌拉把奄奄一息的他丢在满是血的床上，自己逃掉，他怎会认为她会从德国回来和他在一起？即使她真的回来，见到他那张毁容得那么严重的脸，她除了惊骇，还会有什么反应？

"乌拉……回德国了，莫德纳。"

"我知道，"他微笑着说，"我为她高兴。"

"她不会回来了。"

"才不，"他语气平淡地说，"她会回来，她爱我，她会回来找我。"

"为什么——"我才开口，旋即放弃那念头，"你怎么过活？"

"我有工作。好工作，报酬丰厚。我和一个朋友合作，那人叫拉梅什。我是在……我受伤后遇见了他，他很照顾我。有钱人生了儿子时，我们去他们家，我穿上特殊的服装，穿上戏服。"

他阴惨地强调了最后一个词，还有伴随那强调的破碎笑容，使我不安得手臂起鸡皮疙瘩。我重复那个词时，声音因那不安而变得低沉粗哑。

"戏服？"

"对，有长长的尾巴和尖尖的耳朵，还有一条用小颅骨串起的链子套在脖子上。我打扮成恶魔、恶灵，拉梅什打扮成苦行高僧，打扮成圣徒的模样，把我打出屋子。我回屋子，作势要抢走婴儿。我靠近婴儿时，女人尖叫。拉梅什再度打我，把我赶走。我又回去，他又打我，最后，他狠狠打我，我装出快死的样子跑掉，我们靠这个表演赚到了不错的报酬。"

"我从没听说过。"

"没错，那是拉梅什和我想出的点子，当第一户有钱人付我们报酬之后，其他有钱人生下男婴时，也想请我们赶走恶灵。所有有钱人，他们付的报酬都很高。我有套公寓，当然是租的，但我已预付了一年多的租金。公寓不大但舒适，乌拉和我可以一起住，那会很理想。从主窗户可以看见大海，我的乌拉，她喜欢海，她一直希望住在靠海的房子……"

我凝视他，既着迷于他这番话的内容，也着迷于他这番话所代表的意义。在我认识的人里，少有人像莫德纳那么沉默寡言。我们两人都还是利奥波德的常客时，他曾经连续数星期，有时长达一个月，在有我的场合里，一句话都没说。但眼前死里逃生、满是伤疤的莫德纳变得很健谈。没错，我是不由自主把他追到死巷，逼他开口讲话，但他一开口，就滔滔不绝得叫人不安。我听着他讲话，让自己重新认识这个颜面、肢体受残但健谈的新莫德纳，渐渐理解到他的西班牙腔，说起话来何等悦耳。他一下说印地语，一下说英语，转换得非常流畅，把这两种语言结合得天衣无缝，把两种语言的文字，融合为他特有的混种语言。沉浸在他轻柔的说话声里，我心想，那是否就是让乌拉与莫德纳维持那份神秘关系的关键：只有他俩独处时，他们是否会对谈数小时，他们的感情是否就靠那轻柔悦耳的嗓音，那出自他嘴里的音乐维系住。

然后，叫我猝不及防的是，与莫德纳的会面结束了。他起身付账，走到巷子里，在门外等我。

"我得走了，"他说，紧张地左瞧右望，抬起他受伤的眼睛看我，"拉梅什这时已到总统饭店外。乌拉回来时，会到那里，会住在那里。她爱那饭店，她最爱的饭店，她爱后湾地区。今早有班飞机从德国飞来，汉莎航空的班机。她可能在那里。"

"你每班飞机后……都去查看？"

"对，我不进去。"他喃喃说道，抬起一只手好像要摸脸，结果却更往上梳过他日渐灰白的短发，"拉梅什替我进饭店，他查她的名字，乌拉·福尔肯贝格，看看她是否住进饭店。她终有一天会在那里，她在那里。"

他举步欲走开，我一只手搭上他的肩，把他拦住。

"听着，莫德纳，下次看到我别再跑掉，好吗？有任何需要，任何我帮得上忙的就找我，一言为定？"

"我不会再跑掉。"他说，神情严肃，"我跑纯粹是习惯，看到你就跑开，纯粹是习惯作祟。不是我想跑，纯粹是习惯。我不怕你，你是我的朋友。"

他转身欲离开，我再度止住他，把他拉更近，以便凑近他的耳朵说。

"莫德纳，别告诉别人你身上有那么多钱，答应我。"

"没人知道，林。"他要我放心，那张扭曲的怪脸，睁着深褐色眼睛，对我微笑，"只有你，我不会跟别人提起，就连拉梅什都不知道我身上带着钱。他不知道我存了钱，甚至不知道我租了公寓。我们一起赚钱，他以为我把分到的钱都花在毒品上了。我不吸毒，林，这你是知道的。我从不碰毒，我只是让他以为我吸毒。但你不一样，林，你是我的朋友。我可以跟你说实话，你可以信赖，杀掉那个恶棍的人，我怎能不信任？"

"什么意思？"

"我是说毛里齐欧，我不共戴天的仇人。"

"毛里齐欧不是我杀的。"我说，皱起眉头盯着他眼皮外翻、露出红肉的双眼。

他那张完美的嘴张大成共犯者的会心一笑。那表情使"Y"字形疤痕取代他下眼皮的疤痕，受到更深的拉扯。在巷子里，火光照耀下，那对张大的眼睛让人非常不安，因此他张开手掌放在我胸膛上时，我不得不强忍住，才不致畏缩或后退。

"别担心，林，这秘密由我守着，没问题。我很高兴你杀了他。不只是为了我，我了解他，我是他最好的朋友，他唯一的朋友。如果他还活着，在那样对我之后，那他为非作歹就再无约束。人就是那样毁了自己的灵魂，他失去了防止自己作恶的最后一道关卡。他用刀子割我时，他最后一次走开时，我看着他，我知道他失去了灵魂。他的所作所为……他对我所做的，使他失去了灵魂。"

"你不必跟我谈这个。"

"不，现在谈他没关系。毛里齐欧心里害怕，他始终害怕，他一辈子都活在恐惧里……什么都怕。他残酷，他就靠残酷拥有权力。我这辈子认识了一些有权势的人，认识很深，那些人，全都因害怕而残酷。就是那种……混合特质……使他们拥有支配别人的权力。我不害怕，不残酷，我无权。我是……你知道的，那就像我对乌拉的感觉，我爱上毛里齐欧的权力。然后，他把我留在那里，留在床上之后，乌拉走进那房间，我看到她眼里的惧怕。他使她感到恐惧，她看到他对我所做的，心里非常害怕，因而跑开，把我留在那里。我看着她离开，关上门时……"

他迟疑，强自压抑，饱满而完好的双唇颤抖着欲言又止。我想拦住他，想让他别想起那件事，或许也让自己不去想起。但就在我欲开口时，他按在我胸膛上的手掌稍稍加大了力道，示意我不要开口，然后再度抬头凝视我的眼睛。

"那时候，我第一次痛恨起毛里齐欧，我的同胞，我的民族。我不想恨人，因为我们一旦恨人，就是全心全意去恨，而且永远不原谅我们恨的那个人。但我恨毛里齐欧，我希望他死，诅咒他死。不是因为他对我所做的，而是因为他对我的乌拉所做的，因为他身为没有灵魂的人未来所会做的。因此，别担心，林，你做的事，我没跟任何人讲。我很高兴，很感激你杀了他。"

脑海里有个清楚的声音，要我把实情告诉他。他有权知道真相。我想告诉他。一种我无法完全理解的情绪，或许是我对乌拉最后的余怒，或者是我带着嫉妒的不屑，不屑他对她的信守不渝，使我想摇醒他，想把实情大声告诉他，借此伤害他。但我说不出口，我动不了。他眼睛泛红，渐渐涌出泪水，泪水顺着划过他脸颊的凹疤流下，这时我定定地看着他点头，什么都没说。他缓缓点头回应，他误解了我的意思，我想，或许我也误解了他，我永远不得而知。

有时，静默伤起人，就和疾挥而来的鞭子一样让人无处可逃。诗人萨迪克汗曾这样写道。但有时候，静默是说实话的唯一方式。看着莫德纳转身，一跛一跛地走开，我知道我们共同经历过那无言的一刻，他手按着我的胸膛，破损而哭泣的眼睛靠近我眼睛的那一刻，再怎么易犯错或受误解，对我们两人而言，都一定会比他自己一人或我自己一人冷冰而无爱的世界更珍贵、更真实。

而他说不定没错，我心想。他回忆毛里齐欧和乌拉的方式，说不定没错。他处理他们带给他的痛苦，比我碰上同类痛苦时的处理方式，无疑高明得多。我的婚姻在背叛和怨恨中瓦解后，我染上了毒瘾。情爱破碎，欢乐一夕之间化为悲伤，我无法承受。于是我自暴自弃，在漫长的堕落路途上伤了一些人。反观莫德纳，勤奋工作、存钱，等爱人回来。我走了长长的路，回去找阿布杜拉和其他人，途中我想起他如何接受自己的悲惨遭遇而不心生怨恨，对此大为惊讶，然后我领悟到我一开始就该和莫德纳一样领悟的道理。那道理非常简单，简单到要我承受一个像莫德纳所承受那么大的痛苦后，才恍然大悟。他能够克服那痛苦，因为他坦然接受自己在促成那痛苦上所应负的责任。在我失败的婚姻或伴随那而起的伤痛上，我一直没接受自己应负的那份责任，在那一刻之前一直是如此，因此我从未克服那痛苦。

然后，当我走进那明亮、热闹、充满讨价还价声的市场时，我接受了。我真的接受了自己应负的责任，觉得心情豁然开朗，卸掉了原本压着我的恐惧、痛恨、自我怀疑。我走回去，走过热闹的摊贩，当与阿布杜拉、维克兰、两个乔治会合时，我面带笑容。他们问起莫德纳，我

——回答，我感觉到了阿布杜拉给我的惊喜。他说的没错，在那之后，我真的完全原谅了他。我想不出该用什么话来告诉他我心境的转变，但我认为他察觉得到，我与他一起发出的那个微笑，与以往有所不同，那不同来自那一天诞生于我心中，且开始缓缓成长的平和心境。

"过去"这件斗篷，以感觉为补丁，以象征符号为丝线，缝缀而成。大部分时候，我们所能做的，就是把这件斗篷披在身上，以求舒适，或在我们挣扎着前进时，把它拖在身后。但事事皆有因，皆有其意义。每个人生、每份爱、每个行动、感觉、想法，都有其理由和意义，都有其开始，都在最后发挥着某种作用。有时，我们真的能看见；有时，我们把过去看得非常清楚，把过去各部分的传说了解得非常透彻。因此，时间的每道缝线都显露其目的，且蕴含某种深意。任何生活不管过得多富裕或多贫穷，生活中最睿智的东西莫过于失败，最清楚的东西莫过于悲伤。而根据其给予我们的小小宝贵建议，就连那些可怕、可恨的敌人，苦难和失败，都有其存在的理由和权利。

第四十一章

钱是臭的。一沓新钞会散发出墨水、酸液、漂白水的味道，类似市警局里的指纹室。饱受希望与觊觎之扰的旧钞，带着陈腐味，像在廉价小说里夹太久的干燥花。把一堆有新有旧的纸钞放进一间房间，数百万卢比点过两次，用橡皮筋捆成数沓，就会发臭。狄迪耶曾告诉我，他爱钱，但他讨厌钱的味道。从钱那里得到的快乐越多，事后洗手就要洗得越彻底。他的意思，我完全了解。那个黑帮针对黑市金钱兑换业务设了间计账室，位于要塞区，像个又深又大的洞穴。计账室不通风，炙热的光线亮到足够识破最高明的伪钞，天花板上的电风扇总是慢悠悠地转动，以免吹走计账桌上零散的纸钞，房间里的钱味就和盗墓人靴子里的汗味跟尘土味差不多。

与莫德纳见面后的几个星期，我在拉朱拜的计账室里，朝门口一路推挤，以我们每个人都爱玩的那种幼稚粗暴动作把帮中兄弟推开，来到门外，猛吸楼梯间里的新鲜空气。有人叫着我的名字，我在第三阶停下，手搭在木栏杆上，抬头瞧见拉朱拜探出门口。这个替哈德，哦，不，替萨尔曼的黑帮联合会管账的矮胖秃子，一如既往穿了多蒂腰布和白背心。我知道，他只把身子探出门口，是因为他每天晚上要到快午夜时，亲手关上门之后，才会真正离开那房间。需要大小便时，他会使用专属的私人厕所，厕所里有面单向透明玻璃，供他监看计账室里的动静。拉朱拜是很敬业的会计，也是黑帮里最出色的会计，但他之所以继续窝在计账室里管钱，不只是因为职责所在。离开这间忙碌的房间，他就变得脾气恶劣、多疑，整个人奇怪地变苍老。但不知为什么，在计账室里，他就变得较胖、开朗而有自信，仿佛一踏进那房间，他就连上了某种精神力量：只要他有一部分身体仍在那房间，他就仍然和那能量、那力量、那钱联结着。

"林巴巴！"他对着我大喊道，下半身隐藏在门框后，"别忘了婚礼！会来吧？"

"当然，"我回以微笑，"我会去！"

我冲下三段楼梯，揶揄、推挤在每个楼层干活儿的兄弟，碰撞着经过临街大门的兄弟身边。在街道的尽头，另两个看守门的兄弟微笑着，我打招呼回应。除了少数例外，帮中的年轻兄弟大多喜欢我。在孟买黑社会混的外国人，不止我一个，班德拉黑帮联合会有个爱尔兰籍的帮派分子，有个美国籍跑单帮的人靠大型毒品交易闯出名号，有个荷兰人效力哈尔区的某个帮派，还有其他人在孟买各地帮派里混，但我是萨尔曼黑帮联合会里唯一的白人。我是他们的外人。随着印度本土的自傲，像新发的绿色、白色、橘色藤本植物从后殖民时代的焦裂土地冒出，那些年也是单凭外国人身份、英国人身份，或长相、说话看似英国人的模样，就足以赢得好感、吸引注意的最后几年。

拉朱拜邀我参加他女儿的婚礼，意义重大，意味着他把我当自己人。我和萨尔曼、桑杰、法里德、拉朱拜以及联合会里其他人一起工作，已有几个月。我在护照这一块市场工作，营业额几乎和黑市换钱的那个部分一样。我个人在街头上的人脉扩张，为黄金、违禁品、货币兑换部门赚进大把钞票。每隔一天，我就和萨尔曼·穆斯塔安、阿布杜拉·塔赫里到拳击馆锻炼身手。通过与哈桑·奥比克瓦的交情，我在非洲聚居区多了一条人脉，他的手下成为我的新盟友。那层关系很有用，可以带给我们新的人手、钱财和市场。在这之前，我已应纳吉尔的要求，加入与孟买市阿富汗流亡人士谈判的代表团，和他们达成军火协议，由巴基斯坦、阿富汗交界处的半自治部落地区供应武器给萨尔曼联合会，使我们从此有了稳定的军火来源。我有朋友、受尊敬，钱多得花不完，但直到拉朱拜邀我参加他女儿的婚礼，我才知道自己真正得到了接纳。在萨尔曼的联合会里，他的辈分很高。这份邀请，正式表明他欢迎我加入只有够信赖、够亲近者才能加入的核心圈子。你可以和帮派合作，可以给帮派卖命，可以干出那种让兄弟敬佩你的事，但要等到他们邀你去家中吻他们的宝宝，他们才真正把你当自己人。

我走出房子，穿过要塞区无形的边界，走近弗洛拉喷泉。一辆空出租车在我身旁放慢速度，司机主动打手势，要我搭他的车，我挥手要他走开。他不知道我会讲印地语，以龟速开到我身边，探出车窗对我说话。

"嘿，白种浑蛋，你没看到这出租车是空的？你在干什么？这么热的下午，像某人走失的白羊，走在路上？"

"Kai paijey tum?（你想干吗？）"我用马拉地语问，口吻很不客气。

"Kai paijey?"他重复我的话。听到我说马拉地语，他惊讶极了。

"你有什么毛病？"我问，用孟买陋巷的粗俗马拉地方言说，"你不懂马拉地语？这是我们的孟买，孟买是我们的。如果你不会讲马拉地语，干吗待在孟买？你这个王八蛋是猪脑袋啊？"

"Arrey!"嘿，他咧嘴而笑，改用英语，"你会讲马拉地语，巴巴？"

"Gora chierra, kala maan.（白脸，黑心。）"我回他，举手在脸前、心前各画了一个圈。我改用印地语，用了"你"这个字的最礼貌表达字眼，好让他安心。"我外表是白的，兄弟，但内在是彻底的印度。我只是在散步消磨时间。你为什么不去找真正的游客，放过像我这样的印度可怜虫，na？"

他放声大笑，把手伸出车窗与我的手轻轻交握，然后开走。

我继续走，避开拥挤的人行道，走上车道，汽车在身旁呼啸而过。

深呼吸着这城市的气息，终于驱走我鼻孔里计账室的味道。我正往回走，走往科拉巴，走往利奥波德，要去见狄迪耶。我想走路，因为我喜欢回到这城市里我最喜爱的地方。为萨尔曼的黑帮联合会工作，使我的足迹遍及这大城的每个遥远郊区，而且有许多地方是他特别能掌控的：从马哈拉克斯米到马拉德；从棉花绿到塔纳；从圣塔克鲁斯、安德海里到影城路的湖泊区。但他的黑帮联合会真正的权力中枢，位于那个长长的半岛，那个始于临海大道的大弯，沿着短弯刀状海岸一路迤逦到世贸中心的半岛。而就在那里，那些生气勃勃的街道上，距海只有几个巴士站的地方，我倾心于这座城市，开始爱上她。

街上很热，热到足以将困扰不安的心里最深层思绪以外的念头，全烧得精光。就像其他孟买人和孟买客，我已把从弗洛拉喷泉到科兹威路的这段路走了上千遍，我和他们一样知道，这段路上哪里可以吹到凉爽海风，可觅得凉荫。每次白天步行时的洗礼，我的头皮、我的脸、我的衬衫，只消被那阳光直射几秒钟，就全被汗水湿透，然后在阴凉处吹个一分钟的风，就可凉爽到恢复干燥之身。

走在马路上的车子和逛街人潮之间，我的心飘向未来。很吊诡，甚至是故意唱反调似的，就在我正要被纳入孟买的神秘核心时，我也有种想离开的强烈冲动。我了解那两股力量，虽然看来相互矛盾。孟买让我喜爱的地方，有许多存在于人的性情、理智、言语里，包括卡拉、普拉巴克、哈德拜、哈雷德·安萨里。他们全以某种方式走了，在这城市里，我喜爱的每条街上、每座陵庙里、每段海岸上，时时让我有失去他们的感伤。不过，这城里有了爱和灵感的新来源，有人生的新页从丧失、幻灭的休耕地里展开。我在萨尔曼黑帮联合会里的地位非常稳固，宝莱坞的电影业和新兴的电视、多媒体业，正向我敞开商机的大门：每隔一个星期就有人给我提供工作机会。我有套不错的公寓，可眺望哈吉·阿里清真寺，而且我有钱。夜复一夜，我对莉萨·卡特的爱慕越来越浓。

每回走到我喜爱的那些地方，那种感伤总挥之不去。就在新情爱和获得接纳把我更拉近这城市的怀抱时，那股感伤却逼我离开她。走在从弗洛拉喷泉到科兹威路那段长路上，接受汗水洗礼时，我不知何去何从。再怎么频频思索或深入思量艰困的过去，或现在的感伤与前景，我还是无法断然决定未来的路。有个环节缺失了：我确定自己欠缺某个周密的分析，某份证据，或让自己可以完全看清人生的视角转换，但我不清楚那是什么或该怎么做。因此，我走在汽车、摩托车、巴士、卡车、手推车狂奔乱窜的车流里，走在游客、购物者曲折移动的人潮里，任由自己的思绪飘荡进入热气里、街道上。

"林！"我穿过那道宽拱门，走向狄迪耶那排并成的长桌时，他大声叫住我，"刚锻炼完身体，non？"

"不是，走路，想事情。应该说是锻炼脑子，或许还有灵魂吧。"

"别担心！"他以命令的口吻说，并向侍者示意，"我每个星期的每一天都在治这种病，或起码每个晚上。阿图罗，挪个位子给他，往下移一点，让他坐在我旁边。"

阿图罗是个意大利青年，狄迪耶的新欢，因为某个不为人知的事，惹上那不勒斯的警察而逃到孟买躲藏。他身材矮小，有着许多女孩大概会羡慕的娃娃脸。他会的英语很少，每次有人跟他攀谈时，不管对方多友善，他都一律回以恼火的颤抖，使性子发脾气。因此，狄迪耶的许多朋友都不理他，与狄迪耶的关系出现裂痕，最后，多则几个月，少则几星期，他们便不再往来。

"你刚错过了卡拉，"我与狄迪耶握手时，他更小声地告诉我，"她会很难过，她想……"

"我知道，"我微笑，"她想见我。"

饮料送上来，狄迪耶举杯与我的杯子相碰。我啜了一口，把杯子放回桌上，他杯子的旁边。

与莉萨共事的那群电影业人士，有几个人在场，他们与卡维塔的部分新闻集团同僚一同参加这个聚会。坐在狄迪耶旁边的是维克兰和莉蒂。自认识以来，他们从没有像眼前这么开心、这么健康。他们已在科拉巴区中心市场附近买了套新公寓，这是几个月前的事了。买房子花掉了他们的储蓄，且使他们不得不向维克兰的父母借钱，但那证明了他们对彼此的信心，表明他们看好蒸蒸日上的电影事业，而且这个改变带来的欣喜仍洋溢于他们的脸上。

维克兰热情招呼，从椅子上起身拥抱我。在莉蒂的规劝下，还有他个人日益成熟的品位下，他那身西部枪手的装扮已一件件消失，剩下的克林特·伊斯特伍德式西部牛仔打扮，就只有银色皮带和黑色牛仔靴。他挚爱的那顶帽子，在他发觉自己出现在大公司董事会的机会，比出现在特技演出场合还要多时，就被毫无留恋地遗弃了，如今正挂在我公寓的墙上，成为我最珍爱的收藏品之一。

我俯身过去吻莉蒂时，她抓住我衬衫的肩膀部位，把我拉近她，凑耳对我说话。

"保持冷静，老哥，"她喃喃说道，听得我一头雾水，"保持冷静。"

坐在莉蒂旁边的是电影制片人克利夫·德苏萨和昌德拉·梅赫塔。就像挚友之间有时会发生的，克利夫和昌德拉在这段时间似乎互换了一些身体上的东西，因而克利夫变得稍瘦，骨头棱角更明显；昌德拉则变胖，身材比例近乎完美。但他们在身体上的差异越大，在其他方面就越相似。事实上，这对情同莫逆的工作搭档经常连续四十个小时一起工作、游乐，许多头手动作、脸部表情、用语一模一样，因此在他们担任制片的电影片场里，大家都称他们是胖叔和瘦叔。

我走近时，他们举起手臂，以一模一样的热情动作招呼我，但他们高兴看到我的理由并不相同。自我介绍克利夫·德苏萨和卡维塔认识后，他就迷恋上她，一直希望我帮他掳获美人心。我与卡维塔认识更早得多，知道凡是不中她意的东西，谁都无法影响她接纳那东西。不过她似乎还颇喜欢他，他们有许多共同点，两人都年近三十而未婚，在那个年代，在印度的上层中产阶级圈，那可是很少见的。因而，在充满节庆的全年行事历上，每逢节日庆典，双方家长就会为此大伤脑筋。他们都是专业的媒体工作者，自豪于独立自主和专业本领。他们还受本能性的包容心态驱策，喜欢在每个看似利益冲突里，找出各自的观点，并予以不带偏见的检视。他们风采迷人，卡维塔的匀称身材和会勾人的眼睛，与克利夫四肢细长的瘦削身材、充满孩子气的纯真歪嘴笑容，似乎正是绝配。

就我个人而言，我喜欢他们两个人，自然乐于敲边鼓，撮合他们。在公开场合，我清楚表明我喜欢克利夫·德苏萨；在私底下，只要有机会且不突兀，我就会不着痕迹地在她面前为他美言几句。他们有机会成为情侣，而且我觉得大有机会，我衷心盼望他们能有好结果。

而昌德拉·梅赫塔之所以高兴见到我，只因我是他取得萨尔曼黑帮联合会黑钱最方便的渠道，也是他认为唯一和善的渠道。和前任帮主哈德一样，萨尔曼认为通过昌德拉·梅赫塔的关系打入孟买电影圈，对帮派本身大有益处。联邦和邦政府定的新法规，加强管制资金流动，使黑钱漂白更难。基于许多理由，特别是电影业本身令人无法抗拒的魅力，政治人物已为电影业豁免了许多金融、投资上的管制规定。

那些年，经济发展迅速，宝莱坞电影的风格再度流行，电影业重获信心。电影越拍越大、越拍越好，开始将触角伸向更广大的世界市场。但随着卖座电影的摄制成本大涨，制片人过去倚赖的资金来源入不敷出，基于合则两利的考虑，许多制片人、制片公司与黑社会发展出奇怪的合作关系：由黑帮出资拍摄以帮派杀手为主角的电影，电影大卖所赚的钱，则用于从事新的犯罪活动和真刀真枪的杀人行动，进而为黑帮再出资拍摄的新电影提供现成的编剧题材。

而我扮演的角色，可以说是充当中间人，促成昌德拉·梅赫塔与萨尔曼·穆斯塔安的合作。这份合作关系，让双方都赚了大钱。萨尔曼联合会通过"梅赫塔-德苏萨制片公司"，投入数千万卢比的黑钱，然后从电影票房赚取正当干净的白钱。与昌德拉·梅赫塔的第一次接触，即是他请我通过黑市换数千美元的那一次，这时已扩大为让这位肥胖制片人无法抗拒或拒绝的共生关系。他变得有钱，越来越有钱，但大笔投资他公司的那些人让他害怕，每次与他们接触，都因感受到他们的不信任而惴惴不安。所以，昌德拉·梅赫塔对我微笑，高兴见到我，只要见到我，便会颤抖地抓住我，想进一步拉近彼此的关系。

我不介意。我喜欢昌德拉·梅赫塔，而且我喜欢宝莱坞电影。他想把我拉进他不安而富裕的友谊世界，我顺着他。

坐在他旁边的是莉萨·卡特。她浓密的金发先前剪短了，这时已留长，长到垂在她秀丽瓜子脸的两旁。蓝色眼睛清澈，闪着强烈的企图心；皮肤晒成古铜色，非常健康。她甚至又胖了一些，她为此大喊糟糕，但我和她视线内的其他男人则必然会觉得她更丰满迷人。她的一举一动还透着某种不同于以往的新特质：微笑里散发出不疾不徐而亲切的温柔，引来别人跟着大笑的爽朗笑声，还有一种轻松的精神，对别人怀抱异常的信心，却也很少因此失望。几个星期、几个月来，我看着这些转变沉淀在她的身上，最初我以为那是我的爱意促成的。我们未公开我们的关系，她仍住在她的公寓，我住我的公寓，但我们是恋人，我们的关系不只是朋友。一段时间后，我领会到那些改变不是我促成的，而是她自己促成的。一段时间后，我渐渐了解她的爱藏得有多深，了解她的快乐和自信多么倚赖她将心中的爱公开，和他人共享。而恋爱中的她很美，她的眼睛给了我们晴朗的天空，她的笑容给了我们夏日的早晨。

我与她打招呼时，她吻我的脸颊。回吻她后，我后退一步，不解为何有带着忧心的浅浅皱眉，从她额头荡漾到她如矢车菊般蓝的眼睛。

再过去，坐在莉萨旁边的是报纸记者狄利普和安瓦尔。他们很年轻，大学毕业没几年，仍在孟买默默无闻的日报《正午报》里学习该学的本事。夜里他们和狄迪耶、狄迪耶那位矮小的爱人，一起讨论当天揭露的大新闻，仿佛他们在那些独家新闻的取得上扮演了关键角色，或他们遵照着自己的直觉，把那些事件调查到底，才揭开那些内幕。他们的兴奋、冲劲儿、企图心、对未来抱持的无限希望，让利奥波德这群人个个大为高兴，以致卡维塔和狄迪耶不由得偶尔回以语带嘲讽的批评。狄利普和安瓦尔大笑，往往不甘示弱地反驳，最后整群人高兴得大叫捶桌。

狄利普是旁遮普人，身材高、肤色白，有着淡黄褐色的眼睛。安瓦尔是孟买的第三代住民，比狄利普矮，肤色较深，神情较严肃。新血，那个下午的前几天，莉蒂微笑着如此告诉我。我来孟买后没多久，她也曾用那个字眼形容我。当我绕着长桌一路打招呼，看着那两个如此意气风发而坚定交谈的年轻人，我想起，在吸食海洛因和犯罪之前，我的人生原本和他们一样。我曾和他们一样快乐、健康、充满希望。我很高兴能认识他们，很高兴知道他们是利奥波德这群人欢笑与乐观的来源之一。他们出现在那里，理所当然，就像毛里齐欧的离去，乌拉与莫德纳的离去，我终有一天也会离去那样理所当然。

回应那两个年轻人亲切的握手之后，我走过他们身旁，来到坐在他们旁边的卡维塔身边。卡维塔起身拥抱我，那是充满感情的亲密拥抱，是女人知道男人可以信赖，才会给那男人的拥抱，或者女人确知男人的心属于别人，才会给那男人的拥抱。那是不同国籍的人之间少见的拥抱。得到印度女人这样的拥抱，对我而言，是绝无仅有的亲密体验。而那很重要。我已在这城市待了几年；我能以马拉地语、印地语、乌尔都语和当地人无障碍沟通；我能与帮派分子、贫民窟居民或宝莱坞演员坐在一起，获得他们的好感，有时还会得到他们的尊敬。但在孟买所有印度人的圈子里，很少有像卡维塔这样亲昵的拥抱，让我觉得受到了接纳。

我从未把她亲昵而毫无保留的接纳，对我所代表的意义告诉她。在那几年的逃亡生涯里，我感受到非常多的好、太多的好，而那些好全被锁在我心中的囚室：那些恐惧的高墙、那个希望所寄的小铁窗、那张充满羞愧的硬床。这下我要把心里感受到的好大胆说出来。我知道，那充满爱的真诚时刻来临时，就该抓住，就该说出，因为那可能不会再来。以心相互感通的东西若不说出来，不有所动作，反倒将其锁藏起来，那些真实、由衷的感受就会在想抓住而已太迟的记忆之手里枯萎、消失。

那一天，灰粉红色的黄昏之幕慢慢笼罩着下午时，我什么都没跟卡维塔说。我让自己的微笑，像用碎石头制成的东西，从她深情的峰顶落下，滑落到她脚边。她拉起我的手臂，带我认识坐在她旁边的那名男子。

"林，我想你应该没见过蓝吉特，"他起身，我们握手时，她说，"蓝吉特是……卡拉的朋友。蓝吉特·楚德里，这位是林。"

我猛然了解莉蒂为什么会说那句让人费解的话——"保持冷静，老哥"，以及莉萨为什么抹不去皱起的眉头。

"叫我吉特。"他主动说。他的笑容开朗、自然而有自信。

"你好，"我答，语气平淡，挤不出笑容，"很高兴认识你，吉特。"

"很高兴认识你。"他回应，以孟买一流私立中学和大学那种四平八稳且抑扬顿挫的悦耳声调说，那也正是我最欣赏的英语腔调，"久仰大名。"

"Achaa?"我不假思索地回答，完全是我这个年纪的印度人会有的回应方式。那个字的字面意思是"好"。在那种情境下，用那样的声调说出，意思是"真的吗"。

"真的，"他大笑道，松开我的手，"卡拉常谈起你。你简直是她心目中的英雄，我想这你一定知道。"

"有意思，"我答道，不确定他的话是否真如表面上看起来的毫无虚假，"她曾告诉我，英雄只以三种状态出现：死了的、受伤的或可疑的。"

他头往后仰，哈哈大笑，嘴巴张大到露出整排漂亮无瑕的牙齿。他迎上我的目光，仍在大笑，左右摆头，惊奇不已。

那就是了，我心想。他懂她的玩笑，他喜欢她舞文弄墨。他知道她喜欢那样的玩笑，知道她聪明。那就是她喜欢他的理由之一。就是。

其他理由就比较显而易见了。他一身柔软灵活的肌肉，一般人的身高，即我的身高，有着开朗、英俊的脸庞。他的脸不仅汇集了端正的五官——高颧骨、高而宽的额头、富有表情的黄玉色眼睛、英挺的鼻子、带笑的嘴巴、沉稳的下巴，那还是张若在过去会被称作自信、勇敢的脸，让人想起独驾帆船的航海者、登山者、丛林冒险家的那种脸。他留着短发，发际线已开始后退，即使如此，也似乎很衬他这个人，仿佛那是身材健壮、身手灵活的男人较理想的发型。而他的衣着，我一眼就知道是什么等级的服装，桑杰、安德鲁、费瑟及帮里其他兄弟，去城里最昂贵的几家店置装的成果，让我对那些衣服很熟悉。孟买市里，凡是讲求派头的帮派分子，见到蓝吉特那身打扮，都必然会噘起嘴，左右摇头，表示欣赏。

"哦。"我说，拖着脚想绕过他，以便与围着长桌而坐的最后一个朋友卡尔帕娜打招呼。她在梅赫塔-德苏萨制片公司当副导，正学习如何成为独当一面的导演。她抬头看我，眨了眨眼。

"等一下，"蓝吉特要求道，语调轻但急切，"我想告诉你有关你的小说……你的短篇小说……"

我转身向卡维塔皱起眉头，她耸起双肩，举起手，别过头去。

"卡维塔给我读了那些小说，我想告诉你，你写得真好。我是说，我觉得写得真好。"

"哦，谢了。"我喃喃说道，再次想绕过他。

"真的，我读过，我觉得写得真棒。"

一个你因为小心眼儿作祟而决定讨厌的人，兀自一本正经地真诚待你，这世上再没有比这更让人窘迫的事了，我感觉脸颊因羞愧而开始微微泛红。

"谢谢，"我说，眼睛和嗓音首度流露真正的心思，"实在很高兴听到你这么说，尽管卡维塔不该把那些东西拿给别人看。"

"我知道她不该，"他着急地说，"但我认为你该，我是说该把那拿给某些人看。那小说不适合刊登在我的报纸上，那不是合适的发表园地，但《正午报》会是绝佳的发表地，而且我知道他们会出相当漂亮的价码买下。《正午报》的主编阿尼尔是我的朋友，我知道他的喜好，知道他会喜欢你的短篇小说。我当然没把你的作品拿给他看，未经你的同意，我不会。但我告诉他我读过，我认为写得好。他想见你，如果你拿你的短篇小说给他看，我想你一定会和他聊得很愉快。总之，我就说到这里，他希望见你，但由你决定，不管你做何决定，都祝福你。"

他坐下后，我走过他身边向卡尔帕娜致意，然后在狄迪耶旁边坐下。与蓝吉特、吉特、楚德里的那番对话，占据了我的脑海，因而狄迪耶宣布他打算与阿图罗到意大利一游时，我只听到一部分。三个月，我听到他说。记得那时我在想，在意大利的三个月，最后可能会变成三年，我可能会因此失去他。那念头非常强烈，强烈到我不想去细想。没有狄迪耶的孟买，就像……没有利奥波德、没有哈吉·阿里清真寺或没有印度门的孟买，让人不敢想象。

我把那念头挥开，环视一桌大笑、喝酒、讲话的朋友，把他们的成就和希望倒进我眼睛，注满我空荡荡的心。然后我的注意力回到蓝吉特、卡拉的男朋友身上。我已在最近几个月做过他的身家调查，我知道他是家中四兄弟的老二，也有人说他是最得宠的儿子，他的父亲兰普拉卡什·楚德里是卡车司机，在孟加拉沿海城镇遭龙卷风摧残后，为灾区重新供应补给物资时发了一笔财。之前给政府的投标，在风灾过后，变成需要用到卡车车队、最后还需要包租飞机和船的大合同。楚德里的事业越做越大，与一家经营更多元的运输、传播公司合并，而根据合并案，他买下了孟买的一家小报。他把那份报纸交给儿子蓝吉特经营，那时候的蓝吉特刚从商学系毕业，是他父母双方家族里第一个念完高中、上进修教育大学求学的成员。那次聚会时，蓝吉特经营那份改名为《每日邮报》的报纸已有八年，且众所周知他经营有成。因为这份成就，他得以进一步跨入独立电视制作这块新领域。

他有钱、有势、人缘好，在出版、电影、电视三个领域充满创业冲劲儿，俨然就要成为媒体大亨。谣传蓝吉特的哥哥拉胡尔对他心有不满，拉胡尔在少年时期就帮父亲经营运输事业，未能像蓝吉特和另两个弟弟那样接受私立中学教育。还有流言指向那两个弟弟，说他们有时会举办放浪形骸的派对，动用了大笔钱财疏通，才让他们免于麻烦上身。但蓝吉特本人在人际往来上，并未受到任何批评，除了少数几个让他隐隐忧心的问题，但他似乎吉人天相，总能逢凶化吉。

诚如莉蒂先前说过的，他是个黄金单身汉，多金又抢眼。他和朋友在一起时，听多过于说，笑多过于皱眉，自谦而体贴他人，圆融而热心有礼，我不得不承认他是个很讨人喜欢的人。而奇怪的是，我替他难过。在几年前，乃至几个月前，我大概会嫉妒他这么讨人喜欢——有太多人在我向他们问起这个人时，都说他非常和善而好相处，我大概会恨他。但眼前，我对蓝吉特·楚德里完全没有那样的感觉，看着他时，我反倒想起许许多多卡拉给我的感觉，在……空白了许久之后，脑海里首次清楚浮现她的身影时，我替这个多金而英俊的媒体大亨感到难过，希望他未来顺遂如意。

我隔着桌子和莉萨、其他人谈了半个小时，然后抬头看见强尼·雪茄站在宽敞的门道里，向我挥手。我很高兴终于有借口离席，转向狄迪耶，把他转过来面对我。

"听着，你如果真要去意大利三个月……"

"当然，我要……"他话没说完，就被我急急打断。

"如果你真的需要人在你不在时替你看房子，我想我已找到了理想人选。"

"哦，是吗？谁？"

"那两个乔治，"我答道，"双子座乔治和天蝎座乔治。"

狄迪耶大惊。

"但那……那两个乔治……他们，教我怎么说啊？"

"可靠？"我提议，"他们老实、干净、忠诚、勇敢，特别是，他们拥有在这类情况下最需要的特质，就是只要你表明希望他们在你公寓住多久，时间一到他们就会走人，连一分钟都不会多待。事实上，说服他们接下这件差事，就得费很大功夫。他们喜欢街头，他们不会想接下这差事。但我如果跟他们讲那是在帮我，他们或许会同意。要他们替你看房子，他们会很尽责，而且他们可以过上三个月安全无虞的生活，住在体面的房子里。"

"体面？"狄迪耶叱责道，"你什么意思，体面？我的公寓在孟买是没人能比的，林，这你是知道的。很棒，我可以理解。超棒，我可以接受。但体面，绝不行！这就像是说，我住在鱼市场里，然后，你说呢，每天拿着水管冲刷干净！"

"那你觉得怎样？我得走了。"

"体面！"他轻蔑地说。

"拜托，老兄，别再提了！"

"哦，好，或许你说的没错。我对他们没什么反感，那个来自加拿大的乔治，天蝎座乔治，会说一点法语，这倒是真的。好，好，告诉他们就那么办。请他们来见我，我要跟他们讲，非常仔细地交代。"

我大笑着向他告别，走到餐厅门口和强尼·雪茄会合，他把我拉到身旁。

"可以跟我去吗？"他问。

"当然可以，走路或搭出租车？"

"我想搭出租车，林。"

我们费力穿过一拨拨行走的人来到马路边，拦下出租车。我们挥手要出租车靠边，坐进车里时，我面带微笑。几个月来，我一直想找个比偶尔给钱更有意义的办法来帮双子座、天蝎座乔治。狄迪耶打算和阿图罗赴意大利度假，正好给了绝佳的机会。我知道，住在狄迪耶公寓三个月，可以让他们多活几年：三个月免于街头生活的压力，享有只有家居和家中自己开伙所能提供的健康保障。我还知道，有了两位乔治住在狄迪耶的公寓里，兼替他看房子，他比较可能因为不放心而较快地回孟买。

"去哪里？"我问强尼。

"世贸中心。"他告诉司机，对我微笑，但明显有心事。

"怎么了？"

"佐帕德帕提有个麻烦。"他回答道。

"哦。"我说，心知要他觉得时机对了，才会告诉我那是什么麻烦，"宝宝还好吧？"

"好，很好，"他大笑道，"他抓我的手指头很有力。他会长得又高又壮，一定会比他老爸还高大。普拉巴克的宝宝，我太太席塔的姐姐帕瓦蒂生的小孩，也长得很漂亮。他的脸和笑起来的样子……很像普拉巴克。"

我不想去想我那死去的好友。

"席塔如何？那两个小女孩呢？"我问。

"他们很好，林，都很好。"

"你得当心了，强尼，"我提醒他，"不到三年三个小孩，不知不觉间，你就会成为有九个小孩在你身边爬的胖老头。"

"真是那样也不错。"他开心地吐了口气。

"工作如何？你帮人……算税的工作做得怎样？"

"也很好，非常好，林。每个人都得缴税，但没有人喜欢缴税。我的生意不错。席塔和我，我们决定买下隔壁的房子，让一家人有更大的房子住。"

"太好了！我真等不及想看。"

我们沉默了片刻，然后强尼转过头，面带忧心，几乎是痛苦不堪。

"林，那时候你要我给你工作，跟你一起工作，我拒绝……"

"没关系，强尼。"

"不，有关系。我想告诉你，我那时该答应你，该和你一起做。"

"你有麻烦了？"我问道，不知他到底怎么了，"生意没你说的那么好？需要钱？"

"不，不是，我很好。但我那时候如果陪着你、看着你，你或许就不会在黑市做生意，跟那些混混工作这几个月。"

"不是的，强尼。"

"我每天都在自责，林，"他说道，嘴咧得很开，脸痛苦到扭曲，"我想你邀我跟你一起做，当你的朋友，是因为你那时需要一个朋友。我这个朋友当得不好，林，我很自责。每天我都为此心情不好，我很遗憾拒绝了你。"

我一只手搭上了他的肩，但他不愿正视我。

"哎，强尼，你得了解，对于我自己所做的，我并不觉得愉快，但也不觉得心情不好。你为此心情不好，我尊重，我欣赏你这点。你是好朋友。"

"不是。"他喃喃说道，眼睛仍看着下面。

"是，"我坚持道，"我爱你，老哥。"

"林！"他说，突然急切不安地抓住我的手臂，"拜托，拜托，小心那些混混，拜托！"

我微笑，想安抚他。

"老哥，"我不以为意，"你到底要不要告诉我，这趟来是为了什么事？"

"熊！"他说。

"熊？"

"嗯，老实说，只有一只熊是我们该烦心的。你认识卡诺，那只叫卡诺的熊？"

"当然认识，"我低声说，"那只浑蛋熊，它怎么了？又给关进牢里啦？"

"没有，林，它不在牢里。"

"那好，至少它不是累犯。"

"其实，你知道吗，它越狱了。"

"怎么会……"

"它现在是逃犯，警方悬赏追拿它的头，或手掌，或它身上的任何部位。"

"卡诺是逃犯？"

"对，他们甚至贴出了通缉告示。"

"贴出什么？"

"通缉告示。"他耐心解释道，"他们再度逮捕卡诺熊和那两个一身蓝的驯熊师时，给它和那两人拍了照，他们就用那张照片制作了通缉告示。"

"他们是谁？"

"邦政府、马哈拉施特拉警方、边界卫队、野生动物保护局。"

"天哪，卡诺干了什么？杀了谁？"

"它没杀人，林。事情是这样的，野生动物保护局制定了新政策，禁止虐待那些跳舞熊，他们不知道卡诺的驯熊师非常爱它，把它当大个儿兄弟看待，不知道它也很爱他们，他们绝不会伤害它。但政策就是政策，因此，野生动物保护局的人抓了卡诺，把它关进兽笼。它一再哭喊，要找它那两个一身蓝的主人。那两个人在兽笼外，也不断哭喊。两个野生动物保护局的人负责看守卡诺，听他们鬼哭鬼叫听得心烦，于是走到外面，开始用铁皮竹棍狠狠地打卡诺的主人，卡诺看到蓝主人被打得那么惨，气得发狂，破笼而出。那两个驯熊师勇气大增，反过来痛打保护局的人，带卡诺跑掉了。现在他们躲在我们的佐帕德帕提，就是你过去住的那间小屋。我们得想办法把他们平安弄出城，问题是如何把卡诺从佐帕德帕提弄到纳里曼岬。那里有辆卡车等着，司机已同意把卡诺和那两个驯熊师载走。"

"不容易,"我喃喃说道,"而且有他妈的通缉告示追拿那两个蓝色的人和那只熊,真是伤脑筋!"

"肯不肯帮我们,林?我们很同情那只熊。爱是这世上很奇特的东西,两个人怀着那么浓的爱,即使那是对熊的爱,仍应该予以保护,对不对?"

"这个……"

"不是吗?"

"当然是,"我微笑道,"当然是,我很乐意帮忙,如果帮得上的话。而你也可以帮我一个忙。"

"没问题。"

"帮我弄一张有那只熊和那两个蓝色的人照片的通缉告示,我得有一份。"

"那张告示?"

"对,说来话长,别担心,看到了帮我撕下就是,你制订了计划吗?"

出租车在贫民窟外停下,这时太阳已落到地平线下,天色灰暗到让几颗星星得以露脸,在外头尖叫、游玩的小孩回到各自的小屋,而缕缕炊烟从小屋升起,飘入越来越凉爽的空中。

"计划,"我们快步走过熟悉的小巷,沿路向朋友点头、微笑时,强尼正经八百地说,"就是把熊易容改装。"

"不懂,"我说,带着怀疑的语气,"在我印象中,它那么高,简直是个大块头。"

"最初,我们给它戴上帽子、穿上外套,甚至在外套上挂了把雨伞,像个在办公室上班的人。"

"看起来如何?"

"不是很理想,"强尼答,语气里毫无讽刺或嘲笑意味,"它看起来仍然很像熊，但是只穿了衣服的熊。"

"不会吧！"

"就是。因此现在计划改成穿上穆斯林的大号衣服，你知道那种衣服吗，来自阿富汗，全身包住，只剩几个用来看东西的洞？"

"布卡。"

"没错。几个男孩去穆罕默德·阿里路找到了最大号的，照理他们应该……啊！看！他们已经回来了，我们可以让它穿穿看，看看会是什么样子。"

我们碰到一群十二个男子和人数差不多的一群女人、小孩，就聚集在我居住、工作将近两年的那间小屋附近。我虽已离开这个佐帕德帕提，自认不可能再住进去，但每次看到那间寒酸的小屋，每次站在那附近时，总还是能感到欣喜激动。曾被我带去那贫民窟的少数几个外国人，甚至是卡维塔、维克兰等曾来贫民窟找我的印度人，都被那里的脏乱吓到了，一想到我曾在那里住那么久，就大呼不可思议。他们无法理解，每次我走进那贫民窟时，就很想放下一切，投入那个较简单、较贫穷，但给人更多尊敬与爱，与周遭众人心灵更相通、更无距离的生活。他们无法理解我谈到贫民窟的纯洁时，我要表达什么：他们去过那里，亲眼见过那里的悲惨和肮脏，看不到哪里纯洁。但他们未在那奇妙的地方住过，不晓得要在如此交织着希望与悲哀的地方生存下去，人得正直到一丝不苟且心痛的程度。那是他们纯洁的来由：那里最大的特色，就是他们忠于自己。

因此，在置身于我住过且最喜爱的住家附近，我那失去正直的心因此激动不已之际，我加入了那群人。然后，一个全身罩得密不透风的庞大身影，从那小屋旁现身，站在我们之中，我吓得倒抽了一口气。

"见鬼了！"我说，呆望着那个高大的身形。蓝灰色布卡把用后脚站立的卡诺从头盖到脚底，我不禁想知道这件衣服原设计的穿着对象是身形多巨大的女人，因为这只熊站起来，比我们这群人里最高的男子还高出整整一个头。"真是见鬼了！"

我们看着那个大水桶状的身形，迈着缓慢又沉重的步伐，摇摇晃晃地往前走了几步，撞倒一张凳子和凳上的水壶。

"或许，"吉滕德拉①满怀希望地说，"她是很高、很胖……又行动笨拙的那种女人。"

熊突然弯下身子，两掌往前着地。我们的视线跟着它。罩着蓝灰色布卡的大熊缓缓前移，一路发出低沉的吼声。

"或许，"吉滕德拉修正道，"她是个矮胖……而怒吼的女人。"

"怒吼的女人？"强尼·雪茄反驳道，"搞什么东西，怒吼的女人？"

"我不知道，"吉滕德拉抱怨道，"我只是想帮忙。"

"你会把这只熊一路帮回牢里，"我喃喃说道，"如果你让它像这样走出这里的话。"

"我们可以再试试那帽子和外套，"约瑟夫主动提议，"或许换个较大的帽子……还有……还有比较时髦的外套。"

"我想问题不在时不时髦，"我叹了口气，"根据强尼告诉我的情况来看，你们得把卡诺从这里运到纳里曼岬，途中不能让警察发现，对不对？"

"对，林巴巴。"约瑟夫答。这时，卡西姆·阿里·胡赛因正和大部分家人在老家村子度过六个月的长假，他不在，约瑟夫就成为这贫民窟的头儿。这个曾因发酒疯毒打妻子而遭邻居痛殴、惩罚的汉子，如今已成为领袖。自遭痛殴的那一天起，这几年来约瑟夫一直滴酒不沾。他重拾妻子的爱，赢得邻居的敬重。他加入每个重要的联合会或委员会，工作起来比团体里任何人都卖力。他改过自新，兢兢业业于改善自己的家和整个贫民窟的福祉，因此，卡西姆·阿里提名约瑟夫暂代其职时，没

---

① 吉滕德拉，佐帕德帕提贫民窟的居民，林的朋友，与化名萨普娜的来自德里的杀手同名。

有人提出别的人选，要卡西姆·阿里另作考虑。"纳里曼岬附近停了一辆卡车。司机说他会载着卡诺，把它带出这座城市、这个邦。他会把它和那两个驯熊师载回他们北方的老家，一直载到戈勒克布尔那边，接近尼泊尔的地方。但那个卡车司机，他不敢来这附近接卡诺，他希望我们把熊带去给他。但该怎么做，林巴巴？如何把这么大的一只熊带到那里？巡逻警察肯定会发现卡诺并逮捕它，他们也会逮捕我们，因为我们协助逃亡的熊。然后呢？然后怎么办？怎么把它带到那里，林巴巴？问题在这里，因此我们才想到易容改装。"

"卡诺的主人 kahan hey？（卡诺的主人在哪里？）"我问。

"喏，巴巴！"吉滕德拉答，并把那两个驯熊师推上前来。

他们身上平常涂的亮蓝色染料已被洗掉，所有银质饰物也全都拿掉。长长的雷鬼式发绺和带有装饰的辫子藏在头巾里，一身素白的衬衫、长裤。那两个蓝色的人拿掉装扮，去掉涂料之后，似乎显得无精打采，比我在贫民窟第一次见到的那两个古怪家伙，瘦小了许多。

"我问你，卡诺肯坐在平台上吗？"

"肯，巴巴！"他们自豪地说。

"肯乖乖坐多久？"

"一个小时，如果我们陪它，在它身旁，跟它讲话的话，或许会超过一个小时，巴巴，除非它得去撒尿。如果那样，它总是会先讲。"

"好。如果要它坐在移动的小平台上，有轮子的小平台上，它肯不肯？"我问他们。

我解释我构想中的那种平台或台子，安在轮子上，供陈列水果、蔬菜等货物，在贫民窟四处兜售商品的那种台子，大家讨论了一番，清楚我的意思，并且找到了那种沿街叫卖用的推车，把它推到空地上。然后，两个驯熊师兴奋地左右摆头，说会、会、会，卡诺会肯坐在那样的移动台子上。他们还说，可以用绳子把它固定在台子上，只要他们先跟它解释那是必要措施，它不会反抗。但他们想知道我的构想。

"刚刚与强尼走进来的路上，我经过老拉克什巴巴的作坊，"我立即解释，"作坊里点着灯，我看到他制作的一些象神雕像，有些很大，用混凝纸浆制成，因此不会太重，内部全部中空。我想那雕像够大，足以套住卡诺的头，如果它坐下，还足以盖住它的身体，加上一些丝织品点缀，一些花环装饰……"

"所以……你认为……"吉滕德拉结结巴巴地说。

"我们应该把卡诺伪装成象神，"强尼·雪茄断言道，"把它放在手推车上，像尊象神像，一路推到纳里曼岬，这街道的中央。好点子，林！"

"但象神节已在上个星期结束了。"约瑟夫说，提到那个一年一度的节日。每年象神节时，数百尊象神像，有些小到可以捧在手里，有些高达十米，由人捧着或推着穿过市区，来到昭帕提海滩，然后在将近百万的围观人群中，将它们掷入海里。"那时我就在昭帕提的人群中，时机已经过了，林巴巴。"

"我知道，我那时也在场，我就是从那个得到灵感的。象神节过了，我想那没关系。在一年中的哪个时候见到象神像，我想我都不会觉得有什么奇怪。你们如果见到街上有人用手推车推着象神像，会起疑而发问吗？"

象头人身的象神，堪称是最受喜爱的印度教神，我想，如果有一小群人，推着手推车游街，上面摆着一尊大大的象神像，不会有人拦住检查。

"我想他说的没错，"吉滕德拉同意道，"没人会对象神有意见。毕竟象神是破除障碍之神，na？"

印度教徒视象神为破除障碍之神和解决问题的大神，有困扰的人向它祷告，就和有些基督徒向自己的守护圣徒祷告差不多，它还是协助诗文创作的神。

"把象神像推到纳里曼岬不会有问题，"约瑟夫的妻子玛丽亚说，"但如何把卡诺改扮成象神，那才是问题。光是给它穿上那身女人衣服，就费了很大功夫。"

"它不喜欢女人衣服，"一个驯熊师说，一副很有道理的样子，"它是公熊①，你知道的，对这种东西很敏感。"

"但把它化装成象神，它不会在意，"他朋友补充说，"我知道它会觉得那很好玩。它很喜欢引人注目，我得说。它有两个坏习惯，除了这个，就是挑逗女孩。"

我们用印地语交谈，最后那句话他讲得太快，我没听懂。

"他说什么？"我问强尼，"卡诺有什么坏习惯？"

"挑逗，"强尼答道，"挑逗女孩。"

"挑逗？他们在说什么？"

"这个……我不是很确定，但我想……"

"不，不要！"我打断他，推掉这个疑问，"请……别告诉我那是什么意思。"

我环视周遭一张张紧挨在一起的期盼脸庞，看到这小小的一群邻居和友人，为那两个走江湖卖艺的驯熊师，当然还有那只熊的问题如此操心，一时之间，我感到既惊奇又羡慕。那二话不说的集体投入，那毫无质疑的支持，甚至比我在普拉巴克老家村子所见到的合作更积极、更投入，这正是我离开贫民窟，去过更舒适、富裕生活后所失去的。在那之前，除了在我母亲如山高海深的爱里，我从未在哪个地方有过这样的体会。因为我曾在那个林立破烂小屋的地方，既散发崇高情操又充满不幸的地方，和他们一起体会过那种感觉，我一直想重温那感觉，一直在寻找那感觉。

"唉，我其实想不出别的办法，"我又叹了口气道，"如果只是用破布或水果或别的东西把它盖住，然后把它按住，它会动，发出声响。如

---

① 先前卡诺在警局被拘留时，为了加强林的同情心，驯熊师曾辩称卡诺是母熊。

924

果被他们看到，我们会被拦住。但如果把它化装成象神，我们可以一路念诵、唱歌，围在它身边，发出声音，极尽所能嘈杂的声音。我想警察不会拦住我们。你觉得如何，强尼？"

"我喜欢这办法。"强尼说，开心地咧嘴而笑，很欣赏这计划，"我想这计划很好，可以一试。"

"对，我也喜欢这办法。"吉滕德拉说，兴奋地睁大眼睛，"但你知道，我们得快，卡车只愿意再等一两个小时，我觉得。"

他们都点头或左右摆头表示同意，包括吉滕德拉的儿子萨提什、玛丽亚，还有法鲁克和拉格胡兰，也就是因为打架而被卡西姆·阿里把两人脚踝绑在一起惩罚的那两个人，以及阿尤布和悉达多，也就是自我离开贫民窟后，负责主持免费诊所的那两名年轻人。最后，约瑟夫微笑表示同意。我们走过越来越暗的小巷，来到老拉克什巴巴的作坊，一间由两间小屋拼成的屋子，卡诺四肢着地，缓缓跟在我们身旁。

我们进入那个老雕刻家的屋子时，他扬起花白的眉毛，装出不理我们的样子，继续干他的活，给一段刚铸好的宗教用建筑雕带磨砂、抛光。那雕带是玻璃纤维材质，将近两米长。他俯身在长桌上工作，长桌以数块建筑板绑缚而成，放在两张木匠用的工作支架上。木屑和玻璃纤维屑呈小片状和涡卷状，布满桌面，连同混凝纸浆的皮撒在他光着的脚丫旁。数块雕塑好的形体——头、四肢、有着圆滚性感肚子的身躯，放在地板上，在一大堆神圣的饰板、浮雕、雕像等物品之间。

他装得还有点像。这个艺术家以脾气坏著称，最初他以为我们是来搞恶作剧或玩骗人把戏，嘲笑诸神和他。最后，有三件事使他同意帮我们。首先是那两个驯熊师激动求助象神，那排除障碍之神排难解疑的本事，感动了他。后来我们才知道，在诸天神祇之中，象神是老拉克什巴巴个人最喜欢的。第二个是强尼暗暗表示这任务或许不是这老雕塑师的创作本事所能胜任的，反倒激起了他不服输的斗志。拉克什巴巴大喊道，只要他想，他可以把泰姬玛哈陵伪装为一尊象神雕像，给熊易容改装，对这个为全世界所知道且肯定的天才艺术家而言，根本是小事一桩。第三个，或许是影响最大的一个，就是卡诺本身。魁梧的卡诺，在屋外巷子里似乎等得越来越不耐烦，便自行进入屋子，在拉克什巴巴的旁边四脚朝天躺下。这位坏脾气的雕塑师，弯下腰搔它肚子，和它轻轻挥转的手掌玩着，立即变成咯咯大笑的小孩。

最后他起身，把我们赶出他的作坊，只留下那两个驯熊师和那只熊。木质手推车被推进屋里，精瘦结实、头发灰白的老雕塑师拉下门上的芦苇帘。

我们在外头等，不安但兴奋，趁这空当儿交换彼此过去的遭遇，戳破夸大不实的传闻。悉达多告诉我，贫民窟挨过了最近一次的雨季，损失甚小，未暴发严重疫情。卡西姆·阿里为庆祝第四个孙子出生，带着一家大小回了卡纳塔克邦，他的乡下老家。他的身体硬朗，精神很好，所有人都这么告诉我。妻子死于霍乱的吉滕德拉，似乎已从丧妻之痛复原，复原到碰上这种不幸所可能复原的程度。他发誓终身不娶，但他工作、祷告、大笑，因而总是显得神采奕奕。他儿子萨提什自妈妈死后，有一段时间性情阴郁，动不动就和人吵架，所幸最后摆脱了悲痛冷漠的情绪，和一个女孩订了婚。那是他在贫民窟有记忆以来就认识的女孩，因为太年轻，还不能娶进门，但婚约让他俩喜上眉梢，让吉滕德拉很开心，开心儿子有了奋斗的方向。而那天晚上，那一群人，大家一个接一个，各以自己的方式称赞约瑟夫这位洗心革面、重获肯定的人，这位新领袖则不好意思地看着地下，只有在和站在身旁的玛丽亚一起难为情地微笑时，才抬起眼睛。

最后，拉克什巴巴掀开芦苇帘，示意我们进去。我们挤成一团，走进金黄色的灯光。看着那件完成的雕塑，急促的呼吸声在我们之中响起，有人吸气，有人吐气。卡诺不仅被伪装，还整个变身为象头神。

一只大头套套在熊头上，头套下面，粉红色的躯壳罩着熊身，躯壳有着圆滚滚的肚子，伸出两只手臂。一条条浅蓝色丝织品，围绕着神像基部，神像则被安置在手推车上。一圈圈花环堆在推车平台上，套在神像的脖子上，以盖住头与身躯的接合处。

"它真的在里面，那只卡诺熊？"吉滕德拉问。

一听到他的说话声，熊立即转过头来。我们看到活的象神转动象头，涂了颜料的眼睛盯着我们。当然，那是动物的动作，完全不像人的动作。整群人，包括我，又惊又怕，猛然抽动身子。跟着我们的小孩尖叫起来，退到大人的腿后、怀里以求保护。

"我的天啊！"吉滕德拉低声细气地说。

"哇，"强尼·雪茄同样惊奇，"你觉得如何，林？"

"我……很庆幸自己没吓呆。"我喃喃说道，望着那神像低下头，发出低沉的吼声。我强自回过神来："快，行动！"

我们把神像推出贫民窟，一群支持者随行。一经过世贸中心，进入通往后湾区那条林立民宅的林荫大道，我们开始试探性地吟唱祷文。最靠近手推车的人，将手放在推车上，帮忙推或拉车。位在边缘的人，例如强尼和我，紧挨着别人，跟着吟唱。我们加快脚步，变成快走，吟唱变得更起劲。一时之间，许多帮忙的人似乎忘了我们是在偷偷运走熊，扯开嗓子，虔诚而激动地吟唱、应答，神情之投入，我觉得肯定和一个星期前他们真正护送象神时不相上下。

走着走着，我忽然想起这贫民窟竟不见流浪狗的踪影，着实奇怪。我注意到几条街上都没看到流浪狗。想起卡诺第一次到这贫民窟时，狗群的狂暴反应，我忍不住向强尼提起这事。

"Arrey, kutta nahin.（咦，不见一只狗。）"我说。

强尼、纳拉扬、阿里和其他几个人听到我这话，迅速转头盯着我，眼睛睁得老大，既惊且忧。果然，几秒钟后，一声尖锐的长嗥从我们左边的人行道上突然传来。一只狗从隐身处蹿出，一路狂吠地扑向我们。那是只干瘪的杂种癞皮狗，体型比孟买大型鼠大不了多少，但吠声大得足以压过我们的吟唱声。

当然，不消几秒，就有更多流浪狗跟着狂吠。它们从左、右两边过来，有的单枪匹马，有的成群结党，恶狠狠地尖叫、嚎叫、低沉吼叫。为盖住狗叫声，我们吟唱得更大声了，时时刻刻盯着狗那作势要扑上猛咬的利嘴。

接近后湾区时，我们经过一处空地，一队婚礼乐师穿着抢眼的红、黄色制服，戴着饰有羽毛的高帽，正在那空地上排练歌曲。看到我们这小列游街队伍，他们心想，正好借机练习行进中演奏的技巧，于是转而加入我们的行列，跟在后面奏起一首当红的宗教歌曲。演奏谈不上特别悦耳动听，但也足以振奋人心。我们的偷渡任务一下子变得声势浩大，热闹非凡，人行道上开心的小孩和虔信的大人，受到这气氛感染，纷纷走下人行道，走向我们，加入吟唱的行列，本就如雷鸣般的吟唱声随之更声势浩大，队伍人数暴增到一百多人。

闹哄哄的人群和狗的狂吠声，无疑让卡诺不安，它在手推车上左右摇晃身子，哪里声音最大，头就转向那里。途中我们经过一群巡逻警察，我大胆往他们那一瞥，看见他们一动也不动地站着，张着嘴，一起转头，瞧向经过的我们，好似嘉年华会上穿插表演的一排大嘴小丑假人。

一路喧闹狂欢，感觉时间过得特别慢，我们终于来到了纳里曼岬附近，看到奥贝罗伊饭店的高楼。我担心甩不掉那支婚礼乐队，于是跑向后头，塞了一沓钞票给乐队团长，要他右转，往临海大道另一头走去，不要再跟着我们。接近海时，他带着团员右转，我们则向左转。或许是受到跟着我们这小列队伍游街大获肯定的鼓舞，这队乐师与我们分道扬镳，走向灯光更明亮的临海大道时，开始奏起混合舞曲。大部分群众跳着轻快的舞步，跟着他们走开，就连狗在被引到距离地盘太远之后，也选择掉头离开，悄悄回到肮脏阴暗的老窝。

我们沿着临海大道，把手推车推往卡车停放的荒僻地点。就在这时，我听到附近传来了一声汽车喇叭声。心想那是警察，我的心随之一沉，缓缓转头看，结果看到阿布杜拉、萨尔曼、桑杰、法里德站在萨尔曼的车子旁。他们把车子停在宽阔的铺着沙砾的停车场，停车场里空荡荡的，只有他们。

"你可以吗，强尼？"我问，"从这里开始由你负责，可以吗？"

"没问题，林，"他答，"卡车就在那里，我们前头，你看！我们可以搞定。"

"好，那我在这里闪人了，老哥，搞定后告诉我一声，我明天会去找你。还有，看看能不能给我弄来一张那个通缉告示，兄弟！"

"包在我身上。"我走开时，他大笑着说。

我穿过马路，与萨尔曼、阿布杜拉等人会合。他们在停放于海堤附近的一辆纳里曼厢型车旁，吃着买来的外带食物。我向他们打招呼时，法里德把用过的餐盒、纸巾，从车顶一把推落到停车场的沙砾地面。一股罪恶感，讲究环保的西方人必定会生起的罪恶感浮上心头，我的脸部肌肉不由得抽搐了一下。我在心里提醒自己，路上的垃圾会被捡破烂者捡走，他们就靠捡垃圾维生。

"你们干吗搞那套表演？"我与他们一一寒暄后，桑杰问我。

"说来话长。"我咧嘴而笑。

"你们推的那尊象神，真是吓人，"他说，"我从没看过像那样的东西。活像是真的，好像还会动。我的宗教情怀一下子给勾起不少。告诉你，老哥，回家后，我要花钱请人点个香。"

"别卖关子，林，"萨尔曼催促，"那是为了什么，yaar？"

"这个嘛，"我用快快不快的低沉嗓音说，心知任何解释听来都会很扯，"我们得把一只熊偷偷运出贫民窟，送到这个地点，就是这里，因为警方发了通缉令要逮捕它。"

"偷偷运出什么？"法里德客气地问。

"一只熊。"

"什么样的……熊？"

"当然是跳舞熊。"我生硬地说。

"你知道吗，林，"桑杰说，一边用火柴棒剔牙，一边开心地挤出怪脸，"你干了件很扯的事。"

"你是在说我的熊？"阿布杜拉问，突然对我们的话题感兴趣。

"对啊，去你的，都是你的错，如果你想追究到底的话。"

"为什么说那是你的熊？"萨尔曼想知道。

"因为是我安排的那只熊，"阿布杜拉答道，"我把它送去林兄弟那里，很久以前。"

"为什么？"

"哦，就为了拥抱。"阿布杜拉大笑着说。

"别说！"我紧抿着双唇说，用眼神示意他别谈那事。

"熊个没完没了，到底在干什么？"桑杰问，"我们还在谈熊吗？"

"妈的！"萨尔曼插话道，从桑杰的肩膀上方望过去，"费瑟一副很匆忙的样子，还带了纳吉尔来，看来有麻烦了。"

一辆同样是"大使"的车子压过沙砾路面，在我们附近停下。再两秒钟，又一辆车停下。费瑟和埃米尔从第一辆车跳下来，纳吉尔、安德鲁从第二辆车冲上前来。我看到还有一个男子下了费瑟的车，等在那里，盯着进停车场的路。我认出那是我朋友，面貌清秀的马赫穆德·梅尔巴夫。另有一名男子，身材粗壮的帮中兄弟拉吉，与男孩塔里克一起在第二辆车里等着。

"他们到了！"费瑟来到我们身旁时，气喘吁吁地宣布，"我知道，他们照理明天才会到，但他们已经到了。他们刚和楚哈、楚哈的手下会合。"

"已经？多少人？"萨尔曼问。

"只有他们，"费瑟答道，"我们如果现在动手，可以将他们一网打尽。他们帮中其他人在塔纳参加婚礼，那就像是上天发出的信号之类的，那是我们最好的机会，但我们得快！"

"真不敢相信。"萨尔曼低声说，好似在喃喃自语。

我的胃一沉，硬邦邦地堵在肚子里。我清楚地知道他们在谈什么，那对我们而言代表了什么。几天来一直有探子汇报和传言指出，瓦利德拉拉联合会的楚哈一派，已与那名幸存的萨普娜杀手及其两名家族成员——他的弟弟和姐夫搭上线。他们正计划攻击我们的组织，扩张地盘的帮派战争已白热化，楚哈的黑帮联合会和我们的联合会水火不容，楚哈急于想吃下我们的地盘。

那些伊朗人和萨普娜杀手，埃杜尔·迦尼阴谋夺权失败后脱逃的那些党羽，得知这两个帮派不和，抓住机会找上楚哈，想利用他的贪婪和野心向我们复仇。他们承诺供应武器新枪给他，答应把巴基斯坦海洛因买卖的门路、有利可图的门路介绍给他。他们是叛徒：没了埃杜尔·迦尼仍继续运作的萨普娜杀手；未获伊朗萨瓦克组织正式支持的伊朗人。恨把他们凑到一块，他们想替死去的朋友报仇，他们的仇恨与楚哈的仇恨合流，心里想的就是杀人。

鉴于情势紧绷，久久不得化解，萨尔曼早已派人渗入楚哈的帮派。那人叫小汤尼，来自果阿的帮派分子，孟买黑社会对他一无所知。他提供内部情报给萨尔曼，就是他的情报，使萨尔曼开始提防那批萨普娜杀手、伊朗人，提防即将来袭的攻击。费瑟证实他们已到了楚哈家里，我们每个人都知道，接下来萨尔曼会考虑的应对之道只有一个：开打、开战，一举歼灭那些萨普娜杀手和伊朗密探，然后干掉楚哈，吞并他的地盘，拿下他的买卖。

"去他妈的！莫非是上天在帮助我们？"桑杰高喊道，灰白色的街灯下，他的眼睛闪闪发亮。

"你确定？"萨尔曼问，皱起最严肃的眉头，盯着年纪比他大的朋友埃米尔。

"确定，萨尔曼。"埃米尔拉长声调说，用手梳过他圆钝头顶上灰白的短发。他边说话边用那只手捻着他浓密唇髭的须尾。"我亲眼看见的。

攻击阿布杜拉的那些伊朗人半个小时前到达的。那些萨普娜浑蛋，你知道吗，他们已在那里待了一天。他们早上到的，小汤尼一知道，就以最快的速度告诉我们。我们在楚哈家旁盯着他们，已经盯了两个小时。小汤尼最近一次汇报时，跟我说他们就要全部到齐了，包括楚哈和他的心腹、萨普娜杀手、来自伊朗的家伙。他们在等那些伊朗人会合，然后攻打我们。很快，或许明天晚上，最晚后天。楚哈还调了别人来，他们正从德里和加尔各答赶来。他们的计划大概是同时攻击我们约十个地方，使我们无法反击。我要小汤尼回去，伊朗人一到就通知我们。我们如往常般盯着那个地方，然后我们见到他们走进去，大概是早了一天，但我们很确定。不久后，小汤尼出来点了根烟，那是约定的信号。他们就是那批人，跟踪阿布杜拉的那批人。现在他们全在那里面，我们离开那里只有两分钟。我知道还早，但我们得去。我们得现在动手，萨尔曼，在接下来的五分钟内。"

"多少人，全部？"萨尔曼问。

"楚哈和他的手下。"埃米尔拉长声调慢吞吞地回答。我想他轻、慢、含糊的说话方式，让在场的每个人都勇气大增，他远不像，或似乎远不像，我们其他人那么紧张。他说："共有六个人，其中一个人是马努，他很能打，一个人能撂倒哈襄家三兄弟。他堂哥毕奇楚也很能打，'蝎子'的绰号可不是浪得虚名。剩下的包括楚哈那个浑蛋都很容易摆平，然后就是那些萨普娜杀手，有三个，来自伊朗的有两个。总共十一个人，顶多再加一两个。胡赛因正盯着那地方，如果再有人到，他会通知我们。"

"十一个，"萨尔曼喃喃说道，避开众人目光，考虑着眼前情势，"我们……有十一个，加上小汤尼，十二个。但我们得扣掉两个人，负责在楚哈家外面的街上把风，一边一个，以便我们进入里面时，如果警察响着警笛要来抓我们，他们可以拖延警方行动。我们进去之前，我会打个电话，把警察调开，但我们得非常确定。楚哈说不定还会调来别的人手，因此我们至少得留两个人在外面。杀进那里面我不怕，但我可不想再杀出来。胡赛因已在那里，费瑟，在外面街上把风的另一个人就是你了，行吗？除了我们，不准让任何人进出。"

"没问题。"那名年轻打手说。

"立刻去和拉吉检查枪支，把枪准备好。"

"我来搞定。"他说着，收走一些人的枪，小跑步到拉吉、马赫穆德等着的车旁。

"要有两个人和塔里克一起回哈德家。"萨尔曼继续说。

"是纳吉尔决定带他一起来的，"安德鲁插话道，"费瑟与埃米尔来通报我们消息后，他不想把塔里克留在那里。我要他不要带那小子来，但你也知道，纳吉尔想做的事，谁也改变不了。"

"那就由纳吉尔带那男孩到索布罕·马赫穆德位于维索瓦的家，看好他。"萨尔曼安排道，"你跟他一起去。"

"噢，拜托，老哥！"安德鲁抱怨道，"为什么非得是我负责那差事？为什么我得错过这次行动？"

"我需要两个人看好老索布罕和那男孩的安全。特别是那男孩，纳吉尔不留下他是对的。塔里克是攻击目标，只要他还活着，这联合会就仍是哈德的联合会。如果让他们杀了他，楚哈的威权会提升，杀了老索布罕也是。把那男孩带离孟买，确保他和索布罕·马赫穆德平安无事。"

"但为什么我得错过这次行动，老哥？为什么非得是我？派别人去，萨尔曼。让我跟你去楚哈家。"

"你要跟我吵？"萨尔曼说，气鼓鼓地噘起嘴。

"不是，老哥，"安德鲁任性地吼道，"我干，我带那孩子走。"

"这下我们剩下八个人，"萨尔曼断言道，"桑杰和我，阿布杜拉和埃米尔，拉吉和小汤尼，法里德和马赫穆德……"

"九个，"我打断他道，"我们有九个人。"

"你该离开，林，"萨尔曼轻声说，抬起眼睛迎上我的目光，"我正要请你搭出租车，传话给拉朱拜，还有你护照工厂的那些小伙子。"

"我不要离开阿布杜拉。"我不带感情地说。

"或许你可以和纳吉尔一起回去。"与安德鲁交情甚好的埃米尔提议。

"我离开过阿布杜拉一次，"我义正词严地说，"我不要再犯，那像是命运安排的。我有预感，萨尔曼，预感不该离开阿布杜拉，我要参加，我也不要离开马赫穆德·梅尔巴夫，我要跟他们一起，我要跟你一起。"

萨尔曼盯着我，忧心忡忡地皱着眉。我忽然不合时宜地想起，他那稍稍歪斜的脸，一眼比另一眼稍低、鼻子因曾遭人打断而弯曲、嘴角带疤，在心事重重而皱起坚定的眉头时，反倒变得匀称而帅气。

"好。"他最终同意道。

"搞什么！"安德鲁勃然大怒，"他可以去，我却得去看小孩？"

"别发火，安德鲁。"法里德安抚道。

"不，去他的！我受够这个浑蛋白人了，老哥。哈德喜欢他，他去过阿富汗，那又怎样？哈德死了，yaar，哈德的时代已经结束了。"

"放轻松，老哥。"埃米尔插嘴道。

"轻松什么？去他哈德的，也去他的白人！"

"嘴巴放干净点。"我紧咬牙关，喃喃说道。

"要我干吗？"他问，把脸凑上来，一副要打架的样子，"哈，干你老姐！这下我的嘴巴如何？喜不喜欢？"

"我没有姐姐。"我用印地语说，语气平淡。一些人大笑起来。

"噢，或许我就干你老妈，"他咆哮道，"让你有个新妹妹！"

"够了，"我低吼道，摆出要和他对干的架势，"举起来！把你他妈的双手举起来！我们来打一场！"

情况本会一团乱。我不是很能打，但我知道招式，我能给对方重重一击。那几年间，如果真碰上麻烦，我不怕把冷冷的刀子戳进别人的身体。安德鲁很厉害，有枪在手上，他能要我的命。埃米尔绕到他身后，在他右肩的正后面挺他，阿布杜拉在我身旁的类似位置站定，两人的对决眼看就要变成群架。我们每个人都知道这点，但那个年轻的果阿人没举起双手，时间一分一秒地过去，看来他只是嘴巴耍狠，并不是真的那么想动手。

纳吉尔出面打破僵局。他挤进我们两人中间，抓住安德鲁的一只手腕和衣领，我很了解那一抓的意思。安德鲁若想挣脱，就得杀死这个魁梧的阿富汗人。纳吉尔停住不动，待我投去叫人困惑的迷样表情，半指摘、半骄傲，半愤怒、半红着眼睛的感动之后，随即把那个年轻的果阿人往后推，穿过围住的人群，来到车边，将安德鲁推进驾驶座，自己爬进后座，和塔里克坐在一起。安德鲁发动车子，掉转车头，高速驶向临海大道，卷起沙砾和尘土。车子急速开过我身旁时，我看见窗边塔里克的脸。那是苍白的脸，只有双眼，像雪地里野兽的爪印，泄露出心思或心情。

"Mai jata hu.（我去。）"车子经过后，我重复道。众人皆大笑起来。我不确定他们是在笑我语气的激动，或笑这句印地语的简单直接。

"我想我们懂你的意思，林，"萨尔曼说，"我想那很清楚，na？我安排你跟阿布杜拉一组，守在屋后。楚哈家后面有条巷子，阿布杜拉知道的。有两条巷子与那后巷相交，其中一条巷子出去是大街，另一条巷子绕过转角，通往那街区的其他房子。楚哈房子有个后院，我看过，那里有两个窗户，都装了粗条铁窗，只有一道门进出屋子。进门前得下两个台阶。你们两个守住那地方。我们动手后，别让任何人进入。如果预料的没错，他们会有一些人想从那里逃走。守住那里，别让他们越过一步。在那里，把他们挡住，挡在院子里。我们其他人会从前面进去。枪准备得怎么样，费瑟？"

"七支，"他答道，"两支短猎枪、两支自动手枪、三支左轮手枪。"

"给我一支自动手枪，"萨尔曼命令道，"阿布杜拉，你拿另一支。林，你得和他共享那把枪。猎枪在屋里不好用，屋里又小又挤，而我们不希望误射到自己人。猎枪就部署在外面的街上，一旦需要，就给我们最大的火力掩护。费瑟，你拿两支猎枪，一支给胡赛因。解决之后，我们会从后门离开，经过阿布杜拉和林。我们不从前面离开，所以，我们一进到里面，看到想进来或出去的人，格杀勿论。另外三把枪给法里德、埃米尔、马赫穆德。拉吉，你得和我们共享。可以了吗？"

众人点头，轻轻左右摆头，表示同意。

"各位，如果等下去，我们会有另外三十个人、三十把枪加入，这你们是知道的，但我们可能错过将他们一举歼灭的机会。事实上，我们已经讲了太久，讲了十分钟。如果趁他们还不知情，现在就动手，又快又狠，我们能把他们干掉，让他们一个都逃不掉。我想解决他们，今晚就立刻解决这件事，但要不要如此，我希望由你们决定，如果你们觉得还没准备好，我不希望逼你们进去。你们想再等更多人手加入，或现在就走？"

大伙一个接一个开口，很快都表示了意见，大部分只说了一个字"Abi"，意为现在。萨尔曼点头，然后闭上眼睛，用阿拉伯语喃喃祷告。再度抬起头时，他神情坚定，首次毫不犹豫地坚定，眼神里熊熊燃着怒火，冒着他一直不想染上身的狰狞杀气。

"Saatch... aur himmat.（真诚……与勇气。）"他说，看着每个人的眼睛。

"Saatch aur himmat."他们答。

众人未再开口，拿起枪坐进两辆车，驶往短短几分钟的路程外，位于热闹的萨达尔·帕特尔路上的楚哈家。还未能厘清思绪，甚至还未能清楚思考自己在做什么，我就已经和阿布杜拉蹑手蹑脚地走在狭窄的暗巷里，巷子暗得让我能感觉到眼睛是如何使劲在睁大。然后我们翻过垂直的木围篱，落在敌人屋子的后院里。

我们在漆黑中站在一起一段时间，查看发亮的表面，让眼睛适应环境，同时竖起耳朵仔细听。阿布杜拉在我的耳边悄声说话，那声音让我吓得差点跳起。

"没事，"他低声说，听起来像羊毛毯子的窸窣声，"这里没人，附近没人。"

"看来很安全。"我答道，意识到自己压低嗓子的说话声，因害怕的喘息而略显粗哑。窗子或屋子的蓝色后门内都没有透出灯光。

"这下，我信守承诺了。"阿布杜拉神秘兮兮地悄声说。

"什么？"

"你要我答应你，我要杀楚哈时，一定要找你一起干，还记得吗？"

"记得，"我答道，心脏跳得比健康的心脏还要快，"你要小心，我想。"

"我会小心，林兄弟。"

"不是，我是说，你对生活中所盼望得到的东西要小心，na？"

"我会试试看这门能不能打开，"阿布杜拉凑在我耳朵旁低声说，"如果可以，我会进去。"

"什么？"

"你在这里等着，待在门附近。"

"什么？"

"你在这里等着，待在……"

"我们两个都该留在这里！"我激动而小声地说。

"我知道。"他答道，像潜行跟踪的豹，轻轻移向门处。

我悄悄跟上去，但动作较笨拙，比较像是只睡了长觉醒来、身体僵硬的猫。我来到往下通往蓝门的那两级宽台阶时，看见他打开那门，一下子蹿进屋里，像猛扑而下的鸟瞬间掠过的影子。他关上门，未弄出一点声响。

我独自待在漆黑中，从腰背部的刀鞘里抽出小刀，右手紧握住刀柄，刀尖朝下。我盯着漆黑的院子，把全副注意力放在心跳上，想靠意志力放慢过快的心跳。一段时间后，果然奏效，我感觉心跳的次数在变少。随着脑海里只绕着单单一个静态的念头，我的心情随之更为平静。那念头就是哈德拜，还有他曾一再向我提起的那句箴言："为了对的理由，做了不对的事。"而在我身处于越来越恐怖的漆黑中一再念着那句话时，我知道，这场对付楚哈的战斗，这场战争，这场权力争夺战，和古往今来任何地方的任何斗争始终没有两样，永远都是不对的。

萨尔曼和其他人，一如楚哈、那些萨普娜杀手、他们其他所有人，全自以为他们的小小王国使他们成为老大，他们的权力斗争使他们握有呼风唤雨的权力。其实没有，那些东西没这能耐。那时候，我把这点看得非常清楚，让我觉得就像是弄懂一个数学定理般。让人成为老大的王国只有一个，就是人自己灵魂的王国。真正具有意义的权力只有一种，就是改善世界的权力。只有像卡西姆·阿里、强尼·雪茄之类的人，才是这样的老大，才拥有这样的权力。

我不安且害怕，耳朵贴着门，使劲想听到屋里阿布杜拉或其他人的动静。盘旋在我心里的恐惧，不是死亡的恐惧。我不怕死，我怕的是伤重到无法走路或看不见，或因为其他理由，逃不掉敌人的追捕。我最怕的就是被捕，再度被关起来。耳朵紧贴着门时，我祈祷不要遭到会让我失去行动能力的伤害。就让那在这里发生，我祈祷。让我挨过这一次，或让我死在这里……

我不知道他们从哪里蹦出来，我感觉有不止一只手碰到我，然后听到一个声响。两名男子把我猛然翻过来，重重摔在门上。我出于本能，伸出右手攻击。

"Chaku! Chaku!（刀子！刀子！）"其中一个人大喊。

我把小刀往上挥，但挥得不够快，无法伤到他们。一名男子掐住我的喉咙，把我钉在门上。那人高大，而且很壮。另一名男子用双手想逼我放掉小刀，他没那么壮，无法让我放下武器。然后，又一名男子从黑暗处跳下阶梯。多了两只手帮忙，他们扭弯我紧握的手，迫使我丢下小刀。

"Gora kaun hai?（这个白人是谁？）"那个新来的人问。

"Bahinchudh! Malum nahi.（浑蛋！我不认识。）"那个壮汉答。

他盯着我，困惑之情显露于脸上。突然碰上一个佩带小刀、贴着门的外国人，让他困惑起来。

"Kaun hai tum?（你是谁？）"他以近乎友善的口吻问。

我没答。我心里只想着，要想办法向阿布杜拉示警，我搞不懂他们怎能不发出声响就摸到我身边。后院院门开关时想必安静无声，他们的鞋子或印度凉鞋，想必是柔软的橡胶鞋底。总之，我让他们神不知鬼不觉地摸上来制伏我，我得向阿布杜拉示警。

我突然使劲挣扎，好似想挣脱。他们中计，三个人全对我大吼大叫，六只手抓着我，把我重重摔向蓝门。其中一个较矮小的男子蹿到我左边，把我的左臂按在门上。另一个矮小男子抓住我的右臂。扭打之中，我把穿着靴子的脚往门上重重踹了三下。阿布杜拉肯定听到了，我心里想，行了……我向他示警了……他一定知道出状况了……

"Kaun hai tum?"那个壮汉又问。他收回掐住我喉咙的手，握成拳头，停在我脑袋边，我视线的最上方，作势要揍我。

我还是不回答，死盯着他。他们的手像镣铐般硬，把我固定在门上。

他出拳砸向我的脸。我使劲把头稍微撇开，但腭部、脸颊还是中了拳。他的手指上戴了戒指，也或者戴了指节铜套。我看不到，但感觉到坚硬的金属在骨头上划出口子。

"你在这里干什么？"他用英语问，"你是谁？"

我不讲话，他又出拳，我脸上挨了三拳。我知道这个……我心想。我知道这个……我回到监狱，回到澳大利亚，回到那个惩戒队，拳头、皮靴、警棍。我知道这个……

他停下，等我开口。那两个较矮小的男子朝他咧嘴而笑，然后朝我咧嘴而笑。"Aur.（继续打。）"其中一个人说。那个壮汉往后退，朝我身体猛挥拳。那是缓慢、从容、很有职业水平的几拳。我感觉体内的空气被抽掉，仿佛生命本身开始从我身上流掉。他往前移，贴近我的胸膛、喉咙和脸。我感觉自己正涉水走进遭击败的拳击手摇摇晃晃倒下的那片黑水。我完蛋了，完了。

我不气他们，是我自己没搞好。我让他们不知不觉地摸上来制伏我，很可能是走过来制伏我的。我是去那里打斗的，理该有所防备。错在我，我不知怎么没察觉到他们，把事情搞砸了，那是我自己的错。我唯一想做的，就是向阿布杜拉示警。我无力地踢着身后的门，希望他听到，逃掉、逃掉、逃掉……

我落进伸手不见五指的漆黑，整个世界的重量跟着我一起往下掉。踢门时，我听到有叫声，我感觉到阿布杜拉打开了门，我们掉进门后撞上他。我的眼中有血，眼睛肿起，漆黑之中，我听到有人开了两枪，看见闪光。然后，整个世界一片光亮，有人开了另一道门。我眨眼望向那亮光，看见有几名男子朝我们冲来。那人再度开了两枪、三枪，我从那个壮汉的身下翻出，看见我的小刀，就在我的眼睛旁，在敞开的蓝门附近的地板上闪闪发亮。

我伸手欲抓住刀子时，其中一个矮小男子想爬过我身上，爬出门。我想都没想就把刀往后一挥，刺进他臀部。他尖叫着，我爬上去，挥刀划过他眼睛附近的脸皮。

真是不可思议，些许别人的血，或大量别人的血，如果你应付得来的话，竟能让你臂力大增，让你发疼的伤口因肾上腺素分泌而不觉疼痛。我火冒三丈，浑身是劲，猛然转身，看见阿布杜拉和两个人扭打成一团。房间的地板上躺着人，我算不出有多少人。噼啪、嗒嗒的枪声，从四周、从上面、从屋里其他房间传来。他们似乎是同时从几个地方进入屋子，四周传来叫喊声、尖叫声。我闻到这房间里有尿味、屎味、血腥味。有人腹部受伤了，我希望那不是我，我左手拍打着自己的肚子，寻找伤口。

阿布杜拉正和那两名男子打得难分难解，又是摔，又是挖眼睛，又是咬。我正想爬过去，就感觉到有只手抓住我的腿，把我往后拉。手劲很大，非常大，是那个壮汉。

他已中枪，我很肯定，但他衬衫或长裤上都见不到血渍。他拉着我，像拉着陷入网子的乌龟。来到他身边时，我举起小刀刺向他，但他先我一步出手，抡起拳头打中我的右睾丸。他未能一击致命，一击中的，但那一击还是让我痛得缩起身子滚到一旁。我感觉到他猛然爬过我身旁，以我的身体为支点，勉强站起身子。我往后滚，吐出胆汁，看见他站起来，往阿布杜拉跨出一步。

我不能让那发生。我的心已有太多次因想到阿布杜拉的死，想到他独自一人身陷枪林弹雨而惶惶不安。我忍住疼痛扭动身子，在地上挣扎着想起身，几次滑倒，身上流着血，最后终于跳起，把刀子插进那壮汉的背，刺中他的背部上方，紧邻肩胛骨的下缘。我感觉到刀子下的骨头颤动，刀尖被震得偏向肩膀。他真壮，我挂在他背后的刀子上，他拖着我又走了两步，身子才一软倒下。我倒在他身上，抬头看阿布杜拉。他的手指插在一人眼里，那人头往后仰，靠在阿布杜拉的膝盖上，下巴松垂，脖子像点燃的引火物般噼啪作响。

有人拉住我，把我拉往后门。我出手攻击，但强而有力的手轻轻掰下我手上的刀。然后我听到有人在说话，马赫穆德·梅尔巴夫的声音，我知道我们安全了。

"快，林。"那个伊朗人说，语气急切，在刚刚一番嘶吼、血腥的厮杀后，似乎显得太小声。

"我需要枪。"我小声而含糊地说。

"不，林，结束了。"

"阿布杜拉呢？"马赫穆德把我拖进后院时，我问。

"他在忙。"他答道，我听到屋里的尖叫声一个个戛然而止，像夜色笼罩着寂静的湖面时，鸟儿一个个悄然无声，"能不能站？能不能走？我们得立刻离开！"

"可以！没问题。"

我们来到后院院门时，我们的人一排冲过我们身旁。费瑟和胡赛因中间扶着一个人，法里德和小汤尼也扶着一个人，桑杰右肩扛着一个人，把那人紧按在他胸膛和肩膀上，边走边啜泣。

"萨尔曼死了。"马赫穆德严肃地说道，在我们让路给快步跑过的他们时，眼睛随着我目光移动，"拉吉也是，埃米尔受了重伤但还活着，不过伤得很重。"

萨尔曼，哈德联合会里最后一个明理之人，最后一个哈德类型的人。我快步走向小巷那头等着的车子旁，感觉自己的生命正一点一滴流失，就像那个壮汉把我顶在门上猛搂时一样。结束了，那个老派黑帮联合会跟着萨尔曼一起走了，一切都变了。我望着与我同车的人：马赫穆德、法里德、受伤的埃米尔。他们打赢了这场战争，萨普娜杀手终于被铲除殆尽。以萨普娜之名开始的一章，打打杀杀的一章，永远阖上了。哈德的仇报了。埃杜尔·迦尼背叛、夺权的阴谋，终于被彻底消灭。而那些伊朗人，阿布杜拉的敌人，再也构不成威胁：他们安静无声，就和阿布杜拉正……忙着的那间血腥、没有尖叫的屋子一样安静。楚哈的帮派被歼灭。边界战争结束了。结束了。命运轮盘转了整整一圈，一切都将改观。他们赢了，但他们全在哭。他们全部在哭。

我把头仰靠在椅背上。夜色，那道将承诺与祷告合而为一的光之隧道，在窗外跟着我们飞掠。我们握紧的拳头缓慢而孤寂地松开，解放了跟身心一样满布抓痕的手掌。向来如此，且永远必然如此，愤怒软化为忧伤。就在一个小时前我们所想要的东西，如今无一处比一滴眼泪的坠落还有希望或意义。

"什么？"马赫穆德问，脸凑近我的脸，"你说什么？"

"我希望那只熊逃掉。"我透过裂开流血的双唇，小声而含糊地说。悲痛的心情开始从我受伤的身躯里升起，睡意像晨间森林里的浓雾，贯穿我哀伤的心。

"我希望那只熊逃掉。"

第四十二章

阳光在水面上碎裂，在宽阔的弯月形海湾的滚滚波涛之上，洒下一道道亮如水晶的银链。浑身如火的鸟，在夕阳下成群盘旋、转身，动作整齐划一，如迎风飘飞的丝质横幅。我在宛如一座白色大理石海岛的哈吉·阿里清真寺，有矮墙围绕的院子里，看着远道而来的朝圣信徒和本地的虔诚信徒离开清真寺，循着平坦的石头步道，朝海岸曲折前行。他们知道上涨的潮水会淹没这步道，届时只有搭船才能回家。那些忧伤或忏悔的人，一如前几日其他忧伤或忏悔的人，在前来朝拜时，将花环抛进渐渐退潮而越来越浅的海水。然后，那些橘红色花朵、褪了色的灰白色花朵，会乘着上涨的潮水漂回，怀着上千个伤心人向海水倾诉的爱、失落及渴望，在每个由潮水涨落掌控进出的日子里，给步道戴上花圈。

我们这一帮兄弟，如他们所说，来到这清真寺，向我们的朋友，萨尔曼·穆斯塔安的灵魂，献上最后的敬意和祷告。自那一晚他丧命后，这是我们第一次全员集合。与楚哈和他的手下火并之后，几个星期以来，我们散居在各地躲藏疗伤。报纸上当然是一片讨伐之声，"尸横遍野""大屠杀"这些字眼，横陈在孟买各日报的大标题上，就像涂在狱警含糖小圆面包上的奶油。要求伸张公权力、严惩暴徒的声浪甚嚣尘上。孟买警方若要抓人，当然可以抓到。他们无疑知道，他们在楚哈家发现的那一小堆尸体，是哪个帮派干的。但有四个有力的理由要他们不要行动。对孟买警方而言，那些理由比报纸上不明事理的愤慨，更让人信服。

第一，不管是那屋里的人、屋外街上的人，或孟买其他地方的人，都没人愿意出来做证指控他们，甚至连不公开的指控都不愿意。第二，那场火并铲除掉的萨普娜杀手，是警方自己也很想干掉的人。第三，楚哈领导下的瓦利德拉拉帮在数月前，杀害了一名在弗洛拉喷泉附近撞见他们从事大型毒品交易的警员。那案子一直未正式破案，因为警方没有证据可呈上法庭。但他们知道，几乎在发生案子的那一天就知道，那是楚哈的人干的。警方原本就希望干掉楚哈和他的帮众，楚哈家那场血腥杀戮，就和他们原先构想的行动差不多，要不是萨尔曼先一步动手，他们迟早也会这样做。第四，我们从楚哈的非法交易所得中，拿出一千万卢比，大手笔打点了一小群法医，使那些正派警察最后也不得不无奈耸肩，放过此事。

警方私底下告诉桑杰，亦即哈德汗黑帮联合会的新老大，形势对他不利，他已用光所有机会。他们希望平静，当然还有源源不断的收入，如果他管不住手下，他们会替他管。在收受他一千万卢比的贿赂之后，放他回街头活动的前夕，他们告诉他："顺便告诉你，你帮派里那个叫阿布杜拉的家伙，我们不想再见到他。永远不想。他在孟买死过一次。如果再让我们碰上，他会再死一次，而且这一次，绝没有活命的机会……"

低调了数个星期后，我们陆续回到这座城市，重拾我们在这帮派里——大家都已知道由桑杰主持的帮派里，所负责的工作。我离开位于果阿的躲藏地，回到孟买，在维鲁与克里须纳的协助下，继续主持护照业务。最后，桑杰终于通知大伙儿重聚，地点是哈吉·阿里清真寺。我骑着恩菲尔德摩托车来到清真寺，和阿布杜拉、马赫穆德·梅尔巴夫一起走上那条石头步道，跨过荡着小浪的海面。

马赫穆德跪在我们一群人前面，领头祷告。这座孤悬海上的清真寺，周围有许多小阳台，我们在其中一个小阳台上，上头没有其他人。马赫穆德面朝麦加，白衬衫随着海风鼓胀又塌陷。其他人在他身后或跪或站，他代表众人说道：

> 一切赞颂，全归真主，全世界的主，
>
> 至仁至慈的主，
>
> 报应日的主！
>
> 我们只崇拜你，只求你佑助。
>
> 求你引导我们上正路……①

联合会的穆斯林核心分子法里德、阿布杜拉、埃米尔、费瑟、纳吉尔，跪在马赫穆德后面。桑杰是印度教徒，安德鲁是基督徒。他们跪在我旁边，法里德那五人的后面。我低头站着，双手紧握在身前。我懂那些祷文，懂那简单的站立、跪下、鞠躬仪式。我大可以加入他们，我知道我如果和他们一起跪着，马赫穆德和其他人会很高兴，但我办不到。对他们而言，混帮派与信教并行而不悖——在这里，我作奸犯科；在那里，我恪守宗教仪礼：这是轻松又自然的事。但我办不到。我的确向萨尔曼说了话，低声祝福他不管在哪里，都得到安息。但我清楚地意识到心中的罪恶，清楚地感到浑身不自在，因而，除了那段简短的祈祷，我说不出别的。因此，我静静地站着，在紫色黄昏给这缭绕祈祷声的阳台洒上金色和淡紫色的余晖时，感觉自己像是个骗子，像是那虔诚肃穆之岛上，监视他人行动的密探。而马赫穆德的祷文，似乎正切合我已然消亡的廉耻心和日渐淡薄的自傲：那些已招来你谴怒的人……那些已走上歧路的人……

祷告结束，我们依照习俗相互拥抱，走回那条步道，朝岸上走去。

---

① 此为《古兰经》第一章的部分经文。

马赫穆德走在最前头。我们都已用自己的方式祷告过，都已为萨尔曼哭泣过，但我们不像到这圣寺朝拜的虔诚信徒。我们个个戴墨镜，个个穿新衣。除了我，每个人都把这一年或一年以上所赚的黑钱，化作金链、高档手表、戒指、手环戴在身上。我们大摇大摆，十足帮派分子的样子：那是在打打杀杀中练出一身好体格的帮派分子，身怀武器且一副凶神恶煞样，踩着小舞步的走路模样。那是很古怪的一行人，而且是令人胆寒的一行人。因而，我们把带来施舍的一捆捆卢比钞票，送给那跨海步道上的职业乞丐时，得费好一番功夫才让他们安心收下。

他们开了三部车，停在海堤附近，差不多就是我遇见哈德拜那一晚，我和阿布杜拉所站的地方。我的摩托车停在他们车子后面，我在他们的车旁停下，与他们道别。

"一起吃顿饭，林。"桑杰提议，发自肺腑的邀请。

我知道，在清真寺经过感伤的祷告之后，那会是很有趣的一顿饭，且会有上等毒品和精心挑选的开心、漂亮蠢女孩助兴。我感激他的好意，但我心领了。

"谢了，老哥，但我和人有约。"

"Arrey，带她一起来，yaar，"桑杰提议，"是个妞，对不对？"

"对，是个妞。但……我们有事要谈，我晚点会去找你们。"

阿布杜拉和纳吉尔想陪我走到摩托车处，只走了几步，安德鲁就跑上前来，把我叫住。

"林，"他说，说得又急又紧张，"我们在停车场发生的事，我……我只是想说……对不起，yaar。我一直想道个歉，呃，你知道吗？"

"没关系。"

"不，有关系。"

他用力拉我的手臂，手肘附近，把我拉离纳吉尔，拉到他刚好听不到的地方，然后凑近我，轻声而急促地说："我并不为自己那样说哈德拜而愧疚。我知道他是老大，知道……你可以说是爱他……"

"对，我可以说是爱他。"

"但我并不为自己那样说哈德拜而愧疚。你知道的，他爱讲那些神圣的大道理，但当他需要人来当替死鬼，好让警察不再找他麻烦时，他还是会甩开那些道理，把老马基德交给迦尼。马基德是他的朋友吧，yaar，但他却让他们把他分尸，好让警方转移侦查方向。"

"这个……"

"那些规矩，有关这个、那个、所有一切的规矩，你知道的，全都废了，桑杰已要我管理楚哈的那些妞，还有录像带。费瑟、埃米尔已开始经营赤砂海洛因。我们就要靠那个赚进他妈的数千万，我要跻身联合会，他们也是。所以，哈德拜的时代，就像我说过的，结束了。"

我回头凝视着安德鲁浅黄褐色的眼睛，吐了长长的一口气。自停车场那一晚后，我对他的反感一直积压着，随时可能爆发。我并未忘记他说过的话，并未忘记我们差点打起来。他那段简短的话，使我更火大。要不是刚参加完我们两人共同好友的葬礼，我大概已动手打他。

"你知道吗，安德鲁，"我低声说，"我得告诉你，你这番小小的道歉，让我不是很舒服。"

"我要道歉的不是这个，林，"他解释道，皱起不解的眉头，"我要道歉的是你妈，我曾那样说她。对不起，老哥。真的很对不起说了那样的话。把你妈，或任何人的妈扯进来，总是很不应该，任何人都不该拿那种下流话说男人的妈。那时候，yaar，你大可以他妈的开枪打我。而……我很庆幸你没有。母亲是神圣的，yaar，我知道你妈一定是个很好的女士。所以，我请求你，请接受我的道歉。"

"没关系。"我说着伸出手。他伸出双手抓住我的手，使劲握手。

阿布杜拉、纳吉尔和我三人转身离开，走向摩托车。阿布杜拉出奇地安静。他那种静默，让人觉得不祥、不安。

"你今晚要回德里？"我问。

"对，"他答道，"午夜。"

"要我陪你去机场吗？"

"不，谢了，最好不要。应该不会有警察盯着我，你如果去，他们反倒会看着我们。但或许我会在德里见到你。在斯里兰卡，有个任务，你该和我一起去执行。"

"我不懂，老哥，"我迟疑道，咧嘴而笑，惊讶于他的正经八百，"斯里兰卡那里正在打仗。"

"这世上没有人、没有地方不在打仗。"他答道，我忽然想到，他从没对我说过这么有深度的话，"人所能做的，就只有选队伍开打。那是我们唯一享有的机会，为谁而打、打谁，人生就是这样。"

"我……希望人生不只是如此，兄弟。但去他妈的，你说的或许没错。"

"我想你可以和我一起干这事，"他力劝道，明显不安于他要求我做的事，"那是为哈德拜做的最后一件事。"

"什么意思？"

"哈德汗，他要我替他执行这任务，在那个……怎么说，信号，我想，或者说是信息，从斯里兰卡发出时。如今，那个信息已经来到。"

"对不起，兄弟，我不懂你在说什么。"我轻声客气地说，不想让他更严肃，"放轻松，解释给我听。什么信息？"

他用乌尔都语跟纳吉尔说，说得很快。年纪较大的纳吉尔点了几次头，然后说到名字，或者说到不要提到名字。纳吉尔转头向我露出亲切、开朗的笑。

"斯里兰卡战争，"阿布杜拉解释道，"两边在打仗，一边是泰米尔之虎，一边是斯里兰卡政府军。泰米尔之虎是印度教徒，僧伽罗人是佛教徒。但在他们之间还有别的族群，泰米尔穆斯林，那些人没有枪、没有钱。他们到处被杀，没人替他们打仗。他们需要护照和钱（黄金），我们要去帮他们。"

"哈德拜，"纳吉尔补充说，"他订了这计划，只有三个人。阿布杜拉、我、一个白人你。三个人，我们一起去。"

我欠他一份人情。我知道，纳吉尔绝不会提到那事，我如果不跟他去，他也不会怨恨我。我们一起经历过太多苦难。但他的确是我的救命恩人，我很难拒绝他。而且在他投向我的微笑中，那难得开朗的微笑中，还有别的东西，或许是洞明事理、慷慨大度的东西。他所要给我的，似乎不只是和他一起拼命、让我还人情债的机会。他为哈德的死而自责，但他知道我仍为哈德死时，我未假扮成美国人陪在哈德身边而内疚、羞愧。他在给我机会，我把目光从他的眼睛那儿移开，转而注视阿布杜拉的眼睛，又回去看他的眼睛时，心里这么想。他在给我机会了结这事。

"那你打算什么时候出发？大概的时间？"

"很快，"阿布杜拉大笑道，"几个月，就几个月。我会去德里，时机到了，我会派人来带你过去。两三个月，林兄弟。"

我听到脑海里有个说话声，或者其实不是说话声，只是低回的话语，像石头咝咝掠过平静湖面的声音，杀手……他是个杀手……别干那事……逃开……立刻逃开……而那话说的当然没错，说的对极了。如今，我很希望我可以说，那时候我只花了几下心跳的时间，就决定加入他的任务。

"两三个月。"我答道，伸出手。他把两只手叠在我的手上，握住我的手。我望着纳吉尔，盯着他的眼睛微笑说道："我们来执行哈德拜的任务，我们会完成。"

纳吉尔紧咬牙关，脸颊肌肉紧绷隆起，下拉的嘴部曲线更显夸大。他对自己穿着凉鞋的双脚皱起眉头，好似那双脚是不听话的小狗。然后他突然扑向我，双手交扣在我身后，把我紧紧箍住。那是从不懂得如何用肢体表达内心感受，但跳舞时例外的男人的拥抱，摔角场上那种粗暴的拥抱，而且，就和开始的时候一样，结束得也突然而狂暴。他猛挥开粗壮的手臂，用胸膛把我往后顶，摇头、身子颤抖，好似人在浅水里，有只鲨鱼刚游过他身边。他迅速抬起头，泛红的眼眶显露深情，但不幸的马蹄形嘴巴正抿着严正的警告。我知道，我如果提起他深情流露的那一刻，或以任何方式谈起，我会永远失去他这个朋友。

我发动摩托车，跨坐上车，双脚踩地把车滑离人行道边缘，朝纳纳乔克、科拉巴的方向驶去。

"Saatch aur himmat（真诚与勇气）。"我骑过阿布杜拉身边时，他大喊。

我挥手，点头，但无法重复这句口号回应他。我决定参加他们的任务前赴斯里兰卡，而那决定里有多少真诚或勇气，我不知道。我离开他们，离开他们所有人，投入暖热的夜，投入拥挤而走走停停的车流。那时，我觉得那里面似乎没有多少真诚或勇气。

抵达通往纳里曼岬的后湾路时，血红的月亮正从海上升起。我把车停在冷饮摊旁上锁，把钥匙丢给店老板，一位贫民窟的友人。月亮出现后，我走上人行道，人行道旁是弧形的长长沙滩，常有渔民在那里修补渔网和破损的船。那天晚上在萨松码头区有庆祝活动，把住在沙滩小屋和简陋棚子的居民吸引了过去。我走的那条马路上，几乎空无一人。

然后我看到了她。她坐在一艘废弃渔船的边缘，船身有一半埋在沙滩里，只有船头和几米长的舷缘突出于周遭沙滩之上。她穿着纱瓦尔长上衣，下面是宽松的长裤，双膝曲起，下巴抵在双臂上，盯着黝黑的海水。

"这就是我喜欢你的原因，你知道的。"我说着，在她身旁那艘搁浅渔船的舷栏上坐下。

"嗨，林。"她面露笑容地答道，绿色眼睛如海水那样黑，"很高兴见到你，我以为你不会来了。"

"你留的口信听起来很……急迫。我差点赶不来。好在我在狄迪耶前往机场的路上碰到了他，他告诉了我。"

"好运发生在命运厌烦于等待之时。"她喃喃说道。

"又来了，卡拉。"我大笑。

"老毛病，"她咧嘴而笑，"难改，而且更难骗人。"

她打量了我片刻，好似在地图上寻找熟悉的参考点。她的笑容慢慢消失了。

"我会想念狄迪耶。"

"我也是，"我低声说，心想他大概已在空中，在去意大利的路上，"但我认为他很快就会回来。"

"为什么？"

"我安排那两个星座乔治住进他的公寓，给他看房子。"

"啊！"她脸部的肌肉抽搐了一下，完美的嘴摆出完美的亲吻嘴形。

"对啊，如果这还不能让他早早回来，那就没什么能做到了，你知道他有多爱那套公寓。"

她没答话，目光专注不动。

"哈雷德在这里，在印度。"她语气平淡地说，看着我的眼睛。

"哪里？"

"德里，哦，应该说是德里附近。"

"什么时候？"

"两天前收到的消息，我叫人查过，我想是他。"

"什么消息？"

她望向别处，望向海，慢慢叹了口长气。

"吉特有渠道取得各电讯社的消息。其中一家发来一则消息，提到有个名叫哈雷德·安萨里的新精神领袖，从阿富汗一路走过来，所到之处吸引大批信众跟随。我看了那消息，请吉特帮我查证，他的人送来了那人的形貌特征，是吻合的。"

"哇……感谢上帝……感谢上帝。"

"对，或许。"她喃喃说道，眼里散发出些许以往的调皮、神秘。

"你肯定是他？"

"肯定到我想亲自去那里找他。"她答道，再度望着我。

"你可知道他人在哪里，我是说现在？"

"不很清楚，但我想我知道他要去哪里。"

"哪里？"

"瓦拉纳西。哈德拜的恩师伊德里斯住在那里，他现在很老了，但还在那里传道授业。"

"哈德拜的恩师？"我问，震惊于我和哈德相处了数百个小时，听他大谈哲学，却从未听他提起这名字。

"对，我见过他一次，就在一开始，我第一次到印度，和哈德在一起时。我……我不知道……我想你会把那叫作精神崩溃。那发生在飞机上，飞往新加坡的飞机上。我甚至不知道自己怎么上了那飞机。我崩溃，根本可以说是精神溃堤了。而哈德也在同班机上，他揽住我，我把所有事……毫无遗漏地……告诉他所有事。然后，我就在山洞里，洞里有尊大佛和那位叫伊德里斯的老师，哈德的恩师。"

她停住，随着回忆陷入往事，然后摇醒自己，回到眼前。

"我想那是哈雷德要去的地方，去见伊德里斯。那个老师令他着迷，他心心念念想着见他。我不知道他过去为什么从未去找他，但我想那是他现在要去的地方，或者他已在那里。他过去老向我问起他。伊德里斯把他知道的解析理论全教给了哈德，还有……"

"什么理论？"

"解析理论，哈德这样称呼它，但他说那是伊德里斯取的名字。那是他的人生哲学，哈德的哲学，关于宇宙无时无刻不在日趋……"

"复杂，"我打断她的话，"我和他谈了不少那理论，但他从未把那叫作解析理论，而且他从未提起伊德里斯。"

"那倒有趣了，因为我认为他爱伊德里斯，你知道的，就像爱父亲一样。有一次，他称伊德里斯是师中之师。我知道他想在那里退隐，离瓦拉纳西不远处，陪在伊德里斯的身边。总之，那就是我决定找哈雷德的头一个地方。"

"何时？"

"明天。"

"那好，"我答，避开她的目光，"那是不是……和之前……呃……你和哈雷德的事有关？"

"你有时候就是这么不上道，林，你知道吗？"

我猛然抬头，但没搭腔。

"你可知道乌拉在城里？"片刻之后她问。

"不知道。她什么时候来的？你见过她？"

"重点来了，我收到她的信息。她在总统饭店，想立刻见我。"

"你去了？"

"我其实不想去，"她若有所思地说，"如果你收到那信息，你会去吗？"

"我想会。"我答道，凝望着海湾，缓缓起伏的海面，浪身如蛇，波光粼粼，"但不是为了她，而是为了莫德纳。我不久前见过他，他还是很迷恋她。"

"我今晚见过他。"她轻声说。

"今晚？"

"对，刚刚。跟她在一块。那让我很不安。我去饭店到她房间，房间里有另一个男子，名叫拉梅什……"

"莫德纳跟我说过他，他们是朋友。"

"然后，他开了门，我进去，看见乌拉坐在床上，背靠墙。莫德纳横躺在她大腿上，头往后仰，靠在她肩膀附近的墙上，那张脸……"

"我知道，惨不忍睹。"

"很诡异，让我很不安，那整个场景，我不清楚为什么。乌拉告诉我，她继承了父亲的一大笔钱，她家很有钱，你知道的。她出生时，德国那个镇，几乎全归她家所有，但她沉迷毒品之后，家里和她断绝了往来。有好几年，家里没给她一毛钱，直到她父亲死了才改观。因此，继承了那笔钱后，她想回来找莫德纳。她说，她良心不安，活得痛苦。然后她找到他，他在等她。我去看她时，他们在一起，像是某……某种爱情故事。"

"他料得真准，"我轻声说，"他告诉我，他知道她会回来找他，而她真的回来找他了。我一直不相信他说的，认为他根本就是疯了。"

"他们坐在一起，他横躺在她大腿上的样子——你知道《圣殇像》吗？米开朗琪罗的作品。他们看上去就和那雕像一模一样。真是怪，教我瞠目结舌。有些东西诡异得叫人生气，你知道吗？"

"她想干什么？"

"什么意思？"

"她叫你去饭店干什么？"

"哦，是这个，"她说，露出浅浅微笑，"乌拉总是有事要找人帮忙。"

我扬起眉毛，迎上她的目光，但没说话。

"她要我给莫德纳弄本护照，他在这里几年了，签证早已过期。而且挂着他本人的名字，西班牙警察会找他麻烦。他需要新护照以便回欧洲，他可以装成意大利人或葡萄牙人。"

"那交给我，"我平静地说，心想我终于知道她为什么要我来找她了，"我明天会开始弄。我知道如何联系他，跟他拿照片之类的东西，虽然他那张脸过海关时绝不可能会被认错，但我会搞定。"

"谢了。"她说，热情如火的目光正视着我，让我的心脏开始怦怦直跳。跟不该爱上的人独处，狄迪耶曾如此告诉我，永远是笨蛋才会犯的错。"你现在在做什么，林？"

"跟你一起坐在这里？"我答，微笑。

"不是，我是说你接下来有什么打算？要待在孟买？"

"为什么？"

"我是问你……要不要跟我一起去找哈雷德。"

我大笑起来，但她没跟着笑。

"这是我今天收到的第二好的邀请。"

"第二好？"她拉长音调说，"那第一好呢？"

"有人邀我上战场，在斯里兰卡。"

她紧抿嘴唇，回应给我愤怒的表情。我举起双手做投降状，急忙开口。

"纯粹开玩笑的，卡拉，纯粹是玩笑。放轻松。我是说，真的有人邀我去斯里兰卡，但我只是……你知道的。"

她不再绷着脸，再次露出笑容。

"我不习惯，我们好久没见了，林。"

"那……你为什么邀请我？"

"有何不可？"

"交情没有好到那种程度吧，卡拉，你知道的。"

"好吧，"她叹口气道，朝我瞥了一眼，别过头去，看海风把沙滩吹出波纹，"我想我希望找到类似……类似我们在果阿所拥有的东西。"

"吉特……如何？"我问，不理会她新起的话题，"你要出远门去拉拢哈雷德，他怎么说？"

"我们不干涉对方的生活，各自做想做的事，各自去想去的地方。"

"听来……很惬意。"我绞尽脑汁寻找发自肺腑而又不致冒犯的字眼后，如此表示，"照狄迪耶说的，你们的交往没这么云淡风轻，他告诉我，那个人向你求婚了。"

"他是求了婚。"她说，语气平淡。

"然后？"

"然后什么？"

"然后，我是说，你愿意嫁他？"

"愿意。我想我愿意。"

"为什么？"

"有何不可？"

"又来了。"

"对不起，"她说，叹息着露出疲倦的笑容，"我一直在和另一种人厮混。为什么嫁吉特？他人好、健康、有钱。而且我想，我会比他更懂得如何善用他的钱。"

"因此你想告诉我的，就是你愿意为这份爱情而死。"

她大笑，然后转向我，突然又变得严肃。她的双眼，因映照月光而变浅；她的双眼，如雨后水莲般绿；她的长发，黑如森林中的河石；她的头发，握在我手中，像承托住黑夜本身；她的双唇，闪着点点白光，那柔软如山茶花瓣般的双唇，因神秘的低语而充满热情。美极了，而我爱她，仍爱得那么深、那么浓，但完全没有激情或热情。那让我深陷的爱，那无奈、教我朝思暮想、教我雀跃的爱，已然消失。在那……冷冷爱慕的片刻里，我猛然意识到，我想……她曾教我神魂颠倒的那股力量，也消失了。或者，不只如此，她的力量已进入我心里，成为我的力量。我信心满满，不再迷失。然后我想知道是怎么回事，我不想只接受我们之间已成事实的感情结局。我想知道一切。

"你为什么没告诉我，卡拉？"

她极度痛苦地轻叹一声，伸直双腿，把脚丫埋进沙子。望着软沙从她移动的脚上泻下，她开口说话，语气平板冷淡，仿佛正在写信，或者可能在回想她已写好、但从未寄给我的信。

"我知道你会问我，我想那就是我等这么久才跟你联络的原因。我让人知道我在附近，我向人问起你，但今天之前，我一直什么都没做，因为……我知道你会问我。"

"如果那让你觉得舒坦些的话，"我打断她的话，声音比我原想的要刺耳，"我知道你烧掉周夫人的房子……"

"迦尼跟你说了那事？"

"迦尼？没有，我自己猜出来的。"

"迦尼帮我搞定了那事，他安排的，那是我最后一次和他讲话。"

"我最后一次和他讲话，是在他死前约一个小时。"

"他跟你提起她的什么事吗？"她问，或许希望我若知道部分细节，她就可以少费些唇舌。

"关于周夫人？没有。他什么都没说。"

"他跟我说了……许多，"她叹了口气，"他填补了一些空白，让我对事情有了全盘了解。我想是迦尼的一番话，让我忍不住要教训她。他告诉我，她派拉姜跟踪我，拉姜把你与我做爱的事告诉她之后，她通过与警方的关系，要警方逮捕你。我是一直恨她，但是那件事让我想动手。我实在……那太过分了。她不让我拥有，拥有与你共处的时光，她不愿让我拥有。因此我请迦尼替我教训她，他安排了那件事，那场暴乱。那是场大火，有部分起火点是我亲自点的。"

她突然住口，盯着自己埋在沙里的脚，咬紧牙关。她的眼睛闪着反光。一时之间，我想象她看着"皇宫"大火四起时，那双绿色眼睛想必映着通红的火光。

"我也知道在美国的事，"片刻之后我说，"我知道那里发生的事。"

她迅速抬头看我，解读我的眼神。

"莉萨。"她说。我没回答。然后，一如所有女人，她立即了解那是怎么回事，随之露出笑容。

"很好，莉萨和你，你和莉萨，那……很好。"

我的表情没变，她再度低头看沙，脸上的笑容渐渐消失。

"你杀过人吗，林？"

"什么时候？"我问，不确定她是在谈阿富汗，或对付楚哈及其帮众那场规模小得多的战争。

"这辈子。"

"没有。"

"很好，"她低声说，又叹了口气，"我多希望……"

她再度沉默了片刻。沙滩上空无一人，沙滩外的更远处传来庆祝活动的声音：铜管乐队的乐声喧天，人群开心的笑声更为响亮。较近处，海洋的乐声浩浩荡荡涌上相应和的柔软海岸，我们顶上的棕榈树在凉爽的海风中颤动。

"我去那里时……我走进他的房子，走进他站着的那个房间时，他对我微笑。他……真的……很高兴见到我。一眨眼，我改变主意，我心想……完了。然后，就在他的笑容里，我看到了别的东西，下流的东西……他说……我就知道这几天你会再来找我爽……或类似这样的话。他……他可以说是，他开始往四处看，好像在确认不会有人突然冲进来抓我们……"

"过去了，卡拉。"

"他看见枪时的反应，让我更受不了，因为他开始……不是讨饶……而是道歉……非常、非常清楚，他知道他对我做了什么事……他知道……那件事的每个部分，知道那有多恶劣。那让我更受不了。然后他死了，没流多少血。我以为那会流很多血，或许晚点会流很多血。剩下的我全不记得，只记得我最后在飞机上，哈德揽着我。"

她静默无语。我俯身拾起一只圆锥形贝壳，壳身以螺旋状渐渐收细，最后止于被蚀毁的壳尖。我把贝壳往手掌心猛按，直到穿过皮肤，然后奋力一掷，贝壳越过波纹条条的沙滩，掉进海里。我再度看她时，发现她正盯着我，眉头深锁。

"你想知道什么？"她直截了当地问。

"我想知道你为什么从没跟我谈过哈德拜。"

"你想听实话？"

"当然。"

"我无法信任你，"她严肃地说，再度别过头去，"这样说不尽然对，我的意思是我不知道你可不可靠。我想……现在我知道了，你向来都很可靠。"

"是。"我咬牙切齿，嘴唇没动。

"我曾试着告诉你，我曾要你在果阿留下，跟我在一起。你知道那事。"

"那就会有不同的结局。"我厉声说道，但随即和她一样叹口气，缓和严厉的口气，"如果你告诉我，你在为他工作，你为他吸收了我，那结局大概会不一样。"

"我逃开……去果阿时，我心情很差。萨普娜的事，是我的点子，你知道吗？"

"怎么会？天啊，卡拉。"

她眯起眼睛，打量着我脸上的愤怒、失望。

"杀人那部分不是。"她解释道，一脸震惊。我想，她为我误解了她的话，为我相信她想得出萨普娜杀人那种计谋，才露出那震惊的表情。"那全是迦尼的主意，是他对我的构想进一步的发挥。他们需要把东西顺利运进、运出孟买，需要那些不愿帮忙的人转而愿意帮忙。我的构想是打造一个公敌萨普娜，好让每个人为了消灭他而与我们合作。照原先的计划，我们要用海报、涂鸦，一些根本不会伤人的炸弹骗局，营造有个危险、富有群众魅力的领袖在外头的气氛。但迦尼认为那样不够吓人，因此他开始叫萨普娜杀人……"

"然后你离开……前往果阿。"

"对。你知道我是在哪里第一次听到那些凶杀案，听到迦尼如何糟蹋我的构想的吗？就在你带我去吃午餐的地方……天空之村。那时你的朋友在谈那件事，那一天，听到那消息，我真是吓呆了。然后，有一阵子，我反对继续那样做，我努力想制止。但没有用。然后哈德告诉我你在牢里，但你得待在那里，直到周夫人觉得满意为止。然后他……他要我对那个巴基斯坦人，那个年轻将领下功夫。他是我的线人，他喜欢我。所以我……我接了那任务。你在牢里时，我在与那人周旋，直到哈德得到他想要的东西为止。然后我就……金盆洗手。我受够了。"

"但你回去找他了。"

"我想让你留在我身边。"

"为什么？"

"什么意思？"

她皱起眉头，似乎恼火我这一问。

"你为什么希望我留下来和你在一起？"

"那还不够明显吗？"

"不够，对不起，我要清楚的答案。你爱我吗，卡拉？我不是问你是否像我爱你一样爱我。我是问……你是否爱过我？你爱过我吗，卡拉？"

"我喜欢你……"

"是噢……"

"真的，我喜欢你，在我所认识的人里，我最喜欢的就是你。对我而言，这已经很重大了。"

我紧咬着牙，别过头不看她。她等了一会儿再度开口。

"我不能告诉你哈德的事，我不能。如果说了，那会像是背叛他。"

"背叛我就微不足道，我想……"

"唉，林，事情不是那样的。如果你当初留下来和我在一起，我们两人就不会再和那个圈子有瓜葛，但即使如此，我还是不能告诉你。总之，现在说来，那不重要。你当初不肯留下来，所以我认定再也不会看到你。然后哈德传话来，说你在吉多吉那里，沉迷白粉，不想活了，他需要我帮忙把你弄出那里。因此我回去那圈子，回到了他身边。"

"我就是不懂，卡拉。"

"不懂什么？"

"你为他和迦尼工作了多久，在萨普娜那件事之前？"

"差不多四年。"

"因此，你想必见过许多类似的事，至少听过那类事。别当我是三岁小孩，你为孟买黑帮工作，或为那黑帮的一支派系工作。你为孟买最有势力之一的黑帮老大工作，像我一样。你知道他们杀人，在迦尼用他那帮萨普娜杀手疯狂大搞之前就知道。既然如此……萨普娜的事，为什么会让你突然惶恐不安？我搞不懂。"

她一直专注地看着我。我知道她很聪明，能看出我是在用这些疑问反击她，但她的眼神告诉我，她听出的不只是这个。我虽极力隐藏，但我知道她已听出我语气里带着伤人的怀疑，带着理直气壮的责难。我说完时，她吸了口气，像是要开口，然后又停住，仿佛在重新思考她的答案。

"你认为我离开他们，"最后她还是开口了，面露惊讶之色，微微皱起眉头，"去果阿，是因为我想……呃……为自己所做的坏事，或者为自己的助纣为虐取得饶恕？你是不是这样认为？"

"难道不是？"

"不是。我是想得到饶恕，现在仍想，但那时离开不是为了这个。我离开他们，是因为我对萨普娜杀人的事，竟然毫无感触。迦尼把我的构想扭曲成那个样子，最初我的反应是震惊……而且……可以说是非常不安。我不喜欢那样，认为那很蠢，没有必要，会让我们所有人都惹上不必要的麻烦。我劝哈德拜不要这样做，想制止他们。但那件事在我的心中没有激起任何感觉，即使他们杀了马基德时也是。而我……我喜欢他，你知道吗？我喜欢老马基德。从某方面来说，他是他们之中最好的人。但他死时，我没有任何感觉。当哈德告诉我，他得把你留在牢里，任你遭人毒打时，我也没有感觉，一丝感觉都没有。我喜欢你，喜欢你胜过任何人，但我并未觉得难过或心情不好。我可以说是理智地了解那件事，认为那不得不发生，而你运气不好，正好碰上了。我毫无感觉，就在那一刻，我想到是该离开了，在那一刻，我知道我必须离开了。"

"果阿的事呢？你总不能说那是船过水无痕。"

"是不能。你来果阿，找到我时，那……很好，好似我知道你会找到我。我开始认为……这就是那个……这就是他们所谓的那个……但后来你不肯留下。你得回去，回到他身边，而我知道他要你，甚至可能需要你。我不能告诉你我对他的了解，因为他有恩于我，而且我不知道你可不可靠，因此我让你走。你离开时，我心里毫无感觉，完全没有。我之所以想得到饶恕，不是因为我的所作所为。我之所以想得到饶恕——现在仍想，因此我才去找哈雷德和伊德里斯，那是因为我对自己的任何所作所为都不觉得难过，无一丝悔恨。我的心是冷的，林。我喜欢人，喜欢东西，但我完全不爱这些人与东西，甚至不爱自己，我对我爱的人与东西的死活、存废不是很在乎。而你知道吗，怪的是，我并不是很希望自己在乎。"

答案出来了。一切豁然开朗。打从那一天在山上，在让人冻僵的冰天雪地中，哈德告诉我她的事之后，我所需要了解的真相和细节，全呈现在眼前。我原以为，逼她说出她的所作所为和她那些作为的原因之后，我会觉得……或许会获益良多、茅塞顿开。我原希望光是听她告诉我，就会得到纾解、慰藉，但结果不是那样的。我觉得空虚，那种空虚，难过但不苦恼，可怜但不心碎，受伤但心不知为什么反倒更清明、更干净。然后，不必了解那空虚所包覆的平和世界，我就知道那空虚是什么东西，它有个名字，有个我们常用的字眼来指称，那就是自由。

"不论是真是假，"我说，伸出一只手贴在她的脸颊上，"我原谅你，卡拉。我原谅你，我爱你，我会永远爱你。"

我们的嘴唇相接，像暴风雨时，在海上漩涡里涌起交合为一的波浪。我感觉自己在往下掉，最终摆脱在我心中像片片莲花花瓣绽放的那份爱。我们顺着她的黑发一同倒下，倒在废船空洞处仍然温热的沙地里。

我们的嘴唇分开时，星星飞穿过那吻，进入她海绿色的眼里。渴望的岁月从她的眼里进入我的眼里，激情的岁月从我灰色的眼睛进入她的眼睛。所有的饥渴，所有苦苦追索的肉体渴求，在我们眼睛之间奔流：我们相见的那一刻、利奥波德酒馆引人大笑的妙语、站立巴巴、天空之村、霍乱、黑压压的老鼠、在累极而睡的前一刻她悄声诉说的秘密、淹大水时在印度门下面那艘飘着歌声的船、我们第一次做爱时的那场暴风雨、果阿的欢欣和寂寞、那场战争的前一晚将影子映在玻璃窗里的我们的爱……

我们没再说话，我走路送她到停在附近的出租车时，没有以往的如珠妙语。我又吻了她，长长一吻，告别之吻。她对我微笑，赏心悦目的微笑，美丽的微笑，几乎是她最漂亮的微笑。我看着出租车的红灯逐渐模糊，最后消失在远处的夜色中。

独自一人在静得出奇的街道上，我开始走回到普拉巴克的贫民窟，准备去骑我的摩托车。我始终把那里当作普拉巴克的贫民窟，如今仍是。我的影子跟着每座街灯旋转，不情愿地拖着身子走在后头，然后蹿到前头。海洋的歌声渐退，马路离开弧形海岸，进入新半岛上树木夹道的宽阔街道。这座不断扩张的岛屿城市，以石头夹着灰浆层层叠砌，填海造陆，开辟出这个半岛状的海埔新生地。

庆祝的声音从周遭的街道涌入这条马路。节庆已结束，人群开始返家。骑单车的大胆男孩在行人间高速穿梭，但绝不会撞到人，连衣袖都不会碰到。美丽非凡的女孩身穿亮丽的新纱丽，在年轻男子瞥来的目光间优雅走过，而那些男子的皮肤和衬衫上散发着檀香皂的香味。小孩睡在大人肩膀上，松垮垂下的手脚，像是晾衣绳上洗过的湿衣服。有人唱情歌，每一句歌词都有十余人加入合唱。男男女女，不管是要走回贫民窟小屋，还是高级公寓，都面带微笑，倾听那些浪漫而愚蠢的歌词。

在我附近唱歌的三名年轻男子看到我笑，举起手表示怀疑。我举起手臂，跟着他们合唱，看到我竟会唱他们的歌，他们既惊又喜。虽是素昧平生，但他们揽住我，把我们因歌而相连的灵魂送往那不可征服的破败贫民窟。卡拉曾说，这世上每个人，都至少在某个前世是印度人。想起她，我大笑起来。

我不知道要干什么。第一件要做的事，再清楚不过：魁梧的阿富汗人纳吉尔，我欠他人情。先前，我跟他说起我仍为哈德的死愧疚时，他跟我说：好枪、好马、好朋友、轰轰烈烈的一战，你想大汗还有更好的方式结束他的一生吗？那想法或感觉，有一部分也切合了我的心情。不知为什么，我无法解释，甚至无法向自己说明白，我觉得与好朋友一起出生入死，执行重要任务，既理所当然，也符合我的个性。

而且还有许多我必须学习的东西，许多哈德拜生前想教我而来不及教的东西。我知道他的物理学老师，在阿富汗时，他跟我提起的那个人在孟买；另一位老师伊德里斯，则在瓦拉纳西。我若顺利完成纳吉尔的斯里兰卡任务回到孟买，将有一大片学习天地供我发掘、享受。

与此同时，在这城市，我在桑杰联合会里的地位非常稳固。那里有事做、有钱、有些许权力。短期内，在那帮派里，我可以高枕无忧，不必担心遥远的澳大利亚法网上身。在那联合会、利奥波德酒馆、贫民窟里，我都有朋友，而且，说不定有机会找到心爱的人。

来到摩托车旁，我继续走，走进贫民窟。我不清楚为什么。我在凭直觉行事，或许还受了满月的牵引。那些窄巷，那些充满艰苦与梦想的曲折小巷，教我觉得既熟悉且安心，因而不禁讶异自己竟曾觉得这里可怕。我漫无目地地四处走，曾让我治病、曾与我为邻的男女孩童，抬头看到我走过时，个个笑脸相迎。我走在薄雾之中，闻到烹调气味和香皂味，见到牲畜棚和煤油灯，见到乳香和檀香的烟气从上千间小屋的上千座小神庙里缕缕升起。

在某个小巷的转角，我撞上一名男子，我们互相道歉，抬起脸，同时认出对方。那是马希什，那个在科拉巴警局拘留所和阿瑟路监狱帮过我的年轻偷窃犯。维克兰付钱把我救出监狱时，我顺便要求狱方放了他。

"林巴巴！"他大喊道，双手抓住我的两只上臂，"真高兴见到你！

Arrey！有什么事吗？”

"我只是来看看。"我答，跟他一起大笑着，"你在这里做什么？你看起来很不错！身体怎么样？"

"没问题，巴巴！Bilkul fit, hain!（我非常壮！）"

"吃过了吗？要不要一起喝个茶？"

"谢了，巴巴，不用。我的约会已经迟了。"

"Achcha?（是吗？）"我低声说。

他弯身过来悄声说："这是个秘密，但我知道你可靠，林巴巴。我们正和萨普娜那个窃盗之王的某些同伙开会。"

"什么？"

"真的，"他悄声说，"那些人，他们真的认识那个叫萨普娜的家伙，他们几乎每天和他讲话。"

"不可能。"我说。

"千真万确，林巴巴。他们是他的朋友，我们正在招兵买马，打造穷人军队。我们要让那些穆斯林知道，谁才是马哈拉施特拉这里真正的老大！那个叫萨普娜的家伙，他进入帮派老大埃杜尔·迦尼的豪宅把他杀了、分尸，尸块丢在他房里各处！之后，那些穆斯林开始懂得怕我们。我得走了，不久后会再见面的，对吧？再见了，林巴巴！"

他跑着离开，跑过数条小巷。我转身走开，失去笑容，心情陡然变成焦虑、愤怒、悲凄。然后，就像这座城市，孟买，我的孟买，一贯的作为，用她宽阔的臂膀，不离不弃、不断滋养我心灵的臂膀，撑住我。我不知不觉走到一群虔诚信徒的四周，他们有男有女，聚集在一间新搭好且宽大的陋屋前，屋主是蓝色姐妹花。人群后面的人站着，其他人或坐或跪在陋屋门口半圆形的柔和灯光里。而在门内，身子四周罩着灯光，缕缕蓝色香烟缭绕的，就是蓝色姐妹花本人。她们的脸上洋溢着幸福，面容安详。她们绽放柔光，那么慈悲，那么超凡入圣地平和，教我破碎而无所依的心暗暗发愿要爱她们。见到她们的每个男女都如此发愿。

就在此时，我感觉有人在扯我的衣袖。我转头，见到一个宛如鬼魂的人。那人有着极灿烂的微笑，身材却很矮小。那鬼魂般的人摇我，开心地咧嘴而笑。我伸手将他拥在怀里，然后按照对父亲或母亲的传统招呼礼，迅速弯下身子碰他的脚。那是基尚，普拉巴克的父亲。他说，他和普拉巴克的母亲鲁赫玛拜、普拉巴克的遗孀帕瓦蒂来城里度假了。

"项塔兰！"我开始用印地语对他说话时，他告诫道，"你把你可爱的马拉地语全忘了？"

"对不起，爸爸！"我大笑道，改用马拉地语，"看到你真是太高兴了，鲁赫玛拜在哪里？"

"走！"他答道，把我当小孩般牵着我的手，穿过贫民窟。

我们来到几间小屋聚成的小群落，那些小屋位于弯月形海湾的附近，簇拥着库马尔的茶铺，我的小屋也在其中。强尼·雪茄在那里，还有吉滕德拉、卡西姆·阿里和约瑟夫的妻子玛丽亚。

"我们刚刚还在谈你！"我与他们握手、点头致意时，强尼大喊道，"我们刚在说你的小屋又空了，我们回忆起第一天的那场火，大火，na？"

"是大火。"我低声说，想起死在那场火灾里的刺子和其他人。

"所以，项塔兰，"身后有人用马拉地语叱责道，"现在你大得不愿跟你卑贱的乡下母亲讲话了吗？"

我猛然转身，看见鲁赫玛拜站在我们身旁。我弯身想触碰她的脚，她把我拦住，双手合十向我致意。她的笑容和蔼可亲，但人看起来更悲苦、更老，丧子之痛已使她的黑发里冒出白发，但头发渐渐长了回来。我见过的披下如垂死影子的那头长发，正在渐渐长回来，那浓密的头发向上一甩，散发出活泼的希望。

她示意我瞧向站在她身边的女人。那是帕瓦蒂，一身寡妇白，一个小小男孩站在她旁边，紧抓着她的纱丽裙，撑住身子。我向帕瓦蒂致意，然后把目光转向那男孩，注视着他的脸，吃惊得说不出话来。我转向在场的大人，他们全都在微笑，左右摆头，露出同样的惊讶之情，因为那男孩是普拉巴克的翻版。他不仅像普拉巴克，而且根本是和他，那个我们所有人都最爱的人，同一个模子里刻出来的。小男孩对我微笑时，露出的就是他的笑容——我在普拉巴克那浑圆的小脸上所见到的、包容全世界的灿烂笑容。

"Baby dijiye?（可以抱他吗？）"我问。

帕瓦蒂点头。我向他张开双臂，他走过来，毫无勉强。

"他叫什么名字？"我问道，扶着他在我大腿上蹦跳，看着他笑。

"普拉布，"帕瓦蒂答道，"我们叫他普拉巴克。"

"嘿，普拉布，"鲁赫玛拜命令道，"亲项塔兰叔叔一下。"

那男孩迅速亲吻我的脸颊，双手猛然使劲抱住我的脖子，抱得很紧。我也伸手抱住他，抱在怀里。

"你知道吗，项塔兰，"基尚建议道，轻拍自己圆滚的大肚子，笑容满面，"你的屋子现在没人住，我们全在这里，你今晚可以留下来，可以睡在这里。"

"想清楚哦，林。"强尼·雪茄提醒道，对我咧嘴而笑。圆月在他的眼里，月光下他结实的白牙泛着珍珠色。"你如果留下，消息会传出去。届时，今晚会开起热闹的派对，然后，你醒来时，会有长长的一排病人，yaar，等着让你看病。"

我把男孩还给帕瓦蒂，手往上抹过脸，插进头发。望着周遭的众人，倾听这贫民窟的呼吸声、叹息声、大笑声、奋斗声，我想起哈德拜生前极爱说的一句话。他曾多次说，每个人的心跳，都是充满可能的天地。经过这么久之后，我似乎终于完全理解了这句话的意思。他一直想让我知道，每个人的意志，都有改变自己命运的力量。我原本一直认为命运是不能改变的，在我们每个人生下来时就注定了，就和星体的运行路线一样永远不变。但这时我猛然意识到，人生比那还奇特、还美。事实上，不管人置身在何种赛局里，不管运气多好或多坏，人都可以靠一个念头或一个爱的作为，彻底改变人生。

"哦，我很久没睡了，现在可不习惯睡地上。"我笑着对鲁赫玛拜说。

"你可以睡我的床。"基尚主动表示。

"不，不要这样！"我不赞同。

"我是说真的！"他坚持把他的折叠床拖出他的小屋，拖进我的小屋，与此同时，强尼、吉滕德拉等人抱住我，施出摔跤般的戏谑动作让我屈服，我们的叫喊声、大笑声阵阵飘向亘古如斯的永恒大海。

因为这就是人生，一脚往前跨一步，再来就是另一脚。抬起眼睛再度面对这世上的咆哮和微笑。思考、行动、感觉，把我们人生的小小后果，加进淹没世界再退去的善恶浪潮；把我们如影随形的苦难，拖进另一个夜晚的希望；把我们勇敢的心，推进新一天的光明。怀着爱，热切追求我们自身之外的真理。怀着渴望，对获得拯救抱持纯粹、不可言说的渴望。只要命运继续等着，我们就活着。主帮我们。主原谅我们。我们活着。